FIRME
ORO

Dacia Maraini

Romanzi

ISBN 88-486-0340-8

Sommario

MEMORIE DI UNA LADRA
[1972]

Mia madre aveva quindici anni quando ha partorito il primo figlio, Eligio. Poi ha partorito Orlando che è del 1912. Quando sono nata io compiva ventiquattro anni. Aveva già fatto parecchi figli, alcuni vivi, altri morti.

Dicono che sono nata male, mezza asfissiata dal cordone ombelicale che mi si era arrotolato attorno al corpo come un serpente. Mia madre credeva che ero morta e mio padre stava per buttarmi nell'immondizia.

Allora dicono che dalla mia bocca grande e nera è uscito un terribile grido rabbioso. E così hanno capito che ero viva, hanno tagliato quel serpente, mi hanno lavata e cacciata dentro un letto con gli altri miei sei fratellini.

La zia Nerina dice che da piccola ero una scimmia, pelosa, nera, dispettosa e imitativa. Però io non ci credo perché da quando mi conosco, sono sempre stata di pelle chiara e di capelli castano-rossiccio. Io comunque non ricordo niente di quando ero molto piccola. Il primo ricordo che ho è di quando avevo sei anni e mio fratello Orlando mi ha ficcato un dito dentro l'occhio sinistro. Dice che avevo l'occhio lucido e chiaro come una pietra e lui questa pietra la voleva per giocarci. E così per poco non mi accecava.

Questo primo ricordo è appiccicato a un altro ricordo, tutti e due dello stesso periodo, non so quale viene prima.

Una notte mi sono svegliata per un sogno pauroso che ora non ricordo, mi sono, alzata e sono andata in cucina a bere dell'acqua. Passando davanti alla porta della stanza dove dormivano mio padre e mia madre, ho sentito un piccolo suono, come un lamento. Ho messo l'occhio al buco della chiave e ho visto mio padre che dormiva raggomitolato a bocca aperta e mia madre seduta tutta nuda sul letto che rideva e si toccava con le dita in mezzo alle gambe.

Lì per lì ho pensato che giocava. E così ho continuato a pensare per molti anni. Poi però ho cominciato a farlo anch'io questo gioco e allora ho capito che non era per niente un gioco ma qualcosa di forte e di ubriacante.

Mia madre me la ricordo bene, aveva un bel corpo, era robusta, con i polsi e le caviglie delicate. Aveva molti capelli, chiari chiari e li portava arrotolati attorno alla testa. Era allegra, energica. Però ogni tanto aveva dei dispiaceri, la vedevo abbacchiata.

Le dicevo: mamma, che hai? Lei mi tirava uno schiaffo sulla bocca così forte che mi faceva sanguinare i denti. Era molto orgogliosa questa madre mia e non voleva ammettere di essere triste.

Io crescevo e mi attaccavo molto al gioco. Stavo tutto il giorno per la strada con le amiche, a giocare. Giocavamo a bottonella. Andavamo a staccare tutti i bottoni per giocare a bottonella. Ero smaniosa del gioco.

Avevamo mucchi di bottoni di tutti i colori. Quelli dorati erano i più preziosi, valevano un milione, quelli neri venivano subito dopo, poi c'erano i rossi e i gialli, di uguale valore, poi i bianchi che valevano meno di tutti. I bottoni verdi erano rari ma dicevano che portano sfortuna e quando ne capitava uno lo sotterravamo ben bene e ci facevamo la pipì sopra.

Mia madre soprattutto si seccava quando andava per mettersi un vestito e lo trovava senza bottoni. Ne aveva uno nero a fiori gialli con una fila di bottoni sul davanti; era un vestito che a lei piaceva molto. Ogni volta che lo trovava ripulito di tutti i bottoni, veniva e mi riempiva di schiaffi. Poi comprava degli altri bottoni e con pazienza li ricuciva.

Dopo qualche giorno io andavo e glieli staccavo tutti. Allora lei mi afferrava e tenendomi ferma con le ginocchia, mi riempiva di pugni. Per qualche giorno io stavo tranquilla ma poi ricominciavo. Quel vestito nero a fiori gialli mi piaceva troppo, cioè mi piacevano i bottoni che aveva, fitti fitti e giallini, come delle palline trasparenti.

Facevo spesso a botte perché perdevo. Non mi andava di perdere, ero una giocatrice orgogliosa e quando perdevo acchiappavo una e la riempivo di botte. Cercavo delle scuse per riprendermi i bottoni persi. Dicevo: tu me li hai rubati, sei una ladra! Qualche volta la ragazzina si spaventava e me li ridava, qualche volta resisteva, teneva duro. Allora io le andavo addosso e la picchiavo.

Mia madre diceva: non sei buona a fare niente, ti devo mandare a fare la sarta! Diceva: devi imparare qualche mestiere, non puoi crescere così, nullafacente! stai sempre a giocare, non sai tenere l'ago in mano. Mi diceva così e qualche volta mi dava pure una tirata di capelli, ma io continuavo a giocare a bottonella tutto il giorno.

Nel vestire ero vanitosa. Mi mettevo una cintura nuova e mi credevo chissà che. Con le compagne andavamo a parlare sotto un albero, dicevamo che da grandi avremmo fatto le attrici. Ci specchiavamo. Ci confrontavamo i corpi, i piedi, la misura della vita, eravamo prese dalla fantasia. Io dicevo che volevo diventare il capitano di una nave e andare sempre per mare, di giorno e di notte, con le onde alte e giocare a bottonella coi marinai.

Facevamo dei rotolini coi pezzi di giornale e fingevamo di fumare. Poi, con la sigaretta appiccicata alle labbra riprendevamo a giocare a bottonella. Verso sera mia madre veniva, mi acchiappava per i capelli e diceva: da oggi basta di giocare; ti mando a fare la sarta! Ogni giorno diceva la stessa cosa.

Una volta mi ha mandata per davvero a fare la sarta. Mi ha portata da un muto che lavorava in una stanza tutta tappezzata di pantaloni che pendevano pure dal lampadario. Questo sarto, appena entro, mi fa capire a gesti che mi devo sedere accanto a lui, mi mette in mano un pezzo di stoffa e mi insegna a fare i soprappunti.

Io imparo subito. Ma ero nera, arrabbiata. Se sto qui, pensavo, voglio tagliare, cucire, fare di testa mia. Invece non potevo fare niente. Stavo sempre a cucire questi soprappunti. Il sarto non era soddisfatto nemmeno di quelli. La sua bocca era muta, c'era un gran silenzio e a me quel silenzio mi intristiva. Allora cantavo. Ma il sarto non era contento. E mentre che stavo così, chinata a cucire e cantare, mi arrivava una manata sulla testa.

Ho continuato a fare questi soprappunti per sei, sette giorni, poi mi sono stufata e me ne sono andata. Il sarto non mi ha voluto pagare neanche mezza lira e mia madre ha dovuto pure chiedere scusa per me.

In casa c'era molta confusione. I miei fratelli entravano, uscivano, gridavano, si litigavano. Mia madre li buttava fuori. Mio padre li picchiava. Ma loro riprendevano sempre a litigare.

Una volta mia madre mi fa: guarda che ti vuole tua nonna a te, a tuo fratello Orlando, Balilla e a quell'altro Nello; vi vuole tutti e quattro per una cosa. Dico: cosa vuole? ci vuole picchiare? o ci vuole fare qualche predica?

Questa mia nonna infatti era severa, moralista, noiosa moltissimo. Era sorridente con tutti e con noi era perversa, non so perché. Aveva la voce tremolante, ma cattiva. Diceva: vostra madre ve le dà tutte vinte, non sa neanche cos'è l'educazione! siete dei nullafacenti, siete dei mascalzoni!

Mia madre non poteva darci troppa educazione, non poteva starci troppo addosso perché doveva lavorare in casa, in osteria e in campagna nello stesso tempo. E doveva pure andare a fare il pesce. Tutti questi figli che aveva, uno dietro l'altro, la portavano via. Uno allattava ed era già incinta di un altro. Sempre figli, sempre figli, ogni anno.

Mia nonna Teresa, con quella voce tremante e rabbiosa diceva: non vi porta mai in chiesa vostra madre, è una miscredente! Perché era una pinzochera mia nonna, stava sempre a battersi il petto in chiesa. Allora mi afferrava a me per il collo e mi diceva: ci sei stata in chiesa? ci sei stata alla prima messa? Io rispondevo sempre di sì, che c'ero stata; ma non era vero niente.

Dopo, mia madre ci aggrediva a noi figli: vassalloni, mi fate litigare con quella pinzochera di vostra nonna! perché andate a dire che non vi mando in chiesa? se io non ci vado, non è una buona ragione per non andarci neppure voi.

Noi ci inventavamo la scusa che era lei che non ci mandava in chiesa, per evitare le prediche della nonna. Ma era una bugia.

E così veniva mio nonno, che era chiamato "il colonnello". Veniva col bastone in mano e ci picchiava sulla schiena a me e ad Orlando. Invece quegli altri nipoti, i nostri cugini, erano dei leccapiedi, sapevano fare la parte: nonnina, come stai? un bacetto. E se la imbambolavano come volevano. Io non ero buona a fare la parte. Le volevo bene a mia nonna, ma invece che un bacio le avrei dato un mozzico, soprattutto quando brontolava con quella voce tremolante e severa.

Ecco che quella mattina andiamo, i miei tre fratelli e io dalla nonna. E lei dice: sentite, volete venire in campagna a cogliere un po' di cocomeri? Era il tempo dei cocomeri. Dico: nonna, ma dobbiamo andare subito? Dice: subito subito. E ci manda a cogliere cocomeri al campo.

Andiamo con un somaro e un carretto. Ci mettiamo tutti sopra a questo carretto e turutun turutun turutun fino in campagna, facciamo due chilometri. Là c'era la campagna della nonna. C'erano certi ulivi vecchi, intorcinati, con i buchi neri in cui si nascondevano le formiche, i ragni, i serpenti. E poi delle vigne talmente cariche di uva che i grappoli toccavano per terra come le zinne di un cane che ha appena sgravato. Era una bella campagna, molto ricca e fastosa. Allora lei dice: su forza che dobbiamo raccogliere tutti i cocomeri, sbrigatevi! Intanto sceglieva quelli maturi, li tastava, li annusava e poi ce li dava e noi correvamo ad ammucchiarli sotto la pergola.

Andavamo su e giù, su e giù sotto il sole bollente. Allora io dico: ma guarda questa che ci fa andare su e giù come le formiche, ma quando ce lo fa mangiare un cocomero? Orlando dice: i cocomeri non ce li fa mangiare mai.

Allora io dico: lo sai ora che faccio? Pum! e faccio cascare per terra un cocomero. Dico: nonna, m'è cascato un cocomero per terra! Dice: va bene, non fa niente, poi ce lo mangiamo. Dico: meno male! E con Orlando cominciamo a mangiare quella polpa rossa tutta piena di sugo caldo. Avevamo una sete! E col caldo e col sudore mangiavamo questo cocomero che era una delizia.

Mio fratello l'altro dice: ah sì, ho capito, quando si rompono si mangiano. Pum! e fa cascare un altro cocomero. Nonna! m'è cascato un cocomero pure a me! come si fa nonna mia? Va bene, va bene, dice lei, mettetelo lì sotto da una parte che poi ce lo mangiamo.

Alla fine della giornata avevamo la pancia piena di cocomeri. Ne avevamo spaccati tanti che dopo ci facevano pure schifo e buttavamo il sugo nei buchi dei serpenti.

Quando fa buio rimontiamo tutti sul carretto e ce ne torniamo a casa. La nonna contava i cocomeri e diceva che erano pochi e noi per farla distrarre ci litigavamo forte fra di noi.

Tornati a casa mio fratello Luciano appena mi vede mi fa la cianchetta col piede e io casco per terra e mi sbuccio malamente un ginocchio. Allora arriva mio padre e con la cinghia gli va addosso. Ma Luciano scappa e la cinghiata ha colto me. Quella volta mio padre l'ho odiato. Non era colpa sua; voleva picchiare Luciano e invece ha picchiato me. Mi ha fatto un segno viola sulla coscia che mi è rimasto per una settimana.

In quel tempo mio padre aveva molto da fare. Allora dice a mio fratello Orlando: da domattina ci vai tu a portare da mangiare ai maiali perché io non ho tempo. Orlando dice: va bene, domani ci vado. La sera mio padre gli fa vedere come deve riempire il secchio e come lo deve portare, appeso a un bastone appoggiato sulla spalla.

La mattina Orlando prende il mangiare per i maiali e se ne va. Io esco con lui. Da un po' di tempo stavo sempre con lui, gli andavo appresso, lo copiavo in tutto. Appena mi vede, dice: vattene stupida! Dico: ma che ti fa? vengo con te. Dice: non ti voglio. Ma io gli andavo dietro lo stesso.

Allora vedo che invece di andare alla campagna si dirige verso il fiume e butta tutto nella corrente. Poi, col secchio vuoto, si siede sotto un albero e si fuma una sigaretta. Io gli vado accanto e lui mi dice: tieni la bocca chiusa Teré, se no t'ammazzo di botte! E io dico: cosa credi che sono una spia? E lui mi fa dare una boccata alla sua sigaretta.

Una volta, due, è andata bene. Dopo tre o quattro volte, mio padre una mattina gli fa: ma come hai fatto presto! e come è possibile? Orlando, con una grande faccia tosta dice: ho fatto una corsa per tornare prima. Allora mio padre dice: e com'è che io sono andato su ieri e ho vista la mangiatoia dei maiali secca secca e ho sentito i maiali che strillavano disperati? Beh, dice Orlando, vuol dire che si sono mangiati tutto, si sono leccati pure il legno.

Mio padre non dice niente. Però la sera va a vedere se effettivamente Orlando ha portato da mangiare alle bestie. E sente i maiali che strillano. Strillavano tanto che erano sfiancati. Allora ha capito che da giorni non mangiavano. Ma non ha detto ancora niente.

La mattina dopo, quando Orlando è uscito col secchio, l'ha seguito. Ha visto che buttava il mangiare nel fiume, l'ha aspettato sulla porta di casa e l'ha riempito di botte.

E tu! mi fa a me, tu non sapevi niente? Io? dico, e io che ne so? Ma lui non ci ha creduto e giù botte anche a me. Avevo tredici anni circa. Le gambe me l'ha ridotte nere di frustate. Dice: tu stavi zitta eh! tu reggevi il gioco a tuo fratello! Dico: ma se te lo dicevo, lui mi ammazzava di botte! Allora mio padre mi dà un pugno sul naso, che mi fa cascare per terra.

Un'altra cosa che non mi andava era la scuola. C'era una maestra che si sedeva sulla cattedra, prendeva in mano il lavoro a maglia e sferruzzava. Chiamava una alla lavagna. Diceva: scrivi, l'ITALIA È UNA PENISOLA, così tutto maiuscolo. Poi diceva: ma te le sei lavate le orecchie stamattina? Beh, vai a posto. Ed era finita la lezione.

Invece di andare a scuola Orlando e io ce ne andavamo con la barca a pescare le lampadelle, i polipetti, i ricci. Ci ho rimesso un dito coi ricci. Li prendevo senza coltello, con le mani. I ricci si sa sono pungenti, hanno le spine tutte nere e dritte con la punta fine e dura. Allora a furia di prendere questi ricci un giorno mi è andato uno spino dentro l'unghia. Mi faceva male, mi batteva, ma io non ci badavo. Poi ha cominciato a gonfiare. Ed è diventato giallo di pus.

Mio padre mi prende e mi porta da un dottore di Anzio, un dottore che poi è morto, si chiamava Verace. Questo mi fa un taglio al dito. Dice: se veniva fra qualche giorno bisognava tagliare la mano.

Allora stavo con la mano tutta fasciata. Avevo la febbre alta. Mia madre mi imboccava, mi portava in braccio sul cesso. Però il dito non guariva. E mio padre mi ha riaccompagnato dal dottor Verace. Dice: qui bisogna fare un altro taglio. E mi ha aperto un'altra volta. Poi me l'ha cucito il dito, me l'ha cucito in fretta e ha tirato troppo il filo. Insomma da allora il dito non l'ho potuto più raddrizzare. Mi è rimasto piegato per via di questo nervo cucito in fretta.

A scuola non ci potevo andare. Questo era un bene. Perché con il dito così non potevo scrivere. Facevo la seconda elementare. Allora Orlando mi diceva: vieni! E io andavo con lui a prendere le uova dei passeri sugli alberi. Mi arrampicavo, lui avanti e io dietro, su certi rami secchi. Non so come non siamo mai caduti. Andavamo a snidare i polipi nelle rocce. Mi buttavo nell'acqua come un pesce. Facevamo le corse al nuoto. Facevamo i tuffi. Orlando era piccolo, più piccolo di me, biondiccio, con la testa grossa, pallido. Sembrava fragile invece era agile e robusto.

Ma poi a scuola ci sono dovuta tornare perché mio padre insisteva. Sono passata in seconda e ho fatto un altro anno. C'era sempre la solita maestra che faceva la maglia tutto il giorno. Chiamava una alla lavagna e diceva: scrivi, l'ITALIA È BELLA, scrivi, tutto maiuscolo! E quella scriveva. Poi si fermava, col gesso in mano e aspettava. Allora la maestra alzava gli occhi dal lavoro a maglia e diceva: quella Italia è scritta male, con le i storte, riscrivi! La ragazza riscriveva. Noi intanto giocavamo a bottonella fra i banchi. Quando la ragazza aveva finito di scrivere, la maestra diceva: cosa credi che non l'ho visto che ti sei passata il carboncino sulle sopracciglia? sembri una zingara! vai, vai, svergognata! Faceva venire un'altra e ricominciava: scrivi, l'ITALIA È LA MIA PATRIA! E così passava la mattinata.

Dopo un anno di questa musica a scuola non ci sono tornata più. A mia madre faceva comodo che stavo a casa a sbrigare le faccende. Pulivo, stiravo, stavo dietro ai miei fratelli. Ce n'era sempre uno nuovo più piccolo degli altri.

Mia madre diceva: Teresa, lava questi panni, vài, che tu sei forte. Mi toccava lavare tutti i panni. Ho sempre lavato i panni. Lavavo certi carichi di panni che adesso penso: ma come facevo?

Lavavo otto dieci lenzuola, alla fontana. Poi quando avevo lavato tutti i panni che ero sudata e schizzata di sapone, mi spogliavo, mi mettevo dentro l'acqua, mi sciacquavo e uscivo fresca come un pesce. Facevo sempre così. Mi piaceva molto l'acqua.

In casa spicciavo. Stiravo i calzoni a mio fratello Eligio il grande. Se non trovava la camicia stirata e i calzoni a posto, mi picchiava. Mi picchiava sempre. Io portavo le vesti corte e lui mi picchiava. Mi dava le botte alle gambe. Era un carattere egoista questo Eligio, chiuso, un tipo forastico che non dava soddisfazione. Magari, se vai a casa sua, per carità, non sa che cosa offrirti, perché ha il cuore buono. Però è ignorante.

Come mi vedeva le vesti un poco sul ginocchio, pam pam, mi veniva addosso coi calci, con la cinta; non mi poteva vedere le gambe. Gli dava al cervello. Come mi trovava a giocare a bottoni, mi acchiappava e mi prendeva a calci.

Cammina a casa! mi diceva. Era un ignorante, sempre coi cavalli, la campagna, la caccia, un burino insomma. Era alto, robusto, castano. Come me. Però io sono un po' rossiccia. Ma lui no, era castano.

Rossiccio come me è Orlando, il secondo. Per anni siamo stati appiccicati, dove andava lui andavo io, sempre insieme. Poi ha trovato degli amici più grandi, dei marinai e a me non m'ha voluta più. Usciva con questi amici, andavano a donne, per osterie. A casa non ci stava per niente.

Una volta mia madre è entrata nel magazzino dove tenevamo gli attrezzi e ha trovato mio fratello con gli amici e una donna. Avevano acchiappato una di queste della strada e se l'erano portata là dentro. Mia madre l'ha preso per i capelli e l'ha riempito di botte. Poi, mi ricordo, è andato a fuoco tutto il fieno, perché erano rimaste le cicche accese di quei marinai.

Orlando era pure ladro a casa. Rubava i vestiti, le mutande, la roba da mangiare e portava tutto a quella donna che teneva nascosta con gli amici e ci facevano il comodo loro. Una volta io l'ho vista questa ragazza, di nascosto perché loro la tenevano chiusa. Ma lei è uscita per fare la pipì, verso sera e io l'ho vista. Era magra magra, bianca con i capelli rapati come una monaca.

Questi due fratelli, Eligio e Orlando erano i più perfidi. Mi picchiavano sempre. Mi ammazzavano di botte. Un calcio uno, uno schiaffo l'altro, facevano a chi picchiava di più.

Dopo Orlando c'era Nello. Poi Luciano che è morto. Poi hanno rinnovato un altro Luciano. Poi Libero che è andato sotto il treno. Poi Luciano, il terzo Luciano. Poi Matteo e Balilla. Poi Oreste che ora sta in America e poi Iride. Questa Iride si è fidanzata nel dopoguerra con un ufficiale americano. E mio fratello Orlando per la rabbia, ha messo le bombe a mano attorno alla chiesa.

Altri quattro fratelli sono morti piccoli, un mese, due mesi o appena nati. Luciano, Duilio, Oscar, Benedetto, sono morti di qualche anno. E poi ce n'erano degli altri, ma non ricordo perché ero piccola.

So che quando è morto l'ultimo sono venuti a disinfettare la casa perché aveva avuto il cruppe. E c'era un infermiere che ha preso in braccio Oreste e ha detto: questo bambino è proprio bello, diventerà ricco. E così è stato. Oreste è della razza di mia madre, biondo, gli occhi marroni, la pelle chiara, gli zigomi sporgenti. Pure Libero era bello, aveva i denti bianchi bianchi, gli occhi a mandorla, i capelli luccicanti. Era il più bello. Si è buttato sotto il treno.

Quando è morta mia madre io non ho sofferto per niente. Lei era andata a portare da mangiare ai maiali a Bruciore, in campagna. Andava di corsa. Mia madre andava sempre di corsa perché mio padre era terribile e se non trovava il pranzo pronto all'ora giusta prendeva il pizzo della tovaglia e buttava tutto per terra.

La mattina andava alla campagna oppure andava a fare il pesce. Si intendeva di mare e di campagna mio padre. Alle quattro lui e mia madre se ne andavano al porto ad aspettare la paranza. Quando venivano scaricate le cassette, lui guardava, sceglieva, discuteva e comprava. Poi mandava mia madre a Bruciore dai maiali e lui se ne andava al mercato in piazza a rivendere il pesce.

Allora mia madre un giorno è ritornata da Bruciore di corsa. È arrivata e si è messa subito a preparare il pranzo perché era tardi. Doveva ritirare i panni stesi, doveva servire la gente all'osteria, doveva cucinare la pasta per noi. E per tutte queste cose non ha avuto il tempo di cambiarsi.

Si era presa una inzuppata col cavallo e il carretto a venire giù dalla campagna. Si era presa uno sgrullone d'acqua e colava da tutte le parti. Oh Dio, adesso arriva tuo padre e non è pronto! diceva. E invece di andare a cambiarsi, si è messa a sbrigare le faccende con i vestiti bagnati addosso per fare trovare la pasta pronta a mio padre che era peggio del diavolo.

La sera aveva la febbre. S'era raffreddata, aveva la faccia rossa, tossiva. Mi fa male la gola, diceva, mi brucia la gola. Ma a letto non si poteva mettere perché c'era troppo da fare. Insomma si è trascurata. E si è presa una bronchite. Ma lei, pure con la febbre a trentotto non si è messa mai a letto. E questa bronchite è diventata polmonite.

In otto giorni mia madre è morta. Solo gli ultimi giorni si è messa a letto. A venuto Verace, le ha dato uno sciroppo, le ha cavato un po' di sangue e se, n'è andato. Io capivo che era grave perché mi guardava e non mi vedeva, stava sempre con la bocca aperta come se le mancava l'aria. Ma ero sicura che dopo un giorno, due, si sarebbe alzata. Invece non si è alzata più.

Sono rimasta male quando ho visto che era morta. Ma non sentivo niente. Io ancora non avevo il sentimento. Ho pensato che oltre i panni ora mi sarebbe toccato pure fare la cucina. E così è stato.

Dopo la morte di lei non ero più padrona a casa mia. Dovevo stare soggetta a mia zia. La zia Nerina sorella di mia madre era venuta a stare in casa e faceva la severa. Ci teneva chiusi, ci dava poco da mangiare. Non era cattiva questa zia Nerina ma aveva una grande paura di mio padre. Solo a vederlo le prendeva il terrore. E praticamente non parlava mai.

Dopo qualche mese poi è tornata a farsi vedere Doré la Lunga. Era già stata da noi quando era viva mia madre, veniva ad aiutare per casa, in trattoria. Quando mia madre è morta, lei è arrivata a casa nostra con un sacchetto di vestiti e non si è mossa più.

Mia madre l'aveva cacciata questa Doré la Lunga perché l'aveva trovata a chiavare con mio padre. E lei era andata via, ma poi appena ha saputo di questa morte, è risbucata, col suo sacchetto, la testa riccia, gli occhi a palla.

In seguito questa friulana ha scritto al Friuli, ha fatto venire giù la sorella, l'ha ospitata a casa mia, a casa di mio padre. Si sono messi tutti e tre insieme. Mio padre le manteneva. Una se l'è sposata e l'altra la manteneva. Dormivano in tre. Una da una parte, una dall'altra e lui in mezzo.

Mio padre l'hanno abbindolato perché era un uomo che donne non ne aveva viste mai, era di paese, in tutta la sua vita aveva fatto l'amore solo con mia madre.

È stato preso da queste due donne. E loro l'hanno messo sotto, l'hanno fatto firmare, gli hanno fatto vendere prima l'osteria, poi la campagna, poi la casa. Alla fine non c'era più niente e mio padre è morto quasi di fame.

I miei fratelli se ne sono andati tutti appena è arrivata Doré la Lunga. Quello più grande aveva studiato, mia madre gli aveva trovato un posto. Adesso sta a Nettuno, ha le proprietà, sta bene.

Gli altri se ne sono andati per non stare con questa friulana. Si sono sposati per disperazione. Iride stava in collegio e la sua retta la pagava mia nonna. Stava al collegio san Biagio a Rimini. Mia nonna voleva che studiasse per fare la maestra. E infatti lei ha studiato. Poi è uscita dal collegio e si è impiegata al Poligono di Nettuno.

Lì ha conosciuto un americano, un sergente maggiore, si è fidanzata, si è sposata e se n'è andata in America. Ora sta in Florida, ha delle figlie grandi. Scrive ogni tanto, ma io non le rispondo. Non ho tempo. Scrive pure a Doré la Lunga perché Doré ci perde tempo, ci piange, ci arruffiana. Le fa la politica. Le parla male di me, le dice che io vado di qua di là, che sono uno scandalo per la famiglia e tutte queste cose.

A me mi disprezzano e mi tengono lontana. Si vergognano di me, mentre io mi vergogno di loro. Loro hanno i soldi, e si credono principesse. Io ne ho maneggiati molti di soldi, potrei tenerne più di loro. Ne ho acchiappati nella mia vita di soldi, ma me li sono mangiati tutti. Loro invece mettono da parte, risparmiano, si sacrificano e quando sono vecchie cadenti si comprano una bella casa per morire su un letto di piume. Bella soddisfazione!

Per la disperazione di questa friuliana, un fratello si è sposato perfino a diciassette anni. Io pure non la potevo sopportare. Un giorno l'ho presa a botte.

Le ho dato uno zoccolo in faccia. Uno zoccoletto di quelli di legno che si usano sulla spiaggia. Gliel'ho dato così di colpo e l'ho presa sulla bocca, le ho spaccato il labbro.

L'ho fatto perché lei mi veniva sempre addosso con le mani. Cercava di insultarmi, di istigarmi, era pungente. Tu sei una impenitente! mi diceva, tu sei una ragazza senza legge, prepotente; vedrai come andrai a finire! Mi provocava. Perché lo sapeva che ero svelta di mano, e pensava: finché c'è Teresa dentro casa io non mi potrò mai sposare col padre, perciò devo fare in modo di farla cacciare.

Infatti, così ha fatto. Mi ha provocato e provocato, finché un giorno mi sono rivoltata con questo zoccoletto e le ho spaccato la bocca. Lei naturalmente si è messa subito a gridare, a piangere. Ha fatto chiamare mio padre, gli ha fatto vedere tutto il sangue che colava. Invece di lavarsi, di asciugarsi, si apriva di più la ferita per fare uscire molto sangue. E gli diceva: guarda, guarda come m'ha conciata tua figlia!

Mio padre ha preso una sedia, una sedia di quelle marroni con la paglia sul sedere e la spalliera di legno. Durudum! me l'ha rotta addosso, mandando tutti i piròli per terra. E m'ha detto: vattene via. Esci di casa!

Io dico: meno male! almeno posso essere libera! Perché ormai avevo diciassette anni e più che mai mi tenevano chiusa in casa, non potevo mai uscire, mai andare al cinema, mai da nessuna parte. Una volta che mio padre m'ha trovata alla fiera, sui seggiolini volanti, m'ha quasi ammazzata.

Ero assieme con una mia cugina, una che gli piaceva ballare, nuotare, correre come me. Andavamo a pescare assieme, andavamo alla fiera, eravamo libertine. Allora mio padre mi trova lì ai seggiolini. Mi prende e mi porta a casa senza dire una parola. Io a quel tempo avevo le trecce lunghe fino alla vita. Appena entriamo, chiude la porta e mi afferra per queste trecce. Prima mi dà quattro schiaffoni, poi mi incrocia le braccia dietro la schiena, mi lega le mani e con una forbice mi taglia i capelli.

Le mie due belle trecce me le vedo per terra sotto le sue scarpe e lui le pestava con rabbia. Mi veniva da piangere. Ma per non dargli soddisfazione non ho detto una parola, non ho pianto. Appena mi ha slegata, mi sono messa in testa un basco di mio fratello e sono uscita. Prima di uscire, mi sono data una guardata allo specchio e ho detto: tanto sto bene uguale! Ma non era vero. Ero brutta, pelata, sembravo uscita dal tifo.

Insomma per via di questa donna mio padre mi dice: vattene da questa casa! il mondo è tuo. Io dico: magari dicesse la verità! finalmente potrò andare alla fiera quando mi pare, a ballare quando mi pare! Mi dava la febbre di essere libera perché non lo ero mai stata. Se dovevo andare a fare una passeggiata verso la stazione, meno di un chilometro da casa, dovevo portarmi appresso due o tre fratellini. La sera non potevo uscire mai. Ero troppo legata.

Allora quando mi sono vista tutta questa libertà ho detto: meno male! Dico: adesso vado a trovare mia cugina. A me mi piaceva molto andare in giro con lei, con questa libertina. Si chiamava Amelia e andavamo d'accordo su tutto. C'era pure un'altra che veniva sempre con noi. Questa era orfana di padre, si chiamava Rosalba.

Io mi ero attaccata a queste due libertine e insieme andavamo a fare il bagno, andavamo in barca, eravamo libere, selvagge. Quando gli ho detto che mio padre m'aveva cacciata, sono state contente, mi hanno abbracciato. Dice: ora puoi fare quello che vuoi; andiamo a mare! E siamo andate a mare. Tutto il giorno in acqua, a pescare ricci, a tirare fuori i polipi dalle rocce.

La sera, stanca morta, me ne vado a dormire dalla zia Nerina. Le prime volte lei mi accoglieva bene, mi dava il letto, mi dava da mangiare. Poi mio padre le ha fatto una stramenata e lei per la paura non ha più voluto prendermi in casa. Dico: ma zia, io dove vado a dormire? Dice: figlia mia, io ti terrei, ma di tuo padre ho tanta paura! Mio padre faceva paura a tutti ad Anzio, era terribile e la zia Nerina era vedova, sola, non sapeva reagire.

Mio padre aveva fratelli e sorelle, tutta gente energica, impulsiva, che poi è diventata ricca. Ma erano tirchi e vivevano chiusi in famiglia. Non uscivano mai in piazza per non dovere offrire un caffè.

Hanno saputo che ero per strada, ma nessuno m'ha voluto prendere in casa. Neanche nonna Teresa che allora era ancora viva. Erano tutti egoisti, sospettosi. Le sorelle di mio padre erano due, Laura e Jole, poi c'erano i fratelli, Primo, Silvio. Vedevano che io andavo sbattendo di qua e di là, senza sapere dove dormire. Gli avevano detto che andavo a rifugiarmi in un sottoscala, dentro un portone. Ma loro niente. Mi hanno lasciato in balia delle onde.

Dal sottoscala mi hanno cacciata dopo qualche giorno e io mi sono messa a girare senza sapere dove andare. Allora ho cominciato a capire che non era poi una cosa bella essere cacciati da casa.

C'era un camion dentro un cortile, senza ruote, coi puntelli sotto; un camion abbandonato, mezzo sgangherato. Io andavo a dormire lì sotto. Ero al riparo. Vicino c'erano i fornai che lavoravano la notte e mi tenevano compagnia con le loro voci. I fornai lavoravano e io dormivo. Qualche volta vedevo un'ombra, sentivo dei passi. Ero presa dalla paura. Ma mi confortavo pensando che c'erano i fornai. Se gridavo, mi sentivano. E i fornai mi conoscevano tutti.

Stavo zitta zitta, là distesa per terra, avvolta in una coperta che mi aveva dato mia zia e appena faceva giorno uscivo da lì sotto. La mattina avevo fame, mi girava la testa per la fame. Andavo dalla zia Nerina, ma quasi sempre lei era già uscita.

Se non riuscivo a rimediare niente, andavo in cerca di Balilla, il mio fratello più piccolo. Gli dicevo: senti Balilla, vattene a rubare un pezzo di pane da Doré la Lunga perché ho troppa fame. Allora Balilla andava, rubava un tozzo di pane, una salsiccia, e me li portava. Dice: tié, tié, mangia, ma non ti fare vedere se no quella mi ména. E io mangiavo. Mi addobbavo un po'. Balilla aveva sui dodici anni. Io ne avevo diciassette. Gli altri, i più grandi, se n'erano andati. Erano rimasti i più piccoletti.

Balilla mi portava qualche cosa, io mangiavo e poi per tutto il giorno stavo bene. Durante la giornata mi sentivo un leone, correvo di qua e di là. Andavo a pesca, alla fiera, andavo a guardare gli operai che costruivano una strada nuova. Ma quando diventava scuro, cominciavo a mettermi pensiero.

Delle volte andavo in chiesa. Avevo freddo e per scaldarmi entravo nella chiesa, mi mettevo più vicino possibile all'altare dove faceva più caldo. La gente diceva: guarda com'è devota questa ragazza! I paesani mi guardavano con rispetto. Ma non era vero. Io ci andavo così, per rifugiarmi un po'. Non pregavo affatto. Stavo lì seduta, con le mani in mano e guardavo la statua della madonna.

Questa madonna aveva un gran manto celeste, una corona di stelle in testa, la bocca rossa, le guance rosse, gli occhi scuri. Però un occhio era un po' storto. E io sempre guardavo quell'occhio e mi dicevo: chissà se la madonna aveva veramente un occhio storto! Passavo le ore così, a guardare l'occhio storto della madonna.

La maggior parte della giornata la trascorrevo con Amelia e Rosalba. Loro non avevano un padre tiranno. Uscivano quando volevano e facevano quello che gli piaceva.

Amelia e Rosalba erano più piccole di me. Io ero la più grande. Comandavo io. Dicevo: andiamo a prendere i polipi e andavamo a prendere i polipi. Dicevo: andiamo a caccia di grilli e andavamo a caccia di grilli.

Prendevamo questi grilli e li mettevamo dentro una scatola coi buchi. Qualche volta gli strappavamo una zampa per vedere come zoppicavano. Dicevo: andiamo alla fiera e andavamo alla fiera. Però non avevamo soldi e ci contentavamo di guardare gli altri che si divertivano.

Un giorno capitiamo vicino a una villetta, sul bordo del mare. Era una casa di villeggiatura in cui d'inverno non ci abitava nessuno. Dico: saltiamo dentro il giardino! C'era un albero di loti che sporgeva dal muro. Dico: andiamo a cogliere qualche loto! Così saltiamo il muro e siamo dentro il giardino.

Allora mentre stiamo a prendere i loti, mia cugina mi dice: perché non entriamo in casa? E come apriamo? è chiuso a chiave, dice Rosalba. Ci penso io, dico. Do una gran spinta con la spalla e la porta si apre.

Subito entriamo e siamo dentro. Non avevo mai visto una casa così bella. C'erano i letti con le sopraccoperte ricamate, c'era l'armadio con gli sportelli dipinti, c'era la cucina lustra, c'era il divano coi cuscini a fiori. Dico: sai che facciamo? dormiamo qui, facciamo da mangiare, la cucina c'è, i piatti ci sono, c'è tutto. E la roba? dice Rosalba. La roba andremo a rubacchiarla. Io a casa mia rimedio qualcosa, dice Amelia: dell'olio, un po' di pasta. Io pure, dice Rosalba.

Insomma prepariamo proprio come a casa nostra. Facciamo una cena abbondante. Rosalba fa bruciare il sugo. E noi ridevamo, non so perché ridevamo, eravamo morte dal ridere. Insomma mangiamo contente un gran piatto di pasta col sugo che sapeva di bruciato ma a noi ci sembrava buonissima.

Poi prepariamo i letti per dormire. Mettiamo le sopraccoperte tutte piegate in quattro da una parte. Tiriamo fuori i cuscini. Erano di piuma questi cuscini, morbidi come la panna. Ci infiliamo sotto le coperte.

Io che dormivo da mesi sotto il camion, all'aperto, mi sembrava di essere un papa. Mi giravo e mi rigiravo in quel letto di seta. Mi sono stuzzicata lì fra le gambe con le dita, ho fatto quel gioco che dentro di me chiamavo “il gioco della mamma” e mi ha riempito di calore delizioso.

Non volevo addormentarmi per gustare tutta quella morbidezza. Mi alzavo su un gomito e il gomito affondava, appoggiavo la testa e la testa affondava. Volevo continuare così, per il gusto di affondare. Invece mi sono addormentata quasi subito.

Nel mezzo della notte arriva la guardia notturna. Apre la porta, ci punta la torcia in faccia e dice: che fate qui? Noi ci alziamo, acchiappiamo i vestiti e scappiamo di corsa mentre lui ci grida: ferme, ferme! Credevamo che era niente, una ragazzata. Invece la guardia ha fatto la denuncia regolare.

Mi hanno indetto la causa e mi hanno condannata a due anni di galera. Ma io ero fuggitiva, la condanna era in contumacia. Poi è venuta l’amnistia perché aveva partorito non so chi, una principessa Savoia, e questi due anni mi sono stati condonati.

Mia cugina Amelia e Rosalba sono finite al correzionale. Sono rimaste lì qualche mese, poi gli hanno dato il perdono giudiziario perché erano minorenni. E tutto è finito così.

C'era un certo Sisto, il figlio del capostazione di Campo di Carne che mi veniva sempre dietro. Mi conosceva da quando avevo dodici anni, prima che morisse mia madre. Mi guardava, mi sorrideva, mi girava intorno. Era un bel tipetto coi baffi, magro, asciutto. Però a me non mi piaceva, non mi andava. Aveva nella faccia qualcosa di scemo, di depravato. Era più vecchio di me di sei anni.

Io per la verità pensavo a un altro, Duilio. Questo Duilio lavorava al negozio di ferramenta, vendeva chiodi, roba da stagnaro. Era un bel ragazzo biondo, crespo, con la faccia larga e pacifica. Era di Nettuno, veniva ad Anzio per il lavoro. A me piaceva, ne ero innamorata.

Però a mio padre questo Duilio non gli andava giù. Mi diceva: gira al largo da quel garzone. Dico: ma perché? Dice: perché sì, te lo dico io e basta. Io però non gli davo retta e ogni tanto mi fermavo a parlare con lui vicino alla fontana.

Un giorno che stavo e parlare con questo Duilio, alla fontana, è arrivato mio padre e l'ha preso e schiaffi.

Non ci eravamo accorti che lui arrivava né niente. Quando è stato lì, ha alzato una delle sue mani dure e gli ha dato due schiaffi, uno su una guancia e uno sull'altra guancia. C'era tutta la gente che passava, eravamo in mezzo al paese. Duilio non ha detto niente, non ha fatto niente. Era diventato bianco per la mortificazione. E da quel giorno non si è fatto più vedere.

Io ho aspettato, aspettato. Poi, vedendo che non veniva, ho pensato di andare a cercarlo. Ma a metà strada mi sono fermata. Dico: se quello non viene vuol dire che non mi vuole. E sono tornata indietro. Per orgoglio l'ho lasciato perdere. Così è finita con questo Duilio che era proprio un bel ragazzo, biondo, alto e mi voleva bene.

Una sera, dopo che mio padre mi aveva cacciata di casa, incontro Sisto, il figlio del capostazione. Mi si mette appresso e a un certo punto mi ferma. Dice: come mai non ti ho vista più? sei stata fuori? Dico: no, adesso abito da mia zia.

Allora è venuto a farmi le cacce sotto il portone di mia zia. Però non mi vedeva mai perché io dormivo fuori, sotto il camion; solo che a lui non glielo dicevo. Poi un giorno mi incontra, mi affronta e mi dice: ma tu perché non stai a casa da tuo padre? Dico: ho litigato con Doré la Lunga e un altro po' l'ammazzo, perciò mio padre m'ha cacciata.

Dice: ma com'è che io sto ore e ore sotto il portone di tua zia e non ti vedo né entrare né uscire? Dico: ma io esco presto quando ancora tu dormi. Allora mi guarda, mi prende per un braccio, dice: vieni al casello con me! Dico: no, a me non mi sei mai piaciuto e non ho cambiato idea. E lui insisteva con questo casello dove faceva l'assuntore, presenziava i treni; era una specie di sottocapostazione. E sempre cercava di attirarmi al casello.

Dopo una, due, cinque volte, ho cominciato a pensare: ora magari ci vado al casello, così la smetto di girare sbandata a destra e a sinistra; là mi posso ricettare, fare il bagno, dormire in un letto. Ero stufa di andare randagia, di dormire sotto il camion, di lavarmi alla fontanella e dovermi asciugare la roba addosso. Mi sono detta: beh, ora gli dico di sì e ci vado al casello. Almeno mangio e dormo come una cristiana!

Ero una ingenua, una stupida, non pensavo a tante altre cose. Avevo voglia di un tetto. Lui invece, oltre al fatto che gli piacevo, contava sulla dote. Sapeva che mio padre aveva la campagna, mia nonna era nominata ad Anzio per i suoi campi. Questa porterà dei soldi, pensava. E mi diceva: sposiamoci, sposiamoci.

Ho fatto l'amore con lui, così per curiosità. Non mi è piaciuto. Dice: la prima volta non piace mai, dopo vedrai ti piacerà. E io dicevo: vedremo! Intanto me lo guardavo e gli trovavo dei difetti antipatici. Quando camminava aveva qualcosa del vecchio, teneva le spalle curve. Quando rideva gli si scoprivano le gengive che eran troppo rosse, come rigate di sangue. Non mi piaceva.

A me piaceva quell'altro, Duilio, ne ero innamoratissima. Ma avevo rinunciato per orgoglio. Peccato! Forse sarebbe tornato a cercarmi. Ma io, per fargli dispetto, mi mostravo in giro con questo Sisto.

Sono andata a vivere con lui. M'ha portata alla stazione di Campo di Carne, nella casa dove vivevano le sorelle e il padre capostazione. Queste sorelle appena mi hanno visto, mi hanno messo una scopa in mano. Mi facevano lavare i piatti, pulire per terra. Dicevano che non sapevo fare niente perché non eseguivo gli ordini.

Erano due sorelle molto fervide, severe. Erano carine. Quella grande era una acidona, cattiva, pettegola. Quella piccola era più buona. La grande faceva da mamma alla più piccola. La madre era morta quando erano bambine. Questa Agnesina, la piccola, faceva tutto quello che le diceva la grande, Ines. Era sotto di quella. Sarebbe stata pure gentile con me, ma aveva paura della sorella grande che era cattiva, tanto cattiva che è rimasta zitella per quanto era cattiva.

Quando sono andata a vivere con Sisto ero una ragazzetta, avevo appena compiuto diciotto anni. Per pura combinazione un giorno incontro mio fratello Eligio. Stavo andando a fare la spesa e camminavo distratta, guardando per terra. Tutto di un botto mi sento afferrare; non faccio in tempo a vedere chi è, mi arrivano due pugni in faccia. Perché quel mio fratello è un ignorante, uno zotico di campagna, con gli uccelletti, la caccia, è rimasto arretrato.

Mi prende per i capelli e mi dà dei pugni sul petto, sulla pancia. Lui è un leone grosso, io sono piccola. Cercavo di morderlo ma non ci riuscivo. Allora lui mi alza le vesti e mi dà un calcio al ventre, fra le gambe, ma così forte, con le scarpe, che sono caduta svenuta per terra. E lì m'ha lasciata con tutto il sangue che mi usciva da sotto.

Era un'ora morta, non passava nessuno. E sono rimasta svenuta più di due ore. Se ero un'altra, cattiva, lo denunciavo. Invece mi sono rialzata, locca locca e me ne sono tornata da Sisto.

Questo appena mi vede dice: ma che è successo? Dico: mio fratello m'ha menato. Si mette a ridere. Dice: ha fatto bene, un fratello si comporta così. Dico: e noi perché non ci sposiamo? Ma lui ha fatto finta di non sentire e se n'è andato e giocare a carte con gli amici. Non mi voleva sposare questo Sisto perché prima voleva la dote da mio padre. E gliel'ha pure mandato a dire.

Noi stavamo un po' lontani dalla casa di mio padre. E Sisto mandava il padre, il capostazione a fare da messaggero. Gli diceva: fagli sapere che sposo sua figlia solo se mi dà dodici lenzuola, dodici asciugamani, dodici tovaglie, e una camera da letto ammobiliata con armadio, trumò, specchiera, e poltrona imbottita. E lui riferiva. Io intanto ero rimasta incinta.

Il padre di Sisto, questo capostazione, era un ciociaro, severo, un po' ombroso, non rideva mai, non guardava mai in faccia la gente. Andava da mio padre, riferiva le parole del figlio e aspettava. Mio padre gli diceva: adesso non ho tempo di pensare a mia figlia, torna un'altra volta.

Lui tornava, riferiva. Sisto si arrabbiava. Dopo qualche giorno lo rimandava da mio padre ad Anzio. Finché un giorno mio padre scocciato gli ha detto: io a mia figlia non gli do proprio niente perché è scappata da casa e io non ho più doveri verso di lei.

Sisto mi affronta e mi dice: bugiarda che non sei altro! sei tu che sei scappata e non tuo padre che t'ha cacciata! perché l'hai fatto, sciagurata! adesso non ti posso sposare perché non hai dote e sei disonorata!

Dico: mio padre è un mentitore, perché in verità è lui che mi ha cacciata. Dice: non è vero; tuo padre ha raccontato a mio padre che lui ti voleva fare sposare un bravo ragazzo di Napoli che tu non volevi e che per questo sei scappata.

Questa storia del napoletano era vera. Ma era successo due anni prima. Un giorno mio padre mi aveva fatto trovare in casa un uomo, un napoletano grassoccio e basso. Dice: ecco il marito che fa per te; tu adesso te lo sposi entro una settimana così ti levi di torno! Io me lo guardo questo napoletano: era pallido, insignificante. E gli dico a mio padre: ti piace a te? sposatelo tu! E me ne sono uscita sbattendo la porta.

Ma non sono affatto scappata, perché due ore dopo sono tornata e sono rimasta in casa ancora due anni, finché non è successo quel fatto dello zoccolo.

Sisto non mi voleva sposare con tutto che ero incinta. Dice: tuo padre è uno snaturato; deve uscire la dote a ogni costo; se no non ti sposo! Le sorelle erano diventate più acide. Mi facevano alzare alle cinque per pulire le scale, lavare i panni, cucinare. Dovevo pure andare a fare la spesa, e nel pomeriggio stavo ginocchioni per terra a dare la cera. Non so com'è che non ho abortito.

Quando ho capito che stava nascendo, ho preso l'autobus e sono andata a partorire a San Giovanni. Sisto dice: vai, vai! Le sorelle mi dicono: ma sei sicura che sta per nascere? non potresti lavorare ancora un giorno? Dico: no, sto male. Allora dice: vai vai, vai a partorire questo bastardo!

Arrivo all'ospedale, chiedo un letto. Dice: aspetti! Mi metto seduta su una panca e aspetto. Chi correva di qua, chi di là, nessuno mi diceva niente. Dopo due ore, tre, ho cominciato ad avere paura, mi sentivo persa.

Io sono una donna normale, ho cominciato a fare l'amore a diciotto anni. Ma ero ingenua. Con Duilio era tutto fuoco; mi piaceva essere coccolata, mi piaceva baciarlo, carezzarlo. Ma ero una ragazzina e del sesso non capivo niente. Ero stata sempre in mezzo alle amiche, alle vicine e non avevo avuto occasione di capire tante cose. Se una di noi parlava di qualcosa di proibito, subito arrivava la madre e la picchiava. Se dicevamo una parolaccia, prendevamo le botte sulla bocca. "Va' a morire ammazzato!" per noi era una espressione terribile, arrivava mio padre col nerbo e tutun tutun, ci riempiva di nerbate.

Lui bestemmiava tutto il giorno, la madonna, i santi. Noi lo sentivamo. Ma dalla nostra bocca non doveva uscire una bestemmia, se no erano botte. Lui la mattina si alzava e cominciava: "mannaggia er core de la madonna!" "quel porco di san'Antonio!" di qua, "quel porco di san Giuseppe!" di là. Ma appena sentiva uno di noi che malediva un santo, ci bastonava.

Ero tanto ingenua che lì all'ospedale aspettavo di partorire e pensavo di fare il figlio dal culo. Da ragazzina avevo sempre sentito le donne che litigavano fra loro e urlavano: "brutto delinquente, io t'ho cacato e io ora ti rimangio!" Per queste parole, io m'ero messa in testa che il figlio mi doveva nascere da dietro. E rimuginavo fra me e pensavo: sentirò dolore? e poi, dico, non vorrei che mentre faccio i bisogni questo ragazzino mi esce di fuori dentro il cesso.

Verso sera, sempre seduta lì sulla panca, mi vengono i dolori forti. Allora mi alzo e comincio a girare. Ma non dicevo niente perché c'era una che stava morendo nel letto vicino e la suora mi faceva segno di stare zitta.

Poi non ce l'ho fatta più, e ho gridato. Allora m'hanno presa e m'hanno messo in mano dei fogli. Dice: riempi questi documenti. Ma che documenti! dico, io non ce la faccio neanche a respirare e voi mi parlate di documenti. Dice: allora metti solo la firma. Ho messo una firma che era uno sgorbio e intanto bestemmiavo; tanto mio padre non c'era; bestemmiavo tutti i santi.

Proprio all'ultimo momento ho capito da dove nascono i figli, perché l'ho fatto. È venuto fuori bello grosso con una spalla prima e poi la testa che mi ha spaccato la carne. Ah, dico, così nascono i figli! me lo potevate dire prima!

Sono rimasta lì sei giorni, dentro il lettino, accanto a quella che stava morendo e non moriva mai. Ogni tanto le portavano il figlio che era sano e strillava perché aveva fame, ma lei non lo riconosceva. Dice che aveva il sangue guasto, avvelenato, non lo so. È morta proprio il giorno che sono andata via io.

Mentre ero lì non m'è venuta a trovare nessuno della famiglia. Sola sono entrata e sola sono uscita. C'erano le infermiere che correvano, in fretta, sempre in fretta. Volevano che liberassi il letto per darlo a un'altra. Io perdevo ancora molto sangue. Al sesto giorno m'hanno messo in braccio il pupo tutto fasciato e m'hanno mandata via.

Prendo l'autobus, scendo, cammino. Arrivo a casa, ero debole, non ce la facevo a tenermi in piedi. Entro e trovo tutti freddi, scostanti. Si avvicina Ines, guarda il pupo, fa una specie di smorfia e dice: carino! L'altra, Agnesina, stava zitta, ma guardava con gli occhi di fuori. Ho visto subito che sono rimaste sbalordite da quanto era bello questo figlio. Era grosso, bianco, con gli occhioni e non faceva che ridere.

Allora Agnesina fa: guarda Sisto, guarda tuo figlio! Ma lui non si interessava, fingeva che doveva aggiustare il berretto da ferroviere; non ha alzato nemmeno la testa.

Alla fine Agnesina ha scoperto il pupo e gliel'ha messo sotto il naso e lui l'ha dovuto guardare per forza. Ha avvicinato la faccia, come per annusarlo e poi ha fatto: mh! Non ha detto una parola.

Il giorno dopo, nonostante che ero fiacca e dovevo allattare ogni tre ore, mi hanno rimesso a lavorare per casa. Dovevo cucinare, lavare i panni, stirare. Il figlio stava dentro una culla di ferro sgangherata che avevo trovato fra la roba vecchia e nessuno se ne curava. Per fortuna era buono. Non piangeva mai.

Dopo, quando ha cominciato a crescere, gli si sono affezionati moltissimo. Sisto soprattutto si è attaccato a questo figlio con una grande passione e quasi non voleva che io lo toccavo. Per questo, per paura che me lo portavo via, dopo quattro mesi, m'ha sposata. E un poco pure si era affezionato a me, chi lo sa.

Ma il suocero mio aveva altre idee per la testa. Io non gli avevo portato niente, perciò mi odiava. Voleva liberarsi di me per dare a suo figlio una donna coi soldi. Anche se ero sposata, non gliene importava niente, voleva liberarsi di me.

Pensa e ripensa, lui e i suoi amici hanno avuto una bella idea. I suoi amici erano: il dottore di Campo di Carne e il maresciallo dei carabinieri. Stavano sempre insieme, si davano del tu, bevevano insieme, giocavano a carte. Insomma questo capostazione, il maresciallo e il dottore erano inseparabili e lì in quella frazione comandavano loro, facevano quello che volevano.

Tutti e tre insieme, tutti e tre d'accordo, hanno pensato: questa qui il padre non le dà niente, Sisto se l'è sposata contro voglia; ora sai che facciamo? prepariamo un certificato che questa donna è pazza e la mandiamo al manicomio. Il bambino, visto che la madre è inabile, rimane al padre e siamo a posto. E così hanno fatto.

Era da poco che avevo sposato. Un matrimonio fatto in fretta, dentro una chiesa fredda, senza fiori, senza ceri, perché Sisto aveva scelto la messa che costava di meno. Il prete correva, parlava tutto di corsa perché dopo il nostro c'era un matrimonio di lusso e dovevamo sgombrare al più presto.

Nella fretta uno degli anelli è caduto per terra ed è rotolato non so dove. Agnesina e io ci siamo messe a quattro zampe per cercare questo anello. Il prete batteva il piede. L'anello non si trovava. Ci si è messo pure Sisto. Alla fine l'abbiamo scoperto; stava sotto le scarpe di Ines.

Un giorno ero ai giardini col pupo in braccio a passeggiare. Avevo appena finito di lavare i piatti, le due sorelle dormivano e io volevo fare prendere un po' d'aria al figlio. Mentre vado così passeggiando vedo arrivare un'autoambulanza della Crocerossa. Si ferma accanto a me. Ne scende un militare che mi fa: buongiorno! Rispondo: buongiorno! Ma dentro di me pensavo: e questo che vuole?

Allora lui si avvicina di più e dice: andiamo signora! E dove? dico io. Dice: dovete venire con noi, per una visita. Io ho subito pensato che volevano mandarmi da un medico, per ordine di mio marito, per controllare se il mio latte era buono. Questo l'ho immaginato perché qualche volta, quando il bambino eruttava, avevo sentito Egle che diceva: questa madre non ha il latte buono.

Comunque ero ben disposta, perché sapevo che ero sana come un pesce e pensavo: se mi visitano, bene, verrà fuori che ho il latte buono. Se lo dice il medico ci devono credere questi rimbambiti. Pensavo anche: se avessi il latte cattivo il pupo non sarebbe così grasso, cicciotto, bianco e rosso. Allora dico: andiamo và!

E monto su quell'ambulanza con facilità, sempre perché ero una ingenua, ero rimasta paesana, non avevo capito mai niente. Monto sull'ambulanza e proprio mentre monto mi sento strappare via il bambino dalle braccia. Dice: ora il pupo se lo porta la signorina che se no prende freddo; tanto torniamo subito. E vedo mia cognata Ines che spunta improvvisamente da dietro l'ambulanza, viene e si prende il ragazzino. Era già tutto progettato. Ma io non lo sospettavo. Ero babbea. Scema.

Mi sono arrabbiata un po'. Dico a mia cognata: dammi il pupo! dove lo porti? Ma non faccio in tempo a dire una parola che il militare mi spinge dentro, chiude la porta e l'autoambulanza parte di corsa. Prendiamo la strada per Roma. Ero seccata, ma mi tranquillizzavo pensando: va bene, una visita dura poco, poi torno. Pazienza, sopportiamo anche questo.

Mentre che venivamo verso Roma, questo militare che mi guardava con una certa simpatia, mi dice: signora, io la devo avvertire di una cosa. Che cosa? dico io, sempre pensando che andavo a fare una visita per il latte. Le do un consiglio perché sono padre di famiglia, dice, e lei potrebbe essere mia figlia. Che consiglio? dico.

Dice: ora quando la portano a questo ospedale, lei deve stare calma e quando viene il professore non deve né ridere né piangere. Ma perché? dico io. E lui: se ride la prendono per pazza e se piange la prendono per pazza. Lei invece deve fare capire con calma che l'hanno mandata qui con la complicità di un dottore amico di suo marito per ordine di suo marito; ma l'ha visitata questo dottore che ha firmato la carta? Dico: no, non m'ha visitata, ma perché? Dice: l'avevo capito anch'io che era così: questo è tutto un accordo per farla portare dentro e toglierle il figlio. Io lo stavo a sentire, mezza rimbecillita, ma non gli credevo tanto. Pensavo che il pazzo era lui.

Arrivo lì allo psichiatrico. E vedo tutte inferriate, porte sprangate, camici bianchi, sento gridi, lamenti e capisco che non è un ospedale normale. Subito m'hanno presa e messa dentro un lettino in mezzo a tutte le pazze, in osservazione. C'erano le infermiere, le portantine che venivano dentro un momento, sempre di corsa e poi riscappavano via dopo avere chiuso la porta a chiave. In capo a due ore finalmente riesco a fermarne una e le dico: scusi, infermiera, quando viene il dottore? Dice: domani.

Arriva l'indomani e il dottore non viene. Io stavo lì, nel letto e vedevo queste pazze che si agitavano, litigavano. Mi sentivo accorata. Mi doleva il petto per il latte che stagnava. Afferro una infermiera e le dico: ma quando viene il dottore? Ah, dice, tu sei una nuova; sempre così le nuove, non fate che chiedere quando viene il dottore; stai zitta e aspetta! il dottore verrà quando verrà.

Io volevo piangere ma non piangevo perché mi erano rimaste impresse le parole di quel militare: se piangi, troppi giorni dovrai rimanere lì dentro! più il dottore ti trova calma e più prima ti manda a casa. Perciò stavo calma e zitta. Pensavo: ora viene il dottore e mi manda a casa subito. E invece i giorni passavano e io restavo lì.

Mi doleva il petto. Mi s'era impietrito il latte; le mammelle erano diventate dure, febbricitanti. Allora chiamo l'infermiera e con calma, con chiarezza, le spiego che io ho partorito da poco, che a casa ho lasciato un lattante. Dice: ah, è così? va bene, domani ci penseremo.

L'indomani arriva una donna con la pompetta e mi leva il latte. Anche se non volevo piangere mi cascavano le lagrime da sole, per il gran dolore. Eh, lo so, lo so che fa male, diceva questa signora che mi levava il latte, ma il pupo dove ce l'ha? Dico: che ne so! me l'hanno levato e non ho saputo più niente; me l'hanno nascosto perché vogliono tenere lui e sbarazzarsi di me, il suocero mio vuole che mio marito mi lasci per prendere un'altra donna che dice lui, una coi soldi; mio suocero a lui poco gli vado giù perché non ho portato niente in dote e mi dice sempre: non m'hai portato manco la camicia!

Insomma le ho raccontato tutto a questa signora infermiera. E lei alla fine mi dice: racconta queste cose al professore, vedrai che capirà. Dico: ma quando viene questo professore? Dice: presto.

Invece questo professore non veniva. E la signora infermiera con la pompetta saliva su tutti i giorni a levarmi il latte con dolore. Allora un giorno mi dice: ma non ce li hai dei fratelli, una madre, qualcuno? Dico: mia madre è morta, mio padre mi ha cacciata di casa. Dice: e i fratelli? Dico: ne ho nove di fratelli. Dice: e allora fai una cosa, scrivi a uno dei tuoi fratelli e digli che ti venga a prendere. Dico: ma io non ho neanche la carta per scrivere; qui non ho niente e le infermiere non mi danno retta. Dice: domani ti porto io qualcosa.

L'indomani viene questa con una cartolina. C'era il timbro dell'ospedale, il posto per l'indirizzo, tutto. Prima mi leva il latte, poi dice: scrivi su questa cartolina che poi io te la imbuco; ma non dire niente al professore perché è proibito e non si può fare. Dico: tanto il professore non l'ho mai visto! chissà quando verrà! Dice: scrivi a tuo fratello di venire subito a Roma, di parlare col professore. Poi lui mette la firma per te e puoi uscire.

La signora mi ha dato questo consiglio perché aveva capito che io non ero pazza. Allora io scrivo a mio fratello Nello. Ma non so se era la posta che non funzionava o che altro, passa un giorno, passa una settimana, questo fratello mio non si faceva vedere. Ero preoccupata. La notte, per non farmi sentire piangere, sempre con la paura che m'aveva detto il militare, mi mettevo sotto le lenzuola per sfogarmi e poi la mattina mi sciacquavo gli occhi, mi asciugavo, facevo finta di niente.

Intanto mi gustavo tutte queste pazze che parlavano da sole, che cantavano, che litigavano. Guardavo tutte queste scatenate e mi dicevo: a forza di stare qui non vorrei che mi venisse la pazzia pure a me! ma quando uscirò? ma quando verrà questo professore?

Vedevo che camminavano parlando da sole, andavano nude, giocavano con la loro merda, strillavano come bambine. Una mi viene vicina una sera, si credeva che ero il suo fidanzato, mi stringe forte forte, a momenti mi strozza. Allora viene l'infermiera, me la stacca e se la porta via.

Un'altra dice: canta con me! e voleva che cantavo con lei; ma io non avevo voglia di cantare e allora mi comincia a mordere una mano. Ho dovuto mandarla via a calci. Un'altra voleva darmi la carne che aveva masticato lei. Tutto quello che masticava se lo levava dalla bocca e voleva che lo prendevo io.

Insomma ci sono rimasta quasi un mese là dentro. E mi sono subìta tutte queste cose. Ero accorata e pensavo al pupo. Mi divertivo pure a guardare le pazze che certe volte facevano come le attrici sul palcoscenico, tutte allegre, a ballare e cantare. C'era allegria.

Finalmente una mattina arriva Nello e gli racconto tutto. Dico: m'hanno levato il pupo, m'hanno mandato qua all'ospedale con queste matte e non m'hanno fatto neanche la visita.

Mio fratello ha capito, si è reso conto. È andato a cercare il dottore all'ufficio, allo studio. Gli ha spiegato il caso mio. E il professore gli ha detto: se lei si prende la responsabilità, sua sorella può uscire; noi non possiamo fare il certificato né che è malata né che è sana perché sua sorella sta in osservazione.

E mio fratello: ma come, sta qui da un mese e ancora non sapete se è pazza o è savia? comunque la responsabilità me la prendo senz'altro. Il professore allora gli dice: metta la firma qui e se la porti via. Mio fratello gli risponde: io per mia sorella metto pure cento firme, signor professore!

E infatti Nello ha messo la firma e con la sua motoretta ce ne siamo andati a Campo di Carne, alla stazione.

Quando i parenti di mio marito m'hanno vista arrivare, gli ha preso un colpo. Perché loro pensavano: quella di là dentro non la toglie nessuno. Dice: ma come avrà fatto a farlo sapere al fratello? Non se l'aspettavano e perciò erano verdi. Dice: là dentro non si può scrivere, non si può niente, come avrà fatto?

Mio fratello dice: sicché mia sorella l'avete mandata al manicomio, in mezzo ai pazzi, per liberarvi di lei! Le avete tolto il figlio e l'avete mandata sola là in mezzo all'inferno; cosa credete, che mia sorella era sola al mondo? non è sola al mondo perché ci sono io e ora me la porto via con me, a casa mia; come c'è posto per i miei figli, c'è posto pure per lei. Ridateci subito il pupo!

Allora loro hanno trovato la furbizia. Dice: ma il certificato che dice che non è pazza dov'è? Se voi non ci portate il certificato che Teresa sta bene, che è guarita, il pupo non glielo possiamo dare. E ci hanno chiuso la porta in faccia.

Mio fratello dice: ora andiamo in questura e li accusiamo pubblicamente. E infatti ci siamo andati, io e lui. In questura però ci hanno detto uguale: se non avete il certificato, il bambino non potete pretenderlo. Mio fratello dice: allora il bambino lo prendo io in consegna, ne rispondo io. E loro: no, perché c'è il padre; se non c'era il padre, se lo prendeva lei, ma il padre c'è perciò il figlio tocca a lui.

Ma io li accuso pubblicamente di avere portato mia sorella in manicomio, senza visita medica, con un certificato falso, dice Nello. Il questore se lo guarda e gli fa: lasci perdere le denunce, portano guai e basta, fanno perdere un mucchio di soldi e di tempo; poi lei non ha prove né niente; da una parte c'è il certificato del medico di Campo di Carne, dall'altra la parola di sua sorella; non le conviene mettersi a lottare. Dice: vada a farsi fare il certificato all'ospedale psichiatrico e poi tutto è risolto.

Dopo due o tre giorni Nello torna a Roma e va a chiedere il certificato di sanità mentale. Quelli dell'ospedale gli rispondono che non potevano dire né che ero savia né che ero pazza perché ero stata in osservazione e perciò non m'avevano potuto controllare. E così il certificato non gliel'hanno dato e lui è tornato a mani vuote.

La sera, a cena, Nello mi fa: ora lo sai che faccio? vado e gli metto paura a quei figli di mignotta; perché non c'è altro sistema.

La sera stessa infatti va da loro e gli dice: se dentro ventiquattro ore non mi date il ragazzino, io vengo con una rivoltella e vi sparo! me ne vado in galera, ma voglio mio nipote! e poi faccio uno scandalo dentro la stazione, racconto tutto; non la trovate sola mia sorella, ci sono io! E stai attento a come cammini, dice rivolto a mio marito, perché per te è diventato pericoloso!

Mio marito si deve essere spaventato, perché si è subito addolcito. Ha cominciato a dire: ma Teresa è troppo nervosa, ma perché è tanto nervosa? bisogna che si calmi; io le voglio bene, qui tutti le vogliamo bene; se vuole tornare a casa, la casa è aperta. Parlava così per paura. E Nello dice: non ha bisogno di questa casa, Teresa sta da me e ci sta benissimo.

Infatti sono rimasta ad abitare da mio fratello. Ma senza il pupo. Ogni tanto andavo da mio marito a vedere il figlio. E quando vedevo il bambino vedevo pure lui, Sisto, che mi guardava, mi guardava, non la finiva più di guardarmi.

Si vede che m'ero affezionata a lui in questo frattempo del matrimonio perché mi sono accorta che lo volevo ancora come marito. E anche lui mi voleva. Ma aveva paura del padre e delle sorelle. Allora un giorno mi dice: aspettami laggiù in fondo alla strada, dietro la stalla. E così ci siamo messi a fare l'amore di nascosto, come due ragazzini.

Un giorno mio marito lo mandano via dalle ferrovie perché aveva fatto un ammanco alla cassa. Allora viene da me e mi dice: io mi trasferisco a Roma, vieni con me; mettiamo su casa col pupo e tutto.

Così prendiamo casa a Roma; affittiamo un appartamento a via Santa Maria Maggiore. Mio marito non lavorava, non faceva niente. Aveva però un sacco di amici, passava il giorno con questi amici.

Da principio ci ha aiutato il padre capostazione, ci mandava dei soldi, della roba da mangiare. Poi si è stufato e non ha mandato più niente. Allora mi sono dovuta trovare un lavoro io.

C'era un negozio di carte da parati vicino a Campo di Carne e io mi sono impiegata lì perché conoscevo il padrone, il sor Alfio. Ogni mattina prendevo la corriera e andavo a Campo di Carne, la sera ne prendevo un'altra per tornare a Roma. Il sor Alfio mi dava cinquecento lire al mese e io dovevo servire i clienti.

Io allora avevo sui vent'anni, ero piena, robusta. E questo sor Alfio mi ha messo gli occhi addosso. Io però lo fuggivo perché era brutto e unto e puzzava di medicinale. Sentivo che mi guardava, quando mi chinavo, quando salivo le scale, quando stavo seduta, quando muovevo le mani, non mi lasciava mai con gli occhi.

Un giorno poi mi viene vicino e mi fa: Teresa, tieni, questi sono per te. E mi mette in mano un pacchetto di soldi. E perché mai? dico io, lo stipendio l'ho già avuto questo mese! Allora lui mi viene vicino, mi acchiappa per la vita, mi comincia a tastare. Io gli do una spinta così forte che lo mando a sbattere per terra. Lui era grosso, ma io ero giovane e forte.

La sera tomo a casa e dico a Sisto: lo sai che il sor Alfio m'è saltato addosso? mi ha pure messo dei soldi in mano, ma io gliel'ho ridati; io non ci torno più da quel lurido!

Pensavo che subito mio marito diceva: ora vado e lo meno! Invece mi guarda con la bocca aperta e poi mi fa: e tu abbozza! Dico: come abbozzo? devo accettare che quello mi mette le mani addosso? Dice:

tu abbozza finché io non rientro nella ferrovia! Dico: io non abbozzo per niente; non mi va! Dice: devi sopportare, se no come viviamo? E con questo si alza e se ne va.

Allora io mi confido con l'amica mia, Egle. Le dico: sai che m'ha detto Sisto? m'ha detto abbozza fino a che rientro nelle ferrovie. Dico: allora come devo fare? L'amica mia dice: mica ti vuole bene sai questo marito, non ti vuole bene per niente, mi sembra un magnaccia a me questo tuo marito!

Egle me l'aveva fatta conoscere proprio lui, mio marito. Quando eravamo venuti ad abitare a Roma mi aveva detto: ho un sacco di amici qui, te li farò conoscere. Invece poi non mi ha fatto conoscere nessuno; solo questa Egle che era una donna piccola, carina, molto furba. Quando Sisto usciva con gli amici, mi diceva: vai da Egle! E io andavo da Egle. Con lei mi spassionavo, le raccontavo tutto.

Questa Egle aveva una particolarità, che le piaceva guardare la gente che si spoglia. La prima volta me ne sono accorta perché l'ho sorpresa col binocolo che guardava dentro la casa dirimpetto dove c'era una che si svestiva.

Lì per lì si è vergognata, ha detto che stava guardando un gatto. Poi però si è fatta più sfacciata e una sera m'ha chiesto a me di spogliarmi davanti a lei.

L'ho accontentata perché mi sembrava una cosa da poco e non mi costava niente. Mi sono levata il maglione, mi sono levata la gonna. Dico: continuo? Dice: continua, tanto siamo fra donne no?

Da allora l'ho fatto molte volte, però devo dire che non mi ha mai toccata con un dito. Si accontentava di guardarmi e basta. E io la lasciavo guardare. Quando mi toglievo le mutande inghiottiva in fretta due o tre volte e quello era tutto. Poi mi infilavo nel letto e buonanotte.

È lei che mi ha rivelato che a Sisto gli piacevano le donne equivoche. Io ero una sempliciona, non capivo niente. Non avevo neanche capito che questa Egle affittava le stanze a ore. Conosceva tutti ladri e prostitute e anche Sisto li conosceva. Allora io queste cose non le sapevo. Ero una stupida, una svanita.

Questa Egle comincia a portarmi nei bar, nelle trattorie. Io non c'ero mai stata nei bar, nelle trattorie e mi sentivo contenta, incuriosita di tutto, allibita.

Mio marito frequentava tutti questi ladri, queste prostitute e a me mi diceva: resta con Egle, dormi con Egle, io ho da fare. Dico: ma che hai da fare che non lavori mai? Dice: sono affari miei.

Comunque al lavoro non ci sono più andata. Il sor Alfio l'ho piantato e non ho neanche chiesto la liquidazione. Subito con Sisto è cominciata la discordia. Se non lavori, non ti posso mantenere, diceva. E tu come fai? gli dicevo.

Io per me trovo, diceva lui, ho amici dappertutto, non rimango senza mangiare, ma a te non ti posso dare niente; vattene da Egle, vattene dove vuoi, ma in casa mia senza lavoro non ci stai!

E io me ne sono andata da questa Egle, che mi dava da mangiare e da dormire. Però in cambio mi faceva lavare per terra, mi faceva pulire i vetri, sciacquare i panni; era una maniaca della pulizia, a momenti mi faceva pulire pure sotto le mattonelle. I letti, i piatti, tutto mi faceva pulire, ero una schiava sua. Mi dava da mangiare, ma quel mangiare mi costava caro.

Io le dicevo: quanto mi piacerebbe tenere una casa e stare sola con mio marito! Io non desideravo lussi, pervertimenti. Lui invece era tutto vizioso e io non lo sapevo. Era troppo vizioso: gli piacevano le donne equivoche. Prima di me aveva avuto una francese, la notte dormivano nello stesso letto, come marito e moglie; di giorno la mandava a battere. Tutte queste cose le ho sapute dopo, anni dopo.

Intanto il figlio, siccome a Roma non lo potevamo mantenere, se l'erano ripreso le sorelle di Sisto. Quando potevo, andavo a trovarlo. Loro mi guardavano male perché dicevano che io ero imperfetta e che loro erano perfette, perché loro sapevano stirare i colletti e i polsini senza le pieghe, e io no.

In verità queste cose non le sapevo fare. Lavoravo alla buona, spicciavo, lavavo, cucinavo, non ero una raffinata come loro. E le due sorelle ne approfittavano per dire che ero una buzzurra, una zotica nullafacente.

Ma il fatto è che non mi potevano vedere perché non avevo portato la roba. Poi perché non sapevo neanche parlare bene, ero rimasta arretrata, paesana, ignorante.

Qualche mese più tardi mio marito è rientrato alla ferrovia, l'hanno ripreso dopo il perdono. Perché suo padre capostazione ha restituito i soldi per lui. E subito Sisto è venuto da me e mi ha detto: vieni, andiamo a Ciampino, alla stazione di Ciampino; prendi il pupo e andiamo.

E così siamo andati a Ciampino, anzi a Isernia, poco dopo Ciampino. Al casello della stazione vivevamo in quattro: Sisto, io, Maceo nostro figlio e Rita. Questa Rita l'avevo conosciuta in casa di Egle. Era una magrona, molto simpatica, con gli occhi celesti e le mani lunghe lunghe. Avevo fatto subito amicizia con lei. Me la portavo appresso perché mi faceva pena; a casa sua non ci poteva stare, aveva la matrigna che la maltrattava. E io, considerando il significato della matrigna, me la tenevo sempre con me.

Rita era di Rieti, non era sposata, viveva sola con la matrigna. Ma questa matrigna la odiava e lei odiava la matrigna. Io che avevo ripreso il pupo, mi dicevo: va bene, io la ospito, ma lei mi aiuterà col pupo. Ero contenta. La consideravo un'amica.

Me ne uscivo la mattina a fare la spesa. Stavo tre ore per le strade a guardare le vetrine, la roba da mangiare, andavo all'Upim. Mi piaceva guardare. Non compravo niente perché non avevo soldi, ma mi piaceva guardare. E intanto Rita mi teneva Maceo. Tornavo a casa, trovavo la tavola apparecchiata. Mettevo la pasta sul fuoco, preparavo la salsa e appena rientrava Sisto ci mettevamo a mangiare. Era una vita calma e io ero soddisfatta.

Una notte per caso mi sveglio perché avevo freddo. Dico: adesso mi alzo e vado a prendere un'altra coperta. Guardo dalla parte di mio marito, non c'era. Dico: chissà che non è andato pure lui a prendere la coperta, per il gran freddo che fa.

Vado e li trovo, lui e Rita, dentro la cucina che fanno l'amore sopra il tavolo. La gelosia mi ha fatto l'effetto che subito li ho presi a botte tutti e due. Afferro una seggiola e gliela butto addosso, poi afferro le forbici e faccio l'atto di sfregiarli. C'erano delle forbici lunghe e appuntite dentro la cassetta dei medicinali della ferrovia. Io le prendo, e mi dico: adesso gli metto paura veramente. E infatti mio marito si è spaventato tanto che da quella notte non ha più dormito tranquillo.

Rita se n'è andata. L'ho cacciata. Ma poi ho saputo che continuavano a vedersi, fuori, a Roma. Lui diceva che andava al Ministero, per delle cose della ferrovia, mi raccontava un sacco di balle. E invece andava da lei. E io stupida, gli credevo. Aspettavo che tornava da questi affari delle ferrovie per stare un po' con lui.

Dopo qualche anno l'hanno ricacciato dalle ferrovie. Dice: questa volta ti cacciamo per sempre perché hai fatto troppi impicci. Allora gli ho chiesto: ma mi vuoi raccontare che hai fatto? E lui dice: niente. Dico: ma io sono tua moglie, a me mi puoi dire tutto.

Allora mi ha raccontato questo fatto: che lui si era lasciato convincere da un suo amico a caricare dei fili di rame. Si era fatto trasportare da questo amico, per debolezza, e questo amico gli aveva rivelato che c'erano dei rotoli di filo di rame in un posto incustodito e pensava di rubarli e poi venderli che il rame costa caro. Così sono andati col camioncino di notte e mentre che stavano a caricare questo filo di rame è arrivata la polizia.

Dice: che fate? questo filo non è vostro! Mio marito ha lasciato tutto ed è scappato. L'altro invece si è fatto prendere, e poi ha parlato, ha detto che è stato Sisto a convincerlo a rubare il rame. E così hanno arrestato pure lui. Mio marito si è discolpato, ha detto che lui non c'entrava, ma non c'è stato niente da fare. Erano due quintali di filo di rame che appartenevano alla ferrovia. E in questo modo ha perso il posto.

Allora io dico: ora che facciamo? Era l'anno trentanove mi pare. Tutti parlavano di guerra. Sisto diceva: venisse la guerra! mi tolgo i debiti, mi tolgo i fastidi! saltassero in aria tutte le ferrovie d'Italia! Per fortuna dopo qualche mese ha trovato un posto all'INAM. Il figlio intanto se l'erano preso le sorelle. Quando non c'erano soldi tornava nelle loro mani.

Poi, non so come, dopo qualche tempo l'hanno ripreso alle ferrovie. L'hanno mandato a Prima Porta, alla Roma-Nord. Così ha ricominciato a guadagnare. E ci siamo presi una casa da quelle parti. Io ero contenta. Stavo con lui, avevo la casa, il bambino, tutto andava bene.

Una sera Sisto mi dice: mettiti il vestito buono perché stasera andiamo a cena in casa di una mia amica, c'è una festa. E come mai questa festa? dico. Vestiti e andiamo, mi fa. Era affettuoso e allegro.

Alla festa c'era pure lei, Rita. Anzi poi ho saputo che era la festa del loro fidanzamento. Però io sapevo che si erano lasciati, perché lui mi aveva detto così, me l'aveva giurato. Avevo qualche sospetto, ma mi dicevo: può darsi che sbaglio, me l'ha giurato e deve essere vero.

In questa casa c'era molta allegria. Ci siamo messi a tavola, mi hanno dato da mangiare, da bere. Ho mangiato un sacco, perché avevo fame. Ho bevuto molto vino. Più bevevo e più mi versavano da bere. Ero mezza ubriaca. Tutti ridevano, sbevazzavano, cantavano, era una festa bellissima.

Tutto a un tratto mi volto e non vedo più Sisto. Dico: mio marito dov'è? È andato al gabinetto, mi rispondono. Bevi, bevi, dicono. E io continuo a bere. Poi guardo meglio e vedo che pure Rita è sparita. Dico: dov'è Rita? Al gabinetto mi rispondono. Allora mi alzo, tutta ubriaca com'ero e vado al gabinetto.

Al gabinetto non c'erano né lui né lei. Se n'erano andati. M'avevano lasciata sola. Da quella sera Sisto s'è messo a vivere con lei. Mi ha abbandonata.

Ho dovuto sgombrare la casa perché non sapevo come pagarla. Me ne sono andata per qualche tempo ad Anzio da mio fratello Nello. La roba me la sono dovuta vendere. Per pagarmi il viaggio mi sono dovuta impegnare pure le scarpe.

Da Nello non ci stavo tanto bene perché la casa era piccola, c'erano i figli, e la moglie che non simpatizzava con me. Era tempo di guerra; c'era fame per tutti. Ogni giorno suonavano le sirene e tutti dovevano correre al rifugio. C'era una sirena lì ad Anzio che sembrava un gatto; non aveva voce; piangeva. Noi però al rifugio non ci andavamo. Chi veniva a bombardare lì sul mare?

Ho passato tre anni di guerra senza mai vedere una bomba, sul mare, col figlio, i nipoti, la cognata che mi guardava storto. Aiutavo Nello a vendere il pesce, andavo al mercato con lui. Mi davo da fare in modo che mia cognata non protestava per l'ospitalità.

Il mio compito era pulire i pesci per i clienti. Veniva una signora: mi dà due chili di alicette? E io pulivo, sciacquavo, pesavo. Veniva un'altra: mi dà un cefalo, due ombrine, uno scorfano? E io lavavo, raschiavo via le scaglie con quattro colpi di coltello, ero diventata bravissima, poi aprivo la pancia con la punta della lama, tiravo via le interiora, lavavo e incartavo.

Quando rimaneva il pesce, mangiavamo quello, quando non rimaneva niente, ci cuocevamo le interiora. Buttavamo queste viscere in una pentola con un po' di olio e friggevamo. Erano buone anche se un poco indigeste.

Da principio andava tutto bene. Poi è venuta la penuria. Gli uomini partivano per la guerra. Le donne non avevano soldi. La gente non comprava più il pesce. Nello si disperava. Faceva un sacco di fatica per un poco di guadagno. Si vendevano solo i pesci da poco prezzo, le sardelle, le aguglie, i calamari, i lattarini. Ma su quelli c'era poco da scialare. E mia cognata mi guardava sempre più brutto e Nello diventava sempre più nervoso.

Io dormivo in un lettuccio sgangherato, con la bottiglia d'acqua calda fra i piedi. Quando non riuscivo a prendere sonno, facevo il gioco della mamma, mi carezzavo da me. Avevo venticinque anni, ero piena di salute, sentivo la mancanza dell'uomo. Avevo qualcuno che mi stava intorno, ma non mi convinceva per la troppa bruttezza e la troppa prepotenza.

Sisto era partito militare. Stava a Cefalù, in Sicilia. Poi l'hanno mandato a Termini Imerese. Mandava delle lettere allegre, dicendo che stava bene, che prendeva il sole, che si arrangiava coi militari. Si era fatto trasferire alle cucine e pizzicava sul rancio dei soldati; aveva pure messo da parte dei soldi.

Un giorno mi scrive e dice se voglio andare a trovarlo. Dice: "vieni, ti fai due bagni, prendi il sole, qui si sta bene". Io non sapevo se andarci o non andarci. Avevo il bambino piccolo, non sapevo dove lasciarlo. Mi seccava di ridarlo alle sue zie, ma avevo pure voglia di andare in Sicilia a trovare Sisto. Scriveva che aveva litigato con Rita, che si erano lasciati per sempre.

La verità, l'ho saputo poi, è che Rita era scappata con un siciliano. Se n'era andata e poi è tornata. Ma allora lui diceva che non la voleva più vedere, che era tutto finito. E io avevo il desiderio di tornare con lui. Pensavo: ora questo s'è pentito, fa il militare, ha messo da parte dei soldi. Mi ci ero attaccata a questo marito. Innamorata non proprio, ma affezionata sì.

Dico: lascio il bambino a Ines e me ne vado in Sicilia a fare quattro bagni. Però c'era il problema che io con mia cognata non ci parlavo più. Allora ho chiamato una vecchia che conoscevo, una certa Baldina e le ho detto di andare da Ines e di dirle se mi teneva il bambino per un po'. Baldina è andata, è tornata. Dice: Ines è contentissima di ospitare Maceo, dice di mandarlo subito che ci pensa lei a dargli da mangiare e pure l'istruzione; anzi ha detto che sei una madre incapace e che più sta lontano da te questo figlio e meglio è. E tu Baldina, dico, mi vieni a raccontare queste scemenze? Prendi il figlio, portalo da Ines e se lei ti parla di me, turati le orecchie, è una vipera quella donna e sempre lo resterà.

Così Baldina ha portato Maceo da Ines e io sono partita per la Sicilia. Arrivo a Catania, candida candida, scendo dal treno con una bella valigia rossa e per poco non vengo trapassata da una scheggia rovente. Per fortuna che m'ero chinata per posare la valigia. Alzo la testa, vedo tutta la gente che scappa, che si acquatta sotto i treni. Dico: ma che succede! Io la guerra non l'avevo mai vista.

Sento uno che mi dice: scappa scappa! arrivano altri aerei! Ma io non sapevo dove scappare, fra tutti quei treni, quei binari, quella polvere. Prendo la valigia e faccio per attraversare la stazione. In quel momento sento un botto e poi la terra si mette a tremare. Io ferma, impalata in mezzo alla stazione vuota, non potevo andare né avanti né indietro. Ero paralizzata.

Aspettavo che finiva quel terremoto. E invece non finiva. Anzi, ad un certo momento, ho girato la testa e ho visto che il tetto della stazione stava venendo giù, mi stava crollando addosso. Allora ho ritrovato il coraggio, ho acchiappato la valigia e mi sono messa a correre a perdifiato.

Ho raggiunto una folla di gente che stava rannicchiata per terra in mezzo a una piazza. Dico: ma perché ve ne state qui in mezzo? Dice: qui siamo al salvo dalle case che crollano. E infatti le strade erano ingombrate da muri, tetti, balconi, calcinacci. Al centro della piazza era sgombro.

Dopo un minuto però hanno cominciato a scappare pure dalla piazza perché c'erano certe schegge infuocate che schizzavano da tutte le parti. Gli alberi bruciavano, l'asfalto si spaccava. Ho visto due uomini cadere feriti da queste schegge. Uno è stato preso in piena faccia che la testa quasi gli si è staccata dal corpo e un altro alle gambe. Il primo è morto, l'altro è rimasto lì per terra, con le gambe ferite, a gridare.

Io andavo appresso alla folla. Loro scappavano, io scappavo con loro. Ad un certo punto vedo che siamo vicini al porto. La gente si arrampicava sulle rocce, si buttava in mare. Io mi ficcavo sempre con la testa dentro a qualche buco perché avevo paura che mi colpivano la testa. Il corpo poteva pure stare fuori, ma la testa doveva stare al coperto; e cosa facevo come gli struzzi, fra quelle rocce, in mezzo alla confusione e ai lamenti dei feriti.

Oh Dio, Dio mio! dicevo, chissà se lo rivedo mio figlio! Andavo avanti e indietro, secondo il rumore degli squadroni bombardieri. È durato non so quanto quel bombardamento di Catania, una mattinata intera. Poi è finito e la gente ha ricominciato a camminare in mezzo alle macerie.

Mio marito stava vicino a Palermo e io dovevo proseguire col treno. Allora mi sono messa dietro a una famiglia che era composta di madre, padre e quattro figli, tutti grandi e grossi. Si portavano appresso i materassi, il comò e le sedie.

Dico: signora, io devo andare a Marsala perché mio marito si trova là; come devo fare perché io non sono pratica e neanche so più dov'è la stazione. La signora che camminava a piedi scalzi, con una cassettiera sulla testa, mi dice: non ti preoccupare che ti accompagniamo noi; anche noi dobbiamo riprendere il treno. E così mi sono messa appresso a questa famiglia. M'hanno subito dato un rotolo di tappeti da portare e via verso la stazione.

Non so come, in mezzo a quella confusione, la stazione crollata, le pensiline bruciate, i binari sconvolti, c'era un treno che partiva per Siracusa. La madre monta su, montano il padre, i figli con tutta la roba casalinga. E io monto dietro di loro. La gente era tanta che non c'era posto neanche in piedi. Io mi sono trovata dentro il gabinetto, assieme a uno dei grassoni che teneva un materasso sulla testa. Nel lavandino c'era un neonato che strillava e un altro bambino stava in piedi sulla tazza del cesso.

Il treno camminava piano, io mi sentivo dolere le gambe, il rotolo di tappeti mi pesava sulla testa. Dico: adesso lo butto fuori dal finestrino. Ma non potevo farlo perché c'era quel gigante che mi teneva gli occhi addosso e ogni volta che mi spostavo un poco, diceva: attenta ai tappeti, sono preziosi!

Finalmente arriviamo a Siracusa. Il grassone scende e con lui scendono la madre, il padre e gli altri figli. Dal finestrino gli passo il rotolo dei tappeti e li saluto. Dice: ciao Teresa, noi qui siamo arrivati, ciao e buon proseguimento! Dico: ma come faccio per andare a Marsala? Dice: chiedi al bigliettaio, noi non lo sappiamo.

Ma non c'erano bigliettai. Poi vedo che tutti scendono. Il treno non si muoveva. Rimango sola nel vagone e mi seggo un po' per riposare. In quel momento sento uno scossone. Dico: meno male, si parte! Invece stavano staccando la locomotiva.

Dopo un'ora che stavo così, vedo che il treno proprio non si muove; allora scendo e comincio a chiedere a destra e a sinistra: scusi, come si fa per andare a Marsala? Uno mi dice: non ci sono più treni per oggi. Un altro mi fa: fra poco c'è un treno per Palermo, prenda quello. Insomma alla fine monto su un treno su cui c'era scritto DIRETTISSIMO PER PALERMO. Dico: ma va a Palermo questo treno? Dice: sì, sì, parte fra due minuti. Per fortuna trovo un posto a sedere su una panca. Mi seggo e mi addormento tanto ero stanca e appesantita. Il treno parte.

Dopo tre ore mi sveglio che era notte e vedo che il treno è fermo. Si sentivano i grilli e un abbaiare di cani. Dico: ma dove siamo? Dice: in campagna. Dico: ma perché siamo fermi? Dice: per un guasto. E così siamo rimasti fino alla mattina dopo.

La mattina ripartiamo e dopo qualche ora arriviamo a una stazione. Dico meno male, sono a Palermo. Invece era Caltanissetta. Dico: e ora come faccio per raggiungere Palermo? Dice: prenda subito quell'altro treno che sta partendo proprio adesso. E infatti prendo questo treno e il giorno dopo sono arrivata a Palermo.

A Palermo non c'erano treni per Marsala. Dico: ma come si fa ad arrivare a Marsala? Dice: aspetti. Io mi metto nella stazione e aspetto. Dice: la linea è danneggiata, un treno è saltato in aria; stanno riparando.

Aspetto, aspetto, il treno non arrivava mai. In quella stazione fumosa ho fatto amicizia con altri passeggeri e siccome sono compagnona, allegra, tutti mi volevano, mi davano da mangiare, pane e salame, arance, supplì. Ero nutrita bene. Aspettavo il treno.

Finalmente, dopo tre giorni di aspettativa, dicono che si è riaperta la strada per Marsala e partiamo. Il treno andava così piano che se uno scendeva, si faceva una pisciata e poi tornava, faceva in tempo a prendere il vagone appresso al suo.

A Marsala smonto. Comincio a cercare questa pensione Stella Alpina dove abitava mio marito ma nessuno sapeva dov'era. Io con la mia valigia sulla testa, i vestiti sporchi, laceri, sembravo una sfollata. Si avvicina un cocchiere. Dice: vuole una carrozzella? Dico: quanto costa? Dice: niente. Così salgo e questo mi porta alla pensione Stella Alpina. Scendo e faccio per andarmene. Il vetturino dice: sono trenta lire signora. Dico: ma se m'aveva detto che non pagavo niente! E lui si arrabbia. Quel niente era tanto per dire, come un complimento, perché non gli sembrava onorato parlare di soldi, ma i soldi poi glieli dovevo dare. E non c'è stato verso.

Trovo mio marito dimagrito, più bello. Mi abbraccia, mi bacia. Dice: con Rita è proprio finita per sempre; io voglio te che sei mia moglie; come sta mio figlio Maceo? Insomma era gentile, affettuoso, tutto caldo e io mi sono allargata il cuore.

Però lì stavamo male. Non c'era da mangiare, quattro o cinque volte al giorno ci toccava scappare per i bombardamenti, le case cadevano, tutto bruciava. Ma muoverci non potevamo perché per andare al nord ci voleva il lasciapassare e noi non ce l'avevamo. A Messina c'erano i tedeschi che bloccavano tutti.

Un giorno poi entriamo in un ristorante, una specie di bettola arrangiata sotto una tettoia di lamiera, e incontriamo Rita con un siciliano, baffuto, biondiccio. Lei fa finta di niente. Sisto invece diventa pallido. Dico: siediti, mangiamo! Che ti importa di lei? non hai detto che era tutto finito? Lui invece non mangiava. Stava seduto rigido e la guardava fisso.

Allora Rita, per rabbia o paura, non lo so, si alza ed esce. Io penso: meno male che se n'è andata! Ma non faccio in tempo a voltarmi che Sisto è già corso appresso a lei. Mi lascia sola dentro a quella bettola come una scema.

Io subito esco fuori e li vedo che discutono faccia a faccia. Allora mi butto addosso a loro e li prendo a botte. Lei, appena ha visto come si mettevano le cose, è scappata. Lui era bianco, tremava. Gli ho detto: vattene via, infedele! vattene da lei! Dice: no, io voglio stare con te. Dico: ma se sei geloso di lei e te ne muori! Dice: non è vero. Ma io avevo visto che era geloso e quando uno è geloso vuol dire che è innamorato.

Proprio in quel momento arriva un bombardamento terribile. E tutti cominciano a correre. Sisto m'afferra per un braccio e mi porta in un rifugio. Dico: oh Dio, questa volta muoio sul serio. Addio figlio mio! Perché vedevo la terra che saltava, si spaccava, il fuoco che si infilava dappertutto. Sisto mi faceva coraggio, mi abbracciava. A Rita non ci pensavo neanche più. Avevo paura di morire lì sotto terra come un sorcio.

In quel bombardamento è crollata pure la Stella Alpina. E Sisto ed io ci siamo trovati senza tetto. Allora mio marito aveva un amico, un certo capitano Cacato. Questo capitano si era portato appresso l'amante da Roma, una bella donna con una treccia grossa e nera e lunghissima che le sbatteva sul sedere.

Il capitano aveva trovato un casale fuori Marsala. E dice a mio marito; vieni pure dentro a questo casale tu e tua moglie, lì ci sono dei letti. E infatti ci siamo trasferiti in questo casale in mezzo ai campi. C'erano altri cinque militari; e questa signora con il suo capitano. Loro avevano una camera e noi un'altra. Il resto dei militari dormivano sotto, in uno stanzone dove stava ammucchiato il fieno.

Di giorno i militari uscivano e noi due donne ci tenevamo compagnia. Pure lei era venuta dal centro Italia per trovare il suo uomo e mi compativa. Diceva: sei stata attratta dall'amore come me, ma siamo stupide perché qui finiamo morte sotto le bombe e quando uno è morto chi lo rivive più?

Intanto girava la voce che avevano acchiappato Mussolini. Prima dice che l'avevano acchiappato per fucilarlo, poi che era scappato. Alla fine è venuta la notizia che un tedesco aveva ammazzato Mussolini a colpi di coltello per gelosia di donne, e che il re era fuggito con i soldi del trono. Allora i militari si sono sciolti; chi partiva da una parte, chi dall'altra. Dice che non c'era più esercito, non c'era più re, non si sapeva se c'era la guerra oppure no e non si sapeva contro chi si doveva combattere. Sisto dice: andiamocene da qui, torniamo a Roma, mi sono stufato di questa guerra. Dico: andiamo! Però non avevamo il lasciapassare per lo stretto di Messina.

Comunque abbandoniamo il casale, salutiamo questo capitano e la signora che per lo spavento la treccia le si era intorcinata e rattrappita come un cordino. Prendiamo una strada, e poi un'altra. Ma su tutte le strade bombardavano. E noi sempre a scappare.

Dormivamo nascosti nei campi, perché mio marito era fuggitivo.

Era molto impensierito e mi diceva: se mi prendono i tedeschi mi fucilano per diserzione, se mi prendono gli americani mi fucilano per guerra nemica, e io che faccio?

La notte passavano i tedeschi, coi fucili, le mitragliatrici. Noi stavamo distesi fra l'erba, senza fiatare. Oppure dentro una grotta, in silenzio. La paura non mi faceva neanche sentire fame. Ma avevo sempre brividi di freddo. E più mi coprivo e più stavo infreddata. Avevo la febbre. Dice: ma questa è febbre di malaria! Infatti era così. Però non c'erano medicine. E poi dovevamo camminare sempre, non ci potevamo fermare. Un po' m'appoggiavo a Sisto, un po' dormivo per terra. Ma ero sempre in viaggio verso il nord.

Per la strada una sera si ferma un camion di soldati americani. Sisto dice: oh, Dio, siamo perduti! Invece quelli erano buoni, ci sorridevano. Dice: dove andare? dove andare? Sisto gli fa: giù verso Messina. E loro: montare, montare! però a Messina scendere perché lì tedeschi, lucche lucche, non possiamo. E noi montiamo.

A Messina era tutto macerie, una sporcizia, un puzzo; la gente dormiva sotto le tende, dentro le barche. C'erano morti, feriti. I più erano scappati. La città era mezza svuotata. Arriviamo al porto e chiediamo se c'è un modo per passare lo stretto. Ma non c'era niente. Il mare lo bombardavano come la terra, ribolliva di bombe, una zompava e un'altra subito appresso. Perciò le navi non passavano, non passava una mosca in quello stretto.

Dopo qualche giorno che dormivamo accampati e mangiavamo fichi secchi, arriva uno e ci dice che con un po' di soldi si può passare lo stretto. E come? fa Sisto. E quello dice: mettetevi in mezzo a queste casse, su questo traghetto e potete passare. Va bene, diciamo e facciamo così. Abbiamo pure pagato caro. Per fortuna che mio marito aveva dei soldi da parte e un orologio d'oro che ha dovuto dare pure quello.

Insomma saliamo su questo traghetto. Era tutto carico di casse. Sopra le casse c'erano stese delle frasche, tante frasche. E noi ci sistemiamo in mezzo a queste casse, stretti stretti e partiamo.

Quando siamo in mezzo al canale, cominciano le bombe: bum, burubum! cadevano proprio vicine. L'acqua schizzava da tutte le parti. Ma non ci colpivano mai.

Finalmente arriviamo dall'altra parte. Scendiamo tutti fradici, rattrappiti; ringraziamo e ce ne andiamo. Mentre camminiamo mio marito mi fa: lo sai che c'era in quelle casse? Dico: no, che c'era? Dice: erano tutte munizioni, tutte bombe, tutte armi. Dico: ora me lo dici incosciente! Dice: se te lo dicevo prima che facevi? Dico: io non ci salivo su quella trappola con tutte le munizioni! E invece è andata bene, dice, perciò ringrazia il padreterno. E io dico: mi hai fatto rischiare la vita per la fretta tua!

Sulla barca c'erano pure dei soldati tedeschi che scappavano verso il nord. Mi dicevano: signora no, te non alza la testa perché capitano arrabbia. E io stavo bella nascosta, avevo le frasche sulla testa. Sentivo bum, bum! pensavo: quando mi acchiappano qui sotto? E invece bastava una scheggetta che diventavo cenere.

Sbarchiamo in Calabria, a Radicona. E lì non c'erano treni. Erano saltati tutti per aria, tutti bruciati, le ferrovie erano spaccate. Proprio come volevi tu, dico, guarda che guaio!

C'erano morti per terra che nessuno li raccoglieva. Come camminavi vedevi morti senza testa, senza braccia, con le budella di fuori e li scavalcavi. La gente ormai ci aveva fatto l'abitudine, non li guardava neanche più. Dice: andiamo verso il nord. Dico: a piedi? Dice: a piedi. E infatti ci avviamo, così camminando, verso Roma.

Ad un certo punto, sulla strada, arriva un bombardamento con una bomba dietro l'altra che non lasciavano neanche il tempo di raccapezzarsi. La gente scappava, urlava, cadeva. Io mi trovo da una parte con delle donne. Sisto non lo vedo più. Dico: va bene, vuol dire che lo ritroverò dopo. Mi acquatto in un fossatello. Passa uno squadrone e poi un altro squadrone. Ogni squadrone buttava giù una ventina di bombe.

Finalmente sembra che è finito. Mi alzo. Cerco Sisto. Non c'era; era sparito. Lo cerco dappertutto; torno indietro un pezzo, guardo fra i morti. Penso: sarà morto questo marito mio. Ma fra i morti non c'era. Dico: sarà morto in tanti pezzetti che neanche riesco più a riconoscerlo. E ora che faccio? Non potevo restare lì a piangerlo e allora mi metto appresso alla folla che veniva su verso Roma.

Questa gente aveva scatolette, pane secco. Si sedeva per terra e mangiava. Io mi ero accodata. Qualche cosa toccava pure a me. Era gente buona. Dice: e tu non mangi niente? Dico: non ho soldi. E sempre mi davano qualcosa.

Facevamo tanti chilometri per trovare la ferrovia. Prendevamo il treno. Poi la ferrovia si interrompeva. Scendevamo e rifacevamo altri chilometri a piedi, fino a che trovavamo un altro pezzo di ferrovia. Dormivamo sotto gli alberi, avvolti nei giornali. Per fortuna era estate.

In Calabria mi sono sentita male. Mi ha ripreso la febbre alta. Tanto alta che non potevo stare in piedi. Tremavo come una tarantolata. Allora m'hanno portata dentro una casa di contadini, m'hanno dato una coperta, e m'hanno lasciata lì. Gli ho detto che venivo dalla Sicilia, che avevo preso la malaria, che mi era morto il marito. E loro m'hanno tenuta finché la febbre non è scesa.

Stavo in quel letto che poi non era un letto ma un materasso per terra e pensavo: chissà che fine ha fatto quel marito mio sciagurato! E immaginavo le cose più brutte, com'era morto, com'era scoppiato sotto le bombe, chissà se ha sofferto o è morto tutto d'un colpo! pensavo. Mi dispiaceva che era morto.

Questi contadini non si vedevano mai perché stavano al lavoro tutto il giorno e anche parte della notte. Della famiglia erano rimasti solo il padre, due figlie e un bambino di nove anni. Gli altri figli, uno era morto da pochi giorni, un altro era in montagna sopra Cuneo, partigiano, e un terzo era disperso in Russia. La madre era morta di parto dell'ultimo figlio.

Questo padre con l'artrite che lo piegava in due e le figlie e il bambino zappavano la terra tutto il giorno. La sera rientravano, mangiavano un boccone e poi riuscivano per portare le bestie al pascolo. Di giorno le tenevano nascoste per paura che se le portavano via i tedeschi.

Dopo una settimana finalmente mi libero dalla febbre. Saluto, ringrazio e me ne vado. Riprendo a camminare. C'era sempre gente che andava verso Roma. Mi aggruppo con loro e marcio. Ogni tanto scendeva un aereo a picchio e mitragliava sulla folla. Tutti si buttavano per terra, nei fossi, per i campi.

Una di queste volte, sento l'aereo che cala, mi butto al lato della strada, rotolo giù da una scarpata e vado a finire dentro una buca piena d'acqua. Sono sprofondata fino al collo. Il fango mi è arrivato alle sopracciglia. Avevo la bocca piena di terra.

Dopo m'hanno tirata fuori in quattro. Il vestito me lo sono asciugato al sole, ed è diventato una crosta grigia. Le scarpe le ho lasciate in fondo alla buca nella melma. Ero ridotta proprio male. Sputavo, tossivo. I piedi mi si sono induriti a forza di camminare scalza, mi si era formata come una suola di scarpa.

Arrivo a Roma così, scalza, infangata, zozza. Mi dicevano: ma com'è, scalza? Dico: ho fatto il voto alla madonna. Mi vergognavo a dire che non avevo i soldi per comprarmi un paio di scarpe. Nella buca avevo perduto pure la valigia con tutte le fotografie di mia madre, dei miei fratelli, le camicie di Sisto, i miei due vestiti di ricambio, tutto perduto.

Per prima cosa vado da mia cognata Ines per rivedere il pupo. Questa Ines non voleva neanche aprire la porta. E io mi sono messa lì fuori, seduta sui gradini e ho detto: io di qui non mi muovo finché non mi fai vedere il figlio mio.

Alla fine me l'ha fatto vedere: biondo, bello, era cresciuto, pareva un altro. Me lo sono abbracciato che ero proprio contenta. Dicevo: povero figlio senza padre che è morto nella guerra assassina! E m'è venuto pure da piangere.

Dopo due mesi improvvisamente torna mio marito. Dico: ma come? io t'avevo dato per morto! Dice: sono stato per morire veramente, sono rimasto all'ospedale per un mese. Invece poi scopro che era andato a Catanzaro con una siciliana che aveva incontrato sotto le bombe e avevano preso pure una casa in affitto insieme.

Questa siciliana poi è arrivata qualche mese dopo. Era incinta di lui, me l'ha detto. Mi pare che si chiamava Irma, non mi ricordo bene. Ma Sisto non l'ha voluta e lei se n'è andata con un altro, un amico di Sisto chiamato Barbarossa. Era una bella ragazza questa Irma. Aveva una faccia un po' equivoca. Aveva un gran sedere, un pettone, due piedi piccolissimi che uno si chiedeva come faceva a reggersi in equilibrio.

Io credevo che Sisto l'aveva mandata via per me, invece lui era sempre con l'idea di Rita. E dopo qualche mese che eravamo tornati insieme, hanno ricominciato a vedersi di nascosto con questa Rita infame.

A me intanto m'aveva ripreso la febbre malarica. Allora vado all'ospedale. Dice: chinino non ce n'è più, quindi è meglio che torni a casa. Io però non ce la facevo neanche a camminare. Dice: devi andare perché non ci sono letti. E mi buttano fuori.

Lì fuori, sulla porta incontro l'infermiera dello psichiatrico, quella che mi toglieva il latte con la pompetta. Ci abbracciamo, ci baciamo. Poi lei mi dice: ci penso io a farti passare la febbre. Dico: grazie! e cosa devo fare? Dice: tu dammi qualche dollaro e io ti procuro del chinino al mercato nero. Dico: e chi ce l'ha i dollari? Dice: ma come, tutti hanno dollari, c'è un gran giro di dollari a Roma. Dico: io non ho né dollari né lire. Dice: che mi puoi dare? Non avevo niente, giusto la fede. Dico: ti do la fede. Era bella, grossa, d'oro. E lei dice: va bene, dammi la fede.

Mi porta a casa sua, mi fa stendere, mi fa una iniezione nera che sembrava inchiostro. Appena me la fa, svengo. In vita mia ero svenuta solo una volta. Quella è stata la seconda volta.

L'infermiera mi dà degli schiaffi, un sacco di schiaffi. Finalmente mi sveglio. Sento che grida: Teresa! Teresa! Si era spaventata. Apro gli occhi e vedo che s'affannava tutta rossa, mi dava pizzichi, schiaffi, mi metteva le dita in bocca. Dico: basta, basta, sto bene. E infatti da quella volta la febbre mi è passata e non mi è tornata più.

Abitavo con Sisto ma non poteva durare, perché lui si vedeva con Rita e ogni giorno diventava più scostante. Una mattina poi li ho visti tutti e due che camminavano a braccetto sotto casa. Allora mi sono arrabbiata. Non ho detto niente. Sono rientrata, ho messo un po' di roba in una valigia e sono andata via.

Vado da Egle e le racconto tutto. Lei mi fa: va bene, va bene, adesso ti aiuto io. E mi fa conoscere delle sue amiche, una certa Lilia e un'altra che si chiama Gemma.

Queste due donne erano già state in galera. Io non lo sapevo. Ero una carlona, una ingenua. La prima andava per borseggio, l'altra per appartamenti. S'arrangiavano, erano ladre insomma.

Io non capivo niente; mi sembravano brave. Le vedevo che erano generose, mi offrivano il caffè, le sigarette. Ho imparato a fumare; fino a quel momento non sapevo come si fa. Me le guardavo bene e tenevo la sigaretta come loro, fra l'indice e il medio, come se niente fosse. Queste erano gentili, premurose. Dice: hai mangiato? Dico: no, mi mangerei una pagnottella però volentieri. Dice: ora ce ne andiamo a mangiare un bel piatto di spaghetti. Vieni con noi!

E mi portano a una trattoria tutta bella, grande, fornita. E pagano loro. Ogni cosa che mangiavo, pagavano loro. Allora io, dopo questa cosa, mi ci sono attaccata. Ho visto che erano buone, non le lasciavo più. E loro m'hanno portato a rubare.

Gemma viveva con la madre. Lilia viveva assieme con Gemma perché la madre e il padre non ce li aveva. Allora m'hanno portata a dormire da loro. Dice: vieni anche tu, un letto si rimedia. E mi davano da mangiare e da dormire. Andavamo al cinema, al varietà, pagavano sempre loro.

Un giorno Gemma dice: senti, mia madre fa la guardiana a una villa ai Parioli; fa la custode a questa villa. Ogni tanto va ad aprire le finestre e spazzola, scopa, ripulisce un po'. Ha le chiavi.

Dice: io rubo le chiavi a mia madre, apriamo, poi rompiamo la serratura e facciamo finta che sono stati i ladri. Dice: lì ci sono milioni, c'è l'oro, i marenghi, l'argenteria; i padroni sono in villeggiatura in Svizzera. Era luglio, agosto. Dice: ci sono tre milioni là dentro, noi li rubiamo e poi dividiamo, facciamo un milione per uno.

Io ero una sempliciona. Ero amante della macchina. Dice: sai, dopo ti fai la macchina, ci facciamo le macchine e poi andiamo di qua, di là. Allora mi sono lasciata infatuare, mi sono lasciata prendere come una ragazzetta. Dico: ah, ci facciamo la macchina! e che macchina ci facciamo?

Avevo ventotto anni, ma ancora non capivo tanto. Non avevo vissuto. Allora queste qua m'hanno svegliato proprio bene. Prima tutto miele, poi la galera.

Con noi doveva venire pure un certo Luigi, detto Tango. Era un amico loro, che aveva il camioncino. Io quando vedo questo Tango, mi sono un po' sconcertata. Aveva la faccia brutta, equivoca. E Gemma subito: ma che fai, ti tiri indietro? pensa alla macchina che ti farai dopo, ti farai i vestiti, il brillante, giù e su. E io, tutta infiammata, dico: va bene, andiamo pure a questa villa!

Tango mi fa: tu vai dentro l'appartamento. Verso le cinque, le sei, noi veniamo, ti fischiamo e tu ci scendi la roba dalla finestra. Quando senti questo fischio vuol dire che siamo noi e apri. Dico: ma perché proprio io devo entrare là dentro? Dice: perché tu sei la più agile, la più mingherlina. Dico: va bene.

Vado in questo appartamento. Apro la porta con le chiavi. Entro, e comincio a girare. Era una casa grande, piena di armadi. Frugo, cerco, guardo; non trovo né milioni né marenghi d'oro. C'era l'argenteria, questo sì, e degli animali di pietra trasparente, ma non sapevo se erano preziosi o no. C'erano alcuni bicchieri smaltati. Prendo tutta questa roba e la metto dentro un sacco. Appoggio il sacco vicino alla finestra che dà sulla strada. E aspetto.

Aspetto, aspetto, quelli non venivano mai. Nella stanza c'era un bel letto principesco, allora prendo e mi ci sdraio sopra per riposare un po'. E subito mi addormento. Credo che ho dormito due, tre ore, non lo so. Mi sveglia improvvisamente lo squillo del telefono. Faccio per rispondere ma poi mi trattengo. M'avevano detto di non rispondere a nessuno, di non fiatare.

E così ho fatto. Non ho risposto. E suonava, e risuonava. Poi ho saputo che erano loro che mi avvertivano del ritardo. Dico: forse sono loro, che faccio, rispondo? Ma per non sbagliare non ho risposto. E ho seguitato a stare lì. Aspettavo.

Tutto a un tratto mi viene la voglia di andare al gabinetto. Allora esco dalla camera da letto. Vado al bagno. Era una stanza con tutti i vetri, questo gabinetto, tutti vetri arancione. Questi vetri davano sulla tromba delle scale.

Mentre che sto per sedermi sul cesso, vedo un'ombra dietro questi vetri. Era qualcuno che saliva le scale. Mi rialzo subito. Dico: qui è meglio che non ci sto. E me ne ritorno nella camera da letto.

Ma mi scappava di andare al gabinetto. M'avevano preso i dolori di pancia. Allora ho cercato dappertutto se trovavo un vaso da notte; ho scovato una brocca di cristallo e l'ho fatta lì dentro. Poi ho appoggiato questa brocca sulla tavola e mi sono messa a ridere da sola pensando alla faccia dei padroni davanti alla brocca piena di piscio.

Si erano fatte le undici di sera e questi ancora non venivano. Io cominciavo a stufarmi. Dico: ora me ne vado, qui non passa nessuno, si vede che mi hanno dimenticata.

Apro piano piano la serranda. Vedo che la strada è vuota. Prendo il sacco con la roba trafugata e delicatamente, senza fare rumore, mi calo dalla finestra.

Un momento dopo che io ero uscita, sono arrivati loro. Dice che hanno fischiato, fischiato. Ma io dico: come, dalle cinque che dovevate venire vi presentate alle undici! e io come facevo a sapere che arrivavate così tardi?

Mentre questo Tango stava a fischiare, sono arrivati i carabinieri. Perché il guardiano aveva visto la serranda mezza aperta e aveva pensato: qui c'è dentro qualcuno. E aveva chiamato la polizia. Così sono arrivati i poliziotti, hanno fermato Tango e l'hanno portato dentro. Lui ha detto che stava facendo la caccia a una serva, e che fischiava a questa serva, ma non ha attaccato.

Le due donne le hanno arrestate due giorni dopo. A me non mi hanno preso perché ero fuggitiva. Però poi hanno acchiappata pure me, perché Rina, la sorella di Tango ha fatto la spia. Dice: guardate che Teresa sta nascosta laggiù, cercatela che sta inquattata per di là.

Io stavo al magazzino dell'UNRRA a Monte Sacro. Stavo nascosta lì da un'amica mia che faceva la guardiana a questo magazzino di viveri. Era una che avevo conosciuto nei bar, con Egle.

Stavo nascosta da qualche giorno. Una mattina esco per andare a prendere un caffè, e m'accorgo che c'è un poliziotto fermo davanti alla porta che mi guarda. Io non lo sapevo ma avevano dato i connotati. Avevano detto: cercate una rossa così e così. Io infatti m'ero tinta i capelli da poco. M'ero fatta tutta rame, parevo un peperone.

Allora vedono una rossa e mi danno l'alt. Io mi metto a correre. E loro dietro. Dicevano: eccola, prendetela! prendetela! Per farmi acciuffare una donna s'è messa a inseguirmi gridando: m'ha rubato la borsa con i gioielli! E invece non era vero. Lo diceva per farmi acchiappare dai passanti.

Scappo a più non posso; mi vado a infilare dentro un cancello. Lì alla Batteria Nomentana ci sta un albergo molto grande. Io apro il cancello di questo albergo e imbuco una discesa che porta alla cantina. Questa cantina era uno stanzone gigantesco dove mettevano tutti gli impicci dell'albergo. Vedo un armadiozzo tutto sporco ma grande, tutto sgangherato e mi vado a cacciare dentro a questo armadio.

Attraverso gli sportelli chiusi sentivo le serve, i servi che baccagliavano. Poi sento durudum, durudum, i piedi di qualcuno che entra. Dice: avete visto una donna qui? una ragazza scappata, un po' rossa di capelli? Noi non abbiamo visto nessuno, dice una veneta che aveva la voce strillante. No, no, qui non è venuto nessuno, dice un altro con la voce bassa. Noi siamo noi, dice, qui lavoriamo, non abbiamo visto entrare nessuno.

Io, da dentro l'armadio sento tutto. Sento che i carabinieri sostano un po', poi se ne vanno; sento che i servi ricominciano a litigare, a pulire, a pettegolare; sento la strada, tutto.

Quando ho capito che se n'erano andati, ho dato una botta allo sportello e sono uscita. Non ce la facevo più, mi stava a mancare l'aria.

Esco, torno al cancello, zompo su un muro, vado a finire di sotto, in un prato là di Monte Sacro, un prato grande dove giocavano al pallone. Guardo indietro per vedere se mi seguono, vedo un carabiniere che fa dei segni, mi metto a correre. Mi fermo un momento per riprendere fiato e ricomincio a scappare.

Cammino, cammino, mi sono trovata su una strada dove c'era un autobus che stava partendo. Ho preso questo autobus e sono scesa alla stazione. Da lì mi sono incamminata verso piazza Vittorio.

A piazza Vittorio m'hanno presa. Mentre stavo a entrare in una pizzicheria perché avevo fame e mi volevo fare un panino con la mortadella, sento una che fa: eccola, eccola! Io mi rimetto a correre. E m'acchiappano mentre sto per svoltare l'angolo della piazza.

Le amiche mie stavano già dentro. Avevano detto che ero complice, avevano raccontato tutto. E così le ho raggiunte.

Prima di tutto mi fanno la fotografia, col lampo, due, tre, di profilo, di fronte, mi sembrava di essere un'attrice. Dice: voltati! Poi: rivoltati! Io, con tutti quei capelli rossi mi sentivo una bellezza!

Dopo le fotografie, dice: dammi la mano. Io dico: che vorrà dalla mano? me la vorrà leggere come uno zingaro, mi vorrà leggere se ho un destino di ladra. Gli do la mano. Lui me la prende e mi schiaccia il pollice e me lo intinge nell'inchiostro. Poi dice: pigia qua! Era l'impronta digitale.

Quando finisce questo strazio? dico, perché cominciavo a stufarmi. Volevo andarmene. Dice: no, dammi pure le altre dita. E cosa ho pigiato con tutte e dieci le dita. Poi dico: dove mi pulisco signor capitano? perché ero tutta sporca di inchiostro. Dice: non ce l'hai il fazzoletto? Dico: m'hanno levato tutto, ho solo il vestito che porto. Dice: pulisciti sul vestito, tanto non ti serve più.

Infatti mi hanno dato un grembiule sformato, grigio, che puzzava di varechina e mi hanno chiusa in una cella bassa bassa. Le prime ore stavo zitta, passeggiavo. Dicevo: va bene, pazienza, è finita così.

Ma poi, quando è venuta la notte mi sono sentita persa. Era la prima volta che stavo dentro. Mi mancava l'aria. Io volevo essere libera, ero sempre stata libera come un uccello di bosco, all'aria aperta, magari a mangiare pane e pomodoro, ma libera. Lì dentro, al chiuso, non ci resistevo.

Mi hanno dato un anno e nove mesi. Mentre Gemma e Lilia hanno preso quattro anni perché erano recidive.

Ero chiusa dentro da mesi e nessuno mi veniva a trovare, nessuno mi portava niente. Mai nessuno. I fratelli, il marito, le amiche, niente. Sisto stava con quella Rita e di me se ne disinteressava. Orlando mio fratello stava dentro pure lui perché era comunista, aveva rubato due quintali di farina e una damigiana di olio a danno dei tedeschi dell'Osservatorio. Era riuscito a scappare ma poi qualcuno di Anzio lo aveva denunciato per l'uccisione di un maresciallo tedesco e insomma questi tedeschi l'avevano riempito di botte e lo tenevano chiuso a doppia mandata.

Anzi poi è successo che mentre ero dentro sono entrati gli americani a Roma, me l'hanno fatto sapere. E Orlando è stato liberato da questi americani a cui subito ha rubato un mitra, una pistola e un paio di scarpe. Ma non l'hanno messo dentro perché era benemerito di resistenza.

In quel periodo è successo che mia sorella Iride si è fidanzata con un ufficiale americano e il giorno del loro matrimonio Orlando ha sistemato diciotto bombe anticarro intorno alla chiesa Sant'Antonio di Anzio. Ma nell'atto di farle scoppiare è stato visto da un certo De Lellis, carabiniere, e queste bombe sono state subito disinnescate.

Poi, sempre me l'ha scritto Orlando in carcere, si è messo a trafficare con gli americani in sigarette, caffè, cioccolata. E tutto andava bene. Finché un giorno non ha incontrato un negro che, col fucile spianato, ha cercato di violentare la moglie sua, Celestina. Allora Orlando ha fatto finta di cedere, gli ha detto a questo americano: fai pure, tanto di questa Celestina a me non me ne importa niente. Il negro si è tranquillizzato; ha posato il fucile e proprio in quel momento Orlando si è appropriato del fucile stesso e l'ha ammazzato con due colpi secchi in testa.

Ma neanche quella volta è stato preso perché è scappato con questa Celestina a Frosinone, imboscato. Ma poi a Frosinone, la moglie è diventata l'amante di un Commissario di Pubblica Sicurezza e appena si è messa nel letto con questo, ha trovato il modo di denunciare Orlando per un furto di biancheria. E così mio fratello è finito al carcere di Regina Coeli. E su di lui non potevo contare per niente.

Il solo fratello che mi poteva aiutare, Nello, stava in guerra. Con Nello sono sempre andata d'accordo. Mi ospitava, mi aiutava, mi dava i soldi. Aveva le barche questo mio fratello, era commerciante di pesce. Cantava. Aveva una voce bellissima; sapeva cantare da tenore, gli volevano tutti bene. Era l'unico bravo della famiglia che mi voleva veramente bene. La moglie sua però non mi poteva soffrire.

Sono stati tutti messi su dalle mogli questi fratelli. Si sono sposati tutte queste serve che ora sono diventate signore, s'atteggiano, parlano pulito. Mi odiano. Dice: eh, tua sorella ti fa mettere la maschera! Sono commercianti, stanno nei negozi, si danno aria di signore del mondo. Si sono ripulite queste serve, pettegole, avare, perfide!

Ho scritto a mio marito se mi veniva a soccorrere. Niente. Non mi ha neanche risposto. Quella lettera l'avrà pure strappata, non lo so. Comunque io stavo buttata là dentro, al freddo. Soffrivo la fame. Era ancora il carcere delle Mantellate che poi l'hanno trasformato in Rebibbia, anni dopo.

Allora, era verso il quarantaquattro, non c'era niente, le celle cadevano a pezzi, si moriva di freddo, non c'erano docce, non c'erano cessi, era un inferno. Avevo sempre fame. Le monache mi guardavano brutto perché protestavo.

Le monache di allora sono ancora lì la maggior parte. Suor Carmine che la chiamavano santa Carmine dalle mani dure. Tutti la conoscono per com'è cattiva. Con quelle mani di ferro stava sempre a picchiare. Adesso ci sta più attenta perché le cose sono cambiate dentro al carcere, e le detenute sono meno sopportatrici.

Poi c'era suor Amalia. Era brava, piangeva sempre. Era vecchia, non so se ora è morta. Ti dava uno schiaffo e poi piangeva. Era buona. Un'altra, suor Isabellona la spagnola, era un tipo forte, con le braccia forti, zappava la terra come un uomo. Quella sta bene solo con le assassine, è brutale, manesca. Quando ti acchiappa, ti dà un cazzotto in testa e sei a posto per una settimana. Prima picchiava forte, adesso, visto l'aria che tira diversamente, si raccomanda.

C'era anche suor Biancospino. È sempre stata brava, gentile d'animo. Sapeva scrivere bene, aiutava le detenute a compilare le lettere, leggeva molti libri. Con noi non alzava mai la voce. Purtroppo l'hanno mandata via per attriti con le altre suore. Non la volevano, dicevano che era troppo accondiscendente.

Poi c'è suor Michelina la furba; suor Quinta che ti fa il sorriso e sotto sotto cova veleno; suor Innocenza che basta che le porti i regali e va tutto bene; suor Lella degli Angeli che è una comandona, decide, punisce, fa tutto lei. Altre sono morte, altre sono state trasferite. Ma la maggior parte sono ancora lì e comandano forte, anche se ora sono costrette a dominare le mani, comandano sempre loro in tutto.

La santa Carmine, una volta che ho protestato lì alle Mantellate, nel '45, mi ha fatta legare al letto, ha ordinato di mettermi il giubbetto, m'ha fatto prendere a botte dalle guardie.

Per la conseguenza ho perduto un dente, un incisivo. Allora ci stavano le reti nelle celle, le reti di ferro che si piegano in due e hanno nel centro un ferro che sporge a uncino. Io, nel colluttarmi con le guardie che mi volevano acchiappare per forza e mettermi il giubbetto, ho sbattuto lì con la faccia.

Il giubbetto non ci sono riusciti a mettermelo, perché ero una belva; mi giravo a destra a sinistra come un'anguilla, gli sgusciavo di mano. Allora per rabbia uno di quelli m'ha sbattuto la faccia contro il ferro sporgente. Ho sentito un crac. La bocca mi si è riempita di sangue. Poi questo dente mi si era riappiccicato, così sembrava. Invece, col tempo, a mangiare forte l'osso di pesce, la scorza di pane duro, s'è messo a ballare nella gengiva e alla fine è scivolato via da solo.

Alle Mantellate allora il trattamento era terribile. Davano poco da mangiare, i muri erano come spugne piene d'acqua, non c'erano coperte, non c'erano gabinetti. Dovevi farla nel vaso e poi andarla a buttare nel pozzo comune. Per il freddo e l'umido molte diventavano tubercolotiche.

Si ammalavano di petto per le sofferenze della fame. Parecchie prendevano la pleurite. Chi non era aiutato da fuori stava male. Io, non so come non sono diventata tubercolotica perché a me nessuno mi ha mai mandato pacchi e vivevo di quello che passava il carcere. Forse perché ho i polmoni forti. Però ho sofferto la fame, una fame nera, avvelenata.

Improvvisamente, dopo alcuni mesi, m'hanno trasferito a Frosinone perché ho litigato con quelle mie amiche, Lilia e Gemma. Le quali, stando lì dentro, ho scoperto che si volevano bene come marito e moglie.

Ecco, dico, perché stavano sempre insieme; sempre insieme queste due! Ecco, dico, perché certe volte che discorrevano fra loro mi mandavano via e io ci rimanevo male! Volevo stare assieme a loro e non capivo perché mi cacciavano. Avevo visto che spesso si appartavano. E m'andavo a ficcare sempre in mezzo, volevo sentire, partecipare perché mi consideravo amica, e invece dipendeva dal fatto che fra di loro c'era l'amore e io ero tagliata fuori da questo amore.

Ma a parte ciò, ci siamo litigate per via che io le accusavo di avere parlato. Dico: mi siete venute a promettere: ci facciamo la macchina, ci dividiamo i soldi. Mi avete portato a rubare, mi avete fatto queste proposte e poi, appena prese, mi condannate e mi accusate!

Io, dico, ho negato tutto. Io non so niente. L'ho dichiarato subito al giudice, ai carabinieri, a tutti. A voi non vi conosco e non so niente. Avete fatto male a parlare; dovevate negare anche voi, dico, come me.

No, dice, noi i fatti li abbiamo raccontati come stanno, perché la galera come la pigliamo noi la devono prendere anche gli altri partecipanti al furto.

Ma come? dico io, prima mi insegnate, mi insegnate, e poi non sapete che la regola è negare?

Allora interviene una certa Pierina Lanza, una vecchia del carcere che aveva pratica di furti di appartamenti. Dice: allora voi siete andate a chiamarla, l'avete portata a rubare, le avete fatto la promessa della macchina perché avevate le chiavi di questo appartamento che conoscevate; l'avete sedotta perché prima lei non aveva mai rubato e poi ve la prendete con lei! Se è così dovevate lasciarla perdere questa Teresa, per i cavoli suoi. Perché l'avete portata a rubare e ora l'accusate? Cercate di pigliarvi la colpa una sola di voi e vi prendete meno anni tutti e tre. Ora che viene il processo ritrattate tutto, addossate la colpa a una sola e così le altre sono libere.

Questi sono affari miei, dice Gemma, tu non ti impicciare! Allora Pierina mi viene vicina e mi fa: bada che è cattiva, egoista, questa sardegnola è pessima, ti accuserà sempre perché è testarda e non ha sentimento.

Io però tanto nego sempre, dico io. E fai bene, dice Pierina! nega sempre che ti troverai bene.

Infatti in Tribunale io ho negato tutto. Dice il giudice: chi era che stava dentro l'appartamento? Gemma fa: quella, e indica me. Io dico: no, signor giudice, io non c'ero proprio. Allora il giudice chiede a Tango: insomma chi c'era dentro? Tango, che odiava Lilia, indica lei. E il giudice si è arrabbiato, ha mandato tutti al diavolo. Io ho preso un anno e nove mesi e dieci giorni. Lilia, Gemma e Tango hanno preso quattro anni.

Io li ho fatti tutti, l'anno, i nove mesi e pure i dieci giorni. Sono durati un'eternità. Ogni giorno mi sembrava un mese, ogni mese un anno.

La mattina mi alzavo, mi toccava rifarmi il letto. Tutto di corsa. Ma guai se non rincalzavi bene la coperta. Rimanevi senza cena. Poi andavamo giù al refettorio dove passavano un po' di surrogato che lasciava la bocca nera e cattiva.

Stavo lì a fare niente fino a mezzogiorno. A mezzogiorno mi davano una pagnottella uso militare e una gavetta di fagioli e pasta, tutto misto. Appena ne mettevo in bocca una cucchiaiata mi veniva da sputarlo. Ma mandavo giù tutto, per la fame che avevo che mi bucava lo stomaco.

Ingollavo ogni cosa e dopo mi doleva il fegato, ma non c'era niente da fare. Tante volte ci mettevano un pezzo di lardo rancido in mezzo a quella pasta, lo sentivo dall'odore di carogna. Allora questa pasta la mandavo giù per rabbia di fame, per non cascare per terra. Mi otturavo il naso e inghiottivo senza masticare.

La sera poi davano una gavetta piena di acqua calda. Questa acqua calda era chiamata brodo ma a tutto assomigliava fuorché al brodo. Dentro c'era un po' di patate, qualche pezzo di cipolla, un rimasuglio di fagioli spiaccicaci, tutto misto, un'acquarellone, un acquazzone che disgustava il palato.

Era molto aspettato questo brodo della sera, per via che era bollente e scaldava le budella. Ma la fame non la toglieva, anzi faceva venire appetito e poi tutta la notte mi rigiravo nel letto pensando a quello che avrei fatto per una bistecca. Una volta alla settimana davano un pezzo di bollito fatto in umido. Era agro, perché non so che sugo ci mettevano, di conserva, era aspro, legava i denti.

Ce ne stavano parecchie che ricevevano i pacchi dalla famiglia. Qualche volta, una di queste mi regalava una mela. Se però se ne accorgevano le altre povere, dicevano: pure a me, pure a me! E allora la donatrice, per non scontentare nessuna, finiva per non darmi più niente. Così mi dovevo contentare di stare a guardare le fortunate mentre aprivano i pacchi e scartavano la roba: bei tocchi di formaggio, pagnotte bianche come il latte, grosse pere succose, pesce secco, uva, tutta roba buonissima. Stavo a sospirare, a desiderare, con due occhi grandi aperti dalla voglia.

Io insomma con questa Gemma e con questa Lilia mi sono litigata brutto. Gli ho gridato: stregacce maledette, mi avete rovinata! Tu, soprattutto, dicevo rivolta a Gemma, che sei la più fetente, e m'hai incantata con le chiacchiere, che poi nell'appartamento non c'erano né milioni né marenghi d'oro!

Me la prendevo con Gemma perché era lei che comandava e decideva. Era la più forte. E rispondeva infatti, alzava pure la mani. Allora l'ho acchiappata per i capelli e l'ho presa a calci. Per punizione mi hanno mandata a Frosinone.

Stare a Frosinone era peggio che andare di notte. L'aria di montagna mi faceva venire fame, mi metteva un appetito formidabile. Avevo sempre fame, una fame nera. E lì si mangiava meno che alle Mantellate.

Una notte mi sveglio con i crampi allo stomaco e non riesco più a dormire. Allora mi alzo, e comincio a cercare intorno se trovo qualcosa da mangiare. Non c'era niente.

In fondo alla sala vedo due sacchetti dell'immondizia appesi a un chiodo. Stavano appesi così perché non c'erano credenze, né cassetti né niente. In quello stanzone si vedevano solo i letti, e in fondo verso la porta un buco per terra che faceva da cesso e basta. Poi hanno messo la tazza, hanno messo i lavandini, ma dopo, verso il cinquanta.

Allora infilo le mani in queste sacchette e smucino un po' per vedere se c'era rimasto qualcosa da mangiare. Magari una mollica di pane, dura, muffita, magari una lisca di pesce, per fermarmi lo stomaco.

Mi avevano preso i crampi perché io sono una d'appetito, mangio molto. Anche adesso sono d'appetito, quando mi metto a mangiare, mangio abbondante. Mi piace mangiare. È una gioia per me mangiare.

Frugo frugo e alla fine trovo quattro bucce di patate. Erano secche, incartocciate. Le ho prese, le ho ammorbidite con l'acqua e me le sono mangiate.

Per questa fame livida che mi opprimeva me ne stavo sempre mesta, sempre ferma a non fare niente. Allora qualche volta le mie compagne si prendevano pietà e mi soccorrevano con una sigaretta, un pezzo di pane intinto nell'olio, una testa di pesce secco.

Appena io mi saziavo un po', mi rinvigorivo subito, tornavo a essere allegra, compagnona. E mi mettevo a ballare, a cantare. Ci mettevamo a giocare allo schiaffo. Passavamo il tempo così.

Lì a Frosinone non si lavorava. C'era poco lavoro, solo per tre o quattro detenute: fare la cucina, tenere il libro delle spese, fare le pulizie. Per me il lavoro non c'era. Me ne stavo con le mani in mano. Mi muovevo poco per non farmi venire più fame.

Chi sapeva ricamare andava con la suora Santa Croce e lei ti dava ago, filo e ditale. Ma io non so ricamare. So mettere solo i punti e pure quei punti vengono male, tutti storti, non so cucire.

Finalmente un giorno mi arriva un pacco pure a me. Me lo mandava mio fratello Orlando dal carcere di Regina Coeli. Non so come ha fatto, mi ha spedito una scatola con dentro della roba che aveva rimediato: una saponetta, della pasta, della farina di piselli americana, delle gallette piemontesi, roba così alla meglio, perché pure lui stava abbandonato. Ci aveva messo anche un pacchetto di nazionali, mi ricordo.

Mi danno questo pacco, abbastanza piccolo. Vado a scartare e dico: beh sarà piccolo, ma intanto mangio qualcosa! Mi sentivo la febbre per la gioia di quel pacco. E scartando, un po' ero delusa perché m'aspettavo di più, un po' ero felice, ridevo. Le sigarette le ho finite subito. Le gallette invece me le sono fatte durare più di un mese, ne mangiavo mezza per volta.

Lì a Frosinone conoscevano solo i fagioli come cibo. Ogni giorno davano fagioli, pasta e fagioli, pane e fagioli. Mai niente altro. Dico: ma non si cambia mai minestra in questo convento?

Teresa, tu sempre a criticare! dice la guardiana e per punizione mi serve mezzo mestolo di fagioli invece che uno intero, la fetente!

Le guardiane erano due. Una era la padrona, comandava su tutti. Era zitella, aveva trent'anni, era cattiva, era alta, pareva un boia. Forte, con due braccia come un lottatore. L'altra era piccolina, magra, sembrava un topo.

Noi eravamo in trenta, trentacinque. Stavamo in dodici per camerata. Le camerate erano tre. Loro, in due, dovevano badare a tutte noi. Una andava e una veniva. Sembrava che non ce la facevano, invece erano furbissime e veloci, te le trovavi sempre davanti, non gli sfuggiva niente.

Sotto, nella parte inferiore del convento, c'erano gli uomini. Stavano tutti inzeppati, perché erano molto più numerosi di noi e passavano il tempo a litigare, a brontolare.

Fra questi il più famoso era un certo Giglioli che aveva ammazzato la moglie a picconate. Quando veniva la festa dei carcerati, questo Giglioli si metteva all'armonium, tutto vestito di nero, e suonava. Era un bravo suonatore.

Anche noi ci dovevamo vestire di nero, le calze nere, il grembiule nero, il velo nero in testa. Dico: ma chi è morto? Dice: è la festa dei carcerati, ci vuole molta cerimonia.

Ci portano tutti al cortile davanti alla chiesa del carcere. Era luglio, agosto, faceva un caldo da morire. Dico: a me non me ne importa un fico secco della festa dei carcerati, al sole non ci sto. Ma non c'era niente da fare. Eravamo obbligate, costrette, con tutta quella roba nera addosso.

Mentre suonavano l'Avemaria, questo Giglioli, chissà a cosa pensava, gli sono uscite due lagrime dagli occhi, poi altre due, era tutto lagrimante. E pure le carcerate piangevano. Io dicevo: madonna, mi pare di stare proprio a un funerale! Tutte piangenti, tutte vestite di nero, sotto quel sole.

Avevo la testa che mi scoppiava. Dico: ma quando finisce questa messa! Loro, le guardie, il direttore, i preti, se ne stavano sotto il baldacchino, al fresco. Noi lì in piedi sotto il sole, sudavamo, sudavamo. Era un macello!

A questo Frosinone sono stata proprio male. Per fortuna c'era gente buona, generosa. C'erano le zingare, ostiche, indipendenti, però buone. Quando avevano qualcosa da mangiare, mi chiamavano, mi dicevano: tié Teresa, eccoti un pezzo di pane, eccoti un'alice, eccoti una sigaretta. E io per ringraziamento le facevo ridere, mi mettevo a fare i balli, quando mi girava la vena buona, mi mettevo a cantare e loro ridevano, si rallegravano.

Poi, a furia di mangiare fagioli, sempre fagioli, un giorno mi viene una colica. Perché poi i fagioli io li mangiavo con quella fame disperata non avendo altro, e dato che i fagioli non li ho mai potuti vedere, li inghiottivo con rabbia, senza gusto. E là dentro a questo Frosinone non si mangiava altro, sempre fagioli, sempre fagioli. Dico: ma questi fagioli non si seccano mai! ma quanti sacchi di fagioli ci stanno? Dice: questo c'è e questo si mangia.

E così mi viene questa colica tremenda. Per un po' di giorni sono stata allettata, chiusa dentro la camerata. Ci stavano i letti quelli di legno, uno sopra e uno sotto, a castello, il baldacchino all'americana con una tenda bianca per la decenza.

Allora viene il dottore e dice: che ti senti? Dico: mi duole qui. Avevo la diarrea, ributtavo. Era una colica seria, venutami per la monotonia di quei fagioli.

Dice il medico: mettetela in bianco! Dico: meno male, finalmente mangio in bianco, senza fagioli! Una cosa nuova, diversa. E difatti a mezzogiorno mi danno una minestrina all'olio che era più acqua che pastina. Dico: e dopo che c'è? Dice: questo è tutto. Infatti quello era il pranzo in bianco, era tutto lì.

Dopo qualche giorno comincio a sentirmi meglio, la colica era passata. Ma stavo ancora a letto. Non riuscivo a spiccicarmi da quelle pezze, non avevo il coraggio di alzarmi, per il freddo. Le altre andavano all'aria, io rimanevo chiusa là dentro, avvolta nelle pezze.

Me ne stavo in mezzo a quegli stracci, al caldo e canticchiavo piano piano, da sola. Cantavo: "sotto la gronda della torre antica... rondinella pellegrina..."

Tutto d'un botto si apre la porta, entra la guardiana e mi fa: Numa Teresa, chi ti ha dato il permesso di cantare! Pareva un Cristo, era alta, secca secca, con la voce rauca. Numa, dice, se non stai zitta ti levo il vitto in bianco! Era una burina, del Molise, un'acida. Dico: va bene levami pure il vitto in bianco, che me ne importa a me? Per quello che mi date!

M'ha fatto alzare per forza questa zotica. E subito giù una botta in testa. Poi mi ha mandato a tavola a mangiare pasta e fagioli con le altre. M'ha levato il vitto in bianco. Io dico: ma che c'entra col cantare il vitto in bianco?

Non c'è stato niente da fare. Ho ricominciato un'altra volta fagioli in umido, fagioli in brodo, fagioli in purea, che poi a me i fagioli era assodato che mi facevano male.

Li mangiavo contro voglia e dopo l'aria dentro la pancia faceva come dei tuoni e lo stomaco brontolava, brontolava. Per due giorni mi sono rifiutata di mangiare. Dico: basta, io i fagioli non li mangio più, mi potete pure fare morire, non ne mangio più!

E invece, dopo due giorni di digiuno, loro se ne fregavano e io la fame mia era diventata un gigante e la mia volontà una pulce. Mi sono dovuta accomodare e ho mandato giù il piatto di fagioli freddi che m'avevano lasciato da parte.

In quei giorni è successa una cosa spassosa. Questo Giglioli che tutti i carcerieri tenevano in palmo di mano, che era buono e sapeva suonare e piangeva pure durante la messa, è scappato, come un detenuto qualsiasi, mettendo nei guai il direttore e tutti i secondini.

Allora ne hanno parlato perfino i giornali. E io, una mattina, in mezzo al cortile, mi metto in piedi su una panca e grido: ha fatto bene Giglioli a scappare! ha fatto bene, bravo! gli darei la medaglia d'oro. Dobbiamo scappare tutti da questa galera maledetta dove ci trattano peggio dei maiali!

Non finisco di dire così che due guardiane m'acchiappano, mi buttano giù dentro la cella d'isolamento, sulla pancaccia. Mi chiudono e se ne vanno dopo avermi dato un sacco di botte.

Era una cella piccola piccola, con una panca stretta e storta, senza coperte senza niente. Per mangiare mi davano pane e acqua, una volta sola al giorno.

Io per non dargli soddisfazione, cantavo. Cantavo male perché non avevo neanche il fiato per parlare. Ma cantavo, perché sapessero che non me ne importava niente di loro e di quella cella schifosa.

Dopo qualche giorno però non cantavo più. Mi girava la testa, avevo una debolezza grandissima, ero diventata magra, smunta. Con sei giorni di pane e acqua mi sono ridotta la metà.

Finalmente mi liberano e quando sento l'aria fresca e vedo tutta quella luce, mi sento male, mi si piegano le gambe e casco per terra. Allora mi hanno rimesso a fare la cura a base di fagioli e con quella mi sono rinforzata.

Dopo qualche tempo, una mattina mi dicono: Numa Teresa, preparati che devi uscire! Io, sicura che mi mandano a casa, mi lavo tutta, butto via quella robaccia che faceva schifo, saluto le amiche, baci, abbracci. Dico: ora vado a casa e per prima cosa mi mangio una bistecca grande come una pagina di giornale! E tutte mi dicevano: beata te Teresa. Auguri!

Invece, esco da Frosinone e mi mandano a Ceccano, che era un carcere mandamentale. A questo Ceccano ci chiudono le detenute a cui sono rimasti pochi mesi, le quasi ultimate.

Lì mi sembrava di stare in paradiso: si mangiava la minestra condita con l'olio, di fagioli non se ne vedeva neanche mezzo, la domenica davano un bel pezzo di carne morbida. Insomma era bello e io mi sono subito ingrassata. Stavo bene. Mi sono passati pure i dolori reumatici.

A Ceccano c'era una guardiana sola, donna Rosaria, col marito. Non c'erano suore né marescialli. Questi due, marito e moglie erano gente buona, accomodante.

Poi li hanno accusati sul giornale, è venuto fuori uno scandalo, anni dopo, perché pare che facevano entrare le mogli ai mariti dentro le celle. Si facevano pagare qualche soldo e li lasciavano insieme, a fare gli affari loro. Per me quei soldi erano spesi bene. Hanno fatto male a condannarli! Avessi avuto un uomo io allora, avrei pagato pure mille lire per farci l'amore. Ma non avevo l'uomo e non avevo neanche i soldi.

Dopo avere fatto un anno, nove mesi e dieci giorni, finalmente esco. Mi trovo fuori, sola, sperduta che non sapevo dove andare. Senza una lira ero entrata e senza una lira uscivo.

Dico: e ora dove vado? Prendo e mi incammino a piedi verso Roma. A metà strada sento il rumore di un autobus che si ferma proprio dietro di me. Mi volto. Il guidatore si sporge, dice: vuole salire? Dico: non ho soldi. Dice: non importa. E così arrivo a Roma.

Scendo dall'autobus a Porta Maggiore. E m'incammino verso piazza Vittorio. Dico: ora vado a vedere se ritrovo gli amici miei. Andavo così a piedi e vedo uno che mi segue. Ero carina, avevo ventinove anni, ero una burinella con un bel petto. Rallento un po' il passo e vedo che anche lui rallenta.

Mi sentivo un po' intontita. Questo mi dice: è sola? posso accompagnarla? Io me lo guardo bene: non era né giovane né vecchio, sui quarant'anni, belloccio, pelato, con due baffoni. Era un po' ridicolo. Dico: ora a questo lo mando a quel paese, m'ha scocciato, e poi non mi piace neanche.

Stavo così a pensare e lui mi fa: vuole un caffè? E allora mi è venuta una improvvisa voglia di bere un buon caffè bollente.

Dico: beh, un caffè lo accetto, tanto per farla contento, grazie! Io invece il caffè lo esigevo perché non avevo i soldi per pagarmelo e m'era venuta una voglia subitanea, acuta.

Allora ci avviamo verso un bar. Mentre camminiamo mi fa: lei viene da fuori? mi sembra forestiera. Dico: sì vengo da Anzio. Invece venivo da Ceccano. E dice: dove se ne va di bello? Dico: vado a trovare una parente mia. Dice: possiamo vederci questa sera?

Penso: ma guarda quante cose vuole per un caffè! Poi, tanto per farlo stare tranquillo, dico: sì va benc, stasera va bene. Dice: dove ci vediamo? Dico: dove vuole lei. Dice: bene, allora ci vediamo alle nove alla stazione.

Finalmente arriviamo a questo bar. Ordina due caffè e mentre mi bevo questo caffè che era una delizia, lui chiacchiera, chiacchiera, mi frastorna la testa di parole. Io gli facevo sì sì, però nella mente mia pensavo ad altro. Pensavo a come fare per dormire quella notte, senza soldi. Volevo andare ad Anzio, ma senza biglietto come facevo?

Intanto l'occhio mio cade su un piatto di briosce belle gonfie, abbronzate. Penso: speriamo che mi offre una brioscia! Ma quello niente, chiacchierava, rideva, non si accorgeva del mio desiderio. Allora prendo il coraggio in mano e dico: posso mangiare una brioscia? Dice: eh, no, mi dispiace, ma non ho più soldi. Così ho dovuto rinunciare alla brioscia.

Penso: ormai da questo non ci cavo più niente, meglio che me ne vado. Però non riuscivo a liberarmi. Quello chiacchierava, mi tratteneva, mi rideva. Dico: speriamo che almeno mi offre una sigaretta, questo baffone! Ero morta per una sigaretta.

A un certo punto, ecco, tira fuori una sigaretta, l'accende, e se la fuma. Dico: una a lui e una a me; mi offrirà una sigaretta! E stavo lì ad aspettare. Invece no, perché era l'ultima, così mi ha detto buttando via il pacchetto vuoto.

A questo punto taglio e dico: beh, ciao, io me ne vado. Dice: allora a stasera eh? Dico: sì, a stasera! Aspetterai un bel po' brutto pelato, dico fra me, baffone avaro chiacchierone di merda!

L'ho lasciato e mi sono incamminata verso l'Acquario da dove partivano le corriere per Anzio. Dico: ora mi rifugio da mio fratello Nello, quello è il solo della famiglia che mi vuole bene.

Vado al capolinea degli autobus e chiedo se possono portarmi ad Anzio a credito, che poi lì avrei pagato. Mi dicono: forse, vedremo. Sono stata due ore a cercare di convincere questo zuccone di un autista e poi mi dice di no e mi manda via a male parole. Allora m'incammino a piedi. Dico: prima o poi arriverò.

Per strada si ferma un camion e mi fa salire dietro, con le pecore. Faceva freddo; mi accuccio fra le pecore e mi addormento. Dopo qualche ora sono ad Anzio. Dico; grazie! Scendo e vado a casa di mio fratello Nello.

La casa è grande, sta sulla spiaggia. Tutta finestroni, sembra una pensione. Io arrivo che era quasi notte. C'erano le luci accese. Dico: chissà che fa Nello in questo momento!

Mio fratello quando m'ha visto, m'ha buttato le braccia al collo. Era contento. L'ho trovato sciupato, imbruttito. Dico: che hai? non stai bene?

E lui mi fa vedere la moglie allettata. Poi mi dice che erano già quattro mesi che stava a letto. Dico: ma che ha? Dice: conseguenza di un aborto, che ne so, una cosa di famiglia, di razza, è ammalata di TBC, l'ho portata all'ospedale, ho pagato un sacco di soldi per farla curare, ora lei è voluta tornare a casa, e io devo pensare a lei, ai bambini, al pesce, a tutto. Non ho avuto neanche il tempo di venirti a trovare sorella mia che mi facevi pena là dentro.

Dico: guarda che io voglio riprendere il pupo mio. Dice: vai pure a prenderlo che ce l'ha tuo suocero. Così ho preso il pupo e mi sono sistemata con lui nella casa di mio fratello Nello e della moglie.

Questa moglie aveva ventisei anni. Era ridotta un osso, sputava sangue. E il marito non ci poteva fare niente, non riusciva a guarirla. Per curare questa donna Nello si era svuotato, non aveva più una lira. La cassa mutua non ce l'aveva, niente. Lui la notte andava a pescare, la mattina si metteva a vendere il pesce, poi doveva occuparsi dei bambini. Insomma non ce la faceva più.

Per fortuna la casa era grande. C'era un letto e pure una camera tutta per me. Però ci stava questa cognata tutta allettata, questi bambini per terra che giocavano con la loro cacca, abbandonati, sporchi.

Allora prendo un chilo di soda e comincio a pulire dappertutto. Ho strofinato tanto che mi sono rovinata tutte le dita. Ho disinfettato ogni cosa col sale, con la varechina, con l'aceto.

Poi mi sono messa a cucinare della roba a parte per i bambini, perché in quella casa si usava che i resti della madre se li mangiavano i figli. Questa madre era tubercolotica, si era trascurata, aveva avuto un aborto, aveva buttato tanto sangue, poi per lavorare sempre si era indebolita ed era diventata tisica. Così diceva lei. Invece poi ho sentito dire che sono di razza così, si passano la tubercolosi di padre in figlio, da secoli.

Dopo avere pulito e disinfettato bene la casa, che era diventata bella, profumata, dopo che avevo lavati i panni ai bambini, avevo rimesso a posto il bagno, avevo ricucito i vestiti, rimesso a posto le pentole e tutto, questa cognata improvvisamente muore.

Proprio in quei giorni avevo incontrato in piazza un'amica, una napoletana di nome Lina. E subito le avevo detto: che fai? Dice: m'hanno cacciato proprio ieri dal servizio, sono a spasso. Dico: vieni ad aiutarmi a pulire casa. Imbianchiamo le pareti, mettiamo un po' di carta colorata, voglio fare un salotto.

E questa m'è venuta ad aiutare. Poi quando la cognata è morta, m'ha pure aiutato a lavarla, a vestirla, a disinfettare la casa, a custodire i ragazzini. Insomma m'ha assistita e io mi ci sono affezionata. Non m'ero accorta che aveva messo gli occhi su mio fratello.

Nello, dopo la morte della moglie, ha sofferto molto. Piangeva; non mangiava. Era diventato pallido. Ma dopo due o tre mesi ha cominciato a risvegliarsi.

La napoletana ed io dormivamo dentro la stessa camera. C'erano due letti, uno da una parte per me e uno dall'altra per lei, due lettini gemelli stretti e bassi.

Una notte mi sveglio e vedo che il letto della napoletana è vuoto. Dico: questa dove sarà? starà al bagno. Allora mi alzo e vado al bagno. Ma al bagno non c'era. In cucina nemmeno.

Guardo sotto la porta di mio fratello e vedo che c'è la luce accesa. Dico: eccola qui l'ingrata! non porta rispetto neanche ai morti! tutta l'amicizia che mostrava per me era finta allora!

Insomma questa Lina con mio fratello stavano chiusi là dentro. Quello che facevano non lo so. Me ne sono tornata a letto. Ma non ci ho dormito per i nervi.

La mattina, quando Lina è tornata in camera, la prendo di petto e le dico: ma ti pare bello quello che fai? non ci sono altri uomini che ti metti proprio con mio fratello?

Dice: ma tu sei matta! io a tuo fratello non l'ho mai toccato! stavo al bagno. Dico: matta sei tu, perché io sono venuta al bagno e non ci stavi. Ho visto la luce accesa sotto la porta di mio fratello; tu stavi là dentro con lui.

Dice: tu eri rimbambita dal sonno, io stavo proprio al bagno! Dico: ah stupida! io ero sveglia, più sveglia di te e ormai so tutto come ti comporti in casa d'altri. Mi voleva fare passare pure per cretina questa Lina.

Alla fine dico: qui tu non ci puoi più stare. Io ti tenevo come una sorella, perché mi piace la compagnia, ma adesso tu fai l'amore con mio fratello e qui non ci puoi più stare.

Dice: ma a te che te ne importa? sei gelosa di tuo fratello? Dico: non sono gelosa di mio fratello, non sono mica sua moglie! però vedere che mio fratello fa nascostamente l'amore con una mia amica mentre la moglie è ancora calda non mi va.

Ho capito, dice lei, allora tuo fratello tu lo vuoi vedere infelice! eppure è ancora giovane, è forte, non puoi privarlo di una moglie! e anche se prendesse una moglie, vorrei vedere se comanderesti tu che sei la sorella!

Io le dico: se tu pensi di fare l'amore qui dentro con mio fratello mentre ci sto io, ti sbagli di brutto. Io ti butto di sotto a te e lui, perché qui ci sono le creature, e non voglio che vedono niente, perché la madre loro è ancora fresca!

Lei si era annegrata, piangeva. Ma non se n'è andata. Era di Potenza, non proprio di Napoli; tutti però la chiamavano la napoletana. Questa napoletana è rimasta lì, in casa di Nello. L'ha convinto, gli ha raccontato che la picchiavo, che facevo la padrona, che maltrattavo i bambini e un sacco di panzane, e l'ha convinto. Questi uomini, si sa, sono di paese, quando vedono una donna cominciano a montarsi la testa.

Mio fratello m'ha detto: io a te di casa non ti caccio, però la napoletana non posso mandarla via, perché non ha dove andare e poi perché le voglio bene e penso di sposarmi con lei.

Allora io col mio orgoglio, col nervoso e la rabbia, ho acchiappato una valigetta e me ne sono andata. Quattro e quattro otto sono uscita da quella casa. E non ci sono tornata più.

Il figlio l'ho riportato dalle cognate. Gli ho detto: tenetemelo finché sto a Roma. Appena trovo lavoro me lo riprendo.

Ho preso l'autobus e sono venuta a Roma. A Roma ho cominciato a fantasticare col cervello. Ora dove vado? mi dicevo, mi tocca andare da qualcuno, se no dove dormo stanotte? Di soldi avevo tremila lire che m'aveva dato mio fratello e basta.

Allora vado a piazza Vittorio dove stavano tutti i ladri amici miei. Mentre cammino mi prende di petto un burino. Ce n'erano tanti di questi burini da quelle parti che giravano, cercavano la donna.

Mi dice: allora stasera vieni con me? ti do questo, ti do quello! Io dico: sì, va bene; però prima andiamo a cenare; devo ancora cenare.

Come no, subito! dice lui per fare vedere che era generoso. Andiamo in una trattoria e mi faccio una gran mangiata: antipasto di olive e prosciutto, spaghetti al ragù, una bistecca alta quattro dita, spinaci al burro, insalata, dolce di cioccolata, frutta e caffè.

Quando ho finito di mangiare, dico: permetti un momento, vado a vedere qui fuori se è arrivata una mia amica; ci siamo date appuntamento proprio davanti a questo ristorante.

Lui fa: va bene, ti aspetto, ma sbrigati! ho una gran voglia di fottere e non mi posso più tenere. Io dico: sì, sì, fra un po'. Mi sono alzata, sono uscita lenta lenta, come se niente fosse, poi mi sono messa a correre.

Ho mangiato, ho bevuto e me la sono squagliata. Con quel burino non mi andava di farci l'amore. Era brutto, rozzo. Però aveva i soldi. Perché ordinava i piatti al cameriere come un gran riccone. Appena si svuotava il mio bicchiere, gridava: ancora vino, brutti zozzi! se non mi portate subito il vino qui spacco tutto! Vuoi vino? vuoi liquore, che vuoi ancora? mi diceva e mentre ordinava voleva che attorno al nostro tavolo ci stava il padrone e per lo meno due camerieri. Doveva essere un cavallaro. Sta ancora aspettando me quel tanghero!

Insomma per via di Nello mi è toccato ricominciare la via crucis, girando di qua e di là, perché questo mio fratello si è andato a innamorare della napoletana e a me non m'ha più voluta. Il mio destino è di scontrarmi sempre con queste donne incattivite.

Mi sono trovata una camera all'Acquario, da una vecchia affittacamere. Pagavo centocinquanta lire al giorno, mi ricordo. Mi parevano tante! Era verso il 1946-47.

Ancora conoscevo poca gente a Roma. C'era Egle, ma Egle aveva cambiato casa. Con l'affitto delle camere aveva fatto soldi e ora si era presa un appartamento più grande, più comodo. E io andavo in giro, facendo amicizie nuove.

Un giorno incontro un'amica di mio marito, una bella ragazza mora. Dice: vieni con me, ti presento agli amici. E mi porta al bar Bengasi, in via Gioberti. Lì c'era il ritrovo di tutte queste donne che si vendono.

Mi metto a sedere in mezzo a loro. Questa amica parlava con me. Mi raccontava che aveva rivisto Sisto, che era cambiato, era diventato casalingo, non ci andava più con le puttane.

Mentre parlavamo, sentivo che le altre dicevano: chi è questa? che fa? Volevano sapere chi ero, da dove venivo. Io dico: sono di Anzio; ho fatto un anno di galera per furto. E subito facciamo amicizia, mi offrono da bere, mi offrono da fumare.

Ognuna di queste aveva l'uomo. Erano vestite bene, avevano l'orologio d'oro, l'anello d'oro. Portavano il cappotto col bavero di pelliccia, le scarpe col tacco alto, i capelli tutti aggeggiati. Mi sembravano delle regine. La più poveraccia ero io: avevo un vestituccio nero, le scarpe vecchie risolate trenta volte. Mi sentito inferiore.

L'amico di una di queste donne mi dice: Ah, tu sei di Anzio? ti chiami Numa? io ho conosciuto tuo fratello. Stava dentro, abbiamo fatto tanti anni insieme. Quello, tuo fratello il comunista col fazzoletto rosso al collo, là dentro cantava sempre, un macello! Ah, dice, tu sei la sorella di Orlando Numa! bene, vieni che ti faccio conoscere delle amiche mie.

Mi fa conoscere delle donne. Dice: queste non sono ragazze di vita, con queste andiamo per borseggio. Dice: se vuoi venire, tu ci aspetti alla fermata del dodici, ti diamo qualcosa, basta che ci porti via i portafogli quando te li passiamo. Se però uno ti va appresso, tu devi cambiare strada e correre. Poi ci ritroviamo a questo bar, la sera.

Io dicevo: sì, sì. Ma avevo paura. Dicevo sempre di sì; andavo tutti i giorni a questo bar Bengasi, mi prendevo un caffè, mi fumavo una sigaretta e parlavo con queste del borseggio. Mi facevo vedere che ero tranquilla, che non avevo paura di niente, che ero pronta all'azione. Invece rimandavo perché avevo paura. Dicevo: domani vengo anch'io. Ma poi non ci andavo e inventavo una scusa, che ero stata male o che avevo avuto da fare. Non mi andava di ritornare in galera.

Queste m'hanno trovato una pensione dove pagavo di meno e c'era pure l'acqua calda. Ci dormivano le ragazze di vita in questa pensione. Dormivano di giorno, perché di notte lavoravano. E quando loro non c'erano, di notte, sentivo un gran passaggio di coppie. La padrona affittava i letti a ore.

Queste vitaiole mi dicevano: ma perché non ti dai da fare? ma come, noi guadagniamo soldi, ci diamo da fare, e tu te ne stai così, senza fare niente? sei ancora giovane, sei fatta bene, puoi guadagnare pure tu come noi no?

Dico: senti, a me mi piace rubare, correre, saltare, fare sparire le cose con le mani, svelta svelta; ma con gli uomini non ce la faccio. Sono troppo nervosa. Se uno mi piace, va tutto bene, ma se poco poco non mi va a genio, sono capace di menarlo. Dice: ma quanto la fai lunga! questi uomini pagano, tu chiudi gli occhi, stringi i denti, e poi prendi i soldi. È questione di pochi minuti. Che ti frega?

Dico: se si tratta di andare a grattare qualcosa, andiamo, ma di mettermi lì a fare le moine a uno che non conosco, non mi va, è più forte di me. Io vado solo con chi mi piace e basta.

Infatti mi sono messa in mezzo a questi grattarelli, ho conosciuto tutti i gratta della zona e insieme andavamo a rubare, bravi, svelti, non ci prendevano mai.

Mi sono dovuta decidere perché mi erano finiti i soldi e già da due settimane vivevo a credito. Dico: domani vengo senz'altro con voi. E infatti l'indomani ci sono andata.

La prima volta mi portano a una villa, sotto Castelgandolfo. Dico: che dobbiamo fare? Dice: dobbiamo rubare una macchina. Ma, dico, non c'è nessuno in questa villa? Dice: sì, c'è gente ma noi facciamo piano, non se ne devono accorgere.

Abbiamo rubato la macchina, una macchina piccola e mezza scassata, ma che correva ancora molto bene. Con questa macchina siamo andati a rubare a Frascati, in una trattoria. Dopo il furto, abbiamo abbandonato la macchina per la strada e ce ne siamo tornati ognuno per conto proprio in tram.

La sera ci siamo rivisti al bar Bengasi. Dico: allora, che mi tocca? Dice: tu prenderai meno di tutti perché sei novizia e poco ci sai fare. E così è stato. Loro, erano in tre, si sono divisi tutto uguale e io ho preso la metà.

Beccavamo dentro i cassetti delle osterie. Io dovevo fare quello che diceva il capo. Stavo sotto gli ordini di lui, di questo Amedeo. Diceva: tu e lui entrate dentro come due clienti, mettetevi a sedere a un tavolo, ordinate, mangiate due pagnottelle, una birra; nel mentre io faccio finta che sto per conto mio; mi metto seduto a un altro tavolo. Voi fate finta che siete marito e moglie, fidanzati, vi tenete la mano. Io sto per conto mio, non mi conoscete.

Così infatti facevamo. Andavamo nelle trattorie, tutte trattorie buone, di buon mangiare, verso le tre, le due e mezzo, quando c'era poca gente. Noi mangiavamo, pagavamo e aspettavamo il momento buono.

Quando vedevamo che il padrone andava in cucina, io facevo un segno al capo e lui si muoveva in conseguenza. Gli facevo segno di no se il padrone ritornava subito, con un dito gli facevo segno di aspettare.

Quando vedevo che il padrone si era proprio bene infrattato in cucina, che stava a litigare con la cuoca o stava a riempire i piatti, gli facevo segno di sì. Lui si alzava senza fare rumore e in punta di piedi andava al cassetto dietro il banco, beccava i soldi e scappava via.

Dopo due minuti uscivamo noi. Tanto avevamo già pagato in anticipo. Dicevamo: arrivederci! E via di corsa correndo. Dietro l'angolo ci aspettava Amedeo con la macchina e partivamo di volata.

Delle volte beccavamo tanto, delle volte poco. Tutto quello che prendevamo lo dividevamo in tre. A me mi toccava sempre la metà di un terzo perché ero principiante. Ma ero contenta uguale perché vedevo un po' di soldi.

Ne facevamo due, tre al giorno di queste trattorie. Andavamo a Ciampino, a Tivoli, ai Castelli. Ci eravamo affiatati, lavoravamo bene.

Come rimediavo qualche soldo andavo al bar Bengasi, con queste ragazze di vita e ripagavo i caffè che mi avevano offerto loro quando ero povera. Facevo la spaccona; pagavo caffè, paste, sigarette. Poi rimanevo in bianco un'altra volta. E per due o tre giorni non mi facevo vedere.

Una mattina vado all'appuntamento con Amedeo, e questo mi dice: abbiamo pensato di fare un altro lavoro; le trattorie ormai le abbiamo spremute tutte nei dintorni. Dico: che lavoro?

Dice: un lavoro a un magazzino di stoffe. Dobbiamo scardinare una saracinesca, ma è facile perché è vecchia e mezza marcia, poi ci carichiamo le pezze su un camioncino e ce le portiamo a vendere.

Dico: dove sta questo negozio? Dice: però c'è il pericolo della guardia notturna. Se vedi la guardia notturna, tu devi fare finta che stai facendo l'amore con Giovanni, il tuo compagno di lavoro. Dovete stare abbracciati stretti addossati al muro.

Dico: va bene, ho capito; quando andiamo? Facevo la sicura, ma il cuore mi girava in petto come una trottola.

L'amica sua Clara lo stava a sentire. Gli voleva bene a questo Amedeo però non veniva con noi a rubare. Lei andava per marciapiedi. A me mi guardava storto perché stavo sempre accosto a lui, era sospettosa di me, un po' gelosa e sempre controllava con l'occhio.

Amedeo dice: mi raccomando, se dovesse fermarti la polizia, tu comunque non sai niente, a me non mi conosci, Giovanni non sai nemmeno come si chiama, hai capito?

Ma, dico, se ci trovano abbracciati a me e Giovanni? Dice: se vi trovano abbracciati, tu devi dire che l'hai incontrato per strada, che ti è piaciuto e che stavi amoreggiando.

Così mi faceva la scuola di come dovevo comportarmi. E se non fai come ti dico, ti ammazzo, diceva. Era minaccioso e caratteroso, ma non era cattivo. Io mi ci trovavo bene con lui. Era un capo abbastanza giusto.

Allora andiamo per stoffe quel giorno che era un lunedì. Avevamo rubato un camioncino la sera prima, tutto blu, nuovo nuovo. Ci fermiamo davanti al negozio. Amedeo prova a fare saltare il lucchetto, ma non ci riesce. Allora con una trancia e un martello fa un buco nella saracinesca. Giovanni entra e passa le pezze ad Amedeo che le carica sul camioncino. Tutto veloce, tutto per bene, in silenzio. La strada era vuota, non passava nessuno. Io facevo il palo all'angolo.

Mentre che stanno caricando le ultime due pezze, il camion era già in moto pronto a partire, arriva la polizia. Passava per caso di lì questa pantera nera e ci ha visti. Dice: tu che fai qua? Dico: ho incontrato uno, mi voleva portare a letto con lui, stavamo parlando, ma io non mi sono decisa; non ci sono andata.

Dice: come si chiama questo? Dico: non lo so, non lo conosco, l'ho incontrato per la strada, così. Dice: ma possibile? tu non dici la verità. Dico: signor poliziotto, guardi che è vero, glielo giuro.

Intanto Giovanni e Amedeo sono scappati. E mi hanno lasciato nelle mani di queste sanguisughe, le quali vedendo il buco nella saracinesca, constatando il furto, e non trovando i ladri, m'hanno portato dentro come sospetta complice.

Mi ritrovo lì al commissariato, alle due di notte. Dice: lo sai che loro stanno chiusi di là? li abbiamo presi, hanno parlato, hanno fatto il tuo nome, Teresa. Dico: va bene, mi chiamo Teresa, gliel'ho detto io a quello lì appena l'ho incontrato, ma io non so chi sono, non li conosco. Dice: guarda, noi sappiamo che tu li conosci e ci devi dire come si chiamano.

Dico: se li avete acchiappati, perché mi chiedete il nome? Allora si sono arrabbiati. Il vicecommissario, un tipo pelaticcio con gli occhi abbottati di sonno, si è messo a urlare. Poi mi ha detto: adesso da qui non esci più, parola di vicecommissario!

Insomma, prima con le buone poi con le cattive mi stavano a torturare per sapere i nomi. Dico: non so niente. Dice: bugiarda! dicci i nomi che ti lasciamo subito andare. Ma io non parlavo.

Allora m'hanno acchiappata e m'hanno dito una spinta e m'hanno sbattuta per terra. Té brutta troia! mi fa uno tirandomi su per il collo e mi sbatte contro il muro. Té, puttana della malora!

Era grosso, alto, aveva due mani come due pale. M'ha ridotta uno straccio. Io però non dicevo niente. E a un certo punto si sono stufati. Mi hanno presa e chiusa dentro uno sgabuzzino tutto nero, senza finestra.

C'erano dei topi grossi e pelosi che mi zompavano addosso. E io per scansarli mi agitavo di qua di là. Era il carcere delle Sette Sale, al Colle Oppio.

La mattina mi sono venuti a prendere. Dice: allora, ci hai pensato? li conosci? Dico: no, non li conosco. Dice: se non dici i nomi vai dentro per un anno!

Allora mi invento due nomi. Dico: si chiamano Franco e Nicola mi pare. Dice: i cognomi! Dico: non li so. E mi hanno risbattuta dentro a quello sgabuzzino senz'aria.

Mi hanno lasciato lì per quattro giorni, sempre con quel buio in mezzo ai topi. Quando mi portavano da mangiare era una lotta perché queste bestie mi volevano togliere la roba dalle mani. Me li trovavo sotto il braccio, sul petto.

Allora mi mettevo in piedi sul tavolaccio, con il corpo staccato dal muro e mangiavo di corsa sbattendo i piedi, bum, bum, sul legno per mettergli paura.

Ogni tanto mi tiravano fuori e mi chiedevano sempre la stessa cosa. Io niente. Tanto, dico, prove non ne hanno, di qui mi devono rilasciare. Ma erano testoni e più io negavo e più loro insistevano.

Dopo quattro giorni però si sono stufati. E mi hanno mandata via, tutta sderenata, morta di sonno, di fame, piena di pulci. Ero infreddolita, zozza. Ero diventata nera, nera di sporco, puzzavo peggio di una bestia. Per fortuna mi hanno restituito la borsa con i soldi dentro: erano le ultime cinquecento lire.

Appena esco, mi guardo intorno. La luce mi faceva male per tutto quel buio che avevo penato. Mi bruciavano gli occhi, non li potevo tenere aperti. Allora mi sono seduta un po' sulla spalletta del ponte che dà sui giardinetti e lì ho aspettato.

La gente pensava che ero cieca perché guardavo e non vedevo. Ho aspettato un'oretta così, poi mi sono detta: e ora dove vado? vado al Diurno, dico, se no dal puzzo mi svengo.

E infatti me ne sono andata al Diurno della stazione. Camminavo come ubriaca. Entro. Trovo tutto bello, profumato. Pago. Mi danno una bella stanza da bagno che mi sembrava di essere in paradiso. Mattonelle bianche, acqua calda, vapore, asciugamani puliti, saponetta al garofano, tutto.

Mi levo il vestito, le mutande, il reggipetto. Mi lavo il corpo, la testa. Con quella saponetta che mi avevano dato, mi faccio una lavata solenne. Lavo pure le mutande, il reggipetto; li strizzo e me li rimetto addosso bagnati.

In tutto quel lavaggio non mi ero accorta che erano passate due ore e più. Ad un certo punto sento una voce: sta male signorina? Dico: no, grazie, sto benissimo, mi sto a lavare! Dice: faccia presto perché c'è gente che aspetta! Ma io non le ho dato retta. Ho ripulito la vasca, l'ho riempita di nuovo e mi sono rificcata dentro un'altra volta.

Ci stavo così bene dentro quell'acqua che ho pensato: ora passo la notte qua dentro; mi metto a dormire e chi s'è visto s'è visto! Ma quella inserviente insisteva, insisteva. E alla fine sono dovuta uscire, tutta bagnata coi vestiti fradici addosso e mi sono messa a camminare in fretta sotto il sole per asciugarmi.

Torno al bar Bengasi. Dico: dove stanno Amedeo e Giovanni? Dice: non si sa. Dico: devo avere dei soldi da loro, i soldi delle pezze. Dice: eh, ma quelli se ne sono andati chissà dove! i soldi te li puoi scordare.

Dico: ma come, io ho sofferto tutti questi giorni sotto le interrogazioni, in mezzo ai topi, per loro e non mi danno nemmeno una lira? le pezze dove le hanno vendute?

Nessuno ne sapeva niente. Insomma questi due se l'erano squagliata coi soldi e di me s'erano serviti come palo. Gratis.

In quei giorni non sapevo dove andare a sbattere. Non avevo una lira e alla pensione non mi volevano più tenere. Dice: se non paghi ti buttiamo fuori. Dico: pago, pago. Ma come? Andavo cercando qualcuno per un furto ma non trovavo nessuno.

Una mattina mentre cammino incontro Edera, una che avevo conosciuto qualche anno prima e vendeva le sigarette a borsa nera. Era abruzzese, ma stava a Roma da tanti anni. Allora mi dice: vieni con me a Perugia! andiamo a fare un carico di sigarette. E vado.

Invece delle sigarette troviamo l'olio. Allora ci mettiamo a vendere l'olio. Io facevo la schiavetta con questa. Mi dava da mangiare, da dormire, ma soldi niente.

Andavamo in giro con l'autobus. Prendevamo l'olio in una stalla da qualche parte; lo portavamo a Roma. Lo vendevamo per le case. Andavamo su e giù con la corriera e poi certe camminate a piedi! Solo di scarpe, e ne consumavo due al mese.

Certe volte, invece dell'olio, erano le sigarette. Questa Edera mi accompagnava in un magazzino dove si incontravano i contrabbandieri. Poi, con le borse di paglia, trasferivamo a Roma queste sigarette. Io portavo due borse, lei una.

Quando vendeva bene, mi dava qualcosa. Soldi se ne vedevano pochi. Mi imbrogliava sempre; diceva che ci aveva rimesso, che la vita costava cara, che così non si poteva andare avanti. E io abbozzavo.

M'ero stufata però. E aspettavo l'occasione di lasciarla. Questa poi era comandona. Mi diceva: fai questo, fai quello! Ordinava come una signora e io dovevo ubbidire, se no mi lasciava senza mangiare.

Un giorno che stavo a fare la spesa a piazza Vittorio, incontro una che faceva la vita. Però faceva la vita per modo di dire, perché fingeva di andare con gli uomini, ma in verità gli portava via i portafogli.

Questa si chiama Dina, è di Civitavecchia. È intelligente, furba. Una biondina, carina, snella. Dice: che fai? Dico: sto con una brutta vecchia che mi porta a vendere l'olio; mi tratta male, non mi dà una lira.

Dice: sei buona a rubare portafogli? Dico: no. Dice: vieni con me, ti insegno io. Sai come devi fare? agganci un uomo, fai finta che te lo vuoi fare, poi lo abbracci, lo sbaciucchi un po' e al momento opportuno gli sfili il portafoglio.

Dico: ma io non sono buona a farlo. Dice: tu guarda come faccio io, poi fai così pure tu; io gli becco il portafoglio e poi lo passo a te. Dico: va bene; tanto io imparo subito, sono svelta. Ero contenta di lasciare quella befana e mi sono subito affiancata a questa Dina.

Lascio Edera e vado con Dina. La prima sera questa mi dice: lo sai che ti dico? di andare a grattare per adesso lasciamo perdere perché proprio ieri hanno arrestato una amica mia e mi cercano pure a me.

Allora io mi metto paura. Dico: no, no, io sono appena uscita fuori, non ci voglio tornare in galera. Dice: lo sai che facciamo? mi hanno chiesto di andare a fare una comparsa ai balletti; vieni con me. Dico: va bene, andiamo!

Dina era piccolina, aveva un petto un po' grosso. Aveva i capelli biondi, corti, color platino. Era carina, molto. Allora, dice: a me m'hanno scelto già, però so che cercano altre donne per questa compagnia.

Dico: ma che andiamo a fare? Dice: le ballerine. Dico: come si chiama questa compagnia? Dice: la Compagnia del Gran Bazar. Dico: e che è questa Compagnia del Gran Bazar? Dice: si chiama così, fanno la rivista. E andiamo.

Mi porta in una casa dove facevano le prove, in via del Tritone, al terzo piano, dentro uno stanzone. C'era un pianoforte nero tutto spalancato e una specie di nano arrampicato su uno sgabello, coi piedi penzolanti, che suonava. Faceva: ta ta ta tanta! ta ta ta tanta! Batteva con una mano sul leggìo e noi tutte in fila, dovevamo ballare.

Dina era la subrette. Le altre, come me, erano randage, prese di qua e di là. Una la conoscevo, era una francese che vedevo sempre per piazza Vittorio, una di vita, povera, ridotta peggio di me, con due gambe come due colonne.

Questo impresario si chiamava Emilio Ciabatta e ci faceva da maestro a noi fameliche prese per la strada. Ta ta, un passo, ta ta, un altro passo, tatan alzare la gamba destra, tatan alzare la gamba sinistra.

Però non ci dava una lira. Ma quando ci paga? chiedevamo. E lui: dobbiamo lavorare no? senza lavoro niente paga; presto andremo a Caserta, al villaggio degli americani; lì ci daranno i dollari e così sarete pagate.

Questo Ciabatta suonava il pianoforte e noi tutte, mentre alzavamo le gambe, dovevamo cantare in coro: «la compagnia del Gran Bazar, le bambole più belle d'oltremar!" Tutte in fila, a ritmo: "la compagniaaaaaaaaaa del Gran Baaaa-zaaaaaaaaa..."

Dina invece doveva cantare un'altra canzone, una canzone napoletana. Lei era la subrette, era la più in vista. Prima entrava con noi, le gambe nude, le scarpe a spillo, poi doveva mettersi davanti al microfono da sola e cantare.

Un giorno questo Ciabatta, questo impresario, e l'altro suo amico, un certo Cicci, che si diceva amministratore, ci chiamano e ci dicono che per ballare occorre la tessera di ballerina. Dice: ci vuole cinquecento lire per tessera; e altre cinquecento ce ne vogliono per la fotografia.

Noi prima protestiamo; poi cacciamo questi soldi perché l'avevamo capito che tanto quelli non ce li avevano. Dina era eccitata, dice: dopo con queste tessere siamo artiste; facciamo le artiste!

I vestiti ce li hanno comperati all'antiquariato. Erano vestiti con gli spacchi, i bottoni luccicanti, gli strazi, le piume. Le fotografie ce le siamo fatte con questi abiti, in posa, languide languide.

Ciabatta mi fa vedere come fare: devo acchiappare un pizzo del vestito con le mani, devo mettere un piede avanti, fare un sorriso. E tracche, è fatta la fotografia.

Poi ne facciamo una in gruppo, tutte insieme, vestite d'oro, di verde, di rosso, sembravamo chissà chi. Stavamo bene. Eravamo contente.

Due giorni dopo ci danno delle tesserine rosse col nome stampato sopra, la fotografia da un lato, l'indirizzo, tutto a posto. Eravamo orgogliose. La facevamo vedere a tutti questa tessera. Dina diceva: faccio la subrette e si vantava. Tutte le amiche del bar Bengasi ci guardavano con invidia.

Questi due vecchi, questo Ciabatta e questo Cicci, alla fine un giorno ci dicono: domani si parte per Caserta. Lì il lavoro c'è. Però per andare a Caserta occorrono ventimila lire.

E noi come delle allocche tiriamo fuori chi duemila, chi tremila lire, le ultime che avevamo. Ormai volevamo partire e pensavamo di fare un sacco di soldi a Caserta con gli americani.

Ciabatta con queste ventimila lire affitta un camioncino di quelli che stanno fermi a San Giovanni, mezzi sgangherati. Si mette d'accordo sul prezzo e partiamo. I sedili erano tutti rotti. A ogni buca andavamo per aria.

Arriviamo a Caserta di sera, col sedere coperto di bozzi, la bocca piena di polvere, tutte stanche, affamate. Ci portano in una caserma con tanti letti, lettini, sembrava un ospedale.

C'era una donna che affittava questi lettini. Dice: accomodatevi ragazze, il cesso sta lì fuori. Dico: madonna mia! ma dove ci hanno portate? Dice Ciabatta: ora andate a dormire, domani se ne parla.

Eravamo sudate, stanche. Io mi volevo lavare. Dice: no, no, domani. E ci cacciano dentro questi lettini a dormire. Per lavarsi c'era solo un lavandino fuori nel cortile. E da mangiare niente.

La mattina dopo andiamo e questo famoso villaggio degli americani. Era molto nominato questo villaggio, ci stavano i soldati americani con tanti soldi e spesso facevano venire il teatro, le riviste con le ballerine e tutto per la truppa.

Allora Ciabatta ci porta dentro e ci presenta. Noi ci sentivamo molto eleganti, fatali. Dina aveva un bel taier di gabardina marrone. Lei biondina, con questo marrone, stava molto bene.

Un'altra, Marina, aveva la pelliccia di agnellino, anzi di agnellone, come usava allora. Era una cosa alla moda. E anche se faceva caldo, un gran caldo, perché era fine maggio, l'agnellone questa non se lo toglieva.

Insomma ci presentiamo lì a questi americani, gentilissimi. Subito: si accomodi, si accomodi. Avete fame? Noi diciamo di no, perché ci vergognavamo di dire che non mangiavamo dalla mattina prima.

Ciabatta dice: hanno mangiato poco, il disturbo del viaggio certamente; gli farà bene un po' di qualche cosa di americano per la salute. E quelli subito ci portano alla mensa. Venite, venite, dice, sedetevi, mangiate!

Ci danno carne arrosto, patate fritte, purè di cavoli, tutta roba americana in scatola, buonissima. Io avevo fame, mi sono mangiata il mio e pure quello di Dina che faceva la schizzinosa. Eravamo dodici. Abbiamo mangiato per ventiquattro.

Questo soldato era gentile, biondo, grassoccio. Ci guardava mangiare; diceva: adesso arriva il capitano, il capitano nostro. E sorrideva. Era alto, abbronzato. Mangiate, mangiate, diceva. E noi piano piano ci siamo ripulito tutto quello che c'era sulla tavola.

Poi ci ha dato da fumare, sigarette americane, dolci, fortissime che stordivano. Ci ha dato liquori, caffè in polvere. Stavamo proprio bene. Dice: adesso che avete mangiato e bevuto, mettetevi pure in giardino a riposare, fino a che arriva il capitano. E noi ce ne siamo andate fuori.

Alle cinque arriva il capitano. Ci dà una guardata. Io e altre due eravamo sdraiate sotto l'ombrellone per sfuggire al sole che era forte. Una si era allungata per terra. Un'altra dormiva raggomitolata su un muretto. Tutte stupidite dal caldo, stanche dal viaggio, attrippate, chi sognava, chi si puliva i denti, chi s'era slacciata la veste per stare più comoda.

C'era la francese che s'era sbracata proprio comoda, con le gambe distese, il cappello largo largo che le faceva da ombrello e la pelliccia tutta spelacchiata spiegata come coperta sul prato. Sembrava un campo di concentramento.

Il capitano spalanca gli occhi e dice: no, no, noi aspettiamo un'altra compagnia; noi aspettiamo la Wanda Osiris, Wanda Osiris, ce lo ripete come a dire: ma voi chi siete? Dice: no, no, andare via, andare via!

Ciabatta si fa avanti tutto ingrillito. Dice: noi siamo una compagnia nostra, non la Wanda Osiris. E gli fa vedere le nostre fotografie. Dice: ci faccia provare, vedrà come sono brave, simpatiche queste ragazze!

Il capitano era duro, severo. Faceva no con la testa. Ciabatta insiste. Dice: fateci lavorare una sera sola, capitano! rimanete contento. No, no, dice il capitano, per carità, andate, andate; noi aspettiamo la compagnia della Wanda Osiris, non voi.

Insomma ci ha viste tutte sderenate e randagie e ci ha cacciate via. Meno male che abbiamo mangiato! dico. Ciabatta dice: andiamo, và! qui non c'è niente da fare; questi hanno già il contratto e non c'è niente da fare.

E dove andiamo? Dice: per stasera torniamo lì, ai lettini; domani ci penso io a trovarvi un lavoro; qui sono tutti americani, gente danarosa; ve lo procuro io il lavoro.

Torniamo a quei lettini, più che un ospedale sembrava un carcere. Tutti in una stanza, c'era corrente d'aria, puzza di muffa. Un pianto! Dico a Dina: andiamo a darci una rinfrescata, io sono tutta sudata. Dice: dove andiamo? Dico: vediamo qui se c'è una doccia.

Giriamo un po', andiamo su, giù, non c'erano docce. Chiediamo del gabinetto, ci portano in uno sgabuzzino sporco, macchiato di merda, coperto di mosche. Allora dico: i bisogni lasciamoli stare, andiamo a fare il bagno. E dove? dice Dina. Al bagno pubblico, rispondo io.

Entriamo al bagno pubblico di Caserta, una specie di Cobianchi, tutte mattonelle candide, luccicanti, era un piacere. Paghiamo qualche centinaio di lire e ci danno una stanza abbastanza pulita con la vasca piena d'acqua.

Facciamo un bel bagno ridendo e scherzando, ci laviamo pure la testa, io a lei e lei a me. Era bello. Per me l'acqua è la gioia mia e io nell'acqua ci sto sempre bene. Insomma abbiamo fatto un bagno che non finiva più; poi siamo uscite tutte belle pulite e fresche.

Mentre paghiamo vediamo sulla porta uno che ci guarda. Era vestito di blu e aveva gli occhi gialli, appiccicosi, indagatori. Dico: questo è un poliziotto. E infatti non mi sono sbagliata. Ci guarda, ci guarda, poi si avvicina e dice: ce li avete i documenti? Dico: perché? Dice: siete forestiere, si vede; dove sono i documenti?

Dina dice: guardi che noi siamo due artiste, lavoriamo nel balletto, ecco la tessera. E gli presentiamo le nostre tessere rosse con il nome stampato sopra. Erano grandi quanto una patente queste tessere, di cartone duro col filetto d'oro.

Quello le prende in mano, le guarda. Poi dice: queste tessere non sono bollate; io vi denuncio perché voi lavorate con tessere false.

Era un tipo insistente, puntiglioso, tutto vestito di blu con cravatta nera, l'avevo capito alla prima occhiata che era un poliziotto.

Dico: va bene, adesso ci lasci andare, lo diremo al padrone che vada a bollare le tessere; tanto ancora non abbiamo lavorato. Dice: il padrone non ve l'ha bollate perché i bolli bisogna pagarli. Dico: sì infatti noi dovevamo trovare lavoro ma ci è andata male.

Questo ci guarda ancora, torbido. Noi stavamo sulle spine. Finalmente ci restituisce le tessere e dice: guarda, cercate di tornarvene a Roma, via di qua, perché se no vi faccio mandare a casa col foglio di via, vi faccio rimpatriare! Dice: via, via, non fatevi più vedere! E noi subito corriamo via con tutti i capelli bagnati appiccicati in testa.

Dico a Dina: hai visto questo porco di Ciabatta! ci porta qua, senza contratto, ci fa pagare pure il viaggio, per poco ci manda in galera. E il lavoro d'artiste non c'è. Dal villaggio americano ci hanno cacciate via. E ora che facciamo?

Dina dice: ma ci stanno altri villaggi americani da queste parti. Qua è pieno di americani. Possiamo andare a lavorare in qualche altro villaggio. Dico: sì, così andiamo a finire in galera!

Dina dice: sai che facciamo? ci freghiamo tutti quei vestiti d'artista e ce ne torniamo a Roma, sono vestiti da sera, costosi, magari ce li pagano bene; che stiamo a fare qui? Dico: facciamo così, qui non è più posto da stare.

Intanto torniamo ai lettini, lì alla caserma. Non c'era luce, acqua, niente. Per cena ci avevano preparato un uovo sodo a testa e una fettina di salame trasparente.

Ciabatta dice: domani andiamo di qua, andiamo di là, vedrete che lo rimedio il lavoro. Ma chi ci credeva più?

La notte, mentre che tutte dormono, Dina e io ci alziamo, raccogliamo tutti quei vestiti d'artista e ce ne andiamo. Abbiamo riempito una valigia e ce la siamo portata via, zitte zitte, per quelle scale al buio che per poco non cadevamo di sotto.

Arriviamo alla stazione con questa valigia carica. Il treno non era ancora arrivato. Aspettiamo. C'era un ragazzo col ciuffo nero che ci ha offerto il caffè. Prendiamo questo caffè. Il ragazzo ci racconta che viene dalla Germania, da un posto chiamato Dacau dove la gente la mettevano dentro il forno come il pane.

Prima di infilarli nel forno però gli tagliavano i capelli per farne delle coperte. Era un tipo allegro e raccontava queste cose impressionanti con simpatia. Era un perseguitato di razza perché era nato ebreo. Ci offriva caramelle, caffè, era molto gentile.

Finalmente arriva il treno e noi montiamo. Con il carico di questi vestiti, antichi, dorati, che erano tutta la nostra ricchezza. Il viaggio è stato veloce perché il treno correva, c'era poca gente e noi abbiamo pure dormito distese sui sedili.

I soldi per il biglietto Dina se li era fatti prestare da una ragazza del balletto. Dina era molto brava a convincere la gente, aveva un fare garbato, dolce. Poi, biondina, piccola, con quegli occhi innocenti, nessuno pensava male.

Arriviamo a Roma. Andiamo subito da un amico nostro, un certo Saro. Dico: senti Saro, qui abbiamo dei vestiti bellissimi, tutti lustrini, strazi luccicanti, dove li possiamo vendere?

Dice: fatemi vedere! Apre la valigia, dà una guardata e poi dice: questi giusto al casino potete venderli; chi la vuole questa robaccia zozza! Dico: ma sono vestiti da gran sera! vestiti di lusso! Dice: è roba da casino e pure da casino di poco prezzo. Dico: senti, noi abbiamo bisogno di soldi. Dice: va bene, me li porto e fra due giorni vi so dire qualcosa.

Dopo due giorni torna. Dico: beh? Dice: li ho portati a una casa di tolleranza, non li hanno voluti, dice che sono antichi. Insomma ho girato quattro o cinque posti, li ho venduti a un robavecchiaro, ma per poco, non valeva neanche la pena di portarli. Ci mette in mano cinquemila lire e se ne va. Così ci siamo levate il pensiero di questi vestiti.

A Roma c'era poco da fare e poi Dina era ricercata. Allora dice: vogliamo andare a Genova? lì ci sta molto da fare con i portafogli.

Dico: ma quando hai rimorchiati questi uomini e dopo vogliono venire con te, come fai poi a sganciarli? Dice: tu non ti preoccupare, io lavoro, tu basta che stai appresso a me, poi facciamo metà. Dico: va bene, io mi fido. Infatti mi fidavo perché era furba questa Dina, molto intelligente, scaltra.

Prendiamo il treno e andiamo a Genova. I soldi per il biglietto ancora una volta erano presi in prestito da un'amica di Dina. Scendiamo, ci guardiamo intorno.

Era una bella città, io non la conoscevo. Era piena di gente ricca che camminava a piedi, andava di fretta, con dei bei cappotti di lana. Era giusto quello che ci voleva per noi.

Allora ci mettiamo a passeggiare sulla strada principale, lei bionda io rossa, ci facevamo notare, Avevamo tutte e due il cappotto rosa, i tacchi alti. Insomma ci venivano dietro.

Dina aveva l'occhio esperto. Quelli senza soldi li scartava subito. Quelli coi soldi li capiva da un chilometro e allora rallentava, si faceva raggiungere, oppure gli andava incontro senza parere di niente. Quando questo abboccava, lei gli sorrideva allettante, era proprio carina, non si poteva resistere, dolce dolce e timida.

Dopo un po' che camminiamo, troviamo il tipo giusto: un uomo di mezza età, un nasone, col bavero di velluto. Dina si ferma a guardare una vetrina. Quello ci raggiunge, si volta, Dina gli lancia uno sguardo clandestino. Quello si ferma. Torna indietro. Dina fa finta di niente; si rimette a camminare. Io sempre dietro, facevo quello che faceva lei. Imparavo.

Andiamo avanti un duecento passi così, a tira e molla. Poi finalmente Dina si decide; si ferma, lo aspetta e gli si mette a braccetto. Quello era un po' seccato che mi vedeva appiccicata a loro. Dice: non potremmo restare soli? E Dina: per carità, se lo sa mia madre che esco da sola senza mia cugina, mi ammazza. E quello si rassegna. Poi dice: ma dove andiamo? vorrei fare qualcosa, un bacio magari. E lei subito: andiamo al cinema.

Al cinema ci mettiamo seduti così: Dina in mezzo, lui da una parte e io dall'altra. Poi lei comincia a maneggiarlo. Lo stringe, lo abbraccia, e nel mentre con la mano gli sfila il portafoglio. Appena acchiappato il portafoglio lo porge a me nascostamente in silenzio. Intanto gli parlava a questo nasone, gli diceva: dammi un bacetto, come sei carino! ci vediamo stasera? però non ti fare vedere da mia cugina, non mi fare fare brutta figura!

Io, col portafoglio in mano, anzi dentro il maglione perché me lo infilavo subito fra la pelle e il golf, mi alzo, dico: scusate, vado un momento al gabinetto. Ed esco.

L'aspetto fuori dal cinema, friggendo. Dopo due minuti arriva lei. Appena mi raggiunge, cominciamo a scappare. Le gambe ci arrivano in testa. Corriamo, cambiamo strada, pigliamo un tram, scompariamo.

Finalmente, in una strada tranquilla, sole, sicure, apriamo il portafoglio. C'erano venti mila lire. Dina mi fa: hai visto? lo sapevo che quello aveva i soldi.

Dico: come facevi a saperlo? Dice: così, a naso; è difficile che sbaglio. Dico: ma che gli hai detto a quel nasone al cinema? Dice: appena te ne sei andata, dopo un momento, gli ho fatto: devo andare a vedere che fa la mia amica, forse si sente male; aspetta qui che torno subito. Mi sono alzata come se niente fosse e sono uscita.

Dice: ora andiamo in un buon ristorante, poi ci cerchiamo un posto per dormire. E per qualche giorno siamo a posto.

Infatti ci siamo infilate nel primo ristorante sfarzoso che abbiamo trovato, ci siamo ordinate una cena capricciosa, con risotto, funghi, gelato, panna. Abbiamo bevuto birra e caffè. Ci siamo satollate.

Poi andavamo cercando una pensione, ma non si trovava. O erano occupate o avevano l'aria così misera che il cuore ci diceva di andare via. Alla fine siamo finite in un albergo carissimo, su verso la collina. Eravamo stanche, non ce la facevamo più.

Ci danno una bella stanza col balcone. Mi affaccio, si vedeva tutta la città sotto illuminata. Dico: guarda Dina che bellezza questa Genova! Ma lei era troppo assonnata. Dice: chiudi cretina, che fa freddo! E così è finita la prima giornata genovese.

Per due o tre giorni non ci siamo più esposte. Poi, appena finiti i soldi, abbiamo ricominciato. Alle volte non c'era niente in questi portafogli degli uomini, oppure c'erano duecento lire, trecento lire. Allora ricominciavamo.

Dina era brava, aveva le mani che non si sentivano. M'ha insegnato pure a me, m'ha fatto una bella scuola. Però non sono mai diventata brava come lei. Aveva il sangue freddo lei. Io invece quando ero al momento di sfilare il portafoglio il cuore mi batteva come un tamburo.

Lei mi prendeva in giro, con quella parlata di Civitavecchia, tutta strascicata. Dice: che ti fai venire il magooone? mamma miiia! A te ti viene il mal di cuore, come treeeemi! e vaaattene! mi pare che ti sta a uscire il core daaalla bocca, e vaaattene!

Lei era tutta indifferente. Giovane, più giovane di me, era un tipo impassibile. Non tremava mai, era ferma, accorta, sicura. Vedendola così decisa, cercavo di essere calma pure io, cercavo di essere di marmo. Ma non raggiungevo mai il sangue freddo di lei e le mie mani erano pesanti in confronto alle sue che erano proprio due ragni.

Avevamo trovato una pensione in questa Genova, dove le stanze costavano poco ed erano abbastanza pulite. C'era il lavandino e pure un bidè di ferro con le rotelle che si poteva trasportare in giro per la stanza. Alle finestre c'erano delle tendine a fiori gialli.

Ogni quattro giorni la padrona ci fermava, diceva: allora, paghiamo o no? Era una brutta strega curiosa che andava sempre a frugare nella roba nostra. E poi gli asciugamani ce li lesinava, la roba da mangiare ce la dava fredda. Era maligna, si divertiva a malignare.

Il primo giorno avevamo preso quel portafoglio ricco, poi per una decina di giorni ci è andata sempre male. Non riuscivamo a pagare la pensione. E siccome non eravamo "brave solventi" come diceva la padrona, lo zucchero non ce lo dava più, l'acqua calda la risparmiava. Era diventata acida, insolente.

Allora dico a Dina: cambiamo pensione? mica ci sarà solo questa pensione a Genova! La pensione Strauss, si chiamava così. Dice: e per il pagamento come facciamo? Dico: ce ne andiamo senza pagare.

Infatti, la mattina dopo, pigliamo una valigetta di quelle di cartone che costano poche lire, la riempiamo di mattoni rubati in un cantiere vicino. Mettiamo questa valigia per terra, davanti alla porta. Poi prendiamo la roba nostra, facciamo un fagotto e lo buttiamo giù dalla finestra.

Dina esce per prima, raccatta il fagotto e se ne va. Dopo un po' scendo io, con le mani vuote, dico: buongiorno signora! e raggiungo Dina dietro l'angolo. Tutte e due ce la squagliamo di corsa e così abbiamo risparmiato una settimana di pigione e abbiamo lasciato un mucchio di mattoni alla signora Strauss di Genova.

Da lì la stessa sera ci siamo trasferiti a un'altra pensione, la Portofiorito. Io mi volevo mettere a dormire, avevo sonno. Dina dice: facciamo un giretto, vediamo se riusciamo a rimediare qualcosa. Dico: fa freddo. E poi ho sonno. Dice: usciamo, sento che stasera andrà bene. E usciamo.

Fuori faceva un freddo tremendo. Il cappotto mio era troppo leggero. Morivo dal freddo. Dico: rientriamo! Dice: aspetta, vediamo se stasera facciamo qualche colpetto un po' meglio. E giriamo, giriamo, sempre a piedi, con quel freddo che mi tagliava la faccia.

Si avvicina uno, un bel ragazzo bruno. Signorine! siete sole? posso accompagnarvi? Dina se lo guarda bene, accigliata, indagatrice, poi passa dritta.

Dico: magari questo aveva i soldi! certe volte questi ragazzi che hanno l'aria trasandata sono ricchi. Dice: no, tu stai zitta che non capisci niente; quello è uno spiantato.

E andiamo avanti. Mi si erano congelati i piedi e le mani. Il naso non me lo sentivo più. Dico: ma guarda quanto devo penare per un portafoglio!

Ci avviamo verso il centro, camminando moge moge. Ci fermiamo vicino a un ristorante di lusso. Passavano tutti uomini accoppiati, con le loro donne. Niente da fare.

Finalmente vediamo avanzare uno tutto vestito bene, con un cappotto di cammello, una gran cintura, un tipo fine, garbato. Non dice una parola. Ci guarda fisso e sorride.

Dina mi dà una gomitata. Mi dice: ci siamo! Io mi metto appresso a lei per fare quello che mi dice. Vedo che cammina più svelto, poi più piano. Io le stavo sempre appiccicata. Ogni tre passi Dina si voltava per controllare che quel cammello ci seguiva.

Dopo un lungo giro, alla fine Dina si lascia raggiungere e gli parla. Siamo di Roma, dice, siamo due studentesse qui a Genova per vacanza; non conosciamo nessuno, siamo un po' sperdute.

Questo cammello fa un inchino, tutto compito. Infila il braccio dentro quello di Dina e ci mettiamo a camminare insieme. A me mi sembrava strano che non parlava. Dico: ma sarà muto questo? beh, dico, meglio perché così non può chiamare la polizia.

Quello voleva fermarsi a un bar, ma Dina lo dirige verso un cinema. Finalmente sento la sua voce; era una voce da bambino. Dice: ma questo film l'ho già visto. Io dico: e adesso che facciamo? ci rimettiamo a camminare? Mi veniva da piangere per il freddo.

Ma Dina che è intraprendente più di me, dice: non importa, il film non lo guardiamo neanche, andiamo dentro per stare vicini e al caldo.

Lui dice sì, che è contento. Va alla cassa, paga e ci infiliamo dentro a questo cinema dove davano un film western con tanti morti, sangue che schizzava da tutte le parti, teste rotolanti, cavalli sbuzzati, un macello.

Io guardavo e dicevo: meno male che sono qua al caldo! speriamo che Dina non si sbrighi troppo presto! non ho voglia di tornare fuori al freddo.

E invece, dopo qualche minuto che eravamo seduti, sento la sua mano che mi tocca il gomito. Afferro il portafoglio, me lo infilo sotto il cappotto; mi alzo, vado al gabinetto.

Non faccio in tempo ad aprire la porta che vedo Dina che mi viene appresso. Sbrigati, corri, che ho freddo! mi fa. Ma, dico, se n'è accorto del furto? Dice: no, no va tutto bene, corriamo perché fa freddo.

Ci mettiamo a correre, giù da una strada e poi dentro un'altra e voltiamo e rivoltiamo finché arriviamo in un posto tranquillo, lontano. Sotto un lampione finalmente tiriamo fuori questo portafoglio.

Era pesante, gonfio. Dice: hai visto che roba? che ti dicevo? L'apriamo. C'erano cento lire e un pacco di fotografie di donne nude. Questo stronzo!

Buttiamo il portafogli e torniamo alla Portofiorito. Avevamo una gran fame arretrata. Eravamo stanche e sfiatate. Avevamo pregustato una bella cena di lusso e invece niente.

Entriamo nella stanza da pranzo di questo Portofiorito. Era tardi; i camerieri aveva già sbarazzato tutto. Dina protesta, dice: ma noi paghiamo la pensione completa, ci tocca la cena!

Mi dispiace, la cucina è chiusa, dice la padrona. E insomma, tira e molla, siamo riusciti ad avere un pezzo di arrosto freddo che sembrava di cartone e del pane duro. Abbiamo cenato così e ce ne siamo andate a dormire.

La mattina ci alziamo, belle ristorate, fresche. Usciamo. Vediamo che all'ingresso non c'era nessuno. Signora! signora! ci mettiamo a chiamare, ma la signora non viene. Lì sul banco c'erano i nostri documenti, belli aperti con una chiave posata sopra. Ce li prendiamo e ce ne andiamo via in fretta in fretta. Dice Dina: sai che ti dico, questa Genova mi è diventata antipatica!

Quella sera stessa prendiamo un treno per Milano. Scendiamo. C'era nebbia, freddo. Ci infiliamo subito in una pensione vicino alla stazione, la pensione Commercio.

Dico: c'è una camera? Allora viene fuori un padrone con una pancia che sembrava un cocomero. Dice: per due signorine così carine la camera c'è sicuro. E comincia subito a fare il cascamorto con Dina.

Lei gli civettava, faceva la graziosa. Era un'attrice questa Dina che chiunque ci cascava. Dice: ci dia una camera spaziosa, mi raccomando, e che non dia sulla strada! E quello si torceva per accontentarci.

Saliamo in questa stanza. Era un po' stretta per la verità, ma pulita. Se si aprivano gli sportelli dell'armadio non si poteva più passare. Per arrivare alla finestra, bisognava montare sul letto. Ma andava bene lo stesso.

Insomma andiamo avanti con questa vitaccia, qualche volta acchiappando dei portafogli belli pieni, qualche volta vuoti; secondo la fortuna.

Quando andava bene, ci infilavamo in un ristorante: primo, secondo, terzo, dolce, caffè, ci rimpinzavamo come oche da fegato. Quando andava male, tornavamo alla pensione, mangiavamo quelle minestrine del Commercio che puzzavano di tegame sporco e quel pezzo di carne striminzita mezza bruciacchiata.

Un giorno Dina mi fa: sai che ti dico, mi sono stufata di fare sempre io; devi imparare pure tu a sfilare portafogli; oggi andiamo e il lavoro lo fai tu, io ti aspetto fuori.

Dico: va bene, ci provo, ma ho paura. Dice: non ti preoccupare; tu abbracciatelo bene, baciagli l'orecchio che gli uomini perdono la testa quando gli baci l'orecchio e intanto gli infili la mano in tasca; hai capito? Dico: sì ho capito.

Il pomeriggio usciamo sul tardi che era già buio. Faceva freddo, ma non c'era vento. Si stava abbastanza bene. Io andavo ancora in giro con quel cappotto leggero di Roma perché non avevo trovato i soldi per comprarmene uno nuovo.

Camminiamo per il centro, verso piazza del Duomo. Io mi guardavo quelle guglie di pietra, tutte merlettate, biancastre. Dico: hai visto che roba? Dice: invece di guardare in alto, guarda per terra, le chiese non hanno portafogli.

E io subito mi sono messa a scrutare i passanti che mi sembravano tutti gente ricca: cappotti col bavero di pelliccia, borse di coccodrillo, cappelli di castoro.

Dico: qui facciamo affari! Dice: non ti credere, è più apparenza che altro. Dina faceva la saputa, ma sbagliava pure lei. Da ultimo ne aveva sbagliati parecchi.

Gliel'ho detto. Si è arrabbiata. Dice: non è colpa mia se gli uomini si sono imparati ad andare in giro col portafoglio vuoto. La faccia da ricco io la riconosco, ma non posso indovinare se i soldi li porta appresso oppure no.

Mentre discutiamo passa uno che ci guarda con due occhi accesi e Dina mi dà un pizzicotto. Eccolo! mi fa, datti sotto!

Io non sono brava a fare il teatro come lei. Mi faccio coraggio, mi volto, sorrido un po' invitante. Anche lui si volta. Si ferma. Torna indietro. Dico: e ora che faccio? E Dina: fai la graziosa, fai la timida; vedrai che tutto va bene.

Faccio la graziosa, ma io non sono brava, si capisce che sono finta. Mi viene da ridere; mi viene da prenderlo a pugni perché mi è antipatico, ha la faccia storta, è giallo, porta un cappelletto in testa che gli copre appena la punta e basta.

Dina mi dava dei calci, degli spintoni. Finalmente quello apre bocca. Dice: siete sole? Dico: sì, non siamo di Milano, la città non la conosciamo. Dice: ve la faccio conoscere io; siete libere? Dico: sì sì.

E quello comincia a portarci in giro per Milano. Dina mi dava le gomitate. Dovevo proporgli di andare al cinema, ma non mi veniva. Continuavamo a camminare come tre scemi; lui che diceva: questo è il Duomo, lassù c'è la madonnina, bello eh? E io: bello, bello. Dina era furiosa.

Per fortuna ad un certo punto capitiamo proprio davanti a un cinema dove davano un film d'amore molto conosciuto. Dico: perché non andiamo a vedere questo film? mi piacerebbe. Dice: andiamo. Dico: però viene anche la mia amica, non la posso lasciare sola. Dice: come vuoi. Ci paga il biglietto a tutte e due, e anche caro perché era un cinema di prima visione.

Io mi volevo vedere il film. Pensavo: dopo, verso la fine glielo prendo il portafoglio. Invece, non era possibile. Dina mi torceva la pelle del braccio. E quello poi voleva pomiciare. Dico: guarda, non ti agitare troppo perché la mia amica poi si scandalizza.

Non gli permettevo di toccarmi. Lo toccavo io. Gli carezzavo il collo, le spalle, un po' fra le gambe. Poi chiudo gli occhi e mi dico: ora gli bacio l'orecchio come m'ha detto Dina, è il momento buono.

Dina fremeva perché ero lenta, impacciata. Ma io avevo paura che quello si accorgeva che stavo rovistando nella sua tasca. Gli uomini poi non si sa perché portano tante tasche. Questo qui ne aveva due sulla giacca, fuori; due dentro, due nei pantaloni, era un pasticcio.

Dina lo capiva subito dove stava il portafoglio. Io no. Poi me l'ha detto che lei lo spiava mentre pagava il biglietto alla cassa. Io non ci avevo mai pensato.

Insomma stavo con le dita a tastare in queste tasche. E per la preoccupazione, sudavo, ero una fontana. Finalmente ho sentito qualcosa di duro sotto le dita. Era il portafoglio. Ho stretto i denti e per poco non gli porto via un orecchio. Per fortuna lui l'ha preso come un segno di passione. Sempre con questo orecchio fra i denti, gli sfilo il portafoglio e lo passo a Dina, sopra il bracciolo. Ero così contenta di esserci riuscita che me lo baciavo veramente, quel fesso, per la gioia.

Gli ho dato due schiocconi sulle guance e due sulla bocca e lui era tutto esaltato. Era bruttino, con le orecchie a sventola. Dico: mamma mia come sei scemo!

Dina si alza, va al gabinetto. Io rimango ancora un po' con lui, gli dico quattro cretinate, gli metto una mano fra le cosce. Poi, quando sono passati tre minuti, dico: vado a vedere che fa la mia amica, non vorrei che stesse male.

Mi alzo e vado. Come esco, comincio a correre che neanche Dina mi teneva dietro.

Ci fermiamo in una strada solitaria. Tiriamo fuori il portafoglio. C'erano duecentotrentamila lire. Abbiamo subito diviso; centoquindici a lei e centoquindici a me. Dico: hai visto che ce l'ho fatta pure io? Ero orgogliosa, mi pareva di avere fatto chissà che. Ma prima di impararmi ce n'era voluto.

Dina mi rimbeccava, mi diceva: ah stupida, rincoglionita, non sei buona a fare niente! E io, a forza di sentire queste umiliazioni, queste strillate, mi sono imparata la scaltrezza come lei.

Quella sera abbiamo festeggiato con una cena grandiosa. Abbiamo mangiato: trippa, stracotto, baccalà alla crema, aragosta, dolce di ricotta, caffè, vino e birra. Non riuscivamo ad alzarci dalle sedie tanto eravamo gonfie di cibo.

Torniamo al Commercio mezze ubriache; il padrone ci viene incontro, tutto sorridente, dice: siete allegre eh! vuol dire che la vita vi va bene! posso offrirvi qualche cosa? una grappa? un vermuth? ve lo porto su in camera; ci facciamo una bevutina alla vostra salute.

Io gli faccio un rutto in faccia. Dina che non perde mai la calma dice: come sei carino! grazie! però noi adesso dobbiamo dormire perché domattina ci alziamo presto. A domani! ciao! E lo pianta lì come un ciocco. È bravissima lei con gli uomini. Finge che ha paura di loro. Promette promette e poi non mantiene mai.

Un innamorato vero ce l'aveva; si chiamava Domenico. Lo chiamavano Mimì. Ma lo vedeva poco perché pure lui faceva il ladro ed era sempre in giro per affari. Avevano due giri diversi.

Il giorno dopo dormiamo tutta la mattina. Poi andiamo nei negozi a rifornirci. Dina si compera una borsa di pelle rossa, un paio di scarpe rosa col tacco. Io mi compro un cappotto foderato di pelliccia, bello caldo, color blu del cielo.

La pelliccia interna era di nailon, ma teneva caldo lo stesso. Anche questa pelliccia era blu, ma più chiara. Poi compriamo guanti, biancheria, calze. Ci facciamo mettere a posto i capelli da un parrucchiere di lusso.

Il giorno dopo viviamo di rendita e il giorno appresso pure. Passiamo il tempo a letto a dormire, a leggere giornaletti, a rifarci le unghie, a chiacchierare, mangiucchiando dolci di mandorla.

Quando usciamo, ci mettiamo addosso la roba nuova e siamo proprio eleganti, tutti ci guardano entusiasti. Mangiamo, beviamo, siamo contente.

Dopo qualche giorno però sono finiti i soldi. Da stasera riprendiamo la caccia, dice Dina; tocca a te. Dico: no, ora tocca a te. Insomma ci battibecchiamo un po' e poi decidiamo che spetta a me.

Dice: tu ricordati che non ti chiami Teresa, ma Luisa. Dico: perché? Dice: perché così dopo non ti riconoscono; ci vuole sempre un nome di mestiere. Tu ti chiami Luisa, vieni da Frascati, Aprilia, decidi tu. L'indirizzo tuo e il nome tuo vero non li devi mai dire.

Quella sera abbiamo incastrato uno, un vecchio di campagna. Lo portiamo al cinema. Lui, questo scemo, si credeva che poteva fare il morbido con tutte e due.

Dina si scostava però non poteva trattarlo male perché era un pollo buono. Io, come ho fatto l'altra volta, gli dico di stare fermo con le mani. Gli dico: se mi tocchi urlo. E lui infatti non mi toccava. In compenso lo toccavo io. Gli davo delle tastate sul sedere per vedere dove aveva ficcato il portafoglio.

Poi sul petto, gli infilavo le mani dentro la giacca. Non riuscivo a trovarlo questo portafoglio. Eppure avevo visto alla cassa che lui l'aveva cacciato nella giacca. L'avrà cambiato di posto entrando, penso; magari quando ha tirato fuori la moneta per la mascherina.

Intanto lui allungava una mano verso le ginocchia di Dina. E lei si arrabbiava con me; e io con lui. Ad un certo punto gli ho detto: se non la smetti di toccare la mia amica, ti pianto e me ne vado. E lui per un po' ha smesso.

Mentre che gli bacio l'orecchio sporco che mi veniva da vomitare, finalmente scopro il portafoglio. Il vecchio si torceva nella sedia, voleva mettermi le mani sotto la gonna. Io lo trattenevo.

Mentre che gli dico qualche sciocchezza all'orecchio, comincio a tirare questo portafoglio. Ma un po' che lui era grasso e la tasca era tesa, un po' che il portafoglio era gonfio, non riuscivo a sfilarlo.

Insomma ad un certo punto questo se ne accorge e fa: ah mascalzona, mi volevi derubare! Dico: no, stavo scherzando! Adesso ti porto dritto in questura, dice. Io cerco di rabbonirlo coi baci. Intanto mi accorgo che Dina se n'è andata. Ha capito il pericolo e se l'è filata.

Non sapevo che fare. Lui comincia ad alzare la voce. La gente si volta. Io, tutta umiliata, dico: e ora che faccio? Poi mi vengono in mente le parole di Dina "tu attacca sempre". E infatti l'ho attaccato. Mi sono messa a gridare, più forte di lui: brutto vecchio zozzo lurido bavoso, mi hai messo le mani addosso, hai cercato di approfittare di me!

La gente curiosava. Qualcuno ha preso le mie parti, ha cominciato a guardarlo brutto, si è avvicinata la maschera con la torcia in mano. Allora il vecchio ha avuto paura. Si è alzato e se n'è andato.

Da quella volta, per qualche giorno, ha fatto tutto Dina. Aveva la mano leggera lei, non si faceva mai cogliere sul fatto. Ma era sfortunata. Le capitavano tutti portafogli vuoti.

Il proprietario del Commercio intanto insisteva che voleva essere pagato. Faceva capire a Dina che, o pagava o andava a letto con lui, ma così non poteva continuare. Era diventato noioso. Ci aspettava la notte, ci portava da bere in camera, allungava le mani.

Dico a Dina: che facciamo con questo rompiscatole? Lei dice: ormai dopo che gli ho promesso, se non ci vado a letto, ci caccia dalla pensione. Dobbiamo partire. E quando? Dico. Stanotte, dice.

Infatti la notte rientriamo al Commercio che era l'una. L'ultimo portafoglio era andato male. Eravamo senza una lira. Troviamo il solito proprietario sulla porta, sorridente, con la bottiglia pronta.

Allora Dina si avvicina e gli dice in un orecchio: vieni su più tardi quando la mia amica dorme e facciamo l'amore. A che ora? chiede lui. Verso le tre, le quattro, fa lei. Ma se poi non si addormenta? Dice lui. E Dina: se non si addormenta la manderò a spasso; voglio stare sola con te. E lui contento, ci versa da bere, ci fa le moine, con quella pancia grassa e rumorosa che pareva piena di gatti arrabbiati.

Appena saliti, organizziamo il solito sistema. Dina si cala dalla finestra con la roba. Per fortuna eravamo al secondo piano. Io poi scendo le scale ed esco passando davanti al proprietario che aspettava sonnacchioso.

Dico: vado a fare una passeggiata perché non riesco a dormire. E lui: buona passeggiata, signorina! Adesso si precipita su, penso. Infatti, appena sono fuori, vedo che infila le scale. Allora faccio una corsa, raggiungo Dina, prendiamo la roba e scappiamo come il vento.

Il giorno dopo a mezzogiorno eravamo in giro per la strada come due disperate, col freddo, la fame, senza sapere dove andare. Avevamo provato in tre pensioni ma non c'era posto.

Passiamo accanto a un giardino pubblico. Dico: ci sediamo un momento? Dice: sì, sediamoci, ho i piedi che mi fanno male. E ci siamo buttate lì su quella panchina del giardino pubblico tutto nebbioso e ci siamo messe a parlare della sfortuna nostra e della città di Milano che è traditora perché tutti gli uomini vanno col portafoglio vuoto e tutti i soldi che ci sono chissà dove li tengono nascosti, questi figli di mignotta!

Nel mentre che parliamo così, passa un uomo sui quarant'anni, ben vestito, con un cappotto lungo lungo, uno scialle bianco e un cappello nero in testa. Dina lo saluta come se lo conoscesse. Quello rimane di stucco. Si ferma, torna indietro, si siede accanto a noi sulla panchina.

Dice: ci conosciamo? Dina fa sì con la testa. Era un'attrice sveltissima. Io me la guardavo e pensavo: ammazzala che faccia tosta questa Dina! L'ammiravo per la sua naturalezza.

Dice: non ti ricordi che ci siamo conosciuti una volta, stavamo a casa di quel tuo amico coi baffi, non ti ricordi? e tu portavi questa stessa sciarpa e io te la tiravo per scherzo, ti ricordi? c'era pure una donna con te, tua moglie mi pare, però era tanto noiosa, e io ti guardavo e tu mi guardavi, ti ricordi?

Tutto questo lo diceva con una tristezza, una tristezza nella voce che faceva venire le lagrime. Lui era preso fra il sì e il no. Si confondeva. Cercava di ricordare. Dice: ah, forse in casa di Fernando. Sì, fa Dina, proprio Fernando. Ma Fernando non ha i baffi, dice lui. Beh, cosa vuoi che mi ricordi; non mi interessavo mica di lui, di questo Fernando, io non avevo occhi che per te.

L'uomo è vanitoso, basta che gli dici che è affascinante, basta che lo lisci un po' e subito ci casca. Infatti dopo qualche minuto lui e Dina erano diventati amici intimi, e si tenevano la mano nella mano.

Dico: qui fa freddo, dove vogliamo andare? andiamo a prendere un caffè? Dina dice: beh, noi veramente abbiamo già mangiato, ma andiamo lo stesso.

Erano già le undici e mezzo. Dico: però a quest'ora sarebbe quasi meglio fare pranzo. Bene, dice lui, andiamo in un ristorante che conosco io dove si mangia l'ossobuco, ti piace l'ossobuco?

Dina fa: io veramente non ho fame, sono poco d'appetito, ma vengo lo stesso per tenerti compagnia. Sempre con la mano nella mano, gli occhi negli occhi. Lui era veramente commosso.

Così andiamo in una trattoria caratteristica e mangiamo l'ossobuco col risotto, due porzioni l'una. Quello ci guardava con tanto d'occhi. Dice: ma non avevi detto che eri poco d'appetito? E Dina: ora ho cambiato idea; questo ossobuco è talmente buono che non ci resisto. Poi beviamo vino rosso, ci facciamo due porzioni di dolce alla crema e finisce il pranzo.

A questo punto io dico: Dina, devo andare a telefonare a mia zia che sta male. Vai, vai, dice lei. E io me la squaglio. Subito dopo lei gli dice a questo quarantenne: mi aspetti un momento? voglio fare un saluto anch'io alla zia della mia amica. E mi viene dietro.

Questo stronzo però ha sgamato, perché invece di aspettare buono buono, ci è venuto dietro, malfidente e curioso. Esce fuori, ci vede correre via e ci insegue.

Correva, correva forte questo quarantenne. In un attimo ci raggiunge e ci acchiappa tutt'e due. Ah, dice: così mi volevate fregare eh? Avete mangiato, bevuto e ora volete scappare eh? Beh, adesso mi restituite i soldi del pranzo se no vi denuncio!

Io mi sentivo persa. Dina invece, sicura come al solito, gli dice: se non te ne vai subito milanese del cazzo ti faccio arrestare! Lui subito cambia tono. Dice: ma che t'ho fatto? E Dina: tu m'hai forzata a venire con te col ricatto, e io racconto tutto alla polizia sai; poi adesso chiamo mio marito e ti faccio dare un sacco di botte.

Lui brontola, ingiuria, ma a voce bassa. Non ci riusciva a tenerle testa. Io allora, visto il momento debole, ho cominciato a picchiarlo. Gli dicevo: toh scimunito! toh baccalà! e gli davo calci, pugni, schiaffi. Ad un certo punto si è scocciato e se n'è andato.

Quella sera stessa siamo ripartite per Roma con i proventi di un portafoglio di venti mila lire strappato da Dina a un cristone alto due metri dentro un cinema affollato.

A Roma conosco una certa Rinuccia, detta la Spagnola. Era una mora, una bella donna scura di pelle e con la voce grossa. La incontro in un negozio in via Nazionale, vicino alla stazione.

Stava comprando una giacca a tre quarti. Dice: m'ha parlato di te Carluccio. Dico: ah sì. Dice: sei sempre con Dina? Dico: sì. Dice: senti, vogliamo andare a Firenze insieme? ho saputo che a Firenze c'è un sacco di lavoro; i portafogli che si pigliano a Firenze non si pigliano da nessuna parte. Sono tutti gonfi di soldi e gli uomini li portano mezzi fuori dalle tasche e pare che dicono prendimi prendimi! Dico: va bene, ne parlo a Dina.

Infatti lo dico a Dina di questi portafogli di Firenze che pare che saltano fuori dai pantaloni come pesci volanti. Dina dice subito di sì. Dice: tanto a Roma non si combina niente e poi ci conoscono, è pericoloso. Così prendiamo un treno, assieme con questa Spagnola e partiamo per Firenze.

Appena arrivati a Firenze leggiamo su un giornale che c'è stata una rapina alla Banca Commerciale e che tutta la polizia sta slacciata per la città.

Prendiamo subito un altro treno che ci porta in Liguria. Andiamo a finire a Nervi, sul mare. Lì scendiamo e ci mettiamo alla ricerca di un albergo.

C'erano due alberghi a questo Nervi, uno chiamato Internazionale e uno Minerva. Erano belli tutti e due. Dina dice: quale scegliamo? La Spagnola dice: Minerva. E perché? Perché mi attira di più, fa lei. Infatti andiamo a questo Minerva e consegniamo le nostre tessere.

Avevamo ancora le tessere di ballerine di quando eravamo artiste. Le abbiamo date e loro le hanno prese. I nomi su queste tessere erano falsi, erano nomi d'arte. Dina si chiamava Ofelia Belfiore e io Luisa Lori.

Sotto a questo albergo, nella cantina, ci stava un locale, chiamato La Marinella. Era un locale dove si balla, notturno, bello, con tutte conchiglie, reti appese alle pareti, luci verdoline, sembrava di stare in fondo al mare.

Allora Dina dice: oh, stasera voglio proprio andare a ballare. Adesso ci vestiamo eleganti, andiamo dal parrucchiere, ci facciamo fare le mani, e poi tutte profumate e truccate andiamo alla Marinella e vediamo che succede.

Infatti ci laviamo, ci vestiamo, ci trucchiamo e scendiamo al locale. Dina si era messa un vestito verde, io uno nero, la Spagnola si era fatta i capelli come una giapponese. È una bella donna, poco più alta di me, mora mora. La chiamano la Spagnola ma non è spagnola per niente.

Allora scendiamo e ci mettiamo tutte e tre a un tavolo d'angolo. C'era una candela rossa in mezzo alla tovaglia e dei bicchieri scintillanti. Ordiniamo subito delle aranciate.

Dopo un po' il locale si riempie di avvocati, commercianti, gente di tutte le razze. Vengono questi signori, ci vedono sole e ci chiedono di ballare. Io non sapevo ballare, camminavo sempre.

Dico: non so ballare. Ma quelli insistevano. Dico: senta, balli con la mia amica perché a me mi fa male la testa. E loro ballavano con Dina, con la Spagnola.

Dina alla fine se ne porta uno al tavolo, lo fa sedere con noi, gli dà da bere. Faceva finta che era ubriaca pure lei. Ordinava: un altro vischi, cameriere! E io le dicevo: ma se poi quello non paga? se non ha soldi? Fidati, questo me lo cucino io come mi pare a me. Andate, salite su in camera che poi vi raggiungo, ci fa.

S'era beccata questo biondo, mezzo vecchio, con la faccia da stupido. Dice: andate, andate, che poi vengo. Lui ubriaco e lei finta ubriaca, ci salutano e si rimettono a ballare.

La Spagnola e io saliamo su in camera. Dormivamo tutti e tre dentro una stanza. C'era un letto grande e un lettino piccolo. Ci chiudiamo dentro, ci spogliamo. E aspettiamo.

Poi io dico: vado al gabinetto. Mi infilo il cappotto ed esco. Mentre passo per il corridoio, sento un russare forte. Guardo e vedo una porta socchiusa. C'era uno che dormiva e faceva brr brr. Spingo un po' la porta con la mano. Vedo un corpaccione grosso vestito solo con le mutande e la camicia, tutto allentato e gonfio che dorme stravaccato sul letto.

Sopra il comodino accanto al letto vedo che ci sta un orologio, una borsa di pelle di quelle grandi da medico e un paio di polsini d'oro.

Torno subito indietro, chiamo la Spagnola. Dico: vieni vieni, c'è da rubare. Lei mi viene appresso. Guarda quest'uomo che dorme con la porta aperta. Dice: entriamo. Dico: aspetta, qui all'albergo hanno le nostre tessere. Dice: ma i nomi sono falsi; la mia carta di identità è falsa pure quella; perciò diamoci sotto!

Entriamo. Afferriamo l'orologio d'oro, la borsa, i polsini e via. Torniamo nella nostra stanza, chiudiamo a chiave. Intanto rientra Dina. Dice: gli ho sfilato il portafoglio che neanche se n'è accorto; ci sono quarantamila lire. E di lui che nei hai fatto, di quel biondo? chiede la Spagnola. Dice: l'ho lasciato davanti a casa sua, con la faccia nel marciapiede, ubriaco fradicio. Tié, dividiamo.

Però, dico, anche noi abbiamo fatto un colpo: guarda qui! E le facciamo vedere il bottino. Dina dice: e brave! ma che aspettate ad aprire quella borsa: scommetto che è piena di lettere d'affari!

La borsa però era fermata con un lucchetto. Allora, con le forbici, col temperino, con il tacco della scarpa, insomma facciamo saltare questo lucchetto che per fortuna era delicato. Apriamo e dentro troviamo tutti biglietti di banca, nuovi nuovi, parevano usciti dalla Zecca.

Dico: accidenti, guarda qua! Eravamo allibite. Non ci era mai capitata una fortuna simile. Io acchiappo subito un mazzetto di questi biglietti e me li nascondo in petto.

Dina dice: no, lasciamoli là dentro; prima dobbiamo uscire da qui, dobbiamo andarcene subito da quest'albergo. E per le tessere, dico, come si fa? senza tessere non possiamo andare in giro, non abbiamo altri documenti. Dice: ci penso io, voi due portate fuori la borsa e aspettatemi all'angolo della strada.

È andata dal portiere, gli ha raccontato che ci aspettava la compagnia del Gran Bazar, che dovevamo partire subito, insomma gli ha inventato un mucchio di balle, si è fatta ridare le tessere, ha pagato con le quarantamila lire del portafoglio rubato al biondo e se n'è venuta via tranquilla, sorridente.

Dopo un minuto siamo alla stazione. Prendiamo il primo treno che ci capita e arriviamo a Voghera. Non sapendo dove andare, ci infiliamo in un ristorante per mangiare e riposare un poco, anche se erano appena le undici.

Lì mangiamo e beviamo, poi paghiamo con questi soldi della borsa. Dopo un po' arriva il cameriere e dice: senta signorina, questi soldi mi dispiace ma non sono buoni. Come, non sono buoni? dico, non sarà buono lei! questi sono soldi nuovi nuovi usciti dalla banca. Appunto, dice, sono nuovi perché sono falsi.

Infatti erano tutti falsi. Ma io non mi volevo convincere. Dico: come falsi, come falsi? falso sarà lei. Dico: beh, andiamo dal banchiere: lei non li conosce i soldi, non capisce niente, andiamo alla banca. Dina se la rideva, era contenta che il nostro furto si rivelava un fallimento.

Io, più lei rideva, più mi arrabbiavo, insistevo con quello scemo del cameriere.

Insomma andiamo a finire in banca dal banchiere. Questo banchiere guarda controlla, palpa, poi dice: senta signorina io glieli debbo ritirare questi soldi. Dico: perché? Perché sono falsi, dice.

Poi dice: e ora dove va? Dico: a Roma. Dice: beh, se risulterà che non sono falsi, potrà ritirarli alla succursale di Roma. Dico: ma allora sono falsi pure questi? E gli faccio vedere quei due o tre biglietti che avevo in mano. Dice: temo di sì.

Ne avevo un altro mazzo nella borsa, ma quelli non glieli ho dati. Erano settecentomila lire in tutto. Pensavo: ora il cameriere ha detto che sono falsi, e pure il banchiere ha detto che sono falsi. Allora sono falsi davvero! M'era venuta una rabbia che li avrei stracciati tutti quei soldi.

Dina dice: torniamo a Roma; che restiamo a fare qui? i soldi sono falsi, non abbiamo una lira. Cercava di buttarci giù. Dice: a me queste cose non mi capitano, io non ho mai beccato un portafoglio con soldi falsi, mai. Dico: aspetta, può darsi che riusciamo a spenderli lo stesso.

Infatti andiamo in una oreficeria e compriamo della roba d'oro, orologi, catene, anelli, tanto per spendere. Paghiamo con questi soldi falsi e va tutto liscio.

Poi andiamo in una pelletteria; ci compriamo borse, cinture, valigie. I soldi passavano di mano in mano senza storie. Eravamo contente. Dico: hai visto? E Dina non protestava più perché le faceva comodo pure a lei di spendere e comprare.

Il giorno dopo prendiamo tre biglietti e partiamo. Arriviamo a Roma tutte eleganti, sembravamo tre turiste. Valigie nuove, scarpe nuove, anelli, bracciali, tutti ci guardavano.

Dice: beh, come va? come va? Dice: ammazzala si sono fatte i soldi queste! Sempre al bar Bengasi, in via Gioberti. Tutti i ladri ci ossequiavano. E pure a via Cartagine ci ossequiavano.

A via Cartagine c'era un locale dove suonavano, ballavano. Da "Romanella" al Quadraro. Era un ambiente di ladri, ci conoscevamo tutti. Io mi trovavo bene perché erano di cuore questi ladri, se avevano un po' di soldi pagavano, facevano a gara a chi pagava. Se non ce li avevano, pazienza.

Appena arrivati a Roma, la Spagnola ci ha lasciate perché doveva partire con un amico. Si era innamorata di un aviatore, di uno dell'Aeronautica. Con lui faceva la persona perbene. E questo invece ci andava per i soldi.

Le levava i soldi. Questo, con tutta l'Aeronautica era un pappone.

Era un sottufficiale elegante, attillato, affabile, ma badava solo ai soldi. Andavano al ristorante, all'albergo, pagava sempre lei.

Allora Dina dice: ma questo amico tuo, questo Bruno dell'Aereonautica mi sa che è un pappone; questo ti vuole levare i soldi e non te ne sei accorta.

No, diceva lei, non è vero! Bruno è un ragazzo serio, è dell'Aereonautica. E lui, con tutta l'Aereonautica ti fa il magnaccia, dice Diana. Insomma litigavano. Pappona sarai tu! E tu sei scema, innamorata e scema! Si prendevano a botte. Però non c'era niente da fare, la Spagnola era innamorata marcia di questo dell'Aereonautica e nessuno glielo levava dalla testa.

Quando sono finiti i soldi, siamo tornati a caccia di portafogli, Dina e io. C'era quando andava bene, due, tre portafogli con soldi. C'era quando non beccavamo una lira per due settimane di fila. Allora facevamo la fame.

Un giorno poi incontriamo uno a cui avevamo rubato il portafoglio qualche mese prima. Lo incontriamo fra via Gioberti e via Manin. Era uno di campagna, che veniva a Roma per il commercio dei maiali.

Questo ci vede per la strada, una bionda e una rossa, ormai ci aveva fotografati nella testa. Ci acchiappa e dice: ora vi denuncio a voi altre due ladracce!

Dina dà un gran strattone e riesce a liberarsi. Io invece rimango attaccata a lui che mi teneva con le unghie come un avvoltoio. Dice: ora vieni con me in caserma. Dico: io? ma guarda che ti sbagli, io non t'ho mai visto! tu sei proprio matto. No, dice, tu mi hai sottratto il portafoglio mentre che mi facevi la festa amorosa; dopo sono andato a guardare e non ce l'avevo più.

Questo campagnolo strillava, si agitava. Si era radunata gente per la strada. Dico: sei un pazzo, ti faccio chiudere in manicomio, io non t'ho mai visto! ma chi sei? ma chi credi di essere?

Io negavo, lo insultavo, ma era vero, gli avevo proprio rubato il portafoglio; glielo avevo sfilato dalla tasca mentre che gli baciavo l'orecchio, quell'orecchio amaro tutto unto di brillantina.

Era deciso a portarmi in questura. Io cominciavo a sentirmi persa. Vedevo che Dina se n'era andata, che la gente mi guardava brutto. Stavo quasi per arrendermi, quando ho visto Dina che tornava. Dico: meno male, in qualche modo mi tirerà fuori da questo impiccio, è troppo brava lei!

Infatti, si è avvicinata a questo, gli ha dato una borsata in testa e poi ha cominciato a gridare, ma forte, con sicurezza: disgraziato pazzo fetente! ora ti denuncio per calunnia. Ce l'hai le prove? ce l'hai le prove di quello che dici? Come ti permetti brutto schifoso burino, io ti faccio querela, io ti denuncio! E intanto gli dava calci, pugni e borsate.

Quello, fra le botte, e lo stupore, lascia la presa. E io subito mi sono messa a correre. Dina dietro. Siamo scappate via come due lampi.

Corri, corri, andiamo a finire in un garage. Pioveva. Dico: lasciami riposare un poco, sono stanca. Dina rideva. Diceva: hai visto che faccia quel burino! Dico: tu sei brava; io mi stavo a fare mettere sotto. Dice: bisogna sempre fare così, bisogna mostrarsi sicuri e attaccare. Se lui grida, tu gridi più forte, se lui minaccia, tu minacci più forte.

Quando smette un po' di piovere, usciamo dal garage e ce ne andiamo a piedi verso la pensione Margherita dove abitavamo. Mentre camminiamo, tutto d'un botto incontro uno di Anzio. Dice: Teresa ciao! Dico: ciao! Dice: ma il fatto di tuo fratello l'hai saputo?

Dico: che fatto? Dice: tuo fratello, ma come, non l'hai saputo? mi dispiace per te; beh vai giù ad Anzio, vai subito che è urgente. Io dico: perché devo andare ad Anzio, che ha fatto mio fratello? Mi faceva venire il nervoso questo compaesano con le sue mezze parole.

Dice: vai, vai giù ad Anzio che lo saprai. Dico: ma di quale fratello parli? Dice: quel fratello tuo che è tornato dall'India. Libero? Sì, dice, Libero, proprio lui. Dico: ma io ho da fare qui, non ci posso andare ad Anzio.

Dice: beh, tu vacci perché tuo fratello Libero è andato sotto al treno. Oh, dio! che m'hai detto! Dina, Dina, mi metto a strillare, è successa una cosa terribile, debbo andare subito ad Anzio!

Lo stesso pomeriggio prendiamo il treno Dina e io per Anzio. Maledetto viaggio! Io su quel treno non trovavo pace. Il sedile mi scottava sotto il culo.

Tutto d'un botto m'era tornato l'amore per mio fratello Libero che quasi non lo ricordavo più. Ma come sarà morto? come sarà successa questa disgrazia? pensavo.

Questo fratello mio Libero aveva ventisei anni. Era ritornato da poco dall'India dove aveva sofferto assai. Era stato sette anni in prigionia. S'era ammalato; aveva patito la fame.

Poi un giorno gli avevano fatto la buca, lì in India, a lui e a tre amici suoi. Dice: scavate che poi vi sotterriamo vivi. Dice: vi vogliamo seppellire vivi perché siete fascisti.

Hanno deciso la punizione e li hanno cacciati dentro alla buca, vivi. Stavano a sotterrare pure mio fratello, questi inglesi. Aveva già il corpo mezzo coperto di terra. In quel momento arriva un capitano e dice: no, questo è buono, lasciatelo libero.

L'hanno tirato fuori e l'hanno fatto rimanere lì, nudo a guardare i compagni che morivano sotterrati vivi. Era già malato, aveva i calcoli ai reni. Mangiava a rate, in questo campo di concentramento, aveva tutti i denti guasti. Quel fatto della buca l'ha messo malamente col cuore. A queste cose pensavo mentre camminava quella lumaca di treno e mi dicevo: non è stato fortunato questo fratello mio, non ha avuto fortuna!

Quando arrivo ad Anzio, trovo i miei fratelli che piangono, i compaesani che piangono. Mio fratello Nello mi viene incontro, mi abbraccia. Dice: oh Dio, sorella mia, Libero è andato sotto al treno. Dico: lo so.

Dice: ma lo sai che sotto al treno ci si è buttato lui, per suicidio? Dico: questo non lo sapevo. Dice: vieni a vedere questo nostro fratello che l'hanno ricucito un po' e adesso sembra intero.

Il treno l'aveva spaccato in quattro. Era tutto brandelli. Per il funerale l'avevano ricucito. Aveva bende sopra bende, sembrava una mummia. Era bianco di faccia, sobrio, la fronte macchiata di chiazze nere.

Me lo sono guardato e ho detto: siamo cresciuti insieme con questo Libero, era il più buono dei fratelli; all'età di vent'anni è partito per la guerra; quando mi sono sposata è stato l'unico a darmi i soldi per cacciare i certificati. A casa mia, mio padre non m'ha dato manco una lira, e lui Libero mi è venuto incontro con qualche soldo. Era buono e ora è morto. Il mondo è fatto a cazzo di cane!

Dina e io quella notte siamo andate a dormire da Nello che era sempre generoso e ospitale con me. Dice: c'è sempre posto per te a casa mia. Ha messo due lettini, uno per Dina e uno per me. C'erano i figli, c'era Lina che ormai era la padrona. Abbiamo fatto pace. Ma dopo due giorni me ne sono andata lo stesso.

Dina è voluta tornare a Roma per via di Mimì che l'aspettava. E io sono rimasta, ma sono andata a dormire da mio padre, da Doré la Lunga. Ci stava da scoprire, da sapere perché s'era buttato sotto al treno questo fratello Libero.

Doré la Lunga mi racconta: sai Teresa, si è chiuso dentro, ha mandato a chiamare la fidanzata sua, quella che aveva prima di partire per l'India. Dico: ma chi era questa fidanzata? Dice: una ragazzetta di qui, una che poi quando è tornato dalla guerra l'ha trovata sposata con un altro.

Insomma l'ha mandata a chiamare, mi racconta Doré, si sono chiusi dentro e lui gli ha detto: eccoti le fotografie tue, tu ora sei sposata, te le restituisco. Forse aveva una passione per quella ragazzetta, non lo so. Comunque di cervello era andato, non ragionava più.

Ma io lo sapevo che non era vero. E indagando ho scoperto la verità. Questo fratello era tornato dall'India triste; si era rimesso a lavorare. Ma tutto quello che guadagnava lo doveva portare a Doré la Lunga. Vendeva il pesce e tutti i soldi se ne andavano nelle mani di lei. Non aveva soddisfazione a lavorare.

In casa l'avevano messo in una stanzetta vuota, tetra, senza mobili né niente, solo un lettino, come in ospedale. Era una casa nuova perché la vecchia era stata bombardata. Perciò non aveva neanche la consolazione dell'abitazione dove era cresciuto. Aveva bisogno di tante cose, di qualcuno che gli voleva bene, e invece aveva trovato Doré la Lunga che lo faceva sgobbare, gli parlava male di noi, gli diceva: ecco, tuo padre l'hanno lasciato solo, nessuno ha voluto lavorare la terra, e lui l'ha dovuta vendere per colpa dei tuoi fratelli; se ne sono andati tutti, l'hanno lasciato solo, per odio verso di me che non gli ho fatto niente, piripum, piripam, insomma l'aveva stordito con queste filastrocche.

Poi lui era andato da mio fratello Eligio e questo gli aveva detto: tuo padre è un disonore, s'è sposato a quella, si è portato in casa la cognata e ci fa pure l'amore; tua sorella Teresa è scappata, sta in prigione, l'altro fratello Orlando sta in prigione pure lui per furto e omicidio di tedesco, Iride ha sposato un americano, va tutto a rotoli.

A casa, Doré la Lunga lo accusava di non lavorare abbastanza. Il padre era malato, scorbutico, mezzo rinscemito, la famiglia non c'era più, l'amore della fidanzata nemmeno, s'era avvilito questo Libero e s'era tolta la vita.

Mio padre era crudo, un tipo selvatico che a noi ci ha sempre trattato a botte e cinghiate. Però quando ha visto questo fratello morto è rimasto male. Piangeva. Doré la Lunga gli stava vicino, non sapeva che dire. Lo guardava piangere. E io pure lo guardavo perché era la prima volta che lo vedevo piangere; neanche per mia madre aveva pianto.

La sera mangiavo con loro dentro quella casa fredda e mi rattristavo. Dopo qualche giorno mi sono stufata. Ho salutato e me ne sono tornata a Roma.

A Roma non ho trovato nessuno. Dina era andata via con Mimì. La Spagnola pure era in viaggio. Altri amici ladri con cui lavorare non si vedevano. Ero senza una lira, senza di che pagarmi un caffè. Dico: ora che faccio? E mi viene in mente quello che mio fratello Nello dice sempre: meglio fare la serva, un lavoro onesto, che rubare!

Allora mi metto in cerca di un posto di serva. Trovo subito perché queste serve sono molto richieste, soprattutto se pagate poco. E io, senza referenze, con la galera stampata sul libretto, non potevo chiedere molto.

Capito in una famiglia di fruttaroli. Erano marito, moglie e tre figli. E ci stava la suocera. Mi davano sei mila lire al mese. Io dovevo stare sempre a sciacquettare.

La padrona era una brava donna. A casa non ci stava mai. Era la suocera che comandava. Mi stava sempre addosso, non mi permetteva di uscire. Mi faceva lavare, sempre lavare. Mi mettevo lo zinale e lavavo, lavavo per terra, i muri, le porte, i piatti, la biancheria, le lenzuola, tutto.

I vetri, ogni giorno dovevo lavare i vetri. Lava qua! lava là! E io lavavo. Da mangiare era misurato. La carne se la mangiavano loro. A me mi davano una minestrina, i formaggini.

Dicevo: ma guarda questa fa la fruttarola e di frutta qui in casa non se ne vede mai! Io mi volevo fare una mangiata di frutta perché stavo da una fruttarola. Invece in quella casa non si mangiava mai frutta, non so perché, forse non gli piaceva. Sempre formaggini, quelli avvolti nella carta d'argento, formaggini e pane.

Non mi facevano uscire. Dice: che devi andare a fare fuori? stai tanto bene qui! E mi davano roba da lavare, roba da lavare. E io lavavo. Lavavo sempre. Pensavo a Dina. Pensavo: chissà che farà ora la biondina?

Quando era l'ora di mangiare, mi mettevano davanti due formaggini e un pezzo di pane. Dico: ma quando si mangia qua? Dove credi di essere, in albergo? mi dicevano e io abbozzavo.

Dopo tre settimane di questa musica, una mattina, dopo avere mangiato l'ultimo formaggino, me ne sono andata. Non ci sono tornata più. Non ho neanche chiesto i soldi che mi toccavano per quelle tre settimane. M'era venuto il mal di mare a lavare sempre.

Vado al bar Bengasi. Ritrovo gli amici miei grattarelli. Mi offrono da bere, sigarette, caffè. Dice: Teresa, ma che fai? dove sei stata? Dico: sono stata ad Anzio da mio fratello che è morto. Dice: mi dispiace Teresa, prendi un caffè. Erano caldi, premurosi.

Al bar Bengasi incontro pure Dina, sempre bella, allegra, svelta. Dice: che fai? Dico: niente, non ho più una lira, sono andata a servizio da una famiglia di fruttatoli che non mangiavano mai frutta e mi davano sempre formaggini col pane.

Dice: vogliamo andare a Civitavecchia a trovare mia sorella? ho un cognato che lo chiamano "il principe", vende il pesce al porto; andiamo da lui... ci facciamo prestare qualche soldo.

Dico: ma che dirà questo principe quando ci vede così malridotte? Dice: vedrai, ci accoglierà bene, è uno di animo buono. Dico: ma come andiamo senza soldi? Dice: ci mettiamo sull'Aurelia e fermiamo qualche macchina.

Detto fatto, andiamo. Ci mettiamo sull'Aurelia, all'uscita della città. Passa una macchina, passano tre macchine, venti macchine, niente, non si fermava nessuno.

Cominciavamo a essere stanche, dopo quattro ore che stavamo lì ad aspettare, perdevamo la fiducia. Dico: è stata una cattiva pensata questa delle macchine, qui non si ferma nessuno. Dice: aspetta, qualcuno si fermerà.

Verso l'una alla fine ecco un camioncino che frena. Dice: dove andate? A Civitavecchia. Dice: io vado a Livorno, no anzi a Siena; montate! E noi montiamo.

Questo qui ci parla di Siena che è una bellissima città, che si sta bene, insomma non la finisce più con questa Siena. Dina dice: mi piacerebbe andarci, non l'ho mai vista questa Siena. E lui ci dà l'indirizzo di casa sua e ci fa promettere che se capitiamo a Siena lo andiamo a trovare.

A Civitavecchia ci fermiamo. Lo salutiamo, ringraziamo e scendiamo. Ci presentiamo in casa di questa sorella di Dina. Era rustica, sprezzante. Dice: che siete venute a fare?

Il principe non c'era. Dina spiega alla sorella che siamo senza una lira, che ci deve aiutare. Ma lei dice che non ha soldi. Poi dice; andate, andate che non voglio gente in casa! E ci caccia via. Neanche la cena ci ha offerto.

Dico: che facciamo? torniamo a Roma? Torniamo, dice Dina. E ci rimettiamo sull'Aurelia.

Si ferma una macchina, ma invece che a Roma, andava a Siena. Dico: beh, andiamo a Siena; vuol dire che cercheremo quello del camioncino che è tanto gentile.

Poi mi viene in mente che il figlio mio Maceo l'avevano portato in villeggiatura da quelle parti, ad Acquapendente, o Acquaviva non lo so, un posto vicino a Siena.

Dico: vogliamo andare a trovare il pupo? Dice: ma se ci cacciano via i parenti tuoi? Dico: ma io tanto basta che lo vedo, poi se mi cacciano non mi interessa.

Aveva quindici anni mio figlio. Era l'anno millenovecentocinquantuno. Io ne avevo trentaquattro. Dico: chissà che effetto gli farò dopo tanti anni! Perché se l'erano preso le mie cognate il figlio e non me lo facevano mai vedere.

Da Siena ci siamo fatti quasi due chilometri a piedi per andare a questo paese sulla montagna. Abbiamo chiesto dove stava la famiglia Panella. Nessuno la conosceva. Per caso mi ricordavo il nome, erano parenti dei parenti di mio marito.

Bussiamo a una porta. Aprono. Dico: conoscete qualcuno qui con questo nome? Dice: no, nessuno, e ci sbattono la porta in faccia. Bussiamo a un'altra porta. Neanche loro ne sapevano niente.

Dico: è una famiglia di Roma, sono qui in villeggiatura con un bambino così e così che si chiama Maceo. No, dice, qui non c'è nessun bambino. Erano scostanti, sospettosi.

Dopo tante porte, ci siamo stancate. Dina dice: sai che ti dico, ho fame. Io pure avevo fame. Avrei voluto girare ancora, ma stava per calare la notte e non avevamo dove dormire e neanche i soldi per mangiare. Dico: va bene, andiamo. E la voglia di rivedere mio figlio non me la sono potuta cavare.

Ci rimettiamo sulla nazionale. Passa una macchina, un'altra macchina, nessuno si fermava. Ci mettiamo sedute per terra, stanche, coi piedi rotti. Le macchine passavano come le frecce, e neanche ci vedevano. Dico: qui siamo come due aghi in un pagliaio; mettiamoci su quel montarozzo.

Appena ci siamo messi sul montarozzo, si è fermata una macchina. Era una giardinetta. Dice; dove andate? Dico: verso Roma. Dice: io vado a Livorno, se vi va bene, salite, se no niente. Dico: va bene. Montiamo e andiamo.

Mentre che siamo in macchina, questo campagnolo tutto rigido col cappello calato sugli occhi, zitto zitto, ci guardava le gambe. Dina dice: senta, non avrebbe per caso qualcosa da mangiare? siamo digiune.

Io pensavo: ora questo ci butta fuori dalla macchina. Io sarei morta piuttosto che domandargli una cosa del genere. Ma Dina non si spaventa di niente, è coriacea.

Il campagnolo ci pensa un poco, poi dice: va bene, vi offro da mangiare; ora ci fermiamo a una trattoria e facciamo cena. Aveva la speranza questo burino di combinare qualcosa. E infatti subito diventa familiare, allunga una mano sul ginocchio di Dina.

Metti giù le mani, fa lei, ma con gentilezza, dopo ne parliamo, dopo. Le sue parole sono convincenti, prestigiose. Infatti quello subito ubbidisce.

Entriamo in una trattoria da camionisti, c'era un sacco di gente, si mangiava bene. Ordiniamo spaghetti, carne fritta, patate, insalata, frutta, caffè. Ci attrippiamo bene. Intanto Dina gli fa le moine, gli dice: dopo, dopo facciamo qualcosa di bello, amore!

Quando finiamo di mangiare, il campagnolo dice: in questa trattoria ci stanno pure i letti, vogliamo dormire qua? Dina fa: sì, sì, è una buona idea. E io pensavo: ora come farà a liberarsi di lui?

Ci danno le chiavi. Saliamo. Quando siamo davanti alla camera, Dina lo prende di petto. Gli dice: che ti credevi che io per un piatto di spaghetti venivo con te? ora se non ti levi di torno ti spacco la testa. Chiamo le guardie e ti faccio arrestare!

Io me la ridevo. Pensavo: ma quanto è focosa questa.

Dina, quanto è perfida! quanto è brava! Quello infatti, il burino si era già smosciato. Però insisteva. E più lui insisteva, e più Dina lo insolentiva. Pareva una tigre. E alla fine quello mogio mogio se n'è andato.

Abbiamo dormito tre, quattro ore, in quel posto. Poi ci siamo alzate che era ancora buio e ce ne siamo andate saltando giù dalla finestra, per non pagare.

Ci rimettiamo sulla strada. Cominciava a sbrilluccicare il giorno. Macchine non ne passavano. Per non morire di freddo, ci siamo messe a camminare.

Finalmente si ferma un camion con un rimorchio lungo quanto un treno. Ci fa salire e partiamo. Il camionista cascava dal sonno e noi pure. Dice: parlatemi, raccontatemi qualcosa per tenermi sveglio. E a turno, Dina e io abbiamo dovuto raccontargli delle barzellette per tenerlo sveglio. Era un pianto! Alla fine ci siamo addormentati tutti e tre e per un pelo non siamo andati a finire dentro un burrone. Per la paura ci siamo svegliati ben bene e da allora abbiamo proseguito più speditamente.

Verso mezzogiorno arriviamo a Livorno. Cominciamo a girare per trovare una pensione. Non c'era posto da nessuna parte. Si fanno le due senza che abbiamo trovato niente.

Stanche, fradicie, affamate, ci mettiamo sedute sui gradini di una chiesa. Camminare non potevamo più perché ci facevano male i piedi. Dico: prendiamo un po' di fiato, poi cercheremo qualcosa. Dina era nera, scoraggiata.

Su questi gradini vediamo salire uno tutto elegante, vestito da signore, il quale si fa il segno della croce, e borbottando una preghiera entra in chiesa. Dina dice: questo è buono, stai attenta che quando esce lo abbordiamo.

Aspettiamo aspettiamo, questo non usciva mai. Chissà quanti peccati ha da confessare! dice Dina. Forse è uscito da un'altra porta, dico io. Beh, aspettiamo un altro po', fa lei.

Dopo circa un'oretta esce questo qui, con la faccia beata di santo. Dina gli sorride, si fa notare, insomma lo incastra subito. Lo prendiamo sottobraccio e lo portiamo al Grand'Italia, un bar di lusso che avevamo preso di mira da un pezzo.

Ci sediamo tutte festose. Dice: volete qualche pastarella? Diciamo: sì, grazie. Ma con calma, come se non ce ne importava niente. Poi, piano piano, mentre gli davamo spago, abbiamo ordinato cioccolata con panna, paste, briosce, biscotti, un sacco di roba. Ci abbuffiamo ben bene. In un'occasione come questa pensavamo subito al mangiare. Il pensiero nostro era quello. Io poi avevo la fame eterna.

Lui dice: allora ci vediamo più tardi, andiamo a qualche ritrovo da ballo. Dina dice: io non so ballare, mi piace piuttosto andare in qualche posto solitario che stiamo soli fra noi. Diceva così acciocché poteva brancicare il portafoglio a questo e poi mandarlo a quel paese. Lui dice: come vuoi tu, carina.

Era un tipo biondo con gli occhi chiari, le lenti grosse, non ci vedeva a un palmo dal naso, i capelli tutti appiccicati alla testa, ricci e unti. Di corpo era un sacco di patate diviso in due da una cintura stretta stretta. E puzzava di aringa vecchia. Dico: io a questo non sarei capace di abbracciarlo neanche per finta, neanche di toccarlo con un dito. Dina invece era tranquilla, non si faceva mai prendere dal disgusto.

Andiamo a finire al cinema. Secondo la volontà di Dina. Il cinema si chiamava Fulgor o qualcosa del genere, stava vicino a una piazza. Ci fermiamo davanti all'ingresso, e lui fa: questo è un film proprio brutto, me l'hanno detto, andiamo da un'altra parte, a ballare.

Dina dice: no, andiamo qua, che importanza ha il film? basta che siamo soli. Poi ho bisogno di stare tranquilla, mi va di svagarmi il cervello, se è brutto ci sarà sempre qualcosa di divertente da guardare!

Lui dice: ma sono cose di western, cose noiose. E lei: non importa che sono burattinate; ridiamo un po', stiamo allegri. E infatti entriamo lì. Era un tipo parloccone, un bonaccione questo qui.

Dentro, è la solita storia: lei si mette vicino a lui e io di fianco a lei. Dice: vuoi mettere la tua amica in mezzo? No, no, fa Dina, la mia amica si mette qui da questa parte. Faceva pure la gelosa! Insomma ci sediamo e guardiamo il film che era proprio brutto come diceva lui.

Dopo un po' Dina comincia a toccarlo, e nel toccarlo, lo frugava. Fruga fruga, non trovava niente. Ad un certo punto mi fa: ma questo qui dove l'ha cacciato il portafoglio?

Non l'hai controllato alla cassa? dico. Alla cassa ha pagato tirando fuori i soldi dai pantaloni, ma era senza portafoglio dice lei. Prova ancora, l'avrà nascosto, dico.

E lei ricomincia a tastarlo, a frugarlo. Quello ronfava come un gatto, era contento, le voleva acchiappare un seno. Lei gli faceva tutta dolce: tu non mi toccare perché io sono capace di svenire per il piacere e non sta bene qui in mezzo al cinema; lascia che ti tocco io. E quello la lasciava fare, era beato, rabbrividiva.

Finalmente Dina trova questo portafoglio. Era tutta sudata per la fatica. Mi fa un segno. Io lo prendo e mi alzo. Dico: vado un momento al gabinetto. E me la squaglio. Mi metto fuori dal cinema e l'aspetto.

Dopo un po' la vedo arrivare. Corriamo subito a gambe levate. Ci acquattiamo dietro una fontana, e apriamo questo portafoglio. Era vuoto. C'erano solo i documenti. Neanche un soldo, uno. Dice: guarda che fesse! abbiamo perso tutto questo tempo con un imbecille.

Dico: com'è che tu sostieni che non sbagli mai? Dice: eppure sono sicura che quello è uno ricco; aveva l'aria delle carte da cinquemila. Ma questo non ha una lira, dico io. Forse mi sono sbagliata di tasca, dice lei; li avrà nascosti in qualche buco nascosto.

Ci stavamo a litigare così, quando passa un nostro amico, un ladro di Roma. Dice: che fate? come va? Era allegro. Dico: va male, siamo senza una lira e disperate.

Dice: venite con me a Firenze; lì c'è una pensione con una padrona molto buona; questa conosce tutti i ladri, le prostitute, è una benpensante; vi fa credito, e la pagate dopo che avete fatto qualche colpo. Dina dice: andiamo a Firenze, questa Livorno fa proprio schifo!

E infatti siamo partite col ladro amico nostro. A Firenze ci porta in questa pensione, un ambiente di ladri, gente conosciuta. Ci danno una stanza, ci mettiamo a dormire.

La mattina dopo ci alziamo, ci rinfreschiamo, andiamo in cerca di qualcosa. In una giornata intera non abbiamo trovato niente, siamo andate sempre in bianco.

La sera rientriamo alla pensione e incontriamo due borsaroli amici, due del bar Bengasi. Dico: ci potete prestare qualcosa che stiamo combinate proprio male? Dice: noi pure ce la passiamo male, non abbiamo una lira bucata.

Ce ne torniamo in camera, ci mettiamo a letto, senza mangiare, senza bere, l'unico posto era il letto. Dico: ora stiamo bene, stiamo proprio a posto! mannaggia al momento che siamo andate via da Roma!

Dice: hai visto quei cassetti nel corridoio dove la signora tiene la biancheria? Dico: beh? Dice: acchiappiamo due tre pezzi di lenzuola, quelle di lino e le portiamo a vendere. Ma dove? dico. Chiediamo a questi borsaroli, loro lo sapranno l'indirizzo di un ricettatore, dice lei.

E infatti facciamo così. Acchiappiamo tre pezzi di lenzuola, di quelle col pizzo, roba fine, ricamata. Ci facciamo dare l'indirizzo di un ricettatore e andiamo.

Questo abitava in un vicoletto sudicio, al primo piano. Ci apre, guarda queste lenzuola, dice: sono beccate? Sì sono beccate, gli fa Dina, quanto ci dai? Non mi servono, non tratto questa roba, dice lui. Dina insiste. Alla fine ci mette in mano qualche migliaio di lire e ci manda via.

Con quelle abbiamo pagato la padrona della pensione che intanto era tutta agitata per il furto. Con tanti ladri che aveva in casa non sapeva chi accusare. Però non protestava forte perché voleva tenerseli buoni. Pure lei qualche volta comprava a prezzo di niente certi oggetti d'oro che non si sapeva poi dove finivano.

La sera appresso abbiamo lavorato bene. Dina ha acchiappato un portafoglio ricco; quarantamila lire tutte in un colpo. Era un tipo giovane, il derubato, bello, giulivo e andava in giro con l'Alfaromeo. Ci ha portati al cinema con la macchina.

Io durante il viaggio gli ho fregato un paio di guanti nuovi di cinghiale con la pelliccia dentro. Mi stavano a pennello.

Con quei soldi abbiamo preso due biglietti per Roma e siamo tornate a casa. Ogni tanto dovevamo rientrare perché a Dina le prendeva la nostalgia di quello lì, di Domenico. Io non avevo nessuno. Tornavo a Roma con lei per tenerle compagnia; ma per me Roma o un'altra città era lo stesso.

Domani partiamo per Pisa, diceva Dina, a Pisa non ci siamo mai state, mi dicono che girano dei gran portafogli a Pisa! L'indomani però non partivamo. Perché la sera prima avevamo afferrato un portafoglio non male dalle parti della stazione.

Dice: adesso per qualche giorno non c'è bisogno di lavorare. E ce la godevamo coi soldi. Lei nel letto col suo Domenico, io in giro, a spasso, al bar Bengasi, con gli amici.

Quando finivano i soldi, dicevo: beh, che facciamo? partiamo? andiamo a questa Pisa? E lei: sì, domani partiamo. Però non partivamo mai.

Una sera capito in un locale, da Occhipinti in via Palermo con alcuni amici grattarelli. Io non ballo perché non so ballare. Me ne sto seduta a bere e guardo gli altri che se la godono.

C'era musica bella, c'era allegria. Però mi doleva la testa. E me ne stavo un po' così soprappensiero. Davanti a me c'era uno che ballava e mentre ballava, mi occhieggiava. Era bello, alto, magro. Rideva e ballava.

Questo guardava, guardava, mi aveva messo gli occhi addosso. E io guardavo lui. Ci guardavamo. Ballava molto bene. Volteggiava, si metteva in punta di piedi, si chinava, girava come una trottola. Però sembrava che tutto quel ballo lo faceva solo per me. La compagna di piroetta non la degnava di uno sguardo. Girava, girava e stava sempre di faccia a me.

Ad un certo punto lascia di ballare e viene da me. Dice: vogliamo ballare? Dico: io non so ballare. Dice: importa poco, la guido io. No, dico, si sieda qui che non c'è nessuno, gli amici miei stanno tutti ballando; parliamo un po'.

E infatti parliamo. Io subito m'ero invaghita di lui. E lui di me. Insomma ci diamo appuntamento per la sera dopo al bar Genio in via Merulana e ci salutiamo.

L'indomani vado all'appuntamento a questo bar Genio. Lui stava già lì, tutto vestito di scuro. Dice: andiamo a cenare insieme? Dico: sì, andiamo. Mi era simpatico, molto, però non gli davo a capire niente, ero impassibile.

Facevo così per non mostrami debole, ma mi ero già infiammata la testa per lui. Gli chiedo quanti anni ha. Mi dice: ventisei e tu? Io ne avevo quasi dieci più di lui, ma non gliel'ho detto. Per non raccontare una bugia, ho cambiato discorso e lui non ha insistito.

Mentre mangiavamo mi ha raccontato che abitava con il fratello e la cognata, che lavorava al Ministero, che faceva l'autista ai ministri.

Subito facciamo l'amore. Nella sua macchina, parcheggiata ai giardinetti, davanti alla chiesa di San Giovanni. Era un uomo dolce, con la bocca dolce, le mani dolci. Mi ricordo ancora che mentre lo baciavo, guardavo le statue bianche sul tetto della chiesa e pensavo: ma quant'è dolce questo ragazzo!

Io mi innamoro di lui. A lui gli piacevo, ma non era molto innamorato. L'amavo più io che lui. Era la prima volta che m'innamoravo veramente, perché di mio marito non ero stata innamorata a fondo.

Di questo Tonino Santità sono diventata pazza. Avrei fatto le più grandi pazzie per lui e le ho fatte.

Ci vedevamo tutte le sere. Ci davamo appuntamento al bar Genio. Da lì andavamo al cinema, poi a cena, e poi all'albergo. Pagavo sempre io perché lui non aveva soldi.

Tutto quello che guadagnava lo doveva dare alla sorella e alla madre che erano indigenti. Inoltre doveva pagare la stanza dove dormiva alla cognata. Insomma era sempre senza soldi e veniva volentieri con me perché pagavo sempre io.

Vedeva tutti quei soldi che avevo e diceva: scusa sai, ma tu come fai? chi te li dà tutti questi soldi? ma pazienza, io penso una cosa, non so se sbaglio o indovino, ma penso una cosa.

Io gli dicevo: tu pensi che io vado con gli uomini per denaro. Ti sbagli. Io i soldi ce li ho da parte, me li sono guadagnati e li ho messi da parte. Comunque non ti preoccupare, se non ce li hai non importa, pago io.

Lui vedeva che io spendevo, cacciavo le carte da cinquemila, e si ringalluzziva. Andavamo a mangiare, a dormire, cacciavo sempre io. Poi gli facevo dei regali.

Gli ho regalato un orologio che costava sessanta mila lire, tutto d'oro massiccio con il braccialetto pure d'oro. Gli ho regalato camicie, scarpe, polsini. Un paio di polsini proprio belli, una volta ho girato tutto un pomeriggio per trovarli, erano d'argento con un rametto di corallo fermato da quattro anellini d'oro e dall'altra parte c'era un bottone, sempre d'oro con sopra incisa la cupola di San Pietro.

Appena avevo un po' di soldi gli facevo regali, sempre regali. Lui in tutta la sua vita m'ha regalato una bottiglietta di liquore francese quando è andato in Francia coi ministri per il Patto Atlantico.

È stato in Francia una settimana e poi è tornato con questa bottiglietta di liquore. Dico: grazie! Dice: questo è un liquore finissimo, è francese, è roba di lusso. Ma io non l'ho mai bevuto e per anni e anni mi sono portata dietro questa bottiglietta per ricordo di lui, finché un giorno l'ho perduta.

Io per lui andavo a rubare, andavo a rischiare. Pur di avere i soldi, per fare bella figura con lui avrei combinato qualsiasi guaio. Andavo per portafogli con Dina, andavo per furti nei negozi con una certa Gianna detta la Boccona e un suo amico detto lo Svociato. Andavo pure per borsette con altre amiche.

Mi insegnavano come si fa. Dice: tu ti devi mettere vicino a noi quando stiamo sull'autobus; devi guardare in faccia le persone, fisso, mentre tagli le borsette o infili le mani nelle tasche della gente. Se tu guardi fisso in faccia il prescelto, allora quello non se ne accorge che tu muovi le mani su di lui. Insomma mi facevano la scuola. E io imparavo subito; ero diventata brava.

Ma siccome i soldi non mi bastavano, non potevo accontentarmi di un solo lavoro. Mai come allora ho impicciato, ho trafficato. Andavo a vendere l'olio, le sigarette; tutto quello che mi proponevano facevo, anche le cose più rischiose, ero sempre la prima. Pur di avere sempre soldi in mano.

La sera andavo al bar Genio e mi incontravo con Tonino. Era puntuale, preciso. Veniva vestito di blu, con una cravatta d'argento, era bello e tutti se lo guardavano. Aveva le sopracciglia molto scure, le guance pallide e lisce, le labbra gonfie, capricciose, i denti piccoli e puliti.

Andavamo a ballare al 21 Aprile. M'ero pure comprata un vestito da sera, di velluto arancio. Appena potevo, andavo dal parrucchiere, mi facevo i capelli. Andavo da un frodo, un certo Ilario. Questo Ilario aveva un negozio vicino a Cinecittà. Era bravo, mi pettinava, mi lisciava, mi diceva: guarda come stai bene! chissà come sarà contento Tonino! Sapeva che io volevo farmi bella per Tonino, lo conosceva, glielo avevo fatto conoscere io. Mi dava l'ultimo tocco, con quelle sue mani delicate, mi guardava, mi dava un bacio sulla fronte. E io gli lasciavo una bella mancia grossa per la riconoscenza.

Tonino teneva molto all'eleganza; gli piaceva che pure io ero a posto, che facevo la mia figura. Mi portava nei posti dove non ero mai stata e mi sembrava chissà che avevo scoperto! Andavamo alle giostre, al tiro a segno, al cinema. Ero impazzita per lui, per questo Tonino Santità.

Qualche volta però si arrabbiava. Diceva: andiamo andiamo, e mi portava via di corsa. Il fatto è che non voleva farsi vedere con me da certi suoi colleghi di Ministero perché aveva capito che ero una ladra e aveva paura.

Durante il mese di agosto i suoi sono partiti e la casa era libera. Abitava in via De Polis. Dico: andiamo a casa tua? Era un periodo scalognato, che non rimediavo una lira. Ma con lui facevo finta di niente. Prendevo soldi in prestito, col tasso del cinquanta per cento.

Dice: a casa mia no, ci vedono. Ma chi? dico io. I vicini, dice. Aveva paura dei vicini. Aveva paura di tutti, era sospettoso, ci teneva molto alla sua rispettabilità. Infatti era rispettabile, molto per bene, sempre pulito, gentile, ossequioso e dolce come il miele.

Comunque una sera decide di portarmi a casa sua. Di nascosto, m'ha aperto una porta, m'ha chiuso in una stanza e ogni minuto si alzava per andare a vedere se arrivava qualcuno. La luce non l'abbiamo accesa per non dare nell'occhio.

Poi la mattina dopo alle cinque e mezzo m'ha fatta alzare perché voleva che uscivo prima che si svegliava il portiere. Lui è tornato a dormire. E io mi sono trovata sulla strada, senza soldi, e son dovuta rientrare a casa a piedi.

Ero in bianco da un po' di giorni. Non avevo pagato neanche il lettino dove abitavo, alla pensione. Furti non ne capitavano. Le amiche mie, sentendo pericolo, erano sparite. Ci sono dei periodi in cui tutto stagna e i ladri fanno le marmotte perché sentono che si sono svegliate le pantere della polizia.

Allora la notte mi toccava dormire nei portoni, sul pianerottolo di qualche casa. Sceglievo una casa senza portiere, aspettavo che si faceva tardi e poi suonavo tutti i campanelli. Qualcuno apriva. Io accostavo la porta e ci mettevo un piede per fermarla. Poi aspettavo restando fuori che i padroni controllavano chi era. Qualche volta si affacciavano sulle scale, ma vedendo che non c'era nessuno, tornavano dentro.

Io allora salivo fino all'ultimo piano. Mi mettevo davanti alla porta che dà sulla terrazza dove non ci va mai nessuno e dormivo lì, avvolta nel cappotto.

La mattina andavo al Cobianchi a lavarmi. Qualche volta andavo da Dina. Viveva in una camera piccolissima con questo Domenico chiamato Mimì in un gran disordine di letti, di piatti, di coperte e vestiti sporchi.

Mi faceva un caffè, un po' di latte. Mi diceva che ero scema, che ero rinscemita per uno che tirava solo ai soldi e basta. Io ci andavo poco da lei proprio per non sentirmi dire queste cose.

Quando non sapevo dove andare mi infilavo in una chiesa, come quando ero scappata di casa a diciotto anni. Mi prendevano per una pinzochera, una bigotta. E io invece andavo lì per scaldarmi un po', per sedermi e riposare dopo tanti giri inutili.

Ero proprio malridotta e disperata. Da Tonino non ci andavo perché non potevo pagare la cena e l'albergo. Sapevo che avrebbe fatto una smorfia; quella smorfia la conoscevo bene. Non diceva niente ma faceva quella smorfia e voleva dire che era scontento. Poi faceva tutto di malavoglia, era afflitto, annoiato. Non è che mi rimproverava. Era troppo signore per rimproverarmi di non avere soldi.

Si metteva lì, al bar Genio, in piedi davanti alla sua tazzina di caffè e diceva: beh, che facciamo? Dico: possiamo fare l'amore in macchina, come la prima volta. E lui faceva quella smorfia. A me mi dava dolore alla pancia vedergli fare quella smorfia. Già sapevo quello che rispondeva: sì, così sporchiamo le foderine nuove!

Se ci fosse stato uno che mi diceva: vieni, facciamo una rapina, c'è da uccidere qualcuno, io l'avrei fatto subito. E invece mi trascinavo per le strade, cercando un'occasione che non veniva. Tutti gli amici erano chi in prigione, chi infrattato, chi partito.

Era un momento poco buono per tutti, un momento di pericolo. La polizia, il questore, non lo so, per ragioni politiche dovevano dimostrare uno zelo raggiante e stavano ad arrestare a tutti, colpevoli e no.

Non avevo neanche i soldi per mangiare. La pensione, per non pagarla l'avevo lasciata. Dormivo nei portoni, alla stazione, dove mi capitava.

Una sera eravamo io e un'amica mia, una certa Giulia. Questa Giulia mi fa: non ho una lira bucata. Dico: nemmeno io. Dice: andiamo a vedere un po' insieme. Dico: dove? Dice: in giro, vieni.

E infatti ci siamo messe a camminare insieme per le parti di piazza Vittorio. Dopo una mezzoretta che camminiamo incontriamo un ubriaco. Giulia mi dà una botta sul braccio. Dice: questo è mezzo morto di vino; prendiamolo sotto braccio come per aiutarlo, e vediamo se c'è da alleggerirlo di qualcosa.

E così abbiamo fatto. Una per un braccio e una per l'altro, ce lo siamo caricato. Dico: come va compare? vuoi che ti accompagniamo a prendere un caffè?

Quello rideva, parlava, ma non si capiva niente perché era proprio fradicio di vino. Intanto guardavo se aveva bracciali, collanine, orologi da sfilare. Giulia lo tastava sul sedere per sentire se c'era il portafoglio.

Ad un certo punto mi fa un segno; aveva trovato il portafoglio nascosto nella tasca dei pantaloni. Allora io faccio finta che perdo l'equilibrio, gli casco quasi addosso e nel frattempo Giulia gli sfila il portafoglio fingendo di sorreggerlo.

Dico: andiamo! filiamocela! E facciamo per scappare. Ma questo ubriaco, affogato com'era di vino, mi afferra per un braccio e mi inchioda. Giulia, col portafoglio si dilegua. E io rimango attaccata là.

Gli davo calci, pugni, ma lui mi teneva sempre incollata a sé; non lasciava la presa. E intanto si mette a gridare: al ladro! al ladro!

Arrivano due poliziotti, mi prendono, mi portano in questura. Lì mi perquisiscono ma non trovano niente. Però mi incarcerano lo stesso, per "capacità".

Dico che significa "capacità"? Dice: significa che tu saresti capace di fare quest'azione anche se non l'hai fatta. Dico: insomma qui cominciano a conoscermi alla polizia, andiamo male!

Così sono andata a finire di nuovo alle Mantellate. E Tonino m'ha lasciata subito. L'hanno trasferito, o si è fatto trasferire, non lo so. È sparito.

L'ho fatto cercare da Dina, da Giulia, gli ho fatto dire di scrivermi. Niente. Ha sparso la voce che si era trasferito, non si sa per dove, lontano però e non era possibile conoscere l'indirizzo.

Io come un'allocca aspettavo sempre questa lettera di Tonino. Passavo i giorni ad aspettare questo suo pensiero. M'ero incapricciata insomma, m'ero incapricciata a morte. Era un bel tipo di maschio, alto, i capelli castano-cenere, gli occhi chiari.

Pensavo sempre a lui, lo nominavo cento volte al giorno. Contavo i minuti per uscire e andare a cercarlo. Era veneto questo Tonino. Pensavo: forse è andato nel Veneto: appena esco vado nel Veneto. Già mi facevo tutti i piani per trovarlo. Aspettavo una lettera, ogni giorno aspettavo.

Passava la suora con la posta. Dicevo: c'è niente per me? Non mi rispondeva neanche, passava oltre. Dico: pazienza, sarà per domani. E domani era la stessa storia. Mi sostenevo così.

Poi sono uscita, dopo qualche mese, perché prove non ne avevano e non potevano condannarmi.

Appena esco, vado alla casa di Tonino, a via de Polis. Non trovo nessuno, nemmeno la cognata. Telefono al Ministero, vado in giro, lo cerco dappertutto. Niente. Era sparito. Aveva preso paura.

Vado da Dina. Dico: questo Santità è sparito; che faccio? Dice: meglio perderlo che trovarlo un tipo così. Dico: ma un uomo così dolce non lo troverò mai più. Dice: smettila di fare la sentimentale, quello tirava solo ai soldi. Piuttosto da domani, se ti va, andiamo a caccia di portafogli. Dico: va bene, andiamo, non ho una lira.

L'indomani, alle quattro, entriamo in un negozio di via Due Macelli. C'era folla. Dina mi indica una borsetta incustodita posata su un piano di vetro. Afferro questa borsa ed esco scivolando quietamente.

Mentre sto ad attraversare la strada, sento una voce acuta che fa: la mia borsetta! acchiappatela! E dal negozio escono un branco di donne furiose che mi si mettono appresso.

Non faccio in tempo a svoltare l'angolo che mi afferrano in cinque. C'era troppa folla e non ero libera di correre; se no mica mi acchiappavano quelle furie. Dina è fuggita e io, per non inguaiarla, ho fatto finta di non conoscerla.

Sono andata a finire dentro un'altra volta. Per il furto di questa borsetta. Appena arrestata, mi levano tutto, le cinquanta mila lire, la borsa, tutto. E mi condannano a otto mesi di prigione.

In prigione nessuno mi veniva a trovare, nessuno mi mandava niente. Dina si era dimenticata di me perché aveva altre cose da fare. Se ne andava a caccia di portafogli con altre amiche. Di me se ne buggerava. Fino a che le stavo vicino, bene; appena mi allontanavo si faceva altri amici, altre compagnie.

Poi questa Dina ha trovato un signore che si è innamorato di lei; uno di Catania, molto ricco. Lei, o si è innamorata o l'ha fatto per interesse, non lo so. Se n'è andata a Catania con lui e adesso possiede un albergo.

Ha lasciato Domenico detto Mimì che era innamorato cotto di lei ma rubava a rotta di collo. Non è andata mai a finire in prigione. Ha rubato tanti portafogli che neanche se lo ricorda, ma non è mai andata dentro. Io invece sono sfortunata. Mi prendono sempre, mi acchiappano e mi mettono dentro.

Alle Mantellate stavo con le borsaiole di Trastevere. Erano donne allegre, non avevano paura di niente. Ricevevano qualche pacco, vedevano che facevo la fame, mi davano un pezzo di pane, una sigaretta. Se non mi davano niente, tiravo avanti con quella sbobba, quella gavetta piena di acqua sporca e quelle due pagnottelle che ci distribuivano.

C'era chi stava bene, prendeva latte, caffè, zucchero, carne. Ma a pagamento, tutto a pagamento. Io non avevo soldi e dovevo mangiare quello che mi davano. Per una sigaretta qualche volta facevo dei servizi: pulivo una cella, rammendavo un calzino, inchiodavo una scarpa.

Prima non fumavo; me l'aveva insegnato Dina il gusto del fumo. E dentro era la cosa che più mi mancava. Allora mi arrangiavo come potevo. Prendevo qualche buccia di patata, la facevo seccare, ci mescolavo qualche crino strappato dal materasso. Poi fabbricavo gli spinelli col giornale, li riempivo di questa roba tagliata sottile e me li fumavo. La bocca si riduceva amara, schifosa; ma avevo l'illusione della sigaretta.

La cosa più attesa era la liberazione di qualche detenuta. Perché allora chi se ne andava lasciava sigarette, maglie, qualche pezzo di pane, quello che le rimaneva delle sue provviste insomma. Era un momento di euforia e la fortunata faceva la grandiosa.

Di solito questa roba veniva divisa fra le più povere, quelle che non ricevevano mai pacchi e non avevano i soldi per rifornirsi. Se però questa liberata aveva la compagna, la sposa insomma, perché lì dentro c'erano i matrimoni come nella vita civile, allora lasciava tutto a lei e buonanotte.

Le coppie sposate erano gelose, irte. Potevano vivere tranquille, calme se nessuno le disturbava. Ma mettiamo che una si innamorava di una di queste accasate, succedeva il finimondo. Uscivano i coltelli, si avventavano.

Io stavo sempre sola. Pure nell'astinenza del carcere, non mi sono mai messa con una donna perché a me mi piacciono troppo gli uomini.

Io posso stare pure un anno intero senza l'uomo. Basta che ho un pensiero e me lo coltivo. Penso al corpo dell'uomo, alla sua bellezza, alla sua dolcezza e mi arrangio da me.

Quell'anno sono stata male per Tonino, perché se n'era andato. L'avrei aspettato pure due anni. Pensavo a lui. Cantavo le canzoni che piacevano a lui. Per otto mesi sono rimasta con lui che mi giracchiava dentro la testa.

Ora un giorno mi chiama il direttore. Io penso: qui mi farà il rimprovero perché sono ribelle e ho risposto male alla suora. Vado alla direzione con l'aspettativa del rimprovero. Già pensavo: questo ora mi leva quel poco di vitto che ho, mi aggiunge altri due mesi alla pena.

Nel mentre che penso così, lui mi fa, gentile gentile: Teresa, come va? Dico: bene direttore. Ora comincia con le buone, pensavo, poi arriva il brutto.

E lui: tu conosci tutte le detenute vero? Dico: sì, sono tutte amiche. Dice: tu non ricevi mai pacchi da casa vero? Dico: no, purtroppo no. Dice: ti piacerebbe ricevere qualche cosa da mangiare? E da chi? dico. E lui: non ti preoccupare, tu basta che ogni tanto vieni qui e mi dici cosa nascondono le tue compagne.

Questo fetente, mi voleva comprare con un po' di mangiare. Dico: signor direttore, ma io non ho niente da raccontare; cosa vuole che succeda in un carcere!

Dice: succedono tante cose. Per esempio qualche mese fa è scappata una zingara e sono sicuro che ne sapevi qualcosa. La colpa, quando una scappa dal carcere, lo sai di chi è? sempre del direttore, anche se il direttore non c'entra per niente perché le guardie sono corrotte e non fanno il loro dovere.

Dico: io non so niente; le zingare, lei lo sa, non aprono la bocca neanche per sbadigliare. Dice: ma le altre sì, le altre parlano, in carcere si sa tutto, e il direttore deve sapere, il direttore non può ignorare.

Dico: ha sbagliato indirizzo signor direttore, perché io non so niente. A me non mi racconta niente nessuno. Io sono compagnona, faccio amicizia, mi vogliono bene tutti, però non mi dicono niente. Ognuno per sé.

Dice: sei una bugiarda e una ribelle, finirai male. Dico: più male di così signor direttore!

A me invece mi dicevano tutto. Il direttore lo sapeva. E perciò mi aveva scelto e anche perché avevo fame, una fame speciale, una fame tremenda. Io non ricevevo mai pacchi e lui per un pacco mi voleva fare spia.

Ma io non sono nata spia. Pure che lo facessi, mi imbroglierei, mi impasticcerei, lo lascerei subito capire. Poi finirei per picchiare qualcuno e sempre andrei male. Non sono abbastanza impassibile per fare la spia.

Io sapevo pure della zingara che è scappata. Non perché me l'aveva detto lei, ma un'altra, un'amica. In carcere si sa tutto.

Questa zingara era belloccia, con due gambe lunghe lunghe e la bocca rossa rossa. C'era una che le faceva gli occhi dolci, una certa Rosa. Questa Rosa era una vecchia ma prepotente che comandava, faceva da padrona alla lavanderia e in cucina.

Alla zingara le faceva avere tutte porzioni doppie; doppie patate, doppia carne, doppia pasta. La zingara mangiava e non parlava. Non ringraziava, non diceva niente. E Rosa sempre la proteggeva, senza chiederle una ricompensa.

Però tutte e due lo sapevano che un giorno o l'altro la cosa si doveva concludere; la zingara doveva rendere il favore in qualche modo con l'amore. E la cosa andava avanti perché la zingara rimandava e l'altra aspettava.

Poi una sera è arrivato il rendiconto. Non so come, ma Rosa gliel'ha fatto capire che era venuto quel momento. E se non ci andava con lei, era capace di ammazzarla.

La zingara non diceva mai niente. Anche quella sera non ha detto niente. Ha mangiato tutto, si è ripulita il piatto col pane, tranquilla, puntuale. Poi se n'è andata a letto.

Nella cella dove dormiva, giusto quella sera la compagna sua non s'è vista, la Vincenzina, zingara pure lei. Invece della Vincenzina arriva Rosa, tutta ripulita, con un vestito nuovo, la collana, i capelli lavati e tinti, la cipria, il rossetto.

La zingara però, invece di aprire, ha chiuso la porta e ci ha messo davanti il letto in modo che quella non poteva entrare. Rosa è forte, spingeva; l'altra bloccava la porta da dentro. Le carcerate tutte, sebbene sapevano ciò che stava succedendo, erano sparite. Le avevano lasciate sole.

A questo punto è arrivata la suora e Rosa se n'è dovuta tornare alla sua cella, aspettando un momento più opportuno per ritornare all'assalto. La zingara ha chiesto di scendere in lavanderia perché aveva dimenticato il suo anello di matrimonio sulla vasca. La suora l'ha fatta scendere perché si fidava. E quella non è più tornata.

È successo quella sera perché l'occasione era quella, ma poteva succedere dopo o prima. La zingara lo sapeva che doveva arrivare quel giorno e aveva preparato la fuga.

Rosa era la sola che non lo sapeva in tutto il carcere. Le altre conoscevano questo piano, anche se non erano al corrente dei particolari. Aveva piantato dei chiodi sul muro di cinta, questa zingara, senza farsi accorgere da nessuno e aiutandosi con quei chiodi si è arrampicata su e poi è saltata dall'altra parte. Ha fatto un salto di dieci metri, non so come non si è rotta niente. Era elastica come un gatto.

Il giorno dopo tutti guardavano Rosa per ridere di lei. E lei ha avuto la faccia di non mostrare nessun cordoglio. Ha mangiato contenta e allegra come al solito, anzi più contenta del solito. Quasi quasi abbiamo pensato che la fuga gliel'aveva organizzata lei.

Parlava, rideva, trafficava con le pentole della cucina. Tutti si aspettavano qualche scena di rabbia, qualche urlata. Invece niente. Era calma e gentile. Anzi, sfacciatamente si è messa a fare la corte a una nuova, una ragazza di ventidue anni, arrestata per droga.

Per tre giorni è stato così. Poi tutto d'un botto Rosa non ce l'ha fatta più a reggere la commedia. Una mattina sentiamo che dalla sua cella escono degli strilli come se nascesse un figlio.

Tutti accorrono. Era lei che piangeva, vomitava, si sbatteva la testa al muro. Viene la suora. Dice: che hai Rosa? Dice: mi sto a morire, ho mangiato qualche cosa che mi ha fatto veleno, mi sto a morire suora, non ce la faccio. E le lagrime le venivano giù come la pioggia.

Era tanto brava commediante che ci hanno creduto tutte alla bugia del cibo avvelenato. Invece era il veleno dell'amore, io l'ho capito subito. Veniva fuori in ritardo come una tempesta e questa tempesta l'ha tenuta dentro un letto dell'infermeria per otto giorni che sembrava morta. Il dottore diceva che non aveva niente, ma lei stava a morire: era bianca bianca e non riusciva a respirare.

Un'altra volta per un pelo prendo una coltellata. Perché nel carcere le gelosie e le invidie sono più forti che fuori e ogni capello diventa un trave.

C'era una coppia felice, di due donne. Una era dentro per omicidio e l'altra per omicidio pure. Una aveva ammazzato il padre per seduzione e l'altra il cognato per soldi.

Erano due donne buone, nessuno le sentiva mai. Maria e Venerina, si chiamavano così. Avevano più o meno la stessa età, ventotto anni.

Queste due, Maria e Venerina, mangiavano insieme, dormivano insieme, passeggiavano insieme, lavoravano insieme. Erano due gemelle. Parlavano poco, non litigavano mai. Erano quiete quiete, miti.

Un giorno, non so come, Venerina viene da me e mi offre una sigaretta. Dice: vuoi fumare? Dico: grazie, hai ricevuto un pacco? Dice: l'ha ricevuto Maria, dalla madre. Dico: con tutto che ha ammazzato il padre, la madre le manda i pacchi? Dice: la madre è contenta che ha ammazzato il padre, era d'accordo con la figlia.

Mi fumo questa sigaretta. A Maria non ci pensavo proprio. Credevo che non era scesa all'aria perché stava poco bene. Non ci avevo fatto caso che erano divise, e questo non succedeva mai e poi mai.

Venerina che aveva due occhi verdi da serpente, mi appiccica questi occhi sulla faccia e parla parla. Mi sembrava un po' esaltata, ma non ci facevo caso.

Dice: lo sai come l'ho ammazzato a mio cognato? Dico: no. Mi stupisco un poco perché dentro il carcere è difficile che si parla del proprio delitto.

Dice: ho preso il male-peggio e mentre che lui si chinava a tirare su l'acqua dal pozzo, gliel'ho dato sulla testa. Dico: che cos'è questo male-peggio? Dice: è un picozzone di ferro che da una parte è male e dall'altra è peggio ancora, per rompere i muri, lo usano i muratori che infatti mio cognato faceva il muratore.

Dico: e perché l'hai ammazzato questo cognato tuo col male-peggio? Dice: perché mi aveva preso due milioni per sposare mia sorella. Dico: e tu come ce li avevi due milioni? Dice: io lavoravo, lavavo i panni a pagamento; ho lavato più panni io di una lavatrice elettrica. Lavoravo fino a quattordici ore al giorno; e tutto quello che guadagnavo lo davo a questo cognato per sposare mia sorella perché era rimasta incinta di lui e senza soldi non si potevano sposare.

Dico: li hai fatti sposare, in quanto tempo? Dice: ci ho messo due anni. La sorella mia ha fatto il figlio; il figlio si è svezzato e poi si sono sposati, con questo figlio già svezzato. Il patto però con mio cognato era che quando lui si sposava, mi restituiva i soldi un poco per volta col ricavato del suo lavoro.

Invece i soldi non me li dava. Anzi, pretendeva che io continuavo a pagare la casa per lui, la sorella e il figlio. E mi dice che se io voglio bene a questa mia sorella devo aiutarla perché lui non ce la fa a mantenerla.

Intanto vengo a sapere che al lavoro ci andava un giorno sì e uno no, che raccontava a tutti di vivere coi soldi della cognata, che si era trovato un'altra donna, la moglie di un muratore suo amico e con lei spendeva pure i soldi miei.

Non ho fiatato perché volevo controllare la verità. Mi sono messa a seguirlo. E l'ho visto, lui e questa donna, che andavano a fare l'amore dentro il cantiere, di notte.

Non ho detto niente; neanche a mia sorella, per non danneggiarla. Questa mia sorella poi è una bambina, una che gioca col figlio come un bambolotto e del marito e del mondo non capisce niente di niente.

A lei piace solo infilarsi dentro l'Upim. Va all'Upim, guarda tutto, tocca tutto, smuove tutto, automobiline, fucili, orsetti di pezza, bambole, anelli finti, collane finte, bracciali finti. Alla fine compra una tavoletta di cioccolata e se ne torna a casa. Una volta per andare all'Upim ha lasciato il figlio legato al letto e per poco quello non moriva soffocato.

Io così mi sono assicurata che il cognato mio la tradiva veramente e poi una mattina, mentre lui prendeva l'acqua dal pozzo, gli ho dato il male-peggio in testa. Gli ho spaccato il cranio che gli uscivano le viscere del cervello di fuori.

Poi ho chiuso casa perché mia sorella tornando dalla spesa non lo vedesse. Ho sprangato tutto, ho chiuso tutto e sono andata a costituirmi.

Dico: e ora tua sorella come vive? Dice: coi soldi miei; non lavoro anche qui dentro? quello che guadagno lo mando a lei. Dico: ma non può lavorare questa sorella tua? Dice: no, ha la testa di una bambina di cinque anni. Come può lavorare una bambina di cinque anni?

Nel mentre che mi dice queste cose si vede che quella, Maria, guardava dalla finestra. Dopo me l'hanno detto, ma lì per lì io non lo sapevo. Tutto d'un botto questa Maria scende da basso, mi viene dietro e fa per infilarmi il coltello nella schiena.

Venerina l'aveva vista ma non ha detto niente. Aveva fatto quella provocazione apposta per ingelosirla e adesso aspettava la coltellata che era la prova dell'amore di Maria. Io, ingenua, stavo lì a sentire di questo cognato!

Per fortuna c'erano due amiche mie, due vecchie barbone che avevano seguito la scena drammatica. E quando Maria mi viene addosso col coltello, la fermano e la stringono forte forte.

Da quel momento è cominciata una lite tremenda, a pugni, a calci, a botte. Maria era forsennata e voleva ammazzare qualcuno. Venerina picchiava a una perché questa picchiava a Maria.

Insomma pum pam pum pam, era un zuffa generale. Io menavo pure, perché quando ho capito il pericolo mi sono arrabbiata e volevo prendere a botte Venerina e c'erano tre che mi tenevano.

Arrivano le guardie, arrivano le suore. Prendono tutte, ci dividono. Due le mandano in castigo, due che non c'entravano per niente. A Maria e a Venerina le lasciano libere.

Così, appena se ne vanno, ricomincia la zuffa. Allora tornano le guardie e finalmente capiscono che la colpa era di quelle due gemelle che non parlavano mai e le hanno divise.

Venerina l'hanno mandata a Perugia e Maria a Pozzuoli. Poi ho saputo che questa Venerina si è suicidata, non so come, ma è morta.

Esco dalla galera e mi trovo più povera che mai e senza neanche le scarpe per camminare. Allora vado a trovare Dina e mi dicono che non c'è, è partita.

Vado al bar Bengasi e incontro qualche amico ladro. Dice: come stai Teresa? Dico: male, esco adesso dalla prigione e non so dove sbattere la testa. Dice: tieni un caffè Teresa, e stai allegra! basta che sei libera e poi la vita si arrangia.

Vado a casa di Giacoma, una che avevo conosciuto in carcere ed era uscita poco prima di me. Appena mi vede mi fa le feste, mi offre panettone, cognac, spumante. Cerco di capire se posso rimanere la notte da lei. Mi sembrava che c'era un altro letto oltre quello suo e del marito. Ma poi arriva la madre e capisco che devo andare via. Dice: torna, torna domani! Era molto gentile.

Quella notte ho dormito dentro un portone. E per tre sere ho dormito sempre randagia, di qua e di là, alla stazione, dentro una macchina abbandonata.

Poi torno da questa Giacoma del panettone. La quale mi abbraccia, mi bacia, mi offre un bicchiere di Strega. Mi racconta che adesso il marito sta per fare un colpo con le macchine rubate. Dico: perché non dici a tuo marito se posso fare qualcosa per lui? Dice: vedremo.

Giusto combinazione, quella mattina avevano arrestato la madre di questa Giacoma per favoreggiamento. E così per qualche notte ho dormito nel letto della madre. Il marito non si vedeva mai. Tanto che ad un certo punto pensavo che questo marito se l'era inventato.

Una mattina, mentre vado verso il bar Bengasi, mi prendono i dolori. Dico: ecco cosa succede quando non si ha l'abitudine. Questa Giacoma mi dava sempre cognac, Strega, malvasia e io non ero abituata all'alcool. Avevo i dolori al basso ventre, tanto forti che ad un certo punto non ce l'ho fatta più e sono cascata per terra lunga distesa.

Qualcuno m'ha raccolta e m'ha portato all'ospedale. Dice che avevo il peritoneo infiammato, la pelviperitonite. Insomma mi portano a questo San Giovanni e mi mettono in un letto.

Nel letto accanto c'era la Spagnola. Dice: tu che fai qui? Dico: non lo so, m'hanno raccattata per strada che stavo male. Dice: io mi sono operata alle ovaie.

Era una fortuna per me che avevo questa compagnia. Abbiamo passato qualche giorno in allegria, raccontandoci tutti i fatti nostri. Io intanto mi ero ripresa, stavo meglio.

Una mattina la Spagnola mi dice: vogliamo mettere la firma e ce ne andiamo? Dico: e dove andiamo? Dice: fuori c'è mio marito, un americano che ho sposato mentre tu eri dentro.

Mi fa credere che aveva marito. Invece questo non era il marito, ma uno che aveva incontrato per la strada. Dico: ma davvero ti sei sposata? e quando? Dice: un mese fa, con questo americano che è molto simpatico. E allora usciamo pure! dico io.

Mettiamo la firma e usciamo. Questo marito però non c'era per niente e la casa nemmeno. E allora dico: ma che m'hai fatto uscire a fare? almeno lì avevamo un tetto, ora dove andiamo? Dice: andiamo da mia sorella. E andiamo da questa sorella, Nerina.

Abitava alla Batteria Nomentana. Era alta, come la Spagnola, mora pure lei, però brutta. Aveva il naso come un cane e la bocca grande con tutti i denti di fuori.

Questa Nerina ci fa dormire una notte a casa sua. Ma il giorno dopo ci butta fuori perché dice che tornava il marito dal viaggio di commercio e non c'era più posto.

Io dico alla Spagnola: tu parli parli ma qui non c'è né sorella né marito; sei buttata in mezzo a una strada come me. Dice: il marito chissà dove si è ficcato! ma ti giuro che ce l'ho, si deve essere infrattato da qualche parte, comunque prima o poi lo ritrovo. La sorella è cambiata, perché prima era più buona, adesso da quando ha sposato il viaggiatore di commercio, non è più la stessa. Dico: va bene, ma che facciamo? Dice: andiamo ad Anzio; lì hai tanti fratelli, qualcuno ci aiuterà.

Così andiamo a finire ad Anzio. Mio padre come mi vede mi scaccia; Doré la Lunga in quel periodo ce l'aveva con tutti, sembrava una belva.

Vado da Nello ma pure lui non poteva tenermi perché stava facendo i lavori in casa. Dico: siamo capitate male; ora che facciamo? Dice: torniamo a Roma.

Ci siamo messe per la strada, a camminare. Quando eravamo stanche, ci mettevamo su un fianco della strada a riposare un po'. Abbiamo provato a fare l'autostop, ma nessuno si fermava. Come ci vedevano tutte sderenate, vestite male, voltavano la testa.

Finalmente si ferma uno con la Seicento. Era uno studente, biondo biondo, bellissimo che mangiava confetti da un sacchetto di carta. Dice: salite! Tutto gentile, ci fa salire. Poi comincia con le domande. Dice: quanto prendete al giorno? quante ne fate? vi capita mai qualche pervertito?

Questo ci aveva scambiato per due battone e non riuscivamo a toglierglielo dalla testa che non era vero. Credeva che eravamo vergognose e ci offriva confetti, confetti rosa da battesimo, per abbonirci.

Mangiando mangiando siamo arrivati a Roma. Ci facciamo scendere dalle parti di Santa Maria Maggiore e ce ne andiamo a trovare un'amica, Gianna la Boccona.

Questa stava in una pensione di via Panisperna. Aveva una camera piccolissima che dava sopra un garage. Per parlare bisognava gridare perché il rumore era terribile.

Abbiamo dormito tutti e tre dentro questa stanza, due nel letto e una per terra, sopra la coperta.

La mattina dopo cominciamo ad andare a caccia di portafogli. Ma la Spagnola non era Dina, non ci sapeva fare. Io nemmeno. Avevo perso un po' la mano. Qualche portafoglio l'abbiamo preso, ma vuoto. Due volte ci hanno svagato, e per poco non ci portano dentro.

La Spagnola dice: sai che ti dico, questo mestiere è troppo pericoloso; coi portafogli rischio troppo. Sai che ti dico? io mi faccio qualche uomo, è l'unico modo possibile di campare e non ti mettono dentro.

Infatti quel giorno si prepara tutta in ghingheri e va alla stazione. Rimedia un pesce lesso e se lo porta a letto. E la sera finalmente abbiamo cenato, tutti e tre. Su quel lettino sgangherato, abbiamo steso un pezzo di giornale, e sedute intorno come su un prato abbiamo mangiato pane, mortadella, fritto di pesce e arance.

Io andavo in giro da sola a cercare portafogli, borsette, e lei batteva. La sera ci riunivamo nella stanza di Gianna la Boccona e mangiavamo. Qualche volta però non mangiavamo affatto, perché soldi non c'erano. La Spagnola aveva la specialità di incontrare dei tipi scuciti, sgangherati che se la portavano dietro una frasca e poi non la pagavano. Per me pure era un periodo nero; non rimediavo un portafoglio nemmeno morta.

Una sera la Spagnola viene e mi dice che ha ritrovato il marito, l'americano. Dico: fammelo vedere. Dice: vieni stasera che te lo presento, andiamo fuori a cena insieme.

La sera infatti viene questo. Era un vecchio, un ingegnere. Ma non era americano per niente, era stato due anni in Argentina, aveva fatto i soldi, ma non era americano, era italiano come me e la Spagnola.

Questo argentino ci porta a mangiare in una trattoria di lusso: ossobuco, cotolette di maiale, tortellini, dolce di castagne e caffè. Nel mentre che ci ingozzavamo, la Spagnola gli faceva le moine, gli teneva la mano, gli carezzava la schiena.

Era un vecchio alto, coi capelli tinti di nero, una bella figura. Aveva una dentiera tutta bianca, tutta luccicante. Solo che era fissata male e ogni volta che rideva o parlava, questi denti andavano su e giù e sembrava che da un momento all'altro dovevano cadere nel piatto.

Questo vecchio gli dava i soldi alla Spagnola, ma poco per volta, qualche migliaio di lire. Se lei voleva qualcosa, doveva andare insieme con lui al negozio.

Le ha comprato un bracciale largo cinque centimetri, tutto d'oro con una scritta cinese. Ma i soldi in mano non glieli metteva. Faceva tutto lui.

La Spagnola gli chiedeva i soldi per un appartamento. Ma lui non ci sentiva da quell'orecchio. Dice: se vuoi una casa, vieni a vivere con me. E infatti lei ci andava spesso in quella casa, dove abitava la vecchia madre di novant'anni col figlio più piccolo.

Però quando stava in casa loro, le toccava accudire a questo fratello che era mongoloide e allora dopo un po' si stufava. Lei avrebbe sperato di sposarsi, ma ogni volta che gliene parlava, lui rispondeva: ti pare che mi sposo una puttana? che mi metto una puttana in casa? E lei doveva abbozzare.

Dico: ma che ci stai a fare con questo vecchio dai denti traballini? stai a perdere tutto questo tempo con lui, in quella casa muffita, con quel fratello idiota; ma non lo vedi quanto è tirchio? Sì, dice lei, ma io preferisco un vecchio perché si accontenta di poco e poi mi paga tutto quello che voglio.

Però soldi in mano non te ne lascia, dico io. No, dice, ma in fondo non è cattivo sai, a quel fratello gli vuole molto bene, lo cura con le sue mani e pure alla madre è affezionatissimo e pure a me.

Dico: sì, tanto affezionato che non ti vuole sposare a nessun costo e appena può, ti mette a fare la bambinaia a quel fratello scemo!

Dico: lo sai che facciamo? gli rubiamo tutti i soldi e ce ne andiamo! Dice: no, ho paura. Dico: non ti preoccupare, ti aiutiamo io e Gianna la Boccona. Dice: e la madre? Dico: la madre è vecchia, che può fare?

Così, Gianna la Boccona, io e la Spagnola organizziamo questo furto che doveva essere perfetto e infatti lo è stato.

Una sera la Spagnola va a passare la notte da questo americano e lascia la porta di casa aperta. Poi si ritira a dormire con lui, dopo avere chiuso a chiave la vecchia madre nella sua stanza e avere messo a letto il fratello mongoloide.

Verso le tre, la Boccona e io entriamo in casa. Apriamo la porta della camera da letto. Il vecchio dormiva. La Spagnola stava là, in camicia, a piedi scalzi e ci guardava terrorizzata. Ci faceva: piano, piano! Aveva paura, tremava.

Con un occhio guardava lui, con l'altro noi. Speriamo che gli abbia dato il sonnifero, pensavo, ma non parlavo per non fare rumore.

La Boccona va verso l'armadio a prendere la pelliccia della vecchia madre, io apro il cassetto del comò dove sapevo che teneva i soldi. Trovo due pacchetti di carte da diecimila, li prendo. Poi sfilo il portafoglio dalla tasca della giacca e siamo a posto.

A questo punto ce ne siamo andate tutte e tre, in punta di piedi. La Spagnola, per la paura, gli ha lasciato la sua borsa con tutti i documenti dentro che però erano falsi. Comunque sia il furto l'abbiamo fatto e non ci hanno mai prese.

Con quei soldi abbiamo tirato avanti quasi tre settimane. Facevamo dei grandi banchetti nella stanza di Gianna la Boccona, con vino, insalata russa, funghi, arrosto e frittate.

Poi è ricominciata la magra. La Spagnola è tornata a battere. E mi spingeva a me. Mi diceva: conosco uno che ti vorrebbe, ha un sacco di soldi.

Dico: senti, se c'è da rubare io sono pronta; ma di farci l'amore con questi zozzoni mi fa schifo, mi fa troppo schifo; non me lo chiedere perché finisce che ti meno.

Dice: facciamo una cosa, io ti presento uno coi soldi, tu fai finta che ti piace, te lo rigiri un po' e poi all'ultimo momento ci vado io e i soldi li dividiamo a metà.

Dico: questo semmai si può fare. E infatti due o tre volte è capitato. Quando c'era qualcuno che voleva a me, io gli facevo la parte come per andarci e poi all'ultimo mettevo nel letto la mia amica e lei se lo doveva cibare.

Una volta ci è andata molto bene. Abbiamo preso più di centomila lire. Era uno dell'Ambasciata del Vaticano, tutto vestito di nero, le calze nere, la cravatta nera, le mutande pure nere.

Dico: ma chi è morto a casa tua? Dice: perché? Aveva una faccia grassa e pacifica con tutti i ricci grigi sul collo. Mi faceva senso a guardarlo. Comunque, per fare piacere alla Spagnola, me lo rigiro per tutta la sera. Poi quando è l'ora di andare a letto, dico: andiamo a questo albergo che conosco, in via Capo le Case. Lì infatti non c'era bisogno di documenti. Dice: sì sì, va bene.

All'albergo, quando proprio stiamo per entrare nel letto, gli dico: guarda che io non sto bene, al posto mio ti mando una mia amica, una bella ragazza. E lui dice: ma io adesso sono pronto per te, con quella magari non mi va. Dico: pensa a noi che ci succede continuamente, che siamo pronti per uno e ci tocca prenderne un altro.

Dice: ma voi lo fate per i soldi, per voi è indifferente. Dico: secondo te è indifferente abbracciare uno anziché un altro? Dice: per voi sì, se no che puttane siete?

Dico: senti, non fare tante storie, la mia amica ti piacerà, è più bella di me e poi io sto male; mica vorrai fare l'amore con una che sta male? Dice: se non è una malattia venerea per me fa lo stesso. Dico: per me no.

Esco e vado a chiamare la Spagnola che aspettava dietro l'angolo. Rientro con lei. Questo era tutto nudo, coi calzini neri e si guardava allo specchio. Aveva posato i vestiti piegati bene sulla sedia. Aveva una croce d'oro pesante un chilo appeso al collo e tutta la pelle bianca senza peli.

Dico: eccola qui, ti presento Ofelia la mia amica. E lui fa: piacere.

La Spagnola subito si spoglia e spegne la luce. Lui dice: rimani pure tu, rimanete tutte e due, vi pago il doppio. Dico: no, te l'ho detto che sto male. Dice: e che ci fa?

Dico: tu fai con questa Ofelia, dopo vengo a consolarti io. Dice: quando torni? Dico: fra poco. Mentre parlo così, al buio, tiro fuori il portafoglio dalla tasca dei pantaloni. E me ne esco.

La Spagnola ci fa l'amore, se lo smucina bene bene, poi lo lascia lì addormentato e mi raggiunge fuori. Facciamo una corsa che i piedi ci arrivano in testa. In quel portafoglio ci abbiamo trovato centoquindicimila lire.

Un'altra volta per poco mi fa smaronare, la Spagnola. Per l'insicurezza sua, per la sua faccia spaventata. Uno con cui avevamo fatto lo stesso gioco se n'è accorto e ci voleva denunciare. Ce la siamo cavata per un pelo.

Allora le dico: senti Spagnò, tu mi sa che gira e rigira mi rimandi in galera perché non sei buona a fare niente e mi inguai pure a me. Infatti non era buona a rubare, non ci sapeva fare.

La Spagnola era buona solo a letto. Il suo lavoro era quello: uno ci andava e poi pagava. Lei diceva il prezzo suo, quello apriva il portafoglio e tirava fuori i biglietti da mille. Di più non sapeva fare.

Infatti si è trovata un marito. Si è sposata e ora abita e Trieste. Sta bene, ha una bellissima casa, al marito gli vuole bene, è una bravissima moglie.

Mi scrivono sempre le cartoline. Dice: ti aspettiamo, vieni a trovarci. Ha il frigorifero, lo scaldabagno, la lavatrice dei panni e un letto col baldacchino. Il marito lavora e lei sta a casa.

Un giorno, mentre seguivo uno col portafoglio bene in vista nella tasca dei pantaloni, mi prende di nuovo un attacco di peritonite.

Stavo appresso a uno, un bulletto che si era fermato all'edicola di piazza Vittorio. Aveva un portafoglio gonfio gonfio che gli sbucava dalla tasca. Dico: ora questo lo seguo, vediamo che fa! Ma mentre lo seguivo mi ha preso questo attacco e sono caduta senza forze sul marciapiede.

Mi torcevo, non ce la facevo a rialzarmi. Quello del portafoglio si è voltato, m'è corso incontro, m'ha aiutato a rialzarmi. Dice: che ha? Dico: sto male, ohi ohi che dolore!

Pensavo: ora se mi viene più vicino, lo derubo. Quel portafoglio mi ballava davanti agli occhi. Ad un certo punto stava proprio a portata di mano, perché lui si era chinato a raccogliere la mia borsa. Dico: ecco lo prendo, lo prendo. Ma non mi riusciva di comandare il braccio. Facevo per alzarlo e ricadeva giù. Insomma svengo.

Quando mi sveglio sono dentro a un letto. Riconosco l'ospedale di San Giovanni. I letti però erano aumentati dall'ultima volta. Il mio stava attaccato alla porta e ogni persona che entrava, ci sbatteva contro. Il dolore non mi faceva respirare.

La sera m'hanno fatto la barba al sesso, m'hanno messa sulla barella e m'hanno portata dentro la camera operatoria. Mentre mi stavano preparando per operarmi, arriva un professore, il professor Matteacci, Matteotti, un nome del genere.

Arriva con l'ombrello, me lo ricordo ancora, fuori pioveva. Viene, mi guarda e fa: lasciatela perdere; questa come l'aprite vi rimane sotto ai ferri, lasciatela stare!

E così, con tutta la barba fatta, la pancia spalmata di iodio, mezza assiderata, mi hanno riportata in corsia.

Il dottore, sempre con l'ombrello, dice: tentate di freddarla, tanto se l'operiamo ci muore sotto i ferri, freddatela, freddatela, almeno muore sana!

E infatti me l'hanno freddata la peritonite. Tutta la notte iniezioni. Veniva una infermiera piccolina, me la ricordo bene, con un agone grosso, mi strappava la carne. Era piccola e carina questa infermiera, ma aveva dei muscoli di ferro. M'acchiappava il sedere con le mani gelate, m'infilava l'ago, era un soldato. Poi la borsa di ghiaccio; ogni volta che si squagliava me la rimetteva nuova.

La peritonite è tornata indietro, si è freddata. Sentivo che dicevano: poverella, morire così! E m'hanno freddato il peritoneo che per fortuna si è calmato.

Col peritoneo però mi hanno freddato anche le ovaie, non so, acciocché mi hanno impedito poi di avere figli. Infatti da allora sono diventata sterile.

Pian piano sono guarita, ho ripreso vita. Sempre con questa infermiera carina, di ferro, che mi faceva l'iniezione. Sono diventata grassa. I dolori sono passati e dopo quindici giorni mi hanno dimessa.

Esco e vado al bar Bengasi. C'erano tutti i ladri amici miei. Mi fanno le feste, mi offrono il caffè. Però ciascuno per la sua strada. Da lavorare non c'era niente. Io mi metto a parlare con una certa Lucia, una velletrana, e lei mi dice: ti aiuto io. Dico: e come?

Questa Lucia faceva la vita. Era piccoletta, corvina, con un bel petto. A lei piacevano molto i cappelli, aveva sempre dei cappelli diversi, di raso, di velluto, di panno che le facevano la testa il doppio di quello che era.

Mi invita a casa sua. Era gentile. Viveva sola in una stanza senza acqua corrente. Ma aveva un bel letto grande e morbido. Mi invita a dormire e mi dà pure da mangiare. Dico: dopo, appena faccio qualche soldo, ti pago. Dice: non ti preoccupare. Era brava, generosa.

Di giorno dormivamo. La sera, lei andava a uomini e io uscivo per rimediare qualche lavoro. Però mi andava quasi sempre male. Ero sfortunata in quel periodo.

Dovevo fare un carico di sigarette assieme con un contrabbandiere, ma poi all'ultimo questo si è preso un altro compare. Dovevo partecipare a un furto in un appartamento e poi m'hanno lasciata fuori perché dice che ero ancora debole e non potevo correre.

Una mattina Lucia mi fa: stasera ti presento a uno, un sarto che t'ha visto una volta e ti vuole conoscere. Dico: com'è? Dice: ha un sacco di soldi, ha la sartoria, ti può fare i vestiti gratis, ha la roba, ha la campagna, proprietà, case, sta bene insomma.

La sera arriva questo sarto. Appena lo vedo mi metto a ridere: era bassetto, con la testa grossa e rotonda, sembrava una pagnottella imbottita. Poi aveva un occhio che andava da una parte, per conto suo, un occhio lustro. Infatti lo chiamavano così, Occhi Lustri. Non mi piaceva questo sarto, mi faceva senso a guardarlo.

Ci mettiamo a tavola, mangiamo allegramente. Il sarto mi guarda, mi guarda sempre. Con quest'occhio lustro sempre appiccicato in faccia. Era di compagnia, mangiava, rideva, mi toccava il piede con la scarpa.

Lucia gli faceva un sacco di complimenti, lo trattava come un gran signore: ancora vino? ancora acqua? un bicchierino di liquore? Lui non diceva mai di no, l'occhio suo diventava sempre più lustro e più matto.

Insomma questo Occhi Lustri comincia a farmi un sacco di regali. Veniva a ogni ora del giorno e mi faceva regali: borse, guanti, fazzoletti. Era generoso. Lucia mi diceva: stacci una volta, ti farà fare la signora!

Dico: è brutto, non lo posso neanche guardare. Dice: ma che te ne importa a te se è brutto! vacci magari una volta sola, gli levi un po' di soldi, vacci! Ma io non mi decidevo. Mi facevo regalare la roba e rimandavo sempre.

Una sera questo mi dà un appuntamento all'albergo. Avevo rimandato troppe volte e da ultimo mi aveva regalato un paio di scarpe di coccodrillo. Non potevo più rifiutare.

Aveva prenotato una camera in questo albergo. Dice: stasera però non ci sono scuse, Teresa, o vieni o non ti do più niente. Dico: sì va bene, stasera vengo, puoi stare sicuro.

Vado all'appuntamento. Me lo vedo venire tutto distinto, vestito di scuro, con un fagottello sotto il braccio. Dico: che porti dentro a quel fagottello? Dice: il pigiama. Tra me penso: mò te lo do io il pigiama!

Allora andiamo in questo albergo, a via Merulana, verso San Giovanni. Io camminavo piano, strascicando i passi perché non mi andava, proprio non mi andava e stavo cercando un modo per scappare. Ma era difficile. Perché questo Occhi Lustri mi aveva fatto tanti regali, mi aveva rivestita tutta, e s'era pure innamorato.

Mentre stiamo in questo albergo, dentro un corridoio lungo lungo e tutto giallo, vedo uno da lontano che mi pare Tonino. Dico: scusa un momento, ho visto un parente mio, vengo subito.

Corro dietro a questo fino alle scale, lo guardo bene, vedo che non è Tonino. Ma il pensiero di lui mi è ritornato così forte che mi faceva male il cuore.

Occhi Lustri mi aspettava ancora lì davanti alla porta. Dico: aspetta aspetta, tanto a me non mi rivedi! Ho preso la rincorsa e sono scappata via. L'ho lasciato lì col suo pigiama.

Quella notte non ci sono tornata da Lucia, per paura di lui. Infatti poi ho saputo che Occhi Lustri dall'albergo era tornato dritto da Lucia. Dice: lo sai che la tua amica m'ha fatto un brutto scherzo, m'ha fatto prenotare la camera, ho pagato pure in anticipo, sono andato il giorno prima per pagare la camera e poi se n'è andata e m'ha lasciato lì con tutto il pigiama avvolto nel giornale?

Lucia dice: ah, t'ha fatto così? ora quando la vedo gliene dico quattro! non si tratta così la gente! io a quella la prendo a schiaffi, dice, la prendo a calci. E lui diceva: sì sì, la prendiamo a calci.

Però non mollava questo Occhi Lustri. È andato a dire a Lucia che voleva stare con me a tutti i costi, e che lei doveva combinarci un altro appuntamento, se no guai.

Io per qualche sera non ci sono tornata da Lucia. Poi, per la fame e il freddo, ci sono riandata. Entro e trovo proprio lui. Subito gli impapocchio qualche cosa. Dico: scusa per l'altra volta sai, ma mi sono trovata davanti mio fratello e sono dovuta andare con lui. Dice: ma tuo fratello dove stava? io t'ho vista uscire da sola. Dico: ti sbagli, ero proprio con mio fratello e sono dovuta uscire con lui per non dargli sospetti. Insomma l'ho rigirata sulla famiglia e lui se l'è bevuta.

Ha ricominciato un'altra volta a farmi regali, vestiti, collane, scarpe, borse. Poi una sera ha combinato con Lucia. Dice: io prendo l'appuntamento con Teresa, ma questa volta ci devi stare pure tu; voglio una garanzia che non scappa.

Così si sono messi d'accordo. In un lettino davanti alla porta ci doveva stare lei, Lucia, e nel letto grande, noi due, Occhi Lustri e io. M'avevano proprio incatenata ben bene! Dice: così non mi frega un'altra volta questa Teresa!

A me mi diceva: ma perché m'hai fatto questa cattiva azione? sai che non me lo meritavo; io non sono cattivo; qualunque cosa ti serve, qualunque regalo, io te lo faccio. Hai visto quanti regali t'ho fatto? non puoi sempre prendere e non dare. Mi devi dare qualcosa.

Arriva la sera destinata. Prima mangiamo tutti e tre in abbondanza. Poi ci infiliamo in questa stanza. Occhi Lustri chiude a chiave e consegna la chiave a Lucia.

Comincia a spogliarsi. E dice: spogliati pure tu. Io, con i gesti di una lumaca, mi tolgo il vestito, la sottoveste. Poi, quando arrivo alle mutande, dico: oh Dio, mi sono venute le mestruazioni! mi dispiace, ma l'amore non lo posso fare, io quando ho il mestruo sono tutta dolente e soffro di emorragie, perciò dobbiamo rimandare.

Dice: e quanto durano queste mestruazioni? Dico: domani; dopodomani sono a posto. Dice: va bene, allora rimandiamo a dopodomani, ma sei sicura, fammi vedere questo sangue.

Dico: no, mi vergogno, non è una cosa da uomini; è già molto che te ne ho parlato. Tu comunque aspettami che tra due giorni lo facciamo, te lo giuro. Dice: adesso non possiamo fare niente?

Dico: se vuoi, stiamo vicini, dormiamo qui insieme; però non mi toccare perché quando sto così sono nervosa, mi sento male. Dice: hai ragione, scusa; va bene così.

Però non m'ha lasciata andare e ho dovuto dormire in quel letto, accanto a lui, sotto la stessa coperta. Lucia ronfava nel lettino vicino alla porta e questo Occhi Lustri tutta la notte l'ha passata a guardarmi.

Il giorno appresso mi sono fatta regalare un cappotto, due paia di calze di seta. Poi, mentre che stavamo dentro a un bar, gli ho preso la catenina d'oro con la madonna che lui teneva al collo e gli ho fatto: me la fai reggere un momento? Dice: sì, fai pure.

Appena m'ha dato la catenina in mano, ho preso la rincorsa, me la sono squagliata. L'ho lasciato là con la tazza del caffè in mano e il colletto della camicia slacciato.

Lucia, quando m'ha visto, rideva. Dice: accidenti! L'Occhi Lustri, l'hai fregato! ti cerca dappertutto. Dico: ma che cerca quello? se lo incontro gli faccio lustro pure l'altro occhio! Lei rideva. Dice: per un po' non farti vedere se no ti dà una coltellata.

Sono andata al bar Bengasi, ho incontrato uno che mi piaceva, un certo Alfio. Siamo andati in comitiva a ballare, fino alle tre di notte. Abbiamo giocato a carte, abbiamo cantato, ballato, c'era uno che suonava la fisarmonica, un altro suonava la chitarra. Era un ambiente di amici, tutti ladri, gente allegra.

Poi questo Alfio mi fa: ce ne andiamo a letto insieme? Dico: sì andiamo. Questo mi piaceva, era il tipo mio, alto, bello, magro. Però lui doveva prendere servizio alle cinque, lavorava all'Atac. Dice: fa niente, vuol dire che per questa notte non dormo. Dico: lascia stare, tanto non ci corre appresso nessuno; lo facciamo domenica quando sei libero.

Durante la settimana vengo a scoprire che questo Alfio filava con un'amica mia. Allora non mi è piaciuto più. Non mi sono fidata più di lui. Mi attirava, era un bel tipo bruno, con una bella bocca carnosa. Ma ho scoperto che andava a letto con una certa Teresa, una che vendeva scarpe, aveva il banco a piazza Vittorio.

Questa Teresa era un'amica mia. Dico: magari domani quella lo viene a sapere e ci rimane male; magari andiamo a finire a botte. E poi io gli avanzi di quella non mi va di prenderli. Non mi va di prendere gli avanzi di nessuna. Io un uomo lo voglio tutto per me o niente.

Ero elegante, con la roba di Occhi Lustri. Avevo il vestito nuovo, il cappotto nuovo. Se incontrassi Tonino, pensavo, chissà che effetto gli farei? E andavo per le strade sempre pensando a lui, sempre sperando di incontrarlo da qualche parte.

Dopo un mese di questa vita, senza arraffare niente, mi è toccato vendere il cappotto e le scarpe di coccodrillo. Torno da Lucia per dormire in un letto perché da qualche tempo dormivo sempre alla stazione.

Quando entro mi fa: c'è Occhi Lustri che ti cerca, dice che appena ti vede ti dà una coltellata. Dico: mi dasse pure una coltellata, fosse capace! ci venisse da me con questo coltello! io gliene do dieci di coltellate; io me li mangio i coltelli figurati!

Facevo la spavalda ma avevo paura. Sapevo che quello s'era incanaglito brutto.

Infatti una mattina lo incontro sotto casa. Stavo con un'amica mia, una certa Olga. Lei mi fa: guarda che ha il coltello in tasca, stai attenta!

Io appena l'ho visto, mi sono voltata e mi sono messa a correre. Ho incontrato un amico mio con la macchina. Dico: portami via, presto presto! Dice: ma che succede? Dico: c'è un matto che mi sta perseguitando. Fra me pensavo: è meglio che non ci torno più da Lucia. Infatti non ci sono più tornata.

Con questa Olga abbiamo fatto un po' di soldi vendendo sigarette al contrabbando. Allora si potevano prendere trecento, quattrocento pacchetti e venderli un po' alla volta. Li potevi pagare dopo, una volta venduti.

Ora non si può più. Se non paghi in anticipo non ti danno niente. E uno per fare il contrabbando di sigarette deve partire già ricco. Se non hai molti soldi non fai niente.

Finalmente avevo qualche soldo. E decido di prendermi una casa. Vedevo questa Olga che aveva un bell'appartamento tutto nuovo e dicevo: voglio farmelo anch'io!

Dice: senti, ti do l'indirizzo di una casa che si affitta. Vai a via Enea, lì troverai una bella camera e cucina per dodicimila lire. Se ci vuoi andare vacci subito!

Infatti vado a via Enea, vicino alla stazione Tuscolana e fisso subito questa casa. Per prenderla però occorrevano ventimila lire di deposito. Mi metto a vendere sigarette pure la notte senza badare ai pericoli e raccolgo queste ventimila lire.

Dico: e poi dentro a questa casa che ci metto? Dice: io ho un armadio vecchio di mia sorella, ho pure una rete, è arrugginita ma è buona; dopo piano piano ti compri qualche altro pezzo.

Così ho fatto. Mi sono presa questa camera e cucina. Mi sono comperata un materasso di seconda mano. Olga m'ha regalato un lenzuolo, rattoppato ma ancora buono. Poi ho preso della roba nuova, a rate.

Ho firmato cambiali. Non le avevo mai firmate. E lì dovevo pagare. Ero diventata una pagatora. E come pagavo! per la paura di andare in galera a causa delle cambiali. Invece ora non pago più niente. Ne firmo a treni di cambiali. E non pago più.

Era la prima volta in vita mia che avevo una casa tutta per me. A trentacinque anni suonati! Mi sentivo una regina. Dico: finalmente ah, possiedo un letto tutto mio, una stanza tutta mia, posso fare quello che mi pare. Mi faccio una saziata di sonno, mi alzo quando mi pare.

Infatti dormivo tutto il giorno. Ero assetata di sonno. Mi alzavo solo per andare al bar Bengasi o per andare a vendere qualche carico di sigarette con la mia amica Olga.

Appena ho avuto la casa, il letto, il sonno, mi sono venuti i dolori ai reni. Mi alzavo con questi dolori, camminavo tutta piegata. Ero impedita. Allora Olga mi fa: io conosco un dottore che costa poco; fatti vedere da lui.

Vado da questo dottore, mi fa aspettare due ore intere, poi finalmente mi riceve e mi dice che ho un'annessite. Un'annessite che risponde ai reni. Dice: devi fare queste iniezioni. Dico: e chi me le fa? Dice: ti presento uno che le fa e prende poco.

Infatti mi presenta un infermiere, un tipo svelto, una bella lingua sciolta. Dice il dottore: questo lavora all'ospedale di San Giovanni, viene pure a casa e prende solo duecento lire. Dico: va bene.

Intanto la casa mia l'avevo attrezzata bene: avevo comperato mobili, sedie, avevo messo una tenda rossa alla finestra. L'infermiere era la prima persona estranea che ricevevo in casa.

Quando arriva, subito gli do una sedia nuova, con le zampe ancora incartate; gli offro un bicchiere di Kummel, un biscotto. E vedo che si guarda intorno con soddisfazione. Dice: stai piccola però stai bene; hai attrezzato tutto, hai messo le tende, i mobili, sembra proprio una bomboniera, carino! E pulito, dice, molto pulito; bevo volentieri perché sei pulita. E ha mandato giù in una sorsata tutto il Kummel.

Ogni volta che veniva gli offrivo un bicchierino. Lui mi faceva l'iniezione, poi si sedeva e parlavamo. Gli ho raccontato che ero stata in galera, che avevo passato un sacco di guai.

Allora lui mi diceva: io ho un cognato che sta in galera per furto e botte; te lo vorrei fare conoscere. E mi parlava sempre di questo cognato. Io non lo stavo a sentire, non mi interessava. Dicevo: ma perché mi parla sempre di questo cognato non lo capisco.

Lui sempre mi alludeva a questo cognato. E me lo magnificava. Dice: è bello, è robusto, è intelligente, è buono; quando esce te lo faccio conoscere. Io non lo stavo a sentire per niente. Avevo sempre per la mente Tonino. Dicevo sì sì per gentilezza ma non mi interessava niente di questo cognato, anzi mi era diventato antipatico a furia di sentirne parlare.

Dopo un mese, ho smesso le iniezioni e questo infermiere non ci è venuto più da me. Sennonché una mattina, mentre sono ancora a letto, sento bussare forte alla porta. Era questo, l'infermiere, che gridava: Teresa! Teresa! permesso! sai chi ti ho portato?

Apro la porta e mi trovo davanti tre persone: l'infermiere, una donna e un uomo. Dice: questa è mia moglie, Alba e questo è mio cognato, Ercoletto, quello di cui ti parlavo.

Ah, dico, molto piacere, accomodatevi! Avevo la vestaglia, non ero ancora vestita. Sono andata in cucina a pettinarmi un po'. Poi gli ho offerto un bicchiere di Kummel.

Dico: preferite il Mandarino, l'Anisetta? Dice: sì, l'Anisetta. Questo cognato beveva, si guardava intorno. Non mi piaceva. Mi pareva un burino. Non era brutto, ma mi pareva cafone, proprio uno di campagna. Io andavo sui trentasei anni, lui ne aveva trenta. Ma pareva più giovane, ne dimostrava ventisei.

Ci siamo messi a parlare. Io racconto di mio fratello Orlando che prima stava in prigione a Procida, e poi è stato trasferito a Soriano del Cimino per via che aveva rotto una sedia in testa a una guardia. Dice: ma come mai ha rotto questa sedia sulla testa della guardia? Dico: perché in questa Procida mio fratello aveva scoperto che un certo Pesciolini, d'accordo con le suore, rubava la roba buona e lasciava quella marcia ai detenuti.

Infatti in carcere ne succedono di tutti i colori, dice questo cognato. Dico: sì, e perciò mio fratello Orlando ha denunciato questo Pesciolini, per spaccio di roba marcia, ma gli hanno risposto che marcio era lui; allora si è infuriato e ha strappato la cuffia alle suore gridando "vediamo chi è marcio!" per questo è stato preso e tenuto sul letto di contenzione per un mese, me l'ha fatto sapere per lettera da un amico.

Questo cognato dice: io conosco la Carla Capponi. Mi dice: se ti serve qualcosa per tuo fratello, ci penso io; anzi domani stesso, vengo a prenderti e andiamo da questa Carla Capponi.

Io, col fatto che si interessava di mio fratello, l'ho preso un po' in simpatia, però continuava a non piacermi perché lo vedevo cafone. E poi mi dicevo: chissà se è vero che ha questa conoscenza, questa deputatessa, chissà!

L'indomani lui viene. Dice: io sono qui; andiamo dalla Carla Capponi! ci avviamo verso via Marconi dove abitava questa politica. Per la strada non mi diceva niente, ma era premuroso, garbato.

Arriviamo alla casa, saliamo le scale, bussiamo. La cameriera ci dice che la deputatessa non c'è, è fuori Roma. E quando torna? fa lui. Fra due giorni, risponde quella.

E così ce ne andiamo. Dice: beh, ci andremo un altro giorno, ci andremo sabato. E ci diamo appuntamento per sabato.

Però era tutta una scusa questa di Carla Capponi, l'ho saputo dopo. Lui era al corrente che la deputatessa non era a Roma; si era già informato. Mi aveva adocchiata e si voleva fare bello con me. Questo è tutto.

Ma a me non mi andava. Non era brutto, aveva i baffetti, un bel sorriso. Faceva il sentimentale; mi piaceva quando faceva il sentimentale, diceva le languidezze, era dolce. Però lo giudicavo troppo grezzo, non mi piaceva come vestiva, con quegli scarponcini di pezza, proprio da campagna e la giacca di fustagno.

E invece io piacevo a lui. E il giorno, la sera, la notte mentre dormivo, veniva sempre a cercarmi. Bussava. Chi è? Dice: sono io, Ercoletto, ti devo dire una cosa. Dico: che cosa? Dice: mi devi fare da commare in un battesimo. Dico: e vieni a quest'ora per dirmi questo? Dice: aprimi che ti devo parlare.

Io apro. Lui entra, beve un Kummel. Dice: devi sapere che io ho fatto fare un pupo a una serva. Io questa serva me la sarei pure sposata, ma siccome mentre che ero dentro è andata con gli amici miei, per me è finita.

Dico: a me non mi interessa quello che fai e quello che hai fatto. E lui: beh, io lo dico per onestà. Poi mi dice: domani devo andare al battesimo di mia nipote dove faccio il compare; vuoi venire a fare la commare? devi venire per forza perché io ho già detto che hai accettato.

Così sono andata al battesimo di questa sua figlioccia. Era bella, rotonda. Il giorno del battesimo hanno fatto una festa, in casa dell'infermiere di San Giovanni.

C'era il padre di Ercoletto, un vecchio coi baffoni gialli, c'erano amici, amiche. E lì si ubriacano, bevono. C'era allegria, cantavano, ballavano. Giravano le paste, i confetti.

Quella sera stessa Ercoletto mi fa la proposta. Mi dice apertamente che gli piaccio, che sono la sua donna, il suo tipo, che devo mettermi con lui. Dice: io sono capace di farti fare la signora! io lavoro, tu stai a casa, mettiamo su una bella casa eccetera. Io non stavo neanche a sentirlo. Non mi andava.

Lui insisteva. Io gli davo appuntamenti sopra appuntamenti, ma poi all'ultimo non ci andavo. Non mi attirava. Lui però non mollava. Veniva a bussarmi alla porta, mi accompagnava a cena fuori, al cinema. Cercava di convincermi ad amarlo. Ma io ho la testa dura. Non mi facevo convincere.

Un giorno questo infermiere mi dice che sono invitata assieme a lui e al cognato ad una cena in campagna. Dice: lo sai, Ercoletto ha trovato lavoro.

E dove? dico. Lavora dal conte Tolentino, dice, al Pantano Borghese: lavora da fattore. Ha acchiappato un bel pollo, un pezzo di daino; ha fregato un daino nella riserva, lo facciamo arrosto. Devi venire pure tu, assolutamente, Ercoletto ci tiene come all'anima sua! Così mi dice questo infermiere, ruffiano. E io mi lascio convincere.

Mi sono venuti a prendere e m'hanno portata con loro. Sono andata a questo Pantano Borghese. Ercoletto si era sistemato bene, dentro una casa da fattore, aveva il letto, la cucina, e un gran bosco vicino.

Vado lì, mangiamo una quantità di carne, beviamo tanto vino, mi ubriaco pure un po'. Quando sono proprio stanca e mezza svampita, mi mettono nel letto con Ercoletto.

Lì per lì ho reagito male, volevo andarmene. Poi, un po' per la stanchezza, un po' perché mi era venuta la curiosità di quest'uomo, sono rimasta con lui. E ho fatto bene perché mi è piaciuto e mi piace ancora.

La mattina mi sveglio, era tardi, mi affaccio e lo vedo che andava su e giù coi cavalli nel cortile. Era tutto impettito, e incomincio a pensare: beh, proprio brutto non è! ha un bel portamento. E mi comincio a innamorare.

Il lavoro al Pantano Borghese era faticoso. Era lavoro di campagna. La mattina Ercoletto doveva alzarsi alle cinque. Andava a comandare le mucche, le galline, i cavalli. Caricava il fieno, la biada, la crusca, era sempre a caricare sacchi.

Faceva il fattoretto, con due pantaloni rattoppati e il berretto di pelo in testa. Il cibo non mancava mai, però il lavoro era tanto e sempre c'erano animali da badare che dovevano mangiare, figliare, dormire, cacare, tutto di seguito.

Ora mentre che Ercoletto stava lì c'era una che veniva a prenderlo di petto. Lo minacciava, lo percoteva. Era quella che gli aveva fatto il pupo, Cesira. Questa veniva sempre e lo istigava. E lui non se la poteva levare di torno. Non ci riusciva.

Io gli dicevo: tu non sei buono a cacciarla, non sei capace di agire, ci parlo io con questa Cesira. E lui: no, bisogna che la scoraggio io, è una donna buona, non è cattiva, bisogna fare le cose con calma.

Infatti non era cattiva ma era lagnosa e ricattativa. Ogni tanto veniva e con quel pupo in braccio gli faceva la scena, la piazzata. Dice: questo figlio è tuo, ora mi ti devi sposare! Tanto che lì pure gli altri contadini gli cominciano a dire che non sta bene continuare con questa Cesira.

Allora un giorno Ercoletto mi fa: lo sai che ti dico? per levarmela di torno questa Cesira io lascio il lavoro; così non mi vede più e si mette l'animo in pace.

E infatti non ci è più tornato al lavoro. Ha lasciato il Pantano Borghese. Cinque mesi è durato il suo impiego. Lo pagavano bene, gli davano verdure, polli, vino. Ma è finita così.

È venuto pure uno che lavorava con lui a cercarlo a casa mia. Dice: Ercoletto, com'è che non vieni più? la principessa Tolentino ha detto che ti vuole parlare a tutti i costi.

Ma Ercoletto non c'è andato. Con la principessa non ci ha parlato. E così ha perduto quel posto. Per via sempre di questa Cesira con cui aveva fatto il pupo.

Allora ci siamo messi ad arrampicare, ci siamo messi a cercare funghi. Alla Fragonella, nei boschi. Raccoglievamo testate di funghi e li portavamo alle fruttarole. Ce li pagavano bene. Erano primizie.

Coi funghi bisogna stare attenti perché ci sono quelli buoni e quelli copiativi che fanno il verso a quelli buoni.

Se ce n'è uno cicciotto, marroncino, lustro lustro, subito c'è il copione di questo, cicciotto, marroncino, lustro lustro ed è avvelenato.

Se lo mangi, muori dopo essere diventato gonfio gonfio e ributti le viscere dalla bocca.

Bisognava avere l'occhio carogna più del fungo copiatore e andare a spiare certe vene di carne rosa che porta sotto la testa, come dei muscoletti teneri, e che sono il segno del pericolo. Dentro quei muscoletti c'è la morte.

Ercoletto aveva l'occhio buono per i funghi. Andavamo alla Fragonella, su per i boschi. Andavamo con una macchina che avevamo comprato da poco di seconda mano, anzi di terza mano, una giardinetta bianca tutta sfasciata. Ogni tanto si fermava e Ercoletto si sdraiava sotto, legava i pezzi col filo di ferro, incollava, arrangiava e poi ripartivamo.

Quella macchina beveva l'olio come un assetato. Dovevamo portare sempre delle lattine d'olio appresso. Era olio già usato che costava poco e puzzava di carogna. Una volta per sbaglio ci abbiamo messo l'olio di oliva e la macchina si è messa a friggere.

La sera tornavamo a casa, mangiavamo funghi e patate, funghi e broccoletti, funghi e pasta. Bevevamo vino abbondante. Poi ce ne andavamo a letto contenti.

È stato il più bel periodo della mia vita. La mattina ci alzavamo presto, prendevamo un caffè e poi correvamo ai boschi, per funghi. Passavamo la giornata in mezzo agli alberi. A mezzogiorno ci sedevamo sull'erba e tiravamo fuori un pezzo di pane e salame. Quando faceva buio, mettevamo i funghi in macchina e tornavamo a casa.

Poi i funghi sono finiti. Nei boschi c'era solo fango, si scivolava, si affondava, era diventato un porcaio. Non c'era più niente da prendere. Allora Ercoletto s'è messo in giro e ha trovato un lavoro come muratore. Io stavo a casa e lui andava a mettere i mattoni, la calce, il cemento, sempre con le mani a mollo. La pelle delle mani gli si è ridotta tutta bruciata e spaccata. Gli ho fatto la pomata con l'aceto, la farina e l'olio di mandorle. Ma lui non se la voleva mettere.

Una sera poi è andato a ubriacarsi con certi amici suoi. È cascato da un muro e si è rotto una gamba. Siccome non veniva, sono andata a cercarlo e l'ho trovato strasciconi per terra che faceva: oh Dio, aiutatemi, aiutatemi, non ce la faccio più!

L'ho portato all'ospedale dove gli hanno ingessato la gamba, e l'hanno messo in un letto. Gli era venuta la febbre alta. Io tutti i giorni andavo a trovarlo. Gli portavo la pasta al forno, il filetto, il dolce di mandorle. Perché lì all'ospedale si mangiava peggio che al carcere. Con la scusa che uno è malato gli rifilano certe minestrine lente lente e delle alette di pollo che non sazierebbero un bambino.

Finalmente la gamba è guarita, dopo un mese e più. Io non avevo più soldi per andare avanti. Mi ero venduta un armadio che avevo comprato nel momento di fortuna. Mi ero venduta la radio, una grande radio con tutte le stazioni del mondo, di legno di mogano. Mi ero venduta una valigia di pelle, rubata e perfino l'orologio che mi aveva regalato Ercoletto per il mio compleanno.

Gli hanno messo la gamba a posto. Però gli hanno detto che per camminare doveva infilarsi nella scarpa un plantario, perché questa gamba rotta si era accorciata di qualche centimetro.

Dico: ma com'è che si è accorciata? Dice: non si sa, nel sistemarsi, l'osso si sarà rattrappito. Ma a me mi sembrava una cosa fatta male. Comunque sia basta che cammini, dico, e me lo sono portato a casa.

Per qualche tempo abbiamo vissuto di pasta e pane. Non avevamo più neanche i soldi per un po' di caffè. La padrona di casa ci martellava che voleva i soldi; erano cinque mesi che non pagavamo l'affitto.

Allora un giorno ci siamo venduti tutto e ci siamo trasferiti da Alba, la sorella sposata con l'infermiere. Alla padrona di casa non abbiamo fatto sapere niente e quando è arrivata ha trovato l'appartamento vuoto e gli inquilini assenti. Non sapeva dove rintracciarci e chi s'è visto s'è visto.

Era una casa grande, questa di Alba, verso Cinecittà, bella, con due camere da letto, soggiorno, bagno e cucina. Ercoletto ed io dormivamo in una stanza, Alba e il marito nell'altra.

Destino, sempre con queste sorelle. Io sono condannata con le sorelle. Prima mio marito senza madre con quelle due vipere di sorelle, poi quest'altro pure senza madre con la sorella.

La mattina Ercoletto e io uscivamo a cercare di guadagnare qualcosa. L'infermiere andava all'ospedale; Alba restava a casa. Era una donna che aveva il gusto del mangiare e del bere, cioè le gustava soprattutto il bere. Le piaceva stare a casa, rideva sempre, era una stupidona.

Rideva pure quando non c'era da ridere. Quando c'era da piangere allora lei rideva. Se sentiva di una disgrazia, invece di piangere, le pigliava da ridere. Se vedeva uno che si faceva male, si faceva le matte risate.

Una volta andiamo, Ercoletto, lei e io a vedere un morto. Ora questo poveraccio aveva una pancia grossa come una casa. S'era gonfiato dopo morto. Era pieno d'aria.

Entriamo. Io guardo lei, lei guarda il morto e sbotta in una grande risata.

La prendo per un braccio e me la porto fuori. La gente si voltava. Dice: sono venuti a ossequiare il morto e ridono! Perché la sua risata aveva contagiato pure me; ridevamo come due sceme. Ci ha preso da ridere a vedere questo tamburo, e non ci potevamo più tenere, neanche per la strada.

Ora questa sorella è morta. È morta qualche mese fa. Ercoletto le era molto affezionato. Si litigavano ma erano affezionati. Tanto che la gente diceva che se la facevano fra di loro. Dice: non lo vedi che Ercoletto è attaccato alla sorella come a una moglie? Ma sono tutte bugie e invidia. Giusto perché lui aiutava lei e lei lui. Erano affiatati, un po' come me e mio fratello Orlando.

Da principio facevamo la fame in casa di questa sorella, perché non trovavamo da guadagnare. Poi Ercoletto ha scoperto la strada del commercio e ci siamo messi a commerciare l'olio, la biancheria.

L'olio lo prendevamo in una casa olearia, da un certo Bolloni. C'era scritto "Olio di oliva" e invece era olio di semi con un po' di sapore di oliva. Lo compravamo a trecento lire il chilo e poi lo rivendevamo a cinquecento. I migliori clienti erano le trattorie di campagna. Ce ne compravano cinquanta, cento chili alla volta e così facevamo un po' di soldi.

Poi c'era uno, Peppino, che ci portava la biancheria. Questo Peppino lavorava da un grossista, gli fregava i pacchi e ce li dava a noi che li rivendevamo. Il ricavato lo dividevamo a metà.

Però non ne poteva rubare troppi insieme per non perdere il posto. Alle volte stava una settimana, due, senza venire. Poi lo vedevamo arrivare. Dico: Peppino, che ci porti? Dice: un pacco di biancheria da letto. Dico: a quanto? Dice: ogni pacco vale centocinquanta mila lire. Dico: beh, vedremo quanto ci danno.

Prendevamo il pacco così com'era, nuovo nuovo, lo portavamo a certi negozianti che conoscevamo. Loro ce lo pagavano la metà, un terzo, qualche volta perfino un quarto o un quinto del suo valore, quando c'era fretta e si intravvedeva il pericolo della polizia.

Avevamo pure dei clienti privati. C'era una signora che stava ai Parioli. Prendeva tutta questa roba rubata, la pagava poco, la rivendeva per le case, a prezzi altissimi.

Questa pariolina poco mi piaceva. Ci andavo proprio quando non c'era niente altro da fare. Perché ci trattava come dei cani rognosi e qualche volta ci faceva pure la paternale. Diceva: eccoli qui i ladri, le sciagure dell'umanità, ma perché non ve ne andate a lavorare? Non avete voglia di fare niente.

Durante questi giri, se capitava l'occasione, acchiappavamo qualche cosa di qua e di là. Ercoletto non era capace. Io sì. Allora gli dicevo: ferma la macchina che io vado ad acchiappare. Vedevo una casa incustodita, una finestra aperta. Io zompavo dentro. Prendevo e portavo via.

Una volta mi sono rubata una bella bicicletta nuova da corsa, proprio nuova fiammante, la Legnano. L'abbiamo legata sul tetto, e tutti ce la guardavano questa bicicletta bellissima.

Ci dispiaceva di venderla. L'abbiamo portata a un ricettatore, un certo Massimo che abita al Quadraro. Questo ci ha offerto quindici mila lire. Dico: no, andiamo da un'altra parte, questa vale di più.

Infatti siamo andati da un altro, un certo Giorgio detto il Verme perché ha la pancia piena di vermi e si cura sempre ma non guarisce mai. Gli escono i vermi dal culo, ogni tanto se ne tira via uno e lo infila in un barattolino pieno d'olio.

Questo Verme, non so se sono i vermi o altro, è un tipo di salute, forte, robusto, con la faccia gonfia, le mani grosse, le gambe grosse, il collo grosso. A lui i vermi gli fanno bene si vede, perché ha quasi ottant'anni e sta meglio di me. Ci ha offerto ventimila lire e gliel'abbiamo lasciata.

Con Alba andavamo abbastanza d'accordo. A lei bastava che gli portavamo i fiaschi di vino, qualche chilo di carne. Soprattutto le piacevano le frattaglie: i fegatelli, il rognone, la trippa, il cuore, il cervello, gli zampetti. Le piaceva molto la carne, era carnivora. Però più di tutto era amante del vino. Quando le portavamo il vino era tutta contenta. La pigione qualche volta gliela pagavamo, qualche volta no. Ma non si lamentava.

Il marito lavora all'ospedale, fa il portantino, l'infermiere, secondo i casi. Ma lui dentro all'ospedale si arrangia. Traffica, fa il ruffiano, fa un po' di tutto. Trova le donne per tutti quelli dell'ospedale, i dottori, i portantini, gli infermieri.

Va a fare le iniezioni da tutte queste donne di vita, le conosce tutte, buone e cattive. Conosce anche signore sposate, signorine di buona famiglia, vedove sole, tutte.

Va da loro a fare le iniezioni, poi ci parla, è gentile, affabile, chiacchiera, fa capire, capisce, s'informa e poi insomma insinua la proposta. Dice: c'è uno che la pensa sempre, che è morto d'amore per lei. Combina un appuntamento e si fa dare i soldi.

È brutto come la peste questo portantino. Una volta m'ha insultato pure a me. Mi è venuto addosso con le mani a toccare, a prendere. Dico: guarda se non la pianti lo dico a Ercoletto!

Ma lui se ne fregava. Seguitava sempre sotto sotto di nascosto dalla moglie a insultarmi. Mi afferrava il petto, mi toccava le gambe.

Un giorno l'affronto e gli dico: senti mi fai proprio schifo, sei brutto, non mi piaci. Se eri più bello chissà; ma sei brutto e stupido e perciò m'hai stufata.

Allora lui m'acchiappa, m'infrocia in faccia alla credenza e mi appiccica la bocca sulla bocca. Dice: dammi un bacio! Dico: ma va via! ti puzza l'alito, hai i denti guasti, puzzi come una fogna!

Ha tutti i denti incrostati di nero, con delle lunette gialle sotto le gengive. Io, per me i denti sono la prima cosa. Di Ercoletto si può dire che mi sono innamorata per i denti. Ha i denti puliti, bianchi, sani.

Allora insomma vedo quella bocca nera, dico: io un bacio a te non lo do neanche se mi paghi un milione! mi fai schifo; se ti bacio, ributto. E quello per la rabbia m'ha dato uno schiaffo.

Io la sera lo racconto a Ercoletto. Dico: ma ti pare bello che tuo cognato mi viene sempre a toccare, a cercare?

Ercoletto si è arrabbiato, ha attaccato lite col portantino. Quello diceva: ma io ho scherzato! volevo vedere se ci stava, volevo provare la fedeltà di questa donna verso di te! Ercoletto dice: e tu non ti occupare della sua fedeltà, ci penso io a controllarla.

C'era pure Alba, la quale è scoppiata a ridere. Faceva finta di non crederci. Dopo però li ho sentiti che litigavano dentro il letto.

Il giorno dopo mi guardava storto questa sorella. Allora le dico: se tu sei gelosa di me, ti sbagli, perché io a tuo marito neanche lo vedo. Quel tuo marito va con questa, con quella, va con tutte quelle puttane a farci l'iniezione e scopre e tasta e spesso ci dorme pure assieme. E tu sei gelosa proprio di me! E poi dico, guarda che tuo marito m'ha insultata a me e non una volta, ma parecchie volte e se ero un'altra, ci stavo. Io invece non ci sono voluta mai stare. Perché innanzi tutto porto rispetto a te e a Ercoletto e poi perché mi fa schifo. Scusa se te lo dico ma tuo marito mi fa proprio vomitare. Dico: tu sei un eroe che te lo sei preso!

Ma lei non m'intendeva. Era gelosa di tutte. Fino a che non vedeva non le importava; ma se vedeva qualcosa si irritava. Era un tipo senza fantasia. Solo quando le capitava sotto il naso, se ne accorgeva. Se no, pure se quello le tornava in casa stanco morto, col rossetto e la cipria attaccata al collo, lasciava correre.

E stavano sempre a litigare per questa faccenda di me. Tanto che io in casa ci stavo il meno possibile. Un giorno poi lui mi dice: e non fare la difficile, tanto sei un avanzo di galera!

Brutta bestia! dico, e tu che hai fatto tutti questi anni dentro a quell'ospedale? Io sono un uomo onesto! dice. Ma se hai rubato sempre, dico, sempre traffici, sempre impicci; dove sta l'onestà? solo perché t'è andata sempre liscia! io come muovo una mano mi acchiappano, ma tu sei più ladro di me, dico, e sei pure ruffiano in soprappiù.

E come sapeva muovere le mani! una volta l'ho visto io, in casa della Spagnola, dove ci aveva invitati in campagna, a Mentana. Si era presa una casetta in mezzo a una vigna, la mia amica e pagava quindicimila lire al mese.

Era una costruzione nuova, bellissima, col bagno, il gabinetto, le comodità. E tutto intorno una bella campagna con l'orto, il prato, gli alberi di frutta.

In questo prato la Spagnola ci aveva messo le galline. E viveva in questa casetta con un certo Nardo.

Ci invita a pranzo un sabato e andiamo, Ercoletto, Alba, il portantino e io. La Spagnola ci aveva detto: ammazzo una gallina, se venite, ammazzo tre polli e facciamo festa. Perché lei è un tipo così, le piace la comitiva, mangiare e bere, cantare.

Arriviamo a questa Mentana. Era una campagna tutta verde, fastosa. La Spagnola ci riceve contenta e felice. Si era messa i pantaloni, pareva un cavaliere. Era alta, suntuosa.

Ci fa vedere l'orto coi cavoli, le fave, le cipolle e i polli chiusi dentro la rete metallica. Poi dice: senti, questi polli sono troppo belli e mi dispiace di ammazzarli, per mangiare vi ho comprato le fettine di vitello, vi secca se facciamo le fettine fritte?

Ora mentre lei stava nell'orto a cogliere l'insalata, ho visto il portantino che andava piano piano verso il pollaio, ma non ci ho fatto caso. Io stavo lì a prendere i piatti per portarli a tavola. Improvvisamente bam, mi sento sbattere qualcosa sulla schiena. Dico: mortacci, ma che è?

Mi volto e vedo per terra tutto sangue. M'aveva tirato una gallina con un'ala mezza strappata. M'aveva pure sporcato il vestito. Faccio per parlare, mi fa: stsss! zitta! dammi quel fagotto! Dico: ma quale fagotto? guarda che la Spagnola mica è scema, se ne accorge, poi mi fai litigare con lei!

Lui neanche mi risponde. Con una sveltezza, prende quella gallina mezza ferita e come un criminale, le tira il collo e la caccia dentro il suo fagotto.

Io però gliel'ho detto alla Spagnola. Dico: questo figlio di una mignotta t'ha rubato una gallina. Ma gliel'ho detto qualche tempo dopo, una volta che è venuta a trovarci.

Dice: ecco perché mi mancava una gallina!

Un'altra volta pure l'ho visto coi miei occhi rubare. Una volta che siamo andati dal padre di Ercoletto, a San Gentile, a Zagarolo.

Andiamo a questo casale, dove abitava il padre di Ercoletto e di Alba. Era un bel vecchio bianco, coi baffi, un garibaldino con gli occhi impietrati, austero. Entriamo in questa casa di campagna tutta annerita. Io mi metto a fare il fuoco nel camino. Ercoletto va a tagliare la legna dietro casa.

Facciamo la pasta, cuciniamo il sugo con le cipolle, i pomodori. Mangiamo la cicoria, il capretto. Era un bel pranzo, e mangiamo e beviamo a sazietà.

Dopo mangiato, Ercoletto dice: andiamo a trovare la zia Crescentina? ci facciamo dare due fiaschi di vino e cogliamo l'occasione per salutarla. Questa zia abitava poco più su, in un casale vicino alla vigna. Era molto vecchia, aveva quasi cento anni. Dico: andiamo. E ci avviamo.

Ci riceve molto contenta questa vecchia perché non vedeva mai nessuno, stava sempre sola. Subito ci porta i boccali di vino, di quello nuovo frizzante col sapore di zolfo e noi tutti a bere che andava giù come l'acqua.

Poi il portantino si mette a cantare: "malinconia, dolce chimera sei tu"... e tutti ci mettiamo a cantare appresso a lui. Il portantino dice: vogliamo ballare? E mentre che intona una canzone svelta, prende questa vegliarda e la fa ballare. Aveva cent'anni ma sembrava una ragazzina: correva, saltava, girava come una vespa.

Alba era ubriaca. Io pure ero mezza ubriaca; insomma eravamo tutti impampinati. La vecchia era diventata più pazza di noi. Vedeva che noi ci alzavamo le vesti ballando e pure lei si alzava le vesti. Il portantino le dava corda, la spingeva, cantava, urlava, batteva il ritmo su una pentola.

Avevo gli occhi rinscemiti dal vino, ma ho visto che la vecchia sotto era nuda. Quando si alzava la gonna si vedeva una cosa bianca, liscia come una mano, senza un pelo. Questa vecchia, senza niente sotto, tiritin, tiritin, ballava, saltava, e noi tutti a ridere! Era diventato un bordello.

Tutto d'un botto questa vecchia si sente male e casca per terra. Allora l'acchiappiamo, chi per una gamba, chi per l'altra, per issarla sul letto. Ma il letto era di quelli antichi, coi paglioni, alto due metri da terra, ci voleva la scala per salirci.

Insomma ci siamo messi in quattro e alla fine, tutti insieme, l'abbiamo adagiata là, sopra le coperte. Dico: facciamo una camomilla! Dice: no, ci vuole il bicarbonato! Dove sta il bicarbonato?

Mentre cerchiamo il bicarbonato, il portantino subito comincia a frugare nei cassetti, con questa scusa del bicarbonato. Andava cercando i soldi della vecchia.

E infatti, trova qualche biglietto da mille, se li acchiappa, trova degli orecchini d'oro col corallo pendente, se li acchiappa, trova una catenina d'oro, se l'acchiappa.

Le ha portato via tutto alla zia Crescentina. Dico: ma come, noi stiamo qui per divertirci, a cantare, a ballare, qui dentro una casa conosciuta e tu vai frugando nei cassetti! E lui: che ho preso? niente, roba che non vale niente. E questo, dico io, sarebbe un uomo onesto!

Il portantino ha sempre avuto le mani pelose. Se dentro una casa vede una cosa che gli piace, lui ci mette l'occhio. Poi viene, la prima volta la seconda volta non la tocca. La terza volta, questa cosa sparisce.

Ha fatto sempre così. Non ha riguardi per nessuno. Quando una cosa gli piace, acchiappa e vola via. Ercoletto l'ha sempre sopportato per via della sorella, ma non gli va a genio. Ercoletto non ruberebbe in casa dei parenti, a una povera vecchia sola.

Fra l'altro questo portantino e Alba non sono sposati. Vivono insieme da vent'anni. Ma lui ha un'altra moglie e altri figli che stanno non so dove. Con Alba ha fatto cinque figli, di cui una già sposata.

La prima moglie dice che l'ha lasciata perché tornando dall'Africa l'ha trovata malata di uomini. L'ha scoperta all'ospedale San Gallicano, al reparto malattie veneree. La moglie stava lì. L'ha trovata così, a letto, tornando dalla guerra e non l'ha più voluta.

In questo ospedale ha incontrato Alba la quale andava a visitare la madre malata. Si sono accoppiati, hanno fatto cinque figli e sono rimasti insieme finché lei è morta.

Delle figlie, una s'è sposata quest'anno. Ma è piuttosto stramba, piena di fantasie. Si è sposata con un ragazzo senza lavoro. È capricciosa, ha voluto questo ragazzo senza lavoro. Dice: che importa, tanto paga papà! per i soldi dell'affitto rimediamo un po' di qui un po' di lì, ventimila lire di pigione escono sempre fuori.

Si sono sposati senza niente. Il padre di lui gli ha fatto una camera da letto, un armadio, due materassi. Tutto il resto l'ha messo il portantino.

Lui, questo marito, fa il vagabondo; è un ragazzo stupidissimo. Porta i capelli lunghi, la barba, i baffi; si dà le arie di un mezzo santo. Invece è stupido, non capisce niente. Fa sempre delle smorfie con la faccia come se tutto quello che dicono gli altri gli dà fastidio. Quello che dice lui gli piace, quello che dicono gli altri lo fa ammalare.

Un'altra figlia del portantino sta a lavorare alla Standa. Fa la commessa. Le rimanenti sono piccole, una ha dodici anni, un'altra dieci; sono brave, studiano. Solo quella grande è scapestrata, assomiglia al padre. Di carattere e di viso. È ostica, superbiosa. Quando cammina, avanza curva.

Non sarebbe brutta veramente, ma è indigesta. Ha un modo di fare altezzoso. Si trucca, non ha mai visto niente, non sa niente, si mette due chili di quella polvere verde sugli occhi, si mette il rosso, il giallo, sembra un pappagallo.

Un giorno io e Ercoletto stavamo a scaricare delle latte d'olio e incontriamo Occhi Lustri. Subito questo mi affronta e dice: ti sei presa quel burino, quell'impiccio e a me m'hai fatto l'affronto!

Dico: burino o non burino a me questo mi piace, tu mi fai schifo, del burino mi ci sono innamorata, tu mi fai solo ridere, che vuoi da me?

Dice: hai preferito quel cafone a uno come me che lavora e guadagna e ti faceva fare la signora! Dico: se pure veste da campagna, Ercoletto è un uomo, non come te che sei giovane e sembri un vecchietto; e poi da svestito Ercoletto è le sette bellezze.

Allora dice: tu e lui vi siete accoppiati, due delinquenti da galera, zozzi burini! vi siete accoppiati perché siete uguali, arruffapopolo e ladri matricolati!

A questo punto Ercoletto si è rivoltato. Gli è andato addosso con le mani. Ma quello si era preparato a tutto, aveva nascosto tre uomini dentro una macchina. Appena Ercoletto fa per picchiarlo, chiama quei tre amici i quali si buttano addosso a noi.

Eravamo davanti alla trattoria di Annibale, vicino al teatro dell'Opera. Ercoletto era solo contro tre. Lo stavano a riempire di botte. Allora, quando proprio l'ha vista brutta, ha tirato fuori il coltello e ha colpito uno di questi, Golasecca, un amico di Occhi Lustri.

Ma pure lui, pure il sarto è rimasto ferito. Si è beccata una coltellata sul braccio e sono scappati. Però poi si sono vendicati facendo la denuncia.

Allora Ercoletto ed io siamo stati fuggitivi. Per un anno fuggitivi senza poter andare a casa per via che ci prendevano. Abbiamo vissuto dentro le grotte, sotto Frascati.

Lì ci sono dei pertugi nella roccia, dalle parti della pineta, sul Tuscolo. Ci siamo scelti una grotta grande, larga; ci siamo messi lì.

Ercoletto procurava la legna, facevamo il fuoco per terra fra le pietre. Io cucinavo la pasta, la minestra. E mangiavamo dentro la pentola stessa. Non avevamo niente, né piatti, né posate. Una pentola sola doveva bastare per tutto e quando ci serviva l'acqua, dovevamo andare a prenderla alla fontanella pubblica a quattro chilometri di là.

La mattina scendevamo a Frascati a fare la spesa. Uscivamo con la macchina, una millecento celeste con gli sportelli legati perché cadevano, i freni erano rotti, il cambio era rotto, non lo so come camminava, però camminava. Andavamo al paese, compravamo qualcosa al mercato. Poi andavamo in giro a vendere l'olio.

Avevamo ripreso il commercio dell'olio. Vendevamo le latte, ma quelle più piccole, per non dare nell'occhio. Un po' ci aiutava la sorella di Ercoletto. Ci dava appuntamento per telefono in qualche posto fuori mano, ci consegnava qualche soldo. Poi prendevamo la roba a rate, l'andavamo a vendere. Ci arrangiavamo in tutti i modi.

La notte per dormire ci chiudevamo dentro la macchina perché la grotta era bagnata e piena di serpi. Avevamo due coperte, una trapunta tutta stracciata che avevo rubato dentro una casa e così dormivamo.

Qualche volta scoppiavano i lampi, i tuoni. Sotto la macchina si formava il fango, colava questo fango e venivano fuori i topi, certi topi neri grossi come cani. Ma non si è mai sfasciata. Anzi ci ha fatto da casa meglio di una baracca delle borgate.

Siamo rimasti così un anno intero. Poi un giorno ci hanno visti con la macchina, ci hanno fermati. Ercoletto era ricercato, l'hanno riconosciuto e siamo finiti dentro.

A lui l'hanno trattenuto, a me mi hanno rilasciata perché la denuncia riguardava lui e non me, la coltellata l'aveva data lui. Così è andato a finire a Regina Coeli.

Io comincio a cercare un avvocato, comincio a darmi da fare. La macchina era stata sequestrata perciò andavo a piedi. E poi io non so guidare. Camminavo. Prendevo qualche autobus, qualche tram, ma il più del tempo camminavo. Per fortuna che ho le gambe forti.

Gli portavo i pacchi a Ercoletto in carcere. Da principio non mi volevano lasciare passare. Dice: tu chi sei? Dico: sono la moglie. Dice: qui non risulta. Dico: che devo fare? Dice: devi fare l'atto di convivenza, se no niente visite e niente pacchi.

Sono andata dal giudice, ho chiesto l'atto di convivenza. Ho aspettato giorni, settimane. Finalmente mi hanno dato questa convivenza. Ho potuto andare al colloquio, vederlo. Gli ho portato il pacco con le sigarette, la mortadella, il caffè.

Al processo gli hanno dato otto mesi. Per pagare l'avvocato a questo processo mi sono venduta un materasso di lana del valore di cinquanta mila lire. Ma non bastava. E mi sono venduta la camera da letto intera, il comò, l'armadio, i comodini e una poltrona di finta pelle.

Quando sono finiti i soldi mi sono rimessa a fare il borseggio. Sono tornata al bar Bengasi, ho incontrato le amiche mie borseggiatrici. Dice: vieni con noi, andiamo per taccheggio sui tram. Dico: vengo. E andiamo.

La prima volta va bene, la seconda pure. Ma facevamo poco: dieci, quindicimila lire. E dovevamo dividere per tre. Compravo la roba per Ercoletto, l'andavo a trovare.

La terza volta mi va male. Montiamo sul Dodici, una certa Peppina e io. Ci mescoliamo con la folla, facciamo finta che non ci conosciamo per niente.

Vedo che l'amica mia si mette di faccia a uno ben vestito col cappello calcato in testa, uno con le braccette corte che faceva fatica a reggersi alle maniglie.

Gli pianta gli occhi addosso e mentre che se lo guarda, allunga una mano verso la tasca dei pantaloni dove stava il portafoglio. Io guardavo e sudavo. Avevo un presentimento brutto. Non mi piaceva la faccia di quel tipo, aveva due occhi da lupo malato e sentivo che da un momento all'altro si sarebbe rivoltato.

Infatti, appena l'amica mia si è appropriata del portafoglio e l'ha passato a me, proprio nel momento che l'ho preso in mano io, questo lupo si è svegliato. Si è messo a strillare. Ha fatto fermare il tram.

Dice: che è successo? Mi hanno derubato del portafoglio, risponde questo e girava quegli occhi cattivi di bestia invelenita. Dice: e chi è stato?

Il lupo ha tirato giù uno dei braccetti grassi e ha indicato me. Dice: è stata lei. Io avevo lasciato cadere il portafoglio ma mi era rimasto impigliato nel cappotto. Così m'hanno presa e portata dentro.

Ho visto l'amica mia tutta spaventata che scendeva mogia mogia dal tram. Si aspettava che io la facevo prendere per scaricare la colpa su di lei. Ma non l'ho fatto. Mi sono presa tutta la responsabilità e buonanotte. Dico: tanto a che serve inguaiarsi in due!

In carcere, appena mi mettono dentro, dice: la causa te la facciamo per direttissima subito. E io penso: se mi fanno la direttissima mi condannano sicuro; non ho l'avvocato, non ho niente, come faccio?

Allora una di là dentro, una certa Pina, mi fa: lo sai che devi fare? beviti un po' di tè col limone, prendi in bocca la buccia del limone, l'acciacchi tutta e poi quando viene la suora fai finta che vomiti.

Così faccio. Prendo il tè col limone. Poi comincio a gridare: ohi ohi! che male, che dolore! Pina chiama la suora e dice: suora, questa si sente male.

Viene Lella degli Angeli, la suora dell'infermeria e dice: cosa ti senti? Ahi, dico, qui mi sento una puncicatura, mi sento un dolore da morire. Tutto un botto, avevo quel limone in bocca pestato nel tè, faccio finta che rigetto. E la suora mi fa subito ricoverare.

Vado a finire all'ospedale, il solito San Giovanni. E lì mi operano di appendicite. Le altre volte che stavo male veramente non mi hanno operata, questa volta che non avevo niente, mi hanno spaccata.

Mi hanno fatto un taglio lungo un palmo. Io dico: madonna mia, ora che succederà quando si accorgeranno che l'appendice non c'è? Non sapevo neanche cos'era questa appendice, pensavo che era una specie di alberello che ti cresce dentro la pancia quando stai male. Ma se stai bene, pensavo, l'alberello non ci può essere. Invece pare che c'era e me l'hanno tolto.

Doveva esserci l'amnistia, in quei giorni, tutti l'aspettavano come la manna. Invece no. Mi hanno dato due anni, nonostante l'operazione. L'amnistia c'è stata, ma per me non ha funzionato.

Così mi ritrovo a Rebibbia con le vecchie amicizie: Tina, Giulia, Marisa, le zingare. Alcune se n'erano andate. Altre erano uscite e poi rientrate, come me. Di nuove ce n'erano alcune, soprattutto giovanottelle della droga e donne di vita. Ma quelle della droga stavano per conto proprio, non si mescolavano con noi ladre recidive.

Ce n'era una lì dentro per droga, una bionda bellissima. Avrà avuto diciannove anni, venti. Stava sempre chiusa in cella perché aveva paura che l'assalivano. E infatti la prima sera che è arrivata l'avevano aggredita in cinque. Era stata liberata da una suora che l'aveva chiusa in una cella vuota. Le più vecchie le facevano le proposte, le offrivano la roba da mangiare. Ma lei era ricca, non aveva bisogno di nessuno. Tutti i giorni riceveva pacchi, roba, lettere. E le suore la trattavano come una signora, la riverivano.

Le portavano acqua minerale, sciroppo, mentine, perché diceva che aveva mal di gola. Faceva telefonare fuori alla madre e poi questa madre veniva e portava alla suora un piatto di paste alla crema.

Suor Isabella, chiamata la Isabellona è una che le piacciono molto le paste. Le piace la bocca dolce ma lei è amara. Ha le mani cattive, amare e tira schiaffi. Basta che una risponde e lei mena. Mena sempre. A me m'avrà menato mille volte.

Ercoletto stava in carcere, mio fratello Orlando pure. Nessuno mi mandava niente. Non avevo neanche i soldi per comprarmi una sigaretta. Per fortuna ero amicona di tutte queste veterane e loro si arrangiavano bene col mangiare. Le facevo ridere, raccontavo le storie e in cambio mi davano chi un boccone di carne, chi una pagnottella, chi una mezza sigaretta.

Quando era fuori, Orlando mi aiutava. Ma combinazione ogni volta che io vado dentro, sta dentro pure lui. Stiamo dentro in due e non ci possiamo aiutare.

Siamo sempre stati acchiappati noi due. Sempre, pure da piccoli, da nostro padre che ci prendeva a cinghiate, dai fratelli maggiori, dalla nonna.

Io me ne sono sempre fregata di dormire per terra, dentro le grotte, sotto l'acqua. Dico: tanto sono forte! Ma la forza si guasta pure. Ora, per via di tutto l'umido che ho preso mi è venuta l'artrite ai reni.

Anche il fegato è un pochetto malandato. Le ovaie sono state congelate. Un dente mi manca. Insomma non sono più quella di prima. Orlando pure lui sta malato. Il cuore non gli funziona più. Diceva che in galera non ci voleva tornare per niente al mondo. Si era messo con questa donna, una nana mezza cieca. Poi si è fatto prendere nella pesca fraudolenta e l'hanno ributtato dentro.

Alla seconda amnistia esco dopo avere fatto cinque mesi. Ercoletto stava ancora dentro. La casa non ce l'avevo più. Sono andata a vivere per qualche tempo da Vanda, un'amica del bar Bengasi.

I primi giorni non riuscivo a fare niente. Stavo a letto, dormivo, mangiavo, bevevo, fumavo e basta. Vanda era buona, non mi diceva niente. Però lo sapevo che non poteva durare. Aveva il suo lavoro, i suoi uomini e prima o poi dovevo o andarmene o collaborare alle spese. Le dico: aspetta finché mi rimetto perché sono ridotta peggio di un'acciuga. Dice: non ti preoccupare, riposati.

Mi sono ingrassata un po', mi sono saziata di sonno, di fumo. Una mattina mi alzo e torno al bar Bengasi. Incontro alcuni amici. Dico: Gianni dove sta? Dice: dentro. E Gino? Dentro pure lui. Ce n'erano parecchi in galera. Le donne invece no, lavoravano.

Allora mi metto con queste donne, soprattutto con due che m'hanno preso in simpatia, Ines e Violetta chiamata Mano d'Angelo, perché aveva una mano molto buona per il furto.

E andiamo per borseggio. Io e Ines facevamo da palo, da aiuto e Mano d'Angelo si intrufolava, fregava. Era bravissima. Era capace di togliere i calzini di uno dentro le scarpe senza che quello neanche se ne accorgeva. Era quasi brava quanto Dina.

Insomma con queste due andiamo, rubiamo dentro i tram, negli autobus, nei grandi magazzini. Quando c'è molta gente è facile. Ines che ha l'occhio più rapido, mi fa un cenno. Vuol dire che ha visto una con la borsa facile. Allora io mi avvicino, la studio un po', la seguo passo passo, faccio la prova con un urtone. Vedo se è un tipo distratto, se è sospettosa, se ha fretta.

Quando è il caso, faccio capire a Mano d'Angelo che va bene. Lei si avvicina. Io mi allontano in modo da tenere d'occhio la donna e la commessa. Ines intanto dalle scale controlla la situazione dell'intero negozio.

Mano d'Angelo con una calma da gran signora apre la borsa della donna, con due dita sfila il portafoglio e richiude pure la borsa. Poi con tranquillità lentamente si allontana e io dietro. Fuori ognuno va per conto suo fino al luogo dell'appuntamento. Lì apriamo il portafoglio e dividiamo.

Per un mese abbiamo avuto una fortuna grandissima. Ogni giorno prendevamo un portafoglio buono. Non c'era tanto, sulle dieci, quindicimila lire a volta. Ma era una soddisfazione. E io me ne sono andata da Vanda e ho preso una stanza per conto mio, l'ho arredata e tutto a posto.

Il mese dopo è arrivata la jella. Mano d'Angelo sfilava tre, quattro portafogli al giorno ed erano tutti vuoti. Mille, duemila lire, qualche volta nemmeno quelle. E che dividevamo? Eravamo in tre. Cominciavamo a essere affamate.

Allora Mano d'Angelo dice: lo sai che facciamo oggi? ci rubiamo una bella mortadella; ho voglia di mangiare mortadella; ci facciamo una attrippata perché sono quattro giorni che mangio solo pane e acqua.

Andiamo in un grande negozio di alimentari verso la Casilina. Mano d'Angelo dice: qui però devi farti sotto tu Teresa perché non c'è da sfilare portafogli ma da strappare e correre con questa mortadella sotto il braccio. Dico: va bene, faccio io. E ci siamo messe lì tutte e tre dentro a questo negozio.

Mano d'Angelo prende da parte il commesso e gli fa: ma questa mortadella quanto costa? Quattromila lire, risponde quello. Va bene, dice lei, ma mi farà uno sconto no? io non ho soldi e poi se mi accontenta io le mando pure mia madre che abita da queste parti, così acquista due clienti.

Insomma gli dava chiacchiera e quel ragazzo perdeva tempo, si impacciava. Lei dice: e quanto me lo fa questo prosciutto? ma è prosciutto di montagna? molto salato? No, no, è un prosciutto dolcissimo, fa il ragazzo, glielo garantisco. Era pure mezzo rimbambito, il suo mestiere non lo sapeva fare.

Mentre che Mano d'Angelo gli dà la chiacchiera, io in un momento che il negozio è vuoto, acchiappo una mortadella e scappo. Subito il ragazzo mi vede e si mette a correre pure lui. Intanto Mano d'Angelo e Ines se ne escono tranquillamente e come se niente fosse prendono la strada per casa.

Io quando scappo, corro più del vento e il ragazzo l'ho seminato quasi subito. Dopo mezz'ora ci ritroviamo con le mie amiche sulla Prenestina. Mano d'Angelo viene con un amico suo, un certo Pasquale che aveva la macchina, la Seicento. Ci mettiamo tutti là dentro e partiamo per la campagna.

Ci fermiamo ad un prato secco secco, coperto di immondizia. Dico: ma proprio qui dobbiamo fermarci, puzza, andiamo più in là. Dice: no, qui va bene, qui lo conosco è un posto dove vengono a frugare fra i resti e perciò anche se vedono della gente che mangia non si prendono sospetto.

In mezzo a quelle immondizie mezze bruciate, col fumo grasso che usciva da sotto i cocci, ci siamo messi seduti per terra in cerchio. Pasquale ha tirato fuori il coltello e si è messo a tagliare la mortadella. Era una mortadella grande, lunga quasi mezzo metro, del peso pressappoco di due chili.

Pasquale distribuisce i pezzi. Mano d'Angelo si riempie la bocca. Quella quando mangia è peggio di me, non riusciva neanche a mandarla giù per l'ingordigia. Facciamo una fetta per uno, poi un'altra fetta, poi un'altra, un'altra. Io non ne potevo più. Senza pane, senza vino, era stucchevole quella mortadella, sebbene di prima qualità.

Mano d'Angelo ha mangiato più di tutti; da sola se n'è ingollata quasi metà. Dice: che bella scorpacciata di mortadella! lo sai da quanto tempo è che me la sogno? tutte le notti in galera mi veniva questa mortadella nella testa e sempre dicevo: appena esco me ne mangio tanto da scoppiare. Ecco qua, adesso mi tolgo questa soddisfazione!

Poi però era sazia pure lei. Siamo stati tutti sazi, pure troppo. Dice: che facciamo di questa mortadella? Dico: conserviamola per dopo. Invece Pasquale che aveva quarant'anni come me, ma pareva sempre un ragazzino con la voglia di scherzare, prende un tocco di questa mortadella e me la tira in testa.

Allora anch'io prendo un altro tocco di mortadella e gliela butto in faccia. Pure Mano d'Angelo fa lo stesso. Ed è diventata la battaglia della mortadella. Con tutte le mani unte, la faccia unta, i capelli unti, peggio dei ragazzini scappati da scuola. Ci siamo divertiti. Non la finivamo più di ridere e questi pezzi di mortadella andavano su e giù come delle palle.

Quello stesso giorno, tornando a piazza Vittorio incontro un'amica mia, una certa Nicolina. Mi dice: senti Teresa, mi devi fare un favore. Dico: che favore? Dice: io ho avuto un uomo che m'ha succhiato il sangue; ti devo confessare tutto, io ho fatto pure le case per quest'uomo; sono stata a Milano, a Torino, ho girato diverse case di tolleranza. Sono arrivata a fare centomila lire al giorno, ma di queste cento, novanta le dovevo dare a lui; a me mi lasciava giusto per campare e pure malamente. Io allora l'ho preso di petto e gli ho detto: caro Natalino, così non può andare; io lavoro e poi i soldi te li pappi tu.

E lui per consolazione mi ha portata dentro la sua Jaguar rossa a pranzare in un ristorante di lusso con gli amici. Mi presentava come la sua fidanzata. E io ero contenta. Ma poi ha ricominciato come prima. Mi trattava come un pedalino e mi portava via il novanta per cento di quello che guadagnavo.

Dico: ma quello ti proteggeva, Nicolina! Dice: mi proteggeva ma mi costava troppo assai; certe volte non avevo neanche i soldi per comprarmi le calze; andavo in giro con le calze bucate.

Insomma che favore vuoi? dico io. Aspetta, dice, che ti racconto. Dice: io a questo gli volevo bene, lo sopportavo pure che era cattivo. Però poi un giorno l'ho visto con un'altra, una ragazza nuova e per la gelosia l'ho denunciato. L'ho denunciato per sfruttamento.

Dico: ma sei una boia! che avrà detto la gente d'omertà? non lo sai che le denunce non si fanno? tu passi da infame! Dice: infatti mi è dispiaciuto dopo che l'ho fatto; ma soprattutto mi dispiace per il padre di Natalino che è un vecchio e sempre viene da me a piangere per questo figlio; dice che adesso arriva Natale, che la madre vuole rivedere il figlio, che il ragazzo in galera sta male, piange; dice che specie per chi non c'è mai stato è una cosa terribile il carcere, da non sopportare; insomma mi prega di ritirare la denuncia.

Dico: e tu fallo! se non lo fai guarda che l'ambiente dopo ti chiama infame, ti sputa in faccia, sei discacciata da tutti; poi questo è un mondo vendicativo, non puoi più camminare tranquilla. Dice: io ritratto, sono convinta a farlo, però voglio che mi ridanno i soldi che ho uscito per la causa, per l'avvocato Ammazzavacca.

Dico: ma io che c'entro? Dice: tu lo sai che devi fare? devi andare a chiamare questo vecchio, il padre di lui che sta al mercato al banco numero dodici. E gli dici: ti vuole Nicolina, ti vuole parlare.

Dico: va bene, se si tratta solo di questo il favore te lo faccio. Però dopo te la sbrogli con lui perché io non ci voglio entrare in questa faccenda.

Insomma faccio da mediatora. Vado da questo vecchio, gli dico di Nicolina. Dico: vedete un po' di rimbonire la cosa perché sembra che lei è disposta a ritirare la denuncia, però vuole che le ridate i soldi che ha cacciato per l'avvocato Ammazzavacca, per la causa, vuole questo mezzo milione e poi ritratta.

Il vecchio mi dice: basta che ritratta l'accusa di sfruttamento contro mio figlio, io il mezzo milione glielo do. Tu fai la testimonianza, firmi questa carta con lei e siamo a posto.

Così ci diamo appuntamento al bar con questo padre il giorno appresso, era un giovedì. Io vado a prendere Nicolina e insieme andiamo al bar designato per ricevere i soldi e firmare la carta di ritrattazione, sotto la mia testimonianza.

Lui viene, questo Balocca, al bar. Era un bel vecchio, grave. Dice: prendete qualcosa? un caffè? Dico: no, no, mettetevi d'accordo che combiniamo subito. Dice: il mezzo milione ce l'ho qui pronto; però prima Nicolina mi deve firmare questa carta.

Tira fuori una carta bollata in cui c'è scritto: io sottoscritta Nicolina Gasperoni dichiaro di avere denunciato Balocca Natalino soltanto per un atto di gelosia, ma dichiaro che non è vero che mi sfruttava, bensì l'ho fatto per la gelosia mia.

Poi dice: ecco qua, Teresa, tu firmi qui sotto per testimoniare che io ho dato il mezzo milione. Ma dov'è questo mezzo milione? ancora non l'ho visto, fa Nicolina. Il vecchio tira fuori un pacco di soldi. Dice: il mezzo milione eccolo qua; prima firma che poi te lo do. Allora lei firma e poi, sotto, firmo io.

Tutto d'un botto, appena abbiamo firmato, si apre la porta, bam bam ed entra la polizia. Balocca se ne va con la carta firmata e i soldi. E noi veniamo arrestate.

Ci portano in questura. Dico: io non ho fatto niente, io ho solo testimoniato. E racconto la storia com'è andata. Ma non mi davano retta i questurini. Non mi stavano neanche a sentire.

Però io in questura stavo tranquilla, perché pensavo: tanto mi rilasciano, io non c'entro, una testimonianza non è reato.

Invece ci mettono dentro tutte e due per estorsione. E quella è una cosa l'estorsione che non si scherza; si prendono come niente cinque sei anni. Ma io non avevo fatto nessuna estorsione. Avevo solo testimoniato. Questo fatto non mi andava giù. Per fare una firma di testimonio innocente dovevo prendere sei anni!

Ercoletto stava per uscire. Dico: ora quello sente che sono di nuovo dentro e mi abbandona; si metterà con un'altra. Dico: ora la casa mi va tutta distrutta. Come vado dentro la casa mi va distrutta e devo ricominciare da capo.

Dico: a me queste case mi portano jella, è meglio che non me ne faccio più. Come mi facevo una casa, venivano le amiche invidiose, gelose, ah che bello questo! che bello quest'altro! dove l'hai comprato? che bella camera, dove l'hai comprata? e mi mettevano la iattura, l'invidia, mi distruggevano.

Poi appena andavo in galera, si buttavano dentro questa casa e mi portavano via tutto, si ripulivano tutto che quando uscivo non ritrovavo neanche una spilla.

Lì dentro alla galera mi sentivo un'anima persa. Dico: ma perché sto qui rinchiusa? Erano sei mesi che stavo lì e non si decidevano a farmi il processo.

Per la prima volta non riuscivo proprio a darmi pace. La reclusione non la digerivo proprio. Litigavo tutto il tempo con quella, con questa, mi azzuffavo.

Me la prendevo con quella disgraziata di Nicolina. Dicevo: guarda questa scema che m'ha combinato! ma rimbambita che non sei altro, almeno chiama il giudice, digli che io non c'entro!

Dice: neanche io c'entro, non ho colpa. Dico: t'ho fatto un favore, non ti ho chiesto niente. Ti ho chiesto qualcosa per questo favore? Dice: no. Dico: lo vedi! non m'hai dato niente, non volevo niente, t'ho solo aiutata. E ora sto chiusa qui dentro per te.

Veniva suor Carmina dalle mani dure. Stai zitta Teresa, mi faceva, con quella vociona grassa. Dico: dovrebbe stare lei al posto mio! io mi rassegno, dico, quando mi prendono per una cosa che ho fatto, ma per una cosa che non ho fatto, no. Dice: zitta tu delinquente! Non ci credeva che non avevo fatto niente.

Sono stati sei mesi di dolori. Non mangiavo, non parlavo. Me ne stavo buttata sul letto a pensare. E più pensavo e più diventavo rabbiosa. Pensavo a Ercoletto che e quest'ora stava uscito e chissà che faceva.

Pacchi non me ne mandava e neanche lettere. Mi aveva abbandonata. Orlando stava sempre chiuso e non sapevo neanche dove. Ero avvilita. Le suore venivano, spalancavano la finestra. Teresa, alzati, dice, non fare la finta malata perché nessuno ti crede! Ma io non ero malata, ero disgustata. M'ero seccata della vita.

Le compagne capivano. Salivano qualche volta a portarmi una sigaretta. Saliva pure Nicolina e io la cacciavo via, non la volevo vedere, anche se sapevo che lei era stata ingannata come me.

Stavo lì con gli occhi chiusi, ma non dormivo. Neanche la notte mi riusciva di dormire. Stavo abbacchiata, mezza rinscemita e non mi andava di fare niente. Mi alzavo per mangiare, mandavo giù un mezzo cucchiaio di minestra e tornavo a letto. La suora mi faceva: prenderai sei anni e ti starà bene perché sei malandrina e chissà cosa avete combinato tu e quella prostituta di Nicolina!

Io dico: sei anni qua dentro per non avere fatto niente non li faccio. Piuttosto mi ammazzo. Infatti una mattina prendo un lenzuolo lo tiro tutto come una fune, lo torco, preparo la cappiola, l'attacco alle sbarre della finestra e m'impicco.

In quel momento passa Anna Bordoni, una che era tenuta in palma di mano dalle suore. Io avevo calcolato che a quell'ora non veniva nessuno, erano tutte all'aria.

Invece questa Anna passa per andare al gabinetto, le era venuta una voglia improvvisa, dà una guardata dentro la mia cella, le salgono gli occhi e mi vede che sto lì impiccata con la lingua di fuori.

S'è messa a strillare, ha chiamato gente. È venuta la monaca, m'hanno presa, m'hanno sciolta, m'hanno fatto le iniezioni.

Non capivo niente. Ero morta. E invece mi hanno riportata in vita. Mi hanno voluta salvare. Ero diventata tutta nera al collo. La gola mi faceva male, non potevo neanche inghiottire la saliva. Ero tappezzata di chiazze sulla faccia. Non so come m'hanno salvata. Si vede che sono proprio dura a morire.

Dopo di allora mi stavano sempre addosso. Non mi lasciavano mai sola. Stavo chiusa in infermeria con Lella degli Angeli che non mi spiccicava mai gli occhi di dosso.

Là ho fatto amicizia con una ragazza che era dentro per tentato aborto. Si era bucata l'intestino coi ferri da calza per ammazzare quel figlio che era il figlio di suo zio.

L'hanno portata dentro che perdeva sangue come una pecora scannata. L'hanno ricucita, rimessa a posto. Si era perforata l'intestino, ma il figlio non era stata capace di mandarlo via. E se l'è dovuto tenere.

Lo zio poi ha negato di essere stato lui. La madre e il padre hanno creduto allo zio e non venivano neanche a trovarla perché dicevano che era una disonorata assassina che aveva tolto l'onore alla famiglia.

Con questa Pinuccia giocavamo a scopone. Vinceva sempre lei. Era simpatica. Timida. Poi ho saputo che ha fatto un figlio storpio. Ma l'ha tenuto e ora non so dove sta. Credo che è impiegata a servizio; l'ho sentito dire.

Dopo otto mesi che sono dentro, una mattina viene suor Innocenza e mi dice: Teresa, sei scarcerata! ti riconoscono che sei innocente. Dopo otto mesi!

Dico: se erano otto anni per me era lo stesso; e siccome io sono povera, per me la galera è doppia; e poi la punizione ingiusta non si può sopportare suora, neanche quando si è piene di peccati come me.

Dice: puoi uscire ora, sei scarcerata. Dico: ma davvero? non sarà una scusa per mandarmi da qualche altra parte? Dice: se te lo dico io puoi stare sicura!

Il sangue mi è sceso tutto ai piedi. Dico: se me lo dice lei sarà vero certamente; che devo fare? Dice: prendi la tua roba ed esci. La mia roba era niente perciò ho preso niente e me ne sono andata.

Dico: com'è che mi scarcerano? Dice: sei assolta per inesistenza di reato; il giudice Dell'Alba ha fatto un errore giudiziario. Dico: infatti l'avevo detto pure io che era un errore! una estorsione si fa di nascosto, con la pistola, non in un bar con la carta bollata coi testimoni e tutto.

Così sono uscita dopo che tutti hanno detto che è stato un errore giudiziario, tanto della polizia che dei giudici. È stato un certo giudice Giustiniani che ha riconosciuto questo errore. Ha fatto una duplice istruttoria e ha riconosciuto lo sbaglio. Perciò mi hanno lasciata libera, dopo otto mesi di carcere. Anche Nicolina è stata liberata.

Esco e vado subito in cerca di Ercoletto. Dico: chissà quante corna m'ha messo questo sciagurato! Lui non lo sapeva che uscivo così subito e neanche io lo sapevo. Nel frattempo se n'era andato a vivere in casa della sorella.

Sentendo questo dalle amiche, vado subito alla casa di Alba, ma il portiere mi dice che non abita più là. Dico: dove stanno? Dice: non lo so; mi pare che abitano in campagna, ma non so dire dove.

Allora prendo un taxi e vado a Quarto Miglio dal fratello di Ercoletto. Dico: Biagio, sai niente dov'è Ercoletto? dove sta? dove vive? Dice: se n'è andato proprio adesso pochi minuti fa con la Lambretta. Dico: per dove? Dice: alla casa di Alba. Dico: e dov'è la casa di Alba? Dice: laggiù alla Batteria Nomentana. E mi spiega dove sta.

Scendo le scale e sul portone incontro Annuccia la nipote di Ercoletto. Dico: vieni ti offro un gelato. Questa Annuccia è una ragazzina di tredici anni. Dice: come sei magra zia! dove andiamo a prendere il gelato?

La porto in una bella pasticceria, le compro un gelato grosso da cento lire. Poi le dico: senti ma lo zio Ercoletto ci è andato più con quella Cesira, quella del pupo? Dice: l'altra sera se n'è andato al cinema con lei, però non so dopo dove sono andati.

Quando m'ha detto così non ci ho visto più. Ero nera, avvelenata. Dico: va bene, ciao! Dice: mi offri un altro gelato zia? ti ho dato la notizia che volevi no? Dico: sei troppo furba Annuccia, sei della razza di tuo padre.

Piglio un autobus e vado alla Batteria Nomentana. Arrivo che era già notte. Era d'inverno, dicembre, dopo Natale. Arrivo, giro a piedi per trovare la strada. Scovo la casa, entro salgo e mi fermo sul pianerottolo davanti alla porta. Faccio per bussare quando sento le voci di Alba e di Ercoletto che parlano di me e di Orlando.

Quell'Orlando pretende che la roba della sorella è sua, diceva Alba, la macchina è sua, la casa è sua, sempre tutto suo. Ma tu devi reagire, gli faceva al fratello, se no quello ti porta via tutto. La roba è pure tua, lo incitava, l'avete comprata insieme tu e Teresa.

Eh, dice Ercoletto, se Orlando non la pianta qualche giorno gli do una botta. E Alba: pure lei, Teresa è una pasticciona, sta sempre a fare impicci, si fa prendere, si fa mettere dentro; chi gliel'ha detto di fare questa testimonianza? non ha testa quella Teresa, non ha testa.

Sono stata a sentirli un po', poi mi sono stufata e ho cominciato a bussare bum bum bum, il campanello non c'era. Dice: chi è? Dico: amici. Dice: chi, amici? Dico: sono io Teresa! Avevo i nervi rotti perché era mezz'ora che stavo a sentire che parlavano male di me.

Aprono. Io entro. Dice: uh chi si vede! Ah, dico avete finito di parlare! è un'ora che vi sto a sentire. Tutto quello che avete detto m'è entrato qui nell'orecchio.

Ma che ce l'hai con me? mi fa Ercoletto e mi abbraccia. Dico: hai il coraggio di abbracciarmi dopo tutto quello che avete parlato fino ad ora? credevi che ero sorda? ho sentito tutto e ora me ne vado, qui non è posto per me.

Apro la porta e faccio per andarmene. Ercoletto m'afferra. Dove vai? dice, sei matta! vieni qui, dove vuoi andare di notte con questo freddo! E ha chiuso la porta a chiave. Dice: vieni, andiamo a dormire!

Tutta la notte abbiamo litigato. L'amore con lui non l'ho voluto fare. Dico: io con te non ci sto più, io non spartisco l'uomo mio con nessuno. E facevo la finta che me ne andavo. Ma dove andavo? per tetti?

Per parecchi giorni mi sono rifiutata di farci l'amore. Perché ero sicura che era stato un'altra volta con Cesira. E lui: ma lo sai che io voglio bene solo a te! Dico: ma vai a morire ammazzato! rivattene da lei perché io mi sono stufata di te, di lei e di tutto; tanto il marito io ce l'ho avuto e mica mi serve il nome tuo! questo nome da ministro! Dice: ma io ti avrei sposata; se non eri sposata, ti sposerei anche subito.

Ora infatti che mio marito è morto lui mi vorrebbe sposare. Ma io non voglio. Divento forse una regina quando mi sposo con te? gli dico, ma che mi frega a me del nome tuo!

Per la verità non mi voglio risposare perché spero sempre che mi danno la pensione di mio marito Sisto della ferrovia, di questo marito che è morto. Tanto, dico, ormai sono vecchia, che mi importa a me del matrimonio!

Eppure c'è chi si sposa pure da vecchia. La mia padrona di casa, questa donna che ha ottant'anni suonati ed è brutta come la fame, dice che si sposa, ha trovato marito. Io le ho fatto una pernacchia e ci siamo messe a ridere.

Insomma con Ercoletto dopo tanto che ha insistito e pregato ci ho fatto di nuovo l'amore ed ero contenta perché è il mio uomo e mi piace molto. Dice: di quella, di Cesira non me ne frega niente, te lo giuro; se me n'ero fregato a quest'ora l'avevo sposata no?

Insomma tanto fa e dice, sempre con le maniere dolci, con quel sorriso amoroso, che alla fine mi convinco, facciamo pace e torniamo a vivere insieme d'amore e d'accordo.

Poi ho saputo che lui continuava a vederla sempre questa Cesira per via del bambino e me l'ha pure portato in casa questo figlio. Adesso ormai è diventato grande, l'anno scorso è andato a fare il soldato, ho pure la fotografia.

È un bel ragazzo. Un pezzo di delinquente, vuole sempre quattrini, sempre quattrini. Mangia molto, ride sempre, è mezzo spampinato. Ride, canzona tutti. È un tipo così, scoglionato.

Faceva il pittore, poi ha fatto il cameriere. È entrato in un ristorante, ha burattinato un po' e l'hanno cacciato via. Poi è andato a lavorare dentro un laboratorio dove fabbricano statuette di corallo, di giada. Si è fatto cacciare pure di là.

Dove va litiga con tutti. Gli hanno pure trovato un posto dentro l'ospedale a fare i servizi, a portare i caffè, le bibite agli ammalati. Ma pure lì ha bisticciato. Ride, canzona tutti e poi scoppia a litigare. Siccome prende in giro la gente, qualcuno si rivolta e allora lui si offende e finisce a botte.

La madre, questa Cesira è una zoppetta, una serva tutta sventata, famelica peggio di me. È sderenata, ha due o tre anni meno di me. È bruttarella. A vederla fa pure pietà. Quando l'ho vista la prima volta ho detto a Ercoletto: ammazzala che gusti! Dice: che vuoi, mi trovavo in campagna e questa è venuta a dormire con me; e dài oggi e dài domani, che vuoi fare, è nato questo figlio; se lei si comportava bene me la sposavo, non per lei perché mi fa schifo ma per il figlio.

Dico: ora disprezzi ma prima non la disprezzavi! gli uomini disprezzano sempre, sono dei disprezzoni. Dico: prima t'è piaciuta, ora la butti giù; ma pure tu non sei mica diventato più bello sai con l'età.

Brutta brutta non è poi alla fine questa Cesira. È ridotta male questo sì. Ma a lui gli piace, lo so che gli piace e mentre ero dentro ci faceva l'amore, questo è sicuro.

Lei poi gli ha messo pure le corna. Ha anche abortito. Allora lei lo negava che gli aveva messo le corna, giurava, piangeva. È una spergiura. Ma Ercoletto, poiché gli avevano detto che l'aborto era avvenuto al Policlinico, è andato là e si è informato. Effettivamente, gli hanno detto che aveva abortito. E da allora l'ha lasciata, l'ha odiata, non l'ha creduta più.

L'avevano portata al Policlinico perché le era venuta una emorragia. Hanno fatto il raschiamento e le hanno levato le ovaie. Perciò non ha potuto fare più figli, se no chissà, all'uscita dal carcere, mi trovavo un altro figlio di Ercoletto.

Lei lo voleva un altro figlio. Avrebbe dato un braccio per fare un figlio con lui. Anche Ercoletto lo voleva. Gli piacciono i bambini a Ercoletto e ne avrebbe fatto chissà quanti.

Gli sarebbe piaciuto tanto fare un figlio con me. Io pure, ma per via di quell'infiammazione, di quella peritonite che m'hanno raffreddato le ovaie non posso più fare figli. Lui sarebbe morto per fare un figlio con me.

Abbiamo ricominciato con il traffico dell'olio e della biancheria. Compravamo, vendevamo. Guadagnavamo poco, ma guadagnavamo regolare. Abbiamo pure preso una casa sulla Tuscolana. Pagavamo quindicimila lire al mese, avevamo la loggia, era carina questa casa.

Andavamo in quattro, Luigino, io, Giulietto e Lalla, due amici del bar Bengasi. Avevamo preso una macchina, una Millecento blu usata che aveva fatto più di trecentomila chilometri ma correva ancora bene, sembrava un treno. Solo che beveva molta benzina. Era un'assetata questa Millecento.

Un giorno andiamo con i due amici verso Littoria. Passiamo per Nettuno a prendere un pacco di biancheria e dei soldi, ma non troviamo l'uomo. Il fattorino ci dice: torna più tardi, ora non c'è.

Cercavamo questo dei pacchi, un napoletano che comprava all'ingrosso e faceva contrabbando di merce. Dico: ci facciamo un giro per Nettuno? Dice: sì facciamolo.

Infatti andiamo in giro, era deserto, faceva freddo, pure i cani si erano acquattati. Pendiamo un caffè e torniamo a questo magazzino. C'era il commesso. Dice: ancora non è tornato.

Andiamo a fare un altro giro, prendiamo la strada del mare. Ci fermiamo. Dico: io scendo, mi voglio svegliare un po' le gambe. Dice: vai vai, noi restiamo dentro, fa troppo freddo. Era gennaio.

Scendo sul mare. Era verde, schiumoso, con tutte le onde increspate. Era il mare che io conoscevo bene, il mare di quando ero piccola ad Anzio. Mi metto lì imbambolata a guardare questo mare scuro e agitato. E mi sento chiamare: Teresa! Teresa! Mi volto. Era Giulietto che mi faceva segno di risalire.

Salgo, affondando nella sabbia gelata. Avevo le orecchie fredde, i piedi freddi, le mani fredde. Dico: ma chi me l'ha fatto fare di scendere qui giù!

Mentre che andavo così col pensiero, gli occhi a terra, intravvedo una cosa bianca che sbuca da dietro un cespuglio, una specie di fagotto. Guardo meglio. E capisco che sono due gambe nude. Dico: oh Dio, stai a vedere che qui è morto qualcuno. Mi avvicino e vedo un vecchio e una vecchia, avranno avuto ottant'anni l'uno, tutti nudi e bianchi, uno appiccicato all'altro, uno dentro l'altro. Nella foga neanche mi vedono. Dico: ma guarda quanto sono brutti! E mi rimetto a salire su per le dune a passo di corsa.

Rimonto in macchina e racconto quello che ho visto. Dice: ma davvero? allora perché non torniamo giù tutti insieme e gli facciamo uno scherzo a questi due vecchi, li svergognamo!

Ercoletto dice: lasciateli perdere! con questo freddo se fanno l'amore vuol dire che proprio si vogliono bene. Giulietto insiste. Dice: scendiamo, gli rubiamo i vestiti e ce ne andiamo! Lalla si mette a ridere. Dice: sì scendiamo! Dico: ma andiamo và che è tardi.

Alla fine ha vinto il freddo. Siamo rimasti chiusi in macchina. E dopo avere fumato altre due sigarette sempre chiacchierando e scherzando ce ne torniamo a Nettuno da quello dei pacchi.

Ma questo non c'era. E il commesso non ne sapeva niente. Poi dopo abbiamo scoperto che era scappato con la cassa, due milioni e seicentomila lire rubate ai suoi soci.

Dice Giulietto: ormai è tardi, che facciamo? non abbiamo neanche i soldi per comprarci un panino. Dice: tu quanto hai? Io avevo trecento lire, quell'altro cinquecento, quell'altra seicento. Abbiamo preso qualche litro di benzina e ci siamo rimessi in viaggio.

C'erano rimaste cinquanta lire. Arriviamo verso Littoria. Dico: io ho troppa fame, fermati in qualche trattoria e con queste cinquanta lire ci facciamo dare un po' di pane. Perciò andavamo piano, cercando una bettola, un posto di ristoro.

Ne troviamo uno campagnolo, colla pergola, le sedie tutte nere di pioggia, i tavolini sgangherati. C'era la porta aperta. Io entro. Dico: signora! c'è nessuno? Era verso le tre e mezza. Penso: saranno a riposare. Chiamo ancora: signora! signora! Ma non si presenta nessuno.

Lì in mezzo a quella trattoriola c'era un frigorifero molto grande con uno sportellone tutto macchiato di ruggine. Mi avvicino, apro, metto la testa dentro. C'era un piatto con sopra una aragosta e accanto una gallina lessa con della cicoria. Acchiappo questa aragosta e questa gallina e scappo via come un lampo.

Rimonto in macchina e dico: andiamo, andiamo di corsa! Dice: che è successo? Pensavano che avevo preso i soldi. Hanno visto invece questa gallina e si sono delusi. Dice: che ne facciamo di una gallina? Dico: come che ne facciamo? la mangiamo!

Infatti, mentre filiamo con la macchina verso Roma, rompiamo questa gallina, la facciamo a pezzi e dividiamo un pezzo per uno. Ce la siamo mangiata con un'avidità! Era dall'una del giorno prima che non mangiavamo. Quella gallina ci ha ridato un po' di vita.

Poi abbiamo spaccato l'aragosta. Era lessa, tutta bianca, pomposa. Ce la siamo divisa pure quella in quattro parti uguali. Dice Giulietto: dammi una zampa che me la succhio! Dice Lalla: pure a me! Dico io: questa me la tengo per me. Insomma cominciamo a strapparci queste zampe che si rompevano con uno scoppio pac! E ci veniva da ridere.

Ridevamo e mangiavamo. Mentre la macchina correva Ercoletto dice: io adesso vorrei essere lì a vedere la faccia che fa la padrona quando vede il frigorifero vuoto, dirà: ma la gallina dentro al frigorifero che fine avrà fatto? avrà preso il volo la gallina! e l'aragosta? quella si sarà acquattata dentro a qualche stagno. E giù a ridere. Non ce la facevamo a mangiare per il gran ridere.

Nel grosso della risata, la macchina fa pof pof e si ferma. Era finita la benzina. Ormai faceva notte. L'abbiamo accostata su una stradina di campagna e ci siamo messi a dormire lì dentro. In quattro, col caldo, lo scomodo, era difficile dormire.

Appena sbuca il sole dico: ora, a costo di farmi prendere, vado a acchiappare qualcosa; qui bisogna trovare dei soldi per la benzina.

Ercoletto dice: vengo con te. Dico: no, tu non sei buono a correre come me. Dice: come vuoi. Ercoletto in verità non ci sa fare coi furti, è d'animo lento e onesto.

Cammino cammino, arrivo a una fattoria. Dico: c'è nessuno? M'appare una vecchia tarlata, mi fa un segno con le dita. Dico: mi è finita l'acqua nella macchina, sono in mezzo alla strada, mi dà un fiasco d'acqua?

Ma quella mi guarda dritto e non risponde. Dico: signora? e quella mi volta le spalle e se ne va. Allora ho capito che era sorda.

Intanto mi guardo intorno. Vedo forconi, paglia, zappe tubi di gomma, ma niente da rubare. Non c'erano galline, maiali, niente. In quel momento mi viene incontro un ragazzino, avrà avuto sette anni, basso, grasso e vestito da uomo.

Mi fa: che vuole? Dico: ma tua nonna è sorda? Dice: sì è sorda. Dico: vorrei un fiasco d'acqua per il radiatore che è secco. Dice: ora te lo do. E se ne va a riempire un fiasco nel cortile.

Aveva i modi del grande, era alto meno di un metro e si muoveva come un vecchio. Io me lo guardavo e pensavo: ma sarà un nano! Poi dico: qui se non acchiappo subito qualcosa poi è troppo tardi.

Metto le mani in un cassetto della credenza, tanto la vecchia non sente e il ragazzino è fuori, lo controllavo con la coda dell'occhio. Ma nel cassetto non c'era niente. Solo carte, lettere e francobolli. Guardo dentro un armadio. Trovo dei salami. Ne acchiappo due e me li infilo dentro il cappotto.

Faccio giusto in tempo. Il ragazzino rientra tutto liscio, con la cravatta a posto, la giacca, le scarpe da uomo, la faccia seria.

Dico: ma tuo padre dov'è? Dice: è morto. E tua madre? A lavorare. Dico: ma tu dove stavi andando che sei vestito così leccato? Dice: vado a prendere mia madre che esce dal lavoro.

Dico: e tua madre non può tornare da sola? Dice: cosa vuoi, è una donna, e le donne, se non le tieni sott'occhio, ci mettono un attimo a disonorarti. Dico: e perciò tu fai il controllo a tua madre? Dice: io sono l'uomo di famiglia. Dico: ma quanti anni hai? Dice: dodici. Poi lo vedo mettersi davanti a uno specchio, in cucina e guardarsi, lisciarsi i capelli, atteggiarsi con le labbra.

Dico: beh grazie, ciao! E mi incammino con questo fiasco d'acqua e i due salami nascosti sul petto. Appena mi allontano un po', sento il ragazzino che strilla. Dico: vuoi vedere che ha scoperto il furto. Ero pronta a fare a botte.

Invece no. Stava strillando con la nonna. Puttana, puttana! diceva. Lei era uscita di casa piagnucolando e lui dietro. Poi vedo che l'afferra per i capelli e le dà delle ginocchiate dietro la schiena. La prende a calci, a pugni.

Dico: fammi andare via subito, questo qui è matto. Mi metto a camminare veloce veloce. Raggiungo la macchina che sono tutta sudata. Racconto com'è andata, consegno i due salami. E con quei due salami ci siamo pagati la benzina fino a Roma.

Ora poi qualche giorno dopo Ercoletto mi fa: vado a Sant'Agata, al mio paese a portare una lapide per mio padre, abbiamo fatto qualche soldo e devo ricordarmi di una promessa fatta alla morte del mio genitore.

Dico: va bene, quando torni? Dice: fra due giorni, tre al massimo. Dico: vai in treno? Dice: no, prendo la macchina e vado con due amici, Nino e Ciapparelli. Dico: va bene, ciao.

Infatti partono, lui e questi due amici, portandosi la lapide di marmo per il padre. Vanno al cimitero, mettono la lapide e poi riprendono la via del ritorno.

Sulla strada, poco dopo Sant'Agata, si fermano a farsi uno spuntino. Lì in questo paesotto vedono un negozio di stoffe in cui c'era solo la padrona a custodire la merce. Era l'ora morta, verso le due.

Allora gli viene in mente di fare un colpo. Nino entra, comincia a dargli spago a questa padrona, se la impapocchia un po', gli fa l'innamorato. Alla fine riesce a convincerla a uscire con lui per fumarsi una sigaretta dietro il negozio.

Mentre questa stava fuori con Nino, Ercoletto e Ciapparelli hanno caricato quattro, cinque pezze sulla macchina, in fretta e furia, pronti a ripartire appena quello ritornava.

La donna però se n'è accorta; ha preso uno straccio di carta e si è messa a scrivere la targa della macchina. Quando i due hanno visto quello che stava facendo, Ciapparelli è sceso e le ha strappato il foglio dalle mani.

Così mi hanno raccontato di avere fatto. E dice: siamo tranquilli, siamo sicuri perché quella burina non l'ha potuto prendere il numero, le abbiamo subito strappato il foglio.

Invece quella si era segnato il numero sul palmo della mano. Tutto questo l'ho saputo dopo. A me mi risultava che Ercoletto stava a mettere la lapide al padre al cimitero di Sant'Agata negli Abruzzi. Non so neanche se l'ha portata veramente questa lapide. Lui dice di sì.

Se me l'avessero detto subito, sarei andata in questura, avrei fatto la denuncia del furto della macchina e mi sarei levata da ogni impiccio. Invece la macchina stava intestata a me. E Ercoletto, per paura, è rimasto zitto.

Così m'ha inguaiato pure a me.

Poi ho saputo che questi stupidi erano tornati pure indietro. La verità è venuta fuori a pezzetti. Erano tornati indietro perché gli era venuto il sospetto che quella si era imparata il numero a memoria.

Le hanno restituito tutto, e le hanno pure chiesto scusa. Si sono raccomandati, dice: signora mia, questo è un maniaco, è stato in manicomio, ha la mania di caricare tutto sulla macchina, è cleptomaniaco. Fingevano che Ercoletto era matto per scusarsi. E le hanno restituito le pezze, fino all'ultima.

La negoziante si è arrabbiata. E oltre le pezze voleva pure i soldi del risarcimento. Questa burina! Loro hanno detto: ma noi i soldi non li abbiamo presi. E lei: a me però mi mancano ottomila lire. Insomma per farla stare zitta le hanno dato le ottomila lire. Erano andati per buggerare e sono rimasti buggerati!

Poi, però, appena loro sono partiti, lei ha fatto la denuncia. La polizia è venuta a cercarmi. Ma essendo che io non avevo fatto il cambiamento di domicilio, non mi hanno trovata; altrimenti mi avrebbero subito arrestata perché la macchina era intestata a me.

Ercoletto l'hanno preso dopo qualche settimana. Attraverso di me, sono arrivati a lui e l'hanno acchiappato dalla sorella. La burina abruzzese l'ha riconosciuto e così gli hanno dato sei mesi.

Cercavo di sapere dove avevano mandato mio fratello Orlando. L'ultima lettera veniva da Soriano del Cimino. Perciò ho preso il treno e sono andata a questo Soriano. Ma lì mi hanno detto che non c'era nessun Numa Orlando.

Dico: dove l'hanno trasferito? Dice: non si sa; si rivolga al Ministero. Vado al Ministero, non ne sapevano niente neanche lì. Dice: vada in questura. In questura, dopo avermi spedito da un ufficio all'altro, mi cacciano via.

Proprio quel giorno ricevo una lettera da lui. Mi si è allargato il cuore quando ho visto la busta con la sua calligrafia tutta brulicante. Ma a leggerla, la lettera, era una grande tristezza.

"Cara sorella amata, da Soriano del Cimino sono stato trasferito al carcere di Palliano, ma neanche lì ho resistito a lungo perché ho finito per questionare con il maresciallo La Cosa a causa del vitto immangiabile e questo mi fece legare sul letto di contenzione. Otto giorni mi hanno lasciato senza togliermi da lì, legato stretto e mezzo matto di furore, ti puoi immaginare il mio dolore. Quando mi slegarono alla fine avevo le braccia anchilosate le piaghe sul sedere e i polsi e le caviglie ferite dai lacci. Ed ero pure tanto debole che non riuscivo a stare in piedi. Allora mi misero in cortile a prendere il sole e qualcuno caritatevole mi diede della carne in scatola. In quel cortile trovai una gatta che aveva partorito, mi presi ed allevai una gattina nera che per una fortunata combinazione sono riuscito a tenere con me finora. Ma siccome questo maresciallo La Cosa non mi lasciava tranquillo e io neanche lasciavo tranquillo lui per via del vitto che era peggio di quello che si dà ai porci, questo mi fece di nuovo legare. Dopo due giorni però riuscii a slegarmi, presi un coltello in cucina e mi rifugiai sopra i tetti. Il brigadiere e un ergastolano vennero là sopra per prendermi, ci fu una lotta accanita, vibrai una coltellata al petto del detenuto e ferii il brigadiere al braccio sinistro, fui preso dopo circa un'ora e messo in una cella imbottita per sette giorni; dopo di che mi rimandarono a

Porto Azzurro. Qui sono adesso a questo Porto Azzurro dove ho fatto amicizia con un certo Ezio Nardini. Passano venti giorni e litigo con un certo Rebecchini, un certo Ciccotti e due ergastolani a causa di un calcio che avevano dato alla mia gattina: cella di punizione e pane e acqua per quindici giorni. In quel periodo venne alle celle il compagno di Ezio, che avendo alcuni pomodori me ne dette due. La guardia se ne accorse e venne per togliermeli, ma io li mangiai rapidamente. Faceva molto freddo, io stavo sul tavolaccio e la guardia inviperita per la storia dei pomodori mi gettò un boccale di acqua addosso (la guardia si chiamava Panetti). Attendo un pomeriggio, fingendo di sentirmi male, feci venire il Panetti in cella e gli gettai in faccia un vaso di urina e sterco mescolati: dopo dieci minuti vennero i suoi colleghi e mi riempirono di botte e dopo quattro giorni il direttore mi chiamò per il consiglio di disciplina. In anticamera incontrai il bandito La Parca, condannato per due volte all'ergastolo e tre volte a trent'anni; io avevo una sigaretta fatta di carta e quando gli chiesi di farmi accendere, lui senza dire nulla mi dette uno schiaffo fortissimo. Feci udienza dal Direttore per primo, e subito dopo fui riportato in cella, dove si trovavano già due napoletani. Avevo ancora la guancia tutta rossa. Chiesi ad uno scopino (che era di Albano Laziale) una sfera, cioè un coltello per nascondere nel tacco della scarpa un po' di tabacco e delle cartine, ma dopo pochi minuti venne anche il La Parca. Mi vide il coltello in mano, pensò che era per lui, mi disse che ero un vigliacco, prese un pezzo di vetro e mi si scagliò contro: giostrammo così fino a che gli detti tre coltellate al petto e cadde per terra. Chiamarono le guardie che lo portarono immediatamente all'ospedale, dove adesso giace ferito da arma bianca e spero ci rimarrà a lungo. Come sta Ercoletto e come stai tu sorella mia adorata? Troverò un modo di farti avere la gattina perché so che qui finirà arrosto, se non altro per dispetto verso di me che sono mal sopportato. Spero di vederti presto. Vieni a trovarmi e portami qualcosa perché qui manco di tutto e sono molto sciupato. Molti baci, tuo fratello Orlando."

Così finiva la lettera di Orlando e io subito mi sono messa a girare per procurarmi dei denari, ho comprato una grossa valigia di cartone, ci ho messo dentro riso, biscotti, salame, pesce secco, zucchero, olio, vino, uova e arance. E sono partita per Porto Azzurro.

Lo trovo che stava attaccato in punizione alla Polveriera, una costruzione sotto il livello del mare sempre umida e salata. Erano in due chiusi lì dentro, lui e un suo compagno. Me l'hanno detto in portineria che era in punizione e non poteva uscire. Dico: ma io vengo da Roma, sono sua sorella, fatemelo vedere un momento!

Dice: per oggi non si può; domattina si presenti qui alle otto e chieda il permesso al direttore. E io dove vado, dico, adesso con questa valigia che pesa un quintale? Non mi hanno neanche risposto, mi hanno chiuso la porta in faccia.

Non avevo i soldi per andare in albergo. Per fortuna ho trovato dei contadini che mi hanno dato un letto per poche lire; un gran letto con un materasso che doveva essere impregnato della piscia di quattro generazioni perché il puzzo che mandava era violentissimo e antico.

L'indomani mattina presto mi presento a questa fortezza di Porto Azzurro che poi sarebbe la vecchia Portolongone chiamata "la tomba dei viventi".

Aspetto, aspetto e finalmente verso mezzogiorno mi riceve il direttore. Dice: che vuole? Dico: sono venuta a vedere mio fratello Orlando Numa. Dice: quel delinquente, non ne voglio neanche sentire parlare, via via, vada via!

Allora ho pensato: qui devo fare un po' di teatro se no mi rimanda a Roma con tutta la valigia. Mi sono buttata per terra in ginocchio, ho pianto, ho supplicato, mi sono strappata i capelli.

Alla fine, questo direttore, per levarmi di torno o per pena, non lo so, mi fa: va bene, ora faccio chiamare il detenuto, ma che sia una cosa veloce e poi non ne voglio più sentire parlare. Dico: grazie signor direttore, lei è proprio buono! Si vede però che l'ho detto con un poco di scherzo, perché mi ha mandato via con un calcio.

Comunque sia finalmente me lo fanno vedere questo fratello mio disgraziato. Era ridotto uno scheletro, i pezzi di pelle se ne venivano via con la canottiera appena lo toccavi, i capelli rapati a zero, la testa piena di croste.

Dico: come stai? Dice: sto male. Dico: ma ti danno da mangiare? Dice: sì patate. Dico: e la carne mai? Dice: sì due volte alla settimana. Dico: beh, vi trattano meglio che alle Mantellate. Dice: sì, ma tu non sai com'è questa carne, viene dall'Argentina, è congelata, gassata, non lo so, sa di medicina, è livida, stopposa.

Dico: e in questa polveriera come ci stai? Dice: ci tengono lì mezzi nudi nel salmastro e quando protestiamo ci buttano addosso secchiate d'acqua fredda. Ma non c'è ribellazione qui dentro, sono tutti morti; hanno paura del direttore, il quale direttore, si chiama De Martis, ricordatelo, è il più grande aguzzino della storia! Dico: infatti, me ne sono accorta, non voleva farmi incontrare con te, ho dovuto fare scena, ho dovuto mettermi in ginocchio e poi ha avuto pietà. Dice: quello non ha pietà di nessuno; ha agito per noia oppure perché tu l'hai fatto sentire importante. Lui può pure concedere la grazia come un re, ma ti devi umiliare, devi strisciare; se appena appena alzi la testa, sei perduto. È per questo che qui vanno tutti mogi e curvi, per paura.

Stavamo a parlare così quando si è avvicinata la guardia, l'ha afferrato per una spalla e senza dire una parola se l'è portato via. Ma lui non ha protestato perché era beato di avermi visto e anche se tornava giù alla Polveriera ci tornava con quei viveri nutrienti.

Ho dovuto fare quattordici chilometri a piedi fino a Portoferraio. Da lì ho preso il ferribotte e sono tornata a Roma.

A Roma ho trovato un telegramma che mio padre stava morendo e sono scappata subito ad Anzio.

Arrivo che era già morto. Trovo Doré la Lunga tutta lustra, dura, faceva la vedova. Dico: com'è morto? Dice: è morto con l'artrite, la malattia della famiglia vostra; è stato allettato per un po', poi gli è venuta la trombosi.

Questo mio padre insomma l'avevano distrutto, lei e quell'altra friulana della sorella. E lui, per non chiedere consiglio, per troppo orgoglio, si era fatto abbindolare da queste due vipere, aveva venduto tutto, si era ridotto povero come un eremita.

Quando entro io la casa era già stata ripulita, non c'era più niente, neanche una sedia. Nel mezzo della stanza calda che si moriva di caldo c'era il letto e sopra il letto mio padre e sopra mio padre le mosche.

L'avevano lavato, vestito, pettinato. Era diventato piccolo piccolo. Gli avevano messo quelle scarpone nuove luccicanti. Dico: pensate forse che ci va camminando nell'aldilà? non l'avete fatto camminare abbastanza su questa terra?

Me lo sono guardato questo mio padre selvaggio duro, orgoglioso come un diavolo. Ho cercato di ricordare tutte le volte che mi aveva preso a cinghiate, a bastonate, a pugni, a calci, ma non ci sono riuscita.

Lì c'era un uomo bianco, timido, pulito, con la faccia buona, le mani rovinate che stringevano un rosario di perle azzurre. C'era un corpo leggero, rinsecchito, con i piedi infilati in due scarpe grosse da camminatore.

Dico: papà, t'hanno fregato pure a te! Con tutta la tua forza, i tuoi strilli, le tue cinghiate, non sei stato buono a fare una morte da leone; qui mi sembri un galletto spennato; e queste due boia t'hanno tirato il collo, riposa in pace, amen.

Doré mi guardava. Le maniche rimboccate, stava a pulire il pavimento. Dice: ora vi viene la devozione, ora che è morto vi viene la devozione, tu e quegli altri fratelli tuoi! Quando era vivo nessuno se lo filava vostro padre, l'avete lasciato in mezzo a una strada; ora che è morto piangete, fate la faccia smunta!

Dico: ma che devozione, stupida! io da mio padre non ho avuto niente, solo cinghiate e calci; i fratelli miei sì che si sono fatti d'oro, sono diventati ricchi, sono diventati signori; ma io sono povera come sempre e perciò non potevo aiutarlo, ammesso che lo volevo aiutare questo padre che m'ha cacciata di casa e m'ha messa in mezzo alla strada. Forse, anche se ero ricca, non lo aiutavo per niente un padre così. O forse l'avrei fatto, per grandiosità, non lo so. Comunque con te non ho niente da spartire, perché non mi sei né madre né sorella.

Insomma ci litighiamo e per poco ci prendiamo a botte davanti al morto. Per fortuna è arrivata gente e quella pettegola ha chiuso la bocca. C'erano tutti i miei fratelli, vestiti di scuro, con la faccia di circostanza, le loro mogli che si erano fatte grasse, tronfie, spente.

A me mi guardavano appena, come se ero un'appestata, mi scansavano. Dico: siete belli davvero! chiusi dentro le vostre ricchezze non avete più occhi neanche per i vostri fratelli! a me e Orlando ci avete lasciati a marcire nelle galere, ve ne siete lavate le mani e ora avete paura di sporcarvi, siete proprio belli e signorili!

Dice: tu sorella sei fuori da tutte le leggi e perciò noi non ti riconosciamo come una della famiglia. Dico: meglio fuori delle leggi che rincoglioniti dentro le leggi come voi.

Durante il funerale, dentro la chiesa, volevano mettermi da parte, scansarmi. Io a un certo punto mi sono stufata. Ho presa la mia roba e me ne sono tornata a Roma.

Al bar Bengasi faccio amicizia con una certa Zina Teta che mi dicevano trafficava in travelli cecchi. Allora un giorno che ero disperata, senza lavoro, vado da lei e le dico: senti ho saputo che lavori con la roba americana, ci sarebbe qualcosa da fare pure per me? Dice: sì, sì, anzi andavo proprio cercando qualcuno per aiutarmi.

Questa Zina comprava i travelli cecchi dai borsaroli al venti per cento e poi li piazzava nei negozi in cambio di roba buona.

Dico: ma come si fa a cambiarli, qui ci vuole la firma americana? Dice: ti insegno io. E infatti mi fa vedere come si fa la firma falsa copiando quella vera. Si mette il travello cecco sopra un vetro, si punta una bella luce sotto e si ricalca il nome con i suoi ghirigori e tutto, uguale.

Lei era bravissima, ci aveva fatto la mano. Ma anch'io imparo presto, sono svelta, sebbene ho le dita un po' nervose. Comunque sia questa Zina mi fa la scuola, mi insegna e poi mi porta a lavorare con lei.

Eravamo in società con un certo Pippo. Questo Pippo ci portava in giro con la sua macchina. Si fermava in fondo alla strada. Diceva: tu ora vai in quell'oreficeria, in quel negozio di scarpe. E io andavo. Qualche volta Zina veniva con me, qualche volta no.

Dico: ma tu Pippo non ti esponi mai? Dice: a me mi conoscono ormai, mi scotta la terra sotto i piedi, tu sei nuova del lavoro; tu vai, ti presenti, fai una spesa, compri una cosa e paghi col travello cecco. E così facevo.

Questa Zina mi aiutava a vestirmi da signora. Un bel cappotto rosa, una borsetta di coccodrillo, un orologio d'oro, un anello con rubino, tutto finto naturalmente, per buttare polvere negli occhi. Profumata, elegante, sembravo una damerina.

Così acconciata cammino, mi fermo davanti alla vetrina, guardo, socchiudo gli occhi, faccio come se rifletto sulla spesa. Poi entro. Dico: senta io vorrei comprare questo bracciale coi brillanti, però i soldi italiani non mi bastano, avrei dei soldi stranieri.

Dice: che soldi? Dico: dollari, dollari americani, lei li prende? Dice: se sono dollari sì, li prendiamo. Allora tiro fuori il libretto. Dice: ma questi sono travelli cecchi? Dico: sì, sempre dollari sono.

Vedo che tentenna un po'. Allora, con l'aria ingenua, la voce ingenua dico: me li ha dati mia sorella, dato che è venuta dall'America; alcuni li ho cambiati, altri li ho lasciati così in dollari, in cecchi insomma. Dice: un momento che vado a chiedere a mia moglie.

Torna e dice: va bene, si possono cambiare; sono firmati? Dico: sì guardi; è proprio la firma esatta. E gli metto sotto il naso il travello con un'aria sicura, distratta, come una che è abituata a trattare sempre in travelli. Poi dico: ah, dato che ci sono prendo anche questa collana di perle; quanto costa?

Visto che cambiavano, volevo approfittare. E infatti mi faccio fare un pacco col bracciale imbrillantinato, la collana di perle che da sola valeva trecentomila lire e mi danno pure il resto di diecimila lire.

Dico: grazie, gud-bai, e senza fretta, infilandomi i guanti glassé me ne vado verso l'uscita, lenta lenta, sicura e tranquilla come una regina.

Quando sono fuori dico: all'anima come sono diventata brava! ho imparato subito! La tranquillità l'avevo appresa da Dina al tempo dei portafogli. Più uno è tranquillo e meno l'altro sospetta. Gli potresti pure sfilare le mutande di dosso, se tu sei sempre sorridente e sereno, quello neanche se ne accorge.

Zina era contenta. Dice: brava Teresa, vedo che ci sai fare! Io ero contenta. Quell'oro poi lo portavamo a un ricettatore. E il ricavato lo dividevamo in tre, Zina, Pippo e io.

Quasi sempre andava bene, i negozianti abboccavano. Qualche volta non volevano cambiare, allora me ne andavo, sempre tranquilla, ma un po' seccata, come una gran signora offesa. Facevo una smorfia con la bocca, appena appena come a dire: ma guarda questi burini campagnoli avari che non si fidano di me! E quelli ci rimanevano pure male. In quella smorfia cercavo di imitare nel ricordo la faccia di Tonino, era una smorfia d'arte, convincente.

Delle volte prendevo oggetti da trecentomila lire, da mezzo milione. Ma era più facile con roba meno costosa, da cinquanta, da trentamila lire. Di questi piccoli travelli ne cambiavamo fino a quattro al giorno.

Poi correvamo dal ricettatore. Dal Verme, da quell'altro a Santa Maria Maggiore detto Cristoforo Colombo perché dice che l'America l'aveva scoperta lui. Non so che America intendeva. Forse l'America dei soldi.

Faceva una barca di soldi con gli oggetti rubati. Però era sospettoso, e quando ci vedeva tornare troppo spesso, ci cacciava.

Un altro che frequentavamo qualche volta era Altoadige, detto così perché veniva da lassù. È quarant'anni che abita a Roma ma ancora parla con l'accento dell'Altoadige. È un biondino con gli occhi rossi.

Qualche volta i ricettatori non li prendevano gli oggetti. E allora andavamo al Monte di Pietà, impegnavamo tutto e ci vendevamo le polizze. Pur di avere quei soldi, anche pochi, ma regolari ogni giorno, facevamo di tutto.

Dico: ho trovato un bel mestiere! il lavoro è leggero, mi diverto pure e guadagno senza fatica. Toccava avere un po' di cervello, questo sì, toccava essere intelligenti e furbi e sapere parlare, sapersi disimpegnare quando tirava un brutto vento.

Nel frattempo portavo sempre i pacchi a Ercoletto, non lo dimenticavo mai. Perché so quanto è brutto restare dentro dimenticati e abbandonati. Anche se avevo pochi soldi, cacciavo in una scatola delle pere, qualche etto di formaggio, della pasta e gliela portavo.

Un giorno poi vado a Regina Coeli e mi dicono: il pacco non lo possiamo ritirare, il condannato non c'è. Dico: e dov'è? Dice: non si sa.

Dopo giorni e giorni finalmente vengo a sapere che è stato trasferito a Isarenas Ardus, in Sardegna. Allora prendo un treno, vado a Civitavecchia, monto sul battello e mi imbarco per la Sardegna. Faceva caldo, era fine agosto. C'era pure il mare grosso.

Arrivo a Cagliari. Scendo. Chiedo dov'è la colonia penale. Dice: deve andare così e così, ma l'autobus la lascia a tre chilometri di distanza. Beh, dico, prenderò un taxi, ho pochi soldi ma non posso fare tre chilometri a piedi con lo zaino a tracolla e una valigia appesa alla mano.

Infatti prendo un taxi. Questo corre corre, poi si ferma in mezzo alla campagna. Dico: e qui dove siamo? Più in là non ci posso andare, dice, perché la strada è brutta e si rompono le gomme. Dico: ma quanto c'è da qui alla colonia? Dice: un chilometro, un chilometro e mezzo.

Ho dovuto pagarlo e lasciarlo andare. Ho preso lo zaino, la valigia e mi sono incamminata verso il carcere, sotto il sole di mezzogiorno. Dopo un po' che camminavo mi si rompe una scarpa. Provo a camminare con una scarpa sola, ma non ci riesco. Mi devo togliere pure la scarpa buona.

Così scalza, coi piedi scorticati, lo zaino che m'aveva acciaccato una spalla, la valigia che m'aveva rotto un braccio, tutta sudata fradicia arrivo alla colonia penale di Isarenas Ardus, chiamata anche " la valle dei lebbrosi".

Per la fatica e il caldo non ce la facevo a parlare. Ercoletto è stato buono: mi ha asciugata tutta, ha preso un secchio d'acqua e mi ha lavato i piedi, mi ha abbracciata. Era contento di vedermi. Ha preso tutta quella roba che gli ho portato e m'ha abbracciata, m'ha ringraziata.

Poi è arrivato il guardiano. Voleva mandarmi via subito. Ma Ercoletto gli ha detto: per favore, non lo vedi che è stracca, ha fatto tutto questo viaggio per me, lasciala perdere! No, quello insisteva, voleva cacciarmi,

Allora Ercoletto l'ha insultato. E per quell'insulto, per punizione è stato mandato a Portolongone, in mezzo agli ergastolani.

E non ci ha trovato neanche Orlando, perché lui intanto era stato trasferito a Rebibbia.

Appena arrivo a Roma riprendo il traffico dei travelli cecchi con Zina e Pippo. Compravamo, compravamo e ci andava quasi sempre liscio. Era una vita facile.

Un giorno Pippo mi fa: oggi andiamo a un negozio di elettrodomestici dove so che prendono i dollari. Dice: tu entri, compri parecchia roba, carichiamo tutto sulla macchina di un amico nostro e ce la filiamo. Dico: va bene.

Andiamo in questo negozio, a via Nazionale. Entro. Ero tutta vestita da signora, avevo un cappotto nuovo con i bottoni d'oro, una spilla sul bavero, bracciali, anelli. Ero carica come una madonna.

Compro un frigorifero, un televisore, una radio a transistor, una lampada con grammofono incorporato, un frullatore e un fon per i capelli. Poi con l'aria più sicura del mondo, dico: io però ho solo soldi americani.

Dice: dollari? Dico: sì, ma in travelli cecchi. Dice: sì sì, i travelli cecchi sono come dollari, sono denaro. Così tiro fuori un pacchetto di questi travelli e pago. Poi, mentre mi stanno preparando il resto, mi faccio caricare dal fattorino la roba sulla macchina che aspetta fuori.

In quel momento però vedo il padrone che prende su il telefono e fa un numero. Dico: oh Dio, speriamo che non telefona alla banca! E per la fretta me ne vado senza prendere il resto che era di quarantamila lire.

Quella roba ce l'ha presa il Verme per centomila lire. Il valore complessivo era di seicentomila lire. Ora, dice Pippo, andiamo a mangiare come si deve. E ci infiliamo in un ristorante di lusso, con una fontana nell'ingresso che buttava acqua verde e rosa. Un posto per ricchi, coi camerieri che parlano in francese, le tovaglie rosse, il tappeto per terra alto un palmo, un buio che non si vede neanche quello che c'è nel proprio piatto. Un posto bellissimo.

Mangiamo antipasto di mare, fagiano coi tartufi, sarago in gelatina, pallottole di spinaci, patatine fritte, gelato di fragole e panna, caffè. Dico: che bella mangiata che ci siamo fatti; questi sono soldi spesi bene!

Pippo dice: noi invece i soldi li risparmiamo, qui abboccano di sicuro, paghiamo coi cecchi. Dico: no, i soldi li abbiamo, perché rischiare stupidamente? Dice: i soldi li teniamo per noi, tira fuori i cecchi! Dice: io non sono d'accordo. Ma ci si mettono in due, lui e Zina e naturalmente vincono loro.

Quando arriva il cameriere col conto Pippo gli fa: senta, lei cambia i dollari? Dice: sì sì, come no. Allora Pippo, rassicurato, dice: aspetti, non abbiamo ancora finito di saziarci. E poi rivolto a Zina fa: cosa vuoi ancora tesoro?

Zina si era inzeppata, come me, tra un po' vomitava. Dice: io niente sono piena. Ma lui insiste. Dice: beviamo qualcosa no? E gli fa al cameriere: ce l'ha un liquore dolce? un digestivo? E quello subito ci porta una Sambuca. Pippo lo guarda, si imbroncia, dice: no, questa è troppo comune, ci porti qualcosa di straniero, qualcosa di forte, di prezioso.

Beviamo un liquore verde che brucia la bocca. Poi un altro liquore trasparente, ma io l'ho sputato perché era salato. Dice che no, che era buonissimo, ma io lo sentivo salato.

Alla fine abbiamo pagato il conto coi travelli e abbiamo pure intascato il resto. Ora, dico, andiamo via di corsa prima che ci scoprono.

Ma Pippo se la prendeva comoda. Dice: compriamo una bottiglia di quel liquore da portare a casa, compriamo una di quelle torte gelate! E tirava fuori nuovi travelli cecchi, pagava, brontolava, era mezzo ubriaco.

Io pensavo; ora ci acchiappano, ora ci acchiappano e ci portano dentro. E invece è andata bene. Ci hanno pure accompagnati alla macchina con l'ombrello.

C'era un acquazzone nero, non si vedeva da qui a lì. Il cameriere ci viene dietro fino all'auto. Gli lasciamo una bella mancia. Dice: grazie signori, arrivederci, tornate presto! Era tutto contento.

Non mi sono bagnata neanche la punta della scarpa. Ero vestita sportiva, con la borsa a tracolla, la camicetta celeste, un taier blu, sembravo proprio un'ostessa del cielo.

Ci siamo messi in macchina e giù a ridere. Facevamo il verso a quello con l'ombrello. Aveva la parlata fiacca, con la lisca. Io lo imitavo mettendo la lingua in mezzo ai denti; eravamo morti dal ridere. Zina diceva: oh Dio non mi fate più ridere perché rigetto tutto. Con un rutto le era venuto su un pezzo di tartufo nero che le si era incollato sul mento.

Quando siamo lontani dal ristorante Pippo fa: ora dove andiamo? Dico: portatemi alla pensione che ho voglia di dormire un po'. No, dice, prima passiamo a ritirare quel resto di quarantamila lire che hai lasciato agli elettrodomestici.

Dico: no, è meglio che lasciamo perdere. Dice: dobbiamo andare per forza. Dico: va bene, allora ci vai tu. Dice: no, ci devi andare tu che sei donna e dai meno sospetto.

A me non mi andava proprio di andarci. Pippo insisteva. Dice: non vai perché hai paura, sei una fifona! E un po' perché m'aveva fatto venire i nervi, un po' per non sentirlo più, dico: va bene, andiamo!

Arrivati all'angolo della strada, Pippo ferma la macchina. Io scendo. Mi incammino. Mi accorgo che ho lasciato la borsa nell'auto, torno indietro a riprenderla perché penso: non si sa mai, si fregassero i soldi miei!

Entro nel negozio. Di malincuore perché non mi andava, me lo diceva l'istinto di non andarci. Infatti mi stavano aspettando. Appena sono arrivata mi hanno arrestata.

Viene uno della Mobile, un maresciallo rosso di capelli. Dice: si accomodi con noi in questura!

Zina e Pippo stavano sulla macchina in fondo alla strada e hanno visto tutto. Hanno visto che m'hanno presa, che m'hanno portata via con la Pantera nera. Sono passata vicino a loro, ma non ho fatto un cenno, neanche con gli occhi. E così sono andata a finire dentro un'altra volta.

Passo due giorni chiusa in una cella al buio, poi mi chiamano per l'interrogatorio. Dice: dove li hai presi questi travelli cecchi?

Dico: sono stata con degli americani, me li hanno dati questi americani, mi sono prostituita con loro.

Dice: che fatalità eh? tutti gli americani con cui sei andata ti hanno denunciata, come mai? Dico: e che ne so? Dice: pure con le donne sei andata? Dico: quali donne? Dice: le donne americane pure con loro ci sei stata?

Dico: beh saranno le sorelle di quelli con cui andavo. Sì, dice, le sorelle! mettiti là contro il muro che ora facciamo entrare i derubati dei negozi per il riconoscimento.

Mi buttano in un corridoio. In fondo vedo una fila di gente seduta sulle panche. Erano tutti quelli dei negozi che mi dovevano riconoscere. Guardo e vedo che mi scrutano, allungano i colli per spiare, certe facce trucide! Dico: ah sì! ora ci penso io.

Chiamo il maresciallo. Dico: per favore mi manda al gabinetto, ho un bisogno urgente. Vado al gabinetto, prendo la rincorsa e mi do una testata contro lo spigolo della porta e mi rompo la faccia. Tutto il sangue che colava, m'ha otturato l'occhio, veniva giù a fiotti. Mi gonfio come un pallone.

Allora esco. Dice: ma che è successo? Dico: ho sbattuto. M'hanno dovuto portare all'ospedale. Prima però mi hanno fatto passare davanti a questi cretini che guardavano con gli occhi di fuori. Ma non hanno saputo dire se ero io o non ero io.

L'avrei scampata se dopo tre giorni non avessero preso quello scemo di Pippo che alla prima botta ha raccontato tutto. Era un fifone, un ex poliziotto.

Ha detto ogni cosa di me, di Zina, dei travelli cecchi e dei negozi dove eravamo stati. Questo cretino delinquente boia!

Poi quando è stato a Regina Coeli, si vede che gli amici gli hanno detto: ma come, quella che è donna s'è tenuta, ha negato e tu che sei uomo non hai resistito sotto la polizia! Dice: di fronte all'omertà, di fronte agli uomini sei schifato da tutti, sei passato da infame, ti chiamano boia, non ti accosta più nessuno. Dice: ora quando rivai dal giudice cerca di rimbastire tutto, ritratta quello che hai detto alla polizia e dici che non è vero. Nega, nega tutto.

E così ha ritrattato. Quando è arrivato dal giudice, ha detto che negava tutto. Però la prima deposizione ha una certa importanza. Ed è più creduta quella che l'altra fatta dal giudice. Io infatti per non inguaiarmi, non cambio mai; m'attengo sempre con la prima della polizia, non cambio mai. Mi butto sulla negativa e negativa rimango.

Vado dentro per questi travelli cecchi e appena arrivo trovo un serpente. Questo serpente aveva avuto dei rancori con mio fratello Orlando quando era a Soriano del Cimino. Poi Orlando era stato trasferito a Palliano e questo serpente che si chiama proprio così maresciallo Manlio Serpente, era stato trasferito a Rebibbia.

Il serpente aveva avuto delle liti con mio fratello perché Orlando era comunista e lui era fascista. Allora Orlando faceva dei discorsi da comunista: Noi prenderemo il potere e a voi sbirri vi cacceremo tutti in galera! e altre cose del genere.

Poi si metteva il fazzoletto rosso al collo, per fargli dispetto a questo serpente. Anzi mi scriveva: “cara sorella, mandatemi un fazzoletto rosso”. Infatti gliel’ho mandato e lui se l’è messo al collo. E poi mentre andavano in fila per la messa, cantava: “Bandiera rossa trionferà!”.

Il maresciallo l’aveva preso a tiro, gli faceva le angherie, lo mandava in cella di punizione. Un giorno Orlando per la rabbia, ha bruciato il paglione. Per poco non moriva soffocato. Quell’altro l’ha tirato fuori, l’ha riempito di botte e poi l’ha fatto mandare al carcere di Palliano.

Insomma vado a finire a Rebibbia con questo maresciallo Serpente. Appena mi vede dice: ah tu sei la sorella di Numa Orlando, adesso ti arrangio io! E mi stava sempre con gli occhi addosso. Appena sgarravo mi metteva al tavolaccio. Anche se avevo ragione, qualsiasi cosa dicevo, mi veniva sempre contrario, per via dell’odio verso mio fratello.

M’avevano messo nella stanza una certa Rita, una lesbica sputata. Era una antipatica, che davanti faceva la puritana e poi dietro cacciava le mani sotto tutte le gonne. Era prepotente, violenta.

Dico: io con questa Rita non ci voglio stare nella stessa cella! Il serpente, appena ha saputo questo, mi ha messo nella cella pure un’altra, un’amica di questa Rita, una certa Mungelbino.

Questa Mungelbino e Rita stavano tutto il giorno a pomiciare. Rita comandava, l’altra obbediva; le puliva le scarpe, le cucinava, le lavava la biancheria, le faceva i massaggi, era una serva insomma.

Rita la mandava a letto col maresciallo per guadagnarsi qualche concessione. La mandava a farsi toccare dalle vecchie per ricevere qualche soldo. Era una sanguisuga, una pappona.

Questa Mungelbino era chiamata la principessa, ma veramente era più una lavapiatti che altro. Non so perché la chiamavano così, forse per via del naso lungo.

Allora dico a questa principessa: ma tu sei scema! non lo vedi che quella si serve di te! ti manda dalle vecchie, ti manda dal maresciallo come un pacco ti manda; ma tu sei proprio scema!

Lì per lì non ha detto niente la Mungelbino, ma poi ha raccontato tutto a Rita e Rita s'è lamentata col maresciallo. Il serpente è andato dal direttore e dice: questa Numa è peggio del fratello, è una prepotente, una delinquente senza legge, è di razza così.

Il direttore mi manda a chiamare. Dice: è vero che sobilli le detenute, che le metti contro l'autorità? Dico: no, signor direttore non è vero. Dice: comunque ci sono state delle proteste; te lo dico per il tuo bene, devi smettere di fare la ribelle se no finisce male. Dico: sì signor direttore.

E con questo pensavo che era finita. M'aveva fatto la predica, era chiuso, pensavo. Invece no. Quando sto per uscire, mi fa: allora sono sei giorni di tavolaccio. Dico: mannaggia al serpente! Perché era tutta opera di quella bestia strisciante che sempre mi continuava a dire: precisa a tuo fratello, una copia identica, due pezzi di merda!

E una volta mi dice così, un'altra volta mi dice così, la terza volta mi dice lo stesso, allora io l'affronto e gli faccio: m'hai rotto i coglioni con questo fratello: è l'ora che la finisci di nominare mio fratello. Se sei un uomo, vai fuori, acchiappalo di faccia a faccia mio fratello, vai, levati questa divisa da maresciallo e prova a menarlo! mi stai sempre a insultare per questo fratello, dico, ma io che c'entro con mio fratello! se non mi lasci in pace ti rompo la testa e allora veramente potrai dire che assomiglio a mio fratello!

Quando ha sentito questo discorso, m'ha mandato subito al tavolaccio. Tre giorni dentro una stanza che è grande quanto un gabinetto di quelli del treno, una panchina per dormire, senza coperte, senza niente. Faceva freddo. Avevo pure male ai reni. Tutta la notte ho battuto i piedi contro il muro per scaldarmi, finché mi sono addormentata sfinita col gelo della mattina.

Esco dalla cella di punizione e mi dicono: preparati che parti. Dico: per dove? Non si sa. Lì non ti dicono mai niente. Tutto si fa nel mistero. Allora mi fanno montare sul cellulare, chiudono tutto e partiamo. Dopo due ore arriviamo. Aprono, mi fanno scendere. Eravamo approdati a un altro carcere. Dico: dove siamo? Dice: siamo a Montepulciano.

Non c'era nemmeno una formica in questo carcere, c'ero solo io. Era di notte. Mi giro intorno, pareva un castello andato in rovina, tutto rotto per terra, certi tubi arrugginiti che attraversavano le pareti, le mattonelle del pavimento tutte rotte, i muri con le gobbe, scrostati, sporchi, graffiati. Mi sono vista tetra così, dico: ma dove m'hanno mandata questi porci?

Mi buttano dentro una cameretta piccolissima con una finestrella che era un buco nel soffitto. Scendeva una lucetta fredda; pareva di stare dentro una tomba.

Comincio a bussare, a gridare: levatemi di qua! fatemi uscire! fatemi uscire! Io ero abituata in mezzo alla confusione, in mezzo alle amiche mie. Quella solitudine m'accorava.

Signora! dico, signora, mi sento male! ho mal di cuore! non respiro! Chiusa lì dentro con quella finestra che era un pertugio. Dico: oh Dio mamma! oh Dio dove m'hanno portato! Ma io non ho ammazzato nessuno, gridavo, non sono un'assassina che devo stare segregata! fatemi uscire, fatemi uscire!

La signora da dietro la porta mi faceva: beh, anderai via, anderai via, a suo tempo! prega iddio che qualcuno ti venga a fare compagnia!

Dico: io dovrei pregare Dio che mandi qualcuno in carcere per tenermi compagnia? ma io piuttosto prego Dio che morite tutti voi prima che viene qualcuno!

Ero rabbiosa, infiammata, ero fuori di me. Dico: ma chi è stato? chi l'ha voluto che stavo così inserrata? E vengo a sapere che è stato il serpente maledetto il quale aveva chiesto di mettermi sola chiusa in un buco, per dispetto. Infatti lo sapevo che era stato lui, lo sapevo e lo maledivo.

Passavo il giorno a strillare: direttore! direttore! voglio uscire, fatemi uscire! voglio il direttore, chiamatemi il direttore!

Il direttore era un sardegnolo, mortacci sua, se n'era andato in Sardegna in villeggiatura. Non c'era. Il maresciallo di là, un certo Andirivieni, mi dice: quando torna il direttore gli farai presente tutto quanto; stai buona che poi ti trasferiranno senza meno.

Ma quando? dicevo io. Appena i giudici tornano dalle ferie, stanno tutti a casa per il natale, dice lui. Infatti non c'era nessuno in questo carcere, era vuoto.

Dico: e io devo aspettare che rientrano i giudici dalla villeggiatura? ma siete diventati tutti scemi? io qui non ci resto. Dice: stanno in ferie, non possono venire. Dico: ma quando tornano? Dice: forse fra una settimana, forse dopo.

Cercavo intanto di escogitare qualcosa per uscire da lì. Per lo meno dico, mi mandano a un altro carcere, dove c'è gente, qualche persona con cui posso parlare.

Andirivieni pure lui non si faceva mai vedere. Dico: che fa? Dice: sta preparando i pacchi per la famiglia. Era un natalizio pure lui, stava a casa a preparare i regali.

Signora, dico, io non ce la faccio qui chiusa come un sorcio. Dice: fatti forza! Dico: ma quale forza! io qui muoio di rabbia; non sono mica una bestia che mi chiudete dentro una gabbia e buonanotte.

Per farmi stare buona la guardiana mi diceva: vedrai, vedrai che arrestano qualcuno, vedrai che qualcuno viene a tenerti compagnia; anche qui ci sono le delinquenti; appena viene una delinquente te la metto con te così ci parli, hai compagnia.

Ma io prego che schiatti tu e tutte le guardie, dicevo, perché mi state tormentando senza un perché! io non spero che qualcuno venga arrestato sotto natale per venire a farmi compagnia, non sono cinica come voi! io voglio uscire e basta!

Intanto passavano i giorni. Era quasi passato un mese da quando ero arrivata. Non ce la facevo più. Diventavo idrofoba. Allora mi sono decisa. Ho detto: ora gli metto paura, faccio finta che mi voglio ammazzare e loro sono costretti a mandarmi via.

Ogni giorno mi facevano scendere per un'ora in un cortile pieno di bacarozzi, con il lastricato tutto smozzicato e coperto di melma dove andavo su e giù, come un leone in gabbia.

Contavo i mattoni, una, due, tre, quattro, per tenermi compagnia. Li contavo a voce alta, per sentire una voce. La guardiana stava di sopra, mi controllava da una finestra. Dice: vieni qua, Teresa, raccontami qualcosa! Dico: io con te non ci parlo, non ho niente da raccontare.

Non mi andava di parlarci perché aveva una faccia ribalda, vile. Cercava di prendermi con le buone, mi dava l'esca, ma io non la stavo a sentire. Preferivo parlare da sola che con lei.

In questo cortile c'era una finestrella bassa, un buco mezzo sgangherato con un pezzo di vetro che sporgeva dalla cornice. Mi sono seduta lì vicino e in un momento che la guardiana non guardava, ho sfilato questo spicchio di vetro. Era fatto a punta come un coltello. Dico: ora ci penso io, ora mi devono portare via per forza! Prendo questo vetro e mi faccio due tre tagli nel braccio.

Mi sono tagliata poco, giusto per fare uscire il sangue. Sapevo che la signora stava sempre là, alla finestra, e mi osservava.

Allora ho fatto questo gesto e poi ho nascosto il vetro ostentatamente. La guardiana mi ha vista ed è subito scesa, è calata giù nel cortiletto come un corvo.

Dice: cosa nascondi? M'ha frugata, m'ha trovato il vetro. Era quello che volevo io. Ha preso questo vetro, l'ha sequestrato. Poi, pum pum, m'ha dato due schiaffi e m'ha lasciata lì sola col braccio tagliato.

Viene il comandante Andirivieni. Dice: Numa, perché ti volevi ammazzare? Non devi fare così, devi stare buona, noi ti vogliamo bene. Dico: voglio uscire da qui, portatemi in un ospedale!

Dice: domattina, parola mia d'onore, ti mandiamo via da qui. Dico: intanto mandatemi in infermeria, non lo vedete che sanguino? Invece no. Viene la guardiana, mi fascia stretta stretta e mi ributta dentro la cella.

Le manette, il treno, le guardie. Dico: dove andiamo? Non rispondono. Non si risponde mai a un detenuto, perché il detenuto non deve sapere. La sua sorte non la può conoscere prima, ma solo dopo, quando ci è dentro fino al collo. Il detenuto è un baule, un pacco, che lo mandano di qua e di là. Forse che si racconta al pacco dove va a finire?

Arriviamo, scendiamo. Vedo scritto su una placca di ferro: Pozzuoli. Dico: se questo è Pozzuoli allora qui c'è il manicomio criminale. Infatti era così.

Mi portano in questo manicomio tutto bombardato, macchiato, con le mura grosse, fitto fitto di donne. Dico: ma qui ci stanno le matte; io mica sono matta! qui ci stanno le assassine, quelle che hanno ammazzati i bambini con la lametta, bollito il marito dentro una pentola, strangolato i genitori con la calza. Dice: questi sono gli ordini e basta così.

Mi mettono subito con una certa Astor, una che aveva pitturato il figlio tutto d'oro e l'aveva messo dentro una scatola per spedirlo al papa.

Questa mi guardava brutto, non le piacevo, mi faceva le boccacce, mi pisciava sul letto. Dico: se non la smetti ti meno! che sei pazza o no poco importa.

Lei si è subito rannicchiata nel letto, aveva paura. Si vede che era abituata alle botte. Ma quando le voltavo la schiena, mi faceva le corna, me ne sono accorta subito. Dico: ma che mi sto ad arrabbiare, questa è pazza; è più disgraziata di me.

E infatti poi l'ho lasciata perdere, anche se mi faceva le corna, anche se mi faceva le boccacce. Solo quando voleva pisciare sul mio letto dicevo: stai attenta alle botte Astor e lei scappava. Quel linguaggio lì delle botte lo capiva benissimo.

La prima notte non sono riuscita a dormire. Guardavo questa Astor che rideva nel sonno buttando le gambe all'aria e mi sentivo persa. Dico: qui, a frequentare queste pazze, divento pazza anch'io.

Chiudevo gli occhi, mi addormentavo, poi di colpo mi svegliavo col soprassalto, il cuore mi batteva pum pum, e di nuovo vedevo quella matta che se ne stava con la testa al posto dei piedi e russava come un maiale. Dico: ma dove sono capitata madonna mia!

La mattina avevo una fame terribile! Ci fanno vestire. Lavare niente perché non c'era acqua. Da sei giorni stavano senza acqua. Infatti c'era una puzza di merda che si soffocava.

Queste pazze facevano la merda dappertutto e poi restavano tutto il giorno sporche così, con la merda e la piscia incrostate addosso e se protestavano, gli mettevano una pillola in bocca e così rimanevano rinscemite fino a sera.

Ci portano in una stanza grande con dei tavoli lunghi e stretti. Ci fanno sedere, ci danno del caffè di cicoria. Alcune dovevano essere imboccate. Vedo che le legano alle sedie, se agitano le braccia, gli buttano addosso una secchiata d'acqua fredda.

Accanto a me c'era una bella ragazza, avrà avuto diciannove anni. Aveva la merda pure nei capelli. Io in mezzo a quell'odore non riuscivo a mandare giù neanche un sorso di caffè. Mi tiro più in là sulla panca sperando di non offenderla. Ma lei non se ne accorge neanche.

Mi avvicino a una bassetta, gobba, tutta legata con le braccia strette dietro la schiena. Dice: mi aiuti a mangiare il pane? L'aiuto. Per poco non mi porta via un dito. Dico: stai attenta! Dice: io sono la moglie del colonnello, domani vado dal colonnello e gli dico tutto. Dico: quale colonnello? Dice: dammi da mangiare troia!

Nel cortile, al freddo, vedo che le mettono tutte sbattute là come stracci, chi legata a una sedia col buco sotto, chi per terra, chi appoggiata contro il muro. Dico: e io ora con chi parlo? qua sono tutte matte e magari parlo con una e questa mi sputa addosso.

Astor stava accucciata in fondo al cortile e mi guardava storto. Mi teneva d'occhio. Dico: meglio che non parlo con nessuno fino a che non le conosco meglio.

Mi metto seduta anch'io e caccio fuori i pensieri su Ercoletto. Avevo saputo da Zina che era uscito e poi rientrato un mese dopo per truffa. Ma in quel mese m'aveva abbandonato. Anche questo me l'ha fatto sapere Zina.

La sorella Alba gli aveva messo dentro il letto un'altra, una certa Bruna. Questa Bruna era una bella ragazza di venticinque anni e Ercoletto se la voleva sposare.

Dopo, anni dopo, lui m'ha detto che se la voleva sposare per dimenticare me perché gli avevano riferito che io gli facevo le corna con un certo Rocco. Ma era tutta una scusa. La verità è che avendo io preso due anni, lui si scocciava a stare solo tutto quel tempo senza una donna. E se n'era fatta un'altra, tutto qui.

Io invece quando era dentro lui non l'avevo tradito mai. Ero andata a trovarlo in Sardegna, mi ero fatta pure un chilometro a piedi senza scarpe con lo zaino a tracolla, una valigia in mano, tutta sudata, fradicia, sotto il sole di agosto. Dico: e questo sarebbe il ringraziamento!

Insomma questo pensiero di Ercoletto ce l'avevo in testa e non mi andava via. Così stavo lì a meditare e non m'ero neanche accorta che per il freddo mi si era messo a colare il naso. Mi sono ritrovata col moccico sul collo. Dico: oh Dio, m'è bastata una mezza giornata e sto diventando zozza pure io come loro, matta e zozza.

A mezzogiorno ci portano di nuovo dentro questa stanzona tutta umida con gli spifferi d'aria che tagliano le gambe. Dice: sedetevi e mangiate! Ci danno una gavetta d'alluminio con dentro una pasta fredda, amara.

Guardo e vedo un recipiente grande come una vasca da bagno dove tenevano la pasta per tutte quelle malate. La portavano in due questa vasca. Le detenute ci mettevano dentro le mani sporche di merda, di piscio.

Dico: io non mangio! Ma proprio mentre lo dico vedo di fronte a me una che viene acchiappata, costretta con la forza e imboccata. Anche lei si era rifiutata di mangiare. Allora mi son detta: qui è meglio che sto zitta se no mi costringono a mangiare questa zozzeria.

Ho fatto finta di mangiare, poi appena le guardiane hanno voltato gli occhi, ho buttato la pasta nella mondezza. Ho finto di andare a prendere un bicchiere d'acqua, ho svuotato la gavetta nella pattumiera, ci ho messo sopra un pezzo di carta straccia, e me ne sono tornata al mio posto.

Verso le cinque m'è venuta una grande languidezza di stomaco. Dico: e ora che faccio? La fame mi portava via. Fermo una guardiana, dico: ho fame, si potrebbe avere un pezzo di pane? Dice: ce l'hai da pagare? Dico: no. Dice: allora che vuoi?

Mi sono dovuta tenere la fame, i crampi e tutto. Andavo cercando per ogni dove qualcosa da mettere in bocca. Ho trovato delle briciole, me le sono inghiottite, ho trovato delle piantine di trifoglio nel cortile, me le sono mangiate.

La sera mi hanno dato una brodaglia scura con dentro dei pezzi di patate sfatte. L'ho mandato giù a grosse cucchiaiate, nonostante il puzzo di merda e il sapore amaro. Non me ne importava più niente.

La mattina dopo poi mi consegnano la roba di vestiario: due paia di mutande del governo tutte macchiate con la spaccatura in mezzo; una maglia di lana con due gore di sudore che arrivavano fino al petto, uno zinale di lana color piombo, un paio di calze bianche tutte indurite e un paio di scarpe di pezza sformate e ricucite mille volte.

Dico: io questa roba non la metto, mi fa schifo! Dice: tu la metti se no te la mettiamo noi per forza. E me la sono dovuta mettere. Quella biancheria incozzonita, macchiata di sangue, di orina. La rivoltavo di qua e di là e non mi decidevo a mettermela.

Dico: ma io un paio di mutande mie ce l'ho, mi metto quelle. Dice: no, qua usi la roba del governo. Allora datemene un paio nuove! dico. Ma le mutande nuove le monache le mettono via, le tengono riposte, lo sanno solo loro dove. Alle ammalate danno questa roba usata, indurita, stracciata. Dice: tanto non capiscono niente.

Però io capivo. Lì per lì me le sono messe quelle mutande, ma poi me le sono tolte. Preferivo stare nuda che portare quella roba cacata dalle altre. Poi ho ritrovato le mie mutande e ho messo quelle.

Ma erano di nailon queste mutande e dopo due mesi, a furia di portarle sono diventate uno straccetto. Il reggipetto non lo portavo, ma di quello si può fare a meno. La maglia a pelle da contadino me la sono tenuta per il gran freddo che faceva.

La sera mi ritrovavo accanto quella pazza, Astor. Andavo a guardare se aveva pisciato nel mio letto. Non lo faceva più. In compenso spesso scoprivo che ci aveva sputato. C'era uno sputo in mezzo al lenzuolo, grande e giallo.

Dicevo: ora ti prendo a botte brutta megéra! Lei si spaventava, cominciava a strillare. Arrivava la suora. Dico: io con questa non ci posso stare. Dice: e perché? Dico: perché sì, perché è pazza.

Dice: anche tu sei pazza. Dico: io non sono pazza e lei lo sa meglio di me. Dice: se mi manchi di rispetto ti lego al letto! E così dovevo abbozzare. Rivoltavo il lenzuolo e mi mettevo a dormire con la testa sotto le coperte per non sentire e non vedere.

Una mattina mi alzo, vado dalla suora. Dico: è tornata l'acqua, suora? Dice: sì è tornata, però ora mettiti in fila e non parlare. C'era una fila lunga una decina di metri. Mi metto lì in coda con le altre.

Aspetto aspetto, quando la fila è arrivata a metà, è finita l'acqua calda. Sentivo che gridavano queste pazze, strillavano. Dico: ma che succede? Dice: è finita l'acqua calda e le buttano sotto la doccia gelata, perciò strillano. Per forza, dico, e io dove mi lavo? Dice: se non vuoi che ti caccinano sotto pure a te, nasconditi, lévati dalla fila. E così ho fatto.

Ma mentre sto per filarmela, mi sento acchiappare da un braccio. Dice: vieni ad aiutare! Era una ragazza robusta, coi capelli neri neri, gli occhi duri. Dice: afferrala per di qua!

C'era una vecchia grassa che urlava, non voleva farsi lavare. Aveva tutte croste di merda sul culo e sulle cosce. Mi faceva ribrezzo. Mi tiravo indietro.

Allora questa neretta, che era una detenuta pure lei, mi dà una botta con la mano aperta sulla bocca e per poco mi butta per terra. Dico: ma sei scema! Dice: afferrala questa vecchia e tienila bene se no cade.

Così ho fatto. Ho acchiappato la malata per il collo e un po' con le ginocchia un po' con le braccia l'ho tenuta ferma sotto l'acqua fredda mentre la neretta la lavava.

Dopo, con questa neretta siamo diventate amiche. Si chiamava Sarabella, era siciliana. Non era pazza ma aveva fatto finta di esserlo per prendere meno anni. Era giovane. Stava dentro per taccheggio, aveva tante recidive. Da ultimo le avevano riconosciuto la seminfermità e perciò stava a Pozzuoli.

Lì dentro faceva la padrona. Siccome le suore lo sapevano che era savia, le affidavano tutti i compiti più brutti, come pulire le malate, lavarle, legarle. E lei in cambio di questi lavori si prendeva doppia porzione di mangiare. Aveva ingresso libero in cucina. Arraffava pane, patate, fagioli.

Era povera come me, abbandonata come me. Nessuno la veniva mai a trovare, nessuno le mandava pacchi. Però lì dentro era un campione e comandava su tutte.

A me m'ha capito subito che ero sana pure io come lei e da quel giorno mi ha chiamata sempre per aiutarla. Poi mi dava qualcosa da mangiare in più.

Stavamo insieme dalla mattina alla sera. Ho scoperto che era avara. Quando lavorava e guadagnava qualcosa, i soldi non li spendeva, li metteva da parte lira su lira per quando sarebbe uscita.

Io non sarei capace, io quando ho i soldi li spendo fino all'ultimo centesimo, io ho il difetto dello spendere. Lei no, era diversa. Non veniva tentata dall'olio buono, dal burro, dal vino, tutte cose che si compravano là dentro e neanche dalle sigarette. I soldi li ammucchiava, li teneva nascosti sotto la gonna. Era una conservatrice.

Una di queste che gettavamo sotto la doccia fredda, un giorno si è presa una polmonite doppia. Dico: ora la colpa di chi è? Ero spaventata. Dice: non ti preoccupare, se muore le suore sono tutte contente; sarà una di meno da accudire, tanto queste chi le vuole? nessuno.

E infatti questa vecchia è morta e l'hanno seppellita senza funerale e non è venuto nessuno a vederla, neanche le nipoti che dicono ne aveva più di diciotto, fra maschi femmine.

Anche le altre detenute non ci hanno fatto caso a questa morte.

Stavano buttate là dentro al ricreatorio, con la solita puzza di merda perché molte se la fanno addosso e per quanto lavi, per quanto strofini, c'è sempre un po' di merda che rimane appiccicato al grembiule, alla sedia, alle gambe, alle scarpe. E il puzzo se lo portano dietro tutto il giorno.

Stavano buttate dentro quello stanzone, alcune legate, altre intontolite dai calmanti, un calderone di carne. Non si sanno difendere, non sanno rispondere, non sanno parlare. Qualcuna è allegra come una bambina, ma se fa troppo chiasso le danno subito una dose di Largatil e così sta buona e ferma e non rompe le scatole.

Ce n'erano altre che ragionavano, come Sarabella. Erano state mandate lì per punizione, come me. Venivano dai carceri di tutta Italia.

Quando una fa la protestataria, quando si ribella, quando reagisce alle suore, la prendono e la mandano a Pozzuoli fra le matte.

Le suore di Pozzuoli erano acide, perverse. Le guardiane erano più blande, ma dovevano fare quello che dicevano le suore perché comandavano loro. Con le guardiane ci ragionavamo, ci intendevamo. Con le suore no. Con le suore devi fare la politica, devi pulirgli le scarpe e leccargli pure i piedi se vuoi ottenere qualcosa.

I primi tempi stavo proprio male. Ero in mezzo a tutte matte, giovani e vecchie legate ai letti, una carneficina. Io dico: guarda dove sono andata a finire! madonna, dammi la forza di resistere! Cercavo di essere forte, ma il cuore mi si era ridotto un bottone.

Dico: qui puoi morire, nessuno ti guarda. Molte infatti morivano. Gli buttavano addosso secchiate d'acqua fredda. Poi le lasciavano bagnate, le cambiavano quando gli faceva comodo, le lasciavano giacere nei loro escrementi, con le piaghe sul sedere.

Dico: e come faccio in mezzo a queste matte? qui le suore non mi stanno a sentire, sono velenose, hanno il cuore impietrito dall'abitudine, sono ciniche, a chi mi rivolgo? che faccio?

Un giorno a pranzo mi arriva davanti una minestra di cavoli piena di terra. Metto in bocca un pezzo di cavolo, sento scricchiolare delle pietruzze sotto i denti. Sputo tutto. La suora Cuore Sanguinante di Gesù mi vede, mi acchiappa il piatto con tutta la minestra e me la sbatte in faccia.

Il primo istinto mio è stato di ammazzarla di botte. Ma mi sono fermata in tempo perché ho pensato: se mi rivolto, questa mi fa legare! E farsi legare vuol dire rovinarsi. Poi sono capaci di tenerti lì inchiodata per quindici giorni. E ho abbozzato.

Un'altra volta, in cortile, stavo guardando certi operai che aggiustavano le tegole sul tetto. Mentre guardo, pum, m'arriva una botta sulla testa. La suora Cuore Sanguinante m'afferra per un braccio e mi sbatte contro al muro. Dice: che stai facendo? Dico: guardo quelli che lavorano. Dice: no, tu stavi parlando con quegli uomini. Dico: no, stavo guardando. Pum! m'arriva un'altra botta che mi ha spaccato il labbro.

Era svelta di mano questa suora Cuore Sanguinante, robusta. Quando ti dava una botta ti lasciava il segno di tutte e cinque le dita. Era zotica, feroce. Non sopportava sgarri. Appena sgarravi, alzava le mani.

La voglia mia era di strangolarla, ma mi trattenevo sempre. Mi dicevo: stai buona Teresa, perché qui ti rimescolano come vuoi e poi una volta legata non esci più. Non volevo finire come quelle pazze attaccate con le cinghie ai letti, che si dimenano nella loro merda per notti e giorni.

Correva la voce là dentro che il direttore era una persona buona, comprensibile. Allora un giorno vado dalla suora Cuore Sanguinante e le dico: suora, vorrei parlare col direttore. Dice: riempi questo foglio di richiesta e poi vedremo.

Per riempire il foglio ci voleva una penna e lì nessuno aveva una penna e Cuore Sanguinante non me la voleva dare. Così non potevo scrivere la richiesta. Stavo per rinunciare quando Sarabella mi ha procurato un pezzetto di matita.

Ho consegnato la richiesta alla suora. Ho aspettato due giorni, tre giorni, poi finalmente mi hanno fatto chiamare dal direttore. Ero così emozionata che mi tremavano le gambe.

Busso e sento la voce del direttore che dice: avanti! Entro. Rimango lì sulla porta, incerta. Lui stava seduto alla scrivania, non alzava la testa, non fiatava, niente.

Aspetto pazientemente mentre lui continua a leggere le sue carte, la testa incollata alla scrivania. Alla fine, pensando che forse si era scordato di me, dico: signor direttore, posso parlare? Dice: avanti, avanti! Mi guarda un momento con una faccia ruvida e poi si rimette a leggere.

Allora comincio: signor direttore, senta, ma le pare giusto che io che sono savia devo stare in mezzo a tutte queste pazze che non sanno neanche parlare? io sono qui per punizione e mi sta bene perché ci sono voluta venire di prepotenza; stavo in un posto sola, stavo male, ho cercato di andarmene, ho preso un vetro e mi sono tagliata, l'ho fatto apposta acciocché mi mandavano via perché da sola mi ero esasperata, e sono stata punita e va bene. Ma io credevo che mi trasferivano in un altro carcere, non a un manicomio. Io non sono pazza signor direttore. Non parlo male di questo carcere, signor direttore, che è a posto, proprio un carcere a posto, ma io che c'entro? Poi, dico, a Montepulciano, stavo male ma mangiavo. Qui non si mangia. Sto in compagnia con le matte, con le sceme, con le savie, ma mangiare non si mangia.

Senza alzare la testa, questo direttore sempre scrivendo dice: vai vai figliola. Dico: mi ha sentito quello che ho detto? Dice: vai! E sono dovuta uscire. Non ho insistito perché avevo paura che mi scambiava per matta. Dico: va bene signor direttore, buongiorno. E me ne vado.

Era l'ora di pranzo. Me ne vado a prendere il mio posto a tavola. Metto in bocca quella minestra amara come il fiele. Ne mando giù un cucchiaio e mi viene da rigettare.

Dico: ma perché è così amara questa minestra? Dice: è amara perché dentro ci mettono il bromuro, perciò è amara. Dico: ma io non lo voglio il bromuro! Dice: non parlare forte perché Cuore ti sta guardando e se ti prende di petto è peggio per te. E così ho fatto finta di mandare giù la minestra e l'ho buttata tutta sul pavimento.

Una volta alla settimana davano un pezzo di carne, ma dura, più dura di quella di Rebibbia. Anzi rimpiangevo Rebibbia come fosse una casa. La carne di Pozzuoli la masticavo la masticavo e non ce la facevo a romperla. Dovevo mandarla giù intera.

Pensavo che il mio discorso al direttore era stato un fallimento, dicevo: ammazzalo che direttore buono che abbiamo, non ti sta neanche a sentire! se gli parli è come se ronzasse una mosca per lui.

Invece mi sbagliavo, perché quel discorso ha avuto un effetto: dopo due giorni è venuto l'ordine che noi savie dovevamo dormire tutte insieme in una stanza lontano dalle matte.

Eravamo dodici e ci hanno trasferite tutte e dodici in una camera al piano di sopra. Stavamo strette ma per lo meno era pulito, non puzzava di merda, e poi fra noi si poteva parlare, la notte non si sentivano gridi e lamenti.

Appena mi sono sistemata nel nuovo letto, mi sono tornati i dolori ai reni. La notte mi svegliavo con questi dolori e non potevo dormire. Il freddo mi aveva acchiappata ai reni, il freddo del cortile, il freddo delle stanze, il freddo della doccia fredda. Perché io mi lavo sempre, sporca non ci so stare, anche se l'acqua è fredda, mi devo lavare e così rimango tutta intirizzita.

Il dottore mi ha dato delle iniezioni di vitamina B. Ho chiesto di fare dei forni, ma non me li hanno concessi. Ho fatto una ventina di iniezioni e mi sono sentita un po' meglio.

La notte per vincere il freddo mi arrotolavo la maglia attorno alla testa, l'asciugamano attorno ai fianchi, mi infilavo tutte e due le calze di lana che possedevo, mi appoggiavo il cuscino contro i reni e così dormivo che sembravo un fagotto e non una persona.

Di giorno aiutavo Sarabella in cambio di una minestra calda e senza terra. Da ultimo a noi si era aggiunta un'altra, una certa Palmira, una che stava dentro da tanto, ma era savia. Era grassa, con un pancione da salumiere e la faccia allegra. Dico: ma guarda come siamo finite qua in mezzo a queste pazze noi savie, è una pazzia! Dice: ci vorrebbe una fotografia così di noi tre in mezzo a queste derelitte; per il futuro ci vorrebbe questa fotografia, per ridere di noi.

Io e questa Palmira e Sarabella ci consolavamo a parlare. Ci raccontavamo le cose nostre. Palmira era una di campagna, veniva dalla Toscana. Aveva rubato un camion di meloni e per questo aveva preso tre anni. Però lei era una turbolenta, si era messa a fare il diavolo, rispondeva alle suore, picchiava le compagne, cercava di scappare. La terza volta che ha tentato di scappare l'hanno presa e rinchiusa in cella di punizione.

Ma Palmira è peggio di me, chiusa non ci poteva stare, allora ha spaccato tutto, con una forza da gigante ha rotto il letto, ha sfasciato la finestra, ha fatto cadere giù pure un pezzo di muro. A questo punto l'hanno presa e l'hanno mandata di corsa a Pozzuoli. E lì è rimasta.

Parlavamo parlavamo. Alla fine Sarabella diceva: andiamo dal direttore, che è una persona a posto, cerchiamo di uscire di qua, se no siamo fritte. Dico: parli facile tu che fra poco devi andare a Roma per l'appello, ma se poi il direttore si irrita?

Dice: è vero, io me ne vado, ma cercate di andarvene pure voi, andate a parlare col direttore, è una persona a posto. Così Sarabella mi dava i consigli di come dovevo agire perché lei era più pratica di me.

Allora sono andata di nuovo dal direttore tutta remissiva, sempre quieta, dolce, per la paura di essere scambiata per pazza. Dico: signor direttore, io qui non ho nessuno, mio fratello sta di nuovo dentro, mio marito insomma il mio convivente, è in prigione pure lui; mi faccia lavorare perché col mangiare di qui pieno di bromuro mi avveleno, io del bromuro veramente non ho bisogno; mi faccia lavorare perché qui non campo e lo stomaco mio ha fame.

Il direttore, sempre assorto, sempre curvo sulle carte, non mi guarda, non mi sorride. Era un enigma quel direttore. Pensavo: avrà sentito? non avrà sentito? E me ne stavo lì ad aspettare. Dopo che ha sfogliato altre carte, un mucchio di carte, mi fa un gesto con la mano. Poi dice: vai, vai.

Anche questa volta pensavo di avere fatto un buco nell'acqua. Invece dopo tre giorni mi mandano a lavorare alla fontana. Mi consegnano un ferro pieno di carbonella e mi mandano a stirare della biancheria. C'è la fontana, c'è lo stiro. Lo stiro però si fa solo con la roba delle guardie. La roba delle ammalate la buttano dentro quelle macchine a vapore che macinano tutto, rimescolano tutto e le tirano fuori puzzolenti e dure.

Mi davano cinquemila lire al mese. Allora io cercavo di stirare meglio che potevo. Ma dice che non ero brava; la suora Fiordaliso non era contenta, dice che facevo le pieghe storte. Insomma dopo qualche giorno mi sposta al cucito.

Al cucito si lavorava solo con la roba delle ammalate. Cucivo piano, per non fare pasticci. Però quando mi venivano in mano certe mutande e certe camicie di quelle del governo col sangue stampato sopra, mi veniva da sputare.

Mi aveva preso la sputarella. E sputavo di nascosto dalla suora. Ogni tanto voltavo la testa e sputavo, in mezzo a quella polvere, a quei panni e a quella puzza.

Un giorno Fiordaliso se n'è accorta che sputavo. Mi fa: senti, se ti fa senso, se ti fanno schifo questi panni, non ci venire più. Ho detto: no, non è per lo schifo che sputo, ma perché mi fa male il ventre, ogni tanto mi viene da sputare.

Ma lì c'era una ruffiana, una leccapiedi che stava a sentire e riferiva tutto ai superiori. E quella sera è andata da Fiordaliso e le ha detto che non era vero che sputavo per il mal di pancia, ma che era proprio per lo schifo e che l'avevo pure detto e che mi lamentavo sempre per quella robaccia che ci facevano rinacciare.

Per un giorno la suora non mi ha detto niente. Il giorno dopo improvvisamente mi fa: hai sputato abbastanza! vattene e ti sarà tolto il lavoro! E così è stato. Sono tornata come prima, nullafecente e affamata.

Ora un giorno che, avevo particolarmente fame, dico fra me e me: se per lo meno avessi una sigaretta! il fumo stordisce la fame, attutisce i crampi.

In quel momento vedo una mano tutta fasciata che mi porge una mezza sigaretta. Mi volto, era una ragazza che stava dentro da dieci anni, una certa Marina detta Cristo, perché aveva le stimmate. Tutti lo sapevano che lei di nascosto si teneva aperte le piaghe sulle palme con le unghie e con un pezzo di chiodo. Ma non ci facevano caso. La chiamavano Cristo come voleva lei.

Questa Cristo era una ragazza di ventinove anni, bassetta, carina, coi capelli neri e gli occhi verdi. Stava dentro perché aveva ammazzato il padre e la madre. Le tenevano le mani fasciate per via di quelle piaghe, ma più la fasciavano e più lei faceva sanguinare queste sue piaghe. Ci teneva, era molto orgogliosa di queste stimmate.

Dico: grazie! e prendo la sigaretta. Con l'altra mano pure fasciata questa ragazza mi avvicina un fiammifero acceso. Accendo, aspiro. Dico: ah che bellezza! Prendo una boccata, poi un'altra. Tenevo quella sigaretta come un brillante fra le dita. Me la godevo.

E mentre che succhiavo così felice, vedo con la coda dell'occhio la mano fasciata di Cristo che si posa sulla mia gamba. Dico: Cristo, che fai?

Cristo non risponde. Però vedo la sua mano che sale verso le cosce, con una lentezza vorace, mi scombussola tutte le gonne. Sale, sale, si arrampica come un topo avvolto nella garza.

Quando la mano è arrivata proprio lì, all'orlo delle mutande, mi sono alzata di colpo e ho buttato quel resto di sigaretta per terra. Dico: che ti credi che mi compravi con una mezza sigaretta! Ho detto così e me ne sono andata.

Cristo, per la rabbia, si è sciolta le bende e ha cominciato a grattarsi furiosamente le ferite coi denti e con le unghie finché non ha cominciato a colare il sangue. Allora è arrivata Cuore l'ha picchiata e l'ha fasciata di nuovo fino ai gomiti.

L'ho raccontato a Sarabella che si è messa a ridere. Dice: ma lo sai che qui dentro si vendono le fiche pure per una boccata di fumo? Dico: sarà, ma a me non mi va; io non mi vendo neanche per un milione!

Dice: sì, perché hai il sesso freddo. Dico: come freddo? Dice: tu puoi stare quattro mesi, sei mesi, un anno senza fare l'amore; a te ti basta il pensiero di Ercoletto. Altre invece hanno il sesso caldo e non c'è pensiero di maschio che tiene, hanno bisogno di fare e fanno come possono, con le amiche.

Poi ho scoperto che pure lei era di sesso caldo. Perciò parlava così. Anziché coi soldi lei pagava con il favore. Era potente e favoriva. Prendeva d'occhio una carina, la largheggiava nel cibo, nelle docce, e questa si faceva tutta dolce, riconoscente.

Poi un giorno la chiudeva nello sgabuzzino della dispensa e se la mangiava viva. Me l'ha detto una certa Carmela che è stata in questo sgabuzzino con lei per qualche patata bollita. Dice che l'ha presa, l'ha stretta così forte che si sentiva stritolare. L'ha morsa, l'ha strizzata, e l'ha lasciata coperta di lividi.

Di tutte le detenute ce n'erano una decina come me, col sesso freddo. Le altre erano tutte chi sposate, chi amanti, chi avventurate, non facevano che pensare a questo. Anche le più malate avevano la loro innamorata e certe volte si azzannavano a morte per questioni d'amore.

Le suore facevano finta di non capire. Finché non davano fastidio non gli interessava quello che combinavano le malate fra di loro. Solo quando scoppiava la lite forte, allora dividevano, punivano. Ma spesso, quando sentivano piangere o bisticciare, ridevano e basta.

Molte si vendevano per il cibo. Una mela, un pezzo di formaggio, del caffè, una sigaretta. Chi riceveva pacchi, chi aveva più amici o parenti amorevoli, era coccolata e ricercata. Tutte se le contendevano. Queste fortunate potevano comprare chi volevano, pure le suore, e le guardiane. Poi c'era chi lavorava e spendeva tutto per l'amante.

Le suore pure avevano le loro protette. Era difficile che ci andavano a letto. Erano puritane queste suore. Ma avevano gli amori loro e quando una diventava la protetta poteva fare quello che voleva. Bastava che si mostrava ipocrita, remissiva e correva sempre in chiesa.

La suora passava la sera a salutarla prima di ritirarsi a dormire, le portava un bicchiere di camomilla bollente, le regalava una pastiglia valda in più. La teneva in considerazione.

Io ero sempre tenuta male perché rispondevo, non pregavo, facevo a botte e protestavo a voce alta. Per le suore ero il fumo negli occhi. Eppure lì ero molto più paziente del solito, per via della paura. Ma la natura mia veniva fuori lo stesso.

Per fortuna c'era Sarabella che mi difendeva. E Sarabella era furba, le suore se le rigirava come voleva. E loro la lasciavano fare perché era brava con le malate, ci sapeva fare. Anche con le guardie la spuntava, era una specie di guardia pure lei. Lavorava, metteva da parte i soldi, era un leone.

Un giorno m'arriva una cartolina di Ercoletto. Quando l'ho vista mi si è acceso il sangue. Dico: oh Dio, Ercoletto s'è ricordato di me! Però a guardarla meglio la cartolina risultava una truffa.

Sulla parte lucida c'era una coppia sdraiata, due che si baciavano, lui giovane e bello con un cuore in mano, lei giovane e bella con una freccia che infilzava questo cuore. Sulla parte ruvida c'era scritto: "pensa al tuo Rocco, saluti, Ercoletto".

E dai con questo Rocco! dico. Eppure Ercoletto lo sapeva che questo Rocco era un frodo. Dico: ora gli scrivo una lettera coi fiocchi! Per fortuna avevo conservato quel pezzo di matita che mi aveva dato Sarabella. Con quello ho scritto una lettera a Ercoletto.

"Caro Ercoletto, a parte il fatto che se mi volevo fare un uomo me lo sarei fatto intero e non mezzo perché Rocco è un mezzo uomo, ma tu non lo sai come la penso io su queste faccende? io la penso in questa maniera che se pure mi girasse la testa non ti farei un torto a te che sei il mio uomo. Se poi te lo facessi, te lo farei con un uomo vero, uno del tipo di Tonino anche se poi Tonino alla fine non si è comportato da uomo. Comunque questa tua è una scusa per lasciarmi e metterti con quella che ti ha trovato tua sorella, la ruffiana. Sappi che qui io sto proprio male in mezzo a queste pazze senza cuore e non ho neanche i soldi per comprarmi una sigaretta e porto le mutande legate con lo spago che sono ridotte a brandelli. Cerca di venire a trovarmi se puoi o mandami qualcosa in ricordo di tutti quei pacchi che t'ho mandato io quando tu eri dentro. Ciao, tua Teresa."

Poi ho saputo che per questa ragazza Ercoletto ha fatto truffe per dodici milioni. Lui e un amico suo, che poi si sono divisi i milioni, sei e sei. Lui i suoi sei milioni se li è mangiati con Bruna, fino all'ultimo centesimo. E io andavo elemosinando per una sigaretta!

Mi rivolgevo a quelle già sposate, sicure, gli dicevo: mi dai una boccata? Dice: va bene, tieni, però quest'altra volta non ci venire più. Dico: grazie, dammene un'altra boccata.

Dice: no, basta, gira al largo da me. Certe umiliazioni che provavo! Io mi facevo coraggio, ridevo, però quelle umiliazioni erano peggio di una coltellata.

Ogni tanto mi scriveva Orlando dalla prigione. Ci scrivevamo fra noi sventurati. Io non potevo mandare niente a lui e lui niente a me. Anche lui stava male perché la moglie sua l'aveva lasciato per un altro uomo, uno spazzino e ci aveva fatto pure un figlio con questo spazzino e l'aveva chiamato Elio.

Un giorno mi decido e scrivo alla Spagnola. Dico: tanto non mi risponderà; ma provare non fa male. E così scrivo: "Cara Marisa, mi sono ridotta pelle e ossa; non ho più neanche la saponetta per lavarmi, non ho i soldi per una sigaretta, non ti dico questo per fare il caso pietoso, non voglio fare la tragica, ma purtroppo è la verità. Mi sono ridotta in mezzo alle matte e senza avere fatto nessuna pazzia mi ritrovo in mezzo alle criminali senza cervello. La fame mi divora e non ho più né onore né salute. Sono arrivata al punto che chiedo l'elemosina. Fai un'opera di amicizia e mandami qualcosa, magari solo un paio di mutande. Firmato Teresa Numa."

Ho mandato questa lettera, ma senza speranza. Per comprare il francobollo ho dovuto cucire tre paia di scarpe. Dicevo: non risponderà mai. Però non potevo fare a meno di aspettare e più i giorni passavano e più mi rattristavo.

Una mattina mi mandano a chiamare. Dico: che vogliono questi carnefici? Credevo che mi mandavano a chiamare per una reprimenda. E vado giù agli uffici col passo lento strascicato, senza voglia e pigramente.

Invece era lei, la Spagnola, con una valigia piena di roba. Per l'emozione sono rimasta irrigidita, senza una parola in bocca. Allora lei m'ha vista così, con quel zinale color grigio, la faccia pallida, gialla, che parevo un morto uscito dalla tomba. Dice: ma com'è che stai qui in mezzo alle matte? e com'è che ti sei ridotta così? Dico: come mi sono ridotta? Dice: fai paura tanto sei ridotta male!

Dico: è la fame, non ho una lira; certe volte lo sai che mi riduco a raccogliere le bucce dei mandarini che buttano le suore e me le mangio, me le divoro; vado frugando nelle immondizie come un cane.

Dice: ma non c'è nessuno che ti aiuta? Dico: sì, c'è una, Sarabella, la quale mi ha preso in simpatia, siamo amiche. Però va a momenti, quando è invaghita di una nuova, si dimentica di me e mi lascia senza mangiare.

Ho aperto questa valigia. C'erano sei pacchetti di Sport. C'era una sottoveste, delle mutande di flanella, due paia di calze di lana. Tutta roba comprata sui carrettini a piazza Vittorio, ma in quel momento mi parevano lussuose. Poi c'era della carne, del formaggio, del caffè, dei biscotti.

Per un po' di giorni mi sono sentita sollevata. Ho mangiato, mi sono cambiata. Ho fatto mangiare pure Sarabella. Ho fumato a sazietà. Ero una regina. Mi sono tolta pure la soddisfazione di restituire i regali a quelle stronze che mi avevano trattato come una pezzente.

Poi è tornata la fame come prima. La sola fortuna era che stava passando l'inverno e non faceva più tanto freddo. Anzi il sole cominciava a scaldare e quando stavo in cortile accucciata contro il muro, mi sentivo bene, felicemente. I dolori ai reni erano passati grazie anche a quelle mutande nuove calde e aderenti.

Però non potevo mai stare tranquilla per conto mio a pensare. C'era sempre qualche pazza che veniva a scocciare. Un giorno ho visto una che veniva verso di me tutta arrabbiata. Dice: tu mi hai rubato l'uovo!

Dico: ma quale uovo? Dice: stava là sulla tavola e tu me l'hai rubato! Io ne avevo rubate tante di uova, ma questo qui proprio non l'avevo mai visto. Dico: senti, lasciami perdere perché ho i nervi, io il tuo uovo non l'ho mai visto e non ne so niente.

Allora questa mi comincia a urlare che sono una ladra, che le ho rubato l'uovo, che mi denuncia. Io stavo per acchiapparla e appiccicarle uno schiaffo sulla bocca.

Per fortuna in quel momento arriva Milena, una ladra forte e giovane e la prende a male parole. Dice: vai all'inferno tu con il tuo uovo del cazzo! e levati di torno scema pazza rimbambita!

Quella, come prima ce l'aveva con me, ora ce l'aveva con Milena. Ha cominciato a dire che era lei la ladra del suo uovo. Poi l'acchiappa per i capelli e la scaraventa per terra.

Milena lì per lì non ha reagito per la gran sorpresa, ma subito dopo si è alzata, le è saltata addosso, l'ha afferrata per il collo e la voleva strangolare. L'altra per liberarsi le ha mozzicato un orecchio, tanto forte che le è rimasto un pezzo di carne in bocca.

Mi sono messa in mezzo anch'io per difendere Milena. Ma la pazzia dà la forza del diavolo. In due non ce la facevamo contro questa scatenata che voleva a tutti i costi portarci via la pelle a mozzichi.

Sono arrivate le suore Cuore e Fiordaliso. Io appena le ho viste me la sono squagliata per la grande paura di finire legata. Milena e l'altra sono state afferrate per i capelli, immobilizzate e assicurate ai letti. Poi siccome si agitavano, gli hanno fatto l'iniezione che fa gonfiare la lingua e non puoi più né parlare né respirare.

Un altro giorno stavo sempre lì a prendere il sole quando mi vedo una che passa camminando a quattro zampe. Faccio finta di niente perché con le matte è meglio lasciarle perdere. Dico: si crederà di essere un cane!

Infatti era così. Solo che questo cane cercava proprio qualcuno da mordere. È venuta, calma calma, si è accucciata lì accanto a me. Dico: che vuoi? Zam! invece di rispondere, m'ha azzannato una spalla. Perché stavo seduta, e la spalla mia era all'altezza della sua bocca. M'ha acchiappato la spalla che ancora porto i segni dei denti.

Però non ho fatto a botte. L'ho lasciata perdere. Stavo buona buona perché volevo andarmene. Conoscevo una lì dentro, una certa Andreini che era entrata per punizione, come me, era savia e pure intelligente ma rispondeva sempre, gridava, diceva parolacce, dava della ruffiana alle suore. Beh a quella, quando è arrivata la fine della pena, le hanno dato altri sei mesi. Poi altri sei, insomma ha finito per rimanere dentro tre anni.

Dopo cinque mesi e otto giorni mi mandano via da Pozzuoli. Mi spediscono a Roma. E così mi ritrovo a Rebibbia. Ero contenta perché lì per lo meno si mangiava da cristiani e non stavo in mezzo alla merda tutto il giorno. Ridevo con le mie amiche, giocavo, trafficavo. Era una vita da signori in confronto a Pozzuoli.

Poi m'hanno liberata perché la pena era stata scontata. Sono uscita e sono andata subito dalla Spagnola. Anzi m'è venuta a prendere lei in macchina con un vecchio che la manteneva, un certo Italo. M'ha portato a casa sua, m'ha dato da dormire, da mangiare.

È lei che mi ha messo a paro. La prima sera ha cucinato un piatto di fettine e quando mi ha visto mangiare si è commossa, le è venuto da piangere. Era da due anni che non assaggiavo della carne così buona e tenera.

Allora lei mi mette davanti il vassoio con la carne, dice: mangia Teresa, a me non mi va. E io mi sono presa la sua fetta e poi quella del vecchio, ho ripulito tutto.

Io mangiavo e loro mi guardavano. Non alzavo gli occhi dal piatto. Allora la Spagnola mi dice: questa è proprio fame arretrata! tieni, prendi del vino, prendi del pane. E io ho bevuto, ho ingollato tutto. E poi ho vomitato perché quando lo stomaco è abituato alla parsimonia non tollera l'abbondanza improvvisa. La Spagnola dice: mangia mangia, rimettiti a posto, qui da me non ti mancherà niente.

Ma io ero intenzionata a ritrovare Ercoletto. Lo cercavo e stavo male perché non lo vedevo. La Spagnola non voleva che ne parlavo. Diceva: senti lascia perdere questo Ercoletto perché io non lo posso vedere quel disgraziato che t'ha abbandonato per due anni dentro carceri e manicomi.

Dico: ma io gli sono attaccata. Dice: infatti, lo so che ci sei attaccata, se non c'eri attaccata non andavi a trovarlo fino all'isola di Sardegna, a fare quei chilometri coi piedi che buttavano sangue; gli hai portato i pacchi e quest'uomo t'ha lasciata dentro una galera, senza aiuto.

Dico: sì, da un lato lo odio. Però ci sono stata assieme per tanti anni, non me lo posso scordare, sono stata troppi anni, è un'abitudine ormai. Poi, dico, vorrei vederlo per farmi dire il motivo per cui m'ha lasciata e l'aggiusto io; gli devo dare una rivoltellata!

Allora lei cercava di distogliermi da quel pensiero. Mi portava al mercato, mi portava al cinema, mi portava a spasso. Mi impediva di uscire da sola.

Le dicevo: ma senti io chiusa dentro non ci posso stare, sono appena uscita di galera, voglio camminare un po', sentirmi libera. Dice: vuoi paragonare la mia casa a una galera? qui fai il comodo tuo, mangi quanto vuoi, dormi quanto vuoi, qui stai bene.

Io però uscivo lo stesso. Mi piaceva camminare. Camminavo camminavo senza guardare dove andavo. Vedevo la strada, dicevo: ah finalmente posso andare dove voglio! E andavo.

Camminavo così per la via Tuscolana, me ne andavo fino a Cinecittà, sempre a piedi. Bazzicavo i bar di Cinecittà perché m'avevano detto che Ercoletto se la faceva da quelle parti.

Ogni bar che incontravo, entravo, guardavo, facevo finta di telefonare per non pagare la consumazione e poi me ne uscivo.

Un giorno sono andata da Alba. Dice: sì, Ercoletto capita qualche volta da me, ma ormai è parecchio che non lo vedo più. Però le veniva da ridere, come al solito e si teneva la bocca per non sbottare. Io lo sapevo che lei conosceva il rifugio del fratello. A me mi diceva il contrario quella ruffiana. Diceva: mah chissà dove si sarà cacciato quel mio fratello! Dico: non si potrebbe vederlo un momento? Dice: io non so dove sta.

La verità è che Ercoletto aveva un contorno che cercava di non farmelo incontrare perché dice: se la rivede è finita. Pare che lui stesso aveva detto: finché non la vedo va tutto bene, se la vedo sono perduto.

Me l'hanno riferito gli amici. Per questo lo tenevano nascosto da me; lo portavano al mare, in montagna, lo portavano in giro. Tanto, finché gli duravano i soldi pagava lui.

Poi gli sono finiti i soldi. Ha ripreso a fare truffe. Questo contorno di ladruncoli senza futuro lo portava a firmare assegni a vuoto. Ercoletto è un uomo che si fa trascinare, è debole, lo abbindolano come vogliono.

Insomma io lo cercavo, ma non lo trovavo mai. Intanto era venuta Pasqua. La Spagnola m'ha regalato un bell'uovo di cioccolata con dentro un orologetto di smalto.

Ercoletto nel frattempo si ubriacava con quella, l'ho saputo dopo. Pare che era allegro, spavaldo. E a tutti diceva: finché non la vedo sto bene.

Poi un giorno, non so come non so perché, è venuto a cercarmi. È venuto dalla Spagnola con la macchina. Io non c'ero e lui se n'è andato per tornare più tardi.

Io ero uscita a spasso. Avevo fatto un paio di chilometri a piedi e poi stavo tornando verso casa. Ma quando sono arrivata sotto il portone, invece di entrare, mi sono voltata e sono andata ad aspettare l'autobus alla fermata. Mi volevo dirigere verso l'altra parte della città, verso la Cassia, tanto per cambiare.

Aspetto aspetto, l'autobus non veniva mai. Dico: mannaggia questo autobus, ma che fa? quasi quasi ora me ne vado a piedi a prendere il tram di Cinecittà.

Pensavo così e passeggiavo su e giù per il marciapiede. C'era una signora che stava lì pure lei ad aspettare. Dico: ma signora, non passa mai qui l'autobus? Dice: eh ormai passa fra tre quarti d'ora. Dico: ammappelo! e va bene, ora me ne vado a piedi.

Mentre sto facendo due passi verso Cinecittà mi si ferma davanti una macchina. Era una macchina nuova, una Seicento blu, io non l'avevo mai vista e perciò non ho riconosciuto lui che stava dentro.

Si ferma così vrom! Dico: mannaggia, guarda questo stronzo, per poco mi mette sotto! In quel momento scende lui e mi viene incontro. Però stava attento, aveva paura, perché gli avevano detto che gli volevo sparare.

Allora da lontano mi fa: aho, ciao! Dice: venivo proprio da te. Da me? dico: e hai pure il coraggio di venire da me? Dice: come va?

Mi voleva dare la mano. Dico: la mano valla a dare a quella zozzona che ci stai assieme, di me non sei degno neanche di toccarmi!

Dice: senti, vogliamo ragionare? ma senza fare scene, ragioniamo e poi vediamo se ho ragione io o hai ragione tu. Dice: andiamo, vieni sulla macchina.

Dico: no, non vengo sulla macchina tua, sul posto di quella; la tua donna potrebbe essere gelosa. Allora dice: sii buona, non dire così! E m'ha fatto una faccia disperata. Dico: beh andiamo a parlare, voglio proprio vedere a che punto arrivi di menzogna!

Facevo la dura ma ero emozionata. Stavo rigida, arcigna, non gli volevo dare soddisfazione. Dico: senti, ormai dite non mi interessa più niente perché mi hai abbandonata due anni dentro le galere e non ti sei occupato di me, sono stata al manicomio in mezzo alle pazze e non ti sei neanche fatto sentire.

Dice: mi dispiace che stavi al manicomio, io non lo sapevo. Dico: ma come, m'hai pure mandato una cartolina? Dice: io la cartolina l'ho mandata al carcere, si vede che da lì te l'hanno spedita al manicomio; io comunque non lo sapevo che stavi al manicomio.

Dico: carcere o manicomio è la stessa cosa, il manicomio però è peggio; ma comunque a te non ti interessa, lasciamo perdere perché a te non ti sono mai interessata.

Lui cercava di ragionare, di spiegare, di imbonirmi. Poi mi fa: hai cenato? Dico: sono fatti miei se ho cenato o meno. Dice: su, io non ho cenato, andiamo a mangiare da qualche parte, e dopo parleremo perché io ho fame.

Io non avevo cenato, ma non ho detto niente, per non dargli soddisfazione. Dico: io non ho fame, comunque se ci tieni verrò a farti compagnia, però non mangio.

Dice: no, se mangio io devi mangiare anche tu. Dico: va bene, andiamo pure, vuol dire che per farti piacere mangiucchierò qualcosa; d'altronde non ho rimorso di farti spendere perché di soldi me ne hai ingoiati tanti e allora posso pure mangiare sui soldi tuoi.

Ordino una insalata e una bistecca. Era un bel ristorante, tutto lustro, dalle parti di Cinecittà. Lui faceva il gentile, l'affabile, ma aveva dell'indifferenza, era cambiato.

Io ero peggio di lui. Ero rimasta fredda. Però vedevo che nella sua indifferenza, facendo finta di niente, mi guardava con la coda dell'occhio.

Dice: ti sei ingrassata eh? Dico: mi sono ingrassata sì con tutti i pacchi che m'hai mandato tu! Dice: non fare la spiritosa! Dico: mi sono ingrassata in questi giorni perché ho mangiato a rotta di collo dalla Spagnola che per me è più che un'amica, una sorella; è la sola vera amica che ho, e lei pure m'ha consigliato di lasciarti perdere perché ti sei comportato da carogna.

Dice: mi dispiace per te, però se io ti ho lasciato è per via di quel Rocco, perché m'avevano detto che mi tradivi con lui. Dico: sì, la scusa l'hai trovata bella! a me invece m'hanno detto che sono i tuoi amici che ti hanno proibito di venire da me.

Dice: beh sì, questa è la verità, sono sincero, i miei amici mi avevano proibito proprio di venire da te. Dico: allora tu non sei padrone di te e delle tue azioni, ti fai comandare dagli altri! Io, dico, mi vergognerei. Io che sono una donna faccio quello che voglio e sono padrona di me, a me mi comando io e nessuno mi dice quello che devo fare.

Allora lui dice: riconosco che sono stato stupido a cedere agli amici, però un dubbio ce l'ho sempre su quel Rocco. Dico: senti, se è vero che io te l'ho fatta con Rocco mi possa succedere la peggiore disgrazia del mondo, potessi andare dentro e non uscire più!

Quando ha sentito questo si è convinto del tutto. Dice: allora devo pensare che gli amici mi hanno ingannato per invidia. Dico: no, ti hanno mentito perché tu possedevi i milioni, ti stavano addosso perché avevi i soldi. Ora i soldi ti sono finiti e sei ritornato da me. E tu pensi che io ora vengo a lottare una vita con te? io sono stufa, voglio stare a casa perché sono stanca e non voglio più finire in galera, voglio essere mantenuta perché sono esausta, non ce la faccio più.

Allora lui dice: va bene, tu stai a casa, io vado a lavorare e non ti farò mancare niente. Certo i milioni non ce li ho più, però il necessario non te lo farò mancare.

Dico: facciamo la prova; se però non mantieni la promessa, me ne rivado per conto mio.

Insomma ci siamo rappacificati. È venuto a stare anche lui dalla Spagnola. Le pagavamo la stanza. Io restavo a casa e lui andava con questi suoi amici, Otello e Birmana a trafficare. Prendevano la biancheria a rate, la rivendevano, andavano a comprare le polizze dell'oro, insomma si arrangiavano.

Quando la biancheria non si trovava più, tornavano a vendere l'olio. C'era una casa olearia sulla Tuscolana dove caricavano l'olio di arachide, lo mescolavano con quello di oliva, poi lo versavano dentro le damigiane. Queste damigiane poi le tappavano, le sigillavano con la cera, e fingevano di averle portate dalla Sabina. Sopra ci appiccicavano una scritta: Olio Puro Vergine Extrafino della Sabina.

Invece, per un quarto, era olio della campagna romana, per un quarto, grasso di asino purificato e per due quarti olio di cocco che veniva dalla Tunisia.

Ogni lattina la pagavano tremila lire, erano trecento lire al chilo. Poi lo rivendevano a seicento lire. C'era un guadagno netto di trecento lire al chilo, di cui duecento andavano alla Casa Olearia e cento ai venditori.

Io stavo a casa a dormire. Era bello avere uno che lavora per me mentre io dormivo e mangiavo innocentemente. Quando Ercoletto mi raccontava quello che faceva, gli dicevo: non voglio sapere niente, io sono una casalinga da ora in poi, non so niente. Se vengono i carabinieri sono innocente e non mi possono condannare, tu fai, ruba, io non voglio saper niente.

Per qualche mese mi sono molto divertita a fare la signora. Mi alzavo alle dieci, mi infilavo nella vasca da bagno e ci restavo un'ora, due, a cantare e giocare con l'acqua. Poi mi mangiavo qualche biscotto intinto nel latte, mi fumavo una sigaretta e me ne tornavo a letto. Rimanevo un'altra oretta distesa a farmi le unghie, a sbadigliare ascoltando la radio. Poi mi vestivo, lenta lenta, mi addobbavo e uscivo a fare la spesa.

Compravo roba già fatta, non mi andava di cucinare. Mi trattavo bene, riempivo la casa di roba succulenta: cannelloni ripieni congelati che basta metterli al forno per dieci minuti e sono pronti, spezzatino in scatola, sardine sott'olio, pesche sciroppate, tortellini semicotti, ragù in bottiglia.

All'una mi mettevo a tavola, qualche volta con Ercoletto, qualche volta sola. La Spagnola mangiava sempre fuori col suo vecchio. Dopo pranzo davo una sciacquatina ai piatti e mi mettevo a riposare.

Dormivo, leggevo i fumetti, mi stuzzicavo i denti, fumavo i sigari che portava in casa Ercoletto. Facevo la signora. Verso le cinque mettevo i piedi giù dal letto, gironzolavo per casa con il proposito di mettermi a stirare. Ma siccome il ferro era rotto e non mi andava di portarlo ad aggiustare, rimandavo.

Preferivo tornare in bagno, dove mi lavavo i capelli, mi facevo una bella schiumata, mettevo i rotolini e poi li asciugavo con il fon davanti allo specchio.

Proprio in quell'anno ho compiuto cinquant'anni. Era il 1967. Ma tutti me ne davano quindici di meno. Se non fosse stato per il dente mancante sul davanti che mi guastava un poco il sorriso, sarei stata proprio piacente.

La sera cenavamo tutti insieme, Birmana, Otello, Ercoletto, la Spagnola, il vecchio Italo e io. Bevevamo la birra, scherzavamo, ridevamo, era proprio una bella vita.

La notte Ercoletto si addormentava subito, era stanco. Io invece che avevo riposato tutto il giorno ero vogliosa, ero pimpante. E tanto lo carezzavo e tanto lo sbizzarrivo che finivamo per fare l'amore. E dopo finalmente mi addormentavo felice e soddisfatta.

Dopo qualche mese di questa vita, ho cominciato a stufarmi. La mattina mi alzavo con l'uggiarella. Mi strascinavo per casa e mentre prima mi divertivo a non fare niente, adesso mi sentivo soffocare dalla noia. Fare il bagno mi scocciava, mettermi a posto i capelli mi faceva crepare dalla noia, asciugarmi col fon ancora peggio. Curarmi i piedi era diventata una cosa insopportabile, leggere i fumetti mi dava la nausea, ascoltare la radio mi esasperava.

Insomma ero affogata nella noia e stavo diventando noiosa anch'io. Non mi piaceva più fare la signora, non sopportavo più l'odore di quei pavimenti, di quelle coperte, il rumore dell'acqua nella vasca mi faceva venire i nervi, il silenzio della casa nelle ore che tutti erano fuori mi provocava il mal di testa.

Così una sera ho detto a Ercoletto: sai che ti dico, da domani vengo con te. Ma come, dice lui, non avevi detto che volevi rimanere a casa a fare la casalinga? Dico: ho cambiato idea, si vede che non ci sono tagliata a fare la casalinga, muoio di noia.

Dal giorno dopo ho cominciato ad andare pure io a prendere l'olio con lui. Caricavo le latte sulla macchina, entravo nelle trattorie, trattavo il prezzo, incassavo, tornavo alla Casa Olearia, sempre all'erta per non farci scoprire dalle guardie. Ho ripreso la mia vita di prima e la noia è svaporata subito.

Coi soldi dell'olio ci siamo presi una camera e cucina dalle parti della Borgata Alessandrina. L'acqua corrente non c'era. La luce sì. La fogna non c'era. Avevamo un pozzo nero ma i proprietari ce l'avevano lasciato già pieno.

Dico: almeno vuotatelo un poco, la metà! Pagavamo quindici mila lire al mese. Dice: se la volete bene, se no andatevene da un'altra parte. E l'abbiamo presa così.

Dopo qualche tempo che ci abitavamo, il pozzo nero è uscito di fuori e il puzzo arrivava fin dentro casa. Questo puzzo portava le mosche e portava i topi.

Si vedevano certi topi grigi e famelici, intraprendenti. La notte uscivano da sottoterra, entravano in casa, si mangiavano tutto. Aprivano perfino il frigorifero non so come, si alzavano sulla punta dei piedi, e zac, forse con la coda, forse coi denti, non lo so, aprivano quello sportello pesante si divoravano tutto.

Dico: Ercoletto guarda che qui dobbiamo svuotare il pozzo nero se no finiamo mangiati dai topi. Dice: sì sì, domani faccio venire due amici e lo svuotiamo. Invece questi amici non venivano mai e il puzzo si faceva sempre più insistente.

Nel pomeriggio alle tre ci incontravamo con Otello e Birmana in un bar a Porta Maggiore. Con loro partivamo a caricare l'olio. Poi fino a sera andavamo in giro a venderlo. Alle otto contavamo i guadagni e dividevamo.

Io non avevo tanta simpatia per quei due perché davanti a Ercoletto facevano una parte e dietro gli parlavano male di me. Volevano farci dividere per portarselo a fare le truffe da solo, senza di me.

Io poco gli garbavo perché sono indipendente. Invece Ercoletto è come un ragazzino; è debole e si fa mettere sotto, si fa trasportare. Non gli manca il coraggio e neanche la furbizia, però è stupido. E loro, per portarselo da solo e farne quello che volevano, cercavano di mettere discordia fra me e lui.

Dico a questa Birmana: ma come, ancora non siete soddisfatti che m'avete fatta abbandonare da Ercoletto e io ho sofferto tanto sola in quel carcere! m'avete fatto abbandonare per due anni e io dietro a quelle inferriate sempre a guardare il prato aspettando questo infedele!

Era vero. Avevo passato giornate intere affacciata a quelle inferriate a Rebibbia. M'ero quasi fissata come un'allucinata, guardavo tutti quelli che passavano, la domenica, aspettando lui. Tutto perché nei primi tempi era venuto qualche volta in quel prato sotto il carcere a salutarmi. Poi non è venuto più.

Ma questa Birmana non sopportava i rimproveri. Infatti mi viene subito addosso con le mani. Dice: tu parli troppo, ti voglio dare una lezione! E così ci siamo prese a botte.

Era un tipo robusto, grossa più di me, prepotente, manesca. Sono trent'anni che vive di espedienti assieme con questo Otello. Non hanno mai lavorato, né lei né il marito. Posseggono la macchina, una Millecento, posseggono la casa. E non sono mai andati dentro. Perché mandano avanti gli altri, loro si mettono sempre al sicuro.

Insomma prima mi dà una botta, poi prende una scarpa e mi tira un colpo in testa con il tacco. Allora non ci ho visto più, ho preso un mattone e gliel'ho sbattuto sulla faccia.

Intanto il marito, piatto piatto, è andato a cercate aiuto. Ed è tornato poco dopo con altra gente. Tra questi ci stava uno zingaro, alto, grosso, uno che fa la comparsa a Cinecittà. È ricco, dà i soldi a strozzo, dà cento per centocinquanta.

Io conoscevo la moglie di questo zingaro, l'avevo conosciuta a Rebibbia. Proprio questa moglie mi aveva detto: se hai bisogno di soldi, mio marito te li può prestare. Prima avevo detto di no. Dico: tanto non potrei restituirli. Poi però ho avuto bisogno di soldi per pagare l'avvocato e le avevo detto: allora digli a tuo marito di darmi centomila lire. E dopo due giorni lei me le aveva date. Dice: però mio marito vuole che il giorno mercoledì sedici ti trovi al bar Vesuvio e gli restituisci i soldi. Dico: va bene. Infatti stavo per uscire di prigione e pensavo di rimediare quei soldi in qualche modo da lì al prossimo mercoledì.

Quel mercoledì però io non avevo una lira. Non ero riuscita a combinare niente di niente. Così ho detto: pago lunedì che viene. E lui: no, lunedì non va bene, devi pagare subito. Ma, dico, io non ho proprio una lira, lunedì pago, te lo giuro! E così si è zittito. Dice: però lunedì se non paghi ti do una coltellata.

Allora mi sono data da fare e per il lunedì sono riuscita a mettere insieme un televisore, un registratore, un giradischi di quelli da ventiquattro dischi, una radiola con l'antenna che costava quarantamila lire, un tovagliato da sessanta mila lire. Tutta roba presa a rate.

La somma che ho firmato era oltre le trecentomila lire. Quindi ho pensato: pure che non gli porto i soldi, gli do tutta questa roba, per centocinquantamila lire, bastano.

Lui vede questa roba, dice: va bene, prendo tutto; però mi devi ancora ottantamila di quel mercoledì che non sei venuta e m'hai fatto perdere un affare di ottantamila lire. Mi sembrava una prepotenza, però, per non litigare, dico: va bene, ti prendo un'altra cosa a rate e te la porto. Dice: voglio una lavatrice Zoppa. Dico: va bene, ora te la trovo questa lavatrice.

Sono andata in diversi negozi a Roma, ma non ho trovato la lavatrice Zoppa. Allora mi è venuta un'idea. Sono andata ad Anzio in un negozio di elettrodomestici dove mi conoscevano, cioè conoscevano i miei fratelli: Dico: sono la sorella di Numa Eligio.

Ah, dice, signora, si accomodi! Erano tutti gentili, inchinanti. Certamente pensavano: questa è la sorella di Numa, fa parte di una famiglia onesta, pagatrice. E nella fiducia mi hanno subito dato la Zoppa a rate.

Per caricarla è venuto Otello. Dice: guarda mi ha mandato lo zingaro, dice di prendere la Zoppa e di portarla da lui. Dico: ecco la Zoppa, l'ho presa te la puoi caricare. E così se l'è portata con una Giulia, sopra il portabagagli.

Io ero sicura che la recapitava allo zingaro, invece questo Otello se l'è venduta per conto proprio. E dopo qualche giorno lo zingaro m'è venuto a prendere di petto.

Dice: tu m'avevi promesso la Zoppa e non me l'hai mandata! Dico: come non te l'ho mandata! è venuto Otello a caricarsela con una Giulia fino ad Anzio; mi sono pure rovinata con mio fratello Eligio per questa Zoppa.

Ma poi ho scoperto che erano d'accordo tutti e due, lo zingaro e Otello. Lo zingaro gli aveva detto: tu prendi la Zoppa, te la vendi e poi facciamo a metà e io fingo che non l'ho mai vista. Era tutta una cosa accordata e io non lo sapevo.

Insomma questo zingaro mi mandava sempre a chiedere la Zoppa e mi minacciava. Allora un giorno gli faccio riferire queste parole: se lo zingaro non la finisce, io divento più zingara di lui, piglio un coltello e l'ammazzo! Quando ha sentito queste parole ha deciso di vendicarsi e m'ha fatto le cacce con gli amici suoi.

Quel giorno della lite con Birmana, io stavo andando ad Anzio con mio fratello ed Ercoletto. Nello era venuto a portare un po' di pesci a certi clienti romani. Poi si era fermato da me. Dice: mi s'è rotta la macchina. Aveva la Opel, si era rotto il cambio.

Ercoletto dice: te la presto io la macchina se ti serve te la do, però domani me la devi riportare perché mi serve. Nello dice: venite pure voi due ad Anzio, per questa notte vi ospito io, e poi domani vi riportate indietro la macchina. Dico: va bene, andiamo.

Mentre che scendiamo in strada, incontriamo questo Otello con Birmana. E subito ci siamo messi a litigare per via di Ercoletto. Quando lei m'ha dato il tacco in testa, io le ho tirato il mattone in faccia.

A questo punto il marito è andato a chiamare lo zingaro che stava acquattato dietro l'angolo con la moglie e altri amici suoi. Sono venuti avanti. Erano un branco.

Dice: permetti! Dico: che vuoi? Dice: ti pare bello che io ancora aspetto la Zoppa da te e tu non me la vuoi dare? ma che cosa credi che io sono il tipo da essere preso in giro da te?

Nello dice: filiamocela sorella che questi hanno il coltello! Io invece l'affronto questo zingaro perché m'era antipatico e poi m'aveva proprio stufata. Dico: senti è l'ora che te ne vai perché la Zoppa io te l'ho mandata con l'amico tuo e tu e lui vi siete messi d'accordo per venderla e perciò io non ti devo più niente. Se non te ne vai, dico, io sbuco un pugnale e te lo caccio in petto.

L'ho detto sapendo che questi zingari hanno sempre il coltello appresso. In realtà io non avevo né coltello né pugnale. Facevo la ribalda per spaventarli.

Ma non finisco di parlare che mi sento un pugno sull'occhio. Mi viene giù un fiume di sangue, s'era spaccato un sopracciglio. Subito Ercoletto si butta addosso allo zingaro. E Nello pure, però piano, perché aveva il mal di cuore, infatti poi è morto l'anno dopo. Cercava di mettersi in mezzo fra Ercoletto e lo zingaro, ma questo gli ha dato una manata e l'ha mandato per terra.

A questo punto si sono buttati tutti addosso a Ercoletto, tun tututun tutun, l'hanno steso per terra. Vado per aiutarlo, con l'occhio accecato, il sangue in bocca e mi viene addosso la zingara, la moglie dello zingaro col coltello in mano.

Io mi rivolto, mi sposto come un gatto; e vado a finire appiccicata a un amico loro, un certo Tullio. La zingara tira la coltellata, era per me quella coltellata, e invece di me ha colto Tullio.

Appena hanno visto che aveva preso l'amico loro invece di me, si sono spaventati. Io ne ho approfittato e sono scappata. Corro corro, arrivo sulla ferrovia. Lì mi fermo e cerco di tamponare con la gonna quel sangue che mi colava dal sopracciglio.

Ma avevo il pensiero a Ercoletto e a Nello che erano rimasti lì per terra. Perciò appena ho ripreso fiato, sono tornata indietro. Per fortuna gli altri se n'erano andati portando con sé il ferito.

Ercoletto stava sempre svenuto per terra e Nello cercava di risvegliarlo. Appena mi vede, se la prende con me. Dice: dovevamo andare via subito, guarda che hai fatto! Dico: no, se andavamo via subito era peggio, perché stasera ci aspettavano di nuovo sotto casa. Così invece in qualche modo la questione è risolta. Dice: io t'ho vista morta sorella mia perché il coltello era lungo e l'ho visto proprio diretto a te.

Abbiamo riaccompagnato Nello ad Anzio. E lì in casa di lui, ho trovato l'altro fratello, Eligio. Appena mi vede mi affronta. Dice: ma come tu sei mia sorella e mi combini questi guai!

Dico: che guai? Ma lo sapevo che parlava del negozio di elettrodomestici.

Dice: il proprietario del negozio dove hai preso la Zoppa viene sempre da me dicendo che la prima cambiale è andata in protesto, la seconda, la terza, mi grida che qui è un macello e per rimediare devo pagare io.

Eligio era avvelenato. Già non mi poteva vedere; poi dopo che gli ho fatto fare questa figura con le cambiali, peggio che andare di notte! Dice: io non ho pagato perché la firma è tua, però mi hai fatto fare una pessima figura!

Dico: a me non me ne frega niente delle tue figure. Tu hai i soldi. Mi hai mai aiutata tu? mi sei mai venuto a vedere in carcere dove stavo? mi hai mai mandato un pacco, una lettera quando stavo sola abbandonata in manicomio? che vuoi da me? anche se io morissi, dico, a te non te ne importa niente, basta che non ti faccio fare brutta figura!

Ercoletto buttava ancora sangue dal naso, sangue dalla bocca. Dico: invece di parlare tanto, portami un dottore! E Eligio è uscito a cercare un medico.

Torna dopo un po' con un certo Branca. Questo ha guardato il ferito, non l'ha toccato per niente, ha detto: mettetegli dell'aceto, dell'acqua ossigenata e fasciatelo! E se n'è andato. Così ci siamo medicati alla meglio. Eravamo tutti gonfi e lividi, Nello, Ercoletto e io.

Poi abbiamo saputo che questo Tullio era andato a finire all'ospedale per la coltellata. Dice che è mancato poco morisse, gli bastava un altro millimetro e la lama gli infilzava il cuore. Dice che gli è venuta la pleurite, in seguito a questa coltellata e che stava per morire.

Dico: peggio per te! sei venuto per difendere lo zingaro e peggio per te! Perché questo Tullio gli procurava i clienti allo zingaro e poi prendeva la percentuale. Certi ladri per fare le truffe hanno bisogno di soldi. Per comprare una camera da letto, un salotto, una partita di mobili da qualche milione a rate, ci vogliono cinquanta centomila lire di caparra. Lo zingaro usciva questi soldi e poi ne riprendeva il doppio.

Allora dico a Ercoletto: sei soddisfatto degli amici tuoi? hai visto cosa sono capaci di fare? quella Birmana e quell'Otello ti hanno imbrogliato, ne sei convinto adesso? Dice: hai ragione tu Tersa, questi sono capaci di tutto, questo marito e questa moglie, sono diabolici!

Così mi sono liberata di Birmana e di Otello. E ho vissuto in pace con Ercoletto. Andavamo a comprare l'olio per conto nostro, lo rivendevamo. Non avevamo bisogno di complici. Vivevamo bene, contenti.

In quel periodo Orlando è andato un'altra volta dentro e io ho preso in casa il figlio suo più piccolo, Orlandino. A questo bambino mi ci sono affezionata, non lo posso lasciare alla madre perché quella lo mette in collegio. La bassetta, la nana. E brutta come una ranocchia questa cognata mia, ma ha sempre uomini, gente che ci va in casa. Non lo fa per i soldi. E chi la comprerebbe quella lì; è pure cieca come una talpa e porta le lenti grosse un dito. Senza lenti non ci vede dal naso alla bocca.

Gli uomini ci vanno per il piacere. E lei pure lo fa per piacere. Si prende un uomo in casa, lo tiene qualche mese, ci dorme insieme, ci mangia insieme. Poi quello se ne va, e lei ne prende un altro, tutti spiantati, tutti mezzi matti, tutti derelitti come lei.

Ha sei figli questa nana, tutti e sei in collegio dalle suore. Quando li vedo mi arrabbio perché sono pieni di croste, magri, sporchi, fanno spavento. Dico: tienili in casa no? Dice: non ho soldi per mantenerli. E infatti è vero perché Orlando sta sempre in galera e chi li mantiene questi figli? Lei va a servizio ma prende sì e no trentamila lire al mese e non ce la fa.

Orlando l'ha lasciata tante volte. Dice: non ti voglio più, se non mi sei fedele non ti voglio. Ma poi, ogni volta che esce, la va a cercare.

Due anni fa la nana gli ha regalato questo figlio che è preciso a lui, rossiccio di capelli, allegro, prepotente, perfido. Poi mio fratello è ritornato dentro e io sono andata a prenderlo prima che lei lo cacciava in collegio come gli altri sei.

Aveva tre mesi quando l'ho preso. Era già terribile. La nana non ci poteva combattere. Diceva: io l'acchiappo a questo figlio e lo sbatto al muro. Piange sempre, sporca sempre, corre dappertutto, urla, grida, fracassa tutto, io non ce la faccio.

Gli ho comprato il biberon, i vestiti nuovi. E me lo sono tenuto. Era cattivo, è ancora cattivo, ma si è affezionato a me, moltissimo. Dormiamo insieme, io abbracciata a lui e lui rannicchiato sul mio petto.

La mattina quando si alza, mi bacia la faccia, mi dice: svegliati che è tardi! smuoviti culacciona! scendi dal letto figlia di puttana. Mi mette allegria. Ha il vizio di fare la cacca dappertutto. Quando lo metto sul vaso, niente, si strascina su quel vaso per mezz'ora e non gli esce niente. Quando l'ho rivestito bene, ripulito e stiamo per uscire, mi fa: mamma, mi sono cacato addosso! E mi tocca rispogliarlo e ricambiarlo tutto.

Una mattina presto, stavamo ancora dormendo, sento gridare: Numa Teresa, aprite in nome della legge! Erano dodici poliziotti con le pistole.

Circondano la casa, picchiano sui muri, sulle porte. Aprite! Aprite, faceva quello, il capitano. Dico: un momento, per Dio, lasciatemi il tempo di infilarmi la vestaglia, un momento, sto a dormire!

Intanto spingevo Ercoletto a calci fuori dal letto. Dico: Ercoletto sbrigati che questi vengono per te, corri, scappa!

Aprite, Numa Teresa! Un vocione da macellaio. Dico: e che ho ammazzato qualcuno? calma, ora vengo; non mettete paura al ragazzino perché vi torco il collo!

Andavo lenta per dare il tempo a Ercoletto di infilarsi i pantaloni e scivolare fuori dalla finestra. Quando l'ho visto al sicuro in un angolo del lucernario che dà sul cortile, ho aperto la porta.

Sono entrati, hanno cominciato a frugare da tutte le parti. Io me li guardavo. Erano neri, furiosi. Capivano che l'avevo nascosto ma non sapevano dove.

Finalmente fanno per andarsene. Il capitano si agitava, dava ordini, li avrebbe frustati se avesse potuto quei suoi poliziotti buoni a niente. Io me li guardavo beffarda.

Proprio nel momento che escono dalla porta, si sente un rumore turutu tun tun tun, e viene giù Ercoletto con tutti i vetri del lucernario. I poliziotti hanno sentito e si sono messi a correre verso il cortile.

Ercoletto che quando vuole è veloce come un gatto, si è infilato fra le altre case, è montato sui tetti. Il capitano urlava: eccolo! eccolo! Sparate! Due poliziotti gli hanno scaricato contro il fucile.

Ma invece di cogliere lui hanno colto un altro. Hanno sparato addosso a un poveraccio che andava di fretta perché era in ritardo al lavoro. L'hanno scambiato per Ercoletto e lo hanno pistolettato. E quello è rimasto ferito alle gambe e alla spalla.

Dice: eccolo preso, giù presto! acciuffatelo! Sono andati là, hanno visto che era un altro. Il capitano è diventato verde. Dice: chi vi ha detto di sparare! Ma era stato proprio lui, io l'avevo sentito l'ordine.

Dice: adesso chiamate l'autoambulanza e portate questo signore all'ospedale, subito! Ci scusi tanto, per l'errore, le porgo le scuse a nome della polizia, diceva all'impiegato che rantolava sul marciapiede. Quello non aveva neanche il fiato per rispondergli.

Pensavo che tutto era finito. Invece dopo un momento è ricominciato il carosello perché un vicino ha visto Ercoletto nascosto in mezzo a un deposito di cassette e ha preso a gridare: è là, è là, prendetelo! Ercoletto è scappato di nuovo, e questa volta non gli hanno sparato; ma con l'aiuto di altri uomini del vicinato è stato preso e ammanettato.

Dopo due giorni ritornano questi poliziotti. Io stavo tranquilla perché non sapevo di essere incriminata. Invece ero ricercata pure io. Stavo serena e incosciente non sapendo che sulla testa mi pendevano due anni di prigione.

Sono entrati, mi hanno fatto vestire in fretta e furia. Dico: ma io che c'entro? avete preso Ercoletto, ma che volete da me? Dice: silenzio e vieni con noi!

Ho lasciato il pupo a una vicina di casa. Dico: mi raccomando, che poi mando qualcuno a prenderlo. Dice: sì sì, stai tranquilla Teresa, ci penso io. Era una donna buona anche se sporca.

Dopo una settimana mio fratello è andato a prenderlo e se l'è portato ad Anzio. Io stavo dentro, ero preoccupata. Ma mi consolavo pensando: ci sta il padre, ci penserà lui. Mentre invece dopo tre giorni hanno arrestato anche Orlando.

E dal carcere m'ha scritto: "Cara sorella, Orlandino si trova all'ospedale del Bambin Gesù malato con l'intossicazione, la scabbia. Fai in modo di uscirlo perché lì si muore".

In effetti il bambino aveva preso la scabbia. Chissà come l'aveva tenuto la vicina! Si vede che non lo lavava mai, era una zozzona.

Gli hanno tagliato i capelli lì al Bambin Gesù, poi siccome si grattava, gli hanno legato le mani e i piedi. Era una tortura. Gli rodeva, gli rodeva e non poteva neanche grattarsi. Non riusciva a guarire.

Io dicevo sempre alla Persichetti, l'assistente sociale: portatemi questa creatura, lì dentro non può stare! Andavo dalla madre superiora, andavo a chiedere: portatemi qua il bambino, nell'infermeria c'è posto, fatemelo curare come si deve!

Andavo sempre implorando per farlo venire lì, per sapere come stava. Sta bene, sta bene il pupo, diceva la madre. Dico: ma la scabbia? gli è passata la scabbia?

Hanno scoperto, dice la Persichetti, che ha qualcosina al cuore, la creatura. Dico: come al cuore? e che ha? Dice: qualcosina, forse dovranno fargli un piccolo intervento.

La preoccupazione m'ha preso alla testa. Dico: magari questo mi muore, questo bambino di tre anni e come faccio? Invece non aveva niente, dopo l'ho saputo. Era solo cattiveria.

Alla fine del mese avevo accumulato dodicimila lire. Mi ero messa a lavorare, alla Cartotecnica, a fare le buste, i cartellini. Prima mi avevano adibita alla macchina tagliatrice. Zac, zac, zum zum; questa macchina scendeva come un lampo e tagliava migliaia di fogli tutti insieme. Un giorno una cretina di nome Mariella mi dà una spinta scherzosa e per un pelo non perdo tutte e due le mani sotto questa taglierina.

Allora ho fatto il diavolo a quattro, ho detto che lì alla macchina non ci lavoravo più, che era troppo pericoloso. Dice: se vuoi lavorare devi rimanere lì, se no vattene e non riceverai una lira. E io per guadagnare quei quattro soldi ho continuato a stare lì. Ma vivevo con l'ansia di questa lama tagliatrice. E alla fine del mese avevo l'esaurimento, i capogiri, le nausee. Allora finalmente mi hanno trasferita alla fabbricazione buste.

Con quelle dodicimila lire mi sono comprata due bei pupazzi di stoffa con gli occhi di vetro, le trecce e tutto. E poi chiamo la Persichetti e le chiedo se li può portare ad Orlandino per la befana. Lei mi fa: sì Teresa, non mancherò, vengo dopodomani a prendere questi pupazzi e li porterò al piccolo.

E invece non s'è vista, né per il primo dell'anno, né per la befana. Io ho speso i soldi e i pupazzi sono rimasti piegati sotto il letto, dentro una scatola di biscotti.

Vado dalla suora. Dico: domani è la befana, vorrei mandare questi due pupazzi a mio nipote che sta al Bambin Gesù. Dice: non c'è bisogno figlia cara, il bambino là dentro di giocattoli ne ha quanti ne vuole, sta tanto bene là dentro, non ha bisogno di niente.

Invece stava malissimo. Ci è andata un'amica mia a vederlo. L'ha trovato buttato dentro un lettino, tutto infreddolito, morto di fame. Ho protestato, scritto. Ma non c'è stato niente da fare. Finché sono rimasta dentro non l'ho potuto curare.

Ero affannata, nervosa, chiusa là dentro senza poter fumare. Alla fame, al freddo mi potevo abituare, ma alla mancanza di fumo no. Con l'età il vizio del fumo è aumentato. A trentanni fumavo dieci sigarette al giorno, adesso a cinquantatré ne fumo sessanta.

Cercavo sempre di rimediare una sigaretta. Quando potevo lavorare, lavoravo. E quelle dieci dodicimila lire al mese, di cui tolte le ritenute né rimanevano ottomila, le spendevo tutte in sigarette.

Il primo giorno che avevo i soldi fumavo tutto d'un botto tre quattro pacchetti perché la voglia era troppa. Fumavo tutto questo fumo e stavo subito meglio, ero saziata.

Poi cominciavo a rallentare per farmeli durare tutto il mese. Un pacchetto là dentro costa quasi il doppio di fuori. Perciò risparmiavo. Però dopo un po' la tentazione riprendeva forte e verso metà mese avevo già speso tutto.

Dovevo pure offrire qualche sigaretta alle mie amiche. Dovevo pagare i debiti. E poi le sigarette erano denaro lì dentro, si pagava con quelle.

Se avessi voluto vendermi avrei trovato subito chi mi dava sigarette. Ce n'erano tante lì dentro a Rebibbia che si vendevano per mezzo pacchetto di sigarette.

Sarà che io ho il sesso freddo, come diceva Sarabella, non lo so. Io quando sono dentro penso sempre all'uomo. Sono sentimentale, voglio bene al sentimento. Penso sempre col cervello a chi voglio bene, penso a lui, al passato, mi metto a ricordare tutti i particolari del suo corpo e mi accontento.

Questo è il difetto che ho. Fisicamente sono un tipo freddo. Con l'uomo mi faccio pure la parte mia. Ma se l'uomo non c'è, me lo rinnovo nella fantasia, me lo rimiro al nudo dentro la testa, lo bacio, lo carezzo, lo godo senza di lui, fra me e me.

Lì dentro ero anormale perché lì le donne se non possono fare l'amore schiattano e per mancanza dell'uomo, fanno con le donne. Stando sempre appiccicate, chiuse senza lavoro, sempre tra di loro, sviluppano la voglia e si baciano, si amano, come fra uomo e donna, anche con più passione.

Siccome io non avevo questa voglia, non mi accorgevo nemmeno degli intrighi delle altre. Girava la chiacchiera che una delle infermiere, la Campofiorito amoreggiava con una detenuta, una torinese molto carina, bionda, che si chiamava Suni.

Suni era dentro per droga e pare che la infermiera le procurava questa cosa per l'oblio in cambio di denaro. E la proteggeva, così dicevano, ma io non mi ero accorta di niente.

Dice: ma come, quelle due stanno sempre appiccicate, non l'hai visto? non lo vedi come si guardano durante la messa? Dico: ho altro per la testa io che guardare a quelle due sceme! penso alla sorte mia che è malvagia e sfortunata.

Dice: allora non ti sei neanche accorta che suor Isabellona ama le donne, che s'è appassionata per Dionora la parrucchiera? Dico: no. Dice: e neanche ti sei accorta che Assunta e Bambina la zingara vivono insieme come marito e moglie e fanno l'amore tutte le notti sotto gli occhi delle compagne di cella? Dico: distratta sì, ma scema no, però non mi interessa. Dice: e di Egle e Ferrati te ne sei accorta? Dico: certo, stanno nella cella accanto alla mia.

Questa Egle era una madre di famiglia, anzi era nonna, aveva i nipoti. E si era sposata dentro il carcere con questa Angioletta Ferraú di trentotto anni. Angioletta era una bella donna, pienotta, con la frangetta sugli occhi.

Una mattina sento la suora Carmina che entra nella loro cella e dice: Egle preparati, sei scarcerata, libera! Io penso: beata lei! mamma mia come sarà felice!

Ero così col pensiero alla sua libertà quando sento un pianto dirotto. Era la voce di questa Egle. Piange, piange, non la smette più. E poco dopo comincia anche l'altra, la Angioletta. Piangevano tutte e due come due fontane.

Dopo una settimana che Egle se n'era andata, la Ferraú si è messa con un'altra, con una certa Lucia. Intanto Egle, senza sapere niente, le mandava lettere, pacchi.

Poi un giorno è venuta a sapere per via di una spiata, che Angioletta se la faceva con questa Lucia. Allora ha fatto una truffa, si è fatta prendere ed è tornata dentro.

Quando è rientrata, ha trovato Lucia che aveva preso il suo posto nella cella e nel letto di Angioletta. Allora si è buttata su questa e l'ha mezza scuoiata. Gridava: brutta zozzona! lurida! io t'ho mandato i soldi, t'ho aiutata, t'ho portato i pacchi, e tu mi tradivi con questa ladra da quattro soldi! Insomma si sono insultate, picchiate. Tutto il carcere era in subbuglio. Sono arrivate le guardie, il direttore.

Le hanno staccate, divise. Ma dopo un giorno quelle hanno fatto pace e sono tornate assieme. Non le hanno trasferite, non le hanno punite, niente. Il direttore e il comandante sapevano tutto ma non gliene importava niente. A loro basta che stanno tranquille, possono fare quello che vogliono.

A me per una parola mi mandano a Pozzuoli, a quelle per tutti i casini che fanno, le lasciano perdere. Una sera si sono ubriacate, una certa Nora Selecta, Iolanda, Iulia, Ines, nella cella di Vanda, una zingara. Questa Selecta aveva avuto dei soldi da casa, aveva comprato il cognac per tutti.

Hanno mangiato biscotti, salsicce, cetriolini e si sono messe a bere. Poi hanno giocato, ballato. Ridevano come matte. Tutti sentivano, la suora sentiva, ma faceva finta di niente.

Fra di loro c'era pure una che si chiama Scisci. Questa Scisci nella ubriacatura, ha messo le mani addosso alla donna di Nora Selecta. E Selecta, per la gelosia, le ha rotto una bottiglia in testa. È finita così, a botte. La suora è stata costretta a chiamare il direttore. Questo è venuto su, ha guardato, ha constatato e se n'è andato. Io credevo che le trasferiva chissà dove, invece non è successo niente.

Il fatto è che questa Scisci gli serviva al direttore, perché gli puliva l'ufficio, gli lustrava le scarpe, sopra, sotto, gli rammendava i calzini, e gli faceva pure da spia. In contraccambio lui la lasciava libera di agire come le pareva. Quando si ubriacava chiudeva un occhio e pure l'altro.

Le suore, quella volta, tutte a ridere. Dice: hai visto si sono scoperte le tombe! Suor Innocenza, poi è una pettegola, una lavandaia. Ridice tutto, è intrigante, cazzarosa. Sta sempre in mezzo a tutti i pettegolezzi. Sotto sotto istiga, e dopo fa finta che non ne sa niente, si tira indietro e sta a guardare. È maligna. Tira il sasso e nasconde la mano.

Dice: hai visto che vergogna, che vergogna! una madre di famiglia, una donna anziana! eh lo sappiamo lo sappiamo cosa nasconde quella santarellina! Ma mentre dice che vergogna si vede che ci gode a queste liti, è felice, gongolante.

Invece di dividerle queste litigiose, le accoppiano. Dice: basta che non danno scandalo, basta che stanno buone! E così le lasciano diventare più viziose, più avide.

Le suore se ne infischiano. Qualche volta addirittura le assecondano, gli fanno i servizi in contraccambio di regali. L'ho sentita io con le mie orecchie suor Innocenza telefonare al pappone di Nora Selecta per farla stare calma. Poi riceveva in regalo una bella scatola di dolci, qualche vestiario di lana, qualche cornice d'argento. Ma soprattutto dolci, perché le suore sono golose, molto golose.

Ora succede che appena entro in galera mi danno una rete e un materasso di crine quasi completamente vuoto. La notte non riuscivo a dormire perché il ferro della rete mi raffreddava i reni ed ero tutta indolenzita e rotta.

La mattina mi alzavo ed ero già stanca, come se fossi stata a zappare. Vicino a me c'era Zina Teta, l'avevo ritrovata in carcere. Dice: vai vai, e digli al direttore che ci cambi i materassi; digli pure che metà delle docce sono rotte, che così non si può andare avanti, che fa freddo e moriamo di gelo.

E mi manda avanti a me. Dico: vieni pure tu no? Dice: no no, vai tu che tu sei più brava. E mi spingeva.

La verità era che aveva paura. Hanno paura queste donne, sono carogne, hanno paura di reagire. E trovano una fessa impulsiva come me da mandare avanti. Dice: vai vai! Se poi il direttore mi tratta male, si tirano subito indietro. Noi? dice, noi non abbiamo detto niente, non abbiamo protestato, qui va tutto bene.

Ora giusto c'era una cella vuota, asciutta a due passi di distanza dalla mia che era umida e fredda e strettissima. Dico: perché non mi mandate in questa cella vuota? la dovete forse affittare? dico, non è mica una pensione il carcere!

Dice: se ci va Teta in quella cella bella pulita ordinata non resiste neanche un giorno, perché Teta è disordinata e sporca, non pulisce mai. Dico: ma che c'entro io con Teta? mandatemi a me e a lei mettetela da un'altra parte. Dice: no, per ora è così e basta.

Questa Teta era veramente sporca. Se andava al gabinetto gli dovevi correre appresso per tirare la catena. Era giovane ma ci vedeva poco, però gli occhiali non se li faceva. Aveva un mandato di cattura perché l'avevano trovata senza patente, per atti osceni, insomma era una ragazza che faceva la vita quando non rubava.

Stava sempre sul letto, a fumare. Fumava fumava non si alzava nemmeno per lavarsi la faccia. Si puliva la faccia con la crema perché non le andava di toccare l'acqua. Le unghie, a non fare niente, le erano diventate lunghissime, nere e appuntite. Lei se ne serviva per pulirsi le orecchie, per stuzzicarsi i denti.

Il gabinetto lo dovevo pulire io, il lavandino lo dovevo lavare io. Sempre a buttare acqua, sempre a strigliare, mi faceva schifo vedere tutto quel sudiciume. Cercavo di pulire alla meglio, per lo meno dove mangiavo, del resto non mi importava.

Allora vado dalla madre, dico: madre, io con questa Teta non ci voglio più stare. Eh la conosciamo, dice, la conosciamo bene la Teta che non si rifà mai il letto; da quando è venuta non si è mai rifatta il letto, lo copre come i cani e basta.

E io dico: ma perché non mi levate? ho forse fatto un contratto a morte con lei o me l'ha condannato il giudice che devo stare con questa Teta? Dice: no, tu devi rimanere con lei perché tu hai il senso della responsabilità, lei no, e tu la puoi migliorare. Mi lisciava per farmela cibare.

Mi volevano tenere con quella perché io pulivo dove lei faceva sporco. Perché sapevano che io nella zozzeria non ci so stare e mi piace tenere lustro dove abito.

Dico: allora cambiatemi il materasso che ho un materasso tutto buchi e la mattina mi sveglio coi dolori. E la suora: quello non è competenza mia: vai dal direttore e vedi un po'!

Vado dal direttore. Dico: senta signor direttore, io mi sto a rompere le ossa su un materasso vuoto. Dice: beh, facciamo tanto presto, vai giù ti fai dare un po' di crine dalla suora magazziniera, e ti riempi il materasso da te.

Ah, dico, perciò io devo andare a prendere il crine, pulirlo, riempire il materasso, ricucirlo; ma sono forse venuta a fare il materassaio qui dentro? Dice: beh se vuoi dormire bene, devi fare così; qui stai in galera, mica al Grand Hotel.

Dico: va bene, allora questo io poi dirò al giudice quando andrò in tribunale, che qui dentro ci dobbiamo fare i materassi, prendere il crine in mezzo alla polvere e chi ci paga a noi? i materassai vengono pagati, a me chi mi paga? comunque, dico, non stiamo a guardare il capello, io questo lavoro lo faccio, però mi dovete dare la cella asciutta; io pulisco, lavo, riempio pure i materassi, ma datemi una camera asciutta visto che ce n'è una vuota lì senza nessuno.

Dice: quella cella deve rimanere vuota. Dico: ma perché? Dice: non devo spiegare a te il perché, è così e basta.

Allora io vado su, nel momento che la suora non vede, entro nella cella disabitata, mi prendo i due materassi belli morbidi soffici e pieni che stavano lì e me li porto nella mia cella. Dico: è più giusto che se li gode qualcuno anziché stare lì a muffire.

Ne do uno a Teta e uno me lo metto sulla mia rete. Mi viene un letto alto, soffice. Dico: ora sì che dormirò. Infatti quella notte ho fatto dei sogni bellissimi.

Ho sognato che uno mi inseguiva col coltello. Io scappavo scappavo. Poi, quando questo stava per darmi una coltellata, mi sono messa a volare. L'assassino non poteva volare, e guardava in su e diceva: mortacci tua, ma dove vai? Io lo occhieggiavo dall'alto, come fosse un verme, ridevo di lui.

Volavo, ero tanto brava che facevo gli scivoli nell'aria, mi rivoltavo, mi allungavo, ero un uccello con due ali che erano le braccia. Vedevo tutto piccolo, con dei colori chiari chiari come diluiti nell'acqua. Quel volo me lo ricordo ancora, era proprio magnifico.

Mi sono svegliata la mattina che i reni avevano finalmente riposato. Dico: oh, per una volta ho dormito come si deve! In giornata poi sono tornata alla cella disabitata, ho preso dei quadretti che stavano appesi al muro, ho preso le due tende che stavano attaccate alla finestra e mi sono portata tutto nella mia cella.

Ho abbellito la nostra stanza spogliando quella vuota. Ho messo tutto a posto. Teta mi guardava, fumava sdraiata sul letto e mi guardava. Dice: ora è bella la stanza nostra, prima sembrava una stalla. Dico: tu però un dito non l'hai mosso per pulire questa stalla; sei pigra e sporca. Dice: se mi muovo mi viene la malinconia.

Dopo qualche tempo è venuta l'ispettrice. Una mattina che eravamo appena alzate, questa entra, sembrava una maschera, aveva dei bellissimi capelli biondi chiusi dentro una retina nera e una faccia di cane con le labbra dipinte di rosso. Guarda, scruta. Dice: ah così avete spogliato una cella e ne avete rifatta un'altra. Guarda un po' sorella, guarda che succede qui!

Dico: capirai, adesso la stanza d'albergo non l'affitta più senza quelle tende e quei materassi! Dopo tutto, quelle tende, dico, le hanno pagate le detenute, mica il governo! e se io me le prendo, le sottraggo a loro, non al carcere. E poi, dico, io la conosco questa che ha messo le tende, è una zingara, si chiama Cicchetti Elena, quando se n'è andata ha detto: tu prendi tutto Teresa che è roba mia. E così ho fatto, dico.

Vedo sor Innocenza che mi guarda brutto. Ma lì per li non m'hanno fatto niente. L'ispettrice ha girato i tacchi ed è uscita tutta irrigidita, seguita dalla suora deferente.

Il giorno dopo, di pomeriggio, viene la madre, la paperona. Dice: Teresa, devi andare subito in porta, c'è una notizia per te, ti devono dare una notizia!

Dico, che notizia, madre? di che? Siccome avevo questo fratello Orlando che da ultimo gli erano venuti due infarti, stavo preoccupata. Dico: ma come, di me non si interessa nessuno, nessuno è mai venuto a darmi una notizia, che sarà?

Dice: vai vai in porta, c'è una notizia, vai su! Dico: riguarda mio fratello questa notizia? Io sapevo che lei conosceva la notizia e perciò insistevo, per sapere come affrontarla. Ma in carcere c'è il sistema del mistero; ti terrorizzano con quel mistero diabolico che non puoi mai sapere niente di quello che ti riguarda.

Però quando vogliono, ti lasciano capire, sospettare. Allora dico: ma si tratta di Orlando? Dice: credo di sì, che riguarda proprio tuo fratello, vai vai giù in fretta che la notizia può essere grave. Oh Dio, dico, sarà morto! E corro giù.

Vado alla porta, abbuiata e senza fiato. A momenti casco dalle scale. Dice: Numa Teresa, sei tu? Dico: sì sono io, ditemi subito. Dice: devi partire, sei trasferita.

Brutta infame, maledetta suora! dico, tu lo sapevi qual era la notizia e mi fai questo tranello! M'aveva fatto prendere un tracolpo. Io per fortuna non soffro di svenimenti, se no sarei cascata per terra come una pecora morta. Dico: maledetta madre e chi t'ha fatta!

A Perugia poi l'ho raccontato di questo tranello alla madre di là, suor Pazientina. E quella subito m'ha detto: Madre Supplitiis la conosco, era una monaca qualsiasi, adesso è diventata superiora, ma non sa nemmeno leggere e scrivere, è un'ignorante, una burina che non finisce mai. Pensa che qualche volta le dicevo: leggimi il giornale, e lei leggeva come una bambina di prima elementare, senza manco capire i punti e le virgole.

A Perugia mi toccava il giudiziario. Invece m'hanno mandata in mezzo alle ergastolane. Con la scusa che non c'era posto m'hanno schiaffata in mezzo alle criminali incallite.

Ho dovuto fare buon viso a cattivo gioco. Buonasera! dice, come stai? da dove vieni? che hai fatto? Dice: datti sotto che qui si sta bene! soldi, ne hai soldi? tira fuori quello che hai che qui ti troverai bene in mezzo a noi.

Per fortuna non avevo niente; perché li non guardano per il sottile, ti frugano tutta. E se cerchi di nascondere qualcosa ti riempiono di botte e ti lasciano tramortita, non c'è scampo. A me subito m'hanno afferrata in sei, m'hanno frugata, ricercata, m'hanno messo un dito in culo per vedere se nascondevo qualcosa. Non m'hanno trovato niente e mi hanno lasciata perdere.

Quella pettegola della madre Supplitiis, dico, m'ha sistemata! Non solo mi ha spedita a Perugia, ma mi ha fatto chiudere al penale, in mezzo a queste assassine.

Per non vedermi in faccia dopo quel tranello, non m'aveva fatto risalire dalla matricola. E la roba me l'aveva fatta mandare con un'altra detenuta che si è tenuta metà dei miei possessi. Un piatto, un bicchiere, la tazza dove mangiavo, due forchette, un barattolo di caffè, una maglia di lana marrone, un paio di calze e due paia di mutande sono rimaste nelle sue mani. Io di questa roba ne avevo bisogno, ero rimasta nuda e cruda. Ma con chi me la prendevo? col muro?

Mi si avvicina una vecchia, con tutti i capelli bianchi, dice: ti consiglio di non protestare perché qui chi protesta la chiamano cattiva e può pure finire a Pozzuoli. Dico: lo so, l'esperienza l'ho già fatta.

Dice: se reclami ti pigliano subito sott'occhio quindi abbozza; se ti possiamo aiutare ti aiutiamo noi. Dico: ma voi vi adattate a fare le deficienti, le leccapiedi, a dare cento baci sulle mani delle suore, a fare quel sorriso falso, come fate?

Allora questa, la vecchia mi guarda dritto negli occhi e mi fa: a noi di te non ce ne frega un cazzo. Quindi stai buona perché se no te la facciamo passare noi la voglia di fare caciara!

Io non ho risposto perché ho capito che la vecchia non parlava per sé ma per le altre, era una specie di capo. Sapevo pure che le ergastolane hanno un sistema tutto diverso perché devono fare i conti a lunga scadenza, devono passarci una vita con queste suore e perciò se le tengono buone a costo di fare le ipocrite al cento per cento.

Poi sotto sotto fanno quello che vogliono, ma apertamente non protestano mai, per mantenere l'ordine apparente. Ognuna di loro inoltre ha la sua compagna e sa che se la dovrà tenere per venti, trenta anni, ci si è affezionata e non vuole correre rischi.

Io che non ero ergastolana e sapevo di uscire entro un anno, dovevo per forza agire in un altro modo. Ma lì mi trovavo proprio male fra tutte queste donne assassine, non le potevo tenere a bada. Erano dure, violente e se appena le scontentavi, rischiavi di farti linciare.

Un giorno vado da suor Eburnea, una monaca piccolina con una faccia nera molto carina. Dico: suora, cerchi un po' di mandarmi via da questo reparto perché io in mezzo a tutte queste ergastolane non mi ci trovo. Ma perché? sono tanto brave, mi fa. Dico: sì brave, però hanno ammazzato, hanno squartato, e siccome devono stare dentro tutta la vita, sono diventate acide, dure, perverse.

Dice: ma no Teresa, sono rassegnate; mangiano bevono e stanno tranquille. Dico: sì tranquille! Comunque siccome non sono una spia non ho detto niente di quello che succede in mezzo a quelle donne, tanto più che lei sapeva tutto benissimo.

Dico: saranno tranquille ma io in mezzo a loro mi metto tristezza; io non ho ammazzato nessuno e non ci voglio stare in mezzo alle ergastolane. Dice: vedremo cosa si può fare; per il momento rimani lì e rassegnati come vuole il Signore. Dico: il Signore non c'entra per niente, siete voi che lo volete! porco Cristo, porca Madonna, comincio a bestemmiare a tutta bocca. Allora lei si alza, mi dà uno schiaffo sulle labbra e se ne va.

La mattina ci alzavamo alle sette. Ci dovevamo lavare, vestire, tutto di corsa. Bisogna fare il letto, presto presto, bisogna fare la fila al gabinetto. E se non ti sbrighi suor Caritatis ti chiude a chiave, ad una certa ora spranga tutto e chi rimane dentro perde la colazione, il latte e il pane.

Io tante volte rinunciavo a questo latte perché mi volevo lavare e arrivavo tardi al gabinetto per via della fila. Qualche volta facevo a meno del gabinetto per il latte. Dovevo scegliere, o l'acqua o il latte o il gabinetto. Tutte e tre le cose non le potevo fare. Quasi tutte scelgono gabinetto e latte. L'acqua la lasciano stare.

Il latte è annacquato. Per dargli sapore ci mettono dentro un po' di surrogato di cicoria. Il pane è quello del giorno prima. Lo passano solo a mezzogiorno il pane. Se lo vuoi mangiare la mattina, te lo devi conservare dal giorno prima. Però bisogna che lo conservi in qualche posto segreto oppure addosso, sotto la maglia, perché c'è sempre la possibilità che te lo rubano.

Adesso hanno rinnovato lì a Perugia, hanno messo a posto. Si sta un po' meglio. Ma prima non c'era né doccia né gabinetto. C'era un buco per terra, come per gli uomini e basta.

Di questi buchi ce n'era uno per ogni quindici persone. In quanto al lavandino era così piccolo che ti ci potevi lavare appena la faccia e niente altro. Se avevi soldi, ti compravi una concolina di plastica, ci mettevi dentro un poco d'acqua gelata e ti ci lavavi.

Il bagno si faceva sotto, nelle cantine, una volta ogni quindici giorni. C'erano le file, quelle del giudiziario, quelle del penale, ogni sezione aveva la sua fila.

Una volta alla settimana potevi portare i panni giù in lavanderia ognuno col suo fagotto, toccava lavare la biancheria, in fila, tutto di corsa, sempre di corsa come i bersaglieri. Ma questo ancora è così, non è cambiato.

A Perugia si mangiava meglio che a Roma. Il giovedì davano la pasta asciutta, la sera, ogni sera un brodino con l'uovo, un poco di formaggio. La carne la davano tutti i giorni, quando un pezzo di lesso, quando una salsiccia, quando lo spezzatino in umido. Certo era carne dura, ci voleva la dentiera di ferro. Però davano la carne tutti i giorni. E poi patate, molte patate.

Se hai soldi puoi comprare tutto, perfino le bottiglie di cognac. Chi lavora compra. Io, essendo che avevo pochi mesi, non mi facevano lavorare. I posti erano scarsi e se li accaparravano quelle che dovevano rimanere dentro più anni.

Io poi non so ricamare. Dice: se ti metti qui a sedere e ricami, ti puoi guadagnare qualcosa. Ma io non sono buona. Alla cartotecnica di Rebibbia ero brava, correvo, ero abile con le mani. Ma a ricamare faccio tutti puntoni neri, non sono capace.

Poi ero ancora scottata di Rebibbia perché gli ultimi tre mesi non mi hanno dato niente. Non so perché. Io le marchette le avevo pagate per quei mesi che ho lavorato e non ho preso il fondo cassa quando sono uscita, mai niente. Non so perché. Forse per via di tutti i miei trasferimenti. I soldi arrivavano e io partivo. Il fatto è che ad un certo punto sono spariti e nessuno ne sapeva niente.

A Perugia morivo di noia, tutto il giorno seduta a quel tavolino. Volevo leggere qualche libro, svagarmi un po'. Però io da vicino non ci vedo bene. Allora ho chiesto un paio di occhiali.

La suora dice: per gli occhiali devi fare istanza al Ministero. Ho fatto l'istanza, ma gli occhiali non arrivavano mai. Allora dico: suora cosa devo fare per avere gli occhiali? io vorrei leggere un po', istruirmi. Dice: fai sollecito.

Faccio il sollecito, ma gli occhiali niente, non c'era verso di averli. Allora la suora mi dice: tutti i venerdì viene la contessa Bartolomei per l'elemosina alle carcerate, tu la affronti, le baci la mano, le chiedi con garbo questi occhiali e vedrai che lei te li dà. Le devi fare un po' di gentilezza, di manfrina, quella è una che si commuove, una della San Vincenzo, col cuore in mano. Di' che sei mezza cieca, che non hai una lira, che non puoi leggere il libro delle preghiere.

Arriva questa contessa, era una matrona bionda, con le calze nere, il vestito nero, una gran spilla di brillanti sul petto, un cappello di farfalle nere sulla testa.

Appena arriva, le si buttano tutte addosso. E lei distribuisce regali, a chi un reggipetto, a chi una sottoveste, a chi un paio di scarpe. Tutta roba usata naturalmente, ma con quella penuria era grata lo stesso.

Io mi avanzo e dico: contessa, mi servirebbero un paio di occhiali perché non ci vedo bene. Mi ero ripassata nella memoria tutti i piagnistei da dire, ma poi quando sono stata là, me li sono scordati. Non mi andava di piangere, anzi mi veniva da ridere a vedere quella matrona con quel cappello di farfalle nere.

Allora la contessa mi fa: e tu quanti anni devi fare? Dico: cinque mesi. Dice: mi dispiace, ma io do la precedenza a queste poverette che devono stare qui tanti anni; comunque visto che sei molto povera ti regalo questa borsa per l'acqua calda. E mi mette in mano una borsa di gomma. Dico: ma che me ne faccio di una borsa per l'acqua calda? io ho bisogno di occhiali per leggere. Dice: leggere che cosa? Dico: libri, qualcosa per istruirmi. Dice: non stai in carcere per istruirti ma per espiare, quindi rassegnati e prega, per pregare non c'è bisogno di occhiali!

Nel pomeriggio, verso le cinque, suor Caritatis veniva e diceva: chi vuole andare all'acqua calda? Fino ad allora non mi ero mai mossa. Da quel giorno, con la mia borsa di gomma, mi precipitavo giù alla lavanderia con le altre.

Lì ci sono i bollitori che buttano acqua calda tutto il giorno. Con quest'acqua potevamo riempirci le nostre borse e poi di corsa tornare su. Io cercavo in quell'occasione di prendere un poco d'acqua in più per lavarmi i capelli o il sedere perché lì il bidè non te lo fanno mai fare. Ma ogni volta suor Caritatis mi faceva buttare via l'acqua dicendo: la borsa e basta, Teresa, la borsa e basta!

Una volta finita la corsa dell'acqua calda, non c'era più niente da fare fino all'ora della televisione. Qualche volta mi addormentavo sul banco. Veniva suor Eburnea, mi dava uno schiaffetto. Dice: dormirai dopo, a letto, ora stai sveglia.

Dico: ma io mi annoio, non so che fare! Dice: rifletti sui tuoi peccati. Dico: mi annoio ancora di più. Dice: allora prega. Dico: ho pregato tanto che mi si è scorticata la lingua. Sì, dice, tu preghi a male parole. Infatti, dico quello è il mio modo di pregare. E sapevo che dicendo cosa mi mettevo in cattiva luce, ma non ci potevo fare niente, a me le suore mi stanno antipatiche e non mi va di lisciarle.

Quando veniva l'ora della televisione, era tutta una corsa, un rimestolìo per prendere i posti migliori. Le detenute erano contente e se ne stavano lì a bocca aperta, qualsiasi cosa la direzione decideva di farci vedere.

Ogni programma veniva studiato dalle suore, dalla superiora, dal direttore e dalle guardie. Ognuno diceva la sua: "questo è adatto", oppure "questo non è adatto".

Adatti erano le canzoni, i giochi dove si vincono soldi, le conversazioni dove ci sono sacerdoti, qualche telefilm e qualche commedia piagnucolosa. Non adatti sono tutti i notiziari, anche quando parlano del papa, i polizieschi, le cronache, i processi anche se finti, i film di tutti i generi, i filmati di guerra, i dibattiti, le discussioni, le inchieste.

Una volta c'è stata una lite terribile per via dello sceneggiato Anna Karenina. Il direttore aveva dato il permesso dicendo che era adatto e noi ne avevamo già visto una puntata. Poi invece è venuta madre Pazientina dicendo che non era adatto, e ha spento la televisione senza aggiungere una parola.

È successo il finimondo. Tutte, anche quelle che non protestavano mai, si sono rivoltate. Urlavamo, sbattevamo le sedie. C'è voluto l'intervento delle guardie per calmarci.

Io ero la più scalmanata. Avevo acchiappato la suora per il velo e tiravo sperando di lasciarla con la testa pelata al nudo. Ma lei appena s'è sentita tirare ha cominciato a dimenarsi come un'anguilla e tanto ha fatto che mi è sfuggita di mano.

Quando c'era la televisione facevamo le nove, le dieci. Quando non c'era, andavamo a dormire alle sette. Ci ritiravamo in uno stanzone, una specie di stalla per cavalli.

Al centro di questa stalla c'era una stufa, una stufa sola per tutti. La stufa scaldava solo due metri intorno a sé, il resto della camerata restava al freddo. C'erano una quarantina di letti. Di questi solo quattro o cinque prendevano il caldo della stufa, per gli altri era peggio che stare in una ghiacciaia.

Questa stufa andava a legna e noi per farla durare un poco di più rubavamo qualche pezzetto di sedia nella falegnameria e ce lo ficcavamo dentro di nascosto.

Poi, appena suor Caritatis usciva, ci precipitavamo attorno alla stufa. Ci scaldavamo i piedi, mettevamo i calzini a scottare sopra il tubo metallico, era un pigia pigia furibondo.

Se non facevi così morivi stecchita perché le mura del penale buttano acqua e l'umidità ti mangia viva. Allora tante volte, mentre che ci scaldavamo là tutte ammucchiate contro la stufa, qualcuno diceva: mannaggia a quel porco! Teresa quando esci devi andare dal ministro, al Ministero, devi chiedere di mandare un'inchiesta qua dentro!

Dico: questa volta lo faccio davvero! Dice: vai lì e gli racconti tutto al ministro, che qui davvero l'ambiente è come una caserma una stalla, con una stufa sola che non ce la fa a scaldare neanche un metro quadro, che abbiamo un gabinetto solo, che siamo trattate come stracci da piedi, che mangiamo come i maiali, così non si può vivere. Dico: sì sì, andrò dal ministro e gli dirò tutto.

Alle otto suor Caritatis chiudeva la stalla, ci sprangava dentro e se ne andava a dormire. Il suo letto stava in una stanza in fondo al corridoio, assieme a quello di altre quattro suore.

Inchiavardano tutto e tu puoi morire non aprono più fino alla mattina dopo. Se ti senti male puoi crepare, non ti danno retta.

Io una notte mi sono sentita male, mi è venuta una colica ai reni. Mi sono alzata, ho bussato, ho ribussato, non ce la facevo più, mi mancava la voce. Le altre, ipocrite, non mi hanno filata per niente, hanno fatto finta che dormivano. Con tutto il baccano che facevo, loro russavano! Avevano paura. Pensavano: ora questa chissà fa il diavolo a quattro e noi non ci vogliamo entrare con la collera delle suore.

Dopo due ore è arrivata suor Caritatis. Dice: che vuoi? Era livida, assonnata. Dico: ho una colica, mi sto a morire. Dice: prendi questa supposta e non mi svegliare più brutta pezzente! Richiude tutto e se ne va.

La supposta per un poco mi ha fatto effetto. Poi, avevo appena ripreso sonno, mi sono svegliata di soprassalto con i dolori più forti di prima. Allora strillo, busso, chiamo, batto, prendo a calci la porta. Ma la suora non è venuta.

Sono rimasta lì, piegata in due per il dolore che non riuscivo a tornare dentro il letto. Nessuna mi ha aiutata. Mi sono dovuta trascinare a quattro zampe fino al letto e poi tirarmi su piano piano aggrappandomi alla coperta.

La mattina dopo mi mettono in infermeria. Ero tutta rattrappita. Dicevo: chiamatemi il dottore. Dice: sì, sì. Però il dottore non veniva. Mi davano le supposte ma ormai non mi facevano più effetto. Ero impietrita dal dolore.

Dico: fate qualcosa, fate qualcosa! La suora passava di corsa, prendeva i termometri, lo sciroppo, le siringhe, diceva: dopo dopo, calma calma e se ne andava.

Mentre sto in mezzo ai dolori più velenosi vedo che accanto a me, da una parte e dall'altra del mio letto ci sono due belle vecchie austere. Aspettavano il mangiare di mezzogiorno e parlavano di questo mangiare, se lo pregustavano. Di me non si curavano per niente, come se non ci fossi.

È arrivato il pranzo e si sono messe lì con questi piatti a tirare su la minestra. Mangiavano e chiacchieravano. Sempre come se io non ci fossi. Poi si sono alzate, tutte e due insieme, hanno orinato dentro un secchiello di plastica e sono andate a buttare l'orina dentro un lavandino che stava in fondo alla stanza.

Dentro questo lavandino ci lavavano i piatti, la biancheria, ci si pulivano i denti, ogni cosa insieme. Con tutti i dolori e la vertigine pensavo: che schifo! io qui non ci resto; dentro a quel lavandino non mi ci lavo neanche morta.

Finalmente arriva il medico. Mi fa fare una iniezione. Subito mi sento meglio. Però stavo ancora rattrappita. E non mi potevo alzare. Allora dico a una di queste vecchie: per piacere mi prendi un poco d'acqua che ho sete.

Quella mi guarda, fa finta che non ha sentito. Ho pensato che forse era sorda e mi sono rivolta all'altra. Dico: mi prendi un poco d'acqua dal rubinetto che ho sete!

Niente. Non s'è neanche voltata. Stava con la testa girata verso il muro, si stava pulendo il naso e così è rimasta. Mi sono dovuta alzare, tutta storta, gobba e andare al rubinetto a prendere l'acqua perché quell'iniezione mi aveva messo una gran sete.

Quando viene la suora dico: suora, qui mi fate morire come una bestia, non posso neanche avere un poco d'acqua, che siamo in mezzo alle belve?

Dice: non ti fare sentire da quelle due che sono cattive, sono due ergastolane qui da trent'anni e non hanno pietà per nessuno. Poi mi dice: tu di dove sei? Dico: di Anzio. Dice: anch'io sono di Anzio. E facciamo un poco di amicizia.

Era giovane questa suor Celeste dell'infermeria, con un naso largo e grosso, ma fresca, gentile. Dice: paesà, te lo dico per te, lasciale stare quelle due vecchie perché sono perfide. Dico: senti, visto che sei tanto gentile, mi dovresti portare un goccio di caffè o di latte, una cosa calda, ne ho proprio bisogno.

Dice: sì sì, ora te lo mando con la scopina. Aspetto aspetto, questo caffè non arrivava mai. La suora correva, andava su e giù. Dico: e il caffè, paesana? Dice: subito subito, te lo mando dalla scopina. Ma ogni volta se lo scordava. Allora l'ho chiamata e le ho detto: ma che paesana sei che ti dimentichi di un favore così piccolo che t'ho chiesto?

Nel pomeriggio finalmente mi manda questo latte caldo. Viene la scopina, tutta infagottata, con i capelli tirati sotto la cuffia sporca. Mi fa: tiè! E mi butta il latte come se mi facesse un favore terribile. Io mi piglio questo latte e me lo bevo. Se avevo più forza glielo tiravo in testa per la sua malagrazia. A malincuore me lo sono bevuto, cattivo com'era, sapeva di rancido, me lo sono mandato giù per forza.

La notte mi tornano i dolori. Chiamo suor Celeste. Dico: fatemi un'altra iniezione, sto male. Dice: senza l'autorizzazione del medico non si può fare niente. E allora chiamate il medico, dico. Domani, dice, domani.

L'indomani il medico non viene per niente. E io sempre a chiedere questa iniezione. Mi avevano ripreso i dolori forti come la prima sera. Dice: il medico viene solo quando lo chiama la madre superiora. E dov'è la madre superiora? dico. È in missione a Roma, dice, tornerà fra qualche giorno.

E così sono rimasta senza medico. Io protestavo, mi arrabbiavo. Allora viene la paesana mia e mi dice: se vuoi c'è un medico stamattina qui in carcere, adesso te lo chiamo.

Dico: chiama subito, che ne ho bisogno. Dopo un po' arriva questo medico, alto, raggiante, bello. Dice: si deve levare qualche dente signora? Era un medico dentista. Dico: no, no, avrei un dente qui davanti che m'è caduto per le botte delle guardie, ma non ho i soldi per rimettermelo.

Dice: beh, quando avrà i soldi pagherà, io glielo posso mettere a posto per dodicimila lire. Dico: ma io non ce l'ho dodicimila lire. Dice: me ne può dare sei subito e poi altre sei fra un mese. Dico: e chi me le dà a me seimila lire?

Così il dente non me lo sono messo a posto e i dolori ai reni me li sono tenuti finché non sono passati da soli in capo a una settimana.

Sono uscita dopo quei mesi, tutta magrita, spenta. Ercoletto stava ancora dentro, aveva preso più di me. La nostra casa era stata distrutta, come, al solito. Ogni volta che vado dentro, vengono gli amici, vengono i parenti, si portano via tutto. E quando esco mi trovo spoglia e triste come uscita da una tomba.

Vado dalla Spagnola, l'unica amica vera che ho. Dice: oh Dio come ti sei sciupata! Dico: è la galera che sciupa. Dice: tieni, mangia! E mi mette davanti delle patate condite con l'olio e il prezzemolo.

Dice: sai, la carne non te la posso dare perché il vecchio non ce l'ho più, i soldi sono scarsi e i prezzi sono aumentati; le fettine di vitello che pagavo millecinquecento lire al chilo, adesso costano più di duemila lire al chilo, non so come fare.

Dico: non ti preoccupare, ora cerco di rimediare qualcosa e te la compro io la carne.

Per prima cosa vado a riprendermi Orlandino. Lo trovo tutto assiderato, con le croste sul sedere, sulle gambe. Aveva uno sfogo di pustole gialle che una si rompeva e un'altra ne nasceva e non c'era medicina che lo poteva guarire.

Intanto cerco di sapere dove hanno trasferito mio fratello. Nel mentre mi arriva una lettera di lui che dice: "Cara sorella e caro figlio Orlandino, ebbi la causa al tribunale di Livorno per quella mia zuffa con il bandito La Parca e per la coltellata infertagli dal sottoscritto. Da lì fui trasferito a Roma dove rimasi circa un mese e vidi cose peggio che all'inferno perché assistetti alla morte del giovane Cocota che lo legarono al letto di contenzione e lo uccisero a forza di botte. In quell'occasione presi di petto il brigadiere e con il vaso di notte gli spaccai il sopracciglio sinistro. Per questo fatto fui condannato a un anno di reclusione e trasferito di nuovo a Porto Azzurro da cui uscivo martoriato. Lì ebbi la notizia della morte di nostro padre, vidi la data del telegramma e constatai che il cappellano del carcere lo trattenne ventiquattro giorni e allora mi avventai contro il cappellano e gli spaccai la testa con un manico di scopa. In quel mentre cambiò direttore e venne un certo Sozzi di Roma, che avendo saputo di tutta quello che avevo passato mi considerò e mi lasciò andare a mettere le tagliole per i topi e ogni topo che prendevo mi regalava un pacchetto di trinciato comune e dopo tre mesi mi mandò a Civitavecchia dove mi ero perfezionato a fare gli scialli e i vestitini per bambini. Dopo otto mesi a Civitavecchia fui intervistato da un rotocalco illustrato che scrisse molto di me dicendo che abbastava una tonalità di voce per essere scaraventato dinanzi al Tribunale, che non esitavano a colpire con le mani e col legno e che a Civitavecchia ero divenuto un detenuto modello.

Così passarono sei mesi, sorella, di consolazione e uscii in libertà, quando tu ancora stavi dentro. Andai dalla mia concubina, la nana e poi tentai in quella stessa notte di buttarmi sotto le ruote del treno, ma accortosi un ferroviere con l'aiuto di altre tre persone mi accompagnarono a casa. La mattina dopo mi riconciliai con lei e per qualche tempo tutto andò bene, il giorno lavoravo con il Comune e la notte andavo a mare con le lampare. Una bella mattina nel ritorno dalla pesca mentre mi recavo a casa di nostro fratello Luciano vedo parecchia gente a guardare un negozio che la notte fu svaligiato e mi fermai anche io a guardare. Ad un tratto il padrone del negozio a nome Rollini mi puntò una pistola al petto gridando: ecco il ladro di questa notte! Io sicuro di me stesso gli feci una risata in faccia e gli dissi: sei solo uno scemo, ma in quell'istante venne il brigadiere dei carabinieri che mi arrestò con modi barbari dandomi anche qualche schiaffo e qualche pugno. Trascorsi due notti e due giorni in camera di sicurezza. Per l'intervento dei marinai e del fratello Luciano con il sindaco di Anzio mi fecero uscire. Dopo due giorni andai ad abitare a Nettuno in una stanzetta che mi procurò nostro fratello Eligio dove gli pagavo diecimila lire di pigione al mese. Ma poi per la gelosia di mia cognata dovetti andare via di là e per la buona pace della famiglia lasciai la casa e andiedi a Anzio convivendo sempre con questa nana, Andandò Carmela che tu conosci e mi misi a lavorare come facchino al porto dove prendevo cinquemila lire al giorno. Il sabato sera assieme agli amici di lavoro poiché scaricavamo due autotreni di concime, decidemmo di andarci a mangiare insieme delle cozze e una pizza. Dopo mi recai a casa a lavarmi e diedi tutti i soldi a Carmela e le dissi che se mi cercavano venissero nella cantina di un certo Nerone in via 20 settembre. E nel mentre si mangiava e si beveva un certo Romoletto detto Grattone disse di avere visto chi aveva svaligiato il negozio di Rollini ma disse che non avrebbe mai fatto i nomi però disse che vide pochi minuti prima due ladri parlare con il maresciallo dei carabinieri. Allora io mi bevetti una bottiglia di vino rosso e salutai tutti dicendogli che mi dovevo recare a casa per portare la mia mantenuta al cinema ed andai via.

Mi recai da un mio amico dove mi feci dare la pistola e mi precipitai di corsa in caserma e chiesi di parlare urgente con il maresciallo e alla sua presenza dissi: signor maresciallo, faccia presto perché ho trovato i ladri della stoffa che si stanno spartendo i soldi e stanno dissertando. A quelle parole lui fece armare i carabinieri e prendemmo la strada dove io gli avevo indicato, facendoli sparpagliare. Io e un appuntato armato di mitra e il maresciallo ci incamminammo per un'altra strada buia. Ad un certo punto tirai fuori la mia pistola e la puntai contro l'appuntato togliendogli il mitra e poi tolsi la pistola al maresciallo e in seguito li riunii tutti e li disarmai riportandoli in caserma sempre con il mitra spianato.

Strada facendo trovai un certo Cicogna e lo mandai a chiamar nostro fratello Luciano che infatti arrivò subito appena giungemmo in caserma. Egli mi vide con il mitra spianato e mi si raccomandò di stare buono. Io gli dissi di telefonare subito al sindaco che venisse immediatamente perché avevo acciuffato i ladri e l'accusa contro di me cadeva subitamente e mi vendicavo di loro.

Venuto il sindaco disse che avrebbe telefonato al Comando dei carabinieri che mandassero subito un comandante nella caserma per sbrogliare questo affare. Trascorsi una cinquantina di minuti entrò un brigadiere che io lo misi subito sotto il tiro del mitra. Poi siccome mi volevano fare posare quel mitra con le buone o le cattive, io dissi: questo maresciallo assieme coi ladri è l'autore del furto che erano d'accordo, ho le prove. Il maresciallo stava zitto ed era la prova della sua colpevolezza. Allora siccome non si andava né avanti né indietro, lo ammazzai questo maresciallo senza pietà perché era lui l'autore del furto di cui mi avevano accusato perfidamente, poi dissi a Luciano di raccogliere i caricatori e di consegnarli al brigadiere e al sindaco.

Quando consegnai il mitra, mi arrestarono subito senza tenere conto del mio atto di giustizia e dovetti confessare per iscritto che avevo ammazzato il maresciallo per vendetta personale.

Per questa bravata fui rimesso dentro, anche se il giudice riconobbe la colpa del maresciallo che era lui assieme coi ladri d'accordo per la spartizione del furto. Sono adesso nel carcere di Reggio Emilia che peggio non si potrebbe stare per la malvagità degli abitanti tutti nefasti e grossolani peggio che a Porto Azzurro. Mandami se puoi qualcosa in abiti e in cibo che ho sempre fame e i denti tutti guasti mi impediscono la masticazione, mandami roba morbida come frutta biscotti carne in scatola eccetera. Ti prego di venire a trovarmi al più presto ora che sei uscita e portarmi Orlandino che come padre gli sono sempre lontano e lo manco molto. Termino con la penna ma mai col cuore. Ricevi un forte abbraccio, tanti baci e particolari bacioni al nostro caro Orlandino. Tuo per sempre, fratello Orlando Numa."

Prima di portargli il figlio però ho aspettato che si rimettesse un poco. L'avrei spaventato presentandogli il bambino conciato così. Gli ho dato penicillina e cortisone in polvere e finalmente pare che le pustole, soprattutto col cortisone, si sono essiccate e la pelle marcia è caduta morta lasciando crescere una bella pelle nuova.

Intanto cercavo un lavoro per guadagnare qualche soldo perché non potevo vivere dalla Spagnola con Orlandino sempre alle spalle di lei. Per disperazione, non trovando altro, mi sono rimessa a trafficare con i travelli cecchi. Però questa volta stavo più attenta perché non volevo ritornare dentro. Ho deciso di lavorare da sola, senza complici.

A suo tempo, presso il bar Bengasi avevo conosciuto uno che faceva il cameriere in un albergo di via Nazionale. Questo cameriere si chiama Vito, è un tipo magro, stempiato, distinto, che nessuno lo sospetterebbe; parla pure il francese come un francese.

Io mi ricordavo di lui che una volta mi aveva proposto un affare e sono andata a trovarlo. Gli ho detto che facevo la vita, che andavo con gli americani e che mi capitavano dei travelli che non sapevo dove cambiare. E lui mi ha detto: porta, porta, te li cambio io.

Questo Vito era nella fiducia del direttore dell'albergo e si era fatto amico di tutti là dentro, pure del cassiere, perché l'albergo ha persino la banca interna. È un albergo non di lusso, ma commerciale, con un movimento di turisti di tutti i paesi e gente d'affari che vanno e vengono immancabilmente.

Allora io compravo i travelli cecchi a Campo dei Fiori, da due borsaroli amici miei, oppure andavo a Trastevere, da Aldina detta Gamba Storta o da Luigi detto Becca.

Loro mi procuravano questi travelli cecchi da cento, da cinquanta, da trenta dollari. Per cento dollari pagavo ventimila lire. Ma dipendeva dai giorni. C'era quando li pagavo più cari e quando li pagavo meno cari.

Tante volte Gamba Storta mi diceva: tieni, Teresa, dammi diecimila lire, levameli di torno questi travelli cecchi, è una settimana che li ho qui e ormai scottano.

Prendevo questi travelli cecchi e li portavo a Vito. Due, trecento dollari alla volta. Subito lui, zac, andava alla banca interna e li cambiava. Io gli mettevo in mano ventimila lire, trentamila, secondo quello che cambiavo.

Dice: è andata bene? Dico: è andata bene sì, ieri sera ho acchiappato un americano, era tutto ubriaco, m'ha dato questi travelli cecchi.

E lui: eh, sei brava tu, mi diceva, ci sai fare con questi americani, hai fatto bene, bisogna trattarli così questi stronzi pieni di soldi, eh, becca becca!

Così lui me li cambiava. E invece erano tutti travelli cerchi rubati e ci stava sopra la denuncia. Forse questo Vito intuiva, capiva da dove venivano, ma faceva finta di niente. Io entravo, cambiavo, intascavo e me ne andavo.

Alla Spagnola ho comprato carne, prosciutto, le ho pure regalato un televisore per il suo compleanno. Ad Orlandino l'ho fatto ingrassare. Ho portato diversi pacchi a Ercoletto che intanto era stato trasferito a Cassino. E pacchi pure a mio fratello Orlando a Reggio Emilia.

Poi ho deciso di prendermi una camera per conto mio e mi sono messa da questa vecchia. Aveva ottant'anni, era brutta come la peste, ma pensava ancora agli uomini. Si voleva sposare con uno che ha la bancarella al mercato, la bancarella di frutta e si chiama Giomberto. Poi non lo so se l'ha sposato oppure no. Questo Giomberto voleva sposarla per intascare i soldi che lei nasconde in banca, pare che ha un deposito di mezzo milione. Lo dicevano tutti che lui puntava ai soldi e qualcuno l'ha riferito anche a lei, alla ottantenne, ma questa non stava a sentire. Diceva: tutta invidia, tutta invidia, Teresa mia; qui se non stai attenta ti tolgono la sedia sotto il sedere, hai visto quanto è bello Giomberto? hai visto come mi vuole bene? la sera, ogni sera mi porta una pera moscatella da mangiare.

Da questa vecchia io pagavo ventimila lire al mese per l'uso di una stanza e cucina e bagno. Però l'acqua calda non c'era, la stanza era grande quanto un buco e a stento c'entrava un lettino da campo. La cucina era una zozzeria tutta infestata di trecce di aglio e di cipolle che mandavano un odore acuto, nocivo. Insomma me la passavo così e così, non male ma nemmeno bene. C'era quando facevo più quattrini, c'era quando ne facevo pochi davvero. Ma non mi sbilanciavo per paura della galera. Vivevo sola con Orlandino e aspettavo l'uscita di Ercoletto da Cassino.

Un giorno mentre camminavo con Orlandino verso le parti di Porta Portese dove ero andata per fare la compera di una coperta, mi è venuta improvvisamente la nostalgia di mio figlio Maceo. Una nostalgia così forte che i miei piedi si sono incamminati da soli verso viale Marconi. Con il pupo in braccio, le scarpe che mi facevano male, mi sono fatta questa camminata fino alla casa di mio figlio.

Di fronte al suo palazzo ci sta un giardinetto spelacchiato dove vanno a cacare i cani, composto di due alberi rognosi e di quattro aiole dalle foglioline gialle e malate. Ci sono pure due panchine verdi luccicanti dipinte di fresco. Lì mi sono seduta, di faccia alla casa, aspettando di vederlo uscire.

Aspetto aspetto questo figlio non esce mai. Più il tempo passava e più aumentava la voglia di vederlo. Pensavo: se esce faccio finta che sono qui a spasso col pupo, che non sapevo neanche che lui abita qui, che lo incontro per caso e ci siamo.

Andavo su e giù, su e giù. Ma niente, Maceo non usciva. Ho aspettato fino a sera, sempre in quel giardinetto, mi era venuto male agli occhi a furia di scrutare quel maledetto portone da cui entravano e uscivano tante persone ma mai quella che aspettavo amorosamente.

Sopra da lui non ci potevo andare perché mi aveva fatto sapere che per lui la mamma era morta. Così ha detto e me l'ha mandato a riferire qualche anno fa, dopo che è stato montato su dalle zie, nemiche mie mortali, contro di me. Gli dicevano che sono una madre cattiva, una delinquente senza legge né morale. Dice: tua madre sta sempre in galera, se la fa con tutti ladri, con tutte puttane, è una fuorilegge, una nemica della famiglia, tu la devi ripudiare! E così ha fatto. Ha detto: da oggi in poi non ho più madre. Per me mia madre è morta.

Ha ottenuto un bel lavoro alla Pirelli. Si è sposato. Ha messo su casa in viale Marconi. Con lui abita pure la suocera, una buona donna molto sopportabile. Questa suocera lui la chiama mamma.

Prima ci veniva da me, prima di andare a fare il militare; abitava con le zie ma veniva sempre a trovarmi. Era diventato amico di Ercoletto. Mangiavamo le pizze, andavamo al cinema insieme. Poi dopo aver fatto il militare è cambiato.

Si è fidanzato, ha messo su un'aria da signore, ha preso questo posto alla Pirelli, non m'ha voluta più vedere. Dice: mia madre ha l'amico, vive con uno senza essere sposata, non sta bene che un impiegato della Pirelli ha una madre così.

È un bel ragazzo mio figlio. Non perché è mio figlio, ma è proprio radioso. È alto uno e ottantacinque. Ha la faccia carina. Di fisico, leggermente negli occhi, assomiglia a me.

Di carattere ha preso dal padre: è della razza del padre. Non è cattivo, ha sensibilità, è bravo. Però si è fatto trasportare, si è fatto mettere su. È come suo padre che se lo rigiravano come volevano, lo infatuavano, lo montavano a modo loro.

È stata principalmente la cognata mia Egle che l'ha messo contro di me questo figlio. Io gli avevo scritto dal carcere che stavo sola, affamata, pregandolo di venire a trovarmi.

E lei gli ha detto: che sei matto? la prigione? per carità, non ci andare a trovare quella sciagurata di tua madre! Come se a mettere un piede là dentro per una visita si toglieva l'onore. E infatti non c'è mai venuto e non mi ha mai neanche scritto una cartolina.

Quando stavo fuori veniva spesso a casa mia, beveva la birra assieme con Ercoletto, giocavano a carte. Qualche volta mi rimproverava questo figlio, mi faceva la predica. Dice: mamma, guarda che hai combinato, guarda che hai fatto della tua vita! tante pretese, tanti grilli e poi te ne stai sempre in galera! le tue amiche si sono fatte ricche, i tuoi fratelli si sono messi a posto e tu stai sempre come una pezzente! Tu conosci solo ladri e puttane, frequenti gente da poco.

Erano le stesse parole di sua zia. Dico: fai finta che sono baroni e principi questi ladri, a te che t'importa chi frequento? Se avessero i soldi ti inchineresti. Fai finta che sono ricchi, straricchi, arciricchi e inchinati davanti a loro.

Il colpo di grazia gliel'ha dato questa moglie che si è presa, perché ha trovato una ragazza ostinata e altezzosa. Si chiama Mimma. È abruzzese, ha il sangue amaro. Il suo carattere non porta comprensione. Vuole essere riverita, rispettata, fa la superba e l'angelica. Non è buona a compicciare niente. Deve ringraziare Dio che le ha dato una madre casalinga che fa tutto lei, pulisce, lava, cucina, tutto. La figlia non muove un dito in casa, ha paura di rovinarsi le mani.

Porta le unghie lunghe, quando se le rompe le riappiccica con il nastro adesivo. Come intelligenza è un somaro. È furba, questo sì. Appena ha conosciuto mio figlio, l'ha subito messo sotto. Dice: se non prendi la laurea non mi fidanzo con te. Poi: se non prendi un mestiere non ti sposo.

E lui mio figlio, si è laureato, ha preso il posto alla Pirelli. E per fare questo ha dovuto faticare, subire umiliazioni, chiedere favori, strisciare. Aveva preso una pece tremenda per questa Mimma. Era innamorato cotto.

Di faccia non è brutta questa ragazza, ha il naso rincagnato, le labbra sottili, gli occhi in fuori. Piace a mio figlio, a me non piace. Di altezza è normale. Ha pochi capelli, è un po' pelata, anche di viso è carinella.

Per me mio figlio s'è sprecato con questa Mimma che non vale un batocco da portone. Lo dicono tutti. Non perché è mio figlio, ma ha un fisico benportante, è una statua. Poi è allegro, giocatore. Lei invece è arcigna, scura. Non dà soddisfazioni a nessuno. Lo tiene sotto, lo fa lavorare. Gli parla sempre di automobili, perché vuole l'automobile di lusso, vuole la pelliccia di castoro, vuole i piatti d'argento, è un'avida.

Sta sempre davanti allo specchio a spazzolarsi quei quattro capelli. Dice: Maceo non ha né padre né madre. Il padre è morto, la madre vive con un uomo, non sono sposati, non sono regolari.

Poi tira fuori la boccetta della lacca per le unghie, un liquido rosa appiccicoso, e si mette lì a laccare, prima le unghie dei piedi e poi quelle delle mani e mentre lacca brontola, dice: questo è regolare, questo non è regolare, questo va bene, questo non va bene. È peggio di un giudice del tribunale.

In questo albergo di via Nazionale ci andavo la mattina tardi, verso mezzogiorno, quando Vito staccava. Ci andavo tutta elegante, con il cappotto avana, il cappotto col bavero di pelliccia, un braccialetto qua, uno di là, i capelli lavati di fresco, una bella camicetta gialla.

Facevo questa parte della battona di lusso per Vito, per dargli fumo negli occhi e fargli credere che quei travelli cecchi non erano rubati.

Dico: stanotte m'è andata bene, ho pasticciato un americano proprio ricco e mi sono fatta dare cento dollari, poi ne ho incontrato un altro, sai, un amico di questo, tutto gonfio con la faccia gonfia.

Dice: brava Teresa, trattali male, derubali! sono gentaglia e si credono importanti perché hanno quattro soldi, si credono superiori e ti trattano come uno straccio solo perché fai il cameriere o la puttana. Spogliali, derubali, scannali vivi!

Dico: questo americano si chiama Gionni, è un tipo rapace, mi vuole solo per sé, vuole sposarmi e portarmi in America, hai capito? gli è morta la moglie e adesso vuole sposare me. E lui: brava, brava, tu sposalo e poi piantalo, ma prima portagli via tutti i soldi.

Io dicevo così perché il giorno dopo dovevo cambiare cinquecento dollari e potevo raccontargli che erano dell'americano Gionni. Lui però questo Vito era un po' scemo perché non si accorgeva che questi travelli cecchi erano tutti firmati diversi, anche firme di donne c'erano, anche firme italiane.

Dice: vieni Teresa, ti voglio offrire un caffè. Andavamo in un bar lì vicino, mi offriva il caffè con la panna. A lui basta che gli parlavo male degli americani è tutto contento. Era fissato.

Dice: com'è, com'è questo che ti vuole sposare? Dico: è uno alto due metri, avrà settant'anni. Però è castano chiaro, non so se si tinge. Porta i pantaloni alti fino al petto, con due bretelle rosse su cui c'è ricamata questa parola V-I-C-T-O-R-Y.

La fantasia mia la facevo galoppare, per dargli corda a questo Vito. Era vero che avevo conosciuto un americano così, ma tanti anni prima.

Era uno che voleva sposare Dina e si chiamava proprio Gionni. A me neanche mi vedeva, era innamorato di Dina. Aveva settant'anni veramente, ma ne dimostrava qualcuno di più.

Dice: brava, brava! spennalo bene, scuoialo! E si batteva le mani sulle cosce. Beveva un caffè, poi un altro, sempre con la panna sopra. Metteva quattro, cinque cucchiaini di zucchero e sopra la panna. Era goloso del sapore dolce. Di conseguenza aveva tutti i denti rotti e marciti.

Dice: e poi, e poi, che hai fatto? Dico: l'ho portato a una pensione, l'ho denudato, me lo sono pappato e poi gli ho detto: o mi dai cento dollari o ti pianto in asso e lui mi ha accontentato subito.

Gli facevo la gradassa e lui rideva, con quei denti bacati. Mi offriva un altro caffè, si batteva le mani sulle cosce. Non era antipatico, solo un po' fissato.

Dice: racconta, racconta ancora! E io inventavo, ero diventata una inventona, una bugiarda. La fantasia mia volava come un uccelletto. Certe pallonate che gli rifilavo!

Ora un giorno vado all'appuntamento con questo Vito e non lo trovo. Dico: dov'è Vito? Dice: signorina per favore non metta più piede qui dentro perché il direttore la fa cacciare. Dico: e perché? perché mai? Subito ho tirato fuori le unghie, per non farmi mettere sotto. Intanto cercavo un modo per scappare lesta lesta.

Allora viene un cameriere amico di Vito, un certo Vincenzino e mi dice: lo sa, Vito è stato chiamato dal direttore che gli ha detto ma a te chi te li dà tutti questi travelli cecchi? e lui: è la mancia degli americani, e il direttore: a chi vuoi darla a bere, una mancia di cento dollari! e così Vito ha risposto: veramente la storia è diversa, conosco una signorina qua che ci va con questi americani e loro la pagano coi travelli cecchi.

Il direttore gli ha detto che questi travelli cecchi erano tutti rubati e c'era la denuncia sopra. Però non ti mando in galera, ha detto, perché la responsabilità è anche mia e se non tappiamo questo buco, io perdo il posto e te con me.

Insomma questo direttore, per non perdere il posto, si è rassegnato a pagare due milioni e settecento mila lire, il valore dei travelli cecchi rubati. Un tanto al mese, li pagherà tutti.

Quando ho sentito questo, mi sono rassegnata. Dico: meno male! io pensavo che Vito era stato arrestato e già mi sentivo le manette ai polsi. Dice: ora vada signorina e non si faccia più vedere perché il direttore è arrabbiato nero con lei.

Così ho perduto quella fonte che era abbondante. E Vito non l'ho visto più. Da allora ho ripreso con la biancheria e con l'olio. Si guadagna di meno però il pericolo non è grave e il lavoro è duraturo.

Poi un giorno un'amica mi fa: senti un po' Teresa, vedi di cambiare questo assegno, poi facciamo metà per uno. Dico: se è falso non lo cambio, non voglio rischiare per ottantamila lire.

Dice: no, è buono, te lo garantisco. E va bene, dico, domattina vado in banca e te lo cambio, ma perché non lo fai tu? Dice: io non ho documenti, non mi posso presentare in banca e poi sono ricercata.

Come mi presento allo sportello trovo le guardie là che mi stavano aspettando. Non era buono l'assegno, era rubato e quella strega m'aveva inguaiata a me che ero in buona fede, per quelle maledette ottantamila lire!

Così vado dentro un'altra volta. Ritrovo tutte le mie amiche, le conoscenti. Dice: ciao, sei di nuovo qua! Dico: lasciami perdere che è meglio.

Ho chiesto di lavorare e mi hanno messa all'orto. Ho una zappa, devo zappare, levare le erbacce, innaffiare, seminare. I primi giorni con me lavorava una certa Antonia che è una chiacchierona abbondante. Riusciva a parlare anche mentre zappava, non so come faceva, era una acrobata.

Nostro incarico era pure di portare da mangiare alle galline. C'è un pollaio con una ventina di polli. Sono polli belli grassi, cattivi, se ci entri ti vengono a beccare i piedi e se non gli dai abbastanza da mangiare strillano e quando ci vai la prossima volta, per vendetta, ti acchiappano le gambe.

Ogni tanto sparisce uno di questi polli. Dico alla suora Carmina: chi ha preso la rossetta? Dice: zitta e taci, non sono cose che ti riguardano. Dico: non vorrei che poi incolpano a me. Dice: non ti preoccupare, qui di ladri non ce ne sono.

Antonia si mette a ridere. La suora si arrabbia. Dice: che ridi tu scema? Antonia si mette una mano davanti alla bocca ma continua a ridere. La suora dice: via, forza, a lavorare, sfaticate!

Soltanto ieri, parlando con l'ortolano, ho saputo a chi vanno questi polli che noi nutriamo con tanta cura. Dice: Teresa mi raccomando nutrilo bene che questo finisce nella pentola del giudice Giglio.

Per questo lavoro mi danno ottomila lire al mese, compresi i contributi da versare e le marchette.

Antonia è rimasta incinta, me l'ha detto l'altro giorno. Dico: ma di chi? Si mette a ridere. Dice: della suora no? Dico: che la suora ora è una travestita? Dice: la suora mi ha fatto da paravento; il padre vero si chiama Serpente. Dico: ecco, risalta fuori quel maledetto serpente! ma dove sta che gliene voglio dire quattro. Dice: sta all'altro carcere da dove sono stata trasferita.

Il giorno dopo questo discorso Antonia non è scesa all'orto, e anche il giorno seguente. Dico: suora, ma Antonia dove sta? non l'ho vista più. Dice: sta all'infermeria. Dico: e che ha? Dice: niente, non ti immischiare.

Però ero incuriosita. Sarà nato il figlio, dico, ma non può essere perché mi aveva detto che era al quinto mese. Poi, all'ora di cena, ho saputo da una sua amica che aveva tentato l'aborto con un coltello da cucina e si era tagliata mezzo utero. Adesso sta in infermeria e non si sa se vivrà o morirà.

Meno male che ho le ovaie infreddate io, non c'è pericolo che rimango incinta. Ho cercato di andare in infermeria per trovare Antonia ma non mi hanno lasciata entrare. Dice che ha perso otto litri di sangue. Ma dove ce l'aveva tutto questo sangue? una donnetta magra magra, chiacchierina, dolcetta, pallidona, sembrava che al posto del sangue aveva acqua zuccherata.

Quello che mi fa rabbia è che ho dovuto lasciare Orlandino a sua madre la nanetta che lo sbatterà in collegio subitamente. Non ha pazienza coi figli quella donna, non ha soldi, non ha iniziativa. Se ne sta lì in una baracca sul mare, senza stufa, senza luce, senza letto. Dorme su un materasso steso, per terra, va a lavare i panni, prende trentamila lire al mese e vive così beata e contenta. Ogni volta che nasce un figlio lo chiude in collegio, all'orfanotrofio dove le vengono su mezzi scemi, tubercolotici, impediti.

Ercoletto sta dentro anche lui. Mi scrive poco, ma mi scrive. Dice che a Cassino c'è un maresciallo sadico che sfotte i detenuti. A Ercoletto che gli diceva: mi mangerei una bella pasta asciutta! gli ha risposto: la pasta asciutta la mangio io, tu mangi le patate! E siccome Ercoletto ha protestato, l'ha cacciato in cella di punizione per dieci giorni. Invece pare che il direttore è un pezzo di pane. Ma chi comanda non è lui, perché è civile; chi comanda è quello che porta le stellette, cioè a dire la guardia, il maresciallo dei carabinieri.

Il direttore, saputo il fatto, ha chiamato il maresciallo e gli ha detto: caro maresciallo, io ti caccio via ipso facto. E il maresciallo ha risposto: provateci caro direttore!

E in effetti non c'è riuscito a cacciarlo e neanche a fargli cambiare metodo. Sono sempre lì a battibeccarsi, ma sono lì, tutti e due insieme e chi comanda è la divisa, non il borghese. Così scrive Ercoletto dal carcere.

Uscirò prima io di lui, fra dieci mesi. Sto mettendo da parte i soldi per quando esco, perché al solito sono senza casa, senza mobili, senza niente. Ho lasciato un baule pieno di roba in deposito presso un ciabattino di via San Giovanni in Laterano, ma chissà se lo ritroverò; quello è mezzo instupidito; si fa rubare le scarpe sotto al naso, mette il miele al posto della colla, mastica tutto il giorno pezzetti di cuoio, è un tontolomeo.

Quando esco, basta, voglio smettere di fare la ladra, mi voglio trovare un lavoro di sarta, anche se non so cucire, che ci fa, imbroglierò qualcosa, comprerò la stoffa a rate, e dopo la prima rata cambierò indirizzo. Voglio mettere su casa, con Ercoletto e Orlandino, tranquilla, quieta, in un posto bello, pacifico. In carcere non ci voglio tornare più.

ISOLINA
[1985]

Ringrazio:

Pippo ed Emanuela Zappulla che mi hanno aiutata a fare le ricerche veronesi su Isolina e Trivulzio;

Paola Raguzzi che ha collaborato alla ricerca dei giornali dell'epoca e mi ha suggerito l'idea di questo processo;

l'avvocato Guariente Guarienti che mi ha accompagnata per Tribunali ed Archivi, dato suggerimenti e chiarito questioni legali;

Lucia Di Stefano che ha condotto per me le ricerche su Trivulzio e la sua famiglia a Udine;

la dottoressa Laura Castellazzo che mi ha accolta con molta gentilezza all'Archivio di Stato;

il dottor Sebastiano Livoti presidente del Tribunale di Verona che mi ha aiutata a fare le ricerche dei testi dell'Istruttoria anche se purtroppo non li abbiamo trovati.

1

I fatti

I

Verona. 16 gennaio 1900. Due lavandaie sono chine a insaponare delle lenzuola sul greto dell'Adige poco sotto il ponte Garibaldi.

Da alcune fotografie dell'epoca possiamo ricostruire come si presentava il fiume allora: torbido, irruente, da poco costretto dentro gli argini nuovi (l'Adige era straripato nel 1882 distruggendo mezza città); movimentato da un continuo passaggio di barche che trasportavano sabbia, di chiatte dalle vele larghe marrone, di traghetti che facevano la spola fra una sponda e l'altra. Dove l'acqua era più fonda e turbinosa si alzavano i mulini galleggianti che agitavano le pale sporche e gocciolanti con un rumore di legni in movimento.

Lungo gli argini, su dei lembi di spiaggia pietrosa, file di donne imbacuccate stavano chine a lavare i panni, che il tempo fosse bello o brutto, chiacchierando allegramente fra di loro.

Oggi il ponte Garibaldi pianta i suoi archi di granito nell'acqua smorta. Un muro si alza a reggere il marciapiede del lungofiume su cui corrono le automobili. Lungo la parete mattonata si possono ancora vedere le tracce delle scalette da cui scendevano le lavandaie al fiume.

In questo punto, dove oggi l'acqua ammucchia pezzi di plastica, barattoli di latta e stracci, la lavandaia Maria Menapace, in quella mattina del 16 gennaio del 1900, vide un sacco impigliato fra gli sterpi. Lo indicò all'amica Luigia Marconcini dicendo, come risultò poi dalla testimonianza, "sarà carne inferior, per frodar el dazio".

Poco lontano c'era un ragazzo che pescava. Infagottato in un giubbotto nero, con un berretto logoro in testa, un paio di stivaletti di tela rattoppata. Si chiamava Paride Baggio. Aveva 15 anni. La Menapace gli chiese di aiutarla a tirare a riva quel sacco.

Era un "involto legato con lo spago, voluminoso" lo descrisse poi la polizia fluviale. "Questo l'è certamente contrabbando" si sentì dire da qualcuno che sbirciava dalla riva. Le due donne lasciarono da parte il bucato per aprirlo. Il ragazzo tirò fuori un coltellino dal manico di legno. Tagliò la cordicella. Quattro mani curiose scartarono la tela. E si trovarono davanti: “sei pezzi di carne umana per il peso di kg 13,400” come scrisse il giorno dopo “L’Adige”.

I pezzi furono identificati come “la parte destra del torace con l’intera mammella avvolta in un pezzo di tela scarlatta. La parte sinistra del torace con la mammella avvolta nello stesso tipo di stoffa. La parte inferiore del ventre avvolta in una stoffa verde con filettatura uguale. Parte delle ossa del bacino scarnificate e avvolte nella stessa stoffa verde. Una parte della gamba sinistra avvolta in un tovagliolo. Il femore scarnificato avvolto in una mutanda da donna con merletto in fondo”.

Un particolare: al tovagliolo era stato tagliato un angolo come per fare sparire una cifra di riconoscimento.

Alle 12 il Procuratore del Re fece le “constatazioni di legge”. Il giorno dopo i pontieri del 4° Genio cominciarono a scandagliare il letto del fiume. In poche ore vennero ritrovati altri pezzi di un cadavere di donna: “due fagotti con l’intestino e un altro con l’esofago, una placenta con il cordone ombelicale ancora incastonato”.

Messi insieme i pezzi, i periti stabilirono che si trattava di una donna giovane (dai 16 ai 22 anni) che aveva una visibile deviazione alla spina dorsale, che era incinta all’incirca di tre mesi. Sulla data della gravidanza ci saranno poi perizie contraddittorie e discussioni a non finire.

La città è in allarme. Tutta Verona si appassiona a questo delitto. Comincia la caccia all’assassino. Molti si danno a scandagliare il fiume per ritrovare la testa della donna che fino ad allora non era stata ancora pescata.

Il 17 gennaio un mugnaio trova un altro pezzo: un’anca avvolta in un pezzo di gonna. Fra le pieghe della gonna, nascosto in una tasca, un biglietto della spesa. I caratteri sono incerti, denotano una mano rozza e infantile; coprono un foglietto di carta di quaderno a quadretti: “Calzoni per il papà: lire 15. Calze: lire 0,30. Mussolina e flanella: lire 8,35. Lana rossa: lire 1,50. Totale: lire 25,15”.

Il Questore, cavalier Cacciatori, che conduce le prime indagini, fa una ricerca fra le ragazze scomparse. Nei registri risulta che il 5 gennaio un certo Felice Canuti ha denunciato la scomparsa della figlia, Isolina. Lo manda a chiamare, gli mostra il biglietto. L’uomo riconosce la calligrafia della figlia.

Felice Canuti che il “Corriere della Sera” descrive come “un vecchio curvo, barcollante, con barba e capelli bianchi incolti, il naso lungo e arcuato, grandi occhiaie infossate, zigomi sporgenti, sparuto, in vesti sdrucite” ha 61 anni e parla di sua figlia Isolina con molto amore: “era il mio idolo” dice, “vedevo per gli occhi di lei”; “non posso capacitarmi che è morta... è andata via la mattina del 5 e non è più tornata...”.

«E dove andava?»

«Non lo so... Clelia mia figlia l'ha vista incamminarsi verso il Circolo e il Gazometro.»

«Riconosce questi abiti?»

«Mi sembra di sì. Ma chiedete a Maria Policante. Erano amiche intime. Lo sa meglio di me.»

Il Questore manda a chiamare Maria Policante, la interroga a lungo. Ma purtroppo di questi interrogatori non è rimasto niente, né all'Archivio di Stato, né al Tribunale, né alla Biblioteca di Verona. Tutto è stato distrutto, non si sa se per caso o deliberatamente.

Ciò che rimane e si può consultare sono gli articoli dei giornali di allora: "Il Gazzettino di Venezia", il "Corriere della Sera", "L'Arena", "L'Adige", il "Verona del Popolo", il "Verona Fedele", "L'Italia militare", il "Resto del Carlino", la "Stampa". Quotidiani che col procedere dell'inchiesta diverranno mortali nemici dividendosi in due fazioni avverse: gli innocentisti e i colpevolisti.

Il fatto è che fra i primi sospettati saltò subito fuori il nome di Carlo Trivulzio, un tenente degli Alpini che aveva preso in affitto una stanza in casa Canuti e aveva avuto una relazione con Isolina.

Trivulzio apparteneva ad una famiglia nobile di Udine, era ricco, e godeva di stima e simpatia fra i commilitoni e i superiori. "Un giovane leale, coraggioso, sincero, incapace di una simile orrenda azione" questo è il commento che si sente fra i militari.

In pochi giorni si arriva alla identificazione definitiva della ragazza tagliata a pezzi. Ne parlano tutti i giornali italiani. Si tratta di Isolina Canuti, di diciannove anni, figlia di Felice Canuti, impiegato da 25 anni nell'Amministrazione di una grossa azienda, la Tressa di Verona, e di Nerina Spinelli.

Isolina aveva tre fratelli: Viscardo di 12 anni, Alfredo di 13 e Clelia di 16. La madre era morta più di dieci anni prima. I ragazzi vivevano soli col padre.

Si fa l'ipotesi di un aborto mal riuscito e dello squartamento eseguito per eliminare il corpo. I periti sono tutti d'accordo nel riferire che i tagli sono stati fatti da "mano esperta", sia di un "chirurgo che di un macellaio".

"A Verona si è sviluppato un interesse morboso per il fatto. La città non parla d'altro e la folla si assiepa lungo l'Adige con la speranza di vedere emergere qualche fagotto sanguinante."

Un moralista si chiede, sulla "Gazzetta di Treviso" se "tutto ciò è legittimo sentimento di curiosità e se il raccapriccio che si cerca non sia indizio invece poco confortante di eccitabilità nervosa e quindi decadenza mentale e fisica".

II

Il 22 gennaio i giornali escono con una notizia inattesa: il tenente Trivulzio e la levatrice Friedman vengono arrestati. Si hanno notizie indirette dell'interrogatorio dei due indiziati attraverso indiscrezioni di stampa. Trivulzio ammette di essere stato l'amante di Isolina, anche se per un breve periodo. Ammette di sapere che Isolina era incinta ma nega di averla esortata ad abortire. Nega di essere mai uscito con lei anche se ci sono dei testimoni (un prete, un oste) che li hanno visti insieme, lui ed Isolina, proprio alla trattoria del Chiodo dove si dice che la ragazza sia stata uccisa. Trivulzio nega di avere avuto a che fare con la ragazza nel periodo che va dalla sua scomparsa al ritrovamento dei resti.

La levatrice Friedman, da cui risulta che Isolina sia stata assieme con l'amica Maria Policante, nega tutto, pur ammettendo di conoscere Isolina e di avere ospitato la sua amica Maria Policante.

Le maggiori accuse al tenente vengono dalla sorella minore di Isolina, Clelia Canuti di 16 anni. Clelia racconta che sentì dalla porta aperta il Trivulzio che chiedeva alla sorella se avesse preso le polverine abortive per cui le aveva dato i soldi.

E Isolina aveva risposto: "Le polverine mi g'ho tolte ma senza fruto". Al che lui aveva ribattuto: "Io non voglio ad ogni modo che tu abbia a partorire qui a Verona, o abortisci oppure ti manderò a Milano".

Viene interrogata anche Maria Policante, che è stata serva in casa Canuti e poi se n'è andata perché non veniva pagata regolarmente. Ma questa è la sua versione perché Felice Canuti dice di averla mandata via lui perché dava il cattivo esempio alla figlia. Comunque Isolina era in rapporti di stretta amicizia con lei e quando Maria dovette abortire – dalla Friedman – andava tutti i giorni a portarle da mangiare.

Maria Policante conferma le parole di Clelia. Sì, Isolina era incinta di Trivulzio ma non voleva abortire. Il tenente le aveva dato dei soldi per comprare delle polverine abortive ma lei non le prendeva, ovvero fingeva di prenderle ma al loro posto mandava giù un'altra medicina che il medico le aveva prescritto contro il rachitismo.

Anche lei sentì Trivulzio dire a Isolina la famosa frase su Milano. Il tenente non voleva che la ragazza partorisse, non voleva figli ed era disposto a spendere pur di liberarsi di questo "ingombro".

Il tenente, si legge sul "Corriere della Sera", "ha 25 anni, appartiene al 6° Reggimento degli Alpini. È stato arrestato alle 3,30 nella casa di via Cavour 25 dove abitava anche la Isolina Canuti. Il tenente conduce una vita allegra, e quella sera stessa era stato fuori in borghese sino alle due con altri amici al veglione mascherato del teatro Ristori".

La Friedman viene descritta così dal "Corriere della Sera": "Originaria di Milano, ha la faccia deturpata da una orrenda cicatrice che le deforma la parte inferiore del viso lasciando scoperti i denti sporgenti. La Friedman è levatrice da 19 anni. Ha già avuto guai con la giustizia quando abbandonò per due volte un neonato sulle scale dell'orfanotrofio. Conobbe Isolina Canuti due anni fa quando ebbe presso di sé la domestica dei Canuti, Maria Policante. Aggiunge di avere allontanato la Isolina perché era troppo 'sboccata'. Da allora non la vide più fino all'ottobre scorso".

I giornali, soprattutto quelli favorevoli al Trivulzio, cominciano a diffondere la voce che Isolina "non era di irreprensibili costumi". Dicono di lei che "era una ragazza insofferente del freno paterno", che "tornava tardi a casa la sera", che "aveva amiche e amici con cui andava fuori a cena, a gozzovigliare"; che "ultimamente dormiva in salotto con la sorella Clelia".

Secondo Clelia "Isolina voleva tenere il figlio, ma il Trivulzio non voleva". "Un figlio da una gibbosa rachitica come lei" avrebbe detto il tenente, "no, mai."

"Alto di statura, di carattere gioviale, Carlo Trivulzio, uscito nel 1894 dalla Scuola di Modena, prestò servizio prima col grado di sergente nel 4° Fanteria e poi come sottotenente nel 6° Alpini. Era diventato tenente nel 1898. Di ritorno da Bassano, andò ad abitare l'anno scorso in casa di Felice Canuti, dove aveva stretto intima amicizia con Isolina, ragazza poco piacente ma di facili costumi..."

"Il padre, assente tutto il giorno per lavoro, vedovo da dieci anni, aveva bisogno che Isolina facesse da madre ai fratelli minori. Invece la ragazza, anche a detta dei vicini, si dava sfrenatamente ai piaceri e poco accudiva alle faccende domestiche. Le conseguenze di una tale condotta non tardarono a manifestarsi. I vicini mormorano che Isolina si era recata più volte dalla Friedman."

Intanto dalle carceri Gli Scalzi Carlo Trivulzio protesta la sua innocenza. Giura che nella notte in cui avvenne il delitto lui era di servizio.

La gente si chiede: ma dove è stata Isolina dal 5 gennaio fino al giorno del delitto? dove morì? dove fu tagliata a pezzi? perché "gli assassini buttarono i pezzi nell'Adige e lasciarono nella gonna quel biglietto compromettente anziché seppellire tutto come si presume abbiano fatto per la testa?".

Intanto i giornalisti si sbizzarriscono. Salvo "L'Adige" e altri quotidiani locali che invocano privilegi per gli ufficiali, il "Corriere della Sera" e il "Gazzettino" conducono delle inchieste parallele presentandosi in casa Canuti o in casa Trivulzio.

"Verso sera il nostro cronista va a trovare la famiglia Canuti. Apre la porta una vecchia e a tavola siedono tre ragazzetti. Alle domande la vecchia con le lagrime agli occhi chiede ad un ragazzino di rispondere lui: 'parla tì perché mi no g'ho el corajo'."

I ragazzetti erano Viscardo, Alfredo, Clelia. Alfredo raccontò che vivevano normalmente soli perché il padre lavorava e la madre era morta. La vecchia zia Angela Spinelli era arrivata solo da poche ore. Raccontò come Isolina si fosse allontanata il 5 gennaio e di come si era già allontanata altre volte per vari giorni. "Quegli stessi ragazzini da noi interrogati se volessero bene alla sorella ci risposero tutti e tre insieme 'no perché la ghe usava tanti dispiaseri al papà'. Solo l'Alfredo aggiunse 'el capirà l'è sempre nostra sorella'!"

Un altro va ad interrogare il medico della famiglia Canuti. "Isolina soffriva di anemia" dice il dottore al cronista ed "era scrofolosa". Quasi due mesi prima era andata da lui col padre a curarsi l'anemia e lui aveva prescritto una cura di ferro ma non si era accorto che fosse incinta. Se fosse stata incinta di quattro mesi come poi fu sostenuto, se ne sarebbe accorto. Il 7 il medico vide di nuovo Felice Canuti che gli disse: "Sa niente dottore della disgrazia toccatami: mi è scappata di casa l'Isolina!".

Non viene dimenticata l'amica Maria Policante la quale riferisce "ho sentito io il tenente Trivulzio dire a Isolina che non era un gran male ciò che lui le chiedeva e che già altre ragazze l'avevano fatto per lui e stavano bene ed erano felici. Un giorno che intervenni per dire la mia il tenente mi disse che Isolina era una testolina ostinata".

"Giovane e simpatico" il tenente Trivulzio "sempre sorridente, era frequentatore noto dei più eleganti e festosi ritrovi della città. Per tutti quelli che lo conoscono è certamente l'ultimo su cui potesse fermarsi il sospetto di responsabilità in questa orribile faccenda. E ancora stanotte era lì gaio e spensierato – almeno in apparenza – colle giovanili festività del carnevale."

La notizia del suo arresto colpisce tutti. Alla madre di lui, signora Verzegnassi, la notizia "fu comunicata con tutti i riguardi da un ufficiale. La madre dice che Carlo doveva andare in licenza a Udine ma ragioni di servizio glielo impedirono. Un altro figlio è sotto le armi".

La "Gazzetta di Venezia" invoca privilegi per gli ufficiali deplorando che non ci siano più. E conclude: "Del resto noi affrettiamo coi nostri voti che la liberazione del tenente Trivulzio sia presto un fatto compiuto nella ferma fiducia che l'autorità, quale essa sia, abbia questa volta peccato con una misura ingiusta quanto inutile nei riguardi dell'assicurarsi il presunto colpevole. Il governo vorrà speriamo dare una severa lezione ai funzionari così bestialmente inferiori alla loro posizione".

Il 27 gennaio il sindaco fa una visita al comandante del 6° Alpini per assicurargli che i fatti in corso non hanno per nulla "mutato gli atteggiamenti della popolazione nei confronti dell'esercito in genere e degli alpini in particolare".

III

Per la prima volta un giornale, il “Verona del Popolo”, scrive che, secondo testimonianze precise, il delitto fu compiuto in un ristorante, Il Chiodo, in vicolo Chiodo, durante una cena di ufficiali. E che la levatrice Friedman è estranea al fatto.

Intanto Trivulzio dal carcere scrive una lettera al suo colonnello.

Mio colonnello, mi perdoni se mi prendo la libertà di scriverle ma lei è ora per me un secondo padre. Ieri ho pianto di riconoscenza quando ho saputo che lei aveva subito pensato a mia madre: io solo posso apprezzare la delicatezza di questo atto. Ho pianto lagrime amare pensando al dolore che ne avrebbero risentito tutti quelli che mi amano e che io amo; poi mi sono riconfermato perché nessuno di loro crederà mai che io possa essere un delinquente. Le giuro signor colonnello che se fossi il colpevole mi sarei già ammazzato. Ma bisogna che io viva perché l’onore del mio nome e della mia divisa lo esigono.

Lo devo dimostrare a tutti che sono degno come prima e che se fatali circostanze mi hanno implicato in un delitto, nulla, nulla, le giuro è in me che rimorda nella mia coscienza. E prima ho da svolgere una rete di indizi inesplicabili che congiura contro di me. Coll’aiuto di Dio ne uscirò certo perché la verità viene sempre a galla presto o tardi. La prego intanto di far noto ai miei colleghi i miei sensi più che di riconoscenza per non avere perduto la fiducia in me per quanto hanno fatto per me e per mia madre. Mia madre è vecchia. È un colpo che può ucciderla. Dio non lo voglia. Per questo piango, non per altro. Tutto il resto affronterò serenamente. A quest’ora il tenente Moratti (quelli che partì per Udine per portare la triste notizia alla madre) sarà là. Forse a quest’ora ella sa già. Mi assista Iddio! A lei signor Colonnello, la raccomando. Mi perdoni signor Colonnello gliela raccomando tanto. Di lei subordinato *Trivulzio Carlo.*

E ancora:

P.S. Perdoni signor Colonnello, di nuovo spero fra poco di rivederla; ho fede nella giustizia degli uomini ma più ancora in quella di Dio, ciò con la coscienza pura è già tutto.

La lettera pubblicata sull'"Arena" provoca una certa emozione in città. La sera stessa c'è una dimostrazione in piazza Bra. La fanfara degli alpini "viene applaudita e accompagnata fino alla caserma con degli evviva all'esercito e agli alpini".

"Circola la voce che un giornale veronese ha oggi ricevuto una cartolina anonima timbrata Rouen in cui è detto che la signora tagliata a pezzi è una nobile di Ginevra e che il delitto fu commesso in una cantina di via Colomba dove tutt'ora sono la testa e le braccia murate..."

"Si parla anche di un telegramma spedito da Isolina e il suo amante al padre ma questo fatto è stato decisamente smentito in serata."

I giornali spettegolano. Isolina è diventata un caso nazionale. L'Italia si divide in due: coloro che credono ad una macchinazione contro l'esercito ("un ufficiale non può essere implicato in simili lordure, e poi chi era la vittima? una ragazzina, una prostituta! se ha patito una violenza vuol dire che se l'è voluta! chi si può fidare di una così? certamente il figlio era di un altro e si tratta ora di una manovra per lordare il 6° Alpini attraverso uno dei suoi ufficiali più stimati! naturalmente i socialisti ne approfittano per fare della bassa propaganda antimilitarista, è una vergogna!") e coloro che al contrario pensano che si stia compiendo una ingiustizia orrenda ("una ragazzina è stata uccisa e squartata, tutti gli indizi portano a Trivulzio, il Questore che per primo l'ha interrogato l'ha fatto arrestare, ma poi sono venute le pressioni dall'alto, il presidente del Consiglio è un militare, si capisce, e già si parla di scarcerazione, solo i socialisti stanno tenendo vivo il caso accusando il Trivulzio se non di essere direttamente il colpevole, di essere complice di omicidio e di dispersione di cadavere").

In tutto questo una morbosa attenzione si concentra sulla persona del tenente Trivulzio.

"Il tenente riceve ogni giorno il vitto a pagamento nelle carceri degli Scalzi. Si alza presto il mattino e passa tranquillamente la giornata leggendo i libri della biblioteca delle carceri."

La madre, signora Verzegnassi, a cui la notizia dell'arresto del figlio è stata comunicata con tutti i riguardi da un ufficiale in borghese, è sconvolta, inconsolabile.

"Verona del Popolo", il settimanale socialista fa i suoi commenti severi e retorici: "in una società come la nostra dove si accorda all'uomo praticare brillantemente lo sport della caccia alla donna selvaggina mentre alla donna – questa vittima designata di leggi che non ha fatte e di pregiudizi che non fa che subire – si stampa sulla fronte la stima del disonore solo perché i dardi d'amore le trapassarono il seno e fuori delle vie legali vi lasciarono l'embrione di una nuova esistenza... Ad evitare le macchie di infamia causate dalle sventuratissime espiatrici di falli che, se tali sono, dovrebbero espiarsi in due i cacciatori ricorrono al delitto giacché la vigliaccheria del complice può arrivare alla distruzione di una vita umana pur di non piegare il proprio egoismo...".

Poi si rivolge alle donne veronesi: "Donne veronesi, spose, madri, figlie, sorelle, che leggendo di questi giorni l'"Arena' avrete provato tutto il ribrezzo che un'anima possa provare di fronte alla infamissima profanazione che quel giornale sputa sui resti insepolti della povera Isolina Canuti, sappiate non dimenticare, sappiate ricordare..."

"Lode ai bravi funzionari i quali, scoperti i colpevoli, non potevano immaginare che gli squartatori di Isolina Canuti sarebbero stati protetti dal capo di quel medesimo governo che aveva promesso un premio per spingere l'affannosa ricerca di tutti i colpevoli. Di tutti perché era convinzione radicata che non uno solo fosse il colpevole ma che diverse persone dovevano avere avuto parte nel delitto.

"Eppure da dove era partita la promessa del premio partì anche l'ordine che obbligò al silenzio chi sapeva. Dopo quell'ordine un giornale cambiò tattica. Fino a che il delitto poteva attribuirsi a persone di bassifondi sociali non risparmiava la violenza abituale del linguaggio, ma dopo l'arresto del tenente Trivulzio e degli assassini più o meno casuali di Isolina apparvero facenti parte della classe che passeggia in guanti, allora quel giornale cominciò a seminare i dubbi..."

"È un nuovo affare Dreyfus" commenta il "Corriere della Sera" del 27 gennaio. "Fatto sta che finora nessuna prova schiacciante è emersa a carico degli indiziati e nemmeno la definitiva attribuzione del cadavere." Così il "Corriere della Sera" si mette sulla strada dell'"Adige".

Le autorità militari confermano che nella notte fra il 15 e il 16 Carlo Trivulzio era di picchetto. Mentre le autorità di Pubblica Sicurezza a loro volta confermano l'accusa di "omicidio volontario con premeditazione" contro il tenente Trivulzio.

Alle domande di un cronista il Questore risponde che si sono trovati davanti ad un cadavere e che tutti gli indizi raccolti compromettevano il tenente Trivulzio. In quell'occasione il Questore si lamenta di avere avuto delle pressioni dall'ambiente del Ministero degli Interni per la scarcerazione del tenente.

"Alle due di oggi (27 gennaio 1900) il tenente si è incontrato di nuovo col fratello nelle carceri degli Scalzi e gli ha raccomandato tanto la madre."

Il giornale militare "La sentinella" pubblica un'altra lettera di Carlo Trivulzio all'amico avvocato Cantù di Brescia che si è offerto spontaneamente di difenderlo.

Caro Mario, nelle circostanze si riconoscono gli amici. In sette anni la tua voce ha taciuto per sorgere amica nel momento della sventura. È inutile che con te mi dilunghi in proteste vane di innocenza. È solo per ringraziarti dal profondo dell'anima. Spero che non avrò bisogno della gentile tua offerta essendo in corso un'Istruttoria che potrà mettere in chiaro assai cose; pure nel caso occorresse tengo per accertato il soccorso della tua scienza della tua parola della tua fede e della tua amicizia. Addio dal cuore, un bacio da parte del tuo *Carlo*.

Poi invece l'avvocato Cantù non difenderà Trivulzio al tempo del processo Todeschini.

IV

Il 6 e il 7 gli indiziati vengono di nuovo interrogati. "Non essendo emerse prove schiaccianti contro i due, il Giudice Istruttore garantisce che il giorno 10 si pronuncerà sulla loro liberazione."

Invece la sera stessa del 7 i due vengono scarcerati, in libertà provvisoria. Il Questore dichiara pubblicamente che "tutti i dubbi rimangono sulla colpevolezza del Trivulzio..." che "si tratta senza dubbio, qualsiasi cosa dicono i giornali, del cadavere di Isolina perché, oltre agli indizi dei vestiti riconosciuti dalla sorella e dal padre e oltre al biglietto, nessun'altra ragazza è scomparsa in quei giorni e quelle ritenute tali sono state ritrovate. Le indagini continuano".

Particolari sulla scarcerazione del Trivulzio: "Appena libero il Trivulzio si è subito recato in caserma all'abitazione del colonnello Comi, gli ha gettato le braccia al collo e anche il colonnello lo baciò e l'abbracciò insistendo affinché si fermasse a cena...". "Ma il tenente ha preferito ripartire subito per Udine dove lo aspetta la sua mamma."

"Per strada un gruppo di amici lo ha fermato e lo ha obbligato a rimandare la partenza per recarsi al Chiodo per festeggiarlo. Il giovane ufficiale era visibilmente commosso mentre l'inno chiodico saliva festoso fra il tintinnio dei bicchieri." Dall'"Arena" del 9 febbraio 1900.

Il cronista va a trovare la levatrice Friedman. "Lei pensa di continuare a fare la levatrice dopo questa disgrazia?"

La donna, alzando la brutta faccia deformata dalla cicatrice risponde: "Sì, perché mi sento la coscienza pulita. Purché riesca a trovare ancora lavoro perché questo arresto mi ha molto danneggiata".

Ed ecco subito una intervista al tenente appena rilasciato ("Corriere della Sera" del 10.2.1900): "'Come spiega il suo arresto tenente Trivulzio?'. Il giovane bell'uomo dalla faccia serena e sorridente risponde 'un cumulo di circostanze lievissime che le autorità credevano, istruendo il processo, aggravarsi; la mia coabitazione colla Isolina, le nostre camere sullo stesso pianerottolo; le sue visite in camera mia; le mie uscite notturne in borghese, il mio aiuto prestatole in occasione della sua gravidanza, temendo essa il padre eccetera...'.

'Lei fu impressionato dall'arresto?'

'Sì mi rattristò molto pensando alla mia mamma e all'onore della mia famiglia. Però ero tranquillissimo confidando nella giustizia. Se ne meravigliarono anche i secondini. Anche mia madre mi scriveva di essere tranquillo. Sospettavo però mi nascondessero il suo stato...' Parlando della madre il tenente si commuoveva fino alle lagrime."

Il cronista insiste: "'e gli interrogatori?'" e il tenente risponde: "'Ho subìto tre interrogatori ma non posso parlarne diffusamente. La mia relazione con la Isolina fu brevissima e del tutto occasionale. I miei rapporti con la famiglia Canuti furono sempre ottimi sino alla fine tant'è vero che io stesso consolavo il padre che si sfogava con me. Arrestato, confidai sempre nella giustizia. I giudici e il Pubblico Ministero furono sempre disponibili nei miei riguardi. Mi duole sapere che il mio caso è servito da pretesto per polemiche confondendo la persona con l'Istituzione a cui appartengo e sento sempre il diritto e la fierezza di appartenerle.

'Durante la carcerazione ricevetti testimonianze di solidarietà da ogni parte d'Italia, anche da sconosciuti. Dopo la liberazione le lettere e i telegrammi si moltiplicarono. Il cameratismo dei compagni, la bontà, la delicatezza del colonnello mi riuscirono di grande conforto e di consolazione per la mia mamma.'

'Ma lei è uscito in libertà condizionata? Quindi dei sospetti gravano ancora su di lei.'

'Avrei preferito uscire senza sospetti ma il Giudice mi ha rassicurato che ci sarà un'assoluzione. Perciò ho accettato se no non sarei uscito neanche per recarmi a trovare la mamma adorata.'

'Ma c'è qualcuno che dice che il cadavere non è di Isolina. Lei che ne dice?'

'Si dice che i vestiti siano stati riconosciuti dai parenti, ma io nutro dei dubbi sul fatto che sia proprio il suo cadavere. Perché questi indizi?'"

E qui Trivulzio fa un errore psicologico. La sua ostinazione nel non volere riconoscere l'identità del cadavere quando è stata confermata da tutti dimostra una eccessiva e palese voglia di allontanare da sé i sospetti nel modo più semplice, negando l'evidenza.

Il cronista continua a interrogarlo, incalzante.

"'Nutre dei rancori verso qualcuno?'

'Non nutro rancori per nessuno,' risponde spavaldo Trivulzio 'confido sereno nella giustizia.'"

Intanto "L'Adige" riporta le notizie del "Gazzettino" sulle testimonianze di persone che affermano di avere visto entrare Isolina nella trattoria del Chiodo la sera del 5 gennaio.

Il fatto è che la gente è talmente assetata di notizie che il giornale non può fare a meno di riferire le novità sul caso. Anche se poi si precipita a smontarle screditando i testimoni e tornando come sempre alla tesi di fondo: l'innocenza di Trivulzio.

Così sia il "Corriere della Sera" che "L'Adige", probabilmente per non perdere in quei giorni i loro lettori, si premurano di riportare le notizie più importanti sulla morte di Isolina.

"Ieri i periti hanno consegnato la loro conclusione all'autorità giudiziaria" scrive il "Corriere" dell'11 febbraio. "Secondo il professor Bonuzzi dall'esame delle ghiandole lattifere si deduce che Isolina era incinta di circa 4 mesi." (L'anno dopo, al processo Todeschini lo stesso dottor Bonuzzi dirà che è sicuro che la ragazza era incinta di sette mesi.)

"I periti Pisa e Fagioli che esaminarono tutti gli altri pezzi, moltiplicando per quattro la lunghezza del femore hanno calcolato che il corpo ritrovato era di una altezza di circa un metro e sessanta. Riguardo all'ecchimosi sulla clavicola, i medici ritengono essere stata fatta mentre la donna era viva. Ormai nessuno ha più dubbi sulla identità del cadavere."

Il 12 febbraio il "Corriere" torna sulla perizia che riguarda l'ecchimosi trovata sulla clavicola: "i medici sono convinti che essa deve essere stata procurata mentre la donna era ancora viva, questo unito al fatto che tutti i pezzi di carne ritrovati presentano una emorragia sottocutanea fa ritenere che la donna sia morta di morte violenta, soffocamento o avvelenamento... Si sospetta avvelenamento visto la cura nel fare scomparire le viscere e ripulire perfettamente il bacino.

"Da come è stato squartato il cadavere, specialmente le braccia e le relative articolazioni, è evidente che è stata opera di un esperto."

V

Il 24 febbraio succede un fatto molto grave: muore una delle amiche più care di Isolina: Emma Poli. Era stata con l'amica alla cena al Chiodo, da quanto ha rivelato lei stessa, ed aveva assistito al procurato aborto.

Stava per essere interrogata dai giudici. Ma "le autorità non hanno potuto avvicinarla data la gravità del suo stato. La donna aveva appena partorito e senza difficoltà. Ma dopo il parto la situazione peggiorò. Quindi erano seguiti giorni in cui era sembrato riprendersi, quando ieri improvvisamente morì".

Così una delle testimoni più importanti, che aveva taciuto fino ad allora non si sa bene se per paura o per inerzia, scompare. Ma Emma Poli prima di morire rivela al padre di essere stata avvelenata.

Benedetto Poli, il padre, va in Questura ma non viene ricevuto dal Questore. Parla con un delegato di Pubblica Sicurezza e gli dice quello che sa. L'altro gli consiglia di non tenere conto delle parole di una moribonda; che vada in pace, la cosa non riguarda le ricerche in corso.

Il Poli se ne torna a casa. Scrive una lettera al Questore. Denuncia i fatti, fa il nome di due persone: Ronconi e Zamboni che sarebbero i responsabili della morte della figlia. Ma nessuno lo manda a chiamare.

Del fatto non si parlerà più fino all'apertura del processo Todeschini quasi un anno dopo.

Particolare inquietante: all'ospedale dove muore la Poli è presente come direttore il dottor Bonuzzi che farà di tutto, con le sue perizie, per sostenere l'innocenza di Trivulzio. Anche a costo di contraddirsi, come nella perizia sulla gravidanza che prima dichiara di quattro mesi e poi di sette. Di sua mano saranno anche le perizie sulla "credibilità" medica di alcuni testi. Di uno dirà che è incapace di "intendere e volere", di un altro che è di "carattere labile" quindi suggestionabile, e perciò non veritiero.

Che la Poli fosse una testimone determinante se ne rendono conto tutti. La sua morte oscura non convince. Ma nello stesso tempo non si vuole dare credito alle parole del padre. Chi l'ha detto che Emma è stata la sera del delitto con Isolina? Poli, che l'ha sentito dalla figlia. Ma chi può credere a quest'uomo che denuncia come responsabili della morte della figlia un famoso medico, il Ronconi, e un famoso avvocato, lo Zamboni, stimato da tutti in città?

Nessuno farà niente per approfondire la faccenda. Neanche i giornalisti. Si saprà quasi due anni dopo che lo Zamboni preso di mira dal Poli è veramente estraneo al delitto. Il fatto è che avendo Emma riferito solo i cognomi, ed essendo Verona piena di Zamboni, Benedetto Poli si era indirizzato verso il più conosciuto, rendendosi odioso a molti e riducendo di parecchio la sua credibilità.

Al processo Todeschini salterà fuori che in effetti ci fu un certo Zamboni, militare, che si curò all'ospedale proprio nel periodo in cui la Poli fu ricoverata (testimonianza del dottor Storate del 24 novembre 1901). Ma ormai era troppo tardi. Tutta la faccenda Poli sarà sepolta sotto il silenzio. E nessuno, nemmeno gli avvocati della parte avversa, si azzarderanno ad approfondire le indagini.

VI

Da marzo ad ottobre i giornali non parleranno più del caso Isolina. Come un gran fuoco a cui manca il combustibile per continuare a bruciare, la curiosità della gente si affievolisce, si spegne.

Sembra che tutto si risolva nel silenzio e nella dimenticanza. Trivulzio ha ritrovato la sua "adorata mamma" e se ne sta in vacanza a Udine. I militari sono soddisfatti. La famiglia Canuti non si fa viva. Su Isolina è caduto il silenzio di una città che va incontro ad un'estate torrida e disperata. I prezzi aumentano, le case non si trovano.

Pochi sono coloro che si possono permettere di andare in vacanza. In compenso ci sono grandi novità nel campo dei divertimenti: uno strano aggeggio dal nome complicato che proietta ombre seducenti su uno schermo bianco, la Grande Esposizione inaugurata dal Duca D'Aosta con chioschi orientali, gare di fiori, e banchetti all'aria aperta.

Solo Felice Canuti sembra ricordarsi della figlia cercando di abituarsi all'idea della sua perdita. Ma non fa niente per risollevare il caso, per scoprire i colpevoli. La sua sfiducia nel mondo e nella giustizia è tale che si chiude in casa e rimugina le sue pene senza rimedio.

Di Isolina non ci sono ritratti. Cosa sappiamo di lei? "Scorpione, vacchetta, scimmia" la chiamava Trivulzio. "Anemica scrofolosa" dice il medico di lei. "Gobba, bassa, bruttina" dicono i vicini. Insomma un esserino deforme privo di attrattive.

Eppure Isolina sapeva incantare, aveva amiche fedeli e innamorati insistenti, tanto da farsi la fama di "sciagurata, depravata, leggera" fra gli abitanti del quartiere.

In realtà a diciannove anni Isolina aveva avuto due amanti: il primo un tenente dei bersaglieri chiamato Petrini, il secondo il tenente Trivulzio di cui rimase incinta.

Sappiamo che a Isolina piaceva ballare, piaceva uscire la sera, piaceva avere amiche e corteggiatori. Suo padre dice di lei che aveva "il diavolo in corpo" e doveva essere vero perché tutti la descrivono come allegra, affettuosa, vivacc, insofferente di ogni disciplina, curiosa, intelligente. Dalle poche cose che ci dicono di lei viene fuori fra l'altro una persona dall'animo gentile, infantile, golosa di divertimenti ma non cinica né maligna.

Quando la sua amica Maria Policante era a letto dalla levatrice Friedman dopo avere subìto un aborto, Isolina andava ogni giorno a portarle da mangiare.

Possiamo immaginarla, con le sue gonne lunghe scarlatte, il passo leggero, che si dirige veloce verso la casa della levatrice con un fagotto appeso al braccio: un piatto caldo avvolto in una pezza da cucina, un pane appena uscito dal forno, dei biscotti all'anice, una mezza bottiglia di vino.

Sappiamo che era golosa di mostarda. Il salumiere Oreste Fiorio, che al processo Todeschini testimonierà contro di lei, dice di averle venduto della mostarda la mattina stessa della sua scomparsa.

Sappiamo che voleva tenere il figlio, nonostante fosse povera e le piacesse divertirsi. Più volte disse alla sorella e al Trivulzio e alle amiche che non voleva abortire. "Sto scaldando un alpinello" disse a Clelia un giorno toccandosi la pancia (testimonianza al processo Todeschini). E un'altra volta, all'attendente dell'innamorato disse: "Qui g'ho un piccolo Trivulzio". E quando lui le impose di abortire disse a Maria Policante "aspetto che vada ai freschi e poi mi prendo una stanza e lo faccio questo figlio, lui pagherà".

Da questo e da altri particolari possiamo indovinare che Isolina era innamorata di Trivulzio. Per lui aveva ordinato un corpetto ricamato dalla sarta Vianello (altra testimone contraria), e se lo metteva quando "andava a letto con lui" (testimonianza Clelia).

Una volta poi vendette un anellino che le aveva lasciato la madre per comprare delle uova e del marsala per preparare "lo zabaione per il mi moroso".

E a quel lavandaio Zampieri che al processo Todeschini testimoniò contro di lei dicendo che "dava scandalo", Isolina un giorno disse: "lavander, lavander, el mi moroso m'ha lasà...".

Un carattere espansivo insomma, gioioso e irrequieto. Non dava molta importanza ai soldi: quando li aveva li spendeva. Sognava, come tutti i poveri, le cose costose e belle. Era molto attaccata alla sorellina Clelia, più giovane di lei di quattro anni. A lei raccontava tutto con la più grande franchezza. A volte la escludeva dai suoi divertimenti, suscitando una invidia che poi ritroviamo nelle parole della ragazzina al processo.

Amava pazzamente suo padre. Ma lo trattava un po' come trattava i suoi amanti, con divertita stizzosa passionalità.

VII

Il 16 ottobre il "Gazzettino di Venezia" viene fuori con un nome nuovo, finora sconosciuto, quello della levatrice De Mori. Ci si è arrivati attraverso varie testimonianze. La De Mori sostiene che una donna è andata da lei per conto del tenente Trivulzio a chiedere di fare abortire una ragazza. Avrebbe anche scritto il suo nome sulla parete. Il giornalista vede il nome, scritto male, Tribulzio anziché Trivulzio.

Il 19 c'è una interrogazione in Parlamento dell'onorevole Monti sul caso Canuti che va riaperto perché "nuovi fatti sono venuti alla luce che cambiano i connotati".

All'onorevole Monti risponde l'onorevole Balenzano il quale afferma che "l'Istruttoria verrà riaperta in seguito a nuovi fatti emersi e che dovrà andare avanti senza riguardi per nessuno".

Il 19 ottobre il deputato socialista veronese onorevole Mario Todeschini presenta alla camera un'altra interrogazione: "Il sottoscritto interroga i ministri della Giustizia, dell'Interno e della Guerra sulla condotta della Magistratura e dell'autorità militare per il delitto della donna tagliata a pezzi, specie per le trascuranze in Istruttoria, per le indagini della Pubblica Sicurezza e per le inframettenze militari".

Il giorno dopo sul "Corriere della Sera" si legge che il Procuratore del Re dichiara che "è impossibile riaprire il processo contro il tenente Trivulzio in base alle nuove rivelazioni raccolte dal 'Gazzettino di Venezia' in quanto quei fatti erano già noti fin dall'aprile scorso all'autorità e manca quindi il fatto nuovo per poter riaprire il caso".

Se si sapevano, come mai, si chiede la gente, non se ne è parlato prima? Come mai la De Mori non era stata interrogata e come mai non erano stati messi a confronto lei e Trivulzio? L'impressione che ne ricavarono giornalisti e pubblico fu comunque che le autorità ritenevano o volevano ritenere chiusa la faccenda.

Gli unici che non si danno per vinti sono i socialisti di "Verona del Popolo". Anche loro, come altri giornali, hanno portato avanti una inchiesta privata e hanno scoperto molti fatti a dir poco sconcertanti. Sono decisi a fare riaprire il processo. Per questo assumono il ruolo di provocatori.

Il 3 novembre il giornale pubblica un editoriale pungente che cerca di fare uscire Trivulzio allo scoperto. I redattori evidentemente mirano alla querela per far riaprire il dibattimento.

"Fino a che nell'incartamento del Giudice Istruttore sta la deposizione della Clelia Canuti che testimonia di avere udito la sorella che diceva al tenente Trivulzio: 'Le polverine mi l'ho tolte ma senza fruto' a cui l'ufficiale rispondeva 'io non voglio ad ogni modo che tu abbia a partorire qui a Verona, abortirai oppure ti manderò a Milano'; fino a quando la levatrice De Mori dinanzi al Giudice non smentirà quanto l'altra volta non poté smentire 'perché nemmeno interrogata a proposito' e cioè che la Policante le si era presentata a nome di un ufficiale (la De Mori ne scrisse il nome sulla parete e quel nome suona Tribulzio) per chiederle la sua opera onde procurare aborto, fino a che tutto questo sussiste noi continueremo a ritenere che detto ufficiale sia indiziato quanto basta perché l'autorità possa procedere in suo confronto per tentativo di procurato aborto. Né si dica che il tenente Trivulzio abbia le mani legate dalla forma dell'ordinanza della Camera di Consiglio perché i provvedimenti non sono revocabili. Del resto gli rimane sempre aperta la via della piena riabilitazione conseguibile con una buona denuncia di diffamazione contro la levatrice De Mori, la Policante o il 'Gazzettino' o il nostro giornale."

"Verona del Popolo" riporta la vicenda di Emma Poli. "Il padre di lei, Benedetto Poli, riferisce all'autorità che la figlia, prima di morire, gli confidò sotto giuramento che non moriva di febbri puerperali, ma avvelenata. E inoltre gli avrebbe fatto il nome di due signori e che uno di loro l'avrebbe avvelenata perché non dicesse la verità sulla fine di Isolina.

"Il Poli denunciò subito tutto alla Pubblica Sicurezza. La morte di Emma avvenne il 20 febbraio, la denuncia è del 22, ma passò molto tempo prima che venisse fuori. E comunque nessuno ha pensato ad interrogare il Poli o i due signori incriminati."

Il cronista del "Corriere della Sera" va a trovare il Poli. "Uomo serio, lavoratore, sulla cinquantina." A cui domanda se è vero quello che racconta il "Verona" su di lui. "Non esitò a confermare la notizia della sua denuncia." Dice che non badando al giuramento fatto alla figlia si recò dalle autorità il 22 febbraio ma la Pubblica Sicurezza non fece caso alla sua denuncia. Cosicché egli la ripresentò per scritto il 20 giugno specificando ulteriormente i fatti. Nulla ottenne neanche questa volta. Rifece la denuncia il 7 luglio. Ma continuando il silenzio dell'autorità accusò ripetutamente in pubblico i presunti colpevoli. In questi giorni aveva iniziato le pratiche per "godere del gratuito patrocinio nel processo di correità in delitto intentata contro le due persone indicate dalla figlia: il cavalier Pietro Zamboni e il dottor Cirillo Ronconi, due persone stimabilissime".

L'assessore Zamboni è indignato. Afferma l'assoluta estraneità del fratello al fatto "non conosco nemmeno l'Emma Poli". Parla del dolore del padre ottantenne e minaccia denunce sia per il Poli che per tutti i giornali che riportano il fatto. Sostiene che il Procuratore del Re ha dichiarato a un suo amico avvocato che nulla era emerso contro il fratello.

Di Trivulzio non ci sono notizie. Non dà querela. Nessuno sa dove stia. E Todeschini continua la provocazione. Il 20 ottobre esce un altro articolo su "Verona del Popolo". "Non esser luogo a procedimento per il reato 383 (procurato aborto seguito da morte) perché allo stato delle prove o degli indizi raccolti nella Istruttoria già chiusa non si può con coscienzioso e fondato avviso stabilire che il fatto della morte di Isolina Canuti venga a rivestire i caratteri di reato. Ecco la pietra che il Tribunale di Verona in Camera di Consiglio poneva sopra i brani invendicati del cadavere di Isolina Canuti."

Todeschini prosegue brillantemente dimostrando che per le prove che si hanno Trivulzio dovrebbe comunque essere giudicato per "tentativo di procurato aborto". E se Isolina era d'accordo, anche contro di lei, in contumacia, visto che molti giornali mettono in dubbio che il cadavere sia realmente quello di lei.

Riferisce di colloqui che ci sarebbero stati fra il Procuratore del Re e il Capitano dei Carabinieri "in relazione al delitto considerato misterioso che condusse allo squartamento di Isolina Canuti".

"Noi però non ci adattiamo a credere che tali convegni fra le due autorità possano condurre alla riapertura del processo. Caso mai questa volontà ci fosse non ci sarebbe bisogno di ulteriori colloqui."

Ricorda che il Questore di Verona parlò di "una fitta rete dalla quale furono circondate le autorità inquirenti da chi aveva interesse a mantenere il buio sul misfatto esecrando". Dopodiché il Questore diede le dimissioni. E Todeschini questa volta si rivolge direttamente al Ministro degli Interni e della Guerra Pelloux chiedendogli se "nella sua qualità di Ministro degli Interni e della Guerra avesse sul serio disposto di 2000 lire in premio a chi fosse stato in grado di rivelare il nome degli squartatori di Isolina Canuti oppure se avesse più positivamente disposto di una maggiore somma per fare tacere chi tutto sapeva".

E prosegue: "Naturalmente nessuna risposta, nessun sequestro o procedimento contro il nostro giornale che accusava di reato di favoreggiamento lo stesso Presidente dei Ministri".

VIII

Una notizia importante: il Questore ritira le dimissioni. E Todeschini sul suo giornale commenta: "è con profondo sentimento di indignazione che noi dobbiamo notare come anche gli onesti non sappiano esimersi dal contribuire all'occultamento di delitti quale per esempio quello per cui perdette la vita Isolina Canuti".

Anche in questo caso, nessuna risposta, nessun procedimento a carico del giornale o di Todeschini.

E lui continua, imperterrito. Il 27 ottobre pubblica un altro articolo in cui rifà brevemente la storia del delitto per chi abbia dimenticato i fatti. Ormai è passato quasi un anno dalla morte di Isolina.

"Dopo che fu fatta la mattina del 16 gennaio la lugubre scoperta dei pezzi di carne umana trovati in Riva dell'Adige nei pressi del ponte Garibaldi, la stampa fu unanime nel reclamare la massima energia da parte delle autorità perché ai colpevoli non fosse possibile fuggire al meritato castigo. E la polizia si mostrò così sollecita ed efficiente che in pochi giorni fu in grado di sapere nomi e circostanze del delitto... Ma quando si scoprì che nel fatto era implicato un ufficiale degli Alpini, il quale molto probabilmente non agì da solo, ma in compagnia di altri ufficiali, improvvisamente quello stesso governo che aveva promesso un premio per spingere l'affannosa ricerca di tutti i rei si mise a proteggerli mandando ordini di silenzio.

"Intanto il tenente Trivulzio scriveva una lettera che dopo poche ore che era stata scritta compariva sul solito giornale. Diamine, si voleva forse gettare fango su quel glorioso esercito che tante benemerenze aveva – anche in Verona – guadagnate nel tempo della grande inondazione e in tutti i casi di terremoto, incendio, eccetera?

"Intanto il magistrato, emettendo una sentenza fra il sì e il no, mandava prosciolto il tenente arrestato."

Todeschini insiste che per quello che si sa il tenente Trivulzio dovrebbe essere accusato per lo meno di "procurato aborto". Protesta che la Policante non fu nemmeno sentita dal Questore sulla faccenda

De Mori. Dice che se il Trivulzio è così convinto che la Clelia Canuti racconta il falso perché non la denuncia per falsa testimonianza? Ma Trivulzio non lo farà mai, né prima né poi.

Nell'articolo del 3 novembre Todeschini cita una notizia del "Gazzettino di Venezia" che riporta la testimonianza di un farmacista di Isola della Scala il quale sostiene di avere sentito dalla Policante che andò a nome di Trivulzio dalla levatrice De Mori offrendole 300 lire per fare abortire una "putela" e che la De Mori scrisse il nome di lui sul muro.

In un altro articolo del 10 novembre Todeschini se la prende con "Verona fedele", un foglio clericale il quale si ostina a negare che il cadavere sia di Isolina. "L'ottima consorella persiste a dubitare dell'identità del cadavere e ogni qualvolta le avviene di stampare il nome di Isolina lo fa seguire da un punto interrogativo... Noi vogliamo pregare la redazione del foglio clericale di prendere informazioni dal tenente Trivulzio. Egli, che a domanda del signor Felice Canuti padre della vittima, ebbe a rispondergli 'stia tranquillo che sua figlia è in luogo sicuro' potrà dire se la Isolina viva o se sia in luogo purtroppo arcisicuro."

Segue un articolo pungente di pochi giorni dopo in cui Todeschini riferisce che Trivulzio si è costituito parte civile contro il cavalier Pietro Zamboni per "dispersione di cadavere".

Il suo commento è: "troppa fretta elegante ufficiale! Vorremmo sapere se vi sembra così assodata l'accusa del Poli contro l'egregio cittadino da farvi correre subito da quel Procuratore del Re da voi mai disturbato né tampoco implorato quando a vostro carico fu lanciata la precisa accusa di essere stato voi colui che andava escogitando il modo di procurare l'aborto alla povera vittima del kepì e del cilindro".

L'8 dicembre Todeschini scende in campo con un articolo decisivo dal titolo aggressivo "Il tenente Trivulzio alla sbarra".

"Notate bene signor tenente, noi abbiamo detto alla sbarra, e non abbiamo detto in prigione. Il nostro giornale non vi accusa di essere un omicida, vi accusa pubblicamente di essere di fronte alla opinione pubblica un prevenuto. E siccome non si sa se il Tribunale legalmente costituito tenga nell'intero conto in cui vi tiene la pubblica opinione, ci pare opportuno iniziare, o meglio continuare il processo a vostro carico su questo giornale.

"Alla sbarra dunque: noi dirigiamo il dibattimento nella speranza di diventare col tempo magari imputati in qualche processo promosso da una vostra querela finora indarno invocata.

"Senza domandarvi le generalità che ci sono indifferenti cominciamo come di rito l'interrogatorio.

"Il 23 gennaio 1900, dagli Scalzi, fatto il colpo terribile dell'imprevveduto arresto, voi avete scritto una lettera al vostro colonnello. In quella lettera parlavate di 'fatali circostanze' che vi hanno implicato in un delitto.

"È dunque vero che voi foste, mettiamo per ora come semplice testimone, implicato nel delitto che cagionò la morte di Isolina Canuti?

"Risposta: Siamo dolenti di non poter inserire anche la serie delle vostre risposte. Se vi parrà, avrete sempre a vostra disposizione l'"Arena'.

"Domanda: Dicevate in quella lettera che una rete inesplicabile di indizi congiurava verso di voi. Di tutti questi indizi, così fitti da costituire una rete, uno soltanto arrivò alla luce del sole in confessione vostra, e cioè quello dei vostri rapporti sessuali con Isolina Canuti. Quali sono gli altri?

"Risposta: ...

"Domanda: Sempre nella lettera al colonnello voi dite: se io fossi il colpevole mi sarei già ammazzato. Scrivendo le parole 'il colpevole' voi avete dato a vedere di conoscere chi il colpevole sia; altrimenti avreste scritto: se io fossi colpevole. La vostra espressione indicherebbe che voi potevate scaricare sopra un'altra persona la responsabilità del delitto e che anzi a questa persona suggerivate di compiere il proprio dovere ammazzandosi. È così?

"Risposta: ...

"Domanda: Consta dagli atti della nostra Istruttoria che poco dopo la fuga di Isolina Canuti dalla casa paterna avvenuta il 5 gennaio voi avete detto al signor Felice Canuti battendogli una mano sulla spalla: stia tranquillo don Felice, che Isolina sta in luogo sicuro. Dunque voi mentre il padre si affannava nelle ricerche sapevate dove si trovava l'Isolina. E dov'era? e perché non lo avete ancora detto se lo sapete?

"Risposta: ...

"Domanda: Che cosa avete da dire in vostra discolpa di fronte alla imputazione fattavi con la massima pubblicità di avere cercato ed anche usato mezzi più o meno idonei a procurare l'aborto ad Isolina Canuti? Consta in atti che l'Isolina vi disse una volta: 'Le polverine le g'ho tolte ma non le m'ha fato fruto'. Risulta anche che voi avete fatto viva premura presso la Maria Policante perché cercasse una levatrice la quale si prendesse la cura di fare abortire l'Isolina. Tutto ciò sussiste?

"Risposta: ...

"Domanda: Quale interesse avevate voi per procurare l'aborto all'Isolina Canuti? A quale impulso obbedivate quando le diceste che essa doveva andare a partorire a Milano o restare a Verona e abortire? È vero che l'Isolina desiderava avere il figlio nella speranza che questo legame vi avrebbe indotto a sposarla?

"Risposta: ...

"Domanda: Avete voi detto che vi pareva impossibile che Isolina Canuti – uno 'scorpione' come voi la chiamaste in quell'occasione – potesse restare incinta?

"Risposta: ...

"Domanda: È vero, come noi abbiamo saputo da sicuri informatori, che per vincere la ritrosia della Policante a cercare la compiacente levatrice le avete detto di essere disposto a spendere, rincalzando l'offerta con queste parole: 'coi denari si trova anche chi uccida un uomo'?

"Risposta: ...

"Domanda: Si sa che voi o per voi i vostri uomini difensori vanno svolgendo il supporto che Isolina Canuti fosse in un periodo di gravidanza che doveva datare da epoca anteriore alla coabitazione vostra in casa Canuti. Noi smentiamo le sollecite quanto infondate difese fatte a tale riguardo e vi accusiamo come vi accusiamo di esservi adoperato per procurare l'aborto alla Isolina dalla cui gravidanza temevate responsabilità fastidiose poiché sapevate che la Canuti desiderava partorire regolarmente nella speranza (o illusione) come dicemmo di obbligarvi a sposarla. Quali spiegazioni potete dare in proposito?

"Risposta: ...

"Domanda: L'intimità vostra colla famiglia Canuti era piena e completa. Potevate stare da solo a sola con la Isolina anche quando il padre fosse in casa. I coinquilini anzi erano scandalizzati da tanta intimità ed al signor Canuti riferivano l'ora in cui la Isolina entrava nella vostra stanza e il tempo che trascorreva con voi. Il padre però non vi abbadava più che tanto, e vi lasciava tranquillo a filare il vostro amore con l'Isolina. E di questa libertà lasciatavi dal signor Felice sembra che voi ve ne abbiate fatto un titolo di accusa – d'innanzi al Giudice a carico del padre. Ma noi vi chiediamo se la condotta del padre vi autorizzava a tentare di procurare l'aborto a Isolina. Che ne dite?

"Risposta: ...

"Domanda: Ma a tutte queste domande nostre voi non avete mai dato quella risposta che le potesse fare apparire inutili o cervellotiche, anzi chiuso nel vostro ostinato silenzio – sdegnando di farci quella querela che pure vi recherebbe (se davvero siete innocente) un ottimo servigio perché vi servirebbe a darvi quelle soddisfazioni che vi mancarono allorquando si chiuse l'Istruttoria in vostro confronto – voi vivete nei giocondetti ozi di San Briccio di Lavagno e lasciate che il mondo dica. Vi torna comodo ciò?

"Risposta: ...

"Domanda: Ebbene tacete, noi proseguiamo nel processo..."

IX

Si torna a parlare della trattoria del Chiodo in vicolo del Chiodo. Dall'indagine fatta da "Verona del Popolo" sono venute fuori alcune incongruenze: la sera del delitto si è notata la mancanza di uno dei camerieri. Il proprietario, Annibale Isotta, ha dato agli avventori delle spiegazioni contraddittorie: ad uno ha detto che era ammalato, ad un altro che stava servendo in altre sale, ad un terzo che era fuori servizio perché in vacanza.

Il "Gazzettino di Venezia" poi riceve la testimonianza di un altro oste, Gobbi, che dice di avere sentito l'Isotta parlargli di quello che è successo la famosa sera del 15 gennaio.

Ma sentiamo come ricostruisce la faccenda il "Verona del Popolo" attraverso un articolo di Todeschini.

"Pochi giorni dopo scoperti alcuni avanzi della donna tagliata a pezzi si sussurrò che il delitto fosse avvenuto alla trattoria del Chiodo. Questa affermazione della pubblica voce fu anche divulgata dai giornali...

"Dal fagotto di resti umani pescato al ponte Aleardi fu rinvenuto un tovagliolo che molti dicono fosse preciso di quelli adoperati nella trattoria del Chiodo. Ma in quanto al tovagliolo si sa che se ne possono trovare di identici in case diverse.

"Proviamo intanto ad esaminare la ubicazione della trattoria Il Chiodo e facciamo pure all'ingrosso lasciando cioè da parte i locali che non ci interessa conoscere.

"Al pianterreno della trattoria che trovasi nella casa di vicolo del Chiodo al numero civico 9 vi sono fra le altre stanze due sale di discreta grandezza. Una, arredata alla rustica, è ornata all'ingiro da alcune decine di ritratti. Sono le immagini dei componenti la Società del Chiodo.

"Più all'interno c'è un'altra stanza, la saletta dove si riuniscono diversi ufficiali del Regio Esercito. Anch'essi crediamo fanno parte della Società.

"Il conduttore della trattoria, Annibale Isotta, tiene in affitto anche il secondo piano della vicina casa segnata col numero 7. Stando nell'esercizio si può accedere alle stanze di questo secondo piano, una delle quali munita di vasca e di rubinetto dell'acquedotto serve per camerino da bagno. Nella parte posteriore dei locali terreni adibiti alla trattoria havvi un cortile. Aprendo una porta ordinaria in fondo ad esso e discendendo da cinque gradini si pone piede in una stanza che ha il pavimento battuto e che serve come magazzino e di ripostiglio. In un angolo di questo si trova un ceppo (soco) che serve al trattore per dividere a pezzi la carne che deve passare alla cucina per i clienti.

"Finalmente questo magazzino ha una porta che mette al vicolo Pomo d'Oro. Sarebbe questo il luogo del delitto? Vediamo...

"La sera del 14 gennaio corrente anno, di domenica, non c'era in trattoria del Chiodo il solito cameriere. Stando ad una prima asserzione del proprietario detto cameriere doveva essere occupato a servire una cena. Senonché dopo alcun tempo lo stesso conduttore della trattoria diceva che il suo cameriere era assente perché malato.

"Quella sera uscirono dal ristorante fra le nove e le dieci prima due ufficiali e poi tre. Ad un certo momento in cui non occorreva per i clienti la sua presenza, il trattore uscì nel mezzo del vicoletto. Con le gambe larghe stette là alcun po' e di tratto in tratto guardava su alle finestre illuminate del secondo piano della casa, numero 7.

"Da persona che passò improvvisamente di là fu sorpreso nella posizione di cui sopra e fu udito uscire in mormorii che avevano tono di imprecazione. Poi rientrò.

"Quando dopo la mattina del 16 gennaio in cui furono rinvenuti i miseri resti di Isolina si indicò alla trattoria del Chiodo come il luogo probabile dove si sarebbe consumato il delitto la persona da noi sopra accennata ricordò; e dal contegno tenuto e dalle imprecazioni uscite dalla bocca del trattore credette poter dar spiegazioni col fatto che s'era scoperto.

"Ma il trattore del Chiodo non poteva condividere alcuna responsabilità coi colpevoli. Ed in quei giorni che pure per lui dovettero essere terribili per la paura del giudizio in cui a suo carico avrebbe potuto convenire al pubblico, egli si confidò con qualche persona entrata nel suo esercizio.

"A questa persona, curiosa di vedere i locali della trattoria, accondiscese volentieri, dapprima mostrandole la stanza dei ritratti, indicando anche qualche nome degli individui in essi rappresentati e poi facendole vedere quella che di consueto è occupata dagli ufficiali.

"Fu allora che quel visitatore ebbe a chiedere qualche spiegazione a proposito di ciò che si diceva e di Isolina e del Chiodo e di qualche ufficiale. Al che il trattore disse 'Cosa vole, questa l'è la stanza dove l'è successo quel che l'è successo. I g'ha ficado su le man, i g'ha meso su un piron (forchetta) e così è successo quel che è successo. E dopo i l'ha portada fora in un'altra casa'."

Intanto al giornale "Verona del Popolo" arriva una lettera anonima. Todeschini non ne tiene conto proprio perché anonima. Ma col passare del tempo le cose dette nella lettera appaiono sempre più verosimili perché confermate da varie altre testimonianze.

La lettera, poi presentata al processo Todeschini, spiegava in questo modo il delitto: "alcuni ufficiali convennero ad una cena allestita alla trattoria del Chiodo e vi invitarono (o vi fu chi invitò) la Isolina Canuti e l'altra giovane poi morta all'ospedale.

"Quando tutti erano alticci uno ebbe a dire: 'Isolina, qua, già che vuoi abortire, stenditi sul tavolo'. L'Isolina avrebbe ubbidito perché nell'ubriachezza non aveva la coscienza del pericolo come forse non l'aveva nemmeno colui che la invitava a mettersi sul tavolo. Le sarebbe stata poi introdotta nell'utero una forchetta e ciò procurandole un forte dolore l'Isolina sarebbe uscita in acute grida.

"Bisognava soffocare quelle grida che avrebbero potuto richiamare l'attenzione di qualche passante forse e certo di coloro che potevano essere negli altri locali della trattoria.

"Allora la mano dell'operatore o di altro dei presenti sarebbe corsa ad un tovagliolo e la Isolina fu imbavagliata. Quel corpo si sarebbe agitato in preda a convulsioni. La misera avrebbe cercato di sfogare il suo dolore con urli. Ma questi avrebbero compromesso coloro che la circondavano e che ricordavano soltanto il proprio pericolo (quello cioè di essere scoperti con una donna dal ventre sanguinante) e ciò li faceva indugiare a levarle il tovagliolo. Né la liberarono quando essa tacque e dovettero trovarsi dinnanzi ad una morta. E allora avrebbero pensato a far scomparire le tracce del reato commesso.

"L'autore della lettera anonima afferma di avere udito il racconto esposto da un ex ufficiale che si diceva in grado di sapere tutto e asseriva che altri ufficiali erano a conoscenza di quello che per loro era stato tutt'altro che un mistero.

"Le parole della lettera" continua Todeschini "sono confermate dalla testimonianza dell'oste Gobbi che disse proprio così 'i g'ha ficado su le man, i g'ha meso su un piron'..."

Il 24 dicembre il "Corriere della Sera" esce con una notizia nuova sul caso Isolina. "È stato pescato presso Rondo d'Adige un teschio nella località Bosco."

Portato in Municipio il teschio viene analizzato dal medico giudiziario il quale dichiara che si tratta della testa di una giovane donna molto sfigurata. Avrebbe passato 12 mesi in acqua. Conserva un dente e pochi capelli.

Tutto fa supporre chc si tratti della testa di Isolina. "Questo confermerebbe la notizia riportata da un giornale cittadino che alcuni ragazzetti giocando sul fiume ne avevano tirato fuori una testa di donna con due trecce castane attaccate alla cute e l'avrebbero ributtata nell'acqua inorriditi."

Il "Corriere" dimentica di aggiungere che i ragazzetti andarono alla polizia ma non furono creduti. Ovvero gli si disse di non parlare con nessuno della loro macabra scoperta. Lo racconta uno dei ragazzi e il suo racconto viene riportato sia dal "Gazzettino" che dal "Verona del Popolo".

Ma ormai la misura è colma. Le provocazioni di Todeschini da una parte, le nuove scoperte dall'altra, rendono la situazione di Trivulzio molto difficile. Se non dà querela ammette tacitamente la sua colpevolezza, se la dà dovrà sottostare ad un processo pubblico.

Eppure passeranno ancora molti mesi, quasi dodici, prima che Trivulzio dia querela a Todeschini.

2

Sulle tracce di Isolina

I

Verona. Inseguendo Isolina. Arrivo il 19 settembre, un giovedì, col treno da Roma. Scendo all'albergo Cavour in vicolo del Chiodo. Una scala stretta, una stanza minuscola che dà su un tetto di tegole smozzicate, delle tende bianche ariose, un furioso battibeccare di piccioni.

Sono nel cuore di Verona. Scendo a esplorare la strada. Chiedo del ristorante Il Chiodo. Ma non ne è rimasta traccia. Un calzolaio mi dice:

«Io lavoro qui da trent'anni non ho mai visto ristoranti... ho sentito che c'era sì una trattoria molti anni fa ma l'hanno buttata giù. Ora c'è una casa nuova».

La strada è stretta e grigia, pulita. Poche porte sprangate, nessun negozio salvo il calzolaio con la sua stanzuccia buia che dà sul marciapiede. Al numero nove c'è una porta a vetri: la targhetta di un ufficio.

In fondo alla strada, verso via Cavour, un muro dipinto di fresco. In un angolo una faccetta di donna in bassorilievo. Pietra su pietra. I capelli ravviati all'indietro che finiscono in una treccia folta, le labbra pesanti, il naso grassoccio. La voce popolare ha voluto vedere in questa piccola scultura di donna il ritratto di Isolina Canuti. Se ne sta sospesa a mezza parete, un'aria savia e perplessa, gli occhi vuoti di pietra grigia, le guance mangiate dal tempo.

In vicolo Pomo d'Oro dove dava l'altra uscita del ristorante Il Chiodo non ci sono case nuove. I portoni, solo quelli nuovi, in vetro e ottone, sono chiusi e corrispondono ad altrettanti uffici. Nessuna traccia di un ristorante.

L'amico Pippo Zappulla, che ha partecipato al mio corso di scrittura all'Università libera di Alcatraz a Santa Cristina, mi porta in giro per la città, mi dà una mano, si appassiona al caso con l'ironia e il candore che gli sono propri, mi fa conoscere i suoi amici veronesi.

Uno di questi, l'avvocato Guarienti, si mostra subito disponibile e gentilissimo, nonostante le moltissime cose da fare. Baffi che scendono a raggiungere una barba riccioluta, la grande fronte stempiata, le orecchie sporgenti, gli occhiali spessi da miope. È conosciuto in città perché difende "tutte le cause perse" come dicono gli amici: ladri, poveracci, perseguitati, prostitute, drogati. È di un ottimismo travolgente, contagioso. Sorride sempre, conosce tutti, ha la battuta pronta, è famoso per le sue giacche vistose coloratissime. Camminare con lui per Verona significa fermarsi ad ogni passo: "salute avvocato, come sta tu mojer?". "Ciao, pesce leso." Chiama tutti per soprannome.

È lui che mi accompagna dal presidente del Tribunale Sebastiano Livoti, un siciliano colto e affabile che ama la pittura e la letteratura classica, sa tutto sulla musica e sulla storia.

Gli chiedo di aiutarmi a ritrovare le carte dell'Istruttoria sul caso Canuti. E lui, gentilissimo, fa chiamare gli uscieri, fa frugare nei magazzini. Ma dell'Istruttoria non si troverà traccia. «Pare che sia stato tutto distrutto dall'incendio» mi dice. «Provi all'Archivio di Stato.»

Vado all'Archivio. La direttrice, la signora Laura Castellazzo, mi riceve con cortesia. Mi ascolta parlare. Va a consultare gli schedari. Ma neanche lei riesce a trovare niente che riguardi il caso Canuti. «Provi alla Biblioteca Comunale» mi suggerisce alla fine.

Vado alla Biblioteca in via Cappello, scartabello tutti gli schedari ma neanche lì trovo niente. Intanto l'avvocato Guarienti mi dice che è riuscito a rintracciare un usciere che faceva servizio in Tribunale fino a qualche anno fa prima di andare in pensione. Lui probabilmente ne sa più degli altri: per tutta la vita ha avuto a che fare coi fascicoli dei processi veronesi.

L'usciere dice che sì ha passato venti anni nell'Archivio del Tribunale, conosceva a memoria l'ubicazione di ogni fascicolo. «E sa niente di un fascicolo che riguardava l'Istruttoria Canuti?»

«Non ricordo. Ma non c'è più niente perché tutti i fascicoli sono stati regalati alla Croce Rossa come carta straccia qualche anno fa.»

«Non potrei andare in Archivio io stessa a guardare?» insisto cocciutamente. L'usciere si mette a ridere.

«C'è più polvere che aria là dentro. È pieno di topi.»

«Non mi fanno paura i topi.»

«Ma gliel'ho detto, non c'è più niente lì dentro, niente.»

Sembra incredibile che importanti documenti che riguardano la storia di Verona siano stati buttati via così, senza pensarci su un momento, in un impeto di dissennata distrazione. O c'è stato qualcuno che ha fatto in modo che nessuno potesse mettere il naso in questa faccenda?

«Ma insomma cosa rimane del caso Isolina Canuti?» chiedo, «quali documenti posso consultare, quali carte? e dove sono finiti gli atti del processo Todeschini? capisco che della prima Istruttoria non sia rimasto niente, ma il processo...»

«C'è la sentenza del processo Todeschini. Se vuole fotocopiarla, può farlo. Ci sono le arringhe degli avvocati.»

«Gli avvocati di Isolina?»

«No, gli avvocati di Trivulzio.»

«E che altro posso consultare?»

«Be', la sola cosa rimasta sono i quotidiani dell'epoca con i rendiconti giornalieri del processo.»

Ma non troverò niente. I giornali li ho già da due mesi, ci ho studiato sopra. Ho delle pile di fotocopie sul tavolo da lavoro. E fotografie dell'epoca, e lettere, e libri, ma niente di specifico su Isolina.

Con Pippo Zappulla e sua moglie Manuela, andiamo in giro dentro una Cinquecento, sulle tracce di Isolina. Non vogliamo arrenderci.

Per prima cosa andiamo al cimitero. Chiediamo di vedere i registri dei primi del secolo. I registri sono al loro posto ed è facile consultarli. Quasi novant'anni di morti chiusi in due scaffali pulitissimi. Ma sul grosso libro che raccoglie i morti dell'anno 1900 non risulta il nome di Isolina Canuti.

Ci incamminiamo fra le tombe. Troviamo una lapide della famiglia Spinelli (la madre di Isolina) ma nemmeno una pietra che porti il nome dei Canuti.

«Ma dove possono essere sepolti i membri della famiglia di Isolina?» chiedo al guardiano.

«Saranno nella fossa comune. Ogni dieci anni le tombe vengono liberate e le ossa buttate nelle fosse comuni.»

Il cimitero è fitto di lapidi e di fiori. Fa caldo. Il sole è appena sbucato fra le nuvole bianche. Intorno a noi colonne alte, massicce. Davanti una specie di Pantheon con su scritto PIIS LACRIMIS. Camminiamo sulla ghiaia fra tombe di marmo vistose cariche di fiori. Molte frasi incise, molti rimpianti, molta retorica, "i figli affranti alla madre amata", "le sorelle disperate alla loro Maria", "il marito alla amatissima moglie" ecc.

Sotto il vetro: ritratti ovali ingialliti in cui si ergono mezzi busti impettiti di donne e uomini dalle facce spiritate. Degli occhi bui seguono i visitatori con sguardi a volte ironici, a volte corrucciati, a volte estatici. Faccette raggrinzite, grandi barbe stinte dall'acqua, bambini che sorridono infelici.

In mezzo al semicerchio di colonne ecco per terra una pietra tonda e grigia. È la fossa comune. Sopra, una lattina arrugginita con un mazzetto di fiori freschi. Qui, ormai ridotte a briciole, sono state buttate probabilmente le ossa spezzate di Isolina; un frammento di tibia, una scheggia di spina dorsale, una falange, uno spezzone di cranio.

C'è qualcosa di insensato in questo accanirsi sul corpo di una giovane ragazza incinta. Cancellare dalla vita una vita non è facile. Qualcosa rimane sempre, di irriducibile, di indistruttibile che si rifiuta di essere annientato. Lo sapevano bene i nazisti che non riuscivano ad eliminare del tutto i cadaveri degli ebrei. Sperimentavano ogni giorno un nuovo metodo: chi pensava che il fuoco fosse il sistema migliore, ma era lento e occorreva molto denaro per i forni crematori; chi credeva negli acidi corrosivi; chi proponeva il seppellimento, chi il cemento vivo.

Ma le ossa rimangono, anche ridotte a pezzetti, a testimonianza di un corpo che una volta è stato vivo contro ogni volontà di annullamento continuando a dare segno di sé in silenzio ma con decisione come a dire: ci sono voluti nove mesi per darmi una forma, ci sono voluti anni e anni per fare di me una persona adulta, anni di lavoro, di amore, di sonno, di cibo, e non puoi, semplicemente non puoi eliminarmi.

II

«Dove crede che posso trovare tracce della morte di Isolina Canuti?» chiedo al guardiano del cimitero.

«Provi alla Polizia Mortuaria.»

Così ci dirigiamo, Manuela, Pippo ed io, lungo la strada che costeggia il cimitero fino ad un cancello di ferro su cui c'è scritto appunto "Polizia Mortuaria. Azienda municipalizzata".

Sono le quattro del pomeriggio. L'ufficio sembra dormire sotto un pigro sole autunnale. Ci ricevono gentilmente. Ci mostrano gli schedari. Che sfogliamo con commozione, seguendo con gli occhi la minuta calligrafia a inchiostro verde dell'epoca.

Guardiamo tutte le pagine, dal gennaio 1900 in poi. Febbraio, marzo, aprile... fino alla fine dell'anno. Ma il nome di Isolina non compare. E nemmeno si segnalano ritrovamenti di cadaveri.

Soltanto a luglio è registrato un "cadavere sconosciuto". E sotto, appena visibile: "circa anni 20. Sesso femminile". Data del ritrovamento "5 luglio".

Sembra una profanazione. Queste dita vive del 1983 che inseguono, frugano dentro carte morte e lontane. Ed ecco una notizia strana: il 17 luglio il registro riporta il ritrovamento di un feto di 4 mesi, di sesso maschile. Pescato nel Canale della Cartiera Pedrigoni. E se fosse il figlio di Isolina mai trovato nell'Adige?

I pezzi del cadavere di Isolina sono stati trovati in mesi diversi, zone diverse, da persone diverse. La testa è stata trovata dopo 12 mesi. Perché non potrebbe essere stato trovato il feto dopo 6 mesi? Ma nessuno ne ha mai parlato.

Di Isolina comunque non ci sono tracce. Per i registri comunali non è mai esistita. Forse è nata, ma non è mai morta.

E che ne sarà stato dei discendenti? Isolina aveva tre fratelli. Si saranno sposati, avranno avuto dei figli? Che ne sarà di loro?

Prendo l'elenco del telefono. Guardo sotto Canuti. Ce ne sono diversi. Chiamo. Mi rispondono subito male. Non sanno chi sia Isolina, comunque non è loro parente, non ne sanno niente e non vogliono saperne niente.

L'ultimo a cui telefono è Viscardo Canuti. Il nome mi ricorda qualcosa: ecco sì, il fratello minore di Isolina si chiamava così.

Telefono. Mi risponde proprio lui. Un uomo dalla voce dolce, gentile. Mi dice sì, sono parenti di Isolina ma preferirebbe non parlarne. Gli chiedo un appuntamento. Prima mi dice di no. Poi di sì.

«Va bene, mi raggiunga domattina al negozio.»

Vado con Pippo solo questa volta. Manuela ha il suo lavoro di tessitrice. E poi c'è il bambino, Francesco, che sebbene sia saggio e autonomo, ogni tanto reclama la presenza della madre.

Il negozio di materiale elettrico si apre sulla strada con una porta a vetri su cui campeggia il nome Canuti. Ogni volta che si apre la porta si sente un tintinnio di campanelli che annunciano il visitatore.

Viscardo Canuti se ne sta in una stanza interna dietro un tavolo di vecchio mogano, fra montagne di carte, di lampade, di prese, di scatole di cartone. Lo riconosco subito. Assomiglia in modo impressionante al ritratto che ha fatto il pittore Dall'Oca Bianca a Clelia, la sorella di Isolina.

Un'aria di famiglia: la faccia aguzza, mite, le spalle cadenti, il collo proteso in avanti, il naso lungo, le guance smunte, gli occhi dolci, curiosi, chiarissimi.

Accanto a lui due figli: Andrea e Maria Luisa. Tutti e due con l'impronta della famiglia Canuti Spinelli, ma in più un'aria sana e robusta che Isolina e Clelia non avevano.

Chiedo a Viscardo Canuti cosa ricordi di Isolina, se ne ha sentito parlare in famiglia.

«Era la sorella di suo padre vero?»

«Sì. So che è esistita ma in famiglia non se ne parlava mai. Mia madre mi diceva: se ti chiedono di lei di' che non la conosci. Zia Clelia sì la ricordo bene. Era un po' goffa, si muoveva male. Ha presente il Gianburrasca di Rita Pavone? Be', in quel film c'era una donna, non mi ricordo come si chiamava, la faceva la Tina Pica mi pare, che assomigliava a zia Clelia. Camminava con le gambe un poco piegate, aveva la testa piccola, piena di capelli, la faccia sempre spaventata...»

«Ma si è sposata la zia Clelia?...»

«No, mai. Solo mio padre e mio zio Alfredo si sono sposati. Mia madre si chiama Maria Castagna; ha fatto tre figli: Bruna nata nel '12, Eleonora nata nel '10 ed io che sono nato nel '14.» Mi risponde con precisione pignola, una punta di orgoglio nella voce. «Io poi ho sposato Antonia Brunelli e da lei ho avuto quattro figli: Gianfranco nato nel

'39, Annabella nata nel '44, Maria Luisa nata nel '54 e Marinella nata nel '61. Gianfranco è il solo che si è sposato finora e ha fatto un figlio: Andrea. Vuole vedere la fotografia?»

«Cosa ricorda di suo padre Viscardo?»

«Era un uomo gentile, buono. Mio zio Alfredo era capitano di artiglieria. Con lo zio Alfredo eravamo in buoni rapporti, ci vedevamo sempre.»

«E lui le parlava qualche volta di Isolina?»

«No, mai. In famiglia era proibito parlarne. Non si doveva nemmeno sapere che eravamo parenti di quella poveretta.»

«E lei che cosa sa di Isolina, anche solo per sentito dire da altri?»

«Era una ragazza vivace. È rimasta incinta. Cercarono di farla abortire. La cosa andò male. Per coprire il misfatto l'hanno fatta a pezzi.»

«E di sua nonna, Giuseppina Spinelli, cosa ricorda?»

«Era una donna silenziosa, piccola, attenta e decisa. Ma è morta troppo presto... ricordo poco.»

La cosa curiosa di questa famiglia è che in tre generazioni non una donna si è sposata. Isolina è morta tragicamente. Clelia è vissuta presso i nipoti. Le due figlie di Viscardo, Bruna ed Eleonora, non si sono sposate.

Il signor Canuti sparisce un momento e torna poco dopo con una fotografia di Giuseppina Spinelli. Me la posa davanti con aria spavalda. «Ecco la nonna, assomigliava a Isolina.»

Una faccia severa, chiusa dentro un ovale un poco funereo. L'espressione fissa e immobile di un'epoca in cui di foto se ne facevano poche e solo nelle grandi occasioni.

Un vestito di lana spigata chiuso sotto il collo con un fiocco di pelliccia. Una spilla rettangolare che spicca sul vestito nero. La faccia rivolta verso la macchina. L'ovale minuto, regolare, il naso ricurvo, le labbra sottili, gli occhi vicini sprofondati nelle orbite. Le orecchie grandi. I capelli divisi in due bande, scese sulla fronte e poi tirate indietro sulle tempie fino a formare una unica treccia massiccia.

«La famiglia Canuti è di origine nobile. Erano ricchi un tempo, ma abbiamo perduto tutto con gli espropri di Napoleone» mi dice Viscardo Canuti aprendo un grosso libro rilegato.

«Il primo Canuti, anzi, Canuto, veniva da Bologna e apparteneva ad una famiglia reggente. Guglielmo Canuti tenne il Consolato a Bologna nel 1283. Un altro Canuti Lorenzo fu professore di anatomia all'università di Bologna. Poi un ramo si stanziò a Verona. È tutto scritto qui nel libro. Potrebbe anche non essere vero... ma sembra di sì...»

Mi guarda con piccoli occhi infantili, luminosi. Mi mostra sul libro rilegato in marocchino rosso il simbolo di casa Canuti: un cane che guarda verso un albero. Verde su blu. Tre stelle in un angolo.

È venuta l'ora di salutarci. Mi dice che deve andare. Mi porge la mano gentile. Non è sospettoso. Non mi chiede nemmeno cosa scriverò. Mi regala un bel sorriso fiducioso di cui gli sono grata.

III

Il mio pellegrinaggio continua. Di stazione in stazione, sui passi di Isolina e di Trivulzio. Dove andavano, cosa facevano, chi vedevano? È difficile rintracciare le immagini di una città morta dietro la facciata di una città viva, deformata, trasformata, esplosa.

La Caserma Pallone dove stava Trivulzio non c'è più. Al suo posto una strada moderna dai palazzoni anonimi. I ponti sono stati fatti saltare dai tedeschi nell'ultima guerra. La casa dove abitavano i Canuti in via Cavour è stata buttata giù. Al suo posto le porte di vetro scuro di una modernissima banca. Il ristorante Il Chiodo: sparito.

Sembra che la città abbia messo tutte le sue energie nel cancellare ogni traccia di questa sua figlia disgraziata.

Con Manuela e Pippo andiamo a cercare il collegio delle Pericolanti dove Isolina è stata chiusa da bambina subito dopo la morte della madre.

In realtà si chiama Istituto San Silvestro, ma veniva chiamato delle Pericolanti perché ospitava le orfane in pericolo, non so se di morire di fame o di "perdere la virtù". Forse tutti e due.

Ci fermiamo davanti ad una casa gialla a due piani in muratura. Ha qualche pretesa: un portone sormontato da un architrave a mezzaluna sorretto da due colonne di pietra scanalata. Le finestre sono incorniciate di pietra bianca. Una griglia di ferro dà loro un'aria di prigione.

Ci riceve la madre superiora, una giovane donna piccola asciutta e sospettosissima. Le spiego cosa sto cercando. Ma lei non mostra di ricordare niente di Isolina Canuti. Mi dice che probabilmente sbaglio a pensare che sia stata lì. Comunque i registri degli ultimi anni dell'Ottocento sono introvabili, probabilmente sono andati distrutti. Quindi è inutile che insisto.

Ma io insisto. Lei mi dice che guarderà, si informerà. Ma capisco dalla sua faccia che non lo farà, che ha fretta di mandarci via, che non si fida.

Le chiedo la storia del convento. Mi risponde cortese ma fredda, seduta in pizzo alla sedia, con voce metallica: «Qui nel 1200 c'era un antico convento benedettino. Le suore benedettine hanno diretto questo convento dal 1200 fino al 1600. Poi a loro si sono sostituite le Penitenti, che erano delle persone laiche, mature che si ravvedevano e si chiudevano nelle celle. In seguito è diventata una casa di rieducazione per ragazze. Venivano da tutte le parti, anche da Roma. A loro si sono sostituite le suore di Maria Bambina, di cui faccio parte anch'io. Il nostro ordine è qui da 130 anni. Il nostro presidente è un vescovo e fa capo a Brescia».

Le chiedo se posso visitare il collegio. Mi dice che non è possibile "fra poco è l'ora del pasto e capirà...".

Faccio due passi verso il cortile. Lei mi viene dietro allarmata, ma non può impedirmi di guardare.

Mi affaccio su un bellissimo cortile assolato tutto chiuso da ampie finestre. Di fianco un corridoio luminoso. E poi di colpo un altro cortile, questa volta a cielo aperto, con una magnolia gigantesca in mezzo.

Non posso fare a meno di immaginare Isolina bambina, chiusa nel suo vestito grigio da collegiale che gioca a palla con le amiche. La vedo correre sfrenata dentro il quadrato del cortile. La vedo di colpo stanca, le guance sbiancate da anemica, che si appoggia alla magnolia con la palla in mano, ansimante. La schiena gobba aderisce malamente al tronco ruvido. Ma lei non se ne cura. Ha una tale voglia di giocare che perfino quel cortiletto striminzito le sembra un parco e quell'albero una sequoia che tiene baldanzosamente uniti il cielo e la terra di Verona.

Sento dei passi. Due ragazzine passano timidamente tenendosi per mano. Hanno dei libri sotto il braccio. Le calze calate sui polpacci, gli occhi lustri. La suora mi fa un cenno come a dire: basta, la visita è veramente finita, ora ve ne andate.

La seguiamo verso l'uscita a malincuore. Avrei voluto vedere il dormitorio, la mensa. Avrei voluto sentire le risatine sommesse, il vocio, i sussurri di quel costretto e piccolo mondo femminile, così simile al collegio fiorentino dove ho passato tre anni della mia adolescenza, così simile a tutti i collegi, i monasteri, i convitti, dove le donne sono cresciute per secoli.

Dal collegio vado al Circolo Ufficiali. Che si trova proprio dentro il Castel Vecchio. Un ponte levatoio di vecchio legno bucato. Catene ricoperte di rampicanti. E un fosso che si apre sotto i piedi irto di cardi e di erbe selvatiche.

Dentro è buio. Si scivola da un corridoio ad una sala dal pavimento di marmo lucido. Porte di vetro zigrinato, tende pesanti di velluto, lampadari a goccia che pendono dal centro del soffitto.

Chiedo ad un cameriere se posso visitare le sale del Circolo Ufficiali. Mi dice che devo chiedere al capitano. Il capitano dov'è? Sta bevendo con degli amici. Si può chiamarlo? Forse sì, era qui un momento fa. Ed esce silenzioso.

Ecco il capitano. Un bell'uomo alto coi capelli tagliati a spazzola, la faccia abbronzata. Gli chiedo se posso visitare il Circolo. Mi guarda storto. Perché? mi chiede ma senza curiosità. Gli dico che sto facendo una ricerca sugli antichi edifici di Verona. Non posso stargli a spiegare tutta la storia di Isolina.

Cortese ma visibilmente scocciato mi dice "faccia pure, l'accompagnerà il cameriere". E se ne torna dai suoi amici.

Percorriamo un lungo corridoio su cui si aprono delle salette più o meno grandi senza finestre. In fondo a sinistra ci sono le mense dai tavoli sparsi. Delle portefinestra immettono su un terrazzo lungo e stretto coperto di piante e di fiori. Il terrazzo sporge languidamente sull'Adige. L'acqua scorre sotto tumultuosa color fango. «Qui d'estate gli ufficiali mangiano fuori. Bella vista eh?»

Torniamo indietro. Il cameriere apre le porte di una sala da ballo dalle pareti rivestite di legno. Ci sono dei grandi olii settecenteschi appesi alle pareti, un lampadario dai mille bracci sospeso miracolosamente sulle teste, un pianoforte, delle sedie, dei tavoli ammucchiati.

Incamminandomi verso l'uscita mi fermo un momento a guardare dietro una porta socchiusa il capitano con gli amici. Stanno seduti attorno ad un tavolo di metallo all'interno di un cortiletto invaso dai fiori. Una specie di giardino pensile riparato dagli spalti del castello.

Si sorridono, chiacchierano allegramente portandosi i bicchieri alla bocca. Il tono, i ritmi, l'intensità emotiva dell'incontro fanno pensare a quelli più remoti a cui si affidava il tenente Trivulzio quando veniva qui a giocare a carte con gli amici e il mondo dei civili doveva sembrare loro così lontano, così impuro e così servile al di là delle mura antiche, come un mondo di sensali e di usurai.

Il sentimento di appartenenza ad una casta eletta si respira nell'aria. Lo si può sentire nella sicurezza dei gesti del capitano, nella sua faccia annoiata ed abbronzata, nei sorrisi arroganti degli altri ufficiali, nei bicchieri trasparenti che scintillano sulla tovaglia immacolata, nei modi intimiditi del cameriere che cerca di adeguarsi ad un cerimoniale che gli è fondamentalmente estraneo e perciò lo incanta.

La visita è finita. Torniamo alla città che soffoca nel suo stesso traffico, fra gli scappamenti dei gas e l'odore di vino e di sporco che esala da certi androni antichi in rovina.

Un altro giorno è passato. Salgo su per le scale che mi portano alla piccola stanza d'albergo in vicolo Chiodo. Mi sembra di non riuscire ad afferrare il senso di questa ricerca che pure mi affascina e mi intriga.

Casco addormentata in pochi minuti e faccio sogni angosciosi di fiumi in piena e di corpi di donna che galleggiano alla deriva.

IV

Il giorno dopo cominciamo dall'Adige. Manuela, col suo caschetto di capelli grigi, gli occhi grandi arditi, guida la Cinquecento. Io le sto accanto, con i miei quaderni, i miei libri, le mie borse, la mia macchina fotografica. Andiamo verso il Ponte Aleardi. Lì posteggiamo e proseguiamo a piedi.

Mi affaccio a guardare l'acqua che scorre rapida su un fondale di sabbia grigia. Cancelli di ferro arrugginito, un tetto di vetri leggeri, smozzicati, in stile liberty. Qualcosa di seducente e mortuario. Delle acacie di un verde chiaro quasi liquido fra cui spiccano pezzi di mura della vecchia città.

La corrente è travolgente, crea gorghi, trascina pezzi di legno, detriti. I gabbiani che qui chiamano "cocai" volano bassi lanciando grida rauche e stridenti.

È così facile immaginare un fagotto che viene spinto dalla corrente, i mulinelli d'acqua verdognola che lo fanno girare su se stesso, dei rami che lo trattengono. Ed ecco le lavandaie che si accingono ad aprire l'involto convinte che si tratti di carne di contrabbando. E poi, la sorpresa terribile di due facce materne di fronte a quello sciorinamento di pezzi di corpo femminile.

Andando avanti raggiungiamo il Ponte Garibaldi in stile Novecento. Granito bianco massiccio e muri di mattoni rossi. Il greto di pietre bianche pulite. Le muffe verdi che si mangiano il granito, lo rendono meno compatto e rigido come a testimoniare del tempo che muore.

All'una abbiamo appuntamento con l'avvocato Guarienti che ci porta sulla collina delle Torricelle a mangiare gli spaghetti. La vista su Verona si apre come un ventaglio dai colori tenui, delicati e vibranti di un dipinto giapponese. Qualcosa di irreale. Come quelle città che intere splendono capovolte e riflesse nei vapori dell'orizzonte, di un verde pallido slavato.

Immobilità magnifica. Che cancella ogni obbrobrio, ogni delitto in una eternità vetrosa che dà il capogiro.

Nel pomeriggio ci avviamo con la piccola Cinquecento verso Ronco d'Adige, il posto dove è stata ritrovata la testa di Isolina. Arrancando dietro la levità delle sue tracce, raccogliendo le pietruzze che ha seminato sul suo cammino verso il mondo dei morti.

Arriviamo che è quasi buio, passando all'interno di alcune bellissime città in miniatura, con laghi artificiali, castelli, torri, ponti levatoi e alberi secolari.

Lasciamo la macchina e ci inoltriamo lungo la riva del fiume, fra ginepri e canne, vicino a campi arati e seminati di fresco. L'acqua qui è profonda e forma gorghi minacciosi. Lungo la costa crescono disordinatamente salici e robinie.

Qui è stata ripescata la testa sfigurata di Isolina. Una treccia di capelli castani ancora attaccati alla cute, le orbite vicine, la mascella piccola e ben formata. Dopo avere trascorso 12 mesi a mollo dentro l'acqua del fiume.

Torniamo che è l'ora di cena. Abbiamo appuntamento con l'amico Bertani, editore. Lo aspettiamo in piazza delle Erbe davanti ad un fioraio. Arriva con passo baldanzoso, i capelli rossi scossi dal vento, i baffi ad ala da granatiere.

Ceniamo insieme in una vecchia trattoria, il Cristo, dove si può ancora gustare la piarà, una crema di pane e midollo di ossa di vitello al pepe nero.

Bertani mangia con appetito guardando i commensali dritto negli occhi. È polemico e candido come sempre. Dice che invece di occuparmi di una morta che non interessa nessuno dovrei invece scrivere di una viva: Paola Elia, di cui lui ha pubblicato un libro che si chiama *Autogolpe*. Gli prometto che leggerò il libro.

«Devi leggerlo, scrive da dio e poi è stata vittima di un linciaggio, non è affatto una spia come dicono: il marito l'accusa ma lei ne è fuori... è una donna eccezionale, vorrei che tu la conoscessi.»

Poi mi promette di regalarmi delle fotografie di Verona del '900 che fanno parte della sua enorme collezione. Penso che lo dica così per dire, perché ha l'aria distratta. Ma poi lo farà. Me lo vedrò arrivare trafelato alla stazione l'ultimo giorno, pochi minuti prima che parta il treno per Roma con una enorme cartella sotto il braccio, un sorriso buffo e gentile.

V

A pochi passi dal vicolo del Chiodo e da via Cavour c'è Villa Canossa. Un palazzo austero molto elegante: un cortiletto interno che mette in comunicazione la strada col fiume.

Entro dal cancello di ferro, quello che suscitò tante polemiche al tempo del processo Todeschini. C'era chi diceva di averlo visto aperto anche la notte, mentre il guardiano sosteneva che lo chiudeva sempre alle otto di sera. Fatto sta che qualcuno (teste Coronato e teste Cameri) vide due uomini entrare nel cortile di Villa Canossa portando dei sacchi.

Dal cortile, scendendo due gradini, si arriva ad una specie di lunga balconata coperta di edera. Mi appoggio alla spalletta di granito bianco. Mi sporgo sul fiume. La parete cade a picco sull'acqua che dalla parte della villa è profonda e scorre veloce.

Da questa spalletta, secondo un racconto fatto dallo stesso Sitara (attendente di Trivulzio) ad un amico che lo riferì ad altri (testimonianza Corbellari, Della Chiara, Graziani, Lizzari) egli gettò in Adige un sacco per ordine del suo tenente.

In una quieta notte del 14 gennaio del 1900. Dopo essersi guardate le mani che erano appiccicose e avere visto alla luce di un lampione che si trattava di sangue, il Sitara si sarebbe affrettato a scaraventare giù dalla spalletta il sacco compromettente.

Trattenendo il fiato si può ancora sentire il tonfo che fece il sacco cadendo in acqua nel silenzio della notte. Un attimo. E il fagotto viene inghiottito dai gorghi e trascinato via dalla corrente.

Mi fermo un momento al centro del cortile a guardare i curiosi fregi che ornano le pareti: daini in corsa, mitrie vescovili, occhiali, cani seduti.

Il bellissimo palazzo se ne sta chiuso al di là di questi fregi, al di là di alte inferriate impenetrabili, al di là di grandi vetri quadrettati e piombati, con la solennità indifferente di chi si vuole tenere fuori da ogni caso umano troppo doloroso e presente.

Chissà che qualcuno quella sera da una di queste finestre non abbia visto due sagome avvicinarsi alla spalletta del fiume. Ma probabilmente anche se avesse visto non avrebbe parlato. Come tanti altri, che pur sapendo non hanno aperto bocca.

Di fronte alle accuse, i militari, i nobili, la classe dirigente della città si sono tutti nascosti dietro un silenzio altero e superbo.

Da lì ci dirigiamo verso il carcere giudiziario. Il vecchio edificio degli Scalzi non c'è più; è andato distrutto. A ricordarlo è rimasto un pezzo di muro incastonato nei mattoni sopra un bel prato comunale.

Al posto delle vecchie carceri un garage, dei negozi, un Centro sportivo, dei giardinetti. A sinistra si leva il corpo giallo della chiesa di Santa Teresa di Avila. Una facciata settecentesca rimessa a nuovo. In alto la santa che tiene fra le mani una penna. Un angiolone le regge il libro. Un altro le regge la spada.

Qui Trivulzio è stato rinchiuso pochi giorni per ordine del Questore di Verona, cavalier Cacciatori, il primo ad interrogarlo e a convincersi della sua colpevolezza. Chissà quante volte Trivulzio avrà rivolto gli occhi verso la santa arrampicata in cima alla chiesa col suo libro e la sua penna!

Ormai mi restano poche cose da vedere ancora in città e soprattutto riguardano Trivulzio: i luoghi dove è stato di picchetto la sera del delitto, il Forte Procolo, la polveriera Spagna.

Il Forte Procolo nessuno sa dov'è. Su una carta del 1849 lo trovo a nord-ovest della città, alla sinistra dell'Adige, prima delle famose cune serpentine che lo portano verso il mare.

Ci dirigiamo verso la zona con la solita Cinquecento piena di libri e di carte. Chiediamo ad una caserma. Ci mandano da una parte e da lì in un'altra zona.

Finalmente ecco in fondo al cortile di una caserma, dietro un campo di calcio il Forte Procolo ormai mezzo distrutto. Nasce dalla terra come un fungo di pietra.

Non ci fanno avvicinare più di tanto perché è zona militare.

«L'esercito lo usa come deposito di camion usati. Solo che le regole sono regole. Il forte è recintato ed è proibito avvicinarsi.»

Un ufficiale gentile dai capelli ricci biondi ci accompagna fino ai limiti del filo spinato in mezzo ai rovi e ai quercioli.

Il forte abbandonato e smozzicato ha qualcosa di solenne e patetico. Le sue linee eleganti si stanno rompendo, le sue proporzioni vanno guastandosi, l'audace gioco dei pieni e dei vuoti lascia il posto a valanghe di terriccio e di rovi.

La sera in camera passo in rassegna su un libro regalatomi dal direttore della Cassa di Risparmio, il dottor Padovani, le costruzioni militari di Verona nei secoli passati. Così scopro la bellezza grandiosa e spenta di una ex città militare.

Forte Nugent, Forte Piovezzano, Forte Arona, Forte Prinz Rudolf, Forte Gisela, Forte Radetzky, Forte San Zeno, sono tutti capolavori dell'architettura. A stella, a losanga, a croce, a parallelepipedo, questi fortilizi hanno l'assoluta eleganza e la meravigliosa regolarità di un militarismo che si rifaceva ad una visione del mondo assolutista e antropocentrica.

Le società autocratiche hanno sempre saputo creare le più grandi delizie per gli occhi: monumenti magnifici da lasciare col fiato sospeso, simmetrie che si ispirano alle perfezioni stellari, corpi massicci ma nello stesso tempo delicati e aerei che giocano arditamente con l'aria e la luce anche quando lo scopo era la difesa e l'aggressione militare.

Un mistero da risolvere: le architetture più perfette sono figlie di tiranni e massacratori: piramidi, templi, obelischi, chiese, forti, torri, castelli, palazzi, monumenti. La bellezza si sposa con l'arroganza e il dispotismo. Sarebbe curioso conoscere le figlie architettoniche dell'umiltà e del gioco. Ma il futuro non ci dà risposte.

Nel 1900 Verona era una città guarnigione in cui i militari erano quasi più numerosi dei civili. Una città irta di torri, torrette, forti, polveriere, caserme. Gli abitatori di queste costruzioni militari si credevano i veri figli della città, coloro che ne davano lo stile e l'impronta.

D'altronde tutta l'Italia allora era divisa: fra ricchi e poveri, nobili e plebei, militaristi e pacifisti, socialisti e conservatori. Si era da poco combattuta una guerra feroce e suicida in Etiopia. Una guerra che era finita malamente con la atroce sconfitta di Adua che portò 8000 morti. Il re Umberto era un indeciso. La regina Margherita una bigotta conservatrice. Di Rudinì aveva permesso nel '98 le peggiori repressioni contro le proteste popolari (Bava Beccaris a Milano, i cannoni sulla folla, gli 80 morti inermi). I socialisti Costa, Bissolati, Anna Kuliscioff e Turati erano stati arrestati. Le università erano state chiuse, come le Camere del Lavoro.

Ma infine il governo Di Rudinì si era dovuto dimettere. E il re con le sue solite paure e i suoi tentennamenti aveva peggiorato le cose chiamando al governo il generale Pelloux che pensava di dirigere il paese con i poteri speciali e i decreti regi.

Nel '900 fu assassinato il re. L'anarchico Bresci pensava di vendicare così le vittime di Bava Beccaris. Il cantore della borghesia, l'irrequieto D'Annunzio, passava dalla destra alla sinistra con elegante noncuranza.

In questa atmosfera di paura e di rinnovate repressioni Verona si divertiva. C'erano in città ben sei teatri: il Filarmonico, il Ristori, il Manzoni, il Drammatico, l'Arena e il Gambrinus che davano in continuazione opere, operette, drammi, spettacoli d'arte varia.

Le prime proiezioni di film riscuotevano un enorme successo di pubblico. Al Ristori si proiettavano i grandi film storici e mitologici accompagnati da spettacoli di marionette, di danza o di canto.

Una serata per esempio alla Grande Guardia comprendeva: "Esperimenti del fonografo di Edison", "Proiezioni Kinestoscopio Pathé", una "Battaglia di galli", una "esibizione di Sarah Bernard", "Il Caffè Chantant di Parigi", un "numero di danze scozzesi". Tutto in una sola serata al prezzo di mezza lira.

I Circoli erano una decina. Fra i più noti: il Circolo Verona, il Circolo Bel Tempo, il Circolo Veronetta, il Circolo Gran via, il Circolo Folletto.

Di più facile accesso le birrerie. Ce n'erano a decine. Le più famose: la Birreria Margherita, la Birreria Europa, la Birreria Italia.

Per chi preferiva il Caffè Chantant c'era un'ampia scelta; ben otto nella sola cerchia delle mura. E ospitavano sciantose che venivano da tutto il mondo.

Ogni sera si organizzavano feste danzanti nelle ville più rinomate: Villa Pullé, Villa Musella, al Chievo, al Club del Teatro, allo Chalet Can de la Scala, ecc.

Non si contavano le feste mascherate, di cui la più grandiosa si teneva al Salone Sammicheli con pista di pattinaggio e veglia in bianco.

Di giorno chi voleva divertirsi poteva andare a passeggiare nei boschi, spingersi fino alla famosa Fontana di Ferro dove si beveva un'acqua che si diceva miracolosa per il fegato. Si poteva assistere al Concorso Ippico alla Madonna dell'uva secca, intervenire alle corse del Velodromo, prendere l'aria sul lungo Adige.

Nelle ore di passeggio si vedevano andare avanti e indietro le più moderne carrozze, dal Victoria al Landau, dai tiri a quattro alle Giardiniere, dalla carrozzella al Phaeton.

Gli ufficiali conducevano una vita dolce e frenetica trascinando nei loro divertimenti ragazzine di poco conto che se rimanevano incinte non pretendevano il matrimonio. Le signorine di buona famiglia erano tenute ben chiuse nei palazzi e quando uscivano, per qualche ballo a Palazzo Canossa o al Circolo degli Ufficiali, erano sempre accompagnate da tate, mamme, nonne, zie e cugine che non le perdevano mai d'occhio.

Per le ragazze più libere perché più povere le tentazioni erano tante e quasi nessuna riusciva a resistervi. Come dire di no a tutti questi divertimenti, alla corte fastosa e compìta dei tanti ufficiali che spesso nascondevano la loro brutalità sotto maniere impeccabili e abiti luccicanti?

Correre con la bicicletta sulle strade polverose fuori porta seminando il terrore fra le galline e le oche; assistere con una giacchetta nuova ad un concorso ippico dove si potevano vedere tante belle signore con dei cappelli coperti di fiori e di frutta; scivolare sul ghiaccio roteando in mezzo ad una folla colorata di giovani ufficiali; cenare al lume di candela in un ristorante rinomato come Il Chiodo o Il Torcolo, baciarsi in un androne buio mentre fuori rotolano le carrozze... cosa ci poteva essere di più seducente per una ragazzina inquieta e golosa?

Ovunque si andava si incontravano decine di ufficiali dall'aria ardita, i bei baffi biondi, gli occhi sfavillanti, i petti chiusi dentro divise fantasiose, color verde prato, giallo oro, celeste miosotis, rosso sangue. Come resistere alla voglia di buttarsi in queste feste, giocare, innamorarsi, lasciarsi andare?

VI

Con l'immagine del corpo minuto e gobbo di Isolina stretto in un corpetto ricamato che gira in tondo in un valzer vorticoso vado a cercare la Polveriera Spagna dove Trivulzio dice di avere passato le ore del delitto.

Ma la Polveriera Spagna sembra introvabile. Chi ci dice che "è giù di là, dove era la caserma Pallone", chi ci dice "no, sta dirimpetto al ponte". Chi ci manda in aperta campagna. Chi ci rimanda al Macello abbandonato.

Infine dopo aver girato e girato ce la troviamo di colpo davanti, dalle parti dei bastioni, chiusa fra un giardino spelacchiato e una fila di case moderne. Il giardino dei bastioni è cosparso di siringhe usate, preservativi e cacche di cani.

Mi arrampico su un antico pezzo di muraglione per fotografare la Polveriera che sta dietro un portone sprangato. Alle spalle: case nuove fatte in economia con balconi tutti uguali e la biancheria stesa ad asciugare.

Al di là di un alto muro ecco la tanto cercata Polveriera Spagna. Chiusa nel suo giardinetto abbandonato fa pensare alla casa della Bella addormentata. Una lunga costruzione in mattoni punteggiata di finestrelle dalla cornice di pietra bianca. Niente vetri. Solo inferriate che le danno una vaga aria di prigione.

I muri sono mangiati da valanghe di rampicanti che si sono costruite le loro strade sulle pareti sino a raggiungere il tetto in un rigoglio di foglie scure e polverose. Dal tetto bucato saltano fuori ciuffi di ortiche e di erbe selvatiche.

A destra una torretta a due piani a cui si accede per una scala esterna. L'unica finestra è divelta come una bocca che vomiti foglie marce.

Si apre una porta. Due piedi calzati di camoscio avanzano con un leggero rumore di foglie schiacciate. Due belle gambe chiuse in una maglia color ocra avanzano nel buio della sala coperta di ragnatele. La mano guantata stringe l'elsa di una spada d'argento che si abbatte sui rami che ingombrano il cammino.

Il giovane avanza a passi sicuri. Nella penombra si scorge il copricapo di velluto nero che gli stringe le tempie, un pennacchio di molli piume bianche gli scende sulla spalla danzando ad ogni passo sul suo collo esile. Una giubba di velluto, una camicia aperta sul collo. Una faccia languida. Due occhi curiosi e liquidi.

Il principe attraversa corridoi deserti, sale gelate, calpestando vetri infranti, nidi di formiche. Si arrampica su per le scale che portano ai piani superiori. Entra in una stanza e poi in un'altra. Ed ecco, nel fondo di una sala buia e immota, un lucore cilestrino: il corpo della Bella addormentata dai capelli biondi su cui giocano i ragni.

Il principe si ferma emozionato a guardare la Bella dal vestito tarlato, le guance vetrose, le labbra esangui. Si china con un movimento leggero, delicato e appoggia le labbra sanguigne su quelle morte di lei.

Ecco il tenente Trivulzio ha baciato la sua innamorata e l'ha riportata alla vita per noi. Ma nel momento che l'ha risvegliata se ne è spaventato. E ora la guarda alzarsi con un vero terrore. Dove andrà la Bella addormentata? In Tribunale, in chiesa, ai giornali? Cosa dirà di lui? Come è quieta e rassicurante la bellezza quando è morta!

La sera torno all'albergo di via del Chiodo stanchissima. Mi sembra di avere spostato dei macigni durante la giornata. Scavare nel tempo è difficile e dà un leggero senso di nausea. Come entrare in un mondo di morti che improvvisamente si fanno intransigenti, pettegoli e golosi. Vogliono che tu li ricordi secondo l'idea che loro hanno di sé. Ti tirano da tutte le parti e non ti danno tregua con le loro richieste assillanti.

Trivulzio per esempio è un morto esigentissimo. Mi ha mandato per mezzo di un suo amico, sollecitato da me attraverso la gentilezza di una signora udinese, Lucia Di Stefano, un pacco di fotografie.

In queste foto mi guarda dritto negli occhi con l'arroganza e la sicurezza di un innocente condannato ingiustamente. In una fotografia porta il cappello duro da colonnello con la greca e un'aquila stilizzata sporgente su un nastro scuro. Sulle spalle le mostrine, una fila di decorazioni sul petto. La faccia sbarbata, le mascelle ampie, squadrate, gli occhi grandi, belli, le labbra sfuggenti, un sorriso appena accennato di sarcasmo trattenuto.

In altre foto è più disteso. Prende pose meno militaresche. Ha la faccia serena e sorridente. Come in una piccola istantanea scattata per strada, in qualche cittadina di montagna, forse Udine. Sul fondo si vedono delle cime innevate. In primo piano Trivulzio tutto vestito di panni di lana scura, i pantaloni alla zuava, un cappellaccio di feltro. Tiene in mano un bastone. Ai piedi delle grosse scarpe da montagna.

Accanto a lui, ed è l'unica volta, si vedono due persone, una donna (la cognata Ida), ingoffata in un vestito estivo, anche lei con un bastone in mano, la faccia sorridente leggermente piegata all'indietro. Di fianco a lei un uomo in divisa. Anche lui sorride al fotografo che doveva essere un amico, perché è un sorriso complice, divertito.

Questa è la sola fotografia in cui Trivulzio appare in borghese. Le altre, e sono tante, lo mostrano tutte in divisa. Quasi sempre da solo, qualche volta con altri militari. La barba lunga, prima nera e poi bianca, i capelli corti e poi cortissimi, i baffi folti, piegati all'insù, incolti, sbuffanti sotto le labbra, tagliati di netto, o allungati verso le orecchie. Con la spada, col frustino, in stivali lunghi neri, in stivali marroni da cavallerizzo.

In una foto appare addirittura rapato. Se ne sta seduto su una poltrona. Tiene le mani chiuse a pugno sul grembo. Indossa una casacca da militare con due stellette sui polsi e sul colletto. Ha un'espressione stanca e tesa; gli occhi che guardano lontano, il collo gonfio, le guance molli che gli ricascano sul colletto duro.

In un'altra è tutto vestito da ussaro, con una giubba scura ornata di alamari. Tiene fra le mani – una guantata e l'altra nuda – l'elsa di una spada. In testa il berretto con l'aquila dorata. Senza barba, coi soli baffi curati e allungati verso le guance.

Guarda davanti a sé con espressione severa ma anche compiaciuta.

Sotto, una dedica: *al sottotenente Gino Yanod, affettuosamente Carlo Trivulzio*. La firma è chiara, con le lettere ben disegnate, leggermente pencolanti verso destra. Un solo segno prepotente: la T di Trivulzio che sfreccia sulle altre lettere con slancio e determinazione.

In un'altra sembra un rabbino. Porta un cappello nero calato sulla fronte, una barba bianca a ventaglio gli copre mezza faccia nonché il collo e una parte del petto.

Queste sono le fotografie di Trivulzio anziano, dai sessanta anni in poi. La sua morte data al 1949, quando aveva 73 anni. Sempre accompagnato dai suoi baffi arruffati e dalla sua divisa lo troviamo in Africa, poi a Torino, poi a Udine.

Invecchiando la sua faccia larga dai tratti appesantiti prende qualcosa di fragile, di spaventato. Ma non perde lo sguardo di chi si sente protetto da un Dio paterno e affettuoso.

VII

Dal paese dei morti Trivulzio mi ha mandato anche la voce di un amico. Una voce rotta, sgranata. Appartiene a Bruno Ballico, 83 anni, ingegnere in pensione di Udine.

La ascolto pigiando il tasto di un registratore, senza vedere la sua faccia. Parla con amore dell'amico scomparso, incalzato dalla voce limpida e dolce di Lucia Di Stefano che ha creduto e crede, senza sapere niente, per pura fede nell'amicizia, all'innocenza di Trivulzio.

"Il mio desiderio" dice Ballico, "è che questa ricerca faccia emergere la verità. Perché Carlo Trivulzio aveva molto sofferto ingiustamente. Era un uomo onesto, coraggioso, discreto. L'ultimo ricordo che ho di lui riguarda l'8 settembre. Era preoccupato, si chiedeva se l'esercito sarebbe mai tornato a riformarsi come prima e se la patria sarebbe tornata come la intendeva lui. Spero che la Casa editrice che stamperà il libro non sia rossa perché Trivulzio ha avuto i maggiori dispiaceri proprio dai socialisti.

"Se gli hanno fatto il processo era perché veniva da una famiglia nobile e perché era un ottimo ufficiale. È stato un processo contro i militari e un certo modo di intendere le cose.

"Per rifarsi una vita lui è andato in Africa, dopo il processo, in colonia e si è fatto tanto valere che l'hanno promosso generale. Era un uomo che credeva in certi valori. Aveva molto sofferto dopo l'8 settembre. Il fatto che avesse lasciato all'8° Alpini le sue proprietà dimostra quanto fosse attaccato all'esercito. Tutto quello che aveva l'ha lasciato agli Alpini."

"Ma non aveva una famiglia, dei figli? non si è sposato?"

"No, non si è mai sposato. Non pare che abbia mai avuto una donna, un amore. Viveva molto appartato, in casa del fratello e della cognata. Era molto affezionato a loro. Praticamente erano loro che si occupavano di lui. Quando si è ammalato l'ha curato la cognata. Dicono che avesse un cancro ma non lo so. Apparteneva ad una vecchia famiglia di Udine. La madre era una Verzegnassi. Il fratello Ludovico, quello a cui era tanto attaccato, aveva sposato una Haan di origine austriaca. Quelli che avevano costruito la ferrovia di Ponteban."

La stessa cassetta nera mi regala un'altra voce. Si tratta della dottoressa Rizzi, cugina di Ida Haan, di 82 anni, che ha frequentato a lungo casa Trivulzio.

"Non è stata una famiglia felice" dice la Rizzi. "Dei tre fratelli Trivulzio, Carlo non si è mai sposato, Ludovico si è sposato ma non ha avuto figli, Luigi ha avuto una bambina ma così brutta e gracile che non ha mai preso marito.

"Questa bambina, la sola erede della famiglia, aveva chiesto di andare a vivere dallo zio Ludovico a Udine perché a Torino aveva sofferto la miseria. Ma lo zio si era rifiutato di accoglierla. Mentre la zia Ida l'avrebbe presa volentieri con sé. Questa bambina è morta di encefalite, forse venti anni fa, senza sposarsi e quindi senza lasciare eredi. Non si sa se l'encefalite fosse ereditaria o fosse un fatto casuale. Il fatto è che anche lo zio Ludovico aveva avuto l'encefalite. La Contessa Bianca del Conte Rampolla Roncioni che abitava in via Sarvognana vicino a via Calzolati ricorda i giochi che faceva con la piccola Trivulzio quando ancora abitava ad Udine la figlia di Luigi. La ricorda con gli occhiali, che ci vedeva poco, bruttina e non in buone condizioni di salute ma vivacissima e spiritosissima."

"Ma perché lo zio Ludovico aveva diseredato la bambina?"

"L'aveva diseredata perché non approvava il matrimonio del fratello Luigi. Non tanto per la differenza sociale, ma perché la moralità della moglie lasciava molto a desiderare."

"Lei mi diceva che la famiglia Trivulzio veniva da Brescia."

"Sì, era una famiglia nobile di Brescia trapiantata poi a Udine. Nelle memorie udinesi degli Amasei che vanno dal 1508 al 1541 si parla dei Trivulzio. La madre era una Verzegnassi. Erano tre sorelle. Due non si erano sposate. E stavano in casa con Laura, la madre di Carlo Trivulzio. Un giorno dicono che hanno fatto bere qualcosa all'unico fratello maschio e gli hanno fatto firmare una dichiarazione in cui si impegnava a rinunciare alla casa. Dopo di che il fratello aveva intentato causa contro le sorelle, una causa che è durata 17 anni."

"E del processo che ha coinvolto Carlo Trivulzio ne ha sentito mai parlare? cosa se ne diceva in famiglia?"

"Del processo non ricordo niente, ero troppo bambina. Ma so che gli aveva cambiato completamente il carattere. Lo dicevano tutti. Come prima era socievole, allegro, dopo era diventato chiuso, solitario, restìo a parlare con la gente anche se si comportava sempre da gentiluomo.

"Voleva molto bene alla moglie del fratello, Ida Haan. Erano molto uniti. Fu lei a curarlo quando si ammalò. E quando lui morì le lasciò l'usufrutto di tutti i suoi beni. Che alla morte di lei dovevano andare agli Alpini. Lui è morto nel '49. Lei nel '72. Ma ancora le cose sono per aria. L'esercito non è riuscito a prendere possesso dell'eredità."

"Lei quando l'ha conosciuto?"

"Io, nel 1915 quando è tornato a Roma ferito agli occhi. Era stato in guerra, la guerra del '15-'18, come Ardito, portava la maglia nera col teschio; era molto coraggioso. Dopo la guerra era triste, sia per la ferita agli occhi, sia perché aveva perduto tutti i suoi diari."

"Forse da quei diari avremmo saputo qualcosa di più sul suo pensiero a proposito del processo. Quindi la famiglia Trivulzio si è estinta completamente..."

"Completamente. Il processo aveva rovinato anche il fratello Ludovico che è stato segretario comunale. Era un uomo molto intelligente, laureato in legge. Ma aveva preso l'encefalite e da ultimo stava male."

"Come l'aveva presa?"

"Non si sa, era stato morsicato dalla mosca tze-tze a Gorizia."

"Che disturbi aveva?"

"Dormiva sempre. Aveva difficoltà di parola. Scriveva molto. Ma poi si addormentava e dormiva. Il fratello Carlo gli stava sempre vicino. Quando l'ho conosciuto io che tornava dall'Eritrea aveva la barba lunga. Se l'era fatta crescere per imporsi agli africani. Poi, tornando in Italia, se l'era tagliata. Era un soldato valoroso. Si è guadagnato un sacco di medaglie sul campo. Era un bell'uomo, alto, imponente. Ma siccome era stato ferito agli occhi aveva lo sguardo un po' spento. Era molto energico, molto attivo, molto gentile, ma schivo in tutto. Veniva spesso a casa nostra, gli piaceva scherzare, ridere, ma sempre con un certo distacco."

"Ma è morto di polmonite o di cancro?"

"Ha fatto una morte eroica. Aveva un tumore allo stomaco ma non ha voluto medici e non si curava."

"Pensa che desiderava la morte?"

"No, così come è vissuto è morto, coraggiosamente. Nel testamento diceva che voleva essere cremato ma siccome se lo si cremava non si potevano fare i funerali, abbiamo chiesto il permesso al vescovo il quale ha detto: senz'altro, se lui fosse in vita e avesse parlato con me non avrebbe chiesto la cremazione. Quindi è stato fatto un funerale regolare nella tomba Verzegnassi."

"Ma ho notato che al cimitero non c'è una tomba col suo nome."

"Non so perché non ci sia il suo nome. So che sta nella tomba della famiglia della madre."

"E non ha mai avuto una donna, un amore?"

"È vissuto sempre solo. Non ha avuto affetti, donne, niente. Da giovane era molto... gli piaceva divertirsi. Si presentava bene, era molto ricercato dalle donne. Poi niente. Si è chiuso in se stesso e ha fatto una vita da certosino."

"Ma chi accudiva a lui? Avrà avuto un attendente, qualcuno che gli cucinasse, gli lavasse?"

"Mia cugina, cioè sua cognata lo accudiva. Stava sempre con loro. Avevano anche comprato insieme la casa di Fiumicello che poi lui ha lasciato agli Alpini. L'aveva lasciata perché ci facessero una casa di riposo per l'8° Alpini. Ma ancora non se ne è fatto niente. Ci abitano i contadini adesso."

"E lui non le ha mai parlato del processo?"

"Mai. So che ha sempre sofferto. Ma non ne parlava mai. Io lo sapevo attraverso mia cugina. Con lei si confidava. Erano molto legati. Lui a casa sua ci dormiva soltanto. A mangiare, mattina e sera, stava dal fratello e dalla cognata. Era una grande unione. Spesso diceva: siamo solo noi tre a questo mondo, guai a chi muore ultimo."

"E chi è morto ultimo?"

"Mia cugina Ida. Carlo è morto per primo nel '49. Poi è morto Ludovico nel '63. Poi è morta lei, nel '72. Con loro si è estinta la famiglia Trivulzio."

VIII

Da tutto questo viene fuori che Carlo Trivulzio era un uomo "d'onore". Ma evidentemente il suo concetto d'onore non riguardava la seduzione di giovani ragazze inesperte, l'eventuale gravidanza e un qualche rapido modo di liberarsi dell'impiccio.

Probabilmente, come diceva il dottor Cacciatori, Questore di Verona, Trivulzio fu a cena quella famosa sera con gli altri ufficiali ma l'iniziativa di fare abortire Isolina non fu sua. La ragazzina, si pensa, morì senza che gli ufficiali lo volessero. E uno di loro, il più intraprendente e il più cinico, decise di farla a pezzi. Non è escluso che costui fosse quell'ufficiale medico di cui si è più volte parlato anche nel processo Todeschini senza riuscire mai a dargli un nome. Il fatto è che tutti i periti sono sempre stati d'accordo su una cosa: il corpo era stato sezionato da mano "esperta".

Si deve probabilmente al senso d'onore di Trivulzio, alla sua proverbiale freddezza, al suo coraggio, al suo profondo attaccamento all'esercito il fatto che non abbia parlato.

Se avesse raccontato come erano andate le cose, avrebbe scagionato sé dalle accuse più gravi ma avrebbe compromesso altri, rendendo impossibile tenere gli Alpini fuori dalla "sporca faccenda" come veniva chiamata dai giornali.

Un gruppo di ufficiali implicato in un aborto clandestino (per giunta avvenuto in un ristorante quasi per gioco usando una forchetta) nonché in un assassinio collettivo anche se involontario e in un conseguente squartamento e dispersione di cadavere avrebbe danneggiato gravemente l'immagine degli alpini proprio in un momento in cui il governo teneva tanto al suo prestigio militare.

Possiamo così dire che Trivulzio si è comportato da "eroe". Proprio di quell'eroismo che si richiede in guerra: sacrificio di sé per il gruppo, per la collettività (in questo caso la casta), per la patria.

Se Trivulzio avesse detto: sì ho messo incinta Isolina, ma poi qualcun altro l'ha ammazzata e l'ha tagliata a pezzi, avrebbe senz'altro preso pochi anni ma avrebbe coinvolto l'esercito in un processo scandaloso e degradante.

Tacendo ha dato la possibilità ai giudici di emettere una sentenza nebulosa e vaga; ha dato modo all'esercito di "salvare la faccia", ha dato modo ai suoi amici di continuare la carriera. Insomma si è immolato per amore dell'arma. L'8° Alpini (e dietro di esso l'esercito intero e il Ministero degli Interni) lo ha ringraziato proteggendolo contro i socialisti che volevano "la verità a tutti i costi", contro i famigliari di Isolina, contro i giornalisti (che in realtà erano quasi tutti già governativi e quindi facili da convincere) facendolo prima colonnello e poi generale.

Ma qualcosa deve essere rimasto in gola a Carlo Trivulzio: la verità non detta, l'avere pagato eccessivamente e da solo per un crimine di gruppo, la complicità che si è trasformata in omertà a vita, l'avere portato sulle spalle fino alla morte il peso di una sentenza ambigua.

Da qui probabilmente e dal suo tanto celebrato "senso dell'onore" nasce quel bisogno di espiazione che lo portò a fuggire lontano, a non sposarsi mai, a chiudersi in casa e a morire stoicamente facendosi divorare da un cancro allo stomaco.

Una morte che ricorda simbolicamente quella patita da Isolina. La pancia di una ragazza di 19 anni che ospitava un bambino è stata profanata e distrutta. Così lui, l'ufficiale, responsabile anche se indirettamente di quella morte, si è tenuto la malattia che lo disfaceva proprio lì nel ventre, luogo simbolico della procreazione e del nutrimento.

3

Il processo Todeschini

I

Nel novembre del 1901 finalmente Carlo Trivulzio dà querela a Todeschini, come quest'ultimo si augurava pubblicamente da mesi e per cui l'aveva incalzato con articoli provocatori.

Subito dopo anche il trattore Annibale Isotta querela il "Verona del Popolo" e Todeschini scrive: "queste querele sono per noi tanti inviti a nozze. Così potremo avere modo di mettere in chiaro i fatti e potremo rivelare al pubblico il risultato delle indagini che da dieci mesi andiamo raccogliendo".

Il 9 novembre si apre il processo. "Oggi dunque al nostro Tribunale" scrive "Il Gazzettino", "presieduto da quell'intemerato ed insigne magistrato che è il cavalier Salvadori, si aprirà il processo contro il deputato socialista Mario Todeschini, direttore responsabile del "Verona del Popolo" querelato per diffamazione dal tenente Trivulzio per i suoi articoli sulla donna tagliata a pezzi.

"Il pubblico si interessa vivamente a questo processo; ne attende con impazienza l'inizio e ne seguirà lo svolgimento con curiosità passionale.

"La curiosità è ben legittima quando si pensi che al processo si lega il mistero ond'è avvolta la scomparsa di Isolina Canuti, i cui resti mortali si vollero identificati nei pezzi di cadavere pescati nelle rapide onde dell'Adige.

"I nostri lettori ricordano certo la inchiesta da noi fatta per arrivare a spezzare i fili della terribile trama. Demmo relazione di ogni circostanza anche lieve che avesse potuto mettere la giustizia sulle tracce dei colpevoli.

"Fu arrestato il tenente Trivulzio che era stato l'amante di Isolina Canuti. L'opinione pubblica si commosse. Gravissime accuse furono lanciate contro uomini e contro cose. Ma la misteriosa matassa non poté essere dipanata. Tutto sfumò in una bolla di sapone."

I giornali a questo punto sono chiaramente schierati: "Il Gazzettino" e il "Verona del Popolo" dalla parte di Isolina, l'"Arena", "L'Adige", il "Verona Fedele", "Il Resto del Carlino", "La Stampa" dall'altra. Il "Corriere della Sera" tiene una posizione di mezzo, a volte interessandosi alla scoperta della verità, a volte scagliandosi contro i testimoni che portano rivelazioni anti-Trivulzio.

Il "Verona del Popolo" parte trionfante parlando di "Processo al militarismo". E si rivelerà un errore, perché metterà gli altri giornali nella condizione di prendere il dibattimento come un fatto politico più che penale. Isolina Canuti verrà ancora una volta dimenticata per una zuffa di proporzioni nazionali pro e contro l'esercito.

L'"Arena" comincia subito la manovra di recupero con un riassunto "di parte". "In corso Cavour, al 25, abita la famiglia di un impiegato della grande amministrazione Trezza. È la famiglia di Felice Canuti. Il capo, uomo mite, onesto, buono, aveva una figlia di nome Isolina, di 19 anni, che era la sua disgrazia. Estremamente libidinosa e lasciva contraeva con strana facilità amorazzi col 3° e col 4° Alpini e il suo cruccio maggiore era quello di non godere sufficiente libertà per darsi alla sfrenata passione...

"Costei non era bella, un po' squilibrata di spalle, statura media, nervosa, aveva però spirito e voglia di vivere. Essa era legata in amicizia con una ragazza abitante nel quartiere popoloso e popolare, maestrina o aspirante a diventarlo il cui nome era Emma Poli. Recentemente Isolina aveva iniziata una relazione col tenente Trivulzio a cui avevano affittato una camera in casa, relazione niente affatto platonica. Dopo alcuni mesi si accorge di essere incinta. Ma era il tenente il padre del bambino?

"L'accusa nei riguardi del tenente Trivulzio è terrificante: egli infatti è imputato di omicidio volontario per avere con l'intenzione di uccidere procurato la morte della sua amante Isolina Canuti di 19 anni... Ma chi può credere che il Trivulzio sia veramente l'autore della morte violenta di Isolina, lui così mite d'animo, così onesto, buono e fiero! lui che dopo tutto è quasi certo non essere l'autore della gravidanza... nessuno degli amici crede alla sua colpevolezza. E si noti come reagiva sereno alla notizia della scomparsa di Isolina e di come partecipava allegro al veglione l'altra sera. Col più vivo e intenso desiderio noi auguriamo al tenente Trivulzio di poter provare la sua completa innocenza ed auguriamo al Reggimento che il suo ufficiale buono, bravo, valoroso, possa tornare presto alla sua compagnia, restituito all'affetto dei suoi colleghi e superiori, affetto profondamente commovente.

"C'è nelle aule giudiziarie come nella città tutta una nervosità eccezionale. Da tutti si corre alla caccia di un biglietto d'ingresso e i biglietti sono diventati scarsissimi poiché l'aula dell'udienza è fin troppo stretta. La folla si accalca alla porta, aspetta un'ora, tre quarti d'ora l'apertura. In uno spazio di dodici metri quadrati vorrebbero trovare posto centinaia e centinaia di persone.

"Il tenente Trivulzio è nelle aule fin dalle nove: giovane, dalla figura slanciata e dall'aspetto aperto, simpatico, tiene un contegno disinvolto. Indossa la divisa degli Alpini...

"Gli avvocati sono addossati gli uni agli altri. Dalla parte di Todeschini: Sarfatti, Musatti, Caperle e Borciani, dalla parte di Trivulzio: Paroli, Pagani Cesa, Trabucchi, Tassistro. Presiede il dottor Carlo Pellegrini che ha sostituito all'ultimo momento il cavalier Salvadori. Giudici a latere: Giulio Ceccato e Fermo Arfini. Pubblico Ministero: Masotti. Cancelliere: Floriani.

"L'onorevole Mario Todeschini, imputato, è entrato nell'aula puntualissimo, con l'aspetto baldo e sicuro che gli è solito. Per prima cosa chiede, attraverso i suoi avvocati, che vengano resi noti al pubblico, cioè portati in udienza gli atti dell'Istruttoria Trivulzio, quelli che lo mandarono assolto per mancanza di prove."

Ma il tribunale rifiuta. Così sarà difficile anche per gli avvocati fare un confronto fra ciò che i testimoni hanno detto la prima volta e ciò che dicono adesso. Molti infatti in questi due anni che sono trascorsi dalla morte di Isolina hanno cambiato idea, si sono tirati indietro, dicono di "non ricordare" più.

II

All'epoca le macchine fotografiche erano oggetti ingombranti e inamovibili. E nelle aule di Tribunale si usava ancora il disegnatore.

Anche al processo Todeschini ce n'era uno, molto conosciuto in città. Si trattava del pittore Angelo Dall'Oca Bianca, il quale seduto da una parte schizzava su un foglio i ritratti dei testimoni mano mano che si presentavano davanti ai giudici.

Salvo Isolina, di cui non abbiamo neanche un ritratto di famiglia, Dall'Oca Bianca ha fissato sulla carta le facce, le pose, le espressioni di tutti i partecipanti al processo.

Cominciando da Carlo Trivulzio: alto, slanciato, con qualcosa di rotondeggiante intorno al collo e alle dita, una voglia di quiete, di cibo, di rassicurazioni. La faccia grande, il bell'ovale liscio, gli occhi distanti fra di loro, bruni e sensuali. Un grosso neo sporgente, tondo e deciso, fra il naso e la bocca, quasi un segno di incontrollato disordine in mezzo ad un viso geometricamente armonioso.

Ed ecco Mario Todeschini: due grossi baffi con la punta arditamente rivolta all'insù; una barba scura che gli circonda il mento e le guance, il naso affilato, la fronte ampia e distesa. Veste di scuro, con un cravattino a farfalla dalle ali piegate verso il basso. È animato da un'espressione combattiva, coraggiosa, ma anche da un fondo di sgomento che niente potrà alleviare, come se ad ogni momento si chiedesse che senso ha veramente vivere.

Felice Canuti, nel ritrattino a penna di Dall'Oca Bianca, sembra un rabbino: il collo esile e sparuto che sbuca da un pastrano scuro, la barba folta e severa, il naso curvo, gli occhiali spessi, un cappelluccio nero calato sulla fronte.

Maria Policante: una faccia giovane ma segnata, il naso carnoso, le labbra sottili e arcuate, gli occhi lunghi solcati da occhiaie, i capelli tirati sulla testa e lasciati ricadere come una fontana in modo da coprirle la fronte spaziosa; un cappotto dal bavero di pelliccia che la ingoffa e la ingrossa.

Clelia Canuti sembra si affacci sulla pagina del "Gazzettino" come si affaccerebbe dalla finestra di un albergo su una strada sconosciuta. Il naso camuso di casa Canuti, gli occhi piccoli dal taglio infelice, le orecchie piccole e ben fatte, i capelli raccolti sulla nuca, la bocca minuscola con il labbro superiore che sporge su quello inferiore. Tocco finale che la fa assomigliare ad una Mary Poppins eternamente sorpresa: un cappelletto rigido munito di fiocco posato sulla testa come un pentolino. La sua posa è eloquente: spinge in avanti il busto, col collo teso e la bocca aperta come farebbe una bambina spaventata che cerca di imprimersi bene nella mente le parole di chi la interroga.

Dopo i primi due interrogatori che hanno visto la folla fare ressa alle porte, i giudici hanno deciso di spostare il dibattimento in un'aula più grande. "Qui il pubblico, che continua ad affluire numerosissimo, trova posto a sedere, i giornalisti dei maggiori quotidiani d'Italia hanno spazio per scrivere, i testimoni, numerosissimi, si avvicendano fra la curiosità del pubblico."

La sala della Corte d'Assise è "spaziosa come una piazza e ricca di eleganza architettonica, di decorazioni, di fregi. La luce abbondante passa attraverso cinque trifore artistiche da un lato e tre dall'altro della sala. L'ambiente è freddo. La Corte d'Appello che ha concesso l'uso della sala non ha fornito i mezzi per scaldarla".

Il Tribunale "è molto sollecito. Alle nove e mezza in punto si comincia l'udienza". Il primo ad essere interrogato è Trivulzio. Il quale prende subito un tono spavaldo e sicuro di sé.

III

PRESIDENTE: Quando andò ad abitare in casa Canuti?
TRIVULZIO: Il 15 settembre del '99.
PRES.: Quale concetto si fece della famiglia Canuti?
TRIVULZIO: Dapprincipio non ebbi relazioni di sorta. Più tardi scambiai qualche parola colla signorina. Poi essa cominciò a venire in camera mia a parlarmi delle sue cose intime, dei suoi amanti... Mi sono detto: questa qui è leggera, è da poco. La signorina m'è venuta attorno e io l'ho avuta. È stata l'unica bestialità che ho fatto.
PRES.: Quando successe ciò?
TRIVULZIO: Il 27 ottobre.
PRES.: Quanto durarono gli arresti domiciliari? (Trivulzio era stato messo agli arresti perché aveva preso a schiaffi dei ragazzi che lo deridevano.) E quanto durarono le relazioni con l'Isolina?
TRIVULZIO: Quegli otto giorni che fui agli arresti. Naturalmente non avevo niente da fare. Stavo steso sul letto a leggere D'Annunzio. Quando finirono gli arresti andai fuori. Non ho più avuto bisogno di lei.
CAPERLE: Fu ancora agli arresti?
TRIVULZIO: Sissignore e che perciò? (*Mormorii in sala.*)
CAPERLE: Le sue intimità colla Isolina continuarono anche fuori casa? Andò mai in trattoria con lei?
TRIVULZIO: No, mai. Una volta sola l'ho incontrata in Piazza Bra.
CAPERLE: Quando ha saputo della gravidanza di Isolina?
TRIVULZIO: In novembre.
PRES.: Quali altri fatti può dire?
TRIVULZIO: Un giorno in quartiere ho ricevuto un biglietto di rimprovero della Canuti. Un altro è venuta la Clelia Canuti a pregarmi di andare in casa. Ci sono andato e la Isolina ch'era in compagnia della Policante mi rimproverò perché la trascuravo. Soggiunse che era incinta e che il figlio era mio. Le ho risposto: ma come mai puoi dire una cosa di tal genere se siamo stati assieme appena pochi gior-

ni? Sapevo che aveva altri amanti, come potevo accettare una paternità così problematica? Allora cominciò a piangermi miseria a dirmi che le cose andavano male, che se il padre fosse venuto a conoscenza della faccenda l'avrebbe ammazzata. So che la rimproverava e la bastonava per la sua condotta. Le dissi: se posso esservi utile piuttosto che andiate sulla strada vi aiuterò. Magari a cambiare aria. Fu in quell'occasione che m'indicò sul tavolo delle polverine e mi disse: "tengo quella roba per veder de andar zò". Mi pare abbia anche soggiunto: "ma no le me fa gnente".

Sono tornato al quartiere. Dopo nove giorni la Policante mi scrisse una lettera per pregarmi che mi fermassi a casa dalle otto alle nove. Il biglietto però portava la firma di Maria. Ci sono tante Marie e non mi resi conto chi mi scrivesse. Era poi la Policante la quale alla sera mi disse che veniva da parte della Canuti a domandarmi se la potevo aiutare che aveva le scarpe rotte... Ho dato per questo una decina di lire.

Un'altra volta l'ho vista, m'ha detto che doveva andare via di casa perché se no il papà l'avrebbe ammazzata e m'ha chiesto di nuovo un sussidio. Gliel'ho dato. Successivamente l'ho vista poche volte. Il 5 gennaio scomparve di casa. L'ho saputo dal soldato e dal padre. Alla sera di quel giorno quest'ultimo era in casa calmo e speranzoso che tornasse. Non ho fatto caso della scomparsa: sapevo che Isolina aveva altri amanti...

Il padre Canuti m'ha fatto vedere un libriccino di annotazioni della Isolina. C'era detto tra l'altro "oggi primo novembre non ho visto il mestruo". Il povero padre piangeva. Per confortarlo ho detto: se è scappata, tornerà, stia tranquillo, che cosa vuole mettersi in testa? Sarà al sicuro!

Così ho detto e a quella frase fu data dal "Verona del Popolo" una diversa interpretazione. Una sera poi, il 17 o il 18 non so, l'attendente è venuto a dirmi che in Adige erano stati trovati dei pezzi umani e che c'era un brano di stoffa rossa. Lui ha aggiunto: la padrona appunto aveva un abito rosso. L'ho consigliato di andare subito in questura. Poco dopo fui arrestato.

CAPERLE: Senza essere interrogato?

TRIVULZIO: Il 22 ho subìto un interrogatorio che m'ha stancato molto. Mi furono messi davanti tanti indizi. Il padre diceva una cosa, la Policante un'altra e Clelia un'altra ancora. Non capivo più niente. Fu allora che scrissi al mio colonnello quella lettera nella quale si è voluto vedere una confessione. Ma per vederci una confessione bisogna essere in malafede.

PRES.: Quale è la sua idea sul fatto?
TRIVULZIO: La mia idea è che per un qualche tentativo di aborto si è usato il mio nome per dare un'apparenza di credibilità alla cosa.
CAPERLE: Può dirci quali ufficiali frequentavano il ristorante Il Chiodo?
TRIVULZIO: Ce n'erano di quelli che andavano al Chiodo per mangiare e altri che frequentavano la Società. (La Società del Chiodo radunava dei militari che avevano composto anche un inno le cui parole dicevano: *La zò in fondo a un vicoleto / dove Annibale el se ingrassa / gh'è dei chiodici il tempieto / gh'è dei chiodici la rassa / ... El Ciodo g'à ponta / el ciodo g'à testa / la bota l'è pronta / la tempra l'è onesta.*)
PRES.: Si portavano donne al Chiodo?
TRIVULZIO: No, le donne e il gioco d'azzardo e la politica erano banditi.
CAPERLE: Ma non sa che il 14 furono condotte due ragazze dagli ufficiali?
TRIVULZIO: Non lo credo. Ad ogni modo io quella sera non andai al Chiodo.
CAPERLE: Dopo la scomparsa di Isolina ella non le mandò 25 lire?
TRIVULZIO: No, no. Io dopo il 5 gennaio non ne seppi più niente.
SARFATTI: Quale supposizione ella fece sul modo in cui lo squartamento di Isolina sarebbe avvenuto?
TRIVULZIO: Non sono riuscito a formarmi un concetto.
SARFATTI: Non fece ella ricerche per sapere come il fatto era avvenuto e ciò anche perché pregato dal padre dell'Isolina?
TRIVULZIO: La polizia la cercava, cosa vuole che facessi il poliziotto, io?
SARFATTI: Poteva avere la curiosità di sapere dove fosse andata a finire una sua amante.
TRIVULZIO: Non me ne è venuto neanche il pensiero.
P.M.: Quando disse all'attendente di andare in Questura ad esternare i suoi dubbi sulla Isolina ci andò egli?
TRIVULZIO: L'attendente andò dal padre e questi rispose: non è lei.
SARFATTI: Ha conosciuto Emma Poli?
TRIVULZIO: Non l'ho mai conosciuta. Forse l'avrò vista perché suo padre ha il negozio di valigie sotto casa Canuti.
P.M.: Sa che avesse per amante un ufficiale?
TRIVULZIO: L'ho saputo in questi giorni.
PRES.: Che cosa le disse il Poli?
TRIVULZIO: Raccontava certe rivelazioni fatte dalla figlia. Che cioè erano state colla Isolina insieme coi loro amanti, che questi le avevano bastonate e lei era riuscita a fuggire.

SARFATTI: Perché è morta la Poli?

TRIVULZIO: Si è saputo che è morta all'ospedale in seguito ad un parto mal riuscito.

SARFATTI: Il giudice le mostrò dei sacchi con la marca militare?

TRIVULZIO: Mi hanno mostrato tre sacchi che dissero di avere trovato in casa mia. Dissi che non sapevo neanche ci fossero, tolto uno piccolo di pelle che usavo per portare in montagna per dormirci sopra.

CAPERLE: Le furono presentati i sacchi in cui si trovarono i resti della Isolina?

TRIVULZIO: No mai.

P.M.: Nel primo interrogatorio il giudice quali indizi le oppose?

TRIVULZIO: Per esempio che il padre diceva che io gli avevo sconsigliato dal fare ricerche, che io avevo rovinato sua figlia.

SARFATTI: Conosce la Friedman?

TRIVULZIO: Non sapevo nemmeno che fosse arrestata.

SARFATTI: Rimane il fatto che il Giudice Istruttore si guardò bene dal chiamarla quando furono fatte le nuove rivelazioni della De Mori. Si fecero confronti fra il tenente e i testi?

TRIVULZIO: Quando fui arrestato sì, fra me e i testi Canuti e la Policante.

SARFATTI: Su cosa verteva quello con la Policante?

TRIVULZIO: La Policante asseriva che io avevo detto che con una somma si trova da ammazzare un uomo.

SARFATTI: Ma in conclusione sosteneva ch'ella aveva incitato l'Isolina all'aborto?

TRIVULZIO: Sosteneva questo. Riferiva una frase che io avrei detto accademicamente fra noi.

SARFATTI: Allorché emerse il fatto nuovo della levatrice De Mori a cui a nome della Policante sarebbero state offerte 300 lire perché prestasse la sua opera criminosa all'Isolina, ella venne interrogata dall'inquirente?

TRIVULZIO: No, non fui più sentito come imputato.

CAPERLE: Sa che alla Policante sono pervenute da Conegliano, sede di un Reggimento Alpini, delle lettere colle quali le si offriva del denaro per comprare il suo silenzio?

TRIVULZIO: Non l'ho udito mai. Di che lettere si tratta?

CAPERLE: Sono state versate in causa. Sono lettere anonime.

TRIVULZIO: Ah!

PRES.: Lei si rende conto che la sua lettera al colonnello suona come una confessione...

TRIVULZIO: È una lettera che scriverei anche adesso con tutti gli errori... tante cose mi avevano depresso il morale, combattuto da tante parti mi parve di perdere la testa.

SARFATTI: Il tenente Trivulzio non ha pensato di sconsigliare la Isolina dal prendere le polverine?

TRIVULZIO: Ritenevo fosse una delle solite mistificazioni, non ci ho dato peso.

CAPERLE: Conosce la Policante?

TRIVULZIO: Sapevo che aveva degli amanti. Ciò mi ha detto anche la Isolina.

P.M.: Praticava ella nella trattoria del Chiodo?

TRIVULZIO: Distinguo: frequentavo la Società del Chiodo, che non è la trattoria.

CAPERLE: Ma stanno nella stessa casa.

SARFATTI: La sera del 14, quella del fatto, ci è stato al Chiodo?

TRIVULZIO: No, sono stato al Teatro Drammatico.

PRES.: Perché nella lettera al colonnello ha detto che era implicato in un delitto?

TRIVULZIO: Ero agli Scalzi per quella cosa lì.

SARFATTI: Ella ha spedito al Ministero della Guerra un memoriale, che cosa conteneva?

TRIVULZIO: L'esito di ricerche fatte da me.

SARFATTI: Quale sarebbe questo esito?

TRIVULZIO: Il risultato delle indagini è stato quasi nullo. Naturalmente se non avevano fatto luce gli altri come potevo farla io? mi sono formato la convinzione che la Policante sia una bella canaglia, capacissima di avere preso parte a quel fatto lì e di avere detto che c'entrava un tenente per togliersi di dosso la responsabilità.

P.M.: Com'è avvenuto che non ha mai querelato la Policante?

TRIVULZIO: Per la diffamazione dovevo trovare i testimoni.

PRES.: Ma la testimonianza falsa era in atti.

TRIVULZIO: Ho detto al giudice che era falsa.

CAPERLE: Ma non ha fatto querela.

TRIVULZIO: Molto tempo dopo ho sentito che continuava a spargere di quelle voci e ho cercato testimoni.

CAPERLE: E l'ha querelata?

TRIVULZIO: L'ho denunciata per calunnia.

CAPERLE: Per calunnia o per falsità?

TRIVULZIO: Io non so i termini legali. L'ho denunciata.

PRES.: La Policante aveva qualche ragione contro di lei?

TRIVULZIO: No.

PRES.: E perché avrebbe uno scopo nascosto?

TRIVULZIO: Sono convinto che essa ci entrava per qualche cosa in quell'affare.

SARFATTI: Il Giudice Istruttore le ha fatto domande sulla sua compartecipazione al procurato aborto e allo squartamento?

TRIVULZIO: Non mi pare.

CAPERLE: La sera della sua liberazione si recò al Chiodo dove fu brindato?

TRIVULZIO: Sissignore.

CAPERLE: E fu cantato l'inno chiodico?

TRIVULZIO: Molto forte.

SARFATTI: Il tenente ha visto la brutta copia del biglietto di rimprovero mandatogli dalla Isolina?

TRIVULZIO: Me l'ha mostrato il Giudice Istruttore.

SARFATTI: Quella lettera sarebbe un elemento prezioso in questa causa.

CAPERLE: Tanto preziosa che il tenente ha stracciato la lettera appena l'ha avuta in mano.

Così termina il primo lungo interrogatorio di Trivulzio. In seguito sarà ancora chiamato a rispondere, ma solo brevemente. La cosa curiosa è che qui Trivulzio ammette tutto, salvo le sue responsabilità dirette: non nega di avere fatto l'amore con Isolina, non nega di avere saputo che era incinta (e il libriccino rosso che non sarà mai mostrato agli avvocati e che lui stesso cita, parlava di inizio gravidanza il primo di novembre), solo si dichiara estraneo alla concezione. Non nega di avere parlato con Isolina di polverine per abortire ma non ci aveva fatto caso. Arriva perfino ad ammettere di averle consigliato di "cambiare aria". Dice di averle dato 25 lire (che allora era una somma grossa, basti pensare che Trivulzio dava al suo attendente come paga 5 lire al mese), ma "solo per carità".

Insomma Clelia non viene mai smentita. E Clelia è la prima e più importante accusatrice di Trivulzio. Né lui si è mai sognato di querelarla.

IV

"Clelia Canuti è una ragazza debole e pallida. Ha 17 anni ma ne dimostra 14" dice il "Corriere della Sera". "È piccola, esile, con la testa sproporzionata al corpo e un principio di gozzo" continua "Il Gazzettino". "Veste pulitamente e parla con voce nasale, in dialetto veneto."

PRES.: Che cosa sai del tenente?

CLELIA: So che l'Isolina andava in camara co lù.

PRES.: E che cosa ti ha narrato?

CLELIA: Che una volta il tenente le g'aveva dato 50 lire. Me ne fece vedere però solo 25.

PRES.: E perché le aveva dato il denaro?

CLELIA: Mi disse per comperare le polverine perché la gh'era incinta e voleva guarir.

PRES.: E dopo?

CLELIA: Mi ha fatto vedere le polverine: erano bianche. Disse che era stata da una comare brutta.

PRES.: E ti raccontò altre cose?

CLELIA: Sì, che se le polverine non le facevano niente il tenente l'avrebbe mandata a Milano dicendo che là vi erano comari brave.

PRES.: E lei diceva che ci sarebbe andata?

CLELIA: E se g'he messa a pianxer perché non la voleva abortir.

PRES.: Va' pure avanti.

CLELIA: Un'altra volta ha detto di avere avuto dieci lire per comperare le polverine.

PRES.: Conosci altri fatti?

CLELIA: Una sera siamo uscite colla Isolina ed abbiamo incontrato un tenente di artiglieria, Nineci, e poi un dottore medico. (*Ilarità in sala.*)

PRES.: Vorrai dire un tenente medico.

CLELIA: Sì. Ci seguì e ci accompagnò la Ines (*Bonomelli*). In casa il tenente accarezzò molto la Isolina ma questa non voleva saperne. Ho sentito che diceva di nascosto alla Ines "sto tenente l'ho portato par tì". Il tenente poi portò Isolina in casa sua in via Pallone. La accarezzò tanto, le diede dei baci ma non le fece mai scherzi. Le diceva: damme un baxo, damme un baxo. Quando fece per alzarla, la Isolina disse: se mi lascia stare le do un bacio.

PRES.: E glielo diede?

CLELIA: Sì.

PRES.: E dopo siete andate a casa?

CLELIA: Sì. La Isolina me dixeva che quel tenente non ghe piaxeva.

PRES.: Hai saputo di una lettera dell'Isolina al tenente?

CLELIA: Me l'ha letta l'Isolina. Diceva al tenente che era lui che l'aveva resa incinta e che col tenente medico non aveva mai avuto nessun rapporto.

PAGANI: È quella lettera di cui il tenente ha letto quattro righe prima di stracciarla?

SARFATTI: Non si potrebbe avere la minuta?

PAGANI: È stata sequestrata dal giudice.

SARFATTI: Potrebbe il padre Canuti fare istanza per riaverla? Si tratta di cosa che gli fu sequestrata in casa. Così potrebbe anche domandare il famoso libriccino rosso. E la Policante dal canto suo può domandare la lettera anonima venuta da Conegliano.

(*Ma né le lettere né il diario di Isolina salteranno mai fuori.*)

PRES.: E l'affare del corpetto?

CLELIA: In casa al secondo piano era una lavoratrice di bianco. La Isolina le ordinò un corpetto con merli e nastri. La lavoratrice domandò: per giorno o per notte? Per notte, per notte, rispose Isolina. Disse a me che con quel corpetto andava in letto col moroso. Una notte la sentii alzare, mettere le calze, il corpetto e passare nella camera del tenente. Mi disse poi che era stata in letto col tenente fino alle quattro.

PRES.: Fu una volta sola?

CLELIA: Una volta si fermò fino alle quattro. Andò però altre volte ma non so per quante ore.

PRES.: Si faceva vedere spesso il tenente Trivulzio?

CLELIA: Una volta andò a domandare una bottiglia per comprare del marsala per la Isolina che era incinta. Un'altra volta del mandorlato per la stessa causa.

BORCIANI: Racconti meglio questa storia del marsala.

CLELIA: È stato così: una volta la Isolina ghe aveva dito al tenente che ghe avaria mandà de a marsala. Il tenente domandò al papà una bottiglia da un litro. La bottiglia tornò piena e allora la Isolina mi disse: non sta a creder che la bottiglia sia per il papà. Sta bottiglia el me l'à data a mi perché sono incinta.

BORCIANI: E ne ha bevuto la Isolina di quel marsala?

CLELIA: Io e la Isolina sì.

PAGANI: S'è sentita male dopo la Clelia?

CLELIA: No.

BORCIANI: Non avrà fatto effetto. Conosce il nome del tenente medico?

CLELIA: No.

BORCIANI: E lei lo conosceva? (*Al tenente Trivulzio.*)

CLELIA (*risponde per lui*): Sì, lo conosceva.

TRIVULZIO (*interrompendo*): La Isolina me ne faceva vedere le lettere ma io non so chi fosse.

BORCIANI: Ricorda il tenente l'affare del marsala?

TRIVULZIO: Non ne ho l'idea precisa ma può essere benissimo.

BORCIANI: Possibile che non ricorda il nome visto che la Isolina gliene parlava?

TRIVULZIO: No.

PRES. (*a Clelia*): Quali altri discorsi vi fece Isolina?

CLELIA: Un giorno ma gh'a dito: sò incinta. Ah, cossa vuol dir? ghe domandai io. E lei mi disse: vuol dir il bambin che gh'o in panza.

PRES.: Ha parlato con te il Trivulzio?

CLELIA: Mi ha domandato un giorno: quanti anni hai? Io ho risposto 16. E lui: è tempo che abbia un morosetto. El te farà... e si volse verso Isolina ridendo. (*Il pubblico si agita e mormora.*)

PRES.: Che cosa disse il tenente dopo la scomparsa?

CLELIA: Un giorno che ero in cucina il tenente disse al papà: sior Canuti beva, beva, stia tranquillo che sofio la è al sicuro. Il papà non sentì. La Policante che stava là in casa glielo riferì subito dopo.

PAGANI: Ma la Clelia non sentì?

CLELIA: No perché ero più lontana della Policante.

PRES.: Pensaci, ti ricordi altri fatti?

CLELIA: La Isolina mi minacciò di bastonarme, di uccidermi, di lassarme morir de fame se g'avessi dito al papà queo che sapevo.

PRES.: E tu hai detto niente?

CLELIA: G'avevo paura.

GIUDICE: Sei stata presente al discorso delle polverine?

CLELIA: L'Isolina me n'à parlà.

PRES.: Che altro ti disse la Isolina?

CLELIA: Mi raccontò di una ragazza che era morta di aborto. Mi fece vedere un velo e se lo provò. Le dissi che la faceva triste e lei mi disse: meglio così, se mi fa triste. Dopo la vidi uscire e dirigersi verso il

Circolo Militare. Sul tavolo vidi che aveva lasciato tre lire. Feci per raggiungerla ma mio fratello mi disse di no.

PRES.: Ti parlò ancora del suo stato la Isolina?

CLELIA: Un giorno la g'aveva un scaldin sui ginocci. Era presente l'ordinanza di Trivulzio e a lui l'Isolina, indicando la pancia, disse: gh'o Trivulzio qua, eh, gh'o Trivulzio! (*Agitazione in sala.*)

PRES.: Tua sorella ti confidò di avere conosciuto anche un tenente dei bersaglieri?

CLELIA: Il suo primo è stato il sottotenente dei bersaglieri. Veniva su colla Isolina e faceva delle brutte cose. Sentivo la Isolina dire: oh dio basta, oh dio basta!

PRES.: Dormivano insieme?

CLELIA: Sissignore.

BORCIANI: Quanto tempo prima avveniva ciò?

CLELIA: Molto tempo prima.

P.M.: Quando cominciarono i rapporti della Isolina col tenente?

CLELIA: Pochi giorni dopo che era venuto in casa nostra. Il tenente diceva: vorla far l'amor co mi siora Isolina? Sette o otto giorni dopo la Isolina andò in camera sua.

SARFATTI: Il tenente ieri dichiarava formalmente di non avere avuto rapporti con la Isolina se non due o tre volte soltanto nel tempo in cui fu agli arresti.

TRABUCCHI: Fu la Policante a portare a perdizione la Isolina. Che sai della Policante?

CLELIA: Quando stavamo in vicolo Disciplina la Policante le insegnava parole sporche.

PRES.: Ma tu le hai sentite?

CLELIA: No, lo dicevano in vicolo Disciplina.

CAPERLE: E a lei la Policante insegnava robe scandalose?

CLELIA: A me no mai.

Come si vede Clelia era di un candore che a momenti rasenta la deficienza. Una bambina impaurita che cerca di compiacere i giudici e non conosce l'effetto delle cose che dice. Non pensa nemmeno a salvare la sorella.

Basterebbero poche sue parole per perdere Trivulzio. Ma lei non le dice. E questo dimostra fin troppo chiaramente che le cose che rivela sono solo la verità.

Per lei questa del processo sembra più che altro un'occasione per mettersi timidamente in evidenza, mostrando che è più matura e più disinvolta di quanto sembri.

Un'occasione per esprimere, all'unisono con i vicini, il suo disprezzo per la sorella "passerina" come la chiamano in quartiere.

Le sue risposte insomma sono un misto di candore, di dabbenaggine, di crudeltà fraterna, di ignoranza.

C'è nei parenti di Isolina, sia in Felice Canuti il padre che in Clelia, una tale mancanza di attenzione, una tale dimenticanza di sé da farli sembrare in certi momenti i peggiori nemici di se stessi.

Ma dietro questa noncuranza che rasenta l'idiozia non c'è traccia di volgarità o grossolanità. Anzi, quello che viene fuori è una amara incapacità di amarsi, legata ad una sensibilità infantile, dolorosa.

Non amano se stessi questi Canuti. E sembra di capire che Isolina fosse affetta dalla stessa debolezza.

La loro distrazione forsennata ha qualcosa di straziante. Essi si offrono, già vittime prima di essere state colpite, senza nessun compiacimento, nessuna lamentela, così privi di vanità e di astuzia da apparire poetici e commoventi.

Sembrano voler dire che il mondo, con le sue meschinità e i suoi orrori, non li riguarda per niente. Essi lasciano agli aguzzini, ai carnefici, agli strozzini, piena libertà di azione. Ricambieranno le loro malefatte con la generosità più pazza e ardita. Senza neanche chiedere niente in cambio al cielo o alla memoria degli uomini. Per puro slancio di prodigalità, per puro oblio di sé.

V

Maria Policante, 30 anni, donna di servizio. "È pallida, esile, porta una mantellina sulle spalle e la testa scoperta." Così la descrive il "Gazzettino", "una donna non brutta che veste con una certa ostentazione di eleganza equivoca. La sua comparsa viene accolta da un vivo movimento di curiosità del pubblico che il presidente reprime" ("Corriere della Sera").

PRESIDENTE: Sa che il tenente Trivulzio amoreggiasse colla Isolina?

POLICANTE: Sissignore. Diceva che il tenente Trivulzio le faceva la corte ma a lei non piaceva molto. Diceva che prima aveva un tenente dei bersaglieri.

PRES.: E altro?

POLICANTE: Diceva che andavano a spasso.

PRES.: Sa di scandali e proteste del vicinato?

POLICANTE: Non so, mi diceva solo che il tenente le faceva la corte in casa e fuori.

PRES.: Quando è stato trasferito il tenente dei bersaglieri?

POLICANTE: Non lo so.

PRES.: Che cosa le narrò la Isolina delle sue relazioni?

POLICANTE: Mi disse che il tenente voleva condurla da una levatrice. Ella avrebbe risposto di non volere perché almeno poteva esigere se non la sposava che le desse qualcosa. Un giorno mi invitò ad accompagnarla da una levatrice. Siamo andate dalla Friedman e questa le disse chiaro e tondo che era incinta.

GIUDICE CECCATO: Disse la levatrice di quanto tempo era?

POLICANTE: Di un mese.

PRES.: Le fece altre confidenze la Isolina?

POLICANTE: Mi disse: il tenente vuole ch'io vada a Milano ma io non voglio. Aspetto che vada ai freschi e io vado in una camera e lui pagherà.

PRES.: Il tenente cosa ha detto quando ha saputo delle intenzioni di Isolina?

POLICANTE: Dichiarò che non voleva affatto, non voleva che andasse avanti con la gravidanza.

PRES.: Ha avuto denari dal tenente?

POLICANTE: Una sera la Isolina era in contrasto col padre e piangeva. Il tenente mi domandò perché piangesse. Risposi che era in un imbroglio e lui mi diede dieci lire perché le consegnassi a Isolina.

PRES.: Chi le ha indicato la levatrice di vicolo Leoni, la De Mori?

POLICANTE: La Isolina. Ci siamo andate insieme. Lei sulla porta s'è fermata e ha mandato avanti a me a fare l'offerta. La levatrice rispose: ne gh'o fati quattro io può ben farne uno lei!

P.M.: Il tenente voleva accompagnare la Isolina dalla levatrice?

POLICANTE: La Isolina mi disse così, io non lo so.

PRES.: Fu interpellata la De Mori in altro giorno?

POLICANTE: La De Mori mi ha domandato se la mia amica era amante di un tenente moretto. Risposi di no. E dissi che l'amante era il tenente Trivulzio.

PRES.: Il tenente sapeva come era scomparsa la Isolina?

POLICANTE: Il tenente mi ha giurato che non sapeva niente.

CAPERLE: La teste disse nel 16 gennaio scorso che i resti trovati nell'Adige erano della Isolina.

POLICANTE: Ho detto che erano suoi dopo avere visto i vestiti.

PRES.: Sa se alla Società del Chiodo si conducessero donne?

POLICANTE: Non so.

PAGANI: Il regolamento lo proibiva e si davano le multe.

CAPERLE: Ma le multe erano bicchieri di vino e si poteva anche avere piacere di berlo.

PRES.: Ha parlato lei col tenente Trivulzio?

POLICANTE: Una sera il tenente era in piedi e accendeva la stufa. Mi disse che voleva mandare la Isolina a Milano, che a Milano conosceva della gente, che aveva avuto altri affari di questo genere e che gli erano andati bene. Io ho detto: a Verona non si trova. E lui disse: coi bezzi si trova tutto.

SARFATTI: Non ha aggiunto altro?

POLICANTE: Ha aggiunto che se c'è una persona che faccia ombra, coi bezzi si può trovarlo chi lo ammazza. Io aggiunsi: saria meglio che dicesse tutto al padre. E lui: no, non voglio di queste cose, non voglio che vengano al mondo figli. Stupida anche lei che invece di far coraggio alla Isolina la deprime ancora di più.

CAPERLE: Non ha parlato di sputare per terra a proposito dell'aborto.

POLICANTE: Sì ha detto: è tanto una cosa piccola, è appena sul principio, è come sputar per terra.

BORCIANI: Ha ricevuto lettere anonime la Policante?
POLICANTE: Sì.
BORCIANI: Che cosa dicevano?
POLICANTE: Dicevano così: cara Maria, quello che hai detto in Questura e in Pretura basta così, che hai detto troppo. Quando sarà finita avrete un gran grosso regalo. Sono bene informato da qualche persona che bazzica in Questura, che fra qualche giorno sarà finita e intanto se avete bisogno di denaro scrivete subito Fermo in Posta a Conegliano al signor Rughi Gaetano.
BORCIANI: Che ha fatto della lettera?
POLICANTE: L'ho portata al delegato Tedeschi il quale mi disse che ogni giorno ricevono di queste lettere.
SARFATTI: Ha detto sempre tutto al giudice?
POLICANTE: Sì, sempre.
PAGANI: Le prime volte non disse però che era stata dalla De Mori.
POLICANTE: Non credevo fosse importante.
TODESCHINI: L'avvocato Pagani conosce l'Istruttoria e noi no. Noi siamo in condizione di inferiorità. Chiedo ancora una volta di conoscere gli interrogatori di Istruttoria.

(*Ma gli atti dell'Istruttoria non salteranno mai fuori e gli avvocati non potranno mai leggerli.*)

SARFATTI: Quando vi disse Isolina che era rimasta incinta?
POLICANTE: Un mese dopo che il tenente era in casa.
SARFATTI: In casa come ospite o agli arresti?
POLICANTE: Un mese dopo essere andato ad abitare in quella casa.

(*Trivulzio andò ad abitare in casa Canuti il 15 settembre '99.*)

SARFATTI: Ricordo la dichiarazione del tenente il quale lesse nel libriccino di memorie della Isolina che il primo novembre non aveva visto i corsi.
TRIVULZIO: Diceva precisamente: oggi 1° novembre non ho visto il mestruo.
SARFATTI: Quindi, anche secondo la sua testimonianza, se a novembre era al primo mese di gravidanza, a gennaio era al terzo mese...
PRES.: La Policante ha visto quel libriccino?
POLICANTE: No.
SARFATTI: Ha mai avuto nessuna animosità col tenente Trivulzio?
POLICANTE: Mai ne ho avuto, non ce n'era ragione.

PRES.: Tenente Trivulzio è vero che ella aveva consigliato alla Isolina di andare a Milano?

TRIVULZIO: Parecchie volte l'ho detto ma non per uno scopo cattivo. Era lei la Policante che la conduceva al male.

POLICANTE: Mi, sior?

TRIVULZIO: Sì, lei. Io non sono mai andato a condurla dalla levatrice!

BORCIANI: Ha detto alla Policante: venite qua voi che siete una donna di giudizio mentre quella è una stupida...

TRIVULZIO: Non l'ho mai detto.

POLICANTE: Eppure mi ricordo bene.

TRIVULZIO: Dove eravamo, ditemi, dove eravamo?

POLICANTE: In camera del tenente.

TRIVULZIO: Il colloquio è falso. La volta che è venuta da me è stata quella delle dieci lire.

(*Qui il contrasto degenera in un battibecco vivace. Il tenente infuriato insiste a dire che è falso e la Policante, con calma, ripete che è vero.*)

SARFATTI: Perché Trivulzio suppone che la Policante dica cose false?

TRIVULZIO: La Policante non la conoscevo. La prima volta che l'ho conosciuta è stata quel giorno che sono stato chiamato dalla Clelia. In quella occasione per la prima volta la Isolina mi ha detto che era incinta. Che era stata dalla levatrice. È stata lei la Policante a condurvela. Vi erano sul tavolo delle polverine.

BORCIANI: Sa niente la Policante delle polverine?

POLICANTE: Gnente, gnente, delle polverine so questo: la Isolina mi raccontò che il tenente le aveva proposto di prenderle. Essa dichiarò che se il tenente avesse insistito avrebbe detto di averle prese. Viceversa avrebbe preso due cartine, ambedue in precedenza ordinatele dal medico per altre cose.

SARFATTI (*a Trivulzio*): Perché la donna la accuserebbe secondo lei?

TRIVULZIO: Perché è lei che sa tutto, per questo mi accusa.

SARFATTI: Come fa ad essere così sicuro che la Policante sappia tutto? E che cosa? visto che lei non sa niente? e perché, sapendo, dovrebbe accusare lei se è innocente?

BORCIANI: Dica il vero Trivulzio!

TRIVULZIO: Lei accompagnava la Canuti, la consigliava, la faceva in tutto (*il pubblico rumoreggia*). La Policante sa tutto, ha consigliato gli aborti, ha tentato di farla abortire.

BORCIANI: Ma non poteva averla messa incinta lei! Perché accusarla ingiustamente?

POLICANTE: A mi no me importava gnente che la abortisse. Anzi gh'o dito che la se tegna il fiol.

TRIVULZIO: Ma l'ha condotta dalla levatrice.

POLICANTE: La Isolina mi chiese di farlo e lo feci. So che voleva che andassimo noi due perché la levatrice vedendo due povere donne senza denaro avrebbe detto di no, mentre se andavamo insieme col tenente forse poteva aderire.

PAGANI: Quante volte la Policante ha visto il tenente Trivulzio?

POLICANTE: Saranno state tre o quattro volte. Sono andata in casa perché non volevo credere alla Isolina le cose che mi riferiva del tenente.

PAGANI: Sa di una lettera scritta al tenente con la firma Maria?

POLICANTE: Io non so niente, non so scrivere.

TRABUCCHI: Quanto è stata la Policante a servizio della famiglia Canuti?

(*Che Trabucchi ponga questa domanda è indicativo: Trivulzio è alle strette e l'unica è deviare l'attenzione del pubblico e della Corte, su fatti che colpiscono la immaginazione e che denigrano la testimone.*)

POLICANTE: Sono stata due volte in casa Canuti e una di quelle per tre anni.

TRABUCCHI: La Policante aveva l'abitudine di restare nuda in casa durante l'estate?

POLICANTE: No, mai.

SARFATTI: Mi oppongo a tal genere di domande!

(*La seduta viene interrotta per l'ora. Trivulzio viene accompagnato fino a casa da una folla minacciosa, tanto che Sarfatti il giorno dopo sente il dovere di richiamare il pubblico al rispetto del querelante. L'avvocato Trabucchi riprende con la sua strategia di distrazione.*)

TRABUCCHI: È vero che la Policante quando era domestica in casa Canuti desse in tali scandali da obbligare i vicini a fare rimostranze? è vero che essa abbia indotto la Isolina alla prostituzione? è vero che adescasse i passanti attirandoli in casa Canuti?

SARFATTI: A me pare che vada fuori dalla ragione umana domandare ai testi tutte quelle porcherie. I testi non sono sopra una sedia di tortura. L'avvocato Trabucchi ha fatto inserire al verbale le sue domande, egli ha capito il partito che se ne può trarre. Resta nella memoria di esse e per il Tribunale e il pubblico. Resta insomma adombrata, anche se non è vero niente, la figura della teste.

PAGANI: Fino a che giorno ha visto la Isolina?

POLICANTE: Fino al 5 a mezzogiorno.

PAGANI: Dove era?

POLICANTE: L'ho vista in piazza. M'ha detto che andava a casa per prendere i denari che doveva portare il padre suo. Siamo andate avanti e indietro dal formaggiaio e altri luoghi. Comperò della mostarda e me ne diede. Mi sembrò molto riservata quel giorno. Lasciandomi disse: se non te me vedi stasera son in casa.

P.M.: Che discorsi vi faceva negli ultimi giorni?

POLICANTE: Non mi parlava più dei tentativi di aborto. Diceva invece che voleva ridursi in una stanza a fitto e trasportarvi la roba sua.

P.M.: La sera del 5 è andata a casa della Isolina?

POLICANTE: No, andando a casa mia ho sentito che ci era stato il Canuti a cercare la figlia. Venne altre volte in precedenza, perché la Isolina talvolta assentandosi da casa diceva al padre che veniva da me.

P.M.: Che vi disse il Canuti?

POLICANTE: Che se qualcuno mi domandava della Isolina dicessi che era andata in campagna, voleva evitare che si sapesse la fuga.

PRES.: Domandò al tenente notizie di Isolina?

POLICANTE: Sì, ma rispose di non saperne. E io soggiunsi: se non lo sa lei, chi può saperlo.

P.M.: Voi siete convinta che non altri che lui poteva sapere dove fosse la Isolina?

POLICANTE: Lui era l'amante e poteva essere in grado di sapere.

VI

Il giorno 15 novembre è la volta di Felice Canuti, che viene definito dal "Corriere della Sera" come "un uomo duro d'orecchi e pochissimo intelligente". Ma, come vedremo, si tratta di un personaggio da tragedia. Alla stregua di Clelia, non si rende ben conto di quello che "deve" o può dire per aiutare Isolina. Come Clelia, non si preoccupa di accusare Trivulzio pur facendolo.

Appare abitato da un solo violento sentimento: l'amore per la figlia Isolina di fronte a cui i pettegolezzi, le malignità dei vicini, degli amici sono come il bisticcio sui rami di tanti uccelli rapaci. Tenta di scacciarli con gesti inconsulti delle braccia, quasi un mesto e folle Don Chisciotte.

PRES.: Racconti quello che sa nei riguardi di sua figlia Isolina.

CANUTI: Dopo il 5 gennaio il tenente mi andava spesso ripetendo: el se faccia coragio povero padre, me dispiase. Poi una domenica gli andai a dire: ma quelle 25 lire che si sono viste nelle mani di mia figlia finiranno! E lui rispose: chi le ha dato quelle ne darà altre.

PRES.: E non disse che l'Isolina sarebbe tornata?

CANUTI: Mi disse più volte: stia tranquillo, la vegnarà.

PRES.: Non parlò di un sito sicuro?

CANUTI: Se ben ricordo ha detto: stia tranquillo, stia tranquillo, sarà in posto sicuro.

PRES.: Le pare che il tenente sapesse dove era la Isolina?

CANUTI: Diceva per consolarmi o diceva per altre ragioni, capirà che io non posso saperlo.

PRES.: Ma non ebbe sospetti di sorta?

CANUTI: Dopo che il tenente fu arrestato ho messo il sospetto e ho detto ai miei figli: guarda mò si vede che sapeva qualche cosa.

PRES.: E perché?

CANUTI: Perché quando si dice: stia tranquillo stia tranquillo qualche cosa si deve sapere.

SARFATTI: Il Canuti parlò con l'attendente di Trivulzio dopo la scoperta dei resti?

CANUTI: Sì, m'ha detto: el se consola sior paron no l'è miga so fiola.

PRES.: Quando l'ha saputo delle relazioni dell'Isolina col tenente?

CANUTI: L'ho saputo da mia figlia Clelia. Mi ha detto che l'Isolina amoreggiava e che era rimasta incinta.

PRES.: Aveva mai fatto rimostranze alla Isolina per la sua condotta?

CANUTI: I vicini protestavano e io lo riferivo alla Isolina. Essa rispondeva: va là, va là. Io non posso raccontare di mia scienza perché ero occupato dalle nove di mattina fino alle cinque del pomeriggio.

BORCIANI: La Clelia le parlò delle polverine?

CANUTI: Mi disse che Isolina aveva preso delle polverine per procurare l'aborto.

P.M.: Diceva che le prendeva per suggerimento del tenente?

CANUTI: Mi pare di sì ma non ricordo bene.

GIUDICE CECCATO: Fu trovato un libriccino di annotazioni dell'Isolina?

CANUTI: Frammezzo a molte lettere amorose di un tenente dei bersaglieri che andò in Ancona e di un tenente medico, ho scoperto anche un libriccino dov'erano annotazioni che mi sembravano scarabocchi. Sono andato a domandare spiegazioni al tenente ed esso mi tranquillizzò col dire che erano segnati i periodi dei corsi.

PRES.: Come gh'era la Isolina, grande grossa bene sviluppada?

CANUTI: Poco più alta di questa qui, la Clelia.

GIUDICE CECCATO: E g'aveva difetti?

CANUTI: Aveva sempre male al collo, con spurghi e cicatrici alla faccia e alle mani.

CLELIA (*intervenendo*): E dietro le usciva un osso. Era effetto della tosse canina.

CANUTI: Mi lascino andare per carità che gh'o da atender al mi lavoro. Ah, se Clelia mi avesse deto, se mi avesse deto non sarebbe sucesso niente... e lei sior tenente, se mi avesse detto qualche cosa non sarebbe successo quel che è successo.

PRES.: Ha trovato altro di Isolina in casa?

CANUTI: Ho trovato in armadio un corpetto di fustagno tutto ricami che la Isolina s'era fatta fare di nascosto. Ciò mi ha fatto impressione.

PRES.: Perché?

CANUTI: Perché la Clelia mi disse che la Isolina se ne serviva per dormire col tenente Trivulzio.

BORCIANI: Lo mostrò al tenente?

CANUTI: Sì e lui mi disse: roba da puttanelle!

GIUDICE ARFINI: Che corpetto era, da sotto o da sopra?
CANUTI: Domandino alla Clelia che sa tutto.
PRES.: Come seppe della scomparsa?
CANUTI: Tornando a casa alle cinque non la vidi. Cercai dappertutto presso le amiche ma non potei vederla più.
PRES.: Le pare che la Policante potesse sapere qualche cosa della scomparsa?
CANUTI: Caro mio, la Policante, la Ines Bonomelli, la Poli e la Gisella Donarche erano le sole che potevano sapere.
PRES.: Ma che cosa le disse la sera del 5 la Policante?
CANUTI: Mi disse: dove vuole che sia andata, la vegnarà, la vegnarà.
PRES.: La Gisella le fornì delle indicazioni?
CANUTI: Sono stato da lei una mattina e l'ho trovata in un letto grande per tre. Mi assicurò che non sapeva niente.
BORCIANI: Perché quelle ragazze potevano sapere dove fosse la Isolina?
CANUTI: Perché erano le sue amiche, perché si confidava con loro.
GIUDICE CECCATO: La relazione della Isolina col tenente medico era cosa fresca?
CANUTI: Potrà saperlo la Clelia.
SARFATTI: E la relazione col tenente dei bersaglieri?
CANUTI: L'ho saputo dalla Isolina stessa dopo la partenza del tenente perché essa mi andava ripetendo: el me bel, el me belo! E io le domandai: ma chi l'è questo belo?
PRES.: Perché licenziò la Policante e che concetto ne ha?
CANUTI: L'ho mandata via perché la gente mi diceva che la Isolina era mal messa in sua compagnia.
P.M.: Ma lei non vedeva come si portasse la Policante?
CANUTI: Io non vedevo niente perché ero tutto il giorno in ufficio. Io poi non vedevo che per gli occhi di mia figlia Isolina, essa era il mio idolo. Le riferivo che la gente si lagnava e lei rispondeva: l'è gente che me vol mal. E io credevo a lei. Me lassano andar che no ghe la fazo...

Dopo queste parole Canuti viene lasciato libero e non sarà più interrogato.

VII

Seguono una serie di testimonianze importanti. Primo: Alessandro Carlini, studente in legge di 23 anni, ex redattore del "Gazzettino di Verona".

Carlini racconta che conosceva la famiglia Canuti, "è stata mia madre a fare entrare la Isolina nel collegio delle Pericolanti perché sua madre stava morendo". Poi il padre la tirò via da lì perché sospettava che la gibbosità della figlia provenisse dalla sua dimora in quell'ambiente in seguito a "spine ventose". E quando seppe di Isolina andò a trovare Clelia. E Clelia gli raccontò delle polverine, che la sorella aveva detto al Trivulzio "mi gh'o tolte ma no le m'a fato gnente". Al che Trivulzio avrebbe risposto "te andarà a partorir a Milan o te abortirà a Verona".

Clelia gli raccontò anche delle 25 lire date da Trivulzio alla sorella per comprare quelle famose polverine abortive. E anche di come Trivulzio consolasse il vecchio padre dicendogli "el staga tranquilo sior Felice, la Isolina sta in posto sicuro".

Carlini scrisse ogni cosa su un quaderno e lo mostrò al direttore del giornale. Questi lo mandò a fare altre ricerche. Era appena uscito il nome della De Mori. E Carlini si presentò a casa della levatrice che dopo qualche diniego gli raccontò ogni cosa.

"Un giorno mi si è presentata Maria Policante chiedendo se potevo fare abortire una ragazza. Aggiunse: chi desidera questo l'è un ufiziale degli alpini". La De Mori si confidò con un amico e questi le disse: mi faccia un piacere, cerchi di sapere chi sia quell'ufficiale. La De Mori incontrò un giorno la Policante e glielo domandò. "La me faza un piacer, la tasa, se trata del tenente Trivulzio."

La De Mori, per non dimenticare il nome, appena tornata a casa lo scrisse sul muro; ma avendo sentito Tribulzio anziché Trivulzio lo scrisse con la B invece che con la V. Poi quando sentì che era stato arrestato, cancellò il nome dal muro.

Carlini, da buon giornalista, continua a indagare per conto suo. Ma non perde i rapporti con la polizia. Un giorno invita al giornale due ispettori di Pubblica Sicurezza "il Bacchetti e il Dallari che mi confermarono le notizie che avevo raccolto per conto mio sulla De Mori".

E qui si trasforma addirittura in un investigatore da libro giallo: "siccome non fidavo, ho chiuso un amico nell'armadio della redazione perché sentisse tutto quello che mi dicevano Bacchetti e Dallari. Il mio amico si chiama Barbarani e può confermare tutto quello che vi dico".

In quell'occasione i due poliziotti gli dissero di avere visto coi loro occhi il nome di Trivulzio scritto sul muro della De Mori. Ma poi, quando furono interrogati negarono ogni cosa.

Con un altro amico, il maestro Nimini, andò a trovare Benedetto Poli, il padre di Emma Poli, l'amica di Isolina morta in ospedale in circostanze misteriose.

Il Poli disse loro che aveva fatto ben tre denunce alla Questura sulla morte di sua figlia che gli aveva rivelato in punto di morte di essere stata avvelenata. Ma in Questura non tennero in nessun conto le sue denunce.

"Queli che acuso l'è gente che gh'a el revolver e i pol farne la pelle. Voio che resta qualchedun a vendicarme" gli aveva detto il Poli spaventato.

Dopo Carlini viene chiamato a testimoniare il Dallari, delegato di Pubblica Sicurezza, persona ambigua che in questo processo prima dice una cosa e poi si tira indietro, sembra voler chiarire e poi volere tacere.

Dallari fu tra i primi a condurre le indagini per conto del Questore di Verona, nel gennaio del '900.

Il Presidente gli chiede se è vero che interrogò la De Mori. E lui: "sì, la chiamai. Essa mi confermò che la Policante era stata da lei a chiedere di aiutare una ragazza ad abortire dicendo che c'era di mezzo il tenente Trivulzio. Stesi le sue dichiarazioni su un verbale che lessi al Questore presente il delegato Tedeschi".

Riguardo alle famose polverine abortive "mandai la guardia Bertolini" dice il Dallari "a casa Canuti e lui mi riportò una polverina trovata nella tasca di una veste. L'ho fatta analizzare e si trattava di due sali: il sale di chinino e altro sale. Mi disse che se si fosse presa quella roba in quantità maggiore della polverina sequestrata poteva anche fare abortire".

C'è anche una certa reticenza da parte dei giudici ad approfondire l'interrogatorio di questo delegato di Pubblica Sicurezza che dopo poche battute viene mandato via.

Viene chiamata la levatrice De Mori. La quale conferma che la Policante andò da lei a nome di un tenente: "quel tenente della ragazza si chiama Moretti? chiesi alla Policante e lei mi disse, no, si chiama Trivulzio. Appena andata a casa ho scritto il nome sul muro nell'entrata per non dimenticarlo. Sono andata poi dal calzolaio e gli ho detto: ha visto, l'amante della ragazza è il tenente Trivulzio.

La sola cosa che nega è di avere discusso di soldi. Il Dallari ha parlato di 300 lire, una grossa cifra allora. La De Mori dice che non è vero. "Vidi pubblicato sull''Adige' che mi erano state offerte 50 lire. Poi mi hanno detto che era stato uno scherzo ma questo scherzo a me fa perdere tre o quattro lire al giorno."

Comunque rifiutò di fare l'aborto "me ne sono comperada quatro mi, che se ne compra uno anca ela!".

VIII

Il 16 novembre viene chiamato a deporre l'ex Questore Cacciatori. Vale la pena di riportare il suo interrogatorio, per lo meno nelle parti più salienti.

PRES.: Lei quale convinzione si è fatta?
CACCIATORI: Che il tenente Trivulzio non fosse estraneo alla faccenda.
PRES.: La sua convinzione sul complesso dei fatti qual è?
CACCIATORI: La versione che do al fatto è questa: il tenente quando seppe della gravidanza cercò di troncare il procedere. L'aborto ebbe effetti letali. Si trovò quindi dinanzi ad un cadavere. Che cosa si fa? l'autopsia avrebbe rivelato i tentativi di aborto. Per sollevarsi da ogni noia cercò di disfarsi del cadavere. (*Sensazione in sala. Il pubblico rumoreggia.*)
GIUDICE CECCATO: Le è venuta una lettera anonima da Conegliano?
CACCIATORI: Sì e ho provveduto perché a Conegliano fosse mandata una lettera Fermo in Posta all'indirizzo di Lunghi Gaetano e che fosse stato fatto appostamento. Dopo qualche tempo mi fu risposto che la pratica era riuscita vana.
PAGANI: Quale opinione ha della Policante?
CACCIATORI: La Policante era una donna dai facili amori, ma non c'erano fatti che la mettessero in una luce cattiva e non ho potuto persuadermi che agisse per odio o per rappresaglia.
PAGANI: La Policante non le disse di essere andata a prendere le polverine?
CACCIATORI: Mi pare dicesse che andava dalla levatrice colla Isolina per conoscere lo stato di questa. La prima notte anzi erasi rifiutata di rispondere e io sono stato in forse se arrestarla.
BORCIANI: Si è mai modificata la sua opinione sul tenente Trivulzio?
CACCIATORI: No, perché i miei sospetti a carico del tenente non svanirono mai.
P.M.: Sentì parlare di altri tenenti?

CACCIATORI: Prima di fermare la mente sulla persona del Trivulzio non ho omesso le indagini sul tenente dei bersaglieri Petrini. Ma dopo la sua partenza egli non era più tornato a Verona né la Isolina era mai andata da lui.
PAGANI: E non ha sentito di un tenente medico?
CACCIATORI: Quello mi pare fosse un tenente dell'ospedale. (*Che si tratti del famoso Zamboni che il padre della Poli scambiò per il cavalier Zamboni?*)
GIUDICE CECCATO: Il modo come fu scorticato il cadavere le fece supporre qualche cosa?
CACCIATORI: Che i tagli fossero stati fatti da una mano esperta non da uno scortichino qualunque.
PRES.: Lei ha parlato di inframettenze nell'autorità militare. Il dottor Caliari afferma che quando lei ne parlò erano presenti i signori Marrata, Menotti Rigo e Tomellari.
CACCIATORI: È un sogno, un sogno. Non conosco né Rigo né Marrata.
CALIARI: E il Tomellari?
CACCIATORI: È mio cugino. Ma non ho mai parlato con nessuno di quelle cose lì. In ogni caso sarebbe un segreto, un segreto che porterei con me nella tomba.
GIUDICE CECCATO: Un segreto?
CACCIATORI: Io non ho mai parlato di ciò col Tomellari.
CALIARI: È stato proprio Tomellari a dirlo.
CACCIATORI: Vuol dire che è partita da lui la cattiva sinfonia.
SARFATTI: Qui non c'è nessuna contestazione del Cavalier Cacciatori al dottor Caliari. Può Cacciatori dichiarare falso quanto ha detto il dottor Caliari?
CACCIATORI: No, non posso. Ma io smentisco recisamente di avere detto quelle cose a chicchessia. Mi sono ritirato a Peschiera apposta per vivere fuori dal mondo e non ci voglio rientrare affatto.

Come si vede il Cacciatori cerca di conciliare la fedeltà alle sue convinzioni con un alto senso del "dovere" di servitore dello Stato. Per fare questo non si sottrae alle più ardite acrobazie: nega di avere ricevuto delle pressioni dalle autorità militari ma nello stesso tempo si rifiuta di dare del bugiardo a chi ha testimoniato di averglielo sentito dire.

Per non essere più costretto a simili acrobazie infine si dimette e si ritira a Peschiera, cercando di salvare ad un tempo il suo "onore" di Questore e il suo "onore" di uomo onesto.

IX

Intanto il 18 novembre succede qualcosa di nuovo. Un certo Coronato Visco Gilardi si presenta dal delegato di Pubblica Sicurezza Carusi e gli racconta che poche sere prima del ritrovamento dei pezzi di Isolina in Adige vide due uomini sul Lungadice Panvino che portavano un sacco.

Ma perché dirlo solo ora? Il Gilardi risponde "non credevo fosse importante. Ho lasciato passare del tempo. Intanto ci pensavo. Poi ho capito che era giusto dirlo e l'ho fatto. Ho parlato col delegato Carusi e col Giudice Istruttore". "E ci ha messo quasi due anni a decidersi!" gli fa notare il Presidente. Al che Gilardi confessa di avere avuto paura. "Dato il mestiere che fazo che torno tardi la note, mi avrebero fato fare la fine della Isolina."

Ma insomma, cosa ha visto di preciso il Gilardi? Sentiamo il suo racconto:

"Verso l'una e mezza chiusi il caffè Smerzi dove faccio il cameriere. Accompagnai la padrona fino a casa sua in vicolo Ponte Umberto I. In quel momento mi accorsi di avere dimenticato la chiave della mia abitazione che è in via 20 settembre. Allora, poiché alle quattro dovevo riprendere servizio, stabilii di passare la notte in bianco a passeggiare. Così attraversai piazza Signori, vicolo Foggie, corso Garibaldi, fino a Castelvecchio. La notte era fredda ma nitida anche se non c'era la luna. Dopo avere fatto un bel pezzo del Lungadice Panvino, giunto in prossimità della Garretta del Dazio che vigila sui molini di Campagnola, vidi alla lontana due individui uno alto e uno basso di statura. Venivano da vicolo Ripa San Lorenzo in linea diagonale verso il parapetto del muraglione.

"In quel punto il muraglione è rotto dalla rampa che discende in declivio fino al fiume ed è protetta da una ringhiera di ferro. Lì vidi il piccolo che portava un sacco farsi avanti. Pensai che si trattasse di contrabbando, ebbi paura e mi rimpiattai dietro la garretta che in quella notte mancava del soldato di guardia. I due si guardarono intorno e poi, accertatosi che il muraglione nel punto in cui si trovavano dava sopra la larga e comoda rampa che scende al fiume, si avvicinarono alla ringhiera della rampa e gettarono il sacco. Udii il tonfo nell'acqua. Poi sentii uno dei due che diceva 'adesso che è fato tuto, ghe sarà i soldi'."

Il giorno dopo "L'Adige" pubblica due telegrammi in cui si dice che "una ex amante dell'attendente di Trivulzio afferma che costui le ha confessato che l'immersione dei sacchi nell'Adige avvenne per ordine del tenente".

Nell'edizione speciale del 18 novembre dell'"Adige" si legge: "Possiamo confermare i telegrammi giunti da Legnago. L'attendente del tenente Trivulzio, Celeste Sitara, disceso dalle rupi di San Bartolo della Montagna, perché citato dalla difesa, come dalla parte civile, minaccia di diventare un personaggio importante".

Ma l'"Arena" ha uno strano modo di procedere. Ha fatto la rivelazione con grande baccano, ma poi si affretta a buttare acqua sul fuoco. Manda un suo giornalista a Legnago alla trattoria dei Due Mori dove lavora la Favaretti (ex amante di Sitara a cui lui avrebbe fatto le confidenze sui sacchi). Ma il giornalista si porta dietro lo stesso Sitara. E poi riferisce sull' "Arena" del giorno dopo che la Favaretti non riconobbe l'uomo sebbene lui le sia andato vicino e l'abbia apostrofata dicendo "che bela mora!".

La Favaretti viene chiamata dal Giudice e interrogata. Ma ritira tutto quello che ha detto, asserendo di avere scherzato. Lascia intendere che ha paura.

Il Sitara è in effetti una persona che mette paura: piccolo, robusto, brutale, privo di scrupoli, appare disposto a qualsiasi cosa pur di guadagnare un po' di denaro.

Molti compagni in caserma hanno notato che prima della morte di Isolina il Sitara non disponeva di un soldo, andava elemosinando i pezzi di sigaro dai commilitoni. Dopo "disponeva di sigari interi". Un certo Cappelletti, soldato semplice, lo testimonia davanti ai giudici.

Ma il Sitara nega decisamente. "Sono sempre stato povero. Trivulzio mi dava cinque lire al mese."

Fra l'altro molti militari si erano accorti che lui passava delle notti intere fuori dalla caserma nonostante fosse proibito. Ma anche questo il Sitara lo nega decisamente "al massimo potevo fare mezz'ora di ritardo quando il tenente era di picchetto".

Ma Sitara ha anche l'abitudine di bere. E quando beve diventa collerico e a volte ciarliero. Ci sono due testimoni, il Graziani e la moglie del cursore di Selva Progno, che dicono di averlo sentito urlare alla sorella che gli chiedeva dei sacchi "taci, io non so gnente!". E avendo la madre insistito per sapere se Trivulzio aveva veramente messo incinta la Isolina, lui ruppe un bicchiere urlando "ho detto che non voglio più parlare di questo discorso!".

Un altro giorno in un'osteria di Badia Calavena, dopo avere bevuto parecchia grappa, si lasciò andare a raccontare che i sacchi li aveva buttati lui dal cortile Canossa per ordine del Trivulzio. Con lui c'era un alpino, Emilio Corbellari, il quale la mattina dopo andò dal Giudice a riferire il discorso.

Ma cosa disse esattamente il Sitara al Corbellari? Ecco le sue parole messe al verbale: "sono stato mì assieme con un altro attendente a portare i sacchi in Adige per ordine dei paron, i gheran tre i paron, tre tenenti; anzi ad un certo momento gh'o sentio del molo su le mani. Mi sono avvicinato ad un fanale e gh'o visto della roba di carne. Di freta di freta gh'avemo butato i sacchi all'Adige. Per corere a prendere le mance dai paron".

Sarfatti e Caperle chiedono che il Corbellari venga sentito in aula. Ma la sua presenza viene rifiutata con la spiegazione che il processo è quasi finito e non si può riaprirlo per chiamare nuovi testi.

Insomma per quanto riguarda il Sitara ci sono due persone, il Coronato Gilardi e il Cameri, direttore del Caffè Vittorio Emanuele, che testimoniano in Tribunale di avere visto due uomini la notte del 14 che trasportavano un sacco che poi gettarono nel fiume.

Corbellari e Graziani testimoniano di avere sentito dalla voce di Sitara che i sacchi li aveva gettati lui in Adige per ordine di "tre tenenti".

Ultima testimonianza su Sitara, quella di Ettore Dalla Chiara, impiegato di Tribunale, che racconta di avere assistito al primo interrogatorio dell'attendente in Istruttoria e di avergli sentito dire che buttò in Adige i sacchi per conto del "mio paron". La testimonianza di Dalla Chiara è confermata dal proprietario della trattoria Alla Speranza e dal negoziante di frutta Angelo Noventa a cui lui raccontò la cosa subito dopo averla sentita.

Sarebbe stato semplice andare a controllare sui verbali. Ma come ho già detto i verbali dei primi interrogatori non sono mai stati portati in aula. E gli avvocati difensori di Todeschini per quanto li chiedessero, non poterono mai vederli.

X

I testi in questo processo saltano fuori come funghi. Ma non sono loro, spontaneamente, a presentarsi in Tribunale. Vengono bensì chiamati e trascinati quasi a forza. Rispondono a stento, a malincuore, mostrandosi impauriti, o annoiati. Nessuno in realtà vuole essere anche alla lontana coinvolto in questa “brutta faccenda”.

Il fatto è che i giornali si sono messi in concorrenza per fare delle indagini parallele e sia l’“Arena” che il “Gazzettino” che il “Verona del Popolo” hanno seguito tracce diverse, spesso nascondendole l’uno all’altro, fino al momento della rivelazione.

Nimini, per esempio, del “Verona del Popolo”, trova un testimone nuovo, un certo Carezzato, che dice di avere visto uscire dal Chiodo la sera del delitto cinque ufficiali insieme. Inoltre dice che trovò in vicolo Pomo d’Oro il proprietario del Chiodo, Annibale Isotta, che bestemmiava dicendo “anca questa ga da sucederme a me!”.

La parte avversa porta il teste Burotto, di venti anni, sacrestano alla Chiesa di San Lorenzo, il quale testimonia di avere sentito l’Isolina dire che voleva andare via di casa perché era stufa delle scenate del padre.

Ma il Burotto è di una tale ingenuità che finisce per risultare un boomerang contro chi l’ha convocato. Infatti rivela tranquillamente di essere stato chiamato nello studio dell’avvocato Trabucchi. Vale la pena di sentire le sue parole.

PRES.: Ricorda qualche altra cosa?
BUROTTO: No, l’ho pure detto all’avvocato Trabucchi.
SARFATTI: Come, siete stato chiamato da Trabucchi?
BUROTTO: Sì, con una lettera portata dall’osteria Mutinelli.
MUSATTI: Chiedo che sia messo a verbale.
SARFATTI: Chi vi ha interrogato?
BUROTTO: Ho visto quattro signori intorno ad un tavolo.
Io parlavo e loro scrivevano, mi hanno fatto firmare e io ho firmato per obbedienza. (*Ilarità del pubblico.*)

TODESCHINI: Vi hanno dato anche dei soldi?
BUROTTO: Sì, una lira.
TODESCHINI: Una lira per un quarto d'ora?
BUROTTO: Signor, i me à oferto un franco, mi gh'o dito: i lassa là. Ma lori à insistito e mi ò tirà.
SARFATTI: Quanto guadagnate voi al giorno?
BUROTTO: Sessanta centesimi...
SARFATTI: A verbale! E vi siete anche lagnato che alla Del Maggio erano state date due lire?
BUROTTO: Sissignor. Poi l'avocato Trabucchi m'ha dito: se i vol saver parcossa che t'ò chiamà dighe che t'ò dimandà de visitar la cieca de don Scapini.

Trabucchi ammette di avere pagato i testimoni, ma solo "per il disturbo che gli chiedevamo".

Un'altra testimone portata dagli avvocati di Trivulzio è la sarta Vianello. Ha 35 anni è lavoratrice "in bianco". Dice di sapere tutto su Isolina perché abitava nello stesso stabile.

La Vianello si lancia in una descrizione forsennata degli amori di Isolina. "La prima sera che andai ad abitare in quella casa la sentii ricevere un tenente dei bersaglieri che vi si trattenne fino alle due di notte. Successivamente andò quel tenente spesse volte a trovarla. Stava da lei fino alle due o alle tre di mattina. Nel '99 fece conoscenza con la Poli e con lei impiantò baldorie in casa, di che ci siamo adontati. Poi in casa sua andò ad abitare un ufficiale ammogliato a cui la Isolina s'è messa alle costole. Dopo un mese l'ufficiale se n'è andato. Lei usciva spesso e tornando diceva alla Clelia: il mio capitano, il mio capitano, mi ha ubriacata, mi ha fatto questo, e quest'altro. Poi ci fu un altro ufficiale che andò in licenza qualche tempo dopo. La Isolina e la Poli approfittarono allora delle camere del tenente per fare entrare quattro alpini... Un giorno poi mi ordinò un corpetto ricamato!...

SARFATTI: Le ha fatto ordinazioni speciali per quel corpetto?
VIANELLO: Mi ha detto precisamente: lo tenga largo perché spero di diventare grassa e forse vado a stabilirmi a Milano.
PRES.: Che ragazza era la Isolina?
VIANELLO: Leggera e libidinosa... Se ne usciva anche con parole contro la religione, perché anche di quelle aveva l'abitudine.
GIUDICE CECCATO: Che impressione ha avuto dell'arresto di Trivulzio?
VIANELLO: Dissi subito: hanno sbagliato. Come hanno arrestato lui potevano arrestare tutti quelli che hanno avuto pratica colla Isolina.

Anche durante la relazione col tenente Trivulzio teneva il suo solito contegno. Stava alla finestra e usciva sempre.

Un'altra testimone, citata dagli avvocati di Trivulzio, è Matilde Olivieri, di 23 anni, cameriera alla trattoria degli Angeli. Viene interrogata il 17 novembre.

PRES.: Lei conosce il tenente Trivulzio?
OLIVIERI: L'ho conosciuto per caso andando a passeggio colla signora da cui ero a servizio.
PRES.: Le ha mai parlato?
OLIVIERI: Il tenente nel dicembre del '99 mi domandò se volevo fare all'amore con lui. Risposi di no perché mi pareva impossibile che un tenente andasse dietro una donna di servizio.
PRES.: E dopo?
OLIVIERI: La sera del 16 gennaio (*la sera dopo della morte di Isolina*) è venuto in Corte Nogara e non avendomi visto alla finestra ha suonato il campanello. Ho aperto e non è entrato. Ha suonato una seconda volta, sono scesa per chiudere il portone e ho visto il tenente. L'ho salutato e sono salita. Alle dieci e mezza egli ha suonato una terza volta.
PRES.: Aveva voglia di vederla!
PAGANI: Aveva suonato anche prima?
OLIVIERI: Prima no. La sera del 17 ha suonato ancora. Alla seconda volta sono scesa.
GIUDICE CECCATO: Ma era sola in casa?
OLIVIERI: C'era anche la padrona.
GIUDICE CECCATO: E se fosse scesa la padrona?
OLIVIERI: Il tenente avrebbe detto a lei... (*Ilarità del pubblico.*)
PAGANI: Il tenente passava per la Corte prima?
OLIVIERI: Era da due mesi che passava avanti e indietro.
PAGANI: E le diceva qualche parolina?
OLIVIERI: Sì.
TRIVULZIO: Ho suonato il campanello perché non era alla finestra come al solito.
OLIVIERI: La sera del 18 mentre andavo a prendere il giornale come ogni sera il tenente mi è venuto vicino per domandarmi se volevo fare all'amore con lui e ho risposto ancora di no. Dopo ho parlato per un'ora alla finestra.
PRES.: Le ha dato dei denari il tenente?
OLIVIERI: Mi ha dato 20 lire quando sono stata cacciata dai padroni dopo la citazione come testimone.

TRIVULZIO: Dovetti citare il nome della Olivieri per le insistenze del Giudice Istruttore, il quale voleva sapere dove passassi le serate.

PAGANI: La Olivieri scrisse mai al tenente o fece mai scrivere per commiserarsi?

OLIVIERI: No, mai. Io non so scrivere e non feci mai scrivere.

PAGANI: Ecco qui una lettera, signor Presidente, ricevuta dal Trivulzio a Schio a fine maggio del 1900 e firmata Matilde Olivieri. Si domanda in quella lettera un sussidio.

OLIVIERI: In quell'epoca non ero senza soldi, lavoravo. Non ho chiesto soldi.

A questo punto viene mandata via. Dall'interrogatorio comunque vengono fuori alcune cose rivelatorie sul carattere di Trivulzio: egli vuole fare sapere che la sera stessa del ritrovamento dei resti di Isolina amoreggiava con un'altra donna, quasi questo fosse un segno della sua innocenza.

Fa cacciare la Olivieri dal suo posto e la risarcisce con 20 lire. Poi mette in mano all'avvocato una lettera di lei per dimostrare che la ragazza era interessata, quasi a suggerire che si "vendeva".

Come Isolina insomma. E lui così faceva la figura dell'uomo generoso, affabile, disponibile, solo un poco don Giovanni ma questo era più che normale per un tenente giovane e aitante come lui.

Che le sue conquiste fossero sempre povere e ignoranti (la Olivieri non sa scrivere, Isolina aveva fatto solo qualche anno di scuola) non significa che lui approfittasse della situazione, ma semmai che il suo senso cavalleresco veniva messo a dura prova con continue richieste di soldi. A cui lui molto generosamente rispondeva con doni di 20, 30 lire alla volta.

XI

Uno dei punti misteriosi del processo Todeschini è quello che riguarda Emma Poli e la sua morte. Il padre sostiene che la figlia gli rivelò in punto di morte di essere stata avvelenata. E fece anche due nomi: Ronconi e Zamboni. Ma nel processo viene preso di mira uno Zamboni che evidentemente non c'entra niente. In quanto a Ronconi non se ne sa di più. Né viene chiamato a deporre. Si tratta di un medico dell'ospedale dove morì la Poli.

Benedetto Poli, invitato al processo, comincia col dire "prima di tutto io protesto perché in città corre voce che io mi sia schierato mediante denaro dalla parte di Trivulzio". Una frase che suona curiosa e precipitosa.

Se la prende con Felice Canuti, chiamandolo padre rammollito e incapace. Chiama Isolina "quello scorpione". E l'avvocato Sarfatti lo redarguisce "abbia rispetto dei morti".

Ma le cose diventano oscure quando si arriva a parlare della morte di Emma.

PRES.: Dove partorì sua figlia Emma?

POLI: Emma non partorì in vicolo Sant'Angelo presso l'oste Sabaini come si è detto ma sul Lungadice Porta Vittoria. Fu nel 22 gennaio del '900 ed è poi morta in ospedale.

PRES.: Ella andò mai a trovare la propria figliola?

POLI: Sì, vi andai un giorno e la trovai assieme ad una certa Magnanini e al dottor Ronconi. Il medico curante però era il dottor Gozzi.

GIUDICE ALPINI: Ma che cosa ci aveva a che fare il dottor Ronconi?

POLI: Lo salo lù... Un giorno il dottor Gozzi mi disse che la Emma doveva essere portata all'ospedale per una operazione all'utero. Mia figlia invece meravigliandosi diceva che non capiva perché da quattro giorni cominziava a levarse dal letto, non capiva perché lui la trovasse così in stato deplorevole da portarla all'ospedale.

PRES.: E all'ospedale andò a trovarla?

POLI: Sì, all'ospedale. Un giorno anzi la Emma mi disse: papà bisogna che muora e se moro moro per el Zamboni. E un'altra volta: papà guarda che el dottor Ronconi m'a messo 10 franchi soto el cuscin. Le domandai perché ed essa replicò: l'è un aventor che vegneva a Sant'Andrea. (*Si ride in sala.*) Da lì a due giorni certa Bernardi Teresa le portò 5 franchi a nome dell'avvocato Casaligni. Il giorno 17 o 18 di febbraio mi baciò e mi confidò in un orecchio: papà papà bisogna che mora e maledisso Zamboni e Ronconi.

Qui viene fuori una storia rocambolesca, riferita in modo pasticciato dal Poli, su un incontro fra Isolina, Emma, Zamboni e Ronconi. Questi ultimi avrebbero accusato le due ragazze di avere loro contagiato una malattia venerea e quindi si sarebbero messi a picchiarle. Al che Emma sarebbe scappata lasciando Isolina sola in mano ai due giovani, di cui uno dottore all'ospedale dove poi morirà la sua amica.

La cosa strana è che nessuno approfondisce le cose raccontate dal Poli. Nessuno chiede di parlare con il dottor Ronconi per chiarire questa storia delle botte. Fra l'altro è la prima volta che si parla di un altro presunto amante di Isolina. Né Clelia né la Policante ne hanno mai accennato. E neanche, bisogna dire, i vicini tanto solerti nello spiare dalle finestre e nell'ascoltare dietro le porte. A meno che quel famoso tenente medico di cui non si riesce a scoprire il nome non fosse proprio lui. Ma tutto si perde nella nebbia.

PRES.: Che avvenne dopo la morte di vostra figlia?

POLI: Morta l'Emma proibii l'autopsia cadaverica. Temo però che gliela abbiano fatta ugualmente. Io mi recai al cimitero nell'ora dei funerali e quando il feretro della mia figliola giunse in camposanto mi accorsi della presenza del Ronconi e dello Zamboni e li indicai a mio cognato come quelli che avevano rovinato mia figlia.

Altra incongruenza: se Benedetto Poli conosceva tanto bene Ronconi e Zamboni da indicarli al cognato come coloro che avevano rovinato sua figlia, perché poi fece la denuncia contro un altro Zamboni di età molto più matura, per giunta cavaliere? Ma continuiamo con l'interrogatorio.

PRES.: Si recò in Questura in quel giorno?

POLI: Sì, nel pomeriggio mi recai dai delegati Bacchetti e Dallari, e chiesi loro informazioni su quanto avevo appreso al letto di morte della mia figliola. Andai anche dal Procuratore del Re. Ma senza nessuna soddisfazione.

GIUDICE CECCATO: Quando fece le rivelazioni la vostra figliola?

POLI: Cinque o sei giorni prima di morire.
PRES.: Ma perché ve la prendeste con lo Zamboni?
POLI: Ero convinto che l'Emma dicendo Zamboni intendesse il cavalier Pietro o il fratello Luigi.
PRES.: Dove ritiene sia accaduto l'assassinio di Isolina?

Qui Benedetto Poli si lancia in una descrizione contraddittoria e frettolosa che sembra fatta apposta per allontanare i sospetti dal Chiodo e da Trivulzio.

POLI: Ritengo per mie ricerche che il crimine sia accaduto in vicolo Sant'Andrea. Infatti mia figlia nominò come responsabili tutti gli avventori che frequentavano l'osteria del Sabaini che vidi spesso parlare con lo Zamboni e col Ronconi. Quando chiusero l'osteria andai a rilevare il piano del sito e scopersi un camerino tappezzato. Non vollero mostrarmi la cantina. Dal Giudice Istruttore poi mi si mostrò una lettera della Emma colla quale essa invitava l'Isolina in vicolo Sant'Andrea. In casa Canuti poi fu trovata un'altra lettera del dottor Ronconi che invitava l'Isolina non si sa dove.
PRES.: Da chi seppe ciò?
POLI: Da Trivulzio quando ebbi delle confidenze con l'avvocato Tassistro suo difensore.

Quindi è vero, come ha detto all'inizio dell'interrogatorio, che ha avuto dei colloqui con i difensori di Trivulzio. Che sia stato pagato o no oggi ripete in aula i loro argomenti e la loro versione del fatto, cioè che l'assassinio sia avvenuto non al Chiodo bensì in un'altra trattoria (non si capisce bene se l'oste Sabaini sia stato preso di mira per ragioni precise o a caso tanto per creare confusione).

Naturalmente gli avvocati della parte avversa chiedono subito di vedere queste lettere di cui parlano Trivulzio e Poli. Ma le lettere non vengono fuori. Chiedono di vedere la tavola necroscopica di Emma Poli. Ma anche quella non verrà fuori né ora né dopo.

Il Poli, con le sue contraddizioni, le sue bugie, le sue confusioni, viene lasciato libero. Non si saprà mai fino a che punto abbia detto il vero. La sola cosa che ha ripetuto fin dall'inizio è che sua figlia gli disse di essere stata avvelenata in ospedale. Ma tutto quello che segue è troppo confuso per dare un'idea di come siano andati i fatti. Riguardo soprattutto al dottor Ronconi e allo Zamboni il garbuglio diventa sempre più inestricabile. E gli unici che avrebbero potuto smentire o confermare le cose dette dal Poli, cioè Ronconi e il giovane Zamboni che fu all'ospedale ai tempi della Poli, non furono chiamati a deporre.

XII

Ultimo testimone l'oste Francesco Gobbi di Ronco d'Adige. La sua testimonianza è importantissima. Riguarda il luogo del delitto: il ristorante Il Chiodo e il suo proprietario il signor Annibale Isotta.

Gobbi racconta che sentì parlare di una sala per gli ufficiali che era chiusa al pubblico e decise di andare a vederla.

"Così andai a colazione al Chiodo. Mi accomodai nella saletta e subito venne l'Isotta che sedette vicino a me. Gli domandai notizie della saletta. Prima si parlò dei vini. Dopo, avendolo visto avvilito gli domandai: 'el deve far afari qua?'. 'Ah, el dise, gh'o me mojer malada e no fasso afari.' 'Elo questo el sito dove già ghe xé sta el disnar de l'Isolina?' 'Ghe xé una sala e là la Isolina e un'altra e tre siori han fatto baldoria e l'à balà e i ghe n'à fato una per color.' 'Cosa i a fato?' risposi io. 'L'han messa nuda, de più, han ciapà una forchetta ì ghe l'han messa sotto e...' Gli chiesi di vedere la sala. Passando mi fece vedere la porta e mi disse 'per quella porta lì l'han portà sulla strada'. Pagai il conto e venni via."

Viene chiamato l'Isotta e i due osti sono messi a confronto. Tutti e due grassi, con la faccia tonda, proprio come si immagina che debba essere un oste.

PRES.: Lei conferma, Gobbi, dinnanzi all'Isotta?
GOBBI: Purtroppo el l'à dito.
ISOTTA: Tutte falsità.
GOBBI: Dopo avere negato tre volte davanti al Giudice Istruttore Isotta convenne di avere detto a me che tutta Verona e il mondo intero parlavano che il fatto fosse successo al Chiodo.

L'Isotta ammette di essersi lamentato delle dicerie che correvano sul suo ristorante. Ma niente altro.

Il Gobbi insiste: non solo l'Isotta gli raccontò quello che ha già riferito davanti al Tribunale, ma per le scale lo minacciò che se avesse parlato l'avrebbe "copato". "Poi venne da me Dallari mandato dal Tribunale a dirmi che avessi un poco di riguardo verso l'Isotta e il suo ristorante."

Viene chiamato il delegato di Pubblica Sicurezza Dallari. Il Presidente gli chiede se ha parlato col Gobbi. Dallari conferma. "E che cosa gli disse?" "Che abbia dei riguardi verso l'Isotta che è l'individuo più danneggiato di tutta la faccenda."

Gli viene chiesto se sa di minacce fatte dall'Isotta al Gobbi. "Ho inteso nel gabinetto del Questore che l'Isotta aveva detto: quell'assassino del Gobbi mi ha rovinato." "E lei ha riferito queste parole al Gobbi?" "Può darsi, non ricordo."

Poiché il Gobbi dichiara che sua moglie Virginia era presente al fatto, viene chiamata la signora Virginia Gobbi. La donna conferma quello che ha detto il marito.

Il Gobbi cita un altro testimone, il conte Polfranceschi a cui raccontò il fatto di ritorno dal Chiodo. Viene chiamato il conte Polfranceschi. Il quale dichiara che è vero, sentì il racconto del Gobbi così come lui l'ha esposto davanti ai giudici, il giorno dopo che i due osti si erano incontrati. Ad una domanda del Giudice Ceccato su cosa pensi del Gobbi come persona il conte risponde: "è una persona di mente lucidissima, franco e sincero".

Anche Gaetano Rossi di Ronco d'Adige conferma di avere sentito il racconto del Gobbi "il quale pareva molto impressionato del fatto" poche ore dopo il ritorno dal Chiodo. E alla domanda: "quale opinione ha del Gobbi" risponde: "Lo considero un uomo onesto e sincero".

Viene chiamato a deporre il perito che visitò Il Chiodo proprio all'epoca dell'assassinio di Isolina. L'ingegner Pedrotti dichiara che sì, nel ristorante c'era un sottoscala a cui metteva una porta della saletta intermedia fra la stanza degli ufficiali e quella della Società del Chiodo. "Dal sottoscala si poteva scendere nella cantina ed anche uscire per altra porta nell'andito di una casa vicina dello stesso vicolo Chiodo."

Il presidente si rivolge all'oste Isotta: "Lei non ci aveva mai parlato di questo sottoscala". E l'Isotta risponde "non ne avevo mai parlato perché la porta resta sempre chiusa. Per me era come se non ci fosse". Il Presidente: "Si rende conto che è una grave mancanza?". "Non pensavo fosse grave" risponde l'Isotta mortificato.

XIII

Il 12 dicembre cominciano le arringhe degli avvocati. Tocca per primo a Trabucchi, avvocato di Trivulzio. La sua difesa del tenente si basa su un punto fermo: la testimonianza del dottor Bonuzzi, il quale sostiene che la gravidanza di Isolina quando è morta era di sei mesi, forse sette.

Una perizia che contrasta con quella di altri specialisti. Ma Trabucchi sembra considerarlo il più autorevole fra i medici chiamati a testimoniare. D'altronde Bonuzzi si è sempre mostrato disponibile nei riguardi degli avvocati di Trivulzio.

Ha sostenuto in tribunale che il Carlini, uno dei testimoni a favore di Isolina, è un soggetto "nevrotico" a cui non si può dare affidamento.

È stato reticente, addirittura muto su quanto sapeva della morte di Emma Poli. Ha solo saputo dire che si è trattato di "febbri puerperali".

Un avvocato gli fa notare che il padre della ragazza disse che la figlia da quattro giorni stava meglio, si alzava. "Sa niente del perché fu ricoverata al suo ospedale per una operazione all'utero come disse il dottor Gozzi al Poli?"

Bonuzzi risponde che non ne sa niente. Sa solo che la ragazza è morta di febbri puerperali. E dove si trova la cartella clinica? gli viene chiesto. Nessuna risposta. Si sarà perduta. Ma se erano febbri puerperali, perché il dottor Gozzi ha parlato di una operazione all'utero? Nessuna risposta.

Trabucchi si fa forte della seconda testimonianza di Bonuzzi per sostenere che Trivulzio non poteva essere il padre del bambino. "Dato che Trivulzio andò ad abitare in casa Canuti solo verso la metà di settembre. Se quando Isolina è morta era al sesto mese di gravidanza, vuol dire che era incinta già prima di conoscere Trivulzio."

Per dare maggiore credibilità alla sua teoria, chiama a testimoniare il lavandaio Zampieri che lavava i panni di casa Canuti.

Lorenzo Zampieri, 32 anni, una moglie e due figli. Dichiara che non avendo visto i pannolini macchiati di Isolina già in settembre, capì che essa era incinta ai primi del mese.

PAROLI: Lei è lavandaio di casa Canuti?

ZAMPIERI: Proprio così. E dopo l'ultima settimana di agosto o la prima di settembre non ho più visto quei certi lini sporchi.

P.M.: Chi vi faceva le consegne dei panni?

ZAMPIERI: Qualche volta la Isolina, qualche volta la Clelia, perché la Isolina diceva: va' tu che io sto al balcone a vedere i miei morosi.

MUSATTI: Quante famiglie serve il lavandaio Zampieri?

ZAMPIERI: 60, 70 famiglie.

MUSATTI: E quanti lavorano da lui?

ZAMPIERI: Io, mia moglie, mia figlia e una donna. Un tempo andava in famiglia Canuti mia figlia, ma poi ho dovuto andare io perché la Isolina dava scandalo. Anzi dava dei cattivi scandali anche a me. (*Ilarità in sala.*)

PAGANI: Cosa le diceva?

ZAMPIERI: Mi diceva: "lavander, el mi moroso m'ha lasà". E io rispondevo: "eh, valà che i te lassa uno al giorno". Mi parlava un giorno dei bersaglieri un giorno degli alpini. Mi raccomandava di non dir niente a suo padre perché l'avrebbe bastonata. Io cercavo di darle qualche buon consiglio, ma poi ho tralasciato per non perdere la posta.

TODESCHINI: E lei tiene i conti dei pannolini di settanta famiglie?

ZAMPIERI: Be', le conosciamo tutte.

TODESCHINI: Ed è sicurissimo che l'Isolina abbia smesso di avere i suoi corsi a settembre? Non ha un dubbio, una incertezza, in mezzo ai panni di tante famiglie?

ZAMPIERI: Sono sicuro.

TODESCHINI: Allora lei la spiava.

ZAMPIERI: No. Ma ho fatto caso che alla fine di agosto i pannolini di Isolina erano puliti.

TODESCHINI: Ci può dire chi l'ha avvicinata prima della deposizione? per caso l'avvocato Trabucchi che ha la buona abitudine di pagare i testimoni, le ha dato qualcosa?

ZAMPIERI: Io non so niente di avvocati. Dico quello che so.

Per il resto Trabucchi tira via con molta disinvoltura. La Policante è "una strega", un vero "diavolo in gonnella". "La mia convinzione è" dichiara Trabucchi "che Maria Policante abbia insinuato nella Isolina, la sua vittima, di affibbiare la colpa al tenente Trivulzio tentando colle sue dichiarazioni successive di stornare da sé la responsabilità che la comporterebbe".

Ma la sorpresa viene alla fine: Maria Policante non può essere una teste credibile perché molti anni fa ha subìto una condanna per furto e per "oltraggio alle guardie".

Musatti interviene per spiegare che si è trattato del furto di un ramo d'albero, quando essa aveva 18 anni. E in quanto all'oltraggio si trattò di una risposta pepata ad una guardia che l'aveva avvicinata per farle una proposta amorosa.

Ma Trabucchi non dà retta a Musatti. Secondo lui "ad una criminale, signori della Corte, non si può credere, poiché per costituzione essa non dice la verità".

In quanto alle dichiarazioni di Clelia, importantissime, le cancella dicendo che "sono parole riportate... è facile che abbia sentito male, infine non ci sono certezze nella sua testimonianza".

Le confidenze dell'oste Gobbi sull'Isotta sono "una fantasia", fra l'altro Isotta ha negato tutto, quindi non è vero. Sitara non può avere raccontato cose che aveva interesse a tacere. Perciò i testimoni che l'hanno sentito parlare sono bugiardi. Chi ha visto degli individui coi sacchi è un "visionario". Soprattutto chi ha visto il Sitara entrare a palazzo Canossa. Infatti il guardiano del palazzo ha sostenuto in Tribunale che il cancello viene chiuso ogni sera alle otto. Perciò chi sostiene il contrario o è "ubriaco o in malafede".

XIV

Il 13 dicembre è la volta dell'avvocato Tassistro. Egli si slancia in un'arringa piena di enfasi sentimentale. L'inizio: "Trivulzio è stato già abbastanza punito per un delitto che non ha commesso. Da questo momento comincerà la sua riabilitazione, poiché noi non permetteremo che i suoi nemici restino nascosti. Così diceva una vecchiarella stringendo le mani al Trivulzio... era la sua vecchia madre. E questo è pure il nostro voto. Che la sentenza colpisca senza pietà chi pietà non ha avuto...".

Per l'avvocato Tassistro la vera colpevole di tutta la faccenda è da ritenersi la Policante. "Mettete davanti a voi le figure di Carlo Trivulzio e della Policante prima del 14 gennaio e dite se non siete disposti ad accettare per vero e sicuro ciò che dice la donna. La parola di un ufficiale deve avere maggior valore che il giuramento di una Policante..."

Per quanto riguarda Il Chiodo, "abbiamo due dichiarazioni contrastanti, quella di un oste contro quella di un altro oste. La cosa non fa testo".

"Il processo ha dimostrato che Trivulzio non aveva alcuna ragione per preoccuparsi dello stato dell'Isolina essendo notoria la vita che essa conduceva, la molteplicità degli amanti che aveva" incalza l'avvocato Pagani Cesa con la sua arringa del 17 dicembre.

Per Pagani tutto il processo è un fatto politico: "una manovra dei socialisti per screditare i militari". Parla di una "polizia socialista" fatta di giornalisti e perditempo che hanno avuto la "pretesa di sostituire la polizia di Stato". Essi erano prevenuti, perché partiti con l'idea della colpevolezza di Trivulzio, quindi tutti i testimoni che hanno scoperto sono da ritenersi poco credibili.

"Per noi il Trivulzio agì con correttezza nei riguardi della morta, reagì con tranquillità alla notizia della sua morte, oppose sempre la calma e la sicurezza a chi lo ammanettava ingiustamente, infine giustamente festeggiava la libertà ottenuta... tutto questo ci sembra dimostri i modi di una persona innocente. Non mi rimane che porre a confronto questa condotta dignitosa e fiera propria di chi non vuole dare in pasto le proprie lagrime ai suoi nemici senza cuore... il giuramento fatto dal Trivulzio sul capo della sua vecchia madre, al tenente Marchiosi là al campo sull'alta montagna, nell'ora dei malinconici ricordi, la sua protesta solenne d'innocenza..."

Isolina era una ragazza "di poca moralità", che attribuì la sua gravidanza al tenente unicamente "per spillargli dei denari".

In quanto al Sitara, gli avvocati della parte avversa hanno voluto speculare sul fatto che avesse cambiato stato economico. Ma questo cambiamento consiste soltanto nel fatto "che prima il Sitara fumava le cicche poi i sigari interi". Ma ciò non deve stupire perché quei soldi glieli diede la "sua mamma" che aveva risparmiato i centesimi per fargli un regalo.

Carlini è un "nevropatico" e quindi non è attendibile. "Lo dichiara anche il professor Bonuzzi, aggiungendo che si tratta di un soggetto labile e suggestionabile. A questo punto voglio citare il parere dell'illustre clinico, il professor Ottolenghi, che parla di particolare suggestionabilità dei nevropatici, convinti di vedere cose che in realtà non vedono. Ora io dico: non è che il Carlini deponga cosa non vera. Ma Carlini può essere pienamente creduto? non è egli un nevropatico?"

Questa parola "nevropatico" piace molto all'avvocato Pagani Cesa che la usa contro tutti quelli le cui testimonianze possono danneggiare Trivulzio. Perfino la folla che riempie il Tribunale è nevropatica. "In questa inchiesta privata che ha durato 10 mesi i nemici di Trivulzio si sono serviti della folla. La folla va soggetta ad un fenomeno patologico: essa viene avvolta da una suggestione che si dilaga e la avvolge tutta quanta. Essa è sempre strumento nelle mani di esseri passionali o suggestionabili..."

XV

A questo punto la parola viene data alla difesa. Il primo a parlare è l'avvocato Caperle, il quale si chiede: "Ma chi era Isolina?" e continua "una ragazza a cui erano mancate le carezze di una madre, con un padre sempre lontano, al lavoro... Isolina era una ragazza dal buon cuore che amava il ballo e il corteggiamento. Ma niente di più".

E, d'altra parte, chi era Trivulzio? "Un tenente degli alpini, molto amato dai suoi commilitoni. Ma non possiamo fare a meno di sorprenderci del suo comportamento nei riguardi di Isolina. Il Trivulzio sa che era scomparsa la sua ragazza, sa che si sono trovati i resti in Adige che possono essere della povera Isolina e non sente pietà e dolore per la ragazza che si era data in braccio a lui, ma si dà agli spassi e al bel tempo e la sera dell'arresto va a sollazzarsi alla Cavalchina..."

Come si vede anche gli avvocati di Todeschini non si sottraggono a forme di sentimentalismo e di retorica. Come se non bastassero le prove e i fatti, sentono il bisogno, nell'atmosfera surriscaldata del Tribunale, di fare appello "ai buoni sentimenti" del pubblico.

Il tono cambia notevolmente con l'avvocato Sarfatti, che del collegio avverso al Trivulzio è il più misurato e il più razionale.

Sarfatti non si slancia in dichiarazione di principio né cerca di "colpire al cuore" il pubblico, ma si rifà con pignola intelligenza ai fatti, alle testimonianze.

"L'alibi di Trivulzio sta nel fatto che egli dimostrò che in quei giorni fu a sbalzi di tempo qua e là dove il delitto non poteva essere compiuto. Ma come avete dimostrato che il tenente abbia passato le altre ore del delitto? Il teste Mutinelli sorveglia il tenente quando entra ed esce dalla casa e ce lo precisa. Ma sa egli dire che cosa abbia fatto nelle ore in cui si trattenne fuori? Non sta a noi dirlo, ma siete voi che dovete stabilire dove sia stato Trivulzio minuto per minuto e non l'avete fatto..."

In quanto al Chiodo, c'è il teste Carezzato che ha visto il Trivulzio uscirne con quattro ufficiali nella sera del 14. "La sera del 14 fu di picchetto, ma non è detto che un ufficiale di picchetto non possa assentarsi dal suo posto. In ogni modo se quella sera il Trivulzio fu di picchetto non lo fu il suo attendente Sitara."

La testimone Clelia Canuti, ci dice che Trivulzio "cominciò ad avere rapporti carnali colla Isolina tre o quattro giorni dopo il suo ingresso in casa Canuti e li mantenne fino alla vigilia della sua scomparsa... Dopo due anni da quell'orribile disgrazia la povera Clelia può essere caduta in qualche dimenticanza, in qualche inesattezza, ma nel fondamento la sua deposizione è inattaccabile". Infatti nessuno l'ha mai querelata.

È stata Clelia a dire che Isolina le confidò che Trivulzio le diede due volte del denaro, una volta dieci lire e un'altra 25 per comprare le polverine abortive.

È stata Clelia a riferire del discorso di Trivulzio ad Isolina "se non abortisci a Verona te ne vai a Milano dove ci sono delle comari brave". E la Clelia vide le polverine. Le vide anche Trivulzio. Non solo, ma il tenente ammise nel suo interrogatorio di avere parlato di Verona e di Milano. Lui stesso dice che le avrebbe consigliato di "cambiare aria". Solo che nega la motivazione di questo cambiare aria. "A noi sembra che tutto questo fili perfettamente come discorso."

In quanto a Nimini, che gli avvocati della parte avversa hanno cercato in tutti i modi di screditare, perché evidentemente ne hanno paura, disse di avere "visto uscire la sera del 15 cinque ufficiali dal ristorante Il Chiodo. E uno di questi era il Trivulzio.

"Abbiamo la deposizione dell'oste Gobbi che racconta come l'Isotta si sia confidato con lui sulla orgia al Chiodo, sul tentativo di aborto con la forchetta e sulla morte della ragazza.

"A dimostrare la serietà di quanto ha detto il Gobbi sta il fatto che l'Isotta davanti al Giudice Istruttore per tre volte negò perfino di conoscere il Gobbi. Cosa che poi ha ammesso.

"A dimostrare che il Gobbi non ha detto il vero avete portato le testimonianze dei camerieri del Chiodo. Ma a che valgono le deposizioni dei camerieri e del cuoco, affezionati all'Isotta, e da tanti anni alle sue dipendenze?" Fra l'altro rischiavano il loro posto di lavoro, sia che venissero mandati via dal padrone seccato, sia che il ristorante venisse chiuso dalla polizia.

Uno dei camerieri disse davanti a due testimoni, Leoni Giuseppe e Perugini Luigi, di avere visto l'Isolina con Trivulzio al Chiodo. Ma "all'udienza pensò bene di negare ciò che sta al verbale".

Poi c'è il teste Cameri che vide tre persone che portavano due sacchi, attraversare il corso Cavour ed entrare a palazzo Canossa. La Parte

Civile ha portato la testimonianza del guardiano della villa che sostiene che il cancello viene regolarmente chiuso la notte. “Ma niente esclude che un portinaio possa commettere una dimenticanza. E poi abbiamo altri testimoni che hanno qui davanti a voi dichiarato che hanno visto il cancello aperto di notte.

“Ma sia vera o non sia vera la ipotesi del Chiodo noi affermiamo che il tenente Trivulzio fu coinvolto nel tentativo di aborto che aveva ineluttabilmente avvicinato la fine dell’Isolina. Affermiamo che egli deve sapere e nella nostra affermazione non si riscontra l’estremo della diffamazione.”

XVI

Musatti a sua volta cerca di approfondire i fatti che riguardano "la moralità" di Isolina, visto l'aria di disprezzo che si respira in aula verso la ragazza uccisa.

"Si voleva qui provare che abitando in via Disciplina la Isolina e la Policante davano scandalo con la loro condotta. Ma noi potremmo dire come sia facile in estate sorprendere da una finestra all'altra delle persone in camicia o magari nude...

"Il teste Sterzi vide da una finestra il Trivulzio e la Isolina insieme. E dice che vide il Trivulzio ritirarsi nauseato. Ora io mi chiedo: come poteva il teste vedere la nausea del tenente da una finestra all'altra?"

Andando ad analizzare i fatti si vede che Isolina non era affatto una prostituta come si è voluto fare credere, ma una ragazza sentimentale che si innamorava facilmente. E comunque, dei suoi amori, ne sono venuti fuori due: il tenente dei bersaglieri, Petrini, il primo che poi partì per Ancona, e il tenente Trivulzio, di cui rimase incinta e che sperava di sposare per tenere il bambino.

"Per quanto riguarda il tenente medico il cui nome non si è riusciti mai ad appurare, la cui ombra ci sfugge in maniera sinistra (ricordiamoci che la dissezione del cadavere a detta di tutti gli esperti fu fatta da mano sapiente, di chirurgo) egli certamente corteggiò la Isolina ma non ne ebbe da lei che un bacio strappato col ricatto."

Contro il Trivulzio comunque il più grave teste di accusa è proprio il suo attendente, Celeste Sitara. "Egli si è contraddetto più volte, in maniera grossolana, sia riguardo i sacchi che alle sue uscite notturne." Di lui sappiamo che più volte, dopo avere bevuto, parlò dei sacchi e dell'ordine che aveva ricevuto da parte di tre ufficiali. Ci sono più di cinque persone che sono venute qui a testimoniare sulle sue confessioni. A noi sembra che basti se non altro per gettare molti dubbi sulla veridicità del tenente.

Ma veniamo a Trivulzio, al suo contegno in casa Canuti. "Egli ostenta indifferenza, freddezza e sufficienza." Con l'Isolina amoreggia ma senza impegnarsi, disprezzandola. La chiama "scorpioncello, scimmia". Quando si scoprirono i resti di lei dimostrò assoluta indifferenza e freddezza. L'unico fra tutti che non si scompone è lui che pure l'ha avuta fra le braccia fino al giorno prima. Mandò il Sitara ad informarsi. Ma il Sitara andò dal padre di Isolina e anziché informarsi gli disse che non si trattava di lei e così l'indagine finì.

"Quando viene arrestato Trivulzio dimostra prima di tutto freddezza e padronanza di sé. Cosa che gli ufficiali suoi amici adducono a prova della sua innocenza. Ma a me pare che l'indifferenza e la freddezza possano nascondere ben altre responsabilità. Qui in aula ride sfrontato, si dimostra sicuro di sé, mai pentito, mai dispiaciuto, mai commosso. Il suo stile è la freddezza e la derisione. A me non sembra questo l'atteggiamento di un innocente bensì di qualcuno che sfida il mondo intero, tanto sa di farla franca.

"Quando viene rimesso in libertà va al Chiodo dove si intona l'inno e si brinda alla liberazione.

"Trivulzio, si dice, tentò di riabilitarsi. Ma in che modo? con il memoriale al Ministero? noi non l'abbiamo visto. Con la costituzione di Parte Civile nell'affare Zamboni? con la querela al 'Verona del Popolo'? Ma questa la diede soltanto quando la sua posizione era divenuta insostenibile. Per mesi è stato provocato da Todeschini che cercava la querela. E solo dopo due anni, quando non ne poté fare a meno perché se no sarebbe stato come ammettere di essere colpevole, diede querela.

"Trivulzio ha tentato di addossare tutte le colpe su Maria Policante. E i suoi avvocati hanno cercato di avvalorare questa tesi.

"Ma guardiamo come stanno i fatti. Sappiamo che il giorno 7 la Policante andò in casa Canuti a domandare notizie di Isolina. E sappiamo che vi tornò successivamente i giorni seguenti consigliando il vecchio Canuti a rivolgersi al tenente che era il 'moroso'.

"Se fosse stata colpevole qualche indizio sarebbe pur venuto fuori contro di lei. Mentre tutto quello che le si addebita è alla fine di essersi mostrata nuda alla finestra una volta, di avere avuto qualche amore fra i militari come è di regola presso tutte le serve della nostra città, di avere comprato della mostarda per la sua amica Isolina, di avere abortito presso la Friedman, di avere preso a male parole un poliziotto che la importunava."

Infine anche Musatti mette in evidenza che non considerava Trivulzio colpevole di assassinio, ma certamente lo ritiene complice nell'aborto di Isolina. "Ci sono troppi indizi che parlano chiaro. E ciò che ha detto a chiare lettere il 'Verona del Popolo' l'hanno scritto anche altri giornali. La posizione del tenente in questa faccenda è molto dubbia. Quindi non riteniamo che ci sia stato dolo da parte di Todeschini nel descrivere i fatti."

XVII

L'accusa, quando tocca di nuovo a lei, non sapendo bene a che cosa appigliarsi, tira fuori le teorie più azzardate. L'avvocato Paroli per esempio basa tutta la sua arringa sul fatto che Isolina non è affatto morta e quindi Trivulzio è innocente.

"È forse provato in via giuridica che l'Isolina è morta?" grida al pubblico allibito. "Il cavalier Cacciatori dice che nessuno è sparito in quei giorni, ma non possiamo saperlo con certezza. Quante ragazze spariscono e nessuno fa la denuncia!

"Secondo punto: nei resti si riscontrò una deviazione della spina dorsale e una deviazione aveva l'Isolina. Ma il corpo nel periodo della gravidanza non assume delle modificazioni? Niente di più normale che una donna incinta abbia una deviazione dovuta al peso della gravidanza.

"Terzo punto: il biglietto. Si può pensare che gli autori di un delitto siano tanto ingenui da lasciare un biglietto scritto di pugno dalla vittima sul suo corpo fatto a pezzi? È evidente che hanno messo lì il biglietto apposta per deviare le indagini e fare credere che ci trovassimo davanti al cadavere di Isolina.

"Perfino i vestiti possono essere stati messi nel fagotto apposta per dare ad intendere che si trattava di Isolina Canuti."

Ma a che scopo questi comportamenti così contorti? gli viene chiesto. E lui risponde rapido: per colpire Trivulzio, per farne un colpevole quando è innocente, per creare ad artificio "un assassino di un coraggioso e nobile servitore dell'esercito".

In quanto ai testimoni, continua Paroli, è chiaro che sono tutti o malati o dediti all'alcol o pazzi. Clelia è chiaramente una ragazza "debole di mente" e non si può dare credito alle sue parole. Il Gobbi "avrà certamente bevuto un po' troppo di quel buon vino vecchio che tiene nelle sue cantine". Solo lui ha parlato di orgia al Chiodo. La faccenda della forchetta è venuta fuori dalla sua bocca. "Una cosa assolutamente incredibile e delirante." D'altronde il proprietario del Chiodo Annibale Isotta, che è una persona responsabile e discreta, ha smentito il Gobbi più volte e così hanno fatto i suoi camerieri e il suo cuoco.

In quanto al Sitara, è chiaro che un uomo saggio e sicuro di sé come è l'attendente, non avrebbe mai raccontato di sua iniziativa le cose che gli si vogliono attribuire. Del resto ha smentito tutto. Coloro che l'hanno visto in giro di notte non possono che essere stati allucinati o ubriachi se non bugiardi.

"In realtà vi siete demoliti con le vostre mani, perché le prove vi si sono svuotate fra le mani e quindi siete ricorsi alla vostra Madonna perché vi salvasse e la vostra Madonna si chiama Maria Policante!" (*Applausi in sala.*)

In realtà l'atmosfera in aula è cambiata. All'inizio del processo il pubblico era tutto dalla parte di Isolina, contro Trivulzio. Ora, sempre di più, si fa sensibile alle voci degli avvocati di Parte Civile.

Musatti accusa i gestori della sala di fare traffico di biglietti. Dice che è stata fatta una specie di selezione fra il pubblico favorendo chi è dalla parte di Trivulzio e tenendo fuori gli altri.

Fatto sta che in questi ultimi giorni gli avvocati che difendono Todeschini vengono ascoltati con malavoglia. Mentre la voce stentorea di Trabucchi provoca battimani a non finire.

Trabucchi attacca frontalmente Todeschini accusandolo di essere un antimilitarista. "L'onorevole fu già condannato a tre anni di reclusione per renitenza alla leva e propaganda antimilitarista. D'altronde l'antimilitarismo è uno dei programmi di fede del giornale socialista."

Perciò è chiarissimo che tutta la ricerca del Todeschini non aveva affatto come scopo la scoperta della verità su Isolina, ma tendeva a screditare Trivulzio e con lui l'esercito.

Trivulzio è innocente, continua Trabucchi, perché Isolina aveva molti amanti e certamente il figlio non era di lui. La prova della cattiva moralità di Isolina l'abbiamo avuta in aula, dalle varie testimonianze. La sarta Vianello, la Di Maggio, Elisa Cacciatori la fruttivendola che ha detto che Isolina aveva molti amanti. Lucia Saletti, un'altra vicina, depose che l'arresto di Trivulzio cadde come un fulmine a ciel sereno per tutto il quartiere in quanto si sapeva che Isolina aveva moltissimi amanti. Un altro vicino dice che tutti i bersaglieri conoscevano Isolina e le davano del tu.

"In che brutto ambiente è caduto il povero Trivulzio ignaro di ogni cosa! E un giorno che era consegnato in casa e se ne stava sul letto a leggere D'Annunzio l'Isolina gli si offrì ed egli cedette. Tutta qui la gran colpa sua!

"Si è cercato di fare passare il Trivulzio come un cinico, un sanguinario, avendo egli detto, sempre secondo lá Policante, con i soldi si può ottenere tutto, anche la morte di un uomo. Ma credete che se il Trivulzio avesse promesso migliaia di lire, si sarebbe ridotto a dare le famose dieci lire alla Policante per il pignoramento della macchina da cucire?...

"Io non so come sono andate le cose, nessuno lo sa, ma se si pensa all'intimità della Policante con la levatrice Friedman, e si pensa che il figlio di questa levatrice era dissettore di cadaveri, si può pure arrivare a pensare che l'Isolina sia stata coinvolta in un tentativo di aborto. Ma certamente non è verosimile che sia andata ad abortire senza confidarsi con la Policante che era la sua migliore amica e che certamente deve conoscere i veri autori del turpe delitto." (*Vivissimi applausi.*)

XVIII

Per una misteriosa alchimia, nelle ultime giornate che precedono la sentenza, il pubblico in aula ritorna a farsi numerosissimo e tutto parteggiante per Todeschini.

Sarfatti riprende la parola: "L'accusa ha voluto fare di Isolina una prostituta assetata di denaro e della Policante una mezzana. Ma che dire di quei capitani e quei tenenti che si godevano una donna sotto gli occhi della piccola Clelia? Questi ufficiali, Petrini e Trivulzio, prendono in affitto una camera in casa Canuti e tra i mobili della casa trovano quella Isolina che ebbe l'elogio funebre di 'vacchetta'".

Il pubblico applaude freneticamente. L'avvocato continua: "Che l'Isolina non volesse abortire è risultato in causa. Se essa andava in giro a cercare la levatrice ubbidiva ad una forza e questa forza era quella del tenente Trivulzio. Ma intanto esiste questo fatto: alla Policante che per voi era un teste incomodo non avete dato querela. Ma voi stessi, quando vi è stato comodo, avete usato della sua testimonianza dopo averla demolita come teste".

Un altro applauso accompagna queste frasi. Si sente una voce che urla dallo scranno degli avvocati: "Ecco un trombone. Essere trombone è la vostra partita". È la voce dell'avvocato Pagani.

Al che pronto risponde Sarfatti: "E la vostra di essere trombato". Suscitando un uragano di risate e di applausi.

"Se la Policante fosse vostra nemica non avrebbe negato l'incarico datole dal Trivulzio" continua Sarfatti dopo l'interruzione che ha messo in luce l'aspetto "gallesco" della rivalità fra avvocati. "Maria Policante va dalla De Mori e le domanda di fare abortire una ragazza, 'amorosa' di un tenente. Ed è solo due giorni dopo che la Policante, su insistente richiesta della levatrice, fa il nome di Trivulzio. E questo ce l'ha confermato in aula la stessa De Mori. Se la Policante avesse voluto costruire delle prove false contro il tenente, l'avrebbe detto subito quel nome e non avrebbe aspettato di esserne richiesta con tanta insistenza.

"In quanto alla moralità di Isolina, resta il fatto che si conoscono solo due persone che abbiano dormito con lei. Il resto sono chiacchiere. Resta il fatto che nessun altro che Trivulzio poteva essere l'autore della gravidanza. Del resto lui stesso non ha mai negato né la faccenda delle polverine, né il suo consiglio di andare a Milano. In più, ha detto in Tribunale di aver visto sul quaderno-diario di Isolina la data della prima mestruazione mancata: il 1° di novembre... D'altronde Isolina era talmente innamorata di lui che gli preparava gli zabaioni col marsala e le uova comprate dal padre per gli altri figli bambini."

Al che Trivulzio scatta in piedi gridando:

TRIVULZIO: Non a spese loro, ma mie semmai!
SARFATTI: Lei non interrompa e non sia arrogante!
TRIVULZIO: Allora lasci stare gli zabaioni, io non ne ho mai presi.
SARFATTI: Io dico quello che mi accomoda e lei taccia!
TRIVULZIO: Né io né i miei compagni abbiamo mai accettato niente dalla Canuti!
SARFATTI: Ecco lo spirito di cameratismo che salta fuori. Ma la finisca!

Il pubblico subissa di fischi il tenente. Il presidente minaccia di sgombrare l'aula e di continuare a porte chiuse. Ma poi ci ripensa e torna al suo posto mentre il pubblico rimane in sala.

Sarfatti continua a dimostrare che l'Isolina era visibilmente presa da Trivulzio, che non voleva abortire e che sebbene ci fosse un tenente medico che la corteggiasse, in realtà lei lo teneva a distanza per amore di Trivulzio.

Ma qui un'altra volta Trivulzio interrompe con impeto gridando dal suo posto: "Ma se era di tutti. È stato dimostrato, dimostrato!".

P.M.: La finisca tenente Trivulzio, è una indecenza!

Il pubblico interviene con altri fischi. Gli avvocati si insultano a vicenda. C'è aria di rissa. L'atmosfera si fa incandescente. Ormai manca poco alla sentenza e il nervosismo ha preso tutti, sia pubblico che giudici che avvocati. Dopo una convivenza di quasi due mesi c'è stanchezza e intolleranza.

Sarfatti ormai sembra ribadire dei fatti a tutti noti, anche se la sua intelligenza tagliente e capillare si sofferma a trovare degli argomenti che altri non hanno messo in luce.

"Fra l'altro mi chiedo: come mai il Trivulzio non parlò mai ai suoi compagni militari della scomparsa dell'Isolina? L'esercito che era per lui come una famiglia, il capitano che era come un padre, non erano forse degni della sua confidenza? Egli parlava di tutto con i suoi compagni ma non provò la necessità di raccontare che la sua amante era scomparsa... Se questo non bastasse vi prego di tenere conto del contegno che il tenente ha tenuto durante il processo: arrogante, freddo, tagliente, aggressivo. Non hai mai mostrato un minimo di simpatia e di pietà per la povera Isolina che pure è stata la sua amante per mesi, non un moto di umiltà, di dolore."

A Sarfatti si sostituisce Borciani per l'ultima arringa di Parte Civile. Borciani mette in evidenza il fatto che se "Verona del Popolo" fu accusato di avere provocato il tenente Trivulzio, esso non fece che riportare cose già pubblicate da altri giornali, a cominciare dall'"Arena", oggi tanto zelante difensore dei diritti degli Alpini.

"'L'Adige' addirittura si scaglia il 22 ottobre dell'anno scorso contro coloro che vogliono affossare il caso. Così fecero il 'Corriere della Sera' e il 'Resto del Carlino'. Tutti gli indizi che gravavano sul Trivulzio furono riprodotti dai citati giornali. La stessa 'Arena' del 27 gennaio parlava di 'rivelazioni straordinarie' sull'attendente Sitara.

"Gli indizi contro Trivulzio oggettivamente erano gravi e questi indizi non sono mutati in un anno di tempo... Se un romanziere un giorno avesse a scrivere intorno a questo fatto dovrebbe intitolare il primo suo capitolo 'un muro che parla'. Il nome di Trivulzio infatti fu scritto sul muro dalla De Mori e questo la levatrice non l'ha mai negato. Il nome fu visto dal delegato di Pubblica Sicurezza Dallari e questo da solo basterebbe a implicarlo nell'aborto di Isolina.

"E cosa dire di Clelia Canuti? Ad essa non avete mai fatto querela, non l'avete accusata di falso. Ma è proprio lei a dichiarare qui in aula di avere sentito Trivulzio che parlava di polverine abortive 'e se non riesci te ne vai a Milano'. Che interesse avrebbe la Clelia di mentire? e perché Isolina avrebbe dovuto rivolgersi a lei piangendo, narrando che Trivulzio voleva farla abortire e diceva di avere sognato una felicità che forse non sperava, quale interesse aveva a mentire? Queste cose le dice la Clelia e le dice anche la Policante.

"Ma il teste più tremendo contro di voi sta nello stesso Trivulzio. Perché egli ha ammesso tutto negando soltanto la sua partecipazione diretta a fatti che non ha potuto dire falsi. Non ha negato di avere parlato di aborto con Isolina, non ha negato di avere parlato di polverine, non ha negato di averle consigliato di 'cambiare aria', non ha neanche negato di avere consolato il padre dicendogli 'Isolina sta in luogo sicuro, stia tranquillo', non nega infine nemmeno di averle dato dei denari (quelle 25 lire che l'Isolina usò per comprare le polverine).

"Vi sono tutte le evidenze per incriminare il Trivulzio di procurato aborto. E se venite a dirci che egli è una persona onesta e non un criminale vi dirò che l'aborto in certe classi è considerato un nonnulla. Lui stesso ha detto 'è come sputar per terra'... Comunque mi domando se sia così impossibile credere che un ufficiale il quale per le donne è un fiore di gentilezza e che poi vediamo attaccarsi alle serve in cambio di denaro, abbia abbastanza capacità di delinquere... Il Trivulzio poteva ben dire rispondendo alla verità delle cose: io ho commesso la leggerezza di aiutare o di non sconsigliare l'aborto, tutto il resto mi è ignoto. Ma il fatto che egli neghi questo lo costituisce tanto in mala fede da renderlo indiziato anche per questo secondo reato...

"E come sorvolare sul fatto che proprio il giorno che si ritrovano i resti di Isolina il tenente se ne va a cercare una Matilde Olivieri in tutta fretta e le chiede amori e baci come se fosse una necessità imprescindibile? E così fa le sere dopo... E sapete perché il Pubblico Ministero ha sorvolato su questa faccenda? Perché la Olivieri ha deposto cosa gravissima a danno di Trivulzio. Egli cercava un alibi da potere provare: voleva un'altra amante pronta da presentare al Giudice Istruttore. Non è evidentemente sospetta la condotta di quest'uomo?... Alla notizia dello scoprimento del cadavere egli con la sua pipa in bocca rimane impassibile e dice: io non ne so niente. Questo prova che egli voleva dissimulare. Chiunque altro al suo posto avrebbe avuto delle reazioni, anche e soprattutto se era innocente... Così ci avviciniamo al 21 gennaio quando le voci sulla nuova versione del fatto erano già in circolazione. Il Trivulzio non poteva ignorare queste voci. L''Arena' poi faceva una indicazione evidente della Isolina Canuti. Trivulzio doveva avere, per quanto innocente, paura di essere coinvolto in questo fatto e non poteva essere né allegro né spensierato, né indifferente, a meno di non volerlo ostentare...

"Il tenente entra in carcere, ne esce, e sempre il suo comportamento è freddo e sicuro di sé. Egli sa bene dissimulare. Egli pensa che la cosa sia messa a tacere. Conta sul silenzio e l'oblio. Ma c'è qualcuno che non vuole stare zitto. Un giornale lo incalza con provocazioni più o meno esplicite. 'Verona del Popolo' chiede che si riapra il processo per fare chiarezza su questo caso oscuro. Egli tace sempre. Per mesi tace. Finché diventa talmente difficile la sua posizione che è costretto a prendere posizione. Nasce la querela contro il giornale. Ma non contro i maggiori accusatori: la Policante e la Clelia Canuti. Solo in un secondo tempo si decide a querelare anche la Policante, ma il processo è un fiasco solenne perché l'autorità inquirente non ha ritenuto valida l'accusa alla donna.

"Infine ci pare di avere dimostrato che Mario Todeschini con i suoi articoli voleva solo chiarire i fatti, scoprire la verità non diffamare Trivulzio. Chiediamo giustizia e una equa sentenza!"

Una ovazione accoglie la fine dell'arringa di Borciani. La folla lo accompagna fino all'albergo con grida di "Evviva".

Il 20 dicembre c'è la replica dell'avvocato Paroli che torna a difendere l'innocenza assoluta di Trivulzio e la demonicità della Policante. "La folla lo interrompe con urli di 'basta basta buffone!' Ma lui continua imperterrito. Il pubblico rumoreggia. Il presidente minaccia di fare sgombrare l'aula. Pagani dice ad alta voce, rivolto alla sala: è naturale il pubblico non capisce! Altra bordata di fischi."

Quando L'avvocato Paroli finisce di parlare, sono quasi le sette e l'aula si è svuotata. "So di non avere incontrato l'approvazione della folla" sono le sue ultime parole prima di chiudere, "ma ad essa mai mi piegherò. Ho provato amarezze guardando alla giustizia che è la sola donna che in questa causa mi abbia affascinato. Spero che voi, magistrati, mi darete ragione."

XIX

Il 31 dicembre, ultimo giorno dell'anno 1901, finalmente i giudici annunciano la sentenza. "Appena si aprono le porte delle aule un fiume di pubblico invade le sale. Vi si trovano tutti i giornalisti e gli avvocati. L'onorevole Todeschini sta tranquillamente al suo posto fumando il sigaro. Il tenente Trivulzio passeggia nei corridoi.

"Il Tribunale si è ritirato senza volere stabilire l'ora approssimativamente dell'uscita della sentenza. Questo con evidente intenzione di fare diminuire la folla. Ma la folla resiste, stipata come mai nell'aula e anziché diminuire aumenta sulla scala e nel cortile.

"Sono le una del pomeriggio quando entra finalmente il Tribunale. Nella sala si fa un silenzio religioso. Tutti attendono trepidanti. Il presidente Pellegrini legge con voce lenta la sentenza secondo la quale viene ammessa la duplice diffamazione continua e si condanna l'onorevole Todeschini a 23 mesi di reclusione, a lire 1458 di ammenda, spese di costituzione di Parte Civile da liquidarsi in lire 3000 per danni e spese processuali. Ordina che la sentenza sia pubblicata sui seguenti giornali: 'Verona del Popolo', 'Corriere della Sera' e 'Tribuna'.

"Durante la lettura Todeschini è in piedi col volto serio, rivolto verso i suoi avvocati. Quando il presidente legge '23 mesi' Todeschini subisce una leggera impressione, ma si rimette subito ed esclama a mezza voce rivolto ai colleghi 'vado in tipografia!'.

"Fuori la folla fa ressa nel cortile del palazzo di giustizia. Quando discendono i difensori scoppia una ovazione al loro indirizzo. Gridano 'Viva Mario Todeschini, abbasso la camorra!'.

"I gruppi vocianti si riversano poi in via Quattro Spade dove si trova la tipografia del 'Verona del Popolo'. Si sa che qui c'è l'onorevole Todeschini. Salgono dalla strada grida di 'Evviva Todeschini!'. Si richiede a gran voce che si presenti. Dopo molte insistenze Todeschini si affaccia alla finestra e pronuncia parole di ringraziamento.

"La folla quindi si reca in via San Egidio dove è la redazione dell'"Arena' e dove è stato preventivamente disposto un largo servizio di guardie e carabinieri."

Più tardi, per telegramma, sul "Gazzettino": "Verona, 31 dicembre 1901, ore 22,40. Stasera circa duemila operai ferroviari ingrossati da numerosi altri dimostranti procedettero in massa da Porta Vescovo verso la via 20 settembre cantando l'inno dei lavoratori e gridando 'abbasso la camorra!'.

"Giunsero senza incidenti fino alla via Leoni. Quivi incontrarono un grande apparato di forze. Un delegato intimò di sciogliersi. I dimostranti non obbedirono. Furono dati i tre squilli e i dimostranti si dispersero. Ma si ritrovarono in via Cappello davanti all'albergo Regina Margherita acclamando l'onorevole Todeschini. Anche lì furono rinnovati i tre squilli e si procedette alla rinfusa agli arresti.

"Successe un panico enorme e un fuggi fuggi generale. Todeschini, uscito dall'albergo, in mezzo alla folla consigliò e determinò il diradarsi degli assembramenti.

"Furono arrestate quindici persone ma per ordine del Prefetto Dallari dopo mezz'ora furono lasciate in libertà.

"Continua in città una leggera animazione: pattuglioni di guardie e di carabinieri percorrono le vie in lungo e in largo.

"Veniamo informati che il tenente Trivulzio è partito ieri per Bassano.

"Le motivazioni della sentenza si avranno fra quindici giorni."

Il commento dei giornali:

"*Verona del Popolo*": Oggi il Tribunale ha voluto fare opera in favore della giustizia combattendo la giustizia.

"*La Tribuna*": Todeschini è stato condannato perché voleva, attraverso Trivulzio, colpire l'esercito e il suo onore. Nella condanna di Todeschini bisogna vedere la volontà del Tribunale di colpire le mire del partito socialista che voleva diffamare un innocente a scopo politico. Siamo lieti della sentenza per Trivulzio e per l'esercito.

"*Il Giornale d'Italia*": La sentenza condanna giustamente chi ha voluto ergersi a giudice di un ufficiale per avere un pretesto di sfogare contro l'esercito una riprovevole passione politica contraria al sentimento nazionale, riabilita completamente l'ufficiale stesso che ha lungamente e dolorosamente espiato una leggerezza che i socialisti non dovrebbero certo condannare, essi che praticano l'amore libero.

"*Fanfulla*": un plauso alla sentenza che riteniamo equa e risolutoria. Un plauso alla magistratura per non essersi lasciata influenzare dallo spirito antimilitarista degli avvocati di Todeschini.

"*L'Arena*": Abbiamo sempre ritenuto la campagna contro Trivulzio un caso di follia morale e sociale. Abbiamo sopportato per mesi i miasmi che salivano dalla palude delle febbri rosse, fra branchi ululanti di cani che volevano imbrattare l'esercito...

"*L'Adige*": Omaggio alla sentenza! Ci riserviamo il commento a dopo avere letto le motivazioni.

"*La provincia*" di Padova: Un grazie alla magistratura veronese che seppe attraversare i turbini delle passioni e degli odi faziosi. Un grazie agli avvocati di Trivulzio i quali compirono più che un'opera di sagacia forense, di alto patriottismo.

"*Corriere della Sera*": È una fortuna che in un processo che ha tanto turbato la tranquillità d'una città così civile come è Verona i magistrati, i quali hanno pronunciato la sentenza di condanna, siano notissimi a Verona, o perché qui nati o perché hanno saputo, nella lunga pratica del loro Ministero qui esercitato, acquistarsi la fama di spiriti indipendenti, di animi innamorati della giustizia... Con lodevole tatto il tenente Trivulzio appena conobbe la sentenza, lasciò Verona. Il Comando degli Alpini per misura di prudenza tolse ai soldati l'uscita abituale non mancando i fanatici che se la prendono con questi poveri giovanotti ingiuriandoli col soprannome di "macellai".

Nessuno si ricorda di Isolina. Il solo giornale che ne fa cenno è "La Libertà" di Padova, che scrive: "Tutto questo purtroppo non è servito allo scopo principale cioè quello di fare luce sull'assassinio di Isolina Canuti".

4

La sentenza

I

Puntualmente, dopo 15 giorni, viene pubblicata la lunga sentenza. “Il Tribunale di Verona” si legge “sezione seconda, composta dai signori Pellegrini avvocato Carlo, dal Grand’ufficiale Presidente Arfini, avvocato Fermo, dal Giudice Ceccato, avvocato Giulio, in nome di Sua Maestà Vittorio Emanuele III, per grazia di Dio e per volontà della nazione, Re d’Italia, ha pronunciato la seguente sentenza nella Causa del Pubblico Ministero per citazione contro Todeschini, avvocato Filippo Mario fu Natale, di anni 37, nato e domiciliato a Verona, celibe, deputato al Parlamento, imputato di diffamazione continuata ai sensi degli articoli... ecc.”

Ancora più sbrigativamente degli avvocati di parte, i giudici eliminano con poche parole le testimonianze contro Trivulzio, prendono per vero ogni cosa detta dal tenente. Ad esempio: “Esaminando le molteplici risultanze di questo lungo procedimento, è innanzi tutto a far tema di detto studio le dichiarazioni fatte dal querelante per ravvisare se almeno lontanamente possano offrire materia di serio attacco da parte dell’avversario. E la risposta non può che essere negativa, se il Trivulzio racconta ogni circostanza della sua relazione colla Isolina Canuti in maniera da giustificare completamente la prodotta querela. Egli infatti confessa che la sua relazione con la Isolina ebbe a cominciare nel 27 ottobre quando cioè fu comandato agli arresti in casa. Esclude di essere mai stato con lei fuori di casa, ammettendo solo di averla incontrata due volte per strada... la quale sua asserzione non troverebbe efficace smentita nel processo...”

Per quanto riguarda le polverine, i giudici non pensano che Clelia Canuti abbia mentito, ma che “si sia sbagliata”. In effetti nessuno ha mai smentito Clelia, né le ha fatto querela. “Ma,” si continua nella sentenza “quale serietà di giudizio può riscontrarsi nella opinione di una ragazza quando dava ragione alla asserzione della sorella perché in quel tempo non aveva altri amanti se è al di là del noto che la Isolina aveva avuto altri rapporti in tempo precedente?”

Di Carlini che testimoniò di avere saputo dalla De Mori della richiesta di aborto di Trivulzio, i giudici dichiarano che non "è credibile, stante che egli parla di quello che altri gli ha raccontato e che alla sua volta si riferisce ancora a persona diversa cosicché alla mente del giudice sfugge qualunque legittimo appiglio per coordinare con giusto criterio anche il nesso logico delle diverse parole che sarebbero state dette, senza per ora entrare nella ben poca fede che l'autrice originaria di tutte queste vociferazioni merita per le considerazioni che in seguito verranno sviluppate".

L'"autrice originaria" è Maria Policante. Su di lei il ragionamento dei giudici diventa così sibillino da risultare quasi incomprensibile: "La Policante" scrivono "è forse l'unica che direttamente accusi il Trivulzio di fatti che il 'Verona del Popolo' si peritò di addebitargli ma non bisogna dimenticare che contro la stessa stanno le parole di esso querelante, onde per lo meno non è possibile negare che contro una affermazione sta una negativa decisa ed esplicita e il valore dell'una e dell'altra non potevasi certo sorpassare perché in tutto il procedimento non havvi querela da ritenere che il Carlo Trivulzio non sia come gli altri credibile nelle sue deposizioni".

Insomma le parole di chi è accusato e si difende come può sono da ritenersi ugualmente credibili di chi riferisce dei fatti.

"Il Collegio non può avere dei motivi per non credere alle deposizioni della Policante" continuano i giudici forse rendendosi conto della grossolanità della dichiarazione precedente "ma ne considera anche moltissimi per ritenere che tutta quella deposizione sia una abile schermaglia per dire tutto quello che vuole e solamente quello che vuole.

"Che al Trivulzio siano talora essere corse sul labbro parole che poteva anche risparmiarsi il Collegio non crede di poterlo escludere ma nello stesso tempo deve ricordare come a farne tema di responsabilità sarebbe necessaria la certezza che siano state pronunciate non irriflessivamente ma colla intenzione più o meno perfetta che la proposta avesse esecuzione." Questo a proposito dei consigli che il Trivulzio non nega di avere dato a Isolina di andare a Milano per abortire.

Insomma, dicono i giudici, quelle dei testimoni sono "parole, semplici parole... le parole sono tante ma tutto fa capo ai racconti della Policante al quale ogni nodo viene a ridursi e contro le cui propalate dichiarazioni oltre gli altri motivi di cui già sopra si ebbe a tener discorso, sta la narrazione del Trivulzio che, sempre coerente a se stesso, non muta una sillaba di quanto dichiarò".

E Cacciatori? l'ex Questore che per primo dichiarò la colpevolezza del Trivulzio e lo fece anche arrestare? "Bisogna dividere le dichiarazioni del Questore" dicono i giudici "fra quelle che si riferiscono a fatti specifici, e quelle che ad induzioni prettamente soggettive che egli espresse traendole da quelle quando in quelle veci ad un animo spassionato non si possono assolutamente ritenere per coefficienti di quelle, nel senso da ingenerare nell'animo un convincimento sicuro non fallibile." Il massimo del bizantinismo retorico. Come dare una manata sulla spalla all'ex Questore dicendogli che in fondo è un brav'uomo ma che le sue parole non contano perché espressioni di un animo impressionabile.

Su Nimini, altro importante testimone "che direttamente nulla sa del fatto, in parole povere le solite circostanze fritte e rifritte ed infiniti sono i ruscelli che ne vengono alimentati a pascolo della curiosità del pubblico e ad artificiale gonfiamento di un processo che si sarebbe potuto contenere, se così fosse stato, nei limiti determinati dalla querela e dalla concessione della prova dei fatti".

Su Sitara: "Fino a qualche giorno dopo il 15 settembre 1899 dice solo di non avere fatto caso ad una frase della Isolina relativa al suo stato, di non conoscere quanto la relazione sia continuata; di nulla sapeva egli, né di levatrici, né di polverine; disse di non avere mai veduto altri ufficiali in casa Canuti né la Policante mai parlare col Trivulzio. A non dilungarsi proprio affatto inutilmente, le sue parole per quanto concerne la prima imputazione rappresentano la assenza completa anco di quei particolari su cui tanto insisterono i testi sopra escussi...

"Il Sitara esclude di avere raccontato di avere gettato nell'Adige un sacco con una carogna di cane, ed ammette che il suo padrone possedeva tre sacchi per le escursioni militari, dei quali, sequestrati, due ne riconobbe presso il Giudice Istruttore e uno no. Escluse assolutamente di avere gettato i sacchi nel fiume. E non abbiamo ragione per non credergli..."

Hanno una grande abilità questi giudici nel dire senza dire, nel narrare senza narrare, nel giudicare senza prendere posizione. Sembra che pestino l'acqua nel mortaio con accanita insistenza con un'aria risentita e moralistica che li rende un poco grotteschi.

I testi per loro diventano improvvisamente credibili quando parlano della moralità di Isolina: "La teste Lucia Gemma racconta che le impressioni dei vicini in seguito all'arresto del Trivulzio erano a questi favorevoli perché l'Isolina aveva tanti amanti... Il teste Sterza depone che egli ritenne la Isolina per una ragazza poco di buono. La teste Maria Di Maggio sempre in ordine al primo fatto asseriva che seppe dalla Clelia come oltre al Trivulzio diversi erano gli amanti della Isolina specificando anche circostanze dettele da certa Tommasoni e che si riferiscono a quanto sopra e specificatamente alle relazioni dell'Isolina con un tenente dei Bersaglieri, che dalla Clelia seppe come un capitano che avrebbe tentato anche, fosse egli pure amante di Isolina prima che in casa della stessa andasse ad abitare il tenente Trivulzio.

"La teste Bagnarelli ripete la storia del tenente dei Bersaglieri che dava in custodia un suo cane alla Clelia mentre egli si intratteneva colla Isolina la quale avrebbe maltrattato la Clelia tenendola anche a corto di mangiare.

"La teste Bernardini, conoscente della Isolina, disse che ebbe ad ammonirla perché civettuola. Ammonimenti male intesi da quella che dalla sua finestra ravvisò in una stanza spoglia di ogni indumento la Isolina e la Policante. Che quest'ultima a suo credere, mala maestra di quella, era incinta a quel tempo e che partorì dalla levatrice Friedman. Che una volta in casa della Isolina vari ufficiali facevano baccano, che ritiene vi fossero varii accorrenti, ma qualche anno prima del fatto, che per gli scandali che avvenivano Canuti era stato licenziato dal proprietario..."

E ancora: "Il teste Preti Domenico ripete la condotta invereconda tenuta in casa dalla Isolina e dalla Policante, l'andirivieni di donne e uomini senza conoscerne il fine, i baccanali che vi si facevano che talvolta il Canuti sgridava la figlia e la Policante per l'immodesto contegno, che suo cognato proprietario della casa locata al Canuti dietro sua insistenza e perché da altri avvisato, promise licenziare il suddetto, ma ritardò l'effettuazione di tale divisamento si dubita per le mala opera della Policante che sentì dire come l'Isolina avesse fatto proposito per partire da casa...".

Della Favaretti si dice che "non possiamo prestarle fede perché una volta ella stessa ebbe a dichiarare di essere facile ad inventare notizie, ed anche perché era dedita a bevande alcoliche".

In quanto alla gravidanza di Isolina, i giudici non vanno qui per il sottile. Il padre non era Trivulzio perché scrivono: "La teste Dallara depone che da una frase pronunciata dalla Isolina agli ultimi di agosto del 1899 suppone che essa fosse incinta; che la Isolina parlava spesso a voce alta e la udì tenere parole dei suoi divertimenti col capitano e conferma che nonostante la distanza, poteva essere in grado di udire: si era nel mese di agosto ed essa stava alla finestra e le finestre erano aperte; notò un sensibile ingrossamento del ventre di Isolina e ciò nella stagione calda perché anche rammenta la circostanza che la vide indossare una mantellina fuori stagione". Insomma contano solo i pettegolezzi dei vicini, anzi delle vicine che pare non facessero altro che spiare Isolina e non si capisce se sono venute così numerose a testimoniare contro di lei per moralismo di vicinato o perché pagate.

Probabilmente queste donne erano sincere nella loro furia denigratrice. Il fatto è che chiunque prendesse le difese di Isolina passava subito per "poco di buono" e si sa allora quanto contasse la reputazione di una donna. La prova più lampante sta in questo processo dove Trivulzio si è potuto salvare proprio grazie alla cattiva fama di Isolina.

Ma veniamo al Trivulzio. Qui i giudici diventano magnanimi e sentimentali: "Descritto unanimamente di animo buono, leale, franco, scrupoloso nell'esercizio dei suoi doveri militari, mentre anche il fatto degli arresti cui fu condannato fu conseguenza di un suo diverbio con altri giovanotti ma di cui non è nemmeno precisato di chi fosse la colpa, l'ufficiale è noto in città per la sua dirittura morale e la sua onorabilità... Il tenente Ettore Martini conferma la consuetudine del Trivulzio di recarsi ogni giorno al Circolo Militare dalle 18 circa alle 20,30 come il fatto del tranquillo contegno dell'incarico dato all'attendente, della sua piena coscienza dell'innocenza del querelante. Racconta come la sera prima del suo arresto dormì due ore al Circolo Militare, poi in borghese andò alla Cavalchina e al teatro Ristori... il teste colonnello Comi conferma la stima per il tenente Trivulzio, ammira la lettera pubblicata dal tenente, racconta delle invettive che il Todeschini a suo tempo profferì contro il corpo degli Alpini e ricorda che in seguito a riferimento del capitano Brugnoli il Trivulzio riferì il fatto al capitano come era suo dovere... E ricordiamo la famosa lettera al colonnello del Trivulzio stesso che tante discussioni suscitò perché si diceva che in essa il tenente si autoaccusava... la sua invocazione a Dio, la sua inconfutabile affermazione che si sarebbe ammazzato se avesse avuto la coscienza di essere colpevole, il richiamo ai suoi affetti di famiglia, e alla pur affettuosa devozione al suo superiore convincono ben più che a sufficienza dello spirito che informava tutto il dettato, spirito che altro non poteva essere se non quello di uno che si proclama innocente senza badare più che tanto alle espressioni a cui affidava il compito di mostrare il suo risentimento in confronto di quanto accusato...".

Sul Gobbi e la sua gravissima testimonianza: "L'Isotta nega la frase addebitatagli. Sull'affare della forchetta spiega che il suo non fu che un semplice riferimento alla corsa diceria e ciò malgrado le contrarie affermazioni del Gobbi e del Mazzoni perché a suo dire era quella la voce che erasi sparsa per la città...". Insomma fra il Gobbi e l'Isotta si dà senz'altro credito a Isotta con l'argomento che come padrone del locale già danneggiato dalle dicerie, non sarebbe stato logico che suffragasse lui stesso le dicerie con un racconto dal vivo dei fatti.

Le frasi del Gobbi vengono definite "dicerie" e "romanzesche invenzioni". L'Isotta non può avere raccontato niente che lo potesse danneggiare. È vero che si lamentò col Gobbi ma solo perché il suo locale stava andando male da quando girava in città la voce che l'Isolina fosse stata ammazzata proprio lì.

Le dichiarazioni del Carezzato che vide le finestre illuminate e sentì l'Isotta lamentarsi degli ufficiali vengono definite "generiche ed equivoche", senza una spiegazione.

"Il teste Graziani racconta che si facevano delle orge al Chiodo, che si somministravano cantaridi alle ragazze da parte di militari disinvolti, ma tutto ciò per sentito dire, non per scienza propria... inoltre egli ripete la narrazione del fatto che sarebbe accaduto da parte del Sitara a Selva di Progno (la confessione di avere portato dei sacchi per conto di 'tre paron'). Ma siccome il Sitara nega ogni addebito dobbiamo attenerci alle sue parole." Fra le due parole, per i giudici, non c'è differenza e quindi se ne lavano le mani, perché l'una esclude l'altra.

Su Benedetto Poli che "narrò della figlia morta avvelenata all'ospedale" si dice che è un teste a cui non si può "dare credito" per le contraddizioni in cui è caduto di fronte ai giudici. E così con poche parole viene liquidato il fatto più misterioso e sinistro di tutta questa faccenda.

Sulle perizie: si ammette che i periti Fagiolo e Pisa sono in disaccordo sull'epoca della gravidanza di Isolina al momento della morte: Fagioli parla della seconda metà mentre Pisa pensa che si tratti della prima metà. Ma l'autorità del professor Bonuzzi supera gli altri due. E poiché il professor Bonuzzi ha stabilito che la gravidanza era sicuramente al sesto mese, anzi probabilmente al settimo "e nella sua funzione di perito conferma quanto sopra pur ammettendo che il colostro della mammella non sia di per sé solo indizio sicuro di gravidanza..." i giudici preferiscono tenere conto della sua perizia...

Infine, si conclude con una nota ipocritamente dolente: "Per quanto possa dispiacere al Collegio le parole che sta per profferire, perché si rivolgono a persona che può avere così miseramente terminata la vita, tuttavia le esigenze della giustizia devono essere superiori ad ogni sentimento che non sia quello della ricerca della verità... E quindi esso deve assodare come si può dire unanime nei testi assunti la voce della scorretta vita della Isolina, delle sue varie relazioni, giunta perfino a farla ritenere apportatrice di lue venerea, dello scandalo che la sua condotta dava al vicinato, della inverecondia ed immodesto sistema di vita a cui non uno soltanto dei testi assunti designa come istigatrice la Policante.

"Cosiffatte circostanze non sarebbero a difesa del Trivulzio, se prove esistessero contro di lui, ma nella assoluta deficienza di queste, concorrono naturalmente a confermare la convinzione che egli dopo la sua relazione non più avesse ad occuparsene e non solo, ma ancora convergono a lasciare molto e molto a dubitare anche della verità delle espressioni della Policante attribuite alla Isolina e anche di quelle della stessa profferite.

"Si è anche assodato, ad onore del Trivulzio e questo non può certo essere contestato, la sua premura nel darne notizia alle autorità quando sorse il dubbio che i resti trovati nell'Adige fossero della Isolina, si è ancora assodata la nessuna importanza di tante altre circostanze che si vollero far emergere circa il Sitara, la Favaretti, la Olivieri: circostanze contraddette e soprattutto ben lontane dall'indicare anche lontanissimamente coinvolto il Trivulzio in guisa alcuna nel lugubre fatto che resta tutt'ora un mistero...

"Il Collegio non può poi assolutamente abbandonare l'osservazione delle ottime informazioni che unanimamente vennero date dai colleghi e dai superiori sul conto di Trivulzio...

"In conclusione, poiché il responso della assunta perizia accerta esplicitamente che i resti trovati nell'Adige appartenevano a donna in stato di gravidanza incominciata prima che il Trivulzio potesse avere avuto relazione coll'Isolina... ne consegue pertanto dato che quei resti, come purtroppo è ad aversi, appartenessero a quella, che il detto tenente non poteva affatto ritenersi e non fu l'autore della gravidanza. Scompare quindi anche il movente del delitto...

"In seguito a tutte queste osservazioni il Collegio dichiara colpevole l'onorevole Mario Filippo Todeschini del delitto di diffamazione continuata per mezzo della stampa in danno di Trivulzio Carlo coll'aggravante della recidiva generica e col beneficio delle attenuanti generiche, lo condanna alla reclusione per la durata di 23 mesi e 10 giorni e alla multa di L. 1458. Lo condanna inoltre al pagamento delle spese processuali, della pubblicazione della sentenza, al risarcimento danni."

Così si conclude il processo Todeschini con una sentenza che sembra finta tanto è teatralmente di parte. Isolina Canuti, si legge fra le righe, se l'è voluto. La sua leggerezza l'ha perduta, peggio per lei. D'altronde un giornale l'ha pure scritto: il tenente Trivulzio ha lungamente sofferto ed espiato per una "leggerezza" che i socialisti non dovrebbero certo condannare, essi che praticano "l'amore libero". Quasi che l'assassinio facesse parte dell'amore libero.

Nella sentenza comunque si fa capire che Trivulzio sì, è stato leggero, forse un poco incosciente, ma cosa conta la vita di una ragazzina di famiglia oscura, povera e di scarsa moralità di fronte all'onore dell'esercito? Ed è quello che alla fine trionfa, contro tutte le evidenze con la forza di una ideologia che doveva esprimere l'ideale del paese.

LA LUNGA VITA DI MARIANNA UCRÌA
[1990]

I

Un padre e una figlia eccoli lì: lui biondo, bello, sorridente, lei goffa, lentigginosa, spaventata. Lui elegante e trasandato, con le calze ciondolanti, la parrucca infilata di traverso, lei chiusa dentro un corsetto amaranto che mette in risalto la carnagione cerea.

La bambina segue nello specchio il padre che, chino, si aggiusta le calze bianche sui polpacci. La bocca è in movimento ma il suono delle parole non la raggiunge, si perde prima di arrivare alle sue orecchie quasi che la distanza visibile che li separa fosse solo un inciampo dell'occhio. Sembrano vicini ma sono lontani mille miglia.

La bambina spia le labbra del padre che ora si muovono più in fretta. Sa cosa le sta dicendo anche se non lo sente: che si sbrighi a salutare la signora madre, che scenda in cortile con lui, che monti di corsa in carrozza perché, come al solito sono in ritardo.

Intanto Raffaele Cuffa che quando è alla "casena" cammina come una volpe a passi leggeri e cauti, ha raggiunto il duca Signoretto e gli porge una larga cesta di vimine intrecciato su cui spicca una croce bianca.

Il duca apre il coperchio con un leggero movimento del polso che la figlia riconosce come uno dei suoi gesti più consueti: è il moto stizzoso con cui getta da una parte le cose che lo annoiano. Quella mano indolente e sensuale si caccia fra le stoffe ben stirate, rabbrividisce al contatto col gelido crocifisso d'argento, dà una strizzata al sacchetto pieno di monete e poi sguscia fuori rapida. Ad un cenno, Raffaele Cuffa si affretta a richiudere la cesta. Ora si tratta solo di fare correre i cavalli fino a Palermo.

Marianna intanto si è precipitata nella camera da letto dei genitori dove trova la madre riversa fra le lenzuola, la camicia gonfia di pizzi che le scivola su una spalla, le dita della mano chiuse attorno alla tabacchiera di smalto.

La bambina si ferma un attimo sopraffatta dall'odore del trinciato al miele che si mescola agli altri effluvi che accompagnano il risveglio materno: olio di rose, sudore rappreso, orina secca, pasticche al profumo di giaggiolo.

La madre stringe a sé la figlia con un gesto di pigra tenerezza. Marianna vede le labbra che si muovono ma non vuole fare lo sforzo di indovinarne le parole. Sa che le sta dicendo di non attraversare la strada da sola perché sorda com'è potrebbe trovarsi stritolata sotto una carrozza che non ha sentito arrivare. E poi i cani, che siano grandi o piccoli, che stia alla larga dai cani. Le loro code, lo sa bene, si allungano fino ad avvolgersi intorno alla vita delle persone come fanno le chimere e poi zac, ti infilzano con quella punta biforcuta che sei morta e neanche te ne accorgi...

Per un momento la bambina fissa lo sguardo sul mento grassoccio della signora madre, sulla bocca bellissima dalle linee pure, sulle guance lisce e rosee, sugli occhi ingenui, arresi e lontani: non diventerò mai come lei, si dice, mai, neanche morta.

La signora madre le sta ancora parlando dei cani chimera che si allungano come serpenti, che ti solleticano coi baffi, che ti incantano con gli occhi maliziosi, ma lei scappa via dopo averle dato un bacio frettoloso.

Il signor padre è già in carrozza. Ma anziché sbraitare, canta. Lo vede da come gonfia le gote, da come alza le sopracciglia. Appena lei appoggia un piede sul predellino si sente agguantare da dentro e spingere sul sedile. Lo sportello viene chiuso dall'interno con un colpo secco. E i cavalli partono al galoppo frustati da Peppino Cannarota.

La bambina si abbandona sul sedile imbottito e chiude gli occhi. Alle volte i due sensi su cui conta di più sono talmente all'erta che si azzuffano fra di loro miserevolmente. Gli occhi hanno l'ambizione di possedere le forme complete nella loro integrità e l'odorato a sua volta si impunta pretendendo di fare passare il mondo intero attraverso quei due minuscoli fori di carne che si trovano in fondo al naso.

Ora ha abbassato le palpebre per riposare un momento le pupille e le narici hanno preso a sorbire l'aria riconoscendo e catalogando gli odori con pignoleria: com'è prepotente l'acqua di lattuga che impregna il panciotto del signor padre! sotto, si indovina la fragranza della cipria di riso che si mescola all'unto dei sedili, all'acido dei pidocchi schiacciati, al pizzicore della polvere della strada che entra dalle giunture degli sportelli, nonché ad un leggero sentore di mentuccia che sale dai prati di casa Palagonia.

Ma uno scossone più robusto degli altri la costringe ad aprire gli occhi. Vede il padre che dorme sul sedile di fronte, il tricorno rovesciato su una spalla, la parrucca di traverso sulla bella fronte sudata, le ciglia bionde posate con grazia sulle guance appena rasate.

Marianna scosta la tendina color mosto dalle aquile dorate in rilievo. Vede un pezzo di strada impolverata e delle oche che schizzano via davanti alle ruote aprendo le ali. Nel silenzio della sua testa si intrufolano le immagini della campagna di Bagheria: i sugheri contorti dal tronco nudo e rossiccio, gli ulivi dai rami appesantiti da minuscole uova verdi, i rovi che tendono a invadere la strada, i campi coltivati, i fichi d'India, i ciuffi di canne e dietro, sul fondo, le colline ventose dell'Aspra.

La carrozza ora supera i due pilastri del cancello di villa Butera e si avvia verso Ogliastro e Villabate. La piccola mano aggrappata alla tenda rimane incollata alla stoffa, incurante del calore che trasuda dal tessuto di lana ruvida. Nel suo stare rigida e ferma c'è anche la volontà di non svegliare il signor padre con dei rumori involontari. Ma che stupida! e i rumori della carrozza che rotola sulla strada piena di buche, e le urla di Peppino Cannarota che incita i cavalli? e gli schiocchi della frusta? e l'abbaiare dei cani? Anche se per lei sono solo rumori immaginati, per lui sono veri. Eppure lei ne è disturbata e lui no. Che scherzi fa l'intelligenza ai sensi mutilati!

Dalle canne che saltano su indolenzite appena mosse dal vento africano, Marianna capisce che sono arrivati nei pressi di Ficarazzi. Ecco in fondo sulla sinistra il casermone giallo chiamato "a fabbrica du zuccaru". Attraverso le fessure dello sportello chiuso si insinua un odore pesante, acidulo. È l'odore della canna tagliata, macerata, sfibrata, trasformata in melassa.

I cavalli oggi volano. Il signor padre continua a dormire nonostante le scosse. Le piace che sia lì abbandonato nelle sue mani. Ogni tanto si sposta in avanti e gli tira su il tricorno, gli allontana una mosca troppo insistente.

Il silenzio è un'acqua morta nel corpo mutilato della bambina che da poco ha compiuto i sette anni. In quell'acqua ferma e chiara galleggiano la carrozza, le terrazze dai panni stesi, le galline che corrono, il mare che si intravvede da lontano, il signor padre addormentato. Il tutto pesa poco e facilmente cambia posto ma ogni cosa è legata all'altra da quel fluido che impasta i colori, scioglie le forme.

Quando Marianna torna a guardare fuori dal vetro si trova di colpo davanti al mare. L'acqua è limpida e si butta leggera sui grossi ciottoli grigi. Sopra la linea dell'orizzonte una grossa barca dalle vele flosce si dirige da destra verso sinistra.

Un ramo di gelso si schianta contro il vetro. Delle more porporine vengono schiacciate con forza contro il finestrino. Marianna si scosta ma in ritardo: l'urto le ha fatto sbattere la testa contro lo stipite. La signora madre ha ragione: le sue orecchie non sono buone a fare da sentinella e i cani possono agguantarla da un momento all'altro per la vita. Perciò il suo naso è diventato così fino e gli occhi sono rapidissimi nell'avvertirla di ogni oggetto in moto.

Il signor padre ha aperto gli occhi per un istante e poi è tornato a sprofondare nel sonno. E se gli desse un bacio? quella guancia fresca coi segni di un impaziente rasoio le dà voglia di abbracciarlo. Ma si trattiene perché sa che lui non ama le smancerie. E poi perché svegliarlo mentre dorme così di gusto, perché riportarlo ad un'altra giornata di "camurrìe" come dice lui, gliel'ha pure scritto su un foglietto con la sua bella grafia tutta tonda e tornita.

Dai sussulti regolari che scuotono la carrozza la bambina indovina che sono arrivati a Palermo. Le ruote hanno preso a girare sulle "balate" e le pare di udirne lo strepito cadenzato.

Fra poco volteranno verso Porta Felice, poi prenderanno il Cassaro Morto e poi? il signor padre non le ha fatto sapere dove la sta portando ma dalla cesta che gli ha consegnato Raffaele Cuffa può indovinarlo. Alla Vicaria?

II

È proprio la facciata della Vicaria che la bambina si trova davanti quando scende dalla carrozza aiutata dal braccio del padre. Una mimica che l'ha fatta ridere: il risveglio precipitoso, una calcata sulle orecchie della parrucca incipriata, una manata al tricorno e un salto dal predellino con una mossa che voleva essere disinvolta ma è risultata impacciata; per poco non cadeva lungo disteso tanto le gambe gli si erano informicolite.

Le finestre della Vicaria sono tutte uguali, irte di grate arricciolate che finiscono con delle punte minacciose. Il portone tempestato di bulloni arrugginiti, una maniglia in forma di testa di lupo dalla bocca aperta. È proprio la prigione con tutte le sue bruttezze che quando la gente ci passa davanti gira la testa dall'altra parte per non vederla.

Il duca fa per bussare ma la porta gli viene spalancata e lui entra come se fosse casa sua. Marianna gli va dietro fra gli inchini dei guardiani e dei servitori. Uno le sorride sorpreso, un altro le fa la faccia scura, un altro ancora cerca di trattenerla per un braccio. Ma lei si svincola e corre dietro al padre.

Un corridoio stretto e lungo: la figlia fatica a tenere dietro al padre che procede a grandi passi verso la galleria. Lei saltella sulle scarpette di raso ma non riesce a raggiungerlo. Ad un certo punto crede di averlo perso, ma eccolo dietro un angolo che la aspetta.

Padre e figlia si trovano insieme dentro una stanza triangolare illuminata malamente da una sola finestra arrampicata sotto il soffitto a volta. Lì un inserviente aiuta il signor padre a togliersi la giamberga e il tricorno. Gli prende la parrucca, l'appende al pomello che sporge dal muro. Lo aiuta a indossare il lungo saio di tela bianca che stava riposto nella cesta assieme al rosario, a una croce e a un sacchetto di monete.

Ora il capo della Cappella della Nobile Famiglia dei Bianchi è pronto. Nel frattempo, senza che la bambina se ne accorga, sono arrivati altri gentiluomini, anche loro in saio bianco. Quattro fantasmi col cappuccio floscio sul collo.

Marianna guarda in su mentre gli inservienti con le mani esperte trafficano attorno ai Fratelli Bianchi come fossero attori che si preparano ad andare in scena: le pieghe dei sai che siano ben dritte, che caschino candide e modeste sui piedi calzati dai sandali, i cappucci che siano calati fino al collo drizzando le punte bianche verso l'alto.

Ora i cinque uomini sono uguali, non si distinguono l'uno dall'altro: bianco su bianco, pietà su pietà; solo le mani quando fanno capolino fra le pieghe e quel poco di nero che balugina dai due fori del cappuccio lasciano indovinare la persona.

Il più basso dei fantasmi si china sulla bambina, agita le mani rivolto verso il signor padre. È indignato, lo si capisce da come batte un piede sul pavimento. Un altro Fratello Bianco interviene facendo un passo avanti. Sembra che si debbano prendere per il collo. Ma il signor padre li mette a tacere con un gesto autoritario.

Marianna sente il tessuto freddo e molle del saio paterno che casca sul suo polso nudo. La mano destra del padre si stringe attorno alle dita della figlia. Il naso le dice che sta per succedere qualcosa di terribile, ma cosa? Il signor padre la trascina verso un altro corridoio e lei cammina senza guardare dove mette i piedi, presa da una curiosità livida ed eccitata.

In fondo al corridoio incontrano delle scale ripide di pietra scivolosa. Le mani dei nobiluomini si aggrappano ai sai come fanno le signore con le loro gonne ampie sollevandone i lembi per non inciampare. I gradini di pietra trasudano umidità e si vedono male per quanto un guardiano li preceda tenendo alta una torcia accesa.

Non ci sono finestre, né alte né basse. D'improvviso è scesa giù una notte che sa di olio bruciato, di escrementi di topo, di grasso di maiale. Il Capitano giustiziere consegna le chiavi del "dammuso" al duca Ucrìa che si spinge avanti fino a raggiungere un portoncino di legno dalle assi rinforzate. Lì, aiutato da un ragazzo a piedi scalzi apre il catenaccio inchiavardato, sfila una grossa sbarra di ferro.

La porta si apre. La fiamma fumosa illumina un pezzo di pavimento su cui degli scarafaggi prendono a correre all'impazzata. Il guardiano solleva la torcia e butta qualche lingua di luce su due corpi seminudi che giacciono lungo la parete, le caviglie imprigionate da grosse catene.

Il fabbro ferraio, sbucato non si sa da dove, si china ora a schiodare i ferri di uno dei prigionieri. Un ragazzo dagli occhi cisposi che si spazientisce per la lentezza dell'operazione, tira su un piede fino quasi a solleticare con l'alluce il naso del fabbro. E ride mostrando una bocca grande, sdentata.

La bambina si nasconde dietro al padre che ogni tanto si china su di lei, le fa una carezza ma brusca più per controllare che stia davvero guardando piuttosto che per rincuorarla.

Quando infine libero, il giovanotto si alza in piedi Marianna scopre che è quasi un bambino, avrà sì e no l'età del figlio di Cannarota morto di febbri malariche pochi mesi fa a tredici anni.

Gli altri prigionieri sono rimasti muti a guardare. Appena il ragazzino prende a camminare su e giù con le caviglie libere ripigliano il gioco lasciato a metà contenti di disporre per una volta di tanta luce.

Il gioco consiste nell'ammazzare pidocchi: chi ne schiaccia di più e più rapidamente fra i due pollici vince. I pidocchi morti vengono delicatamente posati sopra una monetina di rame. Colui che vince si prende la monetina da un grano.

La bambina è assorta a guardare i tre che giocano, le loro bocche che si aprono al riso, che gridano parole per lei mute. La paura l'ha lasciata, ora pensa con tranquillità che il signor padre la vuole portare con sé all'inferno: ci sarà una ragione segreta, un "perché trallalallera" che capirà dopo.

La condurrà a vedere i dannati immersi nel fango, quelli che camminano con i macigni sulle spalle, quelli che si trasformano in alberi, quelli che fumano dalla bocca avendo mangiato carboni ardenti, quelli che strisciano come serpenti, quelli che vengono mutati in cani che allungano la coda fino a farne degli arpioni con cui uncinare i passanti e portarseli alla bocca, come dice la signora madre.

Ma il signor padre è lì anche per questo, per salvarla dai trabocchetti. E poi l'inferno, se visitato da vivi come faceva il signor Dante, può essere anche bello da vedere: loro di là che patiscono e noi di qua che guardiamo. Non è questo l'invito di quegli incappucciati candidi che si passano il rosario di mano in mano?

III

Il ragazzo la osserva stralunato e Marianna ricambia le sue occhiate decisa a non farsi intimidire. Ma le palpebre di lui sono gonfie e spurgano; probabilmente non distingue bene, si dice la bambina. Chissà come la vede; se grande e cicciotta come si ritrova nello specchio deformante di zia Manina oppure piccola e senza carne. In quel momento, a una smorfia di lei, il ragazzo si scioglie in un sorriso buio, storto.

Il signor padre con l'aiuto di un Fratello Bianco incappucciato lo prende per le braccia, lo tira verso la porta. I giocatori ritornano alla semioscurità di tutti i giorni. Due mani asciutte sollevano di peso la bambina e la posano con delicatezza sul primo gradino della scala.

Riprende la processione: il guardiano con la torcia accesa, il signor duca Ucrìa con il prigioniero al braccio, gli altri Fratelli Bianchi, il fabbro ferraio e due inservienti in giubba nera dietro. Di nuovo si ritrovano nella stanza triangolare fra un via vai di guardie e valletti che reggono fiaccole, avvicinano sedie, portano bacinelle d'acqua tiepida, asciugamani di lino, vassoi con sopra pane fresco e frutta candita.

Il signor padre si china sul ragazzo con gesti affettuosi. Mai l'ha visto così tenero e premuroso, si dice Marianna. Con una mano a conca prende su l'acqua dalla "bàcara", la fa scorrere sulle guance impiastricciate di muco del ragazzo; poi lo pulisce con l'asciugamano di bucato che gli porge il valletto. Subito dopo prende fra le dita un pezzo di pane bianco e spugnoso e sorridendo lo porge al prigioniero come se fosse il più caro dei suoi figli.

Il ragazzo si lascia accudire, pulire, imboccare senza dire una parola. A momenti sorride, a momenti piange. Qualcuno gli mette in mano un rosario dai grossi chicchi di madreperla. Lui lo tasta con i polpastrelli e poi lo lascia cadere per terra. Il signor padre ha un gesto di impazienza. Marianna si china a raccogliere il rosario e lo ripone nelle mani del ragazzo. Avverte per un attimo il contatto di due dita callose, diacce.

Il prigioniero stira le labbra sulla bocca a metà vuota di denti. Gli occhi rossicci sono stati bagnati con una pezzuola imbevuta di acqua di lattuga. Sotto lo sguardo indulgente dei Fratelli Bianchi il condannato allunga una mano verso il vassoio, si guarda un momento intorno intimorito, poi si caccia in bocca una prugna color miele incrostata di zucchero.

I cinque gentiluomini si sono inginocchiati e sgranano il rosario. Il ragazzo, le guance gonfie di canditi, viene spinto dolcemente in ginocchio perché preghi anche lui.

Le ore più calde del pomeriggio trascorrono così in preghiere sonnolente. Ogni tanto un valletto si avvicina reggendo un vassoio carico di bicchieri d'acqua e anice. I Bianchi bevono e riprendono a pregare. Qualcuno si asciuga il sudore, altri si appisolano e si svegliano di soprassalto tornando a sgranare il rosario. Il ragazzo si addormenta pure lui dopo avere ingollato tre albicocche cristalline. E nessuno ha cuore di svegliarlo.

Marianna osserva il padre che prega. Ma sarà quell'incappucciato lì il signor duca Signoretto o sarà quell'altro con la testa ciondoloni? le sembra di sentire la sua voce che recita lentamente l'avemaria.

Nella conchiglia dell'orecchio, ora silenziosa, conserva qualche brandello di voce familiare: quella gorgogliante, rauca, della signora madre, quella acuta della cuoca Innocenza, quella sonora, bonaria del signor padre che pure ogni tanto si impuntava e si scheggiava sgradevolmente.

Forse aveva anche imparato a parlare. Ma quanti anni aveva? quattro o cinque? una bambina ritardata, silenziosa e assorta che tutti avevano la tendenza a dimenticare in qualche angolo per poi ricordarsene tutto d'un tratto e venirla a rimproverare di essersi nascosta.

Un giorno, senza una ragione, era ammutolita. Il silenzio si era impadronito di lei come una malattia o forse come una vocazione. Non sentire più la voce festosa del signor padre le era sembrato tristissimo. Ma poi ci aveva fatto l'abitudine. Ora prova un senso di allegrezza nel guardarlo parlare senza afferrarne la parole, quasi una maliziosa soddisfazione.

«Tu sei nata così, sordomuta», le aveva scritto una volta il padre sul quaderno e lei si era dovuta convincere di essersi inventata quelle voci lontane. Non potendo ammettere che il signor padre dolcissimo che l'ama tanto dica delle menzogne, deve darsi della visionaria. L'immaginazione non le manca e neanche il desiderio di parola perciò:

e pì e pì e pì
sette fimmini p'un tarì
e pì e pì e pì
un tarì è troppu pocu
sette fimmini p'un varcuocu...

Ma i pensieri della bambina vengono interrotti dal movimento di un Bianco che esce e torna con un grosso libro su cui c'è scritto a lettere d'oro SCARICHI DI COSCIENZA. Il signor padre sveglia con un colpetto gentile il ragazzo e insieme si appartano in un angolo della sala dove il muro fa una nicchia e una lastra di pietra è incastrata a mo' di sedile.

Là il duca Ucrìa di Fontanasalsa si china sull'orecchio del condannato invitandolo a confessarsi. Il ragazzo biascica qualche parola con la giovane bocca sdentata. Il signor padre insiste affettuoso incalzandolo. L'altro finalmente sorride. Ora sembrano un padre e un figlio che parlano disinvolti di cose di famiglia.

Marianna li osserva presa dallo sgomento: cosa crede di fare quel pappagalletto appollaiato vicino al padre, come se lo conoscesse da sempre, come se avesse tenuto fra le sue dita le mani impazienti di lui, come se ne conoscesse a memoria i contorni, come se avesse sempre avuto da appena nato gli odori di lui nelle narici, come se fosse stato preso mille volte per la vita da due braccia robuste che lo facevano saltare da una carrozza, da una portantina, dalla culla, dalle scale con quell'impeto che solo un padre carnale può provare per la propria figlia. Cosa crede di fare?

Un desiderio struggente di assassinio le sale da sotto l'ugola, le invade il palato, le brucia la lingua. Gli tirerà un vassoio in testa, gli caccerà un coltello in petto, gli strapperà tutti i capelli che ha in testa. Il signor padre non appartiene a lui ma a lei, a quella disgraziata mutola che nel mondo ha un solo bene e quello è il signor padre.

I pensieri omicidi spariscono ad un brusco spostamento d'aria. La porta si è spalancata e sulla soglia è apparso un uomo dalla pancia a melone. È vestito come un buffone, metà di rosso e metà di giallo: giovane e corpulento ha le gambe corte, le spalle robuste, le braccia da lottatore, gli occhi piccoli e storti. Mastica dei semi di zucca e sputa le bucce per aria con allegria.

Il ragazzo quando lo vede, sbianca. I sorrisi che gli ha strappato il signor padre gli muoiono sulla faccia; le labbra prendono a tremargli e gli occhi a spurgargli. Il buffone gli si avvicina sempre sputando per aria i semi di zucca. Quando lo vede scivolare per terra come uno straccio bagnato fa un gesto ai due inservienti che lo sollevano per le ascelle e lo trascinano verso l'uscita.

L'aria è scossa da vibrazioni cupe come il battito delle ali gigantesche di un uccello mai visto. Marianna si guarda intorno. I Fratelli Bianchi si stanno dirigendo verso la porta d'ingresso con passo cerimonioso. Il portone si spalanca di colpo e quel battito d'ali si fa tanto vicino e forte da stordirla. Sono i tamburi del Viceré e con essi la folla che urla, agita le braccia, gioisce.

La piazza Marina che prima era vuota ora è gremita: un mare di teste ondeggianti, colli che si allungano, bocche che si aprono, stendardi che si levano, cavalli che scalpitano, un finimondo di corpi che si accalcano, si spingono, invadendo la piazza rettangolare.

IV

Le finestre straboccano di teste, i balconi sono un pigia pigia di corpi che si sbracciano, si sporgono per vedere meglio. I Ministri di Giustizia con le verghe gialle, la Guardia Regia con lo stendardo viola e oro, i Granatieri muniti di baionetta, sono lì fermi che trattengono a stento l'impazienza della calca.

Cosa sta per succedere? la bambina lo indovina ma non osa rispondersi. Tutte quelle teste vocianti sembrano bussare al suo silenzio chiedendo di entrare.

Marianna distoglie lo sguardo dalla ressa, lo dirige verso il ragazzo sdentato. Lo vede fermo, impettito: non trema più, non casca su se stesso. Ha un luccichio di orgoglio negli occhi: tutto quel putiferio per lui! quella gente vestita a festa, quei cavalli, quelle carrozze, aspettano proprio lui. Quegli stendardi, quelle divise dai bottoni scintillanti, quei cappelli piumati, quegli ori, quelle porpore, tutto per lui solo, è un miracolo!

Due guardiani lo distolgono brutalmente dall'estatica contemplazione del proprio trionfo. Attaccano alla cordicella con cui gli hanno legato le mani, un'altra corda più lunga e robusta che assicurano alla coda di una mula. E così legato lo trascinano verso il centro della piazza.

In fondo sullo Steri fa mostra di sé una splendida bandiera rosso sangue. È da lì, dal palazzo Chiaramonte che escono adesso i Grandi Padri dell'Inquisizione, a due a due, preceduti e seguiti da un nugolo di chierichetti.

Al centro della piazza un palco alto due o tre bracci, proprio come quelli su cui si rappresentano le storie di Nofriu e Travaglino, di Nardo e di Tiberio. Solo che al posto della tela nera c'è un tetro aggeggio di legno; una specie di L capovolta a cui è appesa una corda con un cappio.

Marianna viene spinta dal signor padre che segue il prigioniero che segue a sua volta la mula. Ora la processione è partita e nessuno può fermarla per nessuna ragione: i cavalli della Guardia Regia in testa, i Signori Bianchi incappucciati, i Ministri della Giustizia, gli Arcidiaconi, i sacerdoti, i frati scalzi, i tamburini, le trombe, un lungo corteo che si apre faticosamente la strada fra la folla eccitata.

La forca è lì a qualche passo di distanza eppure sembra lontanissima dal tempo che impiegano per arrivarci facendo dei giri capziosi attorno alla piazza.

Finalmente il piede di Marianna urta contro un gradino di legno. Ora sono proprio approdati. Il signor padre sta salendo le scale assieme al condannato preceduto dal boia e seguito dagli altri Fratelli della Buona Morte.

Il ragazzo ha di nuovo quel sorriso stralunato sulla faccia bianca. È il signor padre che lo incanta, lo affascina con le sue parole di consolazione, lo spinge verso il paradiso descrivendogli le delizie di un soggiorno fatto di riposi, di ozii, di mangiate e di dormite colossali. Il ragazzo proprio come un bambino imbambolato dalle parole di una madre più che di un padre, sembra non agognare altro che correre nel mondo dell'aldilà dove non ci sono prigioni né pidocchi né malattie né patimenti ma solo giulebbe e riposo.

La bambina allarga le pupille indolenzite; ora un desiderio le salta in groppa: essere lui, anche solo per un'ora, essere quel ragazzo sdentato con gli occhi che spurgano per potere ascoltare la voce del signor padre, bersi il miele di quel suono perduto troppo presto, solo una volta, anche a costo di morire poi impiccata a quella fune che penzola al sole.

Il boia continua a mangiare semi di zucca che poi sputa in alto con aria di sfida. Tutto proprio come nel teatrino del Casotto: ora Nardo tirerà su la testa e il boia gli darà un fracco di legnate. Nardo agiterà le braccia, cadrà sotto il palco e poi tornerà su vivo più di prima per prendere altre legnate, altri insulti.

E proprio come a teatro la folla ride, chiacchiera, mangia aspettando le bastonate. I venditori di acqua e "zammù" vengono fin sotto il palco a porgere i loro "gotti" prendendosi a spintoni coi venditori di "vasteddi e meusa", di polipi bolliti e di fichi d'India. Ciascuno vanta la sua merce a colpi di gomito.

Un caramellaio arriva sotto il naso della bambina e quasi indovinando che è sorda, le porge con gesti eloquenti lo scaffaletto portabile legato al collo con un laccio bisunto. Lei butta uno sguardo di sbieco su quei cilindretti di metallo. Basterebbe allungare una mano, tirarne su uno, spingere col dito per aprire il cerchietto e fare sgusciare fuori il piccolo cilindro al gusto di vaniglia. Ma non vuole distrarsi; la sua attenzione è rivolta altrove, al di sopra di quei gradini di legno annerito dove il signor padre continua a parlare basso e dolce al condannato come se fosse carne della sua carne.

Gli ultimi gradini sono stati raggiunti. Ora il duca Ucrìa accenna un inchino alle autorità sedute in faccia al palco: ai senatori, ai principi, ai magistrati. E poi si inginocchia pensoso col rosario fra le dita. La folla per un momento si acquieta. Perfino i venditori ambulanti smettono di agitarsi e se ne stanno lì con i loro banchetti mobili, le loro cinghie, le loro merci esposte, a bocca aperta e il naso per aria.

Finita la preghiera il signor padre porge il crocifisso da baciare al condannato. E sembra che al posto di Cristo in croce ci sia lui stesso, nudo, martoriato, con le belle carni d'avorio e la corona di spine in testa a offrirsi a quelle labbra stolide di ragazzo impaurito per rassicurarlo, ammansirlo, e mandarlo all'altro mondo contento e placato.

Con lei non è mai stato così tenero, mai così carnale, così vicino, si dice Marianna, non le ha mai dato il suo corpo da baciare, non le è mai stato addosso così come se volesse covarla coprendola di parole tenere e rassicuranti.

Lo sguardo della bambina si sposta sul condannato e lo vede piegarsi penosamente sulle ginocchia. Le parole seducenti del duca Ucrìa vengono spazzate via dal contatto freddo e viscido della corda che il boia gli sta girando intorno al collo. Ma pure riesce in qualche modo a rimanere in piedi mentre il naso prende a colargli. E lui tenta di liberare una mano per pulirsi il moccio che gli gocciola sulle labbra, sul mento. Ma la mano resta legata dietro la schiena. Due, tre volte la spalla si alza, il braccio si torce, sembra che pulirsi il naso in quel momento sia la sola cosa che conti.

L'aria vibra per i colpi di un grosso tamburo. Il boia ad un cenno del Magistrato dà un calcio alla cassetta su cui aveva costretto il ragazzo a salire. Il corpo ha un sussulto, si stira, ricade su se stesso, prende a girare.

Ma qualcosa non ha funzionato. L'impiccato anziché penzolare come un sacco continua a torcersi sospeso per aria, il collo gonfio, gli occhi strabuzzati fuori dalle orbite.

Il boia vedendo che la sua opera non è riuscita si issa con la forza delle braccia sulla forca, salta addosso all'impiccato e per qualche secondo ciondolano tutti e due appesi alla corda come due ranocchi in amore mentre la folla trattiene il fiato.

Ma ora è davvero morto; lo si capisce dalla consistenza di pupazzo che ha preso il corpo appeso. Il boia scivola disinvolto lungo il palo, casca sul palco con un salto agile. La gente prende a lanciare i berretti per aria. Un giovanissimo brigante che ha ammazzato una decina di persone è stato giustiziato. Questo lo saprà dopo, la bambina. Ora è lì a chiedersi cosa può avere fatto un bambino poco più grande di lei e dalla faccia così spaurita e stupida.

Il signor padre si china sulla figlia, estenuato. Le tocca la bocca come se si aspettasse un miracolo. Le agguanta il mento, la guarda: negli occhi minaccioso e supplice. «Devi parlare» dicono le sue labbra, «devi aprire quella maledetta bocca di pesce!»

La bambina prova a spiccicare le labbra ma non ce la fa. Il suo corpo è preso da un tremito inarrestabile. Le mani ancora aggrappate alle pieghe del saio paterno sono rigide, di pietra.

Il ragazzo che voleva uccidere è morto. E si chiede se può essere stata lei a ucciderlo avendo desiderato la sua morte come si desidera un bene proibito.

V

I fratelli in posa davanti a lei. Un gruppo colorato, scalpitante: Signoretto così simile al signor padre con quei capelli fini, le gambe tornite, la faccia festosa e fiduciosa; Fiammetta nel suo vestitino da suora, i capelli raccolti dentro la cuffia merlettata; Carlo dalle brache corte che gli stringono le cosce grasse, gli occhi neri scintillanti; Geraldo che da poco ha perso i denti di latte e sorride come un vecchio; Agata dalla pelle chiara e trasparente cosparsa di morsi di zanzara.

I cinque osservano la sorella mutola china sulla tavolozza e sembra che siano loro a dipingere lei e non lei loro. La spiano mentre curva sui colori, pasticcia con la punta del pennello nel grasso e poi torna alla tela e di colpo il bianco si copre di un giallo tenerissimo e sul giallo si stende il celeste a pennellate limpide e felici.

Carlo dice qualcosa che li fa scoppiare a ridere. Marianna li prega a gesti di stare fermi ancora un poco. Il disegno a carboncino è lì sulla tela con le teste, i colletti, le braccia, le facce, i piedi. Il colore stenta a prendere corpo, tende a diluirsi, a colare verso il basso. E loro si irrigidiscono pazienti ancora per qualche minuto. Ma poi è Geraldo che rompe l'equilibrio dando un pizzicotto a Fiammetta che reagisce con un calcio. E subito sono gomitate, spintoni, schiaffi. Finché Signoretto non li mette a posto con degli scappellotti: è il maggiore e può farlo.

Marianna riprende a intridere il pennello nel bianco, nel rosa, mentre i suoi occhi si spostano dalla tela al gruppo. C'è qualcosa di incorporeo in questo suo ritratto, qualcosa di troppo levigato, irreale. Sembra quasi uno di quei "portretti" ufficiali che si fanno fare le amiche della signora madre, tutti impettiti e irrigiditi in cui dell'immagine originale non rimane che un ricordo lontano.

Dovrà ripensare di più ai loro caratteri, si dice, se non vuole lasciarseli sfuggire. Signoretto che si è messo in rivalità col padre, i suoi modi autoritarii, le sue sonore risate. E la signora madre che lo protegge: quando li vede scontrarsi, padre e figlio, li guarda sorniona, quasi divertita. Ma gli sguardi di indulgenza si soffermano sul capo del figlio con una tale intensità da risultare evidenti a tutti.

Il signor padre, invece, ne è irritato: quel bambino non solo gli assomiglia sorprendentemente ma rifà i suoi movimenti meglio di lui, con più garbo e tensione. Come avere davanti uno specchio che lo adula e nello stesso tempo gli ricorda che presto sarà sostituito senza dolore. Fra l'altro è il primo e porta il suo stesso nome.

Con la sorella mutola Signoretto di solito è protettivo, un poco geloso delle attenzioni che le rivolge il signor padre; sprezzante a momenti verso la sua mutilazione, a momenti invece la prende a pretesto per mostrare agli altri quanto è generoso; ma non si sa mai dove comincia la verità e dove la recita.

Accanto a lui Fiammetta nel vestito da monaca, le sopracciglia a stanghetta, gli occhi troppo vicini, i denti accavallati. Non è bella come Agata e perciò l'hanno destinata al convento. Anche se trovasse marito non si potrebbe certo contrattare come si fa con una autentica bellezza. Nella piccola faccia storta e accesa della bambina c'è già la sfida contro un futuro di prigioniera che d'altronde ha accettato spavaldamente portando quella tunica che cancella ogni forma del suo corpo femminile.

Carlo e Geraldo, quindici anni l'uno e undici l'altro, sono così simili che sembrano gemelli. Ma uno finirà in convento e l'altro farà il dragone. Spesso vestiti come un abate e un soldato in miniatura, Carlo in saio e Geraldo in uniforme, appena si trovano in giardino si divertono a scambiarsi gli abiti rotolandosi poi per terra avvinghiati in modo da rovinare sia il saio color crema che la bella divisa dagli alamari d'oro.

Carlo tende a ingrassare. È avido di dolci e di cibi speziati. Ma è anche il più affettuoso dei fratelli, con lei, e spesso viene a cercarla solo per tenerle una mano.

Agata la più piccola è la più bella. Per lei si sta già contrattando un matrimonio che, non togliendo niente alla Casata, salvo una dote di trentamila scudi, darà la possibilità alla famiglia di estendere la sua influenza, di contrarre parentele utili, di stabilire discendenze danarose.

Quando Marianna torna ad alzare gli occhi sui fratelli si accorge che sono spariti. Hanno approfittato del suo starsene assorta sulla tela per squagliarsela, contando sul fatto che non li avrebbe sentiti sghignazzare e correre.

Voltando la testa fa in tempo a scorgere un pezzo della gonnella di Agata che scompare dietro la "casena" fra gli spunzoni delle agavi.

Ora come farà a continuare il quadro? dovrà pescare nella memoria, tanto sa già che non torneranno mai a raggrupparsi davanti a lei come hanno fatto oggi dopo tanto insistere e aspettare.

Il vuoto lasciato dai loro corpi è stato subito riempito dalla palma nana, dai cespugli di gelsomini e dagli ulivi che digradano verso il mare. Perché non dipingere quel paesaggio quieto e sempre uguale a se stesso invece dei fratelli che non stanno mai fermi? ha più profondità e mistero, si mette gentilmente in posa da secoli e sembra pronto ad ogni gioco.

La mano adolescente di Marianna si allunga verso un'altra tela che appoggia al posto della prima sul cavalletto; intinge il pennello nel verde molle e oleoso. Ma da dove cominciare? dal verde tutto nuovo e brillante della palma nana o dal verde formicolante di azzurro della piana degli ulivi o dal verde striato di giallo delle pendici di monte Catalfano?

Potrebbe anche dipingere la "casena" così come l'ha costruita il nonno Mariano Ucrìa, con le sue forme squadrate e tozze, le sue finestre più adatte a una torre che a una casa di campagna. Un giorno la "casena" sarà trasformata in villa, ne è certa e lei la abiterà anche d'inverno perché le sue radici affondano in quella terra che ama più delle "balati" di Palermo.

Mentre se ne sta incerta col pennello gocciolante sulla tela si sente tirare per una manica. Volta la testa. È Agata che le porge un foglietto.

«Lu puparu arrivò, vieni!» dalla grafia capisce che si tratta di Signoretto. Infatti suona più come un ordine che come un invito.

Si alza in piedi, asciuga il pennello grondante di verde sullo straccetto umido, si pulisce le mani stropicciandole contro il grembiule di cotone a righe e si incammina verso il cortile d'ingresso seguendo la sorella.

Carlo, Geraldo, Fiammetta e Signoretto sono già attorno al Tutui. Il puparo ha legato l'asino al fico e sta finendo di montare il suo teatrino. Quattro assi verticali che si incrociano con tre pertiche orizzontali. Torno torno quattro braccia di tela nera.

Intanto alle finestre si sono affacciate le serve, la cuoca Innocenza, don Raffaele Cuffa e perfino la signora madre a cui il puparo si rivolge subito con un grande inchino.

La duchessa gli lancia una moneta da dieci tarì e lui la raccoglie rapido, se la caccia dentro la camicia, fa un'altra riverenza teatrale e poi va a prendere i suoi pupazzi in una bisaccia appesa sui fianchi dell'asino.

Marianna ha già visto quelle bastonate, quelle teste che crollano sotto il palco per riapparire subito dopo baldanzose e irridenti. Ogni anno in questa stagione il Tutui appare alla "casena" di Bagheria per divertire i bambini. Ogni anno la duchessa lancia una moneta da dieci tarì e il puparo si consuma in inchini e scappellate talmente esagerate da apparire delle prese in giro.

Nel frattempo non si sa come avvertiti e da chi, arrivano decine di "picciriddi" dalle campagne vicine. Le serve scendono in cortile asciugandosi le mani, ravviandosi i capelli. Spuntano pure il vaccaro don Ciccio Calò con le figlie gemelle Lina e Lena, il giardiniere Peppe Geraci con la moglie Maria e i cinque figli, nonché il lacchè don Peppino Cannarota.

Ecco Nardo che prende a legnate Tiberio e bum e bum. Lo spettacolo è cominciato e ancora i bambini non hanno smesso di giocare. Ma un momento dopo sono tutti lì seduti per terra col naso per aria, gli occhi fissi sulla scena.

Marianna rimane in piedi un poco in disparte. I bambini le mettono paura: troppo spesso è stata oggetto dei loro scherzi. Le saltano addosso senza farsi vedere per godersi le sue reazioni, scommettono fra di loro su chi riuscirà a fare esplodere un petardo senza che lei se ne accorga.

Intanto dal fondo di quella tela nera è apparso un oggetto nuovo, imprevisto: una forca. Non si era mai visto un patibolo nel teatrino del Tutui e al suo apparire i "picciriddi" trattengono il fiato per l'emozione, questa sì che è una novità eccitante!

Un gendarme con la spada al fianco, dopo avere rincorso il solito Nardo su e giù lungo la tela nera, lo afferra per il collo e gli infila la testa nel cappio. Un tamburino appare sulla sinistra e Nardo viene fatto salire su un panchetto. Poi, ecco, con un calcio il gendarme scaraventa via il panchetto e Nardo ricade su se stesso mentre la corda prende a girare.

Marianna è scossa da un tremito. Qualcosa si agita nella sua memoria come un pesce preso all'amo, qualcosa che non vuole venire su e tira scuotendo le acque quiete della sua coscienza. La mano si alza a cercare il saio ruvido del signor padre ma non incontra che i peli ispidi della coda dell'asino.

Nardo penzola nel vuoto, penzola con tutta la leggerezza del suo corpo di ragazzo cisposo e sdentato, lo sguardo fisso in uno stupore senza scampo e sembra che ancora alzi la spalla spasmodico per liberare una mano per potersi pulire il naso che cola.

Marianna cade all'indietro rigida e pesante battendo la testa sulla terra nuda e dura del cortile. Tutti si voltano. Agata accorre verso di lei seguita da Carlo che scoppia a piangere chino sulla sorella. La moglie di Cannarota le fa vento col grembiule mentre una serva si slancia a chiamare la duchessa. Il puparo si affaccia da sotto la tenda nera con il pupazzo in mano, a testa in giù, mentre Nardo continua a penzolare in alto sulla forca.

VI

Un'ora dopo, Marianna si sveglia nella camera da letto dei genitori con una pezzuola fradicia che le pesa sulla fronte. L'aceto le cola fra le ciglia bruciandole gli occhi. La signora madre è china su di lei: l'ha riconosciuta prima ancora di aprire le palpebre dall'odore forte di trinciato al miele.

La figlia guarda alla madre da sotto in su: le labbra tonde e appena velate da una peluria bionda, le narici annerite dalle tante prese di tabacco, gli occhi grandi gentili e bui; non saprebbe dire se sia bella oppure no, certo c'è qualcosa in lei che la indispone, ma cosa? forse quel suo cedere a ogni spinta, quella quiete inamovibile, quel suo sprofondare nei fumi dolciastri del tabacco, indifferente a tutto.

Ha sempre sospettato che la signora madre, in un lontano passato in cui era giovanissima e immaginosa, ha scelto di farsi morta per non dovere morire. Da lì deve venire quella sua speciale capacità di accettare ogni noia col massimo della accondiscendenza e il minimo dello sforzo.

La nonna Giuseppa prima di morire le scriveva qualche volta della madre sul quaderno dai gigli di Francia: «Era così bella che tutti la volevano a tua madre, ma lei non voleva nessuno. "Cabeza de cabra" come quella testarda di sua madre, Giulia che veniva dalle parti di Granada. Non voleva sposare il cugino, non lo voleva a tuo padre Signoretto. E tutti ci dicevano: ma è un beddu pupu, e veramente beddu è, non perché è figlio mio ma ci si sciacqua gli occhi a guardarlo. Si sposò con la "funcia" tua madre che pareva andasse al funerale e poi dopo un mese di matrimonio si innamorò del marito e tanto lo amava che cominciò a fumare... la notte non dormiva più e perciò prendeva il laudano...».

Quando la duchessa Maria vede che la figlia si riprende va verso lo scrittoio, afferra un foglio di carta e vi scrive sopra qualcosa. Asciuga l'inchiostro con la cenere e porge il foglio alla ragazzina.

«Come stai figghiuzza?»

Marianna tossisce sputando l'aceto che le è colato fra i denti nel tirarsi su. La signora madre le toglie ridendo lo straccio bagnato dalla faccia. Poi si dirige alla scrivania, scarabocchia ancora qualcosa e torna col foglio verso il letto.

«Ora hai tredici anni approfitto per dirtelo che ti devi maritari che ti avimu trovato uno zito per te perché non ti fazzu monachella come è destino di tua sorela Fiametta.»

La ragazzina rilegge le parole frettolose della madre che scrive ignorando le doppie, mescolando il dialetto con l'italiano, usando una grafia zoppicante e piena di ondeggiamenti. Un marito? ma perché? pensava che mutilata com'è, le fosse interdetto il matrimonio. E poi ha appena tredici anni.

La signora madre ora aspetta una risposta. Le sorride affettuosa ma di una affettuosità un poco recitata. A lei questa figlia sordomuta mette addosso un senso di pena insostenibile, un imbarazzo che la gela. Non sa come prenderla, come farsi intendere da lei. Già lo scrivere le piace poco: leggere poi la grafia degli altri è una vera tortura. Ma con abnegazione materna si dirige docile verso la scrivania, afferra un altro foglio, prende la penna d'oca e la boccetta dell'inchiostro e porta ogni cosa alla figlia distesa sul letto.

«Alla mutola un marito?» scrive Marianna appoggiandosi su un gomito e macchiando nella confusione, il lenzuolo di inchiostro.

«Il signor padre tutto fici per farti parlari portandoti cu iddu perfino alla Vicaria che ti giovava lo scantu ma non parlasti perché sei una testa di balata, non hai volontà... tua sorella Fiammetta si sposa con Cristo, Agata è promessa col figghiu del principe di Torre Mosca, tu hai il dovere di accettare lu zitu che ti indichiamo perché ti vogliamo bene e perciò non ti lasciamo niescere dalla familia per questo ti diamo allo zio Pietro Ucrìa di Campo Spagnolo, barone della Scannatura, di Bosco Grande e di Fiume Mendola, conte della Sala di Paruta, marchese di Sollazzi e di Taya. Che poi oltre a essere mio fratello è pure cugino di tuo padre e ti vuole bene e in lui solo ci puoi trovare un ricetto all'anima.»

Marianna legge accigliata non facendo più caso agli errori di ortografia della madre né alle parole in dialetto gettate lì a manciate. Rilegge soprattutto le ultime righe: quindi il fidanzato, lo "zitu", sarebbe lo zio Pietro? quell'uomo triste, ingrugnato, sempre vestito di rosso che in famiglia chiamano "il gambero"?

«Non mi marito», scrive rabbiosa dietro il foglio ancora umido delle parole della madre.

La duchessa Maria torna paziente allo scrittoio, la fronte cosparsa di goccioline di sudore: che fatica le fa fare questa figlia mutola: non vuole capire che è un impiccio e basta.

«Nessuno ti prende attia Mariannina mia. E per il convento ci vuole la dote, lo sai. Già stiamo preparando i soldi per Fiammetta, costa caro. Lo zio Pietro ti prende senza niente perché ti vuole bene e tutte le sue terre seriano le tue, intendisti?»

Ora la signora madre ha posato la penna e le parla fitto fitto come se lei potesse sentirla, accarezzandole con un gesto distratto i capelli bagnati di aceto.

Infine strappa la penna dalle mani della figlia che sta per scrivere qualcosa e traccia rapida, con orgoglio, queste parole:

«In contanti e subito quindicimila scudi».

VII

Una pila di mattoni di tufo sparsi per il cortile. Secchi di gesso, montagnole di sabbia. Marianna cammina su e giù sotto il sole con la gonna legata in vita per non infradiciarsi gli orli.

Gli scarponcini dai bottoni slacciati, i capelli raccolti sulla nuca con gli spadini d'argento regalatile da suo marito. Intorno c'è una grande confusione di pezzi di legno, cazzuole, pale, palette, carriole, martelli e asce.

Il mal di schiena è diventato quasi insopportabile; gli occhi cercano un posto dove riposare per qualche minuto all'ombra. Un grosso sasso vicino alla stalla, perché no, anche se intorno si sdrucciola per il fango. Marianna si lascia scivolare sulla pietra tenendosi la schiena con le mani. Si guarda il ventre; il gonfiore si vede appena eppure sono già cinque mesi ed è la terza gravidanza.

Eccola lì la villa bellissima davanti a lei. Della "casena" non c'è più traccia. Al suo posto un corpo centrale a tre piani, una scala che si snoda elegante con un movimento serpentino. Dal tronco centrale partono due ali colonnate che si allargano e poi si stringono fino a compiere un cerchio quasi completo. Le finestre si alternano secondo un ritmo regolare: uno, due, tre, uno; uno, due tre, uno, quasi una danza, un tarascone. Alcune sono vere, altre dipinte per mantenere il tempo della fuga. In una di quelle finestre ci farà dipingere una tenda e forse una testa di donna che si affaccia, forse lei stessa che guarda da dietro il vetro.

Il signor marito zio voleva lasciare la "casena" così com'era stata costruita dal nonno Mariano, così come i cugini se l'erano divisa di buon accordo per tanto tempo. Ma lei aveva insistito, tanto che alla fine l'aveva convinto a farne una villa dove si potesse passare anche l'inverno, fornita di stanze per i figli, per la servitù, per gli amici ospiti. Intanto il signor padre aveva preso un'altra "casena" da caccia dalle parti di Santa Flavia.

Sul cantiere il signor marito zio si faceva vedere poco. Aveva in uggia i mattoni, la polvere, la calce. Preferiva rimanere a Palermo nella casa di via Alloro mentre lei a Bagheria trafficava con gli operai e i pittori. Anche l'architetto ci veniva poco volentieri e lasciava tutto in mano al capomastro e alla giovane duchessa.

Di soldi ne aveva già ingoiati tanti quella villa. Solo l'architetto aveva voluto seicento onze. I mattoni di pietra arenaria si rompevano in continuazione e bisognava farne venire dei nuovi ogni settimana, il capomastro era caduto da una impalcatura rompendosi un braccio e i lavori si erano dovuti fermare per due mesi.

Quando mancavano solo i pavimenti, poi, era scoppiato il vaiolo, a Bagheria: tre muratori si erano ammalati e di nuovo i lavori si erano dovuti interrompere per mesi. Il signor marito zio era andato a rifugiarsi a Torre Scannatura con le figlie Giuseppa e Felice. Lei era rimasta nonostante i biglietti ingiuntivi del duca: «Venite via o vi prenderà il male... avete il dovere di pensare al figlio che tenete in petto».

Ma lei aveva resistito: voleva restare e aveva chiesto per sé solo la compagnia di Innocenza. Tutti gli altri potevano andarsene sulle colline di Scannatura.

Il signor marito zio si era offeso ma non aveva insistito troppo. Dopo quattro anni di matrimonio aveva rinunciato all'obbedienza della moglie; rispettava le volontà di lei purché non lo coinvolgessero troppo in prima persona, purché non contraddicessero la sua idea di educazione per i figli e non ostacolassero i suoi diritti di marito.

Non pretendeva, come il marito di Agata, di intervenire in ogni decisione della sua giornata. Silenzioso, solitario, la testa incassata fra le spalle come una vecchia tartaruga, l'aria sempre scontenta e severa, lo zio marito era in fondo più tollerante di tanti altri mariti che lei conosceva.

Non l'aveva mai visto sorridere salvo una volta che lei si era tolta una scarpa per infilare il piede nudo nell'acqua della fontana. Poi mai più. Fin dalla prima notte quell'uomo freddo e timido aveva preso l'abitudine di dormire sul bordo del letto, voltandole la schiena. Poi una mattina, mentre lei ancora era immersa nel sonno, le si era buttato addosso e l'aveva violentata.

Il corpo della moglie tredicenne aveva reagito a calci e unghiate. La mattina dopo molto presto Marianna era scappata a Palermo dai genitori. E lì la signora madre le aveva scritto che aveva fatto malissimo ad andarsene dal suo posto di "mugghieri", comportandosi come "un purpu inchiostrato" che butta discredito su tutta la famiglia.

«Chi si marita e non si pente, compra Palermo a sole cent'onze» e «Cu si marita p' amuri sempri campa 'n duluri» e «Femmina e gaddina si perde si troppu cammina» e «La bona mugghieri fa bonu maritu» l'avevano investita con rimproveri e proverbi. Con la madre ci si era messa anche la zia Teresa professa scrivendole che andandosene dal tetto coniugale aveva fatto "peccato mortale".

Per non parlare della vecchia zia Agata che l'aveva presa per una mano, le aveva strappata la fede e gliela aveva fatta mettere fra i denti con la forza. E infine perfino il signor padre l'aveva redarguita e poi l'aveva riaccompagnata a Bagheria col suo calesse personale consegnandola al marito, con la preghiera che non infierisse su di lei per riguardo alla sua giovane età e alla sua mutilazione.

«Chiudi gli occhi e pensa ad altro» aveva scritto la zia Professa cacciandole il foglietto nella tasca, dove l'aveva trovato più tardi tornando a casa: «Prega lu Signuri, iddu ti ricompenserà».

La mattina il signor marito zio si alzava presto, verso le cinque. Si vestiva in fretta mentre lei dormiva e se ne andava per le sue campagne con Raffaele Cuffa. Rientrava verso l'una e mezzo. Mangiava con lei. Poi dormiva un'ora e quindi tornava fuori oppure si chiudeva in biblioteca con i suoi libri di araldica.

Con lei era cortese ma freddo. Sembrava dimenticarsi di avere una moglie per giornate intere. Alle volte se ne andava a Palermo e ci rimaneva per una settimana. Poi d'improvviso tornava e Marianna sorprendeva uno sguardo tetro e insistente sul suo petto. Istintivamente si copriva la scollatura.

Quando la giovane moglie si pettinava seduta vicina alla finestra, il duca Pietro a volte la spiava di lontano. Ma appena si accorgeva di essere visto scappava via. D'altronde era difficile che restassero soli di giorno perché c'era sempre una serva che girava per le stanze accendendo un lume, rifacendo il letto, riponendo la biancheria pulita negli armadi, lucidando le maniglie delle porte, sistemando gli asciugamani appena stirati nel "cantaranu" accanto alla bacinella dell'acqua.

Una zanzara grossa come un moscone si posa sul braccio nudo di Marianna che la guarda un istante incuriosita prima di cacciarla via. Da dove può venire una zanzara così gigantesca? la pozza vicino alle stalle l'ha fatta prosciugare già da sei mesi, il canale che porta l'acqua ai limoni è stato ripulito l'anno scorso; i due pantani sul sentiero che scende all'uliveto sono stati riempiti di terra già da qualche settimana. Ci deve essere dell'altra acqua stagnante da qualche parte, ma dove?

Le ombre intanto si sono allungate. Il sole è scivolato dietro la casa del vaccaro Ciccio Calò lasciando il cortile a metà all'oscuro. Un'altra zanzara viene a posarsi sul collo sudato di Marianna che fa un gesto di impazienza: dovrà gettare della calce viva nelle stalle; forse è proprio l'acqua dell'abbeveratoio che serve anche per le mucche messinesi a dare vita a quelle sanguisughe. Ci sono dei giorni dell'anno in cui non c'è rete, non c'è velo, non c'è essenza che possa tenere lontane le zanzare. Una volta la preferita, quella che le attirava tutte, era Agata. Ora che anche lei si è sposata, ed è andata a vivere a Palermo, sembra che gli insetti amino soprattutto le braccia bianche, nude, il collo sottile di Marianna. In camera da letto stanotte dovrà fare bruciare delle foglie di verbena.

Il lavoro della villa è quasi alla fine ormai. Mancano solo le rifiniture degli interni. Per gli affreschi ha interpellato l'Intermassimi che si è presentato con un rotolo sotto il braccio, un tricorno sudicio in testa, gli stivali larghi in cui nuotavano due gambine secche e corte.

È sceso da cavallo, ha fatto un inchino, le ha sorriso compunto fra seducente e baldanzoso. Ha srotolato il foglio sotto gli occhi di lei spianandolo con due mani piccole e grassocce che l'hanno inquietata.

I disegni sono arditi e fantasiosi, rigorosi nelle forme, rispettosi della tradizione ma come abitati da un pensiero notturno, malizioso e sfolgorante. Marianna aveva ammirato le teste delle chimere che non avevano forma di leone, come vuole il mito, ma portavano sul collo una testa di donna. Osservandole una seconda volta si era accorta che assomigliavano stranamente a lei e questo l'aveva un poco stupita; come ha fatto a ritrarla in quelle strane bestie mitiche avendola vista una volta sola e nel giorno del suo matrimonio, cioè quando lei contava appena tredici anni?

Sotto quelle teste bionde dai larghi occhi azzurri si allunga un corpo di leone coperto di riccioli bizzarri, il dorso mosso da creste, piume, criniere. Le zampe sono irte di unghie a becco di pappagallo, la coda lunga fa degli anelli, delle spirali che si lanciano in avanti e tornano indietro con la punta biforcuta proprio come i cani che tanto terrorizzano la signora madre. Qualcuna porta sul dorso, a metà schiena, una testina di capra che sporge occhiuta e petulante. Altre no. Ma tutte guardano fra le ciglia lunghe con un'aria di stupita sorpresa.

Il pittore le buttava gli occhi addosso, ammirato, per niente imbarazzato dal suo mutismo. Anzi, aveva subito cominciato a parlarle con gli occhi, senza allungare la mano verso i foglietti che lei teneva cuciti alla vita assieme con l'astuccio delle penne e l'inchiostro.

Le pupille lucenti dicevano che il piccolo e peloso pittore di Reggio Calabria era pronto a impastare con le sue manine scure e gonfie il corpo latteo della giovane duchessa come fosse una pasta messa lì a lievitare per lui.

Lei lo aveva guardato con disprezzo. Non le piaceva quel modo spavaldo e arrogante di proporsi. E poi cos'era? un semplice pittore, un oscuro individuo venuto su da qualche catapecchia calabrese, messo al mondo da genitori magari vaccari o pecorai.

Salvo poi a ridere di sé, nel buio della camera da letto. Sapeva che quello sdegno sociale era finto, che nascondeva un turbamento mai provato, una paura improvvisa che le chiudeva la gola. Nessuno finora aveva mostrato in sua presenza un desiderio così visibile e ostentato per il suo corpo e questo le sembrava inaudito ma anche l'incuriosiva.

Il giorno dopo aveva fatto dire al pittore che non c'era e il giorno appresso gli aveva scritto un biglietto per ordinargli che cominciasse pure i lavori, gli metteva a disposizione due ragazzi per mescolare i colori e pulirgli i pennelli. Lei se ne sarebbe rimasta chiusa in biblioteca a leggere.

E così era stato. Ma due volte era uscita sul pianerottolo a guardarlo mentre, appollaiato sulle impalcature, trafficava col carboncino sulle pareti bianche. Le piaceva osservare come si muovevano quelle piccole mani pelose e paffute. I disegni erano sicuri ed eleganti, rivelavano un mestiere così profondo e delicato che non potevano non suscitare ammirazione.

Con quelle mani sporche di colore si stropicciava il naso macchiandolo di giallo e di verde, agguantava il "vasteddu ca meusa" e se lo portava alla bocca perdendo filetti di milza fritta e briciole di pane.

VIII

Nessuno si aspettava che il terzo figlio, anzi la terza figlia nascesse così presto, quasi un mese in anticipo e con i piedi in avanti come un vitello frettoloso. La levatrice aveva sudato tanto che i capelli le si erano incollati al cranio come se avesse preso una secchiata d'acqua in testa.

Marianna aveva seguito i movimenti delle mani di lei come se non le avesse mai viste. A mollo nella catinella d'acqua bollente e poi nel grasso di sugna, un segno di croce sul petto e di nuovo sprofondate nell'acqua della "cantara". Intanto Innocenza passava delle pezzuole bagnate nell'essenza di bergamotto sulla bocca e sul ventre teso della puerpera.

Niesci niesci cosa fitenti
ca lu cumanna Diu 'nniputenti.

Marianna conosceva le formule e le leggeva sulle labbra della levatrice. Sapeva che stava per essere raggiunta dai suoi pensieri ma non aveva fatto niente per scansarli. Forse allevieranno il dolore, si era detta e aveva chiuso gli occhi per concentrarsi.

«Che fa questo fetente?... perché non niesci? si è messo male questa testa di rapa... che fece, si rivoltò? le gambe ci escono di davanti e le braccia sono inquartate di lato, pare che balla... e balla e balla minchiuneddu... ma perché non niesci babaluceddu?... se non niesci ti prendo a bastonate... alla duchessa poi come ce li chiedo i quaranta tarì promessi?... ahhhh ma questa è na picciridda! ahi ahi, tutte femmine ci escono da questo ventre sciagurato, che disgrazia! mutola com'è non ha fortuna... Niesci niesci fetentissima femmina... e se ti prometto un agnello di zucchero niesci? no, non vuole niescere... e se ti prometto una cantara di baci niesci?... se questa non niesce mi gioco il mestiere... tutti sapranno che Titina la mammana sbagliò travaglio, non ce la fece a farla niescere e fece morire madre e figghia... santa madonna aiutami tu... anche se non hai partorito madonnazza mia, aiutami... ma che ne sai tu di parti e travagli... fammi nascere questa femmina che poi ti accendo un cero grosso quanto una colonna, te lo giuro su Dio, dovessi spendere tutto il denaro che mi darà la duchessa buonanima...»

Se perfino la levatrice la dava per morta forse era tempo di prepararsi ad andare via con la bambina chiusa nella pancia. Doveva subito recitare mentalmente qualche preghiera, chiedere perdono al Signore per i suoi peccati, si diceva Marianna.

Ma proprio nel momento in cui si apparecchiava a morire era uscita la bambina, colore dell'inchiostro, senza fiato. E la mammana l'aveva afferrata per i piedi scuotendola come fosse un coniglio pronto per la pentola. Finché la "picciridda" aveva fatto una faccia da vecchia scimmietta e si era messa a piangere spalancando la bocca sdentata.

Innocenza intanto aveva porto le forbici alla levatrice che aveva reciso con un colpo il cordone ombelicale e poi con una candeletta lo aveva bruciato. Il puzzo di carne era salito alle narici ansanti di Marianna: non doveva più morire, quel fumo aspro la riportava alla vita e improvvisamente si era sentita stanchissima e contenta.

Innocenza continuava a darsi da fare: puliva il letto, legava una "cincinedda" pulita attorno ai fianchi della puerpera, metteva del sale sull'ombelico della neonata, dello zucchero sul piccolo ventre ancora sporco di sangue e dell'olio sulla bocca. Infine, dopo averla sciacquata con acqua di rose, aveva avvolto la neonata nelle bende stringendola da capo a piedi come una mummia.

«E ora chi ce lo dice al duca che è un'altra femmina?... deve essere qualcuno che ci fici la fattura a questa povera duchissa... se fosse una viddana ci darebbe un cucchiarino di ovu di canna: uno al primo giorno, due al secondo e tre al terzo e la bambina non voluta se ne va all'altro mondo... ma questi sono signori e le femmine se le tengono pure quando sono troppe...»

Marianna non riusciva a staccare gli occhi dalla mammana che asciugandole il sudore la medicava con il "conzu" che è una pezzuolina di tela bruciata inzuppata nell'olio, nella chiara d'uovo e nello zucchero. Tutto questo lo conosceva già; ogni volta che aveva partorito aveva visto le stesse cose, solo che questa volta le vedeva con gli occhi brucianti e nostalgici di una che sa di non dovere più morire. E provava un piacere tutto nuovo a seguire i gesti misurati e sicuri delle due donne che si occupavano del suo corpo con tanta solerzia.

Ora la mammana tagliava con l'unghia lunga e acuminata quella pellicola che tiene ancorata la lingua del neonato, altrimenti da grande diventa balbuziente; come vuole la tradizione e per consolare la bambina che piangeva, le aveva ficcato in bocca una ditata di miele.

L'ultima cosa che aveva visto Marianna prima di sprofondare nel sonno erano state le due mani callose della levatrice che alzavano verso la finestra la placenta, per mostrare che era intera, che non l'aveva stracciata, che non ne aveva lasciato dei brandelli nel ventre della partoriente.

Quando aveva aperto gli occhi dopo dodici ore di incoscienza Marianna si era trovata davanti le altre due figlie, Giuseppa e Felice, vestite a festa, coperte di fiocchi, di trine e di coralli. Felice già in piedi, Giuseppa in braccio alla tata. Tutte e tre la guardavano sbalordite e impacciate quasi che si fosse alzata dalla bara in mezzo al funerale. Dietro di loro c'era pure il padre, il signor marito zio, nel suo migliore abito rosso e abbozzava qualcosa di simile a un sorriso.

Le mani di Marianna si erano subito allungate a cercare la neonata accanto a sé, e non trovandola era stata presa dal dubbio: che fosse morta mentre lei dormiva? ma il mezzo sorriso di suo marito e l'aria cerimoniosa della tata vestita a festa l'avevano rassicurata.

Che si trattasse di una bambina l'aveva saputo dal primo mese di gravidanza: la pancia si ingrossava in tondo e non a punta come succede quando si aspetta un maschio. Così le aveva insegnato la nonna Giuseppa e in effetti la sua pancia ogni volta aveva preso una dolce forma di melone e ogni volta aveva sgravato una figlia. Inoltre l'aveva sognata: una testina bionda che si appoggiava contro il suo petto e la guardava con aria annoiata. La cosa strana era che sul dorso la bambina portava una testina di capra dai ricci scomposti. Che ne avrebbe fatto di un mostro simile?

Invece era nata perfetta, nonostante il mese di anticipo, solo un poco più minuta ma bella e chiara senza i tanti peli di cui era ricoperta Giuseppa quando era uscita al mondo e senza la testa a pera paonazza di Felice.

Si era subito mostrata una bambina tranquilla, quieta, che prendeva il latte quando glielo davano, senza chiedere mai niente. Non piangeva e dormiva nella posizione in cui la posavano nella culla per otto ore di seguito. Se non fosse stato per Innocenza che, con l'orologio in mano, andava a svegliare la duchessa per la poppata, madre e figlia avrebbero continuato a dormire senza tenere affatto conto di quello che dicevano le levatrici, le mammane, le balie e le madri tutte: che i figli neonati vanno allattati ogni tre ore se no sono capaci di morire di fame gettando nell'infamia la famiglia.

Aveva partorito due figlie con facilità. Questa era la terza volta e aveva rifatto una figlia. Il signor marito zio non era contento anche se gentilmente le aveva risparmiato le critiche. Marianna sapeva che finché non avesse partorito il maschio avrebbe dovuto continuare a tentare. Temeva di vedersi gettare addosso uno di quei biglietti lapidari di cui già aveva una collezione, del tipo «E lu masculu, quando vi decidete?».

Sapeva di altri mariti che avevano tolto la parola alla moglie dopo la seconda femmina. Ma lo zio Pietro era troppo sbadato per una simile determinazione. E poi le scriveva già così poco.

Eccola Manina, nata proprio durante gli ultimi lavori della villa, la figlia dei suoi diciassette anni. Ha preso il nome dalla vecchia zia Manina sorella nubile del nonno Mariano. L'albero genealogico appeso nella sala rosa è pieno di Manine: una nata nel 1420 e morta nel 1440 di peste; un'altra nata nel 1615 e morta nel 1680, Carmelitana scalza; un'altra ancora nata nel 1650 e morta due anni dopo, e l'ultima, nata nel 1651, la più vecchia della famiglia Ucrìa.

Della nonna Scebarràs ha preso i polsi sottili, il collo lungo. Dal padre duca Pietro ha preso una certa aria malinconica e severa, anche se poi ha i colori festosi e la bellezza morbida del ramo Ucrìa di Fontanasalsa.

Felice e Giuseppa giocano volentieri con la sorellina mettendole in mano dei pupazzetti di zucchero e pretendendo che li mangi, col risultato di farle impiastricciare la culla e le bende. A volte Marianna ha l'impressione che il loro affetto sia talmente rumoroso e manesco da risultare pericoloso per la neonata. E perciò le tiene continuamente d'occhio quando sono nei pressi della culla.

Da quando è nata Manina hanno perfino smesso di andare a giocare da Lina e Lena, le figlie del vaccaro Ciccio Calò, che abitano accanto alle stalle. Le due ragazze non si sono sposate. Dopo la morte della madre si sono dedicate completamente al padre, alle vacche e alla casa. Sono diventate alte e robuste, si distinguono a malapena l'una dall'altra, vanno vestite uguali con delle gonne rosse stinte, dei corpetti di velluto lilla e dei grembiuli azzurrini sempre sporchi di sangue. Da quando Innocenza ha deciso che le galline non le ammazza più, il compito di strangolarle e farle a pezzi è passato a loro che lo fanno con molta determinazione e rapidità.

Le malelingue dicono che Lina e Lena si coricano col proprio padre nello stesso letto dove una volta dormiva con la madre, che già due volte sono rimaste gravide e che hanno abortito col prezzemolo. Ma sono pettegolezzi che Raffaele Cuffa le ha scritto un giorno dietro il foglio dei conti di casa e a cui non ha voluto dare retta.

Quando stendono la biancheria le ragazze Calò cantano che è una meraviglia. Anche questo l'ha saputo per vie traverse, da una delle serve che viene a casa a lavare i panni. E Marianna si è scoperta qualche mattina appoggiata alla balaustra dipinta della lunga terrazza sopra le stalle, a guardare le ragazze che stendono la biancheria sui fili. Come si chinano insieme sul grande paniere, come si sollevano sulle punte dei piedi con un gesto elegante, come prendono un lenzuolo, lo attorcigliano stando una da un capo e una dall'altro che sembrano giocare al tiro alla fune. Vedeva che aprivano le bocche ma non poteva sapere se cantassero. E la voglia struggente di ascoltare le loro voci, che dicevano bellissime, le rimaneva insoddisfatta.

Il vaccaro loro padre le chiama con un fischio come fa con le sue mucche messinesi. E loro accorrono saltando con passi decisi e bruschi come di chi è abituato a lavori pesanti e ha muscoli forti e guizzanti. Quando il padre è via Lina e Lena chiamano a loro volta con un fischio il baio Miguelito, ci montano sopra e fanno un giro nell'uliveto aggrappandosi l'una al dorso dell'altra, senza preoccuparsi dei rami che si rompono sui fianchi del cavallo, dei rovi penzolanti che si aggrovigliano ai loro capelli lunghi.

Felice e Giuseppa vanno a trovarle nella casa "scurusa" accanto alla stalla, fra immagini di santi e orci pieni di latte messi da parte per la ricotta. Si fanno raccontare storie di morti ammazzati, di lupi mannari che poi loro ripetono al padre zio il quale ogni volta si indigna e proibisce loro di tornarci. Ma appena lui se ne va a Palermo le due bambine si precipitano in casa delle gemelle, dove mangiano pane e ricotta in mezzo a un nugolo di mosche cavalline. E il signor marito zio è talmente distratto che non si accorge neanche dell'odore che si portano addosso quando rientrano a casa di nascosto, dopo essere rimaste accovacciate per ore sulla paglia ad ascoltare storie raccapriccianti.

La notte le due bambine vengono spesso a infilarsi nel letto della madre per la paura che quelle storie hanno messo loro addosso. Qualche volta si svegliano sudate e piangenti. «Sono cretine le tue figlie, se hanno paura perché ci tornano?» È la logica del signor marito zio e non gli si può dare torto. Solo che la logica non basta a spiegare il piacere di praticare coi morti nonostante la paura e l'orrore. O forse appunto per quello.

Pensando a quelle due prime figlie sempre in fuga Marianna tira fuori dalla culla l'ultima nata. Affonda il naso nella vestina merlettata che le scende oltre i piedi e annusa quell'odore inconfondibile di borace, di orina, di latte acido, di acqua di lattuga che si portano addosso tutti i neonati e non si sa per quale ragione è l'odore più squisito del mondo. Preme contro la guancia il piccolo corpo quieto dell'ultima nata e si chiede se parlerà. Anche di Felice e di Giuseppa aveva avuto paura che non parlassero. Aveva spiato con trepidazione i loro respiri tastando con le dita le piccole gole per sentire passare il suono delle prime parole. E ogni volta si era rassicurata vedendo i labbruzzi che si aprivano e si chiudevano seguendo il ritmo delle frasi.

Il signor marito zio ieri sera è entrato in camera, si è seduto sul letto. L'ha guardata allattare con un'aria pensosa e annoiata. Poi le ha scritto un biglietto timido: «Come sta la picciridda?» e «Vi sentite meglio col petto?». Infine ha aggiunto, bonario: «Lu masculu verrà, lassamu tempu al tempu. Non vi sconfortate, verrà».

IX

Lu "masculu" è arrivato come voleva il signor marito zio, si chiama Mariano. È nato dopo due anni giusti dalla nascita di Manina. È biondo come la sorella, bello più di lei, ma di carattere differente: piange facilmente e se non ci si occupa di lui in continuazione, dà in escandescenze. Il fatto è che tutti lo tengono in palmo di mano come un gioiello prezioso e a pochi mesi ha già capito che le sue voglie saranno comunque soddisfatte.

Questa volta il signor marito zio ha sorriso apertamente, ha portato in regalo alla signora sposa una collana di perle dai chicchi rosati, grossi come ceci. Le ha pure fatto una donazione di mille scudi perché così «fanno i re con le regine quando partoriscono un maschio».

La casa si è riempita di parenti mai visti, di fiori e di dolci. La zia Teresa Professa ha portato con sé una frotta di ragazzine di famiglie nobili, future monache, ciascuna con un regalo per la puerpera: chi le consegnava un cucchiaino d'argento, chi un portaspilli in forma di cuore, chi un cuscino ricamato, chi un paio di pianelle incrostate di stelle.

Il signor fratello Signoretto è rimasto seduto per un'ora vicino alla finestra bevendo cioccolata calda con un sorriso felice impresso sulle labbra. Con lui sono venuti anche Agata e il marito don Diego con i bambini vestiti a festa.

Anche Carlo è arrivato dal suo convento di San Martino delle Scale portandole in regalo una Bibbia copiata a mano da un frate del secolo scorso, cosparsa di miniature dai colori lievi.

Giuseppa e Felice per la mortificazione di essere state dimenticate fingono di disinteressarsi del bambino. Hanno ripreso l'abitudine di andarsene da Lina e Lena dove hanno pigliato i pidocchi. Innocenza ha dovuto strigliare le loro teste col petrolio e poi con l'aceto ma sebbene i pidocchi adulti cadessero morti, quelli dentro le uova rimanevano vivi e tornavano ad infestare le capigliature moltiplicandosi rapidamente. Così si è deciso di raparle e ora vanno in giro come due dannate col cranio nudo e un'aria umiliata che fa ridere Innocenza.

Il signor padre poi si è accampato alla villa per «potere spiare il colore degli occhi del picciriddu». Dice che le pupille dei neonati sono bugiarde, che non si capisce se «sono rape o fagioli» e ogni momento se lo prende in braccio e lo "annaca" come se fosse suo figlio.

La signora madre è venuta una volta sola e lo spostamento le è costato una tale fatica che poi si è messa a letto per tre giorni. Il viaggio da Palermo a Bagheria le era apparso "eterno", e le buche "abissali" e il sole "screanzato" e la polvere "minchiona".

Ha trovato che Mariano era «troppu beddu pi essere nu masculu e che ne facciamo di una bellezza simile?» aveva scritto su un foglietto azzurrino profumato di violetta. Poi gli ha scoperto i piedi e li ha mordicchiati delicatamente. «Di chistu ne facimu nu ballerinu.» Contrariamente al suo solito ha scritto molto e volentieri. Ha riso, ha mangiato, si è astenuta dal tirare tabacco per qualche ora e poi si è ritirata nella camera degli ospiti assieme al signor padre e hanno dormito fino alla mattina dopo alle undici.

Tutti i dipendenti della villa hanno voluto prenderlo in braccio questo bambino tanto aspettato: il vaccaro Ciccio Calò reggendolo teneramente con due mani tagliate e rigate di nero. Lina e Lena baciandolo in bocca e sui piedi con inaspettata dolcezza. C'erano anche Raffaele Cuffa che per l'occasione indossava una giamberga nuova di damasco arabescato coi colori degli Ucrìa e la moglie Severina che non esce mai di casa perché soffre di mali di testa che quasi l'acciecano; don Peppino Geraci il giardiniere accompagnato dalla moglie Maria e dai cinque figli, tutti rossi di capelli e di ciglia, ammutoliti per la timidezza; Peppino Cannarota il lacchè col figlio grande che fa il giardiniere in casa Palagonia.

Il neonato se lo sono passato di mano in mano come fosse il bambino Gesù, sorridendo come babbei, inciampando nei lunghi strascichi della vestina trinata, annusando beati i profumi che emanavano da quel corpicino principesco.

Manina intanto andava in giro per la stanza a quattro zampe e solo Innocenza si occupava di lei spingendosi carponi sotto i tavoli mentre gli ospiti entravano, uscivano, calpestando i preziosi tappeti di Erice, sputando nei vasi di Caltagirone, pescando a piene mani nel vassoio colmo di torroncini catanesi che Marianna teneva vicino al letto.

Una mattina il signor padre era arrivato con una sorpresa: un completo da scrittura per la figlia mutola: un retino di maglia d'argento con dentro una boccetta dal tappo avvitabile, per l'inchiostro, un astuccio in vetro per le penne, un sacchetto in pelle per la cenere nonché un taccuino legato a un nastro fissato con una catenella al retino di maglia. Ma la cosa più sorprendente era una mensolina portatile, pieghevole, in legno leggerissimo da appendere alla cintura con due catenelle d'oro.

«In onore di Maria Luisa di Savoia Orléans, la più giovane e la più intelligente regina di Spagna, perché ti sia di esempio, Amen.» Con queste parole il signor padre aveva voluto inaugurare il nuovo completo da scrittura.

Alle insistenze della figlia, si era accinto a scrivere in breve la storia di questa regina morta nel 1714 e mai dimenticata.

«Una ragazzina forse non bella ma vivacissima. Figlia di Vittorio Amedeo il nostro re dal 1713 e della principessa Anna d'Orléans nipote di Luigi quattordicesimo, era diventata moglie di Filippo quinto a sedici anni. Presto il suo sposo fu mandato in Italia a combattere e lei, per suggerimento dello zio Luigi di Francia, fu fatta Reggente. I più brontolavano: come, una ragazzina di sedici anni a capo dello Stato? E invece si scoprì che era stata una scelta più che giudiziosa. La piccola Maria Luisa aveva il talento della politica. Passava ore e ore al Consiglio ascoltando tutti e tutto, intervenendo con osservazioni brevi e azzeccate. Quando un oratore si dilungava troppo e inutilmente, la regina tirava fuori da sotto il tavolo il ricamo e si occupava solo di quello. Tanto che ad un certo momento capirono l'antifona e quando la vedevano mettere mano al ricamo tagliavano corto. In questo modo rese molto più rapide e concrete le sedute al Consiglio di Stato.

«Si teneva in corrispondenza con lo zio Re Sole e ascoltava con grazia i suoi consigli ma quando c'era da dire no, lo diceva e con che decisione! Gli anziani erano a bocca aperta davanti a quell'intelligenza politica. Il popolo l'adorava.

«Quando si seppe delle sconfitte dell'esercito spagnolo la giovane Maria Luisa per dare l'esempio, vendette tutte le sue gioie e andò di persona dai più ricchi ai più poveri a raccogliere i soldi per rimettere in sesto l'armata. Ebbe un primo figlio, il principe delle Asturie. Diceva che se fosse dipeso da lei sarebbe andata al fronte a cavallo col figlioletto in braccio. E tutti sapevano che ne sarebbe stata capace.

«Quando arrivò la notizia delle vittorie di Brihuega e Villaviciosa tale fu la sua gioia che scese in strada mescolandosi alla gente ballando e saltando con loro.

«Ebbe un altro figlio che però morì dopo solo una settimana. Intanto fu colpita da una infezione alle glandole del collo di cui però non si lamentò mai e cercò di coprire i gonfiori con delle gorgiere merlettate. Fece un altro figlio, Ferdinando Pietro Gabriele che per fortuna vive. Il male però si aggravava. I medici dissero che si trattava di tisi. Intanto moriva il gran Delfino, padre di Filippo, e subito dopo la sorella di Maria Luisa, Maria Adelaide, di vaiolo, assieme al marito e al figlio più grande.

«Due anni dopo capì che era arrivato il tempo anche per lei di morire. Si confessò, si comunicò, salutò i figli, il marito con una serenità che stupì tutti e spirò all'età di ventiquattro anni, senza avere pronunciato una sola parola di lamento.»

L'intera carovana dei parenti era scappata via il giorno che uno dei figli di Peppino Geraci si era ammalato di vaiolo. Un'altra volta il vaiolo a Bagheria! era già la seconda da quando Marianna aveva cominciato a trasformare la "casena" in villa. Nella prima epidemia erano morti in tanti, fra cui la madre di Ciccio Calò, il piccolo dei Cuffa che era anche figlio unico ed è da allora che la moglie Severina soffre di dolori alla testa così devastanti che è costretta a portare sempre le tempie fasciate con bende intrise di aceto dei sette ladri e dovunque vada si porta dietro quell'odore acido e pungente.

Nella seconda epidemia sono morti altri due dei quattro figli rimasti di Peppino Geraci. È morta la fidanzata del figlio di Peppe Cannarota, una bella ragazza di Bagheria, serva in casa Palagonia; sono morti due cuochi di casa Butera e la vecchia principessa Spedalotto che da poco si era sistemata nella nuova villa non lontana dalla loro.

Anche la zia Manina che era arrivata tutta avvolta in scialli di lana sorretta da due lacchè, e aveva tenuto fra le braccia scheletriche il piccolo Mariano, è morta. Ma non si sa se è per via del vaiolo. Fatto sta che se n'è andata, proprio lì a villa Ucrìa e nessuno se n'è accorto. L'hanno trovata solo due giorni dopo: posata sul suo letto come un uccellino dalle penne arruffate, la testa leggera leggera che poi il signor padre aveva scritto che «pesava quanto una noce bacata».

La zia Manina da giovane era stata "molto corteggiata", «minuta nei tratti, aveva un corpo da sirena e gli occhi erano così vivaci e i capelli così luminosi che il bisnonno Signoretto aveva dovuto ricredersi dal farla monaca per non scontentare i pretendenti. Il principe di Cutò la voleva per moglie e anche il duca di Altavilla barone di San Giacomo, nonché il conte Patanè barone di San Martino.

«Ma lei aveva voluto restare nubile in casa del padre. Per sfuggire ai matrimoni si era finta malata per anni», così raccontava il signor padre. «Tanto che poi si era ammalata sul serio, ma nessuno sapeva di cosa. Tossiva piegandosi in due, perdeva i capelli, si faceva sempre più magra, sempre più leggera.»

Nonostante le sue malattie la zia Manina ha campato quasi ottant'anni e tutti la volevano alle loro feste perché era una acuta osservatrice e sapeva rifare il verso alle persone, vecchie e giovani, uomini e donne, suscitando le risate di amici e parenti.

Anche Marianna ne rideva sebbene non sentisse quello che diceva. Le bastava guardarla, piccola e agile, come muoveva le mani da prestigiatore, come prendeva l'espressione contrita di quello, balorda di quell'altro, vanesia di quell'altro ancora per rimanerne conquistata.

Era conosciuta per la sua malalingua, la zia Manina e tutti cercavano di farsela amica per il terrore che sparlasse dietro le spalle. Ma tanto lei non si lasciava incantare dalle adulazioni: quando vedeva una persona buffa la metteva in berlina. Non era il pettegolezzo in sé che l'attirava ma gli eccessi a cui portavano i vari caratteri dell'avaro, del vanitoso, del debole, dello sbadato. A volte le sue battute erano così azzeccate che finivano per diventare proverbiali. Come quando aveva detto del principe di Raù che «disprezzava i soldi ma trattava le monete come sorelle». O quando aveva detto che il principe Des Puches aspettava che la moglie partorisse – il principe era conosciuto per la sua bassa statura – «camminando su e giù nervosamente sotto il letto». O quando ancora aveva definito il marchesino Palagonia «un manico di scopa senza uno scopo nella vita». E così via con molto divertimento di tutti.

Di Mariano aveva farfugliato che era un «topolino travestito da leone travestito da topolino». E si era guardata intorno con gli occhi scintillanti aspettando la risata. Ormai era come una attrice sul palcoscenico e per niente al mondo avrebbe rinunciato al suo pubblico.

«Da morta andrò all'inferno» aveva detto una volta. E aveva aggiunto «ma poi cos'è l'inferno? una Palermo senza pasticcerie. Io tanto non amo i dolci.» E dopo un attimo: «Comunque ci starò meglio che in quella sala da ballo dove le sante fanno tappezzeria, che è il paradiso».

È morta senza disturbare nessuno, da sola. E la gente non ha pianto. Ma le sue battute continuano a circolare, salate e piccanti come alici in salamoia.

X

Il duca Pietro Ucrìa non ha mai discusso una virgola di quello che la moglie man mano decideva per la villa. Si è solo impuntato perché nel giardino sia costruita una piccola "coffee house" come la chiama lui, in ferro battuto con il soffitto a cupola, le mattonelle bianche e blu per terra, la vista sul mare.

E così è stato fatto, o per lo meno sarà fatto perché i ferri sono già pronti ma mancano i mastri ferrai che li montino. A Bagheria in questo periodo si costruiscono decine di ville e gli artigiani, i muratori, sono difficili da trovare. Il signor marito zio spesso dice che la "casena" era più comoda, soprattutto per la caccia. Ma non si sa perché lo dica visto che lui a caccia non ci va mai. Odia la selvaggina. Odia i fucili sebbene ne abbia una collezione. I suoi amori sono i libri di araldica e il whist nonché le passeggiate nelle campagne, fra i limoni di cui cura personalmente gli innesti.

Sa tutto sugli avi, sulle origini della famiglia Ucrìa di Campo Spagnolo e di Fontanasalsa, sulle precedenze, sugli ordini, sulle onorificenze. Nel suo studio tiene un grande quadro che rappresenta il martirio di san Signoretto. Sotto, inciso nel rame: «Beato Signoretto Ucrìa di Fontanasalsa e Campo Spagnolo, nato a Pisa il 1269». E, in piccolo, la storia della vita del beato, di come sia arrivato a Palermo e si sia dato alle opere di pietà «frequentando ospedali e soccorrendo i moltissimi poveri che infestavano la città». Di come poi si sia ritirato sui trent'anni in un «luogo desertissimo in bordatura mare». Ma dove sarà stato questo «luogo desertissimo»? che sia andato a finire sulle coste africane?

In quel deserto «in bordatura mare» Signoretto fu «martirizzato dai Saraceni», ma non si capisce perché fu martirizzato, la targa non lo dice. Solo perché era beato? ma no, che scema, beato lo è diventato dopo.

Un braccio del beato Signoretto, recita la didascalia, è in possesso dei frati Domenicani che lo venerano come una reliquia. Il signor marito zio in effetti, ha fatto di tutto per recuperare questa reliquia di famiglia ma fino ad ora non ci è riuscito. I Domenicani dicono di averla ceduta a un convento di suore Carmelitane e le Carmelitane dicono di averla regalata alle Clarisse le quali sostengono di non averla mai vista.

Nel quadro si vede una buia marina: una barca ormeggiata a riva, vuota, una vela arrotolata, marroncina. In primo piano un fascio di luce che piove da sinistra come se qualcuno reggesse appena fuori dalla cornice una torcia accesa. Un uomo anziano, ma non era trentenne? viene colpito dai pugnali di due robusti giovanotti dal torso nudo. In alto a destra tre angeli sollevano volando una corona di spine.

Per il duca Pietro la storia di famiglia, per quanto mitica e fantasiosa, è più credibile delle storie che raccontano i preti. Per lui Dio «sta lontano e se ne impipa»; Cristo «se era figlio di Dio veramente era a dir poco un dissennato». In quanto alla Madonna «se fosse stata una nobildonna non si sarebbe comportata con tanta leggerezza portando quel povero picciriddu in mezzo ai lupi, lasciandolo in giro tutto il santo giorno, dandogli a credere di essere invincibile quando poi tutti videro la fine che fece».

Secondo il signor marito zio il primo degli Ucrìa era niente di meno che un re del Seicento avanti Cristo e precisamente un re della Lidia. Da quella terra impervia, sempre secondo lui, gli Ucrìa passarono a Roma dove divennero Senatori della Repubblica. Infine si fecero cristiani sotto Costantino.

Quando Marianna gli scrive, per burla, che certo questi Ucrìa erano dei gran voltagabbana che si mettevano sempre coi più forti, lui si incupisce e non la guarda più per qualche giorno. Coi morti di famiglia non si può scherzare.

Se invece gli chiede qualche spiegazione sui grandi quadri che stanno accatastati nel salone giallo aspettando di tornare sulle pareti, a casa finita, si precipita ad afferrare la penna per scriverle di quel vescovo Ucrìa che combatté contro i Turchi e di quell'altro senatore Ucrìa che fece il famoso discorso per difendere il diritto di maggiorasco.

Non importa che lei risponda. È raro che lui legga quello che gli scrive la moglie sebbene ne ammiri la grafia nitida e veloce. Il fatto che lei bazzichi continuamente la biblioteca lo sconcerta ma non osa opporsi; sa che per Marianna la lettura è una necessità e mutola com'è ha pure le sue ragioni. Lui i libri li evita perché sono "bugiardi". La fantasia è un arbitrio leggermente nauseabondo. La realtà è fatta, per il duca Pietro, di una serie di regole immutabili ed eterne a cui ogni persona di buon senso non può non adeguarsi.

Solo quando c'è da fare una visita a una puerpera, come si usa a Palermo o da presenziare a una cerimonia ufficiale, pretende che la moglie si vesta in ghingheri, che si appunti la spilla di diamanti della nonna Ucrìa di Scannatura sul petto e lo segua in città.

Se si decide a rimanere a Bagheria fa in modo che ci sia sempre gente alla tavola di villa Ucrìa. Ora invita Raffaele Cuffa che gli fa da amministratore, da guardiano e da segretario, ma sempre senza la moglie. Ora fa venire l'avvocato Mangiapesce da Palermo; oppure manda la portantina dalla zia Teresa Professa alle Clarisse o ancora spedisce un invito a cavallo a uno dei cugini Alliata di Valguarnera.

Il signor marito zio ama soprattutto l'avvocato Mangiapesce perché gli permette di starsene zitto. Non c'è bisogno di pregarlo perché tenga conversazione il giovane "causidico" come lo chiama il duca Pietro. È uno a cui piace molto disquisire su sottili questioni di diritto e poi è ferratissimo su tutti gli ultimi fatti di politica cittadina e non perde niente dei pettegolezzi delle grandi case palermitane.

Quando c'è la zia Teresa però è più difficile per l'avvocato tenere conversazione perché lei gli taglia la parola in bocca e in effetti per quanto riguarda i pettegolezzi cittadini, la zia ne sa più dell'avvocato.

Di tutti i parenti la zia Teresa, sorella del signor padre, è la più amata dal signor marito zio. Con lei qualche volta parla e anche appassionatamente. Si scambiano notizie sulla famiglia. Si scambiano regali: reliquie, rosari benedetti, antichi oggetti di famiglia. La zia porta dal convento dei fagottelli pieni di ricotta pestata con lo zucchero e la finocchiella, che sono una delizia. Il duca Pietro ne mangia fino a dieci alla volta arricciando il naso come una talpa golosa.

Marianna lo guarda masticare e si dice che il cervello del signor marito zio assomiglia in qualche modo alla sua bocca: trita, scompone, pesta, arrota, impasta, inghiotte. Ma del cibo che trangugia non trattiene quasi niente. Per questo è sempre così magro. Ci mette tanto di quell'impeto nello stritolare i pensieri che gli rimangono in corpo solo i fumi. Appena ingoia è preso dalla fretta di eliminare le scorie che gli sembrano indegne di soggiornare nel corpo di un gentiluomo.

Per molti nobili della sua età, vissuti e maturati nel secolo passato, i pensieri sistematici hanno qualcosa di ignobile, di volgare. Il confronto con altre intelligenze, altre idee, è considerato per principio una resa. I plebei pensano come gruppo o come folla; un nobile è solo e di questa solitudine è costituita la sua gloria e il suo ardimento.

Marianna sa che lui non la considera sua pari per quanto la rispetti come moglie. Per lui la moglie è una bambina di un secolo nuovo, incomprensibile, con qualcosa di triviale nella sua ansia per i mutamenti, per il fare, il costruire.

L'azione è aberrante, pericolosa, inutile e falsa, dicono i suoi occhi malinconici, guardandola aggirarsi indaffarata per il cortile ancora ingombro di secchi di calce e di mattoni. L'azione è scelta e la scelta è necessità. Dare forma all'ignoto, renderlo familiare, noto, significa venire meno alla libertà del caso, al principio divino dell'ozio che solo un nobile vero può permettersi ad imitazione del Padre celeste.

Anche se non ha mai sentito la sua voce Marianna sa cosa cuoce in quella gola scontrosa: un amore superbo e vigile per le infinite possibilità della fantasticheria, della volontà senza mete, del desiderio non realizzato. Una voce resa stridula dalla noia eppure pienamente controllata come di chi non si lascia mai andare. Deve essere così, lo capisce dai fiati che la raggiungono aspri e caldi quando gli sta vicina.

Fra l'altro il duca Pietro considera insensata questa smania della moglie di restare a Bagheria anche nei mesi freddi quando dispongono di una casa grande e accogliente a Palermo. E gli secca anche dovere rinunciare alle sue serate al Casino dei nobili dove può giocare al whist per ore bevendo bicchieri di acqua e anice, ascoltando annoiato il chiacchiericcio innocuo dei suoi coetanei.

Per lei invece la casa di via Alloro è troppo buia e ingombra di quadri di antenati, troppo frequentata da visitatori indesiderati.

E poi il viaggio da Bagheria a Palermo con quella strada zeppa di buche e di polvere la immalinconisce. Troppe volte passando per Acqua dei Corsari si è trovata davanti le picche del Governatore con sopra infilzate le teste dei banditi a fare da monito ai cittadini. Teste asciugate dal sole, mangiate dalle mosche, accompagnate spesso da pezzi di braccia e di gambe dal sangue nero, incollato alla pelle.

Inutile voltare la testa, chiudere gli occhi. Un piccolo vento vorticoso prende a spazzare i pensieri. Sa che tra poco passeranno fra i due colonnati di Porta Felice, imboccheranno il Cassaro Morto, e subito entreranno nel largo rettangolare di piazza Marina, fra il palazzo della Zecca e la chiesa di Santa Maria della Catena. Sulla destra apparirà la Vicaria e il vento nella testa si farà tempesta, le dita si contrarranno a stringere il saio del signor padre incappucciato finendo per stracciare la mantellina di velluto che porta sulle spalle.

Perciò odia andare a Palermo e preferisce restarsene a Bagheria; perciò ha deciso, salvo occasioni eccezionali di funerali o battesimi o parti che purtroppo si alternano con grande frequenza fra i parenti tutti molto prolifici, di sistemare i suoi quartieri d'inverno a villa Ucrìa. Anche se è costretta dal freddo a vivere in poche stanze circondata da bracieri con la carbonella accesa.

Ormai tutti lo sanno e vengono a trovarla lì quando le strade non sono rese inaccessibili dallo straripamento dell'Eleuterio che spesso allaga le campagne fra Ficarazzi e Bagheria.

Il signor padre è venuto da ultimo ed è rimasto con lei una settimana intera. Loro due soli, come ha sempre desiderato, senza la presenza dei figli, dei fratelli, dei cugini e di altri parenti. Da quando è morta la signora madre, di improvviso senza ammalarsi, lui viene spesso a trovarla da solo. Si siede nella sala gialla sotto il ritratto della nonna Giuseppa e fuma o dorme. Ha sempre dormito molto il signor padre, ma invecchiando è peggiorato; se non si prende ogni notte le sue dieci ore di sonno sta male. E siccome è difficile che riesca a farsi tante ore filate di sonno, finisce che si addormenta di giorno ciondolando sulle poltrone, sui divani.

Quando si sveglia invita la figlia a una partita di picchetto. Sorridente, allegro nonostante i reumatismi che gli deformano le mani e gli incurvano la schiena, non se la prende mai per niente, è pronto in ogni momento a divertirsi e a divertire gli altri. Non ha la prontezza della zia Manina, è più lento, ma possiede lo stesso senso della comicità e se non fosse pigro sarebbe anche lui un ottimo imitatore.

Alle volte afferra il taccuino che Marianna tiene legato alla cintola, ne strappa un foglio e vi scrive sopra impetuosamente: «Sei una babbasuna, figlia mia, ma invecchiando ho scoperto che preferisco i babbasuni a tutti gli altri». «Tuo marito, il signor cognato zio, è un minchione, ma ti vuole bene.» «Morire mi dispiace perché lascio te ma non mi dispiace andare a vedere se vale la pena di conoscere Nostro Signore.»

La cosa che non finirà mai di sorprenderla è la diversità dello zio Pietro dalla sorella, la signora madre e dal cugino, il signor padre. Come la signora madre è opulenta, pigra, così lui è asciutto e atletico, sempre pronto a muoversi anche se solo per misurare in lungo e in largo le sue vigne. Come lei è disponibile e arresa così lui è spinoso e cocciuto. Per non parlare del cugino signor padre che è tanto sereno quanto l'altro è cupo, tanto ben disposto verso gli altri quanto il duca Pietro è ostile e sospettoso verso tutti. Insomma il signor marito zio sembra nato da un seme straniero che è caduto storto nel terreno di famiglia ed è cresciuto a sghimbescio ruvido e risentito.

L'ultima volta hanno fatto le due, Marianna e il signor padre giocando a picchetto, mangiando canditi, bevendo del profumato vino di Malaga. Il duca Pietro era partito per Torre Scannatura in occasione della vendemmia.

E così fra una partita e una bevuta, il signor padre le aveva scritto di tutti gli ultimi pettegolezzi di Palermo: dell'amante del Viceré che dicevano dormisse fra lenzuola nere per mettere in evidenza la sua pelle bianchissima, dell'ultimo galeone venuto da Barcellona con un carico di vasi da notte di vetro trasparente che tutti regalavano agli amici; della moda della gonna all'"Adrienne" lanciata dalla Corte di Parigi e rotolata su Palermo come una valanga inarrestabile che aveva messo in agitazione tutti i sarti. Le ha perfino confessato di un suo amore per una merlettaia di nome Ester che lavorava in una casa di sua proprietà al Papireto. «Le ho regalato una stanza, quella dove lavora che dà sulla strada... vedessi come è contenta.»

Eppure quest'uomo che le è padre e che la ama teneramente le ha fatto provare il più grande orrore della sua vita. Ma lui non lo sa. Lui l'ha fatto per aiutarla: un grande medico della scuola salernitana gli aveva consigliato di guarire la sordità della figlia che pareva sortita da una grande paura, con un'altra più grande paura. *Timor fecit vitium timor recuperabit salutem*. Non era colpa sua se l'esperimento era fallito.

L'ultima volta che è venuto a trovarla il signor padre le ha portato un regalo: una bambina di dodici anni, figlia di un condannato a morte da lui accompagnato alla forca. «La madre se l'è portata via il vaiolo, il padre fu impiccato e me la raccomandò sul punto di morte. I Fratelli Bianchi la volevano chiudere in un convento di orfane ma ho pensato che starebbe meglio qui con te. Te la regalo, ma voglile bene, è sola al mondo. Pare che abbia un fratello ma non si sa dove si sia cacciato, forse è morto. Il padre mi ha detto di non averlo più visto da quando aveva dato a balia il "nicuzzo" a una campagnola. Prometti che la terrai bene?»

Così è entrata in casa Filomena, detta Fila. Ed è stata vestita, calzata, nutrita ma ancora non ha preso confidenza: parla poco o niente, si nasconde dietro le porte e non riesce a tenere un piatto in mano senza farlo cadere. Appena può, scappa nella stalla e si siede sulla paglia accanto alle vacche. E quando rientra si porta addosso un odore di letame che si sente a dieci passi di distanza.

Inutile rimproverarla. Marianna riconosce in quello sguardo terrorizzato sempre all'erta qualcosa dei suoi umori infantili e la lascia fare suscitando le ire di Innocenza, di Raffaele Cuffa e perfino del signor marito zio che sopporta a stento la nuova venuta e solo per rispetto verso il cognato suocero e verso la moglie mutola.

XI

Marianna si sveglia di soprassalto con una sensazione di gelo. Aguzza gli occhi nel buio per vedere se il dorso del marito è sempre al suo posto sotto le lenzuola; ma per quanto si sforzi non riesce a vedere il rigonfiamento familiare. Il cuscino le pare intatto e il lenzuolo tirato. Fa per accendere la candela ma si accorge che la stanza è inondata di una luce liquida azzurrina. La luna pende bassa sulla linea dell'orizzonte e gocciola latte sulle acque nere del mare.

Il signor marito zio sarà rimasto a dormire a Palermo come fa sempre più spesso da ultimo. Questo non la inquieta, anzi la solleva. Domani finalmente potrà chiedergli di apparecchiare il suo letto in un'altra stanza; nel suo studio magari, sotto il quadro del beato Signoretto, fra i libri di araldica e di storia. Oltre tutto da un po' di tempo ha preso ad agitarsi nel letto come una tarantola svegliandola in continuazione con degli improvvisi terremoti.

In questi casi lei ha voglia di alzarsi e di uscire ma non lo fa per non svegliarlo. Se dormisse da sola non dovrebbe stare lì a chiedersi se sia il caso di accendere la candela oppure no, se potrà leggere un libro o scendere in cucina a prendersi un bicchiere d'acqua.

Da quando è morta la signora madre, seguita in poche settimane da Lina e Lena prese all'improvviso dalle febbri quartane, Marianna è inquietata spesso da incubi e da risvegli cupi e tumultuosi.

Della signora madre le appaiono nel dormiveglia dei particolari a cui non ha mai fatto attenzione, come se la vedesse ora per la prima volta: i due piedi gonfi e bianchi che ciondolavano dal bordo del letto, i due alluci come funghi porcini che muoveva come se dovesse suonare una immaginaria spinetta con i piedi. La bocca dalle labbra carnose che apriva neghittosamente per ricevere il cucchiaio pieno di brodo. Il dito che immergeva nella bacinella dell'acqua calda per provarne la temperatura e poi portarselo alla lingua come se dovesse bersela quell'acqua e non lavarsi la faccia. E di colpo eccola in piedi che si allacciava la cintura di seta dietro la schiena facendosi rossa per lo sforzo.

A tavola, dopo avere mangiato una arancia, prendeva un seme e con i denti davanti lo spaccava in due, lo sputava sul piatto, ne prendeva un altro per spaccare anche quello, finché non riduceva il piatto a un piccolo cimitero di semi bianchi che, sbudellati, diventavano verdi.

Se n'era andata senza disturbare come aveva fatto in tutta la sua breve vita, talmente timorosa di essere considerata di troppo da mettersi in un canto da sola. Troppo pigra per prendere una decisione qualsiasi lasciava fare agli altri, ma senza acrimonia. Il suo posto ideale era alla finestra con una ciotola di frutti canditi accanto, una tazza di cioccolata calda ogni tanto, un bicchiere di laudano per sentirsi in pace, una presa di tabacco per la gioia del naso.

Il mondo poteva in fondo apparirle come un bello spettacolo purché non le chiedessero di partecipare. Era generosa nel battere le mani alle imprese altrui. Rideva volentieri, si entusiasmava anche, ma era come se tutto fosse già accaduto tanto tempo fa e ogni cosa non fosse che la ripetizione prevista di una storia già nota.

Marianna non riusciva a immaginare che da ragazza fosse stata snella e vivace come la descriveva nonna Giuseppa. L'aveva sempre vista uguale: la faccia larga dalla pelle delicata, gli occhi appena un poco troppo sporgenti, le sopracciglia folte e scure, i capelli riccioluti e chiari, le spalle tonde, il collo taurino, i fianchi colmi, le gambe corte rispetto al tronco, le braccia appesantite da anelli di grasso. Aveva un modo di ridere delizioso, fra timido e sfrontato, quasi non sapesse decidere se abbandonarsi al divertimento o tirarsi indietro per risparmiare energie. Quando scuoteva la testa faceva saltellare le ciocche bionde sulla fronte e sulle orecchie.

Chissà perché le torna così spesso alla memoria ora che è morta. E non sono ricordi ma visioni improvvise quasi fosse lì col suo corpo sfasciato dopo tanti parti e aborti a compiere quei piccoli gesti quotidiani che mentre era viva sembravano eseguiti da una moribonda e ora che non c'è più mantengono il sapore amaro e crudo della vita.

Adesso il sonno le è andato via del tutto. Impossibile rimettersi a dormire. Si rizza sul letto, fa per cacciare i piedi nelle pantofole ma si ferma a mezz'aria e agita le dita come se dovesse suonare una immaginaria spinetta. Ecco le suggestioni della signora madre. Che vada al diavolo, perché non la lascia in pace?

Stanotte le gambe la portano verso le scale di servizio che salgono sui tetti. Le piace sentire il fresco dei gradini sotto le pianelle di rafia. Dieci scalini, una sosta, dieci scalini, un'altra sosta. Marianna riprende a montare leggera: il lembo della larga vestaglia di raso le struscia sul dorso dei piedi nudi.

Da una parte le porte delle soffitte, dall'altra alcune stanze della servitù. Non ha portato la candela con sé; il naso basta a guidarla fra corridoi, scale, strettoie, cunicoli, ripostigli, bugigattoli, rampe improvvise e scalini traditori. Gli odori che la guidano sono di polvere, di escrementi di topo, di cera vecchia, di uva messa ad asciugare, di legno marcio, di vasi da notte, di acqua di rose e di cenere.

La porta bassa che dà sui tetti è chiusa. Marianna prova a girare la maniglia ma sembra che sia incollata, non si sposta di un'unghia. Vi appoggia contro la spalla e prova a spingere tenendo la maniglia fra le dita. In questo modo la porta cede di colpo e lei rimane sulla soglia, sbilanciata in avanti, spaventata all'idea di avere fatto chissà che fracasso.

Dopo qualche minuto di attesa si decide ad allungare un piede sulle tegole. La luce lunare la colpisce in faccia come una secchiata d'argento, il vento tiepido le scompiglia i capelli.

La campagna attorno è allagata di luce. Capo Zafferano scintilla al di là della piana degli ulivi ricoperta da migliaia di scaglie metalliche. I gelsomini e le zagare mandano in alto i loro profumi come riccioli vaporosi che si sfaldano fra le tegole.

Lontano, all'orizzonte, il mare nero e immobile è attraversato da una larga striscia bianca formicolante. Più vicino, all'interno della valle concava, si indovinano le sagome degli ulivi, dei carrubi, dei mandorli e dei limoni addormentati.

«Ecco pel bosco un cavallier venire/il cui sembiante è d'uom gagliardo e fiero/candido come nieve il suo vestire,/un bianco pavoncello ha per cimiero...» sono versi di Ariosto che le salgono dolci alla memoria. Ma perché proprio questi e proprio ora?

Le sembra di scorgere da lontano la figura piacevole del signor padre. Il solo "cavalliere candido come nieve" che si sia proposto al suo amore. Fin da quando aveva sei anni il "cavalliere" l'aveva ammaliata col suo "pennacchio di bianco pavoncello" e poi quando lei si era messa ad inseguirlo lui se n'era andato ad ammaliare altri cuori, altri occhi inquieti.

Forse si era stancato di aspettare che la figlia parlasse, forse lei lo aveva deluso col suo mutismo pertinace, incosciente. Fatto sta che quando aveva compiuto i tredici anni lui era già arcistufo di lei e l'aveva ceduta, in un impeto di generosità cavalleresca, al disgraziato cognato Pietro che rischiava di morire senza moglie e senza figli. Fra disgraziati si intenderanno, sarà stato il pensiero paterno. E aveva alzato le spalle come solo lui sa fare, con festosa noncuranza.

Ma ora cos'è questo odore di sego che brucia? Marianna gira intorno gli occhi ma non ci sono luci in vista. Chi può essere sveglio a quest'ora? In bilico sulle tegole fa qualche passo in avanti, si sporge sul muretto che circonda i tetti e su cui si alzano le statue mitologiche: un Giano, un Nettuno, una Venere e quattro enormi putti armati di arco e di frecce.

La luce viene da una finestra del sottotetto. Se si sporge ancora può intravvedere un pezzo della stanza. È Innocenza che ha acceso la candela accanto al letto. Strano che sia ancora tutta vestita come se entrasse in camera solo in quel momento.

Marianna la osserva mentre si slaccia le scarpe dal collo alto. Dai gesti stizziti indovina quello che la donna sta pensando: «Odiosi questi lacci che debbono essere infilati negli occhielli; ma la duchessa Marianna se le fa fare su misura queste scarpe e poi le regala a noi... e come sputare su un paio di viennesine di camoscio da trenta tarì?».

Ora Innocenza si avvicina alla finestra e guarda fuori. Marianna ha un moto di paura: e se la vede lì che spia dai tetti? ma Innocenza punta gli occhi in basso, incantata anche lei da quello straordinario chiarore lunare che bagna il giardino, lo rende fosforescente, accende di lontano il mare.

La vede piegare un poco la testa come per ascoltare un inatteso rumore. Probabilmente è il baio Miguelito che batte lo zoccolo sul pavimento della stalla. E ancora una volta Marianna viene raggiunta, quasi aggredita dal pensiero di Innocenza: «Avrà fame Miguelito, avrà fame quel cavallo... don Calò ruba sul fieno, lo sanno tutti, ma chi glielo va a dire al duca? mica faccio la spia io... che si arrangino!».

A piedi nudi, con addosso il corsetto rosa dalle gore di sudore sotto le ascelle, la camicia slacciata e la gonna ampia marroncina che le casca sui fianchi, Innocenza si dirige verso il centro della stanza. Lì si inginocchia, solleva con delicatezza un'asse. Fruga con le mani impazienti in una buca, ne tira fuori un sacchetto di pelle legato con un cordoncino nero.

Se lo porta al letto. Slega con due dita sicure il nodo, immerge la mano nel sacchetto, chiude gli occhi mentre tasta qualcosa di caro. Poi con lentezza estrae dalla borsa delle grosse monete d'argento, le posa a una a una sul lenzuolo con un gesto da giardiniere che maneggia i fiori appena in boccio.

«Domattina alle cinque di nuovo con le mani nel carbone, le zaffate di fumo in faccia prima di riuscire ad accendere quel maledetto fuoco sotto la marmitta e poi ci sono i pesci da sbudellare e quei poveri conigli che quando li sente con la testa penzoloni sulle dita ripensa a tutta la pena che si è data per nutrirli, crescerli, e poi zac, un colpo alla testa e quegli occhi che diventano opachi ma non la smettono mai di guardare come a dire: ma perché? domattina toccherà alla gallina, ma che disgrazia che sono morte le due figlie di Calò, erano così brave ad ammazzare i polli... sicuramente erano vergini anche se Severina le ha detto che le ha viste una mattina nella stalla che mentre una mungeva la vacca l'altra mungeva il padre, così diceva lei ma chissà se è vero, Severina da quando le è morto il figlio non ci sta con la testa e vede cose strane dappertutto... però che abbiano perso il mestruo prima l'una e poi l'altra per qualche mese è vero, gliel'ha detto Maria che è una di cui ci si può fidare... lei controllava tutti i pannolini stesi ad asciugare ogni mese e teneva i conti... e se fossero state ingravidate da qualcun altro? perché proprio il padre? eppure altri lo dicevano, pure don Peppino Geraci che li aveva visti una mattina a letto tutti e tre insieme quando era andato a prendere il latte molto presto... e poi hanno abortito... povere babbasone... sicuramente sono andate dalla Pupara, la chiamano così perché fa e disfa i picciriddi... di preciso non si sa come fa... conosce le radici, le erbe... per tre giorni cachi, ti torci, vomiti e al terzo giorno tiri fuori il feto, morto... ci vanno pure le baronesse dalla Pupara... le lasciano fino a tre onze per un aborto riuscito... ma riesce sempre, è brava la Pupara...»

Marianna si tira indietro, sazia di pensieri altrui, su quel tetto che da deserto che era si è popolato di fantasmi indaffarati. Ma non è facile liberarsi della voce di Innocenza, quella voce silenziosa che continua a incalzarla con l'odore dolciastro del sego bruciato.

«E poi dovrà decifrare i bigliettini disegnati da quella pazza della duchessa che ogni cinque minuti cambia idea su quello che vuole mangiare e pretende di farglielo capire con dei disegni stravaganti: un topo infilzato allo spiedo vuol dire pollo arrosto, una rana in padella vuol dire anatra fritta, una patata nell'acqua vuol dire melanzane al forno. E poi scenderà quella sfacciata di Giuseppa che verrà a mettere il naso e le dita nei suoi intingoli, si porterà i pezzi di torta ancora non cotta in biblioteca, rovescerà il latte sempre cantando come un'allocca... avrebbe voglia di schiaffeggiarla ma non lo fa nemmeno la madre che è madre, figuriamoci!... ma dove va con la testa? c'è ancora tanto da fare: il duca non le ha ordinato per domani, che è il compleanno di Manina, lo storione al cartoccio? e quello va tenuto una notte a bagno nel vino... vuole anche la torta alle mille foglie che ogni foglia va lavorata a furia di gomiti e poi va messa a riposare... sarà l'una di notte ed è dalle cinque della mattina che traffica in cucina... tutto per quelle miserabili quattro monete d'argento che ogni mese la fanno penare a chiedere e a richiedere perché tutti se lo scordano che devono pagarla... hanno terre e palazzi questi duchi ma non hanno mai soldi, accidenti a chi li ha inventati!...

«La duchessa qualche volta le rifila cinque grani o anche due carlini ma che se ne fa lei degli spiccioli... ci vuole altro per la sua borsa che ha sempre fame e allarga la bocca come un pesce in cerca d'aria... non li ripone neanche, quei babbasuni di carlini, sotto il pavimento... vogliamo mettere uno scudo d'oro con la testa di Carlo terzo che puzza ancora di zecca? o un bel doblone d'oro con l'effigie di Filippo quinto buonanima?... Don Raffaele conta e riconta prima di dargliele quelle maledettissime monete, una volta voleva rifilargliene una limata... che minchione! come se lei non le conoscesse a occhi chiusi, meglio di come una moglie conosce l'uccello del marito.»

Marianna scuote la testa disperata. Non riesce a scrollarsi di dosso i pensieri di Innocenza che sembrano uscire in quel momento dalla sua stessa mente ubriaca di luce lunare. Si stacca dal muretto in preda a un'insofferenza rabbiosa mentre la voce della cuoca, nella sua testa, continua a borbottare «con tutti quei soldi che ci fai? prenditi un marito, te lo potresti pure comprare... un marito io? per fare la fine delle mie sorelle che una prende le pedate appena apre bocca e l'altra è rimasta sola come un ciuccio perché lui se n'è andato con una di vent'anni più giovane lasciandola senza casa, senza soldi, con sei figli da mantenere?... le gioie del letto? ne parlano le canzoni, i libri che legge la duchessa... ma forse che lei, con tutti quei vestiti di damasco e di seta, con quelle carrozze, quei gioielli, ha mai conosciuto le gioie del letto? la povera mutola sempre incollata ai libri e alle carte... a me mi fa pena...» sembra incredibile ma è così: la cuoca Innocenza Bordon, figlia di un soldato di ventura delle lontane terre venete, analfabeta, con le mani piene di tagli, senza un affetto al mondo che non sia se stessa, prova pietà per la grande duchessa che discende direttamente da Adamo per via paterna...

Marianna è di nuovo appoggiata al muretto, incapace di sottrarsi alle chiacchiere mentali di Innocenza, e accetta gli sgarbi della sua cuoca come la sola cosa vera di quella notte soffice e irreale. Non può fare a meno di guardarla mentre con mani fatte esperte dai traffici in cucina solleva a due a due i grossi scudi d'argento e li avvia appaiati nel sacchetto come per metterli a dormire accompagnati. Le dita ne conoscono il peso con tale precisione che perfino a occhi chiusi saprebbe se ne mancasse anche solo un pezzetto.

Con un sospiro Innocenza ora lega il cordoncino attorno al collo del sacchetto. Lo ripone nel suo buco al centro della stanza. Sistema l'asse prima con le mani e poi col piede, dopo essersi alzata. Quindi ritorna verso il letto e con gesti rapidi si libera della gonna, della camicia, del corpetto, mentre la testa si scuote come in un ballo da tarantolata e le forcine volano per aria assieme ai pettinini di tartaruga che una volta erano della padrona.

Marianna si tira indietro chiudendo gli occhi. Non vuole posare lo sguardo sulle nudità della sua cuoca. Ora tocca a lei scrollare la testa per liberarsi di quei pensieri inopportuni, appiccicosi come il succo delle carrube. Le è già successo altre volte di essere raggiunta dal rimuginio di chi le sta accanto, ma mai così a lungo. Che stia peggiorando? da piccola coglieva delle frasi, dei pezzi di pensieri sparsi ma erano sempre scoperte casuali, impreviste. Quando voleva veramente capire cosa stesse pensando il signor padre, per esempio, non ci riusciva per niente.

Da ultimo ci casca dentro, alle persone, attratta da un certo sfarfallìo brioso dei loro pensieri che promettono chissà quali sorprese. Ma poi si trova inghiottita, persa in loro senza sapere più come uscirne. Come vorrebbe non essere mai salita su quel tetto, non avere mai spiato dentro la stanza di Innocenza, non avere mai respirato quell'aria chiara, velenosa.

XII

«Papà fa scandalo con le sue ultime volontà.» «Tolse al primogenito per dare alle figlie.» «Cose che mai successero.» «Signoretto meschinu.» «Con Geraldo si sciarriaru.» «La zia canonica dissente.» «Attia che ci teneva ti lassò la sua parte della villa Ucrìa di Bagheria, picchè chianci, cretina?» «L'avvocato Mangiapesce dice che il Diritto proibisce una eredità del genere.» «Sarà tutto annullato, ci pensa la legge del maggiorasco.»

Marianna rimescola i biglietti che le sorelle e le zie le hanno buttato rapidamente sul piatto. Le parole le si confondono sotto il naso. Le mani le si bagnano di lagrime. Come si può discutere di feudi e di case quando la faccia pallida e dolce del padre morto è ancora nei suoi occhi?

A guardarli gesticolare se ne dicono di cotte e di crude. E non servono le prelibatezze di Innocenza a fare loro chinare la testa sul piatto. Il pensiero che mentre lei era sui tetti a guardare la campagna allagata dalla luce della luna, suo padre moriva nel suo letto di via Alloro a Palermo, le toglie l'appetito. Possibile che non abbia sentito, lei che sente pure il chiacchiericcio interno della gente, il respiro affannato di lui morente? sì qualcosa c'era stato, le era sembrato di vedere il suo corpo amabile fra le palme nane; aveva pensato al "cavalliere niveo". Ma non l'aveva interpretato come un presentimento di morte. Era sulla seduzione che si era interrogata, senza pensare che stava vicina all'ultima delle seduzioni, la più profonda.

Ed ecco che il pranzo di compleanno per cui il duca Pietro aveva ordinato a Innocenza storione al cartoccio e torta alle mille foglie si è trasformato in un pranzo di doglia. Che poi di doglia ce n'è poca, soprattutto c'è scandalo per l'inusuale testamento del signor padre. Un testamento che non si sa come sia stato già aperto, prima ancora di seppellire il corpo del morto.

Sono tutti sconcertati ma soprattutto Geraldo che ha preso la liberalità del padre verso le sorelle come una offesa personale. Anche se poi si tratta di piccoli lasciti. Il grosso comunque va a Signoretto e di questa eredità inattesa usufruiranno anche i maschi cadetti. Ma lo sconvolgimento delle abitudini li ha presi tutti di sorpresa e anche se in fondo non sono dispiaciuti di avere qualcosa per sé, si sentono in dovere di protestare.

Signoretto, da gran gentiluomo qual è, non interviene sebbene sia il più danneggiato. Ci pensa la zia Agata canonica, sorella del nonno Mariano a difendere i suoi diritti. È lì che allunga il collo e le mani in un parossismo di indignazione.

Il signor marito zio è il solo a non curarsi di quelle beghe. Lui non c'entra con l'eredità del cognato né gli importa a chi andrà. Ha abbastanza del suo. Tanto sa già che la villa Ucrìa di Bagheria a cui tiene tanto sua moglie sarà interamente loro; perciò versa il vino e pensa ad altro, mentre gli occhi si posano con qualche ironia sulle facce rabbiose, accaldate dei nipoti.

Seduto dirimpetto a Marianna, Signoretto forse è il solo che si senta in dovere di mostrare una compunzione dolorosa per la scomparsa del padre. Quando qualcuno gli rivolge la parola, mette su una espressione accigliata che ha qualcosa di comico per lo studio che si immagina l'abbia preceduta.

I titoli gli sono piovuti addosso tutti insieme: duca di Ucrìa, conte di Fontanasalsa, barone di Bosco Grande, di Pesceddi, di Lemmola, marchese di Cuticchio e di Dogana Vecchia.

La moglie ancora non l'ha trovata. La signora madre gli aveva scelto una donna ma lui non l'ha voluta. Poi lei è morta da un giorno all'altro, di un mancamento al cuore e nessuno si è più occupato di portare avanti i complicati rapporti di dare-avere con la famiglia Uzzo di Agliano.

Il signor padre, quando il figlio ha compiuto i venticinque anni da scapolo, si è affrettato, in un impeto di responsabilità paterna, a trovargli un'altra moglie: la principessa Trigona di Sant'Elia. Ma anche questa non gli era andata a genio e il signor padre era troppo debole per costringerlo all'ubbidienza.

Che poi, più che debolezza si trattava di incredulità probabilmente. Il signor padre non credeva del tutto alla sua autorità anche se d'istinto era prepotente. Tutte le sue decisioni erano minate dall'incertezza, da una stanchezza interna che lo portava più al sorriso che al cipiglio, più all'accomodamento che alla rigidezza.

Così Signoretto, all'età in cui tutti i giovanotti delle famiglie nobili palermitane erano sposati e padri a loro volta di figli, era ancora celibe.

Da qualche tempo si appassiona di politica: dice che vuole diventare senatore, ma non di comodo come gli altri; la sua intenzione è di incrementare l'esportazione del grano dall'isola riducendo per questo i prezzi, aprendo delle strade verso l'interno che facilitino il trasporto; di comprare per conto del Senato delle navi da mettere a disposizione dei coltivatori. Così per lo meno va dicendo e molti giovanotti gli danno credito.

«I senatori al Senato ci vanno solo ogni morte di papa» le ha scritto una volta Carlo di nascosto da Signoretto, «e quando ci vanno è solo per discutere di questioni di precedenza mangiando gelati al pistacchio, scambiandosi l'ultimo pettegolezzo della città. Hanno barattato una volta per tutte il proprio diritto di dire no con la garanzia di essere lasciati in pace nei loro feudi.»

Ma Signoretto è ambizioso, dice che se ne andrà alla corte dei Savoia, a Torino, dove altri giovanotti palermitani hanno fatto fortuna con il loro garbo, la loro tenacia e la loro intelligenza pronta a spaccare il capello in quattro. Perciò di recente è stato a Parigi, ha imparato bene il francese e studia i classici con accanimento.

La persona che più lo ama e lo protegge è Agata, la sorella del signor nonno Mariano, canonica alle Carmelitane. Coperta di scialli dalle lunghe frange dorate gettati sbadatamente sopra il saio, fa collezione di biografie: generali, capi di Stato, re, principi, vescovi, e papi.

Per gli interessi che hanno in comune dovrebbero andare d'accordo lei e il duca Pietro, ma non è così. Il fatto è che lui sostiene che la famiglia Ucrìa ha origine nel 600 avanti Cristo, mentre lei giura che è apparsa negli annali storici nel 188 avanti Cristo con Quinto Ucrìa Tuberone diventato console a soli sedici anni. Per questo contrasto non si parlano da anni.

Fiammetta invece, da quando si è monacata ha perso quell'aria striminzita e rassegnata che aveva da bambina. Ha fatto il petto pieno, la pelle rosata, gli occhi accesi. Le mani le sono diventate robuste per il tanto impastare, tagliare, pelare, agitare. Ha scoperto che "manciari pane e sputazza" secondo le regole della Casa non fa per lei: così si ingegna in mezzo ai rami a cucinare pietanze prelibate.

Accanto a lei Carlo, che sempre più assomiglia alla signora madre: pigro, lento, enigmatico, le braccia cicciute, il mento che tende a farsi doppio, triplo, gli occhi miopi e dolci, la tonaca che gli scoppia sul petto massiccio. È diventato bravissimo a decifrare vecchi manoscritti religiosi. Di recente è stato chiamato al convento di San Calogero di Messina per carpire i segreti di alcuni libri del Duecento che nessuno capiva più. E lui li ha ricopiati, parola per parola, mettendoci forse qualcosa di suo, fatto sta che lo hanno riempito di doni e di ringraziamenti.

E poi Geraldo, che "studia da generale" come diceva la zia Manina. Forbito, cerimonioso, freddo. Indossa delle divise che sembrano ancora calde di ferro da stiro, corteggia le donne da cui è molto ricercato. Rifiuta di sposarsi perché non dispone di grandi proprietà né di titoli. Ci sarebbe un partito caldeggiato dalla zia Agata: una certa Domenica Rispoli, ricchissima figlia di certi campieri che hanno fatto i soldi sull'insipienza di un indolente proprietario di terre, ma lui non ne vuole sapere. Dice che non mescolerà il suo sangue con quello di una "zappitedda" neanche se fosse "bella come Elena di Troia". Solo ora è venuto a sapere che il padre gli ha lasciato un pezzo di terra a Cuticchio da cui, se saprà darsi da fare, potrà ricavarci di che mantenere una carrozza e una casa in città. Ma lui aspira a qualcosa di più sfarzoso. Una carrozza ce l'hanno pure i commercianti di piazza San Domenico.

Seduta in pizzo alla sedia come una bambina, con le braccia coperte di morsi di zanzara, c'è Agata, la bellissima Agata, data in moglie a dodici anni al principe Diego di Torre Mosca. Una volta con lei si capivano solo guardandosi, si dice Marianna. Ora sono diventate quasi due estranee.

Qualche volta ci è andata al palazzo dei Torre Mosca in via Maqueda. Ha ammirato i loro arazzi, i loro mobili veneziani, le loro enormi specchiere incorniciate di legno dorato. Ma ogni volta trovava la sorella stranita, presa da pensieri lontani e cupi.

Dopo il primo figlio ha cominciato a rattrappirsi. Quella pelle bianchissima tanto amata dalle zanzare per la sua fragranza si è prosciugata, raggrinzita anzitempo. I tratti le si sono deformati, dilatati e gli occhi le si sono infossati come se il guardare ciò che la circonda le fosse penoso.

Fiammetta che era considerata la brutta della famiglia è diventata quasi bella zappando l'orto e impastando il pane in convento. Agata che a quindici anni "faceva innamorare gli angeli" come scriveva il signor padre, a ventitré ha preso l'aria di una madonna incartapecorita, di quelle madonne che stanno in capo ai letti, dipinte da mani ignote che sembra debbano cadere giù sbriciolate tanto sono consumate.

Ha avuto sei figli di cui due morti. Al terzo figlio una malattia del sangue l'ha quasi portata via. Poi si è ripresa ma non del tutto. Ora soffre di piaghe ai seni. Ogni volta che allatta si torce dal dolore e finisce per dare al proprio figlio più sangue che latte.

Il marito le ha portato in casa delle balie, ma lei si ostina a volere fare da sé. Testarda nel suo sacrificio materno fino a ridursi una larva sempre divorata da febbri di puerperio, gli occhi ritirati nella conca delle orbite, protetti da due sopracciglia tenere e bionde, non accetta né consigli né aiuto da nessuno.

Si legge una volontà quasi eroica nella piega di quelle labbra di giovane madre, la fronte divisa da un solco, il mento irrigidito, il sorriso stentato, i denti privati della porcellana, ingialliti e scheggiati precocemente.

Il marito ogni tanto le afferra una mano, gliela bacia guardandola da sotto in su. Chissà qual è il segreto del loro matrimonio, si chiede Marianna. Ogni matrimonio ha i suoi segreti che non si raccontano nemmeno a una sorella. Il suo è segnato dal silenzio e dalla freddezza, interrotti sempre più raramente per fortuna, da momenti di brutalità notturna. E quello di Agata? Il signor marito don Diego sembra innamorato di lei nonostante le deformazioni e le devastazioni dovute alle maternità ravvicinate e sopportate come dei martirii. E lei? da come accetta quelle carezze, quei baci, sembra che si sforzi di trattenere una insofferenza che sconfina nel disgusto.

Gli occhi di don Diego sono limpidi, grandi e celesti. Ma sotto una apparente premura amorosa ci si può scorgere qualcosa d'altro che fa fatica a venire a galla; forse gelosia, o forse la trepidazione di un possesso che non sente compiuto. Fatto sta che a momenti quegli occhi candidi rivelano dei lampi di soddisfazione per lo sfiorire precoce della moglie e la sua mano si allunga con gioia sospetta mescolando la pietà al compiacimento.

Ma ecco che il guardare di Marianna viene interrotto da un urtone che quasi la fa cadere dalla seggiola. Geraldo si è alzato di scatto mandando a sbattere la propria sedia contro la parete, ha scaraventato il tovagliolo per terra dirigendosi verso la porta non senza avere prima urtato la sorella sordomuta.

Il signor marito zio si precipita verso di lei per vedere se si è fatta male. Marianna gli sorride per rassicurarlo. E si stupisce di trovarsi dalla parte di lui, contro i fratelli, per una volta complici, amici.

A lei basta la villa di Bagheria che si è costruita su misura e in cui pensa di invecchiare. Certo sarebbe contenta di ereditare una delle terre della famiglia paterna per disporre di qualche soldo suo di cui non rendere conto a nessuno, anche se le terre di Scannatura del signor marito rendono bene. Ma di ogni soldo che spende deve dare conto al duca Pietro, e spesso non ha di che comprarsi la carta per scrivere.

Anche il solo noccioleto di Pesceddi o l'uliveto di Bagheria le farebbero comodo. Poterne disporre a modo suo, avere una entrata non controllata da nessuno e di cui non rendere conto ad altri... Ecco che senza accorgersene, si trova anche lei dentro la logica della spartizione, anche lei a calcolare, desiderare, pretendere, rivendicare. Per fortuna non dispone di una voce che si faccia largo in quella stupida lite fra fratelli altrimenti chissà cosa direbbe! D'altronde nessuno la interpella. Sono troppo presi dal suono delle loro parole che certamente acquistano, col montare della rissa, i toni vibranti delle trombe. Che lei non ha mai udito ma che immagina come uno scotimento metallico che fa ballare i piedi.

Spesso si comportano come se lei non ci fosse del tutto. Il silenzio l'ha agguantata come avrebbe fatto uno dei cani della signora madre, per la vita, e l'ha trascinata lontano. E lì, fra i parenti, sta come un fantasma che si vede e non si vede.

Sa che ora la baruffa sta girando proprio intorno alla villa di Bagheria ma nessuno si rivolge a lei. Il signor padre possedeva una parte di quella che era stata la "casena" del nonno e metà degli ulivi e dei limoni che crescono attorno alla villa. Con una disinvoltura che appare scandalosa ha lasciato tutto alla figlia mutola. Ma c'è già chi pensa a "impugnare il testamento, troppo scannalusu". Il signor marito zio si è allontanato e un biglietto lasciatole in grembo parla di «chissà quali processi, tanto gli avvocati crescono come i funghi a Palermo».

Il pensiero che il signor padre ora se ne stia disteso morto nel suo letto di via Alloro mentre lei è qui a mangiare in mezzo ai fratelli che si azzuffano, le pare improvvisamente una cosa molto buffa. E si scioglie in una risata solitaria, muta, che si trasforma un momento dopo in una cascata silenziosa, una pioggia dissennata che la scuote come una tempesta.

Carlo è il solo che si sia accorto della sua desolazione. Ma è troppo preso dalla lite per alzarsi. Si limita a fissarla con occhi generosi ma anche sbalorditi perché i singhiozzi senza voce sono come lampi senza tuoni, qualcosa di monco e di sgraziato.

XIII

La sala gialla è stata sgombrata in parte per fare posto a un gigantesco presepe. I mastri falegnami hanno lavorato due giorni tirando su una montagna che non ha niente da invidiare al monte Catalfano. In lontananza si vede un vulcano dai bordi dipinti di bianco. Al centro un pennacchio di fumo fatto di piume cucite insieme. Sotto la valle degli ulivi, il mare di sete sovrapposte, gli alberelli di terracotta dalle foglie di stoffa.

Felice e Giuseppa sono sedute sul tappeto, intente a bordare un laghetto fatto di specchi con dei pennacchi di carta spruzzata di verde. Manina le osserva stando in piedi appoggiata contro la parete. Mariano è intento a mangiare un biscotto impiastricciandosi le guance e le labbra. Fila accanto a lui, dovrebbe sistemare le statuine dei pastori sul prato di lanetta color bottiglia, ma se ne è dimenticata presa com'è da incantamento per quel magnifico presepe. Innocenza, presso la stalla, dà gli ultimi ritocchi alla mangiatoia da cui escono ciuffi di vera paglia.

Signoretto, l'ultimo nato, dorme in braccio a Marianna che l'ha avvolto nel suo scialle spagnolo e lo "annaca" dolcemente andando avanti e indietro col busto.

Ora il lago è pronto ma anziché riflettere l'azzurro della carta incollata dietro la stalla, rispecchia gli occhi dileggianti di una chimera che si affaccia fra il fogliame del soffitto.

Innocenza posa con delicatezza il Gesù bambino dalla pesante aureola di ceramica sulla paglia fresca. Accanto a lui, la Madonna inginocchiata viene ricoperta di un mantello turchese che le ricopre la testa e le spalle. San Giuseppe porta delle brache di pelle di pecora e un cappello a falde larghe color nocciola. Il bue grasso e bitorzoluto assomiglia ad un rospo e l'asino dalle orecchie lunghissime, rosate, a un coniglio.

Mariano, che ha compiuto da poco i sette anni, si avvia verso la cesta infiocchettata in cui giacciono ancora delle statuine e con una mano impiastricciata di zucchero, tira su un re magio dal turbante tempestato di pietre dure. Subito Giuseppa gli salta addosso, gli strappa la statuina dalle mani. Lui perde l'equilibrio, casca per terra, ma non si perde d'animo e torna a tuffare le mani dentro la cesta per tirare su un altro re magio dalla giamberga lustra di ori.

Questa volta è Felice a precipitarsi sul fratello per togliergli dalle dita la preziosa statuina. Ma lui resiste. I due cascano sul tappeto, lui tirando calci e lei morsi. Giuseppa accorre in aiuto della sorella e tutte e due mettono sotto Mariano riempiendolo di botte.

Marianna si alza col bambino in braccio e si slancia sui tre, ma Innocenza l'ha preceduta agguantandoli per le braccia e per i capelli. La statuina del re magio giace spezzata per terra.

Manina li osserva avvilita. Si dirige verso il fratello, lo abbraccia, gli bacia la guancia umida di lagrime. Subito dopo afferra le mani delle sorelle e le attira a sé per abbracciarle.

Quella bambina ha il talento della paciera, si dice Marianna, più che mangiare, più che giocare, ama la concordia. Adesso, per distogliere le due sorelle dalla lite si è gonfiata le gote e soffia sul presepe in modo da fare svolazzare il manto della Madonna, sollevare la vestina di Cristo, spingere da una parte la lunga barba di san Giuseppe.

Felice e Giuseppa scoppiano a ridere. E Mariano, stringendo ancora nella mano la metà di una statuina, ride anche lui. Perfino Innocenza ride di quel vento che viene a scompigliare le palme di stoffa, fa volare i cappelli dei pastori.

Giuseppa è presa da una idea: perché non vestire Manina da angelo? la testa dai ricci biondi ce l'ha già, la faccia rotonda e dolce dai grandi occhi in preghiera ne fanno una creatura del paradiso. Le mancano solo le ali e una lunga gonna color del cielo.

Con questa idea in testa srotola un foglio di carta d'oro aiutata da Felice. Prende a tagliarla per lungo e per largo mentre Mariano, che vorrebbe fare quello che fanno loro ma non ne è capace, viene spinto via.

Manina, una volta capito che fare l'angelo impedirà ai fratelli di bisticciare per un po', lascia fare: la fasceranno con una mantiglia della madre, le cuciranno le ali sul corsetto, le impiastricceranno la faccia di rosso e di bianco. Ogni cosa sarà accettata se riuscirà con le sue buffonaggini a conquistare le loro risate.

Marianna annusa l'odore dei colori: quella trementina pungente, quel grasso oleoso. Una improvvisa nostalgia le stringe la gola. Una tela bianca, un carboncino e le dita leste ricostruirebbero un pezzo di presepe, un angolo di finestra, il pavimento bagnato dal sole, le due teste chine di Giuseppa e Felice, il corpo paziente di Manina con un'ala già incollata alla schiena, l'altra distesa per terra, il torso massiccio di Innocenza chino misteriosamente fra gli alberelli di ceramica, gli occhi di Fila in cui si riflettono le luci di una gigantesca cometa d'argento.

Intanto Signoretto si è svegliato e sbuca con la testina calva dallo scialle della madre guardandola innamorato. Così pelato, senza denti, assomiglia a uno "spiritu nfullettu" dal cuore saltellante, "nun ave paci lu nfullettu" scriveva la nonna Giuseppa sul quaderno dai gigli d'oro e "ride di avere riso".

Una madre con i suoi figli. Saprebbe metterci anche se stessa in quel quadro dalla tela molto ampia. Comincerebbe dalle chimere, passerebbe ai capelli corvini di Fila, e poi alle mani callose di Innocenza, e ai ricci giallo canarino di Manina, agli occhi color notte di Mariano, alle gonnelle viola e rosa di Giuseppa e Felice.

La madre sarebbe ritratta seduta sopra un cuscino, come sta ora lei e le linee dello scialle si intreccerebbero con quelle del vestito che si aprirebbe all'altezza dell'ascella, per rivelare la testina nuda del figlio di pochi mesi.

Ma perché ha quella faccia stupita e dolorosa la madre di quei figli, in quel quadro che ritrae un felice momento familiare? cos'è quella stranita meraviglia?

La immaginaria pittura raggela la mano di Marianna come un colpevole tentativo di opporsi al volere di Dio. Se non è lui, chi è che tanto ansiosamente li spinge avanti, li fa rotolare su se stessi, li fa crescere e poi invecchiare e poi morire nel tempo di dire un amen?

La mano che dipinge ha istinti ladroneschi, ruba al cielo per regalare alla memoria degli uomini, finge l'eternità e di questa finzione si bea, quasi avesse creato un suo ordine più stabile e intimamente più vero. Ma non è un sacrilegio, non è un abuso imperdonabile nei riguardi della fiducia divina?

Eppure altre mani hanno fermato con sublime arroganza il tempo, rendendoci familiare il passato. Che sulle tele non muore, ma si ripete all'infinito come il verso di un cuculo, con tetra malinconia. Il tempo, si dice Marianna, è il segreto che Dio cela agli uomini. E di questo segreto si campa ogni giorno miseramente.

Una ombra si intromette fra il suo quadro immaginario e il sole che allaga gioiosamente il pavimento. Marianna solleva lo sguardo alla finestra. È il signor marito zio che li osserva da dietro il vetro. Gli occhi piccoli, penetranti, sembrano abitati dalla soddisfazione: davanti a lui, raccolta sul tappeto della più luminosa stanza della villa, l'intera famiglia, la sua discendenza. Adesso che sono due i maschi, i suoi sguardi sono diventati vittoriosi e protettivi.

L'occhiata dello zio marito si incontra con quella della giovane nipote sposa. C'è della gratitudine nel sorriso appena accennato di lui. E lei prova una sorta di antico e patetico appagamento.

Aprirà la portafinestra il signor marito zio? li raggiungerà accanto al presepe oppure no? Se lo conosce bene preferirà, dopo essersi rassicurato, allontanarsi da solo evitando il tepore della sala riscaldata. Infatti lo vede voltare loro la schiena, cacciarsi le mani nelle tasche e incamminarsi a grandi passi verso la coffee house. Lì, al riparo dei vetri e degli arrampicanti, si farà portare un caffè molto zuccherato e contemplerà il paesaggio che conosce a memoria: a destra, la punta protesa del Pizzo della Tigna, di fronte i ciuffi di acacie del monte Solunto, il dorso scuro e nudo di monte Catalfano e accanto, arruffato, il mare che oggi è verde come un prato primaverile.

XIV

La camera è in penombra. Una cuccuma d'acqua bolle sopra un braciere posato per terra. Marianna se ne sta sprofondata nella poltrona bassa, le gambe allungate sul pavimento, la testa abbandonata sopra il cuscino. Dorme.

Accanto a lei la grande culla di legno dai fiocchi azzurri che ha già ospitato Manina e Mariano. I nastri sono mossi da un filo di aria che entra dalla finestra socchiusa.

Innocenza entra piano spingendo la porta con un piede. Fra le mani tiene un vassoio con del punch bollente e un paio di biscotti al miele. Posa il vassoio sopra una sedia vicino alla duchessa e fa per allontanarsi, ma poi ci ripensa e va a prendere una coperta sul letto per riparare dal freddo la madre addormentata. Non l'ha mai vista così malridotta la signora Marianna, smagrita, sbiancata, con le occhiaie nere e un che di unto e disordinato nella persona che non le appartiene. Lei che di solito tutti prendono per una giovane donna di vent'anni, oggi ne dimostra una decina di più. Se per lo meno non si stancasse tanto a leggere! Un libro aperto giace per terra riverso.

Innocenza le stende la coperta sulle gambe, poi si affaccia sulla grande culla e osserva l'ultimo nato, Signoretto che succhia l'aria sibilando. «Questo bambino non passerà la notte» si dice e il pensiero drastico sveglia Marianna che si tira su con un sussulto.

Stava sognando di volare, aveva gli occhi e il naso pieni di vento: le zampe del cavallo rampavano fra le nuvole e lei si rendeva conto di stare a cavalcioni sul baio Miguelito davanti a suo padre che teneva le redini e incitava la bestia al galoppo fra quei massi di bambagia. Sotto, in mezzo alla valle si vedeva villa Ucrìa in tutta la sua bellezza, il corpo elegante color ambra, i due bracci ad arco tempestati di finestre, le statue come ballerine intente a saltare in bilico sul cornicione del tetto.

Apre gli occhi e si trova la faccia grassa, bonaria di Innocenza a un dito dalla sua. Si tira indietro con un movimento brusco. Il primo istinto è di darle una spinta; perché la spia a quel modo? ma Innocenza sorride con una tale apprensione affettuosa che Marianna non ha il coraggio di scacciarla. Si rizza sul busto, si allaccia il colletto, si ravvia i capelli con le dita.

Ora la cuoca si accosta di nuovo al bambino sperduto nella culla, sposta con due dita i nastri di seta, scruta quella faccina rattrappita che apre la bocca disperata cercando l'aria.

Marianna si chiede per quale infausta alchimia i pensieri di Innocenza la raggiungano chiari e limpidi come se li potesse udire. Non lo vuole quel carico, le è sgradevole. Nello stesso tempo le piace aspirare gli odori di quella gonna grigia che sa di cipolla fritta, di tintura di rosmarino, di aceto, di sugna, di basilico. È l'odore della vita che si insinua impertinente fra gli odori di vomito, di sudore e di olio canforato che esalano da quella culla infiocchettata.

Le fa cenno di sedersi accanto a lei. Innocenza ubbidisce quieta tirandosi su la larga gonna a pieghe. Si accomoda sul pavimento allungando le gambe sopra il tappeto.

Marianna tende una mano verso il bicchierino di punch. Veramente avrebbe voglia di una lunga bevuta di acqua fresca ma Innocenza ha pensato che il liquore caldo potrebbe aiutarla a superare il gelo della notte e non può deluderla chiedendole qualcos'altro. Perciò manda giù il liquido bollente e dolciastro di un fiato bruciandosi il palato. Anziché sentirsi più calda però prende a tremare per il freddo.

Innocenza le afferra una mano con un gesto premuroso e gliela struscia fra le sue per riscaldarla. Marianna si irrigidisce: non può fare a meno di pensare al sacchetto di monete, ai gesti sensuali di quelle dita che mettevano a dormire i denari a due a due.

Per non mortificarla con un rifiuto Marianna si alza, si avvia verso il letto. Lì, dietro il paravento dai cigni ricamati, si accuccia sul vaso da notte pulito e lascia cadere qualche goccia di orina. Quindi prende il vaso e lo porge alla cuoca come se le facesse un regalo.

Innocenza lo afferra per il manico, lo copre con un lembo del suo grembiule e si avvia verso le scale per andare a rovesciarlo nel pozzo nero. Cammina cauta, tenendosi dritta, come se reggesse qualcosa di prezioso.

Ora il bambino sembra che non respiri più per niente. Marianna gli spia le labbra violacee, si china su di lui inquieta, gli appoggia un dito sulle narici. Un poco d'aria esce a intervalli rapidi, sbilanciati.

La madre appoggia la testa sul petto del figlio ascoltando i battiti di un cuore fievole appena percettibile. L'odore del latte rigurgitato e dell'olio di canfora le entra con prepotenza nelle narici. Il medico ha proibito di lavarlo e quel povero corpicino giace avvolto nelle bende che sempre più si impregnano dei suoi odori di moribondo.

Forse ce la farà, anche gli altri sono stati malati: Manina ha avuto due volte gli "oricchiuni" con la febbre alta per giorni, Mariano è stato per morire di risipola. Ma nessuno ha mai emanato quell'odore di carne in disfacimento che esala ora dal corpo di Signoretto che ha appena compiuto quattro anni.

Lo rivede aggrappato al suo seno nei primi mesi di vita, con due manine da ragno. È nato anzitempo, come Manina, ma mentre lei è venuta al mondo un mese prima del previsto lui è voluto saltare fuori con due mesi di anticipo. Ha stentato a crescere ma pareva sano, per lo meno così diceva il dottor Cannamela: che in pochi mesi avrebbe raggiunto i fratelli.

Al seno lo sentiva che non sapeva tirare, dava degli strattoni, si ingurgitava e poi lo sputava, il latte. Eppure è stato il più precoce nel riconoscerla, nel rivolgersi a lei con sorrisi irrequieti ed entusiasti.

Nessuno al mondo poteva tenerlo in braccio salvo lei. E non c'erano balie, tate, "bonnes" che potessero acquietarlo: finché non tornava in collo a sua madre non smetteva di strillare.

Un bambino allegro e intelligente che sembrava avere intuito la sordità della madre e aveva inventato lì per lì un linguaggio per farsi capire da lei e solo da lei. Le parlava scalciando, mimando, ridendo, tempestandola di baci appiccicosi. Le incollava la grande bocca senza denti sulla faccia, le lambiva gli occhi chiusi con la lingua, le stringeva con le gengive i lobi delle orecchie, ma senza farle male, come un cagnolino che conosce le sue forze e sa dosarle per giocare.

Era cresciuto più rapido degli altri. Era diventato lungo lungo con due piedi enormi che Innocenza prendeva in mano ammirata: «Questo ne facciamo un paladino» aveva detto un giorno e il signor marito zio si era affrettato a scriverlo su un foglietto perché la moglie ne ridesse.

Mai grasso, questo no, nell'abbracciarlo sentiva le costole leggere come quarti di luna sotto le dita: quando si deciderà a mettere su un poco di carne questo bambino? si chiedeva e gli baciava l'ombelico che sporgeva in fuori, sempre un poco rosso e gonfio come se fosse stato reciso solo da mezz'ora.

Si portava appresso un odore di latte rappreso che neanche il bagno nella tinozza colma di acqua e sapone riusciva a togliergli del tutto. Lo riconosceva ad occhi chiusi questo ultimo figlio dei suoi trent'anni. E lo prediligeva apertamente per quell'amore smodato di cui la faceva oggetto e da cui lei si lasciava rapire.

Qualche volta la mattina presto si svegliava con un senso di calore sulla spalla nuda e poi scopriva che era lui, entrato furtivamente nel letto, che le incollava la bocca sdentata sulla carne e tirava come fosse un capezzolo.

Lo afferrava per il collo e ridendo se lo abbracciava nel caldo delle coperte, al buio. E lui, ridendo a crepapelle, si aggrappava a lei baciandola, annusando gli odori notturni di lei, prendendola a testate sul seno.

A tavola lo faceva sedere accanto a sé nonostante i biglietti perentori del signor marito zio: «I bambini devono stare con gli altri bambini, nella nursery che è lì per questo».

Ma lei sapeva intenerirlo con l'argomento della magrezza: «Senza di me non mangia signor marito zio». «E non chiamatemi signor zio.» «Il bambino è troppo asciutto.» «Finirò di asciugarlo io se non lo mandate nelle sue stanze.» «Se lo cacciate me ne vado anch'io.» Un via vai di biglietti dispettosi che facevano ridere Fila e le sguattere dietro di lei.

Infine Marianna aveva ottenuto che di mattina, solo a pranzo, il bambino sedesse accanto a lei, così da poterlo imboccare con "sfinciuni" ripieni di pollo schiacciato, pasta all'uovo e cacio, zabaione con spuma d'arancia, tutte cose che come diceva Innocenza «fanno sangue».

Non ingrassava Signoretto ma si allungava, cresceva in alto, metteva su un collo da cicogna e due braccine da scimmia che i fratelli ridicolizzavano apertamente. A due anni era più alto del figlio di Agata che ne aveva tre. Solo di peso non cresceva, si spingeva in alto come una pianta che cerchi l'aria. I denti non gli venivano fuori e neanche i capelli. La testa pareva una boccia e lei gliela copriva con delle cuffie ricamate, arricciate e sbuffanti.

All'età in cui tutti gli altri bambini cominciano a parlare, lui faceva solo delle risate. Cantava, urlava, sputava, ma non parlava. E il signor marito zio aveva cominciato a scrivere biglietti minacciosi: «Mio figlio non lo voglio mutolo come voi». E di seguito: «Tocca separare, così dice lo speziale, e anche il dottor Cannamela».

Marianna aveva avuto una tale paura che glielo portassero via che era stata presa dalla febbre. E il duca Pietro, mentre lei delirava, si aggirava esasperato per la casa in preda ad una indecisione forsennata: doveva approfittare dell'incoscienza di sua moglie per toglierle il figlio e metterlo in convento dalla zia Teresa professa, dove lo avrebbero educato alla parola o lasciarlo pietosamente presso la madre che gli era così spasmodicamente legata?

Mentre si torceva indeciso lei si era sfebbrata. E gli aveva fatto promettere di lasciarle il figlio vicino, per lo meno ancora per un anno. In cambio gli avrebbe preso in casa un maestro e l'avrebbe costretto a imparare l'abbecedario. Ormai aveva quattro anni e quel rifiuto alla parola inquietava anche lei.

Così era stato. E il signor marito zio si era messo l'animo in pace: il bambino stava bene, era allegro, mangiava, cresceva; come si faceva a strapparlo dalle braccia della madre? ma di parlare non dava cenno.

Finché un giorno, all'approssimarsi della scadenza di un anno stabilita dal padre, si era ammalato. Era diventato grigio a furia di vomitare.

Il dottor Cannamela dice che si tratta di un delirio dovuto ad una «infiammazione al cervello». Gli ha fatto cavare una scodellina di sangue dal cerusico Pozzolungo; il quale, a sua volta, l'ha messo a digiuno in una stanza isolata dove solo la madre e Innocenza possono entrare. Il cerusico infatti ha decretato che non si tratta di una infiammazione al cervello ma di una forma abnorme di vaiolo.

La cuoca ha già avuto il vaiolo e ne è uscita mezza morta ma ne è uscita. Marianna non l'ha avuto ma non lo teme. Non è rimasta sola in villa quando tutta Bagheria era stata assalita dalle febbri e dai vomiti, senza contagiarsi? Allora si lavava ogni momento le mani con l'aceto, mangiava limoni col sale e si teneva la bocca coperta con un fazzoletto legato dietro la nuca come un brigante.

Da quando Signoretto è malato però non prende neanche le solite precauzioni. Dorme sulla poltrona imbottita accanto alla culla di legno in cui il figlio ansima, cogliendone ogni respiro. La notte si sveglia di soprassalto, allunga una mano verso la bocca del bambino per vedere se respira ancora.

Quando lo vede succhiare l'aria in quel modo straziante, le labbra livide, le manine aggrappate ai bordi della culla, pensa che il miglior modo di aiutarlo sarebbe di farlo morire. Il cerusico dice che dovrebbe essersene già andato. Ma lei lo tiene in vita con il calore della sua vicinanza, baciandolo, regalandogli ogni poco un sorso del suo respiro.

XV

Il signor padre ha un modo tutto suo di montare sul baio acchiappandosi alla criniera corvina e parlando al cavallo con fare persuasivo. Quello che gli racconta, Marianna non l'ha mai saputo, ma assomiglia molto alle chiacchiere sibilline e affettuose che versava nell'orecchio del condannato a morte sul palco di piazza Marina.

Quando è sopra la sella le fa cenno di avvicinarsi, si china sul collo della bestia e tira su la figlia, la fa sedere davanti a lui a cavalcioni sulla criniera. E non c'è bisogno che lo frusti o lo sproni il baio Miguelito perché lui parte appena il signor padre prende una certa posizione con le gambe ben serrate contro i fianchi e il petto proteso in avanti.

Così imboccano la discesa che dalla villa porta allo slargo della fonte di San Nicola, lì dove i pecorai stendono le pelli delle pecore scuoiate ad asciugare. Vi stagna sempre un odore forte di carne in putrefazione e di concia. Ed eccoli padre e figlia che oltrepassano i cancelli di villa Trabia, attraversano il vicolo che sfiora il giardino di villa Palagonia lasciando i due mostri monocoli di pietra rosata sulla sinistra. Si inoltrano sulla strada polverosa fiancheggiata da infiniti cespugli di more e di fichi d'India per dirigersi verso Aspra e Mongerbino.

Il signor padre si spinge in avanti, il baio Miguelito prende il galoppo e si slanciano oltre i carrubi contorti, oltre le case sparse dei contadini, oltre gli ulivi e i gelsi, le vigne e il fiume.

Quando il vapore umido del mare prende a salire alle narici fresco e salato, il baio solleva le zampe anteriori e in pochi attimi, con una spinta poderosa dei fianchi, si solleva da terra. L'aria si fa più leggera, pulita; dei gabbiani vengono loro incontro stupefatti. Il signor padre incita il cavallo, la bambina si aggrappa alla criniera tenendosi in bilico sullo snodato e dolcissimo collo di Miguelito che pare il collo di una giraffa.

Il vento si infiltra fra i capelli, le spezza il fiato in gola, una nuvola avanza tiepidamente verso di loro e con un balzo il baio vi entra dentro, prende a nuotare nella schiuma fluttuante scalciando e nitrendo.

Per un momento Marianna non vede più niente, solo una nebbia appiccicosa che le riempie gli occhi. Poi eccoli di nuovo fuori, nel limpido cilestrino di un cielo accogliente.

Il signor padre certamente questa volta la sta conducendo con sé in paradiso, si dice Marianna e guarda con soddisfazione gli alberi che sotto di loro si fanno sempre più minuti e scuri. I campi in lontananza si scompongono in geometrie azzurrate; quadrati e triangoli che si sovrappongono tumultuosi.

Però il baio ora non sta puntando il cielo ma la cima di una montagna. Marianna ne riconosce la punta piatta e brulla, la forma di castello dal corpo grigio. È il monte Pellegrino. In un lampo sono arrivati fin lì. Ora si caleranno su quelle rocce bruciate per riposare un poco prima di proseguire verso chissà quali cieli felici.

Ma sotto di loro si è radunata una gran folla e in mezzo alla folla c'è qualcosa che nereggia: un palco, un uomo, una corda appesa. Il baio Miguelito sta facendo dei giri concentrici. L'aria diventa più calda, gli uccelli rimangono indietro. Ora lo vede con chiarezza: il signor padre sta per posarsi, con cavallo e figlia, davanti al patibolo dove un ragazzo dagli occhi che spurgano sta per essere giustiziato.

Nel momento in cui gli zoccoli di Miguelito toccano terra Marianna si sveglia, la camicia da notte fradicia di sudore, la bocca arsa. Da quando è morto il piccolo Signoretto, di notte non riesce a dormire. Ogni due ore si sveglia col fiato corto, nonostante la valeriana e il laudano che ingolla assieme alle tisane di biancospino, di fiori d'arancio e di camomilla.

Con un moto di insofferenza scansa le lenzuola, tira fuori i piedi nudi. Il tappetino di pelle di capra le procura un leggero solletico sotto le piante. Allunga una mano verso i fosfori. Accende la candela sul comodino. Si infila il mantello di ciniglia color violacciocca e si avvia verso il corridoio.

Sotto la porta della camera del signor marito zio si disegna una listella di luce. Anche lui insonne? o si è addormentato col libro in mano e la candela accesa come gli succede sempre più spesso?

Più avanti la porta della camera di Mariano è socchiusa. Marianna la spinge con due dita. Fa qualche passo in direzione del letto. Trova il figlio che dorme a bocca spalancata. E si chiede se sia il caso di consultare di nuovo il dottor Cannamela. È sempre stato debole di gola quel ragazzo, ogni momento un raffreddore e il naso gli si gonfia, gli si chiude e la tosse lo scuote, stizzosa.

L'ha già fatto visitare da due medici importanti, uno ha ordinato il solito salasso che l'ha solo indebolito. Un altro ha detto che bisogna aprire il naso, togliergli un polipo che lo disturba e tornare a chiuderlo. Ma il signor marito zio non ne ha voluto sapere: «Qui si aprono e si chiudono solo le porte, figghiu di buttana».

Per fortuna il carattere, crescendo, gli è migliorato: non fa più tanti capricci, non si butta per terra quando viene contraddetto. Un poco va assomigliando alla signora madre, sua nonna: è pigro, bonario, facile agli entusiasmi ma altrettanto facile agli scoramenti. Ogni tanto viene a baciarle la mano e a raccontarle qualche fatto, riempiendo i foglietti di una grafia larga e confusa.

Alle volte Marianna sente lo sguardo impietoso del figlio sulle mani che sono precocemente invecchiate. Sa che in qualche modo lui ne gioisce come di una punizione meritata per avere concentrato in maniera impudica e incontrollata tutte le sue cure sul corpiciattolo disgustoso del fratellino morto a quattro anni.

Il duca Pietro e la zia professa Teresa fanno di tutto per convincerlo a comportarsi da duca. Alla morte del padre tanto più anziano della madre, erediterà tutti i titoli nonché le ricchezze del ramo morto dei Scebarràs lasciati in dono allo zio Pietro. E lui un po' sta al gioco, si inorgoglisce, diventa arrogante, un po' si stufa e torna a giocare a nasconderello con le sorelle sotto gli occhi scandalizzati del padre. Ma ha solo tredici anni.

Marianna si ferma davanti alla stanza di Giuseppa che è la più inquieta delle tre figlie: rifiuta le lezioni di musica, di ricamo, di spagnolo, è avida solo di dolci e di corse a cavallo. Sono state Lina e Lena prima che se le portasse la febbre quartana, quando chiamavano il baio con un fischio e correvano abbracciate fra gli ulivi, a insegnarle a cavalcare. Il signor marito zio non approva: «Ci sono le portantine per le signore, ci sono le lettighe, ci sono le carrozze, non voglio amazzoni in giro».

Ma appena il padre se ne va a Palermo, Giuseppa prende Miguelito e con lui se ne va fino al mare. Marianna lo sa ma non l'ha mai tradita. Anche lei avrebbe voluto montare a cavallo e galoppare sui sentieri polverosi ma non glielo hanno mai permesso. La signora madre l'aveva convinta che una mutola non può fare quasi niente di quello che desidera senza essere afferrata "dai cani dalla lunga coda biforcuta". Solo il signor padre, dopo molte insistenze, l'aveva portata di nascosto, due o tre volte, in groppa a Miguelito quando era ancora un cavallino giovane e allegro.

Il duca Pietro è particolarmente severo con Giuseppa. Se la ragazza si rifiuta di alzarsi presto la mattina, la chiude nella stanza e ce la tiene per tutta la giornata. Innocenza di nascosto le porta su dei manicaretti cucinati apposta per lei. Ma questo il signor marito zio non lo sospetta nemmeno.

«Tua figlia Giuseppa, a diciotto anni, si comporta come una bambina di sette» scrive lui su un foglio e glielo getta addosso con aria indispettita. Che la figlia sia scontenta se ne accorge anche Marianna ma non saprebbe dire perché. Sembra che provi piacere a rotolarsi fra le lenzuola fradicie di lagrime, in una frana di briciole di biscotto, i capelli unti, pronta a dire di no a tutto e a tutti.

«Male di crescere» scriveva il signor padre «lasciatela stare.» Ma il signor marito zio non la lascia stare affatto: «Ubbie sono». E ogni mattina le si mette davanti in capo al letto e le rivolge delle lunghissime prediche che sortiscono regolarmente l'effetto opposto. Soprattutto la rimprovera di non volersi sposare. «A diciotto anni ancora "schietta", è uno sconcio. A diciotto anni vostra madre aveva già fatto tre figli. E voi siete zitella. Che me ne faccio di una zitella? che me ne faccio?»

Marianna avanza a tentoni: il corridoio è lungo e le stanze dei figli si susseguono come le stazioni della Via Crucis. Qui dormiva Manina prima di andare sposa, per volontà del padre, a soli dodici anni. È sempre stata la preferita del padre, la più ubbidiente, la più bella. E lui aveva pensato di fare un grande sacrificio rinunciando a lei «per sposarla bene, con un uomo giusto e agiato».

Il letto col baldacchino frangiato, le tende di velluto ocra, il completo di pettine e spazzola e arricciacapelli in tartaruga e oro, regalo del nonno Signoretto quando aveva compiuto dieci anni. Ogni cosa al suo posto come se la ragazza vivesse ancora lì.

Marianna ripensa alle tante lettere indignate che ha scritto al marito per dissuaderlo da quel matrimonio precoce. Ma è stata sconfitta da parenti, amici, consuetudini. Oggi si chiede se non è stato troppo poco quello che ha fatto per la figlia più giovane. Non ha avuto abbastanza coraggio. Certamente si sarebbe battuta con più energia se si fosse trattato di Signoretto. Con Manina, dopo le prime battaglie, ha lasciato correre, per stanchezza, per noia, chissà, per viltà.

In fretta si allontana dalla camera della figlia rischiarata malamente da un piccolo lume che arde sotto un quadro della Madonna. Accanto, in una stanza che dà sulle scale, fino a pochi anni fa ha dormito Felice, la più gaia delle sue figlie. Entrata in convento a undici anni, si è costruita tra le Francescane un piccolo regno su cui governa capricciosamente. Entra ed esce quando vuole, dà pranzi e cene per ogni occasione. Spesso il padre le manda la portantina e viene per un giorno o due a Bagheria e nessuno le dice niente.

Anche lei ha lasciato un vuoto. Le figlie femmine le ha perse troppo presto, si dice Marianna. Salvo Giuseppa che ingoia veleno e si rotola nel letto non sapendo neanche lei perché. C'è qualcosa di idiota nel covare i figli come uova, con l'esterrefatta pazienza di una chioccia.

Ha trasferito sui corpi dei figli in trasformazione il proprio corpo, privandosene come se l'avesse perso nel momento di maritarsi. È entrata e uscita dai vestiti come un fantasma, inseguendo un sentimento del dovere che non nasceva da inclinazione ma da un cupo e antico orgoglio femminile. Nella maternità ha messo la sua carne, i suoi sensi, adeguandoli, piegandoli, limitandoli. Solo con il piccolo Signoretto ha strafatto, lo sa, il loro è stato un amore che andava al di là del rapporto madre e figlio, per sfiorare quello di due amanti. E come tale non poteva durare. L'aveva capito prima lui di lei nella sua meravigliosa intelligenza infantile e aveva preferito andarsene. Ma si può vivere senza corpo, come ha fatto lei per oltre trent'anni, senza diventare la mummia di se stessi?

Ora i piedi la portano altrove, giù per le scale di pietra coperte dal tappeto a fiori: l'angolo dell'ingresso, le piante che serpeggiano lungo le pareti, il corridoio livido, la grande finestra sul cortile addormentato, la sala gialla dove si intravvede la spinetta verniciata di chiaro, le due statue romane messe a guardia dell'alta portafinestra, le chimere che si affacciano occhiute fra le fronde del soffitto, la sala rosa col suo divano imbottito, l'inginocchiatoio di legno rossiccio, la tavola da pranzo su cui spicca il cesto bianco colmo di pere e di uve di ceramica. L'aria è gelida. Da giorni su Bagheria è calato un freddo inusuale e inaspettato. Da anni non si ricorda un freddo simile.

La cucina l'accoglie appena un poco più tiepida col suo odore di fritto e di pomodoro seccato. Dalla porta aperta entra una lista di luce azzurrina. Marianna si avvia verso lo stipo. Ne apre gli sportelli con un gesto meccanico. L'odore del pane avvolto negli stracci entra prepotente nelle narici. Le viene in mente quello che ha letto su Democrito in Plutarco: per non addolorare con la sua morte la sorella che doveva sposarsi, il filosofo ha protratto l'agonia annusando il pane appena sfornato.

Con la coda dell'occhio, Marianna intravvede qualcosa di nero che serpeggia sul pavimento. Si china a guardare. Da qualche anno non vede più bene da lontano. Il signor marito zio le ha fatto venire da Firenze delle lenti da miope a cui però non riesce ad abituarsi. E poi si sente ridicola con quell'attrezzatura sul viso. A Madrid pare che li portino i giovani, gli occhiali, anche senza motivo, giusto per inalberare le grandi montature di tartaruga. E questa sarebbe già una buona ragione per non metterseli.

Guardando da vicino si accorge che sono formiche: una fila laboriosa composta da migliaia di bestioline che vanno e vengono dalla credenza alla porta. Attraversando l'intera cucina, arrampicandosi sulla parete, raggiungono lo strutto che riempie la zuppiera di maiolica in forma di anitra.

Ma lo zucchero dov'è? Marianna si guarda intorno cercando i barattoli di metallo smaltato dove viene conservato, da quando era bambina, il prezioso granulato. E li trova infine, vicini alla persiana, allineati sopra un'asse. Cosa non ha saputo inventare l'ingegno di Innocenza per tenere lontane le formiche! l'asse sta in bilico fra due sedie; le zampe delle sedie sono immerse dentro delle pentoline piene d'acqua, sopra ogni barattolo una fondina colma di aceto.

Marianna estrae da un cesto posato per terra un limone bitorzoluto, ne annusa l'odore fresco e aspro, lo taglia a metà con un coltellino dal manico di corno. Da una metà ricava una fetta carnosa col bianco morbido e spugnoso. Ci spruzza sopra un pizzico di sale e se la porta sulla lingua.

È una abitudine che ha preso dalla nonna Giuseppa la quale ogni mattina, prima ancora di lavarsi la faccia, si mangiava un limone tagliato a spicchi. Era il suo modo di conservare i denti sani, la bocca fresca.

Marianna si tocca i denti con un dito cacciandolo fra le gengive e la lingua. Certamente sono ben saldi e robusti anche se due se li è portati via il cerusico l'anno scorso e ora da una parte non mastica più tanto bene. Qualcuno è scheggiato, qualcun altro appannato. I figli si vedono dai denti. Non si sa perché, sono avidi di osso, quando sono nella pancia. Quel molare forse si poteva salvare, ma doleva e il cerusico, si sa, fa il mestiere di tagliare, non di aggiustare. Ha fatto tanta fatica per tirarle quei due denti che sudava, tremava come avesse la febbre. Con quella tenaglia fra le mani tirava, tirava ma il dente non si spostava. Allora l'aveva spezzato con un martellino ed era riuscito ad estrarre i pezzi rotti solo puntando un ginocchio contro il petto di lei, soffiando come un bufalo.

Col limone in mano Marianna si dirige verso la credenza. Apre lo sportellino forzandolo con l'unghia, afferra il barattolo del borace. Poi, col pugno pieno di polvere bianca si avvicina alla fila delle formiche, ne lascia sgusciare dei rivoletti sul serpentone in moto. Subito le formiche prendono ad agitarsi scomponendo le file, saltando le une sulle altre, rifugiandosi nelle fessure della parete.

Con le dita impolverate di borace Marianna si avvicina alle imposte chiuse. Le scosta leggermente lasciando entrare il chiarore della luna. Il cortile spennellato di calce, risplende. Gli oleandri formano delle masse scure che fanno pensare a dorsi di gigantesche tartarughe addormentate col muso contro vento per ripararsi dal freddo.

Il sonno le fa lagrimare gli occhi: i passi si dirigono da soli verso la camera da letto. È quasi mattina. Dalle finestre chiuse filtra un leggero odore di fumo. Qualcuno nelle "casene" vicino alla stalla ha acceso il primo fuoco.

Il letto disfatto non è più una prigione da cui fuggire ma un rifugio in cui riparare. I piedi le si sono congelati e le dita intirizzite. Dalla bocca escono nuvole di vapore. Marianna si caccia sotto le coperte e appena appoggia la testa sul cuscino sprofonda in un sonno buio e senza sogni.

Ma non fa in tempo a saziarsene che viene svegliata da una mano fredda che le solleva la camicia da notte. Si rizza a sedere con un soprassalto. La faccia del signor marito zio è lì a un dito dalla sua. Così da vicino non l'ha mai guardato, le sembra di fare un sacrilegio. Nel ricevere i suoi abbracci ha sempre chiuso gli occhi. Ora invece lo osserva e lo vede distogliere lo sguardo infastidito.

Ha le ciglia bianche il signor marito zio; quand'è che sono scolorite a quel modo? com'è che non se n'è mai accorta? da quando? Lui alza una mano lunga e ossuta come se volesse colpirla. Ma è solo per chiuderle gli occhi. Il ventre armato preme contro le gambe di lei.

Quante volte ha ceduto a quell'abbraccio da lupo chiudendo le palpebre e stringendo i denti! Una corsa senza scampo, le zampe del predatore sul collo, il fiato che si fa grosso, pesante, una stretta sui fianchi e poi la resa, il vuoto.

Lui sicuramente non si è mai chiesto se questo assalto le sia gradito o meno. Il suo è il corpo che prende, che inforca. Non conosce altro modo di accostarsi al ventre femminile. E lei l'ha lasciato al di là delle palpebre calate, come un intruso.

Che si possa provare piacere in una cosa così meccanica e crudele non le è mai passato per la mente. Eppure qualche volta, annusando il corpo tabaccoso e sonnolento della signora madre, aveva indovinato l'odore di una segreta beatitudine sensuale a lei del tutto sconosciuta.

Ora per la prima volta, guardando in faccia il signor marito zio, riesce a fare un segno di diniego con la testa. E lui si paralizza, con il membro rigido, la bocca aperta, talmente sorpreso del suo rifiuto da rimanere lì impalato senza sapere che fare.

Marianna scende dal letto, si infila la cappa e si avvia rabbrividendo per il freddo e senza rendersene conto verso la stanza del marito. Lì si siede sulla sponda del letto e si guarda intorno come se la vedesse per la prima volta questa camera tanto vicina alla sua e però tanto lontana.

Com'è povera e scostante! bianche le pareti, bianco il letto ricoperto da una trapunta strappata, una pelle di pecora dai peli sporchi sul pavimento, un tavolinetto di legno di ulivo su cui giacciono lo spadino, un paio di anelli e una parrucca dai riccioli appannati.

Allungando l'occhio può scorgere, dietro lo sportello semiaperto della "rinaliera" il vaso da notte bianco bordato d'oro a metà pieno di un liquido chiaro in mezzo a cui galleggiano due salsicce scure.

Questa stanza pare volerle dire qualcosa che lei non ha mai voluto ascoltare: una povertà di uomo solitario che nell'ignoranza di sé ha messo tutto il suo terrorizzato sentimento d'orgoglio. Proprio nel momento in cui ha trovato la forza di negarsi prova una dolcezza sfinita per lui e per la sua vita di vecchio brusco e abbrutito dalla timidezza.

Lo cerca con gli occhi tornando verso la sua stanza fra piante grasse, chimere che si allungano sulle pareti e sui soffitti, vasi di fiori dai petali brinati. Ma lui non c'è. E la porta che conduce sul corridoio è chiusa. Allora si avvia verso la grande finestra che dà sul balcone e lo trova lì, accovacciato per terra, la testa incassata fra le spalle, lo sguardo rivolto verso la campagna lattiginosa.

Marianna si lascia scivolare per terra accanto a lui. Davanti a loro la valle degli ulivi si va facendo sempre più luminosa. In fondo, fra capo Sólanto e Porticello, di un celeste slavato che si confonde con il cielo, il mare calmo, senza onde.

Nel freddo della mattina, in quell'angolo riparato Marianna fa per allungare una mano verso il ginocchio del signor marito zio, ma le sembra un gesto di tenerezza che non appartiene al loro matrimonio, qualcosa di imprevedibile e inaudito. Avverte il corpo dell'uomo impietrito accanto a sé, abitato da stracci di pensieri che sgusciano come spifferi d'aria da quella testa sbiancata e priva di saggezza.

XVI

Le mani di Fila nello specchio si muovono goffe e rapide districando la matassa dei capelli di Marianna. La duchessa osserva le dita della giovane serva che stringono il pettine di avorio come fosse un aratro. Ogni nodo uno strattone, ogni inciampo una tirata. C'è qualcosa di rabbioso e di crudele in quei polpastrelli che si cacciano nei suoi capelli come se volessero disfare dei nidi, togliere delle erbacce.

D'un tratto la padrona strappa l'arnese dalle mani della ragazza e lo spezza in due; poi lo scaraventa fuori dalla finestra. La serva rimane in piedi a guardarla sbigottita. Non ha mai visto la signora così adirata. È vero che da quando le è morto il figlio piccolo perde spesso la pazienza ma ora esagera: che colpa ne ha lei se quei capelli sono un groviglio di sterpi?

La signora osserva la propria faccia contratta nello specchio, accanto a quella stupefatta della domestica. Con un gorgoglio che sale dal fondo del palato, una parola sembra emergere dalle cavità della memoria atrofizzata: la bocca si apre ma la lingua resta inerte fra i denti, non vibra, non suona. Dalla gola rattrappita esce infine uno strido acuto che fa paura a sentirsi. Fila rabbrividisce visibilmente e Marianna le fa cenno di andarsene.

Ora è sola e alza gli occhi sullo specchio. Una faccia nuda, arsa, dagli occhi disperati la fissa dal vetro argentato. Possibile che sia lei quella donna appannata dalla desolazione, un solco come una sciabolata che divide in due per verticale la fronte spaziosa? dove sono le dolcezze per cui innamorava di sé l'Intermassimi? dove sono le rotondità soffici delle guance, i colori morbidi degli occhi, il sorriso contagioso?

Le pupille si sono fatte più chiare, di un celeste sbiadito, stanco; stanno perdendo quel luccichio vivace fatto di candore e di sorpresa, stanno diventando dure, vetrose. Una ciocca di capelli bianchi le scivola sulla fronte. Fila qualche volta gliel'ha tinta quella ciocca con l'estratto di camomilla, ma ormai si è affezionata alla pennellata di calce sulla massa dei capelli biondi: un segno di frivolezza sopra una faccia allagata dall'impotenza.

Lo sguardo si sposta sui ritratti dei figli: piccoli acquarelli dalle pennellate rapide e leggere, schizzi quasi rubati durante i loro giochi e il loro sonno. Mariano col naso eternamente gonfio, la bellissima bocca sensuale, gli occhi sognanti; Manina mezza sepolta nei capelli ricci biondi e aerei, Felice con quell'aria di topo ingordo di cacio e Giuseppa che piega le labbra in un broncio scontroso.

«Scantu la 'nsurdiu e scanto l'avi a sanari» aveva trovato scritto un giorno in una lettera del signor padre alla signora madre. Ma di quale spavento parlava? c'era stato un intoppo, un inciampo, un arresto involontario del suo pensiero quando era bambina? e a cosa era dovuto?

Il dolce fantasma del signor padre si limita a sorriderle al di là del vetro con la sua solita aria festosa. Al dito porta l'anello d'argento con i due delfini che Manina, alla morte di lui, ha voluto per sé.

Il passato è una raccolta di oggetti usati e rotti, il futuro è nelle facce di questi bambini che ridono indifferenti dentro le cornici dorate. Ma anche loro si avviano a diventare passato, assieme alle zie monache, alle balie, ai campieri. Tutti corrono verso il paradiso ed è impossibile fermarli, anche per un momento.

Solo Signoretto si è fermato. L'unico dei suoi figli che non corra, che non si trasformi giorno per giorno. È lì in un angolo del pensiero di lei, sempre uguale a se stesso e ripete all'infinito i suoi sorrisi d'amore.

Aveva voluto non farsi mangiare dai figli come sua sorella Agata che a trent'anni sembra una vecchia. Li aveva voluti tenere a una certa distanza preparandosi alla loro perdita. Con l'ultimo però non ne era stata capace, suscitando con il suo affetto eccessivo, imperdonabile, il rancore degli altri. Non aveva resistito al richiamo di quella sirena. Aveva giocato con quell'amore fino a gustarne l'amaro sapore di feccia.

Una luce intanto si è insinuata nel grigiore lattiginoso dello specchio. Non si è accorta che sta calando la sera e sulla porta c'è Fila con un candelabro. È incerta se entrare. Marianna la chiama con la mano. Fila cammina a piccoli passi titubanti; posa il candelabro sul tavolo, fa per andarsene. Marianna la ferma per un braccio, le solleva con due dita l'orlo della gonna e vede che non porta le scarpe. La ragazza, sentendosi scoperta, la guarda con occhi di topo in trappola.

Ma la signora sorride, non vuole rimproverarla; lo sa che Fila ha la passione di andarsene scalza per casa. Le ha regalato tre paia di scarpe ma lei, appena può se le sfila e gira a piedi nudi fidando nelle gonne lunghe che si portano appresso la polvere e nascondono bene i calcagni screpolati e callosi.

Marianna fa un movimento brusco e vede Fila che si curva nelle spalle come per schivare un colpo. Eppure non l'ha mai picchiata, cosa ha da temere? quando solleva una mano ai capelli la ragazza si curva ancora di più come a dire: non rifiuto la sberla, cerco solo di ridurre il dolore. Marianna fa scivolare le dita sulla testa di lei. Fila le pianta addosso gli occhi selvatici. La carezza sembra inquietarla più dello schiaffo. Forse teme che l'acciuffi per i capelli e glieli tiri, dopo averli avvoltolati attorno al pugno, come fa qualche volta Innocenza quando perde la pazienza.

Marianna prova a sorridere ma Fila è talmente sicura del castigo che bada solo a capire da dove possa arrivare il colpo. Scoraggiata, Marianna lascia che Fila corra via saltellando sulle punte dei piedi nudi. Le insegnerà a leggere, si propone raccogliendo i capelli e annodandoli in modo da farne un grosso e bitorzoluto "scignò".

Ma la porta si apre di nuovo per lasciare entrare Innocenza che tiene per mano una Fila riluttante e immusonita. Anche la cuoca si è accorta dei piedi nudi che tanto infastidiscono il duca Pietro o semplicemente si è insospettita dalla fuga precipitosa della ragazza?

Marianna accenna una piccola risata muta che smonta Innocenza e rincuora la ragazza. È il solo modo che ha per mostrare che non è adirata, che non ha l'intenzione di punire nessuno. Fare sempre la parte del giudice, del censore, l'annoia. D'altronde non vuole provocare Innocenza che nell'ansia di farsi capire da lei prende a sbracciarsi, a torcersi, a fare versi e gesti scomposti. Per levarsele di torno tira fuori da un cassetto della scrivania due monete da un tarì e le posa sui palmi delle loro mani tese.

Fila se la svigna dopo avere accennato un inchino goffo e stizzoso. Innocenza gira e rigira la moneta fra le dita con l'aria di chi se ne intende. Marianna, guardandola, avverte la minaccia di una valanga di pensieri che gravitano pericolosamente verso di lei. Chissà perché proprio le riflessioni di Innocenza, fra le tante persone a lei vicine, hanno questa capacità di rendersi leggibili.

Per fortuna Innocenza ha fretta di tornare in cucina, oggi. Per questo le porge rapida un foglietto in cui riconosce la grafia gigantesca e traballante di Cuffa: «Vuscienza chi vulissi pi manciari?».

E Marianna, sull'altra faccia del biglietto scrive distrattamente «Cicirata e purpu», senza pensare che il signor marito odia i ceci e non sopporta i polpi. Piega il foglio e lo caccia in una tasca del grembiule di Innocenza, perché se lo faccia leggere da Raffaele Cuffa o da Geraci. Poi la spinge verso la porta.

XVII

«Oggi autodafé in piazza Marina. Richiesta mia partecipazione. È d'uopo che ci sia anche la duchessa signora sposa. Consiglio vestito porpora croce di Malta sul petto. E per una volta niente selvatichezze campagnole.»

Marianna legge il biglietto perentorio del signor marito zio posato sotto il barattolo della cipria. L'autodafé significa rogo, piazza Marina e la folla delle grandi occasioni: le autorità, le guardie, i venditori di acqua e "zammù", di polpi bolliti, di caramelle e di fichi d'India; l'odore di sudore, di fiati marci, di piedi inzaccherati, nonché l'eccitazione che monta, si fa carnosa, visibile, e tutti aspettano mangiando e chiacchierando quel colpo di rasoio al ventre che porta pena e delizia. Non ci andrà.

In quel momento vede entrare il signor marito zio in una camicia profumata coperta di pizzi. Ai piedi un paio di scarpe nuove di pelle lucida che sembra laccata.

«Non me ne vogliate ma non potrò venire con voi all'autodafé» scrive rapida Marianna e gli porge il foglio ancora bagnato di inchiostro.

«E perché no?»

«Mi lega i denti come l'uva acerba.»

«Portano al rogo due eretici conosciuti, suor Palmira Malaga e frate Reginaldo Venezia. Ci sarà l'intera Palermo e oltre. Non posso esimermi. E neanche voi signora.»

La signora fa per scrivere una risposta ma il duca Pietro ha già imboccato la porta. Come farà a sottrarsi a questo ordine? quando il signor marito zio prende quell'aria indaffarata e frettolosa è impossibile contraddirlo; si impunta come un mulo. Bisognerà inventarsi una malattia che gli dia la scusa per presentarsi da solo.

Suor Palmira Malaga, un guizzo della memoria, ha letto di lei da qualche parte, forse nel libro di storia delle eresie? o in una pubblicazione sul Quietismo? o in uno di quegli elenchi che mette in giro la Santa Inquisizione con i nomi dei sospetti di eresia?

Suor Palmira, ora ricorda, su di lei ha letto un libretto stampato a Roma, capitato non si sa come nella biblioteca di casa. C'era pure una sua caricatura con due cornetti sulla testa e una lunga coda d'asino, ora ricorda, che le usciva da sotto il saio e finiva in una punta biforcuta, non molto dissimile da quelle dei cani temuti dalla signora madre.

La vede salire ad uno ad uno i gradini di legno del patibolo. I piedi scalzi, le mani legate dietro la schiena, la faccia contratta in una smorfia bizzarra quasi che quell'orrore fosse l'ultimo suggello di una sua decisione di pace. Dietro di lei fra Reginaldo che immagina barbuto, il collo esile e il petto cavo, i grandi piedi sporchi e callosi stretti nei sandali alla francescana.

Il boia ora li lega ai pali sopra una pila di ciocchi tagliati con l'accetta. Due assistenti con le torce accese si avvicinano ai legni ammucchiati. La fiamma non si attacca subito ai rametti di sambuco e alle canne spezzate che qualcuno ha raccolto e legato col salice per facilitare l'accensione. Del vapore bianco sbuffa sulle facce dei primi spettatori.

Suor Palmira sente salire l'odore aspro delle fascine e la paura le contrae i muscoli del ventre, un rivolo di orina le scorre lungo le cosce. Eppure il martirio è appena cominciato. Come farà a resistere fino alla fine?

Il segreto le viene soffiato nell'orecchio da una voce dolcissima. Il segreto è il consenso, Palmira mia, non irrigidirsi e resistere, ma raccogliere nel proprio grembo quei brandelli di fuoco come fossero fiori volanti e ingoiare il fumo come se fosse un incenso e rivolgere verso chi guarda un occhio di pietà. Sono loro che soffrono, non tu.

Quando delle mani sbrigative si alzano sulla sua testa e le impiastricciano i capelli di pece, suor Palmira rivolge uno sguardo d'amore verso i torturatori. Essi ora avvicinano, con serietà esaltata, una torcia accesa verso quei capelli imbrattati e la testa della donna si accende e fiammeggia come una corona splendente. E il pubblico applaude.

Essi vogliono che la sua morte faccia spettacolo e se il Signore lo permette vuol dire che anche lui lo vuole, nel modo misterioso e profondo in cui il Signore vuole le cose del mondo.

Fra Reginaldo apre la bocca per dire qualcosa, ma è forse solo un urlo di dolore. Di fronte a lui la testa di suor Palmira arde come un sole, mentre la bocca di lei tenta di sorridere e si torce e si accartoccia nel calore del fuoco.

Marianna vede il signor marito zio seduto su una bella seggiola dorata foderata di velluto viola, accanto ai santissimi Padri dell'Inquisizione, eleganti nei loro abiti ricamati con disegni di grappoli d'uva.

La folla intorno a loro è così pigiata che non si distinguono quasi le facce l'una dall'altra. Un unico corpo occhiuto, spasmodicamente in attesa, che guarda in su, palpita, gioisce.

Nel momento in cui le fiamme a raggiera hanno acceso i capelli di suor Palmira Malaga è scoppiato il boato. Marianna lo sente vibrare nella pancia. Il signor marito zio ora si sporge in avanti, il collo rugoso proteso, la faccia rattrappita da uno spasimo che lui stesso non capisce: di raccapriccio o di consolazione?

Marianna allunga una mano al cordone del campanello. Lo tira più volte, insistente. Poco dopo vede aprirsi la porta e affacciarsi la testa di Fila. Le fa cenno di entrare. La ragazza non si azzarda, teme i suoi malumori. Marianna le guarda i piedi: sono nudi. Sorride per non spaventarla e piega l'indice su se stesso come fa qualche volta con i bambini per chiamarli a sé.

Fila si avvicina titubante. Marianna le fa capire che deve aiutarla a sbottonare il vestito sulla schiena. Le maniche vengono via da sole, come tubi di legno, con le loro incrostazioni di perle. La gonna rimane in piedi su se stessa ed è come se la duchessa si sdoppiasse: da una parte un corpo di donna snello, frettoloso, nella sua camiciola di cotone bianco; dall'altro Sua Eccellenza Ucrìa con le dovute preziosità e armonie, chiusa nei rigidi broccati che si inchina, sorride, annuisce, acconsente.

È il punto di sutura fra questi due corpi che è difficile da scoprire: dove l'uno si riconosce nell'altro, dove se ne fa scudo, dove si mostra e dove si nasconde per perdersi definitivamente.

Fila intanto si è inginocchiata per aiutarla a sfilarsi le scarpe ma Marianna ha fretta e per farle capire che farà da sé l'allontana con un piccolo calcio affettuoso. Fila solleva la testa impermalita: nel suo sguardo cova una offesa senza rimedio. Ci penserà dopo, si dice Marianna, ora ha troppa fretta. Si toglie le scarpe, le lancia una di qua e una di là, afferra la liseuse giallo uovo e si caccia dentro il letto appena rifatto.

Giusto in tempo: la porta si apre prima ancora che abbia avuto l'agio di sistemarsi i capelli. Il guaio della sordità è che nessuno bussa prima di entrare, sapendo di non essere udito. E così lei si trova sempre impreparata all'arrivo del visitatore di turno. Il quale spalanca l'uscio e le si mette davanti con un sorriso di trionfo come a dire: eccomi qua, non mi avete sentito, ora mi vedete!

Questa volta si tratta di Felice, la signorina figlia monaca, elegantissima nel suo saio bianco latte, la cuffia color panna da cui sgusciano impertinenti dei riccioli castani.

Felice va dritta allo scrittoio della madre. Usa la penna, la carta, l'inchiostro della boccetta d'argento. E in pochi attimi le consegna il foglio scritto: «Oggi autodafé. Grande festa a Palermo, che fate? vi sentite male?».

Marianna legge e rilegge il foglio. Da quando è in convento Felice ha migliorato la sua grafia. Inoltre ha preso un'aria spigliata e disinvolta che non ha nessuno degli altri figli. La guarda mentre parla con Fila e muove le labbra con grazia sensuale.

Certamente la sua voce deve essere dolcissima, si dice Marianna, le piacerebbe poterla ascoltare. Qualche volta sente nelle cavità interne un ritmo che si forma come un grumo in moto, che si dipana, si scioglie, scorre, e lei prende a battere col piede per terra seguendo una armonia lontana, sotterranea.

Ha letto di Corelli, di Stradella e di Haendel come di meraviglie dell'architettura musicale. Ha provato a immaginare un arco teso fatto di una cupola di luci dai colori incantevoli, ma quello che esce dai sotterranei della sua memoria infantile sono solo pochi sgorbi sonori, conati di musiche sepolte, smembrate. Solo gli occhi hanno la capacità di afferrare il piacere, ma la musica può essere trasformata in corpi da abbracciare con lo sguardo?

«Sai cantare?» scrive alla figlia porgendole un bel foglio pulito. Felice si volta sorpresa; che c'entra adesso il canto? tutta la casa è in preparativi per questo viaggio a Palermo in occasione del grandissimo spettacolo dell'autodafé e la signora madre si perde in domande sciocche e fuori luogo: alle volte pensa che sia proprio mentecatta, le difetta la ragione. Sarà perché le manca la parola e ogni pensiero diventa scritto e gli scritti, si sa, hanno la pesantezza e la levigata goffaggine delle cose imbalsamate.

Marianna indovina il pensiero della figlia, lo precede, lo insegue con un gusto crudele di scoperta: «La nonna è morta a meno di cinquanta anni, può darsi che anche la signora madre Marianna muoia presto... lo sa che ha solo trentasette anni ma un colpo potrebbe venirle in ogni momento... in fondo è una minorata... nel caso che morisse potrebbe lasciarle per lo meno un grosso usufrutto sull'eredità del padre... diciamo tremila onze o forse cinquemila... le spese del convento stanno diventando sempre più imponenti... e poi c'è la portantina nuova con i putti dorati e le frange damascate... non può sempre aspettare che il signor padre le mandi la sua... e lo zucchero è aumentato di cinque grani al rotolo, lo strutto di venti, la cera poi è diventata impossibile: sette grani il moccolo e dove li prende lei tutti quei soldi? non che le auguri la morte, alla signora madre... a volte è così buffa, più bambina di tutti i suoi figli, crede di capire tutto perché legge tanti libri ma non capisce assolutamente niente... d'altronde perché Manina ha avuto una dote più grande della sua? solo per sposare quel macaco di Francesco Chiarandà dei baroni di Magazzinasso... Sarà più importante essere sposate con Cristo no?... che debba andare tutto, ma proprio tutto a Mariano è un insulto... in Olanda dicono che non si fa più così. Se poi li vogliono spogliare e lasciare nudi e crudi i figli perché li fanno?... non sarebbe meglio lasciarli in paradiso fra gli alberi di manna e le fontane di vino dolce? quella babba della zia Fiammetta vorrebbe che lei zappasse l'orto in convento, come le altre... "picchì, non siete uguale a tutte, picciridda mia?". Ma una Ucrìa di Campo Spagnolo di Scannatura e di Bosco Grande può mettersi a zappare l'orto come una contadina qualsiasi? hanno le rape nel cervello certe badesse, sono piene di gelosia e di invidia. "Se lo faccio io che sono nobile come te..." dice la zia Fiammetta e bisogna vederla come si rimbocca le maniche, come si piega su quella zappa, col piedino a premere sul bordo di ferro... una demente... chissà dove ha scovato quella passione per i lavori umili... il bello è che non lo fa nemmeno per mortificarsi... no, a lei piace la zappa, piace la terra, piace chinarsi sotto il sole e diventare scura di pelle come una "viddana"... valla a capire quella scimunita.»

«Cosa ti aggrada nel vedere bruciare due eretici?» scrive Marianna alla figlia, nel tentativo di scrollarsi di dosso quei pensieri frivoli e risentiti. Sebbene sappia che c'è più ingenuità che malevolenza in quei rimuginii, se ne sente urtata.

«Tutto il convento di Santa Chiara sarà all'autodafé: la badessa, la priora, le professe... dopo ci saranno preghiere e rinfreschi.»

«Dunque è per i dolci, confessa.»

«Dolci me ne regalano quanti ne voglio le consorelle, basta che ne chieda» risponde stizzita Felice piegando le elle su un fianco come se volesse buttarle giù con un soffio.

Marianna si avvicina per abbracciarla sforzandosi di dimenticare quei pensieri smargiassi. Ma trova la figlia immusonita e pronta a cacciarla via: non le è piaciuto che l'abbia trattata come una tredicenne ora che ha compiuto i ventidue anni e se ne sta lì rigida a scrutarla con occhio malevolo.

«Quel camicione lungo... quei calzoncini alle ginocchia... roba del secolo scorso... vecchi, fuori moda... a trentasette anni con delle figlie grandi, cosa crede di fare?... in quella testa buia e sorda è più vecchia del signor padre zio che ne ha settanta. Lui, col corpo lungo e stretto sembra sull'orlo della tomba ma ha mantenuto la freschezza dello sguardo, mentre lei dentro quelle vesti da Infante di Spagna, con i colletti che sembrano bavagli, ha un che di stantio che la spinge irrimediabilmente verso il passato... quegli scarponcini allacciati stile Casa

Asburgo, quelle calze color latte... le madri delle sue amiche portano calze colorate intessute di fili d'oro e fiocchi lucidi alla vita, gonne flosce trapunte di coroncine, scarpette scollate con la punta fina dai disegni orientali...»

Come le succede spesso, una volta afferrato il bandolo di un pensiero Marianna non riesce più ad abbandonarlo, se lo rigira tra le dita tirandolo e annodandolo ai suoi stessi intendimenti.

Una voglia rabbiosa di ferire la figlia per quel chiacchiericcio interno troppo disinvolto e brutale le fa tremare le mani. Ma nello stesso tempo il desiderio di chiederle di nuovo di cantare la spinge verso lo scrittoio. È sicura che in qualche modo riuscirebbe ad ascoltarla e già avverte la fluidità farfallina di quella voce nelle orecchie murate.

XVIII

«L'intelletto quando agisce da solo e secondo i suoi più generali principii, distrugge del tutto se stesso... noi ci salviamo da questo scetticismo totale soltanto per mezzo di quella singolare e apparentemente volgare proprietà della fantasia per la quale entriamo con difficoltà negli aspetti più reconditi delle cose...»

Marianna legge con il mento appoggiato alla mano. Un piede si scalda sull'altro riparandosi, sotto una coperta, dalle gelide correnti che filtrano attraverso le finestre chiuse. Chissà chi ha lasciato questo quaderno dalla fodera marmorizzata in biblioteca. Che l'abbia portato il fratello Signoretto da Londra? ne è tornato qualche mese fa e due volte è venuto a trovarli a Bagheria con dei doni inglesi. Ma questo quaderno non l'ha mai visto. Che sia stato dimenticato dall'amico di Mariano, quel giovanotto piccolo e corvino, nato a Venezia da genitori inglesi e che ha girato mezzo mondo a piedi?

Era rimasto qualche giorno a Bagheria dormendo nella camera di Manina. Un tipo insolito: si alzava a mezzogiorno perché passava la notte a leggere. Le lenzuola si trovavano la mattina imbrattate di cera. Prendeva i libri in biblioteca e poi si dimenticava di riportarli indietro. Accanto al letto si era formata una pila alta un braccio. Mangiava molto, era goloso delle specialità siciliane: caponata, pasta con le sarde, "sfinciuni" con la cipolla e l'origano, gelati al gelsomino e allo zibibbo.

Tutto nero di capelli aveva però la pelle chiarissima e bastava un poco di sole per sbucciargli il naso. Ma come si chiama? Dick o Gilbert o Jerome? non riesce a ricordare. Perfino Mariano lo chiamava col cognome: Grass e lo pronunciava con tre esse.

Sicuramente quel quadernetto era appartenuto al giovane Grass che veniva da Londra e andava a Messina in un viaggio di "ragionamento" come diceva lui. Innocenza non lo sopportava per quell'abitudine di leggere a letto con la candela posata sul lenzuolo. Il signor marito zio lo tollerava ma lo guardava con sospetto. Lui l'inglese l'aveva anche imparato da ragazzo ma si era sempre rifiutato di parlarlo. Così l'aveva dimenticato.

Con lei Grass comunicava raramente con dei biglietti puliti e ben scritti. Solo negli ultimi giorni avevano scoperto di amare gli stessi libri. E la loro corrispondenza si era fatta improvvisamente fitta e congestionata.

Marianna sfoglia il quadernetto e si ferma stupita: nella prima pagina in basso c'è una dedica scritta a penna in caratteri minuscoli: «A colei che non parla perché accolga nella sua testa spaziosa questi pensieri che mi sono vicini».

Ma perché l'aveva nascosto fra i libri della biblioteca? Grass sapeva che solo lei metteva le mani fra i libri. Però sapeva anche che il signor marito zio ogni tanto andava a controllare. Quindi era un regalo clandestino, nascosto in modo che lo trovasse lei dopo la partenza dell'ospite, in solitudine.

«Avere il senso della virtù non significa altro che provare una soddisfazione particolare nel contemplare certe qualità... ed è proprio in questa soddisfazione per la qualità che noi osserviamo che risiede la nostra lode o la nostra ammirazione. Noi non andiamo oltre, non andiamo a cercare la causa della soddisfazione. Non decidiamo che una qualità sia virtuosa perché ci piace ma nel sentire che ci piace in un certo modo particolare sentiamo che in effetti è virtuosa. Ciò accade anche nei nostri giudizi su ogni genere di bellezza, gusti e sensazioni. La nostra approvazione è implicita nel piacere immediato che le cose ci danno.» Sotto, in piccolo, con l'inchiostro verde un nome: David Hume.

Il ragionamento si fa strada fra i sentieri scompigliati della mente della duchessa disabituata a pensare secondo un ordine preciso, radicale. Deve rileggere due volte per entrare nel ritmo di questa prorompente intelligenza, così diversa dalle altre intelligenze che l'hanno tirata su.

«Non parliamo né con rigore né con filosofia quando parliamo di una lotta fra la passione e la ragione. La ragione è e deve essere schiava delle passioni e non può rivendicare in nessun caso una funzione diversa da quella di servire e obbedire a esse.»

Il contrario esatto di quello che le hanno insegnato. La passione non è quel fagotto ingombrante dalle cui cocche sbucano brandelli di ingordigie da tenere nascoste? E la ragione non è quella spada che ciascuno tiene al fianco per tagliare la testa ai fantasmi del desiderio e imporre la volontà della virtù? il signor marito zio inorridirebbe a leggere anche una sola delle frasi di questo libretto. Già all'epoca della guerra di Secessione aveva dichiarato che «lu munnu finìu a schifiu» e tutto per colpa di gente come Galileo, Newton, Cartesio che «vogliono forzare la natura in nome della scienza ma in realtà la vogliono mettere in tasca per usarla a modo loro, pazzi presuntuosi, fedifraghi!».

Marianna chiude il quaderno di scatto. Lo nasconde istintivamente fra le pieghe del vestito. Poi si ricorda che il duca Pietro è a Palermo da ieri e ritira fuori il libretto. Lo porta al naso; ha un buon odore di carta nuova e inchiostro di buona qualità. Lo apre e fra le pagine trova un disegno colorato: un uomo sui trent'anni con un turbante di velluto a righe che gli copre le tempie. Una faccia larga, soddisfatta, gli occhi che guardano verso il basso come a dire che tutto il sapere viene dalla terra su cui poggiamo i piedi.

Le labbra sono leggermente dischiuse, le sopracciglia folte e scure suggeriscono una capacità di concentrazione quasi dolorosa. Il doppio mento fa pensare a un signore che mangia a sazietà. Il collo delicato fasciato da un colletto molle di tela bianca sbuca da una giacchetta a forami, a sua volta ricoperta da una giubba disseminata di larghi bottoni di osso.

Anche qui la minuta grafia di Grass ha segnato un nome: «Davide Hume, un amico, un filosofo troppo inquieto per essere amato se non dagli amici fra cui mi lusingo di annoverare anche la amica dalla parola tagliata».

Davvero bizzarro questo Grass. Perché non glielo aveva dato in mano anziché farglielo trovare un mese dopo la sua partenza, nascosto fra i libri di viaggi?

«Quale il nostro disappunto quando impariamo che le connessioni delle nostre idee, i legami, le energie sono meramente in noi stessi e sono niente altro che una disposizione della mente.»

Accidenti signor Hume! come dire che Dio è una «disposizione della mente...» Marianna ha un moto di sconcerto e di nuovo nasconde il quaderno fra le pieghe della gonna. Per un pensiero simile, espresso a voce alta, si può finire bruciati per volontà dei santissimi Padri dell'Inquisizione che occupano il grande palazzo dello Steri alla Marina.

«Una disposizione della mente acquisita con l'abitudine...»; qualcosa di simile l'aveva pur letto su qualche biglietto di pugno del signor padre che del resto era un uomo ligio alle tradizioni. Ma con queste tradizioni a volte si permetteva di giocare, per puro divertimento, arricciando il labbro in un sorriso capriccioso e incredulo.

«Ad ogni formicola ci piaci lu su pirtusu... e ci mette la sua proprietà in quel pirtusu e la sua morale che subito diventano una cosa sola: morale e manciari, patri e figghiu...»

La signora madre dava uno sguardo alle parole scritte dal marito sul quaderno della figlia, si portava una presa di tabacco al naso, scatarrava, si rovesciava addosso mezza bottiglia di acqua nanfa per togliersi l'appiccicaticcio del tabacco. Chissà che aveva in quella testa sempre languidamente retinata su una spalla la dolcissima signora madre! Possibile che sia entrata da una porta e uscita da un'altra senza fermarsi? anche lei preda di «una disposizione della mente acquisita con l'abitudine»? con quella tendenza a impigrirsi dentro un letto sfatto, dentro una poltrona, perfino dentro un vestito in cui si assestava appoggiandosi con le carni molli alle stecche di balena, ai ganci, financo alle asole. Una pigrizia più fonda di un pozzo nel tufo, un torpore che la conteneva come un baccello di carruba contiene il seme duro, morbido, color della notte. Dentro le sue scorze brune e buie era dolce la signora madre, appunto come un seme di carrubo, arresa da sempre al piccolo cosmo familiare. Innamorata del marito tanto da dimenticarsi. Si era fermata con un piede nel vuoto e per non cadere si era seduta a rimirare affascinata il deserto davanti a sé.

La voce della signora madre, chissà com'era? A immaginarla viene in mente una voce profonda, dalle vibrazioni basse, sgranate. È difficile amare qualcuno di cui non si conosce la voce. Eppure suo padre l'ha amato senza averlo mai udito parlare. Un leggero sapore amaro le tinge la lingua, si diffonde sul palato: che sia rimorso?

«Se chiamiamo abitudine ciò che procede da una antecedente ripetizione senza nessun nuovo ragionamento e inferenza, possiamo stabilire come verità certa che ogni credenza la quale segue una impressione presente ha in questa la sua unica ragione.»

Come dire che la certezza, ogni certezza va buttata alle ortiche, e che l'abitudine ci tiene in soggezione fingendo di educarci. La voluttà delle abitudini, la beatitudine delle ripetizioni. Queste sarebbero le glorie di cui si rimugina?

Le piacerebbe conoscere questo signor Hume col suo turbante verdolino, le sopracciglia folte e nere, lo sguardo sorridente, il doppio mento e le giubbe fiorite.

«La credenza e l'assenso che sempre accompagnano la memoria e i sensi non consistono in altro che nella vivacità delle loro percezioni le quali in questo solo si distinguono dalle idee della immaginazione. Credere è, in questo caso, sentire una impressione immediata dei sensi o la ripetizione di questa impressione nella memoria.»

Diavolo di una logica petulante e ostinata! non può non sorridere di ammirazione. Una frustata nelle gambe di un pensiero come il suo che ha girovagato sbadatamente fra romanzi di avventure, libri d'amore, libri di storia, poesie, almanacchi, favole. Un pensiero abbandonato all'incuria delle antiche certezze, quelle sì, dal sapore delle melanzane in agrodolce. O è stato quel suo continuo interrogarsi sulla sua sorte di mutilata che l'ha distratta da altri giudizi più fondi e succosi?

«Siccome vi è certamente una grande differenza fra il semplice concetto dell'esistenza di un oggetto e la credenza in essa, e poiché questa differenza non risiede nelle parti o nel complesso dell'idea che concepiamo, ne segue che essa debba risiedere nel modo in cui la concepiamo.»

Pensare il pensiero, ecco qualcosa di spericolato che la tenta come un esercizio a cui indulgere segretamente. Il signor Grass con impertinenza degna di un giovane studioso si è messo a calpestare i prati della sua testa. Non contento, ha portato con sé un amico: il signor David Hume con quel ridicolo turbante. E ora vogliono confonderla. Ma non ci riusciranno.

Intanto cos'è quel dondolio di gonne sulla porta? qualcuno è entrato nella biblioteca senza che lei se ne accorgesse. Sarà bene nascondere il quaderno dalla copertina marmorizzata, pensa Marianna, ma si rende conto che è troppo tardi.

Fila viene avanti con un bicchiere e una brocca in bilico su un vassoio. Accenna una lieve riverenza, posa il vassoio sul ripiano del tavolo coperto di carte, solleva con un gesto malizioso le grosse pieghe della veste per mostrare che ha indosso le scarpe e poi si appoggia allo stipite aspettando un ordine, un cenno.

Marianna contempla quella faccia tonda e fresca, quel corpo snello. Ha quasi trent'anni, Fila, eppure sembra sempre una bambina. «Te la regalo, è tua», aveva scritto il signor padre. Ma dove è detto che le persone si possono dare, prendere, buttare come cani o uccellini? «Che babbasunate dici» scriverebbe il signor marito zio, «forse che Dio non ha fatto i nobili e i viddani, i cavalli e le pecore?» Non sarà questo suo interrogarsi sulla uguaglianza, uno di quei semi indigesti volati dalle pagine del quadernetto di Grass a scombussolare il suo opaco cervello di mutola?

Di suo poi cosa ha che non sia la suggestione di altre menti, altre costellazioni di pensieri, altre volontà, altri interessi? un ripetersi nella memoria di simulacri che appaiono veri perché si muovono come lucertole sbilenche sotto il sole dell'esperienza quotidiana.

Marianna torna al suo quaderno, anzi alla mano che regge il quaderno, così precocemente sciupata: unghie rotte, nocche rugose, vene sporgenti. Eppure è una mano che non conosce l'acqua saponata, una mano abituata al comando. Ma anche all'obbedienza, dentro una catena di obblighi e doveri che ha sempre ritenuto fatali. Cosa direbbe il signor Hume dal serafico turbante orientale, di una mano così disposta all'ardimento e così prona alla soggezione?

XIX

Frugando fra i vecchi bauli e le damigiane d'olio è saltata fuori una vecchia tela scurita e impolverata. Marianna la tira su, la pulisce con la manica del vestito e scopre che non è altro che il ritratto dei fratelli, dipinto da lei quando aveva tredici anni. È il quadro interrotto quella mattina in cui è stata chiamata al Tutui nel cortile della "casena", il giorno stesso in cui la signora madre le aveva annunciato che avrebbe sposato lo zio Pietro.

L'ombra nera che copre la tela si apre, compaiono delle facce chiare, sbiadite: Signoretto, Geraldo, Carlo, Fiammetta, Agata, la bellissima Agata che sembrava riserbarsi un futuro da regina.

Sono passati più di venticinque anni: Geraldo è morto in un incidente: una carrozza contro un muro, il corpo sbalzato per aria e poi precipitato per terra, una ruota che gli passa sopra il petto. E tutto per una questione di precedenza. «Lasciatemi spazio, ho il diritto di priorità.» «Quale diritto, sono Grande di Spagna, ricordàtelo!» L'hanno riportato a casa senza una goccia di sangue sui vestiti, ma con l'osso del collo spezzato.

Signoretto è diventato senatore come si era proposto. Ha sposato, dopo anni di celibato, una marchesa già vedova, di dieci anni più anziana di lui mettendo sottosopra per lo scandalo la famiglia. Ma lui è l'erede degli Ucrìa di Fontanasalsa e può permetterselo.

A Marianna è simpatica questa cognata spregiudicata che se ne infischia degli scandali, cita Voltaire e Madame de Sevigné, si fa venire i vestiti da Parigi e tiene in casa un maestro di musica che è anche, come tutti sussurrano, il suo "cicisbeo". Un giovanotto che conosce bene il greco oltre al francese e all'inglese, e ha la battuta facile. Li ha visti qualche volta insieme, lui e lei, ai balli palermitani in quelle rare occasioni in cui vi è stata tirata dal marito: un "cantusciu" di damasco coperto di balze lei, stretto in una giamberga blu dagli alamari d'argento sbiancati ad arte lui.

Signoretto non si adonta affatto di quella frequentazione. Anzi si vanta che sua moglie ha l'accompagnatore privato e fa capire che alla fine non è altro che un guardiano messole alle costole da lui stesso, tanto è come "un cantante alla moda secentesca", cioè un castrato. Ma che sia vero, molti ne dubitano.

Fiammetta è diventata canonica del convento delle Carmelitane di Santa Teresa. Porta i capelli castani folti chiusi dentro una cuffia che ogni tanto si strappa di testa, soprattutto quando cucina. Le mani le si sono fatte grandi e robuste, abituate come sono a trasformare il crudo in cotto, il freddo in caldo, il liquido in solido. I denti accavallati danno un senso di allegro disordine a una bocca sempre pronta a ridere.

Agata ha continuato a prosciugarsi. Non saprebbe nemmeno dire quanti figli ha fatto, fra vivi e morti, avendo cominciato a dodici anni e non avendo ancora smesso. Ogni anno rimane incinta e se non fosse che molti muoiono prima ancora di venire alla luce, ne avrebbe un esercito.

Il sapore dei colori sulla lingua. Marianna sposta il quadro verso la finestra e riprende a strusciare la tela con la manica per toglierle quella patina di opacità che la rende illeggibile. Peccato avere perso la pratica dei colori. Ma è successo senza una ragione, alla nascita della prima figlia. Uno sguardo di riprovazione del signor marito zio, una parola ironica di sua madre, il pianto di una delle bambine: aveva riposto i pennelli e i tubetti nella scatola laccata, regalo del signor padre e non li aveva tirati fuori che molti anni dopo quando la mano si era ormai inselvatichita.

Il blu genziana, che sapore aveva il blu genziana? sotto l'odore della trementina, dell'olio e dello straccio unto trapelava un aroma unico, assoluto. Chiudendo gli occhi lo si poteva sentire entrare in bocca, posarsi sulla lingua e depositare un gusto curioso, di mandorle schiacciate, di pioggia primaverile, di vento marino.

E il bianco, più o meno lucido, più o meno granuloso? il bianco delle pupille dentro un quadro scuro, forse gli occhi impudichi e insolenti di Geraldo, il bianco delle mani delicate di Agata, i bianchi dimenticati che hanno bivaccato in questa tela sporca e ora, dopo una strisciata della manica, occhieggiano timidi, con l'ardimento incosciente dei testimoni del passato.

Quando ha dipinto quel quadro la villa ancora non c'era. Al suo posto la "casena" da caccia costruita dal bisnonno quasi un secolo prima. Dal giardino alla piana degli ulivi si poteva andare solo percorrendo un viottolo di capre e Bagheria non esisteva ancora come villaggio ma era composta dai quartieri di servitù di villa Butera, dalle stalle, dai "dammusi", dalle chiesucole che il principe faceva costruire, a cui si aggiungevano ogni anno nuove stalle, nuovi "dammusi", nuove chiese e nuove ville di amici e parenti palermitani.

«Bagheria è nata da un tradimento» aveva scritto la nonna Giuseppa quando si era messa in testa di insegnare la storia della Sicilia alla piccola nipote sordomuta. «Al tempo di Filippo IV, anzi alla morte di stu re, in Spagna nacque una disputa per la successione, non si sapeva chi doveva diventare re fra i vari nipoti picchì iddu figli non ne aveva.»

Una scrittura minuta, contratta, stiracchiata. La nonna, come tante donne nobili del suo tempo, era semianalfabeta. Si può dire che aveva imparato a scrivere per "entrarci 'nna cucuzza della nipote mutola".

«Il pane si faceva sempre più caro figghiuzza, tu non sai cosa fu la fame che la gente si manciava la terra per riempire la pancia, si manciava pure la crusca come i maiali, le ghiande, si manciava le unghie come te che sei una piccola scimunita senza discernimentu. Ora non siamo in carestia e lascia stare le unghie!»

Qualche volta le apriva la bocca con due dita, le spiava fra i denti e poi scriveva: «picchì nun parri, picchì babbasuna? hai un bel palatuzzo rosato, hai dei beddi dentuzzi robusti, due labbruzze prelibate, ma perché non dici una parola?».

Lei però dalla nonna voleva sentire le storie. E la vecchia Giuseppa, pur di non farla scappare via si disponeva a scrivere sul quaderno della nipote trafficando con l'inchiostro e la penna.

«Sui marciapiedi di Palermo allora camminavi e inciampavi in uno che non sapevi se dormiva, se sognava o se stava morendo di stenti. Ci furono penitenze pubbliche per ordine dell'arcivescovo che la gente si inginocchiava sui vetri e si frustava in mezzo alla piazza. Ci furono pure delle principesse che ricevettero per penitenza in casa propria delle puttane matricolate e le nutrirono col poco pane che avevano.

«Mio padre e mia madre scapparono nel feudo di Fiumefreddo dove si presero le febbri di stomaco. Per non farle prendere pure a me mi mandarono indietro con la balia; tanto, dicevano, a una picciridda, che ci pozzunu fari?

«Così mi trovai sula sula a Palermo nel palazzo vuoto quando scoppiarono le rivolte del pane. Un certo La Pilosa andava gridando che c'era la guerra dei poveri contro i ricchi. E presero a bruciare i palazzi.

«Brucia e brucia si fecero tutte le facce nere di fumo e La Pilosa che era il più nero di faccia tanto che sembrava un toro di Spagna andava a testa bassa contro i baroni e i principi. Me lo raccontava la balia che aveva una grande paura che venivano al palazzo Gerbi Mansueto. Infatti vennero. Ciccio Rasone il portiere ci disse che non c'era nessuno. "Megghiu accussì" dissero "che non ci bisogna di scappellarci davanti alle sue Eccellenze." E col cappello in testa entrarono ai piani superiori, si portarono i tappeti, l'argenteria, gli orologi di vermeil, i quadri, i vestiti, i libri e fecero un falò, bruciarono tutto, ogni cosa.»

Marianna vedeva le fiamme che si alzavano dalla casa e immaginava che la nonna ne fosse rimasta travolta ma non osava chiederglielo per iscritto. E se poi risultava che era morta e che quella che parlava con lei non era altro che uno spettro di quelli che popolavano le notti placide della signora madre?

Ma la nonna Giuseppa, come indovinando i pensieri della nipote, scoppiava in una delle sue risate larghe, gioiose e riprendeva a scrivere con foga.

«La balia ad un certo punto, per la paura scappò. Io però non lo sapevo; dormivo pacifica nel mio letto quando chisti rapunu a porta e vengono vicini al letto: "E chista cu è?" dicono. "Sugnu la principessa Giuseppa Gerbi di Mansueto" ci dissi io che ero una scimunita peggio di te. Così mi avevano insegnato e portavo l'orgoglio come na cammisa d'argento che tutti dovevano ammirarla. Quelli mi guardano e mi fanno: "Ah sì e noi alle principesse ci tagliamo la testa e la portiamo in trionfo". E io, sempre più scimunita e babba ci dico: "Se non ve ne andate, popolaccio, chiamo i dragoni del signor padre".

«La fortuna fu che la presero a ridere: "U soldu di caciu fa u paladinu" dissero e per il gran ridere si misero a sputare di qua e di là, ancora oggi sulla tappezzeria di palazzo Gerbi al Cassaro ci puoi trovare i segni di quegli sputi.»

A questo punto rideva anche lei, rovesciando la testa all'indietro e poi tornava a occuparsi della sordità della nipote scrivendo: «Il buco c'è qui nelle tue orecchiuzze belle, ora ci provo a soffiare, senti niente?».

La nipotina scuoteva la testa, rideva contagiata dall'allegria della nonna e lei scriveva: «Tu ridi ma senza suono, devi soffiare; soffia, apri la bocca e manda un suono dalla gola, così, ah ah ah... figghiuzza mia sei un disastro, non imparerai mai».

La nonna scriveva tutto con una pazienza da certosina. E dire che di natura non era affatto paziente. Le piaceva correre, ballare. Dormiva poco, passava ore in cucina a guardare i cuochi che lavoravano e qualche volta ci metteva mano pure lei. Si divertiva a chiacchierare con le cameriere, si faceva raccontare le loro storie d'amore, sapeva suonare il violino e pure il flauto, era un portento, la nonna Giuseppa.

Ma aveva il suo "ma" la nonna Giuseppa, come sapevano tutti in famiglia ed erano i giorni di buio in cui si chiudeva in camera e non voleva vedere nessuno. Se ne stava al chiuso con una pezzuola sulla testa e non voleva né bere né mangiare. Quando usciva, tirata per un braccio dal nonno, sembrava ubriaca.

Marianna faticava a mettere insieme le due persone, per lei erano due donne diverse, una amica e una nemica. Quando attraversava i suoi periodi di "ma" la nonna Giuseppa diventava scostante, quasi brutale. Per lo più rifiutava di parlare o di scrivere, e se si sentiva tirare per la manica dalla bambina, afferrava con un gesto rabbioso la penna e scriveva ingarbugliando le parole: «Mutola e babba, megghiu morta che Marianna». Oppure: «Avessi a finire come La Pilosa, mutola noiosa». E anche: «Di unni niscisti mutola camurriusa, fai pena ma io pena non ne ho». E le gettava il foglietto in faccia con gesto sgarbato.

Ora le dispiace di non averli conservati quei foglietti cattivi. Solo dopo la sua morte aveva davvero capito che erano la stessa persona quelle due donne così diverse perché le erano mancate tutte e due in un solo sentimento di perdita.

La Pilosa lo sapeva come era finito, perché glielo aveva scritto più di una volta con un certo gusto malandrino: «Fatto a pezzi con le tenaglie roventi». E proseguiva: «Papà e mamma tornarono butterati e io diventai una eroina...». E rideva gettando indietro la testa come avrebbe fatto una popolana, sfrontatamente.

«E il tradimento da cui nacque Bagheria nonna Giuseppa?»

«Senza orecchi e senza lingua ti stai facendo curiusazza... che vuoi sapere cucuredda? il tradimento di Bagheria? ma è una lunga storia, te la racconto domani.»

Domani era ancora domani. E poi magari nel frattempo arrivava il suo "ma" e la nonna si chiudeva in camera al buio per giorni e giorni senza affacciarsi neanche con la punta del naso. Finalmente una mattina che il sole era appena uscito, nuovo nuovo come un tuorlo d'uovo, dalle nuvole di coccio e aveva rallegrato il palazzo di via Alloro, la nonna si era seduta alla scrivania e le aveva raccontato con i suoi caratteri minuti e rapidi la storia del famoso tradimento.

Respirava male, come se l'aria le mancasse e il petto volesse uscirle dal corsetto che le stringeva sotto le ascelle. La pelle le si chiazzava di rosso, però il suo "ma" se n'era andato assieme col vento polveroso che veniva su dall'Africa e lei di nuovo era pronta a ridere e a raccontare storie.

«La gabella lo sai cos'è? non importa, e il dazio? manco quello? sei una babbasuna... dunque il Viceré Los Veles se la faceva sotto dalla paura perché in maggio c'era stato La Pilosa e in agosto l'orologiaio anche lui un capochiacchiera che comandava a tutti i pezzenti che volevano il pane e si rivoltavano per questo. Ma l'orologiaio era più devoto al re di Spagna e puranco all'Inquisizione. Alesi, perché così si chiamava l'orologiaio, aveva saputo fermare il popolaccio che rubava, mangiava, bruciava, non aveva la faccia niura questo "ruggiari" e le principesse si fecero in quattro per presentargli regali: guantiere d'argento, coperte di seta, anelli di brillanti. Finché iddu si montò la testa e si credette bello e forte come il re di tutte le Austrie: si fece fare sindaco a vita, capitano generale, illustrissimo Pretore e si faceva riverire e si faceva portare Paliermu Paliermu sopra un cavallo con un fucile in ogni mano e tante corone di rose in testa.

«Tornò il Viceré dalla Spagna e dice: "Chistu chi buole?" "Abbassare il prezzo del grano eccellenza". "E noi lo abbassiamo" rispose iddu, "però questo buffone deve sparire." Così lo presero e lo scannarono che lo buttarono poi a mare, salvo la testa che fu portata su una pertica per tutta la città.

«Due anni dopo scoppiò un'altra rivolta, il 2 dicembre del 1649 e quella volta ci si immischiarono pure dei grandi baroni che volevano l'isola indipendente e farsi padroni delle terre del re; c'era pure un avvocato di nome Antonio Del Giudice che anche lui voleva l'indipendenza. E c'erano preti, c'erano nobili degnissimi con tanto di carrozza che si misero in questo rivoltone. Pure mio padre c'era, tuo bisnonno che si infiammò per una nuova Sicilia libera. Si trovavano in casa di questo avvocato Antonio di nascosto, facevano grandi discorsi sulla libertà. Ma dopo poco si divisero in due fazioni, quelli che volevano al posto del Viceré il principe don Giuseppe Branciforti e quelli che invece volevano a don Luigi Moncada Aragona di Montalto.

«Il principe Branciforti che era ombroso, si pensò tradito per certe voci che circolavano e a sua volta tradì denunciando il complotto al padre gesuita Giuseppe Des Puches. Iddu subbito subbito ci spifferò la cosa al Santo Ufficio che lo fece sapere al capitano di Giustizia di Palermo e iddu ce lo disse al Viceré.

«Detto fatto li presero tutti, li torturarono coi ferri roventi. All'avvocato Lo Giudice ci tagliarono la testa e la appiccarono ai Quattro Canti di città. Tagliarono pure la testa al conte Recalmuto e all'abate Giovanni Caetani che aveva solo ventidue anni. Mio padre si fece solo due giorni di prigione ma perse una gran quantità di picciuli per potersi tenere la testa sulle spalle.

«In quanto a don Giuseppe Branciforti Mazzarino, ebbe il perdono per avere denunciato il Moncada. Ma iddu era triste, la politica l'aveva sdelluso e venne a ritirarsi a Bagheria unni aveva le sue terre. Si costruì una villa sontusa e nel frontespicente ci scrisse: "Ya la speranza es perdida/ Y un sol bien me consuela/ Que el tiempo que pasa y buela/ Llevará presto la vida".

«Così nacque Bagheria Mariannuzza mia, mutola babbasuna, per il tradimento di un'ambizione. Però si trattò di un tradimento principesco e perciò u Signuri non la punì come Sodoma e Gomorra con la distruzione ma anzi la fece così bella e ambita che tutti la vogliono questa terra ingioiellata fra gli antichi monti di Catalfano, Giancaldo, e Consuono, la marina di Aspra e la meravigliosa punta di Capo Zafferano.»

XX

«Io non lo voglio lo zio, signora madre diteglielo voi.» Il biglietto viene schiacciato contro le dita di Marianna.

«Anche tua madre ha sposato uno zio» risponde alla figlia il signor marito zio.

«Ma lei era mutola, e chi la voleva?» Mentre scrive, Giuseppa guarda la madre come a dire: perdonami ma di queste armi dispongo adesso per difendere la mia volontà.

«Tua madre è mutola ma più coltivata di te che sembri l'erba cipollina senza un filo di saggezza. Era pure più avvenente di te, tua madre, bella e regale.» È la prima volta che Marianna legge un complimento del signor marito zio e ne rimane così stupita da non trovare le parole per difendere la figlia.

Inaspettatamente Signoretto viene in aiuto alle due donne. Da quando ha sposato la veneziana è diventato tollerante. Ha preso dei modi ironici che ricordano quelli del signor padre.

Marianna lo vede discutere, aprendo le braccia e chiudendole, col signor marito zio. Il quale certamente gli sta facendo notare che Giuseppa ha ormai ventitré anni ed è inconcepibile che a quell'età non sia ancora sposata. Le sembra di vedere la parola "zitella" tornare più e più volte sulle labbra del duca. E Signoretto avrà tirato fuori l'argomento della libertà, che tiene in gran conto da un po' di tempo a questa parte? gli avrà ricordato che il bisnonno Edoardo Gerbi di Mansueto è stato in carcere per «difendere la sua libertà, anzi la nostra»?

Signoretto si vanta molto di questa gloria familiare. Ma la cosa non fa che indispettire di più il cognato. Per essere coerente con le idee di "indipendenza" il fratello ha preso un atteggiamento incoraggiante verso le donne della famiglia. Permette alle figlie di studiare assieme ai fratelli, cosa che sarebbe stata assolutamente inconcepibile vent'anni fa.

Il signor marito zio ribatte con disprezzo che Signoretto «con la sua insipienza si sta mangiando tutto il suo e ai figli, istruitissimi, lascerà sapienza e lagrime».

Giuseppa, in mezzo allo zio e al padre che litigano, sembra contentissima. Forse ce la farà a non sposare lo zio Gerbi. A questo punto la madre intercederà per lei e per Giulio Carbonelli, coetaneo, amico d'infanzia e fidanzato segreto da anni.

Un momento dopo eccoli sparire tutti e tre verso il salone giallo. Con grande naturalezza si sono dimenticati di lei. O forse l'idea di continuare a discutere davanti a una mutola che spia le loro labbra li indispone. Fatto sta che chiudono la porta lasciandola sola come se la cosa non la riguardasse.

Più tardi Giuseppa entra ad abbracciarla. «Ce l'ho fatta mamà, sposo Giulio.»

«E il signor padre?»

«È Signoretto che l'ha convinto. Piuttosto che lasciarmi zitella accetta Giulio.»

«Nonostante la sua fama di perdigiorno e la sua magra ricchezza?»

«Sì, ha detto sì.»

«Ora bisognerà preparare.»

«Niente preparativi. Ci sposiamo a Napoli, senza feste... non si usano più queste antichità... Ci pensate, una festa con tutti quei parrucconi amici del signor padre zio... Ci sposiamo a Napoli e partiamo subito per Londra.»

Un attimo dopo Giuseppa è volata via dalla porta lasciandosi dietro un tenero odore di sudore misto a fior di spigo.

Marianna si ricorda di avere in tasca una letterina della figlia Manina che non ha ancora letto. Dice solo: «Vi aspetto per l'Avemaria». Ma l'idea di andare a Palermo non la alletta. L'ultimo figlio Manina l'ha chiamato Signoretto come il nonno. Assomiglia moltissimo al piccolo Signoretto morto a quattro anni di vaiolo. Ogni tanto Marianna va in casa Chiarandà a Palermo per tenere in braccio questo nipotino dall'aria fragile e vorace. L'impressione di stringere al petto il piccolo Signoretto è così forte che a volte lo posa subito e scappa via col cuore zuppo.

Se Felice l'accompagnasse... Ma Felice, dopo essere stata novizia tanti anni si è definitivamente monacata con una cerimonia che è durata dieci giorni. Dieci giorni di festa, di elemosine, di messe, di pranzi e di cene suntuose.

Per l'entrata in convento della figlia il signor marito zio ha speso più di diecimila scudi, fra dote, cibarie, liquori e ceri. Una festa che tutti se la ricordano in città per il suo sfarzo. Tanto che il Viceré conte Giuseppe Griman, presidente del regno, si è risentito e ha emesso un bando per ammonire i signori baroni che spendono troppo e si coprono di debiti vietando l'uso di feste monacali che durino più di due giorni. Cosa di cui naturalmente nessuno ha tenuto conto a Palermo.

Chi poteva dargli retta? la grandezza dei nobili consiste proprio nel disprezzare i conti, quali che siano. Un nobiluomo non fa mai calcoli, non conosce nemmeno l'aritmetica. Per questo ci sono gli amministratori, i maggiordomi, i segretari, i servitori. Un nobiluomo non vende e non compra. Semmai offre ciò che vi è di meglio sul mercato a chi considera degno della sua generosità. Può trattarsi di un figlio, di un nipote, ma anche di un accattone, di un imbroglione, di un avversario al gioco, di una cantante, di una lavandaia, secondo il capriccio del momento. Poiché tutto quello che cresce e si moltiplica nella bellissima terra di Sicilia gli appartiene per nascita, per sangue, per grazia divina, che senso ha calcolare profitti e perdite? roba da commercianti e borghesucci.

Quegli stessi commercianti e borghesucci che, a detta del duca Pietro, «un giorno si mangeranno tutto», come già sta succedendo, rosicchiando come topi, morsetto dopo morsetto, gli ulivi, i sugheri, i gelsi, il grano, i carrubi, i limoni eccetera. «Il mondo in futuro apparterrà agli speculatori, ai ladri, agli accaparratori, agli arruffoni, agli assassini», secondo il pensiero apocalittico del marito zio e tutto andrà in rovina perché «con i nobili si perderà qualcosa di incalcolabile: quel senso spontaneo dell'assoluto, quella gloriosa impossibilità di accumulare o di mettere da parte, quell'esporsi con ardimento divino al nulla che divora tutti quanti senza lasciare tracce. Si inventerà l'arte del risparmio e l'uomo conoscerà la volgarità di spirito».

Cosa rimarrà dopo di noi? dicono gli occhi insofferenti del duca Pietro. Solo alcune vestigia diroccate, qualche brandello di villa abitata da chimere dall'occhio lungo e sognante, qualche pezzullo di giardino in cui suonatori di pietra diffondono musiche di pietra fra scheletri di limoni e di ulivi.

La festa della monacazione di Felice non poteva essere più gloriosa, fra una folla di nobili vestiti con grande eleganza. Le signore facevano girare i loro strascichi, i loro "cantusci", le loro "Andrié", le loro mussoline leggere come ali di farfalla, i capelli avvolti in reti d'oro e d'argento, i nastri di vellutino trinato, di pizzo e di seta che scendevano dalle cinte colorate.

Fra piume, spadini, guanti, manicotti, cuffie, fiori finti, scarpette dalle fibbie tempestate di perle, tricorni felpati, tricorni lucidi, venivano servite cene da trenta portate. E fra una portata e l'altra le coppe di cristallo si riempivano di sorbetti di limone profumati al bergamotto.

La neve veniva giù dai monti Gibellini avvolta nella paglia sulle groppe degli asini, dopo essere stata tenuta sepolta per mesi sottoterra e Palermo non mancava mai dei suoi prodigiosi gelati.

Quando in mezzo all'oratorio, fra due ali di invitati, suor Maria Felice Immacolata si era prostrata a terra a braccia aperte come una morta, e le suore l'avevano coperta con una coltre nera accendendo due candele ai piedi e due alla testa, il signor marito zio si era messo a singhiozzare appoggiandosi al braccio della moglie mutola. Una cosa che l'aveva riempita di stupore. Mai l'aveva visto piangere da quando si erano sposati, neanche per la morte del piccolo Signoretto. E ora quella figlia che andava sposa a Cristo gli spezzava il cuore.

Finita la festa il duca Pietro ha mandato alla figlia monaca una cameriera per aiutarla a vestirsi e a tenere in ordine le sue cose. Le ha anche inviato in prestito la sua portantina di velluto imbottito, coi puttini dorati sul tetto. E ancora oggi non le fa mancare i denari per "favorire" il confessore a cui bisogna offrire in continuazione frutti prelibati, sete e ricami.

Ogni mese sono cinquanta tarì per la cera delle candele e altri cinquanta per le offerte dell'altare, settanta per le tovaglie nuove e trenta per lo zucchero e la pasta di mandorle. Un migliaio di scudi se ne sono andati per ricostruire il giardino del convento che certo ora è una meraviglia, abbellito com'è da laghi artificiali, fontane di pietra, viali, loggiati, boschetti e grotte finte in cui le sorelle si riposano mangiando confetti e sgranando il rosario.

In realtà il duca Pietro non è affatto rassegnato a sapere lontana la figlia e ogni volta che può le manda la carrozza perché venga a casa per un giorno o due. La zia Fiammetta vede il convento come un orto in cui la zappa deve accompagnare le preghiere. La nipote Felice ha fatto della sua cella una oasi suntuosa in cui ritirarsi dalle brutture del mondo, dove gli occhi si possano posare solo su cose belle e piacevoli. Il giardino per Fiammetta è il luogo della meditazione, e del raccoglimento, per Felice un centro di conversazione dove starsene comodamente sedute all'ombra di un fico a scambiarsi notizie e pettegolezzi.

Fiammetta accusa Felice di "corruzione". La più giovane accusa la zia di bigotteria. L'una legge solo il Vangelo e se lo porta dietro sia nell'orto che in cucina tanto da averlo ridotto a un ammasso di pagine unte, l'altra legge vite romanzate dei santi in libriccini candidi rilegati in pelle. Fra le pagine compaiono improvvise immagini di sante dal corpo coperto di piaghe, distese in pose sensuali e chiuse in drappi carichi di volute e ghirigori.

Quando era viva la zia Teresa professa erano in due a criticare Felice. Ora che la zia Teresa se n'è andata quasi nello stesso giorno in cui è morta la zia Agata canonica, è rimasta solo Fiammetta a recriminare e certe volte si ha l'impressione che non sia più tanto sicura di essere dalla parte della ragione. Proprio per questo diventa più aspra, più dura. Ma Felice non le bada. Sa di avere dalla sua il padre e si sente forte. In quanto alla madre mutola non l'ha mai considerata molto: legge troppi libri e questo la rende distante, un poco "pazzotica" come dice alle amiche per giustificarla.

Mariano a sua volta considera la sorella "pretenziosa" ma ne condivide i gusti per lo sfarzo e le novità. Preparandosi ad ereditare tutte le ricchezze paterne si fa ogni giorno più arrogante e più bello. Con la madre è paziente anche se di una pazienza leggermente artefatta. Quando la vede si inchina a baciarle la mano, poi si impossessa della penna e della carta di lei per scrivere qualche bella frase in una grafia gigantesca e piena di volute.

Anche lui si è innamorato, e di una bella ragazza che gli porta in dote una ventina di feudi: Caterina Molè di Flores e Pozzogrande. A settembre ci sarà il matrimonio e già Marianna immagina le fatiche dei preparativi per le feste che dureranno non meno di otto giorni e si concluderanno con una notte di fuochi d'artificio.

XXI

Fuori è buio. Il silenzio avvolge Marianna sterile e assoluto. Fra le sue mani un libro d'amore. Le parole, dice lo scrittore, vengono raccolte dagli occhi come grappoli di una vigna sospesa, vengono spremuti dal pensiero che gira come una ruota di mulino e poi, in forma liquida si spargono e scorrono felici per le vene. È questa la divina vendemmia della letteratura?

Trepidare con i personaggi che corrono fra le pagine, bere il succo del pensiero altrui, provare l'ebbrezza rimandata di un piacere che appartiene ad altri. Esaltare i propri sensi attraverso lo spettacolo sempre ripetuto dell'amore in rappresentazione, non è amore anche questo? Che importanza ha che questo amore non sia mai stato vissuto faccia a faccia direttamente? assistere agli abbracci di corpi estranei, ma quanto vicini e noti per via di lettura, non è come viverlo quell'abbraccio, con un privilegio in più, di rimanere padroni di sé?

Un sospetto le attraversa la mente: che il suo sia solo uno spiare i respiri degli altri. Così come cerca di interpretare sulle labbra di chi le sta accanto il ritmo delle frasi, rincorre su queste pagine il farsi e il disfarsi degli amori altrui. Non è una caricatura un po' penosa?

Quante ore ha trascorso in quella biblioteca, imparando a cavare l'oro dalle pietre, setacciando e pulendo per giorni e giorni, gli occhi a mollo nelle acque torbide della letteratura. Che ne ha ricavato? qualche granello di ruvido bitorzoluto sapere. Da un libro all'altro, da una pagina all'altra. Centinaia di storie d'amore, di allegria, di disperazione, di morte, di godimenti, di assassinii, di incontri, di addii. E lei sempre lì seduta su quella poltrona dal centrino ricamato e consunto dietro la testa.

La parte bassa degli scaffali, quelli raggiungibili da mani infantili contengono soprattutto vite di santi: *La sequenza di santa Eulalia*, *La vita di san Leodegario*, qualche libro in francese *Le jeu de saint Nicolas*, il *Cymbalum mundi*, qualche libro in spagnolo come il *Rimado de palacio* o il *Lazarillo de Tormes*. Una montagna di almanacchi: della *Luna nuova*, degli *Amori sotto Marte*, del *Raccolto*, dei *Venti*; nonché storie di paladini di Francia e alcuni romanzi per signorine che parlano d'amore con ipocrita licenza.

Più sopra, negli scaffali ad altezza d'uomo si possono trovare i classici: dalla *Vita nuova* all'*Orlando furioso*, dal *De rerum natura* ai *Dialoghi di Platone* nonché qualche romanzo alla moda come il *Colloandro fedele* e *La leggenda delle vergini*.

Questi erano i libri della biblioteca di villa Ucrìa quando l'ha ereditata Marianna. Ma da quando la frequenta assiduamente i libri sono raddoppiati. Da principio la scusa era lo studio dell'inglese e del francese. E quindi vocabolari, grammatiche, compendii. Poi, qualche libro di viaggi con disegni di mondi lontani e infine, con sempre più ardimento, romanzi moderni, libri di storia, di filosofia.

Da quando i figli sono andati via ha molto più tempo a disposizione. E i libri non le bastano mai. Li ordina a dozzine ma spesso ci mettono dei mesi per arrivare. Come il pacchetto che conteneva il *Paradise Lost* che è rimasto cinque mesi al porto di Palermo senza che nessuno sapesse dove fosse andato a finire. Oppure la *Histoire comique de Francion* che è andato perso nel tragitto fra Napoli e la Sicilia in un battello che è affondato al largo di Capri.

Altri li ha prestati e non ricorda più a chi; come i *Lais* di Maria di Francia che non sono più tornati indietro. O il *Romance de Brut* che deve essere nelle mani di suo fratello Carlo al convento di San Martino delle Scale.

Queste letture che si protraggono fino a notte fonda sono prostranti ma anche dense di piaceri. Marianna non riesce mai a decidersi ad andare a letto. E se non fosse per la sete che quasi sempre la strappa alla lettura continuerebbe fino a giorno.

Uscire da un libro è come uscire dal meglio di sé. Passare dagli archi soffici e ariosi della mente alle goffaggini di un corpo accattone sempre in cerca di qualcosa è comunque una resa. Lasciare persone note e care per ritrovare una se stessa che non ama, chiusa in una contabilità ridicola di giornate che si sommano a giornate come fossero indistinguibili.

La sete ha messo il suo zampino in quella quiete sensuale togliendo profumo ai fiori, ispessendo le ombre. Il silenzio di questa notte è soffocante. Tornata alla biblioteca, alle candele consumate, Marianna si chiede perché queste notti le stanno diventando strette. E perché ogni cosa tenda a precipitare verso l'interno della sua testa come dentro un pozzo dalle acque scure in cui ogni tanto echeggia un tonfo, una caduta, ma di che?

I piedi scivolano delicati e silenziosi sui tappeti che coprono il corridoio; raggiungono la sala da pranzo, attraversano il salone giallo, quello rosa; si fermano sulla soglia della cucina. La tenda nera che nasconde il grande orcio dove si conserva l'acqua da bere è scostata. Qualcuno è sceso a bere prima di lei. Per un momento è presa dal panico di un incontro notturno col signor marito zio. Da quella notte del rifiuto non l'ha più cercata. Le sembra di avere intuito che amoreggi con la moglie di Cuffa. Non la vecchia Severina che è morta ormai da un po', ma la nuova moglie, una certa Rosalia dalla folta treccia nera che le ciondola sulla schiena.

Ha una trentina d'anni, è di temperamento energico, ma col padrone sa essere dolce e lui ha bisogno di qualcuno che accolga i suoi assalti senza raggelarsi.

Marianna ripensa ai loro frettolosi accoppiamenti al buio, lui armato e implacabile e lei lontana, impietrita. Dovevano essere buffi a vedersi, stupidi come possono esserlo coloro che ripetono senza un barlume di discernimento un dovere che non capiscono e per cui non sono tagliati.

Eppure hanno fatto cinque figli vivi e tre morti prima di nascere che fanno otto; otto volte si sono incontrati sotto le lenzuola senza baciarsi né carezzarsi. Un assalto, una forzatura, un premere di ginocchia fredde contro le gambe, una esplosione rapida e rabbiosa.

Qualche volta chiudendo gli occhi al suo dovere si è distratta pensando agli accoppiamenti di Zeus e di Io, di Zeus e di Leda come sono descritti da Pausania o da Plutarco. Il corpo divino sceglie un simulacro terreno: una volpe, un cigno, un'aquila, un toro. E poi, dopo lunghi appostamenti fra i sugheri e le querce, l'improvvisa apparizione. Non c'è il tempo di dire una parola. L'animale curva i suoi artigli, inchioda col becco la nuca della donna, e la ruba a se stessa e al suo piacere. Un battere di ali, un fiato ansante sul collo, il taglio dei denti su una spalla ed è finito. L'amante se ne va lasciandoti dolorante e umiliata.

Avrebbe voglia di chiedere a Rosalia se anche con lei il signor marito zio si trasforma in lupo che azzanna e scappa. Ma sa già che non glielo chiederà. Per discrezione, per timidezza, ma forse anche per paura di quella treccia nera che quando è di malumore sembra alzarsi e soffiare come una serpe ballerina.

Non ci sono lumi nelle stanze da basso e Marianna sa con certezza che il signor marito zio non andrebbe in giro al buio come fa lei a cui la sordità ha reso lo sguardo particolarmente acuto, al pari dei gatti.

L'orcio trasuda umidità. A toccarlo è fresco e poroso, manda un buon odore di terracotta. Marianna vi immerge il secchiello di metallo attaccato a una canna e beve avidamente facendosi colare l'acqua sul corpetto ricamato.

Con la coda dell'occhio vede una luce debole che filtra da uno degli usci della servitù. È la camera di Fila la cui porta è rimasta socchiusa. Non saprebbe dire che ore sono ma certo è passata la mezzanotte e anche l'una, forse siamo vicini alle tre. Le pare di avere avvertito quella contrazione dell'aria, quella increspatura leggera della notte che provoca la campana della chiesa di casa Butera quando batte le due.

Senza quasi che se ne accorga i suoi piedi la portano verso la luce e lo sguardo si insinua in quella fessura rimasta aperta, cercando di distinguere qualcosa fra i guizzi fumosi di un moccolo acceso.

C'è un braccio nudo che ciondola sospeso al bordo del letto, un piede calzato che si alza e si abbassa. Marianna si tira indietro indignata con se stessa: spiare non è degno di lei. Ma poi sorride di sé: lo sdegno lasciamolo alle anime belle, la curiosità sta alla radice dell'inquietudine come direbbe il signore Davide Hume di Londra, ed è parente di quell'altra curiosità che la porta a intrufolarsi nei libri con tanta passione. Allora perché fare gli ipocriti?

Con un ardire che la sorprende, torna a spiare dallo spiraglio aperto col fiato sospeso come se da ciò che vedrà dipendesse il suo futuro, come se il suo sguardo fosse già stato colpito prima di avere guardato.

Fila non è sola. Con lei c'è un ragazzo dai tratti armoniosi che piange desolato. I capelli ricci e neri gli stanno raccolti dietro la nuca in un treccino striminzito. A Marianna sembra di averlo già visto quel ragazzo, ma dove? le sue membra sono morbide e terragne, il colore della sua pelle è quello del pan di Spagna. Intanto vede Fila che estrae dalla tasca un fazzoletto appallottolato e con quello pulisce il naso al ragazzo piangente.

Ora Fila sembra incalzare il ragazzino con delle domande a cui lui non ha voglia di rispondere. Ciondolando riottoso, ridacchiando e piangendo si siede sul bordo del letto a guardare con meraviglia le scarpe di pelle di daino che giacciono a terra coi lacci in disordine.

Fila continua a parlargli seccata, ma intanto ha riposto in tasca il fazzoletto bagnato e ora si china su di lui, insistente e materna. Lui non piange più, afferra una scarpa e se la porta al naso. In quel momento Fila si butta su di lui e lo colpisce con veemenza; gli dà una botta con la mano aperta sulla nuca, poi sulla guancia, infine coi pugni chiusi gli tempesta il cranio di colpi.

Lui si lascia picchiare senza reagire. Intanto la candela, nel movimento, si è spenta. La stanza rimane al buio. Marianna fa qualche passo indietro, ma Fila deve avere riacceso il moccolo perché la luce riprende a tremolare lungo lo stipite.

È l'ora che torni di sopra, si dice Marianna, ma una curiosità sconosciuta, incontrollabile che fra sé giudica oscena l'attira di nuovo verso la visione proibita. Ed ecco Fila che si siede sul letto e lui le si accoccola vicino appoggiando la testa sul seno di lei. Un momento dopo lei gli bacia dolcemente le tempie arrossate e passa la lingua sul graffio che lei stessa gli ha fatto sotto l'occhio sinistro.

Marianna questa volta si costringe a tornare verso l'orcio dell'acqua fresca. L'idea di assistere a un atto d'amore fra Fila e quel ragazzo la sgomenta: è già abbastanza scombussolata dalla sorpresa. Immerge di nuovo la canna col coppino di metallo nell'acqua; se lo porta alle labbra e beve chiudendo gli occhi, a grandi sorsate. Non si accorge che nel frattempo la porta si è aperta e Fila sta sulla soglia a guardarla.

Il corpetto slacciato, le trecce disfatte, lo stupore la tiene lì gelata, incapace di fare qualsiasi cosa che non sia rimirarla a bocca aperta. Intanto anche il ragazzo è venuto avanti e si è fermato alle spalle di lei, il codino che gli pende da dietro un orecchio arrossato.

Marianna li osserva ma senza cipiglio e forse i suoi occhi ridono perché finalmente Fila si scioglie dalla sorpresa paralizzata e prende ad allacciarsi il corpetto con dita frettolose. Il ragazzo non mostra nessuna paura. Viene avanti, nudo fino alla cintola, piantando gli occhi arditi sulla duchessa. Proprio come uno che l'abbia vista sempre da lontano, fra porte socchiuse, forse spiandola come ha fatto poco fa lei con lui, al di là di tende semitirate, standosene nascosto e fermo, in agguato. Come chi abbia sentito molto parlare di lei e ora voglia vedere di che stoffa è fatta questa grande signora dalla gola di pietra.

Ma Fila ha qualcosa da dire. Si avvicina a Marianna, l'afferra per un polso, le parla nell'orecchio sordo, le fa dei cenni con le dita davanti agli occhi. Marianna la guarda affannarsi mentre i capelli neri sgusciano fuori dalle trecce e le scivolano sulle guance rigandole di nero.

Per una volta la sordità la protegge senza farla sentire una minorata. Il gusto del castigo le accende le guance. Sa benissimo che una punizione non avrebbe senso – è lei la colpevole che gira per casa al buio di notte – ma in quel momento ha bisogno di ribadire una distanza che è stata pericolosamente sospesa.

Si avvicina a Fila con la mano alzata come una padrona che ha scoperto la domestica con uno sconosciuto sotto il proprio tetto. Il signor marito zio l'approverebbe, anzi le metterebbe in mano la frusta.

Ma Fila le agguanta la mano al volo e la trascina verso l'interno della stanza, verso lo specchio illuminato di sguincio dal moccolo ancora acceso. Con l'altra mano ha tirato a sé il ragazzino e una volta davanti allo specchio gli afferra la testa per i capelli e l'accosta alla sua, guancia contro guancia.

Marianna fissa quelle due teste dentro il vetro offuscato dal fumo e in un attimo capisce quello che Fila le vuole dire: due bocche tagliate dalla stessa mano, due nasi modellati dalla stessa matrice, ingobbiti al centro, stretti in alto e in fondo, gli occhi grigi appena un poco troppo distanti, gli zigomi larghi, rosati: sono fratelli.

E Fila che ha capito di averla convinta con la forza delle immagini annuisce e si succhia il labbro gioiosamente. Ma come avrà fatto a nascondere il ragazzo tutto quel tempo, che neanche il signor padre sapeva della sua esistenza?

Ora Fila, con una autorità che solo una sorella matura può pretendere, impone al ragazzo di inginocchiarsi davanti alla duchessa e di baciare il lembo del suo prezioso vestito color ambra. E lui, docile, guardando da sotto in su con la faccia compunta e teatrale, le sfiora l'orlo della gonna con le labbra. Un guizzo di astuzia bambina, una lontana sapienza seduttiva, di quelle che solo chi si sente escluso dal mondo delle meraviglie può manifestare.

Marianna osserva con tenerezza i quarti di luna che appaiono sul suo dorso piegato. Rapida, gli fa cenno di alzarsi. E Fila ride e batte le mani. Il ragazzo le si pianta in piedi di fronte e ha qualcosa di spudorato che la indispone ma nello stesso tempo la incuriosisce. I loro sguardi si intrecciano un momento emozionati.

XXII

Saro e Raffaele Cuffa sono ai remi. La barca sguscia sull'acqua calma e nera con dei brevi strattoni cadenzati. Sotto un festone di lumi di carta si intravvedono delle sedie dorate. La duchessa Marianna: una sfinge chiusa in un mantello verde bottiglia, la faccia rivolta verso il porto.

Sugli scanni, seduti di traverso: Giuseppa col marito Giulio Carbonelli e il figlio di due anni, Manina con la figlia minore Giacinta. A prua, su due rotoli di corda, Fila e Innocenza.

Una barca li affianca, a poche braccia di distanza. Un altro festone, un'altra sedia dorata su cui siede il duca Pietro. Accanto a lui la figlia monaca Felice, il figlio maggiore Mariano accompagnato dalla sposa signora Caterina Molè di Flores, la giovane moglie di Cuffa, Rosalia che ha avvolto la treccia nera sul capo come fosse un turbante.

Disseminate sull'acqua della baia di Palermo centinaia di barche: gozzi, caicchi, feluche, ciascuna con la sua bardatura di festoni luminosi, le sue seggiole padronali, i suoi rematori.

Il mare è quieto, la luna nascosta dietro straccetti di nuvole orlate di viola. I limiti fra cielo e acqua scompaiono nel nero fitto di una calma e solida notte di agosto.

Fra poco dalla macchina dei fuochi che si alza imponente sulla marina partiranno le girandole, i razzi, le fontane di luce che pioveranno sul mare. Sul fondo, Porta Felice pare un presepe tutto cosparso di lumi a olio. Sulla destra il Cassaro Morto, la sagoma scura della Vicaria, le abitazioni basse della Kalsa, la massicciata dello Steri, le pietre grigie di Santa Maria della Catena, le mura squadrate del Castello a mare, la costruzione lunga e chiara di San Giovanni de' Leprosi e subito dietro un pullulare di vicoli storti, bui, da cui migliaia di persone si rovesciano verso il mare.

Marianna legge un foglietto sgualcito che tiene in grembo su cui una mano gentile ha scritto «macchina costruita per grazia dei maestri tessitori, dei maestri palafrenieri e dei maestri venditori di caci, amen».

Ora gli uomini hanno smesso di remare. La barca oscilla leggermente sulle onde con il suo carico di luci, di corpi agghindati a festa, di fette di cocomero, di bottiglie d'acqua e anice. Marianna gira la testa su quel popolo di imbarcazioni che nel silenzio della sua notte si dondolano come piume fioccanti sospese nel vuoto.

«Viva Ferdinando, il nuovo figlio di Carlo III re di Sicilia, amen» dice un altro biglietto cadutole sulla scarpa. Parte il primo razzo. Esplode in alto, quasi coperto dalle nuvole. Una pioggia di fili d'argento precipita sui tetti di Palermo, sulle facciate delle case principesche, sulle strade con le loro "balate" grigie, sui muretti del porto, sulle imbarcazioni cariche di spettatori e si spegne friggendo nell'acqua nera.

«L'altro ieri le feste per l'incoronazione di Vittorio Amedeo di Savoia, ieri le luminarie per la salita al trono di Carlo VI d'Asburgo, oggi si festeggia la nascita del figlio di Carlo III di Borbone... stesse baldorie, stesso pot-pourri: primo giorno: messa solenne in cattedrale, secondo giorno: combattimento del leone col cavallo, terzo giorno i musici al teatro marmoreo, quindi ballo al palazzo del Senato, corsa di cavalli, processione e fuochi alla Marina... che infinito mortorio...»

A Marianna è bastato uno sguardo al signor marito per sapere cosa stia rimuginando. Da ultimo è diventato trasparente per lei: gli occhi sbiaditi, la fronte stempiata non riescono più a nascondere i pensieri come facevano prima gelosamente. Sembra che abbia perso la pazienza di dissimulare. Per anni ne aveva fatto un vanto: nessuno doveva penetrare al di là di quelle sopracciglia, al di là di quella fronte nuda e austera. Ora pare che quell'arte gli sia diventata troppo familiare e di conseguenza priva di interesse.

«Bestie noi a chinare sempre il collo... chiddu Vittorio Amedeo lassamulu stari, voleva fare di Paliermu un'altra Torino, miserere nobis! gli orari, le tasse, i dazi, le guarnigioni... volessi mettere il dazio alla malattia, alla fame, signor re? le piaghe nostre profumano di gelsomino, imperatore mio e solo noi le capiamo deo gratias... il trattato di Utrecht, un'altra cavolata, si sono spartiti i bocconi: uno ammia, uno attia... e quella troia di Elisabetta Farnese si scapricciò per l'isola, volle un trono "pe' so figghiu". Il cardinale Alberoni ci tenne bordone e Filippo V allungò una mano... A Capo Passero gli inglesi ci fecero mangiare aceto a quel babbasone di Filippo V ma Elisabetta non mollò l'osso, quella è una madre "pacinziusa"; gli austriaci vinti in Polonia ci voltarono le spalle a Napoli e alla Sicilia, così suo figlio don Carlo mise la mano sul settebello... ci salirono sul collo e chissà quannu scinnunu...»

Quella voce senza voce non riesce più a fermarla. Il signore le ha fatto questo dono, di entrare nella testa degli altri. Ma una volta chiusa la porta si trova a respirare un'aria stantia in cui le parole prendono un odore raffermo.

Due mani si fermano sulle spalle della duchessa, sollevano lo scialle sul collo, le aggiustano i capelli. Marianna si volta per ringraziare Fila e si trova davanti la faccia scanzonata di Saro.

Poco dopo, mentre ammira le parabole di luci verdi e gialle che fioriscono contro il cielo avverte un'altra volta la presenza del ragazzo alle spalle. Due dita leggere hanno scostato lo scialle e sfiorano l'attaccatura dei capelli.

Marianna fa per scacciarlo ma una spossatezza muta e molle la inchioda alla sedia. Ora il ragazzo con una mossa da gatto si è spostato a prua e indica il cielo col braccio.

È andato lì per farsi ammirare, è chiaro. Se ne sta in piedi sul triangolo convesso, in equilibrio precario a mostrare il corpo snello e alto, la faccia bellissima illuminata a tratti dalle scintille volanti.

Tutte le teste sono rivolte verso l'alto, tutti gli sguardi seguono l'esplosione dei fuochi. Solo lui guarda altrove, nella direzione della regale seggiola piantata in mezzo alla imbarcazione. Negli sprazzi di luce che colorano l'aria Marianna vede gli occhi del "picciutteddu" fissi su di sé. Sono occhi amorosi, allegri, forse anche arroganti, ma privi di malizia. Marianna lo osserva un attimo e subito ritrae lo sguardo. Eppure dopo un momento non può fare a meno di tornare a rimirarlo: quel collo, quelle gambe, quella bocca sembrano essere lì per sgomentarla e appagarla.

XXIII

Che sia in giardino a leggere un libro, che sia nel salone giallo a fare i conti con Raffaele Cuffa, che sia in biblioteca a studiare l'inglese, Saro se lo trova sempre davanti, sbucato dal nulla, in procinto di sparire nel nulla.

Sempre lì a fissarla con occhi accesi e dolci che supplicano una risposta. E Marianna si stupisce che quella devozione duri, si faccia più ardita e insistente ogni giorno che passa.

Il signor marito zio l'ha preso a benvolere e gli ha fatto fare su misura una bella livrea dai colori della Casa, blu e oro. Il codino non gli ballonzola più dietro l'orecchio, striminzito come una coda di topo. Una ciocca di capelli neri e lucidi gli scivola sulla fronte e lui se la tira indietro con un gesto spigliato e seducente.

C'è solo un luogo dove lui non può entrare ed è la camera da letto padronale ed è lì che lei si rifugia sempre più spesso con i suoi libri, sotto gli occhi enigmatici delle chimere, chiedendosi se lui oserà continuare a cercarla.

Ma ogni tanto si scopre a scrutare giù in cortile aspettando il suo arrivo. Le basta vederlo passare con quel suo passo ciondolante e vago per mettersi di buon umore.

Pur di non incontrarlo si era perfino decisa ad andare a stare a Palermo per qualche tempo nella sua casa di via Alloro. Ma una mattina l'aveva visto arrivare sulla carrozza del signor marito zio, ritto in piedi sul predellino posteriore, allegro e ben vestito: il tricorno piantato sui ricci neri, un paio di scarpini luccicanti, ornati da una fibbia di ottone.

Fila dice che si è messo a studiare. L'ha raccontato a Innocenza che l'ha spifferato a suor Felice che l'ha scritto in un foglietto alla madre: «Iddu impara a scrivere per parlarci con vuscienza». Non si sa se detto con malignità o ammirazione.

Oggi piove. La campagna è velata: ogni cespuglio, ogni albero è zuppo d'acqua e il silenzio di cui è prigioniera pare a Marianna più ingiusto del solito. Una nostalgia profonda dei suoni che accompagnano la vista di quei rami brillanti, di quella campagna formicolante di vita la prende alla gola. Come sarà il canto di un usignolo? l'ha letto tante volte nei libri che si tratta del canto più soave che si possa immaginare, qualcosa che fa tintinnare il cuore. Ma come?

La porta si apre come in certi incubi, spinta da una mano sconosciuta. Marianna la guarda muoversi lenta, senza sapere cosa ne verrà fuori: una gioia o un dolore, una faccia amica o nemica?

È Fila che entra col candelabro acceso. Ancora una volta è scalza, e si capisce che si tratta di una voluta insubordinazione, un segnale rivolto ai padroni troppo esigenti. Ma nello stesso tempo conta sull'indulgenza di Marianna, non dovuta alla tolleranza ma a un segreto increscioso, sembra pensare, che le lega con un bel fiocco, al di là delle differenze di età, di denaro, di stato sociale.

Cosa vuole da lei? perché pianta con tanto gusto i piedi nudi e sporchi nei tappeti preziosi? perché cammina con tanta disinvoltura, incurante che la gonna si alzi e lasci scoperti i calcagni callosi e macchiati?

Marianna sa che il solo modo di ristabilire le distanze sarebbe di alzare una mano da padrona per uno schiaffo, anche leggero. È così che si usa. Ma basta che il suo sguardo si posi su quella faccia dai tratti teneri, così simile a quell'altra maschile dai lineamenti solo un po' più marcati, che le passa ogni voglia di batterla.

Marianna si porta una mano al colletto che le si stringe sotto la gola. Il corpetto di lana di pecora le preme ruvido contro la schiena sudata; pare fatto di spine. Con due dita fa cenno a Fila di andarsene. La ragazza esce facendo dondolare l'ampia gonna di pannicello rosso. Nei pressi della porta fa un inchino secco accompagnato da una mezza smorfia.

Rimasta sola Marianna si inginocchia davanti a un piccolo Cristo in avorio che le ha regalato Felice e prova a pregare: «Mio Signore, fai che io non mi perda ai miei stessi occhi, fai che sappia mantenere l'integrità del cuore».

Lo sguardo si ferma sul crocifisso: le sembra che sul volto di Cristo appaia una smorfia di derisione. Anche lui come Fila sembra ridere di lei. Marianna si alza, va a stendersi sul letto coprendosi gli occhi con le braccia.

Si gira su un fianco. Allunga una mano verso il libro che le ha regalato il signor fratello abate Carlo alla nascita di Mariano. Apre e legge:

Il mio spirito viene meno
i miei giorni si spengono
non sono in balia dei beffardi?

fra i loro insulti veglia il mio occhio
sii tu la garanzia di te stesso.

Le parole di Giobbe sembrano lì per ricordarle un crimine, ma quale? quello di pensare il pensiero secondo i suggerimenti del signor Hume o quello di lasciarsi tentare da un desiderio sconosciuto e temibile? I suoi giorni certamente vengono meno, si spengono man mano le luci del suo corpo, ma chi la salverà dai beffardi?

La porta prende a muoversi un'altra volta, scivola sui cardini allungando un'ombra quadrata sul pavimento. Cosa si trascina dietro? che corpo, che sguardo? forse quello di un ragazzo che mostra dodici anni e invece ne ha diciannove?

Questa volta è Giuseppa col figlio piccolo che viene a trovarla. Com'è ingrassata! I vestiti trattengono a stento la carne, la faccia è pallida, spenta. Entra con passo risoluto, si siede sul bordo del letto, si sfila le scarpe che le serrano i piedi, distende le gambe sul pavimento, guarda la madre e scoppia a piangere.

Marianna le si avvicina amorevolmente, la stringe al petto; ma la figlia anziché acquetarsi si lascia andare ai singhiozzi mentre il bambino, a quattro zampe, si infila sotto il letto.

«Per carità che hai?» scrive Marianna su un foglietto e lo caccia sotto il naso della figlia.

Giuseppa si asciuga le lagrime col dorso della mano, incapace di frenare i singhiozzi. Torna ad abbracciare la madre, poi afferra un lembo dello spolverino di lei e si soffia il naso rumorosamente. Solo dopo molte sollecitazioni, mettendole la penna fra le dita, Marianna riesce a farle scrivere qualcosa.

«Giulio mi maltratta, me ne voglio andare.»

«Che t'ha fatto meschinedda?»

«Mi portò in casa una "cuffiara", me la mise nel letto con la scusa che è malata e poi siccome non ciaveva vestiti le regalò le mia con tutti i ventagli francesi che tenevo ammucciati.»

«Ne parlerò con il signor padre zio.»

«No mamà ti pregassi, lassalu stari.»

«Che posso fare allora?»

«Voglio che lo fai bastonare.»

«Non siamo mica ai tempi di tuo bisnonno... e poi a che servirebbe?»

«Per vindicarimi.»

«Che ci fai con la vendetta?»

«Mi piace, mi faccio pena e mi voglio ristorare.»

«Ma perché nel letto la cuffiara, non capisco» scrive Marianna in fretta; le risposte arrivano sempre più lente, storte e disordinate.

«Per sfregio.»

«Ma perché vuole sfregiarti tuo marito?»

«Susapiddu.»

Una storia curiosa, incredibile: se il signor marito Giulio Carbonelli vuole divertirsi non ha bisogno di cacciare nel letto della moglie l'amante "cuffiara". Cosa ci può essere dietro questo gesto insensato?

Ed ecco che piano piano, fra parole mozze e frasi dialettali fanno capolino alcune rivelazioni: Giuseppa è diventata amica della zia Domitilla, la moglie di Signoretto, la quale l'ha introdotta ai libri proibiti dei pensatori francesi, alle riflessioni laiche, alle richieste di libertà.

Don Giulio Carbonelli, che odia le idee nuove che circolano fra i giovani peggio del signor marito zio, aveva cercato di fermarla su quella strada «assolutamente disdicevole per una Carbonelli dei baroni di Scarapullè». Ma la moglie non gli aveva dato retta e così lui aveva trovato un modo obliquo e brutale per dimostrarle senza tante parole che il padrone in casa era lui.

Ora si tratta di convincere la figlia che le vendette richiamano altre vendette e che fra marito e moglie è impensabile un simile litigio. Di separarsi da lui non se ne parla nemmeno: ha un figlio piccolo e non può lasciarlo senza padre e d'altronde una donna priva del marito, per non essere tacciata di prostituta, potrebbe rifugiarsi solo in convento. Deve però trovare un modo per farsi rispettare da lui senza vendette né ritorsioni. Ma che fare?

Mentre riflette Marianna si scopre a scrivere: «Ma cosa sono questi ventagli francesi?».

«Fra stecca e stecca si scoprono scene da letto mamà» scrive la figlia con impazienza e Marianna annuisce imbarazzata.

«Devi guadagnarti la sua stima» insiste la madre e la mano fatica a mantenersi composta, autorevole.

«Siamo cane e gatto.»

«Eppure sei stata tu a volerlo. Se sposavi lo zio Antonio come ti proponeva tuo padre...»

«Meglio morta... lo zio Antonio è un vecchio cimurrusu, cu l'occhio di gaddina. Preferisco Giulio con la sua "cuffiara". Solo tu povera mutola ti potevi prendere a uno zotico come lo zio padre... se lo dico a Mariano credi che mi saprà vendicare?»

«Toglitelo dalla testa, Giuseppa.»

«Che lo aspettino fuori della porta e lo mazzolìano, solo chistu vogghiu mamà.»

Marianna rivolge alla figlia uno sguardo rannuvolato. La ragazza fa una smorfia bizzosa, si morde il labbro. Ma ancora la madre ha dell'ascendente su di lei e dinanzi a quegli occhi severi, Giuseppa si tira indietro rinunciando al proposito della vendetta.

XXIV

Le tende tirate. Il velluto che cade in grosse pieghe. Il soffitto a volta che raccoglie le ombre. Qualche goccia di luce che si infiltra fra i panneggi, si scioglie sul pavimento formando delle pozzette polverose.

C'è odore di canfora nell'aria stantia: l'acqua bolle in un pentolino appoggiato sulla stufa. Il letto è così grande che occupa una intera parete della stanza: poggia su quattro colonnine di legno scolpito, fra cortine ricamate e cordoni di seta.

Sotto le lenzuola spiegazzate il corpo sudato di Manina, da giorni e giorni se ne sta fermo a occhi chiusi. Non si sa se riuscirà a sopravvivere. Gli stessi odori dell'agonia di Signoretto, la stessa consistenza gelatinosa, lo stesso calore malato dal sapore dolciastro e nauseabondo. Marianna allunga una mano verso la mano della figlia che giace col palmo rovesciato sulla coperta. Con due dita, cautamente, accarezza il palmo umido.

Quante volte si è aggrappata alle sue gonne quella mano da bambina, come a sua volta si era aggrappata lei al saio del signor padre, con una richiesta di attenzione e una serie di domande che si potevano racchiudere in una sola: posso fidarmi di te? ma forse anche la figlia aveva scoperto che non è possibile confidare in chi, pur amandoti ciecamente, alla fine resterà incomprensibile e lontano.

Una mano il cui biancore è spesso guastato dai morsi rossastri delle zanzare, come quella di Agata. Simili in molte cose zia e nipote, tutte e due molto belle, con una vocazione alla crudeltà. Aliene da ogni civetteria, ogni cura, ogni sentimento di sé, tutte e due cupamente dedite all'amore materno, rapite in una adorazione per i figli che rasenta l'idolatria.

Sola differenza: l'umorismo di Manina che cerca di mettere pace facendo ridere, pur restando seria lei. Agata si immola alla maternità senza chiedere niente in cambio, ma con quale giudizio spregiativo verso le donne che non fanno la stessa scelta. Ha già partorito otto figli e continua a partorire, nonostante i suoi trentanove anni, mai stanca, sempre alle prese con balie, tate, cerusici, varveri e mammane.

Manina ama troppo la concordia per disprezzare chicchessia. Il suo sogno è di cucire con lo stesso filo il marito, i figli, i genitori, i parenti e tenerli saldi a sé. A venticinque anni ha già fatto sei figli, ed essendosi sposata a dodici, man mano che crescono i figli, vanno assomigliando più che altro a dei fratelli.

Se la ricorda ancora traballante sulle gambe grassocce, chiusa dentro un vestito a palloncino coperto di fiocchi rossi che lei aveva fatto copiare da un quadro di Velázquez di cui possedeva una riproduzione ad acquarello. Una bambina rosea, tranquilla, con gli occhi color acquamarina.

Non era ancora uscita da quel quadro che già era entrata in un altro, al braccio del marito, la pancia enorme portata in giro come un trofeo, offerta spudoratamente all'ammirazione dei passanti.

Due aborti e un figlio nato morto. Ma ne era uscita senza troppi danni. «Il mio corpo è una sala d'aspetto: c'è sempre qualche infante che entra o che esce» scriveva di sé alla madre. E di quelle entrate e uscite non si adontava per niente, anzi se ne beava: la confusione di bambini sempre in procinto di correre, mangiare, cacare, dormire, strillare, le metteva addosso una grande allegria.

L'ultimo parto ora rischia di ucciderla. Il bambino era messo bene, così per lo meno diceva la mammana, il seno aveva già cominciato a fabbricare latte e Manina si divertiva a farlo assaggiare ai più piccoli che accorrevano, si arrampicavano sulle sue ginocchia, si attaccavano al capezzolo strizzando e tirando la carne affaticata.

Il bambino è nato morto e lei ha continuato a perdere sangue fino a diventare grigia. La levatrice, a furia di tamponare e zaffare, è riuscita a fermare l'emorragia ma di notte la giovane madre ha cominciato a delirare. Ora è legata a un filo, la faccia gessosa, gli occhi offuscati.

Marianna prende un batuffolo di cotone, lo intinge nell'acqua e limone, lo accosta alle labbra della figlia. Per un momento la vede aprire gli occhi ma sono ciechi, non la distinguono.

Un sorriso compiaciuto passa su quella faccia esangue, una sbavatura di sublime noncuranza di sé, un fulgore di sacrificio. Chi può averle inculcato questa smania di abnegazione materna? questo entusiasmo per la perdita consapevole di sé? la zia Teresa professa o la tata dai capelli bianchi e il cilicio sotto il corpetto che la costringeva a pregare per ore in ginocchio accanto al letto? oppure don Ligustro che è anche il confessore di zia Fiammetta e che le è stato vicino per anni insegnandole il catechismo e la dottrina? Eppure don Ligustro non è affatto un fanatico, anzi a un certo momento sembrava che amoreggiasse con il grande Cornelius Jansen detto Giansenio. Da qualche parte ci deve essere conservato un biglietto di padre Ligustro che comincia con una citazione di Aristotele: «Dio è troppo perfetto per potere pensare ad altro che a se stesso».

Né Agata né Manina si aspettano niente dai loro mariti: non amore né amicizia. E forse per questo invece sono amate. Don Diego di Torre Mosca non si allontana un momento dalla moglie ed è geloso di lei fino allo spasimo.

Il marito di Manina, don Francesco Chiarandà di Magazzinasso, è anche lui molto legato alla moglie anche se questo non gli impedisce di assalire governanti e serve che circolano per casa, soprattutto quando vengono dal "continente". Com'è successo con una certa Rosina venuta da Benevento, una ragazza bella e sdegnosa che faceva la "cammarera di fino". È rimasta incinta del signor barone e tutti si sono molto agitati. La baronessa signora suocera Chiarandà di Magazzinasso l'ha prelevata dalla casa del figlio e l'ha spedita a Messina in casa di certi amici che avevano bisogno di una serva elegante. Fiammetta è venuta dal convento per fare una strigliata al nipote. Zie, cognate, cugine, si sono precipitate nel grande salone del palazzo Chiarandà di via Toledo per compatire la "meschinedda".

La sola che non si sia curata per niente di tutta la faccenda è invece proprio Manina che si è pure offerta di allevare lei il bastardo tenendo in casa anche la madre. E diceva delle spiritosate sulla somiglianza di padre e figlio che «portano lo stesso naso a beccuccio». Ma la signora suocera è stata irremovibile e Manina ha ceduto, con la solita remissività, chinando la bella testa su cui ha preso l'abitudine di appuntare un vezzo di perle rosate.

Ora quelle perle sono lì sul comodino e mandano dei bagliori color malva nella penombra della camera. Accanto, quattro anelli: il rubino della nonna Maria che porta ancora addosso le macchie e gli odori del trinciato di Trieste, un cammeo con la testa di Venere che è appartenuto alla bisnonna Giuseppa, e prima di lei alla trisavola Agata Ucrìa, una fede di oro massiccio e l'anello d'argento coi delfini che portava il nonno Signoretto. Accanto, un fermacapelli di tartaruga tempestato di brillanti che è passato dai capelli corvini della suocera a quelli biondi della nuora.

L'anello dei delfini il signor padre una volta l'aveva perso mettendo in allarme tutta la famiglia. Poi era stato ritrovato, vicino alla vasca delle ninfee, da Innocenza. La quale, dopo quella volta, come dice il proverbio "fatti a fama e curcati", era diventata per tutti "l'onesta Innocenza". Ma l'anello coi delfini si era perso ancora: il signor padre questa volta lo aveva lasciato in casa di una cantante d'opera di cui si era invaghito.

«Per rispetto mi toglievo l'anello e lo posavo sul tavolino da notte» aveva scritto una volta confidenzialmente alla figlia.

«Rispetto di che signor padre?»

«Della mamma, della famiglia.» Ma nello scriverlo gli era sfuggito un sorriso. Così credulo e incredulo insieme. Gli piacevano i gesti ripetuti, le serate in famiglia ma anche le recite, le ostentazioni, gli ardimenti di una sola notte vagabonda.

Non voleva che l'antica geometria degli affetti e delle abitudini andasse stravolta, ma nello stesso tempo era curioso di ogni idea nuova, di ogni emozione inaspettata, tollerante verso le proprie contraddizioni e impaziente verso quelle degli altri.

«Ma poi l'avete ritrovato l'anello?»

«Ero io il "vastaso", credevo che l'avesse rubato Clementina e invece me l'ha fatto trovare sul cuscino due giorni dopo... una brava picciotta era...»

Di questi biglietti del signor padre ne ha una scatola piena che tiene chiusa a chiave nel comò della camera da letto. I suoi li butta via ma quelli del padre, qualcuno della madre, qualcuno dei figli li conserva e ogni tanto va a rileggerseli. La grafia disinvolta e slegata del signor padre, quella stentata e affaticata della signora madre, le O strette e slanciate di suo figlio Mariano, le esse e le elle svolazzanti di sua figlia Felice, la firma storta e macchiata di inchiostro della figlia Giuseppa.

Di Manina non ne ha neanche uno. Forse perché le ha scritto poco o forse perché le sue parole sui fogli materni sono sempre state così insignificanti da non lasciare traccia. Scrivere non le è mai piaciuto a quella figlia dalle bellezze suntuose e svagate. Semmai la musica, le note più che la parola. E le spiritosaggini, che avevano sempre il fine di distogliere gli altri da pensieri cupi, da liti o da malumori, arrivavano a Marianna solo quando qualcuno glieli trascriveva. Non era mai Manina a farlo.

Durante i primi anni di matrimonio Manina e Francesco usavano invitare ogni sera amici e amiche nella grande casa di via Toledo. Avevano un cuoco francese dalla faccia butterata che preparava degli squisiti "fois gras" e delle buonissime "coquilles aux herbes". Dopo le solite gremolate alla melagrana e al limone passavano nel salone affrescato dall'Intermassimi. Anche lì chimere dal corpo di leonessa e la faccia femminile che ricordava Marianna.

Manina sedeva al clavicembalo e faceva scorrere le dita sui tasti, prima timidamente, con precauzione, poi sempre più spedita e sicura e a questo punto la bocca le si piegava in una smorfia amara, quasi feroce.

Dopo la morte del secondogenito e i due aborti che erano seguiti, i Chiarandà avevano smesso di ricevere. Solo la domenica qualche volta invitavano i parenti a pranzo e poi Manina veniva spinta quasi con la forza al clavicembalo. Ma la sua faccia non si deformava più, rimaneva liscia e soave come la si può vedere nel ritratto dell'Intermassimi che sta appeso nella sala da pranzo fra un nugolo di angeli, uccelli del paradiso e serpenti dalla testa di pesce.

In seguito ha rinunciato del tutto. Ora al clavicembalo siede la figlia Giacinta di sette anni, accompagnata dal maestro ticinese che batte il tempo sul coperchio con una bacchetta di legno di ulivo.

Marianna si è assopita stringendo nel pugno la mano febbricitante della figlia. Nella sua testa vuota rimbomba lo scalpiccìo degli zoccoli del baio Miguelito. Chissà dove sta galoppando ora il vecchio cavallo regalato al signor padre da un lontano cugino, Pipino Ondes, che a sua volta l'aveva comprato da uno zingaro.

Per anni Miguelito aveva vissuto nelle stalle dietro villa Ucrìa accanto al "dammuso" dei Calò, assieme agli altri cavalli arabi. Poi il signor padre aveva preso a prediligerlo per il suo carattere docile e coraggioso e lo montava per andare a trovare i Butera o i Palagonia e qualche volta si faceva portare fino a Palermo. Da vecchio era finito in casa Calò, prima spinto a fughe precipitose fra gli ulivi dalle due gemelle Lina e Lena, e poi, cieco di un occhio, trasportava il vecchio Calò dietro le vacche per la piana di Bagheria. Alla morte delle gemelle lo si vedeva ancora girare per l'uliveto, magrissimo ma pronto ad infuocarsi appena imbroccava la discesa polverosa della villa.

Fra poco gli salterò in groppa, si dice Marianna e andremo a trovare il signor padre, ma dove? il cavallo orbo e spelato, i denti ingialliti e rotti per l'età, non ha perso la sua aria ardimentosa, la folta criniera color caffè per cui andava famoso. Ha qualcosa di strano però alla coda, gli si è allungata, attorcigliata, e gonfiata. E ora si stende, si snoda, mette fuori una punta aguzza; pare che voglia afferrarla per la vita e sbatterla contro una roccia. Che si stia trasformando in uno di quei cani che popolavano i sogni della signora madre?

Marianna apre gli occhi giusto in tempo per scorgere dietro la porta socchiusa, un ciuffo nero saltellante, uno sguardo liquido e nero che la spia.

XXV

Da lontano fanno pensare a tre grosse tartarughe che si muovano lentamente lungo il viottolo in mezzo alle erbe alte e ai sassi. Tre tartarughe: tre lettighe, ciascuna preceduta e seguita da due mule. In fila indiana, una dietro l'altra fra i boschi e i dirupi, lungo un sentiero impervio che da Bagheria porta verso i monti delle Serre passando per Misilmeri, Villafrati, fino a raggiungere le alture della Portella del Coniglio. Quattro uomini armati seguono la carovana, altri quattro aprono la strada con i moschetti sulle spalle.

Marianna se ne sta seduta sospesa, incassata nello stretto sedile, le gonne pesanti sollevate un poco sulle caviglie sudate, i capelli tirati e attorcigliati sulla nuca perché facciano meno calore. Ogni tanto alza una mano per cacciare via una mosca.

Di fronte a lei, sul sedile foderato di broccato, in un vestito bianco di velo d'India, un fisciù di seta azzurro buttato sulle ginocchia, dorme Giuseppa incurante delle scosse e delle oscillazioni della lettiga.

Ora il sentiero si è fatto più ripido e più stretto, da una parte in bilico su un precipizio cosparso di roccioni grigio rosati, dall'altra sovrastato da una parete ripida di terre nere e cespugli intricati. Gli zoccoli delle mule ogni tanto slittano sulle rocce facendo pencolare la lettiga, ma poi si riprendono, salgono ancora schivando le buche.

Il mulattiere guida i loro passi tenendo ritta davanti a sé una pertica per saggiare il terreno pantanoso. A volte le zampe delle mule sprofondano nell'argilla e non ne escono che a fatica, a furia di frustate, appesantite da zolle di fango; altre volte l'erba alta e aguzza si aggroviglia attorno alle caviglie delle bestie impedendo loro il passo.

Marianna si afferra alla maniglia di legno, lo stomaco in subbuglio, chiedendosi se finirà per vomitare. Affaccia la testa allo sportello, vede la lettiga sospesa sopra un dirupo: ma perché non si arrestano, perché non cessa quel dondolio esasperante che scombussola le viscere? Il fatto è che fermarsi è pericoloso più ancora che camminare e le mule, come se lo capissero, vanno avanti a testa bassa, soffiando, mantenendo con un sapiente gioco dei muscoli l'equilibrio fra le stanghe.

Le mosche vanno e vengono dai musi delle bestie all'interno della vetturetta: il movimento le eccita. Passeggiano sui capelli raccolti della duchessa, sulle labbra dischiuse di Giuseppa. Meglio guardare lontano, si dice Marianna, cercare di dimenticare quella situazione di prigionia sospesa fra due pali in equilibrio sul vuoto.

Sollevando lo sguardo può vedere, oltre il precipizio pietroso, oltre un bosco di sugheri, in mezzo a un digradare di campi gialli bruciati, la valle di Sciara dai larghi appezzamenti coltivati a grano: distese di terreni coperti da una lanuggine gialla piumata appena scossa dal vento. Fra i campi di grano, vivo e snodato come un serpente dalle scaglie lucenti, il San Leonardo che si butta nel golfo di Termini Imerese.

Negli occhi dilatati di Marianna il grosso fiume dal colore metallico, i boschi di sugheri dalle striature rossicce, le distese di canne, sono chiusi dentro un blocco di calore vetroso appena scosso da un verminare interno appena percettibile.

Il paesaggio grandioso le ha fatto dimenticare le mosche e il mal di mare. Fa per allungare una mano verso la figlia che dorme con la testa penzoloni su una spalla; ma poi si ferma con la mano a metà strada. Non sa se svegliarla per mostrarle il panorama o lasciarla riposare ricordando che la mattina si sono alzate alle quattro e il dondolio non aiuta certo a rimanere sveglie.

Cercando di non mettere in pericolo l'equilibrio del fragile involucro a cupola Marianna si sporge per vedere se le altre lettighe seguono. In una si trovano Manina, tornata magra e bella dopo la guarigione, e Felice che si "sciuscia" con un gran ventaglio di seta gialla. Nell'altra viaggiano Innocenza e Fila.

Fra gli uomini armati ci sono Raffaele Cuffa, Calogero Usura, suo cugino, Peppino Geraci, il giardiniere di villa Ucrìa, il vecchio Ciccio Calò, Totò Milza suo nipote e Saro che da quando il signor marito zio è morto lasciandogli in eredità cento scudi più tutti i suoi vestiti ha preso un'aria di studiata lentezza che lo rende un poco ridicolo ma gli dà anche un nuovo splendore.

Gli sono scomparsi i quarti di luna dal petto. Il ciuffo nero non scivola più impertinente sulla fronte ma viene cacciato a forza dentro un parrucchino dai riccioli bianchi di quando il duca Pietro era un giovanotto che gli sta un po' largo e tende a scivolargli sulle orecchie.

È sempre molto bello anche se di una bellezza diversa, meno infantile, più consapevole e compunta. Ma soprattutto è cambiato nei modi che ora sono quasi quelli di un signore nato fra i lini di un grande palazzo di Palermo. Ha imparato a muoversi con garbo ma senza affettazione. Monta a cavallo come un principe mettendo la punta dello stivale nella staffa e tirandosi su con un balzo leggero e composto. Ha imparato a inchinarsi davanti alle signore tendendo la gamba in avanti e compiendo col braccio un'ampia curva, non senza rovesciare all'ultimo momento il polso che scuote le piume del tricorno.

Ha salito a uno a uno gli scalini della gloria, il risoluto orfano scoperto una notte seminudo nella camera di Fila col codino da topo e il sorriso contrito. Ma non si accontenta, ora vuole imparare a scrivere e a fare di conto. Tanta è la diligenza che ci mette, tanta la pazienza che anche il signor marito zio l'aveva preso a stimare e lo aveva aiutato dandogli lui stesso lezioni di araldica, di buone maniere e di cavalleria.

Ora rimangono da salire gli ultimi gradini e fra questi c'è la conquista della sua stessa signora, la bella mutola che con tanta arroganza si rifiuta al suo amore. È questo che lo rende così ardito? o c'è dell'altro? difficile dirlo. Il ragazzo ha anche imparato a dissimulare.

Al funerale del signor marito zio era il più afflitto, come gli fosse morto un padre. E quando gli hanno detto che il duca gli aveva lasciato una piccola eredità in monete d'oro, vestiti, scarpe e parrucche è diventato pallido per la sorpresa e ha continuato a ripetere che "non ne era degno".

Quel funerale aveva stancato Marianna fino a farle perdere il fiato: nove giorni di cerimonie, di messe, di cene fra parenti, la preparazione dei vestiti di lutto per l'intera famiglia, gli addobbi dei fiori, le centinaia di ceri per la chiesa, le reputatrici che hanno pianto per due notti e due giorni accanto al cadavere.

Infine il corpo era stato portato alle catacombe dei Cappuccini per l'imbalsamazione. Lei avrebbe preferito che riposasse sotto terra ma Mariano e il signor fratello Signoretto erano stati irremovibili: il duca Pietro Ucrìa di Campo Spagnolo, barone di Scannatura, conte della Sala di Paruta, marchese di Sollazzi, doveva essere imbalsamato e conservato nelle cripte dei Cappuccini come i suoi avi.

Erano discesi nelle catacombe in molti, inciampando negli strascichi, rischiando di mandare a fuoco con le torce il catafalco, in un traffico di mani, scarpe, cuscini, fiori, spade, livree, candelabri.

Poi erano spariti tutti e lei si era trovata sola col corpo nudo del marito morto mentre i frati preparavano il colatoio e la cella nel salnitro.

Da principio si era rifiutata di guardarlo: le sembrava indiscreto. I suoi occhi si erano posati più in là sopra tre vecchi dalla pelle incatramata incollata alle ossa che la fissavano dalle pareti a cui erano agganciati per il collo, le mani scheletriche legate sul petto con un laccio.

Sopra gli scaffali di legno laccato giacevano altri morti: donne eleganti nei loro vestiti di festa, le braccia incrociate sul petto, le cuffie dagli orli ingialliti, le labbra stirate sui denti. Alcune stavano lì allungate da qualche settimana e mandavano un odore acuto di acidi. Altre erano lì da cinquant'anni, un secolo e avevano perso ogni odore.

Una usanza barbara, si diceva Marianna cercando di ricordare le parole del signor Hume sulla morte; ma la sua testa era vuota. Meglio essere bruciati e gettati nel Gange come fanno gli indiani, piuttosto che starsene in questi sotterranei, ancora una volta tutti insieme fra parenti e amici dai grandi nomi, la pelle che si sbriciola come carta.

Il suo sguardo si era posato su un corpo sotto vetro, questo sì perfettamente conservato: una bambina dalle ciglia lunghe, bionde, le orecchie come due minuscole conchiglie appoggiate su un cuscino ricamato, la fronte alta, scoperta su cui brillavano due gocciole di sudore. E di colpo l'aveva riconosciuta: era la sorella di sua nonna Giuseppa, morta a sei anni di peste. Una prozia mai cresciuta che sembrava volere annunciare il miracolo della eternità della carne.

Di tutti i corpi ammucchiati lì dentro solo quello della bambina si era mantenuto come tutti sperano di mantenersi dopo morti: integri, morbidi, assorti in una tranquilla noia. E invece l'imbalsamazione dei frati, tanto famosa per l'uso del salnitro naturale, dopo qualche tempo si sfalda, si indurisce, tira fuori gli scheletri che rimangono appena velati da una pellicola di carne scura e secca.

Marianna aveva riportato gli occhi sul corpo nudo del marito disteso di fronte a lei. Ma perché l'avevano voluta lasciare lì sola? forse perché gli desse l'ultimo saluto o perché riflettesse sulla fragilità del corpo umano? Stranamente la vista di quelle membra abbandonate la rassicurava: era così diverso dagli altri corpi che la circondavano, così fresco e quieto, tutto segnato da vene, ciglia, capelli, labbra in rilievo che sono proprie dei vivi. Quell'onda di capelli grigi conservava intatto il ricordo delle campagne assolate, le guance trattenevano ancora qualche brandello della luce rosata delle candele.

Appena sopra di lui una piccola targa incisa nel rame diceva «memento mori»; ma il cadavere del signor marito zio sembrava invece dire «memento vivere»! tanta era la forza di quelle carni indolenzite in confronto alla sfarzosa cartapesta del popolo degli imbalsamati. Così nudo non l'aveva mai visto; così nudo e arreso eppure composto e dignitoso nei suoi muscoli assopiti, nelle pieghe severe del volto impietrito.

Un corpo che non le ha mai ispirato amore per quei modi austeri, violenti e freddi a cui si accompagnava. Da ultimo aveva cambiato qualcosa nella maniera di avvicinarsi a lei: furtivo sempre come se dovesse rubarle qualcosa, ma preso da una incertezza nuova, un dubbio che veniva dall'inspiegabile rifiuto subìto tanti anni prima.

Quella dolcezza ruvida, un poco recitata che nasceva da un perplesso e silenzioso rispetto glielo aveva reso meno estraneo. Anzi, a volte si era scoperta a desiderare di stringergli una mano ma sapeva che anche l'idea di una carezza era per lui inammissibile. Aveva ereditato dai padri un'idea dell'amore da rapace: si punta, si assale, si lacera, e si divora. Dopo di che si va via sazi lasciandosi dietro una carogna, una pelle svuotata di vita.

Quel corpo nudo abbandonato sulle lastre di pietra, pronto a essere tagliato, svuotato, riempito di salnitro, le ispirava adesso una improvvisa simpatia. O forse qualcosa di più, della pietà. Aveva allungato una mano e gli aveva carezzato una tempia con due dita leggere mentre delle lagrime non previste e non volute prendevano a scenderle giù per le gote.

Scrutando quel viso affilato e livido, seguendo la curva sfuggente delle labbra, le sporgenze degli zigomi, le minuscole pinne scure del naso, cercava di capire il segreto di quel corpo.

Non l'aveva mai immaginato bambino il signor marito zio. Era impossibile. Da quando lo conosceva era sempre stato vecchio, chiuso dentro quei vestiti rossi che ricordavano gli addobbi secenteschi più che le eleganze del nuovo secolo, la testa eternamente coperta da parrucche arzigogolate, i gesti misurati, rigidi.

Eppure una volta aveva visto un ritratto di lui bambino che poi si era perso. Davanti a un festone di fiori e frutta spiccavano le teste dei due fratelli Ucrìa di Campo Spagnolo: Maria bionda, sognante e già un poco pingue; Pietro dai capelli più chiari, stopposi, alto e legnoso, con uno sguardo di tristezza orgogliosa negli occhi. Dietro, come in una bacheca, apparivano le teste dei genitori: Carlo Ucrìa di Campo Spagnolo, e Giulia Scebarràs di Avila. Lei robusta e nera di capelli, un'aria zelante e autoritaria; lui delicato e sfuggente chiuso dentro una giubba dai colori smorti. Era dalla parte degli Ucrìa che veniva quella morbidezza dei tratti di Maria, mentre Pietro aveva preso dai vecchi Scebarràs, razza di invasori e despoti rapaci.

Nonna Giulia raccontava che Pietro da piccolo era pignolo e suscettibile: attaccava brighe per un nonnulla e si divertiva a fare a pugni con chiunque. Vinceva sempre, pare, perché nonostante l'aria sofferente aveva muscoli guizzanti, di ferro. In famiglia era tenuto per uno stravagante. Parlava poco, era attaccato morbosamente ai suoi vestiti che pretendeva di seta e di damasco, bordati d'oro.

Eppure aveva anche degli slanci di generosità che lasciavano sbalorditi i familiari. Un giorno aveva radunato i figli dei vaccari di Bagheria e aveva regalato loro tutti i suoi giocattoli. Un altro giorno aveva preso alcuni gioielli di sua madre e li aveva consegnati a una poveretta che chiedeva l'elemosina.

Amava il gioco ma sapeva moderarsi. Non passava le notti al tavolino fra le carte, come molti dei suoi amici; non manteneva camiciaie o stiratrici, non beveva che un poco di vino delle vigne del padre. Solo la lotta lo attirava, anche con gente al di sotto del suo rango e per questo era stato punito dalla signora nonna Giulia con la frusta.

Contro i genitori però non si era mai rivoltato: anzi li venerava e ogni volta aveva accettato le punizioni con fredda compunzione. Per tutta l'adolescenza e la giovinezza non aveva avuto amori che non fossero la sorella Maria. Con lei faceva delle interminabili partite a faraone.

Quando la piccola Maria si era sposata lui si era chiuso in casa e non era più voluto uscire per quasi un anno. Come tutta compagnia teneva una capretta che faceva coricare sul suo letto e mentre mangiava la lasciava sotto la tavola assieme ai cani.

In famiglia era stata tollerata finché era rimasta una bestiola dalla testa morbida e le zampettine leggere. Ma quando crescendo aveva messo corna ritorte e si era trasformata in un grosso animale che prendeva a testate i mobili, la signora nonna Giulia aveva ordinato di portarla in campagna e lasciarla lì.

Pietro aveva ubbidito ma poi di notte usciva di nascosto per andare a dormire nella stalla con la capra. Nonna Giulia l'aveva saputo e aveva fatto uccidere la bestia. E poi, davanti a tutta la famiglia, aveva frustato il figlio sulle natiche nude. Proprio come faceva con lei e i suoi fratelli il vecchio bisnonno Scebarràs quando erano ragazzini.

Da quel giorno il paziente Pietro era diventato "reticu e strammu". Spariva per settimane e nessuno sapeva dove andasse. Oppure si chiudeva nella sua stanza e non lasciava entrare neanche la cameriera che andava a portargli il cibo. Con la madre non parlava anche se nel vederla si inchinava come era suo dovere.

A quarant'anni non si era ancora sposato e, salvo per il bordello dove andava qualche volta, non sembrava conoscere l'amore. Solo con la sorella Maria aveva qualche confidenza. Andava spesso a trovarla nella casa del marito e con lei qualche parola la diceva. Il padre era morto poco dopo la morte della capra ma nessuno lo aveva rimpianto perché era un uomo talmente spento da parere defunto anche mentre era vivo.

Quando era nata la nipote Marianna era diventato ancora più assiduo a via Alloro pur non avendo una grande simpatia per il cugino cognato Signoretto. Si era affezionato alla bambina che prendeva in braccio e coccolava come aveva fatto con la capretta anni prima.

Nessuno pensava di dargli moglie, finché non era morto uno zio scapolo del ramo Scebarràs che aveva accumulato terre e soldi lasciando poi ogni cosa all'unico nipote. Allora la signora nonna Giulia aveva deciso di dargli in sposa una grande dama palermitana da poco rimasta vedova: la marchesa Milo delle Saline di Trapani, una donna di polso che avrebbe potuto temperare le stranezze del figlio. Ma Pietro si era opposto e aveva dichiarato che lui non avrebbe mai dormito nello stesso letto con una donna salvo che non fosse una delle figlie di sua sorella Maria. E poiché di figlie ce n'erano tre e una era promessa monaca, ne restavano due: Agata e Marianna. Agata era troppo piccola, Marianna era sordomuta, ma aveva appena compiuto tredici anni, l'età in cui le ragazze vanno spose.

Fra l'altro, si erano detti la signora madre Maria e il signor padre, Agata era sprecata darla allo zio, con la sua bellezza si poteva contrattare un magnifico matrimonio. Perciò era giusto che fosse Marianna a sposare l'eccentrico Pietro. D'altronde lui mostrava di esserle molto affezionato. Inoltre c'era un bisogno urgente di soldi freschi per pagare debiti antichi e nuovi, c'era da rimettere a posto il palazzo di via Alloro che cadeva a pezzi, da ricomprare carrozze e cavalli e rifare tutte le livree di casa. Marianna non avrebbe perduto niente: se non si fosse sposata sarebbe stata chiusa in un monastero. Così, invece, avrebbe aperto una nuova dinastia: gli Ucrìa di Campo Spagnolo, baroni di Scannatura, conti della Sala di Paruta, marchesi di Sollazzi e di Taya, nonché baroni di Scebarràs di Avila.

Prima di morire la nonna Giulia aveva chiamato il figlio e gli aveva chiesto di perdonarla per averlo frustato davanti alla servitù per quella storia della capra. Il figlio Pietro l'aveva guardata senza dire una parola e poi, solo un momento prima che lei spirasse aveva detto con voce forte: «Spero che abbiate la fortuna di incontrare i vostri parenti Scebarràs all'inferno». E questo mentre il prete snocciolava il gloria patri e le prefiche si preparavano a piangere a pagamento per tre notti e tre giorni.

Così Pietro aveva avuto la nipote. Ma da quando si era sposato era stato incapace di ripetere quei gesti che aveva avuto quando lei era bambina. Come se il matrimonio, consacrandola, avesse raggelato la sua tenerezza paterna.

XXVI

«E don Mariano?» «Vostru figghiu non vinni cu voscienza?» «Che fa, si scantò?» «Lo aspettassimo u novu signuri.» «Con la morte di don Pietro ci toccava...» Marianna cincischia con le dita inquiete i biglietti che tiene in grembo. Come giustificare l'assenza di Mariano diventato improvvisamente capofamiglia, erede e proprietario dei feudi di Campo Spagnolo, di Scannatura, di Taya, della Sala di Paruta, di Sollazzi e Fiumefreddo? come dire a questi campieri e gabelloti venuti a riverirli che il giovane Ucrìa è rimasto a Palermo con la moglie perché, semplicemente, non aveva voglia di muoversi?

«Andateci voi mamà, io ho da fare» le aveva scritto comparendole improvvisamente davanti nella nuova giamberga di broccatello inglese tempestato di incrostazioni d'oro.

È vero che dodici ore di lettiga su per quei sentieri di montagna sono una punizione e davvero pochi dei baroni palermitani si assoggettano a simili fatiche per visitare i loro feudi dell'interno. Ma questa di oggi è una delle rare occasioni ritenute essenziali sia dai parenti e dagli amici che dai dipendenti. Il nuovo padrone deve andare a fare un giro delle sue proprietà, deve farsi conoscere, parlare, sistemare le vecchie case padronali, informarsi sugli avvenimenti accaduti durante le lunghe assenze cittadine, cercare di suscitare un poco di ammirazione, di simpatia, o per lo meno di curiosità.

Forse ha fatto male a non insistere, si dice Marianna, ma lui non gliene aveva lasciato il tempo. Le aveva baciato la mano e se n'era andato veloce come era venuto smuovendo l'aria col suo acuto profumo alle rose. Lo stesso che usava il signor padre, solo che lui si inumidiva appena le "dentelles" della camicia, mentre il figlio se ne serve senza discrezione versandosene addosso delle bottigliate intere.

Di lei, mutola, i campieri e i gabelloti hanno una soggezione che rasenta la paura. La considerano una specie di santa, una che non appartiene alla razza grandiosa dei signori ma a quella miserabile e in qualche modo sacra degli storpi, dei malati, dei mutilati. Ne hanno pietà ma sono anche irritati dai suoi occhi curiosi e penetranti. E poi non sanno scrivere e lei con i suoi biglietti, le sue penne, le mani macchiate d'inchiostro li mette in uno stato di agitazione insopportabile.

Di solito incaricano il prete don Pericle di scrivere per loro, ma nemmeno questa intercessione li soddisfa. E poi è una donna e per quanto padrona, che può capire una "fimmina" di proprietà, di grani, di campi di semina, di debiti, di gabelle, eccetera?

Per questo ora la guardano delusi, ripetendo quel ritornello su don Mariano, anche se non l'hanno mai visto. Il duca Pietro è stato da loro un anno prima di morire. Era arrivato a cavallo come sempre, rifiutando il sedile foderato di raso della lettiga, col suo fucile, i suoi guardiani, i suoi rotoli di carta, le sue bisacce.

Ora si trovano davanti la signora duchessa Marianna e non sanno da dove cominciare. Don Pericle se ne sta seduto mezzo disteso sulla seggiolona di pelle unta e sgrana un rosario fra le dita paffute. Aspetta che comincino a parlare. Da come gli uomini allungano il collo verso la veranda, Marianna capisce che le figlie stanno passeggiando e ridendo sotto i portici, forse spazzolandosi i capelli all'ombra degli archi di pietra.

Avrebbe voglia di chiudersi in camera a dormire. Ha la schiena indolenzita, gli occhi brucianti, le gambe irrigidite dalla fatica di stare ferme e piegate per ore. Ma sa che in qualche modo deve affrontarla quella gente, deve farsi perdonare l'assenza del figlio e cercare di convincerli che davvero non poteva venire. Perciò si fa forza e con un gesto li invita a parlare. Don Pericle trascrive nel suo linguaggio lapidario.

«Tredici onze per rifare pozzo. Ma risulta asciutto. Occorrono altre dieci onze.»

«A Sollazzi manca manovalanza. Vaiolo si portò dieci uomini.»

«Un prigioniero per insolvenza. Contadino feudo Campo Spagnolo. In catene da venti dì.»

«Grano venduto: 120 salme. Aumentate tratte di vendita. Manca liquido. Soldi in cassa: 0,27 onze, tarì 110.»

«Cacio delle vostre pecore che sono 900 uguale 30 rotoli e 10 di ricotta.»

«Lana: quattro rotoli.»

Marianna legge con pignoleria tutti i foglietti che don Pericle le passa mano mano che gli uomini parlano. Annuisce col capo; osserva le facce dei suoi gabelloti e dei suoi campieri: Carlo Santangelo detto "u zoppu" sebbene non zoppichi affatto; l'ha conosciuto quando è venuta col signor marito zio subito dopo essersi sposata. Una testa dai tratti forti, i capelli radi sul cranio abbronzato, la bocca dalle labbra aride, spaccate dal sole. Tiene in mano un cappello grigio dalle falde molli e larghe che sbatte contro una coscia con impazienza.

C'è Ciccio Panella il quale ha preteso che don Pericle scrivesse per la "duchissa" il suo nome in grande su un foglio pulito. È un nuovo campiere: avrà sì e no ventidue anni. Magro scannato, gli occhi vivi, una grande bocca a cui mancano due denti sul lato destro. Sembra il più incuriosito da lei, il meno infastidito dall'idea di avere a che fare con una padrona anziché con un padrone. Le osserva la scollatura dell'abito con gli occhi accesi, chiaramente affascinato dal biancore della pelle di lei.

C'è Nino Settanni, veterano del feudo: anziano, ben piantato, con gli occhi che sembrano dipinti tanto sono neri, orlati di nero e chiusi dall'arco di due sopracciglia folte e scure. I capelli invece sono bianchi e gli cadono a ciocche disordinate sulle spalle.

Don Pericle continua a porgerle foglietti riempiti dalla sua lunga e larga scrittura a pioggia. Lei adesso li accumula sul palmo rovesciato e si propone di leggerli più tardi con calma. In realtà non sa bene cosa farne di quei foglietti né cosa rispondere a questi uomini venuti a "darci cuntu" delle entrate e delle uscite, nonché delle tante questioni che accompagnano la vita dei campi.

Ma sarà vero del prigioniero tenuto in casa? avrà capito bene? e dove lo avranno messo?

«Unni sta u priggiunieri?»

«Proprio sotto a nuautri, nelle cantine, voscienza.»

«Dite ai gabelloti e ai campieri di tornare domani.»

Don Pericle non si scompone per nessuna ragione, fa un gesto col capo e i gabelloti e i campieri si avviano verso l'uscita dopo essersi inchinati a baciare la mano alla duchessa mutola.

Sulla porta incontrano Fila che entra reggendo un vassoio carico di bicchieri dal gambo lungo e sottile. Marianna fa per mandarla indietro ma è troppo tardi. Con dei gesti di cortesia invita gli uomini a tornare sui loro passi per accettare il rinfresco apparso al momento sbagliato.

Le mani si allungano incerte, preoccupate, sul vassoio d'argento, si chiudono delicatamente attorno agli steli come se dovessero col solo tocco delle dita ruvide fare esplodere il cristallo, si portano cautamente il calice alla bocca.

Poi eccoli rimettersi in fila per il baciamano ma la padrona li congeda risparmiando loro questo obbligo seccante. Ed essi le sfilano davanti inchinandosi rispettosi, compunti, coi cappelli in mano.

«Accompagnatemi sotto al dammuso don Pericle» scrive Marianna con mano spazientita. E don Pericle, imperturbabile, le porge un braccio ricoperto di profumato panno nero.

Un lungo corridoio, un ripostiglio buio, la sala delle conserve, la cucina, l'essiccatoio, un altro corridoio, il salone della caccia coi fucili appesi alla rastrelliera, dei panieri sparsi sul pavimento, due anatre di legno appoggiate su una sedia. Un odore acuto di pelle mal conciata, di polvere da sparo e di grasso di montone. Poi ecco, la saletta delle bandiere: lo stendardo sabaudo arrotolato goffamente in un angolo, la bandiera bianca dell'Inquisizione, quella celestina di Filippo V, quella bianca, rossa e argento di Elisabetta Farnese, quella con l'aquila degli Asburgo e quella azzurra coi gigli d'oro dei Borboni.

Marianna si ferma un momento in mezzo alla sala indicando a don Pericle le bandiere arrotolate. Vorrebbe dirgli che tutti quei cenci messi insieme sono inutili, andrebbero buttati via; che rivelano solo l'indifferenza politica del signor marito zio il quale dubitando della stabilità delle Case regnanti se le teneva tutte lì pronte. E se nel 1713 ha issato, come tutti, la bandiera sabauda sulla torre di Scannatura e nel 1720 ha fatto sventolare quella austriaca di Carlo VII d'Asburgo, con altrettanta tranquillità nel '35 ha issato quella di Carlo III re delle Due Sicilie, senza mai mettere via quelle precedenti. Pronto a tirarle fuori come nuove nel caso di un ritorno, come d'altronde è successo con gli spagnoli che cacciati dall'isola ci sono tornati trentacinque anni dopo una guerra terribile che ha fatto più morti di una epidemia di vaiolo nero.

Più che opportunismo quello del duca Pietro era disprezzo per «quei vastasi che vengono a mangiarci sulla testa». Di accordarsi con altri scontenti, di porre delle condizioni, di resistere alle prepotenze straniere non gli sarebbe mai passato per la mente. I suoi passi di lupo lo portavano lì dove c'era qualche pecora solitaria da assalire. La politica gli era incomprensibile; i guai si dovevano risolvere da soli in un tu per tu col proprio Dio, in quel luogo desolato ed eroico che era per lui la coscienza di un nobile siciliano.

Don Pericle, dopo essere rimasto un po' ad aspettare che lei si decidesse a riprendere il cammino, le dà una tirata alla manica, ma appena percettibile, con un fare restio da topo. E lei si muove rendendosi conto solo ora della sotterranea fretta di lui. È probabile che abbia fame, lo capisce dalla pressione appena un poco troppo marcata della mano che la guida.

XXVII

Gli scalini sprofondano nel buio, l'umido le incolla addosso la camicia, da dove viene questo calore che puzza di topi e di paglia? e dove portano questi gradini sdrucciolevoli di pietra macchiata?

I piedi di Marianna si impuntano, la sua faccia si volta contratta verso don Pericle che la guarda stupito senza capire. Un ricordo improvviso le ha annebbiato gli occhi: il signor padre chiuso nel saio col cappuccio calato, il ragazzo dagli occhi che spurgano, il boia che sputa semi di zucca: è tutto lì corposo e compatto, basta allungare un dito per mettere in movimento la ruota che tira su l'acqua sporca del passato.

Don Pericle si agita cercando un appiglio a cui tenersi nel caso che la duchessa gli svenga fra le braccia: la soppesa con gli occhi e già butta le mani in avanti piantandosi solidamente sulle gambe.

La faccia spaventata del prete fa sorridere Marianna ed ecco che le visioni sono già sparite; è di nuovo salda sulle ginocchia. Ringrazia col capo don Pericle e riprende a scendere le scale. Qualcuno intanto è sopraggiunto reggendo una torcia. La tiene alta col braccio per fare luce sui gradini.

Dall'ombra che si disegna contro la parete Marianna indovina che si tratta di Saro. Il respiro le si fa più affrettato. Ora davanti a loro si para una grossa porta di quercia chiara tutta martoriata da chiodi e bulloni. Saro infila la torcia in un anello di ferro che sporge dalla parete, allunga una mano per farsi dare la chiave e si dirige con grazia disinvolta verso il pesante catenaccio. Con poche mosse rapide apre la porta, riprende in mano la torcia e fa strada alla duchessa e al prete dentro la cella.

Seduto su un mucchietto di paglia c'è un uomo dai capelli bianchi, tanto sporchi che sembrano gialli; un farsetto di lana sdrucita sopra il petto nudo, un paio di brache rattoppate, i piedi scalzi, gonfi e feriti.

Saro solleva la torcia sul prigioniero che li guarda stupito stropicciandosi gli occhi. Sorride e accenna una piccola riverenza alla vista degli abiti suntuosi della duchessa.

«Chiedetegli perché sta rinchiuso qua dentro» scrive Marianna appoggiando il foglio su un ginocchio. Nella fretta ha dimenticato la tavoletta.

«Ve l'ha già detto il campiere, per insolvenza.»

«Voglio saperlo da lui.»

Don Pericle, paziente, si avvicina all'uomo, gli parla. L'altro ci pensa su un pezzo, poi risponde. Don Pericle trascrive le parole dell'uomo appoggiando il foglio contro la parete, tenendosi a distanza col corpo per non schizzarsi con l'inchiostro e chinandosi ogni momento per immergere la penna nella boccetta posata sul pavimento.

«Debiti col gabelloto non pagati da un anno. Ci portarono via le tre mule che aveva. Aspettarono un altro anno al 25 per cento. L'anno dopo il debito era avanzato di 30 onze e lui mancandoli lo incarcerarono.»

«E perché fece debiti col gabelloto?»

«Il raccolto non gli bastò.»

«Se sapeva di non potere pagare perché chiese ancora?»

«Non c'era di che manciari.»

«Testa d'asino, il gabelloto come mai mangia e lui no?»

La risposta non arriva. L'uomo alza gli occhi pensosi sulla grande signora che traccia con mano rapida dei misteriosi segni neri su piccoli fogli di carta bianca, impugnando una piuma che ha tutta l'aria di essere stata strappata dal culo di una gallina.

Marianna insiste, batte le dita sul foglio e lo caccia sotto il naso del prete. Il quale riprende a interrogare il contadino. Finalmente quello risponde e don Pericle scrive, questa volta appoggiando il foglio sulla schiena di Saro che compiacente si inchina in avanti facendo da scrittoio.

«Il gabelloto prende in affitto la terra da voscienza, duchissa, e la dà in colonìa al qui presente viddanu che la coltiva e si prende il quarto del raccolto, su questo quarto iddu deve dare al gabelloto una quantità di sementi superiore a quella anticipata dal gabelloto, deve pagare i diritti di protezione e se il raccolto non è buono e se c'è da riparare un attrezzo deve tornare a chiedere al gabelloto. A questo punto arriva il campiere a cavallo col fucile e lo porta in prigione per insolvenza... capìo voscienza?»

«E quanto deve stare qui dentro?»

«Ancora un anno.»

«Fatelo uscire» scrive Marianna e sotto ci mette la firma quasi fosse un giudizio di Stato. E in effetti, in quella casa, in quel feudo, il padrone ha i poteri di un re. Quest'uomo, come Fila a suo tempo, è stato "regalato" a Mariano dal signor marito zio che a sua volta l'ha avuto in regalo dallo zio Antonio Scebarràs che a sua volta...

Non è scritto da nessuna parte che questo vecchio dai capelli gialli appartenga agli Ucrìa, ma di fatto possono farne quello che vogliono, tenerlo nei sotterranei finché marcisce o mandarlo a casa e persino farlo frustare, nessuno ci troverebbe niente da ridire. È un debitore che non può pagare e quindi virtualmente deve rispondere col suo corpo del suo debito.

«Dal tempo di Filippo II i baroni siciliani, in cambio della loro acquiescenza e dell'inazione del Senato, hanno ottenuto i diritti di un monarca nelle loro terre, possono farsi giustizia da soli.» Dove l'ha letto? il signor padre la chiamava "l'ingiustizia giustificata" e la sua magnanimità gli aveva sempre impedito di approfittarne.

I campieri fanno semplicemente quello che gli Ucrìa con le loro mani bianche non oserebbero mai fare, ma di cui hanno bisogno: mettere in riga quelle teste di corno dei "viddani", menando botte, minacciando tratti di corda, imprigionando nei "dammusi" della torre i debitori.

Non è difficile da capire: sta scritto su quei foglietti invasi dalla grafia sgangherata di don Pericle che, nella sua onestà o nella sua pigrizia, ha riferito le parole del vecchio come avrebbe riferito quelle di un monsignore o di un padre del Sant'Uffizio.

Adesso se ne sta con le mani in mano a guardare, appoggiandosi sulla grossa pancia che gli tende la tonaca, cercando di capire dove voglia arrivare quella "stramma" della duchessa che arriva improvvisamente e vuole sapere quello che in genere i signori fingono di ignorare e che certamente non è opportuno sia conosciuto da una signora di buon gusto.

«Capricci, ubbie, ciondolamenti dello spirito»... Marianna sente il pensiero del prete che rimugina accanto a sé. «Ghiribizzi di una gran dama ché oggi va di moda l'intelligenza misericordiosa, ma domani con la stessa intelligenza teorizzerebbe l'uso della frusta o dello spillone...»

Marianna si gira verso don Pericle con gli occhi accesi; ma lui è lì mogio e discreto in atteggiamento rispettoso e di che può rimproverarlo?

«Questa povera mutola a quarant'anni, con quelle carni bianche e lisce... chissà che confusione tiene in testa... sempre a leggere libri... sempre dietro alle parole scritte... c'è qualcosa di ridicolo in questa smania di capire... sempre in punta di forchetta, in punta di naso, in punta di sedia... non sanno godersi la vita queste aristocratiche di oggi, si impicciano di tutto, non conoscono l'umiltà, preferiscono la lettura alla preghiera... una duchessa mutola, figuriamoci!... eppure qualcosa che riluce nel suo viso c'è... povera anima... bisogna compatirla, è stata disgraziata, tutta testa e niente corpo, se almeno leggesse libri edificanti, ma ho visto quello che si è portata dietro: libri in inglese, in francese, tutte porcherie, fumisterie moderne... se per lo meno si decidesse a tornare su, lì dentro c'è un caldo che si soffoca e poi la fame comincia a fare sentire i suoi morsi... oggi, almeno, si mangerà qualcosa di buono... quando arrivano i signori arrivano le leccornie... in quanto al vecchio, tutti questi sentimentalismi sono fuori luogo... la legge è legge e a ogniuno ci tocca il suo...»

«Moderate i vostri pensieri!» scrive Marianna a don Pericle che legge stupito non sapendo come interpretare il rimprovero. Alza gli occhi pacifici sulla duchessa che gli accenna un piccolo sorriso malizioso e lo precede su per le scale. Saro si precipita a farle luce. E lei si mette a correre sui tappeti polverosi, raggiunge la sala da pranzo ridendo del prete e di sé. Le figlie sono già sedute a tavola: Felice nella sua elegante tonachella su cui brilla la croce di zaffiri, Manina in nero e giallo, Giuseppa in bianco, il fisciù di seta azzurra buttato su una spalla. Stanno aspettando lei e don Pericle per cominciare a mangiare.

Marianna dà un bacio alle figlie ma non si siede alla tavola. L'idea di sentirsi raggiungere dai pensieri di don Pericle la annoia. Meglio mangiare da sola in camera. Per lo meno, può leggere in pace. Intanto scrive un biglietto per assicurarsi che il vecchio prigioniero sia liberato subito, che il suo debito sia pagato dalla sua cassa personale.

Per le scale è raggiunta da Saro che le porge cavallerescamente il braccio. Ma lei lo rifiuta e corre avanti saltando a due a due gli scalini. Quando arriva in camera gli chiude la porta in faccia. Ha appena girato la chiave nella toppa che si pente di non essersi appoggiata a quel braccio, di non avere nemmeno accennato un ringraziamento. Si avvicina alla finestra per vederlo attraversare il cortile col suo passo leggero. Infatti eccolo lì che esce dalla porta delle scale. All'altezza delle stalle lo vede fermarsi, levare la testa e cercare con gli occhi la sua finestra.

Marianna fa per ripararsi dietro la tenda ma, rendendosi conto che così facendo mostrerebbe di stare al gioco, rimane ritta dietro i vetri, gli occhi fissi su di lui, severa e pensosa. La faccia di Saro si apre in un sorriso di tale seduzione e dolcezza che per un momento ne è contagiata e si trova a sorridere anche lei senza volerlo.

XXVIII

La spazzola inumidita con un poco di acqua di nanfa affonda nei capelli sciolti liberandoli dalla polvere, profumandoli leggermente di scorza d'arancia. Marianna piega indietro il collo indolenzito. L'acqua di nanfa è finita, dovrà farsene preparare un'altra brocca. Anche il barattolo della cipria di riso è quasi vuoto, dovrà ordinarla al solito profumiere veneziano. Solo a Venezia preparano delle ciprie impalpabili, chiare e odorose come fiori. L'essenza di bergamotto invece viene da Mazara e gliela manda il profumiere Mastro Turrisi dentro una scatola dai motivi cinesi che lei adopera poi per tenerci i biglietti che riceve dai familiari.

Nello specchio succede qualcosa di strambo: un'ombra invade l'angolo destro in alto e poi si dilegua. Un baluginio di occhi, una mano aperta contro il vetro chiuso. Marianna si ferma con le braccia in alto, la spazzola fra le dita, le sopracciglia corrugate.

Quella mano preme contro la finestra come se potesse spalancarsi per un miracolo del desiderio. Marianna fa per alzarsi: il suo corpo è già lì alla finestra, le sue mani corrono alla maniglia delle imposte. Ma una volontà inerte la tiene inchiodata alla sedia. Ora ti alzerai, dice la voce silenziosa, andrai alla finestra e tirerai le tende. Dopo di che spegnerai le candele e ti metterai a dormire.

Le gambe ubbidiscono a quella voce savia e tirannica; i piedi si muovono pesanti trascinando le pantofole sul pavimento. Una volta raggiunta la tenda, il suo braccio si alza meccanico e con un brusco movimento del polso tira la tenda fino a oscurare completamente la finestra che dà sul terrazzino della torre. Non ha osato alzare gli occhi ma ha sentito con la pelle, con le unghie, con i capelli, la rabbia del ragazzo respinto.

Ora come una sonnambula si avvia verso il letto; spegne a una a una le candele con un soffio debole che la lascia svuotata e si infila sotto le lenzuola facendosi il segno della croce con le dita diacce.

«Che Cristo mi aiuti.» Ma anziché il volto rigato di sangue del Signore in croce, le balza davanti agli occhi quella compassata e ironica del signor David Hume col suo turbante di velluto chiaro e gli occhi sereni, le labbra dischiuse e irridenti.

«La ragione non può mai da sola essere motivo di una qualsiasi azione della volontà» si ripete pensosa e un sorriso dolente le stira le labbra. Il signor David Hume è un bello spirito, ma che ne sa della Sicilia? «La ragione è e deve essere solo schiava delle passioni e non può rivendicare in nessun caso una funzione diversa da quella di servire e obbedire a esse.» Punto e basta. Che burlone quel signor Hume dentro il suo turbante asiatico, con quel doppiomento di chi sa mangiare e dormire bene, quegli occhi insolenti, lontani. Che ne sa lui di una donna mutilata torturata dall'orgoglio e dal dubbio?

Si sulu l'armuzza mia ti rimirassi
quant'è un parpitu d'occhi e poi murissi...

Le parole del poeta catanese Paolo Maura copiate nel suo libriccino damascato le si affacciano dolci alla memoria e la distraggono per un momento dal dolore che con le sue stesse mani si sta procurando.

La testa non riesce a posare sul cuscino sapendo che lui è ancora lì dietro il vetro e aspetta che lei si ricreda. Anche se non lo vede sa bene che è lì: basterebbe un niente per averlo accanto a sé. Talmente un niente che si chiede quanto potrà durare questo crudele proposito.

Per prevenire ogni tentazione decide di alzarsi e di accendere una candela, di infilarsi le pantofole e uscire dalla porta. Il corridoio è buio, c'è odore di tappeti vecchi e mobili tarlati. Marianna si appoggia contro la parete sentendosi piegare le gambe. Quell'odore le ricorda un'altra remota visita a Torre Scannatura. Doveva avere forse otto anni e il corridoio era coperto dallo stesso logoro tappeto. Con lei c'era solo la signora madre. Doveva essere agosto anche allora. Nella torre faceva caldo e dalle rupi intorno salivano odori di carogne abbandonate al sole.

Non era contenta la signora madre: il marito era sparito per giorni e giorni con una delle sue innamorate e lei, dopo averlo aspettato bevendo laudano e tirando tabacco, aveva deciso improvvisamente di partire con la figlia sordomuta per la campagna degli zii Scebarràs. Avevano passato dei giorni malinconici, lei a giocare da sola sotto i portici, e la signora madre a dormire, drogata, nella piccola camera da letto della torre che ora è la sua.

Uniche consolazioni erano l'odore eccitante del vino nuovo dentro i tini di legno e quello dei pomodori appena colti che brucia le narici tanto è forte.

Marianna si porta una mano al petto per calmare quella trottola del cuore che continua a girare a vuoto. Proprio in quel momento vede venirle incontro Fila, chiusa dentro una mantellina marrone che le copre la lunga camicia da notte bianca.

È lì che la guarda come se volesse dirle qualcosa di importante. Gli occhi grigi morbidi sono induriti dall'astio. Marianna alza un braccio e la mano parte da sola a colpire quella faccia sconvolta. Non sa perché lo faccia ma sa che la ragazza se lo aspetta e che è suo dovere in quel momento secondare la fatalità di uno stupido rapporto serva padrona.

Fila non reagisce: lentamente si lascia scivolare per terra. Marianna la aiuta ad alzarsi, le asciuga con tenerezza le lagrime dalle guance, la stringe a sé con tale impeto che Fila ne è spaventata. Ora è chiaro perché sia salita e perché quello schiaffo abbia già cancellato il crimine di una sorella che di soppiatto spia gli spostamenti del fratello. Ora Fila può tornare a letto.

Marianna scende una rampa di scale, si ferma davanti alla porta della camera di Giuseppa da cui trapela una lama di luce. Bussa. Entra. Giuseppa, ancora vestita, è seduta allo scrittoio con la penna in mano, la boccetta dell'inchiostro scoperchiata. Appena vede la madre fa per nascondere il foglio ma poi ci ripensa, la guarda con aria di sfida, afferra un altro foglio e scrive:

«Non lo voglio più per marito, me lo toglierò di dosso, dovessi creparci».

La madre riconosce negli occhi della figlia i suoi stessi impeti di orgoglio spericolato.

«Papà è morto, il Seicento è finito da un pezzo, mamà, oggi si usa diversamente, a Parigi chi lo bada più il matrimonio? sposati sì ma senza doveri, ogniuno per sé. E invece lui pretende che faccio come vuole lui.»

Marianna si siede accanto alla figlia. Le toglie la penna dalle mani.

«E la "cuffiara" come finì?»

«Finì che se n'andò per conto suo. Più savia di Giulio di certo io la compatisco, a furia di dormire insieme ci nacque una amicizia, la compatisco mamà.»

«Allora non lo vuoi più bastonare?» scrive Marianna e si accorge che le sue dita stringono spasmodicamente la penna come se volesse scrivere altre cose completamente diverse. La punta di osso scricchiola pesantemente sulla carta.

«Straniero lo considero. Mortu.»

«E ora a chi scrivi allora?»

«Un amico mamà, il cugino Olivo che mi capì e mi parlò affettuosamente quando Giulio mi scansava.»

«Devi troncare Giuseppa, il cugino Olivo è sposato e non puoi scrivergli.»

Marianna intravvede la sua testa riflessa nello specchio dietro la scrivania, accanto a quella della figlia e si trova così somigliante a lei, quasi fossero sorelle.

«Ma io gli voglio bene.»

Marianna fa per scrivere un altro divieto ma si trattiene. Come suona arrogante la sua interdizione: stroncare, recidere, tagliare... con un brivido ripensa alle mani del cappuccino che penetrano nelle carni del signor marito zio per strappare via le viscere, pulire, scarnificare, raschiare, conservare. Chi vuole conservare usa sempre coltelli finissimi. Anche lei, da madre apprensiva, ora è lì pronta ad amputare i sentimenti di sua figlia.

Giuseppa non ha neanche ventisette anni. Dal suo giovane corpo salgono odori teneri di capelli inumiditi dal sudore, di pelle arrossata dal sole. Perché non indulgere ai suoi desideri anche se sono proibiti?

«Scrivi pure la tua lettera, non ti guarderò...» sono le sue mani da sole che vergano il foglio e vede la figlia sorridere contenta.

Marianna attira la testa della giovane donna sul petto, la stringe a sé ancora una volta troppo precipitosamente, ancora una volta preda di un impeto eccessivo che la sbilancia, la svuota e la lascia stremata.

XXIX

Una mattina di agosto. Sotto le ombre del portico quattro donne se ne stanno sedute attorno a un tavolo di canne intrecciate. Delle mani si spostano leggere dalla zuccheriera di cristallo alle tazze di terracotta colme di latte, dalla confettura di pesche al panetto di burro, dal caffè schiumante ai "moffoli" ripieni di ricotta e zucca candita.

Marianna scaccia una vespa dall'orlo della sua tazza e la vede posarsi un attimo dopo, insistente, sulla fetta di pane che Manina si sta portando alla bocca. Fa per scacciarla anche da lì ma la figlia le ferma la mano, la fissa con un sorriso mansueto e continua a mangiare il suo pane con la vespa posata sopra.

È Giuseppa a questo punto che, con la bocca piena di moffoli alza un dito per scacciare la vespa inopportuna e viene fermata a mezz'aria dalla sorella che di punto in bianco si mette a fare il verso dell'insetto suscitando l'ilarità delle sorelle.

Felice, chiusa nella sua tonaca candida, il crocefisso di zaffiri che le pende sul petto, ride, manda giù il suo latte seguendo il volo di un'altra vespa intraprendente che sembra indecisa se posarsi sui capelli di Manina o sulla zuccheriera aperta. Altre ne stanno arrivando attirate da quella abbondanza inconsueta di squisitezze.

Ormai sono a Torre Scannatura da venti giorni. Marianna ha imparato a distinguere i campi di grano da quelli di avena, i campi di sulla da quelli lasciati a pascolo. Conosce il costo di una forma di cacio sul mercato e quanto va al pastore e quanto agli Ucrìa. Le si sono chiariti i meccanismi degli affitti e delle mezzadrie. Ha compreso chi sono i campieri e a cosa servono: a fare da tramite fra proprietari distratti e contadini riottosi, rubando a man bassa agli uni e agli altri: guardiani armati di una pace miracolosamente mantenuta. I gabelloti a loro volta sono affittuari che prendono in prestito la terra, torcono il collo a chi la lavora e in due generazioni, se sono abili, mettono a parte di che comprarla.

Ha passato lunghe ore col contabile don Nunzio che pazientemente le spiega cosa deve fare. Sui quaderni dei conti la mano di don Nunzio traccia dei segni spigolosi e difficili da decifrare ma pieni di attenzione meticolosa per la mente, che lui giudica puerile, della signora duchessa mutola.

Don Pericle che ha da fare con la parrocchia, viene solo la sera per la cena e dopo si ferma a giocare a picchetto o a faraone con le ragazze. Marianna non ha simpatia per lui e appena può, lo lascia con le figlie. Don Nunzio invece le piace: i suoi pensieri sono ben legati, non c'è pericolo che sgorghino da quella testa quieta, chiusa a doppia mandata. Le mani di don Nunzio corrono sui foglietti della duchessa, oltre che per spiegare con pignoleria il funzionamento dei prezzi e delle imposte, anche per citare Dante, Ariosto.

Anche se fatica a leggere la scrittura del vecchio, Marianna la preferisce a quella inanellata e piegata all'indietro di don Pericle che sembra tessere le parole con la saliva, come un ragno goloso.

Le figlie sono tornate bambine. Quando le guarda passeggiare per il giardino con i loro ombrelli bianchi merlettati, quando le osserva, come adesso, sedute sui seggioloni di vimini riempirsi la bocca di pane e burro, le sembra di tornare indietro di vent'anni quando a villa Ucrìa, dalla finestra della sua camera da letto, le guardava sfrenarsi e quasi le pareva di udire le loro risate e i loro richiami prima che andassero spose.

Lontane dai mariti e dai figli passano le giornate a dormire, a passeggiare, a giocare. Si ingozzano di maccaroni pasticciati, di tortini di melanzane, golosissime di quel dolce fatto di cedro tritato cotto col miele che si chiama "petrafennula" e che Innocenza prepara meravigliosamente.

Non sembra, a guardarla ora, che Manina pochi mesi fa stesse per morire di febbri puerperali. E che Giuseppa piangeva disperata per i tradimenti del marito e che Felice si attaccava al cadavere del padre come se volesse essere chiusa con lui nella grotta del salnitro.

Ieri sera hanno ballato. Felice suonava la spinetta, don Pericle le girava i fogli sul leggio e aveva un'aria beata. Sono stati invitati il cugino Olivo, figlio di Signoretto e il suo amico Sebastiano che abiteranno per qualche settimana nella villa di Dogana vecchia, a poche miglia di distanza. E hanno ballato fino a notte fonda.

A un certo momento hanno invitato pure Saro che se ne stava su una gamba sola come una gru. Fila, anche lei invitata, non ha voluto partecipare alla danza. Forse perché non ha mai imparato "u minuettu" e i piedi nelle scarpe le si muovono con impaccio. Per convincerla hanno improvvisato il tarascone ma lei non si è lasciata tentare.

Saro invece, che ha preso lezioni di ballo dal maestro di Manina, ora si muove come un esperto ballerino. Ogni giorno di più si lascia indietro il suo dialetto, i suoi calli, i suoi ricci scomposti, la sua voce acuta, il suo camminare goffo e cauto. E con loro si lascia indietro anche la sua Fila che non ha voglia di imparare come lui, sia per disdegno, sia per un più profondo sentimento della propria integrità.

Una mattina che Marianna è montata sulla mula per andare a vedere la pigiatura dell'uva nel feudo di Fiume Mendola, se l'è trovato davanti con un foglio in mano, il bel Saro. Porgendole furtivamente il biglietto ha avuto un moto di orgoglio che gli ha fatto lampeggiare gli occhi.

«VI AMO» aveva scritto con caratteri pomposi e stentati ma decisi. E lei aveva cacciato di furia il foglietto nella scollatura. Quel biglietto non era riuscita a gettarlo, come si era ripromessa mentre andava sulla mula verso il palmento e l'aveva nascosto in fondo alla scatola di latta dai disegni cinesi, sotto un mucchio di biglietti del signor padre.

Mentre don Nunzio le mostrava i tini pieni di mosto dal colore sanguigno, le era sembrato di sentire sotto i piedi le vibrazioni degli zoccoli di un cavallo e aveva sperato che fosse lui sebbene si dicesse che non doveva aspettarlo.

Don Nunzio la tirava per una manica, timidamente. Un momento dopo erano avvolti da una nube di vapori acidi e ubriacanti, davanti a un palco alto da terra quasi cinque spanne. Sul palco, degli uomini vestiti solo di un paio di braghe corte, i piedi nudi che affondavano nel mosto, pestavano e ripestavano l'uva schizzando il liquido rossiccio attorno a sé.

Da un buco nel pavimento inclinato il vino ancora non fermentato colava dentro delle tinozze larghe spumeggiando, gorgogliando, trascinandosi dietro pezzi di raspo e fili d'erba. Marianna si affacciava su quel liquido ribollente e provava voglia di buttarsi dentro e farsi inghiottire da quella melma. Interrogava continuamente la sua volontà, la trovava robusta, chiusa in se stessa come un soldato nella sua armatura.

Per compensare la severità verso i propri desiderii Marianna ha preso a essere indulgente con le figlie. Giuseppa amoreggia con Olivo che ha lasciato a Palermo la giovane moglie per inseguire la cugina in campagna. Manina viene corteggiata apertamente da Sebastiano, l'elegantissimo timido napoletano.

Felice che per la sua condizione di monaca non può né ballare né amoreggiare, si è data alla cucina. Sparisce per ore fra i fornelli e torna con dei timballi di riso e fegatini di pollo che vengono divorati dalle sorelle e dagli amici. La notte ha preso l'abitudine di dormire con Fila. Ha fatto sistemare un letto di legno all'altro capo della stanza; dice che nella torre ci sono i fantasmi e non riesce a dormire da sola. Ma dai suoi occhi ridenti si capisce che è una scusa per chiacchierare fino a tardi con Fila.

La mattina qualche volta Marianna le trova abbracciate nello stesso letto, la testa dell'una sulla spalla dell'altra, i capelli biondi di Felice intrecciati a quelli neri di Fila, le larghe camicie da notte dai laccetti chiusi sul collo sudato. Un abbraccio così casto e infantile che non ha mai osato rimproverarle.

XXX

Quando scende nel salone delle armi, Marianna trova le tre figlie già pronte: vestiti leggeri e lunghi grembiuli, scarpette chiuse alle caviglie contro le spine, ombrelli e fagotti, ceste e tovaglie. Oggi è giornata di vendemmia al feudo di Bosco Grande e le ragazze hanno deciso di andare alle vigne portandosi dietro la colazione.

Le solite lettighe le condurranno al di là delle colline di Scannatura, ai piedi di Rocca Cavaléri. Ciascuna col suo ombrelletto di seta, i suoi fazzoletti di batista: è tutta la mattina che si preparano correndo dalla cucina alla camera da letto. Hanno voluto portarsi il "gattò" di melanzane, le uova mandorlate e una farcita di noci.

Marianna andrà avanti, "vis à vis" con Felice sulla prima lettiga, dietro verranno Manina e Giuseppa e dietro ancora Fila e Saro con le vettovaglie.

Alle vigne saranno raggiunte anche dal cugino Olivo e dall'amico Sebastiano. L'aria è ancora fresca, l'erba non ha fatto in tempo ad asciugarsi, gli uccelli volano bassi.

Il silenzio attorno al suo corpo è spesso e vetroso, si dice Marianna, eppure i suoi occhi vedono le gazze che si posano sui fichi d'India, vedono i corvi che saltellano sulla terra spoglia e secca, vedono la pelle delle mule scossa da un tremito e le grosse code che spazzano i mulinelli di tafani.

Il silenzio le è madre e sorella: «Madre santa di tutti i silenzi, abbi pietà di me»... le parole le salgono alla gola senza suono, vorrebbero prendere corpo, farsi udire, ma la bocca rimane muta, e la lingua è un piccolo cadavere chiuso nella cassa dei denti.

Il viaggio questa volta dura poco; in capo a un'ora sono già arrivate. Le mule si fermano in mezzo alla radura assolata. "U zoppu" e don Ciccio che le hanno accompagnate con gli schioppi in spalla, saltano giù dal cavallo e si accostano alle lettighe per aiutare le dame a scendere.

Ciccio Panella ha uno strano modo di guardare, si dice Marianna, a testa bassa come se si preparasse a darle una cornata. E Saro si è messo all'erta, già odiandolo e disprezzandolo dall'alto della sua nuovissima cultura.

Ma l'altro non lo guarda nemmeno; non lo considera un uomo ma un servo e i servi, si sa, non contano nulla. Lui è un gabelloto, ben altra cosa. Non porta "ruoggi" d'oro attaccati alla vita, non si adorna di riccioli incipriati, non inalbera tricorni in testa, la sua giubba di panno marrone è stata comprata da un venditore ambulante ed è pure guarnita di due visibili toppe sulle maniche. Ma il suo prestigio presso i contadini è pari a quello dei padroni; sta accumulando denaro, tanto che se non lui, certamente i suoi figli o i suoi nipoti arriveranno a comprarsi parte dei terreni che ora ha solo in affitto. Già sta costruendosi una casa che assomiglia più alla torre degli Ucrìa, con i suoi corpi annessi, che alle casucce dei suoi compaesani.

«Le donne se le acchiappa quando vuole iddu» le aveva scritto don Nunzio un giorno sul quaderno dei conti, «l'anno scorso inguaiò una ragazza di tridici anni. Il fratello di lei ci voleva tagghiari la gola ma ebbe paura perché Panella lo fece minacciari da due campieri armati.» Eccolo là il bel Ciccio dal sorriso smagliante, gli occhi neri profondi, pronto a fare bottino dell'universo intero.

Saro non lo sopporta per quella sfacciataggine di "malafruscula" che trova insopportabile. Ma nello stesso tempo ne ha paura. Si direbbe che non sa se affrontarlo o blandirlo. Nell'incertezza si limita a proteggere la sua amata con gesti da gran signore.

Intanto sono arrivati alle vigne dette della "niura". Gli uomini che erano curvi a spiccare i grappoli si rizzano sulle gambe guardando a bocca aperta quel gruppetto di signori dai vestiti leggeri e colorati. Mai in vita loro hanno visto un insieme così gaio di mussole, cappelli, ombrelli, cuffie, scarpini, fazzoletti, nastri e fisciù.

Anche i signori, anzi le signorine guardano allibite quegli esseri che sembrano usciti dal fondo della montagna come tanti Vulcani anneriti dal fumo, curvati dalla fatica, accecati dal buio, pronti a gettarsi su quelle figlie di Demetra per portarsele nel ventre della terra.

I braccianti sanno ogni cosa sulla famiglia Ucrìa Scebarràs, padroni di quelle terre, di quelle vigne, di quegli ulivi, dei boschi e di tutta la selvaggina, nonché delle pecore, dei buoi e dei muli da chissà quante generazioni. Sanno che la duchessa è sordomuta e hanno pregato per lei con don Pericle in chiesa la domenica. Sanno che Pietro Ucrìa è morto da poco, che è stato aperto e svuotato delle viscere per essere riempito di sali e di acidi che lo conserveranno intatto e profumato per secoli e secoli come un santo. Sanno pure chi sono le tre belle ragazze che si pettinano ridendo sulla veranda: una monaca e due maritate con figli e si mormora che ai mariti ci mettono le corna perché così si usa fra i gran signori e Dio chiude un occhio.

Ma non li hanno mai visti così da vicino. Sì, tutti raggruppati, quando erano bambini, nella cappella della Chiesa Madre, li hanno sbirciati anni fa, contando gli anelli sulle loro dita, commentando i vestiti di gran lusso. Ma mai si sarebbero aspettati di vederseli arrivare sul posto di lavoro, dove non ci sono balaustre né cappelle appartate o sedili speciali per loro ma solo aria e sole e nugoli di mosche che si posano indifferenti sia sulle mani nere e colaticce dei contadini che su quelle tanto bianche e trasparenti che sembrano polli spennati, delle signorine.

E poi in chiesa in qualche modo erano protetti dai vestiti festivi: le camicie rattoppate ma pulite, ricevute in eredità dai padri, le fasce di cotone che coprono le gambe pelose e i piedi coperti di calli. Qui invece sono esposti, quasi nudi, agli sguardi impietosi delle signorine. A torso nudo, con le cicatrici, i gozzi, i denti che mancano, le gambe sporche, i cenci bisunti che cascano sulle anche, le teste coperte da cappellacci induriti dall'acqua e dal sole.

Marianna si volta turbata e affonda gli occhi nella valle di un giallo irreale quasi bianco. Il sole sta salendo e con lui gli odori forti di mentuccia, di finocchio selvatico e di uva schiacciata.

Manina e Giuseppa sono lì come due "babbe" a fissare quei corpi seminudi e non sanno che fare. Da quelle parti non si usa che le donne lavorino nei campi lontane da casa e quelle signorine piovute dal cielo hanno l'aria di trasgredire a una consuetudine millenaria con una incoscienza da balordi. Come se fossero entrate in un convento di frati e si mettessero a curiosare nelle celle fra i monaci in preghiera. Non è cosa che si possa accettare.

È Manina che interrompe lo stato di disagio reciproco con una battuta di spirito che fa scoppiare a ridere gli uomini. Poi afferra un fiasco e prende a versare il vino nei bicchieri che distribuisce fra i lavoratori e loro allungano le mani esitanti, volgendo uno sguardo al gabelloto, uno al campiere, uno alla duchessa e uno al cielo.

Ma è bastata la risata provocata da Manina per rompere il silenzio irrigidito che si era creato fra i due gruppi. I "viddani" decidono di accettare le signore come una novità stravagante e piacevole che viene a rompere la fatica di una giornata dura e calda. Decidono di approvare il capriccio della duchessa come una cosa tipica dei signori che non capiscono un accidente ma per lo meno rallegrano la vista con le loro movenze delicate, le loro vesti svolazzanti, le loro mani inanellate.

Ciccio Panella ora li sprona al lavoro, brusco ma condiscendente, quasi fosse un padre burbero che si preoccupa della salute dei figli. Recita con cinismo ed esagerazione la propria parte, si accosta alla principessa Manina e la incita a gettare con le sue mani un grappolo di uva nel paniere come farebbe con una bambina un poco scema, ridendo del gesto di lei come di un prodigio inaudito.

Fra quegli uomini curvi corrono decine di ragazzi scalzi che caricano i cesti, li trasportano all'ombra dell'olmo, tagliando con un tronchetto le lunghe ramificazioni dei rovi che intralciano il lavoro degli adulti, portando l'acqua fresca della "quartaredda" a chi la chiede, cacciando le mosche dagli occhi dei loro padri, zii, fratelli con mosse rapide e distratte.

Il cugino Olivo si è seduto con Giuseppa sotto l'olmo e le sta parlando nell'orecchio. Marianna li guarda e trasale: quei due hanno l'aria di conoscersi intimamente. Ma lo sguardo allarmato si trasforma presto in ammirazione osservando quanto si assomiglino i due ragazzi e come sono belli: lui biondo come tutti gli Ucrìa, alto e magro, la fronte stempiata, gli occhi tondi e azzurri; non ha le forme perfette del padre ma ha qualcosa della grazia del nonno. Si può capire perché Giuseppa ne sia incantata.

Lei, dopo l'ultimo figlio è ingrassata, le braccia, il petto premono sotto la stoffa leggera dell'abito. La bocca dalle labbra ben disegnate, ha preso una piega dura che non le aveva mai visto. Ma gli occhi sono in festa: alzano bandiere. I capelli le scendono sulle spalle come un'onda di miele.

Dovrò dividerli, si dice, ma i piedi non le ubbidiscono. Perché turbare quella contentezza, perché interferire in quel chiacchiericcio amoroso?

Manina intanto si è inoltrata fra i bassi tronchi delle vigne seguita da Sebastiano. È curioso quel ragazzo: gentile, timido, ma privo di discrezione. Manina non ha molta simpatia per lui: lo trova inopportuno, di una premurosità eccessiva e artefatta. Ma lui insiste a corteggiarla offrendole con spavalderia la propria timidezza.

Manina scrive tutti i giorni delle lunghe lettere al marito. La sua vocazione al sacrificio materno è stata sospesa per un periodo che lei fa coincidere con la convalescenza. Ma niente di più. Appena si sentirà più forte tornerà alla buia casa di via Toledo, tappezzata di tende viola e ricomincerà ad accudire ai bambini con la dedizione ossessiva di sempre, magari facendo anche subito un altro figlio.

Eppure qualcosa in questa villeggiatura, che poi non è una villeggiatura ma una presa di possesso dei feudi paterni per conto di Mariano, qualcosa l'ha scossa. Il ritorno alle abitudini dell'adolescenza, i giochi con le sorelle che a Palermo non vede mai, la vicinanza di Marianna da cui si è separata a dodici anni, le hanno ricordato che oltre a essere una madre è anche una figlia, la più bistrattata figlia di se stessa.

A vederla sembra che stia ficcando i denti nella polpa di una pesca matura. Invece è solo presa dall'allegria dei giochi. Non c'è sensualità in lei come invece c'è in Giuseppa che la pesca l'ha già divorata e si prepara ad addentarne un'altra e un'altra ancora.

C'è perfino più sensualità in Felice chiusa dentro le sue tonachelle candide che in Manina che pure porta le braccia nude e i vestiti scollati fino al seno. La sua bellezza assoluta, risorta dopo la malattia con la forza dei suoi venticinque anni, è in contraddizione con la profonda naturale castità che la possiede.

Felice scodella in tavola complicate pietanze farcite di spezie. Passa ore ai fornelli a preparare schiume di latte dolce, "ravazzate di ricotta", "nucatelli", "muscardini", cassatine, amarene e limonate al dragoncello.

Un pensiero sacrilego attraversa rapido la mente di Marianna: perché non indirizzare l'amore di Saro verso la bella Manina? in fondo hanno quasi la stessa età e starebbero così bene appaiati.

Lo cerca con lo sguardo, lo scopre addormentato con la testa appoggiata sul gomito, le gambe distese sugli sterpi, che si gode l'ombra dell'olmo accanto ai cesti pieni di uva.

Ma lo vorrebbe davvero? una fitta alla radice degli occhi le dice che no, non lo vorrebbe. Per quanto si rifiuti a quell'amore che considera impraticabile sa di covarlo con una dolcissima determinazione. Da dove le viene poi questa sollecitudine ruffianesca nei riguardi della figlia minore? che cosa le dà la certezza che un amore con Saro la renderebbe felice? non sarebbe un principio di incesto il loro, con quel corpo maschile a fare da laccio fra un cuore di madre e uno di figlia?

A mezzogiorno il soprastante dà l'ordine di interrompere il lavoro. È dall'alba che chini sulle basse viti, gli uomini strappano grappoli carichi di acini e di vespe e li gettano nelle ceste in mezzo a grovigli di viticci arricciolati. Ora avranno un'ora per mangiare una fetta di pane e qualche oliva, una cipolla e un bicchiere di vino.

Saro e Fila sono indaffarati a stendere la tovaglia sotto i rami fronzuti dell'olmo. Gli occhi dei "viddani" sono fissi sulle sporte di vimini chiuse dalle cerniere di ottone, da cui vengono fuori come per un miracolo di Santa Ninfa, delle meraviglie mai viste: piatti di porcellana delicati come piume, bicchieri di cristallo dai riflessi argentini, posatine da nani che scintillano al sole.

Le dame si seggono su dei grossi sassi che Ciccio Panella ha sistemato in forma di sedile, per loro, sotto l'olmo. Ma le belle gonne di batista e di mussola sono già inzaccherate di polvere e irte di raspi d'uva e forasacchi incollati alle balze.

Gli uomini, seduti da una parte, al riparo di due ulivi che fanno ben poca ombra, bevono, mangiano, ma in silenzio, non osando sbracarsi come fanno di solito. Le mosche passeggiano sulle loro facce come sui musi delle mule e il fatto che nessuno si preoccupi di cacciarle come invece fanno le bestie, ferma il boccone in gola a Marianna. Mangiare quelle prelibatezze davanti ai loro sguardi vogliosi e discretamente abbassati le pare improvvisamente una arroganza intollerabile.

Perciò si alza seguita dallo sguardo preoccupato di Saro e si dirige verso "u zoppu" il più anziano dei suoi campieri, per chiedergli notizie dell'uva raccolta. La sua porzione di "gattò" la lascia sul piatto, intatta.

"U zoppu" manda giù in fretta l'enorme boccone di pane e frittata che si era cacciato in bocca, si pulisce le labbra col dorso della mano striata di nero e si inchina pudicamente davanti al foglietto che gli porge la duchessa. Ma non sapendo leggere, il suo sguardo si fa assente; poi fingendo di avere capito, prende a parlarle fitto come se lei potesse sentire le sue parole. Nell'imbarazzo ciascuno ha dimenticato il difetto dell'altro.

Saro, che ha seguito i loro gesti, arriva in aiuto al campiere, gli strappa dalle mani il foglio, lo legge a voce alta e poi si accinge a trascrivere le parole di "u zoppu" sul complicato aggeggio che la padrona si porta dietro: tavoletta pieghevole, calamaio col tappo avvitabile appeso a una catenella d'argento, penna d'oca e cenere.

Ma Ciccio Panella non approva quella presunzione: come si permette un servo di mettersi a tu per tu con la sua padrona? come si permette di mostrare il suo sapere di fronte a lui che di sapienza ne ha molta di più ma non si rivela certo attraverso quella cosa ridicola e fumosa che è la scrittura?

Marianna d'improvviso vede Saro che cambia posa; i muscoli delle gambe gli si irrigidiscono, le braccia si slanciano in avanti coi pugni chiusi, gli occhi si stringono fino a diventare due fessure. Panella deve avergli detto qualcosa di offensivo. E lui ha subito messo da parte le pretese aristocratiche per prepararsi allo scontro.

Marianna dirige lo sguardo verso Ciccio Panella giusto in tempo per vederlo tirare fuori un coltello corto e appuntito. Saro è sbiancato ma non si tira indietro e, afferrato un legno per terra, si accinge ad affrontare il nemico.

Marianna fa per accorrere ma i due sono già l'uno addosso all'altro. Un colpo di bastone ha fatto volare il coltello e ora i due si picchiano a pugni, a calci, a morsi. "U zoppu" dà un ordine: in cinque si precipitano a dividerli e ci riescono dopo qualche fatica. Saro ha una mano ferita che butta sangue e Ciccio Panella ha un occhio pesto.

Marianna fa cenno alle figlie di rimontare sulle lettighe. Poi versa del vino sulla mano sanguinante di Saro mentre "u zoppu" improvvisa una fasciatura con foglie di vite e fili d'erba. Intanto Ciccio Panella, su ordine dei più anziani, si è inginocchiato a chiedere scusa alla duchessa e le ha baciato la mano.

In lettiga Marianna si trova seduta davanti a Saro: il ragazzo ha approfittato della confusione per infilarsi nel sedile di fronte al suo e ora è lì con gli occhi chiusi, la testa sporca di terra, la camicia strappata a farsi ammirare da lei.

Sembra un "anciulu", si dice sorridendo Marianna, che per mostrare la sua grazia, ha perso l'equilibrio ed è caduto dal cielo e ora giace trafelato e contuso aspettando di essere curato. È tutto un po' troppo teatrale... eppure poco fa "l'anciulu" si è battuto contro un uomo armato di coltello con un coraggio e una generosità che non gli conosceva.

Marianna distoglie gli occhi da quella faccia angiolesca che le si offre con tanta mansueta improntitudine. Osserva il paesaggio assolato: la terra dalle zolle rivoltate, un groviglio di ginestre di un giallo insolente, una polla d'acqua livida che riflette il violetto del cielo, ma qualcosa la riporta all'interno della lettiga. Saro la sta osservando con occhi penetranti e dolcissimi. Quegli occhi dicono di una volontà sfacciata, estenuante, di farsi figlio, pur senza perdere l'orgoglio e l'indipendenza, con tutto l'amore di un ragazzo ambizioso e intelligente.

E la sua cos'è? si chiede Marianna, se non una voglia altrettanto impaziente di farsi madre e stringere quel figlio per custodirlo in grembo?

Lo sguardo alle volte può farsi carne, unire due persone più di un abbraccio. Così Marianna e Saro, all'interno di quella vetturetta strettissima sospesa fra due muli e ciondolante sul vuoto, si lasciano cullare dal movimento, fermi incollati ai loro sedili, mentre gli sguardi corrono dall'uno all'altra commossi e inteneriti. Né le mosche né il caldo né le scosse riescono a distrarli da quel fitto scambio di aspre delizie.

XXXI

Entrando nella casa sconosciuta un buio appiccicoso e pesante di odori la inchioda alla soglia. L'aria molle le sbatte contro la faccia come un panno bagnato: non si vedono che ombre nere immerse nell'oscurità della stanza.

Poi piano piano, abituando gli occhi a quel nero, ecco sorgere dal fondo un letto alto da terra e circondato da una fitta zanzariera, un catino di ferro ammaccato, una madia dalle zampe rabberciate, un fornello in cui brucia della legna che sprigiona un fumo acre.

I tacchetti della duchessa affondano nella terra battuta del pavimento rigato dalle scope di saggina. Vicino alla porta un asino mangia un poco di fieno ammucchiato, delle galline accoccolate dormono con la testa nascosta sotto l'ala.

Una minuscola donna vestita di bianco e di rosso sbuca dal nulla con un bambino in braccio e rivolge alla visitatrice un sorriso circospetto che le increspa la faccia butterata. Marianna non riesce a non storcere la bocca all'assalto di quegli odori sfacciati: di sterco, di orina secca, di latte cagliato, di carbonella, di fichi secchi, di minestra di ceci. Il fumo le penetra negli occhi, nella bocca facendola tossire.

La donna col bambino la guarda e il sorriso si fa più aperto, dileggiante. È la prima volta che Marianna entra nella casa di una "viddana" delle sue terre, la moglie di uno dei suoi coloni. Per quanto abbia letto di loro nei libri non aveva mai immaginato una simile povertà.

Don Pericle che l'accompagna si fa vento con un calendario regalatogli dalle suore. Marianna lo guarda per capire se lui conosce queste case, se le frequenta. Ma don Pericle per fortuna oggi è impenetrabile: tiene gli occhi fissi nel vuoto appoggiandosi alla grossa pancia protesa come fanno le donne gravide che non si sa se sono loro a reggere la pancia o la pancia a reggere loro.

Marianna fa segno a Fila che è rimasta fuori in strada con un grosso paniere pieno di provviste. La ragazza entra, si fa il segno della croce, arriccia il naso disgustata. Probabilmente anche lei è nata in una casa come questa ma ha fatto di tutto per dimenticarlo. Ora è lì che si agita impaziente come una che sia abituata all'aria odorosa di lavanda di grandi stanze luminose.

La donna col bambino in braccio scaccia con un calcio le galline che prendono a svolazzare per la camera starnazzando; sposta con una mano le poche povere stoviglie che si trovano sulla tavola e aspetta la sua parte di doni.

Marianna estrae dal cesto dei salumi, dei sacchetti di riso, dello zucchero e appoggia ogni cosa sulla mensa con gesti bruschi. A ogni regalo che offre si sente più ridicola, più oscena. L'oscenità del beneficare che pretende dall'altro l'immediata gratitudine. L'oscenità di una coscienza che si appaga della sua prodigalità e chiede al Signore un posto in paradiso.

Intanto il bambino ha preso a singhiozzare. Marianna ne vede la bocca che si allarga sempre di più, gli occhi che si stringono, le mani che si levano coi pugni chiusi. E quel singulto pare comunicarsi a poco a poco alle cose intorno facendole singhiozzare anch'esse; dalle galline all'asino, dai letti alla madia, dalle gonne sbrindellate della donna alle pentole irrimediabilmente ammaccate e bruciate.

Uscendo, Marianna si porta le mani al collo sudato, respira a bocca aperta tirando su l'aria pulita a larghe sorsate. Ma gli odori che stagnano nel vicolo non sono molto migliori di quelli all'interno della casa: escrementi, verdure marce, olio fritto, polvere.

Ora molte donne si affacciano dalle porte aspettando il loro turno di elemosina. Alcune se ne stanno sedute davanti alla soglia di casa spidocchiando i figli e chiacchierando allegramente fra di loro.

Il principio della corruzione non sta proprio in questo dare che seduce chi riceve? il signore coltiva l'avidità del suo dipendente, adulandola e saziandola, non solo per farsi bello coi guardiani del cielo ma anche perché sa benissimo che l'altro si abbasserà ai suoi stessi occhi accettando quel regalo che pretende gratitudine e fedeltà.

«Qui soffoco, torno alla torre» scrive Marianna sulla tavoletta e consegna il foglio a don Pericle; «continuate voi.»

Fila dà un'occhiata di sbieco, di malumore, al cesto premuto contro un fianco ancora zeppo di cibi. Ora dovrà continuare il lavoro da sola, perché su Felice che si è fermata dalla parte del selciato per non sporcarsi le scarpe non c'è da contare. Le altre due poi chissà quando arriveranno. Hanno giocato a carte fino a notte alta e stamattina non si sono viste alla colazione sotto il portico.

Intanto Marianna si avvia a grandi passi verso Torre Scannatura che le pare di scorgere al di sopra di quel rovinio di tetti su cui cresce di tutto, dall'erba cipollina alla finocchiella, dai capperi alle ortiche.

Svoltando per un vicolo incespica in un vaso da notte che una donna sta rovesciando in mezzo alla strada. Anche a Bagheria succede lo stesso e anche a Palermo nei quartieri popolari: le massaie la mattina svuotano i bisogni della notte in mezzo alla via, poi escono con un secchio d'acqua e spingono ogni cosa un poco più avanti, dopodiché si disinteressano di quello che succede. Ma siccome c'è sempre qualcuno a monte che fa la stessa operazione, la viuzza è percorsa eternamente da uno scolo maleodorante e coperto di mosche.

Quelle stesse mosche che vanno a posarsi a nugoli sulle facce dei "picciriddi" seduti a giocare sui bordi del vicolo e si aggrappano alle loro palpebre come fossero squisitezze da succhiare. I bambini, con quei grappoli di insetti attaccati agli occhi, finiscono per assomigliare a delle maschere strampalate e mostruose.

Marianna cammina svelta cercando di schivare le immondizie, seguita da una frotta di creature saltellanti di cui indovina il numero dal frullio di ali che le si leva intorno. Il suo passo si fa più rapido, inghiotte bocconi d'aria puzzolente e procede a testa bassa verso l'uscita del paese. Ma ogni volta, quando crede di avere raggiunto la strada per la torre si trova davanti un muretto coperto di cocci, una svolta, un recinto per galline. La torre sembra lì a portata di mano ma il paese nella sua piccolezza ha una struttura labirintica difficile da dipanare.

Camminando e tornando indietro, girando e rigirando, di improvviso Marianna si trova in mezzo a una piazzetta quadrata dominata da una alta statua della Madonna. Lì, sotto la stele, si ferma un momento a riprendere fiato appoggiandosi alla base di pietra grigia.

Ovunque giri lo sguardo è la stessa cosa: case basse addossate le une alle altre, spesso munite della sola entrata che fa da finestra e da porta. Dentro si intravvedono stanze scure abitate da persone e animali in tranquilla promiscuità. E fuori, rivoli di acqua sudicia, qualche bottega di granaglie esposte in grandi cesti, un fabbro ferraio che lavora sulla soglia sprizzando scintille, un sarto che alla luce della porta taglia, cuce e stira; un fruttivendolo che espone le merci in cassette di legno, su ogni mercanzia un cartello col prezzo: FICHI: 2 GRANI AL ROTOLO; CIPOLLA: 4 GRANI AL ROTOLO; OLIO PER LUME: 5 GRANI AL ROTOLO; UOVA: MEZZO GRANO L'UNO. Gli occhi si aggrappano ai cartelli coi prezzi come a delle boe in alto mare: i numeri sono rassicuranti, danno un senso ai misteri geometrici di quel paesaggio ostico e polveroso.

Ma ecco che sotto i piedi avverte uno zoccolio familiare, un battito ritmato che le fa sollevare gli occhi. Infatti, sbucato non si sa da dove, vede venirle incontro Saro in groppa al cavallino arabo che il signor marito zio gli ha regalato prima di morire e che lui ha chiamato pomposamente Malagigi.

Finalmente potrà uscire dal dedalo, si dice Marianna e fa per andargli incontro ma cavaliere e cavallo sono già spariti, ingoiati da un muretto tappezzato di capperi. Marianna si avvia verso quel muretto, ma aggiratolo, si trova davanti una folla di bambini e di donne che la sbirciano sorpresi come se fosse un essere soprannaturale. Due storpi che si trascinano sul selciato appoggiandosi a delle stampelle, si mettono ad arrancare dietro di lei con l'idea di cavarle del denaro: una dama così elegante non può non portarsi appresso sacchetti pieni di oro sonante. Perciò le si avvicinano, le toccano i capelli, la tirano per la manica, le strappano i fiocchi che tengono annodate alla vita la tavoletta per scrivere e la sacchetta con l'inchiostro e le penne.

Di nuovo a Marianna sembra di scorgere Malagigi che caracolla in fondo a un vicolo e Sarino che la saluta da lontano levando in alto il cappello. Marianna si sbraccia per farsi vedere, per chiedergli che venga a prenderla. Nel frattempo qualcuno ha messo le mani sulla sacchetta delle penne credendo che proprio lì stiano le monete e tira da ogni parte senza riuscire a staccarla dalla cintura.

Per liberarsi, Marianna strappa con uno strattone la fibbia e lascia ogni cosa ai bambini e agli storpi riprendendo a correre.

I piedi si sono fatti arditi, scavalcano gli scoli, si precipitano giù per le scalette scoscese, attraversano correndo buche piene di fango, affondano nei mucchi di immondizia e di sterco di cui è foderata la strada.

Improvvisamente, quando meno se l'aspetta, si trova finalmente fuori, sola, in mezzo a una stradina dalle erbacce alte. Davanti a sé, contro un cielo di coccio smaltato, la sagoma di Saro che sta giocando a fare il cavallerizzo da circo: Malagigi si alza in bilico sulle zampe posteriori, rompe l'aria con quelle anteriori, le appoggia infine per terra per sollevarsi di nuovo scalciando e sgroppando come se fosse un tarantolato.

Marianna lo osserva divertita e allarmata: quel ragazzo cadrà e si romperà l'osso del collo. Gli fa dei cenni da lontano ma lui non si avvicina, non le va incontro, anzi l'attira come un incantatore di serpenti verso le colline.

E lei lo segue tenendo sollevate le gonne fradicie di fango e i capelli sudati che scappano dai lacci, il fiato corto, allegra come non si ricorda di essere mai stata. Quel ragazzo perderà l'equilibrio, si farà male, deve trovare il modo di fermarlo, si dice. Ma il pensiero è in festa, perché sa che quello è un gioco e nei giochi il rischio fa parte del piacere.

Cavallo e cavaliere ora hanno raggiunto, sempre caracollando, un bosco di noccioli ma non accennano a fermarsi. Balzano e corrono in avanti tenendosi sempre a una certa distanza da lei. Sembra che in tutta la sua vita non abbia fatto altro che praticare cavalli, come uno zingaro, il bel Saro.

Ormai il noccioleto è rimasto alle spalle e davanti ci sono solo campi di sulla, alte siepi di ricino e distese di pietraie. Di colpo Marianna vede il ragazzo volare in alto come un fantoccio e subito dopo precipitare a testa in giù sull'erba alta. Riprende a correre, saltando, inciampando negli intrecci dei rovi, la gonna tirata su con le due mani. Da quando non correva così? il cuore le è salito in gola e sembra voglia saltarle fuori assieme alla lingua.

Ed ecco, finalmente l'ha raggiunto. Lo trova riverso a braccia aperte, mezzo sepolto dall'erba, gli occhi chiusi, la faccia svuotata di sangue. Si china su di lui con delicatezza e prova a spostargli il collo, a muovergli un braccio, poi una gamba. Ma il corpo non reagisce: è lì abbandonato, privo di sensi.

Con le mani che le tremano Marianna gli slaccia la camicia sul collo. È solo svenuto, si dice, si riprenderà. Intanto non può fare a meno di guardarlo: sembra nato in quel momento per lei in tutta la bellezza del suo giovane corpo. Se gli desse un bacio lui non lo saprebbe mai. Perché non lasciare per una volta, una volta sola, libero il desiderio imbracato nei lacci di una volontà nemica?

Con un movimento morbido si china sul ragazzo riverso e gli sfiora con la bocca la guancia. Per un attimo le sembra di vedere vibrare le lunghe ciglia di lui. Si tira su, lo guarda ancora. È proprio un corpo abbandonato e perso nell'incoscienza. Si china di nuovo attenta, con movimenti di farfalla e gli appoggia le labbra sulle labbra. Le sembra di sentirlo tremare. E se fosse un delirio mortale? Si rizza sulle ginocchia, e prende a battergli le dita sulle guance finché lo vede aprire gli occhi grigi, bellissimi. Quegli occhi ridono di lei e dicono che è stata tutta una recita, una trappola per rubarle un bacio. Che ha funzionato perfettamente. Solo il battito delle dita sulle guance non era previsto e forse gli ha fatto scoprire il gioco prima del previsto.

«Che babba sono, che babba!» si dice Marianna mentre cerca di rimettersi a posto i capelli. Sa che lui non muoverà un dito senza il suo consenso; sa che sta aspettando e per un momento pensa di rendere esplicito quello che prima era un pensiero clandestino: premerlo contro di sé in un abbraccio che colmi anni di attesa e di rinuncia.

«Che babba, che babba»... la trappola sarà la gioia delle sue gioie. Perché non lasciarsi chiudere da quel laccio? Ma c'è un leggero odore di confettura che non le piace in quel gioco, un minuscolo segno di compiacenza e di prevedibilità. Le sue ginocchia si impuntano sull'erba, il suo busto si rizza, i suoi piedi sono già in moto. Prima che Saro abbia capito le sue intenzioni, lei è già via, che corre verso la torre.

XXXII

I due candelabri accesi mandano fiammelle verdi. Marianna osserva quelle linguette smeraldine con apprensione: da quando in qua un moccolo di cera vergine di api fa una luce verde che si alza in colonnine sottili verso il soffitto e ricade in forma di liquido schiumoso? Anche i corpi accanto a lei sono diversi dal solito e si dilatano minacciosamente: la pancia di don Pericle per esempio si scuote e tira fuori degli improvvisi bitorzoli come se dentro vi abitasse un bambino che scalcia e sgomita. Sulla tavola le dita di Manina paffute e coperte di fossette si aprono e si chiudono rapide, manovrando le carte: sembra che vadano per conto loro, staccate dalle braccia; afferrano e rigirano le figure mentre i polsi rimangono sepolti dentro le maniche.

I capelli di don Nunzio cadono a ciocche sulla tavola. La neve in pieno agosto? subito dopo lo vede cavare dalla tasca della giubba un fazzoletto enorme, appallottolato e cacciarvi il naso dentro. È evidente che assieme all'aria sta espellendo i suoi malumori. Marianna gli prende il polso e glielo stringe; continuando così don Nunzio soffierà nel fazzoletto la sua stessa vita e cadrà morto sul tavolo da gioco.

Al gesto spaventato della madre le figlie scoppiano a ridere. Ride anche don Pericle, ride Felice con la croce di zaffiri che le balla sul petto, ride Sarino mettendosi una mano davanti alla bocca, ride persino Fila che se ne sta in piedi accanto a Giuseppa reggendo una teglia piena di maccheroni al sugo.

La mano di Felice si allunga a toccare la fronte della madre. Le facce si fanno serie. Marianna legge sulle labbra della figlia la parola "febbre". E vede altre mani allungarsi verso la sua fronte.

Non sa come sia salita su per le scale, forse l'hanno portata; non sa come si sia spogliata, come si sia cacciata sotto le lenzuola. Il dolore della testa febbricitante la tiene sveglia; ma finalmente è sola e ripensa con disgusto alla sua dabbenaggine di quella mattina: prima la recita alla "buona samaritana" e poi quella corsa da collegiale per pietraie e noccioleti: l'arrendevolezza di un corpo abitato da fantasmi, l'ingenuità di un bacio che credeva di rubare ed era rubato. E ora questa febbre maligna che porta gli echi di un brusio interno che non può intendere.

Può una donna di quarant'anni, madre e nonna, svegliarsi come una rosa ritardataria da un letargo durato decenni per pretendere la sua parte di miele? che cosa glielo proibisce? niente altro che la sua volontà? o forse anche l'esperienza di una violazione ripetuta tante volte da rendere sordo e muto tutto intero il suo corpo?

In qualche momento della notte deve esserci stato qualcuno vicino a lei: Felice? Fila? qualcuno che le ha sollevato la testa e l'ha costretta a mandare giù una bevanda zuccherata. Lasciatemi in pace, aveva pensato di gridare ma la sua bocca era rimasta chiusa in una smorfia stupìta e amara.

Mi ha portata nella cella del vino...
il suo frutto è dolce al mio palato
sostenetemi coi pomi perché io sono malata d'amore...

Che bestemmia: mescolare nel disordine della memoria le parole sgargianti del Cantico dei Cantici con i brandelli di un ricordo di allegrezza; come ha fatto a dimenticare la sua amputazione?

Somiglia il mio diletto a un capriolo...

Sono parole che non dovrebbe pronunciare, che suonano ridicole sulle sue labbra tirate, non le possono appartenere. Eppure sono lì quelle parole d'amore e si amalgamano alle angustie della febbre.

Prendete le volpi
le volpi piccoline
che guastano le vigne...

La stanza ora è allagata dalla luce del giorno. Qualcuno deve avere aperto le imposte mentre lei dormiva. Gli occhi le bruciano come se avesse dei grani di sale sotto le palpebre. Si porta una mano alla fronte. E vede un gufo sul pomello della sedia. Le sembra che la guardi con tenerezza. Fa per muovere una mano sul lenzuolo ma scopre che sul risvolto ricamato c'è una grossa serpe arrotolata che dorme tranquilla. Forse il gufo si mangerà la serpe. Forse no. Se per lo meno arrivasse Fila con l'acqua... Da come tiene le mani incrociate sul petto Marianna capisce di essere già morta. Ma i suoi occhi sono aperti e vedono la porta che si apre da sola, lentamente, proprio come nella vita. Chi sarà?

Il signor marito zio, tutto nudo, con una grande cicatrice che gli attraversa per lungo il petto e la pancia. I capelli sono radi come quelli dei tignosi e manda uno strano odore di cannella e burro rancido. Lo vede chinarsi su di lei armato, come per crocifiggerla. Una sorta di melanzana morta eppure pulsante gli esce dal ventre, oscenamente rigida e vogliosa. Farò l'amore per pietà, si dice, perché l'amore è prima di tutto misericordia.

«Sono in agonia» gli dice a labbra chiuse. E lui sorride misteriosamente complice. «Sto per morire» insiste lei. Lui annuisce. Sbadiglia e annuisce. Strano, perché i morti non possono avere sonno.

Un senso di gelo le fa alzare gli occhi sulla finestra aperta. Un quarto di luna pende in cima alla cornice del vetro. Ogni soffio di vento lo fa dondolare dolcemente; sembra uno spicchio di zucca candita dai grani di zucchero cristallino incollato alla polpa.

«Farò l'amore per pietà» ripete la sua bocca muta, ma il signor marito zio non vuole il suo consenso, la pietà non gli aggrada. Il corpo bianco di lui ora le sta sopra e preme su di lei ghiacciandole il ventre. La carne morta manda odore di fiori secchi e di salnitro. La melanzana di carne chiede, esige di entrare nel suo grembo.

All'alba la casa viene svegliata da un grido atroce e prolungato. Felice balza a sedere sul letto. Non è possibile che sia stata la signora madre mutola, eppure il grido proveniva dalla sua stanza. Si precipita a svegliare la sorella Giuseppa che a sua volta tira giù dal letto Manina. Le tre giovani donne in camicia accorrono al letto della madre che sembra stia ingoiando gli ultimi disperati sorsi d'aria.

Viene chiamato in fretta il "varveri" perché a Torre Scannatura non ci sono medici. Il "varveri" che si chiama Mino Pappalardo e arriva tutto vestito di giallo uovo, tasta il polso all'ammalata, le esamina la lingua, le rovescia le palpebre, caccia il naso nel vaso da notte.

«Congestione da febbri pleuritiche» è il suo verdetto. Bisogna cavare subito del sangue dalle vene infiammate. Per questo gli servono uno sgabello alto, una bacinella d'acqua tiepida, una tazza capiente, un lino pulito e un aiutante.

Felice si presta a fargli da assistente mentre Giuseppa e Manina si rannicchiano in un angolo della stanza. Il "varveri" estrae da una valigetta di legno chiaro un astuccio in forma di rotolo di tela. Dentro il rotolo appaiono, legati da laccetti, dei coltellini appuntiti, delle seghette, delle pinze, delle cesoie minuscole.

Con gesti sicuri Pappalardo denuda il braccio della malata, ne tasta il cavo del gomito per trovare la vena, stringe con un laccio la parte superiore, e poi con un colpo preciso incide la carne, raggiunge la vena con la lama e la fa sanguinare. Felice, inginocchiata accanto al letto, raccoglie in una tazza il sangue che gocciola, storcendo appena la bocca.

Marianna apre gli occhi. Vede una faccia di uomo dalla barba malrasata, due solchi scuri sopra le guance. L'uomo le rivolge un sorriso pesto e svogliato. Ma il serpente, che stava arrotolato sul lenzuolo, deve essersi svegliato perché le sta cacciando i dentini aguzzi nel braccio. Vorrebbe avvertire Felice ma non riesce a muovere neanche gli occhi.

Ma chi è quest'uomo che le sta addosso e ha un odore sgradevole, estraneo? qualcuno che si è travestito da qualcun altro. Il signor marito? il signor padre? lui sì sarebbe capace di trasformarsi per gioco.

In quel momento una idea la attraversa da capo a piedi come una saetta: per la prima volta nella sua vita capisce con limpidezza adamantina che è lui, suo padre, il responsabile della sua mutilazione. Per amore o per distrazione non lo saprebbe dire; ma è lui che le ha tagliato la lingua ed è lui che le ha riempito le orecchie di piombo fuso perché non sentisse nessun suono e girasse perpetuamente su se stessa nei regni del silenzio e dell'apprensione.

XXXIII

Un calèche col mantice tirato, il cavallo coperto da finimenti dorati. Deve essere quello stravagante di Agonia, il principe di Palagonia. E invece no: a smontare è una signora coperta da un velo buttato alla maniera spagnola sull'alta torre di capelli. Certamente la principessa di Santa Riverdita: ha avuto due mariti e tutti e due sono morti di veleno. Dietro di lei un calessino elegantissimo tirato da un cavallo giovane e spipirinzito. Questo deve essere il barone Pallavicino; da poco ha vinto contro il fratello una causa che durava da quindici anni per una eredità poco chiara. Il fratello è rimasto in brache di tela e non gli resta che farsi frate o sposare una donna ricca. Ma le donne ricche a Palermo non sposano uno spiantato anche se ha un bel nome, a meno che non debbano comprarselo il nome e in questo caso la spesa è molto salata. In più la "zita" deve essere molto bella e come minimo deve sapere suonare con grazia la spinetta.

Una sfilata di carrozze così non si vedeva da anni. Il cortile di villa Ucrìa è tutto ingombro: calèches, portantine, fiacres, lettighe, berline passano sotto le luci del grande arco di fiori che congiunge la strada d'accesso al cortile.

Da quando è morto il signor marito zio è la prima volta che si dà una grande festa alla villa. E l'ha voluta lei, Marianna, per festeggiare la guarigione dalla pleurite. I capelli hanno ricominciato a crescere e il colorito sta riacquistando i rosa naturali.

Ora se ne sta in piedi dietro la tenda scostata nel salone azzurro del primo piano e osserva il via vai dei valletti, degli staffieri, dei lacchè, dei facchini, dei camerieri in polpe.

Durante la serata si inaugurerà anche il teatro, fatto costruire da lei per il piacere di una musica che non potrà ascoltare, per la gioia di spettacoli di cui non potrà godere. Proprio in onore della sua sordità ha voluto che il palco fosse largo, alto e splendidamente decorato dall'Intermassimi.

Ha ordinato che i palchetti fossero foderati di damasco giallo con i bordi di velluto azzurro, ha voluto il soffitto ampio, a volta, dipinto con motivi di chimere dalla faccia enigmatica, uccelli del paradiso e liocorni.

L'Intermassimi è arrivato da Napoli tutto azzimato, accompagnato da una giovane moglie, una certa Elena dalle orecchie minuscole e le dita cariche di anelli. Sono rimasti in casa tre mesi, mangiando manicaretti e amoreggiando dappertutto: in giardino, nei corridoi, sulle impalcature, fra le ciotole di colore. Lui ha quarantacinque anni, lei quindici.

Quando Marianna per caso si imbatteva nei due che con le vesti slacciate e il fiato corto si abbracciavano da qualche parte della villa, lui le sorrideva malizioso come a dire «vedete cosa vi siete persa?».

Marianna gli voltava le spalle infastidita. Da ultimo evitava del tutto di girare per la villa quando sapeva che poteva incontrarli. Ma nonostante le sue precauzioni finiva spesso per trovarli sulla sua strada, quasi lo facessero apposta.

Così se n'era andata a Palermo nel suo palazzo di via Alloro, girando di malumore fra le stanze buie e sovraccariche di quadri, arazzi e tappeti. Si era portata dietro Fila lasciando Innocenza a Bagheria. Anche Saro l'aveva lasciato alla villa. Da qualche tempo è diventato capocantiniere e bisogna vedere come assaggia il vino, sballottolandolo da una guancia all'altra, a occhi chiusi e come poi lo sputa lontano facendo schioccare la lingua. Ormai indovina anche le annate.

Era tornata a lavoro finito, in maggio e aveva trovato gli affreschi così belli che aveva perdonato al pittore le sue esibizioni e le sue vanterie. Erano partiti lui e la moglie ragazzina proprio il giorno della morte di Cicciuzzo Calò che da ultimo era diventato pazzo e girava per il cortile cercando le figlie, mezzo nudo, con gli occhi fuori della testa.

Oggi è festa. Nel salone illuminato da grappoli di vetri di Murano in cui bruciano le candele, si aggirano tutte le grandi dame di Palermo. I vestiti enormi, a pallone, tenuti su da "tonti" e "cianchetti" in legno e ossi di balena, i corpetti attillati e scollati, di sete dai colori delicati. Accanto a loro i signori cavalieri indossano per l'occasione lunghe giamberghe rosse, viola, verdi ricamate in oro e argento, camicie sbuffanti di merletti e di trine, parrucche incipriate e profumate.

Marianna si guarda intorno soddisfatta: sono giorni e giorni che prepara questa festa e sa di avere predisposto ogni cosa in modo che la serata ruoti come un congegno ben oleato: gli antipasti sul terrazzo del primo piano fra i geranei e le piante grasse africane; una parte dei bicchieri se li è dovuti fare prestare da casa Torre Mosca perché dopo la morte del marito zio non aveva più rimpiazzato quelli che mano mano si rompevano. In questi bicchieri, prestati da Agata, vengono versati rosolii leggeri e speziati, limonate e vini frizzanti.

La cena invece sarà servita in giardino, fra le palme nane e i gelsomini, su tavoli coperti di lino, nei servizi cosiddetti "della regina" in bianco e azzurro con l'aquila nera. Il pasto si comporrà di maccheroni "di zitu", triglie rosate, lepri all'agro, cinghiali al cioccolato, tacchini ripieni di ricotta, saraghi affogati, porcelli alla fiamma, riso dolce, conserva di scorzanera, cassate, trionfi di gola, teste di turco, gremolate e vini di casa Ucrìa dai sapori aspri e forti delle vigne di Torre Scannatura.

Dopo cena ci sarà la rappresentazione teatrale: Olivo, Sebastiano, Manina, Mariano canteranno l'*Artaserse* del Metastasio con la musica di Vincenzo Ciampi suonata da una orchestra di signori: il duca di Carrera Lo Bianco, il principe Crescimanno signore delle Gabelle del Biscotto, la baronessa Spitaleri, il conte della Cattolica, il principe Des Puches di Caccamo e la principessa Mirabella.

Il cielo per fortuna è pulito, cosparso di piccoli bottoni lucenti. La luna non si vede ancora. In compenso la fontana del tritone illuminata dall'interno delle nicchie scavate nella roccia, riempite di candele, fa un effetto sorprendente.

Seguendo una coreografia preparata in anticipo, ogni cosa si muove secondo un ritmo conosciuto solo da chi l'ha predisposto, anche gli ospiti con i loro vestiti preziosi, i loro scarpini tempestati di pietre, partecipano inconsapevoli a un gioco di innesti.

Marianna non ha voluto indossare il vestito da cerimonia per potersi muovere più agevolmente fra gli ospiti, fare delle puntate rapide in cucina, correre al teatro, tornare verso l'orchestra che sta provando gli strumenti nella casa gialla, controllare le torce a vento, tenere d'occhio le figlie, le nipoti, dare segnali con il capo al cuoco e a Saro perché porti su altri vini dalla cantina.

Alcune dame non possono neanche sedersi tanto sono elaborate e gonfie le loro gonne rette da strutture rigide che le fanno assomigliare a delle cupole con la torretta dell'orologio in cima. Quest'anno va di moda "la volante", un vestito che viene dalla corte di Parigi: un cerchio tanto ampio che potrebbe dare asilo a due clandestini accovacciati, fatto di un intreccio di vimini ricoperto da una ampia gonna lunga sormontata da una tunichetta scivolosa tutta pieghe, fiocchi e fronzoli, munito di due cannelli sul dorso che dal collo scendono fino alla vita.

Alle undici ci sarà il ballo e a mezzanotte i fuochi di artificio. Una macchina è stata costruita apposta e sistemata nel limoneto di fianco al teatro in modo che le esplosioni a. vengano proprio sulle teste degli ospiti e le gocce di fuoco vadano a morire dentro la vasca delle carpe o fra le aiole di rose e di violacciocche.

Una notte benigna, tiepida, allagata di profumi. Una leggera brezza salina che arriva a tratti dal mare, rinfresca l'aria. Marianna, nel trambusto non è riuscita a mandare giù neanche un "vol-au-vent". I cuochi sono stati affittati per la serata: il primo è francese o per lo meno si dice tale e si fa chiamare monsieur Trebbianó, ma lei sospetta che abbia solo soggiornato per qualche tempo in Francia. Cucina bene, "à la française", ma i suoi piatti più riusciti sono quelli isolani. Sotto i nomi più astrusi si possono riconoscere i soliti sapori che piacciono a tutti.

Le grandi famiglie di Palermo se lo contendono da anni per cene e pranzi affollati. E a monsù Trebbianó piace trasmigrare da una casa all'altra a pagamento, portandosi dietro uno stuolo di aiutanti, di assistenti, di "petites-maines" di fiducia, nonché una valanga di pentole, coltelli e forme di sua proprietà.

Marianna si siede un momento sfilandosi, sotto le lunghe gonne, le scarpette a punta. Sono anni che non vede tutta la famiglia insieme alla villa: Signoretto i cui affari non vanno bene, ha dovuto ipotecare il feudo di Fontanasalsa per pagare i debiti. Però non ha l'aria di preoccuparsene. Il lento precipitare della famiglia verso la rovina lui lo considera parte del destino comune, un destino a cui è inutile opporsi, tanto avrà ragione di loro comunque.

Carlo è diventato famoso per la sua dottrina e ora lo chiamano da tutte le parti d'Europa per decifrare antichi manoscritti. È appena tornato da Salamanca dove è stato invitato dall'Universidad Real che alla fine del soggiorno gli ha offerto un posto di insegnante, ma lui ha preferito rientrare ai suoi giardini di San Martino delle Scale, fra i suoi libri, i suoi allievi, i suoi boschi, i suoi cibi. «Sogni e favole io fingo» le ha scritto su un foglietto che le ha cacciato quasi di nascosto nella tasca, «Tutto è menzogna, delirando io vivo», alla maniera di Metastasio.

Marianna rilegge il foglietto spiegazzato che è rimasto in fondo alla tasca. Cerca con gli occhi il fratello affondato in una dormeuse, i capelli radi sulla testa, gli occhi porcini. Bisogna osservarlo bene per scoprire un briciolo di spiritualità in quel corpo sfuggito ormai a ogni controllo, che straripa da ogni parte.

Dovrei vederlo più spesso, si dice Marianna notando il pallore malsano della faccia del fratello che sembra volere fare il verso a quella materna. Le pare di sentirne l'odore anche a distanza: di laudano e di tabacco.

Anche Agata si è molto trasformata. Testimoni della sua bellezza sono rimasti i grandi occhi bovini, in cui il bianco e l'azzurro si dividono con limpidezza. Tutto il resto è come se fosse stato immerso nell'acqua del bucato per troppe ore e poi strapazzato con la cenere e sbattuto sulla pietra come si fa con i panni al fiume.

Accanto a lei, la figlia Maria che sembra il suo ritratto da ragazza: le spalle ancora aspre di sedicenne che sgusciano come mandorle fresche dal vestito di trine coperto di fiocchi lilla. Per fortuna Agata è riuscita a impedire che venisse sposata a dodici anni come avrebbe voluto il marito. Se la tiene vicina e la veste da bambina perché sembri più piccola, indispettendo la figlia che invece vorrebbe apparire più grande. Giuseppa e Giulio seggono vicini, si guardano in continuazione, ridono per ogni nonnulla. Il cugino Olivo li osserva da un altro tavolo, immusonito. La moglie accanto a lui è meno sgradevole di come l'avevano dipinta a Marianna: piccolina, irrigidita ma capace di sciogliersi in risate liquide e sensuali. Non sembra faccia caso ai musi del giovane marito; forse non sospetta neanche questo amore fra cugini. O forse sì ed è per questo che quando è seria sembra che abbia mangiato una scopa. Le sue risate sono certo un modo per farsi coraggio.

Mariano invece si fa sempre più bello e maestoso. In certi momenti rammenta il padre nelle espressioni aggrondate e superbe, ma i colori sono del nonno Signoretto: colori del pane appena uscito dal forno e gli occhi sono profondi e turchini.

La moglie, Caterina Molè di Flores, ha avuto diversi aborti e nessun figlio: questo ha finito per creare una acrimonia fra i due che si vede a occhio nudo. Lui le si rivolge sempre in un tono un po' stizzito e rimproverante; lei gli risponde per le rime ma senza spontaneità, come se pensasse di dovere comunque espiare le colpe della sua sterilità.

Lei gli parla di libertà nuove, incantata dalle parole della zia Domitilla, ma con sempre meno convinzione. Lui non finge neppure più di ascoltarla. I suoi occhi vigilano costantemente che nessuno invada il cerchio incantato in cui si chiude a sognare. Da appassionato che era per i divertimenti, sempre in giro per balli e giochi da una villa all'altra, è diventato negli ultimi anni pigro e contemplativo. La moglie lo trascina per i salotti e lui si lascia condurre ma non partecipa alle conversazioni, si rifiuta di giocare a carte, mangia poco, beve appena. Gli piace guardare gli altri senza essere guardato, sprofondando nei suoi vapori.

Che cosa sogna Mariano? è difficile dirlo. Qualche volta Marianna l'ha indovinato standogli vicina e sono sogni di grandi avventure militari fra genti straniere, di spade levate, cavalli sudati, odori di battaglie e di polvere da sparo.

Possiede una collezione di armi come il padre e ogni volta che la ospita per un pranzo di famiglia gliele illustra meticolosamente: la spada di Filippo II, un archibugio del duca di Angiò, un moschetto delle guardie di Luigi XIV, la scatola intarsiata che l'Infante di Spagna usava per la polvere nera e altre meraviglie del genere. Alcune le ha ereditate dal signor marito zio, altre le ha comprate da solo.

Eppure non si muoverebbe dal suo palazzo di via Alloro neanche se avesse la sicurezza di una vittoria strepitosa sul campo. I sogni sono in qualche modo più corposi della realtà quando diventano una seconda vita a cui ci si abbandona con strategica intelligenza.

Marianna osserva il figlio che si alza dalla tavola dove ha cenato con Francesco Gravina, figlio di quell'altro Gravina di Palagonia detto Agonia. Il giovanotto sta riammodernando la villa costruita dal nonno, riempiendola di statue stravaganti: uomini con la testa di capra, donne a metà scimmia, elefanti che suonano il violino, serpenti che impugnano il flauto, draghi vestiti da gnomi e gnomi dalle code di drago, nonché una collezione di gobbi, pulcinella, mori, mendicanti, soldati spagnoli e musici vaganti.

La gente di Bagheria lo considera tocco. I familiari hanno tentato di farlo interdire. Gli amici invece lo amano per un certo modo candido e pudico di ridere di sé. Anche all'interno pare che stia trasformando villa Palagonia in un luogo di incantesimi: sale foderate di specchi che rompono e moltiplicano l'immagine riflessa fino a renderla irriconoscibile; mezzi busti di marmo che si sporgono dalle pareti con le braccia tese verso i ballerini, gli occhi di vetro che girano nelle orbite. Le camere da letto poi, sono popolate di bestie imbalsamate: asinelli, sparvieri, volpi ma anche serpenti, scorpioni, lucertole, lombrichi, animali che nessuno ha mai pensato di impagliare.

I maligni dicono che il nonno Ignazio Sebastiano riscuotesse fino alla sua morte, cioè fino all'anno scorso, una gabella "sul coito" in cambio della rinuncia allo jus primae noctis feudale. Il giovane Palagonia è brutto come la fame: mento affilato, occhi troppo vicini, naso a becco; ma chi lo conosce dice che è gentile e allegro, incapace di fare male a una mosca, cortese con i sottoposti, tollerante, pensoso e dedito alle letture di romanzi di avventure e di viaggi.

Strano che siano amici lui e Mariano, sono così diversi, ma forse è proprio questo che li avvicina. Mariano non leggerebbe un libro neanche costretto. Le sue fantasie si nutrono di racconti fatti a voce e certamente preferisce un qualsiasi cantastorie anche della strada a un libro della biblioteca materna. Ora le sembra di averlo perso nella folla, dove sarà andato il bel Mariano sognatore? e lo scopre poco più in là che cammina solitario dirigendosi verso la "coffee house" imperlata di luci.

Lo vede sorbire un caffè, scottarsi la lingua e fare un gesto di stizza, saltellare su un piede solo, esattamente come faceva da piccolo. Con la tazzina in mano lo vede prendere posto su una sedia rigida mentre il suo sguardo si posa ingordo sui corpi scoperti delle invitate. Le pupille fosche, le labbra serrate: uno sguardo insistito e penetrante. Quel luccichio le ricorda il signor marito zio. Riconosce in esso l'occulto improvviso desiderio di stupro.

Marianna chiude le palpebre. Le riapre. Mariano non è più nella "coffee house" e Caterina lo sta cercando. Adesso il gazebo si è riempito di dame e signori, ciascuno con la sua tazzina di caffè in mano. Li conosce tutti da quando è nata, sebbene li frequenti poco. Più che altro li vede ai matrimoni, alle cerimonie di monacazione, alle visite che si fanno per un puerperio, per una cresima.

Sono sempre le stesse donne dall'intelligenza lasciata a impigrire nei cortili delle delicate teste acconciate con arte parigina. Di madre in figlia, di figlia in nipote, sempre intente a girare intorno ai guai che portano i figli, i mariti, gli amanti, i servi, gli amici, e a inventare nuove astuzie per non farsene schiacciare. I loro uomini sono occupati da altri guai, altre gioie, diverse e parallele: l'amministrazione delle proprietà lontane, sconosciute, il futuro delle casate, la caccia, il gioco, le carrozze, il corteggiamento, le questioni di prestigio e di precedenza.

Pochissimi sono quelli che qualche volta salgono sul tetto più alto e danno uno sguardo intorno per vedere dove sta bruciando la città, dove invece le acque stanno allagando i campi, dove ancora la terra sta facendo maturare il grano e le vigne, e come la loro isola stia rovinando nell'incuria e nella rapina.

Le debolezze di quelle famiglie sono anche le sue, conosce le infamie segrete di cui discorrono le donne dietro i ventagli, le iniziazioni dei giovani maschi fatte sulle serve ragazzine, le quali poi quando rimangono incinte vengono "cedute" ad amici disinvolti o spedite nelle case religiose per "pericolanti" o in ospizi per "fanciulle cadute"; i debiti astronomici, gli strozzinaggi, le malattie nascoste, le nascite sospette, le serate passate al circolo giocandosi castelli e terreni, le intemperanze al bordello, le cantanti contese a suon di scudi, le liti furibonde tra fratelli, gli amori segreti, le terribili vendette.

Ma ne conosce anche i sogni; il ritmo incantato delle battaglie fra Orlando, Artù, Ricciardetto, Malagigi, Ruggero, Angelica, Gano di Maganza e Rodomonte che scandisce le loro "rêveries". La capacità di nutrirsi di pane e rape pur di mantenere una carrozza dai riccioli di legno dorato. Ne conosce il mostruoso orgoglio, l'intelligenza capricciosa che si picca di rimanere oziosa per dovere di nobiltà. L'umorismo segreto, amaro, che si congiunge spesso con una sensuale volontà di corruzione e di annullamento.

Non è così anche lei? carne di quella carne, oziosa, vigile, segreta e soffocata da sogni di grandezza insensata? Di diverso c'è forse solo la menomazione che l'ha resa più attenta a sé e agli altri, tanto da riuscire talvolta a carpire i pensieri di chi le sta accanto.

Ma non ha saputo trasformare questo talento in una arte, come avrebbe suggerito il signor David Hume; l'ha lasciato fiorire a casaccio subendolo più che guidandolo, senza trarne partito.

Nel suo silenzio abitato da parole scritte, ha elaborato delle teorie lasciate a metà, ha rincorso brandelli di pensieri ma senza coltivarli con metodo, lasciandosi andare alla pigrizia tipica della sua gente, sicura dell'immunità, pure davanti a Dio, poiché «tutto sarà dato a chi ha e niente a chi non ha».

E per "avere" non si intende proprietà, ville, giardini, ma delicatezze, riflessione, complicazioni intellettuali, tutto ciò che il tempo di cui dispongono in abbondanza favorisce a loro signori che poi si divertono a buttarne via le briciole ai poveri di spirito e di moneta.

Le gremolata ha finito di sciogliersi nella coppa di cristallo dal gambo alto. Il cucchiaio è scivolato per terra. Un soffio d'aria tiepida, un alito di fichi secchi le solletica l'orecchio. Saro è chino su di lei e le sfiora con le labbra la nuca. Marianna ha un soprassalto, si alza, traffica comicamente con le scarpe sotto la gonna, pianta gli occhi rabbiosi sul ragazzo. Perché venirla a tentare di soppiatto mentre è persa nei suoi pensieri?

Afferra con mano decisa il taccuino e la penna e scrive senza guardare: «Ho deciso, ti sposi». Quindi tende il foglio al ragazzo che se lo porta sotto la torcia a vento per leggere meglio.

Marianna lo osserva un momento incantata: nessuno dei giovani signori invitati ha la grazia di quel corpo su cui corrono le ombre saltellanti della festa. Ci sono in lui delle trepidazioni, delle incertezze che ne alleggeriscono i movimenti, rendendolo fragile e come sospeso per aria; si ha voglia di prenderlo per la vita e tirarlo giù verso il pavimento.

Ma appena vede lo sguardo smarrito di lui su di sé, Marianna si alza e va a mescolarsi frettolosa fra la massa degli ospiti. Ormai è l'ora della rappresentazione e dovrà condurre gli invitati lungo i sentieri del giardino, fra le siepi di sambuco e di gelsomini, fino alle porte appena verniciate del teatro.

XXXIV

Il signor fratello abate le ha messo in mano una tazza di cioccolata e ora le sorride con aria interrogativa. Marianna è intenta a guardare, al di là degli alti gigli e dei tronchi dei melograni, la città di Palermo che si stende come un tappeto cinese dai colori rosa e verde, in uno spolverio di case grigio piccione.

La cioccolata sulla lingua ha un sapore amarognolo e profumato. Ora il fratello batte un piede sul pavimento di legno della veranda. Che sia impaziente di mandarla via? eppure è appena arrivata, dopo due ore di lettiga su per i viottoli rocciosi che portano verso San Martino delle Scale.

«Voglio dare sposa a un famiglio. Chiedo il vostro consiglio per una brava ragazza» scrive Marianna usando i suoi complicati strumenti letterari: la tavoletta pieghevole appesa a una cinghia, la penna d'oca dalla punta smontabile appena arrivata da Londra, il calamaio attaccato ad una catenella, un quadernetto dai fogli estraibili.

La sorella spia la faccia larga del fratello mentre legge le sue parole. Non è fretta quella che gli corruga la fronte, ora se ne rende conto, ma imbarazzo. Questa sorella, chiusa com'è nei suoi silenzi forzati, gli è sempre apparsa lontana, straniera. Salvo forse per quel periodo quando era ancora viva la nonna Giuseppa, in cui tutti e due si infilavano nel letto di lei. Allora lui aveva l'abitudine di stringerla e baciarla così forte che la lasciava senza fiato. Poi, non si sa come, non si sono più frequentati. Ora lui sembra chiedersi cosa ci sia dietro a quella richiesta di consiglio della sorella sordomuta: una pretesa di alleanza contro il fratello maggiore che sta precipitando nei debiti? o un curiosare nella sua vita di abate solitario? o una richiesta di soldi?

Grappoli di pensieri disordinati gli sgusciano fuori dagli occhi, dalle narici, senza armonia, senza intenzioni. Marianna lo vede tormentare con le dita grassocce una foglia appuntita di giglio e sa che non potrà sfuggire all'onda delle riflessioni di lui che la stanno raggiungendo dal fondo di un cervello svogliato e mordace.

«La signora sorella è inquieta... che abbia paura di invecchiare? strano come regga bene l'età... neanche un filo di grasso, nessuna deformazione, snella come quando aveva vent'anni, la carnagione chiara, fresca, i capelli ancora ricci e biondi, solo una ciocca bianca sulla tempia sinistra... che se li tinga con l'essenza di camomilla? eppure anche il signor padre, se ricorda bene, ha conservato i capelli biondi serafici fino a tarda età. Solo a lui sono toccati questi quattro fili spaiati... inutile guardarsi allo specchio, la lanuggine cresce per via di quella erba grassa mista all'ortica che gli ha consigliato la nipote Felice, ma rimane lanuggine, come di bebè, non riesce a farsi capelli... Conserva la faccia da ragazzina questa sorella mutola... mentre la sua si è gonfiata e fa bozzi da tutte le parti... che sia la mutezza ad averla preservata dalla rovina degli anni?... c'è un che di verginale in quegli occhi da stralunata... quando lo guarda così gli mette paura... il marito zio chissà che baccalà... il signor Pietro lo si vedeva da come camminava che era inetto, tutto scatti, torsioni, legnosità... e lei ha conservato un candore da giovane sposa... dietro quei pizzi, quelle mantelle, quei fiocchi color notte c'è un corpo che non conosce il piacere... deve essere così, il piacere consuma, dilata, sgretola... piacere sì, di cui lui si è imbrattato mani e piedi prima con le donne dai dorsi esili e senza seni con cui si impegnava in corpo a corpo da lasciare spossati... sfociato poi con gli anni, in un gusto paterno e sensuale per i corpicini deformi e macilenti di ragazzini scontrosi che ama ormai solo con lo sguardo e il pensiero... Mai rinuncerebbe alla gioia di avere intorno a sé quei piccoli esseri dalle gambe storpiate dalla denutrizione, quegli occhiuzzi neri sfavillanti, quelle dita che non sanno prendere eppure pretendono di afferrare il mondo... non rinuncerebbe a uno solo di quei protetti neanche per recuperare immediatamente il suo stesso corpo di giovanotto dai capelli folti e il collo sottile... È lei che ha perso tutto perdendo la voce... Ha paura, le si legge negli occhi che se la fa sotto... È per paura che si impedisce di vivere e si butta nella tomba ancora intera e vergine ma già soffocata, già fatta a pezzi, già morta, come un ciocco male abbozzato... chissà chi le ha dato quella tigna! non certo il signor padre che è sempre stato gentile e distratto. Ancora meno la signora madre che si era mimetizzata con le coperte del letto a tal punto da non riconoscere le proprie gambe... il tabacco e il laudano la tenevano in quel limbo da cui diventava sempre più nauseante allontanarsi.»

Marianna non riesce a staccargli gli occhi di dosso. I pensieri del fratello scivolano con facilità dalla testa di lui a quella di lei, come se la mano esperta di un giardiniere stesse sperimentando un innesto spericolato.

Vorrebbe fermarlo, strappare quel rametto estraneo da cui cola una linfa ghiacciata e amara, ma come avviene quando si fa recipiente di pensieri altrui, non riesce poi a rifiutarli. È presa da un bisogno acre di toccare il fondo dell'orrore dando corpo alle parole più segrete e volanti, più abiette e inutili.

Il fratello sembra intuire il disagio di lei ma lo vince con un brillio degli occhi e un sorriso gentile. Poi si impossessa della penna e scrive riempiendo un foglio di lettere minute, slanciate, bellissime a guardarsi.

«Quanti anni ha lo sposo?»

«Ventiquattro.»

«E cosa fa?»

«Cantiniere.»

«Di quanto dispone?»

«Di suo niente. Gli darò io un migliaio di scudi. Mi ha servita lealmente. La sorella è pur essa serva in casa mia. Me l'ha regalata il signor padre anni fa.»

«E quanto gli date al mese?»

«Venticinque tarì.»

L'abate Carlo Ucrìa fa una smorfia come a dire che non c'è male, si tratta di un buono stipendio, qualsiasi ragazza del popolo potrebbe desiderarlo come marito.

«Potrei sistemare la sorella di Totuccio lo spaccapietre... sono talmente poveri in quella famiglia che se potessero venderla al mercato se ne libererebbero subito di quella figlia e anche delle altre... Cinque sorelle e un fratello, una vera disgrazia per un pescatore senza barca né reti che pesca nelle "varcazze" altrui e si nutre dei resti che i padroni gli lasciano in cambio del suo lavoro, va a piedi scalzi pure la domenica e per casa ha una spelonca tutta nera di fumo... la prima volta che ci è stato per fare piacere a Totuccio, quel "babbaluceddu", la madre schiacciava pidocchi alla minore delle figlie mentre le altre le facevano corona e ridevano "le vastase" con quelle bocche affamate, quegli occhi di fuori, quei colli di gallina... piccole, storte, nessuno se le vorrà mai come "mugghieri", non sono buone neanche a lavorare, hanno patito troppo la fame, chi vuoi che se le pigli? la più grande ha la gobba, la seconda il gozzo, la terza è un sorcio, la quarta un ragnetto, la quinta uno scorfano...

«Eppure il padre stravede per quegli sgorbi, "lu citrulune", bisogna vedere come se le coccola. E la madre con le mani tutte tagli e lerciume le solletica, le pulisce, gli fa le treccine unte con l'olio di pesce, che risate si facevano tutte insieme!... Totuccio si era messo a fare il "mezzobraccio" a nove anni per portare soldi a casa... ma che poteva portare? un tarì ogni quindici giorni? roba che non ci compri neanche un rotolo di pane...

«Bisognava vederlo quel giorno che è arrivato al convento mezzo nudo, reggendo un paniere di pietre sulla testa, sporco di calcina e di fango. E con che serietà si era messo ad allineare quelle pietre tanto pesanti che a stento riusciva a staccarle da terra, vicino all'aiola dei gigli... dovrebbe ringraziare padre Domenico che ha la mania dei muretti... senza di lui il ragazzo non sarebbe mai capitato da quelle parti... ora ci vivono in otto con i suoi soldi, mica tanto, bastano pochi carlini, ci fanno la minestra di lisca di pesce, il pane con la crusca... ma sono allegri e si sono ingrassati e ripuliti, sembra un'altra famiglia... non è che lui l'abbia fatto per il loro bene, non ha l'anima del samaritano, ma insomma il bene ne è venuto fuori lo stesso... è questo il vizio? fanno ridere quei padri con la puzza sotto il naso, quell'eterno borbottio di moralisti... pure lei questa sorella dal cipiglio doloroso... chi si crede di essere, santa Genoveffa? perché non allarga le braccia, non mette un piede in fallo, non si leva quelle bende dagli occhi... tanto tutto quello che si fa lo si fa per il nostro piacere, che sia un piacere raffinato come quello di servire i poveri o un piacere grossolano come quello di godersi la vista di un "picciuteddu" dalla vita stretta e il culo a pagnottella fa lo stesso... non si diventa santi per volontà ma per piacere... c'è chi fa l'amore col diavolo, chi lo fa col corpo piagato di Gesù nostro signore, chi lo fa con se stesso, chi lo fa con i ragazzini come lui, ma senza abusare della loro volontà, senza carpire o strappare o violare niente... il piacere è un'arte che conosce le sue misure, i suoi limiti e il più grande piacere sta nel rispettarli questi limiti e farsene una cornice per la propria armonia... Gli eccessi non gli assomigliano... gli eccessi lo getterebbero dritto e fresco dentro il calderone degli intrallazzi, delle finzioni, delle forzature, degli scandali e lui ama troppo i libri per credere nei bollori della carne... L'occhio sa carezzare più della mano e i suoi occhi si saziano, ma con quanta dolcezza, di sguardi e di tenerezze non dette...»

Ora basta, si dice Marianna, ora gli scrivo che la smetta di sciorinarmi i suoi pensieri. Ma la sua mano rimane posata quieta sul grembo, gli occhi socchiusi nella penombra di quelle foglie di melograno che mandano un profumo sottile e agro.

«Ho una ragazza per voi, si chiama Peppinedda. È brava. Ha sedici anni, è povera in canna ma se voi la favorite...»

Marianna annuisce. Le sembra inutile riempire un altro foglio. La sua mente è spossata dalle orde di pensieri che hanno percorso su e giù la testa come una banda di topi in festa. Ora ha solo voglia di riposare. Di Peppina sa già tutto. E non le dispiace che sia stato il fratello a sceglierla per delle ragioni bislacche, tanto una ragione vale l'altra. Se l'avesse chiesto alle sue figlie si sarebbero agitate e non avrebbero cavato un ragno dal buco. Carlo, con la sua filosofia del piacere, quegli occhi di maiale intelligente, è uno capace di risolvere le difficoltà degli altri combinando delicatamente i suoi interessi con quelli di chi gli sta a cuore. Non si propone di fare il bene e perciò può anche farlo. Il suo naso da tartufo sa trovare il tesoro e lo stana per lei come sta facendo adesso, con generosità. Non le rimane che ringraziarlo e andarsene. Eppure qualcosa la trattiene, una domanda che le stuzzica la mano. Prende la penna, ne mordicchia la punta, poi scrive rapida al suo solito.

«Carlo, ditemi, voi ricordate che io abbia mai parlato?»

«No, Marianna.»

Nessuna esitazione. Un no che chiude il discorso. Un punto esclamativo, uno svolazzo.

«Eppure io ricordo di avere udito con queste orecchie dei suoni che poi ho perduto.»

«Non ne so niente sorella.»

E con questo il colloquio è concluso. Lui fa per alzarsi e congedarla ma lei non accenna a muoversi. Le dita tormentano ancora la penna, si macchiano di inchiostro.

«C'è altro?» scrive lui chinandosi sul taccuino della sorella.

«La signora madre una volta mi disse che non sempre sono stata mutola e priva di udito.»

«Adesso che le prende? non le è bastato venire a disturbarlo per un famiglio, di cui magari è innamorata... già, come non pensarci prima?... non sono fatti della stessa carne? lubrichi e indulgenti verso le proprie voglie, pronti a carpire, trattenere, pagare, perché tutto è loro permesso per diritto di nascita?... santo Signore perdono!... forse è solo un pensiero cattivo... gli Ucrìa sono stati dei buoni cacciatori, degli insaziabili accaparratori... anche se poi si fermavano sempre a mezzo, perché non avevano il coraggio degli eccessi come i Scebarràs... guardate la signora sorella Marianna con quel pallore da lattante, quella bocca morbida... qualcosa gli dice che è tutto da inventare in lei... un bel gioco sorella alla vostra età... una "locura"... e nessuno che le insegni i rudimenti dell'amore... ci lascerà le penne come è facile prevedere... lui potrebbe insegnarle qualcosa ma non sono esperienze che si possono scambiare fra fratelli... che leprotta era da piccola, tutta paura e allegria... ma è vero, parlava quando aveva quattro, forse cinque anni... lo ricorda benissimo e ricorda quel sussurrare in famiglia, quel serrarsi di bocche atterrite... ma perché? cosa cavolo stava succedendo in quei labirinti di via Alloro? una sera si erano sentiti dei gridi da accapponare la pelle e Marianna con le gambe sporche di sangue era stata portata via, sì trascinata dal padre e da Raffaele Cuffa, strana l'assenza delle donne... il fatto è che sì, ora lo ricorda, lo zio Pietro, quel capraro maledetto, l'aveva assalita e lasciata mezza morta... sì lo zio Pietro, ora è chiarissimo, come aveva potuto dimenticarlo? per amore diceva lui, per amore sacrosanto che lui l'adorava quella bambina e se n'era "nisciutu pazzu"... com'è che aveva perduto la memoria della tragedia?

«E dopo, sì dopo, quando Marianna era guarita, si era visto che non parlava più, come se, zac, le avessero tagliato la lingua... il signor padre con le sue ubbie, il suo amore esasperato per quella figlia... cercando di fare meglio ha fatto peggio... una bambina al patibolo, come poteva venirgli in mente una simile baggianata!... per regalarla poi a tredici anni a quello stesso zio che l'aveva violata quando ne aveva cinque... uno "scimunitazzu" il signor padre Signoretto... pensando che il mal fatto era pur suo, tanto valeva che gliela dava in sposa... La piccola testa ha cancellato ogni cosa... non sa... e forse è meglio così, lasciamola nell'ignoranza, povera mutola... farebbe meglio a prendere un bicchiere di laudano e mettersi a dormire... non ha pazienza lui con le persone sorde, né con quelle che si legano con le proprie mani, né con quelle che si regalano a Dio con tanta dabbenaggine... e non sarà lui a rinverdirle la memoria mutilata... dopo tutto si tratta di un segreto di famiglia, un segreto che neanche la signora madre conosceva... un affare fra uomini, un delitto forse, ma ormai espiato, sepolto... a che serve infierire?»

L'abate Carlo, inseguendo i pensieri più reconditi si è dimenticato della sorella che ormai si è allontanata, è quasi arrivata al cancello del giardino e da dietro sembra che pianga, ma perché dovrebbe piangere? le ha forse scritto qualcosa? come se avesse sentito i suoi pensieri, la babbasuna, chissà che dietro quella sordità non ci sia un udito più fino, un orecchio diabolico capace di svelare i segreti della mente... "Ora la raggiungerò", si dice, "la prenderò per le spalle e la stringerò al petto, le darò un bacio sulla guancia, lo farò, cadesse il cielo..."

«Marianna!» grida avviandosi dietro alla sorella.

Ma lei non può sentirlo. E mentre lui si tira su dalla poltroncina in cui era sprofondato lei ha già varcato il cancello, è salita sulla lettiga d'affitto e sta discendendo lungo la scarpata che porta a Palermo.

XXXV

«Vorrei voler signor, quel ch'io non voglio»... I libri mandano un buon odore di pelle conciata, di carta pressata, di inchiostro secco. Questo libretto di poesie pesa nelle sue mani come un blocchetto di cristallo. Le parole di Buonarroti si compongono nel pensiero con la precisione, la purezza di un disegno a inchiostro di China. Una piccola perfetta geometria linguistica.

Caro m'è il sonno e più l'esser di sasso
mentre che 'l danno e la vergogna dura
non veder, non sentir m'è gran ventura
però non mi destar, deh parla basso!

Marianna alza gli occhi sulla finestra. È venuto giù il buio e sono appena le quattro e mezzo. Fa freddo nella biblioteca nonostante la brace che arde nello scaldino.

Solleva una mano per tirare il cordone del campanello ma proprio in quel momento vede la porta che scivola su se stessa precedendo un alone di luce. Sulla soglia appare un candelabro e dietro il candelabro tenuto a braccio teso, Fila. La sua faccia è quasi del tutto coperta da una cuffia di tela grezza che le scende stranamente sulle guance, le copre le orecchie, le si chiude sotto la gola con un cordoncino che le taglia il respiro. È bianca come uno straccio e gli occhi sono rossi come se avesse pianto.

Marianna le fa cenno di avvicinarsi ma Fila finge di non averla capita, accenna rapida una riverenza e si avvia verso la porta dopo avere posato il candeliere sul tavolo.

Marianna si alza dalla poltrona in cui è sprofondata, la raggiunge, l'afferra per un braccio che sente tremare. La pelle è diaccia, coperta da un velo di sudore. «Che hai?» le chiede con gli occhi. Le tasta la fronte, l'annusa. Da quella cuffia sale un odore acido e grasso, nauseabondo. Poi si accorge di un liquido nero che le sta colando lungo le orecchie, sul collo. Cos'è? Marianna la scuote, la interroga a gesti, ma la ragazza china la testa cocciuta e non reagisce.

Marianna tira il cordone per chiamare Innocenza e intanto continua ad annusare la ragazza. Innocenza non sa scrivere ma quando vuole sa farsi capire meglio di Fila.

Appena la cuoca entra nella biblioteca, Marianna le mostra la testa di Fila, la cuffia di tela macchiata di scuro, quel nero che le cola lucido e puzzolente sul collo. Innocenza scoppia in una risata. Scandisce lentamente la parola "tigna" in modo che la duchessa possa leggergliela sulle labbra.

Marianna ricorda di avere letto in un opuscolo sui cosmetici della scuola di Salerno che la tigna a volte viene curata dai popolani con la pece bollente. Ma è un sistema drastico e pericoloso: si tratta di bruciare il cuoio capelluto, di mettere a nudo il cranio. Se il malcapitato resiste, guarisce, se no muore lacerato dalle bruciature.

Con uno strattone Marianna tira via la cuffia dalla testa di Fila ma vede che il danno è già fatto. Il povero capo, privo completamente di capelli, è squarciato da larghe chiazze di pelle bruciata e sanguinolenta.

Ecco che cosa si era portata appresso dalla sua ultima visita a certi parenti di Ficarazzi. Dieci giorni in una di quelle grotte buie, fra asini, galline, scarafaggi e ora, senza dirle niente, sta cercando di liberarsi dei parassiti bruciandosi la testa a morte.

Le stranezze di Fila sono cominciate dopo il matrimonio di Saro con Peppinedda. Ha preso a vagare di notte in camicia, addormentata. Una mattina l'hanno trovata svenuta e mezza affogata dentro la vasca delle ninfee. Ora questa faccenda della tigna.

Un mese addietro le aveva chiesto il permesso di andare a visitare dei lontani cugini di Ficarazzi. Era venuto un uomo enorme dai gambali di pelle di capra a prenderla con un carretto dipinto di fresco: bellissimo a vedersi con i suoi paladini, i suoi boschi, i suoi cavalli.

Fila è montata fra un cane e un sacco di grano. È partita facendo ciondolare le gambe e sembrava contenta. Ricorda di averla salutata dalla finestra e di avete seguito con lo sguardo la figurina minuta sul carro dai colori sgargianti che si allontanava verso Bagheria.

Saro si era sposato da una settimana. Marianna gli aveva regalato una grande festa col vino delle sue cantine e tante qualità di pesci: dagli sgombri e dalle aricciole arrostite sulla brace ai polpi bolliti, dalle sarde a beccafico alla linguata al forno.

Peppina aveva mangiato tanto che poi si era sentita male. Sarino sembrava soddisfatto: la moglie sceltagli dalla signora duchessa era di suo gusto: piccola come una bambina, scura di pelle, le braccia coperte di peli, la bocca fresca dai denti robusti e bianchi, gli occhi grandi e liquidi come due gremolate di caffè.

Si è subito rivelata una ragazza intelligente e volitiva anche se selvatica come una capra. Abituata a patire la fame e a sfacchinare in casa, a rammendare le reti d'altri sotto il sole saziandosi di un pezzo di pane strusciato con l'aglio, mostra la sua felicità mangiando di tutto, correndo di qua e di là e cantando a squarciagola.

Ride spesso, è testarda come una mula, ma ubbidisce al marito perché sa che questo le tocca. Ha un modo di ubbidire però che non ha niente di servile, come se ogni volta fosse lei a decidere proprio ciò che le viene ordinato, per suo capriccio, come una gran regina.

Saro la tratta come un animale di sua proprietà. A volte giocando con lei sul tappeto della sala gialla, buttandosi per terra, facendole il solletico, ridendo fino alle lagrime. A volte dimenticandosi di lei per giorni interi.

Se fosse vivo il signor marito zio li caccerebbe tutti e due, si dice Marianna; e invece lei li tollera, anzi prova piacere a guardarli quando giocano a quel modo. Da che Saro si è sposato si sente molto più quieta. Non cammina più in punta di piedi per schivare le trappole disseminate lungo la sua giornata, non sta più nel terrore di restare sola con lui, non aspetta di vederlo passare la mattina sotto la finestra, la camicia di bucato aperta sul collo tenero, quell'ala di capelli che gli scivola sorniona sulla tempia.

A Peppinedda ha dato l'incarico di aiutare Innocenza in cucina e lei si è dimostrata bravissima nello sbudellare i pesci, nel grattare via le scaglie senza schizzarle intorno, nel preparare gli intingoli di aglio e olio origano e rosmarino per le grigliate.

Anche Peppinedda, come Fila, i primi tempi non riusciva a portare le scarpe. Per quanto gliene avesse regalate due paia, uno di pelle e uno di seta ricamata, andava sempre in giro scalza lasciando delle piccole impronte umide sul pavimento lucido dei saloni.

Da cinque mesi è incinta. Ha smesso di giocare con Sarino, porta in giro la pancia come un trofeo. I capelli nerissimi li tiene stretti dietro alla nuca con un nastrino rosso brillante.

Cammina a gambe larghe come se dovesse scodellare il figlio lì in mezzo alla cucina o nella sala gialla, ma non ha perso nessuna delle sue abilità. Manovra il coltello come un soldataccio, parla poco o niente e dopo le prime abbuffate ora mangia come un passerotto.

In compenso ruba. Non soldi né oggetti preziosi ma zucchero o biscotti o caffè e strutto. Nasconde i cibi nella sua stanza sotto i tetti e poi, appena può, si fa portare a Palermo e regala ogni cosa alle sorelle.

Un'altra sua smania sono i bottoni. Da principio rubava solo quelli caduti. Poi ha cominciato a staccarli girandoli fra le dita con l'aria sognante. Da ultimo ha preso l'abitudine di spiccarli dalle camicie con un colpo di denti e se qualcuno la sorprende li tiene in bocca finché non li mette al sicuro in camera sua dove li ammucchia in una vecchia scatola di biscotti.

Saro che ha imparato a scrivere abbastanza bene racconta a Marianna ogni cosa della giovane moglie. Sembra che provi un gusto particolare a riferirle dei piccoli imbrogli della sua "mugghieri" Peppinedda; come a dirle che se succedono queste cose la colpa è tutta sua che ha voluto dargliela per forza.

Ma Marianna si diverte alle stravaganze di Peppinedda. Le mette allegria quella ragazzina un po' gobba, forte come un torello, selvatica come un bufalo, silenziosa come un pesce.

Saro si vergogna un poco di lei, ma ha imparato a non dirlo. La lezione dei signori l'ha mandata bene a memoria: mai mostrare i propri sentimenti, giocare su tutto, usare bene gli occhi e la lingua ma senza farsi notare.

«Peppinedda rubbò un'altra volta. Che ci devo fare?»

«Frustatela!» scrive Marianna e gli porge il foglio con un gesto divertito.

«Aspetta un picciriddu. E poi mi morde.»

«E lasciatela stare allora.»

«E se rubba ancora?»

«Frustatela due volte.»

«Perché non la frustate voi?»

«È vostra moglie, tocca a voi.»

Tanto sa che Saro non la picchierà. Perché in fondo ne ha paura, la teme come si può temere un cane randagio male addomesticato che può, se molestato, addentare una gamba senza pensarci tanto su.

Ma adesso Fila è svenuta in mezzo alla biblioteca. Innocenza, anziché occuparsi di lei, sta pulendo col grembiule la pece che è colata sul tappeto.

Marianna si china sulla ragazza. Le appoggia una mano aperta sul petto, sente il cuore che batte lento, sfiatato. Preme un dito sulla vena che le attraversa per lungo il collo: pulsa regolarmente. Eppure è gelata, come fosse morta. Bisognerà tirarla su. Fa un cenno a Innocenza che la prenda per i piedi. Lei la solleva per le spalle e insieme la distendono sul divano.

Innocenza si slaccia il grembiule e lo spiega sopra i cuscini perché non si sporchino. Dalla faccia che fa si capisce che non approva per niente che la piccola serva Fila si sdrai, sia pure svenuta, sia pure col permesso della duchessa, sul divano foderato di bianco e oro di casa Ucrìa.

«Troppo stravagante questa duchessa, non ha il senso delle proporzioni... ciascuno al suo posto e se no il mondo diventa un caravanserraglio... oggi Fila, domani Saro, e perfino quella piccola delinquente di Peppinedda che fra lei e un cane c'è solo la differenza di due zampe... come fa a sopportarla non si sa. Ma già, l'ha trovata quel ciccione dell'abate Carlo e lei se l'è presa... non si fa in tempo a voltarsi che già ha fatto sparire l'olio. Una volta alla settimana si aggrappa dietro il carrozzino della duchessa o il canestro tirato dal morello della figlia monaca Felice, col corsetto gonfio di roba sgraffignata... Quel broccolo di suo marito lo sa ma che ci fa? niente... quello sta con la testa chissà dove... sembra innamorato... e la duchessa lo protegge... ha perso ogni severità, ogni ritegno... se ci fosse il duca Pietro ci farebbe una strigliata coi fiocchi a tutti quanti... quel povero duca che se ne sta appeso al chiodo nelle grotte dei Cappuccini e la pelle gli è diventata come quella delle poltrone, si è attaccata alle ossa come un guanto usato tirandosi sui denti, sembra che ride ma non è una risata, è un ghigno... lui lo doveva sapere della sua passione per l'oro perché le lasciò, morendo, quattrocento grani romani con l'aquila del pontefice e sul retro inciso "ut commonius", più tre monete d'oro con la faccia di Carlo II re di Spagna.

Marianna si china su Fila, affonda la faccia negli sbuffi della manica di cotone odorosa di basilico cercando di dimenticare Innocenza, ma lei è lì e continua a inondarla di parole. Ci sono delle persone che le regalano i propri pensieri con malignità acre e spavalda, anche se sono assolutamente inconsapevoli di farlo. Una di queste è Innocenza che assieme con il suo affetto le scarica addosso un fiume di riflessioni spudorate.

Bisognerà che trovi un marito per Fila, si dice. E che le dia una bella dote. Ancora non l'ha vista innamorarsi, né di uno staffiere, né di un oste, né di un calzolaio, né di un vaccaro come succede continuamente con le altre serve che vengono a giornata. Sta sempre dietro a suo fratello e quando non può accompagnarsi a lui se ne sta sola con la testa un poco piegata su una spalla, gli occhi persi nel vuoto, la bocca serrata in una smorfia dolorosa.

Sarà bene che si sposi in fretta e faccia subito un figlio, si ripete Marianna e sorride nel sentirsi fare dei propositi che avrebbero fatto sua madre o sua nonna o perfino la sua bisnonna che aveva vissuto la peste di Palermo nel 1624. «Non ci poté Santa Ninfa, non ci poté Santa Agata che proteggeva la città, ma un'altra santa, bellissima, di nascita nobile, della antica casa dei Sinibaldi della Quisquina, santuzza Rosalia, solo idda ci seppe dire alla peste: basta accussì» ha scritto su uno dei suoi quaderni nonna Giuseppa e quel foglio è ancora lì fra i biglietti del signor padre.

Sposare, figliare, fare sposare le figlie, farle figliare e fare in modo che le figlie sposate facciano figliare le loro figlie che a loro volta si sposino e figlino... voci dell'assennatezza familiare, voci zuccherine e suadenti che sono rotolate lungo i secoli conservando in un nido di piume quell'uovo prezioso che è la discendenza Ucrìa, imparentandosi, per via femminile, con le più grandi famiglie palermitane.

Sono le baldanzose voci che sostengono con le loro linfe sanguigne l'albero genealogico carico di rami e di foglie. Ogni foglia un nome e una data: Signoretto, principe di Fontanasalsa 1179 e accanto delle minuscole foglie morte: Agata, Marianna, Giuseppa, Maria, Teresa.

Carlo Ucrìa, altra foglia 1315 e accanto: Fiammetta, Manina, Marianna. Alcune monache, altre sposate, tutte si sono sacrificate negli averi, assieme ai fratelli minori, per mantenere l'unità della Casa.

Il nome di famiglia è un orco, un germano marino, un Ercole geloso che mangia con la voracità di un maiale: campi di grano, vigneti, galline, pecore, forme di cacio, case, mobili, anelli, quadri, statue, carrozze, candelabri d'argento, tutto manda giù questo nome che si ripete come un incanto sulla lingua.

La foglia di Marianna non è morta solo perché lo zio Pietro ha ereditato dei terreni imprevisti e qualcuno doveva pure sposare quello stravagante. «Marianna» è scritto a letterine d'oro nel centro di un piccolo innesto vegetale e fa da tramite fra i due rami della famiglia Ucrìa, quello che è stato per estinguersi per le stranezze del figlio unico Pietro e l'altro più prolifico ma anche più pericolosamente in bilico, sul precipizio della bancarotta.

Marianna si ritrova complice di una antica strategia familiare, dentro fino al collo nel progetto di unificazione. Ma anche estranea per via di quella menomazione che l'ha resa una osservatrice disincantata della sua gente. «Corrotta dai libri» come diceva la zia Teresa professa, si sa che i libri guastano e il Signore vuole un cuore vergine che perpetui nel tempo le abitudini dei morti con cieca passione d'amore, senza sospetti, senza curiosità, senza dubbi.

Per questo se ne sta istupidita su questo tappeto accanto alla serva dalla testa ferita e si torce come un bruco, frastornata dalle voci degli avi che le chiedono ossequio e fedeltà. Mentre altre voci petulanti come quella del signor Hume col suo turbante verde le chiedono di osare, mandando al diavolo quella montagna di superstizioni ereditarie.

XXXVI

Il respiro affrettato, l'odore di canfora e di impiastri di cavolo, ogni volta che entra nella stanza le sembra di tornare al tempo della malattia di suo figlio Signoretto: una miseria di fiati stracciati, un tanfo di sudori incollati alla pelle, di sonni inquieti, sapori amari e bocche asciugate dalla febbre.

I fatti sono accaduti così in fretta che non ha avuto il tempo di pensarci. Peppinedda ha sgravato un maschietto tondo e ricoperto di peli neri. Fila ha aiutato la levatrice a tagliare il cordone, a pulire il neonato nell'acqua saponata, ad asciugarlo nei panni tiepidi. Sembrava contenta di quel nipote che le regalava la sorte.

Poi una notte, mentre il bambino e la madre dormivano abbracciati, Fila si è vestita come per andare alla messa, è scesa in cucina, si è armata di un coltello per sventrare i pesci e nella penombra che avvolgeva il letto ha preso a colpire i due corpi stesi, quello della madre e quello del bambino.

Non si era accorta che con loro c'era anche Saro accucciato alle spalle di Peppinedda. I colpi più feroci se li è presi lui: uno alla coscia, uno al petto e uno sull'orecchio.

Il bambino è morto non si sa se schiacciato dal corpo del padre o della madre, fatto sta che è morto senza tracce di coltello, soffocato. Peppinedda invece ne è uscita con una sola coltellata al braccio e qualche taglio superficiale sul collo.

Quando Marianna è scesa al piano di sotto tirata per un braccio da Innocenza era già mattina e quattro uomini della Vicaria si stavano portando via Fila legata come una "sasizza".

In tre giorni di giudizio avevano deciso di impiccarla. E Marianna, non sapendo a chi rivolgersi, era andata da Giacomo Camalèo, il Pretore della città, primo tra i senatori, cercando di intercedere per lei. Il bambino era morto ma non per le coltellate della zia. E Saro sarebbe guarito come pure Peppinedda.

«La pena non punita porta altri misfatti» le aveva scritto lui sul foglietto che lei gli tendeva.

«Sarà punita comunque anche se la mandate in prigione» aveva risposto lei cercando di trattenere il tremito delle dita. Voleva correre a casa da Saro che aveva lasciato nelle mani del "varveri" Pozzolungo di cui si fidava poco. Nello stesso tempo voleva salvare Fila dalla forca. Ma don Camalèo non aveva fretta: la guardava con occhi limacciosi in cui a momenti scintillava una punta di curiosità.

E lei aveva scritto ancora, irrigidendo il polso, ricordando Ippocrate, citando sant'Agostino.

In capo a mezz'ora lui si era addolcito, le aveva offerto un bicchiere di vino di Cipro che teneva sul comò. E lei, nascondendo l'ansia, si era adattata a bere sorridendo graziosamente, umilmente.

A sua volta Camalèo si era dilungato in citazioni da Saint-Simon, da Pascal, riempiendo i fogli con una grafia bislacca piena di punte e di svolazzi fermandosi ogni tre parole a soffiare sul pennino d'oca grondante inchiostro.

«Ogni vita è un microcosmo, mia cara duchessa, un pensiero vivente che aspira a emergere dalla sua zona d'ombra...»

Lei gli aveva risposto compunta, perfettamente controllata, stando al gioco. Il Pretore aveva preso un'aria pomposa, distratta e ora palesemente si divertiva a questo scambio di erudizioni. Una donna che conosce sant'Agostino e Socrate, Saint-Simon e Pascal non è di tutti i giorni, dicevano i suoi occhi e bisogna approfittarne. Con lei poteva unire la galanteria alla dottrina, poteva mostrare tutta la sua erudizione senza suscitare noia e soggezione come di solito succedeva con le donne che corteggiava.

Marianna aveva dovuto inghiottire la fretta, dimenticarla. Era rimasta lì a discutere di filosofia bevendo vino di Cipro con la speranza che alla fine gli avrebbe strappato la promessa.

La menomazione della interlocutrice non sembrava preoccupare affatto il signor Pretore. Anzi era quasi contento che lei non potesse parlare perché questo gli permetteva di sciorinare le sue conoscenze per iscritto, tralasciando gli intermezzi di chiacchiere di cui evidentemente era stufo.

Alla fine le aveva promesso di intercedere presso la Corte di Giustizia per sottrarre Fila alla forca, suggerendo di chiuderla come pazza al San Giovanni de' Leprosi.

«Da quanto mi dite la ragazza agì per amore e la pazzia d'amore è pane di tanta letteratura. Non era pazzo Orlando? e Don Chisciotte non si inchinava davanti a una lavandaia chiamandola principessa? la pazzia poi cos'è se non un eccesso di saviezza? una saviezza priva di quelle contraddizioni che la rendono imperfetta e quindi umana. Il senno preso nella sua integrità cristallina, nel suo dogma di prudenza, si avvicina di molto alla perdizione... basta applicare alla lettera le regole dell'avvedutezza senza giocare né dubitare mai ed ecco che caliamo negli inferni della follia...»

La mattina dopo era arrivato in via Alloro un carrozzino carico di fiori: due mazzi giganteschi di rose spadacciole e uno di gigli gialli; inoltre una scatola piena di dolci. Un ragazzino moro aveva consegnato ogni cosa in cucina e se n'era andato senza aspettare neanche un grazie.

Quando Marianna era tornata da lui per sentire cosa era stato deciso dalla Corte di Giustizia, Camalèo era sembrato così contento di vederla che lei se ne era spaventata. E se pretendesse qualcosa in cambio? l'entusiasmo che dimostrava era eccessivo e vagamente minaccioso.

L'aveva fatta accomodare sulla migliore poltrona della sala, le aveva offerto il solito vino di Cipro, le aveva quasi strappato di mano la carta che lei gli offriva per trascrivervi due righe del Boiardo:

Chiunque la saluta o li favella
E chi la tocca e chi li sede a lato
Al tutto scorda del tempo passato...

Infine dopo due ore di sfoggio letterario, le aveva scritto che Fila era già ai Leprosi per il suo interessamento e che poteva stare in pace, non l'avrebbero impiccata.

Marianna aveva alzato gli occhi azzurri, perplessi, sul Pretore, ma si era presto rassicurata. La faccia di lui esprimeva un piacere che andava al di là di un normale scambio di favori. Con i suoi studi all'università di Salerno, il suo apprendistato al Foro di Reggio Calabria, il suo lungo soggiorno di studi a Tubinga, il senatore considerava il ricatto una arma troppo grossolana per un vero uomo di potere.

Le aveva dato il permesso di mandare ogni giorno ai Leprosi un valletto con del pane fresco, del cacio e della frutta, senza però avvertirla che quei cibi sarebbero difficilmente arrivati nelle mani della sua protetta.

Di tanto in tanto, la mattina, Marianna lo vedeva arrivare il signor Pretore, sopra un carrozzino tirato da un cavallo pomellato. E lei si precipitava a farsi acconciare i capelli che stavano sciolti sulle spalle e lo riceveva vestita severamente, con tutto il suo armamentario per scrivere.

Lui aspettava nel salone giallo, in piedi davanti a una delle chimere dell'Intermassimi che sembra stiano sempre lì a languire d'amore per chi le guarda; ma basta che l'osservatore volti la schiena perché lo stesso sguardo si trasformi in smorfia di dileggio.

Quando lei entrava il Pretore si inchinava fino a terra smuovendo un sottile profumo di gardenie. Le puntava addosso gli occhi metallici addolciti da un miele il cui sapore piaceva prima di tutto a lui. Veniva a parlarle della "povera demente" come la chiamava lui, chiusa ai Leprosi, sotto la sua "graziosa" protezione.

Sempre compìto e gentile, preceduto da bracciate di fiori e di dolci, veniva volentieri fino a Bagheria per vederla, si sedeva in punta di sedia e scriveva impugnando con eleganza la penna.

Marianna gli serviva della cioccolata profumata alla cannella o del passito di Malaga dall'odore dolce di fichi secchi. I primi biglietti erano di cortesia. «Come sta la signora duchessa questa mattina?» «Il sonno le è stato propizio?»

Dopo avere mandato giù due tazze di cioccolata calda e ben zuccherata, dopo essersi riempito la bocca di cassatine alla ricotta fresca, la penna di Camalèo prendeva a guizzare come una lucertola incanaglita sul foglio di carta candida.

Gli occhi gli si accendevano, la bocca prendeva una piega dura di soddisfazione e poteva andare avanti per ore a parlare, anzi a scrivere di Tucidide, di Seneca, ma anche di Voltaire, di Machiavelli, di Locke e di Boileau. Marianna cominciava a pensare che in fondo lei era un innocente pretesto per uno sfoggio di erudizione pirotecnica. E lo assecondava, porgendogli penne sempre nuove, boccette di inchiostro di China appena arrivate da Venezia, fogli bordati di azzurro, cenere per asciugare le parole appena tracciate.

Ormai non provava più timore ma solo curiosità per quell'intelligenza caleidoscopica e anche, perché no, una certa simpatia; specialmente quando scriveva a testa bassa, tenendo il foglio con la mano aperta. Le mani sono la cosa più bella di quel corpo disarmonico che a un busto molto lungo e delicato contrappone due gambe corte e tozze.

Curioso che il corpo goffo del Pretore si insinui fra le sue preoccupazioni per le ferite di Saro. Ora sono qui accanto a lui, si dice Marianna e non voglio, non debbo pensare a niente altro che alla sua salute in pericolo.

Sembra che dorma Saro, ma è qualcosa di più profondo e di più pericoloso del sonno che lo acquieta e lo tiene prigioniero. Le ferite non riescono a chiudersi. Fila l'ha colpito con una tale veemenza che per quanto il cerusico Ciullo venuto apposta da Palermo, l'abbia ricucito con arte, il sangue stenta a tornare in circolo con l'allegria di un tempo e le cicatrici tendono a suppurare.

Peppinedda, dopo le coltellate, se n'è tornata da suo padre. Tocca perciò a Marianna curare il ferito, alternandosi con Innocenza che però non lo fa volentieri, soprattutto di notte.

Durante i primi giorni si agitava il povero ferito come se si battesse contro dei nemici che volevano legarlo, imbavagliarlo, chiuderlo dentro un sacco. Ora, estenuato, sembra avere rinunciato a uscire da quel sacco e passa il tempo a dormire anche se ogni tanto è agitato da dei singhiozzi senza lagrime che lo scuotono penosamente. Marianna gli tiene compagnia seduta su una poltrona accanto al letto. Gli pulisce le ferite, gli rinnova le fasciature, gli porta alle labbra un poco di acqua e limone.

Erano venuti diversi medici a visitarlo. Non Cannamela che ormai è vecchio e cieco di un occhio, ma altri, più giovani. Fra questi uno di nome Pace che ha la fama di essere bravissimo. È arrivato una mattina a cavallo, avvolto in uno di quei mantelli larghi e muniti di cappuccio che a Palermo si chiamano "giucche". Ha tastato il polso all'infermo, ha annusato le orine; ha fatto delle smorfie che non si capiva se fossero di sconforto o semplicemente volessero mostrare la pensosità indagativa di uno scienziato di fronte ai mali di un corpo destinato a guastarsi.

Alla fine ha decretato che bisognava mettergli le sanguisughe.

«Ha già perso tanto sangue, dottor Pace» aveva scritto Marianna in fretta appoggiando il foglio sulla "rinalera". Ma il dottore Pace non aveva voluto discutere, aveva preso quel biglietto come un ordine fuori posto e se n'era offeso. Aveva tirato su il bavero della "giucca" e se n'era andato, non prima di avere chiesto il suo onorario, più le spese di viaggio: avena per il cavallo e una ferratura nuova.

Marianna aveva chiesto aiuto alla figlia Felice che era arrivata con le sue erbe, i suoi decotti, i suoi impiastri di ortica e di malva. Gli aveva curato le ferite con foglie di cavolo e aceto dei sette ladri.

In capo a una settimana Saro era migliorato, ma non di molto. Avvolto nell'odore dolciastro dei decotti se ne sta ancora immobile fra le lenzuola, bianco su bianco, il torace bendato, l'orecchio imbottito di cotone, le gambe fasciate: quasi una mummia che ogni tanto apre gli occhi grigi e non ha ancora deciso se ritirarsi fra le ombre riposanti dell'al di là o tornare in questa vita fatta di coltelli e di minestre da mandare giù.

Marianna gli stringe una mano. Come ha fatto anni fa con Manina quando stava morendo di una infezione al sangue dopo un parto. Come ha fatto col signor padre. Solo che lui era già morto quando gli ha preso la mano e mandava un odore gelido di carne abbandonata.

Una litania di malattie e di morti che hanno tolto splendore alle impalcature dei suoi pensieri. Ogni morto una strusciata di grani di sale: una testa segnata da ammaccature e crepe irrimediabili.

Ora è qui a covare l'uovo come una colomba paziente. Aspetta di vederne uscire un colombello nuovo e voglioso di vivere. Potrebbe mandare a prendere Peppinedda. Anzi, sarebbe suo dovere farlo, ma non ne ha voglia. Rimanda di giorno in giorno. Verrà quando le tornerà l'uzzolo di mangiare a sazietà, di rubare i bottoni e di rotolarsi sui tappeti, si dice.

XXXVII

Sarà compromettente andare a San Giovanni de' Leprosi con il senatore Giacomo Camalèo, Pretore di Palermo? non sarà una azione sventata che le metterà contro i fratelli e i figli?

Questi interrogativi attraversano la testa di Marianna proprio mentre appoggia il piede sul predellino della carrozza a due cavalli che l'aspetta nel cortile di villa Ucrìa. Una mano guantata l'aiuta a tirarsi su.

Entrando viene investita da un forte odore di gardenia. Don Camalèo è vestito di scuro, con brache e giamberga di velluto color castagna filettato d'oro, un tricorno nero e castagna scivolato sui riccioli incipriati, le scarpe a punta sono illuminate da una rosetta d'argento tempestata di diamanti.

Marianna si siede di fronte a lui e subito estrae dal suo nécessaire di maglia d'argento l'astuccio di legno con la penna e l'inchiostro, nonché la carta e la tavoletta, molto simile a quella regalatale dal signor padre e poi rubatale a Torre Scannatura.

Il senatore sorride compiaciuto dell'ingenuità della duchessa: l'intimità sarà evitata da un profluvio di lettere che lui le scriverà strada facendo, farcite di citazioni da Hobbes e da Platone. Una di queste lettere sarà conservata nella scatola dai motivi cinesi. La lettera in cui don Camalèo si rivela di più raccontandole dei suoi studi a Tubinga quando aveva trent'anni di meno.

«Abitavo in una torre a tre piani che dava proprio sul Neckar. Lì passavo i pomeriggi coi miei libri, accanto a una grande stufa di maiolica. Se alzavo gli occhi potevo vedere i pioppi che costeggiano il fiume, i cigni sempre in attesa di qualcuno che butti loro del pane dalle finestre. Facevano dei versi fondi con la gola ed erano terribili quando combattevano tra di loro durante le stagioni degli amori. Odiavo quel fiume, odiavo quelle case dai tetti ripidi, odiavo quei cigni dalla voce di maiale, odiavo la neve che buttava una coperta di silenzio sulla città, odiavo perfino quelle belle ragazze dagli scialli frangiati che andavano su e giù sull'isola. Il giardino di fronte alla torre era infatti parte di una isola lunga, malinconica, su cui passeggiavano gli studenti fra una lezione e l'altra. Ora invece darei dieci anni della mia vita per tornare in quella torre gialla sul bordo del Neckar e sentire il grido gutturale dei cigni. Mangerei volentieri anche quelle loro salsicce unte, ammirerei perfino quelle ragazze bionde con le spalle coperte dagli scialli colorati. Non è questa una aberrazione della memoria che ama solo ciò che perde? proprio perché lo perde e ci fa languire di nostalgia per quegli stessi luoghi e quelle stesse persone che prima ci annoiavano profondamente? non è sciocco tutto questo, non è prevedibile e volgare?»

Una volta sola durante il viaggio da Bagheria a Palermo don Giacomo Camalèo afferra una mano di Marianna e la stringe un attimo fra le sue, come per ribadire il suo pensiero, lasciandola subito dopo con aria pentita e rispettosa.

Marianna che è poco abituata al corteggiamento non sa come comportarsi. Un po' si tiene rigida sul busto e osserva fuori dal vetro la campagna che conosce così bene, un po' si curva sulla tavoletta scrittoio e traccia lentamente delle frasi, attenta a non versare l'inchiostro e asciugando le parole ancora umide con la cenere.

Per fortuna la corte di don Camalèo è fatta soprattutto di parole avvolgenti, discorsi dotti, citazioni che mirano a suscitare meraviglia piuttosto che desiderio. Anche se certamente non è un uomo che disprezza il godimento dei sensi. Ma finora, dicono i suoi occhi, i legami fra di loro hanno dato frutti acerbi che legherebbero i denti a forzarne la polpa. La fretta è dei giovani che non conoscono le delizie dell'attesa, la volontà di un prolungamento che avvolge la resa di odori profondi e prelibati.

Marianna osserva pensosa i gesti cauti, rispettosi di quelle belle mani abituate ad agguantare il mondo per il collo, ma senza fargli male, per goderselo in una quieta contemplazione. Così diverso dagli uomini che ha conosciuto finora, presi dalla fretta e dall'avidità. Il signor marito zio era un rinoceronte rispetto a Camalèo, in compenso era trasparente come l'acqua di Fondachello. Anche il signor padre era di un'altra pasta: dotto e spiritoso ma privo di ambizioni, in vita sua non ha mai pensato a costruire una strategia, non ha mai guardato al futuro come a un luogo in cui catalogare e conservare le sue vittorie e le sue sconfitte; non gli sarebbe mai venuto in mente di rimandare un piacere per renderlo più squisito.

Arrivati a San Giovanni de' Leprosi don Camalèo scende con un salto mostrandole la sua agilità di cinquantacinquenne senza una oncia di grasso in più e le porge delicatamente la mano. Ma Marianna non vi si appoggia, salta pure lei e lo guarda ardita, inalberando una risata muta e festosa. Lui rimane un poco sbilanciato: sa che le signore di solito, nel corteggiamento, amano farsi più deboli e fragili di quanto siano. Ma poi ride con lei e la prende per un braccio come se fosse una compagna di scuola.

Un minuto dopo sono tutti e due davanti a una pesante porta di ferro. Delle chiavi che girano nella toppa; una mano pesante che si sporge e fa dei segni con le dita, incomprensibili, un cappello che vola, degli inchini, un correre di guardie, un luccichio di spade.

Ora un custode dalle spalle robuste precede la duchessa lungo un corridoio nudo mentre il Pretore si chiude dentro una stanza con due alti signori che dalla foggia dei cappelli si direbbero spagnoli.

Lungo il corridoio si alternano le porte: una di ferro e una di legno, una di legno e una di ferro, una lucida e una opaca, una opaca e una lucida. Sopra la porta un rettangolo grigliato e dietro le griglie delle facce curiose, degli occhi sospettosi, delle teste scarmigliate, delle bocche che si aprono su denti spezzati e anneriti.

Un catenaccio viene sfilato, una porta spinta. Marianna si trova dentro una sala fredda dal pavimento di mattoni rotti e impolverati. Le finestre alte sono irraggiungibili. La luce piove dal soffitto, fioca. Le pareti sono nude e sporche, chiazzate di umido, di impronte nere, di sinistre macchie rosse. Per terra mucchi di paglia, secchi di ferro. Una puzza feroce di gabbia prende alla gola.

Il guardiano le fa segno di sedersi su una seggiola impagliata che sembra essere stata mangiata dai topi tanto è logora, con le stoppie che si arricciano per aria.

Dietro una grata si vede il cortile nudo, dal pavimento di pietra ingentilito da un fico. Addosso alla parete di fondo una donna seminuda dorme per terra rannicchiata su se stessa. Più vicino, legata su una panca, un'altra donna dai capelli bianchi che le sgusciano da sotto la cuffia rattoppata, ripete all'infinito lo stesso gesto di sputare lontano. Le sue braccia nude portano i segni delle verghe. Sotto il fico, in piedi su una gamba sola e appoggiata al tronco, una ragazzina che avrà sì e no undici anni, lavora a maglia con gesti lenti e precisi.

Intanto un dito sfiora la guancia di Marianna che si tira indietro con un sussulto: è Fila, la testa chiusa in un turbante di fasce sporche che le rimpiccioliscono i tratti e le dilatano gli occhi. Sorride felice. Le mani le tremano appena. È dimagrita, tanto che vista di dietro non l'avrebbe riconosciuta. La veste lunga di tela di sacco le scende sbrindellata sulle caviglie senza cintura in vita, senza colletto, le braccia sono nude e coperte di lividi.

Marianna si alza, l'abbraccia. L'odore ferino che invade la stanza ora ce l'ha dentro le narici, raccapricciante. In pochi mesi Fila è diventata una vecchia: la faccia le si è rattrappita, ha perso un dente sul davanti, le mani le tremano, le gambe sono così stecchite che a stento la reggono in piedi, gli occhi sono vitrei anche se si sforzano a un sorriso riconoscente.

Quando Marianna le accarezza una guancia, Fila si lascia andare a un pianto timido che le raggrinza la bocca. Marianna, per vincere l'imbarazzo, tira fuori dalle tasche un sacchetto di monete, lo chiude fra le dita della ragazza che vorrebbe nasconderlo e invano cerca delle tasche in quell'uniforme da manicomio e finisce per guardarsi intorno terrorizzata stringendo il sacchetto nel pugno.

Marianna ora si toglie il fisciù di seta verde dal collo e lo stende sulle spalle di Fila. Lei se lo liscia con le dita che sembrano quelle di un ubriaco. Ha smesso di piangere e sorride serafica. Per rabbuiarsi subito dopo incassando la testa come per evitare un colpo.

Un galeotto dalle braccia poderose l'agguanta per la vita e la solleva come fosse una bambina. Marianna fa per reagire, ma si accorge che in quel gesto c'è della tenerezza. Mentre l'uomo solleva la ragazza le parla dolcemente, cullandola fra le braccia.

Marianna cerca di intendere il senso di quel discorso spiando le labbra di lui, ma non ci riesce. Si tratta di un linguaggio conosciuto solo da loro, che lo hanno raffinato in mesi di convivenza forzata. E vede Fila che appagata allunga le mani da ubriaca sul collo del gigante reclinando il capo affettuosamente, sul petto di lui.

I due scompaiono dietro la porta prima che Marianna possa salutare Fila. Meglio così, che il galeotto abbia saputo conquistarsi, se non l'affetto, per lo meno una intimità con la poveretta, si dice Marianna. Anche se lo sguardo dell'uomo sul sacchetto delle monete le fa pensare che quell'intimità non sia del tutto disinteressata.

XXXVIII

Sono due giorni che Saro ha ripreso a mangiare. Gli occhi sembrano più grandi dentro le orbite scavate. Le guance sbiancate si chiazzano di rosso quando Marianna si avvicina al letto. È ancora fasciato come una mummia, ma le fasce tendono a scivolare, ad allentarsi. Il corpo si agita, i muscoli tornano ad animarsi e la testa non sta quieta sul cuscino. Il ciuffo nero è stato lavato e scivola come un'ala di corvo sulla faccia smagrita di ragazzo.

Marianna stamattina, dopo un'altra visita a Fila, si è fatta un bagno nell'acqua di bergamotto per togliersi di dosso gli odori nauseabondi del manicomio. Dentro la vasca di rame martellato che viene dalla Francia e che vista da fuori assomiglia a una scarpa chiusa fino alla caviglia, si sta comodi come dentro un letto, con l'acqua che arriva alle spalle e si mantiene calda più a lungo che nelle vasche aperte.

Molte dame tengono conversazione, ricevono le amiche, danno ordini alla servitù stando sedute nella nuova bagnarola francese che a volte, per pudicizia, viene nascosta da un paravento trasparente.

Marianna non ci rimane dentro a lungo perché non ci può scrivere. E neanche leggere senza bagnare le pagine, anche se le piace guazzare lì dentro al caldo mentre Innocenza le versa addosso delle pentolate di acqua fumante.

L'inverno è arrivato tutto d'un colpo senza quasi farsi precedere dall'autunno. Ieri si andava sbracciati, oggi bisogna accendere la stufa, coprirsi con scialli e mantelle. Tira un vento gelido che scompiglia le onde del mare e strappa via le foglie dalle piante.

Manina ha appena partorito un'altra bambina; l'ha chiamata Marianna. Giuseppa è venuta a trovarla proprio ieri. È la sola che si confidi con lei; le ha raccontato del marito che a momenti la ama e a momenti la odia, e del cugino Olivo che le propone in continuazione di "fuirsene" in Francia con lui.

Felice viene a pranzo la domenica. È rimasta colpita dai racconti fattile dalla madre su Fila e sul manicomio de' Leprosi. Ha voluto anche lei il permesso di andarla a trovare. Ne è tornata determinata a inventarsi una "catena di soccorso alle derelitte". In effetti è molto cambiata negli ultimi tempi: avendo scoperto di avere delle qualità di guaritrice si è dedicata con metodo a combinare erbe, radici e minerali. Dopo la prima guarigione la gente ha cominciato a chiamarla in casi di malattie difficili, soprattutto per quanto riguarda la pelle. E lei, di fronte alla responsabilità dei corpi piagati che le si affidano con fiducia, ha preso a studiare, a sperimentare. Sulla fronte le è spuntata una ruga dritta e profonda come una sciabolata. Non si preoccupa più tanto dell'immacolatezza dei suoi sai e lascia i pettegolezzi alle consorelle più giovani. Ha preso un'aria indaffarata e scontrosa da professionista della medicina.

Il signor figlio Mariano invece non viene mai. Perduto com'è nelle sue fantasticherie non trova il tempo per andare in visita dalla signora madre. Ha mandato però lo zio Signoretto a informarsi discretamente su questo frequentatore di villa Ucrìa di cui parla con scandalo la parentela.

«Non istà bene che alla vostra età vi mettiate sulla bocca di tutti» ha scritto Signoretto con mano circospetta su un foglio strappato da un libro di preghiere. «Va bene che siete vedova ma spero che non vogliate mettervi in ridicolo maritandovi a quarantacinque anni con uno scapolo libertino di cinquantacinque...»

«Non mi mariterò, state tranquillo.»

«Allora non dovete permettere al signor Prefetto Camalèo di venire più da voi. Non è bene fare parlare la gente.»

«Non c'è relazione carnale, solo frequentazione d'amicizia.»

«Alla vostra età signora dovreste pensare a prepararvi l'anima per il trapasso anziché cercare nuove amicizie...»

«Voi siete più vecchio di me, signor fratello, ma non mi risulta che pensiate affatto al trapasso.»

«Voi siete donna, Marianna. La natura vi destina a una serena castità, avete quattro figli a cui pensare. Mariano il vostro erede è preoccupato che non alieniate i vostri beni per un colpo di testa davvero increscioso.»

«Anche se mi maritassi non gli toglierei uno spillo.»

«Voi forse ignorate che Camalèo, prima di diventare Pretore di Palermo è stato a lungo pagato dai francesi per spiare gli spagnoli e si dice che poi sia passato agli spagnoli avendo avuto una proposta più vantaggiosa. Insomma voi trattate con un avventuriero la cui nobiltà nessuno oserebbe garantire. Viaggiatore misterioso, diventato ricco per meriti segreti, non è un uomo che una Ucrìa possa frequentare. È decisione della famiglia che voi non lo vediate più.»

«La famiglia avrebbe deciso e con quale diritto?»

«Non mi venite a fare discorsi del tipo di quelli che fa mia moglie Domitilla. Sono stufo di Voltaire.»

«Una volta anche voi citavate Voltaire.»

«Babbasunate di gioventù.»

«Sono vedova e credo di potere disporre di me come credo.»

«Chi camurrìa suruzza! ancora con questi sproloqui da quattro soldi! Lo sapete benissimo che voi non siete sola, ma fate parte di una famiglia e non potete, nemmanco col permesso di Monsieur Voltaire e con l'appoggio di tutti i santi in paradiso, permettervi nessuna libertà. Quell'uomo dovete lasciarlo perdere.»

«Camalèo è una persona gentile, m'ha aiutata a salvare una serva dal patibolo.»

«Non fate che le questioni che riguardano la servitù modifichino la vostra vita. Certamente Camalèo tende al matrimonio con voi. Imparentarsi con gli Ucrìa farà parte di una strategia segreta. Credetemi, quell'individuo non ha nessun vero interesse per voi... non fidatevi.»

«Non mi fiderò.»

Rassicurato, anche se non del tutto, Signoretto è andato via dopo averle baciato graziosamente la mano. Tutti sanno che il signor fratello ha avuto più amanti dopo il matrimonio di quante ne abbia avute prima. E da ultimo ha fatto delle spese scriteriate per una cantante che si esibisce al teatro Santa Lucia e dicono che sia stata anche l'amante del Viceré.

Nonostante il suo tono autoritario, le ha fatto piacere rivederlo. Con quella testa bionda in cui la dolcezza va raggrumandosi sotto la pelle in grosse verruche dal colore acceso. Il modo di guardare, leggermente obliquo, interrogativo, le ricorda il signor padre da giovane. Ma del padre gli manca la voglia di ridere di sé.

Il signor fratello Signoretto ha sviluppato una sottile discreta brutalità che gli appesantisce le palpebre gonfie. E più cresce la sua consuetudine al comando e più si fa evidente l'indulgenza verso se stesso, a tal punto da non permettergli più di distinguere "la seggia dal cantaro".

Chissà quando ha cominciato a costruirsi queste nuove ossa che gli infossano gli occhi, gli allargano il bacino, gli schiacciano la pianta dei piedi. Forse sedendo in Senato o forse salendo e scendendo dai patiboli con gli altri Fratelli Bianchi nell'accompagnare i condannati all'impiccagione. O forse notte dopo notte, nel grande letto dagli alti baldacchini, accanto alla moglie che pur essendo ancora bellissima gli è venuta talmente in uggia che non riesce più a guardarla in faccia.

In questi ultimi anni il ricordo del signor marito zio salta fuori d'improvviso quando si trova davanti agli altri uomini della famiglia. Quell'essere inquieto e lugubre sempre intento a rimuginare con dispetto attorno alle scemenze del prossimo, era in fondo più candido e diretto e certamente più fedele a se stesso di tutti gli altri che, con i loro sorrisi e le loro cortesie si sono imbucati nelle loro case, tanto spaventati da ogni novità da ridursi a credere in idee e certezze di cui si sono burlati per anni.

Sarà una questione di prospettiva, come dice Camalèo, il tempo ha creato delle morbidezze nella memoria scolorita. Gli oggetti del signor marito Pietro che ancora girano per casa conservano in sé qualcosa della tristezza scontrosa e ispida di lui. Eppure quell'uomo l'ha violata quando non aveva ancora sei anni e di questo si chiede se riuscirà mai a perdonarlo.

Chi le è più vicino oggi è l'abate Carlo, rintanato nei libri come lei. Il solo capace di dare un giudizio che non sia viziato dal suo immediato interesse. Carlo si dà per quello che è: un libertino innamorato dei libri. Non finge, non si adula, non si picca di intervenire nelle "camurrie" degli altri.

In quanto al signor figlio Mariano, dopo le euforie della crescita, le grandi cacce d'amore, i viaggi in giro per il mondo, ora che ha quasi trent'anni, si è seduto, è diventato intollerante verso le attività degli altri che vede come una minaccia alla sua pace.

Con le sorelle ha preso un tono stizzito e secco. Con la madre è apparentemente rispettoso, ma si capisce che è insofferente delle libertà che si prende a dispetto della sua menomazione.

Il fatto che abbia mandato lo zio Signoretto da lei anziché venire di persona, fa capire la qualità delle sue preoccupazioni: e se per una beffa della natura sua madre mettesse al mondo un figlio mentre lui non è stato capace di farne? e se questo bambino attirasse le simpatie di una zia vedova del ramo Scebarràs nella cui eredità lui spera? e se il ridicolo di un matrimonio fuori dalle regole ricadesse su di lui che più di altri porta il peso del nome degli Ucrìa di Campo Spagnolo e Scannatura?

Mariano ama i lussi: si fa venire le camicie da Parigi; quasi che a Palermo non ci siano degli ottimi camiciai. Si fa acconciare i capelli da un certo Monsieur Crème che si presenta al palazzo seguito da quattro valletti che gli reggono *le nécessaire pour le travail*: scatole e scatolette di sapone, forbici, rasoi, pettini, creme al mughetto e ciprie al garofano.

Per la cura dei piedi e delle mani c'è il signor Enrico Aragujo Calisto Barrés che proviene da Barcellona e tiene bottega in via della Cala Vecchia. Per dieci carlini va a casa anche delle signore e taglia i calli a giovinette e donne anziane, che tutte hanno qualche difficoltà con le scarpette alla parigina dalla punta a strozzagallina e il tacco a becco di cigno.

Marianna si scuote dai suoi pensieri quando Saro le stringe una mano con una forza nuova. Sta guarendo, sembra proprio che stia guarendo.

Saro apre gli occhi. Uno sguardo fresco, nudo, uscito allora dal chiuso di un baccello, come un fagiolo ancora morbido di sonno. Marianna gli si avvicina, appoggia due dita sulle labbra screpolate di lui. Il fiato leggero, umido e regolare si insinua nel palmo cavo di lei. Una sensazione di allegria tiene Marianna ferma in quel gesto di tenerezza respirando il fiato amaro del ragazzo.

Ora la bocca di Saro si spinge contro le dita di quella mano e la baciano all'interno, con trepidazione. Marianna per la prima volta non lo respinge. Anzi, chiude gli occhi come per assaporare meglio quel tocco. Sono baci che vengono da lontano, da quella prima sera che si sono visti alla luce fluttuante della candela, dentro lo specchio macchiato nella camera di Fila.

Ma il gesto sembra averlo stancato. Saro continua a tenere le dita di Marianna contro la bocca ma non le bacia più. Il suo fiato è tornato irregolare, appena un poco affrettato e convulso.

Marianna ritira la mano, ma senza fretta. Da seduta che era sulla poltrona, si inginocchia per terra accanto al letto, allunga il busto sulle coperte e con un gesto che ha spesso immaginato ma mai compiuto, appoggia la fronte sul petto del ragazzo. Sotto l'orecchio sente lo spessore delle fasciature impregnate di canfora e sotto di esse le mezzelune delle costole e, sotto, ancora il fragore del sangue in tempesta.

Saro giace immoto, preoccupato che un suo gesto possa interrompere i timidi movimenti di Marianna verso di lui, spaventato che possa scappare via da un momento all'altro come ha sempre fatto. Perciò aspetta che sia lei a decidere: trattiene il fiato e tiene gli occhi chiusi sperando, disperatamente sperando che lei lo stringa a sé.

Le dita di Marianna scorrono lungo la fronte, le orecchie, il collo di Saro come se ormai non si fidasse neanche della sua vista. Scivolando sui capelli incollati dal sudore, si soffermano sul rigonfio di cotone che nasconde l'orecchio sinistro, riprendono il contorno delle labbra, scendono verso il mento ispido di una barba da convalescente, tornano al naso come se la conoscenza di quel corpo potesse passare solo attraverso la punta dei polpastrelli, tanto curiosi e mobili quanto lo sguardo è pusillanime e riottoso.

L'indice, dopo avere percorso la lunga strada che da una tempia conduce all'altra tempia, scendendo lungo le pinne del naso, risalendo sulle colline delle gote, sfiorando i cespugli delle sopracciglia, si trova quasi per caso a premere nel punto in cui le labbra si congiungono, si apre un varco fra i denti, raggiunge la punta della lingua.

Solo allora Saro azzarda un movimento impercettibile: chiude i denti, ma con una pressione lievissima, attorno al dito che rimane prigioniero fra palato e lingua e viene avvolto nel calore febbrile della saliva.

Marianna sorride. E con l'indice e il pollice dell'altra mano stringe le narici del ragazzo. Finché lui non lascia la presa e apre la bocca per respirare. Allora lei ritira il dito fradicio e ricomincia l'esplorazione. Lui la guarda beato come a dirle che il sangue gli si sta sciogliendo.

Le mani della signora ora si afferrano alla trapunta e la fanno scivolare giù dal letto. Poi è la volta del lenzuolo che a pieghe disordinate viene buttato da un lato per terra. Ed ecco davanti agli occhi sorpresi dal proprio ardimento il corpo nudo del ragazzo che conserva solo le fasciature lungo i fianchi, sul petto e sulla testa.

Le costole sono lì, sporgenti quarti di luna che raccontano come su un atlante le fasi delle rotazioni dell'astro viste in progressione, una accanto all'altra, una sopra l'altra.

Le mani di Marianna si posano senza peso sulle ferite appena rimarginate, ancora rosse e dolenti. La ferita sulla coscia pare quella di Ulisse assalito dal cinghiale, così come deve essere apparsa alla nutrice stupefatta che per prima riconosce il suo padrone tornato dopo tanti anni di guerra, quando ancora tutti lo credevano un mendicante straniero.

Marianna vi fa scorrere le dita, leggere, mentre il respiro di Sarino si fa frettoloso e dalle sue labbra chiuse sbucano delle minuscole stille che fanno pensare al dolore ma anche a una gioia sconosciuta e selvaggia, a una resa felice.

Come abbia fatto a trovarsi spogliata accanto al corpo spogliato di Saro, Marianna non saprebbe dirlo. Sa che è stato semplicissimo e che non ha provato vergogna. Sa che si sono abbracciati come due corpi amici e accoglierlo dentro di sé è stato come ritrovare una parte del proprio corpo che credeva perduta per sempre.

Sa che non aveva mai pensato di racchiudere nel proprio ventre una carne maschile che non fosse un figlio o un invasore nemico.

I figli si trovano nel ventre della donna senza che lei li abbia chiamati, così come la carne del signor marito zio stava al caldo dentro di lei senza che lo avesse mai desiderato né voluto.

Questo corpo invece lei lo ha chiamato e voluto come si chiama e si vuole il proprio bene e non le avrebbe portato dolore e lacerazione come avevano fatto i figli uscendo da lei, ma sarebbe scivolato via, una volta condiviso "lu spasimu", con la promessa gioiosa di un ritorno.

Aveva pensato in tanti anni di matrimonio che il corpo dell'uomo fosse fatto per dare tormento. E a quel tormento si era arresa come al "maliceddu di Diu", un dovere che ogni donna "di sentimento" non può non accettare pur inghiottendo fiele. Non aveva inghiottito fiele anche nostro Signore nell'orto di Getsemani? non era morto sulla croce senza una parola di recriminazione? cos'era la piccolezza di un dolore da letto rispetto alle sofferenze di Cristo?

E invece ecco qui ora un grembo che non le è estraneo, non la assale, non la deruba, non chiede sacrifici e rinunce ma le va incontro con piglio sicuro e dolce. Un grembo che sa aspettare, che prende e sa farsi prendere senza nessuna forzatura. Come potrà più farne a meno?

XXXIX

Peppina Malaga è tornata a casa: due treccine nere legate dietro le orecchie con lo spago, i piedi scalzi come sempre, le gambe gonfie e pesanti, la pancia protesa che le solleva la gonna sugli stinchi.

Marianna la guarda attraverso i vetri mentre scende dal carretto e si precipita verso Saro. Il quale leva gli occhi alla finestra della signora come per chiedere "chi fazzu?".

«Non por la falce tua ne l'altrui grano» dice la severa Gaspara Stampa. Suo dovere è lasciare marito e moglie insieme e che siano contenti. Assegnerà loro una stanza più grande dove possano crescere il nuovo bambino.

Eppure «nel mio conforto, sono assalita d'un sospetto interno/che mi tien sempre il cor fra vivo e morto». Sarà gelosia? quella "scimunita", "il mostro dagli occhi verdi" come la chiama Shakespeare "che irride al cibo di cui si nutre"? La duchessa Marianna Ucrìa di Campo Spagnolo, contessa della Sala di Paruta, baronessa di Bosco Grande, di Fiume Mendola e di Sollazzi potrà mai farsi gelosa di una sguattera, di una "acedduzza" caduta dal nido?

Proprio così invece. Quella ragazzina scura e bruttina pare raccogliere in sé tutte le delizie del paradiso: ha l'innocenza di un fiore di zucca e la freschezza di un raspo d'uva. Darebbe via volentieri le sue terre e le sue ville, si dice Marianna, per entrare in quel corpicino giovane e risoluto che salta dal carro col figlioletto raggomitolato in seno per andare incontro al suo Saro.

La mano allenta la stretta sulla tenda che ricade a coprire la finestra. Il cortile scompare e col cortile scompaiono il carretto tirato dall'asino impennacchiato, Peppinedda che porge la pancia al marito come fosse una scatola di gioie; scompare anche Saro che, mentre stringe a sé la moglie, alza lo sguardo verso di lei con un'aria di teatrale rassegnazione. Ma anche lusingato, lo si vede da come allarga le braccia, da quel doppio amore.

Da questo momento cominceranno i sotterfugi, gli inganni, le fughe, gli incontri clandestini. Bisognerà corrompere, fare tacere, cancellare le tracce di ogni abbraccio.

Una improvvisa indignazione le rannuvola gli occhi. Non ha nessuna intenzione di cadere in trappole simili, si dice Marianna; se gli ha dato moglie è stato proprio per tenerlo lontano, non per farsene un pretesto. E quindi? e quindi bisognerà troncare.

C'è dell'arroganza nel suo pensiero, lo sa: non tiene in nessun conto i languori di un corpo svegliato per la prima volta alla gioia di sé, non getta un pensiero neanche svogliato ai voleri di Saro, non pensa nemmeno di consultarlo. Deciderà per e contro di lui, ma soprattutto contro se stessa.

La lunga pratica alla rinuncia ha fatto di lei una guardiana molto attenta. Tanti anni passati a tenere a bada le proprie voglie le hanno irrobustito la volontà.

Marianna si guarda le mani rugose che si sono bagnate appoggiandosi sulle guance. Se le porta alla bocca. Assaggia un poco di quel sale in cui sta racchiuso il sapore aspro della sua rinuncia.

Potrebbe sposare Giacomo Camalèo che pur non amando trova seducente. È già la seconda volta che glielo chiede. Ma se non è capace di afferrare per i capelli un amore di pietra preziosa come potrà tirarne su uno di vetro?

Che fare di sé? alla sua età molte delle sue conoscenti sono già state sepolte oppure si sono ingobbite e rattrappite e si fanno trasportare in carrozze chiuse, fra mille precauzioni, in mezzo a cuscini e coperte ricamate, rese mezze cieche da un velo improvvisamente calato sugli occhi, dementi per il troppo patire, crudeli e sventate per avere troppo aspettato. Le vede agitare le dita grasse coperte di anelli che non escono più dalle nocche ingrossate e una volta morte saranno clandestinamente tagliate da eredi impazienti di impossessarsi di quelle magnifiche perle cinesi, di quei rubini d'Egitto, di quei turchesi del Mar Morto. Mani che non hanno mai sorretto un libro per più di due minuti, mani che dovrebbero conoscere l'arte del ricamo e della spinetta ma nemmeno a quelle hanno avuto il permesso di dedicarsi con pignola assiduità. Le mani di una nobildonna sono oziose per elezione.

Sono mani che, pur maneggiando l'oro e l'argento, non hanno mai saputo come arrivasse fino a loro. Mani che non hanno mai percepito il peso di una pentola, di una brocca, di un catino, uno straccio. Forse in familiarità coi grani del rosario, di madreperla, di argento traforato, ma assolutamente estranee alle forme del proprio corpo sepolto sotto troppi lini e camiciole e corsetti e sottovesti e sottogonne, considerato da preti e pedagoghi come "peccaminoso" per natura. Hanno accarezzato, quelle mani, qualche testa di neonato, ma non si sono mai intrise delle loro lordure. Hanno forse indugiato qualche volta sul costato piagato di Cristo in croce, ma non hanno mai percorso il corpo nudo di un uomo, sarebbe stato considerato indecente sia da lui che da lei. Certamente si sono posate, inerti, sul grembo, non sapendo dove rintanarsi, che cosa fare; poiché ogni gesto, ogni azione, era considerata pericolosa e inopportuna per una ragazza di famiglia nobile.

Lei con loro, aveva mangiato le stesse paste e bevuto le stesse tisane calmanti. E ora che le sue mani hanno toccato un corpo amoroso, l'hanno percorso in lungo e in largo tanto da pensare di esserne diventata amica, ecco che deve tagliarsele e buttarle nella spazzatura, si dice Marianna, ferma rigida accanto alla finestra chiusa. Ma uno spostamento d'aria la avverte che qualcuno le si sta avvicinando alle spalle.

È Innocenza che regge un candelabro a due bracci. Alzando gli occhi Marianna vede la faccia della cuoca vicinissima alla sua. Si tira indietro infastidita, ma Innocenza continua a scrutarla pensosa. Ha capito che la duchessa sta male e cerca di indovinare il perché.

La mano grassa, dal buon odore di rosmarino che si mescola al sapone, si posa sulla spalla della signora e la scuote dolcemente come per liberarla dai pensieri spinosi. Per fortuna Innocenza non sa leggere: basterà un gesto per rassicurarla. Non c'è bisogno di mentire con lei.

L'odore di pesce che sale dal grembiule di Innocenza aiuta Marianna a uscire dal suo stato di ghiacciato torpore. La cuoca scrolla la sua padrona con un gesto ruvido e sensato. Sono anni che si conoscono e credono di sapere tutto l'una dell'altra. Marianna crede di conoscere Innocenza per via di quel sortilegio che la porta a leggere i pensieri di lei, come se li trovasse scritti sulla carta. A sua volta Innocenza crede che Marianna non abbia segreti per lei, avendola seguita per tanti anni e avendo ascoltato i discorsi degli altri su di lei.

Ora si guardano, incuriosite l'una dalla curiosità dell'altra; Innocenza asciugandosi e riasciugandosi le mani unte sul grembiule di tela a righe bianche e rosse, Marianna giocando meccanicamente con gli oggetti della scrittura: la tavoletta pieghevole, la boccetta d'argento, la penna d'oca dalla punta macchiata di celeste.

Innocenza infine la prende per una mano e la trascina, come fosse una bambina che è stata troppo a lungo da sola in castigo e ora viene ricondotta in mezzo agli altri, a mangiare, a consolarsi.

Marianna si lascia portare giù per le scale di pietra, attraversa il grande salone giallo, sfiorando la spinetta dalla tastiera aperta, passa fra i dioscuri romani di marmo screziato, sotto gli occhi ammiccanti e segreti delle chimere.

In cucina Innocenza la spinge a sedere su una seggiola alta di fronte al fornello acceso; le mette in mano un bicchiere, tira giù dallo scaffale una bottiglia di rosolio, gliene versa due dita. Quindi, approfittando della distrazione e della sordità della padrona, si porta la bottiglia alla bocca.

Marianna finge di non vederla per non doverla rimproverare. Ma poi ci ripensa: perché dovrebbe rimproverarla? Con un gesto da ragazzina, afferra la bottiglia dalle mani della cuoca e beve anche lei incollando le labbra alla bottiglia. Serva e padrona si sorridono. Si passano la boccia, una seduta, coi capelli biondi composti sulla larga fronte sudata, gli occhi cerulei che si allargano sempre di più; l'altra in piedi, la grossa pancia nascosta sotto il grembiule macchiato, le braccia robuste, la bella faccia rotonda increspata in un sorriso beato.

Ora è più facile per Marianna prendere una risoluzione, anche crudele. Innocenza la aiuterà, senza saperlo, tenendola prigioniera nel regno delle quotidiane sicurezze. Sente già sul collo le sue mani segnate da tagli, bruciature e rughe intrise di fumo.

Bisognerà allontanarsi in punta di piedi e ci vorrà una spinta che solo una mano abituata a contare le monete può dare. Intanto la porta della cucina si è aperta in quel modo misterioso con cui si aprono gli usci negli occhi di Marianna, senza un avvertimento, con un lento movimento carico di sorprese.

In piedi sulla soglia c'è Felice, la crocetta di zaffiri che penzola sul petto. Accanto a lei il cugino Olivo, chiuso in una giamberga color tortora, la faccia lunga stralunata.

«Donna Domitilla vostra cognata si è rotta un piede, ho passato la mattinata da lei» legge Marianna su un foglietto accartocciato che le passa la figlia.

«Don Vincenzino Alagna si sparò per debiti; ma la moglie non mette il lutto. Non lo sopportava nessuno quel "zuccu di ficu d'India". La figlia piccola ebbe la risipola l'anno passato. E la guarii io medesma.»

«Olivo qui presente mi chiede una pozione per il disamore, che ne dite mamà, gliela debbo dare?»

«Ai Leprosi non vogliono più farmi entrare. Ci porto disordine dice. Perché ci guarii una rognosa che il medico interno l'aveva data per morta. Mamà ma che avete?...»

XL

Il brigantino si muove appena dondolandosi sull'acqua verde. Davanti, a ventaglio, la città di "Paliermu": una fila di palazzi grigi e ocra, delle chiese grigie e bianche, delle stamberghe dipinte di rosa, dei negozi dai tendoni a strisce verdi, le strade delle "balati" sconnesse in mezzo a cui scorrono rivoli di acqua sporca.

Dietro la città, sotto un rimestio di nuvole opache, le rocce scoscese del monte Cuccio, il verde dei boschi di Mezzomonreale e di San Martino delle Scale; un digradare di rupi scoscese più scure e meno scure fra cui si annida la luce violetta del tramonto.

Gli occhi di Marianna si fermano sulle alte finestre della Vicaria. Alla sinistra della prigione, dietro una leggera quinta di case, si allarga il rettangolo irregolare di piazza Marina. In mezzo alla piazza vuota la pedana scura della forca – segno che qualcuno sarà impiccato domattina – quella forca a cui il signor padre l'ha trascinata per amore, perché guarisse dal suo mutismo. Mai avrebbe immaginato che il signor padre e il signor marito zio tenessero in comune un segreto che la riguardava; che si fossero alleati tacendo a tutti di quella ferita inferta al suo corpo di bambina.

Ora il brigantino è agitato da scosse lunghe e nervose. Le vele sono state issate: la prua si dirige decisamente verso l'alto mare. Marianna si appoggia con tutte e due le mani alla balaustra laccata mentre Palermo si allontana con le sue luci pomeridiane, le sue palme, le sue immondizie spinte dal vento, la sua forca, le sue carrozze. Una parte di lei rimarrà lì, su quelle strade inzaccherate, in quel tepore che sa di gelsomini zuccherati e di escrementi di cavallo.

Il pensiero va a Saro e alle volte che l'ha tenuto stretto contro il petto sebbene avesse deciso di non vederlo più. Una mano agguantata sotto la tavola, un braccio che si tende dietro una porta, un bacio strappato in cucina nelle ore di sonno. Erano delizie a cui si era abbandonata col cuore in capriole.

E non le importava che Innocenza avesse indovinato e la guardasse con riprovazione, che i figli spettegolassero, che i fratelli minacciassero di farlo "ammazzari du zoticu rifattu", che Peppinedda la spiasse con occhi ostili.

Don Camalèo intanto era diventato assiduo. Veniva a trovarla quasi ogni giorno col calesse tirato dal pomellato grigio e le parlava d'amore e di libri. Diceva che lei si era fatta luminosa come "na lamparigghia". E lo specchio le diceva che era vero: la pelle le si era schiarita e distesa, gli occhi si erano fatti lucenti, i capelli le si gonfiavano sulla nuca come fossero impregnati di lievito. Non c'era cuffia o nastro che potesse contenerli: esplodevano e ricadevano scintillanti e disordinati attorno alla faccia gioiosa.

Quando aveva fatto sapere al figlio Mariano che partiva, lui aveva corrugato la fronte in una smorfia buffa che voleva essere corrusca ma lasciava indovinare sollievo e soddisfazione. Non era bravo come lo zio Signoretto a dissimulare.

«E dove andrete?»

«A Napoli per prima cosa e poi non so.»

«Da sola?»

«Prenderò con me Fila.»

«Fila è pazza. Non potete fidarvi.»

«La porterò con me, ora sta bene.»

«Una pazza assassina e una minorata in viaggio, bene, che allegria! Volete fare ridere il mondo?»

«Nessuno si occuperà di noi.»

«Immagino che don Camalèo vi raggiungerà. Siete intenzionata a gettare il discredito sulla famiglia?»

«Don Camalèo non mi seguirà. Vado sola.»

«E quando tornerete?»

«Non lo so.»

«E chi baderà alle figlie?»

«Baderanno a se stesse. Sono grandi.»

«Vi costerà un patrimonio.»

Marianna aveva posato gli occhi sulla testa del figlio, ancora così bella nonostante l'incipiente calvizie, che si curvava sul foglio mentre la mano impugnava pesantemente la penna.

Quelle nocche sbiancate parlavano di un rancore maltrattenuto: non sopportava di essere stato tirato fuori dalle sue fantasticherie per affrontare questioni che non capiva e che non lo interessavano. Sola inquietudine: cosa dirà la gente del suo ambiente di quella madre sconsiderata? non finirà per spendere troppo? non farà debiti? non busserà a soldi, magari da Napoli costringendolo a tirare fuori chissà che somma?

«Non spenderò niente di vostro» ha scritto Marianna con mano leggera sul foglio bianco. «Spenderò solo soldi miei e state tranquillo che non farò disonore alla famiglia.»

«Il disonore l'avete già provocato con le vostre stramberie. Da quando è morto nostro padre zio date continuamente scandalo.»

«Di quali scandali parlate?»

«Il lutto lo avete portato solo un anno anziché per sempre come impone la consuetudine. Ricordate? per la morte di un padre: tre anni di nero, per la morte di un figlio: dieci anni, per la morte del marito: trent'anni, come a dire sempre. E poi non frequentate la chiesa quando ci sono le messe solenni. In più vi circondate di gente bassa, disdicevole. Quel servo, quell'arrampicatore, ne avete fatto il padrone qui. Vi ha portato in casa la moglie, la sorella pazza e un figlio.»

«Veramente è la sorella che ha portato lui. In quanto alla moglie, gliel'ho data io stessa.»

«Appunto, troppa confidenza con gente che non è del vostro ceto. Non vi riconosco signora, una volta eravate più dolce e acquiescente. Lo sapete che rischiate l'interdizione?»

Marianna scuote la testa: perché ripensare a quelle sgradevolezze? Eppure c'è qualcosa negli scritti del figlio che non capisce; un rancore che va al di là degli scandali pretesi, della preoccupazione per i soldi. È sempre stato generoso, perché ora dovrebbe dare in smanie per le spese della madre? Che sia ancora quella gelosia di bambino da cui non sa e non vuole staccarsi? che non l'abbia ancora perdonata per avergli preferito – e con evidente impudenza – il figlio più piccolo, Signoretto?

Marianna posa gli occhi sulla testa pelata di Fila che sta ritta accanto a lei sul ponte del vascello e fissa la città che si allontana all'orizzonte. Ora sono circondate dall'acqua che si fa riccia, mentre la polena offre il petto nudo alle onde.

È stato lo sguardo di Saro a deciderla a partire. Uno sguardo mattutino, involontario: quando lei gli aveva staccato la bocca dalla spalla per spingerlo ad alzarsi e già la luce aveva allagato il pavimento della camera da letto.

Uno sguardo di amore appagato e di apprensione. La paura che quella gioia potesse essere interrotta bruscamente per una ragione da lui non prevista e controllata. Non solo il corpo di lei ma i vestiti eleganti, la biancheria di lino, le essenze di mirto e di rosa, i fagiani cucinati nel vino, i sorbetti al limone, le gremolate all'uva fragola, l'acqua di nanfa, la benevolenza, le tenerezze silenziose, ogni cosa che le appartenesse si trovava nelle iridi grigie di Sarino, splendori rovesciati, come quelle città che si vedono nelle ore calde, capovolte sul mare per effetto della fata morgana, umide e vibranti di luci vaporose.

Quei miraggi promettevano opulenza e godimenti senza fine, salvo poi scomparire nelle scialbe luci di un tramonto estivo. E lei aveva voluto spazzare via dagli occhi dell'amato l'immagine di quella città felice prima che si dissolvesse da sola in un baluginio di specchi rotti.

Ora eccola qui sul pavimento oscillante, gli odori del mare che si mescolano a quelli aspri del catrame e delle vernici, in compagnia della sola Fila.

XLI

La sera, alla tavola del capitano, nel saloncino dal tetto a botte, seggono strani viaggiatori che non si conoscono fra loro: una duchessa palermitana sordomuta chiusa in una elegante spolverina alla Watteau a rigoni bianchi e celesti, un viaggiatore inglese dal nome impronunciabile che viene da Messina e porta una curiosa parrucca dai riccioli rosati, un nobile di Ragusa tutto vestito di nero che non si separa mai dal suo spadino d'argento.

Il mare è mosso. Dalle due finestre che si aprono sulla fiancata del battello si vede un cielo giallastro striato di lilla. La luna è piena ma viene coperta in continuazione da scialli di nuvole tempestose che la avviluppano e la denudano con mosse alterne.

Fila è rimasta nella cabina buia, distesa con un fazzoletto intriso di aceto sulla bocca, per difendersi dal mal di mare. Ha vomitato tutto il giorno e Marianna le ha sostenuto la testa finché ha potuto; poi ha dovuto uscire altrimenti si metteva a rigettare pure lei.

Il capitano ora le porge una porzione di bollito. L'inglese dai riccioli rosati le rovescia sul piatto un cucchiaio di mostarda di Mantova. I tre uomini parlano fra di loro ma ogni tanto si voltano verso la signora e le rivolgono un sorriso gentile. Quindi riprendono a chiacchierare, forse in inglese, forse in italiano, Marianna non riesce a indovinarlo dal movimento delle loro labbra e non le importa molto di saperlo. Dopo un primo tentativo di coinvolgerla a gesti nella conversazione, l'hanno lasciata ai suoi pensieri. E lei è contenta che si occupino d'altro; si sente goffa e inabile. Lo stupore della nuova situazione le impaccia i movimenti: le sembra impossibile tenere in bilico la forchetta fra le dita, i pizzi delle maniche hanno la tendenza a cadere continuamente nel piatto.

Stracci di pensieri galleggiano nella sua testa stanca: l'acqua che era lì a macerare e sembrava limpida, quieta, è stata mossa da una mano impaziente che ha fatto risalire dal fondo brandelli di memorie disperse e quasi dissolte.

Il corpo tenero di suo figlio Signoretto aggrappato al seno come una scimmietta senza fiato e i dolori che aveva sopportato senza riuscire a saziarlo. La faccia affilata del signor marito zio quando, per la prima, volta, aveva osato guardarlo da vicino e aveva scoperto che gli erano venute le ciglia bianche. Gli occhi spavaldi di sua figlia Felice, monaca senza vocazione che pure aveva trovato nella medicina delle erbe una sua forma di dignità e ormai non ha neanche bisogno dei soldi di casa perché la gente la paga bene.

Il gruppetto di fratelli come li aveva dipinti quel giorno di maggio in cui era svenuta davanti al Tutui nel cortile della "casena": le braccia di Agata mangiate dalle zanzare, le scarpe a punta di Geraldo, le stesse scarpe che poi gli erano state messe ai piedi dentro la bara come una credenziale per il paradiso, con l'augurio che facesse delle lunghe camminate fra le colline popolate di angeli. La risata maliziosa di sua sorella Fiammetta che con l'età è diventata un po' "stramma"; da una parte si fustiga e porta il cilicio, dall'altra non fa che impicciarsi degli affari di letto di tutta la parentela. Gli occhi smarriti di Carlo che per difendersi dalla costernazione ha messo su un'aria cattiva, rabbiosa. E Giuseppa, ancora inquieta e insoddisfatta, la sola che legga dei libri e che abbia voglia di ridere, la sola che non le abbia rimproverato le sue stravaganze e che l'abbia accompagnata al porto alla partenza, nonostante il divieto del marito. Le mura della villa di Bagheria dai morbidi mattoni di arenaria che, visti da vicino, paiono spugne forate da tanti cunicoli e tane in cui si annidano lumachine di mare e minuscole conchiglie traslucide. Non esiste al mondo un colore più dolce delle pietre arenarie di Bagheria che accolgono le luci e le serbano in grembo come tante lampade cinesi.

La faccia allagata dal sonno della signora madre, le narici annerite dal tabacco, le grosse trecce bionde che si sfaldano sulle spalle rotonde. Sul suo comodino c'erano sempre tre o quattro boccette di laudano. Che poi, come Marianna aveva scoperto da adulta, era composto da oppio, zafferano, cannella, garofano e alcool. Ma nelle ricette del farmacista di piazza San Domenico la quantità di oppio da ultimo era aumentata, a scapito della cannella e dello zafferano. Per questo alle volte la mattina la trovava riversa sulle coperte, la signora madre benedetta, con la faccia estatica, gli occhi socchiusi, un pallore da statua di cera.

Ed ecco che nella camera da letto dove Marianna aveva dato alla luce tutti e cinque i suoi figli, sotto gli sguardi annoiati delle chimere, era entrato Saro con le gambe slanciate e il sorriso dolce. Sul letto dei parti e degli aborti si erano abbracciati, mentre Peppinedda girava per casa inquieta, tenendo nella pancia un figlio di dieci mesi che non si decideva a nascere. Tanto che la levatrice aveva dovuto forzare l'uscita e si era messa a saltarle addosso quasi fosse un materasso pieno di paglia. E quando sembrava che dovesse morire dissanguata, finalmente era venuto fuori un bambino enorme con gli stessi colori di Sarino, nero e bianco e rosa, il cordone ombelicale girato tre volte intorno al collo.

Era anche per Peppinedda che aveva deciso di partire. Per quelle occhiate di resa e di complicità donnesca che le regalava, quasi a dirle che acconsentiva a spartire il marito con lei in cambio della casa, degli abiti, del cibo abbondante, e della totale cecità di fronte ai suoi furti per le sorelle.

Era diventata una intesa familiare, un "accomodo" a tre in cui Saro si rifugiava diviso fra apprensione e felicità. Felicità che avrebbe preceduto di poco la sazietà. Ma forse no, forse si sbagliava: fra un'amante madre e una moglie bambina lui avrebbe continuato per sempre, con tenerezza e dedizione. Si sarebbe trasformato, come già stava facendo, in un calco di se stesso: un soddisfatto giovanotto sul punto di perdere il candore e l'allegria, per una giusta combinazione di paterna condiscendenza e intelligente amministrazione del futuro familiare.

Li aveva colmati d'oro prima di andarsene. Non per generosità probabilmente ma per farsi perdonare l'abbandono e per farsi amare anche da lontano, ancora per un poco.

Il viaggiatore inglese dai begli occhi bruni è sparito lasciando il piatto a metà. Il barone di Ragusa se ne sta appoggiato alla alta finestra, boccheggiante, mentre il capitano va salendo a due a due gli scalini che portano in coperta. Cosa sta succedendo?

Dalla porta arriva un odore forte di sale e di vento. Le onde devono essere diventate cavalloni. Chiusa nel suo uovo di silenzio Marianna non sente le grida sul ponte, gli scricchiolii che aumentano, i comandi del capitano che fa ammainare le vele, il vocio dei viaggiatori sotto coperta.

Lei continua a portarsi il cibo alla bocca come se niente fosse. Nessun segno di quel mal di mare che scuote le viscere dei compagni di viaggio. Però adesso la lampada a olio oscilla pericolosamente sopra la tavola. Finalmente la duchessa si accorge che forse non si tratta solo di un poco di mare grosso. Delle gocce di olio bollente sono cadute sulla tovaglia e hanno mandato a fuoco un tovagliolo. Se lei non si muove, tra un momento, dai lini, le fiamme passeranno al tavolo e dal tavolo al pavimento, tutto di legno stagionato.

Improvvisamente la sedia di Marianna prende a scivolare e va a sbattere contro la parete, spaccando con lo schienale il vetro di un quadro. Morire così, seduta nell'abito da viaggio a righe, con lo spillone di lapislazuli che le ha regalato il signor padre appuntato sul bavero, la rosa di taffetà fra i capelli raccolti sulla nuca, sarebbe certo un morire teatrale. Il cane della signora madre forse sta per agguantarla alla vita, per trascinarla nel liquido nero. Le sembra di vedere delle ciglia che sbattono furiose, zuccherine. Non sono gli occhi delle chimere di villa Ucrìa di Bagheria che se la ridono?

In un attimo Marianna trova la forza di sollevarsi in piedi: rovescia la caraffa d'acqua sulla tovaglia incendiata. Col tovagliolo bagnato copre la lampada che si spegne friggendo.

Ora il buio avvolge la stanza. Marianna cerca di ricordare da che parte stia la porta. Il silenzio non le suggerisce che la fuga. Ma per dove? Il rumore del mare che cresce, che si fa ululato, è percepito dalla mutola solo attraverso le assi del pavimento che pare si torcano, si sollevino, per sprofondare subito dopo sotto le scarpe.

Il pensiero di Fila in pericolo infine le fa trovare la porta che si apre a fatica rovesciandole addosso una valanga di acqua salata. Come farà a scendere giù per la scala a pioli in quello scotimento? eppure ci prova, tenendosi aggrappata con le due mani al corrimano di legno e cercando ogni piolo col piede.

Scendendo nel ventre del brigantino una zaffata di sardine salate l'afferra alla gola. Qualche botte deve essersi sfasciata perdendo il suo carico di pesce. Nel buio, mentre cerca a tentoni di raggiungere la cabina, Marianna si sente cadere addosso qualcosa di pesante. È il corpo di Fila tremante e fradicio.

La stringe a sé, le bacia le guance diacce. I pensieri informi della compagna le filtrano attraverso le narici intrise dell'odore acre di vomito: «Un canchero attia, scecca tamarra, testa di mazzacani, picchì mi facisti partiri?... a duchissa mi pigghiò cu idda e mi rovinò, testa cotta, testa di scecca, canchero a idda sacrosantissima!».

Insomma, bestemmia contro di lei. E nello stesso tempo la stringe a sé con forza. Che stiano per andare a picco con la nave è sicuro, si tratta di sapere quanto tempo ci metterà a inghiottirle. Marianna comincia una preghiera ma non riesce a portarla in fondo. C'è qualcosa di grottesco in quel loro apparecchiarsi stupidamente alla morte. Eppure non saprebbe cosa inventare per vincere le forze dell'acqua. Non sa neanche nuotare. Chiude gli occhi sperando che duri poco.

Ma il brigantino regge miracolosamente, squassato com'è dalle onde. Resiste piegandosi, torcendosi, nell'elasticità delle alte strutture di cedro e di castagno.

Padrona e serva rimangono abbracciate in piedi, aspettando la morte e sono talmente stanche che vengono prese dal sonno senza neanche accorgersene, mentre l'acqua salsa scarica loro addosso pezzi di legno, scarpe, sardine, corde srotolate, pezzi di sughero.

Quando le due donne si svegliano è già mattina e sono ancora abbracciate, ma distese per terra proprio sotto la scala a pioli. Un gabbiano curioso le osserva dall'imboccatura del ponte.

XLII

Una pellegrina? forse, ma i pellegrini vanno verso una meta. I suoi piedi invece non vogliono fermarsi. Viaggiano per la gioia di viaggiare. In fuga dal silenzio delle sue case verso altre case, altri silenzi. Una nomade alle prese con le pulci, con il caldo, con la polvere. Ma mai veramente stanca, mai sazia di vedere nuovi luoghi, nuove persone.

Al suo fianco Fila: la piccola testa calva sempre coperta da una cuffia di cotone immacolato che ogni sera viene lavata e messa ad asciugare sulla finestra. Quando ne trovano di finestre, perché hanno anche dormito sulla paglia, fra Napoli e Benevento, vicino a una mucca che le annusava incuriosita.

Si sono fermate ai nuovi scavi di Stabia e di Ercolano. Hanno mangiato l'anguria tagliata a fette da un bambino, su una tavoletta volante simile a quella che Marianna usa per scrivere. Hanno bevuto acqua e miele sedute in ammirazione davanti a un enorme affresco romano in cui il rosso e il rosa si mescolavano deliziosamente. Si sono riposate all'ombra di un gigantesco pino marittimo dopo avere camminato sotto il sole per cinque ore. Hanno cavalcato dei muli lungo le pendici del Vesuvio sbucciandosi il naso nonostante i cappelli di paglia comprati da un merciaio a Napoli. Hanno dormito in camere puzzolenti dai vetri rotti, con un moccolo per terra accanto al materasso su cui saltavano le pulci come in una giostra.

Ogni tanto un contadino, un commerciante, un signorotto si metteva alle loro calcagna incuriosito dal fatto che viaggiassero sole. Ma il silenzio di Marianna e gli sguardi aggrondati di Fila li mettevano presto in fuga.

Una volta sono state pure derubate sulla strada per Caserta. Hanno lasciato nelle mani dei briganti due pesanti bauli dalle fibbie di ottone, una borsetta di maglia d'argento e cinquanta scudi. Ma non ne sono state troppo disperate: i bauli erano un ingombro e contenevano vestiti che non mettevano mai. Gli scudi erano solo una parte delle loro ricchezze. Le altre monete Fila le aveva nascoste così bene, cucite dentro la sottana, che i banditi non se n'erano accorti. Della mutola poi avevano avuto pietà e non l'avevano neanche frugata, sebbene anche lei tenesse delle monete dentro una tasca della spolverina.

A Capua hanno fatto amicizia con una compagnia di attori in viaggio verso Roma. Una attrice comica, un attor giovane, un impresario, due cantanti castrati, e quattro servitori, più una montagna di bagagli e due cani bastardi.

Ben disposti e simpatici, pensavano molto a mangiare e a giocare. Non si erano affatto turbati per la sordità della duchessa, anzi si erano subito messi a parlare con le mani e con il corpo, facendosi intendere benissimo da lei e suscitando le risate matte di Fila.

Naturalmente toccava a Marianna pagare la cena per tutti. Ma gli attori sapevano ricambiare il favore mimando i loro pensieri con allegria di tutti, sia alla mensa che al tavolo da gioco, nelle carrozze di posta come nelle locande dove si fermavano a dormire.

A Gaeta avevano deciso di imbarcarsi su una feluca che li prendeva per pochi scudi. Si diceva che le strade fossero infestate di briganti e «per uno che viene impiccato altri cento ne sbucano fuori che si nascondono nelle montagne della Ciociaria e cercano proprio le duchesse» diceva un biglietto malizioso.

Sulla barca si giocava tutto il giorno a faraone, a biribissi. Il capocomico Giuseppe Gallo dava le carte e perdeva sempre. In compenso vincevano i due castrati. E la comica, signora Gilberta Amadio, non voleva mai andare a coricarsi.

A Roma avevano preso alloggio nella stessa locanda, in via del Grillo, una piccola strada in salita dove le carrozze non volevano mai montare e toccava farsela a piedi su e giù dalla piazza del Grillo.

Una sera erano state invitate, Marianna e Fila, al teatro Valle, il solo in cui si potesse recitare fuori del periodo di carnevale. E videro una operina mezza cantata e mezza recitata in cui la comica Gilberta Amadio si cambiava dieci volte di abito correndo dietro le quinte e ricomparendo ora abbigliata da pastora, ora da marchesa, ora da Afrodite, ora da Giunone. Mentre uno dei due castrati cantava con voce soave e l'altro ballava vestito da pastore.

Dopo lo spettacolo, Marianna e Fila erano state invitate all'osteria del Fico, in vicolo del Paniere, dove si erano dovute ingozzare di grandi piatti di trippa al sugo. Avevano dovuto mandare giù bicchieri su bicchieri di vino rosso, per festeggiare il successo della compagnia e poi si erano messi tutti a ballare sotto i lampioni di carta, mentre uno dei servi tuttofare suonava il mandolino e un altro si attaccava al flauto.

Marianna gustava la libertà: il passato era una coda che aveva raggomitolato sotto le gonne e solo a momenti si faceva sentire. Il futuro era una nebulosa dentro a cui si intravvedevano delle luci da giostra. E lei stava lì, mezza volpe e mezza sirena, per una volta priva di gravami di testa, in compagnia di gente che se ne infischiava della sua sordità e le parlava allegramente contorcendosi in smorfie generose e irresistibili.

Fila si era innamorata di uno dei due castrati. Ed era successo proprio alla festa dopo lo spettacolo, durante il ballo. Marianna li aveva sorpresi a baciarsi dietro una colonna e aveva proseguito con un sorriso di discrezione. Lui era un bel ragazzo, riccio, biondo, appena un poco pingue. E lei, nell'abbracciarlo, si era levata sulla punta dei piedi, inarcando la schiena in un gesto che ricordava il fratello più giovane.

Uno strappo, un sussulto e la coda aveva preso a srotolarsi. Non sempre scappando si scappa davvero. Come quel personaggio che viveva a Samarcanda delle *Mille e una notte*. Era Nur el Din o Mustafà, non ricorda. Gli dissero: morirai presto a Samarcanda e lui si era affrettato a galoppare verso un'altra città. Ma proprio in quella città straniera, mentre camminava pacifico, fu ucciso. E poi si seppe che la piazza in cui fu aggredito si chiamava per l'appunto Samarcanda.

Il giorno dopo la compagnia era partita per Firenze. E Fila era rimasta tanto addolorata che non aveva più voluto mangiare per una settimana.

Ciccio Massa il proprietario della locanda del Grillo portava personalmente su in camera a Fila dei brodi di pollo che profumavano tutta la casa. Da quando abitavano da lui non aveva fatto che stare dietro alla ragazza che invece lo detestava. Un uomo corpulento dalle gambe corte, gli occhi da cinghiale, una bocca bella, una risata fresca, contagiosa. Manesco con gli sguatteri, salvo poi pentirsi e diventare generosissimo con gli stessi che aveva maltrattato. Verso i clienti si mostra affabile e nervoso, preoccupato di figurare bene ma anche di portargli via più soldi che può.

Solo con Fila era inerme e quando la vedeva, ma anche adesso, quando la incontra, rimane lì imbambolato ad ammirarla. Mentre con Marianna prende spesso un'aria di sufficienza ribalda, e appena può, le spilla soldi.

Fila, che da poco ha compiuto i trentacinque anni, è tornata alla bellezza dei suoi diciotto anni, con una pienezza sensuale in più che non ha mai posseduto, nonostante la testa pelata, le cicatrici e i denti rotti. Ha messo su una pelle così chiara e lucente che la gente si volta per strada a guardarla. Gli occhi mobili grigi si posano con morbidezza sulle cose e sulle persone come se volessero carezzarle.

E se si sposasse? le farebbe una bella dote, si dice Marianna, ma l'idea di staccarsi dalla ragazza le spegne ogni entusiasmo. E poi si è innamorata del castrato. Il quale è partito per Firenze piangendo, ma senza averle chiesto di seguirlo. E questo ha addolorato Fila, fino al punto che, per dispetto o per consolazione, non si sa, ha cominciato ad accettare la corte del cinghialesco padrone di casa.

XLIII

Cara Marianna,

ogni uomo e ogni epoca sono costantemente minacciati da una barbarie recondita e incombente, come dice il nostro amico Gian Battista Vico. La vostra assenza ha procurato una certa incuria nei miei pensieri fra cui sono cresciute le erbacce. Sono minacciato, ma seriamente, dalla più perversa delle pigrizie, dall'abbandono di me stesso, dalla noia.

Del resto l'isola non soffre di meno di un novello imbarbarimento: mentre Vittorio Amedeo di Savoia aveva portato una certa aria di severità e di rigore amministrativo, continuato stancamente dagli Asburgo, ora Carlo III ha ricreato quell'atmosfera di mollezze e di abbandono che tanto piace ai nostri mangiatori di cassatine e di trionfi di gola.

Qui regna l'ingiustizia più assennata. Tanto assennata e tanto radicata da risultare ai più come "naturale". E alla naturalezza non si comanda, lo sapete bene; chi pensa di cambiare un colore di capelli o di pelle? si può mutare uno stato di legittimità divina in uno stato di arbitrio diabolico? un re ha il potere, dice Montesquieu, di fare credere ai suoi sudditi che uno scudo è uguale a due scudi, «dà una pensione a chi scappa per due leghe e un governo a chi scappa per quattro.»

Forse siamo alla fine di un ciclo poiché la natura degli uomini è prima cruda, poi diventa severa e quindi benigna, appresso delicata e finalmente dissoluta. L'ultima età, se non è regolata, si dissolve nel vizio e la «nuova barbarie porta gli uomini a istrapazzar le cose».

Da quando i vostri avi costruirono la torre Scannatura e la "casena" di Bagheria, ne è passata di acqua sotto i ponti. Vostro nonno ancora curava di persona le sue vigne e i suoi oliveti, vostro padre già lo faceva per interposta persona. Vostro marito ogni tanto il naso ce lo metteva nei suoi tini pieni di vino. Vostro figlio appartiene a quella generazione che ritiene la cura delle terre come volgare e disdicevole. Egli quindi ha dedicato le sue attenzioni solo a se stesso. E dovete vedere con che grazia rapinosa lo fa! Da quanto mi risulta le vostre campagne di Scannatura stanno rovinando nell'incuria, derubate dai gabelloti, disertate dai contadini che sempre più numerosi emigrano altrove. Stiamo scendendo a passi di danza verso una abulìa festosa che piace molto ai palermitani del nostro tempo, anzi del tempo dei nostri figli. Una abulìa che ha tutta l'apparenza dell'azione poiché è abitata da un moto che oserei chiamare perpetuo. Questi giovanotti si agitano dalla mattina alla sera fra visite, balli, pranzi, amoreggiamenti e pettegolezzi che li occupano a tal punto da non lasciare loro neanche un minuto di noia.

Vostro figlio Mariano che ha preso da voi la bella fronte alta e gli occhi languorosi e sfavillanti, è diventato famoso per le sue prodigalità davvero degne del nostro re Carlo III, per le sue cene a cui tutti, amici e parenti sono invitati. Voi dite che ama sognare, ma certamente se sogna lo fa in grande. E mentre sogna tiene tavola imbandita. Probabilmente stordisce gli amici col cibo e col vino per evitare che lo sveglino.

Pare che si sia fatto costruire una carrozza uguale a quella del Viceré Fogliani marchese di Pellegrino, con le ruote di legno dorato e trenta statuine di legno argentato sul tetto, nonché stemmi e nappe d'oro che pendono da ogni angolo. Il Viceré Fogliani Aragona l'ha saputo e gli ha mandato a dire che non faccia tanto il gradasso; ma il vostro sublime rampollo non se ne è dato per inteso.

Altre notizie le avrete avute, immagino, dai vostri cari. Vostra figlia Felice sta diventando famosa a Palermo per le sue cure della risipola e della rogna e di tutti gli eczemi. Si fa pagare molto dai ricchi e niente dai poveri. Per questo si fa amare anche se molti la criticano per quell'andare in giro da sola, monachella com'è, tirando da sé le redini di un cavalluccio arabo, seduta in serpa a un calessino sempre in volo. Il suo progetto di "aiuto alle derelitte de' Leprosi" le inghiotte tanti soldi che ha dovuto chiedere un prestito a un usuraio della Badia Nuova. Per pagare questi debiti sembra che si sia messa a trafficare anche con gli aborti clandestini. Ma queste sono informazioni "di bottega". Non dovrei darle, per gelosia di mestiere. Ma voi sapete che il mio amore supera ogni scrupolo e ogni discrezione.

L'altra figlia vostra, Giuseppa, si è fatta trovare nel letto del marito col cugino Olivo. I due uomini si sono sfidati a duello. Hanno combattuto. Ma nessuno dei due è morto. Due codardi che al primo sangue hanno abbandonato le armi. Ora la bella Giuseppa aspetta un figlio che non sa se sia del marito o del cugino. Ma sarà accolto dal marito come suo. Perché altrimenti dovrebbe ucciderla e di questo non ha certo voglia. Olivo è stato mandato in Francia dal padre Signoretto che pare abbia minacciato di diseredarlo anche se è il primo figlio.

In quanto a Manina, ha appena partorito un altro figlio che ha chiamato Mariano, come il bisnonno. Al battesimo c'era tutta la famiglia, compreso l'abate Carlo che ha messo su un cipiglio da grande scienziato. In effetti vengono dalle università di tutta Europa a chiedergli di decifrare manoscritti antichi. È considerato una celebrità a Palermo e il Senato ha proposto di dargli una benemerenza. In questo caso sarei io a consegnargliela nel suo astuccio di velluto.

Il vostro protetto Saro, pare che si sia tanto dispiaciuto per la vostra partenza da rifiutare il cibo per settimane. Ma poi gli è passata. E ora pare che se la spassi assieme alla moglie nella vostra villa di Bagheria dove riceve come fosse un barone: dà ordini, spende e spande alle vostre spalle.

Del resto chi dovrebbe dare il buon esempio se ne infischia. Carlo il nostro re e la sua deliziosa consorte donna Amalia costringono i cortigiani a stare in ginocchio mentre essi pranzano, per ore. La regina, dicono, si diverte a inzuppare i biscotti nella coppa piena di vino delle Canarie che la sua dama di corte deve tenere alta per lei, sempre rimanendo in ginocchio. Del buon teatro, che ne dite? ma forse sono solo pettegolezzi, io personalmente non assistetti mai a simili scene.

D'altro canto la grande principessa di Sassonia ha perso ogni prestigio da quando ha messo al mondo una bambina, per giunta con l'aiuto di un chirurgo.

Mi sto trasformando in un moralista da strapazzo, ne convengo. Già vedo la vostra faccia farsi scura, le vostre labbra stirarsi, come solo voi sapete fare con tutta la soave ferocia della vostra mutilazione.

Ma sapete che è proprio essa, la mutilazione di metà dei vostri sensi che mi ha attratto nell'orbita dei vostri pensieri? Che si sono fatti folti e rigogliosi proprio a causa di quella cesura col mondo che vi ha costretta fra libri e quaderni, nel fondo di una biblioteca. La vostra intelligenza ha preso un avvio così curioso e insolito da indurmi in una deliziosa tentazione d'amore. Cosa che ritenevo impossibile alla mia età, e che ammiro come un miracolo dell'immaginazione.

Ve lo chiedo ancora una volta per lettera con tutta la solennità della scrittura: volete sposarmi? non vi chiederò niente, neanche di dividere il letto, se preferite. Vorrei prendervi come siete ora, senza ville e terreni, senza proprietà, figli, case, carrozze e servi. Il mio sentimento nasce da un bisogno di compagnia che mi strugge come burro al sole. Una compagnia femminile scortata dalla pratica del pensiero, cosa rarissima presso le nostre donne che sono tenute in uno stato di ignoranza gallinacea.

Più m'impelago nel mio lavoro, più gente vedo, più signori frequento e più mi infogno in una solitudine da certosino. È solo un barbaglio dell'esprit de finesse pascaliano che mi avvicina a voi o c'è dell'altro? un moto di correnti capaci di scaldare gli oceani?

È la vostra mutilazione a rendervi unica: fuori dai privilegi nonostante ci stiate dentro per diritto di nascita fino al collo, fuori dagli stereotipi della vostra casta nonostante essi facciano parte della vostra stessa carne.

Io vengo da una famiglia di onesti notai e onesti avvocati, o forse disonesti, chissà, non è dell'onestà la conquista rapida e trionfante del vantaggio sociale e del bene economico. È stato mio nonno, ma lo confesso solo a voi, a comprare il titolo di barone per una famiglia di modesti e vanitosi borghesi in vena di ingrandirsi. Tutto questo conta pochissimo lo so. I miei occhi hanno imparato a vedere al di là delle toghe e delle giamberghe, nonché delle "robes volantes" e delle "hoop petticoats" dai colori pastello.

Anche voi sapete vedere al di là dei damaschi e delle perle, la menomazione vi ha portata alla scrittura e la scrittura vi ha portata a me. Ambedue ci serviamo degli occhi per sopravvivere e ci nutriamo come tarme golose di carta di riso, carta di tiglio, carta di acero, purché vergate dall'inchiostro.

«Il cuore ha le sue ragioni che la ragione non conosce» amava dire il mio amico Pascal e sono ragioni buie che affondano le radici nella parte sepolta di noi. Lì dove la vecchiaia non si trasforma in perdita ma in pienezza di intenti.

Conosco i miei difetti che sono tantissimi a cominciare da una certa perversità acquisita in tanti anni di stupida censura sopra le idee che amo. Per non parlare dell'ipocrisia che mi divora vivo. Le debbo molto però. A volte penso che sia la mia più grande virtù poiché si accompagna a una pazienza da eremita. E non va disgiunta da una capacità tutta mondana di "capire l'altro". L'ipocrisia è la madre della tolleranza... o ne sarà la figlia? non lo so? comunque sono parenti strette.

Mi lascio anche spesso travolgere dal pettegolezzo, per quanto orrore abbia per esso. Ma se si guarda bene, si scopre che alla radice della letteratura c'è proprio il pettegolezzo. Non è pettegolo Monsieur Montesquieu con le sue *Lettere persiane*? quelle missive che si accavallano grondanti di umorismo e di malignità? non è pettegolo il nostro signor Alighieri? chi più di lui si diverte a riferire tutti i segreti vizi e le debolezze degli amici e dei conoscenti...

L'umorismo a cui gli scrittori si abbeverano con tanta grazia da cosa deriva se non dal mettere in luce i difetti altrui? tanto da farli parere giganteschi e irrimediabili. Mentre trascurano con disinvoltura la trave che naviga nel loro occhio sognatore. Non ne convenite anche voi?

Ecco che come al solito tento di giustificarmi: sarà che con le autoaccuse cerco di stanarvi come un'esca dalle acque morte dei vostri silenzi?

Sono anche più perverso di quanto pensiate. Di un egoismo a volte ributtante. Ma il fatto che ve lo sbandieri sta a significare che forse non è poi tanto vero. Sono un mentitore consapevole. Ma come sapete, Solone diceva che ad Agira sono tutti bugiardi. Lui stesso era di Agira. Diceva la verità o mentiva? A meno che non sia tutto un trucco per tenervi in sospeso. Voltate la pagina mia cara mutola e troverete qualcos'altro per i vostri denti. Forse un'altra richiesta d'amore, forse una informazione preziosa o solo un'altra esibizione di vanità. Anch'io sono mutilato nei sensi che si sono involgariti con le pratiche del mondo. Eppure il mondo è il solo luogo in cui potrei accettare di stare. Non credo che andrei volentieri in paradiso anche se lì le strade sono pulite, non ci sono cattivi odori, niente coltellate, impiccagioni, taglieggiamenti, rapine, furti, adulteri e prostituzione. Ma che si farebbe tutto il giorno? solo passeggiare e giocare a faraone e a biribissi?

Sappiate che vi aspetto con mente serena, confidando nella vostra testa dai lunghi pensieri. Non dico confidando nel vostro corpo perché esso è riottoso come un mulo, ma mi rivolgo a quegli spazi aperti del vostro capo in cui scorre l'aria marina, lì dove siete più discorsiva, più propensa alla curiosità, all'amore, così per lo meno mi lusingo di credere... Sapete, alle volte è l'amore degli altri che ci innamora: vediamo una persona solo quando essa chiede i nostri occhi.

Con tutta la mia devozione tenerissima e l'augurio che torniate presto. Sto male senza di voi,

Giacomo Camalèo

Marianna osserva i fogli di carta leggera che posano disordinati sulla sua gonna rigata. La lettera le ha ispirato un senso di sazietà che ora la fa sorridere. Eppure la nostalgia di Palermo le offusca lo sguardo. Quegli odori di alga seccata al sole e di capperi e di fichi maturi non li ritroverà mai da nessuna parte; quelle coste arse e profumate, quei marosi ribollenti, quei gelsomini che si sfaldano al sole. Quante passeggiate con Saro a cavallo verso il promontorio dell'Aspra dove venivano raggiunti e giocati da odori e sapori ubriacanti. Scendevano da cavallo, si sedevano sui cocuzzoli di alghe da cui zampillavano le pulci di mare, si lasciavano investire dal leggero "ventuzzu africanu".

Le loro mani, camminando all'indietro come i granchi, si incontravano alla cieca, si stringevano fino a fare dolere i polsi. Era un lento intrecciarsi di braccia, di dita. E poi, e poi cosa farne della lingua in un bacio che bussa in faccia come una novità indiscreta e deliziosa? cosa farne dei denti che tendono a mordere? gli occhi a mollo negli occhi, il cuore che fa i capitomboli. Le ore si fermavano a mezz'aria, assieme a quel profondo profumo di alghe salse. I ciottoli tondi e duri dietro la schiena diventavano cuscini di piume mentre al riparo di una acacia dai rami ciondolanti sull'acqua si stringevano l'uno all'altra.

Come aveva potuto sopravvivere a quegli abbracci nel momento in cui erano stati proibiti dalla sua crudele volontà? essa non può però impedire che tornino a galla come cadaveri inquieti che non riescono ad andare a picco.

Da quando Fila si è sposata con Ciccio Massa, le riesce difficile rimanere alla locanda. Per quanto Fila dica di volere continuare a servirla, per quanto fra tutti e due la riempiano di cibi e la accudiscano come una bambina, ogni mattina si sveglia con l'idea di partire.

Tornare ai figli, alla villa, a Saro, alle chimere, o rimanere? scappare da quelle forme troppo note che costituiscono la sua costanza o dare retta a quelle alette che le sono spuntate dai due lati delle caviglie?

Marianna pigia i dieci foglietti nella tasca della gonna e si guarda intorno cercando una risposta alla sua muta domanda. C'è il sole. Il Tevere scorre ai suoi piedi denso e screziato di giallo. Un ciuffo di canne di un verde chiaro pallido viene piegato dalla corrente proprio sulla riva. Ma dopo essersi appiattito sulle acque fino a farsene sommergere, si risolleva in tutta la sua allegria. Una miriade di minuscoli pesci argentati risalgono il flusso lì dove l'acqua quasi si posa, forma un lago fra cespi di ortiche e spunzoni di cardi. L'odore che sale dall'acqua è buono, di terra fradicia, di mentuccia, di sambuco.

Poco più avanti la prua di una barca dal fondo piatto scivola lungo una corda tesa che la tiene agganciata alla riva. Ancora più avanti, delle lavandaie ginocchioni sui sassi, sciacquano il bucato nell'acqua. Un'altra barca, anzi una zattera con due rematori in piedi, si muove lentamente da una parte all'altra del fiume trasportando sacchi color cannella e ruote di carro.

Verso l'alto il porto di Ripetta si apre come un ventaglio, con i suoi scalini di pietra, i suoi cerchi di ferro per l'attracco delle imbarcazioni, i suoi muretti di mattone crudo, i suoi sedili di marmo bianco, il suo via vai di facchini.

In quella quiete meridiana Marianna si chiede se potrebbe mai appropriarsi di questo paesaggio, farsene una casa, un asilo. Tutto le è estraneo e perciò caro. Ma fino a quando si può chiedere alle cose che ci stanno intorno, di rimanere forestiere, perfettamente comprensibili e remote nella loro indecifrabilità?

Il sottrarsi al futuro che le sta apparecchiando la sorte non sarà una sfida troppo grossa per le sue forze? questa voglia di conoscere gente diversa, questa voglia di girovagare, non sarà una superbia inutile, un poco frivola e perversa?

Dove andrà a casarsi che ogni casa le pare troppo radicata e prevedibile? Le piacerebbe mettersela sulle spalle come una chiocciola e andare senza sapere dove. Dimenticare la pienezza di un abbraccio desiderato non sarà facile. La chiusa sta lì a ghermire ogni gocciolo di ricordo, ogni mollichella di diletto. Ma ci deve pur essere qualcos'altro che appartiene al mondo della saggezza e della contemplazione. Qualcosa che distolga la mente dalle sciocche pretese dei sensi. «È disdicevole per una signora girare da una locanda all'altra, da una città all'altra senza pace, senza rimedio» direbbe il signor figlio Mariano e avrebbe forse ragione.

Quel correre, quel vagare, quel patire ogni fermata, ogni attesa, non sarà un avvertimento di fine? entrare nell'acqua del fiume, prima con la punta delle scarpe, poi con le caviglie e infine con le ginocchia con il petto, con la gola. L'acqua non è fredda. Non sarebbe difficile farsi inghiottire da quel turbinio di correnti odorose di foglie marce.

Ma la voglia di riprendere il cammino è più forte. Marianna ferma lo sguardo sulle acque giallognole, gorgoglianti e interroga i suoi silenzi. Ma la risposta che ne riceve è ancora una domanda. Ed è muta.

BAGHERIA
[1993]

Bagheria l'ho vista per la prima volta nel '47. Venivo da Palermo dove ero arrivata con la nave da Napoli e prima ancora da Tokyo con un'altra nave, un transatlantico.

Due anni di campo di concentramento e di guerra. Una traversata sull'oceano minato. Sopra il ponte ogni giorno si facevano le esercitazioni per buttarsi ordinatamente in mare, con il salvagente intorno alla vita, nel caso che la nave incontrasse una mina.

Di quella nave conservo una piccola fotografia in cui si vede un pezzo di ponte battuto dal vento e una bambina con un vestito a fiori che le sventola sulle gambe magre. Quella bambina ero io, avevo i capelli corti, quasi bianchi tanto erano biondi, le scarpe da tennis rosse ed ero tenuta per mano da un ufficiale americano.

Ero molto amata dai marines americani, ricordavo loro le figlie bambine lasciate a casa. Mi colmavano di regali: barrette di cioccolata, scatoloni di polvere di piselli, bastoncini di zucchero a strisce bianche e rosse.

Uno di loro mi amò al punto da portarmi in camera sua facendomi fare tre piani di scale a piedi, di corsa, dietro le sue lunghe gambe di giovanotto. Quando, dopo avermi mostrato le fotografie della figlia di sei anni, cominciò a toccarmi le ginocchia, presi il fugone. E feci all'indietro, quasi rotoloni, tutte le scale che avevo fatto in salita con lui. Fu in quell'occasione che capii qualcosa dell'amore paterno, così tenero e lascivo a un tempo, così prepotente e delicato.

La notte sognavo di essere inseguita da un aereo che mitragliava i passanti, cacciandoli come farebbe un falco. Scendeva in picchiata e aggrediva alle spalle, lasciando dietro di sé un poco di polvere sollevata dal frullio delle ali e un sapore eccitato di paura e di fuga.

La morte e io eravamo diventate parenti. La conoscevo benissimo. Mi era familiare, come una cugina idiota con cui si ha voglia di giocare e da cui ci si aspetta qualsiasi cosa: sia un gesto affettuoso che un calcio, sia un bacio che una coltellata.

A Palermo ci aspettava la famiglia di mia madre. Un nonno morente, una nonna dai grandi occhi neri che viveva nel culto della sua bellezza passata, una villa del Settecento in rovina, dei parenti nobili, chiusi e sospettosi.

Al porto abbiamo preso una carrozza che ci avrebbe portati a Bagheria. L'abbiamo caricata di tutti i nostri averi che erano in verità pochissimi, essendo tornati dal Giappone nudi e crudi, con addosso soltanto i vestiti regalati dai militari americani, senza soldi e senza proprietà.

La carrozza prese per via Francesco Crispi, via dei Barillai, via Cala di porto Carbone, in mezzo a mozziconi di case buttate giù dalla guerra. Poi porta Felice con le sue due belle torri, il Foro italico, quella che una volta si chiamava Marina, vicino alla piazza Marina vera e propria dove si tenevano le più grandi feste palermitane, ma anche dove si eseguivano le impiccagioni, gli squartamenti.

Proseguendo, abbiamo imboccato la strada del mare, piena di curve, ancora non asfaltata, fatta di "balati" nei centri abitati e altrove semplicemente bianca di polvere e di terra.

Lasciavamo alle spalle il monte Pellegrino con la sua forma di torre matta, una Palermo tutta detriti e rovine. Ci inoltravamo nella campagna estiva dalle erbe bruciate, i corsi d'acqua secchi e riarsi.

A ricordare quel viaggio mi si stringe la gola. Perché non ne ho mai scritto prima? Quasi che a metterla su carta, la bella Bagheria, a darle una forma, me la sentissi cascare addosso con un eccessivo fragore di lontananze perdute. Una fata morgana? Una città rovesciata e scintillante in fondo a una strada pietrosa, che ad avvicinarsi troppo sarebbe svanita nel nulla?

Stavo seduta fra mio padre, un uomo nel pieno della sua bellezza e seduzione (ho imparato, poi, quanto possa essere seduttiva e assillante una figlia innamorata del padre) e mia madre, fresca e bella anche lei, molto giovane, quasi una ragazza, con i suoi lunghi capelli biondi, gli occhi grandi, chiari. Davanti a me le mie due sorelle: una dalla testa piccola e tornita, gli occhi a mandorla quasi cinesi nelle loro palpebre teneramente gonfie, che sarebbe diventata musicista, l'altra dalle braccia rotondette, la pelle rossiccia tempestata di lentiggini, che sarebbe diventata scrittrice.

Il cavallo magro, un cavallo del dopoguerra che mangia fieno sporco e di poco prezzo, faticava a portarci tutti, sebbene fossimo quasi privi di bagagli. Ma lo stesso mi sembrava di correre a perdifiato su quelle grandi ruote nere e rosse verso l'avvenire. Cosa ci avrebbe riservato la sorte?

Passato l'obbrobrio delle bombe, della fame disperata, avevo perso anche quella assidua frequentazione con la cugina idiota. Sedevo tranquilla sul seggiolino imbottito della carrozza e mi guardavo intorno pensando che tutto era possibile. Annusavo incuriosita gli inusuali odori di gelsomino e di escrementi di cavallo.

A sinistra avevo il mare di un colore crudo, verde vegetale. A destra la piana di ulivi e limoni. Per la prima volta respiravo l'aria dell'isola. Ne avevo sentito tanto parlare durante la prigionia in Giappone. Più che altro si parlava di cibi, dalla mattina alla sera, per soddisfare con la fantasia quella fame che ci prosciugava la saliva in bocca e ci rattrappiva le viscere.

«Ti ricordi la pasta alle melanzane che si mangiava a Palermo? con quelle fettine nere, lucide, sommerse nel pomodoro dolce.» «E quelle altre melanzane che si chiamano "quaglie" perché si vendono cotte, tagliate come se avessero due ali ai lati del corpo e sanno di anice e di fritto?» «Ti ricordi le sarde a beccafico, arrotolate con dentro l'uvetta, i pinoli, quella tenera polpa di pesce che si sfaldava sulla lingua?» «Ti ricordi i "trionfi di gola" che si compravano dalle suore, con la gelatina di pistacchio che sembra entrarti direttamente nel cervello tanto è profumata e leggera.» «E ti ricordi le "minne di sant'Agata", quelle paste in forma di seni tagliati, ripieni di ricotta zuccherata?»

Improvvisamente la carrozza si infilava fra basse case accatastate. Dei cubi bianchi e celesti, senza finestre, con un balcone lasciato a mezzo sul tetto per quando si sarebbe costruito un altro piano. Era Ficarazzi?

Ogni tanto, in mezzo a quell'affollarsi di case minute, una visione improvvisa, un palazzo dal colore rosato del tufo marino, le volute intagliate nella pietra, le statue sul tetto, le grandi scale che si aprono a ventaglio, le finestre finte, le balaustre finte, tutto un gioco di inganni per l'occhio inquieto dei signori di altri secoli, un gioco di pieni e di vuoti che suggerivano chissà quali languidi misteri architettonici.

L'eleganza di un progetto di trompe-l'oeil da una parte, dall'altra la miseria di rifugi di pura sussistenza: muri tirati su con la calce, a braccio, senza neanche l'occhio del geometra a controllare. Sembra che si reggano, quei muri, solo perché si appoggiano l'uno all'altro.

A momenti la strada si infilava dentro i vigneti, non si vedevano che uve appese e foglie di vite. Poi, di colpo, una curva e ci si avvicinava al mare, fino a sfiorarlo. Si vedevano i ciottoli bianchi e l'acqua che fiaccamente li copriva e li scopriva con un movimento lento, dolcissimo.

In Giappone non avevo frequentato il mare. I primi tempi stavamo a Sapporo, fra le nevi di un eterno inverno. In certi giorni di gennaio dovevamo uscire dalla finestra perché la porta di casa era sepolta sotto cumuli ghiacciati. Poi ci eravamo trasferiti a Kyoto dove avevo imparato a parlare il dialetto locale. Poi a Nagoya, sotto le bombe.

Come dimenticare lo splendore sinistro di quelle esplosioni? La notte illuminata da palloni di luce accecante che scendevano lentamente, lentamente, come se non sapessero in realtà se andare verso l'alto o verso il basso. Ma gli aerei sapevano bene cosa farne di quella luce sospesa che serviva loro per ricognizioni notturne e bombardamenti nelle ore in cui tutti dormivano.

Il sibilo delle bombe squarciava l'aria. E poi, ecco, un tonfo lontano. Avevo imparato a distinguere le bombe pericolose da quelle più innocue. E, con la ferocia di chi pensa solo alla sua sopravvivenza che è appesa a un filo giorno dopo giorno, mi godevo la meraviglia di quelle giostre notturne sopra la città vicina. Sapevo che altre notti si sarebbero schiarite anche per noi e ci saremmo precipitati, correndo, dal letto al rifugio mentre schegge assassine volavano come mosche nell'aria tiepida della notte.

Dopo un anno di bombe, con la sensazione di camminare in alto, sopra un filo teso – pronta a perdere la vita come si perde un dente – il piede teso e fermo sul vuoto, i militari giapponesi sono venuti a prenderci per portarci in un altro campo di concentramento, ma questa volta in campagna, dentro un tempio buddista.

Lì ho conosciuto le risaie infestate dai serpenti e dalle sanguisughe. Ho conosciuto l'afa di certi pomeriggi senza cibo in cui il sogno di una pesca succosa e fresca si faceva così vivo da spingerti a mordere la tua propria mano.

Ci si chiedeva se era stato saggio rifiutarsi di firmare per la Repubblica di Salò, senza pensare di coinvolgere «le bambine che non c'entrano niente con la politica». Mia madre diceva che negli occhi di quegli uomini affamati, i compagni del campo, c'era una luce di ossessione cannibalesca quando si fissavano sulle carni tenere della figlia più piccola, di un anno appena.

Mio padre rispondeva che quelle erano le conseguenze dell'antifascismo e bisognava aspettare la fine della guerra, ché certamente gli alleati avrebbero vinto. «E se perdono?» Sapevamo che ci sarebbe toccata una morte brutale, forse una fucilazione. «Non parlarne davanti alle bambine.» «Andrà tutto bene vedrai.» «E se andasse male?»

Li sentivo battibeccare nel buio dell'unica stanza in cui dormivamo tutti insieme, a voce bassa, testardamente. E in cuor mio li consideravo bambini. Preferivo essere lì con loro che altrove senza di loro. Come li avrei protetti e covati, i miei due giovanissimi genitori, che a furia di guardare il cielo non vedevano dove mettevano i piedi. Io mi ero già adattata a giocare con le pietre: quelle grandi erano pietanze grandi e quelle piccole pietanze minute. A volte ci si sfama anche con gli occhi e i sassi erano dipinti con tanta cura. Intanto imparavo a tirare fuori dal sedere certi vermi lunghi e paffuti che si mangiavano quel poco di riso che era il nostro solo nutrimento nel campo.

Il mare non lo conoscevo. Anche se il Giappone è fatto di isole e il pesce e le alghe sono parte essenziale del cibo nazionale. Ma noi ci eravamo rivolti sempre verso l'interno: boschi di aceri dalle foglie stellate (era Karisawa con quelle acque diacce e profumate?), templi dalle colonne di legno laccato di rosso, fiumi dalle sabbie nere sorvolate da nugoli di farfalle giallo limone.

Ora facevo conoscenza con quel corpo materno e sfuggente, maligno e gentile che è il mare e me ne sarei innamorata per sempre. Avrei imparato presto a giocare sulle rocce sfuggendo le onde grosse con un salto, a lanciarmi nei marosi turbinosi un attimo prima che si buttassero feroci contro le rocce, a spigolare sott'acqua in cerca di ricci, ad acchiappare i granchi e i gamberetti nelle pozze d'acqua orlate di croste di sale, coi piedi a mollo fra le alghe scaldate dal sole che mandano un odore bruciante che non si dimentica più.

«Cattolica eccola lì» diceva mia madre, «siamo quasi arrivati.» Una grande villa dalle scalinate eleganti, le finestre come occhiaie vuote, senza infissi, pezzi di muri sbrecciati, uno spolverio di mattoni sbriciolati. Un giardino incolto con le pale dei fichi d'India coperti di polvere, che si fanno largo fra delicati cespugli di gelsomini, improvvise esplosioni di fiori di ibiscus rosso fuoco, bougainvillee d'un viola fosforescente che nessuno curava da anni ma che pure, testardamente, si ostinavano ad aggrapparsi a quei muri in rovina. Più avanti, ecco il grande casermone di cemento: la fabbrica della pasta, con le sue polveri bianche che sbucavano dalle inferriate, sbavavano dalle finestre alte, dai comignoli, ricadendo, annerite dalla strada, lungo le pareti esterne dell'edificio.

A Bagheria si entrava allora dal basso, superando l'incrocio della ferrovia dalle spranghe che chiudevano per lunghi minuti sotto il sole, fra un mulinello di mosche e moschini.

E proprio a quell'incrocio si è fermata la carrozza, davanti al passaggio a livello chiuso. Mio padre è sceso per sgranchirsi le gambe. Il vetturino intanto parlava col suo cavallo, lo incitava a compiere il suo dovere fino in fondo, nonostante il caldo, le mosche, la fatica e quel poco cibo che gli dava per sopravvivere.

A destra, un fico gigantesco, da cui pendevano dei sacchetti grinzosi, imbiancati dalla polvere, sembrava sbarrare la strada alle biciclette che venivano su dall'Aspra. A sinistra, si intravvedeva la stazione con le sue lunghe rotaie luccicanti. Davanti, c'era la salita verso villa Butera, devastata da enormi buche.

Il cavallo dalle costole visibili sul dorso, scuoteva penosamente la testa per cacciare le mosche ma era come se dicesse no alla salita che aveva davanti, no all'asfalto che cedeva sotto gli zoccoli, ammollito dal sole, no all'afa, alla polvere, alla fame, alla fatica.

In effetti la salita l'abbiamo fatta a piedi. Il cavallo non ce la faceva dopo più di quindici chilometri e il vetturino temeva che cadesse svenuto. Così ci siamo avviati per il corso Butera guardando intorno curiosi così come i bagarioti guardavano noi, con altrettanta curiosità, anche se meno disponibili, più astiosi e perplessi. A un certo momento si è sentita la voce di un bambino che gridava: «Talé, a fimmina ch'i causi»! (guarda, la femmina coi pantaloni). Mia madre infatti portava dei larghi pantaloni da viaggio e questo allora era suscettibile di scandalo.

Non si vedevano che rarissime automobili. Più che altro il traffico era composto da carretti tirati da muli, da somari montati da uomini vestiti di scuro, con qualcosa di severo e aggrondato sulla faccia brunita dal sole; da donne che, pur vestite quasi sempre di nero (per la morte del padre: sette anni di lutto; per la morte di un fratello: tre anni di lutto; per la morte del marito: lutto a vita), camminavano leggere e seducenti, da decine di bambini che sciamavano come mosche da una parte all'altra del paese.

A piazza Madrice ci siamo fermati un momento a respirare. Mia madre ci ha raccontato che dentro la chiesa della Madrice c'è una culla in legno dorato che ha la forma di una grande conchiglia sostenuta su dalle ali di un'aquila in volo e tutta contornata di puttini volanti, che è stata regalata dalla principessa Butera al paese di Bagheria. Lei se la ricordava quella culla ma io, poi, per quanto l'abbia cercata, non l'ho mai vista.

Il vetturino che intanto ci aveva raggiunti, camminando anche lui accanto al cavallo, ci ha detto che se volevamo rimontare, lui era pronto. Così abbiamo ripreso la strada che ora piegava verso villa Palagonia, seduti sugli scomodi strapuntini della carrozza.

Corso Umberto mostrava tutta la povertà di un dopoguerra amaro e patito: delle case sbilenche, delle misere botteghe, un convento, una scuola, un caffè composto da una stanzuccia senza finestre separata dalla strada con una tenda fatta di cordelle intrecciate.

La grande attrazione era l'Emporio dove si vendeva di tutto, dal sapone in scaglie alle caramelle di menta, dall'Idrolitina allo zibibbo secco, dalle candele steariche ai porcellini di ceramica stile Walt Disney che a me piacevano tanto e che mia madre trovava "decisamente brutti: e di cattivo gusto".

Fu il primo incontro-scontro con il gusto popolare. «Che cos'è il cattivo gusto?» chiedevo a mia madre. In che consiste la bruttezza? e perché, dopo avere a lungo frequentato libri e oggetti di arte raffinata, si comincia a pensare che il "bello" dei bambini e della gente comune è brutto?

Dopo, per anni, ho inseguito questo pensiero della bruttezza dei più e della bellezza dei pochi cercando delle risposte a domande che ancora sono lì senza un perché. Esiste un'arte che non venga fuori dal distillato di una macerazione del gusto, dal fondo di una conoscenza approfondita della materia, dalle peripezie lunghissime di un tirocinio al bello? Mi ero convinta delle ragioni di mia madre quando il Sessantotto è venuto a sconvolgere le antiche credenze crociane con il sogno di un'arte spontanea e popolare.

Nelle case delle mie compagne di scuola vedevo portalampade in forma di Veneri lascive, portacenere che imitavano una manina a conca, piccoli arazzi dai motivi pastorali, grandi fotografie dei morti colorate a mano, ex voto che rappresentavano pezzi maldisegnati del corpo umano, e altre cose di gusto corrivo. Ma allora mi riempivano di ammirazione, come pure mi innamoravo delle canzoni melense che parlavano d'amore, dei centrini ricamati sulle spalliere delle poltrone, delle scarpe in tinta con la borsa, dei vistosi bracciali d'oro in forma di serpente, del piattino smaltato con su scritto "dopo tre giorni l'ospite puzza".

Non capivo perché a mia madre non piacessero queste piccole delizie del gusto paesano. Mi dividevo diligentemente in due, nascondendo davanti a lei le mie preferenze che invece enfatizzavo in piena libertà davanti alle mie piccole compagne di scuola bagariote.

Per fortuna a casa non trovavo libri della qualità di quegli oggetti, se no li avrei letti tutti, con la fame che avevo per ogni lettura, e mi sarei riempita la testa di fanfaluche.

Ero una forsennata lettrice e divoravo tutto quello che mi capitava fra le mani. Negli scaffali di casa trovavo Lucrezio, Tacito, Shakespeare, Dickens, Conrad, Faulkner, Steinbeck, Dreiser, Melville. Erano soprattutto libri inglesi perché mio padre, avendo la madre irlandese, aveva sempre dato la preferenza ai libri in inglese. Così io passavo da *Topolino* che allora si vendeva in piccole dispense tascabili a Henry James, senza sentirmi spaesata.

In quanto al cinema ricordo ancora la prima volta che a Bagheria riapparve il proiettore, dopo l'incendio del cinema Moderno. La macchina fu piazzata davanti alla chiesa. E centinaia di persone assistettero al grande prodigio di una serie di ectoplasmi bianchicci che si muovevano sulla parete della chiesa in un vociferare di sorpresa.

Poi le cose presero una forma più precisa; al posto della chiesa fu costruita una arena, furono sparpagliate delle seggiole dal fondo di agave intrecciata, fu sollevato un lenzuolo a mo' di schermo e su quello schermo cominciarono a correre, ben riconoscibili, i cavalli dei cowboy americani che inseguivano gli indiani con le piume sulla testa.

Negli anni seguenti fu costruito un vero e proprio cinema con le sedie di legno pieghevoli che, ogni volta che uno si alzava, sbattevano contro la spalliera con un gran fracasso. Man mano che l'amore, i baci, gli abbracci diventavano più evidenti e importanti nella "pellicula", però, le donne venivano escluse dalle proiezioni. Si considerava "immorale" per le ragazze andare al "cinema" anche se accompagnate.

Anni dopo ricordo di esserci andata assieme con mio padre, a vedere un film con Esther Williams che a me piaceva tanto. Gli spettatori erano tutti ragazzi oltre a qualche anziano col berretto calcato in testa. Parlavano a voce alta fra di loro e quando due attori si avvicinavano per un bacio cominciavano a urlare: «Pigghiala, pigghiala», e giù risate, pernacchie, battimani. E per una ragazzina era difficile resistere a quell'atmosfera da casino senza passare per una "scostumata".

Molti anni dopo, negli Ottanta, a Palermo, facendo una ricerca sui teatri della città, sono capitata, assieme alla mia amica architetta Marilù Balsamo, a visitare l'ex teatro Finocchiaro poi trasformato in cinema a luci rosse. E quando ci siamo presentate alla cassa per chiedere di poter vedere l'interno della sala, ci hanno guardate scandalizzati. «Ma paghiamo il biglietto se volete.» «No, le donne qui non possono entrare.» «E perché?» «Perché è un pubblico di soli uomini. Si scandalizzerebbero a vedere una donna. Due poi... e come potremmo garantire la vostra incolumità nel caso vi saltassero addosso?»

Il sesso in rappresentazione non era "cuosa p'i fimmini", né allora né ora.

In quel pomeriggio del '47 il vetturino si è fermato davanti al cancello di villa Valguarnera maledicendo le salite, il caldo e le mosche. Una donna grassa, che poi avrei imparato a conoscere bene, – Innocenza dal riso facile e affettuoso, – ci ha aperto gridando: «Signor Boscu, signora Popopazia, signorina Raci, signorina Ciunka, signorina Ntoni, bene arrivati a Bagheria!».

Avremmo imparato poi, che Bagheria mostrava la sua robustezza linguistica storpiando pesantemente i nomi, tutti i nomi, da quelli delle cose a quelli delle persone. Il signor Boscu era mio padre Fosco, Popopazia era mia madre Topazia, Raci ero io, Ciunka mia sorella Yuki e Ntoni, mia sorella Toni.

Alla villa ci aspettava la nonna Sonia dalla larga faccia pallida e dai grandi occhi neri cerchiati di nerofumo come le eroine dei film di Murnau, il nonno Enrico già “allitticatu” da mesi, la zia Orietta dal sorriso dolcissimo e un tic alla spalla destra che sembrava volesse continuamente dare una spallata al mondo, lo zio Gianni dagli occhi intelligenti e dolorosi.

La nostra sistemazione era nella ex stalla, tre camerette ricavate sotto i portici, con un bagno grande quanto una cabina da spiaggia, e delle finestrelle quadrate che davano sul pollaio.

La nostra gioia più grande stava in una porticina che dava su quattro gradini che ci portavano nel giardino della villa. Se non fosse stato per quel giardino la casa ci sarebbe stata veramente troppo stretta.

Invece, la mattina appena alzate, ci buttavamo giù per i quattro gradini a correre in mezzo alle aiuole profumate, godendo della bellezza davvero straordinaria del panorama della valle di olivi che digradavano verso il mare.

Lì, io che parlavo più giapponese che italiano, ho dovuto familiarizzare con la grammatica attraverso gli azzardi verbali del dialetto. Mescolando l’inglese dei romanzi di mare, i più amati, con il siciliano delle filastrocche e dei proverbi. A scuola non riuscivo a ingranare, e poi non stavo mai attenta. Mi portavo dietro dei libri da leggere. E trascuravo i compiti per andare dietro al Capitano Nemo e alla Balena bianca.

Un prete, un giorno, mi ha stretto forte a sé e mi ha dato un bacio frettoloso sulla bocca. Ho fatto fatica a sbrogliare la matassa della fede e della moralità, dopo quella volta. In casa non erano cattolici. C’era una idea dell’uomo come di un prodotto casuale della natura e del caos, un intelligente discendente della scimmia o “della pulce di mare” come diceva mio padre.

Ma per me le cose apprese a scuola e dalle suore suonavano fascinose e più vicine delle idee un poco astratte dei miei. Perciò coltivavo in segreto un piccolo altare con una statuina della madonna delle più convenzionali – velo celeste, occhi al cielo, faccia impenetrabile, bambino al seno, serpente sotto i piedi – e mi inginocchiavo a pregare anche per "coloro che non sanno".

Nello stesso tempo la guerra mi aveva lasciato una paura insensata della notte e del silenzio. Quando mio padre e mia madre tardavano a tornare, mi torturavo pensando ai loro corpi feriti, sanguinolenti, straziati, spartiti. E finché non sentivo le loro voci non mi tranquillizzavo.

Con le mie sorelle giocavamo ancora, come nel campo di concentramento, con le pietre e con le foglie. Non sapevamo cosa fossero i giocattoli. E quando cominciarono a regalarci le bambole ci sembrarono un lusso non adatto a noi.

Per anni ho nascosto il pane, quando mi avanzava, come i cani. Mettevo in fondo ai cassetti le zollette di zucchero che poi trovavo sfarinate e coperte di formiche. I bocconi di marzapane, avvolti nella carta, li seppellivo sotto gli alberi, con l'idea di andarli a prendere nei momenti di fame.

Ma la fame, quella del campo, era finita. Ora mangiavamo, anche se in modo semplice e povero. La carne solo una volta al mese, la frutta andandola a prendere direttamente dai contadini. Pasta quanta se ne voleva, condita con l'olio e il sale o con l'olio e una alice.

Portavamo le scarpe risolate tante volte, i vestiti rivoltati. Per anni ho avuto un cappotto che era stato ricavato da una vecchia giacca di mio nonno. Una stoffa "di buona lana inglese, indistruttibile" diceva mia madre. Io avrei preferito che fosse stata più distruttibile per potermi comprare qualcosa di nuovo.

Anche il dentista, quello buono, costava e non c'erano soldi. Ricordo una seduta atroce, da un dentista paesano, per togliermi un dente guasto, e lui che tirava, scalpellava, sudava, più o meno come immagino che facessero un secolo fa. L'anestesia era roba da "gran dottori" e i denti me li dovevo togliere come gli altri bambini di Bagheria, con le tenaglie e una caramella in bocca, dopo, per farti smettere di lagrimare.

Mio nonno è morto dopo poco e mia madre e mia zia l'hanno pianto tanto. Era un uomo di grande generosità e gentilezza d'animo. Un uomo di molte letture e di gusti raffinati, filosofo dilettante e perfetto enologo. Noi siamo rimasti ancora lì qualche tempo a litigare con la nonna che non ci amava e non ci sopportava. Finché ci siamo trasferiti a Porticello, in una casa un poco più grande, a dieci metri dal mare.

Di quella casa ricordo il rumore continuo delle onde sulle rocce, a volte aspro, anche minaccioso; il freddo dell'inverno mitigato da una stufa che faceva sempre molto fumo; le mattinate perse fra le rocce a pescare quei gamberetti trasparenti e piccolissimi che si annidano nelle pozze di acqua salata.

Mio padre aveva ripreso a lavorare e col primo guadagno si era comprato una barca a vela minuscola su cui uscivamo insieme in mare. Io rimanevo al timone e lui si tuffava a pescare le cernie fra le rocce. Tornava, come un Tritone, tutto lustro e bagnato, con dei grossi pesci appesi alla cintura.

Poi, tutto si è guastato, non so come, non so perché. Lui è sparito lasciandosi dietro un cuore di bambina innamorato e molti pensieri gravi. E mia madre da sola ha dovuto "crescere le bimbe" in mezzo a cumuli di debiti e di cambiali che regolarmente scadevano togliendoci il sonno e l'appetito.

Il nome Bagheria pare che venga da *Bab el gherib* che in arabo significa porta del vento. Altri dicono invece che Bagheria provenga dalla parola Bahariah che vuol dire marina.

Io preferisco pensarla come porta del vento, perché di marino ha molto poco, Bagheria, sebbene abbia il mare a un chilometro di distanza. Ma è nata, nel suo splendore architettonico, come villeggiatura di campagna dei signori palermitani del Settecento e ha conservato quell'aria da "giardino d'estate" circondata di limoni e ulivi, sospesa in alto sopra le colline, rinfrescata da venti salsi che vengono dalle parti del Capo Zafferano.

Cerco di immaginarla com'era prima del disordine edilizio degli anni Cinquanta, prima della distruzione sistematica delle sue bellezze. Ancora prima, quando non era diventato il centro di villeggiatura preferito dai nobili palermitani, prima delle carestie, delle pesti, in un lontano passato che assomiglia al grembo di una antica madre da cui nascevano le città e le cose.

Polibio parla di grandi distese boscose, due secoli avanti Cristo, quando i Cartaginesi attaccarono gli alleati dei romani "presso Panormo".

Fra il monte Cannita dove pare che sorgesse la città di Kponia, luogo di culto della dea Atena, e il Cozzo Porcara dove si sono trovati i resti di una necropoli fenicio-punica, c'era questa "valletta amena" che poi è stata chiamata Bagheria. Ha la forma di un triangolo con la punta rocciosa del Capo Zafferano che sporge sul mare come la prua di una nave. Un lato comprende i paesi di Santa Flavia, Porticello e Sant'Elia; l'altro lato, il più selvaggio e battuto dal mare era occupato, fino al dopoguerra, solo dal paese dell'Aspra con le sue barche da pesca tirate in secca sulla rena bianca. Al centro, appoggiata fra le colline, in mezzo a una folla di ulivi e di limoni, ecco Bagheria lambita da un fiume oggi ridotto a uno sputo, l'Eleuterio che, ai tempi di Polibio, era navigabile fino al mare.

Lecci, frassini, sugheri, noci, fichi, carrubi, mandorli, aranci, fichi d'India, erano queste le piante più diffuse. E lo sguardo poteva scorrere da un lato all'altro del triangolo fra onde verdi più scure e meno scure immaginando di vedere sbucare da qualche parte un gigante nudo con un occhio solo in mezzo alla fronte.

Oggi il panorama è deturpato orrendamente da case e palazzi costruiti senza discernimento, avendo buttato giù alberi, parchi, giardini e costruzioni antiche.

Eppure qualcosa è rimasta della vecchia grandezza di Bagheria, ma a pezzi e bocconi, fra brandelli di ville abbandonate, nello sconcio delle nuove autostrade che si sono aperte il varco fino al centro del paese, distruggendo selvaggiamente giardini, fontane, e tutto quello che si trovavano fra i piedi.

Mia madre mi raccontava di una certosa, in cui lei era stata da bambina, che stava dentro villa Butera. «Era un piccolo convento in miniatura, con tutte le sale, le cappelle di un vero convento. Entravi e trovavi un fraticello con una brocca d'acqua in mano. Poi ti inoltravi e lungo il corridoio trovavi le celle in cui dei monaci, con la tonaca fino ai piedi, erano intenti a pregare, o a scrivere. Sembravano veri ed erano di cera, riempiti di stoppa. C'era pure un orso imbalsamato che muoveva la testa in mezzo alla sala delle preghiere.

«Le pareti erano affrescate con dipinti nello stile di Velasquez. C'era perfino un vecchio cameriere intento a scopare il pavimento del cortile, con tanto di grembiule e pianelle ai piedi. In una cella più grande, poi, si svolgeva una cena: l'ammiraglio Orazio Nelson e la regina Maria Carolina erano serviti da un cameriere negro. C'era perfino una cucina, con un cuoco che era intento a friggere due uova in una padella. In un'altra stanza c'era Ruggero il normanno che leggeva un libro. E infine, nella sala da pranzo c'era il principe Branciforti, che parlava tranquillamente, seduto a tavola assieme con il re Luigi XVI e Ferdinando I di Borbone... Venivano da tutte le parti a visitare la certosa di Bagheria. E ora?»

Ora la certosa è distrutta. Non so chi e quando abbia compiuto lo scempio. Ma Bagheria ha così poco amore di sé che non conserva neanche le sue memorie più preziose.

Si è sempre pensato che un certo carattere fosco, una certa mentalità arsa e aggrondata delle genti siciliane corrispondesse alla terra che le ha generate. La violenza di un certo modo di fare politica non poteva che abbinarsi a queste rocce grigie e aspre e inaccessibili, a questo mare ostile e troppo prepotente, a questo paesaggio ruvido e secco, arido e mortuario, alle grandi distese di campi di grano, senza un albero, un rifugio dal sole, ai muri irti di spine, sulle cui rovine nasce l'agave che alza il suo bellissimo collo verso il cielo, in un trionfo di fioritura profumata solo nel momento straziante della sua morte.

E invece poi, a leggere gli antichi che hanno scritto dell'isola, si scopre che non sempre è stata così. Si scopre che qui scorrevano acque rigogliose e boschi dai grandi alberi fronzuti sotto le cui ombre riposanti passeggiavano laboriosi individui. I quali parlavano una lingua che oggi risulterebbe incomprensibile, mangiavano pane cotto sulle pietre e bevevano vino diluito con l'acqua e il miele, ridevano di chissà che rivelando denti candidi e occhi profondi.

Sotto quelle fronde hanno camminato i fenici – forse, mi si dice, sono stati loro a dare il nome a Bagheria da una parola fenicia, *Bayaria*, che significa ritorno – così mi dicono, ma è difficile sapere qual è la verità. Le etimologie sono a volte misteriose.

Sotto quelle fronde hanno camminato anche i greci e i latini. E infine gli arabi dal piede leggero e le vesti lunghe, di cotone ricamato.

Gli arabi hanno portato in Sicilia il baco da seta, il cotone, il cedro, i limoni e la canna da zucchero. Gli spagnoli, anzi, i portoghesi assieme ai loro cavalli e ai loro guerrieri, la coltivazione dell'arancio dolce detto portuallo. Le arance originali erano amare e si usavano solo per fare i canditi.

Da bambina, andavo a caccia di gelsi, con un gruppo di bambini bagarioti, nei campi intorno alla villa. Ci macchiavamo i vestiti e per questo venivamo rimproverati dalle madri. Ma quei frutti gonfi, teneri, che tingevano la lingua di blu e di rosso, erano irresistibili.

Oggi non ci sono più gelsi nella zona di Bagheria, li hanno tutti tagliati. Ma sul molo di Mondello, la marina di Palermo, ancora oggi si possono trovare dei fruttivendoli che, per pochi soldi, ti mettono in mano un cartoccio di carta da zucchero con dentro una manciata di gelsi succosi e profumati.

Il gelso è stato anche l'albero della mia consolazione durante i due anni di campo di concentramento a Nagoya. Ogni giorno ci mettevano in fila e ci contavano, i guardiani del campo. Ma qualche volta si dimenticavano di noi bambine e di queste dimenticanze io approfittavo per crearmi un varco fra i fili spinati e correre dai contadini a lavorare per qualche ora, contenta di ricevere, alla fine, una cipolla, un pezzo di *daikon* (rapa bianca), che giaceva poi nel piatto come un morticino, bianco e storto con quel sapore di acqua marcia che detestavo. Ma era meglio della fame.

Il *daikon* assomiglia anche al Gin Seng che a sua volta fa pensare a un ometto nano dalle braccia sottili e le gambe filiformi. Un ometto o anche un neonato dalle membra bianchicce e molli.

Ma non si dice che fosse così anche la mandragora? Quante notizie confuse si stratificano nella memoria. E spesso non andiamo a verificare. Oggi so che la mandragora è «un'erba velenosa dalle radici tuboflorali con fiori bianchi, foglie seghettate e grosse radici alle quali un tempo si attribuivano virtù magiche».

Nel Trecento si chiamava ancora "mandragora", come io credevo che si chiamasse. Poi invece, non si sa come è diventata la "mandragola". Eppure i latini pronunciavano *mandragoram* e i greci *mandrágoras*. Ma forse, si insinua, la parola viene dal persiano *mardum-gia* che vuol dire pianta dell'uomo.

In campo di concentramento ho capito il rapporto che si può stabilire – ironico e profondo – fra il cibo e l'immaginazione magica. È la carenza che fa galoppare i sensi e trottare la fantasia. La mancanza sta all'origine di tutti i pensieri desideranti. E anche di tutte le deformazioni più o meno segrete del pensiero.

I *daikon* avevano il potere di farmi piangere. Ma pure sapevo che era la sola fonte vegetale che arrivasse sul nostro tavolo una volta ogni tanto e bisognava approfittarne.

Ricordo ancora come sedevo inerte, sconsolata e in preda all'odio, di fronte a una scodellina di *daikon* bolliti, mentre le lagrime sgorgavano da sole e scivolavano giù per le guance scavate, rotolando veloci verso il grembo.

Il *daikon* lo vedevo maligno, bianco, dispettoso, anche se portatore di salute. Le sue radici scatenavano nel mio povero stomaco vuoto delle vere tempeste dolorose. Perciò rimandavo il momento di metterle in bocca. Il *daikon* se ne stava lì, chiotto, chiotto, nel piatto e si fingeva morto. Ma non lo era. *Daikon* non fa pensare a *daimon*? Un piccolo demone dalle carni apparentemente innocenti e candide, di una innocenza artefatta che si mimetizzava con la povera ceramica del campo.

Quando potevo correre fra i contadini ero contenta. Infilavo le mani di bambina dentro l'enorme cesto in cui gli uomini avevano gettato le foglie dei gelsi. Le tiravo su, leggere e un poco pelose, le distendevo sui letti dei vermi. Quegli esserini ciechi e permalosi che se ne stavano chiusi nei bozzoli fatti di una materia molto simile alla tela di ragno, che si incollava alle dita ed emanava un leggero odore di farina e di erba tagliata erano i bachi da seta.

Alle volte mi trovavo dentro il palmo un baco non ancora chiuso nel suo nido di bave opache. Ricordo la straordinaria morbidezza di quel corpicino, quasi una carne fatta di nuvola. Le mie mani conservano bene i ricordi di ciò che toccano. Sono mani piccole, laboriose, asciutte, dalle unghie sempre tagliate cortissime, le vene in rilievo come di chi le usa molto (e io con la mia tastiera elettronica vado avanti e indietro per ore e ore al giorno), il mignolo molto più corto e minuto delle altre dita. In effetti, ho faticato a imparare a distribuire il peso delle dita sui tasti. Per usare anche il mignolo dovevo sbilanciare la mano piegando il polso in fuori. Alla fine ho deciso di farne a meno e ora scrivo con otto dita tralasciando il mignolo.

Quella mollezza farinosa, tiepida, del baco da seta, quasi sul punto di sfaldarsi sotto le dita, l'ho ritrovata quando ho stretto in una mano il primo sesso maschile della mia vita.

Era un amico di famiglia che, come aveva fatto a suo tempo il marine americano, ha approfittato di un momento in cui eravamo rimasti soli, per aprirsi i pantaloni e mettermi in mano il suo sesso. Io l'ho guardato con curiosità, per niente spaventata. Eravamo a Bagheria, e io avevo una decina d'anni. Poiché non pretendeva di toccare il mio corpo, cosa che aborrivo, ma con fiducia e delicatezza mi mostrava il suo, non me la sono presa a male. Era il primo pene che vedevo. Curioso che la parola pene sia così simile alla parola pena. Chissà che scegliendo di dire pene non si volesse insinuare che il portatore di pene è anche un portatore di pena. Ma questo è un azzardo linguistico.

Il primo pene portatore di una piccola pena, nel senso che certamente io ero bambina e lui mi imponeva il suo corpo di adulto, anche se senza violenza, è stato quest'uomo che poi era un buon amico di famiglia e frequentatore usuale della casa.

Fino ad allora avevo solo intravisto una volta il pene di mio padre, ma era in posizione di riposo e soprattutto non mi veniva offerto. Anzi lui si era vergognato del mio guardare e si era ricoperto subito con imbarazzo. Non era spudorato il mio amato padre. E per tutta la mia infanzia, l'ho amato senza esserne ricambiata. È stato un amore solitario il mio. Vegliavo su di lui, sulle sue impronte mai ripercorse, sui suoi odori segreti.

Essendo lui sempre in viaggio, sempre lontano, trasformavo le mie attese in architetture complicate e aeree, tra il miraggio cittadino e la voglia di un sogno a occhi aperti. Quando tornava da uno dei suoi viaggi, io annotavo con pignoleria gli odori che si era portato dietro: di vecchie mele (l'interno dei sacchi da montagna chissà perché ha sempre quel fondo di mela, forte, acido, incancellabile), di biancheria usata, di capelli scaldati dal sole, di libri scartabellati, di pane secco, di scarpe vecchie, di fiori macerati, di tabacco di pipa, di balsamo della tigre contro i reumatismi.

L'insieme non era cattivo, anzi era dolce e inconfondibile, era il suo odore che ancora oggi mi fa sobbalzare quando lo sento in qualche angolo di casa, in qualche vestito vecchio, in qualche sacco da montagna messo da parte. Era l'odore di un uomo solitario, insofferente di ogni legame, di ogni impegno, che viaggia in continuazione da un continente all'altro. Un pellegrino dai gusti semplici e spartani, abituato a dormire per terra, a cibarsi di niente, astemio, sobrio, ma capace anche di grandi mangiate e grandi bevute se fatte in buona compagnia, in cima a una montagna o dentro una capanna abbandonata fra le rocce vicino al mare. Qualche volta fumava la pipa ma l'odore del tabacco non lo ritrovavo nei suoi abiti. Solo qualche volta nel "ruc sac" come veniva chiamato in famiglia. In campo di concentramento lui e gli altri uomini fumavano le foglie di ciliegio arrotolate. Il sapore pare fosse amaro e bruciante. Ma l'odore mi piaceva: era leggero e profumato di fiori.

L'ho amato molto questo mio padre, più di quanto sia lecito amare un padre, con uno struggimento doloroso, come anticipando in cuor mio la distanza che poi ci avrebbe separati, prevedendo la sua vecchiaia che mi era già intollerabile da allora, immaginando la sua morte di cui non mi sarei mai consolata, ma di cui scorgevo l'ombra fra le sue ciglia delicate, fra i suoi pensieri selvaggi, negli angoli delle sue labbra sottili e delicate.

«Cos'è questa cosa bianca che esce dal tuo corpo?» ho chiesto all'amico di famiglia che si piegava in un sussulto di piacere mentre il baco cresceva fra le mie mani e poi, dopo un fremito, tornava a rimpicciolirsi lasciando sul mio palmo di bambina un liquore bianchiccio e appiccicoso.

Lui ha sorriso. Non ha saputo rispondermi. O forse ha detto qualcosa come "lo capirai dopo, da grande". Per un momento avevo pensato a una malattia, una eruzione purulenta, qualcosa di inaspettato e segreto che minacciava la sua salute. Poi, ero stata talmente stupita dalla rapida metamorfosi del piccolo baco che avevo pensato: "deve avere mandato giù un pezzo di fungo, come Alice. Ora ne mangerà un altro pezzetto e tornerà a farsi grande, robusto". Doveva esserci qualcosa di capriccioso e imprevedibile in quel crescere e decrescere, in quel gonfiarsi e sgonfiarsi della carne di un adulto. E non sapevo ancora che si chiamava pene.

Per giorni e giorni, poi, l'amico di famiglia non si è fatto più vivo. E io ripensavo con un misto di disgusto e di curiosità a quel suo corpo piegato in avanti, a quel fiotto di latte che mi aveva imbrattato le mani, a quella faccia vergognosa che si chinava, si chinava stranamente su di me, senza però toccarmi, come se con quella vicinanza distaccata ribadisse la sua profonda estraneità a quello che stava facendo.

Che avesse messo il suo baco così morbido e indifeso fra le mie mani bambine lo considerai allora un gesto di fiducia estrema di cui non potevo che inorgoglirmi.

Quando lo vidi, qualche tempo dopo, si mostrò severo e scostante con me. Mi rimproverò di essere una «bambina troppo sveglia», troppo curiosa, «portata alla scostumatezza». E riuscì a convincere mia madre, tanto da indurla a togliermi e a buttare via un vestito senza maniche e corto sulle gambe a cui ero molto affezionata, per farmene un altro lungo, a pieghe che mi stava da cani.

Anni dopo, fra il '70 e l'80 mi sono trovata, con delle amiche, a fare degli incontri di "autocoscienza" così li chiamavamo allora e costituivano l'ossatura del movimento delle donne. Ci si riuniva, a pranzo o a cena, quando eravamo libere dai rispettivi impegni di lavoro e parlavamo, ma con qualche metodo, dandoci dei tempi e analizzando a vicenda le nostre esperienze più lontane che riguardavano la scoperta del sesso, dell'amore, l'incontro con la violenza, col desiderio di maternità, eccetera.

In quell'occasione scoprii che la cosiddetta "molestia sessuale" da parte degli adulti sui bambini era una cosa comunissima, ben conosciuta a tutte o quasi tutte le bambine. Le quali spesso tacciono per il resto della vita, impaurite dalle minacce, dalle esortazioni degli uomini che le hanno portate negli angoli bui. Sentendosene in colpa, sempre, quasi fossero state loro ad allungare le mani, a concepire pensieri proibiti, a forzare la volontà ancora incerta degli uomini anziché il contrario. Alle prese, una volta svelato il fatto, con madri incredule e portate ad addossare tutte le colpe alle figlie anziché ai mariti, agli amanti, ai cugini, ai fratelli, agli amici di famiglia.

Tale è la rimozione che alcune proprio se lo dimenticano, ma sul serio e ci vogliono anni di analisi per tirarlo fuori. Una mia amica londinese ha scoperto, dopo dieci anni di analisi, che da bambina era stata violentata dal nonno. Ma l'aveva "dimenticato" opportunamente, per la buona pace della famiglia, e per non dispiacere a sua madre.

Sapere che non era una esperienza solitaria e isolata, che c'era dietro un metodo, delle tecniche sempre simili per tenere in silenzio le bambine, chiuse dentro i loro segreti "sporchi" come se fossero le garanti della tentennante felicità familiare, è stato un sollievo e una fonte di conoscenza reciproca, l'inizio di un discorso comune sulla violenza antica del mondo dei padri che hanno sempre considerato proprio diritto, per sorte familiare, la proprietà e la manipolazione delle femmine di casa.

"La senia o noria oggi in disuso, era costituita da un sistema di secchielli inseriti in un nastro a catena che ruotavano con un congegno meccanico, a trazione animale (di solito asino o mulo) a mezzo di una manovella girata a mano per tirare dai pozzi l'acqua per l'irrigazione dei campi", leggo nel libro di Oreste Girgenti su Bagheria, il solo libro organico che racconti la storia della cittadina.

Un uomo onesto questo Girgenti, meticoloso e molto amante della sua terra. Anche se si indovina, dietro le sue ricerche accurate, il terrore di offendere i notabili del paese, che siano sindaci, o prelati o nobili o "emeriti professori". Un libro accurato e rassicurante, di assoluto ossequio alle "autorità".

Nel libro compare la data del 1985 ma immagino che si tratti di una ristampa perché sembra uscito dai cassetti di uno studio dell'Ottocento. Anche le fotografie sembrano a cavallo del secolo, con il loro sobrio bianco e nero, e mostrano una Bagheria ormai inesistente, commovente nelle sue sfilate di scolaresche del Convitto Manzoni, o negli scorci di ville viste da lontano, sprofondate in mezzo agli ulivi che sono stati tagliati per lo meno da mezzo secolo.

Niente ci viene detto, da parte dell'onesto Girgenti, sullo scempio delle ville di Bagheria che pure lui ama e ammira.

"Tutto è cominciato con un esproprio voluto dal Comune di Bagheria verso la metà degli anni '50", scrive Francesco Alliata, uno dei pochi fra i miei parenti che ha dimostrato una coscienza civica, assieme alla giovane nipote Vittoria. "Non fu possibile da parte di mia zia Caterina e di mio fratello Giuseppe di convincere il Comune a usare un'altra area vicina."

Il pretesto era la costruzione di una scuola elementare. Ma chiaramente si trattava di una scusa perché la scuola si sarebbe benissimo potuta costruire un poco più in là, mentre le terre vincolate che contornavano villa Valguarnera facevano gola a chi voleva costruire in pieno centro di Bagheria. Uno dei preziosi "polmoni verdi", uno degli spazi più deliziosamente arredati dai giardinieri di tre secoli fa è stato così brutalmente "ripulito" dei suoi alberi secolari, delle sue fontane, dei suoi vialetti, delle sue statue, delle sue balaustre in arenaria, per fare spazio a una orribile scuola che non ha nessuna vera necessità di stare dove sta.

Ma si trattava di una prima mossa, apparentemente nata da una considerazione di bene comune – chi si sarebbe opposto alla costruzione di una scuola pubblica? – per poi fare seguire le villette e i palazzi.

Che la zona fosse vincolata da precise leggi per la difesa del paesaggio, dei monumenti e del verde pubblico non preoccupa nessuno. All'esproprio segue la costruzione di una strada e poi di un'altra strada, più larga e infine ecco le lottizzazioni selvagge.

Solo nel '65, a scempio avvenuto, per volontà del Partito comunista di Bagheria viene costituita una Commissione d'inchiesta presieduta dall'onorevole Giuseppe Speciale. Essa, dopo avere indagato con scrupolo per mesi, compila una serie di relazioni davvero angosciate e allarmanti in cui si denunciano, con nomi e cognomi, coloro che hanno contribuito allo sfacelo del primo e del secondo polmone verde di Bagheria per favorire quelli che a Roma si chiamano "palazzinari", con la complicità a volte sfacciata, a volte sorniona e nascosta degli uomini del governo locale: sindaci, consiglieri comunali, assessori, tecnici eccetera.

"L'Amministrazione comunale", scrive Rosario La Duca, uno dei più attenti osservatori delle cose siciliane, "ha volutamente ignorato gli strumenti di legge che erano predisposti nel tempo, ha favorito la speculazione privata, ha dato un eclatante esempio di malcostume politico e di corruzione [...] Dopo villa Butera, il massacro urbanistico di Bagheria prosegue senza pietà... l'Amministrazione oggi, con questa inchiesta, viene chiamata a rispondere di fronte alla magistratura di gravi imputazioni che emergono dai risultati dei lavori di una commissione d'inchiesta scrupolosa e vigile."

Qualcuno ha accusato Francesco Alliata di essere coinvolto anche lui e di avere partecipato, attraverso sua zia e sua cugina Marianna Alliata, alla svendita del "polmone verde". "Ma se anche i miei congiunti furono colpevoli", risponde saviamente lui, "era comunque dovere di una Amministrazione comunale seria e responsabile impedirlo in quanto custode ed esecutore per legge dei vincoli imposti dallo Stato."

Ho avuto fra le mani, grazie all'amicizia di una delle persone più oneste, amabili e intelligenti di Bagheria, il professor Antonio Morreale, appassionato studioso della storia di Sicilia, le relazioni della Commissione di inchiesta sull'attività dell'Assessorato ai Lavori Pubblici del Comune di Bagheria fatte nel 1965.

A leggere queste carte si rimane stupefatti dalla sfacciata arroganza, dalla sicurezza dell'impunità che accompagna le azioni di questi amministratori comunali senza scrupoli e senza vergogna.

"La manipolazione più grande dei terreni vincolati di Bagheria", raccontano i commissari, "avviene nel luglio del '63." Il personaggio che sbuca appena qualche pagina più avanti e che continuerà ad apparire dietro ogni contratto ambiguo, dietro ogni progetto, ogni lottizzazione è un altro, un certo ingegner Nicolò Giammanco. Un protagonista oscuro, minaccioso, tenace, che riesce, con le buone e con le cattive, a costringere tutti al suo volere. Ha qualcosa del demone, ma di un demone "meschino", molto simile al personaggio segreto e infelice di Sologub.

Vengono interrogati i consiglieri comunali, i sindaci, ma nessuno sa niente, né ricorda niente. Altri si rifiutano perfino di andare a rispondere. Si barricano in casa, si danno malati, o sono "partiti".

Uno dei segretari del Comune dichiara candidamente "di non ricordare di avere mai partecipato a una riunione della Giunta nel corso della quale si sarebbe discusso del prezzo concordato per l'area su cui sorge la scuola, nonché sull'ampliamento della zona da edificare al di là del limite segnato dal piano di fabbricazione. E soggiunge che probabilmente di questo argomenti si parlava dopo che gli argomenti regolarmente iscritti all'ordine del giorno erano stati esauriti ed egli di conseguenza si allontanava".

Ma dove andava? nel corridoio "a fumare una sigaretta"? o si chiudeva nel cesso aspettando che finissero di manomettere il piano approvato dai consiglieri, oppure se ne andava a casa? Questo non è detto nelle carte dei commissari.

"Il fatto", dichiara il segretario comunale, "avveniva spesso e ricordo che tutte le volte che in Giunta venivano discussi argomenti relativi ai Lavori Pubblici la Giunta chiamava ad assistervi un funzionario dell'Ufficio Tecnico e che questo funzionario era quasi sempre l'ingegner Giammanco."

Il sindaco, a sua volta interrogato, dice di non saperne niente. Tutti cascano dalle nuvole quasi che la Giunta fosse fatta di soli corpi vuoti, i cui cervelli e le cui memorie rimanevano fuori della porta.

Ci sono dei fatti, fra quelli raccontati dalla Commissione, che sfiorano il grottesco e farebbero ridere se non ci fosse da piangere per i risultati che ne sono seguiti, di impoverimento ai danni dei cittadini di Bagheria, di rovina delle bellezze e quindi delle ricchezze del paese, di distruzioni architettoniche e ambientali.

Il Comune, tanto per dirne una, concede a un dato momento il permesso di costruire un liceo, in piena zona vincolata, a una certa ditta Barone. La ditta comincia a buttare giù alberi antichi. Scava e butta cemento. Dopo qualche mese il Comune "si accorge" che i lavori non possono più andare avanti perché la zona è vincolata e per legge non vi si possono costruire edifici né pubblici né privati.

La ditta Barone giustamente chiede i danni. I magistrati danno ragione alla ditta e il Comune è chiamato a pagare poiché, "pur conoscendo e dovendo conoscere il vincolo di cui sopra, contrattò con il Barone in condizioni tali da rendere quanto meno prevedibile l'intervento delle competenti autorità per il rispetto del vincolo con la conseguente necessità di sospendere i lavori già iniziati e di rimaneggiare il progetto".

Ma tutti sanno che è un incidente di percorso, non grave, che si troverà un rimedio alla pretesa della giustizia. Qualche intimidazione, qualche erogazione di denaro nero e i lavori ricominciano ben presto. In piena zona vincolata, senza il permesso della Soprintendenza vengono piantate le fondamenta di mostruose costruzioni a dieci piani. E i progetti sono regolarmente approvati da Assessori, Commissioni edili, Uffici Tecnici del Comune.

In ognuno di questi progetti si trova però lo zampino dell'ingegner Giammanco. La Commissione addirittura ha scoperto che "da un sopralluogo effettuato nella zona risulta che una parte della strada è recintata con la proprietà dell'ingegner Nicolò Giammanco".

Il quale Giammanco intanto è diventato amico della principessa Alliata e con lei progetta un'altra sede di lotti "a monte della via Seconda malgrado il vincolo esistente dalla stessa Alliata portato a conoscenza del Comune in una lettera del 24.8.57".

La Commissione scopre che spesso i permessi dell'Ufficio Tecnico, che è diretto dall'ingegner Trovato, vengono scritti di pugno dall'ingegner Giammanco e poi firmati dal suo capo. Inoltre "tutte le pratiche risultano incomplete: il rilascio delle licenze è irregolare, mancano i visti della Soprintendenza, manca il deposito in Prefettura dei calcoli in C.A. [Cemento Armato], mancano tracce delle riunioni regolari della C.E. [Commissione Edilizia], manca il pagamento dei contributi dovuti per la Cassa di Provvidenza Ingegneri e Architetti".

Tutti i contratti con privati risultano essere stati scritti alla presenza del notaio Di Liberto Di Chiara di Bagheria, "assistito dal professionista Nicolò Giammanco che è indicato dagli stessi come 'consulente tecnico'".

Quindi un controllo totale della situazione speculativa delle aree vincolate.

"Alcuni di questi lotti risultano inoltre acquistati dallo stesso ingegner Giammanco."

La Soprintendenza, messa all'erta dalle relazioni della Commissione (ma possibile che non se ne fosse accorta prima?), dichiara che non darà mai il permesso di costruire nelle zone vincolate. Ma nessuno evidentemente tiene conto delle dichiarazioni della Soprintendenza, poiché le "Amministrazioni comunali proprio in quel periodo autorizzavano la nuova lottizzazione sulla strada Seconda e lasciavano che si costruissero nuovi palazzi in zona verde".

Insomma le relazioni della Commissione, come le parole della Soprintendenza sono rimaste lettera morta. I lavori hanno continuato a imperversare, e i due polmoni verdi di Bagheria sono stati "mangiati in due bocconi". Al loro posto abbiamo una scuola elementare tirata su in un deserto di terra e fango, un liceo che non è mai stato finito e, per di più, un mare di case nuove, affastellate in dispregio di ogni regola architettonica e urbanistica.

Alla fine, quando le carte della Commissione sono state rese pubbliche e se ne è parlato anche sui giornali, anziché punire i colpevoli e riparare (nei limiti del possibile) ai danni fatti, si è risolto tutto con una sanatoria, un condono che mandava assolti gli speculatori con una piccola multa. Per la precisione: il signor Nicolò Giammanco è stato prosciolto nel '73 dalle accuse di interessi privati in atti di ufficio e falsità ideologica per amnistia e per insufficienza di prove e, nel '75, avendo lui ricorso in Appello, il suo caso è stato giudicato "inammissibile" e il signor Giammanco è stato condannato a pagare le spese di giudizio.

In questo modo le straordinarie ville settecentesche di Bagheria, che sono fra le più preziose ricchezze della Sicilia, sono state private dei loro contorni, rimanendo lì, in mezzo alle case, come testimoni intirizziti e malmenati di un passato che si ha fretta di distruggere.

Basti pensare ai famosi mostri in pietra arenaria della villa Palagonia, tanto originali e stravaganti da avere chiamato, ad ammirarli, a fotografarli, a scriverne, gente da tutto il mondo. Ma mentre una volta questi capolavori del grottesco barocco si stagliavano elegantemente contro il cielo, oggi sono come inghiottiti da una cortina di case, di appartamenti arrampicati gli uni sugli altri disordinatamente.

Ho chiesto al professor Nino Morreale se oggi l'atmosfera a Bagheria è cambiata. E lui mi ha risposto: «Finché un magistrato non si deciderà a studiare a fondo gli atti dell'amministrazione di Bagheria, e finché tutto rimane affidato alla buona volontà dei pochi cittadini che si prendono questa briga, non ci sono molte possibilità di cambiamento».

Queste fotografie delle ville di Bagheria sono state fatte probabilmente con una vecchia Leica, come quella che usava mio padre. Il mirino che sporge come un piccolo cannocchiale, il corpo metallico chiaro con le rifiniture in ferro nero, una vestina di pelle butterata. Esposizione, velocità, distanza. Ogni cosa si regolava a mano e le foto risultavano precise, col disegno in bianco e nero nitido e pulito, come una incisione a punta secca.

Grande fotografo, occhio di lince, la cosa curiosa di mio padre è che, pur avendo tante capacità, non ha mai voluto insegnarmi niente. O forse sì, quando ero proprio una bambina di quattro o cinque anni, un giorno mi fece capire il principio della moltiplicazione e della somma.

Ma quando si è trattato di imparare a nuotare mi ha semplicemente buttata in mare dicendo: «Nuota». E in montagna mi ha detto: «Cammina» e sulla neve, che pure lui conosceva così bene, mi ha detto: «Vai, scendi». Solo che per sciare occorre un poco di conoscenza tecnica, e quella l'ho imparata da grande, per conto mio, pagando un maestro.

C'era fra noi un pudore curioso, qualcosa di mai detto che improntava i nostri rapporti da "compagni". Così lui li aveva impostati. Come se non ci fossero differenze di età fra di noi, come se insieme decidessimo il sabato mattina di andare a fare una gita in montagna di sei ore, una vogata in mare, sotto il sole, di quattro ore, una nuotata nelle acque gelide del fiume, di un'ora.

L'esempio doveva bastare. E a volte bastava, anche se presumevo delle mie forze. Mi buttavo e facevo del mio meglio per stare a galla. Una volta mia madre gli diede uno schiaffo che lui non ricambiò, quando mi riportò a casa da una gita in montagna che era durata sette ore, nel gelo e io avevo la febbre alta e le labbra violette, i piedi quasi congelati.

Un'altra volta, invece, gli ho salvato la vita. Lui doveva partire la mattina presto per una gita in montagna con degli amici. Ma io stavo male, sembravo in delirio. Lui disse ai suoi amici di andare avanti che lui li avrebbe raggiunti un giorno dopo. Gli amici sono partiti, sono stati travolti da una slavina e sono morti tutti.

Fra noi doveva esserci solidarietà prima di tutto. Un che di cameratesco e spavaldo. Una esaltante fronda alle regole del buon senso familiare. Come due compagni di viaggio, due sportivi, due amici per la pelle, dovevamo intenderci con un solo sguardo. Le parole erano di troppo e infatti parlavamo pochissimo.

Con me rideva, correva, giocava, facevamo gli esploratori, ma sul serio, aprendoci la strada in mezzo alle foreste, risalendo i fiumi, affrontando il mare rischioso. Ma non parlava. Come se nelle parole ci fosse qualcosa di limitativo e di volgare. O per lo meno nel pronunciarle ad alta voce. Perché il pensiero era considerato "nobile". E la scrittura nobilissima. Infatti lui scriveva, come aveva scritto sua madre, mia nonna, la bellissima Yoi, mezza inglese e mezza polacca che aveva fatto innamorare di sé tanti uomini del suo tempo.

Era lecito scrivere, non parlare, ecco il comandamento non pronunciato che vigeva fra di noi. E io stavo alle regole. Che facevo mie con tutto l'amore di cui ero capace. Ma scrivere cosa?

In vita sua mio padre non è mai uscito dalla scrittura etnografica. I suoi sono libri dalla impostazione scientifica. Di quella scienza che lui amava di più, che sta in bilico fra l'antico umanesimo e la nuova tecnologia. Una scrittura che è osservazione e analisi, nello stesso momento in cui è invenzione e racconto.

Mentre io avrei scelto l'affabulazione pura, fuori da ogni pretesa scientifica, che non fosse la scienza stessa della scrittura.

Ho cominciato con lo scrivere poesie, che riguardavano tutte lui. E poi, con fatica, il mio sguardo si è spostato verso altre teste, altri odori, altre nuche, altri sorrisi. Ma con che riluttanza! Quasi che il mondo si esaurisse in quel suo camminare ciondolante e deciso, in quel suo tossire imbarazzato, in quel suo partire di prima mattina verso il futuro che era lontano e sconosciuto e assolutamente mirabile.

Andavo leggendo tutti i libri di poesia su cui riuscivo a mettere le mani. Ricordo una edizione di Baudelaire dalla copertina di tela azzurrina e la costola rotta che io riattaccavo, ogni volta che si rompeva, con la colla di farina.

"J'ai longtemps habité sous des spacieux portiques"... Ma ora ricordo che questo verso lo ripeteva sempre Alberto, l'altro padre-figlio, compagno di viaggi che ho amato nella mia vita.

Ricordo le traduzioni dei lirici greci fatte da Quasimodo. E i versi di Emily Dickinson che mi ripetevo in inglese, a voce bassa, cercando di carpire il segreto di quel ritmo di ballo lento, succoso, solenne ma anche bizzoso e imprevedibile, quasi che in mezzo a una processione con tanto di ceri e stendardi si fosse messa a fare le capriole la mite Emily sempre vestita di bianco.

Capivo che la poesia non era molto diversa da quei rompicapi di geometria che la prima volta mi lasciavano la bocca amara. Invece poi, nello scoprirne i meccanismi nascosti, ero presa da una euforia senza nome.

Era la divisione inaspettata dello spazio, le regole che questa divisione si dava, il suo sottrarsi e moltiplicarsi sotto gli occhi stupiti, dentro misure che combaciavano perfettamente. Era questa sorpresa formale che mi prendeva alla gola. Perché una parola può suscitare allegria, ilarità, pace, se composta con un'altra parola in un modo che ogni volta è diverso e imprevedibile nonostante il loro stare dentro le regole convenzionali del linguaggio?

A mio padre non ho mai chiesto niente che riguardasse la scrittura. Mi sembrava che il suo essere lì, seduto al tavolo, con la schiena rivolta alla porta che pretendeva sempre chiusa, il suo chiedere ostinatamente silenzio fossero una risposta di estrema serietà e rigore professionale.

Erano anni in cui confondevo i sogni con la realtà. Facevo dei sogni precisi e lucidi che era difficile distinguere dalle cose di tutti i giorni. Erano per lo più sogni di viaggi, di avventure, di accadimenti straordinari in cui mi crogiolavo con lo spirito di una piccola Alice pronta a precipitare nel pozzo buio pur di scoprire qualcosa di nuovo e divertente.

Sognavo anche di volare. Per quanto soffrissi di vertigini, questo mio volare da un tetto all'altro, come una rondine affannata, mi dava strizze di paura e di piacere.

Sognavo che mio padre, le rare volte che tornava a Bagheria, mi portava con lui dentro la bocca della balena di Pinocchio dove avremmo letto insieme dei libri e bevuto del vino seduti a un tavolo che traballava sulla lingua rasposa del cetaceo mentre da fuori ci raggiungevano gli spruzzi marini. Questa scena, è inutile dirlo, stava nel mio libro di Collodi e mi piaceva proprio per quel tanto di marino, di casalingo, di consuetudini familiari che conteneva, anche se la situazione, all'interno del ventre della balena, era decisamente stravagante. In qualche modo avrei voluto che lui fosse mio figlio per poterlo tenere chiuso nel ventre anziché vederlo sempre ripartire per luoghi lontani e difficili da immaginare.

"Nel 1400 a Bagheria si ebbe una sensibile trasformazione agraria", scrive il diligente Girgenti. "Venne incrementata la coltivazione dell'ulivo, dei vigneti e della canna da zucchero. Nel 1468 Pietro Speciale ottenne dal re la baronia di Ficarazzi in censo. Egli, insieme a Ludovico Del Campo e Umbertino Imperatore iniziarono la coltivazione della canna da zucchero nella plaga irrigabile dell'Eleuterio e impiantarono una zuccheriera [sic] a scopo industriale nel castello che aveva commissionato lo stesso Speciale."

Da qui il gusto per gli "sfizi" di zucchero a Bagheria. Di cui le monache hanno conservato per secoli l'arte. Il trionfo di gola, di cui si ragionava a lungo nel campo di concentramento in Giappone e che alla mia immaginazione bambina appariva come una delle meraviglie del paradiso perduto. «Una montagnola verde fatta di gelatina di pistacchio, mescolata alle arance candite, alla ricotta dolce, all'uvetta e ai pezzi di cioccolata», diceva mia madre che aveva le gambe paralizzate per il beri-beri, malattia della denutrizione, ma non aveva perso il grande coraggio con cui affrontava lo "sciopero della fame" o i turni notturni per ascoltare di nascosto la radio delle guardie. «Si squaglia in bocca come una nuvola spandendo profumi intensi e stupefacenti. È come mangiarsi un paesaggio montano, con tutti i suoi boschi, i suoi fiumi, i suoi prati; un paesaggio reso leggero e friabile da una bambagia luminosa che lo contiene e lo trasforma, da gioia degli occhi a gioia della lingua. Si trattiene il respiro e ci si bea di quello straordinario pezzo di mondo zuccherino che si ha il pregio di tenere sospeso sulla lingua come il dono più prezioso degli dei. Naturalmente non se ne può mangiare più di un cucchiaino; se no ci si stucca mortalmente.»

Ancora oggi a Bagheria si fanno dei gelati squisiti: piccoli fiori di cioccolata ripieni di pasta gelata molle e profumata, al gelsomino, alla menta, alla fragola, al cocco. Per non parlare del più tradizionale "gelo di mellone" che non è un gelato come sembra ma una gelatina di cocomero dal colore corallino, disseminata di semi di cioccolata. E che dire del “gelato di campagna” che è una specie di torrone di zucchero dai colori delicati, il cui gusto al pistacchio si mescola a quello della mandorla e della vaniglia?

L’ultima volta che ho mangiato i dolci di Bagheria ero in visita a villa Valguarnera, dalla zia Saretta che poi è morta lasciando la villa e tutte le sue ricchezze ai gesuiti con grande dispiacere degli eredi di sangue. I quali hanno infatti subito impugnato il testamento. I gesuiti, molto saggiamente, hanno pensato che una villa così monumentale e difficile da mantenere avrebbe procurato più grane che altro, più spese che comodità e se ne sono lavate le mani. Nel frattempo i ladri sono entrati e hanno portato via tutto, perfino le statue del giardino.

A mia madre, che pure era figlia del primo dei fratelli Alliata, non è toccato niente, perché la nonna Sonia si era venduta ogni cosa prima di morire. A ottant’anni, aveva stipulato una permuta: un vitalizio in cambio della sua parte di villa dopo la sua morte. E quando è morta, la zia Saretta si è presa tutto.

Ora sono contenta di averla visitata l’ultima volta poco prima che morisse, la zia Saretta. Oggi non potrei più entrarci nella vecchia villa di famiglia. E poi quando l’ho vista io, c’erano ancora tutti i mobili e i quadri che poi sono stati rubati, compreso il ritratto di Marianna importantissimo per il mio futuro letterario.

Avevo telefonato alla zia Saretta chiedendole di poterla vedere. E lei, a malincuore mi aveva detto: «Vieni pure, se ci tieni». Ma sapevo che non mi amava. Lei, cattolica di rigore, monarchica, conservatrice, mi vedeva come un prodotto spurio della famiglia, un ramo degenere, una escrescenza maligna, se non proprio da estirpare, per lo meno da ignorare.

Ci sono andata con una mia amica di infanzia che era stata ospite, anni prima, della ex stalla dove abbiamo abitato venendo dal Giappone.

Il cancello di ferro con lo stemma degli Alliata Valguarnera era chiuso. Ho provato a chiamare. La portineria era vuota. Ho spinto la parte bassa del cancello che ha ceduto. Sono entrata sul viale. L’abitazione dei guardiani era lì, buia e sprangata.

Quando ero piccola, quella porta era sempre aperta e sulla soglia stava seduta, come una parca intenta a cucire il filo della vita, la buona e generosa Innocenza, il corpo grasso e sfatto, un sorriso sempre pronto sulle labbra, i denti gialli e rotti, un paio di occhiali a stanghetta tenuti legati dietro alle orecchie con uno spago. Mi pare ancora di sentire l’odore del suo grembiule che sapeva di pesce fritto, di basilico fresco, di caffè, di sapone, di pomodoro conservato.

Cuciva tutto il giorno, la grassa Innocenza e teneva d’occhio il cancello. Quando qualcuno arrivava, chiedeva cosa volesse; ma lo faceva senza assumere una vera aria inquisitoria, come fanno molti portieri. Si portava una mano alla fronte come per ripararsi dal sole che non arrivava mai sulla soglia coperta da una tettoia, sorrideva e faceva un cenno di assenso col capo. Se arrivava una macchina si alzava, faticosamente, posava il cucito e andava ad aprire spingendo le due pesanti grate con tutto il corpo.

Non avevo più pensato a lei per anni, ma aprendo il cancello ho sentito improvvisamente la sua mancanza. Era stata una presenza benigna, una parca buona, che sapevo avrebbe cucito e ricucito i fili del mio destino, attorcigliandoli, dividendoli, annodandoli per farli durare a lungo e felicemente. Sentivo il suo sguardo indulgente sulla schiena mentre mi avviavo verso la scuola di prima mattina. Sapevo di potere affrontare una mattinata di noie con l'aiuto di quello sguardo che mi portavo sulla schiena come una gobba protettiva.

Quando tornavo accaldata, verso le due, le portavo in regalo un cartoccio di càlia (ceci abbrustoliti, dal sapore gioioso della notte) da cui lei pescava qualche seme lasciando il resto a me.

Conosceva tutti i pettegolezzi del paese, ma non era maligna, anzi cercava di rimediare a tutte le gelosie, a tutte le invidie, mettendo una mezza parola di qua, una allusione benevola di là. Sempre disposta a vedere il bene nascosto fra i mali come un fico maturo e succoso in mezzo alle pale spinose e impolverate della convivenza quotidiana.

Era lei che mi raccontava di Fila che si era fatta "mettere gravida" a quindici anni dal cognato. E di come i fratelli di lei avessero deciso, a freddo, di ucciderlo a meno che lui non se la fosse presa e subito, "rimediando al fatto".

Era lei che mi riferiva di quel tale ragazzino di undici anni che aveva visto qualcosa che non doveva vedere e una mattina lo avevano preso, legato, accecato con un coltello per scannare i maiali e poi lo avevano rimandato a casa legato come un salame e grondante di sangue.

E di quell'altro, don Peppinuzzu lo "sciacquatunazzu" (sciacquato vuol dire bello) che aveva detto qualcosa che non doveva dire e così era stato ucciso a pallettoni, poi gli avevano tagliato "i cogghiuni" e glieli avevano messi in bocca. Così l'aveva trovato la madre, "meschinedda", andando al campo la mattina, sotto un gelso.

Di mafia non si parlava mai, allora. Tutti sapevano che esisteva una forza maligna capace di imporre la sua volontà col coltello e il fucile. Ma chi stringesse quel coltello e chi imbracciasse quel fucile era difficile dirlo. D'altronde, per chi lo sapeva, era meglio fare finta di non averlo mai saputo.

I maggiorenti del paese, i signori che giravano per i marciapiedi in giacca di pigiama col cappello a falde larghe in testa, negavano che esistesse questa mafia. E quando pronunciavano la parola piegavano le labbra in giù, come per sputare. Portavano le mani all'aria e dicevano, ridacchiando: «Favole sunnu, roba per turisti». E con questo il paese si richiudeva sulla sua vita quotidiana fatta di soprusi, di sofferenze, di torti subiti in silenzio, di cose taciute e mai dette, come se fosse il più felice dei paesi.

Qualche volta Innocenza appoggiava sul tavolo il suo cucito, trascinava la sedia sul terrazzino e spidocchiava la nipotina, Carmelina, schiacciando con serietà professionale le cimici, fra le unghie dei due pollici. E se arrivava una macchina o una carrozza, abbandonava la nipotina e andava ad aprire con le dita macchiate di sangue, il sorriso sempre pronto, gli occhi curiosi e avidi, da vecchia guardiana che veglia su chi entra e su chi esce dalla vita e dalla morte, dalla notte e dal giorno.

Innocenza non c'è più. Immagino che sia morta. Era già vecchia quando io avevo dieci anni. Al suo posto c'è una porta sprangata. Provo a spingerla. Cede sotto la mia mano e si apre su un vuoto nero. Lì, scendendo due gradini, ci si trovava davanti una enorme credenza scura in cui stavano stipati i piatti dai disegni fiorati, i bicchieri dal collo lungo e il bordino d'oro che si usavano solo nelle occasioni importanti, come un matrimonio o una cresima. Lungo i bordi, fra il vetro e lo stipite di legno c'erano infilate delle fotografie: una del figlio morto in guerra, una della madre, una figuretta snella dagli occhi di falco, dentro un ovale sfumato come li faceva il fotografo del paese, una della figlia andata sposa da poco.

Con la mia amica d'infanzia Bice Pasqualino, siamo salite a piedi su per il viale che porta alla villa, lasciando la macchina fuori dal cancello. Il viale è in salita, prima procede dritto e poi improvvisamente fa una curva, passa sotto una terrazza sostenuta da alte arcate e riprende fra due file di tamerici, in mezzo a cui si alza qualche alberello stento del cosiddetto scopazzo.

Gli oleandri grandi e del colore struggente del sole al tramonto che vedevo la mattina andando a scuola, sono spariti, non so perché. D'altronde qui tutto viene cancellato dall'indifferenza e dall'empietà.

Ed ecco che, dopo avere camminato per un altro centinaio di metri, alzando gli occhi, ci si trova improvvisamente davanti la villa Valguarnera in tutta la sua bellezza. Un corpo centrale a due piani, con un seguito di finestre, vere e finte, che scorrono seguendo un ritmo giocoso e severo. Dal corpo centrale partono due ali piegate in modo da formare un semicerchio perfetto. Una volta le ali erano fatte di archi che si susseguivano con un ritmo spericolato, lievissimo. Questo, ai tempi di Marianna Valguarnera che trasformò la "casena" da caccia del padre in una villa. E parlo dei primi del Settecento. Poi gli archi sono stati murati per farne delle stalle, dei pollai e in seguito degli appartamenti e dei garage.

Al centro del corpo centrale un viluppo di scale, che si protendono ad arco, salgono verso il primo piano con una voluta elegante, dando leggerezza e plasticità alla intera facciata. Le due ali laterali stringono in un abbraccio gentile un cortile che, nella sua perfetta simmetria, suggerisce l'idea di una sala da concerto.

Le proporzioni sono di una armonia studiata e felice, rivelano quel gusto del teatro e della geometria che era tipico del secolo dei lumi. Anche se i lumi, in Sicilia, sono sempre stati velati e appesantiti da trine, merletti, copertine traforate, garze e drappi che ne attenuavano l'intensità in nome della bellezza e della discrezione.

Molte delle finestre che danno sulle due ali sono finte, dipinte sulla parete, con le loro ante, i loro vetri semiaperti, le loro figure in contemplazione, secondo l'uso barocco del trompe-l'oeil. Il quale non è altro che piacere della rappresentazione. Come a dire che l'esterno delle case inventa un interno, forse non vero, forse solo immaginato, ma probabilmente più reale e più affascinante di quello che sta al di là della parete. Una realtà forse solo fantastica, ma quanto più corposa di quella interna, immiserita dalle solite piattezze della vita quotidiana. Ribadendo che ogni rappresentazione, in quanto tale, contiene in sé delle verità che la verità conclamata non dice, non svela. Da lì quella maliziosa eleganza, quell'allusivo sorridere a pensieri stravaganti, a sogni impossibili, a metamorfosi inquietanti.

Sul letto, dentro un ovale di terracotta, ecco lei, Marianna Alliata Valguarnera, in una visione idealizzata, mezza dea, mezza scriba sapiente, avvolta nelle pieghe di un vestito regale. Il ritratto è percorso per lungo da una profonda crepa. Si racconta in famiglia che fu la regina Maria Carolina, moglie di re Ferdinando, a volerla spezzare quando era venuta ad abitare nella villa per qualche giorno durante il suo esilio da Napoli.

In quella Napoli disperata che aveva fatto la sua piccola "rivoluzione giacobina" e aveva messo al posto di san Gennaro un albero della libertà con tanto di bandiere francesi e italiane che sbattevano al sole.

Su quella Napoli giacobina ho lavorato con i pensieri e con la penna per tirarne fuori un testo teatrale. Personaggio centrale: Eleonora Fonseca Pimentel, prima bibliotecaria della regina Carolina, appunto, e poi scatenata "giacubina", che scriveva gli articoli sul "Monitore" per spingere le folle della sua città alla rivolta contro i Borboni, che faceva i comizi in mezzo alle strade, tirandosi su con disinvoltura la gonna sulle scarpette di vernice, parlando in dialetto per farsi capire da tutti.

La giacobina Eleonora è stata a lungo la confidente della regina Carolina, la quale è stata confidente per qualche tempo di una mia lontana ava in quella villa dove ora io torno, col mio carico di curiosità e di domande, avendo scritto un testo teatrale su quella stessa bibliotecaria che poi sarà impiccata nella piazza della Vicaria.

A signora donna Lionora
che cantava 'n copp' o triato
mo' abballa miezz' o Mercato.
Viva viva 'u papa santo
ch'à mannato e cannuncine...
pe' scaccià li giacubine...

Lungo i bordi del tetto di villa Valguarnera si alzano delle statue che sfidano con i loro gesti graziosi e teatrali il cielo sempre lucido e setoso di Bagheria. Dei putti armati di frecce, delle Veneri più grandi di una persona, dei Nettuni, dei Centauri che, visti dal cortile, assumono l'aria di immobili e incombenti divinità protettive.

Proprio mentre ci dirigevamo verso la scala, si è aperta una porta ed è apparsa la zia Saretta: la pelle coperta di macchie brune, una collana d'ambra dai chicchi grandi come noci appesa al collo magro, un sorriso freddamente gentile sulle labbra dipinte di rosso. Non si sarebbe detto, a guardarla, che fosse così devota da lasciare l'intera sua proprietà ai gesuiti.

"Non ha niente degli Alliata", mi è venuto da pensare come se improvvisamente mi interessassi alle questioni di sangue che ho sempre disprezzato. Per anni, addirittura, ho cancellato dalla mia vita quelle parentele, considerandole tanto lontane da me da non poterne tenere conto. Mi vergognavo di appartenere, per parte di madre, a una famiglia così antica e nobile. Non veniva proprio da loro, da quelle grandi famiglie avide, ipocrite, rapaci, gran parte del male dell'isola?

Odiavo la loro incapacità atavica di cambiare, di vedere la verità, di capire gli altri, di farsi da parte, di agire con umiltà. E la sola idea di dividere qualcosa con loro, fosse solo una involontaria somiglianza, mi disgustava.

Eppure mio nonno era così lontano dallo stereotipo del nobile presuntuoso e arrogante da farmi pensare di essere stata ingiusta, forse per giovanili innamoramenti ideologici, con lui. È sempre limitativo e stupido cacciare le persone dentro una categoria, che sia una classe o un sesso. Non fare i conti con l'imprevedibile è da citrulli. E citrulla è l'idea di un mondo di uguali senza scarti, storie personali, particolari vicende e tracce di viaggi interiori senza meta e senza finalità decise in partenza.

"Per molti anni Enrico di Salaparuta si era interessato di teosofia e di antroposofia", scrive mia sorella Toni in un suo delizioso ritratto del nonno (che si trova come prefazione a un libretto di pensieri e aforismi pubblicato dalla Semar editore), "aveva viaggiato in Svizzera e in Olanda, si era procurato i principali testi, ne aveva discusso con l'amico siciliano cosmopolita Tom Virzì e con coloro che, in Sicilia, si riunivano in cenacoli e gruppi [...]. Per avere una idea di quanto ben fornita fosse la biblioteca di coloro che in Sicilia si interessavano a tali argomenti ricordiamo che le principali opere di Rudolf Steiner, di Annie Besant, di Allen Kardec furono pubblicate a Catania e a Palermo tra il 1900 e il 1930. [...] Semplice nel vestire, nei modi e nel parlare, animato dagli ideali libertari e democratici, Enrico era molto amato. Paradossalmente, benché contrario ad ogni idealizzazione, alla fine della propria vita, sarà considerato a Casteldaccia alla stregua di un santo. E ciò non tanto per le qualità – che potevano sembrare eccentriche, – di naturista, vegetariano, pacifista opposto ad ogni forma di clericalismo, di autoritarismo, e di pregiudizio – ma piuttosto per l'esempio che forniva con il proprio lavoro quotidiano condotto in semplicità e saggezza."

La zia Saretta veniva da una famiglia nobile calabrese e aveva sposato il figlio di un fratello del nonno Enrico. Aveva, anzi, ha una sorella, che si è sposata con un altro zio Alliata. Quindi due fratelli sposati a due sorelle. La prima non ha avuto figli, la seconda ha avuto una figlia che poi, crescendo, ha mostrato curiosità e voglie di testa; ora scrive libri coraggiosi e appassionati sul mondo arabo. Ma pochi o quasi nessuno i figli maschi. Come se la grande famiglia ricca di figli maschi e femmine, solo poche generazioni fa, fosse ora posseduta da una notturna volontà di estinzione.

Il nonno Enrico, l'avevo visto che era già morente tornando dal Giappone. Non ricordo quasi niente di lui, salvo un letto in penombra e il profumo fresco dei fiori mescolato a quello delle medicine, due occhi stanchi e semichiusi molto dolci.

Mi piace guardarlo, invece, nella fotografia che mi ha regalato mia madre, di quando aveva una ventina di anni e si era travestito per una festa in costume. Aveva messo un abito da gentiluomo del Settecento con le braghe al ginocchio damascate e una sciamberga lucente dai ricami fastosi. Al collo uno jabot sprizzante di merletti morbidi. In testa un tricorno con delle piume bianche; ai piedi delle scarpe leggere ornate da una fibbia d'argento. Da una apertura della giubba, all'altezza della vita, appare uno spadino di cui si vede solo l'elsa di metallo martellato. Sotto i piedi un tappeto dai disegni pastorali e, dietro, una finestra con delle tende ricamate.

Così acconciato il nonno Enrico alza gli occhi sulla macchina fotografica con l'aria di chi conosce la propria bellezza ma non la prende troppo sul serio. Dal breve scorcio che si vede dalla finestra si direbbe che la fotografia è stata fatta proprio a villa Valguarnera. D'altronde alla villa c'era un teatro ed era tradizione della famiglia mettere su rappresentazioni musicali e teatrali. La zia Felicita (sorella del nonno Enrico) suonava il violino, Enrico cantava, sua moglie Sonia era un magnifico soprano, la zia Amalia "jouait du piano".

Tutto questo avveniva nei lontani ultimi anni del secolo scorso a Bagheria.

Nella foto il nonno Enrico porta i capelli lunghi, ricci e folti, spioventi sulle spalle. Quei capelli che mia madre ha ereditato da lui e io, a mia volta, ho ereditato da lei. Capelli che tendono a crescere senza forma, arruffati in un loro spericolato disordine.

Capelli da "selvaggia" come li chiamava una insegnante del collegio di Firenze dove sono stata rinchiusa tre lunghi anni nel dopoguerra per imparare a comportarmi "da signorina". Per quella insegnante dalle dita lunghe e bianche ogni cosa doveva essere "a modino", a cominciare dalle calze fino alla punta dei capelli. I miei venivano tirati su, strigliati, stretti in due trecce che pendevano mortificate e un po' ispide ai due lati delle orecchie.

Gli occhi del nonno Enrico sono del tutto simili a quelli di mia madre, grandi e azzurri, un po' persi e sognanti. Sono gli occhi di chi ha una tale antica consuetudine con i privilegi del suo mondo da essere arrivato a detestarli e a disprezzarli allegramente. Il naso, pure quello è uguale al naso materno: dritto, severo, con una gobba appena percettibile nel centro, le due alette delle narici morbide, sensuali. Due narici sensibilissime, un poco da cane, che possono sentire le persone e capire le cose dagli odori. La bocca dalle labbra grandi e ben disegnate: quelle invece non le ho ereditate dalla parte materna. La mia bocca ha il contorno sfumato ed è piccola, con qualcosa di indolenzito e pesto. Ora anche amaro e vizzo, pronto a sciogliersi in un sorriso remissivo e sconsolato.

Una dolcezza che sprofonda nei pozzi dell'inquietudine. Ho odiato la mia remissività che è un segno di insicurezza. Un sorriso, il mio, di resa di fronte a chi poteva scacciarmi con un gesto di noia, come faceva qualche volta mio padre, preso dalle sue avventure, dai suoi pensieri di libertino, dalle sue abitudini sportive e di giramondo. Un sorriso propiziatorio verso un mondo adulto offuscato le cui divinità sembravano essersi scatenate alla mia nascita per giocare pericolosamente col mio futuro.

Stavano a vedere, queste divinità imperscrutabili, fino a dove poteva arrivare la mia sopportazione. Sempre in bilico fra un panico profondo che mi agitava senza senso e una calma glaciale che veniva a sostenermi di fronte al pericolo.

Loro se ne stavano lì in alto, appollaiate come dei colombi d'oro. Grandi dei, scesi a cercare chi li ospitasse. Ma non avevano trovato nessuno che li volesse in casa. E così si erano accampati presso la più scalcagnata, la più sciagurata delle creature, Shen-Te, quell'anima cedevole di She-tzuan, come racconta Brecht, che, avendoli affettuosamente ospitati in casa, aveva ricevuto in dono una tabaccheria. Lì era stata raggiunta da congiunti e amici poveri che, tutti, volevano condividere il suo benessere. Tanto da ridurla al fallimento. E qui il buon senso le fa inventare il suo doppio: Shui-Ta, il quale l'aiuta a cavarsi dagli impicci. Ecco, io mi chiedo quando imparerò a sdoppiarmi così bene come quell'anima buona di She-tzuan.

Questa cedevolezza credo proprio di averla presa tutta dalla parte Alliata. Guardando indietro, infatti, trovo fra nonni, zii, bisnonni e bisnonne tutte persone miti e pacifiche, che avevano la tendenza a maritarsi con donne e uomini dal temperamento autoritario che finivano per metterli sotto i piedi. E loro fuggivano nei sogni.

I trisavoli, secondo quanto racconta la zia Felicita, nel suo grazioso libro *Cose che furono* (che ho tenuto sprezzantemente in un canto per anni), erano degli aristocratici vecchia maniera, lenti, miti e conservatori. Ma pure un poco di fronda era entrata, negli ultimi secoli, nelle loro vite signorili.

"Mio nonno dimorava molto a Casteldaccia (il paese dove si distillava e si distilla ancora il vino Corvo di Salaparuta, inventato e battezzato dal padre del nonno Enrico) per i suoi affari agricoli e vinicoli. La sera, con mia nonna ricevevano le persone importanti del paese. La nonna cantava e suonava il grande pianoforte a coda davanti agli ospiti, tutti 'sbirri borbonici', e dentro la coda del pianoforte riposavano armi e munizioni [...] così vivevano allegramente essi tra i pericoli."

Zia Felicita non si è mai sposata. Si diceva in famiglia che aveva voluto tenersi fedele a un fidanzato morto anni prima, affondato con la sua nave in pieno oceano. Anche di lei ho una fotografia in costume del Settecento. Forse perché villa Valguarnera era stata costruita in quel secolo, forse perché il momento di massimo fulgore della famiglia Alliata aveva coinciso con la costruzione della villa, fatto sta che tutti i travestimenti si riferivano sempre al secolo dei tricorni e delle parrucche, dei codini e degli "spaduzzi", del teatro della Marina, della musica di Scarlatti e dei versi di Metastasio.

Erano tre le sorelle di mio nonno: Amalia la più bella, di cui si può vedere una fotografia nel libro di zia Felicita, vestita da dama medievale (una volta tanto un travestimento anomalo, chissà perché), Maria la seconda che suonava bene la viola e Felicita che conosceva l'arte del violino.

Insieme fecero parte di una orchestrina giovanile che suonò nel grande teatro Massimo di Palermo "davanti ai sovrani" come precisa la zia Felicita, "col maestro Giuseppe Mulé Lo Monaco Sgadari che fu l'animatore della serata".

Giuseppe Lo Monaco Sgadari, detto Beppuzzu, ho avuto modo di conoscerlo anch'io. Doveva essere molto giovane ai tempi delle serate musicali al teatro Massimo. L'anno in cui suonarono le sorelle Alliata era il 1906. Quando l'ho conosciuto io, alla fine degli anni Cinquanta, teneva tavola imbandita nella sua bella casa vicino al porto di Palermo. Ma forse, ora che ci penso, si tratta del figlio perché non era poi così vecchio quando l'ho conosciuto.

Il Beppuzzo che ho conosciuto io, era famoso per i suoi libri, e per i suoi dischi, si diceva che ne avesse più di diecimila. La sua casa era meta di giovani studiosi di tutta la città, e lui era felice di trattenerli a pranzo e a cena. Purché amassero i libri e fossero dotti e giovani. Purché sapessero muoversi con disinvoltura fra sant'Agostino e Proust, fra Thomas Mann e Adorno. Adrian Leverkuhn era un suo idolo e tutti dovevano avere assaggiato l'acidulo di quella fenomenale intelligenza musicale e filosofica.

La sua collezione di dischi a settantotto giri era conosciuta in tutta la città e, dopo cena, si poteva conversare serenamente di grandi idee o di grandi libri, oppure si prendeva posto sui divani coperti di broccato e si ascoltava Mozart e Wagner. L'opera in genere era considerata "volgare". Verdi era un musicista da banda. Solo Mozart era tollerato come inventore di opere e un poco Wagner. Puccini era un "sentimentale", "roba da serve". La musica più amata e sezionata e discussa era quella dei quartetti e su quelli si discuteva per ore della sonorità, del "tessuto musicale", del canto, del ritmo, del timbro e della geometria.

Solo ogni tanto qualche ragazza, amica dei giovanotti in questione, veniva tollerata per una serata musicale, perfino per una cena a base di tonno farcito e *mousse au chocolat*. Una di queste ero io. Anche se in fatto di musica ero una ignorante. Ma coi libri me la cavavo abbastanza: non ero dietro a nessuno in fatto di letture. Avevo divorato, prima di loro, sia la *Montagna incantata* che *Giuseppe e i suoi fratelli* nelle edizioni della Medusa: la copertina verde con la testina e le due alucce. E sapevo chi era Becky Sharp e chi Nastasia Filippovna, avevo preso a cuore le sorti di Madame Bovary e potevo citare a memoria i pensieri di Bezuchov. Solo che ero timidissima e mai avrei saputo parlare in pubblico di ciò che pensavo.

Il mio spirito critico era ben poco sviluppato, fra l'altro. Sapevo amare le teorie più complicate, ma non avrei saputo spiegare il perché e il per come di quel piacere. Ascoltavo affascinata il vecchio Beppuzzo che teneva circolo sprofondato in una poltrona sgangherata, qualche volta in vestaglia da casa (pantaloni di velluto e giacca di seta) il cui bavero si copriva di briciole di tabacco che lui inalava dal naso appoggiando la polvere sul dorso della mano come si faceva ai tempi dei suoi bisnonni.

Intorno a lui si raccoglievano i ragazzi più dotati di Palermo: Francesco il dottissimo, Ernesto il bello, Giuseppe il loico, Giò l'arguto dal ciuffo ribaldo sulla fronte, Nino il seduttore che citava Molière, Antonio il fantasioso burattinaio; tutti giovanotti di grandi speranze che facevano dell'intelligenza una religione, si cibavano soltanto di cose prelibate, comprese le musiche e le poesie. Si giocava col "sublime" e qualche volta ci si convinceva di stare vivendo un'epoca d'oro che, saltando tutti i passaggi intermedi, si rifaceva niente di meno che ai circoli filosofici greci, i grandi passeggiatori dell'Agorà del pensiero, Socrate con i suoi affezionati dialogatori.

Gli orrori della vita quotidiana: la povertà, gli intrighi politici, la brutalità delle "ammazzatine", rimanevano fuori della porta. Lì dentro si entrava togliendosi le scarpe come in un tempio della conoscenza e del piacere. Un piacere castissimo, che si consumava tutto nell'ambito di parole e cibi raffinati, di musiche divine e di citazioni greche e latine.

Quando Beppuzzo Lo Monaco è morto ha lasciato "una piccola cosuzza" per ognuno di quel giovanotti che avevano conversato con lui fra un piatto di pasta con le sarde e un soufflé di arancio e vaniglia.

Una volta li ho tutti invitati a Bagheria, a villa Valguarnera, a una festa, mi pare per un mio compleanno. C'era la luna piena e io mi ero fatta un vestito nuovo, bianco latte, di cui sentivo il sapore sulla lingua, come quando ero bambina e giudicavo i vestiti dai sapori che mi ispiravano.

Alcuni degli ospiti non sono venuti. Forse non avevo saputo fare bene gli inviti. Altri sono arrivati tardi, quando già la luna stava calando e i cibi si erano raffreddati. Poi si è alzato un vento inaspettato che ha cominciato a fare volare i tovaglioli, spazzando i piatti e rovesciando le tovaglie. Infine, qualcuno mi ha rovesciato addosso una tazzina di caffè rovinando il mio bel vestito bianco, per sempre. Poi, mi pare, qualcuno in famiglia, me lo tinse di marrone per non doverlo buttare. Solo così la macchia di caffè era diventata invisibile. Ma il sapore di quel vestito marrone era dolciastro e sgradevole. Non l'ho mai indossato.

Rileggendo il libro di zia Felicita mi accorgo che le dicerie che circolavano sul suo conto in famiglia lei le attribuiva a un'altra Felicita, anzi Felice, sorella di suo nonno Edoardo.

"La zia Felice, come la chiamavano, era canonichessa di Baviera", racconta la zia Felicita, "il re di Baviera che all'epoca ritengo fosse Massimiliano II, quando veniva a Palermo, essendo amico della famiglia, andava a visitarla all'ultimo piano dove essa dimorava... Mio padre, bambino, si divertiva a vedere salire per lo scalone il re accompagnato da due servi con le torce. La croce di canonichessa, in smalto bianco e azzurro con l'effigie della Madonna e la sciarpa bianca e azzurra fu, insieme all'investitura, rubata nel 1914.

"La zia Felice non era bella come le altre sorelle, ma molto attraente e aveva il naso aquilino della famiglia. Era affabile, simpatica e pare abbia avuto molti ammiratori. Nessuno fu da lei accettato perché essa ebbe un forte dolore per la morte del fidanzato e in seguito si fece suora.

"Trovai un giorno fra le sue cose un dagherrotipo in un astuccio di pelle raffigurante un bellissimo giovane in basette e buccoli sulle orecchie, tipica acconciatura assieme con una lettera... Seppi che lui era ufficiale della marina francese ed era morto nel naufragio della sua nave. I parenti annunziarono la sventura alla fidanzata con quella lettera e le mandarono un anello di lui."

Questa zia, proprio come poi prese a fare anche la sua pronipote omonima, dipingeva dei fiori. *Le langage des fleurs*. "Sono quarantaquattro i timbri incisi su rame che si cambiano nello stesso manichino. In ognuno è una minuscola figura e un detto di rara ingenuità, adatti a tutte le fasi del periodo sentimentale." Le frasi erano del tipo "Di te noi". Oppure "Elle est légère". Un'altra diceva "Hope in time". Due mani intrecciate porgevano un ricamo in rosso "A la vie, à la mort". Una spada e un ramo di ulivo stavano vicino alla parola "Choisis".

"Io sorrido benevolmente" commenta la zia Felicita e "lascio le ragazze di oggi ridere di cuore." Fra le "ragazze di oggi" c'era anche mia madre, bionda e splendente, insofferente di ogni imposizione materna, sprezzante verso i "grandi matrimoni" che le si volevano imporre.

Difatti, abbandonando tutti i nobili principi siciliani, era partita, da sola, per Firenze, dove aveva incontrato mio padre, ragazzo burbero e allegro, ribelle e solitario, sportivo, inquieto, introverso e imprevedibile. Si sposarono subito, senza una lira e andarono ad abitare a Fiesole, in una stanza in cima a una torre, mangiando patate bollite e uova sode.

Gli occhi delle famiglie Maraini e Alliata si chiudevano disgustati di fronte a questi due "presuntuosi" che avevano creduto di buttare baracche e burattini del passato dalla finestra per partire, nudi e soli, verso le beghe del futuro, come se niente fosse, senza neanche un filo di coda di paglia.

Strana, questa geometria familiare che si apre tutta verso il passato come un ventaglio. Due genitori, quattro nonni, otto bisnonni e così via. Mentre verso il futuro non ci sono propaggini perché mi sono fermata qui. Essendo il mio unico figlio, voluto e desiderato, morto poco prima di nascere, cercando di portarmi via con lui, ho deciso che a portare nel futuro qualcosa di me saranno i miei personaggi figli e figlie dai piedi robusti, adatti a lunghe camminate.

Anche la zia Felicita si era fermata lì. Non aveva voluto procreare. E in famiglia le si attribuiva quello che era stato il destino della prozia canonichessa di Baviera: un fidanzato morto in mare, un voto di castità mantenuto fino alla morte. Strano destino di un nome che promette una felicità da consumarsi in un lungo tragitto solitario.

Zia Saretta mi chiede perché ci tengo tanto a visitare la villa della mia infanzia. «Per scriverne», dico. Ma mi guarda incredula. Nella sua testa baronale io sarei qui per carpire chissà quali segreti da usare per dei «luridi articoli contro la nobiltà». Lo capisco dal fatto che mi chiede con fermezza di «non prendere fotografie di nessun genere».

E quando mi fa entrare nell'ingresso ingombro di piante rampicanti controlla che non abbia con me un registratore nascosto. Quasi fossi un paparazzo in cerca di pettegolezzi.

«E questa donna chi è?», mi chiede sospettosa, aspettandosi che io mi sia portata da Roma chissà quale complice delle mie pericolose imprese giornalistiche.

Poi riconosce Bice, figlia di un famoso medico palermitano, sposata a un signore altrettanto nobile di lei e si tranquillizza. Bice, che è la persona più dolce, più quieta e mite di questo mondo, sorride affettuosamente, incapace com'è di provare antipatia per chicchessia.

E la zia Saretta diventa loquace. Ci racconta degli ultimi restauri fatti: «Il putto sul tetto a sinistra aveva perso un piede... poi i ladri sono entrati per la quarta volta quest'anno e si sono portati via le ultime argenterie... per fortuna, dopo avere caricato le statue del giardino, si sono spaventati di non so che, e hanno lasciato la preda, intanto però le statue erano cadute per terra e ora hanno la testa spiccata dal busto».

Sembra un simbolo dell'isola: la bellezza carpita, rapinata, due, tre, cento volte, la testa spiccata dal busto, e un silenzio di pietra che copre ogni strazio con la rappresentazione elegante della perdita di sé. Sconosciuta a se stessa, chiusa in una sfiducia senza rimedio, preda di un dolore senza voce.

Intanto entriamo nelle sale che una volta erano di mia nonna. A mano a mano che apriamo le persiane chiuse da tempo, la luce entra a valanghe come un'acqua di cui le pareti avevano sete. I pavimenti dai vecchi tappeti scoloriti vengono allagati, immersi in un liquido polveroso, scintillante che bolle leggero mandando per aria miliardi di corpuscoli dorati.

Cerco con gli occhi il pianoforte che stava contro la parete di fondo, su cui mia nonna si esercitava cantando. È sempre lì. I ladri l'hanno risparmiato. Devono averlo giudicato completamente privo di valore, con quel legno tarlato, quei tasti ingialliti, le corde saltate.

Sopra ci sono ancora le cornici con le fotografie che ho sempre visto appoggiate lì, un poco di sghembo. Solo quelle d'argento sono sparite; le altre, di vetro, di ceramica, di legno, sono ancora al loro posto.

C'è una zia Felicita giovane, con un cappellaccio da brigante calcato in testa. La stessa bocca di mio nonno e di mia madre. La bocca che si chinava su di me in una stanza giapponese a mormorarmi il motivo struggente della *Butterfly*. Finché lei non tornava non riuscivo ad addormentarmi. E pensavo a una rapina, a un sequestro. Era così bella mia madre che chiunque avrebbe potuto rubarla, pensavo girandomi nel letto. L'idea che, crescendo, la facevo invecchiare mi dava degli orribili soprassalti di colpa. Cercavo di non crescere per non farla invecchiare. Se fossi riuscita a fermare quel coniglio frettoloso sempre con la cipolla in mano tutto sarebbe stato così felice. Mia madre, dalla bellissima bocca di geranio, avrebbe continuato a chinarsi eternamente su di me, raccontandomi la storia delle tre melarance. «Ancora una volta mamà.» (Il mamà veniva dallo spagnolo, non si è mai usata la parola mamma o madre fra di noi, così come non abbiamo mai usato le parole infantili come "culetto", "pisellino", "passerottina" eccetera. Per noi il sesso femminile era "cin-cin", e il sesso maschile "cimbo", parole giapponesi che stanno appunto per i sessi maschile e femminile dei bambini. In quanto al sedere si chiamava "potito" alla spagnola.)

«Ma te l'ho già raccontata la storia delle tre melarance.» «E io la voglio sentire di nuovo.» «Allora c'era una volta un re che aveva tre figli...»

In un'altra fotografia ci siamo tutti e cinque: mio padre in un suo chiuso silenzio seducente, di una bellezza "mongola", mia madre in una posa alla Ingrid Bergman, con un leggero lucore flou sulle guance e gli occhi con le stelle dentro; io con il mio "nido d'ape" sul petto (un arricciamento del vestito che confonde i fiori verdi e gialli in uno sfarfallio azzurrognolo che dava aria al palato. Era l'epoca in cui mettevo addosso un abito per sentire un sapore. Che ancora posso riconoscere chiudendo gli occhi. Sale dalla gola come un leggero vapore. Erano sapori leggeri, di melone maturo, di erbe secche, di grano tagliato, di polvere d'uovo, di latte cagliato, di ciliegia cotta, di gigli appena nati, di nespole acerbe, di agrifoglio, di margherita...).

Mia sorella Yuki ha la fronte alta di un biancore delicato, tenerissimo, gli stessi occhi a mandorla di mio padre, scuri, bui, intensi e cocciuti. Gli occhi Maraini. E l'ultima, Toni, ha la faccia tonda, lentigginosa, uno spazio fra i denti davanti che la rendeva un poco buffonesca, già persa dietro un suo dolce e profondo rimuginio silenzioso.

C'è un momento nella storia di ogni famiglia in cui si appare felici a se stessi. Magari non lo si è affatto. Ma lo si porta scritto in faccia: io, famiglia da poco composta, sono nella mia pienezza e necessità, sono il cibo per l'occhio altrui, sono la carne terrena che imita la carne divina, sono la Famiglia nella sua beatitudine terrena. La si lascia stampata nelle fotografie questa felicità, sprizza dagli occhi, dai vestiti, dall'unità interna, da quel chiedersi, cercarsi, spingersi, annusarsi che abbiamo in comune con gli animali.

Dopo, non si sa come, tutto si rompe, prende a sfaldarsi. La rosa ha dato il meglio di sé, ora perde i petali a uno a uno e assomiglia più a un dente cariato che a un fiore. L'odore è l'ultima cosa che se ne va; quel leggero sentore di carni addormentate, di fiati teneri e giovanissimi, quel profumo di necessità che costituisce la perfezione della famiglia nel suo nascere.

È orribile trovarsi adulti, ormai usciti da quel paradiso dei sensi e degli odori, e capire di avere conservato quella felicità solo in qualche fotografia. Un singulto nel ritrovare nelle narici quegli odori di letti materni e sapere che sono persi per sempre.

In un'altra fotografia c'è mia nonna Sonia giovane: una grande faccia dagli zigomi sporgenti. Era bruna lei, bianchissima di pelle con sopracciglia e capelli neri che venivano dal suo paese di origine, il Cile. Aveva del sangue indio nelle vene, così diceva lei. Gli occhi erano enormi, di seta, il sorriso invece duro, strafottente.

Uno di quegli occhi troneggiava nella sua camera da letto, ingrandito cento volte. Un feticcio, un segno dell'aldilà, come ne ho visti qualche volta appesi nelle camere fumose dei villaggi guatemaltechi. È l'occhio di un dio malevolo a cui bisogna continuamente offrire doni altrimenti manda a fuoco la casa o ti fa morire di consunzione.

Ogni pelo di ciglia un bastoncino e la pelle delle palpebre era bianchiccia, lucente come le squame dei pesci. Quell'occhio mi inseguiva per la casa, fra indagatore e dileggiante. Aveva attorno delle sfumature scure che evocavano ombre infernali e cipigli vulcanici. Sapevo come venivano costruite quelle ombre: l'avevo vista la mattina passarsi il sughero bruciato attorno agli occhi.

Non l'ho mai vista piangere mia nonna Sonia. Nemmeno alla morte del nonno. Gli è sopravvissuta di quasi trent'anni, la bella cilena che a ottant'anni non sapeva ancora parlare l'italiano come si deve. Le sue frasi erano costruite secondo il ritmo e la logica di un'altra lingua, la spagnola. Diceva «el uomo», non distingueva fra cappello e capello, diceva: «Esci così, en cuerpo?» per dire che uno non portava il cappotto.

Venuta dal Cile alla fine del secolo scorso col padre ambasciatore, aveva studiato pianoforte e canto a Parigi. Aveva una bella voce di soprano e un temperamento teatrale. Tanto che tutti i maestri l'avevano incoraggiata a farne il suo mestiere. Ma non era una professione per ragazze di buona famiglia. E il padre glielo aveva proibito. Proponendole invece subito un buon matrimonio con un proprietario di terre argentino.

Ma lei aveva resistito. E, a diciotto anni, era scappata di casa per andare a «fare la lirica» come diceva lei. Era approdata a Milano dove aveva conosciuto Caruso che l'aveva avviata alla scuola della Scala. Famosa in famiglia la fotografia di Caruso dedicata alla "brava e bella Sonia". Perfino Ricordi aveva giudicato "straordinario" il suo talento lirico.

Ma il padre Ortuzar non intendeva cedere. Andò a prenderla a Milano e la riportò a Parigi. E da Parigi Sonia scappò di nuovo, mostrando una grande tenacia e un grande amore per la sua arte.

In una gara di testardaggini senza limiti, il padre Ortuzar era tornato a cercarla. L'aveva trovata, nascosta in casa di amici e l'aveva riportata per la seconda volta a casa, in Francia. L'aveva chiusa, però, questa volta in camera giurando che non ne sarebbe uscita che per sposarsi.

Ma poi, di fronte alle reazioni a dir poco "spropositate" di lei si era spaventato. Non si dice quali siano state queste reazioni "spropositate", immagino che si sia buttata per terra, come continuò a fare in seguito, anche dopo sposata, e abbia urlato e si sia contorta in preda a un parossismo nervoso. Fatto sta che il padre stesso l'aveva accompagnata a Milano perché riprendesse gli studi, ma sotto la sua stretta sorveglianza.

Fu allora che Sonia conobbe il bel siciliano dagli occhi azzurri che era mio nonno Enrico e se ne innamorò. O forse fu lui a innamorarsi di lei, così passionale, così estroversa, così teatrale, mentre lui era timido, silenzioso, ironico e mite.

Neanche il giovane Enrico però, una volta sposato, poté accettare che la moglie facesse la "lirica" e se la portò con sé nei suoi palazzi palermitani dove le fece subito fare un figlio. Ma questa era una costrizione amorosa e in quanto tale non suonava così ostica e rivoltante come l'imposizione paterna. E quello che non poté l'autorità del genitore, lo poté l'amore costrittivo del bel marito.

Enrico dovette prometterle che le avrebbe permesso di continuare a cantare. E lui mantenne la parola. Ma solo in serate di beneficenza, s'intende, e in altre rare occasioni, senza nessuna velleità professionale, solo per il piacere di farlo.

Innocenza diceva: «A duchissa fa l'uopera» quando la sentiva urlare contro il marito. Da brava ragazza educata nell'Ottocento, non chiedeva mai direttamente quello che voleva, ma tentava di ottenerlo attraverso la seduzione. Se la seduzione non funzionava, passava alla "scenata" finendo col rotolarsi per terra in preda alle convulsioni.

Mia madre dice ora che la nonna è stata una donna "frustrata". La Sicilia non le era mai piaciuta, non era mai stata contenta del suo matrimonio, per quanto il nonno fosse docile e gentile. Ha rimpianto per tutta la vita il palcoscenico che non ha potuto frequentare e la musica che non ha potuto coltivare come avrebbe voluto.

Tutto questo era peggiorato quando aveva perso l'unico figlio maschio per un echinococco riconosciuto troppo tardi. Tanto era peggiorata che il marito, ormai, viveva sempre più a lungo fuori casa, a Casteldaccia a curare i suoi vini o a Valguarnera a curare i suoi limoni e i suoi carrubi. Lei se ne stava sola a Palermo nel grande palazzo di piazza Bologni a fare la vita mondana. Andava a pranzi e cene, giocava a carte, frequentava l'opera e si faceva corteggiare dagli uomini più ardimentosi della città.

Quando l'ho conosciuta io, aveva ancora una faccia liscia e tonda, ma di corpo era grassa e sfatta. Eppure si vestiva con cura. Una cura un poco pacchiana: grandi gonne di organza, corpetti attillati, scarpe in tinta con la camicetta di seta, e di sera faceva molto uso di paillettes e di frange. Era una eleganza vagamente da palcoscenico, qualche volta persino da circo.

Due o tre volte mi è anche capitato di dormire con lei nel grande letto laccato di bianco e di oro al piano di sopra di villa Valguarnera a Bagheria. Avevo una specie di terrore di poterla anche solo sfiorare con un piede. Dal suo corpo emanava un calore che si propagava fra le lenzuola come una stufa, e non so perché quel calore mi era odioso. Come se fosse lì, con quel corpo-stufa a rammentarmi le leggi feroci dell'ereditarietà. Avevo orrore di assomigliarle. Per fortuna non ho preso niente da lei salvo una certa pesantezza delle braccia e una buona intonazione della voce.

Spiavo in mia madre i segni di un passaggio di generazione; ma mia madre, felicemente, ha preso quasi tutto dal padre: i colori, dei capelli, chiarissimi, degli occhi, azzurri. E lei li ha trasmessi a me. Anche la voce di mia madre, che si è sempre rifiutata di studiare canto o pianoforte, è una voce morbida, serena. Mentre la voce di mia nonna era squillante e tormentosa. Non leggeva mai un libro, e aveva in sospetto chi invece stava col naso nei libri. Era insomma "ignorante come una capra".

La mia antipatia rifletteva pari pari quella di mia madre. Lei non l'ha mai amata. E neanche la zia Orietta, che pure le assomiglia, è bruna, con gli occhi grandi languorosi circondati da un alone di ombre profonde che fanno pensare a passioni mai dimenticate e promesse di tenerezze struggenti.

Da quanto ho capito la nonna Sonia ha temuto la bellezza delle due figlie che le crescevano davanti, più di quanto temesse il proprio invecchiamento. «Ci costringeva a nascondere il petto quando avevamo già quindici anni», dice mia madre, «ci vestiva sempre da bambine, ci relegava nel reparto servitù, non ci presentava agli ospiti...»

E poiché, come si usava allora con le ragazze, aveva studiato solo un poco di lingue straniere e di pianoforte, non aveva altri interessi che la sua voce e la sua bellezza da mora. Come molte altre sue contemporanee, pensava che i rapporti con gli altri si risolvessero attraverso l'adescamento o l'odio. Non c'erano vie di mezzo. E ogni emozione passava visibilmente attraverso il corpo. Lo svenimento, la scenata, o il sorriso allusivo, il linguaggio delle braccia nude: non c'era altro. La parola non le serviva granché. Ancora meno il ragionamento.

Tutto questo aveva finito per isolarla. Il marito la sfuggiva. Le figlie la temevano e, per reazione, erano diventate due ragazze studiose, intelligenti, sempre intente alla lettura. Tutte e due, poi, solidarizzavano col padre che le faceva ragionare di filosofia, le accompagnava alle vendemmie e nelle cantine dove si rovesciava il vino nuovo, insegnando loro a guidare la macchina, andare a cavallo e scrivere in buon italiano. La servitù, capendo perfettamente la situazione, la metteva in ridicolo. Insomma non era amata. E lei rispondeva al disamore aumentando il volume della voce.

Da ultimo, morto il marito, allontanatesi le figlie, viveva da sola a Bagheria, mangiandosi gli ultimi soldi della proprietà, con la unica compagnia di un volpino che amava moltissimo. Per difendersi, teneva un fucile accanto al letto.

Era venuta fuori la *campera*, pronta a farsi giustizia da sola. Non aveva paura di niente e di nessuno. Se sentiva dei rumori in giardino si affacciava al balcone del primo piano col fucile imbracciato, pronta a sparare. Certo non le mancava il coraggio. Non chiedeva la compagnia di nessuno, si proclamava autosufficiente. Alla morte del marito aveva fatto causa alle figlie per ottenere tutta l'eredità anziché la parte che le spettava. Nemica irriducibile di tutta la famiglia, si era ridotta a vivere solitaria in un'ala della villa, scegliendosi come amici dei curiosi personaggi del paese: un vecchio insegnante di scuola, un ex campiere con cui giocava a carte fino a notte tarda. Insieme bevevano l'anís ghiacciato chiacchierando dei mali del mondo. Un giardiniere le preparava, tutti i giorni, dei grandi mazzi di fiori per rallegrare l'unica stanza, quella da letto, dove ormai si era ridotta a vivere.

Una notte, per un pelo non sparò addosso a mio padre con quel fucile sempre carico. Era il periodo in cui abitavamo ancora nelle ex stalle. Mio padre, non riuscendo a dormire, era uscito in giardino a fare una passeggiata. La nonna lo ha sentito ed è venuta sul balcone col fucile in braccio. Per fortuna lui l'ha vista e le ha detto: «Sonia, sono io». E lei, dopo avere gridato non so che improperi, se ne è tornata a letto. Ma il giorno dopo l'ha accusato di essere uscito di notte per rubare le uova delle sue galline.

Mia madre l'ha detestata per queste piccinerie. Era capace di passare mesi senza rivolgerle la parola. Solo quando la nonna è entrata in ospedale per la rottura di un femore, qualche anno fa, ha lasciato da parte i rancori per dedicarsi a lei, come farebbe una qualsiasi figlia amorevole.

«Da ultimo mandava un odore orribile per le piaghe da decubito. Ma non se ne rendeva conto», racconta oggi mia madre, «dormiva con la chiave della cassaforte attaccata al polso con una cordicella. Non si fidava di nessuno, neanche di me. Avrei voluto dirle: mamà, non me ne importa niente dei tuoi soldi, sono qui per fare pace con te che stai morendo... Ma lei mi sorvegliava con quegli occhi scuri, lucidi di febbre e non capiva... Non ha mai capito niente mia madre, era selvaggia, fedele solo a se stessa come un animale da foresta. Il suo guaio è stato quello di dovere vivere una vita da signora quando era nata per esibirsi in teatro. Ma glielo avevano proibito. Da quella proibizione è nata la sua stupida piccola teatralità casalinga che noi, figlie, non le abbiamo mai perdonato. Ma non volevo che morisse come un cane. Quando l'ho vista infine arresa alla malattia, la faccia devastata, gli occhi persi, ho avuto una pietà così forte che avrei voluto prenderla in braccio come una bambina, perché tale era stata tutta la vita, e consolarla, e cantarle piano una di quelle canzoni cilene che le piacevano tanto.»

È morta lasciando poche briciole di quello che era stato un grande patrimonio. A me è toccato un mobiletto ottocentesco con delle testine egiziane scolpite nel legno rossiccio. Più una vestaglia di seta rosa fucsia con delle grandi tasche ricamate, che ho tenuto come un cimelio teatrale.

La zia Saretta batte il piede a terra per svegliarmi dalle mie fantasticherie. La lunga collana di ambra le balla sul petto. Le macchie sul collo e sulle braccia nude sembrano accendersi di un marrone intenso, minaccioso.

Usciamo sul terrazzo. Le vecchie mattonelle bianche e blu sono ancora lì, identiche a come le ho lasciate tanti anni fa. Uno strappo in gola. Mi torna alla mente una tiepida notte estiva in cui, sdraiati su quelle mattonelle, mio padre, un suo amico toscano e io guardavamo ammirati il cielo seminato di stelle. Intorno a noi l'aria era dolce e profumata. Sopra di noi, tante pietre luccicanti. «Pensa», diceva mio padre, «sotto di noi c'è terra e sotto ancora il vuoto... siamo sospesi e corriamo precipitosamente verso qualcosa che non sappiamo.»

Si rivolgeva al suo amico, non a me che riteneva troppo bambina per partecipare ai misteri dell'universo. Ogni tanto eravamo raggiunti da una piccola onda di profumo inquietante: i gelsomini erano appena fioriti.

Anni dopo ho piantato dei gelsomini sulla mia terrazza romana, in estate spio il loro aprirsi aspettando di coglierne il profumo. Ma ogni volta è una delusione. Il profumo c'è ma è così fievole e leggero, non ha niente dell'intensità quasi dolorosa dei gelsomini di Bagheria. Nutriti di altra terra, succosa e dura, bagnati da un'acqua più avara e forse più densa, accarezzata da un vento caldo che sale su dall'Africa sviluppano un profumo squisito e sensuale. Se dovessi tenermi in vita per qualche giorno in attesa della morte, sceglierei i gelsomini di Bagheria come Democrito scelse il pane fresco. (Dovendosi sposare la sorella e non volendole guastare le feste, Democrito si tenne in vita per tre giorni annusando pane fresco.)

Certo bastava poco a guastarlo, il profumo dei gelsomini di villa Valguarnera, quel leggero odore di gallina che veniva su dal pollaio in fondo al giardino o quel lontano fetore di pelli appena scuoiate che i pastori stendevano ad asciugare proprio davanti al cancello della villa, per trasformare il profumo in qualcosa di tumescente, che appestava l'aria.

Ma quella notte quando l'amico di mio padre era venuto a trovarci da Firenze, l'aria era pulita e il profumo che emanava da quei piccoli fiori color latte non si mescolava a niente altro che all'odore della mentuccia addormentata che nasceva fra le mattonelle e a un leggero sentore di acqua marina che saliva dalle distese liquide al di là di monte Zafferano, fresco e salino.

Ascoltavo in silenzio le parole che mio padre e il suo amico d'infanzia si scambiavano, contenta che non mi avessero allontanata. In qualche modo facevo parte del loro mondo speculativo, del loro linguaggio pieno di interrogativi e di ardimenti dell'immaginazione.

«Se l'universo respirasse?»

Non ricordo più se era la voce di mio padre o quella del suo giovane amico. Mettendo insieme le loro età non si raggiungevano i cinquantacinque anni. Inutile dire che mi ero innamorata di quell'amico e lo covavo con gli occhi e le orecchie. Lo amavo per quel tanto che aveva di diverso da me: bruno, asciutto, con qualcosa di saraceno negli occhi luminosi e nerissimi.

«Se fossimo parte di un lungo attimo che separa l'atto del respirare da quello dell'aspirare?»

Lo invidiavo per l'intimità che aveva con mio padre. Quel tanto di corrusca solidarietà che solo gli uomini sanno creare fra di loro, per una antica abitudine a fare corpo insieme, a distillare in comune un pensiero forte, libero.

«Se c'è un respiro c'è anche un essere pensante, un Dio.»

«Tu vuoi dare un senso a delle cose che non ne hanno... Non c'è nessun pensiero dietro a quel respiro, solo un atto di vita, casuale.» Mio padre lo incalzava con la sua bella voce pacata dalle ci un poco aspirate.

«Come fai a esserne sicuro?»

«Non lo so, lo immagino. L'immaginazione d'altronde è nutrita di esperienze stratificate nel tempo... Lo so perché Eraclito l'ha detto a Talete e Talete l'ha detto a Newton e Newton l'ha detto a Galilei, e Galilei a Locke e Locke a Hume e Hume a Hegel e Hegel l'ha detto a Marx che me l'ha ripetuto in un orecchio a voce bassa.»

«Marx non può avertelo detto, perché Marx ha dichiarato che la filosofia è morta.»

«Forse non l'ha detto, ma l'ha suggerito ad Einstein e Einstein l'ha scritto che il tempo non esiste...»

«E dove li metti quei cugini perversi, quei Platone, quei Campanella, quei Pascal, quegli Heidegger, quei Nietzsche, che sognano di dei e di uomini che amoreggiano insieme allegramente?»

E qui avevo sentito una piccola, impercettibile risata, un sorriso accompagnato da uno sbuffo, che era entrato nella mia mente come la superiorità della ragione sulle pretese della fede. Quella ragione asciutta, radicale, spartana che sapevo abitare nella mente di quell'uomo amato e perso che era mio padre.

Ma la zia Saretta batte ancora il piede, impaziente di tornare alle sue carte e francamente piena di sospetti nei riguardi di questa nipote che ha sputato sulla famiglia, sputato sulla nobiltà, sputato sulla fede, impelagandosi in pensieri eretici, facendosi parte di gruppi socialmente pericolosi, pestando sotto i piedi, con disinvoltura riprovevole, gli antichi principii di diseguaglianza e di gerarchia.

Vedo che osserva le mie scarpe di pezza, i miei pantaloni di cotone sdrucito, la mia camicia a righe, la mia borsa a tracolla con un sorriso di commiserazione. È chiaro che, vestite così, non si possono avere in testa che pensieri goffi, disordinati e di bassa lega.

Ma, soffocando le sue prevenzioni, ci precede nel giardino distrutto: la statua della dea Cerere col corno ripieno di frutti, giace a terra, decapitata. La Coffee House di ferro smaltato pende da una parte, con le griglie di ferro arrugginite su cui corrono le formiche indaffarate; il pavimento è stato spaccato e divelto dalle radici impetuose di una robinia che infesta il giardino con i suoi polloni venuti su spontaneamente nella incuria generale.

In quella Coffee House il marito di Marianna Ucrìa, don Pietro Ucrìa di Scannatura, si ritirava a sorbire il suo caffè mattutino contemplando, con lo sguardo opaco, le sue proprietà che scendevano verso il mare. E Marianna lo osservava dalla finestra del primo piano dove abitava, duecento anni dopo, la nonna Sonia venuta dal Cile e sposata a uno degli ultimi duchi di Salaparuta.

Il parapetto di tufo che chiudeva il giardino, vedo, è smozzicato, in parte crollato. Pezzi di balaustra sono caduti verso valle. Di fianco, dove si vedeva il dorso di una morbida collina dalla grana tutta grigia e rugosa come la pelle di elefante ora c'è una ferita nella pietra e, in mezzo alla ferita, si erge un orribile palazzetto nuovo, color rosa confetto. La collina è stata sventrata, la montagna decapitata, sconciata, gli alberi divelti, distrutti. Il paesaggio inutilmente rovinato.

Girando lo sguardo verso il mare, noto con sollievo che gli ulivi sono ancora lì, in massa, e hanno sempre lo stesso colore cereo, argentato. Fra gli ulivi, in basso a destra, la villa Spedalotto, con le sue colonne leggere, il suo cortile assolato e sempre vuoto, il suo cancello chiuso.

"I marchesi di Paternò di Spedalotto acquistarono dal cavaliere Arezzo la villa mentre era in costruzione. Il palazzetto era costituito da un fabbricato agricolo terraneo, ripristinato e trasformato verso la fine del Settecento per essere destinato a luogo di villeggiatura. A esso si perviene attraverso un pronao colonnato al quale si accede da un cancello che dà su quell'antica strada provinciale la quale incrociava a Solunto la via consolare. La costruzione sorge in mezzo a una discesa di agrumeto profumato quasi alle falde della Montagnola di Serra di Falco, in contrada Despuches, vicino alla beveratura omonima. Il palazzetto ha lo stile fra il Luigi XII e il neoclassico, ha una sopraelevazione e annessa cappella con sacristia."

Così scrive il serafico Girgenti, con la sua prosa didascalica, commovente per l'amore che dimostra per la più piccola costruzione architettonica della sua Bagheria.

"Ferdinando II di Borbone, il nefasto re Bomba, detto anche crudele e lazzarone, ebbe i suoi natali a Bagheria, proprio nella villa Arezzo. Il suo genitore, Francesco I, scellerato, brutale e feroce più del figlio e la regina solevano soggiornare nella villa. Una epigrafe che si conserva ancora ricorda la loro ospitalità in casa Arezzo nei mesi di ottobre, novembre e dicembre del 1799.

"Si dice che nella casina Arezzo Spedalotto", continua il nostro gentile Girgenti, "si conservi ancora la culla dove emise i primi vagiti l'infante che doveva divenire il barbaro re Bomba... Nel 1860 Victor Hugo, arringando la folla alla vigilia della storica spedizione dei mille in Sicilia, disse: 'Il capo Mongerbino finisce in una spiaggia deserta, in questa spiaggia alcuni sbirri portano sacchi; in questi sacchi vi mettono degli uomini. Si immerge il sacco nelle acque, vi si tiene fino a che più non si dibatte, allora si tira fuori il sacco e si dice all'uomo che vi è dentro: confessa. Se ricusa si immerge il sacco nell'acqua. In questo modo fu fatto morire Giovanni Vienna da Messina'."

I miei antenati materni che oggi guardano con occhi indifferenti dai quadri appesi alle pareti, certamente stavano dalla parte di chi reggeva il sacco e se non erano sulla spiaggia a spingere il sacco dentro l'acqua con le loro mani, sicuramente se ne stavano a casa a mangiare sorbetti e trionfi di gola mentre qualcuno chiudeva le cocche della iuta con lo spago ben robusto, anche per conto loro.

Questo non impediva alle loro signorie di coltivare sentimenti preziosi e pensieri elevati. Molti, come Giovanni Alliata, suonatore di cembalo e compositore, "terzo principe di Villafranca, duca della Sala di Paruta, professore di belle lettere e protettore di virtuosi, fece amenissime poesie in lingua italiana e siciliana onde si rese accetto alla Repubblica letteraria e di lui fa onoratissima menzione il canonico Antonio Mongitore nella sua biblioteca sicula...".

Ma la maggioranza erano capitani di giustizia, giureconsulti, pretori, senatori, deputati, vescovi. Uno, nel 1757 fu fatto maestro Corriere delle Poste di Sicilia, luogotenente del Viceré e Procuratore gentilizio.

Dal servizio delle Poste ebbero molti guadagni gli Alliata, che rinvestirono in fondi, vigneti e palazzi, fino alla fine dell'Ottocento. Dopo di che comincia la decadenza. E certo, alla fine della seconda guerra mondiale stavano nei debiti fino al collo.

"Fra i molti nobili che convennero al matrimonio si segnalò Francesco Alliata, non solo nella gala della propria persona e de' cavalli e delle livree dell'equipaggio assai numeroso, m'ancora nella bravura e nell'arte onde ebbe i primi applausi e le più strepitose acclamazioni in tutti l'altri giochi che si rattenne detta principessa nel real Palazzo... Egli fece nobil comparsa di ridurre in miglior forma la grotta di Santa Rosalia sul monte Pellegrino in Palermo nell'anno domini 1603."

Andando indietro, ecco Filippaccio Alliata che morì nel 1364 "lasciando la moglie Ursula e cinque figli. Il loro figlio Gerardo si stabilirà a Palermo e avrà una sorella, Sigismonda, la quale si fece suora del Monastero di San Geronimo dell'ordine di San Domenico... Sigismonda, poi, volle ampliare e nobilitare con la sua dote e comodità che avea il monastero come fece poi per il Miraculo dell'Immagina della santissima Vergine della Pietà che dentro una cassa era tenuta da quelle religiose in loco nascosto sentendosi da tutte le Religiose una voce lamentevole che usciva dalla cassa medesima, essendo stata reposta con pompa e feste la detta immagina in chiesa, non si sentì più altro, onde fu appellata la Chiesa e Monastero della Madonna della Pietà concorrendoci molte Nobili donzelle per farsi Religiose e perché le suore erano molto anguste di sito Federico Abatelli, essendo venuto a Morte, li donò il proprio palazzo del quale ne appaiono ancora le vestigia al Parlatorio e in quello Sigismonda visse molti anni da vera e osservante religiosa e morì con fama di perfezione e di santità, essendo più volte stata Abbadessa nel detto Monastero...".

Tutto questo mi è cascato sulla testa come una valanga leggendo il libro di zia Felicita, che a sua volta si rifaceva a un altro libro scritto nel Settecento per conservare e fare conoscere la storia della famiglia Alliata di Salaparuta.

Un cumulo di adulazioni e di vanterie. Una famiglia di gente ardita e pia, secondo l'autore, sempre pronta a dare soldi per erigere nuove cappelle, a partire per andare a uccidere i "Mori traditori", a schierarsi accanto ai reali spagnoli pieni di pretese e di boria, superbi nobili, di cuore magnanimo e sentimenti "sofistici".

Pensavo di averli buttati fuori dalla mia vita con un atto di volontà. Mai frequentato parenti siciliani, salvo la vecchia zia Felicita quando ero bambina e il mite zio Quinto, grande conservatore della storia di famiglia e raffinato pittore.

Non ho mai indagato sul passato, non ho mai voluto sapere da dove venissero quelle ville, quelle terre, che per fortuna non ci appartenevano più ma erano lì a ricordare fasti lontani. Li ritenevo estranei con tutta la forza del mio giovane cuore borghese. Io appartenevo a mio padre, alla nonna inglese scappata di casa abbandonando tre figlie e il marito per andare vagabondando fino a Bagdad e poi sposatasi per amore a Firenze, col mio nonno Antonio Maraini, scultore.

Conoscevo troppo bene le arroganze e le crudeltà della Mafia che sono state proprio le grandi famiglie aristocratiche siciliane a nutrire e a fare prosperare perché facessero giustizia per conto loro presso i contadini, disinteressandosi dei metodi che questi campieri usavano in nome loro, chiudendo gli occhi sugli abusi, sulle torture, sulle prepotenze infinite che venivano fatte sotto il loro naso ma fuori dal raggio delicato dei loro occhi.

Io non ne volevo sapere di loro. Mi erano estranei, sconosciuti. Li avevo ripudiati per sempre già da quando avevo nove anni ed ero tornata dal Giappone affamata, poverissima, con la cugina morte ancora acquattata nel fondo degli occhi.

Non volevo neanche sentirne parlare. La villa Valguarnera, in cui pure ho abitato per diversi anni, la consideravo già persa e buonanotte. Non l'avrei del resto voluta neanche se me l'avessero regalata. Mi levavo, con un gesto gelido e scostante, i ricordi dal cuore come fossero solo ingombri penosi, resti di una ingenua cosmogonia infantile.

Io stavo dalla parte di mio padre che aveva dato un calcio alle sciocchezze di quei principi arroganti rifiutando una contea che pure gli spettava in quanto marito della figlia maggiore del duca che non lasciava eredi.

Lui aveva preso per mano mia madre e se l'era portata a Fiesole a fare la fame, lontana dalle beghe di una famiglia impettita e ansiosa. Quando si erano sposati avevano mandato in giro, come biglietto di nozze, un piccolo disegno di loro due nudi visti di spalle sulla spiaggia deserta, creando scandalo e sdegno fra i parenti.

Io, per me, mi consideravo nata dalla testa di mio padre, come una novella Minerva, armata di penna e carta, pronta ad affrontare il mondo attraverso un difficile lavoro di alchimia delle parole.

E mia madre? Anche lei aveva dato un calcio a quel passato. Non ne parlava mai. Si teneva alla larga dalla pletora dei parenti. Soprattutto quelli della generazione precedente. Perché i cugini sembravano incerti e insofferenti come lei. Il cugino Quinto, la cugina Manina, la cugina Fiammetta, erano persone delicate e inermi, in fuga anche loro da una discendenza troppo ingombrante. Gli altri, gli anziani, sembravano chiusi come frutti di mare ormai morti e rinsecchiti dentro le conchiglie preziose in cui avevano creduto di potere conservare in eterno le loro perle semplicemente chiudendo le valve dentate.

Cos'era rimasto, poi, di tutta quella magnificenza? Dei palazzi che cascavano a pezzi, degli specchi arrugginiti, dei lampadari sbocconcellati, con le croste di vecchie cere che non andavano più via.

E i figli dei figli dei figli? Gente che si arrabatta fra vecchi e nuovi debiti, presi da sconforto suicida o da folli delirii di grandezza. Quanto basta per disinteressarsene per sempre.

E invece eccoli lì, mi sono cascati addosso tutti insieme, con un rumore di vecchie ossa, nel momento in cui ho deciso, dopo anni e anni di rinvii e di rifiuti, di parlare della Sicilia. Non di una Sicilia immaginaria, di una Sicilia letteraria, sognata, mitizzata. Ma di quel rovinio di vestiti di broccato, di quei ritratti stagnanti, di quelle stanze che puzzavano di rancido, di quelle carte sbiadite, di quegli scandali svaporati, di quelle antiche storie che mi appartengono solo in parte ma mi appartengono e non possono essere scacciate come mosche petulanti solo perché ho deciso che mi infastidiscono.

Ho scritto otto romanzi prima de *La lunga vita di Marianna Ucrìa*, ma sempre evitando come la peste l'isola dei gelsomini e del pesce marcio, dei cuori sublimi e delle lame taglienti. Solo in alcune poesie del '68 pubblicate da Feltrinelli e oggi introvabili ho parlato di Palermo, di Bagheria. Ma era un dialogo fitto e amaro fra me e me, passando attraverso il fantasma sempre presente di un padre amato e ripudiato.

Parlare della Sicilia significa aprire una porta rimasta sprangata. Una porta che avevo talmente bene mimetizzata con rampicanti e intrichi di foglie da dimenticare che ci fosse mai stata; un muro, uno spessore chiuso, impenetrabile.

Poi una mano, una mano che non mi conoscevo, che è cresciuta da una manica scucita e dimenticata, una mano ardimentosa e piena di curiosità, ha cominciato a spingere quella porta strappando le ragnatele e le radici abbarbicate. Una volta aperta, mi sono affacciata nel mondo dei ricordi con sospetto e una leggera nausea. I fantasmi che ho visto passare non mi hanno certo incoraggiata. Ma ormai ero lì e non potevo tirarmi indietro.

Forse ha influito a questo riavvicinamento anche la rinnovata frequentazione di alcuni amici palermitani perduti da tempo: l'ironica e pungente Marilù, la dolce e profonda Bice, il generoso Giuseppe dall'intelligenza maniacale. E dietro di loro i Francesco, i Roberto, i Nino, le Marie Pie, le Gabrielle, le Gigliole che avevo perso di vista da troppi anni.

Non so se sono stati loro a riportarmi verso quella porta o se è stata la porta aperta che me li ha fatti scorgere lì, ancora vivi fra i fantasmi delle persone scomparse.

Potrebbe anche essere la vecchiaia che fa i soliti scherzi: avvicina quello che è lontano e allontana quello che è vicino. Mi ha preso prepotente il bisogno di rileggere vecchi libri dimenticati: Verga, Capuana, Meli, Pitrè, Villabianca, Mortillaro, e ultimo, il più amato di tutti, De Roberto.

Fatto sta che ho cominciato a tornarci a Palermo, nonostante l'orrore che provavo per gli scempi edilizi. Un orrore fisico, un assoluto e deciso rifiuto del corpo ad adeguarsi a questi nuovi spazi involgariti a dismisura.

Ogni volta è così. Vado all'Aspra, vedo le villette arroganti che si sporgono sulle rocce dove una volta sedevano gli impagliatori di sedie che torcevano con le dita dei piedi la fibra battuta delle agavi, e mi si rivolta l'anima.

Vado a Bagheria, e vedo come hanno sfondato mezzo paese per fare entrare l'autostrada nuova fiammante fin sotto casa, buttando giù gli antichi giardini, abbattendo colonne, capitelli, alberi secolari e mi si chiude la gola.

Vado a villa Palagonia, e vedo che hanno costruito, ancora, pezzo per pezzo, alla carlona, con una furia devastatrice e becera, proprio dietro le bellissime statue di tufo, glorie della meravigliosa immaginazione barocca siciliana e mi si rivoltano le viscere. Tutto il corpo alla fine è in subbuglio e che fare?

Getto uno sguardo sulla scarpa a punta, di fattura elegante, che calza la zia Saretta. Ha dei piedi piccoli e ben fatti. Niente “cipolla” come aveva la nonna Sonia. Da ultimo la nonna portava le scarpe con la gobba da una parte. Anche mia madre ha la “cipolla” ai piedi, ma molto ridotta. Una delle poche cose che non ho preso da lei. Forse i piedi li ho presi da nonna Yoi, l’inglese pellegrina e con i suoi piedi ho preso anche il suo amore per il vagabondaggio.

Zia Saretta mi precede verso il centro della terrazza, lì dove si apre la vasca col Nettuno seduto sconsolato al centro. È sempre stata vuota quella fontana per quanto ne so io. Nei mesi estivi diventava un recipiente per i piccoli datteri rossi e gialli che cadevano dalla palma che si rizza lì accanto.

Frutti immangiabili, quei datteri, troppo piccoli e amari per poterli sciogliere in bocca, così diversi da quelli gonfi e dolci che si trovano in Libia o in Marocco. Eppure la palma deve essere venuta da quelle parti, chissà in quale secolo, a rallegrare i cortili, le piazze delle città siciliane.

Una volta ne abbiamo mangiati tanti, Pasolini e io, che poi abbiamo avuto tutti e due mal di pancia. E Alberto ci guardava, seduto su una sedia pieghevole, in mezzo a una spiaggia, e rideva di noi, e della nostra ingordigia. Ma questa è un’altra storia, tendo a divagare come una ubriaca.

Butto uno sguardo sulla scarpa appuntita della zia Saretta per non guardare la palma dietro cui ho intravisto dei nuovi obbrobrii edilizi. Un palazzo di dieci piani tirati su senza criterio, senza un minimo di decenza, e chissà quanti morti è costato.

Bagheria è una città mafiosa, lo sanno tutti. Ma non si deve dire. Io ho avuto una denuncia negli anni Sessanta per avere fatto dire a un mio personaggio che Bagheria è mafiosa. Il processo si è perso per strada, non è mai arrivato a conclusione. Probabilmente perché sarebbe stato difficile dimostrare che dicevo il falso mentre su tutti i giornali si raccontava di quei morti ammazzati non si sa da chi né, apparentemente, per cosa. D'altronde è cronaca di città, anche se piccola. Una cronaca zeppa di violenze, intimidazioni, soprusi, prepotenze, abusi, feriti, morti.

Questo non significa che non ci siano i coraggiosi, gli irriducibili, i puri di cuore, e i poveri, gli onesti. Ho conosciuto un gruppo di donne coraggiose che si radunano attorno a una farmacista piena di vita che si chiama Antonella Nasca. E che dire poi dei figli celebri di Bagheria come Guttuso, come Buttitta, come Giuseppe Tornatore? E l'indomabile Antonino Morreale che umilmente insegna nel liceo di Bagheria e nello stesso tempo non rinuncia a gettare uno sguardo acuto e intelligente sul passato e il presente della piccola vulcanica città. Ho conosciuto dei giovanotti dalla faccia candida, generosa, che hanno creato delle associazioni, dei giornali, dei gruppi di vigilanza civica a Bagheria. Nelle loro mani sta il futuro della città.

Ora ci avviciniamo all'ala dove abitava la zia Felicita. Il magnifico ficus sta perdendo le foglie: sono così grasse e spesse che sembra di pestare dei pezzi di carne. Le sue radici hanno spaccato il pavimento della terrazza e sbucano callose e prepotenti fra le tubature abbandonate.

Anche qui una fontana, delle tracce di ninfee, un'acqua limacciosa, ormai soffocata dalle alghe. Dove nuotavano dei pesci rossi ci sono solo dei pezzi di grondaia saltata via dal tetto.

Le case della nuova Bagheria della rapina arrivano a lambire il giardino di villa Valguarnera dalla parte del nord. Si mangeranno, se continua così, in pochi anni, anche il resto del terreno e finiranno per ridurre la villa a un moncone sperduto nel cemento. E così la città avrà distrutto per sempre una delle sue memorie architettoniche più preziose.

Il Comune di Bagheria è ricco, ma la conservazione dei beni artistici è stata finora l'ultima delle sue preoccupazioni. Non so se augurarmi che la villa venga comprata da un ente pubblico o da una industria privata. Dopo quello che ho visto a Palermo dove un ente pubblico aveva comprato un teatro per "sistemarlo", l'ha scoperchiato per cominciare i lavori che invece sono stati sospesi dopo pochi mesi e il teatro è stato davvero "sistemato" per le feste, rovinato in capo a un anno di abbandono alle piogge, al vento.

D'altronde i parenti stessi hanno ceduto alle pressioni dei debiti, hanno venduto, abbandonato, concesso gran parte dei giardini. Che sia questo il destino delle nostre fantasmagoriche radici barocche? che il nostro protestare sia solo un buttarsi sui mulini a vento con una spada di latta?

Da questo muretto di tufo oggi minacciato dai palazzi di una affollata periferia bagarese ho assistito una volta a un grande spettacolo che "maritò" la mano dell'uomo a quella della natura.

Una notte, forse del '48 o '49. Nella stanza d'angolo giaceva una donna dalla faccia lentigginosa, gli occhi persi in una tristezza spaventata eppure ravvivata da una sua folle giocosità. Aspettava il suo quindicesimo figlio stando diligentemente a letto come le ordinavano i medici.

I quattordici figli precedenti erano tutti morti prima di nascere. E ogni volta si portavano via un pezzo del suo corpo. Che periodicamente si animava, ospitando con festosa golosità un piccolo intruso e poi, non si sa come né perché, improvvisamente lo cacciava via come se lo detestasse.

Il marito, con i capelli come una torre in testa e gli spessi occhiali da miope, andava su e giù sminuzzando una sigaretta fra le dita dai polpastrelli gonfi e larghi.

Quella notte del dopoguerra noi eravamo fuori, affacciati al parapetto dalla parte del giardino non nostra, per assistere ai famosi "giochi di fuoco" di Bagheria, per cui la gente veniva fin dalla lontana Cefalù o da Misilmeri. Era estate. Il sole se ne era andato da poco, c'erano ancora delle strisce rosa galleggianti all'orizzonte, delle sbavature violacee che, momento per momento, venivano inghiottite dalla notte incalzante.

D'improvviso ecco fiorire davanti a noi un campo di gigli dai petali scintillanti che si mostrano un momento nel loro fulgore e poi si spengono con un fischio precipitando verso terra. Subito dopo un botto: bum seguito dall'apparizione di una cupola verde smeraldo, che in un attimo si trasforma nella volta argentata di una chiesa e subito dopo in una manciata di rubini che esplodono verso l'alto e ricadono a terra seguiti da un piccolo rivolo di fumo bianco.

Erano i fuochi in onore di san Giuseppe, il patrono di Bagheria. La festa per cui i bagarioti, che pure si lamentavano dell'estrema loro povertà, si svenavano ogni anno regolarmente. Tre famiglie di fuochisti venivano pagate profumatamente per buttarsi in una gara di splendori, il cui unico giudice sarebbe stato il pubblico.

Intanto, il corso si accendeva di mille lampadine colorate. Centinaia di bancarelle disseminate per le strade, esponevano allegramente, in mezzo a festoni di carta rossa e argento, granaglie di ogni genere: semi di zucca, di girasole, nocciole, noccioline, ceci, mandorle salate, mandorle caramellate; nonché gelati di campagna, gelo di mellone, sfinciuni, cucuzzate, cannoli, liquorizia in trecce, in fiocchi, in bastoncini.

Ma ecco che d'improvviso, senza un refolo di vento, senza un tuono, il cielo viene squarciato da lunghe saette in forma di rami e rametti dorati.

Una cosa mai vista, mai sognata: il gioco dei fulmini che si sovrappone e si mescola ai giochi pirotecnici. Il prodotto dell'invenzione umana che gareggia con l'invenzione capricciosa della natura. Un duello a cui abbiamo assistito paralizzati dallo stupore.

I giochi di fuoco terminano, in Sicilia, con quella che viene chiamata la "mascoliata finale". Come a dire un gettito di esuberanza virile, una imitazione del coito che esprime una sfida maschia al cielo e al mondo.

E bum, e bum e bumtumtum vorticavano sprizzando scintille e i fiori verdi si accavallavano alle stelle rosse mentre una pioggia di fili di neve copriva, con un velo vibrante, il fondo della notte.

Proprio in quel momento, come chiamati dai "botti" sono cominciati i tuoni, scuotendo la terra, mirando il cielo. E gli squarci si sono fatti più lunghi, più laceranti. C'era da avere paura a stare lì sotto gli alberi che potevano essere colpiti da un momento all'altro. Ma non riuscivamo a staccarci dallo spettacolo imprevisto. Così siamo rimasti ad assistere a quella sfida. Accolta, ribadita, e giocata spietatamente dai fuochi di terra contro i fuochi del cielo. Vinta infine da questi ultimi che, dopo avere tuonato e lampeggiato per lunghi minuti, hanno cominciato a mandare giù un'acqua sferzante e dura. Gocce grandi come ceci hanno raggiunto i tetti, frustando le strade, allagando i cortili in un finimondo di foglie rapite da terra e sparse vorticosamente in giro per tutto il paese.

Il piede di zia Saretta è di nuovo lì che batte, impaziente, annoiato. Possibile che mi perda continuamente dietro ai ricordi? Cosa avrà questa nipote balorda, sembra chiedersi, che non ascolta niente, presa com'è da pensieri lontani e inafferrabili?

«Ecco questo è un quadro di zia Felicita», ci dice. Siamo faccia a faccia con una tela scura che contiene delle grandi calle bianche. È un quadro curioso: dipinto con una mano timida senza maestria, eppure animato da una sua intelligente corposità.

La fattura è convenzionale. La composizione prevedibile. Eppure queste calle dicono qualcos'altro da quello che sono. Senza grazia, con un loro goffo ardimento, sembrano prendere corpo mano mano che le osserviamo, piccoli fantasmi di un sogno carnale perduto chissà dove.

Mi viene in mente di avere letto che, ai suoi tempi, le donne non erano ammesse nelle accademie d'arte. Solo ogni tanto, qualcuna, se insisteva molto, poteva essere accettata. Ma non poteva partecipare agli studi sul nudo. Se proprio voleva dipingere su un modello, che scegliesse fra cani, gatti e uccelli impagliati. Il nudo femminile era proibito alle donne.

La zia Saretta passa oltre. Ma io ho voglia di guardarlo meglio questo quadro. E Bice, che è figlia di una brava pittrice, capisce e commenta con me la freschezza sensuale di quelle calle.

«Di qui abbiamo finito», dice la zia Saretta, «se vuoi andare di là a rivedere la dépendance» e dice «dépendance» arricciando un poco le labbra, «puoi andare, ti aspetto di sopra per prendere un gelato.»

Così Bice e io ce ne andiamo nelle ex stalle a rivedere le stanzucce in cui ho abitato per tre anni e in cui anche lei è venuta, ospite, come io andavo da lei a Palermo all'ultimo piano della clinica paterna a giocare con i suoi burattini.

Mi chiedo come abbiamo potuto vivere in cinque in questo piccolo spazio. La stanza dove dormivano mio padre e mia madre era minuscola, col tetto basso. La camera dove dormivamo noi tre sorelle con una finestrella quadrata che dava sul pollaio, era appena un poco più grande. Il soggiorno, anche quello da nani, da cui si apriva la porta magica che dava sul giardino. Lì invece era tutto ampio, spazioso, e gli orizzonti si accavallavano in lontananza.

Fu in quella casa dalle stanze nane che mio padre un giorno rimase solo con la lavandaia che aveva quasi ottant'anni. E il giorno dopo il marito della donna venne su ingrugnato dicendo che sua moglie non poteva più venire da noi perché la lasciavamo sola con "l'ommu". E cosa avrebbe pensato la gente?

Una donna qualsiasi, bella o brutta, giovane o vecchia, se rimaneva sola con un uomo perdeva il suo buon nome. Si comprometteva. Si presumeva infatti che l'uomo, bello o brutto, giovane o vecchio, avrebbe comunque provato a sedurla secondo le antiche regole del gioco sessuale. La volontà di lei non contava assolutamente nulla. Non era prevista una volontà femminile contro la bramosia maschile. Da qui la stretta parentela fra consenso alla semplice compagnia maschile da parte della donna e stupro.

Ricordo una volta una ospite di zia Orietta che se ne andò a spasso per la campagna da sola. Incontrò un contadino. Lui, molto rispettoso, le chiese se volesse un fico. Lei disse di sì e lui le saltò addosso. Il solo avere risposto alla sua offerta era stato considerato un segno di assenso.

Poiché è di ogni corpo virile la "presa" forzata e obbligatoria del corpo femminile, l'uomo non è responsabile dei suoi abusi. Che anzi, gli toccano in sorte, volente o no, dal momento che mette su bandiera nei pantaloni. Questa la filosofia del bagariota.

Un corpo munito di utero deve solo nascondersi e negarsi. Ogni accettazione, anche solo di una parola, di uno sguardo, di un momento di solitudine, è considerata una perdita, una resa incondizionata. Ogni abbandono è una rovina. Perfino il matrimonio è segnato come una grave capitolazione al principio della gerarchia paterna. Capitolazione a cui la donna non può sfuggire ma che la ribadisce nella sua ubbidienza fatale. La capitolazione non potrà quindi non avvenire prima o poi; ma sarà accompagnata da un fastoso cerimoniale che sancirà un atto pubblico di possesso sul corpo della donna.

A questo possesso, di cui rispondeva sempre e comunque il padre, la figlia non poteva negarsi. Neanche quando il padre carnale si sostituiva al marito. L'abuso veniva criticato ma nessuno avrebbe osato intervenire nel rapporto di autorità fra un padre e una figlia che è antichissimo e che, fra tutti gli usi, è uno dei più duri a morire, ancora oggi.

Proprio a Bagheria, c'erano due casi palesi che tutti conoscevano e che non sarebbero mai stati denunciati. Un padre aveva avuto un bambino dalla propria figlia. Era una cosa pubblica ma nello stesso tempo segreta. Nessuno l'avrebbe ammesso apertamente. La stessa moglie del padre marito, e madre della ragazza, faceva finta di niente. La ragazza aveva continuato a vivere con i suoi tirando su un bambino che era il ritratto del padre.

Un altro padre, in una di quelle case senza finestre che davano sui vicoli della parte vecchia del paese, aveva abusato della figlia quando aveva sei anni. Sempre sotto gli occhi ciechi della moglie. E aveva continuato ad abusare di lei, come per un sacrosanto diritto, anni dopo anni. Poi, quando la figlia, sedicenne, si era sposata, aveva cominciato ad abusare della seconda figlia che ne aveva dieci, e quando questa a sua volta era cresciuta (ma a questo punto in paese si era risaputo perché la prima figlia si era lasciata scappare qualcosa col marito e la seconda figlia non ha mai trovato chi la volesse sposare), l'uomo si era rivolto alla terza figlia, rendendola gravida e costringendola ad abortire.

Tutto nel silenzio di quelle stanze dagli "stipi" neri pieni di piatti preziosi che si usavano solo per i giorni di festa, in quei letti enormi altissimi da terra sotto cui razzolavano spesso le galline; in quelle cucine fumose in cui per accendere il fuoco la mattina si impiegavano delle mezz'ore a furia di energiche "sciusciate".

La chiesa e la morale comune proibivano questi accoppiamenti carnali fra padre e figlia. Ma qualcosa di molto più antico e sotterraneo che non aveva neanche più niente a che fare col desiderio ma con l'espressione di una potenza tellurica, spingeva questi uomini ad agire segretamente secondo principii che in cuor loro ritenevano più che giusti. Una figlia non è carne della tua carne? sangue del tuo sangue?

L'ordine dell'universo è più antico e perfetto di quanto dicano le morali stabilite, era il pensiero comune. E poi da chi erano state stabilite queste regole? Il diritto della carne, per costoro, veniva prima di ogni legge, umana o divina. Non aveva fatto così anche Lot nei lontani racconti biblici? Si era coricato con le due figlie e aveva fatto dei bambini a sua immagine e somiglianza. A proposito come si chiamano le figlie di Lot? La folle arroganza del mondo contadino disfaceva di notte quello che le regole della morale borghese e della morale cattolica ricostituivano di giorno.

«In questa stanza ci ha abitato la regina Maria Carolina, per una settimana, con tutta la sua corte, lo sapevi?»

«Mi pare di averlo letto sul libro della zia Felicita.»

«Quelle consolle bianche e oro con i lunghi specchi opachi sono state messe lì per lei. La villa allora non aveva persiane, e sai che fece la regina? se le portò con sé perché non sopportava la luce la mattina presto. Ma poi, quando andò via, fece scardinare le sue persiane e le portò via. Inoltre fece spaccare il blasone di stucco sulla facciata interna, quella che hai visto entrando, con i due leoni accovacciati e le due bandiere.»

«E perché lo fece?» La risposta la conoscevo ma volevo risentirla dalle sue labbra.

Ora la zia Saretta sorride, di un sorriso triste e avaro. «Per arroganza di regina, non voleva, dove abitava lei, che si inalberasse un blasone non suo. In compenso ha lasciato alla villa un regalo che è rimasto per anni dentro una teca finché dei ladri non l'hanno rubato.»

«Che cos'era?»

«Una scatola di pelle di Bulgaria, stampigliata in oro, foderata di velluto azzurro, con un servizietto da caffè per due persone: due tazze, una caffettiera e la zuccheriera. Sulle tazze c'era scritto *l'espérance soutient le malheureux jusque au tombeau*.»

Ma se voglio saperne di più devo andare a guardare nel libro di zia Felicita. "Nel vassoio che accompagna le tazzine, piccolo e concavo, dipinto con finissima fattura, era raffigurato *le malheureux*, nudo, con un breve drappeggio sulle vergogne. Un piede scendeva nella fossa, mentre alzava lo sguardo fiducioso verso *l'espérance* che, in tunica bianca, lo sosteneva con un braccio mentre l'altro teneva in alto una lampada accesa... Era una manifattura scelta di Capodimonte o Buen Retiro. Per sorbire un caffè il soggetto non sembra dei più allegri", commenta la zia, sorniona.

«Forse saprai che fu proprio qui che si combinò il matrimonio fra

Luigi Filippo d'Orléans, ospite alla villa Spedalotto e Maria Amelia, figlia di Maria Carolina e di Ferdinando di Borbone.»

«Racconta, mi interessa, zia Saretta.»

«Dalla villa Spedalotto c'era un sentiero che in salita portava alla nostra villa, e da quel sentiero veniva su ogni giorno Luigi Filippo diventato poi re di Francia, per andare a fare visita alla regina sua suocera. Una sentinella stava sempre presso il cancello che dalla proprietà fa accedere alla florette o giardino pensile alto sulle rocce.»

"Una sera, all'imbrunire", continuo con le parole di zia Felicita che mi sono più congeniali, "al passaggio del duca la sentinella, presentando le armi, si lasciò sfuggire il fucile di mano e un colpo partì in direzione di Luigi Filippo, rimasto per fortuna illeso. Si volle fosse stato un caso ma si sussurrò che il caso fosse accaduto per ordine della regina... D'altronde non era la prima volta che si attribuivano alla regina delitti e avvelenamenti."

"Certo", prosegue saggiamente la zia Felicita, "come donna e anche come regina Maria Carolina ebbe una vita tormentata dai suoi sfrenati sentimenti, dalla tragica morte della sorella Maria Antonietta, dall'avere oltre tutto un marito egoista e volgare, tutto ciò la portò al parossismo...

"Rimase famosa in famiglia l'eco di un pranzo in onore di lord e lady Bentick che avevano liberato il nonno Giuseppe dall'isola di Pantelleria, dove era stato mandato per sospetta simpatia verso i garibaldini.

"Il nonno Giuseppe aveva sempre dei cuochi francesi delle cui vivande nessun profumo giunse fino a me, purtroppo", è sempre la zia Felicita che scrive. "La tavola doveva essere vasta tanto da potere essere ornata al centro da un tempietto di stile dorico, ancora esistente, finemente intagliato in legno, con colonnati, balaustre, scale, tripodi e statue che si ripetevano in tempietti – specie di chioschi – più piccoli alle estremità della lunga tavola. Tutto era dipinto di un bianco azzurrognolo opaco. Tali monumenti pare fossero affollati di figurine di biscotto di Capodimonte: pastorelle, damine, non più alla Watteau ma piuttosto alla Reynolds, per l'influenza inglese che dominava lo stile dell'epoca in Sicilia.

"La tovaglia che conosco, in finissima tela damascata a disegni rettilinei, era tutta di un pezzo, della lunghezza circa di otto metri. Figuravano nella sala due busti di gesso, ritratti della coppia, esoticamente eseguiti espressamente dal Villareale. Il servizio di porcellana finissima che poteva bastare per sessanta coperti – e credo che circa tanti dovettero essere – era della manifattura francese del conte di Artois. Fabbrica che lavorò poco tempo e che poteva rivaleggiare con quella di Sèvres. Si componeva di centinaia di pezzi, ricchissimi di accessori: coppe, vasi da ghiacciare i vini, cestini per la frutta, ampolle, saliere di svariatissime forme, decorate di minuscoli fiordalisi azzurri e tulipani rosa, con bordi di festoni in allori e piccole bacche rosse, ornati di anse e volute di fogliami dorati.

"Il principe di Villafranca mandava a stirare la sua biancheria a Parigi: cravattoni, manichette, trine e gale... Quando egli viaggiava portava con sé delle specie di lenzuola – che io ho visto", precisa zia Felicita con puntigliosità, "in pelle di camoscio color crema bordate di nastri di seta blu chiaro. Erano lavabili e fungevano di biancheria."

In un'altra fotografia zia Felicita sta su una macchina lunghissima, scoperta, con in testa un cappello a cloche. Doveva essere intorno al 1920. La faccia sorniona di chi sa e tiene per sé. Una curiosa mistura di intelligenza esplorativa e di pudore infantile. Mi fa pensare a un'altra fotografia che sta in un libro di Gertrude Stein: la sua autobiografia scritta da Alice Toklas, che naturalmente era una finzione, perché è lei che scrive, lei che parla di sé in terza persona, lei che si guarda, ironica, beandosi dei suoi cagnolini, dei suoi bastoni, delle sue passeggiate, dei suoi quadri, delle sue cuoche.

Zia Felicita assomiglia a Gertrude Stein, me ne accorgo solo ora. Qualcosa in comune ce l'avevano certamente: erano ricche, e mantenevano con la propria ricchezza un rapporto disinvolto e gioioso, tenendo d'occhio le comodità ma senza strafare, non dimenticando mai i disagi e le privazioni degli altri. Generose e ironiche, erano abitate da quella serena bruttezza che in certi momenti appare come una grande materna bellezza. Il corpo che aveva preso a dilatarsi chissà in quale lontano cedimento alla fame nervosa, i piedi che si erano ingigantiti, fatti tozzi e pesanti per reggere quel peso ambulante. Eppure c'era molta grazia nel loro muoversi, fatta di un pudore gentile, sorridente.

E poi? non avevano anche la pittura in comune? Con più severità critica, da spettatrice, da parte di Gertrude Stein, con più indulgenza e da autrice, in zia Felicita. Tutte e due amanti del cibo, degli animali, dei boschi. In divertita osservazione degli altri e di sé. Solo che Gertrude Stein veniva dal cuore di una società proiettata ottimisticamente verso il futuro, salda nei suoi principii morali come nelle sue trasgressioni e nelle sue dichiarazioni polemiche di "immoralità". Zia Felicita invece veniva dal fondo di una provincia mediterranea, da una insicurezza atavica, da principii e doveri che mescolavano insieme gli insegnamenti della Chiesa con gli azzardi più scapestrati del pensiero libero, le intelligenze più luciferine.

Gertrude Stein era di famiglia ebrea, era una intellettuale piena di curiosità e di stravaganze. Zia Felicita veniva da una famiglia aristocratica che si era creduta per secoli così protetta dagli dei da non darsi nemmeno la pena di mettere il naso nelle faccende del mondo. Privilegiati per grazia di Dio e amen. Era già un miracolo che fosse così spontanea, così curiosa e portata all'arte. Nel suo libro, come nel libro di cucina vegetariana di mio nonno Enrico, si trova il meglio di una Sicilia che ha coltivato l'aspra capacità di ridere di sé.

Siamo al piano di sopra. Nel grande salone che dà sulla terrazza. Le pareti non sono dritte, ma fanno quinte, angoli, nicchie. Ogni curva però si rompe di fronte alla grande porta finestra che si apre sulla spaziosa terrazza dalle mattonelle bianche e blu.

Facile immaginare, perché ogni oggetto porta l'impronta dell'epoca, i nostri antenati dai grandi vestiti gonfi e sostenuti, le parrucche alte sul capo, le facce cosparse di cipria di riso, le mani intente a sgranare rosarii o a stringere una tazzina di cioccolata fumante.

Anche se poi, a guardare da vicino, le parrucche erano spesso abitate da cimici, i vestiti erano polverosi, i corpi appesantiti da cibi grassi e unti, gli aliti amari per i denti che si guastavano e che nessuno sapeva curare salvo tirandoli via e lasciando dei buchi senza rimedio.

Facile immaginare come su queste mattonelle bianche e blu, appena intiepidite dal primo sole, si posavano le pantofole del signore di casa il quale si era lavato da poco il naso dentro una bacinella di acqua fredda ingentilita da un petalo di rosa. Poi si sarebbe seduto davanti a un tavolino dalle zampe di ciliegio per prendere il suo caffè mentre un servo gli infilava le scarpe e un altro gli pettinava i capelli e glieli stringeva in un nodo dietro la nuca. Proprio come nei quadri di Hogarth o di Longhi.

E la signora? anche lei certamente alzata da poco, chiusa in una vestaglia di *crêpe de Chine*, come direbbe Proust, raggiunge il marito sulla terrazza allagata dal sole, si siede a prendere la sua fettina di pane imburrato mentre una serva prepara per lei il vassoio della toletta: la crema di Monsieur Varigault venuta fresca da Parigi, l'acqua di Nanfa al profumo di arancio, il turacciolo bruciato per il contorno degli occhi. Proprio come faceva mia nonna Sonia, dando ai suoi enormi occhi neri da india un che di spiritato e di folle.

La zia Saretta si avvicina alla balaustra e ci invita a guardare il panorama. Di lontano il mare si apre come un ventaglio, turchino leggero e polveroso. A sinistra, Solunto, il bellissimo monte su cui i Greci, dopo la cacciata dei Fenici, costruirono una loro civilissima città fatta di strade, negozi, piazze che ancora oggi sono riconoscibili fra le rovine.

Soleus, come si racconta, era un gigante che abitava le cime del Mongerbino. Si nutriva di carne umana e aveva una preferenza per le vergini. Qualche volta invece di mangiarle, le teneva come mogli e, solo quando si stufava di loro, le faceva a pezzi e le divorava.

Gli abitanti dei monti intorno chiesero a Ercole di venire a liberarli dal gigante antropofago. Ed Ercole, l'uccisore dei grandi serpenti, venne sulla cima del Mongerbino. Vide che era un posto bellissimo, degno di essere abitato. Affrontò il gigante, lo strozzò con le sue corte e robuste braccia e lo gettò in mare.

Da quel momento, dice la leggenda, il monte prese il nome di Solunto. Qui i Fenici costruirono templi preziosi in onore di Iside, di Baal, di Tanit; poi trasformati dai Greci in templi a Zeus, a Poseidone.

I Greci uccisero gli antichi cartaginesi adoratori di Baal; ma a loro volta furono vinti e uccisi dai romani che, con le loro armate, si impadronirono dei maggiori porti siciliani.

Una capitolazione dopo mesi e mesi di assalti, quella di Solunto. Un momento di euforia omicida e di terrore. Gente che per mesi aveva centellinato il cibo: una cipolla divisa in quattro, un poco di farina cruda mescolata all'acqua perché non c'era più legna da fuoco. Non era lo stesso per noi nel campo di concentramento giapponese? Niente per cuocere, e niente da cuocere. Per disperazione ci buttavamo su tutto quello che capitava a tiro: un topo, un serpentello, delle formiche. Abbiamo anche provato a mangiare le ghiande («Se le mandano giù i maiali perché non dovremmo digerirle anche noi?»). Invece sono risultate assolutamente incommestibili.

Un giorno abbiamo trovato dei funghi, cresciuti pallidi e stenti all'ombra di certi sassi. Ma chi ci diceva se erano velenosi o meno? E così abbiamo tirato a sorte una "cavia". Ne avrebbe mangiato un pezzetto. E se dopo otto ore non gli fosse successo niente, anche gli altri ne avrebbero mangiato. Un poveretto rovesciò l'anima per una notte e quei funghi furono buttati.

Forse anche i cittadini di Solunto assediata avevano fatto così coi funghi, asserragliati in cima alla montagna, chiusi nella cittadella sacra, mentre i Greci li stringevano da tutte le parti. Poi una notte, mentre erano immersi nel sonno agitato di chi non mangia e soffre di coliche e di fischi alle orecchie, un greco più impaziente e più coraggioso degli altri, un piccolo Ulisse dai calzari sdruciti e i capelli intrecciati, si è arrampicato in cima al muro, ha ucciso di sorpresa due guardie, è scivolato nel buio fino alla porta, l'ha aperta ai suoi compagni soldati.

La mattina alle nove Solunto era tutta in fumo. Gli incendii devastavano le botteghe che con tanta pazienza avevano continuato a vendere qualche cucchiaio di strutto, qualche manciata di semi secchi, qualche orciolo di vino tenuto chiuso con la cera, nonostante l'assedio.

Bruciavano le case con i loro poveri focolai, bruciavano i bagni pubblici, bruciavano le dimore dei ricchi con i cortili tirati a lucido e i vasi colmi di acqua; bruciavano le statue ricoperte di legno, bruciava perfino il famoso ginnasio dai pavimenti di mosaico con le scene di caccia dove si riunivano i più anziani a ragionare con i più giovani; bruciavano gli orci di terracotta che una volta erano pieni di grano e ora erano vuoti, bruciava il palcoscenico dalle grandi tavole di cedro.

I soldati rincorrevano fra le colonne di fumo i fenici che erano rimasti in città. Li prendevano, li legavano e, con un solo movimento rapido della mano armata di coltello, li sgozzavano. Le donne venivano spinte contro un muretto, o contro il nudo pavimento e stuprate. Poi sarebbero andate come schiave al seguito di un soldato, di un ufficiale. Un po' serve, un po' concubine, un po' facchine, un po' cuoche, secondo la volontà dei loro padroni.

Dovevano imparare a convivere con i loro stupratori. Qualche volta ci facevano dei figli e forse anche finivano per affezionarsi ai padri dei loro bambini dimenticando i rancori, le vendette.

Mi viene in mente un libro che racconta dei rapporti ambigui e complessi che possono instaurarsi fra chi compie la violenza e chi la subisce. I militari argentini, dopo avere torturato e ucciso delle giovani donne, si impadronivano dei loro figli e li crescevano come fossero propri, nel lusso e nell'amore più generoso e possessivo.

Molti parenti dei *desaparecidos* trovavano questo connubio più rivoltante delle stesse torture subite dai loro congiunti. E hanno intrapreso ricerche capillari per ritrovare e recuperare i figli delle uccise rapiti dagli uccisori. Ma è successo, paradossalmente, che alcuni di questi bambini, una volta ritrovati, non hanno voluto tornare dai nonni veri, perché avevano imparato ad amare i loro finti genitori ex torturatori di quelli veri. Che fare?

"La villa Valguarnera era la reggia fra le case principesche della verde vallata", scrive Pitrè. "I padroni vi tenevano corte imbandita di Cavalieri e di Dame, di amici e di vassalli, di servitori e di valletti, ai quali offrivano commossa residenza in ampie stanze, grandi saloni con quadri, pitture e ornamenti in un teatro artisticamente decorato a orti e frutteti e boschetti e giardini pensili e logge e cortili e fonti e statue e quella Montagnola che è la più deliziosa delle colline, il più giocondo asilo della pace... Mano mano che si va su per i rivolgimenti di quella vetta, l'occhio si perde fra i due promontori nella vista del mare turchino nelle lontananze cerulee di luce, per valloncelli e falde costiere e, nel salire, un amorino ti sorride lietamente, una Diana ti invita alla caccia, una baccante danza e un Polifemo fistoleggia quasi per farci cantare l'arietta del Metastasio scolpita ai suoi piedi."

Ecco la mitologia di villa Valguarnera come l'ha vissuta la zia Felicita. "La villa dei miei sogni", come la chiama nel suo libro stampato da Flaccovio nel 1949. E arriva a parlare coi ritratti degli antenati, in un tu per tu grazioso e un poco delirante. "Gli parlavo e pareva volesse benignamente rispondere... lo fissavo ed egli mi fissava sorridente! Cercavo ancora nella doratura dei finissimi intagli della sua cornice delle tracce... gocce di cera gialla indurita dagli anni... vedevo allora la sala illuminarsi di innumerevoli ceri nei suntuosi candelabri di Murano... Nello scalone i valletti e i servi incipriati, dalle ricche 'libree' e giù gli staffieri con le torce davano luce alle berline e alle portantine che giungevano..."

Era una visionaria la zia Felicita. Come me. Forse per questo non riesco a non farmi contagiare dal suo libro che in qualche modo assomiglia alle sue calle: l'invenzione di una nobiltà tutta eroismi e sorrisi. Sotto cui si nasconde, inconsapevole di sé e quindi mistificante, una prepotenza sensuale che incute una qualche preoccupazione. L'occhio della zia Felicita non è mai né gretto né presuntuoso. È semplicemente l'occhio di chi inventa la realtà e sa di farlo ma è colto da una improvvisa ubriacante indulgenza per se stesso.

La zia Felicita è morta da anni. Mentre la zia Saretta è qui viva e ora batte le mani a una ragazzina in tacchi alti e unghie laccate che porta dentro un vassoio con sopra dei bicchieri a calice colmi di tè freddo al limone. Su un piatto prezioso porge dei gelati di Bagheria: minuscoli fiori di crema ghiacciata ricoperti di finissima cioccolata. Si posano con due dita sulla lingua e si lasciano sciogliere fra denti e palato. Il profumo sale dolcissimo e struggente.

Rientriamo nel salone. I miei occhi cadono sul grande quadro dell'antenata che ricordo vagamente nei miei vagabondaggi infantili per la villa.

È lei, Marianna, a grandezza naturale, chiusa in un vestito rigido, da cerimonia, con la croce di Malta dei grandi Nobili sul petto. I capelli gonfi, grigi, su cui spicca una rosa stinta, qualcosa di risoluto e disperato nei grandi occhi chiari. Le spalle scoperte, le braccia fasciate dalle maniche trasparenti.

Anche la zia Felicita nel suo libro parla di questo quadro, ammirata: "elegantissima in guardinfante, ha la lunga vita appuntita a cono sull'abito di broccato argenteo a fini disegni in colori tenuissimi; dalla scollatura alla punta spicca una grande croce argentea ricamata sul triangolo di velluto nero che forma il davanti della vita. La caratteristica croce di Malta che solo i nobili di sangue purissimo, con quattro quarti di nobiltà, potevano portare. Grossi brillanti alle orecchie e altri sparsi sulla appena incipriata gonfia e liscia acconciatura dei capelli che lascia scoperta la vasta fronte con una rosa da una parte, in alto. Un grosso solitario all'anulare e nessun altro gioiello. Tiene in mano un foglio, ché lo scrivere era il suo solo modo di esprimersi. Era nominata: la muta".

La zia Felicita era nata nel 1876; poteva avere conosciuto, da bambina, una nipote di Marianna. Fra lei e il Settecento non c'era poi tanto: meno di cento anni dalla morte di Marianna.

Il suo nome, Felicita, che si trova ripetuto molte volte nella storia di famiglia, l'aveva preso da una bambina che era morta a soli tre anni, poco prima che nascesse lei. Una delle ultime fotografie è certamente quella che la ritrae seduta dentro una lunga Studebaker nera, con in testa il largo cappello a cloche di feltro scuro. Forse verde, conoscendo i suoi gusti, o forse blu notte: la fotografia è in bianco e nero. Buffissima la zia Felicita in quella macchina di lusso, si guarda intorno come a dire «scusate il mio ardire, ma amo la velocità». È decisamente brutta, coi tratti grandi e marcati, il naso autoritario, la bocca dalle labbra carnose, una traccia di peluria sotto il naso.

Da ultimo abitava in una stanzaccia buia, ingombra di quadri dipinti da lei, sempre affondata dentro una poltrona sgangherata, di pelle logora e graffiata dai gatti.

Ogni tanto noi bambine andavamo da lei a farci raccontare una storia. E lei ci avvolgeva nella sua voce profonda e fascinosa. Una voce che, nel ridere, si faceva argentina e selvaggia, come quella di una giovane contadina allegra e ingenua, prigioniera di un vecchio corpo grasso e sfasciato. Le mani, quelle mani che sono anche di mia madre e poi anche le mie, eufemisticamente chiamate “mani da pianista” perché nervose, robuste, piccole e attive, si sollevavano ad accompagnare con movimenti leggeri e decisi il moto delle parole.

Anche lei era stata affascinata dalla sordomuta Marianna, lontana ava dagli occhi acuti e dolci che aveva imparato a scrivere per comunicare con le persone di famiglia.

«Questo era il marito di Marianna, il signor marito zio Pietro Valguarnera e Gravina Palagonia... lo chiamavano il “gambero” in famiglia perché vestiva sempre di rosso...»

Una faccia incupita, non si sa da quali ombrosi pensieri, gli occhi infossati, la bocca arcuata, il corpo magro, sbilenco. Non ha l’aria della persona felice, e neanche della persona capace di fare felici gli altri. Ma certamente tormentato e tormentoso.

La zia Felicita nel suo libro racconta che un’altra Alliata, una certa Giovanna, figlia di Giuseppe Alliata Moncada, sposa nel 1864 lo zio Girolamo Valguarnera, principe di Ganci. Ma poi di lei si perdono le tracce. Che fosse una consuetudine di famiglia questa di dare le giovani ragazze spose agli zii?

Giovanna, la sposa bambina, era sorella di Edoardo, padre di Felicita. Quindi zia della zia. I fratelli maggiori di Edoardo erano morti, cosicché Edoardo, ancora ragazzo, era diventato capofamiglia. E aveva sposato, nel 1830, una certa Felicita Lo Faso di San Gabriele. Ecco come il nome Felicita era entrato in famiglia.

Dal ritratto di Pietro Valguarnera Gravina Palagonia, torno a posare gli occhi su Marianna. La zia Saretta continua a parlarmi di altri antenati, ma io non la ascolto. C’è qualcosa in quel ritratto di Marianna che mi infastidisce, lì per lì, ed è quel suo stare impettita, irrigidita in una posa artefatta nonostante gli occhi insofferenti e vivacissimi. Ma so che ancora una volta si tratta di teatro. Sono di fronte alla solita affatturazione fra ambigua e divertita di un secolo che amava le metamorfosi profonde accompagnate dalla ironica caricatura di sé.

Marianna si è costruita, basta osservare meglio il ritratto, un involucro di severità inavvicinabile. Eppure il suo sguardo esprime una sapienza indulgente e profonda che non riesce a nascondersi dietro le "buone maniere". Le pupille sono chiare, luminose, appena attraversate da qualche nuvola di paura.

Quelle mani che si indovinano sempre in moto, fattive, prima di tutto nella scrittura, sembrano intente a interrogarsi sul senso delle cose. Una leggera increspatura delle labbra richiama l'idea di un sorriso trattenuto che irride alla propria severità e al proprio inconsolabile dolore. Un misto di curiosità intellettuali e voglie sopite, di severità militaresca e antichi sussurri voluttuosi.

Intanto, i piccoli gelati di Bagheria si stanno squagliando sul piatto. Trasudano goccioline chiare. «Prendine un altro», mi dice zia Saretta con gentile compunzione. Ma io ho la gola chiusa. Sono lì impietrita, a guardare quel quadro come se lo avessi riconosciuto con la parte più profonda dei miei pensieri: come se avessi aspettato per anni di trovarmi faccia a faccia con questa donna morta da secoli, che tiene fra le dita un foglietto in cui è scritta una parte sconosciuta e persa del mio passato bagariota.

VOCI
[1994]

Alice raccolse guanti e ventaglio e [...] disse: «Mio dio, quante cose strane succedono oggi, invece ieri andava tutto liscio. Che sia stata scambiata stanotte? Vediamo un po', quando mi sono alzata stamattina ero sempre la stessa? A ripensarci mi sembra di ricordare che mi sentivo un poco diversa... ma se non sono la stessa, allora mi debbo chiedere: chi sono?».

da *Alice nel Paese delle meraviglie*

di Lewis Carroll

Uno

Il taxi mi deposita davanti al cancello di via Santa Cecilia. Ma perché tanto stupore? sono di nuovo a casa, mi dico, sono tornata; ma è come se non lo riconoscessi questo cancello, questo cortile, questo palazzo dalle tante finestre aperte. Ho una spina infitta nel palato, come il presagio di una sciagura. Cosa mi aspetta in questa dolce mattina che porta con sé gli odori conosciuti del ritorno? cos'è che preme sui miei pensieri come se volesse distorcerli e cancellarli?

Cerco con gli occhi la portiera, Stefana, che a quest'ora di solito sta smistando la posta nella guardiola, ma non vedo né lei né il suo allampanato marito, Giovanni. Attraverso il cortile tirandomi dietro la valigia a rotelle che, sulla ghiaia, non ne vuole sapere di camminare. Mi fermo un momento in mezzo al pietrisco per dare uno sguardo intorno: gli oleandri e i gerani rosa sono sempre lì nelle aiole, anche se coperti da un velo di polvere estiva, la fontanella dalla pietra muschiata gocciola, al suo solito, con un rumore di rubinetto rotto; i due grandi tigli sono carichi di fiori e sembrano i soli a non languire per il caldo, i soli estranei a quell'aria cupa che oggi grava sulla mia casa. Se ne stanno lì, nel leggero vento estivo, a scuotere i loro mazzetti di fiori pelosi e profumati.

Le finestre che danno sul cortile, così spesso occhiute, oggi sembrano tutte cieche, anche le scale sono deserte e stranamente silenziose. L'ascensore mi deposita con un soffio stanco all'ultimo piano, il mio.

Mentre cerco nella borsa le chiavi di casa, vengo raggiunta da un penetrante odore di disinfettante da ospedale. Mi volto e vedo la porta della vicina di pianerottolo socchiusa. Faccio due passi, la spingo con le dita e la vedo scivolare su se stessa, docile e leggera, rivelando un corridoio inondato dal sole, la frangia di un tappeto arrotolato e un paio di scarpe da tennis azzurre, bene appaiate proprio accanto alla porta.

Il mio sguardo si sofferma di nuovo, incuriosito, su quelle scarpe celesti che, così pulite, illuminate dal sole, suggeriscono l'idea di passeggiate felici, salti in punta di piedi, corse sui campi da tennis dietro una palla che vola. Ma perché giacciono lì, immobili, integre e slacciate di fronte alla porta aperta? Sono troppo bene appaiate per fare pensare che qualcuno se le sia tolte rientrando a casa, con un gesto di impazienza; c'è qualcosa di composto e definitivo in quel loro stare esposte agli sguardi dei curiosi, con i lacci arrotolati sulle tomaie.

Dal fondo dell'appartamento sento arrivare delle voci e, subito dopo, mi vedo davanti la faccia di Stefana dai grandi occhi dolenti.

«Non l'ha saputo?»

«Che cosa?»

«È morta cinque giorni fa, l'hanno uccisa.»

«Uccisa?»

«Venti coltellate, una furia... e non l'hanno ancora preso, poveri noi.»

Una voce da cospiratrice; le iridi che slittano verso l'alto mostrando il bianco della cornea. Mi ricorda un quadro di Delacroix: una espressione di allarme, come di chi abbia veduto con gli occhi della mente la catastrofe incombente e non trovi le parole per raccontarla. Un pallore da sottoscala, che "si nutre di vite altrui", come dice Marco; eppure Stefana Mario è una donna intelligente e consapevole. Le guardo le mani che sono grandi e capaci, mi chiedo se sia stata lei, con quelle mani, a rivestire la morta.

«Ma perché l'hanno ammazzata?»

«Non si sa, non sembra che abbiano rubato niente... un finimondo, doveva vedere, è arrivata la polizia, è arrivato il giudice istruttore, sono arrivati quelli della scientifica, i giornalisti, i fotografi, e tutti con le scarpe sporche che andavano su e giù per le scale... Il funerale è stato l'altro ieri... Ora abbiamo pulito tutto, ma ci sono ancora dei poliziotti di là che prendono misure... dice che oggi mettono i sigilli.»

Mi accorgo che sto stringendo la chiave di casa fra le mani con una tale forza che mi dolgono le giunture.

«Vuole entrare, Stefana, le faccio un caffè?»

«No, devo tornare giù, non c'è nessuno in portineria.»

La sento scendere i gradini, rapida, con le scarpe di pezza che emettono appena un leggero tonfo smorzato. Apro la porta di casa, trascino dentro la valigia; annuso l'aria che sa di chiuso, spalanco le imposte, mi chino sulle piante che se ne stanno reclinate, pallide e impolverate. Eppure l'acqua non è loro mancata, Stefana le ha innaffiate tutti i giorni come era nei patti; ma quello stare al chiuso, nel silenzio di una casa vuota, le avvilisce; non amano stare sole, le mie piante e me lo dicono con voci chiocce in un sussurro dietro le spalle.

Mi seggo alla scrivania davanti ad un mucchietto di lettere arrivate durante la mia assenza. Ne apro una, ma mi accorgo che leggo senza leggere: torno sulla prima frase due, tre volte, poi smetto. Il mio pensiero, come un asino giallo visto una volta in un quadro di Chagall, tende misteriosamente a volare fuori della cornice. Mi chiedo cosa so della mia vicina ammazzata a coltellate: niente; una donna è stata uccisa dietro la porta accanto e io non so neanche come si chiamasse.

La incontravo qualche volta in ascensore, la guardavo di sottecchi come si guarda una persona che ti sta di fronte in treno o in autobus, con un senso di colpa per la curiosità maleducata che ti anima. Perché, poi, sarà maleducato occuparsi del proprio dirimpettaio?

Era alta ed elegante, la mia vicina, portava i capelli castani chiari tagliati a caschetto. Il naso piccolo, delicato, il labbro superiore particolarmente pronunciato, che quando si arricciava in un sorriso rivelava dei denti piccoli e infantili, un poco sporgenti. Un sorriso da coniglio, avevo pensato vedendola la prima volta, timido e timoroso come di chi è abituato a rosicchiare pensieri segreti. Gli occhi grandi, grigi, la fronte spaziosa, la pelle delicata, bianca, cosparsa di efelidi. La voce, quelle rare volte che l'ho sentita, mi è sembrata velata, come di chi tema di esporsi e infastidire, una voce piegata su se stessa, resa opaca dalla ritrosia, con dei guizzi inaspettati di ardimento e di allegria.

Abitava da sola, come me, e su di noi vegliavano la portiera Stefana e il suo evanescente marito Giovanni Mario, che si comportano come due vecchi genitori indulgenti, mentre in realtà sono più o meno nostri coetanei.

Ma perché la vicina tornava così tardi la notte? a volte, nel dormiveglia, sentivo la sua porta che si chiudeva con un tonfo, e la chiave che girava nella toppa con insistenza, trac, trac, trac. Anche le persiane venivano sprangate con energia, le sentivo sbatacchiare bruscamente sia di sera che di giorno.

Perché la mattina usciva silenziosa, stanca e intontita e perché ogni tanto partiva con aria furtiva portandosi dietro solo una borsa gialla tipo zaino?

Eppure tutte e due eravamo "da proteggere" secondo la mentalità del palazzo, perché vivevamo sole, perché facevamo lavori faticosi che ci tenevano spesso fuori casa, io con la mia radio e lei... ma qui mi fermo perché non so altro.

Riprendo in mano la lettera e ricomincio a leggere: è il conto del commercialista. Ne apro un'altra: è la rata del computer da pagare. Poi c'è la bolletta della luce, scaduta, e quella del telefono a cui mancano pochi giorni per la scadenza. Ultima, una lettera "della felicità": "copiate questa missiva e speditela a dieci amici. Se lo farete, avrete conquistato la felicità per l'avvenire, se non lo farete, andrete incontro a sette anni di guai". Proprio come quando si rompe uno specchio. La getto nel cestino.

Lo sguardo mi va al segnalatore della segreteria telefonica: l'occhio rosso lampeggia imperioso. Premo il bottone e faccio scorrere il nastro: "Ciao Michela, sono Tirinnanzi, ancora non sei tornata dal tuo corso di aggiornamento? appena rientri, chiama, ciao".

Uno scatto, un fruscio, la voce metallica che scandisce: "Thursday, June twenty-three, twelve twenty p.m.". E poi una voce femminile che non conosco "Cara Michela Canova, io sono..." ma la comunicazione viene interrotta con un clic misterioso. Mi ricorda la voce della vicina, ma perché avrebbe dovuto telefonarmi?

Un altro scatto, la voce metallica che sillaba "Friday, June twenty-four, eight thirthy:" "mi scusi se... vorrei parlare con lei di"... Ma ancora una volta la frase è troncata da una mano impaziente. Sembra proprio la voce della vicina. Ma quando è morta? cinque giorni fa, ha detto Stefana. Ma cinque giorni fa era, per l'appunto, il 24 giugno.

Vado avanti ad ascoltare i messaggi, ma non trovo più quella voce titubante, interrotta bruscamente. Devo chiedere con precisione il giorno e l'ora della sua morte, mi dico. Estraggo il nastro dalla macchina e lo caccio dentro una busta.

Due

Fa caldo; la giacca mi pesa sulle spalle, l'acqua scorre stenta dal rubinetto. Do uno sguardo alla valigia che giace per terra e chiede di essere aperta e sgombrata; il bicchiere in cui ho appena bevuto dell'acqua vuole essere lavato e riposto fra gli altri oggetti sulla mensola sopra l'acquaio: gli oggetti stamattina parlano, parlano e sembrano tutti spinti da una urgenza gregaria.

Anche il sapone sembra avere una voce, rauca e soffiata, come di uno che è stato operato alla gola. Quanto chiacchierano gli oggetti! Da bambina leggevo e rileggevo una favola di Andersen che racconta come di notte i giocattoli di una casa si mettano a parlare fra di loro. L'avevo sempre intuito che i giocattoli sono dotati di pensiero. Quando poi ho letto che le uova svengono se avvicinate da una mano sbrigativa, che gli alberi soffrono di solitudine e che le pareti di notte "parlano", mi sono detta che lo sapevo. Che sia un poco animista?

Ma che faccio, a piedi nudi, di fronte alla porta d'ingresso chiusa? L'occhio si avvicina allo spioncino; lo sguardo perlustra il pianerottolo vuoto. Ora so cosa cerco: quelle scarpe da tennis, leggere, di tela azzurra, così meticolosamente appaiate sul pavimento nudo. Anche loro dicono qualcosa, ma cosa?

"Nella prassi del vivere quotidiano nella metropoli è di regola che chi abita porta a porta non sappia niente dell'altro... una società di isole rigorosamente separate da una fitta ipocrisia discrezionale fa sì che ogni famiglia si chiuda nel suo bunker linguistico culturale..." dove ho sentito questa voce? un sociologo dalla parlantina fluida, ma quando l'ho sentita? alla radio certamente, magari in un programma curato da me. Le voci si incrociano nella memoria, pretenziose, manierate, speculanti, ossessive. Mi piacerebbe dimenticarle, ma il mio orecchio ha una voracità animalesca e, come un maiale, grufola cacciando il naso fra i rifiuti sonori, mandando giù con disinvoltura frasi fatte, luoghi comuni, giudizi preziosi e citazioni dotte così come mi arrivano dai microfoni, aspettando poi che lo stomaco faccia le sue drastiche selezioni.

Da quanto tempo era venuta ad abitare in questo palazzo la vicina? sei mesi, un anno? forse anche di più e non le ho mai chiesto il nome. Sulla targhetta di ottone c'è ancora il nome dell'inquilino precedente, il professor Guido Festoni, scritto a caratteri svolazzanti, nero su oro. Un uomo alto e grosso, con i capelli tagliati a spazzola e la voce tonante.

Aveva una moglie che andava e veniva da Milano e Stefana diceva che era una "dirigente d'azienda". Niente figli, solo una vecchia madre, non so se di lui o di lei, che ogni tanto vedevo sul pianerottolo, arcigna, coperta di anelli e di bracciali.

Poi, il professor Festoni ha ottenuto il trasferimento a Milano e in pochi giorni si è portato via i mobili e le carte. L'appartamento è rimasto vuoto per mesi. Ogni tanto veniva qualcuno a visitarlo, sentivo delle voci al di là del muro.

Pensavo che fosse ancora vuoto quando, una sera, tornando dalla radio ho incontrato una donna in ascensore che mi ha detto: «Io vado al dodicesimo piano e lei?». «Anch'io. Viene a visitare l'appartamento vuoto?» «L'ho appena affittato.»

Stavo per dirle il mio nome e che se avesse avuto bisogno di qualcosa, avrebbe potuto suonare alla mia porta, quando l'ascensore si è fermato con un leggero sibilo e lei è scesa in fretta. «Arrivederci.» «Arrivederci.» Io ho aperto la mia porta, lei la sua.

Mentre andavo in cucina l'ho sentita chiudere girando la chiave dall'interno più volte, con fracasso, come a dire "lei è gentile, grazie, ma si tenga alla larga". Trac, trac, trac, la chiave continuava a ruotare nella toppa. Ma quanto sarà lunga questa sbarra che inchioda la porta al soffitto e al pavimento? mi ero chiesta. Da quel giorno l'ho vista raramente. I nostri orari non coincidevano. La mattina uscivo verso le otto per andare alla radio e da lei c'era assoluto silenzio. Quando rientravo all'ora di pranzo, qualche volta sentivo della musica. Alle tre e mezza, uscendo, di nuovo silenzio. Solo qualche sera, ritirandomi stanca morta verso le sette, la incrociavo che usciva, tutta profumata, stretta in un cappottino bianco che la faceva sembrare una ragazzina, un basco nero appoggiato di traverso sui capelli morbidi.

«Come si chiamava la vicina?» chiedo a Stefana appena la incontro in cortile.

Mi guarda con un sorriso ironico. Anche lei, come il sociologo radiofonico, sembra pensare che "l'alienazione del mondo di oggi ci chiude dentro destini familiari unici e incomunicabili, nella cui sostanza troviamo una nostra perfida soddisfazione...".

«Angela Bari» risponde distratta.

«E aveva un lavoro? che faceva?»

«Un po' l'attrice, credo... ma era di famiglia ricca... una madre con molti soldi a Fiesole. Non è venuta al funerale... un padre morto quando era bambina...»

«Non aveva altri parenti?»

«Ha una sorella, ma qui si vedeva poco. Meno male che era fuori, signora Michela, sarebbe stato orribile per lei, magari ha gridato, chissà, e nessuno l'ha sentita, poveretta, e lei poteva incontrare l'assassino sul pianerottolo!»

«Lei l'ha sentita gridare?»

«No, e come facevo dal seminterrato...»

«Hanno portato via qualcosa?»

«No, niente... i soldi stavano arrotolati dentro la scatola dei biscotti in cucina. Li teneva ammucchiati, tutti ciancicati... scommetto che non sapeva nemmeno lei quanto aveva in casa... due milioni in contanti, capisce, e non li hanno presi.»

«È successo di giorno o di notte?»

«Tardi, verso le undici, la mezzanotte, dicono. Certamente il portone era già chiuso, noi non abbiamo visto salire nessuno; la signora è rientrata verso le sette e poi, finché ho chiuso il portone, non l'ho proprio vista scendere... Dopo, qualcuno è salito, ma chi? L'ha trovata Giovanni la mattina andando a prendere i sacchi dell'immondizia... la porta era aperta e lei era lì, morta.»

Inseguo qualcosa di oscuro su quella faccia placida e sbiadita: un pensiero nascosto, una parola non detta o solo la testimonianza inconsapevole dell'orrore di un delitto in cui è stata coinvolta dal demone del caso?

Le dico della voce sulla segreteria telefonica; ma non sembra darle importanza. Non crede che sia di Angela Bari, e poi: «Vi conoscevate, forse?». «No.» «E allora!...» La vedo allontanarsi per andare incontro al postino, attraversando il cortile assolato.

Eppure, nel ricordo, la voce della vicina coincide curiosamente con quella incisa sul nastro della segreteria. Ed era il giorno della sua morte, lo dice il testimone automatico che segna la data e l'ora delle registrazioni.

Attraverso anch'io il cortile annusando il forte profumo dei tigli. La fontana coperta di capelvenere risuona del suo quieto gocciolio. Cerco la Cinquecento con gli occhi; non ricordo mai dove ho parcheggiato. Per fortuna ha quel colore inusuale che me la rivela a distanza in mezzo alle altre. Color "ciliegia matura" mi ha detto un amico una volta e così la penso fra me e me nonostante che sul libretto ci sia scritto "tonalità amaranto".

Eccola lì, infatti, fra un camioncino bianco e una enorme macchina di lusso con le pinne all'americana. Infilo la chiave della messa in moto ma non parte; dopo tanti giorni di abbandono sembra offesa e muta. Devo provare e riprovare, dandole gas, finché, con un colpo di tosse e molti brontolii, si decide a partire.

Tre

Alla radio trovo sul mio tavolo un biglietto di Tirinnanzi "ti aspetta il direttore, ciao".

Vorrei mettere a posto le carte, vedere se il computer è stato manipolato, ritrovare le mie registrazioni, ma quel biglietto mi mette fretta.

«Tirinnanzi mi ha detto che mi cercava» comincio titubante.

«Ah, è lei, Canova, ben tornata! Com'è andato il corso di aggiornamento a Marsiglia?»

«Bene.»

Il direttore è più giovane di tutti noi. Lungo lungo, una faccia da attore di fumetti, veste in modo disinvolto: camicie rosa, giacconi di pelle dall'aria sciupata, scarpe inglesi, gialle, che non si preoccupa di pulire. Sulla faccia ha sempre un sorriso sornione, accattivante.

«Vorrei da lei un lavoro di una certa delicatezza, se la sente?»

«Perché no?»

È bravissimo a suscitare curiosità. Mi guarda con occhi lampeggianti.

«Si segga, Canova, prego.»

Prendo posto davanti a lui, in punta di sedia. Cerco di capire in anticipo se si tratta di un lavoro interessante o di una stupidaggine che vuole farmi passare per chissà che.

«Abbiamo scoperto, con le nuove indagini di mercato, che il pubblico femminile alla radio cresce giorno per giorno. Cresce precipitosamente, direi, disastrosamente. Vedo che lei dissente dal mio "disastrosamente", ma ora le spiego, Canova, non c'è disistima per le donne, lei mi conosce, lo sa, il fatto è che dove arrivano le donne, anzi diciamo pure le casalinghe, arriva l'emotività, la famiglia, la gelosia, il pettegolezzo... Insomma, più cresce l'audience femminile e più noi dobbiamo calare il tono, mi capisce?... Volare basso, ecco cosa ci tocca... quindi niente politica, niente sport e lei sa che fatica avevamo fatto per portare le trasmissioni sportive ad un livello di eleganza anche linguistica... perché noi qui facciamo il linguaggio, questo gliel'ho già detto altre volte... noi siamo la coscienza linguistica dell'Italia, una piccola coscienza s'intende, una piccola parte dell'insieme, ma lo siamo e il pubblico femminile è prelinguistico, prelessicale, vuole mettere le mani sui sentimenti bruti, ecco perché parlo di catastrofe.»

La sua bella faccia di ragazzo per bene si protende sul tavolo esprimendo una vera intelligente sofferenza.

«Le donne vogliono le storie, ha capito, Canova, le storie d'amore naturalmente prima di tutto e poi di morte, di sofferenza, di terrore, ma hanno una fame cronica di storie.»

«Si potrebbero raccontare delle storie senza fare della marmellata» dico tanto per dire.

«Non si può. Per la semplice ragione che le ascoltatrici vogliono, amano, pretendono la marmellata.»

«Non ne sarei poi così sicura... quando una storia è ben raccontata, non è più marmellata» dico e mi stupisco del mio ardimento. Col vecchio direttore non ci si poteva permettere di contraddire; metteva il muso e poi si vendicava. Questo qui no, è giovane, è democratico, ti permette qualsiasi libertà. Solo che, poi, fa come vuole lui.

«L'ho mandata a chiamare perché conosco il suo impegno professionale, la sua, la sua...» Vedo che si affanna a trovare la parola giusta. Se mi adula, penso, chissà cosa vorrà in cambio, lavoro gratuito, perché di solito è questo a cui mira: tempo non pagato a fare ricerche, fuori orario di ufficio.

«Bisogna lavorare per le donne e lei sa come farlo... A proposito, le ho mai detto che la sua trasmissione sul tempo libero era fatta molto bene? Abbiamo ricevuto centinaia di telefonate.»

«Grazie.»

Guardo le sue dita leggere, lunghe e diafane che giocano con la penna. Anche loro sembrano voler attirare il mio sguardo, blandirlo, "siamo farfalline, siamo docili, siamo aeree e intelligenti, lasciati affascinare da noi, lasciati condurre lungo la impervia strada dell'azzardo radiofonico...".

«Poco fa è stata qui una dirigente della Questura, sezione omicidi, non l'ha vista?»

«Chi, quella donna con la macchinetta sui denti?»

«Sì, proprio quella: il commissario Adele Sòfia. L'ho fatta venire io, per verificare certe statistiche. Lo sa che il sessantacinque per cento dei delitti sulle donne non vengono mai puniti? È una ascoltatrice che ci ha messo sulla traccia, e le altre hanno subito seguìto tempestandoci di telefonate. L'argomento scotta, appassiona il nostro pubblico. Così ho deciso di montare una trasmissione in quaranta puntate sui delitti contro le donne, sui delitti impuniti soprattutto. E lei, Canova, mi sembra la persona adatta, la migliore.»

Le mani farfalline si fermano d'improvviso, come prese in un silenzio rigido di attesa. Le lusinghe funzionano sempre, hanno un loro modo di bussare al cuore che lo portano a fare capolino.

Eppure, per una vecchia abitudine alla strategia, prendo tempo. «Mi ci lasci pensare» dico sapendo già che accetterò. Le mani del direttore rimangono ferme sulla scrivania. La mia risposta non è soddisfacente, lui ha fretta e non può aspettare che io ci "pensi sopra".

Gli occhi celesti mi fissano inquieti; "tutto qui?" dicono "mi deludi cara Canova, io non voglio solo il tuo assenso, questo fa parte del tuo lavoro, ma voglio la tua partecipazione emotiva, voglio il tuo entusiasmo, che si comunichi alle ascoltatrici, poiché il futuro radiofonico, nella miseria attuale, sembra appartenere loro di diritto...".

«Tornando da Marsiglia ho scoperto che...» dico e sto per raccontargli del delitto della casa accanto, sto per dirgli della strana coincidenza di questa inchiesta che viene a sovrapporsi ad un fatto così prossimo, ma lui mi taglia la parola in bocca: «Immagino, Canova, immagino... so che lei è una brava professionista... allora siamo pronti a cominciare?».

Dovrei per lo meno chiedere che mi paghi le ricerche, penso, ma la preoccupazione di vedere sospeso il moto di quelle mani mi assale, mi fa stare scomoda sulla sedia. Lui sa che io so che lui sa che è una tattica anche un poco scema; a che serve rimandare un consenso che tanto verrà lo stesso e con tutta la gioia che ci si aspetta dalla situazione?

«Questa volta pagheremo anche gli straordinari, promesso» mi previene lui generoso, «lei avrà tutto il tempo che chiede e anche un buon budget. Allora, accettato?»

«Accettato.»

Spio con allarme le mani ancora ferme, come se fosse venuta meno la corrente. Ma bastano pochi secondi, il meccanismo si rimette in moto, le mani tornano a fiorire, a volare. Sono mani magnifiche, bisogna ammetterlo, mai un direttore di radio ha avuto mani simili, lunghe, pallide, senza un pelo, un porro, una imperfezione qualsiasi, le falangi sottili, i polpastrelli dolcemente convessi.

«Prenderà un Nagra, di quelli piccoli, portatili, lo conosce il modello nuovo? prenderà anche due minuscoli Sony del tipo Professional D, uguali a quelli che usa la Bbc; sono stati appena fatti venire dal

Giappone perché non si trovano in commercio, con i due microfoni da innestare, e si metterà oggi stesso al lavoro, intesi?»

Mentre aspetto il Nagra capisco che si è già dimenticato di me. Si riposa dalle fatiche della seduzione rifugiandosi dietro un foglio stampato. Squilla il telefono, lui risponde, allegro, e io me la squaglio facendogli un saluto col capo.

Quattro

Era da molto che non giravo per le strade intorno casa mia. Di solito corro via, dopo avere dato uno sguardo ai lunghi rampicanti che fluttuano sulle facciate di piazza Ponziani, per andare alla radio. Oggi vado a piedi: mi faccio tutta via dei Genovesi; giro per via Anicia fino al vicolo dei Tabacchi. L'aria è leggermente tinta di viola dagli scappamenti delle macchine e degli autobus. Sotto le scarpe l'asfalto è morbido come una gomma.

In via San Crisogono mi fermo davanti alla vetrina del macellaio a contare le testine delle pecore morte, appese ai ganci. Lucide come di plastica, le povere orecchie senza pelle, i denti privati delle labbra, gli occhi spogliati delle palpebre, ciondolano contro il vetro sporco. Come ho fatto a passarci davanti tante volte senza farci caso?

Vedo il macellaio che dall'interno mi fa un segno d'invito. Entro con un senso di freddo. L'uomo se ne sta dietro il banco, in alto, ed è intento a tagliare, con l'accetta, l'osso e le cartilagini di un coniglio. Solleva la piccola faccia tonda e mi regala un sorriso di benvenuto.

«Tanto tempo che non la vedo, avevo paura che si era fatta vegetariana.»

«Mangio poco a casa» mi giustifico. Una donna piegata in due dall'artrosi, se ne sta appoggiata alla vetrinetta aspettando il suo pezzo di coniglio.

«Vuole una bella braciola di maiale? o una bistecca di manzo?»

«Prenderò del bue» dico poco convinta. E mi sembra di sentire un mormorio alle mie spalle. Le testine appese sono scosse da risatine sinistre, singulti e squittii. Le voci in questi giorni si sono moltiplicate pericolosamente, hanno toni minacciosi come se una eco dell'assassinio di Angela Bari riverberasse su tutto ciò che avvicino.

«Lei conosceva Angela Bari?» dico, come per caso.

Il macellaio si ferma con una zampa sanguinolenta in mano. Come sono sicure e allegre quelle mani che strappano, recidono, manipolano la carne morta! Mi guarda sorpreso ma poi risponde giovialmente:

«La conoscevo, come no, veniva spesso a comprare la carne per il suo cane».

«Quale cane? non mi sembra che avesse un cane.»

«Se non ce l'aveva che si comprava a fare due chili di macinato alla volta? e voleva che fosse di quello buono, di prima qualità.»

«Lei l'ha mai vista con un cane al guinzaglio?»

«No, questo è vero, ma pensavo che lo tenesse in casa. Voi avete un bel cortile, mi sembra, al 22 di via Santa Cecilia... quei tigli, quegli angoli coi gerani, poteva stare lì il cane.»

«Io abito di fronte a lei, ma non l'ho mai vista con un cane.»

L'uomo mi guarda scanzonato, come chiedendosi perché mi intigno su particolari di così poca importanza, ormai è morta, no? e anche in quel modo brutto che tutto il quartiere ne ha rabbrividito leggendolo sui giornali.

«Ecco la sua fettina, sono seimila.»

Mi consegna la carne impacchettata, sporcando di sangue la carta giallina. «Arrivederci» dico ed esco pensando all'invisibile cane di Angela Bari: non l'ho mai sentito abbaiare, né ho visto impronte di zampe sul pianerottolo; no, certo, Angela Bari non aveva un cane. Ma allora perché comprava chili di carne macinata?

Passo davanti al giornalaio. Mi fermo, torno indietro; visto che ci sono, perché non chiedere anche a lui?

«Veniva qui, a comprare i giornali, Angela Bari?»

«Chi, quella che è stata ammazzata in via Santa Cecilia al 22? sì, ogni tanto ci veniva, non tutti i giorni. Mi sa che i giornali non li leggeva proprio, comprava qualche rivista ogni tanto e basta. Era sempre gentile, sorridente... lei che dice, è stato l'ex marito ad ammazzarla?»

«... Si ricorda quando è venuta l'ultima volta?»

«E come faccio? qui passano in tanti... mi pare che è venuta la domenica mattina, poi non l'ho più vista.»

Proseguendo mi trovo davanti al mercato rionale. Una pensilina di cemento, un cortile coperto, dei banchi di frutta e verdura, una fontana che getta acqua in una vasca di cemento sporca e piena di torsoli.

Chiedo alla vecchia fruttivendola matronale se si ricorda di Angela Bari.

«Come no, quella bella ragazza che vestiva sempre di bianco... e quelle scarpette da ginnastica azzurre... come no, era così bella... ma perché l'hanno ammazzata? la gente bella muore presto, troppa invidia, non è così? vuole dei fagiolini teneri come il burro, bambina mia?»

«Veniva spesso qui al mercato?»

«Chi, la ragazza con le scarpe da ginnastica? no, ogni tanto, a capriccio. Una volta, me lo ricordo, si è comprata mezzo chilo di prezzemolo. Ho dovuto farmelo prestare dagli altri banchi perché non ne avevo tanto tutto insieme, ma che ci vuole fare, figlia mia, le ho detto, mica si vorrà avvelenare? no, perché sa, il prezzemolo si usa per abortire... quando ero ragazza mi ricordo che si usava, ora non più...»

Ride con la grande bocca dai denti spezzati e anneriti. È robusta ed energica nonostante i suoi settant'anni la signora Mariuccia e continua a tirare su cassette di frutta, a spolverare le mele col grembiule, a "capare" i fagiolini, come dice lei, con gesti rapidi delle dita, mentre aspetta i clienti. Ma i clienti si stanno diradando anno dopo anno, perché ormai le massaie preferiscono andare ai supermercati, dove si vendono le verdure sotto cellofan che costano un poco meno anche se sono tutte uguali e come gonfiate con la pompa da bicicletta.

Esco dal mercato con un sacchetto di fagiolini e delle pesche. Riprendo a camminare. Faccio un pezzo di via Anicia, imbocco via dei Salumi, faccio il giro di piazza Ponziani, e prendo via della Botticella raggiungendo il Tevere alberato. Ma perché mi aggiro per le strade invece di lavorare al nuovo progetto radiofonico? il pensiero di Angela Bari mi insegue: se veramente è sua la voce sulla segreteria significa che voleva dirmi qualcosa, continuo a ripetermi, ma cosa?

La immagino che esce di casa, con i pantaloni chiari, le scarpette turchine e cerco di capire dove vada. La vedo attraversare il cortile di via Santa Cecilia passando vicino alla fontanella coperta di muschio che gocciola sempre in sordina, la vedo sostare un momento sotto l'ombra di un tiglio, forse stordita dal forte profumo dei fiori e poi avviarsi decisa verso la strada.

Qualcosa nel suo passo leggero e noncurante mi inquieta: senza che io abbia voluto, Angela Bari è entrata nei miei pensieri e lì si è accampata in attesa, anche se non so proprio cosa possa aspettarsi da me.

Cinque

I titoli sono in neretto, sulle pagine di cronaca nera. Il primo giorno si parla dell'assassinio di via Santa Cecilia come di un delitto fra i tanti: una giovane donna, Angela Bari, assassinata a coltellate. L'ha uccisa l'amante? Questo "amante" si chiama Giulio Carlini e abita a Genova ma viene a trovarla una volta alla settimana.

Cerco di ricordare se l'ho mai incontrato sul pianerottolo o in ascensore ma ho la testa vuota. Se è vero che veniva ogni settimana, avrei pur dovuto incontrarlo, ma io l'ho vista sempre sola.

Il giorno dopo, già non si parla più dell'"amante" Giulio Carlini, che ha esibito, come dicono i cronisti, un "alibi di ferro", ma della sorella Ludovica Bari e dell'uomo di lei, Mario Torres, un violento, già una volta arrestato per schiamazzi e rissa. Perché i due non sono accorsi subito alla notizia della morte di Angela? perché Mario Torres ha venduto la sua automobile pochi giorni dopo l'assassinio della ragazza? Ma qualcuno osserva, logicamente, che i due non avevano ragioni per uccidere Angela, il Torres è commerciante di automobili e dispone di molti soldi, Ludovica è ricca di suo, i due stanno insieme felicemente da molti anni. Ma il loro alibi è credibile? insiste un giornalista del Corriere della Sera: dicono di essere stati insieme al cinema quella sera ma non hanno conservato i biglietti.

I giorni passano e i giornali cominciano a criticare la polizia per la mancata scoperta del responsabile: che fanno? perché non indagano a fondo? come è possibile che qualcuno abbia ucciso una ragazza con tanta ferocia senza lasciare un segno?

La fotografia di Angela Bari, sconosciuta in vita, pubblicata giorno dopo giorno diventa popolare e nota. Fa tenerezza con quel sorriso fragile, mite, quel corpo di bambina cresciuta in fretta, quei pantaloni attillati, quella camicia soffice, quei capelli a caschetto, quelle scarpette da ginnastica celesti. La notorietà che aveva cercato in vita, con le sue comparsate nel cinema, e chissà quante umiliazioni e magoni, la otteneva adesso che non sapeva che farsene, da morta.

Ad una settimana dal suo assassinio i giornalisti ormai sono dentro con tutti e due i piedi nella vita di Angela e la calpestano senza riguardi: come viveva se non aveva un lavoro fisso? perché aveva orari così strani? è vero che ha fatto una parte in un film pornografico? nessuno in realtà sa dire quale ma lo stesso qualcuno dice di averla riconosciuta. Si è forse cambiata di nome? Si insinua che facesse la prostituta. Ma c'è una bella intervista con Stefana Mario che chiude il discorso: Angela viveva sola, non riceveva visite maschili salvo, ogni tanto, quella del signor Carlini, punto e basta.

Sul Messaggero trovo una lunga intervista con Giulio Carlini che nel giorno del delitto era a Genova, ci sono quattro testimoni pronti a giurarlo.

«Lei era il fidanzato di Angela Bari?»

«No, be', sì... ci vedevamo ogni tanto, ma non avevo un rapporto impegnativo con lei.»

«Quando l'ha vista l'ultima volta?»

«Qualche giorno prima della sua morte, a Firenze, dove abita la madre. L'ho raggiunta, abbiamo pranzato insieme, poi io me ne sono andato in albergo, lei ha dormito dalla madre. Il giorno dopo l'ho riaccompagnata alla stazione dove lei ha preso il treno per Roma e io quello per Genova.»

«Si ricorda che giorno era?»

«Domenica, mi pare, sì domenica.»

Ma se domenica mattina Angela è andata a comprare il giornale all'edicola del quartiere, come faceva ad essere a Firenze con Carlini?

«Le risulta che Angela Bari avesse dei nemici?»

«No, che io sappia.»

«Non le ha mai detto che aveva paura di qualcuno, o che era stata minacciata?»

«No, era serena e tranquilla.»

«Ci potrebbe descrivere il carattere di Angela Bari?»

«Una persona fondamentalmente timida, con delle improvvise fuoriuscite di allegria che stupivano proprio perché uno non se le aspettava.»

Nella fotografia in bianco e nero si vede un uomo alto e magro con la faccia scavata: due rughe trasversali sulla fronte, gli occhi piccoli e luminosi, la bocca ben tagliata, qualcosa di torpido e inquieto attorno alle narici delicate.

Per qualche giorno le cronache sono invase dalle varie ipotesi sul delitto di via Santa Cecilia: è stato il suo amante, no, il suo ex marito, ma costui vive in America da anni, allora forse è stato un pazzo, un maniaco e così via.

Si ricostruiscono i fatti: la mattina del 25 giugno il portiere Giovanni Mario sale all'ultimo piano dello stabile di via Santa Cecilia, per ritirare i sacchi dell'immondizia come fa tutte le mattine. Trova la porta della casa di Angela Bari accostata; dentro, le luci sono accese. Suona, bussa, chiama, e non avendo risposta, entra. Nel soggiorno rinviene il corpo riverso della donna, senza vestiti, con i segni delle coltellate. Si stupisce che ci sia così poco sangue sul pavimento. La ragazza "sembrava addormentata" dice il portiere.

Chiama la polizia, la quale scopre, dopo le prime indagini, che Angela Bari è morta fra le dieci e la mezzanotte del 24 giugno, per emorragia interna in seguito alle ferite da coltello.

La sorella Ludovica Bari, per quanto avvertita quella mattina, si presenterà solo la sera. E quando arriva, accompagnata dal fidanzato Mario Torres, si rifiuta di entrare in casa e insiste perché tutto sia ripulito al più presto. Non versa una lagrima e sembra nervosa più che addolorata.

Una fotografia ritrae Ludovica Bari elegante nei suoi pantaloni bianchi, una camiciola di seta rosa e una giacchetta di pelle che le cade morbidamente sui fianchi.

A mano a mano che i giorni passano, e non ne sono passati molti, le notizie sui giornali diventano più fantasiose, più improbabili; visto che la polizia non riesce a scovare l'assassino, ogni cronista si sente in diritto di fare la sua ipotesi. Angela Bari si trasforma, nella fantasia popolare, in una misteriosa vittima di un misterioso assassino che l'ha uccisa perché era una spia, o una spacciatrice di droga, perché apparteneva ad una società segreta o perché, al contrario, era un agente segreto della polizia, eccetera.

La sua unica fotografia, fatta in terrazza, contro un vaso di gerani, la ritrae con la camicia aperta sul collo magro, gli occhiali da sole un poco scivolati sul naso, un sorriso gentile e infantile sulle labbra. È la sola foto in possesso dei giornali e viene pubblicata un giorno sì e uno no nelle cronache di tutta Italia. Finché un fotografo non scopre, nel suo archivio, dei ritratti di Angela Bari "in posa" per il cinema e li vende ai rotocalchi che li stampano a manciate.

Sono fotografie che vorrebbero essere "seducenti", in pose da vamp, semisvestita. Eppure non c'è in esse niente di scabroso, di volgare. Anzi, si scopre che, per quanto Angela fosse una delle "tante ragazze smaniose, in cerca di una scrittura" come scrive un cronista, mantiene in tutte le pose un'aria puerile e composta, dignitosa e impacciata, tanto da suscitare tenerezza e simpatia. E forse questa è proprio la ragione del suo "insuccesso come attrice sexy", insinua un maligno.

Sei

Mi sveglio con la sensazione di una presenza nella stanza. Le dita corrono all'interruttore: la lampada schiarisce le ombre. Non c'è nessuno. Eppure mi era sembrato di sentire dei passi sul pavimento di legno.

Mi sto facendo troppo coinvolgere da questo delitto, perché non metterci una pietra sopra? Il pensiero ha messo su delle nuvole che prima non conoscevo. La voce interrotta sul registratore è una di queste nuvole. In più ho accettato un lavoro che mi farà conoscere e accostare altri corpi trucidati, altre voci zittite brutalmente. Forse è stato sconsiderato da parte mia dire di sì ad un programma sui crimini contro le donne; avrei dovuto rifiutare con un bel no.

Spengo la luce, mi giro su un fianco, ma il sonno fatica a chiudermi gli occhi. Sento la voce di mio padre che, tornando la notte, si chinava sul mio letto dicendo: «Ancora lì con gli occhi spalancati, Michela?». Finché non lo sapevo a casa, al sicuro, non riuscivo ad addormentarmi. Lo immaginavo sempre in pericolo che gridava aiuto, e se dormivo come avrei potuto aiutarlo? Aspettavo lo scatto della serratura, i suoi passi lungo il corridoio. Sapevo che con lui sarebbe entrato un buon odore di vento e di ciliegie amare. Forse avrebbe avuto attorno al collo la sciarpa di seta bianca che a me piaceva tanto e avrebbe preparato un caffè in cucina ascoltando le ultime notizie.

Era un uomo così giovane anche da vecchio che, quando l'ho visto morto, non riuscivo assolutamente a crederci. E ancora non ci credo mica tanto. Eppure tante volte avevo desiderato ucciderlo. Per i suoi mille tradimenti, per la sua assoluta mancanza di riguardi nei confronti di mia madre, per il suo elegante e plateale egoismo.

Era tutto grigio. Lì dove l'azzurro si armonizzava col bel colore ambrato del collo, ora era grigio, di un grigio così insignificante e incolore che non potevo non sentirlo estraneo, nemico. Non avrei mai immaginato che da morto prendesse quel colore, come se l'avessero ricoperto di cemento. Un grigio omogeneo, appena interrotto da piccole bolle d'aria, il grigio appunto del cemento liquido, un grigio senza scampo né rimedio.

Forse col fiato sarei riuscita a risvegliarlo, col mio fiato di viva, mi sono detta, e così ho appoggiato la mia bocca sulla sua per rianimarlo. Volevo che prendesse dal mio corpo quello che i francesi chiamano *élan*. Mi è sempre piaciuta questa parola che lui usava spesso: «Gli manca l'*élan*» diceva e dentro di me pensavo ad un'ala di corvo in volo. Volevo che il mio *élan* volando, gli ridesse aria ai polmoni, facendogli tornare morbide e rosate le guance, mobile e ambrato il collo, lucidi e sorridenti gli occhi.

Invece lui, nel suo grigiore polveroso, si è preso il mio fiato caldo e l'ha trasformato in uno spiffero gelato. Ho avuto paura, ho temuto che quel grigiore mi contagiasse, sarei diventata grigia anch'io, senza colori. Mi era chiaro, ora, che il suo grigiore era più forte del mio tepore, del mio *élan*.

Ma ripensando alla presenza che mi ha svegliata so che non era lui: mio padre non verrebbe così di soppiatto, quasi uno sconosciuto a guardarmi dormire. Lui si annuncerebbe chiamandomi per nome, prenderebbe una sedia e si accomoderebbe rumorosamente, si chinerebbe su di me e comincerebbe con gli scherzi: «Allora, dimmi, chi ti ha conciata così, che vado a picchiarlo». «Sto solo invecchiando, papà.» «Non dire scemenze, eri così carina da bambina, chi ti ha fatto quelle rughe attorno agli occhi?» «Non ho più quindici anni, papà.» «Ma se sei una ragazzina! Vuoi che ti dia il bacio della buonanotte?» «No, papà, ricordati che sei morto e le tue mani non possono toccarmi.»

No, decisamente non era mio padre. E se fosse Angela Bari, con quel suo piede reticente, ad avanzare fino al limite di sicurezza che divide la morte dalla vita? ho il sospetto che fosse proprio lei, che se ne sta seduta come una regina nella mia immaginazione, in questi giorni afosi di luglio.

Cerco di fare combaciare l'immagine della fotografia riprodotta tante volte sui giornali con la figura di lei in movimento, nei brevi momenti in cui la incontravo sul pianerottolo. Mi sembra di conoscerla così bene, eppure non so niente di lei. E il fatto che sia stata così brutalmente straziata mi sembra improvvisamente una offesa fatta a me personalmente.

Domattina telefonerò a Ludovica Bari, andrò a trovarla, mi dico, e le chiederò della sorella; devo fare qualcosa, lo stare con le mani in mano mi getta in balia dei fantasmi. Con questo proposito casco dentro un sonno profondo e liquido.

Mi trovo immersa in un'acqua nera, leggera. Sollevo gli occhi e vedo delle luci lontane, sulla riva ad arco, bellissima e digradante. So che devo nuotare fino a raggiungere quella mezzaluna illuminata; mi muovo lentamente, respirando col naso perché la bocca è lambita da piccole onde delicate. L'acqua è tiepida e la sua nerezza non mi mette paura; nuoto con un senso di benessere che mi rassicura, anche se le luci non si avvicinano affatto mentre procedo, ma rimangono remote e irraggiungibili come tante stelle vibranti nell'acqua. Il nuotare fa parte di un gioco e io so che ad un certo punto qualcosa accadrà che mi rivelerà il mistero di quel gioco.

Sette

La mattina è fresca, all'alba ha piovuto, inaspettatamente. Mi infilo una giacchetta impermeabile e scendo in fretta dopo avere ingollato un cappuccino. Vorrei chiedere qualcosa a Stefana, ma la guardiola è vuota. Attraverso il cortile bagnato facendo un giro largo per passare sotto i tigli; mi piace sentire il profumo che ristagna attorno ai tronchi.

In strada mi aggiro cercando la Cinquecento color ciliegia, chiedendomi dove mai l'ho parcheggiata. Ma quella cos'è? una scritta enorme sul muro di fronte dice OCCUPATI DEI FATTI TUOI! Tracciata con lo spruzzatore, sulla parete chiara.

Mi fermo con un sussulto. È ridicolo pensare che sia rivolta a me; ci sono sempre delle scritte su quel muro, ma come impedirmi di provare una sensazione di allarme di fronte a quelle parole minacciose che ieri non c'erano?

La scritta rivela una mano dileggiante, sicura. Non è il solito sgorbio incerto e sgrammaticato: le lettere sono disegnate con precisione, per quanta precisione possa avere una bombola con lo spruzzatore incorporato. Ma forse no, mi sbaglio, forse non si tratta di una bomboletta ad inchiostro, ma di un vero pennello, intinto nella vernice.

Finalmente ritrovo la Cinquecento, chiusa fra una Mercedes e una Alfa Romeo: non c'è un centimetro per fare le manovre. Prendo a spostarmi lentamente, pigiando contro il paraurti delle due macchine.

«Cosa fa, mi vuole rovinare la Mercedes?» la voce al di là del vetro suona stizzosa, irata. Smetto per un momento di girare il volante e mi volto a guardare. Un uomo con la testa coperta da un cappelluccio a scacchi mi osserva incuriosito.

«Perché non sposta la sua Mercedes, non ha nessuno davanti; io, qui, sono stretta come una sardina in scatola.»

L'uomo butta uno sguardo insultante alla mia utilitaria. Ma anziché spostare la sua Mercedes che è l'ultima lungo il marciapiede, si pianta a gambe larghe accanto alla mia Cinquecento come a dire "vediamo se lo rifai"!

Riprendo a manovrare, sudando, cercando di non toccare il suo prezioso paraurti. «Imbranata come tutte le donne!» sento che dice a mezza voce. Se ne sta in piedi, a braccia conserte, fissandomi con aria punitiva.

Scendo e mi metto a litigare? servirebbe solo a farmi perdere tempo. Finalmente riesco a uscire da quel buco con le braccia che mi dolgono e la schiena fradicia. «Bella manovra, complimenti!» mi fa ironico l'uomo e lo vedo sorridere compiaciuto per la lezione che mi ha dato.

Arrivo alla radio con qualche minuto di ritardo. Tirinnanzi è la prima persona che vedo entrando: «Ah, sei qua, ti aspettavo... non c'è nessuno alla consolle, sto andando avanti a furia di musica, ma qui arrivano le telefonate, occupatene tu».

Mentre mi seggo alla consolle con la borsa ancora a tracolla, lo vedo chinarsi a scrivere il suo giornale radio sul tavolo male illuminato. Solo tre anni fa aveva ancora tutti i capelli. Ora una parte del cranio gli è diventata completamente liscia e tende a riflettere le luci al neon seminate sul soffitto. Ma che gli sarà successo? le gengive gli sanguinano e cammina come se avesse male ai piedi.

Rispondo alle telefonate degli ascoltatori, li metto in comunicazione fra di loro, alzo la musica, la abbasso. Intanto è arrivato anche il tecnico, Mario Calzone, tranquillo come una pasqua. Tiene in mano un gelato e mi guarda manovrare le manopole e gli interruttori scuotendo la testa.

«Non ci sai fare, Michela, hai messo l'alonatore, guarda!» dice e ride con la bocca macchiata di gelato verde.

«Invece di criticare, perché non prendi il tuo posto che io ho da fare.»

«Ormai finisco il gelato, no? tu vai avanti che tanto gli ascoltatori non si accorgono di niente.»

Aspetto che finisca il gelato, che si lavi le mani appiccicose e finalmente mi libera della consolle.

Tirinnanzi viene verso di me con in mano i fogli del giornale radio.

«È vero che devi fare un programma sui delitti contro le donne? se passi da me domani ti do un pacco di roba che ti può essere utile.»

«Grazie, me la metti da parte? oppure me la porti in ufficio, non è lo stesso?»

«Non è lo stesso. Volevo farti vedere la mia nuova casa. Ho comprato un Balletta del 1912, molto bello.»

«Un baletta, cos'è?»

«Un piccolo Balla, un quadro delizioso, lo vuoi vedere?»

«E dov'è la tua casa nuova?»
«In via Merulana, ci vieni?»
«Non credo, Tirinnanzi; ho troppo da fare.»
Lo vedo tornare al tavolino con aria imbronciata. Forse l'ultima ragazza l'ha piantato, deve essere di nuovo solo, quando fa quella faccia mi viene voglia di abbracciarlo: sembra un bambino offeso.

Sul mio tavolo trovo un mucchio di fogli che ieri non c'erano. Pare che tutti vogliano aiutarmi nelle mie ricerche sui delitti contro le donne: la giovane attrice Tamara Verde, che viene ogni tanto a leggere i testi, mi ha portato dei ritagli di giornale; la segretaria del direttore, Lorenza, mi ha fatto trovare sulla scrivania un libro in inglese sui crimini sessuali.

Sfoglio i ritagli. Leggo di una ragazza decapitata di cui non si è trovata la testa. E di due sorelle affogate nel lago di Nemi che hanno portato con sé il segreto del loro assalitore. Le hanno trovate abbracciate con due fori di pallottola nelle tempie.

C'è il caso della prostituta tagliata a pezzi. E il caso della ragazzina sparita all'uscita della scuola e poi trovata dissanguata in un fosso. Di nessuno di questi delitti sono stati scoperti i responsabili.

Prendo lo schedario, comincio a dividere i casi, a incollare dei cartellini. Alla prima etichetta mi trema la mano, alla decima vado ormai sicura e spedita. Eppure la ripugnanza mi si annida in gola: ma perché devo occuparmi di questi orrori? non c'è niente di seducente nel delitto, niente di appassionante nello strazio dei corpi, solo una profonda, lugubre pena.

Eppure, la sfinge mostra la sua faccia di pietra fra i corpi tormentati, e suscita il bisogno tutto umano e profondo di risolvere un enigma, chiama a raccolta i pensieri, le supposizioni. C'è una geometria psicologica che chiede spiegazioni e ci troviamo lì nel mezzo del labirinto con un capo del filo in mano, senza sapere dove andremo a cacciare il naso. A chi appartiene la mano potente che ha voluto il silenzio di un corpo? e perché se ne rimane lontana, fuori dal quadro, spenta anch'essa alla coscienza come il cadavere di un cuore dentro il petto vivo di una persona?

Ecco, le schede sono sistemate al loro posto e tutto mi dice che mi abituerò a questi orrori. Ma ci si può abituare al raccapriccio senza perdere qualcosa delle proprie capacità di sentire e patire? Il cattivo sapore che ho sulla lingua mi dice proprio di no. Ma la opacità patetica di queste fotografie che si accumulano davanti a me mi dice di sì. Ed è questa consuetudine che mi inquieta, questo passaggio dal no al sì, che avviene senza provocare quei disastri che immaginavo.

Alzo il ricevitore. Chiamo Adele Sòfia, la commissaria. Mi risponde una voce calma, gentile.

«Sono di radio Italia Viva, vorrei venire a trovarla.»

«Il direttore, Cusumano, mi ha parlato di lei. Il suo nome è Michela Canova, vero? Sì, venga pure. Ma oggi no, perché ho da fare, domani, va bene?»

Faccio il numero di Ludovica Bari. Mi risponde una voce tesa, allarmata. «Sono Michela Canova di radio Italia Viva, posso venire a trovarla?»

«Se è per parlare di mia sorella Angela, no.»

«Il fatto è che io abito in via Santa Cecilia, al 22; sua sorella Angela stava proprio di fronte a me, quindi la conoscevo...»

«Accidenti, ma lei è Michela la dirimpettaia! Angela mi ha parlato di lei. Venga pure, anche subito.»

Otto

Nelle fotografie sui giornali Ludovica Bari sembra più piccola e più scura. Vista di persona è una donna alta, dal collo lungo, le braccia sottili, i capelli chiari, il passo slanciato, il viso duro.

Mi precede verso il soggiorno camminando morbidamente sui tappeti cinesi stesi senza ordine sul pavimento di mattonelle bianche. Maniglie dorate, lampadari a goccia, divani ricoperti di una bella stoffa a fiori azzurri e viola su un fondo bianco latte.

«Vuole un analcolico?»

Allunga le braccia magre e nude verso un tavolinetto di vetro, stappa una bottiglia, versa del liquido rossastro in un bicchiere a calice e me lo offre sorridendo. Noto che ha tutti i denti falsi, sebbene certamente non abbia ancora raggiunto i quarant'anni. Sono denti perfetti, di porcellana splendente, ma, appunto, troppo perfetti.

«Posso farle una domanda?» mi dice mentre sorseggio l'analcolico.

Sembra che voglia subito invertire le parti; non sono io che intervisto lei ma lei me.

«Ha mai visto un uomo piccolino, sempre vestito di nero, con gli stivaletti dal tacco alto, entrare o uscire dalla casa di mia sorella Angela?»

«Non mi pare, aspetti che ci penso.» Ma la mia memoria è impietosamente sorda e muta, come succede quando la interrogo a bruciapelo.

«Cerchi di ricordare.»

«Veramente non mi sembra, ho il vuoto in testa. Sua sorella la vedevo sempre sola, ma è anche vero che io avevo orari diversi dai suoi. La vedevo molto poco, ecco tutto.»

«Era così imbranata, povera Angela.»

Dove l'ho sentita questa parola? ah, sì, mentre facevo la manovra, dal proprietario della Mercedes. Quindi anche Angela, come me, era "imbranata". Goffa? maldestra? lenta? impedita? o semplicemente distratta?

«L'avrà notato che era fragile, disordinata, incapace di organizzarsi.

È sempre stata così anche da piccola, povera Angela, arrivava tardi a scuola, studiava ma non imparava, si faceva cacciare dalla classe per colpe non sue, veniva bocciata un anno sì e uno no, insomma un disastro.»

«E lei?»

«Io ero l'opposto. Non studiavo e prendevo buoni voti, mi volevano sempre eleggere capoclasse... avevo un certo ascendente sui compagni, venivo promossa ogni anno col massimo dei voti... Eppure Angela non me ne voleva per questo. Non ho mai conosciuto una persona meno competitiva di lei... era dolcissima, Angela, tanto dolce e remissiva quanto insicura... Aspetti, le faccio vedere una fotografia di quando era piccola.»

Sparisce nel corridoio. Per tornare subito dopo con un pacco di fotografie che sparpaglia sul divano accanto a me.

«Qui siamo a Fiesole. Ogni estate andavamo a trovare i nonni e rimanevamo lì un mese. Ora, nella villa, ci abita mia madre... Questa sono io. Ero un grissino, allora. Non che adesso sia molto più grassa ma allora facevo proprio pena. E questa è Angela, ha visto che capelli? è sempre stata più bella e più esposta... non so perché le dico queste cose, in fondo non la conosco affatto, ma ricordo che Angela mi ha parlato più volte di lei: l'ammirava: "fa un lavoro che piacerebbe fare a me" diceva, la ascoltava alla radio, sosteneva che la sua voce è un "paniere pieno di chiocciole", diceva proprio così... io... deve perdonarmi, non l'ho mai ascoltata alla radio... forse per prevenzione, non lo so, non davo molta retta a quello che diceva Angela.»

Sono talmente stupita che il bicchiere mi scivola di mano andando a rovesciarsi su uno dei preziosi tappeti cinesi. Mi chino a raccattarlo chiedendo scusa. Lei sorride paziente, corre in cucina a prendere uno straccio bagnato. Non immaginavo affatto che la mia vicina mi avesse notata e che parlasse di me con la sorella. Non immaginavo che mi ascoltasse alla radio e che desiderasse fare il lavoro che faccio e soprattutto che considerasse la mia voce un "paniere pieno di chiocciole". Ma allora perché non mi ha mai rivolto la parola? E perché si chiudeva dentro rumorosamente piantandomi sul pianerottolo come fossi una nemica ogni volta che ci incontravamo?

«Qui siamo a Vulcano», dice Ludovica mettendomi in mano un'altra fotografia, dopo avere gettato lontano lo straccio sporco, «conosce Vulcano?»

«No.»

«Papà ci portava spesso laggiù, in vacanza; affittavamo una villa con tanti archi, sul mare, me la ricordo ancora. Qui la villa non si vede, in compenso si vede la lava scura, è tutto nero in quell'isola, e la cosa stupefacente è che da quella terra livida, vetrosa, nascano delle magnifiche piante verdi, di un verde tenerissimo.»

Con tutta la persona protesa in avanti, Ludovica Bari vuole ad ogni costo riuscire gradevole. I capelli morbidi le coprono una parte della faccia. Al contrario della sorella che li portava corti, lei li tiene lunghi e serpentini, che cadono lungo le guance e sul collo. Delle ciocche dalla punta all'insù lambiscono le braccia nude e i seni che sono particolarmente pesanti per un corpo leggero come il suo.

«Qui siamo in bicicletta a villa Borghese, mio padre era già morto, mia madre si era appena risposata. Non abbiamo l'aria felice nessuna delle due, eh? il fatto è che il patrigno non ci piaceva... sì, proprio come nelle favole più famose: è tradizione che le matrigne e i patrigni siano sgraditi... eppure il nostro patrigno era un uomo gentile e premuroso... che si piccava di fare il severo con noi... per puro spirito paterno... Angela credo che ne avesse paura anche se era la prediletta. Ci riempiva di regali... doveva vedere per Natale, cosa faceva: la mamma si alzava e ancora con gli occhi chiusi veniva portata per mano da Glauco in camera nostra dove si spalancavano gli scuri e appariva un enorme albero di Natale coperto di pacchi e pacchetti. Li aveva incartati lui uno per uno, e sapeva sempre quello che desideravamo.»

«È ancora vivo questo patrigno?»

«Certo. E sta benissimo. Ha lasciato mia madre per mettersi con una ragazza di trent'anni più giovane.»

«E questo quando è successo?»

«Qualche anno fa, non ricordo, preferisco non pensarci. È da allora che la mamma ha cominciato a soffrire di eczemi alle mani e di mal di testa devastanti. Quando le vengono questi dolori si barrica in casa, con le persiane chiuse e non può alzarsi dal letto; anche uno spiraglio di luce la fa urlare. Angela andava a trovarla, le teneva le mani per ore; quelle povere mani che si riempiono di bolle, di piaghe e che lei copre con i guanti... Io vado meno volentieri da mia madre perché ci litigo. È ancora una donna così bella, dovrebbe trovarsi un marito invece di chiudersi in camera a soffrire... È per non litigare che me ne sono andata di casa presto. Mi sono sposata a diciotto anni ed ero ingenua, mi creda, una bambina...»

«Suo marito si chiama Mario Torres?»

«No, lui è venuto dopo. Mio marito l'ho lasciato perché non lo amavo affatto, l'ho capito dopo un anno di matrimonio. Eravamo troppo diversi. Mario Torres è il mio "fidanzato", chiamiamolo così, non c'è in realtà un nome per indicare qualcuno che si ama e con cui si convive fuori da ogni progetto matrimoniale: convivente? troppo burocratico, amante? troppo peccaminoso, sembra una parola uscita dai romanzi di Pitigrilli che leggeva mia madre; compagno? sa di politica...»

«E perché non vuole fare progetti di matrimonio?»

Ormai tutto sembra possibile con Ludovica, anche una domanda indiscreta come questa. È lei che mi ha tirata dentro la sua vita e mi pare che abbia ancora voglia di dire, di parlare, non sembra nemmeno disturbata dalla presenza del Nagra che tocco il meno possibile per farglielo dimenticare.

«Il matrimonio rovina tutto» risponde lei affabile; «l'ho già provato una volta e mi basta. Non credo che mi sposerò più. Un fidanzato ha qualcosa di attraente, io con lui ci faccio l'amore, ci viaggio, ci vado al cinema, ma poi ognuno a casa propria, non pensa anche lei che sia meglio così?»

«Non aveva detto che vivete insieme?»

«Quando capita, quando ne abbiamo voglia, ma ognuno conserva la propria casa. Lei ce l'ha un fidanzato, Michela?»

«Sì.»

«E come si chiama?»

«Marco.»

«E che fa?»

«In questo momento sta in Angola per il suo giornale. Lo vedo poco.»

«Meglio così.»

Le mani lunghe e diafane rovistano fra le fotografie. Alcune le mette da parte, altre me le getta in grembo. Sembra presa da una euforia nervosa che le arrossa gli zigomi.

«Per dirle il carattere di mia sorella: alla morte di nostro padre, abbiamo ereditato quattro appartamenti. Due a me e due a lei. Quando ha compiuto vent'anni ha regalato uno dei suoi, non so nemmeno a chi. In certi momenti ho pensato che fosse pazza. Diceva che la proprietà la ingombrava. Ecco, qui Angela è a Venezia, fra i piccioni, una foto più che classica, banale, eppure credo che sia stato il momento più felice della sua vita, si era appena sposata con un uomo che amava. Pensava di partire con lui per l'America, poi tutto è andato a rotoli e lui è partito da solo.»

«Ma perché?»

«E chi lo sa? forse era colpa sua, di Angela. Gli uomini si innamoravano di lei, come pere cotte, ma poi la lasciavano. Forse ne avevano paura, o forse avevano paura del suo segreto.»

«Quale segreto?»

«Non lo so. Chiunque poteva sentire che Angela aveva un segreto. Dava l'idea di una persona che tiene dei terribili segreti in corpo... forse era tutta scena, non lo so, ma questa era l'impressione che dava.»

La vedo raggomitolarsi sul divano come se avesse freddo. I capelli le cascano sulla faccia che si fa scura, contratta.

«Il guaio è che era rimasta incinta di quel marito. L'abbiamo convinta ad abortire quando lui è partito. Lei non voleva, ma si era ridotta a pesare quaranta chili e si era messa pure a bere, l'abbiamo forzata, ma era per il suo bene; il bambino sarebbe venuto fuori deforme, dicevano i medici.»

Adesso è di nuovo distesa, quasi serena. Che strana abilità ha questa donna, mi dico, di cambiare fisionomia: ora si fa piccola, buia, quasi brutta, ora si fa grande, leggera e bellissima.

«Una cosa ben fatta, s'intende, con l'anestesia.» Capisco che sta parlando dell'aborto della sorella. «Non ha sofferto affatto. Ma poi, anziché migliorare, è peggiorata, così l'abbiamo convinta ad andare da uno psicoanalista. Il quale, dopo un mese di cure, ha detto che doveva essere ricoverata tanto il suo stato era grave, e lei si è fatta un anno di clinica psichiatrica. Per pagarla si è venduta l'altra casa, ha capito adesso come era mia sorella? una ragazza meravigliosa, ma incapace, dissestata, quasi demente.»

«E chi può averla uccisa?» chiedo controllando il microfono che sta pericolosamente scivolando verso il pavimento.

«Se lo sapessi mi sentirei più tranquilla. Da ultimo era diventata misteriosa, mia sorella; sembrava che avesse paura di noi, non ci diceva chi frequentava, con chi usciva, come viveva. Era diventata gelosa della propria vita, teneva nascoste anche le stupidaggini più stupide...»

«Ma lavorava? come viveva?»

«Lavorava, sì, a spizzichi e bocconi. Le capitava una particina in un film, la faceva, poi smetteva per qualche mese, finché non aveva finito i soldi; dopo, ricominciava a cercare.»

«E soldi suoi non ne aveva?»

«Tutto quello che aveva ereditato l'ha sperperato, buttato al vento. Mia madre ogni tanto le dava qualcosa, ma niente di fisso. Per orgoglio lei non chiedeva. Certe volte si riduceva a vivere di patate. La supplicavo di venire da me, c'era sempre la tavola apparecchiata per lei, e anche dei soldi se voleva, ma non veniva mai... Credo che avesse antipatia per Mario anche se Mario era così affascinato da lei. Andava più volentieri dalla mamma a Fiesole. Le piaceva il giardino della villa dove aveva giocato da bambina. Era capace di rimanere ore e ore a guardare il cielo, sdraiata su un prato, sotto un tiglio. Diceva che l'odore dei tigli la faceva pensare al paradiso.»

Dunque anche Angela Bari amava i tigli. E chissà che non abbia scelto di venire a vivere in via Santa Cecilia per quei due enormi tigli che crescono nel cortile. Certe sere d'estate il profumo sale, leggero e intenso, fino alle terrazze dell'ultimo piano.

«Era una ragazza labile, gliel'ho detto, malata di testa. C'era un periodo che vomitava in continuazione, non si capiva cosa avesse. Ha fatto tutte le analisi ma non le hanno trovato niente, era la testa che non funzionava.»

Mi sembra animata da un'ansia dimostrativa fin troppo insistente. Che cosa vuole che sappia o che non sappia? Con una voce dalle intenzioni eroiche mi spinge a fare la conoscenza della sua famiglia. Ma mentre mi mostra il disordine e i guasti di un piccolo mondo andato a pezzi, mi suggerisce le interpretazioni e i giudizi da cavarne, ansiosa che io li faccia miei.

«Ora però è tardi, e devo uscire... vuole tenere una foto?»

«Grazie» dico e allungo una mano verso un ritratto delle due sorelle che camminano insieme per strada. Ludovica un poco più alta di Angela, il sole nei capelli, un sorriso orgoglioso sulle labbra sottili. Angela, più morbida e in carne, con qualcosa di arreso e di disperato nell'incedere. Guardo bene e mi sembra di scorgere, ai piedi della sorella minore, un paio di scarpe da tennis azzurre. Che siano quelle che ho visto dietro la porta, appaiate con commovente precisione nell'ingresso della casa vuota?

Nove

Salendo in ascensore vi trovo un uomo. Ma non erano chiuse le porte? come se fosse rimasto lì appiattito contro la parete ad aspettarmi. Potrei ancora uscire, ma nel tempo che perdo a decidere, le porte si chiudono e l'ascensore prende a salire. Lo guardo preoccupata: è un uomo piccolo, giovane, ma con la faccia sciupata. Porta un giaccone nero e un paio di stivaletti coi tacchi.

Mi vengono in mente le parole di Ludovica: "Ha mai visto un uomo piccolo, sempre vestito di nero, con gli stivaletti dal tacco alto, alla californiana, entrare e uscire dalla casa di mia sorella?". Che sia lui? ma dove va? l'appartamento di Angela Bari è chiuso, sprangato, la polizia ha messo i sigilli. L'inquietudine mi fa alzare di nuovo gli occhi sull'uomo; che stia venendo da me? e se fosse lui l'assassino di Angela? se perfino la sorella lo sospetta? Eppure sarebbe stupido per un assassino rivelarsi così apertamente. Sorrido mentalmente del mio frettoloso ragionare, sto cercando di rassicurarmi.

I pulsanti continuano ad illuminarsi a ogni piano ma l'ascensore non accenna a fermarsi. L'inquietudine riprende ad asciugarmi la saliva in bocca. Forse la cosa migliore è parlargli.

«Io vado all'ultimo piano, e lei?»

«Anch'io» dice asciutto. Noto che ha l'accento veneto. C'è in lui qualcosa dello studente fuori corso. Uno studente che si traveste da teppista o un teppista che si traveste da studente?

L'ascensore continua a salire. Mi tengo vicina all'allarme pensando di buttarmi sul pulsante alla sua prima mossa. Ma lui non si muove affatto. Mi guarda con aria sonnacchiosa, sorridendo a bocca chiusa. Capisce forse che ho paura e ride di me. Cerco di mostrarmi disinvolta anch'io; gli osservo le mani che ha piccole e nervose: potrebbero essere le mani dell'accoltellatore? sul mignolo spicca un anello d'argento con un occhio di tigre incastonato. L'anello e le mani fanno pensare ad un ragazzo di periferia cresciuto fra stenti e violenze; gli occhi intelligenti e la negligenza un po' snob del vestito fanno pensare ad un ragazzo ricco, viziato.

Finalmente l'ascensore si ferma con un piccolo scatto elastico. Le porte si aprono soffiando, e io esco, avviandomi tranquillamente verso casa, anche se il cuore è in tempesta. Vedo con la coda dell'occhio che lui non accenna ad uscire dall'ascensore. Rimane lì in piedi, davanti alle porte spalancate e mi guarda armeggiare con le chiavi. Apro o non apro? e se poi mi viene dietro e pretende di entrare? faccio in tempo a chiudere prima che mi raggiunga?

Ma lui non sembra badare affatto a me. Intanto si è acceso una sigaretta e ha gettato il fiammifero spento sul pianerottolo con aria di sfida.

Mentre giro la chiave e faccio per entrare rapidamente in casa, sento l'ascensore che si chiude con un soffio e lui viene inghiottito via insieme con i suoi stivaletti californiani, il suo giubbotto di pelle e il suo anello con l'occhio di tigre. Tiro un sospiro di sollievo.

Entro in casa, sprango la porta. Mi metto a preparare la cena. Stasera ho ospiti e non ho ancora cucinato niente; sono quasi le otto e mezza. Decido per gli spaghetti al burro e scorza di limone che sono così profumati e rapidi da farsi. Poi servirò del prosciutto col melone e dei formaggi che ho comprato stamattina in tutta fretta, andando alla radio.

Ma mentre riempio la pentola di acqua, mentre gratto la scorza di limone, mentre apro il pacchetto del burro, mi accorgo che la faccia sorniona dell'uomo in nero continua a tornarmi in mente: che cosa avrà voluto dimostrare con quella sua salita gratuita? sarà stata una minaccia? un avvertimento? o solo uno spiare divertito, perfino uno scherzo cretino?

Dovrò telefonare a Ludovica Bari; è lei che mi ha parlato di quest'uomo con gli stivaletti californiani. E se provassi a chiamarla? Con le mani unte di burro vado al telefono e faccio il numero. Mi risponde subito, ridendo.

«Ah, è lei, Canova, stavamo proprio parlando di lei.»

«Volevo dirle che stasera, in ascensore, ho visto quel tipo con gli stivaletti e il giubbotto nero...»

«Sta qui davanti a me» dice divertita.

«Lo conosce bene?»

«Non lo conoscevo affatto, me ne aveva parlato Angela, tutto qui. Ma adesso lo conosco; è venuto a trovarmi, è un tipo molto simpatico.»

«E perché è venuto qui se poi neanche è sceso dall'ascensore? glielo chieda, per favore, visto che è lì.»

Sento un parlottare fitto fitto e poi delle risatine. La voce fresca e squillante di Ludovica torna dentro la cornetta: «È un tipo buffo. Dice che voleva solo vederla, conoscerla, che l'aspettava in ascensore per questo».

«Ma perché voleva vedermi, che c'entro io? e poi perché non ha detto qualcosa visto che mi cercava?»

«Dice che non aveva niente da dire.»

«Ma perché voleva vedermi?»

Ancora un parlottare, un ridacchiare e poi la voce gentile di Ludovica: «Dice che vuole vedere in faccia le persone che Angela frequentava, me compresa».

«Gli chieda cosa pensa dell'assassinio di Angela.»

«Non lo sa» è la risposta laconica. «Arrivederci, Michela.»

Così chiude la conversazione. E io rimango lì come una patata, senza sapere che fare, con la sensazione di avere partecipato ad un gioco incomprensibile ed estraneo.

Ma ecco che suonano alla porta. Sono arrivati gli ospiti e io non ho ancora apparecchiato la tavola, né messo il vino in freddo, né tagliato il pane.

Dieci

Un portone pretenzioso, con dei fregi in terracotta. Sulla destra un quadrante di metallo su cui spiccano i bottoni dorati dei citofoni. Cerco Adele Sòfia. Trovo Sòfia Girardengo, due cognomi, che sia quello del marito? Suono. Mi risponde una voce flebile: «Quinto piano».

L'ascensore è di quelli all'antica, coi grandi pannelli di vetro e l'intelaiatura in legno che lascia il passeggero esposto come un piccione in gabbia. E scivola da un piano all'altro con un fruscio metallico, sotto l'alone di una lampada giallina.

Mi viene ad aprire una donna di mezza età, magra, bruna, con un bel sorriso accogliente. Non mi sembra la stessa donna che ho incontrato per un momento alla radio.

«Cerco Adele Sòfia» dico, «ho un appuntamento.»

«Sì, è di là, venga... io sono Marta Girardengo, lavoriamo insieme.»

Mi fa passare per un corridoio coperto da una moquette rosso lacca. Una porta si apre silenziosa. Adele Sòfia mi viene incontro con uno straccio da cucina in mano.

«Scusi, ma stavo ai fornelli... venga, si accomodi.»

Mi sistemo su una sedia di legno intarsiato, dai motivi tirolesi, cuoricini e stelle alpine. Tutto il soggiorno è in stile alpino con mobili di legno massiccio, delle corna di cervo appese alle pareti, c'è perfino una stufa bellissima di maiolica bianca e verde.

Mentre mi raggiunge nel soggiorno la vedo togliersi un grembiule ampio di panno color crema. Mi indica un divanetto basso ricoperto di lana ruvida: «Non preferisce il divano?».

«No, sto bene qui.»

Si siede di fronte a me e mi rivolge un sorriso benevolo. Avrà quarant'anni, penso. È robusta, muscolosa, con qualcosa di morbido e materno nei movimenti, un'aria risoluta negli occhi grandi e luminosi.

«È venuta per i dati? me ne ha parlato il suo direttore. Non è facile avere delle statistiche precise... fra l'altro nelle statistiche, da noi, non si fanno distinzioni di sesso: sono considerati crimini e basta. Le darò delle documentazioni, ma più straniere che italiane. Sono gli americani, soprattutto, che hanno la mania di catalogare i reati secondo i sessi... Proprio in America hanno scoperto che una delle cause di morte violenta, più frequenti fra le donne, si trova in famiglia: mariti che uccidono le mogli, figli che uccidono le madri. Sul quaranta per cento dei delitti che avvengono in famiglia, il settantadue per cento delle vittime sono donne, lo leggevo proprio poco fa... e la sa la cosa più curiosa? sono più bianchi che neri. Così dicono. Ma lei sa che le statistiche sono così opinabili e spesso anche manovrabili.»

«Lei conosce il caso Angela Bari?»

«Ho letto qualcosa sui giornali. Se ne sta occupando un mio collega, il commissario Lipari. E il giudice istruttore si chiama Boni. Ma perché le interessa questo caso in particolare?»

«Angela Bari abitava di fronte a me, nel mio stesso palazzo, in via Santa Cecilia al 22.»

«E la conosceva?»

«No, era venuta ad abitare lì da poco, forse meno di un anno. L'ho vista solo rare volte, in ascensore.»

«Ha qualche sospetto?»

«No, niente.»

«Be', allora...» Vedo che fa per alzarsi. Che voglia mandarmi via?

«Le piacerebbe assaggiare dei canederli appena fatti accompagnati da un magnifico vino del Reno?»

«No, grazie, devo tornare alla radio.»

«I canederli sono una mia specialità, non ne vuole proprio assaggiare uno?»

In effetti è l'ora di pranzo e fino alle tre non è previsto che sia alla radio. Accetto l'invito. Ho anche fame, e lei sembra contenta.

Mi precede in una grande stanza che fa da cucina e da sala da pranzo insieme. Vedo che attorno alla tavola ci sono tre sedie: una per Adele Sòfia, una per Marta Girardengo e una per me. Quindi aveva già previsto che dicessi di sì.

Ci sediamo. Adele Sòfia serve i canederli che sono davvero molto saporiti. Intanto Marta Girardengo ha tirato fuori dal forno un pasticcio di spinaci che profuma di burro fuso e formaggio.

Mi sembra di conoscerle da anni: ridono, mangiano, si versano da bere; sono spontanee e accoglienti. Adele Sòfia assomiglia a qualcuno ma non ricordo chi. Poi, mentre spezzo a metà un canederlo, capisco chi mi fa venire in mente: Gertrude Stein nel ritratto di Picasso. La stessa matronale potenza, gli stessi occhi intensi nocciola, la stessa capigliatura abbondante raccolta sulla nuca in un nodo sbrigativo, la stessa bocca grande e ben disegnata. Sola differenza: la macchinetta per i denti che dà alla materna maestà della commissaria un che di infantile e imprevedibile.

«Quando l'assassino non si trova nei primi giorni è difficile che venga acciuffato in seguito» sta dicendo con la bocca piena.

«Quanti delitti impuniti ci sono nel nostro paese, per quello che risulta a lei?»

«Statistiche precise non ce ne sono, come le ho già detto, e se ce ne sono non verranno certo divulgate dalla polizia, è comprensibile, c'è già tanta sfiducia.»

«Ho sentito parlare del quaranta per cento.»

Adele Sòfia ride; devo pensare che sono di più? Mi posa nel piatto un'altra pallottola di pane impastata con lo speck, nonostante le faccia un segno di diniego. «Ancora spinaci?»

«È vero che i delitti contro le donne sono quelli che rimangono più impuniti?»

«È vero.»

«E perché? le dispiace se registro?» dico piazzando sulla tavola il piccolo Sony coi suoi potenti microfoni.

Non risponde né sì né no, ma la sua voce cambia leggermente di tono, da colloquiale che era, diventa esplicativa, didascalica.

«Perché molto spesso avvengono in famiglia» spiega pazientemente, «e lì si entra in un campo minato. È difficile capire qualcosa dei rapporti più intimi all'interno dei nuclei familiari, ci si perde, è un guaio, a volte non fanno che accusarsi a vicenda e le cose si imbrogliano dal punto di vista giuridico.»

Si alza, va a prendere un foglio e me lo mette accanto al piatto.

«Ecco, questi sono i delitti di quattro settimane. Solo di due sono stati presi i responsabili. Degli altri non si sa niente.»

Fa uno strano verso come il soffio di un palloncino bucato e lo accompagna con un gesto elegante della mano. Noto che porta un anello d'argento con un occhio di tigre sul mignolo. La guardo stupita. Dove ho visto un anello del tutto simile? Ma sì, al dito dell'uomo dagli stivaletti californiani, giorni fa in ascensore.

Adele Sòfia vede che fisso l'anello e se lo rigira attorno al dito con un gesto lento: «Questo anello me lo ha regalato un amico che adesso è morto» dice improvvisamente compunta e seria.

«Ne ho visto uno uguale al mignolo di un uomo, recentemente» dico e le racconto la storia dell'incontro in ascensore e delle parole di Ludovica; ma non mi sembra che dia molta importanza alla cosa. «Controlleremo», dice distrattamente.

Torno a guardare il foglio che mi ha messo davanti. È un elenco di nomi seguito da brevi note:

"Cinzia O., sette anni, trovata morta con la testa fracassata, in via Tiburtina. Tracce di violenza sessuale. Ignoti."

"Maria B., 45 anni, morta per strangolamento nella sua casa di Labaro. Ignoti."

"Renata M., 22 anni, trovata a villa Borghese, accoltellata. Ignoti."

"Giovannina L., 16 anni, scoperta dagli spazzini a Ostia, un colpo di pistola in testa. Ignoti."

Non riesco più a mangiare. Adele Sòfia mi guarda compassionevole.

«Non deve impressionarsi tanto, se no come farà a condurre la sua ricerca per la radio sui crimini contro le donne?»

Porto un cucchiaio di pasticcio di spinaci alla bocca ma le labbra rimangono chiuse, serrate.

«Non è tenendosi alla larga dai delitti che questi smettono di essere commessi» dice saggiamente. «È bene sapere che in una città come Roma quasi ogni giorno c'è un delitto. Se possiamo fare qualcosa, bene, altrimenti pazienza. Ma è bene saperlo che viviamo in una città brutale soprattutto verso chi non ha il conquibus...»

Quella parola mi sveglia dal torpore in cui ero caduta: "conquibus"? da quanto non la sentivo, la usava la mia professoressa di italiano al ginnasio e mi chiedevo se avrei mai trovato l'occasione e il coraggio di adoperarla anch'io. Ed ecco che oggi, questa commissaria che assomiglia a Gertrude Stein, a tavola, davanti ad un pasticcio di spinaci, mentre mi parla di delitti impuniti, tira fuori con naturalezza la parola "conquibus" come se facesse parte del linguaggio di tutti i giorni.

«Ma non succede mai che qualcuno, dopo anni, confessi il proprio delitto?»

«È rarissimo. Può succedere invece che un vicino di cella o un ex complice si decida a denunciare l'ex amico, questo semmai può succedere, ma è raro... Lei però mi sembra troppo impressionabile per occuparsi di queste cose, perché non lascia perdere?»

«Lo penso anch'io» dico, e sono sincera. I canederli mi sono rimasti a metà stomaco e non riesco a mandarli né su né giù.

La vedo ridere di me, ma senza cattiveria, come si ride di una persona un poco goffa e maldestra che inciampa nei propri piedi.

«La aiuterò, se vuole» dice facendosi seria, «ma ci pensi bene, prima di intraprendere un lavoro così ingrato. Mi faccia sapere.»

E questa volta mi congeda davvero con un gesto frettoloso anche se gentile, senza neanche offrirmi un caffè. «Fra un quarto d'ora mi aspettano in ufficio, si è fatto tardi» dice «le sono piaciuti i canederli in brodo? sono un ricordo della mia lunga permanenza a Bolzano. Finisca il suo vino, vedrà che le farà bene.»

In piedi, mentre lei sparecchia rapida, mando giù il vino bianco, frizzante, e mi sembra finalmente di cominciare a digerire.

Undici

Stasera sono sola alla consolle: il tecnico ha la bronchite e il sostituto ha telefonato che non può venire perché la moglie ha le doglie. Il direttore ha fatto una gran scenata contro "questi pappamolla che non hanno voglia di fare niente", ma si è ben guardato dal dirlo a loro. Perché sa che i tecnici sono rari, costano cari e sono difficili da sostituire, mentre di giornalisti se ne trovano quanti se ne vogliono. E la sera la consolle è spesso sguarnita.

La trasmissione notturna si chiama "Dialoghi semiseri con gli ascoltatori". Così è segnata sul palinsesto settimanale. L'ascoltatore telefona e, con l'aiuto del professor Baldi che se ne sta comodamente seduto a casa propria, ascoltiamo, commentiamo, rispondiamo alle voci angosciate che chiamano radio Italia Viva. Solo qualcuno sa ridere, i più chiamano per disperazione e tendono a rovesciarci addosso i loro carichi di angoscia da solitudine. Di semiserio c'è ben poco.

«Mia moglie se n'è andata e io non riesco più a dormire» dice un ascoltatore dalla voce chioccia.

«Non ci ha detto come si chiama...»

«Giovanni, mi chiamo Giovanni... ho provato a bere della grappa, ho provato a fare il bagno caldo, ho provato a camminare su e giù per la stanza, ho provato a fare ginnastica, ma non c'è niente da fare, il sonno non viene...»

«E come mai se n'è andata sua moglie?»

«Non lo so, è questo il guaio, non lo so, una sera è uscita e non è più tornata. Poi mi ha mandato a dire da una sua cugina che rivoleva i suoi pigiami. Non i quadri, i vestiti, badi bene, quel po' di gioielli che aveva, no, solo i pigiami, come a dire: io con te non ci dormo più.»

«Mio caro Giovanni...» sento la voce del professor Baldi che si inserisce... ma subito diventa rauca, sorda, che sta succedendo? provo a tirare su la leva del volume, ma sento uno scoppiettio. Ancora una volta maledico il materiale di radio Italia Viva che è stato comprato di seconda mano dalla Rai, e si sente.

«Se n'è andata senza dire né ai né bai... dovrà pur darmi una spiegazione no? gliel'ho mandato a dire da sua cugina e lo sa cosa mi ha fatto rispondere, lei? prima, mandami i miei pigiami e poi parliamo. Lei che dice, tornerà?»

«Ma lei si è chiesto il vero motivo della fuga di sua moglie?» Sono riuscita a schiarire la voce di Baldi ma non riesco a togliere il fondo metallico.

«Nessun motivo, professore, gliel'ho detto, mia moglie se n'è andata e ora vuole i suoi pigiami.»

Faccio per alzare il volume della voce di Baldi, abbassando quella dell'ascoltatore, ma sento che il professore si appresta a tossire. Alzo il sottofondo musicale per coprire le esplosioni nel microfono. Cerco di fare parlare ancora l'ascoltatore ma questo, come un mulo, si impunta sulla storia dei pigiami e non riesce a dire altro.

Il professor Baldi intanto, dopo due colpi di tosse squassanti, torna a parlare con voce piana dentro la cornetta: «Caro Giovanni, lei deve chiedersi in tutta coscienza se non c'è una parte di responsabilità da parte sua...».

Tolgo del tutto la musica, schiarisco per quanto possibile la voce del professore col rischio di deformare quella dell'ascoltatore, tengo due dita sul miscelatore cercando di non scompensare troppo il livello dei suoni.

«Io da voi volevo sapere, da lei, professor Baldi, che è un esperto della psiche e dalla signora Canova che è una giornalista sempre a contatto coi mali del mondo, se tutti i matrimoni sono destinati a logorarsi, a sfaldarsi, a rovinarsi... perché intorno a me vedo solo macerie di matrimoni... fino a ieri pensavo: però il mio resiste e invece mia moglie mi manda a dire da sua cugina che rivuole i pigiami e questo sa cosa vuol dire?...»

«L'ha già detto, signor Giovanni, l'ha già detto... ma ho sentito male o lei ha detto "il mio matrimonio"?»

«Sì, professor Baldi, ho detto il mio matrimonio, perché?»

«È lì l'errore, caro Giovanni, per questo sua moglie se n'è andata. Se lei avesse detto "il nostro matrimonio" le cose sarebbero diverse; ma "il mio matrimonio" vuol dire che nella sua testa pensava: mia moglie, la mia casa, la mia felicità, il mio futuro, il mio sonno, eccetera. E così è successo che il matrimonio di lui non ha coinciso col matrimonio di lei. Quella frase dimostra la sua profonda disattenzione per le ragioni di sua moglie, caro Giovanni... è sempre lì? non la sento più.» E rivolto a me: «Deve essere caduto il cretino, me ne passi un altro».

Spero che Giovanni non abbia sentito: l'audio non era del tutto staccato. Chiudo il collegamento con l'ascoltatore svanito nel nulla, riporto su la musica di fondo, e intanto chiedo al professor Baldi se vuole subito un'altra telefonata o preferisce prendersi un poco di riposo. Lo sento starnutire rumorosamente. E immediatamente una voce di bambino salta su gridando: «Salute!». Ma da dove è sbucata questa voce? non mi risulta che il professor Baldi abbia figli, deve essere un ascoltatore che si è inserito di straforo. Sento il professore che riprende a tossire. Abbasso del tutto l'audio mettendo la musica in primo piano.

Ora che ci penso, questa tosse secca e stizzosa lo accompagna sempre. Anche il tecnico deve fare miracoli per evitare che sia troppo riconoscibile nel microfono. Non ha l'aria di una persona felice il professor Baldi, nonostante sia così ben disposto a dare consigli contro l'infelicità. Di persona non l'ho mai visto; conosco solo la sua voce al telefono, schiacciata e nello stesso tempo amplificata dal mezzo meccanico. Chissà se è alto, basso, bruno o biondo. Non so niente di lui eppure mi sembra di conoscerlo bene perché la voce lo rivela, come fosse nudo al di là del filo: un uomo pacato, gentile, pigro, si direbbe, dall'intelligenza capziosa e lenta, una buona capacità di analisi e qualche tendenza, sempre per pigrizia, al cinismo. Ma ha un chiaro ascendente sugli ascoltatori, perché lo chiamano in molti. Il suo segreto è un misto di severità provocatoria e di svagatezza materna. La cosa che più mi piace di lui è una certa risatina imprevista che ogni tanto salta fuori senza che lo voglia, come un soprassalto di bambinesca allegria. Che fa a pugni con la sua abituale voce scorrevole e savia, abituata a dare consigli, a impartire lezioni, a consegnare ricette, a fare diagnosi a distanza.

«Mi chiamo Gabriella» dice una voce squillante al telefono.

«Quanti anni ha, cara Gabriella?»

Quel chiamare tutti caro e cara mi indispone; una volta gliel'ho anche detto, ma lui non ne ha tenuto conto.

«Il guaio, mio caro professore, è che sono gelosa, ma tanto gelosa, che mi rovino la vita.»

Deve essere giovane, ha una voce aspra e vigorosa.

«Si ricorda quel personaggio di Pirandello che firmava col gesso le suole delle scarpe di sua moglie perché non uscisse? ecco, io sono così, ossessionata dai dubbi, solo che non posso impedire a mio marito di uscire. Ma lo controllo, lo seguo anche per strada qualche volta, lo spio. Quando rientra a casa ficco una mano nelle sue tasche, frugo nel portafogli. Una volta ci ho trovato un preservativo, capisce, e con me non li usa...»

«La sua è una ossessione, cara Rosanna.»

«Gabriella, professore, Gabriella.»

«Ah, sì, Gabriella, mi scusi... la gelosia è una confessione di debolezza... lei ha paura di perdere il controllo sul suo uomo, perché quel controllo è la sola cosa che la fa sentire potente. Perdendo il controllo perde il suo potere. Ma puntare tutto sul controllo di una persona è come, per un popolo, puntare tutto sulla monocultura... è destinato alle catastrofi... sarà schiavo di un mercato, uno solo e alle prime difficoltà di vendita, carestia...»

Ma dove li va a trovare certi paragoni, mi chiedo e rido fra me dell'azzardo in cui si slancia. Chissà che faccia sta facendo la povera Gabriella.

«Invece di ficcare il naso nel portafogli di suo marito, si dedichi a qualcosa che le piace, pratichi una sua attività che non riguardi lui, lo lasci in pace e pensi ad altro.»

«Lo dice anche il mio confessore.»

Un momento di silenzio. Non è piaciuto al professor Baldi essere paragonato ad un sacerdote.

«E poi lo sa, la gelosia è anche un suggerimento all'amato, è come dirgli tradiscimi! Finirà per farlo anche se non ne ha voglia, per soddisfare la sua smania poliziesca... Questo non glielo dice il suo confessore, spero...»

«Ma, professor Baldi, come faccio a pensare ad altro, che ho solo quello nella mente?»

Sento il professore che sbadiglia senza precauzione. Abbasso l'audio, mi inserisco per dire che incalza il giornale radio. Il professore sembra sollevato, non sapeva più come continuare con la giovane gelosa, non ha nessuna curiosità per le storie che gli vengono a raccontare.

Metto sul piatto la voce di Billie Holiday. Contro gli ordini del direttore che vuole solo canzoni della Hit Parade della settimana; ma a quest'ora della notte spero che non mi ascolti.

«Si ricordi che qui la radio va avanti perché diamo sempre musica di grande successo e sempre nuova», me l'ha detto tante volte.

Il disco di Billie Holiday l'ho portato da casa mia: l'archivio della radio è pieno di robaccia e mancano i classici. A quest'ora il direttore sta a cena con una nuova fiamma. Anche se un paio di volte è successo di vederlo arrivare in trasmissione, alle due di notte, con la sua zazzera bionda, le bellissime mani farfalline pronte a sedurre, redarguire, aprendosi come ventagli.

Ascolto la voce morbida e grave di Billie Holiday che spazza via dalla mia mente gli orrori dei corpi straziati di cui mi sono occupata tutto il giorno. Eppure anche il suo è stato un corpo straziato.

Ma, intanto, l'occhio viene attratto dai riflessi delle luci al neon sul cranio nudo di Tirinnanzi. Mi fa un cenno per dire che è pronto per la lettura del giornale radio. Abbasso la musica con lentezza, senza spezzarla; mi spiace interrompere il dolce e doloroso monologare della voce femminile. Mentre il contasecondi entra nel terzo minuto, do il segnale a Tirinnanzi che parte con le notizie.

Ha una voce pastosa, suadente, piena di sfumature, anche se un poco manierata. Ad ascoltarlo sembrerebbe l'uomo più affascinante del mondo. E invece, a guardarlo, mette tristezza: la faccia bianca, le mani esangui, le caviglie senza calzini, gonfie, sembrano essere state bollite prima di entrare nelle scarpe.

Ascolto distrattamente il giornale radio finché non arriva alle notizie di cronaca: «Il caso Angela Bari. Gli investigatori hanno interrogato ieri a Genova il fidanzato della vittima, Giulio Carlini. Pare che l'alibi non sia solido come sembrava giorni fa. L'uomo ha mentito su vari fronti, aveva anche nascosto di avere una relazione con un'altra donna, di Genova».

Punto e basta. Ma che razza di notizia, confusa e monca. Dovrò andare a vedere cosa scrive l'Ansa. A quest'ora ci si permettono delle libertà che di giorno sarebbero censurate. La maggior parte degli ascoltatori, si presume, dorme e quelli che ascoltano sono poco attenti. Immagino Tirinnanzi che, seduto al suo tavolo, ha scritto la notizia pensando ad altro, morto di sonno e di noia.

Mi piacerebbe parlare con questo Carlini, chissà se riuscirò a trovarlo. Intanto inserisco la sigla finale del giornale radio. Tolgo il microfono a Tirinnanzi e metto dell'altra musica: Maria Monti, questa volta, un'altra che il direttore non approverebbe. Intanto faccio il numero del professor Baldi che mi risponde tossendo. È scocciato, ha sonno e certamente pensa che, per quello che guadagna, potrebbe anche rinunciare a questo lavoro. Ma non è il guadagno, in realtà, quello che conta: è la popolarità che gli dà la radio che lo lusinga. Anche se la nostra è una radio privata, i suoi cinquantamila ascoltatori per notte li racimola e, attraverso questi, il professore si fa conoscere, raccoglie clienti anche per il suo studio, si crea un prestigio professionale.

Squilla il telefono. Rispondo, inserisco la voce nel miscelatore, mi assicuro che il professor Baldi possa sentirla.

«Pronto, qui radio Italia Viva, chi parla?»

«Sono Sabrina. Vorrei parlare col professor Baldi.»

«Eccolo, il professor Baldi in persona, qual è il suo problema, Sabrina?»

Un colpo di tosse, la voce esce rauca, granulosa; come faccio a schiarirla senza farle perdere corpo? Se ai corsi di aggiornamento insegnassero più tecnica e meno teoria...

«Pronto, mi scusi, professore, volevo dire una cosa su Angela Bari, la ragazza uccisa di cui hanno parlato al giornale radio poco fa.»

«Dica, cara Sabrina...» si sente che è annoiato, non gliene importa niente del caso Bari; ha sonno e non lo nasconde. Le mie orecchie invece si fanno attente.

«Dica pure, Sabrina» ripete il professore bonario.

«Ecco, quella donna io l'ho conosciuta, un anno fa, in casa di un mio... amico... be', insomma ve lo dico francamente, io faccio la prostituta.»

Il professor Baldi non dà segni di sé, forse si è addormentato. Mi inserisco nella conversazione e cerco di farmi dire qualcosa di più.

«Che cosa ci voleva dire di Angela Bari? perché ci ha telefonato?» Non spaventarla, mi dico, non allarmarla, lasciala parlare, non fare domande inutili, cerca di tenerla sul filo e chiedile il numero di telefono.

«Secondo me si prostituiva anche lei.»

«Lo sa con certezza o lo immagina?»

«Lo immagino, ma non è difficile. Il mio ragazzo, insomma l'uomo mio le stava dietro e lui non sta dietro a nessuna se non c'è da guadagnarci qualcosa.»

«Anche lei gelosa!» la voce del professor Baldi irrompe dal fondo della consolle con qualche scoppiettio. La tiro su, l'aggiusto, la metto in equilibrio facendo il mio dovere anche se controvoglia. Ancora quella tosse, cavernosa, e poi uno schiocco come se giocasse con la lingua contro il palato.

«La gelosia, cara Sabrina, è un'appropriazione indebita del destino altrui...» Ora mi rovina tutto, che c'entra la gelosia con questa storia di prostituzione? decido di mettere la musica fra lui e la ragazza. Poi riprendo il telefono e le chiedo, fuori audio, il numero di casa.

«Perché?» chiede stupita.

«Perché voglio parlarle, sono un'amica di Angela e vorrei chiederle qualcosa.»

«Okay» dice lei e sebbene un poco recalcitrante, me lo scandisce a voce bassa: «Cinque, cinque, otto, undici, sei, tre, quando mi chiama?».

«Domani, va bene?»

«Pronto, pronto» sento la voce del professore che si affaccia fra le onde della musica, insistente, seccata. «Abbassi la musica, Canova, non sento niente» protesta. E appena gli libero il microfono, continua imperterrito: «Cara Sabrina, se mi sta ancora ascoltando, devo dirle quello che ho già detto alla cara amica Mariella, no Gabriella, che la gelosia non riguarda il sentimento d'amore ma sancisce una proprietà messa in discussione.»

Si capisce che il professor Baldi conosce i meccanismi della gelosia e ci ha riflettuto sopra. La sua voce, nella foga, si fa meno pigra e molle, con una punta di passione che non gli appartiene. Lo ascolto ammirata.

Arriva un'altra telefonata. Inserisco la voce nel miscelatore, do l'audio al professore. Improvvisamente mi sento così stanca che le dita mi si addormentano sui tasti. Guardo l'ora: quasi l'una. All'una e mezza finisce il turno di notte. Preparo la musica che continuerà senza di me, fino alle sei e mezza del mattino.

Mi infilo le scarpe che avevo tolto per il caldo e che giacciono rovesciate sotto la consolle. Caccio nella borsa a tracolla i dischi che ho portato da casa e sono pronta a spegnere la luce dopo avere dato la buonanotte agli ascoltatori e al professor Baldi. Tirinnanzi deve essere già andato a casa. Vedo il suo tavolo vuoto. E sopra, un biglietto scritto col pennarello rosso "ciao, Michela, a domani".

Dodici

«Avete visto passare un uomo piccolo, vestito di nero, con gli stivaletti californiani?»

Stefana alza su di me gli occhi che sembrano reggere a fatica due palpebre pesanti e fitte di ciglia scure. Il biancore delle cornee luccica in quell'ombra vibrante.

«Tu l'hai visto?» dice rivolta al marito. Lui ci pensa su e poi scuote la testa. Ma so che Giovanni è distratto, non si ricorda mai chi è passato e chi no. La madre di lui, venuta in visita dalle lontane Calabrie, mi guarda sospettosa. Ha la pelle tempestata di lentiggini, due occhi vicini, a fessura, e una bocca arcuata che ricorda quella di un pesce.

Stefana mi ha raccontato una volta che fa la macellaia. Quando viene a trovare il figlio a Roma si porta dietro dei grandi pacchi di carne e poi per qualche giorno si sentono lungo le scale dei forti odori di arrosto, di bolliti, di polpette al sugo.

È lei che, guardando oltre la mia testa, con occhio torvo, dice:

«Io lo vidi».

«Ma, mamma, tu non ci sei mai qui, che hai visto?»

Il figlio, che ha studiato, si vergogna un poco di questa madre campagnola che gira con i vestiti sporchi di sangue, abituata a buttarsi un quarto di bue su una spalla per correre ad appenderlo in negozio.

«Io lo vidi» insiste lei e io subito mi avvicino per saperne di più. Mi chino su di lei annusando l'odore di bocconcini alla pizzaiola che sale dal suo collo rugoso.

«L'ha visto questa volta che è venuta a trovare suo figlio o le volte scorse?»

«E chi lo sa. Io lo vidi, però.»

«Uno piccoletto, pallido che veste sempre di nero?»

«Non ricordo.»

«Ma se non ricordi, come fai a dire che l'hai visto, mamma.»

«Era alto o basso?»

«No, basso.»

«Mamma, tu confondi con qualcun altro... io un tipo così non l'ho mai visto.»

«Ma se lei, Giovanni, un mese fa mi ha chiesto tre volte se conoscevo la signora che saliva da me ed era mia madre?»

«Ne passano tante di persone, in questo palazzo, sono novanta appartamenti, e poi cambiano in continuazione, come potrei ricordare?»

«Sua madre, che viene qui raramente, mi sembra più osservatrice.»

«L'hai visto questo tipo, mamma, sì o no?»

«Io lo vidi.»

«Questa volta o l'altra?»

«L'altra.»

«E quando è stata l'altra?»

«E chi lo sa.»

«Me lo ricordo io» dice Stefana e sorride contenta di potermi essere utile; «l'altra volta, vediamo... era maggio, sì fine maggio. Ora siamo a luglio, quindi due mesi fa.»

«E che ha fatto questo tizio?»

«Ti disse qualcosa, mamma?» insiste Giovanni e poi spiegando, «qualche volta quando è qui mamma si mette in guardiola mentre io vado a fare commissioni e Stefana sta di sotto col bambino.»

«Non mi disse niente.»

«E che fece, mamma?»

«Andò all'ascensore.»

«E tu gli chiedesti dove andava?»

«Che ne so? e se poi era di casa?»

«Portava un anello d'argento con un occhio di tigre?» chiedo io.

«No, niente animali.»

Di più non riesco a farle ricordare. Stefana e Giovanni si fanno in quattro per cercare di cavarle altri particolari ma la donna si rifiuta di rispondere.

Stefana prende da uno stipo un dolce durissimo fatto coi fichi e le mandorle tritate, mescolate col miele: «L'ha portato mia suocera, lo prenda». Ne assaggio un pezzetto; è troppo dolce, ma lo mangio lo stesso per compiacerla. Intanto Giovanni mi ha versato del vino profumato di pino in un bicchiere di cristallo violetto.

«Era una ragazza tanto gentile.»

«Angela Bari?»

«Sì, Angela Bari. Lo sa che ogni volta che tornava da un viaggio portava un regalo per Berengario?» Chi è Berengario? penso e poi rammento che è il nome, davvero infelice, che hanno voluto dare al figlio in onore della tesi di laurea paterna.

Anche Stefana è stata all'università, a Reggio. È lì che si sono conosciuti e amati, e lì hanno avuto il figlio. Poi, la assoluta impossibilità di trovare un lavoro per lui e la gravidanza di lei li hanno spinti verso Roma, dove la sola occupazione che hanno trovato è stata questa portineria di via Santa Cecilia coi suoi novanta appartamenti da accudire, le sue tre scale da pulire, il suo cortile da tenere in ordine. Sono qui, come dicono sempre, in attesa di un "posto migliore".

«Che tipo di regali portava a Berengario?»

«Be', un gattino di peluche blu, un pinocchio di legno laccato, una scatola di matite colorate. Una volta dalla Svezia gli ha portato una trottolina che mentre gira suona; la vuole vedere? Berengario non ci gioca più, ma deve essere nel cassetto della roba di Natale.»

Torna un momento dopo, stringendo fra le dita una piccola trottola di metallo a losanghe rosse e gialle. La appoggia sulla tavola e le dà la carica. Nel volteggiare, il giocattolo diffonde una cascatella di note leggere, quasi una sonatina di Clementi.

«Se vuole se la può tenere» dice affabile, «Berengario ormai è passato al pallone.»

«Grazie» dico, «scendeva spesso, da voi, Angela Bari?»

«Come no, veniva a prendere il caffè. Diceva che Stefana fa il caffè più buono del mondo. Si sedeva lì dove ora sta mia madre, prendeva il suo caffè e canticchiava.»

«Canticchiava?»

«Sì, era una che le piaceva cantare.»

«Che tipo di canzoni?»

«*L'amore mio lontano*, per esempio, la conosce? oppure *Di sera, l'amore si fa nero nero nero*, se la ricorda?»

«Sempre canzoni d'amore?»

«Così mi pare.»

«E poi?»

«Poi si alzava, si dava una guardata allo specchio, quello là, e diceva: come sto, Stefana, con questa gonna? Io le dicevo: sta bene, signora Angela, è bellissima. In effetti era così bella che sembrava una diva del cinema. Ma lei, come se non lo sapesse, era piena di paure, di dubbi. Si sentiva brutta, che nessuno la voleva.»

«Lo diceva?»

«Sì, diceva: Stefana, che ci faccio con queste caviglie gonfie? ma non erano gonfie per niente. Oppure: Stefana come faccio con queste due rughe sulla fronte, mi invecchiano, vero? ma se non si vedono nemmeno, dicevo io... lei però si crucciava...»

Improvvisamente l'attenzione di tutta la famiglia è catturata, rapita, dallo schermo televisivo su cui una ragazza in mutande rosse e pompon verdi appesi al reggipetto sta scrivendo sopra una lavagna la frase di una canzone conosciuta. «Chi indovina questa frase vince, signori e signore, vince tre milioni, tre!» Nel dire "milioni" scuote le anche e i pompon sul reggipetto prendono a ciondolare allegramente.

Subito la famiglia si mette in subbuglio per trovare le parole mancanti. «Lo so che è una scemata» mi dice Stefana quasi scusandosi, «ma mi farebbero tanto comodo quei tre milioni!»

Tredici

Sono così stanca, quando torno dalla radio, che non ho neanche voglia di mangiare. Qualche giorno fa ho riempito il frigorifero e tutto è ancora lì impacchettato: il mazzetto di asparagi stretti con l'elastico blu, il vassoietto di polistirolo con quattro pomodori sotto cellofan, dal colore poco appetitoso, le uova dentro la confezione di plastica trasparente, il cartone del latte con l'angolo strappato. Anch'io mi sono fatta tentare dal grande supermercato che è aperto perfino la domenica.

Prendo in mano il cartone del latte; lo annuso: ha un odore amaro. Provo a versarlo in un bicchiere ma non viene giù, il latte si è trasformato in un blocco di caglio. Per fortuna non puzza. Lo rovescio a pezzi nel lavello.

Non mi va proprio di cucinare. Decido di farmi un tè, ma se poi non mi fa dormire? una tisana al tiglio sarebbe meglio; metto a bollire l'acqua. Mi sembra di sentire suonare il telefono; vado a vedere ma mi ero sbagliata: è la soneria dell'appartamento di fianco, ma chi chiama in casa di una morta?

Sono quattro giorni che Marco non telefona dall'Angola. Ha sempre chiamato tutti i giorni, in qualsiasi posto si trovasse. Neanche sulla segreteria telefonica trovo tracce di lui, c'è solo la voce di Adele Sòfia che mi dice di avere altro materiale per il mio programma e quella di mia madre che, come al solito, si preoccupa che mi stanchi troppo. Dopo la morte di mio padre per arresto cardiaco, mi tiene d'occhio: la sua idea è che lui sia morto per troppo lavoro e che io stia seguendo le sue orme.

Ma perché Marco non telefona? Meccanicamente, come faccio alla radio, prendo un foglio e scrivo: Marco non telefona, possibili ragioni: 1) Si è inoltrato in una zona dove non si trovano telefoni. Ma c'è sempre un telefono pubblico o una posta da cui spedire magari un telegramma come ha fatto altre volte. 2) Ha avuto un incidente e si trova all'ospedale, ma in questo caso avrebbe fatto chiamare da qualcun altro. 3) Ha incontrato una donna e non vuole parlarmene. La consuetudine è tale che mi chiamerebbe in ogni caso. 4) Semplicemente non ha voglia di chiamare, ma allora perché l'ultima volta che si è fatto vivo si è mostrato così affettuoso, tenero e non faceva che dirmi "ti amo"? Un mistero da chiarire. Un altro?

Potrei fare il numero di quella Sabrina che ha telefonato alla radio per parlare di Angela Bari. Una prostituta non sta sveglia fino a tardi? sono appena le undici e mezza; magari è ancora al lavoro. E se invece dormisse? o non fosse sola? Magari è proprio con quell'uomo che lei ha accusato di "stare dietro" ad Angela Bari.

Mi accorgo che giro intorno al telefono cercando un pretesto per chiamare qualcuno e ascoltare una voce. Sono avida di voci, che siano leggere o pesanti, scure o chiare, le amo per la loro straordinaria capacità di farsi corpo. Mi innamoro di una voce, io, prima che di una persona; forse per questo lavoro alla radio; o è il mio lavoro alla radio che mi porta a dare corpo alle voci, ascoltandole con carnale attenzione?

Perché Marco non mi ha lasciato il suo numero in Angola? gliel'ho chiesto diverse volte, ma lui, con una scusa o con un'altra, ha fatto in modo di non darmelo. Ma perché? Sembra che in questo periodo il mondo si affacci alla mia intelligenza solo in forma di indovinelli, di rebus.

Il letto intanto mi sta dicendo qualcosa, ha una voce bassa e soffocata, mi pare che dica "dammi le tue ossa", ma non so. Anche il pentolino sul fuoco si è messo a parlare, anzi a canticchiare, proprio come Stefana dice che faceva Angela Bari a casa sua. Alle due voci si aggiunge quella della trottola che faccio girare sul tavolo davanti a me: uno zufolio ritmato che sembra volerti ipnotizzare.

A quest'ora della notte gli oggetti diventano impudenti: chiacchierano, cantano, vociferano. Dove ho trovato questa parola "vociferano"? ah sì, in un racconto di Matilde Serao di cui ho preparato una versione radiofonica per i "Racconti della mezzanotte". Matilde Serao dice di una madre indigente che "vociferava" tutto il giorno, per dire che insegnava in una classe di bambine povere.

Pensavo che vociferare significasse spargere una voce, spettegolare, "si vocifera che"... ma la forma usata da Matilde Serao mi piace, la userò per la radio, mi dico e sorrido della mia pedanteria filologica. Alla radio, o si diventa strafottenti e brutali col linguaggio o si comincia a dividere la parola in quattro, pesandola, rigirandola di sopra e di sotto, sempre pronti a raccontarsi la storia delle sue origini e del suo uso.

Mentre rifletto sul "vociferare" un'ombra si accosta al letto. Non riesco ad aprire gli occhi; che sia ancora mio padre? Senza spartire le labbra dico: «Papà, che ci fai qui a quest'ora?». Ma lui non risponde, non sono più tanto sicura che sia lui; se per lo meno riuscissi ad aprire gli occhi.

Mi sveglio con la gola secca e il cuore che scalpita. Ci sono dei rumori che provengono dalla casa di Angela Bari. Mi alzo dal letto e mi accorgo, mentre appoggio i piedi sul tappetino, che mi sono addormentata tutta vestita.

Mi avvicino alla porta d'ingresso, metto l'occhio allo spioncino, ma il pianerottolo è vuoto e pulito, la porta della vicina è chiusa con le strisce di carta incollate lungo le fessure. Questo mi tranquillizza.

Torno in camera da letto. Ma il rumore è ancora lì: una serie di piccoli tonfi come di un uccello rimasto chiuso che sbatte contro i vetri e le pareti. Devo parlare con Stefana, mi dico, sarà un pipistrello o un rondone entrato dalla finestra chiusa male. Ma poi mi rendo conto che dico delle assurdità perché l'appartamento è sigillato e non ha aperture da nessuna parte.

Mi viene in mente che quando ero bambina una suora gentile del collegio mi aveva convinto che l'anima dei morti esce dal corpo come una colomba e se ne vola verso i cieli sbattendo le ali. E nel dormiveglia sento la voce di suor Esterina che dice: «È l'anima di Angela Bari che non ha pace, povera colombella, chissà quanto patisce non trovando una finestra aperta da cui volarsene dove Cristo l'aspetta... Vai a liberare quella povera colombella, se no sarai tu la colpevole verso Dio, vai, corri!».

Mi alzo a fatica, con gli occhi semichiusi. Esco in terrazza, scavalco, senza pensare a quello che faccio, il vetro che divide i nostri due appartamenti, forzo la finestra, entro nella camera buia. Ma non trovo nessuna colomba, solo un paio di scarpe da tennis azzurre con i lacci bianchi arrotolati ordinatamente sulla tomaia.

Ecco spiegato il mistero, mi dico; non era l'anima di Angela Bari che sbatteva contro le pareti, la povera colombella, ma erano le scarpe da tennis che battevano, come in un tip tap, lungo le pareti e la porta, cercando l'uscita.

Quando squilla il telefono ho un sussulto: sto ancora dormendo tutta vestita e la persiana che dà sulla terrazza è aperta e sbatte con un rumore ritmico.

«Sei tu, Michela? ma che fai, ti sto aspettando da mezz'ora! sono solo alla consolle, Mario non è venuto e il direttore ha un diavolo per capello.» La voce melodiosa di Tirinnanzi mi riporta alle fatiche e alle sorprese di un giorno tutto nuovo. Ma che ore sono? già le nove e io sono ancora qui a dormire, sognando di alzarmi.

«Vengo subito» dico ma Tirinnanzi è già andato via.

Mi alzo, mi infilo le scarpe, mi sciacquo la faccia ed esco.

Quattordici

«Ci vediamo alla stazione Tiburtina, alle dieci e mezza.»

«Di mattina?»

«No, di sera; allora va bene?»

«Bene.»

Questo è l'appuntamento che mi ha dato Sabrina per telefono. Ma perché alla stazione Tiburtina? mi sembra di capire che lavora da quelle parti.

«In che punto della stazione?» insisto io.

«Voi mi aspettate nella sala di seconda che io arrivo.»

Ed eccomi a guidare giù per viale Regina Margherita, piazza Galeno, via Morgagni, piazza Salerno, via Catania, piazzale delle Province. Allungo un poco la strada per passare accanto al Verano dov'è sepolto mio padre. È da molto che non vado a trovarlo e anche oggi non ho tempo; e poi, di notte, è chiuso.

L'ultima volta che sono stata a fargli una visita era ancora inverno e le giornate erano corte. Nella penombra delle cinque si vedevano i lumini rossi accesi davanti ad ogni loculo. «Un vero spettacolo a luci rosse» mi era venuto da pensare; l'oscenità di uno spiare, al di là di una parete sottile, un corpo che va in sfacelo, non è una perversione? solo per la lontana ipotesi che un giorno le trombe del giudizio suonino a raccolta e i morti si levino dalle tombe per camminare felici verso i giardini del paradiso.

Non è meglio farsi cremare come fanno gli indiani? una lettiga trasportata a braccia dai parenti, il morto stretto dentro le fasce candide, una pira di legni profumati, una rapida fiammata, il crepitio dei rami, il fumo che sale a volute schiumose verso il cielo, in un quarto d'ora è tutto finito. Due mani pietose raccolgono le ceneri e le spargono nel Gange.

Quando è morto mio padre ho proposto di farlo cremare ma ho avuto contro tutta la famiglia. «Vuoi metterlo dentro un forno, come gli ebrei a Dachau?» mi ha detto zia Gina scandalizzata. «La chiesa dice che il corpo deve rimanere intero per il giorno del giudizio» ha aggiunto convinta. E non è valso a nulla che io le abbia illustrato il processo di decomposizione del corpo una volta che il cuore si è fermato.

Intanto sono arrivata al piazzale della stazione. Cerco un posteggio per la mia Cinquecento color ciliegia e lo trovo subito, sotto il cavalcavia, per fortuna a quest'ora non c'è quasi nessuno in giro. Ma come farò a riconoscerla questa Sabrina? non ho la minima idea di come sia fatta, e non le ho neanche chiesto di che colore sarà vestita.

Mi avvio verso la sala d'attesa di seconda, come mi ha detto lei. Mi seggo. Ci sono tre viaggiatori che aspettano il treno notturno per Milano. Seduta in un angolo, una barbona gonfia e sfasciata dorme appoggiando la testa al muro, i piedi nudi e sporchi allungati sopra una scatola di cartone.

Quando entro, la barbona solleva faticosamente le palpebre e mi pianta addosso due occhi astuti e indagatori. Le braccia robuste e striate di nero escono dalle maniche di una giacca da circo, seminata di lustrini.

Poco dopo arriva un barbone più sporco di lei; porta in mano una bottiglia piena: «Trovata nel cassonetto, guarda!» dice dando un calcio alla scatola di cartone. Inalbera una espressione di tale trionfo e allegria che non riesco a trattenere un sorriso di simpatia. E lui subito mi offre da bere dalla bottiglia, dopo avere ingollato due sorsi e dopo averne pulito il collo con la manica. Dico di no, che non bevo, grazie, e lui, per dispetto, mi versa del vino sulle scarpe.

Ho l'impressione di essere spiata. Mi guardo intorno ma non vedo nessuno oltre i due barboni e i tre assonnati viaggiatori che aspettano il treno delle undici e mezza.

Di ferrovieri neanche l'ombra. Solo, dietro il vetro della biglietteria, un uomo in divisa, col ciuffo grigio, che conta dei soldi. Sono già le dieci e mezza passate ma Sabrina non si vede, che faccio? Mentre sto per alzarmi vedo entrare una donna piccola, robusta, con una gonna corta, verde prato, che si dirige verso di me. Deve essere lei. Infatti mi sorride e dice: «Michela Canova siete voi?».

Il barbone, barcollando, offre da bere anche alla nuova venuta, ma lei lo fulmina con uno sguardo severo, come se lo conoscesse e gli intimasse di non mostrare la solita confidenza.

«Venga», mi dice e si dirige decisa lungo il marciapiede. Cammina spedita, caracollando sui tacchi alti, rossi. Anche i capelli sono lucidi, rossicci e la gonna corta, a pieghe, le saltella attorno alle ginocchia ad ogni passo.

Superiamo la pensilina e ci inoltriamo lungo i binari, nel buio, scavalcando cataste di travi, pezzi di ferro sparsi sull'acciottolato, file di traversine di cemento.

Se qualcuno mi vedesse, mi darebbe della pazza, eppure non ho paura; la seguo come se stessi ancora nel mio sogno di stanotte, fra ombre mai viste e ricordi del collegio.

Improvvisamente la vedo fermarsi davanti ad un casotto color ocra. Sul piazzaletto di cemento, sotto un pergolato tenuto su da fili di ferro, ci sono alcune sedie di plastica e un tavolinetto illuminato da una fioca lampadina coperta di mosche e zanzare.

«Il mio bar personale» dice Sabrina e si siede sollevando la gonnellina verde sulle gambe abbronzate e muscolose. Vede che osservo perplessa la seggiola di plastica rossa coperta di macchie e si precipita a pulirla con un lembo della gonna. Quindi, da sotto un cespuglio, estrae una bottiglia di birra e due bicchieri. Li riempie tutti e due e me ne porge uno.

«Salute!» dice mandando giù a grandi sorsi la birra calda e schiumosa.

La serata è tiepida, dal pergolato scende un leggero odore di foglie di vite, lei sembra ben disposta, cosa voglio di più?

Intanto la guardo: è piccola e bruna, con i tratti minuti, regolari e sciupati. Ha qualcosa di manierato nel sorriso stanco, ma i modi sono schietti e generosi. Doveva essere bella, da ragazza, ora è come se fosse uscita da una lunga e devastante malattia: una faccia ingenua e mobile su un corpo agile, abituato a difendersi ed aggredire.

«Perché volete sapere di Angela?» mi chiede accavallando le gambe e facendo ciondolare il sandalo dal tacco alto, rosso.

«Perché era mia vicina di casa, la conoscevo.»

«Io alla polizia non ho detto niente e non ci dirò niente.»

«Non sono della polizia.»

«Lo so, basta guardarvi. Voi siete della radio» ride «vi conosco e conosco pure il vostro fidanzato», ha una risata di gola, gorgogliante e infantile.

«Il mio fidanzato?» dico sorpresa, ma mi sembra di capire che stia scherzando. «Avete detto che Angela interessava al vostro uomo» dico adeguandomi al suo "voi".

«È così propriamente.»

«E come si chiama quest'uomo?»

«A me i nomi non dovete chiederli» e fa un gesto da guappa, di una guapperia che risulta troppo recitata per mettere paura.

«Avete detto che si prostituiva.»

«È la verità; non per strada come me, lei andava negli alberghi di lusso con certi tipi che la pagavano molto assai.»

«Era il vostro uomo a procurarle i clienti?»

«Non lo so. Forse. Se sa che parlo con voi mi ammazza.»

«E allora perché avete accettato di vedermi?»

«Io quella Angela la odiavo, la volevo morta; ma poi, quando è morta veramente mi è spiaciuto. A conoscerla era una bambina, non si poteva volerle male. Per un po' ci siamo telefonate di nascosto da Nando...» Si ferma spaventata, portandosi una mano alla bocca: «Ecco, l'ho detto il suo nome, se lo dimentichi».

«E Nando la minacciava?»

«No, Nando le voleva bene, faceva quello che diceva lei: l'albergo a cinque stelle? ma sì, te lo trovo io; i fiori in camera? ma sì, te li faccio avere io, tanti fiori ci dava, tanti tanti fiori... per lei spendeva anche quello che guadagnavo io per strada, ha capito?»

«Potrebbe averla uccisa lui?»

«Nando?» si mette a ridere con quel gorgoglio di gola, rauco, come una rana in una notte di luna, «Nando è un signore, non si sporca le mani.»

«Ma vive di voi che vi vendete.»

«Nossignora, quello vive di sogni, voi non lo conoscete, è un tipo strano... a lui i soldi non ci interessano, li guadagna e li butta...»

«Perché non me lo fate conoscere?»

«È troppo prudente, non si fa incastrare da una sciacquetta come voi.»

«Ma io non lo voglio incastrare, vorrei solo parlargli.»

«Non è il tipo che parla, lui; neanche con me parla. Solo con Angela parlava, con lei non smetteva mai.»

«E dove abita questo Nando, magari lo vado a trovare.»

«Non sono mica una spia io... E poi sta sempre in giro. Ha un'altra protetta dalle parti di Ponte Milvio, ma è una poveraccia come me.»

«Sabrina, vi dispiacerebbe se registro la vostra voce per la radio?» dico tirando fuori il mio minuscolo Sony e sistemando i microfoni.

«Vi piace il nome Sabrina? me l'ha messo lui, il mio vero nome è un altro, ma non ve lo dico. E poi si sentirà alla radio la mia voce?»

«Sto facendo un programma su Angela Bari e altre morte come lei. Mi potete dire qualcosa su Angela, visto che l'avete conosciuta?»

«Che volete sapere? che era una bambina ve l'ho già detto... una bambina con la testa dura... voglio qua e voglio là; agli uomini gli piaceva fargli girare la testa in tondo... più giravano e più era contenta... tutti ci cadevano, perché era carina. Non bella, lo dice pure Nando, "quella è una broccola, non sa neanche muoversi, però mi piace..." Con gli uomini ci sapeva fare, ma non ci sapeva guadagnare, in questo era proprio scema, gli affari non li conosceva.»

«Ma allora perché si vendeva?»

«Per soldi, perché ci si vende? tutti sono buoni a metterti le mani addosso, baciarti, ciancicarti e poi magari lasciarti incinta... bisogna darsi una mano, pretendere quello che ti spetta, fai un lavoro, no? e devono pagare.»

«E quell'uomo, Giulio Carlini, l'avete conosciuto?»

«Lui mi sa che i soldi li prendeva, non li dava; uno che gli piace vestire bene, sempre con quei completini azzurri, le scarpe inglesi da trecentomila lire il paio, ma dove ce li aveva mai i soldi per tutto quel ben di dio...»

«E Angela gli voleva bene? ne parlava mai?»

«Non ne parlava, non lo so, non con me.»

«E di che parlava con voi?»

«Di Nando.»

«Era innamorata di Nando?»

«Non lo so, ve l'ho detto che era strana, non si capiva un accidente di quello che pensava... però di Nando parlava spesso, aveva come una tenerezza per lui.»

«E che diceva di Nando?»

«Che era bello. Diceva proprio così.»

La guardo stupita. Lei coglie il mio stupore e ride. Se chiudo gli occhi mi sembra di essere nelle campagne della Ciociaria; solo lì ho sentito delle rane grosse come meloni che gorgogliavano così.

«Non ricordate che Angela vi abbia mai detto di avere paura di Nando?»

«Angela aveva paura di tutto e di tutti, scappava sempre, ma poi, quando era lì, si fidava di chiunque. Ma è vero che ha la madre ricca?»

«Sembra di sì.»

«Strano... credo che Nando si era proprio impazzito per lei; ma non per questo rinunciava a me e all'altra, Maria... anzi, mi sa che da ultimo ne ha intorcinata pure una terza, una certa Alessia, giovane giovane, che si buca... Lui ha bisogno di tanti soldi, perché li butta, li regala, uno più generoso di lui non lo conosco; magari si arrabbia perché non gli ho portato abbastanza una sera, e la sera dopo mi regala una collana.»

«Coi soldi guadagnati da voi.»

«Già, coi soldi miei; ma altri pappa non danno una lira, non spendono un soldo per le loro protette, lui sì; infatti è sempre senza niente, casa sua è una spelonca.»

«Allora glielo dite che gli voglio parlare?»

«Non lo so, è pazzariello pure lui, non so come gli gira... mi sa più no che sì... comunque se mi dice di sì vi telefono.»

Si alza, finisce di bere la sua birra e si avvia verso la pensilina illuminata, oltrepassando un treno abbandonato su un binario morto.

«Aspettate, Sabrina» dico raggiungendola lungo i binari, «Angela vi ha mai parlato di altri uomini?»

«No.»

Capisco che non ha più voglia di rispondere. Mi chiedo se devo offrirle dei soldi, ma non vorrei offenderla. Ed ecco che la vedo voltarsi e piantarmi gli occhi addosso con fare provocatorio.

«Io vi ho dato delle informazioni e ora voi mi pagate.»

«Sì, va bene, quanto?»

«Diciamo cinquecentomila.»

«Ma Sabrina, non sono mica una miliardaria. Io lavoro per una radio privata e guadagno due milioni al mese, tutto qui.»

«Va be', ho capito, allora non datemi niente; i tipi come voi li sputo.»

«Ho duecentomila lire con me, le volete?»

«E che me ne faccio? le guadagno in mezz'ora se voglio.» Lo dice con tracotanza, sapendo che io so che non è vero.

«Davvero guadagnate due milioni al mese? Come mia cugina Concetta che lavora da operaia alla Siemens» dice sconsolata. E con un gesto inaspettato si sbottona la camicetta tirando fuori dal reggipetto un seno bianco e gonfio.

«Avete mai visto un seno così fresco e bello? Ho quarant'anni ma il seno ce l'ho come quando ne avevo venti. Lo volete un prestito, Michela Canova? mi fate pena.»

«È bellissimo» dico guardando quel seno immacolato che, esposto così nella notte, bianco latte contro la mano abbronzata, sembra un pezzo di luna.

«Volete toccare?»

«Grazie, Sabrina, ma ora devo proprio andare.»

«Toccare come in un museo, dicevo... E se volete vi insegno qualche trucco per cavare i soldi dalle rape.»

«Vorreste insegnare il mestiere anche a me?»

«Perché, non l'ho insegnato ad Angela Bari, la vostra vicina di casa?»

«L'avete portata fuori la sera, per strada?»

«Macché, ve l'ho detto, non era il tipo da strada. Ma Nando mi ha detto: insegnale due o tre cose del mestiere come una madre affettuosa.»

«Ha detto proprio una madre?»

«Sì, una madre... E sapete che vi dico? lei aveva quasi dieci anni meno di me, però quando l'ho conosciuta ho capito subito che era proprio una figlia... Stava lì buona a imparare, e imboccava tutto, con quel vestitino bianco, le scarpe da ginnastica celesti, sembrava appena uscita dalla scuola delle suore.»

«Le metteva spesso le scarpe da ginnastica celesti?»

«Spesso, sì. E camminava spedita... Alta alta, non piccoletta come me. Io senza tacchi sto raso terra, lei volava.»

«Vi ha mai parlato di un tipo che porta gli stivaletti col tacco e un anello con l'occhio di tigre al mignolo?»

«Ma quello è Nando.»

La guardo sorpresa, incredula. Quindi lo studente travestito da malandrino era proprio lui; l'uomo sornione che mi ha seguita in ascensore fino all'ultimo piano senza dire una parola per poi scendere da solo, dopo avere fumato una sigaretta e gettato il fiammifero sul pianerottolo, non era altri che Nando.

Sabrina mi mette una mano sulla spalla e dice: «Ciao, bella». La guardo allontanarsi a passo rapido scavalcando con un saltello le traversine di cemento. I capelli scuri dai riflessi rossi diventano una nuvola violacea, quasi un'aureola sotto le luci al neon e i vapori della sera.

Quindici

Ho raccolto e messo da parte tutte le fotografie trovate sui giornali che mi ha dato Tirinnanzi. E sono tante: donne seviziate, sgozzate, tagliate a pezzi. Sembra strano che le conservasse, per farne che? Una cronaca di otto mesi fa è segnata in rosso tre volte con tanti punti esclamativi: una madre ammazza la figlia a sprangate e la seppellisce nel giardinetto di casa. Sotto la foto di una donna dalla faccia disfatta, Tirinnanzi ha scritto a penna "anche le donne uccidono".

So cosa vuole dirmi: che "l'essere umano, nella sua animalità, ha i cromosomi segnati dall'impronta del delitto" come mi ha spiegato giorni fa, "uccidere l'altro fa parte della sua natura ed è solo attraverso i tabù, le proibizioni religiose, i riti magici, la coscienza civile che l'uomo arriva a dominare un istinto del tutto naturale, donna o uomo che sia".

È proprio per rispondere agli argomenti come il suo che ho registrato la voce di Aurelia Ferri, la quale piuttosto che alla natura ama riferirsi alla storia: «L'assassinio fa parte del destino sociale dell'uomo e non della donna» ribatte lei, sorridente, «poiché nella educazione del maschio della specie è previsto l'addestramento all'omicidio: in qualsiasi parte del mondo, ogni ragazzo in età di ragione viene spedito in branco a prepararsi ad uccidere ed essere ucciso, non è così? In previsione di guerre vicine o lontane, su ordine dello stato s'intende, ma lo si prepara a sparare, pugnalare, lanciare bombe, sgozzare, mutilare... le donne, per fortuna, hanno storicamente altri doveri istituzionali che sono l'accudimento, la nutrizione, la cura dei malati... insomma lo stupro e l'assassinio sono intrinseci all'ideologia paterna che prevede l'assoggettamento e il controllo del corpo del nemico. Purtroppo fa parte della sua cultura il pensiero, nemmeno tanto nascosto, che le donne siano in qualche modo partecipi del pericoloso mondo della libertà nemica».

«Anche ieri in tribunale è stata condannata una madre che aveva stuprato tre figli, dai sei ai quindici anni» insiste Tirinnanzi che non ama i discorsi sulle diversità storiche fra i sessi.

«Ma appunto, è talmente straordinaria la notizia che è stata messa su tutti i giornali, succede talmente di rado che se ne è fatto un gran parlare...»

Anche Adele Sòfia mi ha mandato un pacco di carte con la macchina della Questura. La portiera, quando ha visto l'auto fermarsi davanti al cancello, si è spaventata: «Che abbiano trovato l'assassino nel palazzo, mi sono detta, che siano venuti ad arrestarlo?».

«Ma lei sospetta di qualcuno, Stefana?»

«Sono al buio, come tutti, però qualche volta ho pensato all'ingegnere del primo piano, Diafani... non lo dica a nessuno per carità, ma Giovanni dice di averlo sentito tornare verso le dieci, la sera del delitto e ha preso l'ascensore, cosa che non fa mai, per andare al primo piano, non è strano?»

«Perché non l'ha detto alla polizia?»

«Gliel'ho detto... quando mi hanno chiesto di tutti i movimenti degli inquilini quella notte; ma loro non l'hanno nemmeno interrogato...»

L'ingegner Diafani? cerco di ricordare la sua faccia, la sua camminata. In effetti ha qualcosa di cupo e di ottuso, qualità che si possono supporre tipiche di un omicida, ma bastano?

Chiedo a Stefana se l'ingegnere vive solo. «Con la madre» risponde lei. E ora ricordo che è proprio della signora Diafani quello sguardo che sento sulla schiena la mattina, quando attraverso il cortile per andare alla radio. Se ne sta immobile alla finestra a guardare chi entra e chi esce, con l'aria imbambolata.

È la prima volta che penso al mio palazzo come ad un alveare un poco temibile e sinistro; potrebbe contenere l'ape assassina e nessuno ne saprebbe niente. C'è un viavai di gente a tutte le ore del giorno e della notte: donne coi bambini in braccio, ragazzotti in blue jeans e occhiali scuri, uomini in tuta, signori vestiti di scuro, signore che portano su i sacchi della spesa: dove vanno, cosa fanno, cosa pensano, è tutto oscuro e inimmaginabile. Ma, mentre prima della morte di Angela riconoscevo qualche faccia familiare, salutavo e mi infilavo su per le scale accompagnata dal profumo dei tigli, ora mi capita di voltarmi a metà cortile e lanciare uno sguardo di sospetto verso quelle tante finestre illuminate o buie, con tende o senza tende.

«Diana B., 36 anni, percossa, legata, imbavagliata e pugnalata. Il padre l'ha trovata rientrando a casa la sera, in via Panisperna. La madre era morta quando era bambina. Ha due fratelli che vivono all'estero. Era separata dal marito da pochi mesi, abitava in un appartamento al terzo piano. Non ci sono tracce di furto o di scasso. Nel suo armadio i vestiti erano in ordine, comprese due pellicce avvolte nel cellofan.

L'ex marito era quel giorno a Milano per affari. Non le si conoscono amanti. Nessuno ha visto entrare o uscire l'assassino.»

«Debora C., 19 anni, stuprata e strangolata nella sua casa di via Tagliamento. Figlia unica, Debora frequentava la scuola interpreti di via Cassia. Il padre e la madre erano fuori per lavoro. Indosso aveva una maglietta con un disegno di Topolino. La porta non è stata forzata. Nessuno ha notato l'assassino.»

«Lidia B., 25 anni, percossa a morte e poi abbandonata vicino ai campi da tennis dell'Olgiata. Figlia di genitori anziani, separati, viveva da sola a Trastevere. Era andata la sera del 15 febbraio a trovare il padre all'ospedale Fatebenefratelli. Da quel giorno si sono perse le tracce di lei. È stata trovata cinque giorni dopo dietro un cespuglio di rose. Nessuna testimonianza utile.»

«Giulietta F., 32 anni, stuprata, pugnalata, finita a colpi di arma da fuoco. Il suo cadavere, avvolto in una coperta militare, è stato rinvenuto nel bagagliaio di una macchina rubata. Orfana di padre, Giulietta F. abitava colla madre e il fratello in un appartamento di via Zambarelli. Lavorava come impiegata presso la ditta di elettronica Orbis. Assassini sconosciuti.»

«Giovanna M., 39 anni, imbavagliata con la sua stessa biancheria, abbandonata dietro la centrale del latte con i segni di ferite lacero-contuse alla testa. Solo dopo lunghe indagini è stato possibile identificare il cadavere poiché la borsa con i documenti è sparita. L'ha riconosciuta il figlio di dodici anni che vive con la nonna. Giovanna M. faceva la prostituta dalle parti di Tor di Quinto. Non le si conoscono protettori. Nessun indizio.»

«Annamaria G., 45 anni, finita a pugnalate nella sua casa di via Gemini. Viveva sola e lavorava come infermiera all'ospedale di Santo Spirito. La porta non è stata forzata. In un cassetto è stata trovata la busta col suo ultimo stipendio: un milione e duecentomila lire. Assalitore sconosciuto.»

Sollevo gli occhi dai fogli, stordita. Le vedo camminare nel fondo dei miei pensieri, tutte insieme, leggere e sporche di sangue. Hanno i piedi nudi e non fanno rumore. È possibile che tutto finisca in questo modo macabro, con un rapporto della polizia infilato in un archivio e un cartellino, attaccato ad un dito del piede, su cui sono segnate le date di nascita e di morte?

La memoria della città non conserva traccia di questi delitti, neanche un ricordo, una parola, una lapide alla "vittima ignota", come esiste la tomba al milite ignoto. Sono lì che continuano a camminare in su e in giù, senza requie, chiedendo un po' di attenzione.

Molte di loro hanno aperto al loro assassino. Probabilmente con un sorriso di fiducia. Le porte, infatti, non sono state forzate. Magari, come faceva Angela Bari, le sprangavano con tanti giri di chiave ogni sera. Erano consenzienti, forse anche festose quando hanno aperto a chi le avrebbe massacrate.

Che fare di fronte a questa folla di donne che aspettano, camminano, fumano, ridono e chiedono rumorosamente giustizia? come ospitarle nel mio piccolo studio di radio Italia Viva? Di ciascuna vorrei fare un ritratto, ridarle la voce, chiamare un testimone affettuoso che ricordi i suoi gesti, i suoi desideri, i suoi progetti, ma da dove cominciare?

Sono sola col mio registratore e tante voci che incalzano, premono. Fanno un gran chiasso queste morte ammazzate e non so da chi cominciare. Cosa c'è nella morbidezza di un corpo femminile che provoca il furore di una mano maschile? Devo parlarne con Adele Sòfia, mi dico, forse mi spiegherà alcuni meccanismi dei delitti sessuali. È sul numero che si stabiliscono le regole, sulla ripetizione, e sulle abitudini.

Sedici

Uscendo dal cancello mi trovo davanti una scritta gigantesca sul muro della casa di fronte: ATTENTA A QUELLO CHE FAI! È quell'attenta, al femminile, che mi inquieta. La scritta precedente è stata cancellata da Giovanni Mario che pulisce, come una formica industriosa, la radura intorno alla tana.

Mi aggiro per via Santa Cecilia cercando la mia Cinquecento color ciliegia. Le macchine, da lontano, sembrano tutte uguali. Eppure di Cinquecento ne sono rimaste ben poche in circolazione, color ciliegia, poi... Non che abbia una passione per quel colore, ma l'ho trovata attraverso un annuncio su Porta Portese, il giornale delle compravendite per poveri. In quel periodo ero senza una lira, la Vespa mi era stata rubata e così l'ho presa; e non me ne sono pentita: mi porta dovunque, anche se con lentezza, e consuma poco.

Finalmente, all'angolo di via Anicia con vicolo dei Tabacchi, vedo di lontano l'inconfondibile tortellone color ciliegia matura. Se ne sta parcheggiata sotto le fronde di un tiglio che ha cosparso il cofano di piccoli fiori gialli e collosi. Sono andata a cercarmi il solo tiglio del quartiere, per mantenermi nel cerchio del suo profumo.

Mentre faccio manovra vedo, addosso ad un muretto di mattoni, una donna anziana tutta vestita di turchino che si china con un fagotto in mano. Subito, come richiamati da una tromba, saltano fuori da tutte le parti decine di gatti: ce ne sono di neonati che si reggono a stento sulle zampine, ce ne sono di grossi, tigrati o grigi, coi baffi lunghi, le zampe robuste e l'aria malandrina. Sono tutti magri, hanno il pelo sporco, la coda ispida. Si buttano sui cartocci che intanto la donna apre sul marciapiede e divorano il cibo lanciando gridi rauchi e feroci.

La donna si siede sul muretto e li osserva materna. Ogni tanto si china ad allontanare con una spinta dolce un prepotente che vuole portarsi via il cibo di uno più debole. Adesso i gatti stanno proprio davanti alle mie ruote e non posso muovermi, spengo il motore, esco dalla macchina e mi seggo sul muretto accanto alla gattara.

«Hanno fame», dice senza guardarmi.

«Viene qui tutti i giorni?»

«Tutti i giorni no, quando posso. Prima c'era una ragazza che per un periodo veniva, quando io non c'ero. I gatti l'aspettavano. Quando la vedevano arrivare col suo soprabitino bianco, le sue scarpe da ginnastica celesti, accorrevano da tutte le parti. Poi non si è più vista.»

«Come si chiamava la ragazza?»

«Non lo so, ogni tanto ci scambiavamo due parole: come sta il tigrato? ha la tosse, dicevo io, la grigia è andata sotto una macchina, la bianca ha fatto otto figli, il nero è morto, l'hanno avvelenato.»

«Sa dove abitava?»

«In via Santa Cecilia, mi pare, ma non so a che numero.»

«Si chiamava Angela Bari, glielo dico io. È morta.»

«Era tanto giovane... Un incidente?»

«L'hanno ammazzata.»

«Come succede ai gatti di strada: o vanno sotto una macchina o li ammazzano.»

La vedo alzarsi e raccogliere i suoi cartocci vuoti per poi avviarsi rapida verso il fondo della strada. In terra è rimasto un foglietto unto su cui si accaniscono alcuni gatti. Altri se ne stanno stesi sul muretto a digerire, all'ombra del tiglio. Uno si è arrampicato sul cofano della mia Cinquecento e sembra che suoni il violoncello: una zampa ritta per aria e la testa curva sul ventre.

Butto un occhio sull'orologio: sono in ritardo di dodici minuti. Caccio con una spinta gentile il violoncellista, e riprendo a fare manovra cercando di non pestare qualche gattino poco esperto.

Alla radio trovo Tirinnanzi seccatissimo che traffica da solo alla consolle. Il tecnico non è ancora arrivato e la trasmissione mattutina del professor Baldi è già cominciata. Inutile spiegargli dei gatti e di Angela Bari che comprava chili di macinato per sfamare i randagi di vicolo dei Tabacchi: non gliene importa niente. «Pensavo che avessi sbattuto contro un albero» dice come se me lo augurasse.

Prendo il suo posto alla consolle. Ascolto in cuffia il professor Baldi che si prodiga in consigli di buon senso, la voce affettuosa appena incrinata dallo stupore mattutino. Intanto è arrivato anche Mario Calzone, che si siede alla consolle tenendo una sigaretta accesa fra le labbra, nonostante il cartello sul muro che dice in caratteri giganti PROIBITO FUMARE.

Ascoltando la voce altalenante del professor Baldi, scelgo i dischi per gli intervalli, metto da parte i nastri della pubblicità, controllo il minutaggio dei programmi della mattina. Ci sono ancora dieci minuti di Baldi, e poi si passa alla mezz'ora col cuoco famoso, stamattina tocca al francese Tibidault, è previsto che dia consigli sulla *nouvelle cuisine*. Poi toccherà al giornale radio, scritto e letto da Tirinnanzi e poi ad un esperto di ginnastiche dolci. La radio si affida agli esperti, pagati poco, e interpellati per telefono. Questa è la politica di Cusumano, «di grandi economie e di grande rendimento» come dice lui. A lavorare a tempo pieno siamo meno di dieci: tre tecnici, una segretaria, e due giornalisti. Tutto qui.

A mezzogiorno ci sarà la diretta con gli ascoltatori sui problemi legali. Dovrebbe venire in studio l'avvocato Merli, un uomo dolce, dai capelli tinti di nero che qualche volta virano decisamente al lilla.

È l'uomo più timido e goffo che abbia mai conosciuto. Non so come faccia in tribunale; in effetti non credo che abbia molto successo. Si occupa di cause di infimo ordine: piccoli imbrogli, liti fra vicini, cambiali non pagate. Lo chiama chi ha pochi soldi e spesso finisce per non pagare affatto. Ma lui non rinuncia per nessuna ragione alla sua scrupolosa gentilezza, e i clienti gli si affezionano anche se non gli fa vincere la causa, perché sanno di potere contare sulla sua discrezione e sulla sua simpatia umana.

Porta una fede al dito, quindi è sposato, ma nessuno ha mai visto sua moglie in radio. Qualche volta l'ho sentito alludere ad un figlio lontano, che forse è andato via con la madre.

L'avvocato Merli viene alla radio il lunedì e il venerdì per la consulenza legale. Non è un tipo allegro, impacciato e maldestro com'è, ma il modo in cui solleva gli occhi grigi, con sorpresa e sincero interesse, mi mette allegria. E se gli parlassi di Angela Bari?

Ma oggi ha fretta; vedo che guarda continuamente l'orologio. Si impappina diverse volte mentre parla, tanto che Mario Calzone accenna ad un sorriso di commiserazione. Molti lo considerano un "poveretto", anche se il suo lavoro lo fa bene, con pazienza e scrupolo. È amato dagli ascoltatori perché prende a cuore i loro casi e ci ragiona e ci riflette senza risparmiarsi, e questo, per il direttore, è sufficiente. Ma non credo che lo paghi molto.

«Michela, il direttore!»

Mi alzo e vado a bussare alla porta del capo che, come nella favola di Hansel e Gretel, sembra fatta di zucchero e cioccolata, tanto è lucida e colorata. Busso. Entro. Lo trovo seduto alla grande scrivania di vetro nero che giocherella con le belle mani farfalline attorno ad un posacarte a forma di donna nuda.

«A che punto siamo con la ricerca sui crimini insoluti?»

«Sto raccogliendo il materiale.»

«Lo sa che dobbiamo andare in onda fra tre settimane?»

«Lo so, ma se debbo continuare a lavorare agli altri programmi, non mi resta abbastanza tempo.»

«Un buon giornalista, cara Canova, fa questo e altro... Ricordo mio padre che scriveva i suoi pezzi in piedi, mangiando, interrotto continuamente dal telefono. Ed erano pezzi ottimi, glielo assicuro.»

«Alla radio non è come al giornale.»

«Un giornalista che si rispetti rende il massimo, senza risparmiarsi, sia al giornale che alla radio... Ha visto Adele Sòfia?»

«L'ho vista.»

«Le ha dato del materiale?»

«Un mucchio di carte.»

«Ha fatto qualche intervista?»

«Qualcuna... pensavo di mettere al centro dei casi insoluti quello di Angela Bari, uccisa a coltellate circa un mese fa e di cui non si è trovato l'assassino.»

«Chi sarebbe questa Bari?»

«Una ragazza che faceva l'attrice, no, la modella, be', forse anche la prostituta, non è chiaro comunque...»

«Va bene, va bene... ma non limitiamoci troppo, non facciamo casi personali, ci vuole coralità, numero. Voglio statistiche precise, dati incalzanti, per questo l'ho messa in contatto con la commissaria Sòfia. L'ascoltatore vuole capire il fenomeno, è chiaro, Canova? non facciamo tanti cincischiamenti, occorrono fatti e date, nomi e casi, va bene?»

«Sì, sì, ci sto lavorando.»

«Ci vogliono delle belle interviste a chi conosce il problema... uno psicologo, un sociologo, un medico, un prete... il professor Baldi tanto per cominciare, ce l'abbiamo in casa...»

«Il professor Baldi forse è meglio di no», dico e guardo allarmata le mani che si agitano inquiete davanti alla mia faccia, pallide e leggere, bellissime.

«Perché no? lo sa quanto lo paghiamo per le sue consulenze? con lui prendiamo due piccioni con una fava.»

«Il professor Baldi ha già le sue ore giornaliere, non possiamo metterlo dappertutto, diventa ridicolo.» So che la cosa che teme di più al mondo è proprio il ridicolo. Essere accusato di ladrocinio, di corruzione, di brogli, di autoritarismo non lo preoccupa, ma solo il sospetto di suscitare il ridicolo può metterlo fuori di sé. Infatti vedo che ci pensa. Capisco che la paura del ridicolo ha la meglio sul timore di spendere.

«Allora va bene, chiameremo altri esperti.»

«Gli esperti, in questo stadio del lavoro, non farebbero che impicciarci... E poi, forse, gli ascoltatori preferiscono sentire delle storie piuttosto che delle teorizzazioni...»

«Canova, lei ha la testa dura come la pietra, faccia un po' quello che vuole, ma l'avverto, se non funziona, le tolgo il programma.»

Chino il capo pensando di avere vinto, ma solo a metà. Ho poco tempo per approfondire e troppo materiale da sbrogliare. Dovrò arrangiarmi come al solito, cercando di cavare il meglio dal peggio.

Diciassette

Chiedo a Ludovica Bari il numero di Giulio Carlini a Genova. Lo chiamo. Mi risponde una voce sofisticata, soffice, un poco snob. Gli chiedo un appuntamento, mi risponde che ha molto da fare ma, se proprio insisto, lui sarà a Firenze martedì per affari; se voglio potrò incontrarlo alla stazione.

Un altro appuntamento alla stazione, che mania! Di Sabrina non ho più avuto notizie, aspetto che chiami lei. Intanto spio sempre nell'ascensore prima di salire sperando di incontrare Nando. Ormai non mi fa più paura. Ma anche lui non si è fatto più vedere.

A Firenze, anzi a Fiesole, abita la madre di Angela Bari, perché non prendere "due piccioni con una fava", come direbbe il direttore. Mi faccio dare il numero di telefono della donna, sempre da Ludovica Bari, che questa volta non sembra contenta, come se non avesse piacere che io parli con sua madre.

Me lo dà a malincuore, aggiungendo che sarebbe meglio che non andassi, che sua madre sta male, che vivendo sola è diventata forastica, lunatica e anche un po' mitomane, insomma "racconta un sacco di balle", dice proprio così, con voce disinvolta e un risolino imbarazzato.

Ed eccomi, con la valigetta di tela grezza, il Nagra a tracolla, le carte, i libri, una camicia di ricambio, in viaggio per Firenze. Il direttore mi ha dato un giorno per l'intervista fuori sede e sono contenta, per ventiquattro ore, di non dovermi occupare della consolle, del professor Baldi e del miscelatore voci.

Per strada ho l'impressione di essere seguita. Mi volto in continuazione mentre mi avvio verso il taxi. La più recente scritta sul muro di fronte diceva PEGGIO PER TE! Ma è stata cancellata da Giovanni Mario con della calce viva.

«Ho visto l'ingegner Diafani con un pennello in mano» mi ha sussurrato Stefana in un orecchio, ansando. Ma non avevo il tempo per parlarle; ho promesso che l'avrei fatto al mio ritorno.

In treno l'aria condizionata non funziona; fa caldo, non riesco a leggere, gli occhi mi si fermano intontiti sul paesaggio che scorre fuori dal finestrino. I campi di grano sono stati appena falciati e hanno un bel colore giallo stopposo che fa pensare ai quadri di Van Gogh; le vigne cominciano a infoltirsi di grappoli leggeri; le pesche e le pere si affacciano chiare fra le foglie scure. L'estate sta entrando nel suo mezzogiorno. Non posso fare a meno di ricordare certi viaggi fatti con mio padre quando avevo sei o sette anni. L'aria condizionata allora non c'era e i finestrini si aprivano dall'alto in basso aggrappandosi alle sbarre di ferro che trattenevano i vetri. Arrivavamo sempre in ritardo ai treni, non so perché. Facevamo gli ultimi cento metri di volata, col cuore in gola. Una volta sono anche caduta, ma non per questo mio padre ha rallentato la sua corsa, mi ha trascinata per un braccio facendomi scorticare le ginocchia.

Montavamo nel vagone che già si stava muovendo, col rischio di andare a finire sotto le ruote, mentre il capostazione fischiava rabbioso cercando di fermarci. Ma al mio agile papà piaceva proprio quell'azzardo, quella corsa, quell'aggrapparsi all'ultimo momento, con la destra, allo sportello del treno in moto, reggendo me con la sinistra.

Ma non era finita: il suo gusto del rischio lo portava a giocare con sua figlia, come il gatto col topo. «Papà, dove vai?» gli chiedevo quando il treno entrava in una stazione intermedia dove sapevo che ci saremmo fermati solo un minuto. «Vado a prendere qualcosa da bere.» «Non c'è tempo, papà, ti prego, non andare.» Ma lui alzava le spalle, come a dire: disprezzo queste tue paurucce da bambina. Scendeva di corsa, disinvolto, e lo vedevo addentrarsi nella stazione a grandi passi di danza. Mi aggrappavo al finestrino, terrorizzata, aspettando di vederlo apparire, ma il treno partiva senza di lui e le lagrime prendevano a scivolarmi sulle guance, senza che lo volessi, ero impietrita dall'orrore. E invece, dopo pochi minuti, me lo vedevo venire incontro dal corridoio, tutto allegro e festoso, con una bottiglietta di birra in mano. «Hai avuto paura? ma che stupida! devi avere più fiducia nel tuo papà... faccio sempre in tempo, lo sai, a costo di raggiungere il treno di corsa.» E rideva felice di avermi fatto paura e di avere risolto la paura con una bella sorpresa degna di un acrobata da circo, ma anche di un papà tutto giovane e scanzonato.

Possibile che il mio pensiero, come un gatto assassino, torni sempre a rimestare nella tana del topo?

Mi sforzo di aprire il romanzo che ho portato con me. È di Patricia Highsmith. Mi incuriosisce di lei la femminile misoginia. E la familiarità col delitto. Chi guida il demone nascosto, sembra chiedersi l'autrice ironica e feroce, l'indispensabile male che portiamo cucito nel cuore come una tasca segreta o la perdita delle immunità morali? Il delitto è una malattia? e come ci si ammala?

Diciotto

L'appuntamento è nella sala d'aspetto. Che trovo affollata e afosa. Come farò a riconoscerlo? Ma le mie preoccupazioni risultano infondate perché appena mi seggo su una panchina lo vedo di fronte a me – le gambe accavallate elegantemente, un bel completo azzurro mare, – che legge il giornale.

Quando gli vado vicina solleva la testa dal foglio e mi sorride fiducioso. Poi si alza, si china rigidamente come farebbe un militare e mi bacia la mano.

«Michela Canova, immagino... discendente dello scultore?»

«No.»

«Ricordo che da bambino mio nonno mi ha portato una volta a vedere Paolina Borghese ritratta dal Canova... mi sembrava fatta di zucchero, avrei voluto mangiarla. Ancora non sapevo che il neoclassicismo si avvale di questi effetti zuccherini per prendere le distanze dalla materia: creare lontananze estetiche siderali proprio nel momento in cui si dà l'impressione di riprodurre la realtà con fedeltà maniacale...»

«Dispiace anche a me di non avere niente a che fare con lo scultore. Dove ci sediamo?»

«Al bar, venga... le faccio strada... La stazione di Firenze mi piace perché è tutta su un piano, come una piazza lunga e larga che sfocia ai due estremi nel pieno della città. Niente scalini, sottopassaggi, cunicoli, tunnel... È una stazione un poco dechirichiana, non trova? Cosa posso offrirle, Michela?»

Entriamo nel bar spingendo una pesante porta a vetri, prendiamo posto ad un tavolino di ferro coperto da una tovaglietta rosa. Giulio Carlini, prima di sedersi, ha sbarazzato la sua sedia delle briciole, con un gesto elegante. Poi si è sporto verso di me come a dire: eccomi a sua disposizione.

«Posso registrare quello che diremo?»

«Faccia come crede. Ma cos'è questa radio Italia Viva, non l'ho mai sentita nominare.»

«Una radio privata. Vuole sapere quanti ascoltatori abbiamo? naturalmente dipende dalle trasmissioni; nei momenti di più basso indice di ascolto ne abbiamo, a quanto sembra, intorno ai diecimila; nei momenti di maggiore ascolto ne raggiungiamo duecentomila.»

«E lei fa un programma su Angela Bari, e perché?»

«Non solo su di lei, è un programma sui crimini insoluti, sui crimini contro le donne. È quello che mi ha chiesto di fare il mio direttore, quaranta puntate su delitti in cui le vittime siano donne e gli assassini non siano mai stati trovati.»

«Sono contento che parliate di Angela, lo merita, era una ragazza straordinaria per sensibilità e intelligenza... io l'adoravo anche se non potevo fidarmi completamente di lei... capisce, il suo era un carattere sbilanciato, fuori da ogni possibile progettualità per il futuro... Di indole generosa, e gentile, come le dicevo, e amabile, quanto amabile! ma nello stesso tempo era una persona difficile, molto difficile da cui avrei dovuto e voluto prendere le distanze, ma non ce la facevo... aveva il potere di strapparti a te stesso e di travolgerti in strategie impossibili ed arbitrarie...

«Voleva sposarmi... curioso, no, da parte di una donna che aveva avuto una esperienza matrimoniale così acerba e rovinosa... me lo ha chiesto più volte. Ma perché proprio io? le chiedevo... non rispondeva. Voleva sposarmi perché la rassicuravo, le davo... chi lo sa cosa le davo... anch'io amerei sposarmi, l'ho sempre desiderato ma non ho ancora trovato qualcuna in cui riconoscermi completamente, qualcuna che eleggerei a madre dei miei figli.»

Lo guardo parlare con un certo stupore per la generosità con cui si espone; si sta regalando e senza secondi fini, per lo meno così sembra. Lo incoraggio a continuare, ma non ce n'è bisogno, indovina le domande che vorrei fargli e seguita a parlare con tranquilla veemenza.

«Angela era sincera, completamente arresa e disponibile, ma era anche notturna, misteriosa e rivoltata. Lei si chiederà: ma qual è la verità? ebbene, Michela Canova, la verità io credo proprio che non esista... siamo fatti di tante cose diverse, tante verità sovrapposte... e Angela comprendeva in sé l'arroganza del sole e la timidezza della luna... la verità come la intendono i moralisti è riduttiva e noiosa, roba per fanatici e costruttori di imperi.»

Intanto è arrivato il cameriere che si è chinato, incuriosito dal mio Nagra, e ascolta sfacciatamente i nostri discorsi. Vedo Giulio Carlini che leva infastidito gli occhi luminosi sul ragazzo. «Mi porti un Bloody Mary» dice con aria di sfida. E coglie nel segno perché il ragazzo si ritrae impacciato non sapendo cosa sia un Bloody Mary. Carlini intanto si gode il suo imbarazzo, non dà spiegazioni, non insiste, si limita ad osservarlo come farebbe con un cagnolino che non ha capito l'ordine del padrone. «Lei cosa prende?» chiede poi rivolto a me.

«Un bicchiere di latte freddo» dico. E vedo che fa una smorfia di disgusto. Probabilmente lui non ha più bevuto latte da quando stava al seno di sua madre.

Il giovane cameriere va a chiedere chiarimenti alla cassiera. Carlini ride della manovra e vedo che ha i denti macchiati e rotti. Forse è più vecchio di quanto sembra; in certi momenti dimostra quasi cinquant'anni, in altri meno di trenta. I due aloni scuri sotto gli occhi fanno pensare a notti insonni, molto alcol, un segreto piacere dell'abbandono di sé.

«Posso chiederle come le è parsa Angela Bari l'ultima volta che l'ha vista?»

«Ci siamo incontrati proprio qui a Firenze, quattro giorni prima della sua morte. Sono venuto a prenderla alla stazione, l'ho accompagnata da sua madre a Fiesole, abbiamo fatto colazione tutti e tre insieme, poi l'ho lasciata lì, sono andato a parlare con dei clienti, alle otto sono tornato a prenderla. Abbiamo cenato al ristorante, alle undici l'ho riportata a casa da sua madre. Mi hanno chiesto di restare con loro a dormire ma ho preferito di no. Sono andato in albergo, e la mattina dopo l'ho riaccompagnata alla stazione.»

«E come l'ha trovata?»

«Bene, era allegra. Un poco sciupata: troppe notti insonni... dormiva poco: per addormentarsi prendeva dei sonniferi, per stare sveglia prendeva degli eccitanti. Quel giorno però era tranquilla, un poco stordita forse, non so se per i sonniferi o per l'alcol, era una persona in stato perenne di irrealtà... diciamo che la realtà le era sgradita, cercava di cancellarla non potendola dominare... ma come darle torto? neanche a me è gradita la realtà, solo che trovo continuamente dei trucchi per eluderla, forse meno disperati...»

«Mi scusi la domanda, lei amava Angela Bari?»

«Certo che l'amavo, ne ero coinvolto, molto, anche se io non sono il tipo che si lascia mai completamente andare. Angela dava molto di sé, era generosa e mutevole, ma non sembrava capace di fare progetti concreti per il futuro; viveva dentro una nebulosa scintillante... per me il matrimonio è prima di tutto progettualità: fare figli insieme, mettere su casa... ci pensa, fare un figlio con una bambina scapestrata come Angela?»

«Bambina scapestrata... può spiegarmi meglio?»

«Non saprei dirle di preciso... era capricciosa, prima di tutto; un giorno faceva la dieta, per esempio, e mangiava solo una mela, il giorno dopo si divorava un chilo di spaghetti. Prima voleva una cosa e poi la buttava via. A volte era insopportabile, si lagnava, aveva tutti i mali del mondo; altre volte era deliziosa, tranquilla, sorridente e serena, non si sapeva mai cosa aspettarsi da lei, si stava sul chi vive... diciamo pure, però, che quella continua provocazione era per me una sollecitazione al dolore benefico...»

«Mi può spiegare meglio questa idea di "dolore benefico"?»

«Non so se mi capirebbero gli ascoltatori... sono un uomo che si nutre di contraddizioni, di ambiguità... non mi fraintenda, non si tratta di ambiguità fattuali, non ho niente da nascondere... rifuggo dalla piattezza, capisce, e il dolore mi tiene compagnia: comunque dedico uno spazio della mia mente al dolore e lo considero uno spazio nobile... il fatto è che non sempre riesco a rendere la mia complessità mentale con una seducente complessità verbale. Il mio pensiero è superiore alle mie parole, che seguono, arrancano, col fiatone...»

Si ferma come aspettando che lo contraddica. Intanto arriva il giovane cameriere col succo di pomodoro e la vodka. Posa il bicchiere sul tavolino con un gesto impacciato. Accanto, lascia una ciotola piena di noccioline abbrustolite.

Carlini mi indica il registratore come a dire: facciamogli prendere fiato, sarà stanco come me. Fermo il nastro, lui mi sorride, grato, poi beve d'un sorso il Bloody Mary e ne ordina un altro.

In ogni movimento che fa, c'è una sotterranea voglia di seduzione. E io certamente mi sto lasciando sedurre.

Diciannove

«Posso chiederle, senza essere indiscreta, dove era la notte del delitto?»

«A Genova, al ristorante con degli amici. Tutti disposti a testimoniare, l'ho detto anche alla polizia.»

«Lei vive solo?»

«Sì, solo.»

«E Angela non è mai venuta da lei a Genova?»

«No, di solito ci incontravamo a mezza strada, appunto qui a Firenze, oppure a Bologna. A lei piaceva muoversi, mi seguiva volentieri.»

«In che consiste esattamente il suo lavoro?»

«Compro e vendo case per conto di una agenzia.»

«E le capita spesso di comprare e vendere case a Roma?

«Certo, l'agenzia per cui lavoro fa affari in tutte le città italiane. La sede è a Genova, ma compriamo e vendiamo a Bologna, a Napoli, a Firenze, a Bari, a Roma...»

«Conosceva la casa di via Santa Cecilia?»

«Certo, ci andavo quando ero a Roma.»

«Angela non le ha mai parlato di qualcuno del palazzo che la cercava? la inseguiva?»

«Angela era misteriosa, ma in un modo angelico, come dice il suo nome; aveva delle zone del cuore che erano completamente sconosciute. D'altronde non cercavo nemmeno di conoscerle, detesto i curiosi; avevo anche messo in conto che facesse una doppia vita, ma perché accanirsi a capire? le persone bisogna prenderle per quello che sono, nella loro grazia esistenziale; io stesso non sono immune da doppiezze... avrà saputo certamente che ho una donna che... che... con cui sono in rapporti di intimità da una decina di anni.»

Non so se lo faccia per mettere le mani avanti o per il bisogno sincero di confessare una verità in cui, peraltro, come lui dice, non crede.

«Non sono sposato, no, se è questo che pensa... era una compagna di università che mi è stata vicina durante la prima giovinezza. Poi lei si è sposata con un commerciante, ma non era felice e ci siamo ritrovati, io scapolo e lei sposata, ci siamo amati, poi lasciati e poi ritrovati un'altra volta... si chiama Angela anche lei... curioso, no?... quasi un destino il mio, di stare chiuso fra due donne dal nome sacro, nell'eco di una spinta sovrannaturale...»

Ride mostrando i denti anneriti, gli occhi sono di un azzurro limpido e sfavillante. Nell'insieme ha l'aria di un ragazzo che cresce di malavoglia, pronto a darsi e inventarsi. Capisco come Angela si sia innamorata di lui.

«Forse mi chiederà perché non abbia sposato la prima Angela, dopo che ha divorziato dal marito, perché anche questo è successo; ma come le ho detto non ho ancora trovato chi mi abbia fatto pensare a dei figli... Angela non mi ha mai chiesto di sposarla, ma ha usato una strategia diabolica: ha fatto in modo che non potessi stare senza di lei.»

Intanto il cameriere ha portato un altro Bloody Mary e Giulio Carlini lo ingolla in pochi sorsi. Io ho ancora il mio bicchiere di latte che aspetta. Sono troppo presa dalla fatica di seguire il discorso di Carlini e di mantenere i microfoni alla giusta distanza perché colgano i rumori di fondo senza permettere loro di sovrapporsi alla voce monologante.

«I due angeli fra i quali si consumava la mia vita...» continua Giulio Carlini facendo dondolare una gamba sull'altra, «da una parte chi sapeva curarmi, guarirmi, la mia sposa mattutina; dall'altra il dolore della continua provocazione, la cecità carnale, la mia sposa notturna... La bellezza di Angela, nella notte, lei non può neanche immaginarla... di giorno non le avresti dato un soldo, di notte risplendeva come certi fiori che respirano solo quando fa buio... La delicatezza di quelle braccia bianche, la morbidezza di quei seni, di quel collo lungo e sottile...»

Si prende la testa fra le mani. Che stia piangendo? ma non piange, è solo un gesto di desolazione, le lunghe mani abbronzate premono contro gli occhi stanchi, contro la fronte aggrottata. Poi si ritirano lentamente, dolcemente.

«Ha una idea su chi possa averla uccisa?»

«Non riesco a immaginarlo.»

«Nemmeno una ipotesi, si sarà pur chiesto chi è stato...»

«Non ho la più pallida idea... A me ha risolto un dilemma andandosene, lo dico con molta sincerità, ma mi creda, è un tale dolore sapere di non poterla più abbracciare... e poi un assassinio così crudele, così brutale, ma perché?»

«Risolto un dilemma vuol dire che, con la sua morte, Angela l'ha liberata da una contraddizione che lei non riusciva a sanare.»

«Se vuole insinuare che avevo interesse alla sua morte, sbaglia; anche se ho detto qualcosa di simile, ma non fa parte del mio carattere il risolvere le cose con la violenza, avrei preferito mille volte saperla viva anche se parte di un dilemma, pur di potere continuare ad abbracciarla.»

Ha gli occhi lucidi e l'accento della sincerità. Non mi ero accorta che aveva ordinato, con un gesto delle dita probabilmente, un altro Bloody Mary, e ora se lo sta bevendo a lunghe sorsate come fosse acqua.

«Purtroppo devo lasciarla, mi dispiace, ma ho un treno fra dieci minuti... Contento di averla conosciuta...»

Insiste per pagare le consumazioni, nonostante gli dica che è la radio ad offrire. Con un gesto sobrio e gentile estrae dal portafogli un biglietto da centomila e lo porge al cameriere. Mi bacia di nuovo la mano e raggiunge il cameriere alla cassa. Lo guardo allontanarsi nel suo completo celeste mare e mi chiedo, come fa lui, "ma qual è la verità?".

Venti

Telefono ad Augusta Elia, la madre di Angela Bari, per ricordarle l'appuntamento. Mi risponde che sta male, non se la sente. Insisto ricordandole che sono venuta apposta da Roma. Infine sembra commuoversi e accetta di vedermi, ma non prima di domani. Che fare? Non mi rimane che dormire a Firenze.

Telefono a Cusumano, gli chiedo di potere prolungare di un giorno il mio soggiorno a Firenze. Per una volta mi risponde con voce allegra, mi dice che va bene, «buon lavoro, Canova» e chiude. Non mi chiede neanche di "fare economie", tanto lo so da me.

Vado alla pensione Raffaello, vicino alla stazione. Mi danno una grande camera spoglia, al terzo piano, con le persiane che non chiudono bene, un letto alto e sgangherato, un lavandino appeso ad un muro giallino e niente altro.

Mi seggo sul letto ricoperto da un telo macchiato di ruggine e liso per i tanti lavaggi. La luce è fioca. Non so che fare. Accendo il Nagra e riascolto le parole di Giulio Carlini.

Me lo vedo davanti, nel suo completo celeste mare, le lunghe gambe accavallate. Ogni volta che allunga una gamba sull'altra, raddrizza la riga dei pantaloni. Davvero difficile immaginarlo col coltello in mano.

La voce di Giulio Carlini continua a scorrere, incantatrice. C'è tanta volontà di piacere nel suo discorso, me ne accorgo dalla lentezza con cui sciorina le frasi come fossero arazzi da mettere in vendita, mostrando la ricca consistenza del tessuto, la bellezza del disegno, lo splendore della trama. E come indugia sulle vocali finali e come soffia serpentino dentro il microfono quasi volesse trangugiarlo.

Vengo investita da altre voci, più vicine e vive. Fermo il registratore. Nella camera accanto stanno litigando rabbiosamente. Un uomo e una donna dalle molte abitudini in comune; lo si capisce dal tono sciatto e rancoroso delle voci: quella di lei insistente, petulante; quella di lui sprezzante, opaca, annoiata.

La mia vita ormai sembra fatta solo di voci estranee che cerco di decifrare, di analizzare. Anche qui, come alla radio, tento di indovinare chi sta al di là del filo, della parete, della città, per continuare il gioco degli enigmi.

Riaccendo il Nagra, alzando un poco il volume. La squallida stanza della pensione Raffaello viene invasa dalla voce suadente, fragile e nello stesso tempo volitiva di Giulio Carlini. Mi chiedo se la seduzione di questa voce nasca dal ritmo interiore delle frasi sapientemente inanellate e distese, oppure dallo spazio intelligente che interpola fra parola e parola.

Dentro la voce di Giulio Carlini si entra con piede leggero, incuriositi. Eppure c'è qualcosa che mi mette in allarme: che sia l'incrinatura appena percettibile dei toni alti che sfocia in un inaspettato stridore? o la leggera increspatura della grana vocale che sembra nascondere una insidia, un trabocchetto?

Se quest'uomo ha ammazzato Angela Bari deve avere avuto delle ragioni profonde e a lungo covate. Non sembra uno abitato dalla passione o spinto da rabbie improvvise o portato a gesti sconsiderati. Se l'ha fatto, ha preparato tutto con cura, scommettendo su un delitto perfetto.

Ma la stanza della pensione Raffaello è troppo triste per passarci una serata da sola. Spengo il Nagra, lo nascondo in fondo all'armadio ed esco portandomi dietro la grossa chiave di rame.

Fuori, l'aria è tiepida, gli uccelli volano bassi. Quanti uccelli in città a quest'ora; forse rondini, o no: pipistrelli o colombi e tortore. Firenze nel tramonto mi appare grave e pietrosa, bellissima.

Camminando mi trovo in mezzo ad un gruppo di turisti scandinavi che passeggiano mangiando della pizza. Portano calzoncini corti, sandali di cuoio, hanno il naso e le cosce arrossate; sulla faccia, l'aria sbalordita e sognante che prendono i turisti dopo una giornata di musei e monumenti.

Si fermano tutti insieme davanti ad un baracchino che vende piccoli David di marmo e portacenere con il ritratto di Dante. I due proprietari del baracchino stanno ridendo a crepapelle, forse di quel turista che ha perso una scarpa e ora si massaggia un piede seduto sul bordo di una fontana.

L'idea di cenare da sola mi rattrista, ma la fame mi spinge in una trattoria, la prima che incontro. Un cameriere con un fazzoletto giallo legato al collo mi fa accomodare ad un tavolino d'angolo. Tiro fuori la penna e il quaderno mentre aspetto un pomodoro al riso e dell'insalata.

Dunque: Angela Bari, scrivo in alto sul foglio, morta a Roma fra le dieci e la mezzanotte del 24 giugno, in via Santa Cecilia 22. Presumibilmente era sola a casa. Presumibilmente ha aperto la porta all'assassino. Probabilmente lo aspettava, era qualcuno di cui si fidava.

Ma perché si è tolta le scarpe per andare ad aprire al suo assassino? O se le è tolte dopo avere aperto?

Faccio un piccolo disegno del cortile di via Santa Cecilia con i due grandi tigli folti di foglie, la sua fontanella rocciosa coperta di capelvenere, le sue tante finestre che si affacciano verso l'interno. Chi conosceva Angela? c'era qualcuno che la spiava? qualcuno che ha visto e non parla?

Stefana e Giovanni Mario sono i soli che raccontano di lei, di come andasse a prendere il caffè giù da loro, di come si confidasse con Stefana, dicendo che si sentiva brutta. Penso ai regali che portava a Berengario, alla trottola dalle cascatelle di note argentine.

Volto pagina e prendo ad elencare i personaggi della storia: la sorella Ludovica dai bei capelli castani sciolti sulle spalle; di Angela dice che era "imbranata", della madre che "racconta un sacco di balle". La notte del delitto era al cinema con Mario Torres.

Augusta Elia. E stata sposata con Cesare Bari, da cui ha avuto Angela e Ludovica. Quando Angela aveva otto anni e Ludovica dodici, il marito è morto lasciando alcune proprietà. Augusta si risposa dopo solo sei mesi di lutto, con Glauco Elia, architetto, scultore. Il matrimonio dura quindici anni, dopo di che lui se ne va con un'altra lasciandola sola. Da allora la donna soffre di atroci dolori alla testa e di eczemi alle mani. La sera del delitto era a Fiesole, nella sua casa.

Giulio Carlini, di Genova. Lavora in una agenzia immobiliare. Viaggia spesso per affari. Quando è a Roma si fa ospitare da Angela. Sospetta che lei abbia "una doppia vita" di cui però si dichiara "non curioso". L'ama ma non vuole sposarla. Ha un'altra donna, chiamata Angela anche lei, conosciuta all'università, sposata e divorziata. La notte del delitto era a Genova, a cena con amici. La polizia ha controllato il suo alibi?

Sabrina, autodichiaratasi prostituta. Dice che Angela si vendeva ma solo negli alberghi di lusso e a uomini molto ricchi. Dice che il suo protettore, Nando, l'aveva presa di mira, ma esclude che l'abbia potuta uccidere. E lei? Avrebbe il movente della gelosia. Dov'era la notte del delitto? In strada, con un cliente? ma potrebbe provarlo?

Nando, protettore di Sabrina. Conosceva Angela. Secondo Sabrina faceva prostituire anche lei. Visto in ascensore qualche giorno dopo il delitto. Difficile capire cosa voglia. Dov'era la notte del delitto?

Mario Torres, descritto come una persona rissosa e violenta. Ma per questo capace di uccidere con un coltello la sorella della sua ragazza? e per quali ragioni?

Il patrigno Glauco Elia, di cui so ben poco. Ma sembra che da anni non vedesse più né la ex moglie né la figliastra. Si è risposato con una ragazza di trent'anni più giovane e vive nella zona di Velletri dove ormai si dedica solo alla scultura.

Quando sollevo gli occhi dai fogli mi accorgo che gli avventori sono andati tutti via. La sala è vuota e il mio pomodoro al riso giace in un lago di olio rosato. Decido di lasciarlo lì. Mi mangio in fretta l'insalata e chiedo il conto.

Ventuno

Il taxi sale, si arrampica; la salita si fa più ripida e chiusa fra alti muri di pietra grigia. Qua e là si affacciano rami di olivo e di pesco. Ci lasciamo la città rumorosa alle spalle, ci inerpichiamo fra ville antiche e nuove, tutte acquattate nel verde, circondate da fiori e bossi lucenti.

La macchina si ferma davanti ad un cancello di ferro nero. «Neanche fosse una prigione!» dice l'autista osservando le punte di ferro che sporgono minacciose, i doppi catenacci. Su una targa di ottone è scritto, in lettere barocche, il nome: Augusta Bari Elia. Suono. Uno scatto libera la parte bassa dell'imponente cancello che si apre davanti a me come spinto da una mano fantasma, lentamente, e con un cigolio stridulo.

Entro e mi trovo a camminare su un vialetto di ghiaia bianca che assomiglia a quella del cortile di via Santa Cecilia, ma questa sembra fatta di minuscoli ciottoli di fiume, puliti ad uno ad uno con lo straccio. Ai lati, grandi vasi di limoni, prati ben pettinati e aiole di violacciocche e petunie.

Quando alzo gli occhi la vedo: una bella donna snella ed elegante. Se ne sta in cima ad una larga scala che si apre a ventaglio; mi guarda venire avanti tenendosi una mano sulla fronte come per ripararsi dal sole. Ma il sole oggi non si è visto, il cielo è coperto e l'aria velata. Sono accompagnata da una nuvola di moscerini di cui non riesco a liberarmi.

La donna è interamente vestita di verde, perfino le scarpe e i guanti di un bel colore smeraldo, ma perché porterà i guanti? che stesse per uscire? poi rammento che Ludovica mi ha parlato dell'eczema alle mani.

«Entri subito se vuole evitare i moscerini» dice ridendo. Sembra allegra, ha una voce squillante, cordiale che mi conforta. Al telefono era stata così reticente e fredda. Da vicino posso notare come il verde metta in risalto la carnagione pallida e rifletta i grandi occhi color muschio: è molto più bella di come appaia nelle fotografie, somiglia in qualche modo ad Angela ma con qualcosa di più solido, di più risoluto.

Dentro, le sale sono tenute in penombra, con le tende tirate e le persiane accostate. Ci sono fiori dappertutto, e tappeti di un bel colore lilla, i quadri rappresentano languide marine e boschi abitati da uccelli colorati. Un cagnolino bianco viene ad annusarmi scodinzolando.

«Carlomagno, stai giù!» ordina lei e il cane si accuccia ubbidiente.

Ci sediamo in un angolo profumato da un bastoncino di incenso che manda verso il soffitto delle leggere spirali di fumo azzurrognolo.

«Posso offrirle un caffè?»

Seguo, affascinata, le lunghe mani guantate di verde che si muovono nervose. Da vicino, la magnifica faccia appare un poco irrigidita e cartacea, solo le labbra sono mobili e sensuali, dipinte di un rosso carico, sangue di bue.

«Quanto zucchero?»

«Le dispiace se accendo il registratore?»

«Faccia pure, sono preparata al peggio.»

«Peggio, perché?»

«Oh, non è la prima giornalista che ricevo da quando è morta Angela. Fanno domande inutili, si improvvisano detective e non cavano un ragno dal buco.»

«Io devo fare una trasmissione sui crimini contro le donne, sui crimini insoluti, per radio Italia Viva.»

«Lo so. Va bene, cominci pure.»

«Lei ha un'idea di chi avrebbe potuto uccidere sua figlia?»

«I morti, secondo me, bisogna lasciarli in pace. Che importanza ha sapere chi è stato quando ormai lei non può tornare in vita? Solo le persone come Maria, la vecchia balia di Angela, possono pensare che le anime dei morti ammazzati si aggirano per il mondo chiedendo vendetta... un cioccolatino alla menta? Non voglio sapere chi ha ucciso mia figlia, non servirebbe a niente. E poi le vendette mi fanno orrore.»

La guardo scartare un cioccolatino con le dita guantate di verde. Si porta alla bocca il dolce, appallottola la carta stagnola senza sporcarsi i guanti.

«La vedeva spesso sua figlia Angela?»

«No, per niente. Diceva di volermi bene, ma stava alla larga... ogni tanto, sì, capitava a Firenze, con quel Pallini, Gerlini...»

«Giulio Carlini?»

«Sì, proprio lui... Per me i figli non pensano che a liberarsi dei genitori, magari augurandosi di non perderli... "mio dio, mantienila in vita, mantienila in vita perché io non voglio perderla!", ma questa non è già una preghiera di morte?... Come si chiama la sua radio? Ah, sì, Italia Viva... Il suo direttore, Cusumano mi pare, mi ha telefonato per...»

Così sono stata preceduta da una telefonata di presentazione. O è stato semplicemente un controllo, per assicurarsi che non fossi rimasta a Firenze per i fatti miei.

«Mi ha garantito che potrò ascoltare le registrazioni prima della messa in onda... un uomo gentile che...»

Ha la tendenza a lasciare le frasi a metà nonostante lo sguardo acuto e determinato. Gli occhi vagano sulle cose senza vederle e poi ammutolisce.

«Ancora del caffè? io per me odio le...» La osservo mentre mi versa dell'altro caffè nella tazzina, curvando le dita guantate. Sono guanti di seta, leggeri e lisci e aderiscono perfettamente alle mani.

«Certe volte Angela era molto affettuosa, anche troppo, io non sopporto le smancerie, capisce e allora... ho raffreddato i suoi slanci, e di questo non mi ha mai perdonato, credo perché... come non mi ha perdonato di essermi risposata con Glauco, era troppo legata al padre. Ma quando un marito ti lascia sola, lei capisce che io... cosa dovevo fare? chiudermi in convento per il resto della vita? i figli sono... lei è sposata? ha figli?»

«No.»

«Ha un uomo che ama, comunque...»

«Sì, ma per il momento sta in Angola per lavoro.»

«Gli uomini, appena possono, scappano via... guardi cosa è capitato a me che... se n'è andato con una ragazza di trent'anni più giovane, con cui aveva...»

Il suo discorso si spezza continuamente come un filo tenuto troppo teso. Lo sguardo si è fatto più morbido dopo avere parlato di mariti; due donne che si confidano, è una cosa rassicurante.

«È bello l'uomo che ama?»

«Be', non come Giulio Carlini», dico e rido imbarazzata.

«E come mai non vi siete sposati?»

«Ha moglie.»

«Esiste il divorzio.»

«Ma lui non vuole.»

«Capisco. Un caso di cumulismo... ne conosco tanti... non vorrebbero mai lasciare una donna per un'altra, ma solo aggiungerla al mucchio... quanti anni ha il suo...»

«La prego, parliamo di Angela. Mi può dire com'era da ragazzina?»

«Da bambina era timida, quasi paralizzata dalla timidezza, non riusciva neanche a... crescendo è diventata più spigliata, ma ha sempre avuto delle timidezze che la torturavano... Non era una ragazza felice, anche se allegra, era, era...»

«È vero che è stata in una clinica per malattie mentali?»
«Chi gliel'ha detto?»
«Ludovica.»
«Che bella trovata! ma se è proprio Ludovica che... in clinica c'è stata Ludovica, non Angela.»
«Non è vero che, dopo la fuga del marito, ha dovuto abortire e poi ha sofferto di depressione?»
«È Ludovica che ha abortito, non Angela. E il marito, Angela l'ha lasciato perché si era messo con la sorella.»
«Non capisco più niente... ma Ludovica non era sposata a sua volta?»
«Ludovica non è mai stata sposata» dice decisa e con le dita guantate caccia indietro un ricciolo color rame che le è scivolato su una guancia.
«E Mario Torres?»
«Oh, quello! sono anni che si trascina quell'amore che secondo me... lei lo tormenta e lui è troppo buono.»
Una cameriera viene a chiamarla; la vogliono al telefono. Mi dice: «Può aspettare un minuto, per favore?» e se ne va dondolandosi sulle belle gambe lunghe. Mi chiedo se per telefonare si toglierà i guanti.

Ventidue

È passato più di un quarto d'ora quando la vedo rientrare. E io che avevo pensato di farmi il giro della casa, cercando la camera da letto di Angela! Invece sono rimasta inebetita sul divano color latte a fissare una fotografia di lei bambina posata sul pianoforte.

Quella bambina la conosco, mi dico, ma dove l'ho vista? E poi, frugando nella memoria, ritrovo un'altra fotografia del tutto simile, di una bambina con l'aria persa e il sorriso doloroso. La stessa fronte nuda e come indolenzita da un pensiero inesprimibile, gli stessi occhi che guardano il mondo con apprensione, la stessa bocca contratta che tende ad un sorriso pesto e propiziatorio, l'atteggiamento di chi chiede scusa di essere nata e spera, con la resa ai voleri altrui, di smontare il temibile congegno della seduzione e del possesso. Alla fine capisco: quella bambina sono io, in una fotografia fattami da mio padre quando avevo suppergiù la stessa età.

«Mi scusi se l'ho fatta aspettare ma...» comincia e lascia a metà la frase, come al solito.

Riaccendo il Nagra e sistemo il microfono sul piccolo trespolo pieghevole.

«Lei conosce un giovanotto piccolo e pallido che porta gli stivaletti col tacco, alla californiana e veste sempre di nero?»

«Ah, Nando!» dice subito e senza imbarazzo.

«Lo conosce?»

«È venuto qui a cercare Angela. Un tipo molto simpatico, abbiamo fatto amicizia.»

«È venuto qui da lei a cercare Angela, ma quando?»

«Pochi giorni prima che Angela... l'ho invitato a pranzo ed è rimasto. Una persona dolce, disponibile... mi ha raccontato un sacco di storie sui gabbiani, pare che lui da ragazzo...»

«Le ha detto cosa fa di mestiere?»

«Commercio all'ingrosso, credo che...»

«Il suo commercio sono le donne.»

«Ma no, ma no... me l'ha detto che girano brutte voci su di lui... mi ha raccontato dei suoi viaggi, dice che vuole comprarsi una casa in Spagna... ha un terreno a Capri, suo padre era un costruttore noto...»

«Non le ha detto che sua figlia Angela qualche volta si prostituiva?»

«Ma cosa dice? e poi perché avrebbe dovuto? non le davo cinque milioni al mese?»

«Ludovica dice che era senza soldi.»

«Ludovica, vede, dopo il ricovero in clinica, ha la testa confusa, non sa quello che dice... inventa, straparla, ma io...»

«Che Angela si prostituisse ogni tanto me l'ha detto una che lo fa di mestiere.»

«Balle! Voi giornalisti siete speciali per fare da cassa di risonanza alle più grandi panzane, pur di fare scandalo mettendo sullo stesso piano verità e menzogne.» Nella foga riesce persino a chiudere le frasi.

«Quindi lei esclude che Angela si prostituisse.»

«Lo escludo, e non per moralismo o amore materno, mi creda. Lo escludo perché: primo, aveva soldi e ci si prostituisce per soldi; secondo, perché era troppo sensibile e timida; terzo, perché me l'avrebbe detto. Quando veniva qui, si sdraiava sul letto accanto a me e mi raccontava tutto di sé, come una bambina e io... speravo solo che non si mettesse a piangere, quando piangeva mandava uno strano odore di... come di... baco da seta.»

«Baco da seta?»

«Quando ero bambina, mio padre teneva dei bachi da seta. Avevamo dei gelsi nel nostro giardino. Quando entravo nella stanza dei bachi sentivo quell'odore di saliva impastata, di legno tarlato, di uva passa, non so... c'erano, in alto, dei grappoli di uva appesi e mia figlia... piangendo, mandava quell'odore lì che mi metteva una leggera nausea...»

«È vero che Angela aveva paura del suo patrigno?»

«Anche questo gliel'ha detto Ludovica, suppongo... quante menzogne quella ragazza! io che... Angela e Glauco si amavano moltissimo, stavano sempre insieme, andavano a fare gite in motocicletta, su per le montagne, a nuotare, a sciare, erano due sportivi meravigliosi... Poi, quando ha compiuto i tredici anni, ha cominciato a stare per i fatti suoi... non lo cercava come prima, non andava più al mare con lui. Era diventata solitaria, leggeva molto e ascoltava musica, stava ore chiusa in camera sua... ma paura proprio no, sarebbe ridicolo.»

«Mi piacerebbe parlargli, potrei avere il suo numero di telefono?»

«Il telefono di Glauco? se ci tiene, certo, ma... lui non vorrà parlare, per la radio poi... è un tipo, un tipo che... la bellezza di Glauco, ecco, forse... era l'uomo più bello che abbia mai conosciuto... una bellezza sottile, nebulosa, non era un divo del cinema insomma ma faceva innamorare, ecco, forse... Con me è stato molto sincero, molto onesto: mi sono invaghito di una ragazza mi ha detto e io... sì, sono andata al suo matrimonio, mi sono messa un gran vestito dorato e tutti guardavano me anziché la sposa, non solo per il vestito, ma per la nostra situazione... si aspettavano che io... invece ero allegra e mangiavo tartine e bevevo champagne, ero contenta che si è trovato una ragazza così carina come Emilia... poi hanno fatto una figlia che lui ha voluto chiamare Augusta, come me, e davvero io...»

Le mani verdi si posano con delicatezza sulla ciotola dei cioccolatini. «Sicuro che non ne vuole uno?» mi dice e capisco che desidera la mia complicità per mangiarne uno lei. Accetto per farle piacere. La guardo scartare la stagnola con le abili dita verdi come potrebbe fare un geco o una lucertola sapiente.

«Quindi lei non ha nemmeno un sospetto su chi possa avere ucciso sua figlia?»

«Un pazzo... ce ne sono tanti in giro, per questo vivo barricata qui dentro... e poi, anche sapendolo, a che servirebbe? forse a farla... per quello che so dell'animo umano quell'uomo vive già all'inferno, perciò lasciamolo dov'è. In cuor suo non desidera altro che di essere scoperto, glielo dico io... perciò il miglior castigo è di lasciarlo nell'anonimato.»

«Come fa a essere sicura che sia un uomo?»

«Venti coltellate... se la immagina una donna con la manica arrotolata?... io no... un uomo anche forte, robusto... di anima vaga, tremula, se lo ricorda l'imperatore Adriano?»

Ed è con sorpresa che la vedo portarsi alla bocca un altro cioccolatino mentre, a occhi chiusi, cita Adriano con voce dolce e sapiente.

«Animula vagula, blandula... Adriano, no?... secondo me l'anima di un assassino è la cosa più fragile, più tenue, più labile che esista... una zanzarina di quelle che vivono sull'acqua stagnante e muoiono col primo freddo. Mi fa quasi tenerezza l'anima di un omicida, e a lei no?»

«Mi può raccontare un fatto di quando Angela era bambina?»

«Che fatto?»

«Uno qualsiasi, per capire meglio il carattere.»

«Be', vediamo... un giorno mia figlia ha scritto nel suo diario che io ero una regina...»

«Sua figlia teneva un diario?»

«Be', sì, da adolescente.»

«E dopo?»

«Dopo non so; ma forse sì, aveva la mania di appuntarsi tutto perché diceva che non aveva memoria e perdeva le cose... adesso che ci penso, dopo la sua morte mi hanno mandato da Roma un pacco di carte che io...»

«Mi lascerebbe dare un'occhiata a queste carte?»

«Lo farei volentieri, ma ho bruciato tutto... è che sa...»

Si interrompe pensando ad altro. Ora anche il suo sguardo corrucciato si è posato, come il mio prima, sulla fotografia di Angela bambina e sembra che la interroghi con impazienza.

Faccio per domandarle ancora qualcosa ma lei solleva una mano verde e mi dice che è stanca, non ha più voce e sente che sta arrivando uno dei suoi terribili mal di testa.

Ventitre

Alla moviola taglio e monto i nastri registrati, riascolto la voce di Augusta Bari Elia, le sue frasi smozzicate, gli schiocchi della lingua nel succhiare i cioccolatini. Curioso come fossi distratta dai lunghi guanti verdi e dall'abilità di quelle mani da lucertola. Riascoltata in studio la sua voce suona meno incrinata e incerta, quasi fluida nonostante le tante interruzioni, animata da una folle determinazione di fondo.

La voce di Ludovica, ascoltata accanto a quella della madre, appare goffa e mascherata: i toni sono acuti e rivelano improvvisi precipizi, voragini di inquietudine.

Di volata ascolto anche la voce della gattara, mentre parla di Angela, rubata col piccolo Sony tascabile: «I gatti l'aspettavano, deve vedere come l'aspettavano... quando sentivano i suoi passi sull'asfalto rizzavano le orecchie... poi non si è più vista...».

Mi mancano ancora molte voci; quella di Nando, quella di Mario Torres, quella di Glauco Elia, il patrigno.

Intanto compongo il numero di Adele Sòfia per sapere se ci sono novità. Ma proprio mentre chiedo di lei la vedo passare nel corridoio, diretta verso la stanza del direttore. La raggiungo, le dico che vorrei parlarle e lei mi fa un segno, facendo ruotare l'indice su se stesso come a dire "dopo" e si chiude la porta alle spalle. Non mi ha neanche sorriso, che sia arrabbiata con me?

Più tardi, mentre bevo un cappuccino al bar me la vedo improvvisamente accanto. Porta scarpe basse, silenziose, e un cappellaccio da bandito in testa. Ordina un cappuccino freddo e, mentre lo sorseggia, si accosta al mio orecchio con aria da cospiratrice.

«Il dottor Cusumano è preoccupato.»

«Di che?»

«Non vuole che la radio diventi una succursale della Questura.»

«Sto solo raccogliendo delle voci.»

«Io l'ho tranquillizzato, sono sicura che lei farà un ottimo lavoro.»

«Ci sono novità su Angela Bari?»

«È stata trovata una minuscola macchia di sangue sulla porta interna dell'ascensore.»

«L'ascensore di casa mia?»

«Sì, ma era talmente piccola che era passata inosservata.»

Penso alle tante volte che sono entrata nell'ascensore, che ho aperto e chiuso le porte senza vedere quella macchiolina di sangue.

«Potrei fare una intervista al giudice istruttore a proposito di questa macchia di sangue?»

«Se vuole, perché no, solo che non c'è, è a Milano per un altro caso. Se vuole, intanto, le do il numero del mio collega Lipari. Lo chiami a mio nome, è lui che si occupa del caso Bari... ha già parlato con Cusumano, quindi non si stupirà...»

«Anche lui?»

«La protegge, il suo direttore, non creda... se non fosse per lui non potrebbe muoversi tanto tranquillamente facendo interviste a destra e a manca.»

«Ma perché non mi avverte?»

«Gli piace stare nell'ombra, al nostro caro Cusumano. Direi che se ne compiace come di una intelligenza segreta. Lei, Canova, è quella che raccoglie e monta le voci, ma lui vuole rimanere il motore nascosto di tutta la faccenda.»

«Non dovrebbe però parlare con chi vado a intervistare prima che io mi sia presentata, mi guasta tutto.»

«Allora, ha scoperto chi è l'assassino di Angela Bari?» dice sorridendo sorniona, dentro la tazza di porcellana bianca dai grossi bordi perlacei.

«Non so niente di niente. Più vado avanti e meno capisco. Buio completo.»

«Questa è la differenza; a noi interessa chi, a voi interessa perché.»

«Il chi a volte comprende anche il perché.»

«Ha capito chi era Angela Bari?»

«Una persona con tante facce.»

«Non cerchi di capire e spiegare troppo, le cose sono sempre più complicate di come si pensa... si affidi alla suggestione delle voci... ma quello non è Lipari? aspetti che glielo presento.»

«Sta andando da Cusumano. È lui che vuole fare della radio una succursale della Questura, non io.»

«No, credo che sia venuto a cercare me.»

Finalmente incontro Lipari, un giovanottone alto e grosso, dalle mani massicce, gli occhi spenti. I peli gli crescono folti dentro le orecchie, gli escono a ciuffi dal colletto della camicia, gli sgusciano dalle maniche della giacca troppo corte.

Gli chiedo di sedersi con me in fondo al bar La balena, dove si trovano dei tavolini traballanti e delle seggiole di vimini. Lui dà uno sguardo all'orologio e scuote la testa come a dire che non può, ma Adele Sòfia lo incita con un sorriso a rimanere. E lui, visibilmente contrariato, accetta.

Ci sediamo in un angolo della saletta, accanto ad un ficus dalle foglie ingiallite. Tiro fuori il piccolo Sony che Lipari guarda con sospetto, ma faccio finta di niente e sistemo il microfono.

«Posso chiederle se avete trovato il coltello dell'omicidio Bari?»

«L'arma del delitto? no.»

«Avete scoperto, nell'appartamento, tracce di un sangue diverso da quello della uccisa?»

«No, disponiamo solo del materiale ematico della vittima.»

«E quella macchia trovata nell'ascensore?»

«Non l'abbiamo ancora analizzata.»

«A che ora è stata uccisa Angela Bari?»

«Fra le ventidue e le ventiquattro del 24 giugno.»

«Può dirmi come è stato trovato il corpo?»

«Nudo, rattrappito su se stesso, le ginocchia al mento.»

«E dove?»

«Per terra nell'ultima stanza, quella che dà sul terrazzino.»

«E i vestiti?»

«Piegati in ordine su una sedia. Un paio di pantaloni di tela color cachi, una camicia bianca, un paio di calzini di cotone, mutande e reggipetto di nailon rosa.»

«E le scarpe?»

«Le scarpe da tennis, azzurre, stavano da un'altra parte, nell'ingresso, appaiate come se le avesse sfilate prima dell'arrivo dell'assassino.»

«La porta è stata forzata? o solo aperta, come dicono i giornali?»

«Non ci sono segni di effrazione sulla porta. E la chiave era infilata nella toppa, dall'interno. Quindi la vittima ha aperto spontaneamente all'omicida, così si presume.»

«Avete qualche sospetto?»

«Per il momento no.»

Lo guardo mentre si accende una sigaretta. Avrà sì e no trent'anni, ma ne dimostra anche di meno. L'intelligenza meticolosa, controllata e severa sembra contraddetta da tutti quei peli scimmieschi che gli sfuggono dal colletto e dai polsini.

«Le dispiacerebbe, dottor Lipari, farmi visitare l'appartamento?»

«Se la mia superiore, la dottoressa Sòfia, è d'accordo, sì.»

Ventiquattro

L'afa stagna nel cortile. Anche all'ombra dei tigli si suda. Stefana e Giovanni stanno parlando col postino: lei è vestita tutta di rosso e sembra una studentessa appena rientrata dall'università, lui, in tuta, sta pulendo una pala mentre chiacchiera col giovane postino.

Lipari lascia la macchina bianca e blu della polizia davanti ad un portone. «Mi chiami se qualcuno deve uscire» dice a Giovanni. Io cerco di tenere il passo con questo giovanotto alto quasi due metri.

L'ascensore sale con la solita lentezza. Lipari sta ritto di fronte a me e guarda timidamente il soffitto. Sembra che stamattina abbia fatto un paziente lavoro da giardiniere per raccogliere, e spingere dentro il colletto, i ciuffi prepotenti che di solito sgusciano da tutte le parti.

L'ascensore si ferma all'ultimo piano con un soffio e due piccole scosse. Osservo la mia porta di casa come se la vedessi per la prima volta: scura, incorniciata di legno più chiaro, lo spioncino come un occhio tondo e dorato, due toppe di ottone, una per la chiave grande e una per quella piccola; come sembra fragile tutto quanto!

Di fronte, la porta di Angela Bari, identica alla mia, solo che le sue serrature sono tre. Ma non le sono servite ad evitare l'assassino, a cui lei stessa ha aperto fiduciosa. Quante volte ho aperto anch'io senza guardare, senza controllare, con l'impeto di un gesto di accoglienza felice!

Lipari tira fuori dalla tasca un mazzetto di chiavi, ne prova una, poi un'altra. Finalmente trova quella giusta. Ora si tratta di staccare i sigilli di carta. Sulle scale sento il passo leggero e il fiato ansante di Stefana.

«Sono venuta a vedere se avete bisogno di qualcosa» dice sinceramente premurosa.

«No, grazie» le risponde Lipari, scortese, e le sbatte la porta in faccia.

«È Stefana, la portiera, è venuta per fare una gentilezza», dico mentre lui accende la luce. C'è ancora odore di disinfettante nell'aria e anche di qualcosa che mi pare di riconoscere come frutta marcia; che sia rimasto qualcosa nel frigorifero?

«Non potremmo farla entrare, Stefana?»

Lipari mi guarda contrariato, raddrizzandosi sulla schiena: «Il giudice ha dato il permesso solo per lei e per me, e basta».

Una persona ligia al suo dovere, è questo che devo capire o si tratta di una sotterranea ostilità?

«Qui è stato trovato il corpo», dice procedendo verso la stanza di fondo, quella che, nell'appartamento di fronte, corrisponde al mio studio.

Per terra ci sono ancora i segni del corpo tracciati col gesso sulle mattonelle.

«Posso registrare quello che dice?»

Mi guarda stranito. Evidentemente non sa se sia permesso dal regolamento. Capisco che devo forzare un poco la mano.

«Adele Sòfia mi ha detto che si può.» E tiro fuori il Sony dalla tasca.

«Non ho niente da dire, comunque» mi fa, sconsolato.

«Può ripetere quello che mi ha detto prima?»

«Cosa?»

«Dove è stato trovato il corpo e come.»

«Il cadavere è stato rinvenuto, per l'appunto, come dicevo alla signorina, in questa zona dell'abitazione...» la voce si fa atona, il linguaggio gergale...

«Come crede che sia avvenuto il delitto?»

«La dinamica dell'aggressione ci è ignota... comunque si presume che la vittima sia stata aggredita di spalle.»

«Dove si trovava Angela Bari quando è stata colpita?»

«Presumibilmente nel settore angolare della finestra.»

Ma che sarà il settore angolare?

«Quindi Angela Bari guardava fuori dalla finestra mentre il suo assassino le stava alle spalle. Certo, non doveva avere nessun sospetto, altrimenti non gli avrebbe voltato la schiena.»

«Be', potrebbe anche essersi girata per paura, i possibili gesti sono molteplici... l'assassino comunque conosceva la vittima, questo sembra assodato.»

«Mi fa vedere dove stavano i vestiti?»

«Eccoli, sono ancora qui» mi dice indicando una sedia nascosta nell'ombra della porta aperta. È come se vedessi il corpo vivo di Angela. Quei pantaloni color cachi, quella camiciola bianca, piegati con cura... è come se avessi davanti le sue mani che premono la stoffa, la sollevano, la piegano, c'è qualcosa di così commovente in quei semplici capi di abbigliamento che rimango lì, senza parola, a fissarli. Lo stesso effetto, ricordo, lo ebbi andando a visitare il campo di concentramento di Auschwitz: i forni dalle bocche nere, i vecchi ferri arrugginiti, le baracche in cui gli uccelli avevano fatto i nidi non mi avevano fatto molta impressione, solo un senso di lontananza infinita. Quando ho visto un paio di pantaloni a righe appesi in una bacheca mi è cascato addosso tutto il campo, con i suoi orrori, le sue grida, le sue morti atroci e il respiro mi si è strozzato in gola.

«Presumibilmente è stata la vittima stessa a sistemarli» spiega Lipari, «sono le donne che piegano gli indumenti, è raro che lo faccia un uomo.»

«Quindi non le sembra probabile che sia stata prima colpita e poi svestita?»

«No, altrimenti avremmo trovato i segni delle lacerazioni sui vestiti. Mentre, come vede, sono integri, puliti come li ha deposti lei.»

«Ma non è strano: una che si toglie i vestiti e poi si mette a guardare dalla finestra mentre il suo assassino, a cui lei stessa ha aperto, rimane alle sue spalle?»

«Sono particolari da chiarire.»

«C'è qualcuno che può essere sospettato, secondo lei, fra quelli che conosciamo?»

«Non siamo in possesso di prove, e anche gli indizi sono scarsi. Perfino il giudice Boni è perplesso: il fidanzato, Giulio Carlini, ha un alibi solido, lo abbiamo controllato; l'ex marito della vittima era in America, controllato anche lui; la sorella Ludovica era al cinema col fidanzato; così dicono. Manca solo la testimonianza della cassiera.»

«E Nando?»

«Non conosciamo codesto individuo.»

«Era un amico di Angela.»

«Lei come lo sa?»

«Me l'ha detto Sabrina.»

«E chi è Sabrina?»

«Una prostituta amica di Nando. Vede, se ci fossimo sentiti prima io le avrei detto di Nando e di Sabrina e lei avrebbe potuto informarsi.»

«La nostra è una istruttoria, non un romanzo radiofonico.»

«Secondo Sabrina, Angela Bari si prostituiva, sotto la protezione di Nando.»

«A noi non risulta che Angela Bari si prostituisse.»

«A Sabrina sì.»

«Ora lei viene con me e mettiamo a verbale la testimonianza. Ha qualcosa di registrato?»

«Questo interesserà molto gli ascoltatori» dico e lui mi guarda storto non sapendo se prenderla a ridere o mostrare la faccia severa. Poi decide per un sorriso stiracchiato che gli torce la bocca da una parte.

Venticinque

Il lavello ha una voce cristallina e petulante: quando apro il rubinetto dopo un giorno di assenza emette un leggero singulto festoso; soffre di "secchezza delle fauci", come direbbe il commissario Lipari.

Mentre lavo le calze e il reggiseno in una vaschetta di plastica, penso alla biancheria di nailon rosa di Angela Bari: il reggipetto appeso al pomello della sedia, le mutande, leggere e trasparenti, piegate e posate sopra la camicia; è possibile che una ragazza innamorata pieghi le mutande prima di fare l'amore? chissà se Angela lavava la sua biancheria nel lavello, col sapone di Marsiglia come faccio io.

I giornali alle mie spalle stanno facendo un gran chiasso. Mi asciugo le mani, ne apro uno, da quando mi occupo dei delitti impuniti faccio molta più attenzione alla cronaca nera.

«Assassinata nel parco davanti al figlio di quattro anni», leggo sul giornale di oggi. È successo a Londra, nel parco di Wimbledon. Una giovane madre che portava a spasso il figlio bambino è stata accoltellata da uno sconosciuto. «Il piccolo Alex, unico testimone, ha perso la parola. Le premure degli assistenti sociali sono state inutili, il bambino è prigioniero del silenzio.

«L'assassino è scappato e non si ha la minima idea di chi possa essere. Come si fa a ritrovare qualcuno che ha agito per caso, senza conoscere la persona che uccideva, solo perché colei che voleva stuprare ha reagito con energia?

«La donna è stata violentata davanti al figlio sul cui corpo sono state trovare contusioni di vario genere, come se fosse stato percosso mentre tentava di difendere la madre. L'uomo ha accoltellato la donna alla gola ed è scappato.

«Un'ora dopo un passante ha notato il bambino accovacciato per terra con le braccia intorno al corpo morto della madre. L'ispettore di Scotland Yard, Michael Wickendon ha detto: "Non ho mai visto un crimine più efferato: questa giovane donna stava camminando con suo figlio in uno dei più belli e pacifici parchi di Londra...". E ancora: "In questi ultimi anni la criminalità a Londra è cresciuta dell'undici per cento. Nel periodo che va dal marzo 1991 all'aprile 1992 ci sono stati 184 omicidi, 1180 stupri e 3000 tentativi di violenza sessuale. La maggior parte di questi delitti sono rimasti impuniti".»

Strappo la pagina del giornale e la infilo nella cartella verde assieme alle altre cronache giornalistiche da portare alla radio. Mentre sistemo la cartella sento suonare alla porta, vado ad aprire, ma prima di mettere mano al chiavistello porto l'occhio allo spioncino. Vedo una capigliatura dai riflessi violetti che va avanti e indietro nervosamente. È Sabrina. Apro la porta e lei entra, impaziente, chiudendosi l'uscio alle spalle con un colpo secco come se avesse paura di essere inseguita.

«Che succede, Sabrina?»

«Sono andati ad interrogarlo.»

«Chi?»

«Nando.»

«E allora?»

«Lui dice che sono stata io a denunciarlo.»

«Se non l'ha uccisa lui Angela Bari che paura ha? Non vive nemmeno a casa vostra e perciò non possono accusarlo di favoreggiamento.»

«Mi ammazza, quello mi ammazza... Da che non lavoro più tanto... che sono dimagrita di dieci chili e non mi cercano più... sapete, mi guardano e tirano via, che dite, faccio proprio schifo?»

Dicendolo sorride di sé, con una grazia leggera che contraddice la pesantezza del trucco, la vistosità pacchiana degli abiti.

«Avete paura di Nando? ma Nando come si chiama di cognome?»

«Ogni scusa è buona per scaricarmi. E se lui mi scarica, i suoi amici mi fanno la pelle, so troppe cose dei loro traffici.»

Ora si accende una sigaretta con le mani tremanti, piccole e abbronzate. L'accendino d'oro le scivola dalle dita e va a finire per terra e lei lo raccoglie mettendo in mostra le gambe magre e muscolose.

Getta il fumo dalla bocca e dal naso con rabbia, come se sfidasse il cielo. La paura l'ha fatta diventare ancora più selvatica, i tendini del collo tirati, i capelli lucidi e striati di rosso che si arricciano come serpentelli.

«Si chiama Nando Pepi, ma cosa cambia? ormai mi sono inguaiata con le mie mani, quello mi uccide.»

Si accorge che la cenere sta per cadere a terra, si guarda intorno cercando un portacenere che non trova e decide di farla cadere nella mano sinistra piegata a coppa.

«Così vi bruciate la mano» dico io cercando un recipiente di maiolica che stava lì per questo ma che ora non riesco a rintracciare.

«Non importa, sono abituata; nelle macchine non sempre ci sono i portacenere» dice. «Ce ne sono di clienti che si arrabbiano se gli butti la cenere per terra. Una volta, un vedovo, dopo che mi ha raccontato che era appena tornato dal funerale della moglie, vede che mi casca un po' di cenere sul tappetino e mi butta fuori a spinte, insultandomi. "Solo per rispetto a tua moglie morta" gli ho detto, "non ti denuncio."»

Ride mostrando i denti piccoli e bianchi. «Da bambina prendevo in mano i carboni accesi. Io le dita le sento poco, ho i calli anche se non lavoro con la vanga e la pala... è che a furia di prendere in mano l'anima dei clienti...»

«L'anima?»

«E come dovessi chiamarla? ci tengono tanto che proprio ci fanno follie per lei come si tiene all'anima sua che se non la guardi te la perdi... a me piacciono quelli con l'anima delicata, gentile, nervosetta che si gonfia appena la tocchi; altri ce l'hanno che sembra un rospo, te lo mettono in mano e aspettano che dici: bello, complimenti! ma non va mica tanto al chilo dico io... le anime anzianotte, pulite, discrete sono quelle che mi piacciono di più, a loro non gli viene in mente di fare le cose per forza.»

La guardo divertita. Mentre racconta questa storia delle anime virili ha preso un'aria assorta, gioiosa che sembra non appartenerle. Si rallegra a farmi rallegrare e sento nella sua voce una finezza teatrale che non sospettavo.

Ora si accende un'altra sigaretta. La cicca l'ha scaraventata con un tiro acrobatico fuori dalla finestra aperta.

Sembra che si sia scordata la ragione della sua visita. Fa un piccolo inchino: «Così saluto l'anima gentile», dice ridendo golosamente. Poi, come si era ravvivata, si spegne. Schiaccia la sigaretta ancora quasi intera contro la suola delle scarpe e se la mette in tasca. Si infila una mano fra i capelli ramati e mi dice che deve andare via.

«Non avete più paura di Nando?»

«Con Nando me la vedo io, stategli alla larga, non voglio pasticci con la polizia.»

«Io non l'ho cercato, è lui che si è fatto vivo qui. Da allora non l'ho più visto.»

«Se lo vedete, non ditegli che sono stata da voi.»

«Voi dite che Nando sarebbe capace di ammazzarvi, ne avete paura; allora pensate che Angela Bari potrebbe averla ammazzata lui?»

«Nando? Sì, a me potrebbe ammazzarmi benissimo. Ma Angela no, aveva troppo rispetto per lei, le voleva bene, non ci vedeva per lei... no, non credo proprio.»

Ventisei

Ritrovo il salotto tirolese, i cuori che occhieggiano dalle spalliere delle sedie, la stufa di maiolica verde e bianca. Adele Sòfia mi sta seduta davanti, con le gambe allungate sul pavimento; ha l'aria stanca. Porta dei gambaletti di seta che le stringono la carne sotto il ginocchio. Mi guarda da sotto in su, come fa sempre, spalancando i grandi occhi morbidi, nocciola. È una donna che non sembra conoscere l'ipocrisia: ha una tendenza a dire chiaro quello che pensa, non è mai ostile per partito preso, neanche verso i malviventi che è chiamata a perseguire. Eppure conserva in quel suo sguardo sornione, in quel sorriso sarcastico una reticenza di fondo, chissà, una abitudine a prendere le distanze dall'orrore con una ben consolidata tattica di pensiero.

La macchinetta le luccica sui denti dandole un'aria imbronciata e leggermente crudele; mi sta spiegando come la macchia di sangue, trovata sulla porta del mio ascensore, sia stata analizzata da macchine sofisticate che sanno rintracciare la geometria originaria del plasma umano.

«Ognuno dispone di un disegno proprio che si organizza sulla carta secondo dei moduli riconoscibili.» Con pazienza materna mi sta chiarendo il funzionamento delle analisi del Dna. «Nella macchiolina di sangue che abbiamo trovato sul suo ascensore c'è qualcosa di curioso, sembra che il disegno del Dna di Angela Bari si sia mescolato con un altro Dna a lei estraneo. Credo che per la prima volta siamo di fronte ad una traccia precisa dell'assassino.»

«Insomma, basta fare qualche esame del sangue e si saprà chi è l'assassino?»

«Lei sa, Canova, che mi sta costringendo ad occuparmi di un caso che in realtà non è stato affidato a me. Fra il suo direttore, il dottor Cusumano e lei...»

«Ha di nuovo parlato con lui?»

Ancora una volta il direttore mi previene, mi controlla, mi guida da lontano. Finge di lasciarmi libera e poi segue ogni mia mossa. E so già che farà una censura drastica su tutte le mie registrazioni. Vedo le mani farfalline che frullano davanti al mio naso, che si drizzano pallide a schermare, redarguire, coprire con movimenti di danza la scottante materia, tenendomi nel cerchio magico delle sue volontà.

«È un uomo intelligente, il suo direttore» dice Adele Sòfia facendo filtrare le parole attraverso quella noiosa macchinetta; «mi fa un sacco di domande e non sono delle più banali. Ora sembra che non gli interessi altro che la questione dei crimini contro le donne. Segno che ha preso a cuore il programma, dovrebbe esserne contenta.»

«Contentissima.»

«Chiamandomi in continuazione, però, ha risvegliato le diffidenze dei miei superiori. Cominciano a pensare che possa diventare una "trasmissione immagine", come dicono loro. Pensano che Lipari non sia all'altezza del compito. Perciò hanno chiesto a me di coadiuvarlo nelle indagini. Mi hanno tirata per i capelli, in realtà stavo seguendo un altro caso più proficuo per me... ma che devo fare... lo prenderò come un enigma da risolvere... si ricorda Edipo? "Óstis pod' umôn Láiou tón Labdákou / kátoiden andrós ek tínos dióleto / toûton keleúo pánta semaínein emoí": "chiunque di voi sappia chi uccise Laio, figlio di Labdaco, riveli a me tutta la verità".»

«Che c'entra Edipo?»

«Edipo cercava la soluzione delle miserie nei fatti esterni, mentre il male era dentro la sua città, dentro il suo stesso corpo, la sua stessa storia.»

«Non capisco.»

«È un monito a non disperdere la nostra attenzione nel captare segnali che vengono dagli accampamenti nemici. A volte le soluzioni sono vicinissime e non le sappiamo cogliere.»

«Ha qualche idea?»

«Sa cosa diceva Goethe: la cosa più difficile del mondo è vedere con i propri occhi quello che sta sotto il proprio naso.»

«Sarebbe come dire che la soluzione del caso Bari sta lì e noi non la vediamo.»

«È probabile che sia così.»

«E cosa dice il giudice Boni?»

«Mi sembra poco interessato al caso. Forse è meglio così, per noi, ci lascia più liberi. Proprio il fatto che la stampa se ne interessi tanto lo tiene in sospetto. È un uomo schivo e molto capace, ma diffida delle luci della ribalta.»

«Lipari non mi sembra molto attento: non sapeva dell'esistenza di Sabrina, che pure ha telefonato in diretta alla radio per dare notizie di Angela Bari. Dice che io faccio del romanzo radiofonico.»

«Mi sono informata: Sabrina, ovvero Carmelina Di Giovanni, è una mitomane. Non è la prima volta che ci manda su tracce errate, ha il dono dell'invenzione, lo dice anche il suo uomo.»

«Nando Pepi?»

«Sì, è una persona che sa il fatto suo. E per essere un magnaccia, come si dice a Roma, è molto speciale: non ha nessuna delle caratteristiche tradizionali: non accumula soldi, non maltratta le sue protette, è capace anche di innamorarsi, un tipo curioso davvero... ha fatto gli studi superiori, non è un ignorante, è dotato insomma di una certa grazia maschile...»

«Ne è stata affascinata anche lei.»

«Lui nega assolutamente che Angela Bari si prostituisse, l'ha conosciuta in casa di amici, l'ha accompagnata due volte al ristorante, tutto qui.»

«E se mentisse?»

«La Di Giovanni si è rimangiata tutto quello che aveva detto, ha ammesso di avere mentito, dice che si è inventata ogni cosa, per rendersi interessante alla radio.»

«Perché non crede che Sabrina possa avere detto la verità?»

«Non ci sono riscontri.»

Ecco il gergo che fa capolino nelle sue risposte, segno che si sta stancando di tenermi testa.

«Riscontri vuol dire prove?»

Adele Sòfia mi guarda con insofferenza. Sono sicura che sta pensando che sono noiosa. Ma poi il suo buon umore naturale ha il sopravvento e mi sorride facendo scintillare la macchinetta. In certi momenti il labbro superiore si impiglia nelle stanghette argentate e forma due piccoli rigonfiamenti laterali, come se avesse tre labbra anziché due.

«Le sembra strano che porti una macchinetta sui denti, alla mia età», dice come leggendo nei miei pensieri. Ma non ha l'aria offesa, solo divertita e si sente in dovere di rispondere con la precisione che le è propria.

«Non sono solo i bambini a portare il raddrizzadenti, anche gli adulti, a volte, quando i denti tendono ad allargarsi troppo lo devono mettere. Comunque, ne avrò solo per pochi mesi.»

«Non mi dà nessun fastidio la macchinetta, solo pensavo che le dà un'aria bambinesca.»

«Ormai non me ne accorgo più. Da principio mi era insopportabile, mi sembrava di avere una bocca armata, da squalo.»

Strano che si pensi così; io non l'ho mai vista come un pesce, semmai come un orso. Glielo dico. Lei ride.

«Secondo me Sabrina dice la verità», insisto.

«Abbiamo preso informazioni negli alberghi più importanti di Roma, ma nessuno l'ha mai vista Angela Bari.»

«Anche se l'avessero vista, forse non lo direbbero.»

«Anche questo è vero. Ma comunque, senza prove, rimangono solo parole. D'altronde Angela Bari, di famiglia ricca, con cinque milioni al mese di entrata, perché avrebbe dovuto prostituirsi?»

«Ludovica dice che Angela non aveva soldi.»

«La signora Augusta Elia mi ha mostrato la matrice di alcuni assegni.»

«Li ha visti tutti? di tutti gli anni?»

«No, solo alcuni.»

«È quello che dice Ludovica, solo ogni tanto la madre dava soldi alla figlia, non tutti i mesi.»

«In quella famiglia non si sa mai chi dice la verità. Ho già riconvocato la signora Augusta in Questura. Arriverà dopodomani.»

«Ha mai parlato col patrigno?»

«Sì, è venuto spontaneamente a testimoniare portando le carte dell'ospedale. La sera in cui è stata uccisa Angela, lui era lì, nella sala parto ad assistere alla nascita della figlia. Ci sono le testimonianze delle infermiere. D'altronde non si vedevano più da anni.»

«Chi l'ha detto?»

«La madre. E anche la figlia, Ludovica.»

«A me ha detto altre cose.»

«Interrogherò di nuovo le due donne, cara Michela.»

Capisco che è un congedo. La guardo mettersi in piedi con maestà. Tutto in lei comunica tranquillità, pazienza, robustezza mentale. Non sembra che i delitti le mettano addosso la voglia di scappare come a me, si muove con perfetto equilibrio in mezzo ai morti sbudellati, agli sgozzati, senza tante sofisticherie e ripulse, con quella fredda passione per i "teoremi da dimostrare" che la anima.

Mi accompagna alla porta raccontandomi di un piatto che cucinerà la prossima volta se avremo un poco di tempo per "chiacchierare in pace fuori dalle preoccupazioni del lavoro". «Si tratta di un pasticcio di maccheroni con olive, capperi, pesche gialle e rondelle di calamari, l'aspetto... ah, ecco Marta.»

Sulla porta di casa c'è Marta Girardengo con la borsa della spesa.

«Già di ritorno?»

«Per fortuna c'era poca gente, non ho dovuto fare la fila.»

«Hai trovato le pesche gialle e i calamari?»

«Sì.»

«E anche le olive?»

«Quelle pugliesi, nere.»

«Allora, visto che abbiamo tutto, perché non viene a cena da noi stasera?»

«Stasera non posso, ho un appuntamento.»

«Bene, allora domani sera.»

«Va bene, grazie.»

«E forse avrò anche parlato con Ludovica Bari. E col giudice Boni. Dovremo fare qualche esame del sangue, per trovare le coincidenze, appena il giudice ci darà il permesso. E chissà che il caso non si risolva prima di quello che lei pensa. Visto che Angela Bari ha aperto al suo assassino, vuol dire che la rosa dei sospetti non può essere molto ampia.»

Ventisette

In realtà non ho nessun appuntamento questa sera, ma voglio stare in casa ad aspettare la telefonata di Marco. Non so perché penso che debba chiamare proprio questa sera: un presentimento forse, o solo un desiderio.

Mi stendo sul divano con un libro in mano. Quando sono sola non cucino, mi prendo un bicchiere di latte con del pane, sbuccio una mela o mando giù due albicocche.

Ma stasera non riesco a seguire le parole sulla pagina, il mio pensiero va ad Angela Bari. Solo perché in questo momento fa parte dell'"enigma da risolvere", come direbbe Adele Sòfia, o perché questo enigma mi tocca più di quanto prevedessi?

Ho messo sul grammofono un disco di Pergolesi e penso che stasera anche la musica che amo mi disturba, proponendomi geometrie diverse, aeree e magnifiche, ma troppo lontane.

Nel silenzio della notte sento lo squillo del campanello. Mi alzo e, soprappensiero, vado al telefono, ma non si tratta di una voce che chiama bensì di un corpo che si presenta alla porta. Mi avvio in punta di piedi verso l'ingresso sentendo il cuore sotto la camicia che fa le capriole: chi può essere a quest'ora? e come ha fatto ad aprire il cancello senza suonare il citofono? decido di fare finta di non esserci, ma come farlo credere se la casa è illuminata e invasa dalle note dello *Stabat Mater*?

Metto l'occhio allo spioncino muovendomi a piedi scalzi, vedo la bella testa bruna di Stefana e tiro un sospiro di sollievo. Apro e la faccio entrare.

«Mi scusi se vengo a quest'ora, ma proprio volevo parlare con lei e tutto il giorno sono in moto, su e giù per le scale dando il cambio a mio marito nella guardiola, occupandomi di Berengario e non ho un minuto per me. Adesso la portineria è chiusa, Berengario dorme, mio marito sta davanti alla televisione, mia suocera lavora a maglia, e così mi sono detta: vado all'ultimo piano che devo parlare con la signorina Canova.»

«Si segga, Stefana, stavo leggendo e...»

Stefana si siede in pizzo al divano e mi guarda con gli occhi larghi e liquidi in cui il bianco sembra mangiarsi tutto il nero.

«Che è successo, Stefana?»

«Lei si ricorda quando mia suocera le disse che aveva visto il piccoletto, quello lì degli stivaletti californiani? Io, in effetti, non l'avevo mai visto, ma ieri, mentre pulivo le scale to', me lo sono visto improvvisamente accanto come un fantasma, non so come abbia fatto, con quei tacchetti, a non fare nessun rumore... si muove come un gatto... mi ha fatto prendere un colpo... stava salendo a piedi. Dico: scusi, dove va? e lui mi fa un sorrisino e continua a salire. Sa che non ho avuto il coraggio di insistere? Non so perché, ma mi ha fatto paura... ecco, volevo dirglielo, tutto qui.»

«Grazie, Stefana, ma perché quell'uomo continua a venire qui, secondo lei?»

«Non lo capisco nemmeno io... ma mi fa paura. I giornali dicono che era amico di Angela Bari, ma io qui non l'avevo mai visto.»

La guardo mentre si porta le due grandi mani capaci, che ho ammirato tante volte, alla fronte: è un gesto inconsapevole e insistito come se volesse cacciare un pensiero segreto.

«Volevo dirle di tenere ben chiuse le finestre che danno sul terrazzino, non mi fido di quello lì.»

«La porta che dà sul terrazzo condominiale è ben chiusa?»

«Sì, l'ho controllata poco fa. La chiave la tengo io, eccola, e non ci sono copie in giro. Ma volevo chiederle, Michela, se hanno fatto l'analisi di quel sangue trovato in ascensore.»

«Sì, sembra di sì e hanno scoperto che è un misto del sangue di Angela Bari e del suo assassino. Adesso perciò faranno le analisi del sangue a tutti.»

«Tutti chi?»

«La famiglia, il fidanzato, il patrigno, la sorella eccetera. Se lo ricorda Giulio Carlini? veniva spesso da Angela?»

«Chi, quell'uomo alto, bello, sempre vestito di blu? sì, me lo ricordo, veniva con una valigetta piccola piccola, attraversava il cortile riflettendo, come se facesse dei conti, non si guardava intorno, non vedeva i fiori che innaffio ogni giorno, né i tigli, né la fontana, niente. Con me era sempre gentile, ma assente. Restava un giorno, una notte e poi se ne andava.»

«E il patrigno, Glauco Elia, l'ha mai visto?»

«Com'è fatto?»

Le mostro una fotografia che ho trovato su un giornale. Intanto metto in moto il Sony senza chiederle il permesso, non voglio che diventi reticente e timorosa come succede a tutti. Così mi trasformo in ladra di voci.

Stefana osserva a lungo la fotografia e sembra incerta. Si porta un dito sul mento e preme fino a farlo diventare pallido.

«Non mi pare proprio di averlo visto.»

«Lui dice di non essere mai venuto qui, ma Ludovica dice di sì.»

«Però forse una volta l'ho visto.»

«Quando?»

«Potrebbe essere tre mesi fa, forse quattro, non ricordo.»

«E se chiedessimo a sua suocera? mi pare che sia una grande osservatrice, guarda in faccia tutti e annota, sembra proprio un poliziotto.»

«Andiamo.»

«Non dormirà?»

«Non ancora. Non va a letto se prima non finisce il suo programma. E intanto lavora a maglia, non sta mai ferma.»

Ventotto

La signora Maria Maimone è lì, seduta su una poltrona-letto a fiori rosa, con le pantofole ai piedi, che lavora a maglia. Gli occhi vanno su e giù dallo schermo alla lana.

«Mamma, c'è la signorina Canova dell'ultimo piano che ti voleva chiedere una cosa.»

Giovanni Mario si alza per salutarmi, intanto abbassa il volume della televisione perché possiamo parlare in pace. Maria Maimone solleva su di me uno sguardo spento. Eppure, l'altra volta mi era sembrata così vivace, ma forse è il sonno.

«Dica!» comincia brusca e poco incoraggiante.

«Se lo ricorda, lei, un signore magro, un poco pelato, un bell'uomo sulla cinquantina che era il patrigno della signora Angela Bari?»

«Ricordo tutto io» dice e capisco che le piace fare mostra della sua memoria.

«Mi ha detto sua nuora Stefana che lei ricorda quasi sempre chi passa per il cortile. Se lo ricorda questo signore?»

Le mostro la fotografia del giornale che lei afferra con mani rapide.

«Uno alto, un po' pelato che sembra San Giuseppe... sì, me lo ricordo.»

«Quando l'ha visto passare?»

«Non lo so.»

«Peccato, avevo contato sulla sua memoria.»

Mi guarda un momento indecisa se abboccare al mio complimento o tenersi sulle sue, poi decide di concedersi questo piccolo gesto di vanità. Ma facendomi capire che non è una allocca, che è consapevole che la sto adulando, e che lo fa solo perché ha deciso in coscienza di stare al gioco e non per dabbenaggine.

«Mia suocera ricorda tutto, ma proprio tutto», sta dicendo Stefana per invogliarla e la donna la guarda da sotto in su con un misto di compiacimento e di disgusto.

«Allora?»

«Allora...» e sembra una attrice che assapori l'attenzione del suo pubblico e dosi con maestria i tempi... «lo vidi... lo vidi... diciamo fra il 28 e il 30 maggio.»

Spero che non noti il piccolo Sony che tengo in una mano, quasi nascosto dalla manica, ma da una sua occhiata capisco che l'ha visto benissimo e che proprio per quella presenza di un orecchio più vasto si sforzerà di ricordare con precisione.

«Lo vidi il 29 maggio sera, adesso ricordo. Stavo chiudendo il portone, lui arrivò, mi disse buona sera. Aveva un pacchetto in mano.»

«È sicura che andasse all'ultimo piano, da Angela Bari?»

«Non gli chiesi dove andava, contai i piani che faceva l'ascensore. Arrivò all'ultimo e poi scese vuoto.»

«Peccato che mamma non c'era quando la signora Bari è morta perché avrebbe segnato tutto nella memoria.»

«Quando è ripartita per la Calabria, signora Maimone?»

«Il 30 maggio.»

«E quando è tornata?»

«Mamma va su e giù. Non è che le piaccia tanto stare qui, preferisce San Basilio dove ha la casa e il lavoro in macelleria. Ma ora si ammala il bambino, ora ci sono gli operai da badare, io la chiamo e lei viene» spiega Giovanni con gentilezza compunta, «da quando le è morto il marito» continua, «il secondo marito, naturalmente, l'altro era mio padre ed è morto che avevo un anno, la mamma è sola e credo che...»

«Ma che stai a raccontare, che vuoi che interessi?» interviene lei brusca, «e ora vado a dormire che è tardi.»

Si capisce che non aggiungerà più una parola. Lancia un ultimo sguardo al piccolo registratore, storce la bocca in un sorriso enigmatico e si accinge a trasformare la poltrona in letto per la notte.

Saluto Stefana e Giovanni e me ne torno a casa. Appena chiusa la porta, sento dei passi per le scale. Metto la sbarra alla porta, spengo la luce. I passi si fanno più vicini, stanno raggiungendo l'ultimo piano. Me ne sto silenziosa, immobile, con la schiena incollata alla parete.

Sento i passi fermarsi di fronte alla porta. Non oso neanche voltarmi per guardare dallo spioncino tanto è il timore di far sapere che sono lì.

Un momento dopo ecco i passi che si allontanano, ma di poco, adesso la persona è di fronte alla porta di Angela Bari. Finalmente mi stacco dalla parete e, cercando di non fare nemmeno il più leggero rumore, metto l'occhio allo spioncino.

Sul pianerottolo, di spalle, scorgo un uomo che traffica con la porta sigillata. Trattengo il fiato. Vedo che si volta in continuazione, come se stesse in ascolto. Anche se la luce sul pianerottolo è fievole riconosco, di sguincio, Nando Pepi. D'altronde gli stivaletti col tacco alla californiana non possono che essere i suoi. Ad un gesto che fa con la mano riconosco, dal brillio, anche l'anello con l'occhio di tigre.

Ora la porta di fronte è aperta e lui ha in mano le chiavi. Si guarda ancora intorno con cautela, e poi entra chiudendosela alle spalle con delicatezza.

Dovrei telefonare in Questura, ma non oso muovermi, rimango in silenzio, addossata alla porta, aspettando che esca. Finché non lo vedo andare via, non posso certo andare a letto.

Ma il tempo passa e lui non viene fuori. E se nel frattempo scavalcasse il vetro che divide i nostri due terrazzini e piombasse da me? La finestra è chiusa, mi dico, la finestra è certamente chiusa, non può entrare come un fantasma, eppure un dubbio rimane. Con grande precauzione vado verso la camera da letto. La finestra, per fortuna, è chiusa. Mi sposto nello studio: anche lì, secondo le raccomandazioni di Stefana, è tutto sbarrato. In cucina invece la finestra è aperta e anche questa dà sul terrazzino. Provo a muovere il vetro senza farlo cigolare. Sto sudando e le mani mi tremano. Mentre chiudo l'imposta ho l'impressione di vedere un'ombra sul terrazzino.

Ora, comunque, ho chiuso tutto e se lui prova a sfondare una finestra, io me ne vado dalla porta, mi dico per rassicurarmi. Ma proprio in quel momento sento dei rumori sul pianerottolo. Mi precipito, sempre in punta di piedi e senza scarpe, a guardare.

Difatti, eccolo lì che richiude con cautela la porta di casa Bari. Tra le mani tiene qualcosa, una scatola? Solleva la faccia pallida, contratta, verso di me e ho l'impressione precisa che mi abbia vista, anche se so che non può scorgermi al di là del minuscolo vetro convesso.

Il viso smorto si increspa in un leggero sorriso forzato e triste, come di saluto. Mi costringo a rimanere dove sono, speriamo che prenda l'ascensore, speriamo che prenda l'ascensore, mi dico, così posso controllarlo. Se scende a piedi, non sarò mai sicura che sia veramente andato fino in fondo alle scale, potrebbe fare pochi gradini e tornare su, mi toccherebbe stare di vedetta per tutta la notte.

Ma lui non prende l'ascensore, sulle scale può nascondersi meglio. Infatti eccolo accingersi a scendere lentamente i gradini. Per fortuna i tacchetti fanno un rumore sordo ma preciso, toc toc e io lo accompagno con l'orecchio fino ai piani bassi.

Mi sembrava, dopo avere parlato con Sabrina e avere saputo il suo nome, che non mi facesse più paura, e invece mi terrorizza, perché non so cosa vuole, cosa abbia in mente e perché stia sempre nelle vicinanze.

Faccio il numero di Adele Sòfia. Me ne infischio che siano le due: dovrà pur interessarsi a qualcuno che viene, di notte, ad aprire con le chiavi la porta dell'appartamento di Angela Bari.

«Mi scusi se la sveglio ma volevo dirle che poco fa ho visto sul pianerottolo quel tipo, Nando Pepi. Ha aperto la porta di casa Bari con le chiavi, è entrato e riuscito dopo un quarto d'ora con un pacchetto in mano.»

Sento dei gorgoglii incomprensibili. E poi un "ah sì?".

«Mi dispiace averla chiamata a quest'ora, ma...»

«Pepi Nando, proprio lui?»

«Sì, sono sicura.»

«È sicura che abbia aperto con le chiavi?»

«Sì, l'ho visto.»

«Mando subito qualcuno a vedere... anche se non so chi potrò trovare a quest'ora... buonanotte, Michela, ci sentiamo domattina.»

Vado a letto e spengo la luce, domattina alle otto e mezza devo essere alla radio, ma non riesco a prendere sonno, le orecchie sono tese a cogliere ogni piccolo rumore per le scale.

Solo quando arriva la prima luce mi addormento, stanchissima, con l'immagine di quel sorriso malinconico davanti agli occhi.

Ventinove

Uscendo trovo due poliziotti sul pianerottolo che stanno constatando la rottura dei sigilli. Un fabbro aspetta dietro di loro per sostituire la serratura.

Scendo di corsa, per non arrivare in ritardo; prendo o non prendo la Cinquecento? con l'autobus chissà quando arrivo, a piedi lo stesso, ogni volta mi propongo di camminare e poi la fretta mi fa decidere per la macchina.

Passo per piazza dei Ponziani, prendo via Titta Scarpetta, scorgo di lontano la gattara intenta a nutrire le sue bestie. Mi accosto al marciapiede per darle il buongiorno. Lei alza la testa sorpresa, poi mi riconosce e mi saluta con la mano sporca di riso al sugo.

Arrivo che Tirinnanzi sta bestemmiando perché, per la centesima volta quest'anno, sta solo alla consolle. «E Mario?» «Non so proprio dove si sia cacciato... dovrei essere al tavolino a scrivere il giornale radio e invece eccomi qui a combattere col professor Baldi.»

«Ancora non sono le otto e mezza» dico.

«Ma lo saranno fra sette minuti», ribatte lui seccato.

Prendo il suo posto alla consolle aspettando il tecnico. Leggo l'argomento del giorno: "Tentazioni al delitto". Un'idea dell'ultima ora di Cusumano che sta girando come un avvoltoio intorno al mio programma. Poteva avvisarmi che ha cambiato argomento, chissà se ha avvertito il professor Baldi, sarà bene mandargli un fax.

Arriva Mario Calzone in camiciola color fragola e scarpe da ginnastica bianche. È di ottimo umore nonostante gli occhi gonfi. Finalmente posso andare a prendere un caffè alla macchinetta del corridoio. Mentre aspetto che il liquido scuro precipiti, a rivoletti fumanti, nel bicchiere di plastica, sento il direttore che parla a voce alta con qualcuno per telefono.

«Non mi rompete i coglioni!» sta urlando e non posso fare a meno di stupirmi; è raro che alzi la voce ed è rarissimo che usi espressioni così brutali.

«Lo so che il posto di direttore lo devo a te ma non per questo devo stare ai tuoi ordini... come no, come no... tu ora pretendi... ma che c'entra? chi ti ha chiamato? il questore? e che voleva? no, te lo dico subito, io al servizio sui delitti impuniti non ci rinuncio, è chiaro? me ne infischio se ne va dell'immagine...»

Quindi stanno parlando del mio programma. Chissà perché si scalda tanto; è probabile che gli stiano facendo la censura come lui la fa a me.

Una volta Tirinnanzi mi ha spiegato molto crudamente come funziona la nostra radio: «Tu, ingenua, credi che sia libera solo perché è privata, ma i soldi da dove credi che vengano?». Risento la sua voce soffiata nell'orecchio, «c'è chi finanzia il tutto in cambio di pubblicità elettorale e scambi di favori. Il nostro direttore fa da garante, un piede nella politica e uno nel giornalismo. Se non tenesse quel piede bene appoggiato credi che avrebbe fatto la carriera che ha fatto, così giovane com'è? un uomo ambizioso, sì, ma l'hai mai visto leggere un libro? è una guardia carceraria, ecco cos'è... sta lì a controllare che non usciamo dal seminato, che non pestiamo i piedi a qualche protetto...».

Il tecnico mi sta facendo dei segni al di là del vetro perché prenda posto al tavolino. Mi seggo davanti ai microfoni, metto in testa la cuffia, infilo lo spinotto, controllo l'audio, il minutometro.

«È in linea», mi avverte Mario masticando. Aumento di poco il volume della voce. Il professor Baldi sembra di buon umore questa mattina; mi rivolge un saluto baldanzoso: «Buongiorno a Michela Canova, la colonna dello studio A di radio Italia Viva! Allora, cara Michela, qual è il tema della conversazione di stamattina con gli ascoltatori?» chiede distratto. Non ha neanche guardato il fax che gli ho mandato poco fa.

«Tentazioni al delitto.»

«Non male. Chi l'ha trovato? Ettore Cusumano, scommetto, il nostro impareggiabile direttore. Ma bravo!» Lo dice sapendo che il direttore spesso ascolta l'inizio delle trasmissioni, soprattutto la mattina.

«Prima telefonata, la prendo?» mi fa il tecnico nella cuffia. Accenno di sì con la testa. E lui la passa in onda.

«Pronto, posso parlare?» È una voce giovane, ma non si capisce se appartenga ad una ragazza o ad un ragazzo, è in metamorfosi.

«Chi sei?» chiede il professor Baldi con voce paterna. Neanche lui deve avere capito, ma non vuole sbilanciarsi.

«Mi chiamo Gabriele» dice la voce, «ho diciassette anni.»

«Lo sai qual è il tema di oggi?»

«Sì, ho telefonato per questo.»

«Non mi dirai che a diciassette anni hai delle tentazioni al delitto?»

«Odio mio padre, vorrei ucciderlo.»

«È naturale, caro Gabriele, alla tua età si vuole prendere le distanze da chi ci assomiglia di più, da chi ha un potere su di noi... anch'io alla tua età, sul piano metaforico s'intende, desideravo uccidere mio padre.»

«Sa cosa fa mio padre quando giochiamo a carte tutti e tre, mia madre, lui ed io? Bara.»

«Tutti i genitori barano un poco, per compiacere i figli.»

«No, lui bara per vincere.»

«E giocate spesso a carte in famiglia?»

«E sa che fa a tavola? tiene due bottiglie di vino, una di buona qualità per sé e una di qualità scadente per noi. Dice che a lui il vino cattivo fa male. E a noi no? Se non fosse che mia madre è come una bambina, incapace di vivere sola, l'avrei già ammazzato.»

«Immagino che lei con questa madre bambina vada perfettamente d'accordo.»

«Oh sì, quando mio padre non c'è, lei si mette il rossetto e andiamo insieme al cinema.»

«Caro Gabriele, ha mai letto l'*Edipo re* di Sofocle?»

«L'ho letto, l'ho letto, non sono un ignorante, conosco la tragedia greca...»

«Lei vorrebbe uccidere suo padre e coricarsi con sua madre, è un classico di tutti i tempi. Ci rifletta un poco sopra e capirà che è tutto molto prevedibile.»

Il professore ha fretta e istintivamente sta raffreddando la testimonianza del ragazzo. O forse l'argomento lo imbarazza.

«Gabriele probabilmente non ha finito» intervengo cercando di ridargli la parola. E in effetti Gabriele ha voglia di continuare.

«La notte sa cosa fa mio padre? va al cesso, non alza mai l'asse e regolarmente ci lascia sopra delle gocce di orina. Io arrivo assonnato la mattina, mi seggo e trovo bagnato. Dico: alza l'asse, no, che ti costa, tutti gli uomini del mondo alzano l'asse per fare pipì. E lui sa cosa mi risponde? io ho la mira buona. Ma quale mira, papà, che trovo sempre bagnato! Ecco, per questo potrei ucciderlo.»

«Gabriele caro, ha mai pensato di prendersi una stanza fuori casa, dove vivere un poco solo... questa convivenza mi sembra infelice... tocca a lei andarsene, lo sa, e invece da noi i figli restano in casa, disperati, pieni di odio, malati di rancore, ma restano, restano fino allo sfinimento, fino alla catastrofe...» Sta parlando con foga, dimentico ormai del ragazzo, preso da preoccupazioni sue private. Mi chiedo se abbia un figlio grande, non ne ha mai parlato.

«E con quali soldi, professore?», si sente la voce lontana del ragazzo che protesta. «Mio padre è in pensione, mia madre dipende da lui e io dipendo da tutti e due.»

«Tu devi cercare di capire tuo padre, caro Gabriele, non solo giudicarlo, devi capire la sua stanchezza, la sua vecchiaia, la sua povertà. Tu sei giovane, lui è vecchio, lasciagli vivere in pace questi ultimi anni, non te ne pentirai... sii indulgente come lo sono le persone forti, non ti immiserire in un accanimento che fa male a te e a lui...»

A questo punto gli tocca la predica, lo sa anche il ragazzo che ascolta paziente e rassegnato. Da alcuni piccoli scoppiettii nel microfono capisco che il professor Baldi sta in mezzo ad una delle sue acrobazie: mentre parla si sta preparando il caffè.

Posso immaginarlo, in vestaglia, con le pantofole ai piedi, che accende il fornello, vi appoggia sopra la caffettiera napoletana, e quindi riprende in mano la cornetta che intanto ha tenuto incastrata fra l'orecchio e la spalla con un gesto da violinista.

È bravo, però, perché l'ascoltatore non si accorge di niente. Solo io che ho l'orecchio allenato mi rendo conto che la voce cambia di spessore, che va leggermente fuori asse col microfono, per poi tornare a troneggiare.

Infatti, poco dopo, mentre parla con una donna che racconta della tentazione di uccidere il figlio eroinomane, sento la caffettiera che sbuffa e sputa.

Subito lui si allontana per non fare arrivare lo strepito alle orecchie degli ascoltatori. Il discorso riprende pacato, fluido. L'ascoltatrice viene "incantata" come dal sibilo di un boa: più ipnosi che ragionamento è la sua tattica, fino a "toccare il cuore dell'ascoltatore con la punta della lingua" come mi ha detto argutamente una volta per telefono.

Per aiutarlo, entro anch'io nel discorso con la madre esasperata, gli lascio il tempo di mandare giù il biscotto. Faccio parlare la donna che, quasi piangendo, rivela come suo figlio si sia trasformato in ladro, di come le porti via ogni oggetto prezioso per andare a venderlo, di come, quando lei protesta, lui la minacci col coltello del pane.

Finita la trasmissione me ne vado al bar sotto la radio a prendere un tramezzino spinta da una improvvisa fame. Mentre ingollo un cappuccino vedo entrare il direttore, che subito si precipita alla cassa per pagarmi la consumazione. Cerco di fermarlo, non mi piace avere debiti con lui, ma non mi lascia il tempo di tirare fuori il portafogli.

Queste generosità improvvise debbono compensare i mesi di ritardo dello stipendio. È vero che non è lui a pagare, ma non l'ho mai visto prendere le nostre parti con l'amministrazione.

«Allora, il lavoro sui delitti contro le donne, i delitti impuniti, come va?»

«Vuole vedere il materiale?» chiedo armandomi di tutta la mia buona volontà.

«No, mi fido, Canova, so che lei lavora bene, con scrupolo.» Intanto ha ordinato una pasta, l'agguanta dalle mani del cameriere con impazienza e la strizza fra i denti facendosi schizzare la crema sulla camicia pulita. Ha un gesto di dispetto, chiede del talco, e intanto si pulisce con un tovagliolo di carta. Sembra si sia scordato completamente di me, è inutile aspettarlo; lo saluto e me ne torno alla radio.

Il computer mi aspetta con i titoli delle puntate e le scalette delle trasmissioni da compilare, ma la mente è vuota, inerte. Davanti a me qualcosa si muove oscillando nell'aria: impossibile che sia lo stesso ragno che gentilmente ho posato fuori della finestra due giorni fa.

Quando arrivo la mattina presto trovo dei fili tesi fra la lampada a stelo e il bicchiere con le penne conficcate dentro. La tela ciondola ad ogni soffio della porta che si apre. Con un dito prendo un capo del filo, col ragno appeso, e lo appoggio delicatamente fuori della finestra.

Due giorni fa ho fatto l'operazione ed ora eccolo di nuovo lì, a meno che non sia un altro ragno del tutto uguale al primo, un figlio? Afferro la matita con i fili avvoltolati intorno e guardo da vicino il ragnetto: ha un corpo minuto e chiaro, con delle zampine sottili e retrattili che, quando sono ripiegate, formano una pallina grande quanto una caccola. Apro la finestra e lo faccio scivolare lungo la parete, verso le piante del terrazzo di sotto. Richiudo la finestra. Torno al computer.

«Una donna strangolata e abbandonata nella discarica.» Qualcuno le ha tagliato una mano prima di lasciarla lì morta e completamente svestita. Una vendetta? Le indagini si fermano, dopo molti sospetti, nel nulla.

Una bambina di otto anni è sparita da casa. La famiglia la cerca disperatamente. Il più attivo nella ricerca, il più disperato nel lamentare la sua scomparsa è il padre. La bambina viene trovata, strangolata e sepolta sotto il pavimento di casa. La madre accusa il marito di averla stuprata e uccisa, lui accusa la moglie di averla ammazzata per gelosia. Non si trovano le prove né della responsabilità dell'uno né di quella dell'altro. Il caso viene archiviato nonostante si scopra che la bambina è stata in effetti stuprata.

Sposto gli occhi dal computer al bicchiere di legno e trasecolo: un ragnetto dal corpo minuto e chiaro sta tessendo imperturbabile una tela che unisce l'angolo del computer alla punta di un pennarello che sporge dal bicchiere.

Mi alzo per andare a prendere un bicchiere d'acqua in bagno. Passando davanti allo specchio scorgo una faccia pallida e coperta di lagrime. Mi porto una mano alle guance; sto piangendo e non me n'ero accorta. È l'immagine di quella bambina straziata che non riesco ad allontanare. Le lagrime salgono dal profondo di un cuore che credevo di avere reso impermeabile col distacco e il ragionamento.

Trenta

Il pasticcio di maccheroni con le pesche e le rondelle di calamari accampa diritti sui miei pensieri che sono vaganti, dispersi. C'è nella cucina di Adele Sòfia una sapienza puntigliosa e sensuale che non può non conquistare gli ospiti invitati alla sua tavola.

Mangio pigramente assaporando quel misto di asprigno e di dolce, di tenero e di ruvido. «I canederli e il pasticcio di maccheroni sono due mondi diversi e separati, uno nordico, boscoso, l'altro meridionale, desertico; così è la mia vita», dice masticando lentamente e guardandomi fisso, «sono metà bolzanina e metà siracusana, un poco mediterranea e un poco alpina.»

Sollevo gli occhi dal piatto per portarli sulle mani di Adele Sòfia che, laboriose come al solito, si spostano rapide e sicure fra un piatto di portata e la tovaglia candida, fra il pane abbrustolito e la brocca di cristallo piena di vino rosso. Con quelle dita che conoscono la plasticità dei cibi, stringe le manette ai polsi degli assassini, penso. Che sia proprio della scienza materna questo mescolare il morbido al ruvido, il nutriente al castigante.

Marta Girardengo intanto sta raccontando un sogno che ha fatto la notte scorsa: una donna dalla testa di leone che ride e piange contemporaneamente.

«Aveva i baffi lunghi e un'aria triste?»

«Baffi, no, ma un viso strano, gattesco.»

«Forse hai pensato, senza saperlo, a Sikmeth, la dea egiziana della peste e delle guarigioni.»

«Peste e guarigioni?»

«Sikmeth è doppia, si nutre di cadaveri, è feroce, crudele, ma nello stesso tempo con un tocco delle sue dita alate può guarire da qualsiasi malattia» spiega Adele Sòfia continuando a mangiare pacifica, «nella notte sa infliggerti dolori mai provati e al mattino diventa colei che tutti vorrebbero incontrare.»

«E come ho fatto a sognare una dea di cui non ho mai sentito parlare?» dice Marta Girardengo un poco offesa che l'altra si sia appropriata del suo sogno.

Tanto Adele Sòfia è estroversa, diretta, e di mente fredda, quanto Marta Girardengo è concentrata, ombrosa, pudica. Tanto l'una è matronale, goffa, materna, tanto l'altra è agile, felina, filiale. Adele porta i capelli stretti dietro la nuca, l'altra lunghi e inanellati sulle spalle. Eppure, nonostante le differenze, si sente che il loro è un sodalizio profondo, una amicizia complessa e di lunga data.

Alla frutta decido di raccontare quello che è successo la notte scorsa, ma Adele mi previene cominciando a chiedermi di Pepi.

«L'errore è stato di chi ha avuto in affidamento la casa: non ha cambiato la serratura» dice, «i sigilli sono dei pezzi di carta incollati alla porta, è facile romperli, la chiave andava cambiata, ma nessuno ci ha pensato. D'altronde era difficile prevedere che qualcuno avrebbe avuto l'ardire di tornare di notte in una casa sigillata. Ma il fatto che avesse le chiavi depone contro di lui, sarà una prova schiacciante... Lei comunque verrà a testimoniare che ha visto il Pepi entrare nella casa di Angela Bari con le chiavi.»

Si accorge che la cosa non mi piace e previene la mia protesta:

«Non si tratta di fare la spia, Michela, ma di dire la verità».

«Eppure non vorrei nuocergli, e se poi non è lui l'assassino?»

«Questo lo diranno le prove del Dna, intanto rimane il fatto che ha infranto i sigilli, che è entrato con le chiavi, il che indica una intimità mai sospettata prima. Questi non sono solo indizi, cara Michela, cominciano a essere prove e anche pesanti...»

«Lo avete interrogato?»

«Una volta sì. Ora è introvabile, il che aggrava ancora di più la sua situazione.»

«Come, introvabile, se ieri notte si trovava sul mio pianerottolo.»

«A casa sua non c'è, in casa di Carmelina Di Giovanni nemmeno.»

«Volevo anche dirle che la signora Maimone, la suocera della mia portiera, dice di avere visto il patrigno di Angela Bari andare da lei una ventina di giorni prima del delitto. E lui ha detto di non vederla da anni.»

«Ci abbiamo parlato anche noi con la Maimone, ma non è una testimone attendibile.»

«E perché?»

«Al suo paese sa come la chiamano? la santa. Anni fa ha fatto un certo scalpore perché ha sostenuto di avere visto la Madonna. Qualcuno le ha dato retta. Ma poi si è scoperto che aveva messo su un commercio di santini...»

«Ma se fa la macellaia!»

«Da quando ha perso il secondo marito. Prima no. Lei, Canova, deve guardarsi dai personaggi più o meno pittoreschi, ci mettono fuori strada.»

Intanto mi scodella un grosso cucchiaio di gelato alla fragola nel piatto, ci pianta sopra un biscotto lungo e appuntito come fosse una bandiera.

Forse ha ragione lei: se Maria Maimone è una visionaria, la sua testimonianza non è credibile, quale giudice la prenderebbe sul serio?

Di lì passiamo nel salotto tirolese. Sopra una mensola troneggia un immenso mazzo di rose gialle, un poco sfatte, che esalano un profumo denso, opaco e dolce.

«Ma allora?» chiedo scoraggiata.

«Le ho già detto che il signor Elia non c'entra, anche il giudice Boni se ne è convinto, dopo averlo interrogato. Abbiamo le carte dell'ospedale e la testimonianza di due infermiere sulla sua presenza al parto della giovane moglie la sera del 24 giugno. Insomma, per ora di fatti concreti ne abbiamo pochi. Le cose più compromettenti riguardano Nando Pepi. È in possesso delle chiavi di casa Bari, è tornato di notte a prendere qualcosa, forse il coltello, si è reso introvabile. Ce n'è abbastanza per incriminarlo... E credo che il giudice Boni lo stia facendo, ci manca solo l'esame del sangue che confermi la cosa... la sua colpevolezza mi sembra palese.»

«Anche troppo palese... come potrebbe un assassino tornare con tanta impudenza nella casa dove ha ucciso?»

«La leggenda vuole proprio questo: che l'assassino torni sempre sul luogo del delitto» dice scherzosamente facendo brillare la macchinetta fra le labbra. «È preso da una fascinazione morbosa per i luoghi che hanno visto la sua ira imperversare... Ogni delitto è anche una perdita di sé, così dicono... e l'assassino torna nel posto dove ha gettato una parte di sé, per ritrovarla, o forse anche solo per contemplare l'entità della sua perdita, cosa che gli suscita una certa vertigine esaltante.»

«Le dispiace se ho messo in moto il registratore?»

«Faccia pure. Ma lei non si separa mai dal suo diabolico aggeggio?»

«Se lei conoscesse le qualità di questa macchina la amerebbe come la amo io.»

«Io non amo le macchine; mi fanno venire il mal di testa. Anche l'automobile, la uso pochissimo. Vado a piedi o in bicicletta. Sa che quando mi hanno vista arrivare in Questura sulla mia bicicletta sgangherata per poco non mi arrestavano?»

«Pretendeva di entrare nel cortile dove tutti i pezzi grossi tengono le loro automobili di lusso, con la sua vecchia bicicletta e di lasciarla lì col suo panierino attaccato dietro...» È Marta Girardengo che parla. Noto che ha una voce di gola, molto controllata, una voce che ha cancellato i suoi echi interni, tenuta ben stretta anche quando non ce ne sarebbe bisogno. Ora ride e la sua risata, anziché sciogliere la voce, la rende più secca e ingolata come se ridere le costasse uno strappo profondo.

«Il mio Nagra assomiglia a un merlo che ho conosciuto una volta» dico, «aveva una memoria prodigiosa e ripeteva tutto quello che sentiva con voce squillante e assolutamente mimetica. Non capiva, ma ci metteva lo stesso qualcosa di suo.»

«E come un merlo lei se lo porta in giro appollaiato su una spalla...»

«Torniamo all'assassino. Commissario, mi dice ancora qualcosa su di lui?»

«Che posso dire? certamente si tratta di un uomo robusto e quindi presumibilmente giovane, dell'età appunto del Pepi. Dall'esame delle ferite risulta che hanno tutte una stessa angolazione, indizio di una mano dal polso resistente, saldo. I colpi sono stati dati con determinazione, senza ripensamenti, si direbbe un uomo padrone di sé, non c'è niente di casuale, di pasticciato nel suo agire, ma si intuisce un disegno preordinato e una emozione guidata, a lungo covata.»

«Quindi potrebbe essere che Angela non abbia aperto al suo assassino, ma sia stato lui ad aprire con le chiavi che lei gli ha dato o che lui si è procurato. Però le chiavi, se ricordo bene, sono state trovate attaccate all'interno della toppa, e come avrebbe fatto Nando a infilarci le sue?»

«Poteva avere le chiavi ed essersi fatto aprire lo stesso da lei. Se lo stava aspettando, niente di più probabile.»

«Rimane il mistero dei vestiti piegati con cura. Non c'è qualcosa di posato e di abitudinario in quel ripiegare i vestiti sulla sedia, come se si trattasse di vecchie abitudini fra due persone che si conoscono da anni?»

«È vero, c'è della tristezza in quel piegare i vestiti con tanta cura, come per un addio.»

«Oppure come se volesse rimandare, nel rituale dell'amore, il momento dell'abbraccio.»

«Chi ci dice che i due non fossero amanti da anni?»

«Sabrina sostiene che si conoscevano da pochi mesi.»

«Le ho già detto che la Di Giovanni non è una teste credibile: ha detto e ritrattato, si è contraddetta mille volte, non è assolutamente affidabile.»

«All'inizio, infatti, non le avevate creduto. Solo dopo la rottura dei sigilli e la visita notturna riconoscete che forse diceva la verità.»

«Le verità parziali non sono valide in termini di legge.»

«E le scarpe? perché Angela avrebbe lasciato le scarpe all'ingresso?»

«D'estate, si può capire... se le sarà tolte entrando in casa.»

«Ecco una cosa da chiarire con Ludovica: sua sorella aveva l'abitudine di andare in giro per casa senza scarpe?»

«Già fatto. Pare di sì, ma forse anche di no. È difficile tirare fuori qualcosa di sensato da quella donna, secondo me è disturbata mentalmente.»

Quindi davvero si stanno impegnando per risolvere il caso Angela Bari. Adele Sòfia nota la mia sorpresa e sorride compiaciuta: la macchinetta sui denti ha la qualità stregata di non sparire mai del tutto anche quando la bocca resta chiusa, come il gatto di *Alice nel Paese delle meraviglie* che rimane sospeso fra i rami: un sorriso fosforescente sempre ammiccante e misterioso.

«E che le ha detto Ludovica Bari?»

«L'interrogatorio non l'ho condotto io ma il giudice Boni. Ho avuto la registrazione. Dice che erano due sorelle molto diverse, che lei era fattiva, ordinata, dedita allo studio, mentre la sorella era fragile, disordinata, incapace di portare avanti gli studi e in seguito, un lavoro. Prima modella, poi attrice, ma senza grande professionalità... Da quanto dice Ludovica, faceva dei film brutti di cui non era soddisfatta. Soldi ne aveva pochi, dice sempre lei, contraddicendo le parole della madre che invece asserisce di averle mandato un assegno di cinque milioni ogni mese. La casa di via Santa Cecilia gliela pagava la madre, dopo che lei aveva perso i due appartamenti avuti in eredità dal padre. L'automobile gliela aveva regalata il patrigno anni fa, di seconda mano, ma non risulta che lei la usasse, la teneva in un garage. Il fidanzato, Giulio Carlini, pare che avesse intenzione di sposarla, appena si fosse liberato di un'altra donna, una certa Angela Neri a cui era legato da anni... Quel Carlini, però, non mi sembra del tutto sincero, si è contraddetto diverse volte. Abbiamo controllato l'alibi attraverso la Questura di Genova, ma dei quattro amici indicati, uno solo ha confermato, gli altri pare che siano in viaggio, come mai, dico io, in viaggio tutti e tre, è mai possibile?»

«L'esame del sangue glielo avete fatto?»

«Ancora no, stiamo aspettando il permesso del giudice... se soltanto potessimo prelevare un poco di sangue al Pepi... Stiamo facendo pedinare la Di Giovanni per vedere se ci porta da lui, ma sembra che i due si siano coalizzati. Non sarà facile, sono abituati a nascondersi. Negli schedari il Pepi risulta già arrestato per furto e per favoreggiamento. È stato anche in galera, ha scontato piccole pene ma abbiamo le sue impronte, i suoi dati.»

«Nella casa di Angela avete trovato impronte sue?»

«No. È un tipo astuto, sa quello che fa e non lascia mai tracce.»

«Un tipo astuto farebbe l'imprudenza di andare di notte nella casa della donna che ha ucciso col rischio di essere visto?»

«Anche gli assassini hanno le loro contraddizioni» dice sbuffando. Poi si alza per andare a prendere da un cassetto delle carte che mi sciorina sulla tavola, spostando i piatti sporchi e il pane sbriciolato.

«Eccolo... Pepi Ferdinando, nato a Rovigo il 13 dicembre 1960 da madre veneta, prostituta, e padre ignoto. Ha trascorso l'infanzia in una campagna vicino Rovigo presso i nonni. Poi, dopo un furto in un mercato è andato a finire in un istituto di correzione per minori. Lì ha studiato con profitto, fino a sostenere gli esami di maturità. Nell'82 lo troviamo di nuovo a Rovigo, sposato con una certa Nina Corda. La donna muore di parto dopo un anno di matrimonio. Lui comincia a bere, qualche mese dopo è segnalato a Roma, fermato per ubriachezza molesta. Rilasciato, nell'84 viene denunciato per favoreggiamento. Poi basta, non ha avuto più a che fare con la legge. Domicilio legale: via delle Camelie 41, Roma. Risulta che paga regolarmente l'affitto e le spese di condominio. Il portiere di via delle Camelie non lo vede più da una settimana. Abbiamo fatto una perquisizione, ma senza trovare niente di interessante salvo una busta con delle fotografie di Angela Bari, ma sono foto di repertorio, di quelle che lei aveva fatto per distribuire agli agenti, in pose convenzionali. Una casa vuota, senza mobili. In cucina nessun segno di cibo. Forse ha un'altra abitazione.»

«E la casa di Sabrina?»

«Abbiamo perquisito anche quella, ma niente di importante. Salvo delle bollette del telefono molto salate, come di una persona che parla spesso con un paese oltremare. Abbiamo chiesto i dati specifici e abbiamo scoperto che è in comunicazione con qualcuno che sta in Angola. Stiamo cercando di sapere a chi corrispondono i numeri chiamati.»

«In Angola?»

«Conosce qualcuno in Angola?»

«Be', Marco sta lavorando laggiù.»

«Marco chi?»

«Marco Calò, il mio... il mio...» mi vengono in mente le parole di Ludovica "convivente è troppo burocratico, compagno troppo politico, amante sa di Pitigrilli", «il giornalista con cui, con cui...»

«Il suo uomo» dice brutalmente lei.

«Sì.»

«Mi dia il numero così lo chiamiamo.»

«Di solito mi chiama lui, non mi ha dato il numero.»

«Male. È sempre un brutto segno quando un uomo dice: ti chiamo io e si rifiuta di lasciare il numero.»

«Il fatto è che si sposta in continuazione. È più comodo per lui chiamare.» Sto cercando di giustificarlo come se già sapessi che la persona a cui Sabrina telefona è proprio lui.

«Be', lo sapremo dall'azienda dei telefoni... Ma a questo punto è probabile che non ci sia bisogno di ulteriori ricerche... Il Pepi è fortemente indiziato e io sarei propensa a credere che sia lui il colpevole.»

«Ma perché avrebbe dovuto uccidere Angela?»

«Probabilmente perché non stava ai patti, il che sarebbe in armonia col carattere di lei. I prosseneti devono incutere paura altrimenti le loro protette disubbidiscono e ciò vuol dire incassare di meno.»

«Ma allora lei crede a Sabrina, crede che Angela si prostituiva e che lui prendeva i soldi.»

«Non lo so. È una ipotesi.»

«Eppure, a vederlo quella notte sul pianerottolo, non ho avuto l'impressione di un assassino che torni sul "luogo del delitto", come dice lei, ma di una piccola volpe che sfida la notte per dimostrare che la sua coda è più lunga e folta delle altre.»

«Se è andato a prendere l'arma del delitto, come penso, ha fatto quello che doveva fare. Avremmo finito col trovarla.»

Il Nagra fa degli strani versi da topo, come per dirmi che il nastro sta per finire e la conversazione non mostra vie di uscita.

«Domattina devo alzarmi presto, io vado.»

«Se ci sono novità mi chiami pure, anche in mezzo alla notte, non gliene vorrò.»

Intanto riavvolgo il nastro, chiudo nel fodero i microfoni. Marta Girardengo mi accompagna alla porta mentre Adele Sòfia lava rumorosamente i piatti in cucina.

Trentuno

Entrando in casa trovo una busta sotto la porta: "A Michela Canova, personale". La apro, ne estraggo un foglio bianco piegato in quattro. Al centro, poche parole scritte a macchina "Attenzione a Nando che vi cerca. Pericolo! Sabrina".

Che vorrà dire questa frase sibillina? cosa vuole da me questo Nando? perché mi cerca e perché il pericolo? telefono ad Adele Sòfia? no, prima sarà meglio sentire da Sabrina cosa volesse dirmi. Faccio il numero; mi risponde una voce ispessita dal sonno.

«Ma chi è?»

«Sono io, Michela Canova.»

«A quest'ora?»

«Sono le undici, non è mica tanto tardi.»

«Ah sì, scusate, ma sono due notti che non dormo e...»

«Mi dispiace, ma ho trovato questa lettera firmata da voi, che significa che Nando mi cerca? e perché pericolo?»

«Non ne so niente.»

«Come, non ne so niente, la lettera è firmata Sabrina, non l'avete lasciata voi?»

«Ah! la lettera. Me l'ha data Nando per voi.»

«E Nando si firma Sabrina?»

«Non lo so, me l'ha data chiusa, la lettera. Mi ha detto: portagliela e io ve l'ho portata. Ma io casco dal sonno, che ore sono?»

«Nella lettera c'è scritto: Attenzione, Nando vi cerca, pericolo! Firmato Sabrina. È una minaccia o che?»

«Ma quello è matto, io proprio non lo capisco, vuole vedervi ma non so perché, vuole parlarvi, ma non so che dire, non lo capisco, io...»

C'è una impudenza nella sua voce che mi esaspera: una volontà di fare teatro a tutti i costi. E io, volente o no, faccio parte del suo spettacolo.

«Ma Nando dov'è?»

«E che ne so?» la sento ridacchiare come se lo spettacolo si allargasse a qualcun altro che io non vedo. E se lui fosse lì con lei?

«Passatemi Nando, Sabrina, gli voglio parlare.»

«Qui non c'è nessuno» dice e butta giù la cornetta.

Non mi rimane che andare a dormire. Dopo avere controllato che tutte le finestre siano ben chiuse, soprattutto la porta che dà sul terrazzino diviso dal fragile tramezzo di vetro.

Mi metto a letto tranquilla, con la certezza che Nando si trovi da Sabrina e non potrà tormentarmi. Ho un libro di Conrad fra le mani, ma non faccio in tempo a leggere due righe che sento squillare il telefono. Rispondere o no? e se fosse Marco dall'Angola? vado a rispondere. È lui.

«Che voglia che avevo di parlarti, Michela.»

«Ma come, dopo avermi lasciata una settimana senza notizie...»

«Telefonare da qui è un affaraccio, sto tutto il giorno fuori... ho dovuto cambiare albergo perché costava troppo e qui non c'è il telefono in camera.»

La voce suona lontana e titubante, ma non voglio perdere tempo a rimproverarlo, lo lascio parlare.

«Ti ho pensato tanto, Michela, ho una tale voglia di vederti che pianterei tutto in asso per venire da te.»

«Davvero, Marco?»

«Mi ami sempre, Michela?»

«Anch'io ho voglia di vederti, quando torni?»

«Non lo so, forse la prossima settimana.» E poi, come per cambiare discorso: «Avevo tanta paura che mi avessi dimenticato».

Una voce quasi supplice, dolcissima. Capisco: sta rovesciando le parti, è lui che ha paura di avermi dimenticata e capovolge la preoccupazione proiettando su di me la sua emozione.

«Ti sei innamorato, Marco?» gli chiedo cercando di usare un tono leggero, scherzoso.

«Perché vuoi rovinare tutto? Se ti sto dicendo che ti amo.»

«Scusami, ma sono stanca, sto facendo un programma sui delitti contro le donne e sono incappata in un delitto che è stato compiuto proprio qui accanto a me, nell'appartamento di fronte.»

«Non abbiamo tempo per parlare del tuo lavoro.» Sento che svicola, come se temesse qualsiasi argomento che non sia la nostalgia d'amore.

«Te la ricordi Angela Bari, quella che aveva preso la casa qui accanto? l'hai vista qualche volta in ascensore, mi hai detto che ti sembrava molto bella, ti ricordi? È stata uccisa con venti coltellate.»

«Mi sembra di avere letto qualcosa su un vecchio giornale italiano di qui. Be', l'hanno trovato l'assassino?»

«No, è per questo che...» Mi viene improvvisamente in mente che lui era a Roma quando è successo il delitto. Quindi dovrebbe averlo letto sui giornali di qui, non laggiù in Angola, paese che ha raggiunto solo tre giorni dopo la morte di Angela.

«Io ti amo, Michela, ho voglia di te.»

«Non potresti dirmi con più precisione quando torni?... il convegno sulla pace non è finito?»

«Sì, è finito, ma ora c'è l'incontro dei capi di stato dell'area francoafricana.»

È vero, ho letto di questo incontro sui giornali. Ma è proprio sicuro che un giornale italiano abbia bisogno di mantenere un suo inviato speciale in luoghi così lontani, per un appuntamento che non riguarda nemmeno l'Europa? Forse sì, certo, perché non credergli?

«E quando finisce questo incontro fra capi di stato?»

«Non lo so, penso fra una decina di giorni.»

Da quando in qua gli incontri fra capi di stato durano dieci giorni? non hanno altro da fare? ma non lo contraddico, la sua allegria forzata mi suggerisce di accettare la finzione, fuori della finzione c'è un campo minato.

Conosco la sua straordinaria capacità di dissimulazione, il bel Marco dagli occhi stellati, se non sto al suo gioco rischio di perderlo, lo so. E per amore, per viltà, per tenerezza, mi sforzo di credergli, ma so che il gioco si sta facendo sempre più vischioso e infido.

Trentadue

Appena mi seggo al tavolo, di fronte al computer, alzo gli occhi sul bicchiere delle penne. Il ragno è là, minuscolo e impudente, ha ricominciato a costruire la sua tela trasparente con una pazienza che ha del miracoloso. Anche se non sono sicura che sia sempre lo stesso ragno o siano più fratelli che si danno il cambio, la caparbietà è di famiglia.

È di notte, probabilmente, che fa il grosso del suo lavoro filando saliva e disegnando rombi e triangoli nello spazio. Di giorno riposa appeso ad un lungo filo pendulo che brilla alla luce del sole. Soffio leggermente e vedo la rosa geometrica che trema e balla senza però spezzarsi. «I ragni, bisogna volergli bene», è la voce di mia madre che mi parla all'orecchio; chissà perché l'ho tanto odiata quella voce, al punto da modificare la mia e renderla irriconoscibile, lontana da ogni area familiare.

Era la voce del buon senso quotidiano, abitata da oscuri timori che io rifiutavo anche solo di indovinare, una voce non solo educata, ma domata. Ci sono voluti anni di radio per imparare a rendere naturale l'estremo artificio linguistico del parlato giornaliero.

«Rassicurare l'ascoltatore» come dice Cusumano. Ma rassicurare di che? adulare, forse? «No, carezzare, cara Michela, la sua voce deve carezzare...» «Ma le carezze vocali, se non sono spontanee, risultano manierate.» «Ecco, Tamara Verde ha una voce carezzevole» dice con ammirazione il nostro direttore e capisco che per lui le voci femminili devono essere tutte carezzevoli, mentre le voci maschili devono essere "assertive e sicure".

«Che meretricio il nostro mestiere» diceva Carla Meti, una ragazza che ha lavorato alla radio per un anno e poi è dovuta andarsene per un cancro ai polmoni che l'ha ridotta in pochi mesi uno scheletro. Eppure continuava a fumare e la sua voce, arrochita dalle sigarette, un poco sognante e dolorosa, era molto amata dagli ascoltatori.

Il telefono interrompe i miei pensieri. Allungo una mano alla cornetta: è Adele Sòfia. Mi dice che hanno arrestato Carmelina Di Giovanni, "in arte Sabrina".

«Ma perché?»

«Non collabora, inquina le prove. Anche lei però, Michela, si sta comportando mica bene, sappiamo che ha parlato con la Di Giovanni ieri sera e non ci ha detto niente, ha ricevuto delle minacce e lo nasconde, che gioco vuole giocare?»

«Non è stata Carmelina-Sabrina a farmi le minacce.»

«Ci può portare la lettera in questione?»

«Ma sì, l'avrei fatto oggi.»

«Pepi Ferdinando è ricercato per omicidio. Chi contribuisce a nasconderlo, oppure occulta notizie che potrebbero servire a rintracciarlo, è incriminabile di favoreggiamento. Solo la prova del Dna ci darà la risposta sicura, ma intanto ci sono tutti gli indizi per considerarlo il più probabile assassino di Angela Bari... siamo a cavallo, Michela.»

Adele Sòfia fa un largo uso di forme idiomatiche. E questo la rende originale nel mondo del linguaggio tecnologico poliziesco. Solo quando diventa ostile si rifugia dietro il gergo giuridico militare. Capisco da quel "siamo a cavallo" che non è troppo seccata con me. Però ha messo il mio telefono sotto controllo. Avrà sentito anche la telefonata di Marco, ma che c'entra Marco? sono già qui a difenderlo. E se volessero fare un esame del sangue anche a lui? ma perché? lui Angela l'ha solo vista due o tre volte in ascensore, come me. Eppure, ripensandoci, si erano sorrisi come se si conoscessero, e anche con qualche imbarazzo; lei aveva allungato, indolente, una mano che lui aveva preso fra le sue con una stretta furtiva.

«Ho avuto l'impressione che Nando Pepi fosse da Sabrina quando le ho parlato per telefono» dico per non essere accusata di reticenza.

«Anche noi.»

Non dice "anche io", ma "anche noi" e con questo mette una distanza fra me e lei, non siamo più la commissaria Adele Sòfia e la giornalista radiofonica Michela Canova, ma la polizia ed io, una cittadina sospetta.

Faccio per chiederle perché non siano andati subito ad arrestarlo, visto che hanno sentito la telefonata, ma lei mi previene come al solito.

«Forse lei non sa come avvengono le intercettazioni. Le voci vengono registrate su nastro e solo dopo qualche ora, diciamo una mezza giornata a volere essere ottimisti, arrivano nelle mani dell'indagatore. Io ho avuto il nastro solo nella tarda mattinata e quando siamo andati lui era già sparito. Per questo abbiamo fermato la Di Giovanni.»

Intanto ho acceso il Nagra, l'ho collegato al telefono. Questa volta non le chiedo il permesso, carpirò la sua voce come lei ha carpito la mia. Possibile che da solidali siamo diventate nemiche?

«C'erano cicche dappertutto» prosegue lei, «di una marca che Carmelina Di Giovanni non usa, le Camel e poi le cicche di Carmelina si distinguono per le tracce di rossetto, tutte uguali, e perché vengono lasciate a metà. Mentre quelle di lui sono più sofferte, fumate fino al filtro, e spente con rabbia, torcendole contro il portacenere.»

«E dalle cicche avete capito che lui era stato lì?»

«Non solo, anche dalle impronte. Si ricordi che abbiamo le impronte del Pepi. Ce n'erano a decine... se lei avesse chiamato ieri sera, a quest'ora sarebbe in mano nostra.»

Che sappia che sto registrando la sua voce? Mi sembra molto dimostrativa e didascalica. Forse lo immagina, perché anche lei è abituata a rubare voci, e sa che qualche volta lo si fa anche quando non se ne ha veramente bisogno, per l'amore del furto in sé.

«Allora l'aspetto» mi sta dicendo e sento che è disposta a recuperare la nostra amicizia.

Vado a chiedere un permesso al direttore che sbuffa e sbraita, ma acconsente. Non prima di avere controllato chiamando lui stesso Adele Sòfia al telefono. Per fortuna i tecnici oggi sono al loro posto. Vedo Tirinnanzi che mi fa un segno con la testa mentre legge il notiziario al microfono. Incrocio anche l'avvocato Merli che mi fa un inchino gentile e si ferma come per dirmi qualcosa.

Anch'io vorrei parlargli ma questa volta sono io ad avere fretta. Glielo dico, lui annuisce, arreso. Ha un sorriso così candido che mi mette di buon umore solo a guardarlo.

«Quando torna, avvocato, in radio?»

«Lunedì.»

«Allora, a lunedì» dico, sapendo che non ci sarò perché il lunedì è il mio giorno di riposo. Ma potrebbe essere che torni, dopotutto, perché quando c'è molto lavoro, sono costretta a saltare il giorno di ferie.

Trentatre

Stanotte mi sono di nuovo svegliata con la sensazione che qualcuno entrasse nella mia stanza. Allungando la mano sudata ho cercato l'interruttore senza trovarlo; intanto l'ombra scivolava verso il letto ed era inutile ricordarmi che la porta l'avevo chiusa a chiave la sera prima di coricarmi.

Finalmente ho riconosciuto, nella luce opaca che filtra dalla strada, il sorriso gentile e spento di mio padre.

«Ah, sei tu, papà... mi hai fatto prendere un grande spavento.»

«Volevo solo guardarti dormire.»

«E invece mi hai svegliata.»

«Perdonami... mi perdoni?»

«Ma sì, non ti preoccupare... ma perché non mi lasci dormire?»

«Ti ricordi, Michela, di quella volta che siamo andati al fiume, te lo ricordi?»

«Quale fiume, papà?»

«L'Arno, non ricordi? ti ho fatto salire sulla moto, a cavalcioni davanti a me. Correvo come un matto e a te mancava il respiro, avevi un odore così buono di capelli sudati, di fragole schiacciate, di cotone appena stirato.»

«Non ricordo proprio niente.»

«Poi siamo scesi sul greto, fuori città, in mezzo alle canne e ai massi bianchi, te lo ricordi?»

«No.»

«Non avevi il costume da bagno; nemmeno io, veramente, era stata un'idea dell'ultimo momento e ci siamo stesi a prendere il sole, lì in mezzo ai rovi, ti ricordi?»

«No.»

«Poi tu hai detto: facciamo il bagno in mutande, no? E così abbiamo fatto. Che paura ho preso quanto ti ho vista andare via spinta dalla corrente... mi sono messo a nuotare come un pazzo per raggiungerti.»

«Io non avevo paura.»

«In quel punto la corrente tirava forte... credevo che saresti affogata.»

«Mi hai afferrata per un braccio che per poco non mi facevi affogare tu...»

«No, per i capelli, ti ho presa per i capelli, me lo ricordo benissimo, avevi bevuto un sacco d'acqua.»

«Ma no, mi ero solo allontanata un po'.»

«Tremavi come una foglia.»

«Vorresti dire che mi hai salvato la vita, papà? è questo che vorresti dire?»

«Credo proprio di sì, Michela. Avevi sette anni e nuotavi a stento, se non ti avessi afferrato per i capelli saresti morta.»

«Per un braccio.»

«Per i capelli, me lo ricordo benissimo.»

«Ma se ho avuto due lividi grossi così, per giorni e giorni, su quel braccio.»

«Comunque tremavi, tossivi, sputavi acqua... ti ho stretto forte forte a me... avrei dato la mia vita per te.»

«Non barare, papà.»

In quel momento è suonata la sveglia. Mi sono detta: oggi vado a piedi alla radio, se mi sbrigo ce la faccio. Così mi sono lavata di corsa, ho preso al volo un biscotto e una pera e sono uscita.

Mi sono fermata in via Titta Scarpetta a salutare la gattara che aveva posato il grosso fagotto pieno di pasta al sugo e tutti i gatti del vicinato si stavano radunando attorno alle sue gambe segnate da vene e bitorzoli.

Sono arrivata in via Dandolo col fiatone e la sensazione di avere ingollato litri di aria sporca.

Negli uffici non c'era ancora nessuno. Solo il guardiano che, sbadigliando, mi ha detto: «Buongiorno, signora Canova, qui si muore di caldo, ha dormito bene?».

Ho guardato a lungo il ragnetto che stava tessendo la sua tela fra il bicchiere delle penne e lo stelo della lampada. La sua determinazione mi riempie di meraviglia, mi fa pensare a quei contadini che abitano sotto le bocche dei vulcani in continua eruzione. Nonostante che le loro case vengano distrutte un anno sì e un anno no, si ostinano a rimanere aggrappati a quelle rocce scure, a quei pendii inospitali, ricostruendo le loro casupole esattamente nella stessa piccola pendice in cui la lava le ha inghiottite.

Allineo le nuove schede accanto a quelle vecchie. Stanno diventando tante e tutte atroci, ogni volta che le rileggo sono presa da un senso lugubre e doloroso di impotenza.

«Giorgina R., anni 7. Violentata, strangolata e abbandonata sul greto dell'Ombrone. Le scarpe sono state trovate a duecento metri di distanza. Caso insoluto.»

La fotografia mi sguscia fra le dita. È una istantanea in bianco e nero: un corpicino striminzito, due occhi neri e severi, un mezzo sorriso stento, le gambe nude che escono da una gonnellina chiara, mossa dal vento.

«Natalina A., anni 12, ripescata nel lago di Sant'Andrea con la testa spaccata da una pietra, i polmoni pieni di acqua. Caso insoluto. Il padre si è suicidato per il dolore. La madre è finita in manicomio.»

Un'altra fotografia, anche questa in bianco e nero, da tessera scolastica. Una bambina grassottella che sorride festosa al fotografo che forse è suo padre.

«Angiolina T., anni 8, stuprata e accoltellata. Il suo corpo è stato buttato nella discarica di San Michele. Caso insoluto.»

Terza fotografia: una bambina dalla faccia porcina, per niente bella, ma con una espressione di gioiosa fiducia. Avrà guardato con quegli occhi il suo violentatore? In fondo, in caratteri piccolissimi, si aggiunge che era handicappata.

Pesco fra le bobine delle interviste cercando qualche commento che si addica alle schede, da introdurre nel programma, come mi ha raccomandato Cusumano. Trovo il parere ridondante e di buon senso del professor Baldi che il direttore mi ha lasciato sul tavolo. Trovo gli arzigogoli di uno psicologo infantile, un certo Favi, troppo tecnici e di gergo.

Infine ecco due voci che dialogano; quasi avevo dimenticato questo piccolo dibattito in studio. Lei è Aurelia Ferro, una donna gentile, malata di fegato, con due occhiaie che le invadono le guance. Lui un grande giornalista.

«Certe notizie di cronaca ci suggeriscono l'idea del terrore» dice Aurelia Ferro, «un terrore politico, dimostrativo... d'altronde, nessun potere ha dominato senza una qualche forma di terrore e sembra che il mondo dei padri si sia sempre servito, storicamente, del terrore per tenere a bada la sessualità femminile... in certi paesi si tratta del taglio della clitoride... in altri di un taglio simbolico, invisibile, meno drastico ma altrettanto violento... lo sa cosa dice il rapporto Hite? che due donne su tre in America non provano l'orgasmo nel coito, non è una forma di taglio della clitoride anche quella? e non è che non siano capaci: da sole si prendono il loro piccolo piacere in pochi minuti con la masturbazione... non le dice niente questa contraddizione?»

Lei ha una voce sgranata, dall'andatura strana, come se zoppicasse;

l'aria le viene a mancare ad ogni giro di frase e il tono cala fino quasi a toccare terra e poi riprende con fatica attraverso un periodare elicoidale, in salita.

«Sono malati, pazzi» dice il giornalista dalla voce soffice, che contraddice la sua indignazione «lei non può, signora Ferro, usare queste morti femminili per dimostrare le sue teorie sul razzismo sessuale storico.» «Certamente sono malati, pazzi quelli che compiono questi delitti», ribatte lei tranquilla, «ma escono da un giudizio che è rotolato nei secoli e si è fatto carne, sentimento comune. L'odio contro le donne non l'hanno inventato loro, l'hanno respirato a scuola, nei libri, in chiesa, nei campi sportivi... E se la loro malattia prende la forma dell'aggressione contro le donne, è una malattia che fa la spia alle idee di un'epoca, di un paese, di un popolo.»

«Non possiamo riconoscerci, neanche alla lontana, in esseri abietti che se la prendono con delle povere bambine innocenti» risponde il giornalista. Ma la Ferro lo incalza, testarda e delirante: «Una volta si sacrificavano i capretti e le giovenche, ora si sacrificano le bambine». «Sacrificano a che?» insiste lui, mentre la voce sale di tono. «All'esigente signore dei cieli» ribatte lei che parla fantasioso e temo che non si faccia capire, «a quel signore dei cieli che tiene nei meandri della sua barba dei nidi di usignoli che cantano il buongiorno... è un padre amorevole, non creda, ma selvaggio e qualche volta vuole essere blandito con sacrifici di piccoli cuori innocenti.» «Lei ha una idea brutale e sconsolata del rapporto fra i sessi» dice lui quasi gridando. «Non sono brutale io, ma la mano maschile che, nel nome della sua voluta, pretesa, sognata supremazia sessuale, si abbatte sulla testa di queste bambine.»

Metto sulla piastra un'altra bobina. Ne sortisce una voce maschile unghiata e assertiva: quella del professor Papi: «C'è nell'accensione del sesso maschile qualcosa di brusco, di violento che gli viene dalla natura... ha presente l'accensione di un motore a scoppio: se non c'è la carica d'avvio, il motore non parte... lo stupro fa parte dell'istinto di conservazione dell'uomo».

«E se, invece, fosse il prodotto aberrante di una storia in cui il dominio dell'altro sesso è stato considerato il primo dei doveri per la conservazione, appunto, della specie?» È un'altra voce maschile, quella del filosofo Giardini dalla bella testa leonina e il tono scanzonato.

«L'uomo conserva in sé una aggressività innata, profonda e irragionevole che lo porta a possedere con violenza la preda sessuale» dice Papi «ma poiché il vivere comune ha bisogno di tregua e pace, questi istinti vengono repressi con l'educazione, in nome della compattezza familiare. Non per questo, però, quell'istinto scompare, pur rassegnandosi a giacere in letargo nelle profondità dell'animo umano... solo in certe occasioni di eccitazione collettiva, di esaltazione virile, salta fuori all'improvviso, talmente inaspettato che chi ne è preso non può farci niente, soprattutto se è impreparato culturalmente alla riflessione e al giudizio sulle proprie azioni.»

«Quindi lei pensa, professore, che lo stupro sia in qualche modo naturale e inevitabile.»

«Inevitabile no, anzi va evitato accuratamente: basta imparare a convivere con le zone oscure dell'inconscio: che si sfoghi nei sogni il piacere della caccia: agguato, rincorsa, assalto, cattura.»

«E dove va a finire l'idea di una sessualità legata all'amore, al rispetto dell'altro?»

«Lo stupro certamente ha poco a che vedere con l'amore, ma perfino col sesso, direi: lo stupro nasce dalla volontà di umiliare, mortificare il corpo femminile. Ma può trattarsi anche di un corpo maschile, guardi quello che fanno in prigione i forti sui deboli... Il guaio è che ci sono ancora le guerre nel mondo ed è considerato un diritto dei soldati stuprare, uccidere, sconciare il corpo del nemico. Nel passato il diritto di stupro in guerra era la sanzione di una supremazia conquistata col sangue che andava sigillata con l'umiliazione del nemico... perfino Giove, su nei cieli, aveva di questi appetiti: si ricorda la caccia alle belle dee (ma non disdegnava neanche le belle umane) che impregnava di sé e poi abbandonava dopo essersi soddisfatto, spesso contro la loro volontà; se non è stupro questo... Ma era considerato lecito, parte del diritto divino... e spesso l'uomo, nel chiuso della sua famiglia, si sente un piccolo Giove predatore a cui tutto è dovuto...

Stacco l'audio; sono sazia di voci esplicative, che vogliono convincere e insegnare. Riprendo in mano le schede. Da quale comincerò? 1942, 1946, 1977, 1980, 1992, centinaia di bambine torturate, seviziate, strangolate, stuprate, fatte a pezzi.

Forse comincerò con una delle ultime: 1991, un paesino di montagna del centro Italia: una bambina di cinque anni viene trovata morta con la testa spaccata, i vestiti stracciati e sporchi di sangue. Qualcuno dice di averla vista mano nella mano con lo zio, un giovanottone robusto dai capelli corti e biondi. Lo zio a sua volta incolpa il nipote, fratellino della bambina morta: sarebbe stato lui a colpirla con una pietra dopo averla violentata.

La famiglia di lui sostiene che la bambina è morta per incidente, essendo caduta su un sasso aguzzo, ma la piccola testa, dicono le analisi, non ha sbattuto per caso su una pietra, bensì è stata più volte ferocemente colpita, tanto da fracassarsi.

Infine lo zio viene incriminato perché sono stati trovati dei capelli e del sangue della bambina su una maglietta che lui, tornando dal bosco, ha gettato sopra il tetto della stalla. Ma in carcere lo zio continua ad accusare il nipote e a casa il nipote continua a incolpare lo zio.

Squilla il telefono. È Adele Sòfia che ha una voce lugubre, spenta. Sta per annunciarmi qualcosa di funesto, penso. Infatti: «Carmelina Di Giovanni si è uccisa in carcere» dice tutto d'un fiato.

«Carmelina?»

«Si è impiccata alle sbarre della finestra con la cintura della vestaglia. Non dica niente a nessuno, tassativo, non deve saperlo la stampa.»

«E adesso?»

«Adesso diventa ancora più urgente trovare lui, Pepi Ferdinando.»

«È stato inutile metterla in carcere.»

«Abbiamo fatto quello che pensavamo fosse giusto fare. Non è stata sorvegliata abbastanza attentamente, questo sì... ma chi poteva immaginare... non aveva nessuna ragione per... sarebbe uscita a giorni.»

Ripenso alla voce di Sabrina-Carmelina, con quelle asprezze un poco dialettali, quella gentilezza profonda, quella assoluta disistima di sé.

Adesso anche lei se n'è andata. Chissà se aveva le scarpe ai piedi. Fanno così poco rumore, queste donne morte, nel loro andarsene: scalza Angela Bari, scalza forse Sabrina, scalza la bambina trovata sul greto dell'Ombrone. Mi viene in mente di avere letto una volta di una giovane giapponese che si è suicidata su un vagone letto andando da Roma a Palermo. L'hanno trovata la mattina sul lettino, perfettamente vestita e composta, con le braccia incrociate sul petto, i piedi nudi dolcemente uniti e legati. Si era avvelenata e le sue scarpe giacevano accanto alla porta, appaiate e con le stringhe slacciate.

Trentaquattro

Nella cappella gialla e bianca del carcere siamo in tre: Adele Sòfia, Sergio Lipari ed io. Della famiglia di Sabrina-Carmelina non si è visto nessuno: la vecchia madre è morta pochi mesi fa, ci hanno detto al paese, il padre vive in Argentina, da anni, con un'altra donna. Carmelina era figlia unica e i cugini, da quanto ho capito, non hanno voglia di fare questo gran viaggio per venire ai funerali di una prostituta che si è suicidata in carcere.

Una povera bara di abete da pochi soldi, niente incenso, fiori, musica, movimento di becchini. L'hanno avvolta in un telo verde, nuda com'era e con i tagli dell'autopsia. Non hanno neanche avuto il tempo e la voglia di vestirla.

Mentre Sabrina era ancora stesa nella sala mortuaria, assieme ad altri tre cadaveri, Adele mi ha chiesto se volessi vederla. Ho detto di sì e lei ha scostato il telo di plastica. Mi aspettavo qualcosa di raccapricciante, invece davanti a me c'era una bella faccia distesa, serena, increspata da un leggero sorriso che mi ha confortata. Quella faccia che in vita era sempre corrucciata, nella morte appariva pacificata, quasi si apprestasse felicemente a partire per il migliore dei viaggi.

Intorno al collo un cerchietto blu notte, come quei nastri di velluto che portano le dame eleganti nei quadri dell'Ottocento.

Il paniere pieno di roselline che avevo comprato per lei l'ho lasciato dietro la porta di ferro. Con vergogna, perché tutto quello che faccio mi sembra passibile di rimprovero e di critica, prendo il paniere e lo appoggio accanto alla morta.

Un pretino giovane arriva con passo veloce, osserva un momento me e Adele Sòfia che parliamo, benedice la bara con gesti sbrigativi aggiungendo qualche parola di pietà. Ma la sua voce suona secca e svogliata: che il Dio onnipotente si sia offeso perché questa donna si è tolta la vita anziché aspettare che altri gliela portassero via?

Le suicide non dovrebbero essere benedette, ci spiega il pretino, ma noi siamo benevoli e accondiscendenti, vogliamo augurare a questa povera salma di andare in luoghi non troppo infelici a scontare i suoi peccati.

Intanto è cominciata la messa. Quando mi volto vedo una piccola folla di monache vestite di nero. Alcune tengono gli occhi fissi, incantati, sulla testa del giovane e avvenente pretino... Chissà come è finito in questa chiesa del carcere! non ha l'aria contenta.

La cerimonia scorre rapida, come tutto il resto. Adele Sòfia si fa vento con un giornale piegato in quattro. Il giovane prete saluta chinando il capo ed esce con un fruscio di abiti smossi. Un inserviente in grembiule marrone chiude il coperchio della bara, caccia nei quattro fori, ai quattro angoli, delle lunghe viti luccicanti e le fa girare come trottole con un giravite elettrico.

«E ora al cimitero!» dice Adele Sòfia, facendomi posto accanto a sé nella macchina scura. Dietro c'è Lipari che oggi è tutto vestito di nocciola, comprese le scarpe e la cravatta, i peli neri e ispidi gli sgusciano fuori dal colletto stretto e dai polsini candidi.

«Abbiamo trovato il Pepi» dice lei trionfante.

«E dove?»

«Abbiamo intercettato una sua telefonata. Ha un appuntamento nel pomeriggio.»

«Con chi?»

«Con una certa Maria, al Foro Italico.»

«Sarà davvero lui l'assassino?»

«Per avere la conferma basterà un esame del sangue. Il movente ce l'ha, le chiavi saranno un pesante capo d'accusa.»

«E se l'esame dicesse che non è stato lui?»

«Intanto dobbiamo prenderlo e fargli questo esame, col suo consenso, s'intende. Poi ne riparleremo.»

«E se non fosse lui?»

«Sarebbe un guaio.»

La macchina è una scatola afosa che procede nel traffico a scatti, usando la sirena. Attraverso i vetri il paesaggio sembra spezzarsi, sciogliersi in tanti rivoli nodosi.

Al cimitero salto fuori per prima. I becchini col camioncino del carcere sono già arrivati. Ora sono fermi davanti ad una parete di cemento, scabra e sporca, in cui si aprono i loculi. Ogni cassetto un morto, ogni cassetto un nome inciso nel cemento e, accanto, un recipiente grande quanto un bicchiere sospeso ad un anello di ferro, dei fiori finti e un lumino acceso. Niente più scavi nella terra, niente più lapidi, piante, fiori freschi, ormai i morti si seppelliscono così, uno sopra l'altro e si ricordano con mazzetti di fiori di plastica.

La bara, essendo di legno grezzo e maltagliato, fatica ad entrare nel loculo; il più giovane dei becchini la spinge con le due mani, con la spalla, ma la bara rimane bloccata. Allora si arrampica sul tetto del furgoncino e la caccia dentro il loculo con due pedate.

Un altro becchino, in grembiule blu scuro, incastra la lastra che chiude il loculo; il più giovane ci passa sopra del cemento fresco con una cazzuola, masticando gomma americana.

È fatta. I soli fiori freschi sono i miei: delle roselline bianche che ho preso al volo stamattina vicino alla radio. Fanno una strana impressione accanto ai tanti fiori finti dai colori all'anilina che sporgono dai bicchieri appesi.

Adele Sòfia mi fa segno di rimontare in macchina con loro, ma io le dico di no, che ho voglia di camminare. L'idea di rinchiudermi di nuovo in quella scatola di cristallo mi sgomenta. Vedo Sergio Lipari che chiude la porta con energia, come a dire, peggio per lei!

Mi avvio fra le tombe a passo lento; questo è il nuovo cimitero di via Flaminia, non il vecchio Verano fitto di pini e di palme dove è sepolto mio padre. Qui non ci sono gatti e tombe monumentali, ma secche pareti verticali che contengono centinaia di tombe a cassetto. Piuttosto che andare a finire in uno di quei cassetti non è cento volte meglio farsi cremare?

Mi fermo a contemplare una lapide con la fotografia di una bambina chiusa dentro un ovale di porcellana. "Mirella Fritti, strappata alle braccia della madre da morte terribile e precoce, amen." Di che cosa sarà morta? La data è recente: 8 luglio 1992, quindi è morta da poco, ma perché una morte "terribile"? si scriverebbe così di una lunga malattia? Oppure anche lei è stata straziata, strangolata, squartata? non riesco a pensare ad altro.

Mi allontano di qualche passo cercando il vialetto di uscita quando vedo un uomo che mi fissa, ritto in piedi contro il tronco di un giovane cipresso. Ho un soprassalto: è lui, Nando Pepi, con i suoi stivaletti californiani, il suo giubbotto nero, la sua aria da studente anarchico e il suo anello con l'occhio di tigre.

Mi guardo rapidamente intorno cercando uno scampo, ma sembra che il cimitero si sia improvvisamente svuotato. Non vedo più becchini né parenti amorevoli né guardiani né passanti distratti, niente; il sole batte sui loculi di cemento, sui fiori finti, su di me che sto in piedi, impietrita.

Trentacinque

Siamo soli in mezzo al cimitero, sotto il sole a picco. C'è del grottesco nel mio spiarlo interrogativa e raggelata dalla paura e nel suo occhieggiare sornione di lontano.

Cerco di dare un ordine ai miei pensieri perché non girino in tondo come un nugolo di moscerini esagitati: è l'una di una giornata afosa, i guardiani sono certamente andati a mangiare un panino all'ombra di qualche tettoia, i parenti amorosi sono tornati alle loro case a cucinare il pasto di mezzogiorno, è logico che il cimitero si sia svuotato, ma basta riflettere con calma su dove si trovi l'ingresso perché, con un grido, possa chiedere aiuto.

L'occhio mi si posa sul dorso di una cicala che sta incollata ad un ramo proprio sopra la testa di Nando Pepi. Dunque è molto vicino, mi dico, più di quanto sperassi. La cicala la distinguo perfettamente, ha delle macchioline brune sul dorso e il suo stridore di sega mi bussa all'orecchio con insistenza. Curioso, rifletto, che il mio corpo sia paralizzato, incapace di muoversi, mentre la mia mente tende a divagare pericolosamente. Sono sorpresa dal silenzio che ci circonda, un silenzio armonioso e perfetto, che mi ricorda un altro silenzio simile, conosciuto tanti anni fa, durante una gita in montagna con mio padre, un silenzio senza brecce, senza sbavature, assoluto. Avevo sette anni forse, o sei, e mi rendevo conto, per la prima volta nella mia vita, con certezza e levità, che il mondo poteva fare a meno di me, che la sua bellezza stava fuori dal mio occhio e andava ammirata come una cosa a sé, indipendente e compiuta.

Tutto questo mi viene in mente mentre fisso spaventata la faccia da cane perduto di Nando Pepi e preparo le gambe a correre, la gola a gridare. Ma intanto me ne sto lì ferma e non so se veramente riuscirei a correre e gridare come mi riprometto di fare, alla sua prima mossa.

Anche lui se ne sta lì immoto come una statua e sembra aspettare un'occasione per decidere come agire. È in ascolto, come se il segnale dovesse venirgli da quelle tombe di cemento, oppure da uno di quei tronchi rugosi o perfino dal dorso maculato della cicala che frinisce sopra la sua testa.

Dopo una attesa che mi sembra lunghissima, finalmente lui apre la bocca e in quel momento perdo ogni paura: la scelta della parola esclude l'azione, mi dice l'istinto, o per lo meno la ritarda; che gratitudine per il mondo delle parole, che gioia sentire lo squisito suono di una voce! ancora una volta, da viva, sono invitata ad entrare nel mondo artificioso e controllabile del dialogo fra due persone dotate di suono.

«Angela ha lasciato questo per lei» dice con accento quieto, anche se troppo sopito e leggero rispetto alla tensione che si è accumulata fra di noi.

Lo vedo estrarre dalla tasca un pacchetto avvolto in una carta azzurrina, legato con un elastico.

«Per me?» chiedo incredula.

«Ho rischiato di essere preso per andare a scovarlo. Sapevo che c'era e l'ho trovato.»

«Lei ha ammazzato Angela?» chiedo brutalmente. Non volevo affatto dire questo, ma la domanda mi è saltata sulla lingua, con molta naturalezza, come se sapessi che la risposta non possa che essere sincera.

«Non l'ho ammazzata.»

«Lo pensavo.»

«Quindi mi crede?»

«Avevo dei dubbi, ma lo pensavo.»

«Carmelina mi voleva bene, quegli imbecilli l'hanno fatta morire, ma io la vendicherò.»

Sta cadendo nel melodramma, mi dico, sta tirando fuori una voce eroica che non gli appartiene: anche lui a fare teatro?

«Sarebbe meglio che si costituisse. Basta un esame, vogliono solo quello, e lei sarebbe scagionato, hanno il sangue dell'assassino.»

«Non ci penso nemmeno a costituirmi. Parto fra mezz'ora, vado via. Volevo solo darle questo, buon viaggio.»

«Come, buon viaggio, non è lei che parte?... La polizia la sta aspettando all'appuntamento con Maria. Ci vada.»

«Maria mi ha tradito, ma non ce l'ho con lei, è scema.»

«Ha un'idea di chi può avere ucciso Angela Bari?»

«Non lo so.»

«Gliel'ha dato Angela quel... quel pacchetto per me?»

«Sì, è per lei... che ama le voci.»

«Perché l'altro giorno mi ha lasciato quella lettera in cui diceva che mi cercava e che c'era pericolo?»

«È Carmelina che ha scritto quel foglio, non io. Voleva che lei stesse alla larga da me.»

«Ma diceva che mi cercava.»

«Voleva spaventarla... infatti l'ha spaventata, no?» ridacchia portandosi la sigaretta alla bocca.

«È vero che Angela si prostituiva?»

«No. Non gliel'ho mai chiesto.»

«Ma Sabrina mi aveva detto...»

«Sabrina non ci stava con la testa... era gelosa...»

«E come mai aveva le chiavi di casa Bari?»

«Angela era generosa: un giorno me le ha prestate, io ne ho fatto una copia, ma non l'ho mai adoperata finché lei era in vita.»

«Se lei sparisce non si saprà mai chi è l'assassino. La polizia penserà che è stato lei e continuerà a darle la caccia, non si cercherà mai la persona giusta.»

«Che si arrangino! io me ne fotto. Ecco, prenda e vada via.»

«Dovrò dire che l'ho vista, non posso non dirlo.»

«Lo dica pure, tanto non mi prenderanno. Si sbrighi.»

Non mi porge il pacchetto come mi aspetto, ma me lo getta per terra accanto alle scarpe. Mi chino per prenderlo tenendo gli occhi fissi su di lui. Quando lo vedo portare una mano alla tasca penso: ecco, mi spara. Ma vuole solo cavarne un pacchetto di sigarette.

Sono Camel. Vedo che rigira il pacchetto fra le dita: il cammello giallino su campo bianco viene messo a testa in su e poi a testa in giù. Sono le sigarette trovate in casa di Carmelina.

Se lui rifiuta di farsi fare l'analisi del sangue, vuol dire che è colpevole, questa è la logica deduttiva, come direbbe Adele Sòfia. Eppure sono portata a credergli quando dice che non è stato lui ad ammazzarla, e non so perché.

Stringo in mano il pacchetto e mi rialzo. Lui, intanto, si è avviato a passi lenti verso la zona più lontana dal cancello, lasciando il sentiero fra i cipressi appena piantati e scavalcando le lapidi con le gambe corte e vestite di nero.

Arrivo al cancello di corsa. Nel gabbiotto ci sono due guardiani che chiacchierano fra di loro mangiando pagnotte con la mortadella. Vedo chiaramente la carne rosa, cosparsa di dadini bianchi, che sporge dalle fette di pane.

Penso per un momento di raccontare loro di Pepi, ma poi decido di no. Esco sul piazzale infuocato, guardo il pacchetto che stringo in mano: è rettangolare e piatto. Capisco: una cassetta. L'elastico rosso salta via facilmente, apro la carta e mi trovo fra le dita un nastro da sessanta minuti, un piccolo carico di voci nascoste e pericolosamente salvate da chissà quale oblio.

Ma dove la teneva nascosta, Angela Bari, che la polizia, nelle sue ripetute perquisizioni, non l'ha mai trovata? O forse non ci ha badato. Sembra una cassetta qualsiasi che contiene canzoni qualsiasi. La infilo nella borsa e mi avvio verso la stazione dei taxi.

Trentasei

«Dedicato alla mia vicina di casa, la cui voce mi raggiunge la mattina attraverso la radio.»

Sembra strano che, mentre per me Angela Bari era una sconosciuta, lei mi conosceva e mi osservava, a tal punto da dedicarmi una cassetta. Vado avanti, incredula, ad ascoltare: è una voce morbida, un poco vergognosa ma animata da spinte gioiose.

«C'era una volta un re che aveva una figlia...» Ma questa è una favola! proprio così. Angela Bari mi sta proponendo, dal suo poco professionale microfono casalingo, una fiaba. Faccio scorrere il nastro. Lo fermo. Ascolto. Riprendo a farlo scorrere: «La figlia disse al padre...». Vado avanti. Ascolto ancora. «Allora il padre trasformò la figlia in un asino.»

Ad un primo rapido ascolto sembra che si tratti solo di favole. Non c'è altro, solo una serie di fiabe, forse inventate da lei, forse ricopiate da qualche libro. Tutte raccontano di re e di regine, di bambine disobbedienti, di draghi, di cervi stregati e di cieli in tempesta.

Possibile che Nando abbia rischiato di essere arrestato per andare a recuperare un nastro di favole? Possibile che abbia peggiorato di molto la sua situazione già grave di sospetto, aprendo con le chiavi la porta di casa della morta solo per salvare questi insulsi apologhi?

Questo però proverebbe che Angela non pensava di essere in pericolo. Proverebbe che non era stata minacciata, né ricattata, altrimenti non avrebbe mandato ad una persona che stimava, delle favole ma un qualche messaggio più consistente.

Angela Bari voleva soltanto che la sua vicina di casa, che lavora alla radio, ascoltasse le sue storie, per poi magari inserirla in una trasmissione per bambini?

Finora ho solo controllato il contenuto. Mi sono fatta un'idea delle storie correndo da un capo all'altro del nastro: sono fiabe, questo è certo, ma che storie raccontano?

Sebbene non abbia mai avuto una grande simpatia per le favole, salvo un breve periodo della mia infanzia, mi metto con pazienza ad ascoltarle, una per una.

La sola cosa evidente è che in tutte si parla di un padre e di una figlia, la madre, quando c'è, viene fatta subito fuori con una magia. La bambina è spesso trasformata in volpe, in upupa, in vespa e perfino in cavolo, ma alla fine ritrova le sue forme umane come compenso di qualche sacrificio.

Il re viene ritratto come un tiranno dai modi imprevedibili: un po' riempie la figlia di regali, un po' la sevizia, la tiene prigioniera, la chiude dentro una torre senza porte né finestre.

Sono una ventina di favole, raccontate con molta dolcezza, senza un filo di compiacimento, prive di malizia e di pedanteria. Mano a mano che vado avanti col nastro, mi sembra che la sua voce si faccia più profonda e disperata. Le favole diventano, verso la fine, feroci. Il re, incollerito, taglia la testa alla figlia. In un'altra, le trancia le mani e se le fa cucinare al rosmarino, non prima però di averle regalato due bellissimi anelli con rubini e smeraldi.

Il padre di Angela è morto quando lei aveva otto anni, che siano storie di nostalgia per quel padre perduto? Ma veramente in queste favole il padre non è affatto assente, bensì incombente, tirannico e crudele.

Mi propongo di andare a parlare col patrigno, lo scultore Glauco Elia. La sua voce è assente dal mio servizio. Devo chiedergli cosa pensa di Angela, della sua morte e di queste favole.

Intanto il nastro continua a girare. E la voce di Angela prosegue imperterrita e paziente a raccontare di padri e di figlie che si amano e si feriscono. In un'altra storia il padre spezza le gambe alla figlia per costringerla a restare a casa. Per tenerle compagnia e per controllarla, le manda una civetta che tutta la notte se ne sta appollaiata sulla testiera del letto e la scruta con gli occhi "d'oro senza tempo".

Ma la bambina trova un modo di ingannare il padre: insegna alla civetta come imitare la sua voce e poi, legandosi le gambe con dei paletti di legno per non cadere, se ne scappa lasciando la civetta al suo posto perché rassicuri, attraverso la porta, il genitore apprensivo.

Dovrei tornare anche dalla madre di Angela, penso. Ma certamente il direttore non mi lascerà partire un'altra volta per Firenze. E se intanto parlassi di nuovo con Ludovica?

Trentasette

La trovo meno inquieta e nervosa dell'ultima volta che l'ho vista. Si muove con disinvoltura nella grande casa in penombra: porta i lunghi capelli castani sciolti sulle spalle, ai polsi, una decina di braccialetti di vetro colorato che battendo gli uni contro gli altri, ad ogni movimento del braccio, mandano un tintinnio allegro.

Ritrovo il soggiorno dai morbidi tappeti cinesi, le maniglie dorate, i lampadari a goccia, i divani ricoperti di cinz a fiori.

«Vuole un analcolico?» Mi pare che anche l'altra volta abbia esordito così. La vedo allungare le braccia magre, questa volta coperte da due ampie maniche, verso il tavolinetto di vetro. Sono gesti che le ho già visto fare e che lei ripete con grazia indolente.

I suoi sorrisi hanno qualcosa di dolce e mortuario, forse per via dei denti falsi, penso, che la fanno apparire più vecchia di quello che è. Le osservo le mani che ha lunghe e affusolate, di un biancore irreale, senza una macchia, una cicatrice, un segno che riveli una qualche dimestichezza con i lavori domestici. Come se per trent'anni si fossero tuffate solo fra lini, sete e trine profumate.

Sistemo il Nagra, che lei guarda con occhi sospettosi, sul tavolino. Eppure glielo avevo annunciato per telefono, ma pare che la macchina le incuta soggezione. I muscoli del collo si tendono, qualche ricciolo scivola sugli occhi.

«Se vuole, lo spengo» dico per rassicurarla.

Fa una smorfia come a dire: potrebbe risparmiarmi questa scortesia. Ma io non intendo essere educata, il Nagra è un testimone prezioso e io non mi fido della mia memoria. Lei, forse solo per buona educazione, non insiste nel diniego. E io metto in moto il nastro.

«Sa che Carmelina Di Giovanni si è uccisa?»

«Chi è Carmelina Di Giovanni?»

«Eppure è stata lei a parlarmi di Nando la prima volta, se lo ricorda?»

«Non so chi sia.»

La vedo chiudersi in un atteggiamento di dignitosa ripulsa. Come fare per riconquistare la sua fiducia?

«Carmelina Di Giovanni, detta Sabrina, conosceva sua sorella Angela. L'ha rivelato un giorno alla radio, in diretta, aggiungendo che sapeva che Angela si prostituiva. Il protettore di Carmelina, Nando Pepi, invece sostiene di no. Lei però lo conosce, perché me l'ha detto per telefono.»

«Credo che ci sia stato un equivoco, non conosco nessuno di quel nome.»

«Nando Pepi è ricercato dalla polizia per l'assassinio di sua sorella Angela. Ne hanno parlato anche i giornali. Lei sa che il giudice istruttore Boni conosce la composizione del sangue dell'assassino. Quindi basterebbe che si sottoponesse ad un esame.»

«Non leggo i giornali.»

«Eppure devo averle incise sul nastro le sue parole, vuole ascoltarle?»

«Sinceramente non voglio occuparmene, mi avvilisce pensare alla morte di Angela.»

«Non le importa sapere chi ha ucciso sua sorella?»

«Certo che mi importa. Ma qualsiasi persona abbia avuto a che fare con Angela mi spaventa... ci sono delle cose nella vita di mia sorella che mi mettono inquietudine, preferisco non conoscerle.»

«Sua madre mi ha detto che le dava cinque milioni al mese. Lei invece mi ha detto che Angela non aveva soldi. A chi devo credere?»

«Mia madre mente. Sì, forse le ha dato qualche milione quando era malata, senza casa, ma poi più niente. Comunque, se li avesse chiesti a me, glieli avrei dati io... Era orgogliosa Angela e non amava chiedere, né a me né a nostra madre.»

«La vedeva spesso sua sorella?»

«Poco, ma non per colpa mia. Io l'avrei vista anche più spesso, ma era lei che sfuggiva, non si faceva trovare. E quando la invitavo mi rispondeva che era occupata. Mi faceva una gran pena.»

«Pena?»

«Mi ha sempre fatto pena, fin da quando era piccola... quando la vedevo correre verso scuola, sempre in ritardo, con la cartella pesante appesa a quelle spallucce fragili, o quando la vedevo seduta sul marciapiede a fumare una cicca, accanto ad uno dei più violenti ragazzi del quartiere... provavo un dolore qui, allo stomaco, ma non c'era niente da fare, sembrava che lei andasse in cerca di guai. Una volta le ho dato uno schiaffo perché è tornata a casa alle tre di notte, ubriaca fradicia. Ma non l'ho denunciata né alla mamma né al patrigno, e lei se l'è tenuto, lo schiaffo.»

«E sua madre non interveniva?»

«Mia madre era una donna di tale bellezza che tutti si innamoravano di lei. Passava il tempo a respingere corteggiatori. Forse era troppo giovane per farci da madre. Era ancora una figlia lei stessa, di una madre che a sua volta era stata una grande bellezza e si era poco occupata della figlia. Chissà perché le figlie tendono a ripetere pari pari la storia delle madri. Anche quando non vogliono, anche quando le rifiutano, anche quando le giudicano con ferocia... alla fine zac, ci cascano e fanno esattamente gli stessi errori della madre comprese le malattie, i figli, le fughe, gli amori sbagliati, gli aborti, i tentativi di suicidio, eccetera...»

Ludovica si accalora, solleva un braccio senza accorgersi che la manica le scivola sul gomito rivelando larghe chiazze violacee. Segue il mio sguardo stupito e se lo ricopre pudicamente.

«Ieri sono caduta per le scale» dice come per giustificarsi. Il suo sguardo si fa vago, ma anche elettrico. C'è qualcosa che vuole che io sappia, ma cosa?

«L'ha vista di recente, sua madre?» le chiedo per riprendere il discorso.

«Sono andata a trovarla a Fiesole domenica scorsa. Ma stava male, chiusa in camera con uno dei suoi orribili mal di testa e le mani coperte di eczemi. Sono rimasta un poco con lei e poi sono scappata. C'era anche Glauco.»

«Glauco Elia?»

«Sì, lui.»

«Ma se dicono tutti e due che non si vedevano da anni.»

«Ogni tanto si vedono, è sempre lui che va a cercare lei, secondo me è ancora innamorato di mia madre» ride amaro, si torce le mani. Poi improvvisamente si scioglie in lacrime. Mi fa cenno di spegnere il registratore. Lo spengo.

«Mi dispiace, posso fare qualcosa per lei?»

«Non ho voglia di parlare di Angela, non ho voglia di parlare di mia madre, non mi chieda più niente di loro, per favore.»

«Una sola domanda: ormai è più di un mese che sua sorella Angela è morta, si è fatta qualche idea su chi possa averla voluta uccidere?»

Nel frattempo riaccendo il Nagra. E lei ricomincia a piangere. Ma io, impietosa, lo lascio acceso; non so perché ho l'impressione che il suo sia un pianto dimostrativo, come l'introduzione ad un discorso di difficile avvio.

Che ci sia qualcosa di complicato e di sgradevole, sotto quelle lacrime, lo capisco dal sospiro che tira quando faccio l'atto di alzarmi per andare via.

Smette improvvisamente di piangere, si drizza in piedi e prende a camminare su e giù per la stanza facendo ondeggiare il vestito di seta marezzata dalle lunghe maniche svasate. I braccialetti tintinnano ad ogni passo: sembra una principessa schiava uscita da una pagina delle *Mille e una notte*.

So che sta per dirmi qualcosa di grave. Ma proprio nel momento in cui apre la bocca per parlare, la porta si schiude silenziosa e sulla soglia appare un bell'uomo sorridente.

«Questa è Michela Canova, di radio Italia Viva» dice lei con noncuranza. «E questo è Mario Torres.»

L'uomo mi tende la mano. La sua stretta è decisa e dura, anche troppo, ne esco con le dita intorpidite. Il suo sorriso invece è molle, un poco manierato.

«Posso farle qualche domanda per la radio, signor Torres?»

Sulla sua faccia vedo apparire quell'espressione che prendono coloro a cui mi rivolgo per una intervista; un attimo di vanità al pensiero che la loro voce possa essere ascoltata da tante orecchie, seguito da uno sgomento cieco: cosa dirò? come me la caverò?

Deve avere del coraggio perché accetta subito, nonostante Ludovica gli stia premendo visibilmente un braccio per scoraggiarlo.

Ma lui si siede, serio e compunto, sul divano come a dire: sono pronto, eccomi qua, non ho paura di niente, io. A Ludovica non resta che prendere un altro bicchiere e offrire dell'analcolico. Io torno a sedermi nel punto esatto in cui stavo prima, accanto alla finestra, davanti al mio registratore.

«Lei conosceva Angela Bari» comincio prendendola un po' alla larga.

«Be', mica tanto sa... era un tipo molto sulle sue.»

«E cosa pensa di lei?»

«Non era una vera bellezza, checché se ne dica... aveva qualcosa della Monroe, questo sì, lo dicevano in molti, anche se le mancavano i capelli platinati, ma era il suo modo di porsi... neanche Marilyn Monroe era una vera bellezza: era piccola, con le braccia corte, e poi francamente fragilissima, nevrotica, non sapeva quello che voleva, ora si buttava nelle braccia di un grande uomo politico, ora di un camionista... come bellezza, insomma, Angela era più che mediocre.»

«Non le ho chiesto della bellezza di Angela.»

«La bellezza faceva parte del suo carattere», insiste lui, tenace, «se non fosse stata bella non avrebbe fatto la vita che faceva... solo che aveva qualcosa in quel sorriso dolce, qualcosa di disperato, che colpiva sgradevolmente chi le stava vicino, come se lei, in continuazione, chiedesse aiuto. Veniva voglia di proteggerla, di guidarla, ma se ti mettevi a dirle qualcosa, si rivoltava e poteva diventare molto malvagia, glielo dico io.»

«Lei ha provato a guidarla?»

«No, per carità, affari suoi la vita che faceva... ma sono cose che si intuivano al primo sguardo... la sua fragilità estrema, ecco, questa era la cosa sconcertante, lei la trasformava in una forza terribile di cui certo abusava...»

«Ha un'idea di chi possa averla uccisa?»

«Se ce l'avessi l'avrei riferito alla polizia... no, non ho nessuna idea... non mi risulta che avesse nemici... ma in realtà la conoscevo poco, la frequentavo poco.»

«Lei sa chi è Nando Pepi?»

«Sì, me ne ha parlato Ludovica: un poco di buono che vive facendo ricatti.»

«Pensa che possa essere stato lui a uccidere Angela, come dicono i giornali?»

«Non lo so, ma certo, potrebbe essere...»

A questo punto Ludovica riprende a piangere. Lui si alza di scatto, l'abbraccia, le accarezza i capelli, la stringe a sé, la riempie di piccoli baci sul collo. Capisco che devo andarmene.

«Se vi viene in mente qualcosa, chiamatemi a questo numero» dico. Mario Torres prende il cartoncino che gli porgo, mi sorride gioviale e mi accompagna alla porta.

Li lascio allacciati, come se volessero dimostrare anche coi corpi una solidarietà che io, d'altronde, non ho affatto messo in dubbio.

Trentotto

Racconto ad Adele Sòfia dell'incontro con Ferdinando Pepi. Le mostro il nastro che lei mi sequestra subito: «Ha visto, a volere rimanere sola cosa ha rischiato?».

«Se avesse voluto farmi del male, era l'occasione giusta, non c'era nessuno e voi lo cercavate altrove.»

«Probabilmente gli serve più da viva che da morta.»

«A cosa gli potrei servire?»

«A dare una buona immagine di sé. Lei non tiene i rapporti fra il pubblico e il crimine?»

«Veramente sto solo preparando un programma per la radio sui crimini contro le donne, rimasti insoluti.»

«Lei in questo momento rappresenta il cosiddetto quarto potere», lo dice ridendo e la macchinetta le scintilla fra le labbra carnose, «un giornalista, agli occhi di un criminale, ha un grosso potere: può renderlo famoso, può farlo apparire meno squallido di quello che è, può addirittura contribuire a trasformarlo in eroe, anche se negativo. I delinquenti occasionali lo temono, il quarto potere, perché hanno tutto da perdere a stare in prima pagina. Un recidivo no, al contrario, non spera altro.»

«Dove crede che sia andato?»

«Pepi? non lo so, ma lo prenderemo. Abbiamo interessato l'Interpol. Abbiamo le sue impronte, i suoi dati, stia certa che lo prenderemo, nonostante le protezioni giornalistiche e radiofoniche di cui dispone...» Sta ancora ridacchiando ma senza cattiveria.

«Che dice di quel nastro di favole?»

«Un tentativo di depistaggio da parte del Pepi.»

«L'ha ascoltato?» insisto.

«Angela Bari era una bambina e faceva sogni di bambina; sperava, con quelle favolette, di entrare, chissà, alla radio e magari pubblicare un libro. Non era molto originale: una dei cinquanta milioni di italiani che vogliono scrivere. Io stessa, quando ho tempo, scrivo...»

Lo butta lì come un paradosso. Ci ride sopra battendosi le mani sulle cosce. Non mi stupirei che scrivesse anche bene: la sua testa, da quanto ho avuto modo di conoscere, è un giardino ben curato, ripulito di tutte le erbacce infestanti, dove vengono coltivati piccoli fiori dalle radici solide e tenaci.

Dopo avere conversato con me, la vedo imboccare la porta del direttore. Non so cosa abbiano tanto da parlarsi quei due, ho l'impressione sgradevole che stiano complottando qualcosa senza dirmelo.

Torno al mio tavolo dove il solito ragnetto chiaro sta tessendo una piccola tela che si distende leggera fra le matite e l'attaccapanni appeso dietro la mia testa. Questa volta il ragno ha osato di più. Lo osservo andare alacremente su e giù, scivolando sulla tela proprio nel momento in cui sgomitola il filo dalla bocca, come un Tarzan sospeso alle liane di una foresta tropicale.

Tirinnanzi viene a portarmi un bicchieretto di caffè. Si siede sulla scrivania; con un gesto rapido straccia la tela mandando a zampe all'aria il povero ragno che ora rotola sul pavimento cercando l'equilibrio perduto.

«Credo che ti vogliano portare via il servizio» mi dice quasi per caso, facendo dondolare un piede.

«Come lo sai?»

«Li ho sentiti che parlavano, il direttore e quella della Questura. Hanno fatto i nomi di due giornalisti famosi.»

«E io?»

«Non dai abbastanza garanzie, Michela. Io, se fossi in te, farei le copie di tutte le voci. E poi, semmai, li ricatti: o lasciate a me il programma o vado a proporlo ad un'altra radio... le interviste le hai fatte tu e hai dei diritti...»

«Parlerò con Cusumano.»

«Guarda che io non so niente e non ti ho detto niente.»

«Stai tranquillo.»

«Se fai il mio nome hai chiuso.»

«Ma no, mica sono scema, troverò un modo, non mi va che mi portino via il lavoro di due mesi.»

«Uomo avvisato mezzo salvato.»

«Donna avvisata, semmai...»

«Ma non arrenderti, Michela, piantagli una grana, ricattali, fatti valere.»

«Non sono buona a fare ricatti, lo sai, mollo subito, mi sento in colpa, chiedo scusa e intanto quelli mi mangiano.»

«Sei una imbranata, Michela.»

Ancora una volta sento quella parola che mi accomuna ad Angela. Tirinnanzi intanto è sceso dal tavolo e si allontana, facendomi un saluto a dita aperte e con un'aria furbetta che gli arriccia il naso comicamente.

Se parlassi con l'avvocato Merli? Di lui mi fido. Non so perché, visto che lo conosco appena. Ma sono giorni che non lo vedo, chissà che gli è successo.

Chiedo a Lorenza, la segretaria tuttofare, se conosce il numero di casa di Merli. Lei mi strizza l'occhio e sparisce. Torna poco dopo col numero: «L'ho preso dall'agenda di Cusumano, non dirglielo».

Lorenza è grande e grossa, ma si muove come una libellula. Accudisce il direttore come fosse un figlio, ma nello stesso tempo lo giudica con qualche ironia. È sempre pronta ad aiutare chi le chiede un favore. Alla radio fa di tutto, dallo scrivere a macchina, a svuotare i portacenere, dal rispondere al telefono a preparare le bevande. A volte la trovo di mattina che scopa per terra anche se in teoria toccherebbe a una donna a ore che però, spesso, si dà malata. Chiamo l'avvocato Merli. Mi risponde una voce flebile, sfiatata.

«Avvocato, come sta?»

«Ah, è lei, Michela, grazie per avere telefonato.»

«Come sta?»

«Non tanto bene. Sono a letto con la febbre.»

«Che le succede?»

«Una bronchitella da cui non riesco a guarire.»

«Posso venire a trovarla?»

«Ma...» sento il panico dall'altra parte del filo, «sono a letto, sono solo ed è tutto in disordine» dice precipitosamente.

«Non importa. Vuole che le porti qualcosa, che passi in farmacia?»

«No, grazie. Veramente no.» Poi sembra che ci ripensi e con voce un po' chioccia aggiunge: «Se veramente vuole farmi un favore me lo compra un poco di latte?».

«Niente altro?»

«No, grazie, no... Be', se proprio non la disturbo troppo le chiederei di prendermi delle fiale in farmacia...»

«Mi dica il nome delle fiale, la raggiungo fra mezz'ora.»

Trentanove

Una casa del quartiere Prati. Un cortile grande quanto un fazzoletto con delle aiole spelacchiate, tre alte palme dall'aria stenta e impolverata.

«L'avvocato Merli?» chiedo al portiere che se ne sta seduto in panciolle con le maniche arrotolate sugli avambracci pelosi, una sigaretta spenta fra le labbra.

«Veramente sono giorni che non lo vedo.»

«È malato.»

«Quello è sempre malato. Un giorno creperà e non se ne accorgerà nessuno. Quinto piano, interno 25.»

Arrivo trafelata, avendo fatto le scale a piedi. Suono. Mi viene ad aprire lui, tutto imbacuccato dentro una vestaglia di seta dai colori stinti, i capelli bianchi schiacciati contro una guancia, l'aria sparuta e infelice.

Mi sorride con dolcezza. Mi fa entrare. Gli consegno le medicine, il latte e anche un pacco di biscotti. Da come lo apre e si mette a mangiarli, capisco che è digiuno da quando è a casa ammalato.

«Non ha nessuno che si occupi di lei, avvocato?»

«In questo momento, be', veramente no.»

«Torni pure a letto, è ancora molto pallido, io vado a prendere un bicchiere.»

«No, lasci, la prego!» farfuglia, ma vedo che si regge in piedi a stento, e insisto perché torni a stendersi.

Vado in cucina a prendere un bicchiere pulito: ci verso dentro il latte, metto i biscotti in una scodella e gli porto ogni cosa sopra un vassoio ovale.

«Perché non ha telefonato in radio, ci saremmo dati il cambio per venire un poco a curarla.»

«Non volevo scocciare.»

Se ne sta dentro il letto, con il lenzuolo tirato fin sotto il mento, il pigiama di cotone a righe abbottonato sui polsi e sotto la gola magra.

Senza la tintura sembra improvvisamente vecchio. Eppure non deve avere più di cinquant'anni. I tratti sono giovanili, in faccia non ha rughe vistose, le mani sono agili e robuste.

«Avvocato, avrei bisogno di parlarle.»

Solleva gli occhi grigi, miti e gentili. Le labbra gli si increspano in un sorriso contento. «Avevo paura che fosse venuta solo per pietà», dice.

«Ha mai sentito parlare di una certa Angela Bari, uccisa a coltellate poco meno di due mesi fa?»

«Sì, l'ho letto sui giornali, ma poi l'hanno trovato l'assassino?»

«No, è per questo che vengo da lei. Angela era mia vicina di casa. Tornando dal mio corso di aggiornamento a Marsiglia ho trovato la sua porta aperta, il pavimento inondato di disinfettante, le sue scarpe stranamente appaiate vicino all'ingresso. La portiera mi ha detto che era stata uccisa a coltellate. Mi sono chiesta cosa sapessi di lei e ho dovuto rispondermi: niente di niente. Per me era una estranea. Mentre lei mi conosceva, per via della radio, e aspirava a fare un lavoro come il mio.

«Contemporaneamente il nostro direttore, Ettore Cusumano, mi ha chiesto di preparare un programma in quaranta puntate sui crimini contro le donne che restano impuniti. Le ricerche sui delitti si sono mescolate alle ricerche sulla morte di Angela Bari.»

Vedo dai suoi occhi che mi segue con affettuosa attenzione, concentrando la mente sui particolari che mano mano gli racconto su Angela, su Carmelina, su Ludovica, su Nando, su Augusta, su Giulio Carlini, insomma tutti i personaggi di questa misteriosa vicenda che tanta parte ha avuto nei miei pensieri negli ultimi due mesi.

Intanto ha mandato giù tutti i biscotti. Gli vado a prendere dell'altro latte. Che lui ingolla d'un fiato porgendomi poi il bicchiere vuoto.

«Vado a comprarle qualcosa di più sostanzioso?» propongo.

«No, la prego, non interrompa il racconto; ormai ci sono dentro.»

Dice "ci sono dentro" con una tale sincera partecipazione che mi viene voglia di abbracciarlo. Com'è che non ci ho pensato prima a parlare con lui? è avvocato, anche se civilista, conosce la legge, è disponibile e mi dà fiducia.

Quando finisco di raccontargli tutta la storia, nella camera da letto si è fatto buio. Non ci siamo preoccupati di accendere la luce e vedo nel quadrato della finestra stagliarsi, frangiata e molle, una delle due palme derelitte che tirano su la testa cercando aria.

«Lei pensa che Pepi sia colpevole?»

«Da quanto mi dice lei, sembrerebbe di no. Ma ci sono tutti gli indizi per una incriminazione. Se è vero, come dice Carmelina, che Angela ogni tanto si prostituiva, se è vero che lui la "proteggeva", se è vero che Angela voleva liberarsi di questa servitù, se è vero che la suocera della portiera l'ha visto pochi giorni prima del delitto e se è vero che lui ha le chiavi di casa Bari, be', direi che è molto probabile che...»

«Nando Pepi dice che Angela non si prostituiva. Non si capisce chi dei due abbia mentito, ma un assassino avrebbe rischiato di essere scoperto per andare a prendere una cassetta di favole?»

«Le favole sono state pensate e raccontate prima del delitto e non c'è un particolare motivo per pensare che debbano avere un significato nella meccanica del delitto. Lei non l'aveva notata, ma Angela aveva notato lei perché era il suo opposto: laboriosa, disciplinata, autonoma, con un lavoro che le piace e che le dà da vivere senza dover usare il suo corpo, e non parlo di prostituzione, a molte donne nel mondo delle immagini viene chiesto di parlare col corpo e con questo viene messa a tacere la loro intelligenza e la loro credibilità razionale. Angela avrebbe voluto imitarla e per imitarla le ha mandato un saggio sulle sue capacità creative e vocali, è commovente, tenero.»

«Ma perché tutte queste favole raccontavano solo del rapporto fra un padre e una figlia, un rapporto distorto, infelice, crudele?»

«Angela Bari ha perduto il padre quando aveva otto anni, me l'ha detto lei... il rapporto è rimasto sospeso e lei cercava con l'immaginazione di riempire un vuoto. La crudeltà sta nella morte precoce e nel taglio violento di un rapporto di affetto ed emulazione.»

«Sono le stesse cose che dice Adele Sòfia.»

«È la logica, Michela.»

Lo asserisce con mansuetudine, portandosi una mano dalle dita aperte a pettine tra i capelli scomposti.

«Sa che i capelli bianchi le stanno bene? ora che ha ripreso un po' di colore, quel bianco le incornicia la faccia, le dà luce.»

«Me li sono sempre tinti, da quando avevo venticinque anni. È stata mia moglie ad insegnarmi come fare. Poi se n'è andata, portandosi via mio figlio e io ho continuato, così, per abitudine, forse per vanità. Come fai a presentarti a quelli che ti hanno visto sempre nero, con i capelli improvvisamente bianchi?»

«È un bel bianco, che fa piacere guardare. E sono tanti, non è peggio perderli i capelli che vederli cambiare colore?»

«Adesso che mi dice così prenderò il coraggio a due mani e verrò alla radio come sono.»

«Insomma, avvocato Merli, cosa mi consiglia di fare?»

«Vada avanti con le sue ricerche. Ma non si perda dietro il caso Bari. Lo consideri uno dei suoi casi insoluti e basta. Probabilmente è destinato a rimanere tale. Fra l'altro, se per un caso dovesse risolverlo, non fosse che per la tenacia e la passione che ci sta mettendo (e io credo che gli enigmi si risolvono per passione, non per mestiere), non potrebbe più utilizzarlo nel suo programma perché non sarà più un delitto impunito.»

Ha un modo pacato e ironico di tirare le fila del ragionamento che mi acquieta. Ai due lati della bocca ben disegnata gli sono rimasti due baffetti di latte che lo rendono ancora più vulnerabile e perso.

«Adesso vado a comprarle della frutta e del pane, non può stare a digiuno, avvocato.»

«Anche volendo non potrebbe comprare niente, Michela, sono le otto passate.»

Fa un gesto comico puntando un dito contro un orologio che non c'è. Batte l'indice, due, tre volte, sul polso nudo e mi sorride furbesco.

«Non vuole che chiami il medico?» insisto.

«No, sto già meglio. La febbre è quasi passata. Devo solo riprendere un poco le forze.»

«Allora passo domattina prima di andare alla radio e le porto da mangiare.»

Lo vedo contentissimo di questo mio progetto mattutino. Deve essere davvero solo se non ha un amico, un parente che gli porti un poco di latte quando sta male.

Quaranta

Non ho avuto il coraggio di portare il registratore dall'avvocato Merli e adesso mi dispiace, le sue parole ragionevoli, affettuose, mi aiuterebbero, oggi che sono perseguitata dai dubbi.

Deve essere stata la telefonata notturna di Marco che mi ha avvelenato i pensieri. Diceva che mi amava ma che non ci saremmo più potuti vedere. «Ma perché?» insistevo e lui, quasi piangendo, mi ha detto che ha "perso la testa". «Ti sei innamorato?» no, insisteva, no, non si era innamorato, aveva solo "perso la testa". E non per una donna, ma in sé e per sé.

Non so neanche se l'ho sognata questa telefonata. Ho visto improvvisamente una collana di teste lucide e ciondolanti. «Così facevano i galli» raccontava il mio professore di storia mentre, seduto sul davanzale della finestra, in blue jeans e camicia rosa, ci enumerava i particolari più raccapriccianti. «E sapete cosa facevano di queste teste? le infilavano con uno spago come fossero perle, le attaccavano al collo dei loro cavalli e così marciavano per le proprie terre. E perché non marcissero, le ungevano in continuazione con olio di cedro. Questo racconta Diodoro Siculo.»

E io, seduta all'ultimo banco, immaginavo di vedere fuori dalle finestre della scuola i cavalli sudati e unti dei galli che apparivano dentro le nebbie mattutine, col loro carico di teste umane.

Se dice di amarmi vuol dire che, sebbene abbia "perso la testa" gliene rimane un'altra, questo mi dicevo nel sonno con in mano quell'oggetto ambiguo e indecifrabile che è il telefono.

Il professore di storia si chiamava Monumento. Un nome strano che ci ripetevamo in continuazione: il professor Monumento ha detto, il professor Monumento ha fatto... Era un uomo che si faceva ascoltare. Ridendo diceva: io sono il vostro monumento. Gli piaceva raccontare i lati oscuri, trascurati della storia, sguazzava nei pettegolezzi dei greci, dei latini e più erano cruenti e più ci si divertiva. Certamente la storia, con lui, non era una materia noiosa.

«Ecate aveva tre teste, una delle teste aveva forma di cane. Ma Giano, quante teste aveva Giano, Canova?» «Due, mi pare.» «Brava, Giano aveva due teste, una per guardare avanti e una per guardare indietro. E chi è che racconta delle teste di Giano?»

Sono imbambolata. Mi aggiro per casa senza sapere che fare. Oggi è il mio giorno di riposo, ma che ore sono? le sei di mattina, ho sonno ma non riesco a dormire; ho fame ma non riesco a mangiare. Mi farò un tè, decido; ma solo l'idea di ripetere i soliti gesti per accendere il fornello mi dà la nausea. E se anch'io fossi provvista di due teste, una per baciare e una per riflettere?

Vado in bagno. Mi guardo allo specchio e vedo una insipida testa spettinata, chissà come ci si sente a "perdere la testa"? soprattutto se se ne possiede una sola.

In fondo potrei fare come le dame cinesi: tenermi la mia camera dal tappeto azzurro, aspettare che i piedi nudi del mio signore vi si posino sopra, seguendo la antica strategia delle distribuzioni degli affetti: una volta alla settimana o una volta al mese?

Mentre me ne sto così imbambolata a guardare nello specchio la mia testa ancora miracolosamente saldata al collo, sento suonare alla porta. E chi può essere a quest'ora? E se fosse di nuovo Nando Pepi? Nonostante tutto, quell'uomo mi fa paura. Mi avvicino alla porta in punta di piedi, metto l'occhio allo spioncino.

Con il capo coperto da uno strano turbante violetto scorgo Ludovica Bari che passeggia su e giù per il pianerottolo fumando una sigaretta. Apro e lei entra come fosse inseguita.

«Che succede?»

«Mi dispiace, è ancora tanto presto ma non so che fare, dove andare.»

Con mano nervosa si strappa il turbante e mi mostra una ferita sanguinante fra i capelli appiccicati.

«Chi è stato?»

«Lui.»

«Lui chi?»

«Lui Mario.»

«Sembrava così affettuoso.»

«Lo è di solito. Ma poi beve e perde la testa.»

«Anche lui?» non posso fare a meno di dire. Lei mi guarda sorpresa e continua:

«Quando si arrabbia mi riempie di lividi. Quelli che ha visto l'altro giorno sulle mie braccia... era stato lui... Stanotte è tornato alle due; gli ho chiesto dove era stato, mi ha risposto: "dormi, deficiente!". Ho capito subito che aveva bevuto, ho gridato che non ne posso più, che voglio andare a vivere da sola e lui si è gettato su di me urlando, mi ha fatto cadere per terra, mi ha dato un calcio, guardi qui». Si solleva la camicia e mi mostra una ecchimosi all'altezza dell'ultima costola. «Io continuavo a dire: me ne vado, questa volta me ne vado davvero e lui ha preso una bottiglia e me l'ha spaccata in testa... ora non sanguina più perché ci ho messo il ghiaccio ma guardi, guardi che ferita!»

«Non doveva venire da me, doveva andare al pronto soccorso.»

«E come? lui ha preso la chiave di casa e l'ha ingoiata. Poi si è buttato sul letto a dormire.»

«E come ha fatto a venire da me?»

«Ho aspettato che si addormentasse, e sono passata dalla finestra del bagno che dà sul pianerottolo della scala di servizio. Ma non ho neanche un soldo per il taxi e la casa più vicina è la sua.»

«Allora, andiamo a fare la denuncia.»

«Se lo sa mi uccide. Ho paura, Michela, ho paura di lui. Posso nascondermi per qualche giorno qui da lei?»

«Prima deve fare la denuncia, all'ospedale in cui si farà medicare.»

«Non posso uscire, e se mi ha seguita?»

«Se l'avesse seguita sarebbe già qui.»

«Ho paura, Michela, ho paura, che faccio?»

«Adesso telefono ad Adele Sòfia, ci penserà lei.»

«No, la prego, non chiami nessuno», mi scongiura tremando. La ferita intanto ha ricominciato a sanguinare.

«Aspetti che le prendo dell'altro ghiaccio e dell'acqua ossigenata, venga in cucina... lo vuole un caffè?»

«Se la polizia scopre che mi picchia penseranno che possa essere l'assassino di Angela. Fra l'altro il suo alibi gliel'ho procurato io, ho mentito per lui; non era con me quella sera, non so dove fosse.»

«Pensa che possa averla ammazzata lui, Angela, e perché?»

«No, credo di no, è vile, non rischierebbe l'ergastolo ma...»

«Mario ed Angela si conoscevano bene?»

«L'ho pensato che si vedessero di nascosto. Lui era molto affascinato da lei. Ma no, no, non è stato lui. È un uomo che tiene troppo alle sue comodità...»

Intanto ho tirato fuori dal congelatore dei cubetti di ghiaccio, li ho avvolti in un tovagliolo e ho premuto il fagotto contro la ferita dopo averla disinfettata con l'acqua ossigenata.

«Allora, un caffè?» Cerco di arginare la sua confusione ragionando semplicemente: «Mario non deve temere niente, non sarà incriminato anche se ha dato un falso alibi, quello che conta è l'esame del sangue, al massimo lo denunciano per maltrattamenti, e non sarebbe male visto come l'ha ridotta. Ma lei deve fare la denuncia».

«Nessuno mi crederà, nessuno... è un ingegnere così stimato» dice meccanicamente, «un ingegnere così stimato», ripete con un effetto decisamente comico.

«Sapesse com'è dolce in certi momenti! affettuoso, tenero, gli piace giocare con i miei capelli... mi fa sedere sulle sue ginocchia e mi dice: "Aspetta che ti faccio le trecce", e va avanti per mezz'ora a intrecciare, strizzare, tirare i capelli. Poi facciamo l'amore e mi ripete in continuazione che mi ama. Gli amici pensano che mi adora; con loro è allegro, disponibile, sempre pronto a ridere e scherzare, poi, quando entra in casa, diventa cupo. Da quando è morta Angela, ha ricominciato a bere. Anni fa si era disintossicato, aveva smesso del tutto, ora viene a letto con la bottiglia, la posa sul comodino e mentre io leggo lui beve. Da principio lo faceva solo per addormentarsi; diceva: non mi viene sonno, non mi viene, e beveva così, dalla bottiglia direttamente. Ad un certo punto cascava addormentato, con la bocca aperta e russava come un leone in gabbia. Se non lo svegliavo io, avrebbe continuato a dormire fino alla sera dopo.»

«E quando ha cominciato a riempirla di lividi?»

«Due mesi fa, proprio quando è morta Angela. È tornato a casa ubriaco fradicio dal funerale, non riusciva neanche a parlare, mi guardava con occhi rabbiosi. "Che hai?" gli ho chiesto e lui: "Vai a beccare altrove, gallina". "Ma che t'ho fatto?" non capivo, credevo che ce l'avesse con me per qualcosa e invece non ce l'aveva con me ma con se stesso, così mi ha detto. Le prime volte mi insultava soltanto, poi una sera che gli ho chiesto: "Se sono una gallina perché stai con me?" mi ha tirato uno schiaffo che mi ha fatto sanguinare il labbro. Il giorno dopo mi ha chiesto scusa, era spaventato. Mi ha curata, sapesse con che tenerezza, ogni cinque minuti diceva: stai meglio? mi hai perdonato? e come facevo a non perdonarlo? andiamo al mare? mi fa e abbiamo passato una giornata bellissima sull'acqua ridendo e scherzando. E sapesse come fa l'amore quando si sente in colpa e vuole farsi perdonare, con che attenzione, che dolcezza, che passione!...

«Una ventina di giorni fa mi ha preso a calci e pugni perché gli ho detto: macché. Non so neanche a che proposito, quel "macché" l'ha offeso a morte, continuava a ripeterlo. Anche quella volta si è scusato tanto. Mi ha detto che lui, quando beve, perde la testa, non è colpa sua, non si rende conto di quello che fa... "ma io ti amo, ti amo tanto" diceva e io gli ho creduto ancora, non potevo non credergli, è sempre stato buono con me.

«Per due settimane è stato calmo, non ha più toccato la bottiglia, lavorava sodo e la notte riusciva anche a dormire senza alcol. Una sera mi ha raccontato di sua madre che quando lui era piccolo faceva finta di essere morta e lui si spaventava tanto che cominciava a tremare. Una volta la madre gli ha detto: quando muoio dammi una piccola botta così mi sveglio, e lui lo ha fatto. Da allora le botte sono diventate sempre più forti e sua madre urlava ma lui non riusciva a smettere... Sarà per questo che mi picchia, perché ha paura che io muoia come sua madre?»

«Può darsi, ma la denuncia va fatta.»

«Ieri sera è tornato tardi, con lo sguardo torvo, ho capito subito che aveva bevuto, ma non immaginavo che mi avrebbe spaccato la bottiglia in testa. Ora ho deciso, me ne vado, non voglio più vederlo. Non so se lo denuncerò, ma non voglio più stare con lui, è finita...»

La convinco a coricarsi. Poi mi infilo le scarpe. Ormai sono le otto passate. Le dico che vado a parlare con Adele Sòfia, che non si preoccupi: le chiederò solo un consiglio e tornerò presto.

Lei mi guarda con gli occhi umidi di pianto, esausta. Fa un cenno di assenso. Si gira di spalle, raggomitolandosi sul letto e si addormenta subito pesantemente.

Quarantuno

«Tutte a lei càpitano», mi dice Adele Sòfia mentre due bollicine le si gonfiano ai lati delle labbra.

«Non sarebbe il caso di fargli l'esame del sangue?»

«Sì, dobbiamo farlo. D'altronde eravamo in procinto di fare proprio questo: un esame del sangue a tutti coloro che sono implicati in questa storia, ma stiamo aspettando il permesso del giudice istruttore Boni e poi ci sono gli avvocati che fanno storie, non è una cosa facile!»

«A vederlo sembra un tipo sensibile, affettuoso. Gli ho pure fatto una intervista. Non avevo capito niente.»

«L'abito non fa il monaco... perché non è venuta Ludovica a fare la denuncia? doveva portarla.»

«Non vuole fare la denuncia.»

«Come al solito: si fanno picchiare e poi li proteggono, li scagionano, li aiutano.»

«Lui di solito è affettuoso... ogni volta che la picchia le chiede perdono.»

«È un classico. Sa quante ne ho conosciute che fanno così... Lei doveva cacciarla invece di darle ospitalità, Michela, vuole infognarsi in questa storia più di quanto lo sia già? La mandi qui da noi, le trovo io un posto dalle suore qui vicino dove lui non potrà raggiungerla; sono molto gentili, non le chiederanno niente. Oppure la mandiamo da sua madre a Fiesole, ma non la tenga con sé.»

«Per ora sta dormendo nel mio letto.»

«Doveva mandarla subito via.»

«Era ferita e coperta di lividi.»

«Ancora di più. Doveva portarla al pronto soccorso. Per qualsiasi denuncia ci vuole il referto dell'ospedale. D'altronde la denuncia scatta automaticamente.»

«Gliel'ho detto. La ferita comunque è lì, non guarirà tanto presto. I lividi sono visibilissimi.»

«Ora lei torni a casa e la convinca. Poi arrivo io con la macchina e la portiamo al pronto soccorso.»

«Va bene.»

Così me ne torno a casa in fretta. Ma trovo la porta aperta e capisco subito che Ludovica se n'è andata. Infatti non c'è, né dentro il letto né in giro per casa. È andata via senza lasciare né un biglietto, né niente.

Torno fuori, mi incammino verso il Tevere. In via Titta Scarpetta incontro la gattara con i suoi gatti. «Pasta al sugo oggi?»

«Me la dà il ristorante in cambio di un'ora di lavaggio dei piatti la sera.»

La guardo interdetta: l'eroismo a volte diventa una caricatura del sublime.

«Vuole che il papa la faccia santa?»

Lei ride, mi saluta con la mano sporca di pomodoro mentre dei gattini minuscoli le si arrampicano sulle gambe stirando i colli spelacchiati.

La giornata è calda, l'asfalto in certi punti è molle e le scarpe vi lasciano sopra l'impronta, come fosse ceralacca, le automobili scintillano sotto il sole estivo. Cammino in fretta per raggiungere il lungotevere dove i platani si chinano misericordiosi a coprire i rari passanti.

Passo davanti ad una cabina del telefono. Mi fermo, torno indietro, entro, e chiamo Adele Sòfia.

«Li abbiamo tutti e due qui» mi dice raggiante.

«L'ho immaginato.»

«Siamo arrivati e stavano facendo l'amore. Ho detto che il magistrato aveva disposto un prelievo di sangue, finalizzato al Dna, con l'accordo degli avvocati e sono venuti docili docili al gabinetto di analisi, ora il medico si sta occupando di loro. Non l'ho tradita, stia tranquilla, d'altronde sembravano felici e contenti, li mandiamo a casa fra mezz'ora. Ho già provveduto a mettere sotto osservazione il Torres, lo sorveglieremo: più di tanto non posso fare... Eppure, mi sbaglierò, ma a me sembra una persona molto a modo, gentilissima e collaborativa... è sicura che Ludovica non si sia inventata tutto?»

«E si sarebbe ferita da sola?»

«Non sarebbe la prima volta, ci sono donne capaci di tutto.»

«Parla come se non fosse una donna, lei.»

«Le donne come categoria storica, dico. Tale è l'abitudine alla autodenigrazione che... ricordo una ragazza che si stringeva il collo con la cintura e quando aveva un bel segno nero incolpava la madre di averla voluta strangolare... Io poi sono diffidente di fronte ai melodrammi domestici... tra l'altro la sua Ludovica mi sembra molto agitata, molto su di giri.»

«Avrebbe delle buone ragioni, no?»

«Lui, quel Torres, mi sembra innamorato. Non la lasciava mai con gli occhi, era preoccupatissimo che la trattassimo bene. Noi dovevamo solo fare un prelievo, ma già che c'era il medico, le ho fatto suturare la ferita: cinque punti.»

«Le ha chiesto come se l'è fatta quella ferita?»

«La prima cosa, certo. Mi ha risposto che ha sbattuto contro lo spigolo dello sportello dell'armadio. Potrebbe anche essere vera questa versione, che ne dice? Ha l'aria di una persona che per attirare l'attenzione su di sé può inventarsi qualsiasi cosa... è un po' disturbata, non le pare? lui mi sembra invece tranquillo, razionale. Lei è una persona infantile, come del resto era Angela Bari, a detta di tutti... forse le due sorelle si assomigliano più di quanto sappiamo o più di quanto Ludovica voglia fare credere.»

Mentre mi allontano mi accorgo che nel trambusto ho completamente dimenticato l'avvocato Merli a cui avevo promesso che sarei andata a trovarlo stamattina. Faccio il suo numero. Mi risponde una voce flebile, opaca. «L'aspettavo» dice. Lo so. Gli spiego cosa è successo. Mi ascolta con attenzione benevola, non è un tipo da fare rimproveri, ma tossisce penosamente in modo da suscitare il mio senso di colpa.

«Cosa ne dice, avvocato? Adele Sòfia è convinta che Ludovica non dica la verità, pensa che sia disturbata.»

«Se si è precipitata da lei in piena notte con la testa rotta dicendo di volere lasciare per sempre il suo uomo per poi tornarci a fare l'amore più tardi, vuol dire che tanto equilibrata non è... però non credo che uno si faccia da solo una ferita da cinque punti per attirare l'attenzione... Un graffio, un livido ancora, ma una ferita così... E poi lui non è stato già arrestato per rissa... è conosciuto come un tipo manesco, no?»

«Adele Sòfia è stata bene impressionata dal Torres, che si presenta come una persona cordiale e razionale. Ma se la ferita di Ludovica è vera, come io credo, lui soffre di doppiezze strabilianti. Uno così non sarebbe capace di ammazzare?»

«Lei corre troppo, Michela. Bisogna vedere se ci sono i motivi. Non si uccide senza motivi.»

«Mettiamo che abbia avuto una relazione segreta con Angela mentre stava con Ludovica e che lei lo abbia forzato a scegliere fra sé e la sorella e lui, per non sapere decidere...» mi accorgo che sto raccontando la storia di Marco.

«Come movente è debole, Michela.»

«Comunque, Adele Sòfia gli ha fatto prelevare il sangue, presente l'avvocato che per fortuna era consenziente. Se è lui, lo sapremo presto.»

«Anche se non basterà... la prova ematica è considerata solo una discriminante in questi casi.»

«Più vado avanti e più la storia mi sembra complicata.»

«Non viene a trovarmi, Michela?»

«Sì, vengo, cosa vuole che le porti?»

«Niente, niente... Se però non la disturba troppo, le chiederei del latte fresco e magari un vasetto di yogurt e dei biscotti, anche due soli, quelli dell'altra volta erano così buoni...»

È solo ed ha bisogno di compagnia, mi dico, pronta ad accorrere. Nello stesso tempo sento che stiamo scivolando nella recita più comune: lui in quella del malato abbandonato e infelice e io in quella della crocerossina entusiasta, una parte che mi piace poco. Glielo dico: lui ride, imbarazzato.

E se non andassi affatto? si sta così bene appoggiati al muretto del lungotevere, sotto i platani fioriti, gli occhi sull'acqua torbida del fiume che oggi è di un inverosimile colore smeraldo impolverato. Potrei passeggiare ancora un poco, poi prendere il tram e andare a vedere la mostra di Tamara De Lempicka all'Accademia francese. Ma so già che andrò da lui, con il latte, i biscotti, lo yogurt, i giornali, dei fiori freschi e delle uova di giornata.

Quarantadue

Abbiamo giocato a scopa seduti sul letto, l'avvocato Merli ed io. Infagottato in un pigiama liso, i luminosi capelli bianchi che gli fanno corona sulla fronte liscia, protendeva le lunghe mani ad afferrare le carte, le portava al naso come per annusarle, le scartava, le mescolava, le distribuiva con una attenzione ingorda, tutta infantile.

«Mi sono sempre piaciute le carte», dice, «per quel tanto di godimento matematico che comunicano: i numeri che diventano azzardo, sfida, e le piccole sottrazioni del pensiero che si impunta, torna indietro, fa girare la ruota della sorte. E poi, quei doppi re, quelle doppie regine, occhiute e misteriose presenze che vivono solo dal petto in su. Cosa c'è di più seducente di una regina di picche? non per niente Puškin ne ha fatto il centro di un suo bellissimo racconto.

«Una mia compagna di scuola» continua a raccontare «la chiamavano la regina di cuori, non perché fosse libertina ma perché era larga e ben piantata e portava i capelli corti tagliati a caschetto. Dal petto in giù era un fagotto, ma quel petto che sembrava scolpito in un solo pezzo di legno, sempre coperto da camicette aderenti, coloratissime, faceva davvero pensare alla regina di cuori.»

Dopo avere giocato e vinto, l'avvocato Merli mi ha chiesto di parlargli di Angela Bari. Ho cercato di ricordare come mi era apparsa prima di sentire il parere dei vari testimoni della sua vita. Ma ho dovuto ammettere che la sua immagine si sta sfaldando nella memoria, nonostante io sia così caparbiamente aggrappata alle sue vicende. Non sono neanche più sicura di averla mai incontrata: non ricordo la sua faccia né la sua voce, eppure è lì nei miei pensieri, quasi un doppio di me stessa.

«Era veramente così bella da sconvolgere l'integrità chimica di un cervello maschile?» chiede l'avvocato Merli guardando ironicamente di sotto in su.

«Era bella, sì, ma ognuno le attribuiva qualità diverse: Giulio Carlini la trovava una bellezza fragile, che chiedeva protezione. Per Mario

Torres non era affatto bella, ma la bellezza faceva parte del suo carattere. La sorella Ludovica parla di una bellezza esposta, quasi desiderosa di rovinarsi.»

«Ma lei, quando la incontrava in ascensore, come la vedeva?»

«Molto luminosa e leggera, come se dovesse spiccare il volo da un momento all'altro. Non è che mancasse di solidità, sapeva poggiare bene i piedi per terra, aveva una camminata elastica e decisa, ma proprio come certi uccelli che, quando camminano o nuotano sembrano goffi, sempre in procinto di aprire le ali per togliersi dagli impacci terrestri, così lei sembrava stare a disagio nelle scarpe.»

«Non a caso si chiamava Angela... e che tipo di bambina era?»

«Da quanto dice Ludovica è stata una bambina delicata, goffa, "imbranata", questa è la parola che ha usato lei. Una che arrivava sempre in ritardo a scuola, che studiava senza imparare, una che i professori trattavano con insofferenza e i compagni con scherno.»

«Mentre lei, Ludovica...»

«Mentre lei prendeva buoni voti, veniva eletta capoclasse, promossa col massimo dei voti.»

«E Angela la odiava per questo?»

«No, affatto, a sentire Ludovica Angela era incapace di invidia, anzi, adorava la sorella più grande, anche se da ultimo la sfuggiva.»

«E la madre?»

«La madre era molto occupata a tenere a bada i tanti corteggiatori. Ludovica la ricorda con qualche rancore. Mentre rievoca con nostalgia il padre che è morto giovane, quando lei aveva dodici anni. La madre si è risposata, dopo solo sei mesi dalla morte di lui. E il secondo marito, Glauco Elia, sembra che abbia fatto di tutto per conquistare le due figliastre, ma senza molto successo. Appena ha potuto, Ludovica si è sposata con un uomo più anziano di lei che poi è morto in un incidente di macchina. In seguito ha trovato questo Mario Torres, un ingegnere dal bell'aspetto e dai modi gentili che, però, quando beve diventa manesco.

«Tutto questo è smentito dalla signora Augusta Elia, la quale sostiene che Ludovica non si è mai sposata, che Angela si è divisa dal marito perché la sorella si era messa ad amoreggiare con lui, e che non è stata Angela ad abortire ma Ludovica, con la conseguenza di un periodo di clinica psichiatrica, tutto rovesciato insomma e non si capisce chi dica la verità.»

«E il padre?»

«So poco del padre, sembra che fosse un uomo affettuoso ma severo. Era medico ma non ha saputo curare se stesso. Il patrigno, Glauco

Elia, è rimasto quindici anni con Augusta e le figlie, e poi si è risposato con una ragazza di trent'anni più giovane da cui ha avuto recentemente una bambina che ha chiamato Augusta.»

«Ci ha mai parlato con questo patrigno?»

«No.»

«Gli parli, potrebbe ricavare qualche notizia in più su Angela e Ludovica.»

«Sono contenta che sia d'accordo con me. Adele Sòfia dice che è inutile, che è fuori dalla vita delle due sorelle da anni, e poi ha un alibi molto solido: le carte dell'ospedale confermano la data della nascita della figlia, il 24 giugno, e la testimonianza di due infermiere che l'hanno visto assistere al parto.

«Mi chiedo perché Ludovica le ha parlato di Nando prima che lei scoprisse chi era. Secondo lei lo conosceva?»

«Non credo. Ne aveva sentito parlare da Angela ed era curiosa, tutto qui. Poi si sono conosciuti, grazie alla faccia tosta di Nando Pepi che andava in casa della gente con grande disinvoltura, chiedendo di Angela. L'ha fatto anche con la madre: è andato a Fiesole e l'ha conquistata parlandole di gabbiani. Chi lo incontra ne rimane incantato. Forse per quell'aria da studente fuori corso, quegli occhi attenti, una certa timidezza di fondo...»

«Ma perché Nando Pepi si interessava tanto ad Angela? Non potrebbe essere che voleva prenderla sotto la sua protezione per farne una prostituta di lusso?»

«E se ne fosse stato solo innamorato?»

«Le sembra un tipo che si innamora uno che è abituato a mandare le donne in strada a prostituirsi: ne tiene una qui e una lì, da ultimo per giunta una drogata...»

«A sentire Sabrina-Carmelina era un uomo strano, molto generoso, tutto quello che guadagnava lo spendeva per le sue protette e poco per sé, era gentile, per niente esoso, mai violento e portato, questo sì, ad innamorarsi.»

«Sarebbe proprio una eccezione fra i lenoni... un tipo così... mi sembra più il frutto delle fantasie di Sabrina che un ritratto dal vero.»

«Che sia un uomo strano però è vero, l'ho notato anch'io. Lì per lì fa paura, ma se lo guardi una seconda volta ti dà l'impressione di una persona timida e frustrata che fa molto teatro e se la ride.»

«Una persona timida e che fa teatro non sfrutta le donne.»

«E perché no?»

«Il fatto che avesse le chiavi di Angela non le dice niente?»

«Mi dice che Angela aveva fiducia in lui.»

«Poteva avergliele sottratte con la forza o il ricatto... Comunque è un grave indizio a suo carico. Secondo me, se non si era ancora piegata, Angela stava per farlo. Ma sarà vero che la madre le dava cinque milioni al mese?»

«Questo dice la signora Augusta. E pare che abbia mostrato la matrice di alcuni assegni ad Adele Sòfia. Ma Ludovica sostiene che erano regali sporadici, non certo dei mensili regolari e sicuri.»

«Angela lavorava?»

«Faceva l'attrice in piccole parti, ma senza continuità. Non credo che guadagnasse con la sua professione tanto da mantenersi.»

«Se aveva bisogno di soldi e lui le stava dietro, probabilmente pensava di acconsentire a lavorare per lui, sotto la sua protezione. Forse però poi ha cercato di sottrarsi e lui ha voluto darle una lezione esemplare. Spesso fanno così, i protettori; non possono permettere alle loro protette di sottrarsi ai loro doveri sessuali, pena la perdita degli incassi. Sarà entrato da lei, avranno magari fatto l'amore, poi avranno discusso, lei gli avrà detto che non ci stava, lui l'avrà minacciata, e di fronte a qualche insulto di lei avrà preso il coltello... mi sembra la versione più probabile.»

«È quello che pensano sia Adele Sòfia che il giudice istruttore Ettore Boni. Ma non è strano un assassino che entra di notte nella casa dove ha ucciso una donna che non riusciva a controllare, per prendere un nastro con delle favole da consegnare a me?»

«Perché il Pepi ci teneva tanto a quel nastro, secondo lei?»

«Non lo so. Forse solo perché sapeva che Angela ci teneva. E questo mi fa pensare che veramente l'amasse.»

«Una delicatezza d'animo un po' strana per un lenone, no?»

«Voleva entrare anche lei nel grande mondo delle voci.»

«Come sono queste favole?»

«Non brutte, molto crudeli, raccontate con una certa finezza.»

«Insisto che un protettore non ha di queste gentilezze. Secondo me, lui voleva farsi bello con lei, Michela.»

«E per quale ragione?»

«Per guadagnarla alla sua causa. D'altronde, ci è riuscito perfettamente.»

«Non crede, avvocato, che esistano contraddizioni anche nel più ignobile degli uomini?»

«Più che contraddizioni le chiamerei ipocrisie.»

«In questa storia nessuno dice la verità... è difficile capirci qualcosa...»

«Fossi in lei andrei a parlare con questo scultore Elia. Può darsi che le chiarisca qualche particolare, in fondo ci ha vissuto quindici anni con le due sorelle Bari e la loro madre...»

Quando sono andata via dalla casa dell'avvocato Merli era passata la mezzanotte. Ho attraversato l'angusto cortile dalle palme impolverate ed eternamente in cerca d'aria, ho guidato la mia Cinquecento color ciliegia per le strade di una Roma semideserta e ventosa con i finestrini spalancati.

A casa ho trovato una telefonata di Marco che ripeteva: «Dove sei? ti amo, Michela, ricordalo». Che pensare? sarà la prima o la seconda testa a parlare? ancora una volta non ha lasciato il numero di telefono, perciò non potrò chiamarlo; dovrò aspettare che lo faccia lui. Intanto riascolto il nastro con la voce lontana, ma per una volta chiarissima e ben tornita che ripete: «Dove sei? ti amo, Michela, ricordalo». «Ti amo, Michela, ricordalo.»

In tutta la sera ho bevuto solo un bicchiere di latte. Ora ho fame. Apro il frigorifero ma è vuoto: mi sono dimenticata di fare la spesa. Non mi rimane che andare a letto con lo stomaco vuoto mandando giù un bicchiere d'acqua in cui faccio cascare dieci gocce di valeriana.

Quarantatre

Ho in mano un foglietto con le indicazioni, ma mi sono persa: «Autostrada fino a Velletri. Alla stazione, a destra. Al primo semaforo, via Rondanini, fino a incrocio via Roma; al distributore Agip voltare a sinistra: stradina non asfaltata, fare cinque chilometri, voltare a destra e poi dritto».

«È un poco complicato, ma finirà per trovarmi, semmai chieda.» La voce fluida, carezzevole di Glauco Elia mi è rimasta negli orecchi. A questo punto dovrei chiedere, come suggerisce lui, ma a chi? la strada è deserta, percorsa solo da qualche macchina frettolosa.

Con una mano tengo il foglietto, con l'altra stringo il volante, ma sulla strada le indicazioni non coincidono. Ripenso alla voce che mi ha risposto al telefono: disponibile, ricercata, chiara e pulita, quasi radiofonica; una voce di persona colta, tollerante e ironica, con qualche piccola spina di dileggio.

Torno alla stazione e riprendo dall'inizio la strada: finalmente scopro il distributore la cui insegna è nascosta dai rami di un eucalipto gigante. Il cane a sei zampe sembra venirmi incontro dalla profondità di una foresta, e qualcuno l'ha usata per il tiro a segno: è crivellata di colpi. Mi fermo per chiedere informazioni, ma il gabbiotto è chiuso, la pensilina pencola da una parte, scalcinata, e le colonnine di benzina sono rotte e divelte. Torno indietro per controllare il nome della strada ma non trovo scritte di nessun genere.

Mi guardo intorno sperando di vedere qualcuno a cui chiedere, ma non passa un'anima. In mezzo alla strada scorgo una tartaruga ferita che arranca lasciando dietro di sé una scia di sangue. Mi fermo, scendo, la guardo da vicino; sembra essere stata colpita da un martello: le mancano dei pezzi di corazza e sanguina da un fianco. Un nugolo di mosche la segue da vicino, alcune stanno incollate alla ferita con tale ingordigia che neanche quando la prendo in mano accennano a volare via.

La sollevo. Vedo che muove le zampe e, dopo un poco, prova anche ad affacciare la testina rugosa. La pulisco con delle foglie, apro un vecchio giornale e la appoggio sul sedile posteriore dopo avere cacciato tutte le mosche.

Riprendo la ricerca della casa di Glauco Elia. Riparto dal distributore, leggendo bene le istruzioni: voltare a sinistra, ma dove? finora ho incontrato tre strade sterrate che partono dalla via principale, ma sembrano perdersi nei campi. Torno indietro, ne imbocco una che, con giri serpentini, mi riporta al punto di partenza.

Vicino al distributore, nascosta fra i rami, intravvedo una cabina del telefono. Mi avvicino dubbiosa: se il distributore è in disuso, chissà in che stato sarà la cabina! Scosto dei rami, entro: è miracolosamente funzionante. Faccio il numero di casa Elia. Mi risponde la voce amabile che già conosco: «Lo so che è difficile, mi dispiace, è un labirinto in effetti, ma con un poco di pazienza mi troverà».

Rimonto in macchina, riprendo la strada. «Quando vede la pubblicità di un ristorante che si chiama Avello, rallenti, a dieci metri troverà un grosso acero e subito dopo una straducola di terra fra due cespugli di ricino. La prenda e faccia un chilometro e mezzo, alla fine troverà un cancello bianco: io sono lì.»

Non ho il coraggio di chiedere com'è fatto un acero, non sono sicura di distinguerlo da un faggio o da un tiglio. Vado avanti lentamente scrutando gli alberi ad uno ad uno. E finalmente credo di avere capito: l'acero ha la foglia stellata, di un verde molto tenero. In rosso, la si trova nel centro della bandiera canadese.

Prendo un viottolo polveroso nascosto dai ricini; faccio un chilometro fra due pareti di rovi che protendono i loro rami spinosi a graffiarmi la macchina. È decisamente una bella giornata: dai finestrini aperti entrano folate di un'aria calda che sa di erba tagliata, di ginestre, di escrementi di vacca e di fiori di cavolo.

Con la coda dell'occhio colgo un pezzo di legno bianco semisepolto dai rovi. Mi fermo, torno indietro: è proprio un cancello. Lo spingo, tanto da fare passare la mia Cinquecento che, da color ciliegia matura, è diventata di uno strano grigio striato di rosa e mi inerpico su per la salita costeggiata da cipressi nani. Di lontano finalmente distinguo la casa: un solido edificio del secolo scorso con qualche ornamento che pretende di alleggerirlo: dei finti merli su una finta torre, delle finestre ad ogiva con due colonnine corinzie ai lati.

Arrivo sul piazzale della casa in una nuvola di polvere. Fermo la macchina sotto i rami di un altro acero. Scendo e mi avvio verso la casa che sembra disabitata. Ma non aveva detto che sarebbe stato al cancello? le persiane sono chiuse, la porta sprangata; che abbia sbagliato casa? intorno c'è un grande silenzio.

Mentre sto lì senza sapere che fare, scorgo un uomo che sguscia fuori da una porticina laterale che non avevo notato e mi viene incontro tendendo la mano. È alto, asciutto, con qualcosa di sofferente che lo fa ripiegare un poco su se stesso. La fronte stempiata, abbronzata, gli occhi azzurri chiari e brillanti, un sorriso ancora fresco e seducente. Indossa dei pantalonacci da campagna sformati ma non privi di eleganza, e delle scarpe da tennis bianche, bucate.

«Ha faticato molto a trovarmi, mi dispiace, venga, venga dentro a prendere qualcosa di fresco, un tè alla menta?»

Prendo dalla macchina il Nagra e gli vado dietro. Lui spinge la rete nera incorniciata da un telaio di legno che fa da porta e mi precede per un lungo corridoio buio. Dopo una svolta a gomito ci troviamo improvvisamente in una veranda spaziosa e grondante luce che dà sulla valle.

Il pavimento di mattonelle antiche, napoletane, è disseminato di vasi di limoni, sedie di vimini e cuscini indiani.

«È bellissimo questo posto» dico abbacinata da quella inaspettata vista aperta a ventaglio, in cui le colline digradano dolcemente verso la valle azzurrata. La casa è abbarbicata a delle rocce grigie che interrompono la collina come una terrazza naturale.

«Mi piace vedere intorno a me solo campi e pascoli. Niente case, niente strade. Ho dovuto girare parecchio per trovare un posto come questo, non è stato facile... voglio potere alzare gli occhi e vedere solo verde, non ho bisogno di boschi speciali, di laghi, di luoghi ameni, ma solo di campi e prati...»

«Le dispiace se registro la nostra conversazione? lei sa che sto facendo un programma per radio Italia Viva sui crimini contro le donne rimasti impuniti e questo, di Angela Bari, sembra proprio destinato a rimanere un delitto senza colpevoli.»

«Faccia pure, le macchine mi mettono un poco a disagio, ma farò del mio meglio.»

«Se mi chiederà di spegnerlo, lo farò.»

«Non sarà mica in diretta?»

«No, è un programma ancora tutto da fare. Per ora sto solo raccogliendo il materiale: le voci dei personaggi di questa storia.»

«E io sarei uno dei personaggi in questione? interessante.»

«Be', lei è stato sposato per quindici anni con la madre di Angela, so che era affezionato ad Angela...»

«Sì, immagino che, anche senza volerlo, siamo dentro le storie di coloro che abbiamo amato... sono cose lontanissime da me. Lei saprà che mi sono risposato, non ho più rivisto né Angela né sua sorella da anni e ho appena avuto una bambina.»

«Mi può dire come era Angela da piccola? ho delle informazioni contraddittorie.»

«Era una bambina difficile, molto difficile.»

«Perché?»

«Perché era inquieta, sempre scontenta, sempre all'erta, provocatoria e aggressiva.»

«Strano, tutti mi dicono che era una bambina mite e timida.»

«Timida forse sì, ma troppo intelligente e volitiva per essere mite. Vado a prendere il tè?»

Un rondone esce di corsa da sotto la tettoia e punta verso il cielo del pomeriggio riempiendo l'aria di stridi. Gli risponde una cornacchia dalla voce grave, sonora.

Mi ricordo della tartaruga ferita lasciata in macchina. Mentre l'uomo torna con due bicchieri di tè, gli chiedo se posso lavare la bestiola. Lui mi guarda un momento, stupito, poi mi accompagna alla macchina e quindi alla vasca di marmo vicino alle serre. Pulisco la povera tartaruga che ancora sanguina, cercando di liberarla dalla terra. «Se vuole una scatola di cartone, gliela prendo» dice. Lo ringrazio. Copro il fondo della scatola che mi porta con foglie di vite. Ci adagio sopra la tartaruga e la lascio all'ombra. Restiamo a guardarla in silenzio finché lei, rassicurata, tira fuori la testina rugosa e si guarda intorno con gli occhi tondi e lucidi. Lentamente, con mosse precise e metodiche, raduna tutte le foglie che le ho messo intorno e se ne fa un tetto sotto cui si nasconde per dormire.

Torniamo sulla bellissima terrazza, prendiamo posto su due comode poltroncine di vimini.

«Sua moglie non c'è?»

«È andata dalla madre per qualche giorno, in Brianza.»

«Con la bambina?»

«Sì, Augusta. È nata proprio il giorno che è morta Angela; una coincidenza quasi miracolosa; una donna se ne va, un'altra viene al mondo. Non mi stupirei che si assomigliassero.»

«Quando l'ha vista, Angela, l'ultima volta?»

«Oh, io non la vedevo da anni, non saprei quanti...»

«Eppure la portiera di via Santa Cecilia mi ha detto di averla vista nel mese di maggio», butto lì con disinvoltura sperando che non si secchi. Ma lui non si scompone.

«Devo avere un sosia perché altri mi hanno detto di avermi visto in quei giorni. Ma sa dove? a Napoli, pensi un po'. Eppure io ero qui, occupato in una impresa importante come quella di diventare padre.»

«Dove ha partorito sua moglie?»

«All'ospedale di Sant'Anselmo.»

«E lei ha seguito il parto, mi hanno detto.»

«Certo, io credo che un padre, oggi, debba nascere con sua figlia, condividendo i dolori della madre. Angela purtroppo non l'ho vista nascere, ma era come fosse mia figlia.»

«E perché non è andato al suo funerale?»

«Detesto i funerali, non sono andato nemmeno a quello di mia madre, non voglio essere coinvolto in riti funebri, mi disgustano i fiori, i ceri, la musica... preferisco tenere negli occhi l'immagine di una persona viva che passeggia, parla, ride...»

«Ludovica dice che Angela aveva paura di lei.»

«Ludovica non è una persona molto credibile, forse avrà avuto modo di notarlo... Da quando ha abortito soffre di depressione, è stata anche ricoverata in clinica, le hanno fatto degli elettrochoc, una decina mi pare... da allora non è più una persona normale.»

«Veramente, Ludovica mi ha detto che è stata Angela ad abortire, dopo l'abbandono del marito che doveva partire con lei per l'America e poi è partito da solo.»

«Davvero le ha detto questo? È sorprendente. Vuole sapere la verità? Il marito di Angela è andato via per la semplice ragione che Angela l'ha cacciato, dopo avere scoperto che faceva l'amore con la sorella... E non erano passati nemmeno due mesi dal matrimonio... È una cara ragazza, Ludovica, intendiamoci, anche intelligente e generosa, ma poco credibile; la realtà l'aggiusta a modo suo, non sa nemmeno cosa sia la verità.»

«Quindi Angela non è stata in clinica, non ha avuto elettrochoc, non ha sofferto di depressioni?»

«No, Angela è sempre stata benissimo. Era una persona solare, autonoma, qualche volta capricciosa, voleva la luna e il sole insieme; era veramente figlia di sua madre. Meno bella, questo sì, ma tenace, testarda, intelligente come Augusta, con la stessa incredibile capacità di adeguarsi alle situazioni difficili.»

«Le risulta che Angela qualche volta si prostituisse?»

«Non ne so niente. Come le ho detto, non la vedevo da anni. Qualche volta ho incontrato Augusta, passando per Firenze; è sempre stata molto signora con me, non mi ha mai rimproverato niente e io le voglio bene. Augusta mi ha sempre detto che Angela faceva l'attrice, senza grande successo ma abbastanza da guadagnare qualcosa oltre il denaro che lei le dava.»

«La signora Augusta mi ha detto che le dava cinque milioni al mese, ma Ludovica lo nega.»

«Angela si è mangiata tutta l'eredità del padre... senza pensarci un minuto. Augusta è molto generosa, l'ha sempre aiutata; non so quanto le desse al mese ma certo non la lasciava senza soldi.»

«Ha mai sentito parlare di Carmelina Di Giovanni, che si faceva chiamare Sabrina?»

«No, chi è?»

«Una che si prostituiva. E un giorno ha detto pubblicamente alla radio che anche Angela, ogni tanto, si prostituiva.»

«Non lo so. Mi pare improbabile, dato il carattere di Angela, però è anche vero che sua madre si diceva preoccupata per certe libertà eccessive, certi comportamenti disinvolti, secondo me più provocatori che altro, di Angela.»

«È vero che c'è stato un periodo, fra gli otto e i tredici anni di Angela, in cui eravate inseparabili? me l'ha detto la sua ex moglie.»

«È vero, ci volevamo molto bene, e andavamo insieme dappertutto: al mare, in montagna, sui fiumi. Era una ragazza che bruciava dalla voglia di vivere, piena di energia e di spirito di avventura. Mi confidava i suoi amori adolescenziali, sa, si innamorava in continuazione di ragazzotti dall'aria volgare. Io le facevo la predica, ma lei se ne infischiava, era provocatoria e indipendente, non dava retta a nessuno.»

«Quando Angela ha compiuto tredici anni è successo qualcosa fra di voi, mi ha detto la signora Augusta, e da allora non siete più andati in gita insieme.»

«Non è successo niente; semplicemente lei è cresciuta. Ha preferito la compagnia dei suoi coetanei. E il vecchio patrigno confidente ha dovuto mettersi da parte, normale, no?»

«Dopo la separazione da Augusta, non ha più rivisto Angela? ma le ha parlato per telefono?»

«No, niente, non la vedevo e non la sentivo. Lei non amava mia moglie, Emilia, ed Emilia non amava lei.»

«Sa che Angela scriveva delle favole?»

«No, che tipo di favole?»

«Favole che raccontano, ossessivamente, storie di padri che vogliono mangiarsi le figlie.»

«So che è stata molto scossa dalla morte del padre quando aveva otto anni. Ha lasciato un vuoto, quell'uomo, credo incolmabile, nelle due sorelle. Era, pare, un padre molto affettuoso anche se forse qualche volta dispotico... anche Augusta me lo diceva: che un uomo come quello era introvabile.»

La sua voce suona sincera e franca. Se mente è un simulatore talmente perfetto da scambiare lui stesso la menzogna per la verità.

«Sua moglie ha trent'anni meno di lei, vero?»

«Be', no, ventisette.»

«Quindi è come una figlia per lei.»

«Sì, una moglie bambina... ha mai letto *Rien va* di Landolfi, in cui si parla appunto della "moglie bambina"? quest'uomo solitario innamorato delle carte da gioco... sa che era andato ad abitare a San Remo per stare vicino al Casinò? Perdeva regolarmente, s'intende, come il suo idolo Dostoevskij. Lo traduceva, lo studiava, lo amava, tanto da volere essere lui... Non le è mai successo? a me sì: prenda Bach per esempio, la *Ciaccona*... io una volta suonavo un poco il violino; ecco, darei dieci anni della mia vita per sapere suonare la *Ciaccona* come l'ha scritta Bach, con quelle linee geometriche perfette, quelle ripetizioni sublimi, quel lindore diabolico, da fare perdere la testa.»

Anche lui vuole perdere la testa! Altri cavalli mi vengono incontro al galoppo, dal fondovalle, con il loro carico di teste umane unte di olio di cedro.

«Quindi lei ha una moglie bambina che a sua volta ha messo al mondo un'altra bambina.»

«Proprio così... io, si vede, sono destinato a vivere in mezzo alle donne. Ma ne sono contento; mi hanno insegnato tanto... mia moglie, per esempio, se lei la vedesse... è un esserino che non le daresti un soldo e invece ha una forza interiore insospettabile... è una bambina-mamma, molto più matura di me per certi versi... e quell'altra mia figlia, promette anche lei bene... sono molto contento del mio piccolo gineceo.»

Sorride compiaciuto, con sincera felicità. La sua voce ha preso un andamento musicale, me ne accorgo solo ora, come se cantasse, una melodia interna che solo i grandi seduttori sanno produrre a volontà.

Gli occhi grandi, cilestrini, spiccano sulla faccia abbronzata. E quando sorride, ci si stupisce della dentatura ancora così fresca e integra. Solo i capelli, stanchi e spezzati, tendono a diradarsi, una parte del cranio è completamente nuda. Non so quanti anni abbia, ma ne dimostra a stento cinquanta.

«Bene, se non ha altro da chiedermi, io tornerei al mio lavoro, le dispiace?» Lo dice senza acrimonia, con paterna gentilezza. Intanto si alza e batte leggermente con la scarpa da tennis sul pavimento di mattonelle, come seguendo un ritmo mentale.

Chiudo il Nagra, trangugio l'ultimo sorso di tè freddo, saluto e mi avvio verso la Cinquecento impolverata.

Quarantaquattro

Mi affaccio al finestrino della macchina per chiedergli dove posso trovare della benzina. Mi viene in mente che non gli ho fatto neanche una domanda sulla sua scultura.

«Sta preparando una mostra?»

Il suo sorriso si allarga, le mani, che erano pronte al saluto, si fermano sui bordi del vetro.

«Mi fa vedere qualcosa di suo?» chiedo titubante.

«Se ci tiene», dice, ma non sembra scontento. «Non sono uno scultore di professione sa... io sono architetto; scolpisco così per il piacere di farlo... qualcuno ha la bontà di prendere sul serio i miei pezzi, ma io no. Disegnare case, quello è il mio mestiere, ed è una cosa che so fare bene, ma mi annoia mortalmente.»

Intanto mi precede verso lo studio che sta in fondo al giardino, fra un roseto e un campo di cavoli. Da una parte c'è anche un recinto per le galline.

«Così, abbiamo sempre le uova fresche» dice quasi scusandosi; «non ucciderei una di quelle galline per tutto l'oro del mondo... hanno un nome, vede, quella è Banana, quell'altra si chiama Umbria, i nomi li mette mia moglie... fanno delle ottime uova.»

«Mi piacerebbe conoscere sua moglie.»

«È timida. Non ama gli estranei, ma se vuole proverò a convincerla, quando torna a casa.» È vago, evasivo. Capisco che non vuole che io le parli.

Intanto siamo arrivati allo studio: un'ampia sala dalle finestre alte, nude. Sparsi sul pavimento grezzo, di cemento, ci sono blocchi di marmo di vario colore, forme di gesso coperte da teli umidi.

Al centro della sala una statua a grandezza naturale se ne sta ritta, misteriosa, tutta coperta da stracci bagnati. Elia si avvicina, prende a spogliarla con delicatezza. Mano a mano che la scopre vedo apparire una ragazzina nuda in una posa languida, sensuale. Ha i fianchi stretti, la testa coronata da un caschetto gonfio, le spalle scivolate, morbide, il seno appena in boccio. Sembra uscita, dolce e arresa, da un sogno proibito.

«È il ritratto di mia moglie Emilia» dice precipitoso.

«Assomiglia ad Angela.»

Mi guarda sorpreso. Ed ha l'aria sincera, quasi ferita: come posso pensare una cosa simile?

«Lei l'ha conosciuta?» mi chiede.

«Be', abitava proprio di fronte a me, sullo stesso pianerottolo.»

«Ah, e come mai non ci siamo mai incontrati?» dice distrattamente. Ma si riprende subito con disinvoltura. «Che stupido, stavo pensando all'altra casa, dove andavo qualche volta una decina di anni fa. Certo, so che l'ultima sua abitazione era in via Santa Cecilia, l'ho saputo dai giornali, ma l'avevo dimenticato... Quindi lei abita nello stesso palazzo, e com'era la casa di Angela, bella?»

«Semplice, luminosa. Angela non sembrava amare i mobili, era una casa spoglia, niente quadri, né oggetti, né fiori, né tende.»

«Le piace questa scultura?» riprende lui, lasciando cadere l'argomento della casa.

«Si sente la tenerezza» dico, «ma non ha detto che sua moglie è piccola?»

«Be', i ritratti non sono mai del tutto veritieri, altrimenti è meglio la fotografia, no? La scultura deve cogliere l'essenza di una persona, più che riprodurre fedelmente le precise proporzioni di un corpo...»

«Questa statua, nella sua essenza, mi fa pensare ad Angela», insisto, maleducata.

«In realtà mi sono ispirato a Degas... passato attraverso il setaccio di Emilio Greco... sono un orecchiante, come le ho detto, mi piace riferirmi ai maestri... D'altronde non scolpisco per vendere, ma per il mio piacere; infatti, le dirò la verità, non sono affatto sicuro che accetterò questo invito a fare una mostra a Milano, se si entra nel mondo del mercato, si è fottuti...»

Ride buttando la testa all'indietro. Penso che la statua ha qualcosa di lascivo e di manierato, ma non glielo dico.

«Venga con me, le voglio dare una foglia di insalata per la sua tartaruga ferita.»

Mi precede fra i cavoli, scavalcando a grandi passi i solchi dell'orto. Oltre una fila di pomodori sostenuti da intrecci di canne, ecco i ciuffi di lattughella su cui l'uomo si china con fare amorevole.

«Anche di questo si occupa mia moglie» dice puntandomi addosso gli occhi azzurri, intensi, «è una massaia molto accorta e savia... a fine estate si dedica alle marmellate, alle conserve di pomodoro... peccato che non sia qui... avrebbe amato la sua tartaruga... mia moglie ama molto gli animali... particolarmente quando sono malati o feriti...»

Mentre cammina davanti a me noto che zoppica un poco. Lui si accorge del mio sguardo e prende a spiegare, pazientemente: «Ho avuto una discopatia che mi ha tenuto a letto per qualche giorno, ma ora sto meglio. È che ho l'abitudine di trasportare grossi pezzi di gesso... dovrei trovarmi un assistente, ma non voglio prendere con me stesso le arie di un professionista».

Ride agitando le larghe mani macchiate e tagliate. Devono avere una grande forza quelle mani, mi dico. Prendo la sua insalatina e rimonto in macchina. La tartaruga dorme sotto il mucchietto di foglie. Metto in moto e mi avvio verso il cancello.

Voltandomi prima di uscire scorgo la sua alta figura che mi osserva da dietro un vetro del secondo piano. Non ha più il sorriso ospitale sulle labbra, ma una rigida, enigmatica fissità che gli raggela i tratti.

Quarantacinque

Ripenso alla giornata di ieri, alle fatiche del labirinto, all'incontro con Glauco Elia, al rientro a casa con la tartaruga ferita, alla visita dal veterinario che le ha estratto dal fianco, col bisturi, una decina di vermetti pallidi e gonfi. «Guarirà, la tenga al fresco, le dia della lattuga, le disinfetti la ferita tutti i giorni, la tenga lontana dalle mosche, sono loro che portano i vermi.»

Apro il Nagra e ascolto le parole di Elia. A sentirla su nastro, la voce suona artefatta, come un ferro battuto e ribattuto a caldo, fino a tirarne fuori la forma voluta. Dal vivo sembrava più arresa e sincera; evidentemente il suo corpo mi mandava dei segnali diversi da quelli della sua voce. Lasciata sola, torna quella che avrei potuto ascoltare se avessi chiuso gli occhi: una voce circospetta e studiata, con una intenzione disperata di seduzione.

Tornando a casa ho trovato sulla segreteria una chiamata dell'avvocato Merli e una di Adele Sòfia, esultante: «Abbiamo preso il Pepi».

La chiamo e ho la fortuna di trovarla subito, anzi è lei stessa che mi risponde al telefono: «Ha sentito la buona notizia, Canova?».

«Dove l'avete trovato?»

«All'aeroporto, stava partendo per Amsterdam, con un passaporto falso. È stato l'anello a tradirlo, si ricorda che io posseggo un anello simile, lasciatomi da un amico morto, con un occhio di tigre? Bene, ho distribuito copie della foto del mio anello ai vari posti di polizia, e per mezzo di quello l'hanno trovato. Si era travestito, indovini da che?»

«Che ne so!»

«Da mullah, con una tunica bianca e la kefià in testa... Aveva un passaporto del Kuwait... in effetti qualcosa dell'arabo ce l'ha... ma l'anello era sempre lo stesso, si era dimenticato di toglierlo...»

«Glielo avete fatto l'esame del sangue?»

«Il sangue è stato prelevato, ma i risultati non ci sono ancora. Li aspettiamo per dopodomani. Per ora sta in cella.

«E gli altri? avete fatto l'esame a Mario Torres?»

«Sì, non corrisponde; un altro gruppo sanguigno, ma io l'avevo detto subito che non era il tipo. E poi abbiamo scoperto che Ludovica mente, quasi patologicamente, anche quando sa che possiamo verificare le sue parole; ha mentito sulla sorella, sul fidanzato, anche sulla madre. Abbiamo scoperto che è stata in una clinica per malattie mentali, e ha subito una decina di elettrochoc... io l'avevo detto che non era credibile come teste... Be', mi dispiace per lei, Michela, dovrà ricominciare da capo...»

Immagino la macchinetta che scintilla trionfante fra le labbra grosse. Eppure, per quanto sarcastica, la sua voce non riesce a risultare crudele, solo leggermente derisoria. Sotto, ci trovo la solita materna bonomia.

Le racconto della mia visita a Glauco Elia nella sua campagna vicino Velletri. E lei mi ascolta con cortesia, ma senza molto interesse.

«Ha fatto bene, il suo è un lavoro giornalistico, noi abbiamo le mani in altre paste. Le farò sapere del Dna di Pepi al più presto, vedrà che avevamo ragione.»

Telefono all'avvocato Merli. Mi risponde una voce di donna, allegra e sonante come una campanella. «Sì, l'avvocato è in casa, ora glielo passo.»

Dunque ha trovato qualcuno che lo cura. Non è più solo e abbandonato, e io non dovrò più fare la buona samaritana con lui; bene, meglio così, ma un poco mi dispiace. Che la mia vocazione all'accudimento sia più profonda di quanto pensi? sarà la voglia di farmi madre a tutti i costi, verso chi potrebbe essermi padre?

«Come sta, avvocato?»

«Molto meglio, grazie... mi hanno mandato della compagnia, ha sentito? si tratta di mia nipote Marta, la figlia di mia sorella. Mi accudisce con molto zelo, è bravissima, solo che alle sei stacca e se ne va a ballare. Posso sperare di vederla questa sera?»

«Sì, le devo parlare della visita a Glauco Elia.»

«Ah, com'è andata?»

«Volevo farle sentire la sua voce registrata.»

«Allora venga, l'aspetto.»

«Vuole che le porti qualcosa?»

«No, non si disturbi... Be', se proprio le capita di passare davanti ad una latteria, mi compri un litro di latte, lei sa quanto ne bevo e mia nipote più di una volta non scende a fare la spesa.»

«Anche qualche biscotto e due vasetti di yogurt?»

«Perché no, perché no...»

Gli oggetti sono stranamente silenziosi oggi a casa mia, che stia cambiando il tempo? che sia questa mancanza assoluta di vento, questa quiete afosa e tetra?

Penso a Marco che, a quest'ora, in Angola, starà andando a cena fuori. Porterà con sé la testa o la lascerà in albergo?

Dunque Mario Torres non è l'assassino, dunque Ludovica mente "in maniera patologica", come dice Adele Sòfia; dunque Nando Pepi è stato preso. Se il suo sangue combacerà con quello della macchia, il caso Angela Bari sarà risolto. Si aprirà il processo, e saranno chiamate a testimoniare tutte quelle voci che ho registrato nel mio Nagra. Sono stati scritti tanti articoli sulla misteriosa morte di Angela Bari e ancora si continuano a scrivere, ma appena si saprà chi è stato, nessuno se ne occuperà più, l'enigma sarà risolto e la sfinge resterà muta e inerte fino al prossimo "efferato delitto per mano di ignoti".

Quarantasei

La tartaruga sta guarendo, lo capisco dal suo grattare energico contro le pareti della scatola di cartone in cui la tengo, immersa nelle foglie che ogni mattina colgo fresche per lei nei vasi della terrazza.

Uscendo per andare alla radio ho incontrato frotte di gatti affamati. Ho cercato con gli occhi la gattara ma non l'ho vista né in via Titta Scarpetta, né in via Anicia, né in via dei Salumi, che stia male? ma dove abiterà? non gliel'ho mai chiesto.

Alla radio trovo Tirinnanzi che mangia un grosso gelato con la panna, seduto sopra il mio tavolo. «Ti aspettavo» dice, «la sai la novità? l'esame del sangue di Pepi ha dato esito negativo. Non è lui l'assassino.»

«Come lo sai?»

«Ha telefonato la Sòfia poco fa. Siccome non c'eri, ha voluto il direttore. E poi lui l'ha detto a me. Era incazzata nera la tua signora commissaria.»

Faccio il numero di Adele Sòfia alla Questura. Mi dicono che non c'è, ma sento la sua voce che sbraita vicino al telefono. «Me la passi, per favore» insisto. «Ma chi è che mi vuole? non ci sono per nessuno!» grida. E poi, avendo il brigadiere ripetuto il mio nome, si decide a rispondere.

«Ha sentito il risultato?»

«Me l'ha detto Tirinnanzi.»

«Vatti a fidare di Cusumano! gli avevo detto di non riferirlo a nessuno, ma lasciamo perdere. Rifaremo l'esame, in un altro laboratorio, non mi fido io... nessuno mi toglie dalla testa che... mi scusi, devo lasciarla» e butta giù la cornetta.

«Vuoi un po' di gelato?»

«No.»

«Non lo troveranno mai l'assassino, ormai è tardi, quello si è mimetizzato... non la sai la teoria di Welmer? gli assassini prendono il colore delle cose su cui si posano. Quando uccidono, per qualche minuto, cambiano colore, ma una volta compiuto il delitto, rientrano con tutto il corpo nel paesaggio comune e non li vedi più, si mimetizzano perfettamente.»

«Cosa sono, camaleonti?»

La porta si spalanca brutalmente ed appare il direttore che lancia uno sguardo torvo a Tirinnanzi.

«A quest'ora, col gelato, neanche fossimo al mare... non c'è niente da fare alla radio stamattina?»

«Volevo parlarle» dico timidamente.

«Sì, Canova, volevo parlarle anch'io.» E appoggiando tutte e due le mani sul tavolo, come per impedire loro di volare, butta fuori tutto d'un fiato: «Ho affidato il suo programma sui delitti contro le donne ad un giornalista di grido. Non se la prenda, mi creda, sono addolorato ma... qui bisogna cesellare, sapere scrutare gli eventi, dare delle interpretazioni sociologiche e perfino filosofiche; altrimenti andiamo incontro a seri guai. Ci vuole una firma di prestigio, ci vuole chi ci sostenga, anche pubblicamente... Lei gli consegnerà tutto il materiale di cui dispone e poi tireremo fuori un servizio esemplare, esplosivo. Naturalmente lo aiuterà, gli farà da consigliera, da assistente. Le sono grato per il lavoro che ha fatto, non creda che non lo apprezzi, ma capisce, qui le cose ci sono cresciute tra le mani e abbiamo bisogno di un lavoro più ponderato, più, più... come dire, cosmico... ci vuole la mano di un grande giornalista, affiancato da un regista di successo. Se lei vuole potrà continuare ad occuparsi di delitti insoluti... anzi, sa che le dico, siccome ho visto che i casi irrisolti riguardano soprattutto le donne, lei farà un bel programmino sulle speranze e gli amori segreti delle donne, le va bene?»

«Non mi va bene» dico e mi stupisco del mio ardimento.

«Cos'è che non va, Canova? verrà pagata per questo, mica voglio dire che lo farà gratis.»

«Le lascio il Nagra, le lascio il piccolo Sony, le lascio anche i nastri ma non intendo fare un programma come dice lei.»

«Lei, Canova, non ha il senso delle proporzioni... non ha umiltà, se permette. Capisco la sua reazione, dopo tanto lavoro, capisco ma, se permette, sono io che decido, qui, e a questo punto se le dico che per la radio è necessaria una collaborazione più autorevole non è per farle un dispetto ma per difendere l'interesse degli ascoltatori che hanno il diritto di essere trattati bene, col massimo della professionalità...»

C'è poco da discutere: o prendere o lasciare. Lascio anche se col magone. Spengo il computer, metto nella borsa il bicchiere di legno con il ragno appeso alla tela e me ne vado. Mentre esco, vedo Tirinnanzi che scaraventa per terra il suo gelato con un gesto di rabbia.

Quarantasette

Senza lavoro, senza computer, senza il Nagra mi sento più leggera ma anche sbatacchiata e vuota. Mi sembra di avere sentito un grido soffocato mentre uscivo definitivamente dal mio ufficio: era il Nagra o la scrivania?

Vado da Adele Sòfia che mi accoglie sgarbata, rabbiosa. Le voglio fare ascoltare la conversazione con Glauco Elia. È il solo nastro che ho conservato per me; degli altri ho tenuto qualche pezzo di scarto e molti appunti.

È l'una. Il vento afoso entra da una delle finestre aperte e mi scompiglia i capelli. Lei è occupata a parlare con un ispettore e sembra seccata che io sia lì; ma quando faccio per andarmene, mi richiama indietro.

«Aspetti, Canova, mi faccia ascoltare quel nastro. Forse aveva ragione lei, dopotutto, ci siamo incaponiti su una pista e... dove ha detto che sta questo signore? il fatto è che abbiamo la testimonianza di due infermiere sulla sua presenza in sala parto la sera del 24 giugno... be', chiederemo di fare un esame del sangue pure a lui.»

Usciamo insieme. Ci imbuchiamo in una minuscola bottiglieria vicino alla Questura dove ci mangiamo dei quadratini di pane col burro e le alici.

«Del vino bianco?»

«Perché no?»

«Un frizzantino dell'89? va bene? anno magnifico per le uve del Trentino.»

«Cosa festeggiamo, il mio licenziamento?»

«È stata licenziata?»

«Veramente me ne sono andata io, ma dopo che lui mi ha cacciata dal mio programma.»

«Mi dispiace, è ingiusto strapparle di mano il programma a questo stadio... Però bisogna anche capire il suo punto di vista... la radio non va bene, diminuiscono gli ascoltatori, e lui teme di perdere il posto...

Non è contro di lei, Michela, deve vederla come una acrobazia di Cusumano per tenersi a galla... comunque, di qualsiasi cosa abbia bisogno, io sono qua.»

«Non avrò più bisogno di lei, visto che non faccio più il programma sui crimini contro le donne e neanche quello sulla morte di Angela Bari.»

«La terrò informata, se le interessa.»

«Grazie.»

Non ho voglia di andare a casa. E gironzolo per il mio quartiere pensando ai miei guai: quanto potrò sopravvivere senza lo stipendio? Mentre imbocco vicolo dei Tabacchi mi accorgo di essere seguita da due gatti rossicci col pelo sporco e ispido. «Non so proprio dove sia la vostra gattara» dico allargando le braccia, ma loro non smettono di seguirmi.

Mi fermo davanti ad un negozio di scarpe, osservo incantata i sandali di vario colore, hanno l'aria così fresca. Quanto tempo è che non mi compro un paio di scarpe nuove? la mattina infilo distrattamente le vecchie scarpe impolverate senza pensare che sono sformate, col tacco consumato.

Entro. Mi accomodo davanti ad uno specchio e lascio che la commessa mi infili sul piede destro delle scarpe di vario genere: col tacco, senza tacco, coi lacci, senza lacci, aperte, chiuse. Sento che comincia a sbuffare: «Deve andare in giro a piedi? perché non prende queste?» mi dice mostrandomi un paio di scarpe da tennis azzurre, leggere e delicate. Le guardo un momento con commozione, poi scelgo un paio di sandali alla francescana, freschi e comodi per camminare.

Appena esco mi accorgo che i gatti sono ancora là e sono cresciuti di numero, ora sono tre. Il terzo mi sembra di riconoscerlo: è una bestiola nera come la pece, con un occhio velato.

Mi affretto verso la macelleria. Compro un chilo di macinato e mi incammino lungo via Anicia dove ho visto la gattara distribuire il cibo l'ultima volta.

Di lontano vedo un gruppetto di gatti che allungano il collo. Mi avvicino e senza che faccia un verso, senza che li chiami, li vedo accorrere da tutte le parti, inalberando delle code ritte, unte e sporche.

Faccio per aprire il pacco ma due gatti più grossi degli altri mi saltano sulle braccia e si impossessano della carne, litigando fra di loro: il fagotto si apre e la carne si sparge sul marciapiede. I più piccoli gongolano, si gettano a capofitto sul malloppo strappando coi denti gli ultimi brandelli di carta e di plastica.

«Ma guarda che imbranata! mica si fa così, ma chi è sta cretina?»

sento una voce graffiante alle spalle. Mi giro, e mi trovo davanti una donna piccola e bassa, quasi una nana, con un fazzoletto rosso legato in testa.

«Veramente io... lei sa dove abita la gattara, quella che sta sempre da queste parti?»

«Maria la scema? È morta, non lo sapeva?»

«Quando?»

«Una settimana fa. Maria Cini era il suo nome vero, ma tutti la conoscevano come Maria la scema, perché era proprio scema. Un volta si è fatta beccare al supermercato. È stata dentro due giorni e poi l'hanno buttata fuori e sa perché? puzzava troppo di gatto.»

Ride aprendo una bocca larga abitata da quattro denti lunghi e solitari. «Lo sa cosa aveva rubato? due scatolette di spezzatino per un suo gatto malato e una saponetta alla fragola per sé.»

«E lei ha preso il posto di Maria?»

«Sono io che decido per tutto il quartiere. Maria è morta e bisognerà trovare una sostituta. Tu mi sembri un poco imbranata, più scema di lei, guarda il sangue che ti cola... ti hanno graffiata, eh? ti sta bene; mica ci si improvvisa gattare, c'è una tecnica come in tutte le cose, bisogna saperlo fare... mi sembri proprio negata, come quell'altra, la castana col caschetto e le scarpe da ginnastica celesti... be', anche quella non ci sapeva fare, infatti non è più venuta, meglio così... siete una frana, meglio che state a casa, ai mici ci penso io, hai capito, sono miei, miei e basta, ma va a fall'ovo, guarda questa scema, non sa neanche tenere in mano un pacchetto di carne... ma come ti chiami?»

«Michela.»

«Siete tutte matte, proprio matte. Di gatti non ne capite un accidente, ma statevene a casa, a grattarvi la pancia, qui non tira aria per gente come voi...»

Quarantotto

Continuo a svegliarmi alle sette anche se non devo più andare alla radio. Stanotte, per la prima volta ho avuto freddo; l'estate sta finendo e non ho fatto neanche un giorno di vacanza. Oggi ho deciso di portare la tartaruga in campagna: è guarita e voglio lasciarla libera.

Salendo in macchina scorgo di lontano la nuova gattara, piccola e zoppicante, col fazzoletto rosso in testa che si sta avviando verso l'angolo di via Anicia con vicolo dei Tabacchi.

«Buongiorno!» le grido dal finestrino, ma lei volta appena la testa. Tanto Maria la scema era gentile e ben disposta, quanto questa è rivoltata e graffiante, più gatto randagio lei delle bestie che nutre.

«Vaffanculo, cretina, non lo vedi che mi disturbi gli animali!» la sua voce mi insegue, cattiva, fino in fondo alla strada, una voce acuta e martellante.

Prendo il lungotevere Portuense, attraverso il Testaccio e mi dirigo sulla via Ostiense, verso il mare cercando un posto alberato dove lasciare la tartaruga. Ma non è una cosa facile. Il primo querceto che incontro sulla strada è invaso da seghe elettriche e uomini in stivaloni di gomma. «Stiamo sfoltendo» mi dice uno di loro quando domando cosa fanno, ma a me pare che stiano distruggendo più che sfoltendo: le seghe affondano nella polpa tenera delle querce schizzando segatura, con un rumore assordante.

Più avanti, verso Castelporziano, trovo un altro boschetto ai bordi della strada, ma quando faccio per lasciare la tartaruga mi accorgo che nel fondo, qualcosa sta bruciando fra nuvole di fumo bianco. Saranno solo delle stoppie o si tratterà di un incendio vero e proprio? Tutta l'Italia brucia; si sono viste sui giornali fotografie strazianti di alberi contorti, scheletriti, terreni sconvolti, animali terrorizzati che scappano. Sono "gli stupidi che gettano le cicche dai finestrini delle macchine" dice qualcuno, "sono gli speculatori" dicono altri, "sono pazzi incendiari che si divertono", "sono gli stessi guardiani che dovrebbero spegnere i fuochi, ad appiccarli per mantenere il proprio posto di lavoro". Fatto sta che gli alberi bruciano e nessuno riesce ad impedirlo.

Di lontano sento delle sirene: si tratta proprio di un incendio e fra poco arriveranno i pompieri. Mi allontano che la strada è già stata invasa dal fumo che si fa ogni momento più denso e più acre.

Finalmente avvisto uno straccetto di bosco in cima ad una collina. Lascio la macchina, mi arrampico su per un viottolo da capre, trovo un grosso pino dall'ombrello folto e ombroso. Ai suoi piedi, su un cuscino di aghi secchi e profumati, appoggio la tartaruga, accanto ad una pietra coperta di muschio. Sembra spaventata. Poi, lentamente, tira fuori la testina rugosa e si guarda intorno con gli occhi acquosi. Ha imparato che io non sono una presenza pericolosa e con grande flemma e pigrizia, spingendo le zampe artigliate contro la terra, si allontana verso un fitto di felci giganti.

Mi seggo a guardarla camminare, goffa e solitaria. Chissà che ne sarà di lei. Mi sembra di vedere me che salgo risoluta e triste incontro alla mia nuova vita di disoccupata. Intanto nella mente mi frullano gli indirizzi delle radio private a cui offrire il mio lavoro. So già che dovrò subire delle mortificazioni, chissà quante. Per questo rimando.

A sentire l'avvocato Merli, dovrei tornare a radio Italia Viva. «Perché non fa pace col direttore?» mi dice per telefono, «lo sa che il giornalista di grande fama ha chiesto una tale cifra che Cusumano non ha potuto dirgli di sì. È lì che brancola, che tentenna, che agita le mani; non mi stupirei se una mattina di queste la richiamasse supplicandola di tornare. Anche Adele Sòfia sta brigando per farla tornare, l'ho sentita dire a Cusumano cose mirabili sulla sua professionalità. E perfino Tirinnanzi ha detto chiaro e tondo che quando c'era lei la radio funzionava meglio... il professor Baldi, per esempio, senza la sua conduzione, va alla deriva.»

Ci diamo ancora del lei con l'avvocato Merli, nonostante le nostre lunghe chiacchierate; conosce i miei guai, compresa la storia di Marco che ha "perso la testa" in Angola e non si decide a tornare.

«In amore vince chi fugge» dice con voce interessata, «perché non prova a fuggire un poco anche lei?»

Mentre faccio i conti, una mattina, calcolando quanto potrò ancora resistere senza stipendio, sento squillare il telefono. È Adele Sòfia.

«Ho degli ottimi canederli in brodo stasera e una torta al cioccolato da leccarsi i baffi, viene a cena da noi?»

«Grazie, ma non so se posso, devo cercare lavoro.»

«All'ora di cena? non faccia la difficile... l'aspettiamo... ho anche qualche notizia da darle.»

Così mi ritrovo la sera, stanca e demoralizzata per i tanti no che ho collezionato nella giornata, di nuovo fra i mobili tirolesi di casa Sòfia.

«Il secondo esame del sangue di Pepi ha dato lo stesso risultato del primo» dice subito e sembra scoraggiata.

«Non è lui l'assassino, insomma.»

«Non è lui.»

«Allora che farete?»

«Dobbiamo fare l'esame del sangue a tutti quelli che in qualche modo sono coinvolti in questa vicenda, vicini e lontani. Il giudice Boni è d'accordo, questa volta.»

«Credevo l'aveste già fatto.»

«Al Carlini, a Ludovica, al Torres e a Carmelina, per gli altri il giudice istruttore non aveva ritenuto opportuno...»

«Quindi anche la signora Augusta Elia e il suo ex marito Glauco Elia?»

«Certo, anche loro.»

«Mi farà sapere i risultati, anche se non lavoro più al programma "Crimini insoluti"?»

«Lei ha in mano un sacco di materiale, si è fatta un'idea della storia, perché non scrive un libro, Michela?»

«Ma se ho consegnato tutti i nastri al direttore...»

«Le faccio avere le copie, se vuole. Scriva un libro e smetta di correre dietro alle voci. Con quel Nagra sempre appeso alla spalla, mi faceva pena... vederla camminare piegata da una parte... i fogli di carta pesano molto di meno.»

«Ma io so lavorare solo con le voci.»

«Imparerà. È dentro fino al collo in questa storia misteriosa in cui tutti mentono... non le sembra degna di essere raccontata?»

«Ma, non saprei da dove cominciare...»

«Cominci dalle cose, "rem tene, verba sequentur", se lo ricorda? Il suo stile sarà il suo rapporto con la materia.»

«Il mio rapporto con questa materia è nebuloso e incerto.»

«Un buon inizio. Poi verranno le chiarezze. La logica traccerà le sue linee geometriche, anche troppo riconoscibili. Meglio uscire dalla nebbia con un grumo di certezza che credere di stare al centro di una piazza soleggiata quando quella piazza si trova solo nella nostra volontà rappresentativa.»

«Ha voglia di filosofare questa sera?»

«Il delitto di via Santa Cecilia probabilmente resterà insoluto. Nessuno di coloro che avrebbero avuto ragioni per ucciderla sembra averlo fatto. C'è sempre la possibilità di uno sconosciuto che con uno stratagemma si fa aprire la porta, uccide e se ne va, senza una ragione comprensibile.»

«Angela non era il tipo da aprire ad uno sconosciuto. Ricordo ancora come chiudeva a chiave la porta di casa, mandata dopo mandata. Lo conosceva il suo assassino e si fidava di lui, al punto di voltargli la schiena tranquillamente... al punto di spogliarsi piegando con pignoleria i vestiti sulla sedia, prima di lasciarsi andare a quello che lei probabilmente prevedeva fosse un abbraccio.»

«Non fantastichi troppo, ci vogliono prove, non elucubrazioni.»

«Quei vestiti piegati sono la cosa che mi inquieta di più, fanno pensare ad un rituale amoroso, una abitudine a lungo ripetuta...»

«Ne abbiamo tanti di casi insoluti, Michela. Solo i giallisti, e le persone curiose come lei, pretendono di trovare una ragione per ogni delitto, un segno riconoscibile, una firma, insomma. Ma spesso non c'è niente di niente, solo ombre, sospetti, chiacchiere. E nessun magistrato accetta di tenere aperto un caso sulle chiacchiere per tanto tempo. Ci sono altre vittime, intanto, che esigono giustizia, altri casi su cui l'opinione pubblica chiede ragione. Dobbiamo andare avanti e riconoscere le nostre sconfitte. Che non sono solo nostre, mi creda. Se pensa che a New York, la patria della polizia più potente del mondo, a detta degli stessi osservatori americani, ci sono per lo meno due delitti al giorno e, di questi, il sessanta per cento rimangono impuniti... Mangi questa fetta di torta al cioccolato e smetta di crucciarsi, le cose si aggiusteranno come si aggiustano sempre...»

Porto alla bocca un pezzo di torta pensando ad altro. Ma il sapore profumato, amarognolo del cioccolato si insinua nelle narici, come una consolazione sensuale e pietosa.

«Come le pare la mia torta?»

«Squisita.»

«Il fatto è che il cioccolato deve essere di prima qualità, non quelle polveri stantie che stanno lì chissà da quando. Si deve sentire l'amaro del cioccolato appena macinato e il burro non deve essere troppo grasso né lo zucchero troppo dolce... anche le mandorle devono essere fresche, la farina deve essere di grano duro e le uova di giornata, il latte appena munto... Solo quando tutti gli ingredienti sono veramente freschi e di prima qualità, la torta viene fuori così, come un pezzo di cielo notturno, scura e morbida e delicata... la torta al cioccolato è un rimedio, mi creda, per molti mali. Ne mangi ancora.»

Quarantanove

Le giornate sono diventate lunghe e vuote, con larghi spazi che riempio passeggiando, leggendo, andando in cerca di lavoro. Nei miei pensieri lenti e nebulosi, senza che lo voglia, continuano però a camminare leggere le scarpe da tennis di Angela Bari.

Ogni tanto prendo il registratore e riascolto le voci che mi hanno tenuto compagnia per due mesi: quella di Angela che racconta le sue storie di re crudeli e figlie in fuga. Fuori dagli altoparlanti sofisticati della radio, suona rauca, strappata e infantile; sembra la voce di una persona che non ama la sua voce e pensa di regalarla con cautela, quasi scusandosi del regalo nel momento che lo fa.

«C'era una volta un re che aveva una figlia...» e quando pronuncia la parola figlia storce le i fino quasi a farle sparire, come se una parte della lingua si rifiutasse di dare suono a quella parola; quando dice re si sente un leggero sibilo che sale dalla gola come il fischio di un uccello prigioniero nei polmoni. Cosa avrà voluto dirmi questa voce che sembra consapevole della sua disgrazia nel momento in cui asserisce la sua volontà di trionfo?

In mezzo agli scoppi di allegria, a risentirla più volte, mi pare di scoprire il terrore, ma di che?

Squilla il telefono. È Adele Sòfia: «Abbiamo fatto l'esame del sangue anche alla signora Augusta Elia. Niente di niente come Ludovica».

«Meglio così.»

«Adesso spetta al patrigno che per il momento è fuori sede.»

«Che vuol dire fuori sede?»

«È partito e torna domani.»

«Bene.»

«Rimangono lui e il suo amico Marco Calò.»

«Che c'entra Marco?»

«Risulta che conosceva Angela Bari, che probabilmente è stato con lei, la sera del delitto e che spesso telefonava a Carmelina Di Giovanni.»

«Chi l'ha detto?»

«Testimonianze Torres e Mario.»

«Stefana Mario ha detto che lui è stato a casa Bari la sera del delitto?»

«Pare che l'abbia visto la suocera, la signora Maimone.»

«Ma se la signora Maimone non c'era in quel periodo...»

«Insomma qualcuno l'ha visto.»

«E perché non l'hanno detto a me?»

«Probabilmente non volevano dispiacerle. Ma non sapeva che il suo Marco conosceva Angela Bari?»

«No.»

«Però sapeva che è partito per l'Angola subito dopo il delitto?»

«Sì, certo.»

«È proprio il fatto che, in sua assenza, il Calò sia salito all'ultimo piano che ha sorpreso i portieri. Aspettavano che scendesse trovando la porta chiusa e invece lui non è sceso che la mattina dopo, molto presto ed è sgattaiolato via come un ladro.»

«A questo punto potrei pure essere stata io: da Marsiglia ho preso un aereo il pomeriggio del 24, ho ucciso Angela e sono tornata la notte stessa», dico esasperata.

«Abbiamo controllato anche le sue mosse, cara Michela. Non le faremo l'esame del sangue perché ci sono trenta persone che l'hanno vista all'Hôtel de France la sera del 24 giugno e francamente non credo che, neanche usando un jet personale, avrebbe potuto venire a Roma, ammazzare la sua dirimpettaia e tornarsene a Marsiglia.»

«Quindi avete sospettato anche di me... ma perché non dirmelo?»

«Nelle indagini come questa tutti sono presunti colpevoli. O presunti innocenti, il che è la stessa cosa.»

«E l'avete rintracciato Marco Calò?»

«Lo stiamo cercando, ma all'ambasciata non ne sanno niente e neanche ai vari consolati. Che si stia nascondendo?»

«A me ha detto solo che ha perso la testa.»

«Sembra anche a me... ma certo lei non immaginava che avesse perso la testa per la sua dirimpettaia dalle scarpette da tennis azzurre. Ma lo troveremo, stia tranquilla, non l'abbiamo preso il Pepi?»

Chiudo e vado a vomitare. La mia faccia nello specchio appare grigia e rattrappita: è possibile amare un perfetto sconosciuto? qualcosa mi si rivolta nello stomaco e mi preme in gola.

Mi stendo sul letto dopo essermi alleggerita del pranzo. La testa mi gira. Per un momento l'avevo pensato, ora ricordo, quando parlando di Angela Bari mi era sembrato così reticente. E quel dirmi che aveva saputo della morte di lei da un vecchio giornale italiano, quando era ancora a Roma al momento della morte di lei. E quei mezzi sorrisi sorpresi in ascensore fra lui e Angela. E quel suo dichiarare di avere "perso la testa" senza precisare per chi. E che dire del suo cocciuto rifiuto di rivelarmi dove sta e di darmi il numero di telefono con scuse poco probabili.

Eppure lo conosco da anni, so com'è fatto, sono sicura che non riuscirebbe, neanche sotto minaccia, ad ammazzare una persona. Così per lo meno ho sempre pensato.

Vado a guardare le fotografie che abbiamo fatto insieme in montagna, davanti ad una ginestra in fiore, su una pista innevata, con gli sci ai piedi, su un lago d'estate.

Mi soffermo su una fotografia molto nitida in cui lui indossa un paio di pantaloncini corti color genziana e una camiciola bianca. La faccia abbronzata, gli occhi stretti e lunghi, qualcosa di aereo e delicato nel lungo collo, il sorriso sempre un poco sarcastico sulle labbra sottili, le mani savie, appoggiate sulle ginocchia: sarebbe questo il ritratto di un assassino?

Ce n'è un'altra fatta in casa, mentre legge un libro, con le gambe allungate sul tavolino e mi guarda da sotto in su con l'aria sorpresa, come se mi chiedesse: ti ho deluso, Michela?

Non c'è niente in queste fotografie che riveli una lacuna nella conoscenza che ho del suo carattere di uomo appassionato al suo lavoro, onesto e gentile, un poco egoista sì, ma incapace di violenza.

Metto nel registratore un vecchio nastro che mi ha mandato una volta dall'Australia. «Cara Michela, non potendo telefonarti, ti mando questa cassetta per mano dell'amico Giampiero che sta partendo per l'Italia. So quanto ami ascoltare le voci, tanto che ne hai fatto il tuo mestiere. Io, lo sai, sono distratto dai suoni, non so ascoltarli con attenzione, tu invece ti chini sulle voci come fossero microbi da analizzare. Certo, alla fine ne avrai una visione forse un poco deformata, ma analitica e precisa... Io preferisco adattarmi alla musicalità pura delle voci, non mi interessa sapere di che fibre sono costituite, mi interessa il risultato... ecco, la tua voce che ascolto volentieri quando riesco a telefonarti, è spessa, fitta, non ha fessure né cedimenti né smagliature, certo si tratta di una voce che è stata allenata ad una forma di rarefazione radiofonica, ma quello che piace a me non è la sua perfezione, bensì la sua dolcezza che, malgrado ogni manipolazione, rimane il fondo indistruttibile del tuo carattere. Ecco, volevo dirti che la tua voce mi manca, con tutta la sua dolcezza e i suoi allarmi. C'è qualcosa di eternamente sorpreso in te che, ti sembrerà strano, mi sorprende, come se le cose ti cascassero addosso sempre inaspettate. E forse la tua dolcezza è fatta di questa sorpresa. Non è una dolcezza da resa, ma da sorpresa, scusa la rima, mi viene da ridere, sai, pensando alla tua faccia stupita quando mi vedi arrivare, come se non sapessi che stavo venendo da te, che avremmo cenato insieme e fatto l'amore.

«Ma cos'è che la meraviglia, mi sono chiesto qualche volta, cos'è che la sorprende tanto ogni volta? neanche tu fossi Monsieur Candide con le scarpe nuove e le brache bianche sceso giusto giusto dalla luna... ecco, io amo quello stupore anche se non sempre lo capisco. È come se tu, ogni mattina, nascessi di nuovo e si sa che la nascita, ogni nascita, è dolorosa... di solito preferiamo fare sapere al mondo che siamo lì da tanto e la sappiamo lunga, chi è che ha voglia di rinascere ogni volta, per ricominciare tutto da capo? tu invece sollevi quella testa da uccellino che hai e ti stupisci, ogni mattina che dio manda in terra, fai la stessa faccia sorpresa, come se non avessi mai visto la tua casa, il tuo panorama fuori dalle finestre, la tua caffettiera, e il corpo dell'uomo che ami ormai da più di dieci anni...

«Be', volevo dirti, Michela, che io desidero quel tuo stupore, perché mi fa bene, mi dà allegria, anch'io mi sento un poco nuovo e inatteso ogni volta che vengo da te... Solo qualche sera, quando sono stanco, te lo confesso, mi viene un sospetto; mi chiedo, molto vilmente: ma ci sarà un poco di gioco in tutto questo? ci sarà un po' di recita? non posso credere fino in fondo alla tua ingenuità, che in certi momenti sembra davvero divorare se stessa... comunque ti amo, così come sei, in fondo, in te c'è un aspetto solitario, questo l'ho sempre pensato, forse stai meglio quando io sono lontano e puoi pensare a me con tutta la calma e il tempo di un distacco, forse è saggio che sia così. Delle volte penso che tu non mi conosci... e non vuoi neanche conoscermi fino in fondo, perché se no, come faresti a mantenere in vita quella tua eterna meravigliosa capacità di stupirti?...»

Fermo il nastro con le dita che mi tremano. L'aveva detto lui stesso che non lo conoscevo, e non l'avevo preso sul serio. Chissà quante zone profonde e segrete del suo carattere non ho voluto indagare! è stato coraggioso a rivelarsi, sono io che, ottusamente, non ho voluto capire.

Anche la sua voce, riascoltandola a mente fredda, dice molte più cose di quante dicano le sue parole. Dice di un distacco avvenuto chissà quando e chissà dove, un distacco che l'ha portato a formarsi un ritmo e un timbro di voce che non sono quelli che avevo conosciuti e amati, ma quando è avvenuto il guasto? una voce profondamente stanca che ha imparato a reinventarsi per sfuggire a questa stanchezza, per mascherarla. Una voce che da coetanea è diventata paterna. E io non mi sono accorta della metamorfosi.

Eppure so con certezza che Marco non può avere assassinato Angela Bari. Anche se si conoscevano e si vedevano di nascosto, anche se mentre io ero in viaggio è andato da lei la sera del delitto, non è detto che sia stato lui, non ne sarebbe capace.

Cinquanta

Sto ancora riflettendo dolorosamente su Marco quando sento suonare alla porta. Vado ad aprire distrattamente, dimenticando di guardare, prima, dallo spioncino. Mi trovo davanti la faccia pallida e indolenzita di Ludovica Bari.

«Posso entrare?» dice ma è già dentro, e si chiude la porta alle spalle con un gesto secco e rapido. Indossa un vestito bianco lungo, con delle scarpe da tennis azzurre.

«Non mi occupo più del caso Angela Bari», dico «sono andata via dalla radio, mi dispiace.»

«Non importa, Michela, ho bisogno di parlare con qualcuno.»

«Non posso aiutarla.»

«Non mi credono, qualsiasi cosa io dica non mi credono, mentre lei, ho avuto l'impressione che lei mi desse un poco di credito...»

«Ma perché ha detto tutte quelle cose non vere su sua sorella Angela e su di sé?»

«Il fatto è che... che... che io mi confondo con lei... da sempre. Quello che succedeva a lei succedeva anche a me e viceversa... perciò io veramente faccio fatica a distinguere...»

«Be', doveva almeno avvertirmi di questa sua incapacità di distinguere...»

«Lo so, mi dispiace, ma ho bisogno di qualcuno che mi creda.»

«Mi ha detto che sua sorella Angela aveva abortito e che, dopo, aveva sofferto di depressione e invece viene fuori che è lei che ha abortito e poi sofferto di depressione...»

«Ma è così, mi creda, è così... le stesse cose le ha sofferte Angela, anche se in modo diverso.»

«Mi ha fatto credere che Mario Torres la picchiava e invece...»

«Neanche lei mi crede? ma se ha visto le ferite...»

Non posso fare a meno di pensare che stia dicendo la verità. La sua voce si fa ampia, robusta e piena di archi che rimandano dolcemente i suoni. E se invece si tratta di un'altra serie di inganni? L'ambiguità sembra abitare in lei, suo malgrado. Mi propongo di ascoltarla con fiducia, mettendo a tacere i dubbi.

«Vuole un caffè?» dico tanto per prendere tempo.

«Allora mi crede?»

«Istintivamente le credo. Proverò a crederle anche con la ragione, che però, l'avverto, scalpita.»

«Per farle capire la verità devo raccontarle la mia storia, Michela, ma la mia storia vera, non quella della polizia, la mia storia più profonda e segreta... Tutto è cominciato quando mia madre ha dato alla luce Angela e io avevo quattro anni; il mondo mi è caduto addosso con un fragore insopportabile per le orecchie di una bambina... quell'amore che io chiedevo intero, veniva suddiviso, anzi frantumato, un po' a te, un po' a lei, un po' a te e un po' a lei... io ho cominciato a crescere storta, deforme, coltivando l'invidia e la gelosia... ma Angela, questa sorella bellissima, che faceva innamorare tutti, reagiva fuori da tutte le regole, non stava al gioco, capisce: più io la detestavo, più la aggredivo e più lei mi amava, mi cercava, mi riempiva di baci, si attaccava alle mie braccia e pretendeva che la tenessi con me... Ha finito per conquistarmi, mi crede?, mi ha inondata d'amore e io ci sono cascata: non solo l'amavo, ma volevo essere lei... però ci riuscivo così male, ero ancora più deforme e stupida... mentre lei era solare, magnifica. Nostro padre aveva un qualche sentimento della giustizia e non ha mai fatto mostra delle sue preferenze, mentre mia madre... mi ha preso in antipatia, per quel mio stare a labbra strette, per quel mio corrugare eternamente la fronte, per quel mio ridere a sproposito, con voce squillante e piangere, senza ragione, piangere per ore nascondendomi negli angoli bui.

«Quando è morto mio padre le cose hanno cominciato a precipitare: mia madre, lei l'ha vista, è una donna che mostra molta sicurezza, ma è tutto fumo: nel suo intimo è una bambina di sei anni. Ha sempre avuto bisogno di un uomo a cui affidarsi, mani e piedi legati, perché da sola lei si sente inesistente, non ce la fa. Tutti la prendevano per una donna emancipata, una che lavora, che sa il fatto suo, ma lei aveva paura di tutto, sotto le arie da professionista nascondeva un carattere pavido, portato alla dipendenza, lei semplicemente cessava di esistere quando usciva dalle attenzioni di un uomo.

«Alla morte di mio padre sembrava incapace di continuare a vivere: piangeva disperata, si buttava sulla bara, si rifiutava di mangiare e di bere; ed era sincera, io lo so, perché lei senza papà era persa, si sentiva completamente abbandonata e persa. Ma, passati pochi mesi, quando si è presentato il bel Glauco, architetto e dilettante scultore, innamorato pazzo di lei, subito ha pensato di sposarlo, lei non poteva stare sola, ed essere amata da lui voleva dire riacquistare fiducia, allegria. Fra l'altro Glauco assomigliava in qualche modo a mio padre: estroverso, gentile, padrone di sé, ambiguo, protettivo, brutale in certi momenti, ma anche capace di grandi tenerezze e generosità.

«Lui l'amava ma senza rispetto, io l'ho capito subito, conosceva la dipendenza di lei e se ne gloriava, la trattava come una sua proprietà, senza vero riguardo. Mano a mano che passavano gli anni, poi, diventava sempre più protettivo e sempre meno rispettoso.»

Questa, mi dico, è la Ludovica che ho conosciuto la prima volta che sono andata a intervistarla: lucida e precisa, possibile che sia tutta una maschera? possibile che dietro a questa voce appassionata, ragionevole, si nasconda il labirinto della finzione?

«Una sera che la mamma era via per il suo lavoro, lui è scivolato in camera mia, a piedi nudi... sst, mi fa, non parlare, lo so che hai paura del buio, anch'io ho paura a stare solo, posso rimanere un poco qui con te? Era vero che avevo paura e l'ho accolto con fiducia. Ha cominciato a baciarmi le dita ad una ad una, era una cosa molto dolce: pensa, mi dicevo, quest'uomo grande e intelligente, serio e sicuro di sé, viene a cercare la compagnia di un essere minuscolo e insignificante come me! A quell'epoca mi mangiavo le unghie a sangue, avevo i denti storti e accavallati, i capelli striminziti come la coda di un topo, stretti in una trecciolina unta; avevo le gambe a stecco e un seno enorme di cui mi vergognavo.

«Quella sera lui mi ha detto più volte che ero bella; non me l'aveva mai detto nessuno e mi sono sentita sciogliere di gratitudine. Pensavo che ci saremmo addormentati così, nella tenerezza di un affetto ritrovato, vincendo la comune paura... Invece improvvisamente è salito su di me con tutto il suo peso, mi ha soffocata, strizzata, lacerata. Ho gridato; mi ha dato uno schiaffo, mi ha coperto la faccia con un cuscino, e poi, e poi... ho pensato di essere stata uccisa. E invece ero ancora viva ma non ero più io, ero un'altra che non conoscevo, che mi era estranea, da cui cercavo di prendere le distanze senza riuscirci del tutto... Nelle orecchie conservo ancora le sue parole terribili: "Se parli, farò morire tua madre e tua sorella, stai attenta".

«Andavo in giro come un'appestata. Se qualcuno mi toccava, cacciavo un urlo. Mi vestivo da suora, mi sono tagliata i capelli cortissimi, mi nascondevo dentro maglioni larghi, goffi, dentro cappotti sformati, avevo paura di tutto e di tutti. Solo di mia sorella non avevo paura, e l'abbracciavo, la stringevo a me chiudendo gli occhi, ancora più vogliosa di essere lei, avrei buttato me stessa dalla finestra, cosa me ne facevo di quel corpo sconciato e malato per sempre?»

«E sua madre non si è accorta di niente?»

«Mia madre era cieca e sorda, una talpa non avrebbe potuto essere più cieca di lei. Diceva: questa ragazza non ha voglia di studiare, sarà la pubertà, e basta; oppure diceva a lui: che ha Ludovica? non lo chiedeva a me, non me l'ha mai chiesto, lo diceva a lui, con aria affettuosa: che ha Ludovica?»

«E lui?»

«Lui alzava le spalle... "che vuoi che ne sappia", diceva... Intanto continuava a venire nel mio letto. Per due anni interi ha continuato a venire nel mio letto; ormai era diventato un rituale: vengo a tenerti compagnia, non avere paura, ci sono qua io, sei la bambina di papà... chiudevo gli occhi e stringevo i denti; avevo ottenuto che non mi mettesse più il cuscino sulla faccia, stavo lì rigida come un pezzo di legno aspettando che finisse.»

«Vuole un poco d'acqua?» le chiedo vedendola sudare, i capelli che le cascano sulle guance come morti, senza colore.

«Una sera, mentre faccio il bagno, sento la sua voce che si rivolge a mia sorella Angela che allora aveva dieci anni e cominciava a formarsi. Le diceva: hai paura del buio, vero, lo so, non ti preoccupare, vengo io a tenerti compagnia, sei una bambina paurosa, vero, ci sono qua io... Senza neanche mettermi la vestaglia, con l'asciugamano intorno al corpo, sono andata da mia madre e le ho detto tutto. Lei, sa cosa ha fatto? mi ha dato uno schiaffo. Sei gelosa perché si occupa più di Angela che di te, mi ha detto, eri abituata ad essere la sua beniamina e ora c'è chi ha preso il tuo posto, stai crescendo, Ludovica, non sei più una bambina, lascialo perdere...

«È quel "lascialo perdere" che mi ha tolto il fiato... sembrava che sapesse tutto e accettasse ogni cosa come inevitabile... D'altronde vivendo insieme non poteva non essersi accorta che spesso lui dormiva con me con la scusa che "la bambina ha avuto un incubo, poverina...".

«Era come se mia madre mi avesse fatto capire che quello era il sacrificio necessario per tenerlo in famiglia, per mantenere la sua protezione, la sua benevolenza. Era un sacrificio non detto, occulto e segreto ai suoi stessi occhi, oscuro come la più oscura delle notti... non ci dovevano essere parole fra di noi, ma un consenso cieco e completo, la resa dei nostri corpi alla sua giustificata ingordigia paterna.

«Quella sera li ho sentiti parlottare a lungo, in camera da letto, lui e la mamma, lei aveva un tono lamentoso e lui ridacchiava sarcastico: "Sei pazza", diceva, "sei completamente pazza e pazze le tue due figlie, mitomani". E poi ho sentito che facevano l'amore, rumorosamente, come per farsi sentire da noi e farci sapere che la giustizia procedeva nella sua folgorazione... lui era il marito, il padre, l'uomo di casa, e noi rimanevamo segregate nel cerchio della sua magia... c'era poco da ribellarsi, da infuriarsi... i fatti parlavano chiaro, come le molle del letto che cigolavano a ritmo di ballo.

«Ho parlato con Angela, le ho detto di cacciarlo via perché le avrebbe fatto del male... e lei, sa cosa mi ha risposto? è troppo tardi, Ludovica... ma lei mi crede, vero Michela?, mi crede?»

«Cerco di crederle, Ludovica.»

«Mi deve credere, è tutto vero... anche se ho fatto dieci elettrochoc, anche se sono stata in manicomio, legata come un salame, anche se ho mentito tante volte, lei deve credermi.»

«Le credo, Ludovica.»

La vedo muoversi, sollevata, bere l'acqua che le porgo, chiudere gli occhi come se lo sforzo fatto fosse troppo grande per poterlo sopportare. Il petto si alza e si abbassa col ritmo del respiro.

«Vuole stendersi sul letto?»

«No, voglio continuare. Ma aspetti un momento, sto sudando come una fontana, mi dà un fazzoletto di carta? È la prima volta che non piango, si rende conto, io parlo di queste cose terribili e non piango... è una novità straordinaria... col pianto mi liberavo di tutto, scioglievo i malanni e li diluivo, li disperdevo, li annullavo... vorrei non piangere più ed essere creduta... la ringrazio per la sua fiducia, le sono molto grata...»

Cinquantuno

«Pensa che Glauco Elia possa avere ucciso Angela?» le chiedo appena la vedo respirare con più calma.

«No, non può essere stato lui... ama troppo la sua vita, la sua scultura, la sua villa in campagna per sfidare la galera.»

«Crede che Angela e Glauco si vedessero anche negli ultimi tempi?»

Si vedevano, sì; lui andava a trovarla ogni tanto; oppure si incontravano in qualche albergo... sì, facevano l'amore, anche se non ho le prove, lui era già stufo della moglie bambina che sa fare tutto... mentre Angela era così bella e imprevedibile e sola.»

«Ma perché avrebbe dovuto ucciderla?» chiedo più a me stessa che a lei.

«Non aveva ragioni, Michela, perciò non l'ha fatto, dopotutto eravamo le sue bambine, ci voleva bene a modo suo, sapesse come era geloso, soprattutto di Angela; quando uscivamo con qualche ragazzo arrivava a seguirci per strada. Al ritorno ci faceva delle scenate terribili, del tutto "paterne" come diceva la mamma. Più lui era dispotico e inquisitivo, più lei era contenta; la famiglia in quel modo era rinsaldata, eravamo un nucleo cieco e infrangibile.»

La vedo asciugarsi il sudore con il fazzoletto di carta ridotto ad una palletta. Gliene vado a cercare degli altri. Lei mi ringrazia con un cenno del capo. E poi riprende, con più foga di prima: «Sono rimasta incinta senza neanche sapere cosa mi stesse succedendo. E lui questa volta era preoccupato davvero... non ti angosciare, diceva, risolviamo tutto con un poco di sale inglese... mi ha fatto ingurgitare mezzo chilo di sale inglese che per poco non ne sono morta... credevo di averlo perso il bambino, e invece era ancora lì; allora mi ha portata da una levatrice amica sua che mi ha fatto abortire su un lettino sporco, senza anestesia. Per premio, poi, mi ha trascinata a fare un viaggio a Parigi con lui. Tutti dicevano che era un patrigno esemplare, così affettuoso, disponibile; e lo era, mi deve credere, quando non mi saltava addosso era tenerissimo e tutti me lo invidiavano quel papà.»

«Quanti anni aveva quando è rimasta incinta?»

«Io? quattordici... un anno dopo ho saputo che anche Angela era rimasta incinta. E lei aveva appena undici anni e si era formata giusto giusto quell'anno. Ma lui non l'ha portata da quella levatrice; l'ha fatta abortire da un medico con l'anestesia; come vede, l'aborto, lo sapevamo bene tutte e due cosa fosse... Eppure, se voleva, poteva essere tenero: la domenica ci portava a fare le gite al mare, affittavamo una barca e lui vogava, vogava; ci porgeva l'asciugamano appena uscite dall'acqua, ci comprava le bibite fresche, ci raccontava delle favole: di re che avevano figlie cattive a cui faceva tagliare le mani; ma poi diventavano buone, per amore... I parenti, i vicini dicevano: beate voi che avete un patrigno così amoroso!... se avessero saputo! Ma noi tenevamo la bocca ben cucita, non lasciavamo trapelare niente di niente, per proteggerlo e proteggere la mamma; sembrava che senza di lui sarebbe crollato tutto miseramente; io ci credevo e pensavo che quello era lo scotto doloroso da pagare: un lupo di notte nel letto per avere un padre affettuoso di giorno in casa... Però appena ho avuto l'occasione mi sono sposata.»

«Ludovica, lei non si è mai sposata.»

«È vero, confondo sempre. È Angela che si è sposata, nonostante i divieti di lui, le sue scenate. È arrivato al punto di mandare una lettera anonima al futuro marito di Angela, dicendo che lei era malata di nervi, una malattia ereditaria che avrebbe trasferito sicuramente ai figli... la cosa curiosa è che l'uomo non ha ceduto al ricatto della lettera, l'ha voluta sposare lo stesso. Ma dopo qualche tempo ha cominciato ad accusarla di essere debole di mente, irresponsabile, eccetera... In realtà era la mia storia: ero io quella della depressione, della malattia mentale, delle cure in clinica... anche lui confondeva quando gli faceva comodo... Poi Cornelio se n'è andato in America da solo e Angela...»

«Non è vero che Angela ha voluto separarsi dal marito quando ha scoperto che amoreggiava con lei, Ludovica?»

«Sì, è vero... è che mi riesce molto difficile pensarmi un'altra da mia sorella... Per me, suo marito era anche mio marito... non distinguevo, non potevo distinguere. Non avevamo diviso un padre-amante per anni?... È vero che sono io che ho avuto gli elettrochoc, sono io che non ragionavo più e la notte gridavo, gridavo senza un perché... Angela ha sofferto di anoressia, non mangiava, si è ridotta a pesare quaranta chili... credo che anche Glauco Elia si fosse scocciato di questi due impiastri di figlie... fu in quel periodo che si trovò un'altra donna, giovanissima e spariva di casa per intere giornate, e la mamma prese ad essere perseguitata dai suoi atroci mal di testa e dai suoi eczemi alle mani...

Lo sa che appena ho potuto mi sono fatta togliere tutti i denti? perché lui mi aveva detto tante volte che erano brutti e storti... sembro molto più vecchia, vero, con i denti falsi? lo so, ma mi sentivo brutta e sgraziata... Lo sa, Michela, io credo di averlo amato, perché si finisce per amare chi passa la notte nel tuo letto, anche se è il tuo carnefice, si può amare il proprio carnefice?... non si può continuare a detestare chi mescola il suo fiato al tuo... lo puoi uccidere forse, ma non odiare, d'altra parte era un padre amorevolissimo, gliel'ho detto, e come non amarlo? era bello, colto, conosciuto e stimato... Io ero una "scorfaniella" come diceva lui, dovevo essergli grata per avermi... "iniziata al sesso" come ha asserito una volta a voce alta... Poi non so cosa è successo, non lo so, tutto ha cominciato a precipitare... l'amore è marcito dentro di me, mi sentivo un cadavere. Mi sono abbarbicata ad un altro uomo per sentirmi di nuovo viva, ma è durato pochissimo... avevo troppa poca stima di me perché l'avesse lui... Forse gli ho anche perdonato, parlo del mio patrigno, era un uomo giovane, costretto a vivere accanto a due bambine seducenti e maleducate... Mentre lei, Angela, non l'ha perdonato: ha continuato a vederlo, per provare quanto era ancora capace di fargli perdere la testa... lei aveva bisogno di sapere questo... bastava guardarla come si vestiva, come una sirena, non aveva pudori di nessun genere... faceva innamorare di sé e poi scappava, si defilava in un buco e guardava gli altri muoversi, con disgusto... Credo che lo odiasse quanto me, ma il suo odio si mescolava irrimediabilmente al suo desiderio... be', vai a capirlo!»

«Non potrebbe averla uccisa per gelosia?»

«Angela è morta, io sono morta, mia madre è morta... a che serve uccidere una donna morta?»

«Angela era ben viva quando è stata ammazzata.»

«Non lo so... lei gli ha aperto la porta, questo è certo, ha aperto la porta al suo assassino perché voleva sedurlo, è una cosa sicurissima, voleva dimostrare che lei è più forte... "la bellezza femminile è una roba che svanisce subito, in un batter di ciglia" diceva lui e faceva un gesto con le dita, come a schiacciare una mosca... E lo sa, io gli ho creduto, ho pensato che la mia bellezza, se c'era mai stata, se n'era già andata o era sul punto di andarsene e piangevo dal dolore che ne avrebbe avuto lui, non io, badi, ma lui... La domenica ci portava un vassoio di paste appena uscite dal forno, profumate, calde e ce le mangiavamo seduti sul letto. Ma ci teneva a essere lui a distribuirle, lui a imboccarci, come due neonate. Una volta ha messo una pasta al cioccolato sul rigonfio dei pantaloni e ci ha ordinato di mangiarla senza usare le mani, chi finiva prima aveva vinto. Angela credeva ancora di giocare, gli faceva il solletico, lo rincorreva per casa per farsi portare a cavalcioni. Per lui erano invece tutti preludi di un possesso futuro... Io lo so che le figlie spesso seducono i padri, li vogliono per sé, portandoli via alle madri, lo fanno, lo so, lo fanno... ma finché tutto rimane un gioco, anche crudele, non ti senti uccisa. Solo nel momento che il suo corpo ti grava addosso come una montagna, solo nel momento che un cuscino ti schiaccia il viso togliendoti il respiro, finisce il gioco e diventa orrore.»

La sua voce ha perso le incertezze, le lacerazioni, le cadute delle altre volte; ora sgorga come un fiume in piena e non riuscirei, neanche volendo, a fermarla.

«Mi consideravo morta per me e per gli altri... e accettavo questa morte come l'olocausto necessario per tenere la famiglia unita: la sola cosa che si salvasse nel naufragio orribile dei sentimenti; che responsabilità per una bambina! quasi me ne gloriavo, solo da me dipendeva l'integrità di quella piccolissima famiglia cristiana... non era questo il mio compito? assistevo, da quel cadavere che ero, alla nascita di una specie di veleno carezzevole: l'orgoglio brutale della mia missione, la presunzione che solo io, come un piccolo dio misconosciuto, potessi salvare mia madre e mia sorella dalla catastrofe... La mia presunzione è crollata nel momento in cui ho capito che stava circuendo Angela... Allora il mio sacrificio non era servito a niente! non erano serviti a niente quei patimenti silenziosi, quello stringere i denti, a niente. Io volevo ucciderlo, l'ho pensato veramente, l'avrei fatto, ma poi so che all'ultimo avrei ucciso me stessa, perché in fondo ero convinta che la colpa fosse mia... Quando mia madre mi ha detto: "come al solito, Ludovica, sei una bugiarda e una mitomane", ho pensato che aveva ragione lei; ero una bambina colpevole, votata alla finzione e all'obbrobrio; la lingua mi si è marcita in bocca per sempre... Perché non l'ho ammazzato? me lo sono chiesta tante volte... avrei potuto, se solo avessi... facevo le prove sul cuscino, col coltello; ma poi finivo per dormirci sopra. Dopo tanto ragionare credo di avere capito, ma solo adesso, perché poi non l'ho ucciso. Il fatto è che io lo amavo, amavo la mia degradazione in lui, la mia umiliazione, io ero innamorata dell'orrore e volevo solo che continuasse... ecco ho detto la verità nella sua feccia, Michela, nella sua schifosa feccia... ricordo una sera che sono andata al cinema con un ragazzo e improvvisamente me lo sono visto dietro, al buio e ho cominciato a tremare... avevo diciotto anni ormai, non ero più una bambina ma ancora tremavo... quando mi ha afferrata per un braccio e mi ha portata via dal cinema, dentro di me gli ho dato ragione... ancora una volta, idiotamente, gli ho dato ragione... Pallido come un cadavere, appena arrivati a casa, mi ha riempita di schiaffi. E ancora, ancora gli davo ragione. Mi ha urlato che ero una troia, che ancheggiavo per strada, che facevo la civetta con tutti... sì, sì, mi dicevo, è proprio come dice lui, faccio schifo... Ma quando ho sentito che diceva le stesse cose a mia sorella, che era una zoccola, una "sgualdrina nell'anima", che meritava di essere stuprata mille volte, sono insorta... sono uscita per strada e sono andata a letto col primo che ho incontrato, facendomi anche pagare... per fargli rabbia, credo, non so, forse per confermare le sue parole e dimostrare a me stessa che aveva ragione lui...»

Ora piange con tanta desolazione che non so cosa dirle. Le faccio una carezza sui capelli che sono umidi anche loro, impregnati di lacrime, come se tutto il suo corpo piangesse assieme agli occhi.

«Mi crede, Michela, per favore, dica che mi crede.»

«Credo proprio di sì.»

«Perché sono stata così vile?» dice sollevando gli occhi liquidi. Il dolore le ha scavato un solco sulla fronte liscia.

«Non si torturi.»

«La morte di Angela non mi fa dormire... è colpa mia, capisce, so che non aveva una gran voglia di vivere, ma sono stata io a dare il consenso allo scempio che si è fatto di lei... un riformatorio non sarebbe stato meglio di quel silenzio complice? un silenzio che comprendeva l'amore terribile per il nostro carnefice...»

Non sapendo che dire mi prodigo col caffè, coi biscotti, ma Ludovica non ne vuole sapere. Poi, improvvisamente, mi chiede: «Ce l'ha un profumo?».

«Sì, credo, vado a vedere.»

Torno con una boccetta panciuta, in cui oscilla un poco di liquido verdognolo. Lei prende la boccetta dalle mie mani, tira su il tappo di vetro smerigliato e se lo porta al naso socchiudendo gli occhi. Come per incanto le lagrime le si seccano sulle guance, le labbra le si increspano in un impercettibile delicato sorriso.

«Essenza di bergamotto» dice, «posso versarmene un poco?»

«Certo.»

Solleva una mano a conca e vi rovescia dentro un poco di quel liquido verdino. Da chi ho visto fare un gesto simile? ma sì, da Sabrina-Carmelina quando gettava la cenere della sigaretta nella mano a vaschetta. E, improvvisamente, scopro che ci sono molti punti in comune fra Ludovica e Sabrina-Carmelina: che sia questa intima convinzione di essere colpevoli della propria umiliazione sessuale?

Con gesti infantili Ludovica si apre un bottone del corpetto e si passa un poco di profumo sul petto e sul collo, spargendo un leggero sentore di olive e limone verde.

«Ora va meglio, grazie» dice pigramente.

«Quindi anche lei pensa che Angela sia stata uccisa da un pazzo capitato lì per caso» dico insistente e cocciuta.

«Non lo so, Angela aveva un rapporto così imprevedibile, così intenso con gli uomini... anche con Marco...»

Si ferma portandosi una mano alla bocca, come a dire: oh Dio, ho fatto una gaffe! ma la rassicuro, lo so già. Anzi, le chiedo se può dirmi quando è cominciata questa storia di Angela con Marco.

«Non lo so, non da molto comunque... le ho detto che l'ammirava, Michela, avrebbe voluto fare un lavoro come il suo, alla radio... scriveva delle favole che recitava a voce alta, ma dentro di sé, sono sicura, disprezzava le sue ambizioni... Marco era parte di lei, Michela, e volendo avvicinarsi a lei, ha trovato il modo più spiccio, quello in cui era più brava, che presumeva l'uso del suo corpo.»

«Un modo un po' contorto di avvicinarsi ad una persona...»

«Angela non ne conosceva altri... era troppo incerta dei suoi pensieri, delle sue parole... sul suo corpo invece, sì, sapeva di potere contare a occhi chiusi... avrebbe sedotto anche il tabaccaio all'angolo o l'impiegato delle poste per ottenere qualcosa che magari le era anche dovuta per legge... era il suo modo... e devo confessarlo, molte volte è stato anche il mio... solo che io non avevo la sicurezza, la spontaneità meravigliosa che aveva lei...»

Si morde un labbro. Ha l'aria così infelice che le porgo istintivamente la boccetta del profumo perché le dia un poco di sollievo. Lei la prende fra le dita, se la porta al naso e aspira a lungo, profondamente come fosse una droga.

«I profumi sono la mia consolazione. Michela, mi crede, vero? le ho detto tutta la verità, senza lasciare il minimo dettaglio, mi crede?»

«Le credo, sì» dico, ed è vero.

Cinquantadue

È notte. Per strada si sentono i tonfi dei raccoglitori di immondizia: un cassonetto viene sollevato, rovesciato nel camion e posato per terra da due bracci di ferro. Un cassonetto, due cassonetti, tre cassonetti, il camion si sposta lentamente verso il fondo della strada e il rumore si allontana assieme alle voci giovani dei netturbini che chiacchierano allegramente nella notte silenziosa.

Accendo la luce, ormai sono sveglia. Prendo in mano un romanzo di Conrad che non avevo mai letto e tento di addentrarmi, con gli occhi gonfi, nella storia straordinaria del *Compagno segreto*: un capitano di nave che pesca nelle acque nere della notte un naufrago, all'insaputa dei suoi stessi marinai. L'uomo, giovane, nudo, risulta del tutto simile, quasi un sosia del capitano che decide lì per lì di nasconderlo nella sua cabina.

Si trovano così faccia a faccia, in silenzio: un uomo in regola con le leggi, stimato da tutti, con un lavoro ben pagato, e un uomo nudo, fuori da ogni legge perché ha assassinato un marinaio in una rissa, ricercato e solo. Eppure i due si scoprono vicini, intimi, solidali: c'è nell'uno qualcosa dell'altro e il riconoscersi segretamente è un atto di profonda umiltà ma anche di piacere, quasi un bene proibito da tenere celato.

Per liberare il naufrago clandestino il capitano porterà la nave così vicina agli scogli da rischiare di sfracellarla, perché l'altro, il sosia, possa scendere in acqua senza essere visto, tanto vicino alla costa da potere trovare un rifugio, senza morire affogato.

Mi sembra di riconoscere nella doppiezza del capitano di Conrad qualcosa della mia doppiezza: non sarei tanto incuriosita da Angela Bari se non riconoscessi in lei parte delle mie perdizioni e dei miei disordini, delle mie paure e delle mie abiezioni.

Anch'io sto facendo una manovra arrischiata per avvicinarmi il più possibile alle rocce, col pericolo di fracassare malamente il mio futuro. Per deporre delicatamente in acqua la morta dalle scarpe di tela azzurrina, perché nuoti al sicuro, nel buio della notte e raggiunga un qualche approdo, se non felice, per lo meno tranquillo.

Nel silenzio che segue l'allontanarsi del camion comunale sento squillare il telefono. Corro a rispondere sapendo che è Marco. Infatti è lui.

«Perché non mi hai detto che conoscevi Angela Bari?» dico subito d'un fiato per non perdermi d'animo. Sento un silenzio apprensivo dall'altra parte e poi un sospiro.

«Proprio ora che sono malato mi vieni a rinfacciare un fatto senza importanza... sei di un egoismo mostruoso, Michela!»

«Non è un fatto senza importanza, Marco, che tu lo voglia o no sei implicato in un delitto; sospettano di te perché sei stato da lei la sera in cui è stata uccisa, e perché sei partito subito dopo la sua morte... ti vogliono fare l'esame del sangue per vedere se coincide con il Dna dell'assassino.»

«Se tu pensi che io abbia ucciso Angela sei una cretina... sai benissimo che non sono capace di fare male a una mosca, perché dici queste idiozie, mi conosci, Michela, non mi credi?»

«Dimmi solo quando torni, Marco.»

«In questo momento non posso, cerca di capirmi... tu non fai niente per capirmi, sei troppo presa da te stessa.»

«Ti cercano, Marco, la polizia ti cerca.»

«Che mi cerchino pure, io sono innocente... e tu devi credermi.»

Metto giù il ricevitore. Lui richiama, dice che sono una "screanzata". Ma improvvisamente mi sento così stanca, che mi sembra di non potere nemmeno reggere il peso della cornetta. Mi butto sul letto dopo avere staccato la spina e mi addormento profondamente.

Sogno che Marco se ne sta disteso sul letto, tutto nudo. Sul suo petto è seduta una bambina piccolissima. Se ne sta a gambe larghe, con una gonnellina bianco-neve e un paio di scarpette da tennis azzurre.

Mi sveglio con la testa indolenzita. Mi alzo, metto a posto i ritagli dei giornali sui fatti di cronaca nera: donne squartate, bambine trucidate, ragazze sgozzate, stuprate, affogate. Ho un improvviso moto di disgusto e di rifiuto per tutti quegli orrori. Non voglio più sentire né vedere niente che mi parli di corpi femminili straziati, violati, ridotti in pezzi.

Faccio per gettare via tutto, ma mi ferma il ricordo delle parole di Adele Sòfia: «Bisogna dare una forma alle proprie ossessioni, che hanno sempre delle ragioni profonde; non chiuda gli occhi, vada avanti».

Prendo in mano il libro di una americana sulle violenze in famiglia. Guardo le statistiche senza vederle. Debbo sedermi per chiarirmi un poco le idee. Sento il freddo del pavimento sotto i piedi.

Leggo che i casi di violenza sono più numerosi fra le famiglie cattoliche che in quelle protestanti ed ebree. Leggo che le violenze non avvengono solo nelle famiglie povere e incolte come si pensa generalmente, ma in tutti i ceti, anche in quelli ricchi e professionalmente elevati. La ricerca parla di un 30 per cento di violenze che avvengono in famiglie di *advanced degree*. E scopre che la maggioranza degli incesti padre-figlia si trovano nella *middle class* (dal 52 al 56 per cento). E che la maggioranza delle mogli che vengono picchiate sono senza lavoro, casalinghe insomma: il 77 per cento. I casi di incesto, dice ancora l'autore, tendono a "ripetersi negli anni, non sono quasi mai fatti isolati". E spesso il padre stupratore passa "da una figlia all'altra". L'alcolismo sembra essere molto presente, ma più come un modo per cancellare i sensi di colpa che come motore delle violenze.

Leggo che le bambine stuprate dai padri, da adulte soffrono di depressione (60%), di gravi sensi di colpa (40%), di manie suicide (37%), di uso di alcol e droga (55%), di deficienze sessuali: frigidità, vaginismo ecc. (55%), di tendenza alla promiscuità (38%), di scarsa stima di se stesse (60%).

Ho davanti agli occhi la fotografia che mi ha regalato Ludovica la prima volta che l'ho intervistata per la radio: lei ed Angela bambine per la strada. La magra e spigolosa Ludovica, con il suo pesante seno che sembra volere nascondere portando le spalle in avanti e la piccola armoniosa Angela dai soffici capelli castani che scintillano al sole.

Non si assomigliano le due sorelle, eppure c'è qualcosa che le accomuna: un'ansia dolorosa, quasi una mutilazione invisibile che le rende arrese e nello stesso tempo armate, ferocemente in difesa. Una difesa che è anche voglia spasmodica di contrattare, discretamente, col minor dolore possibile, la resa.

Due bambine che si incamminano con qualche titubanza verso un inferno ben conosciuto ad entrambe e in cui forse si sono talmente abituate a vivere da non volerlo più abbandonare. D'altronde, dove sarebbero potute andare?

Angela guarda davanti a sé come se conoscesse la strada da percorrere e la intraprendesse con coraggio. Ludovica interroga con gli occhi la sorella come per chiederle se non ci sia una scappatoia, anche difficile, anche spinosa, per sgattaiolare via tutte e due insieme non viste.

Cinquantatre

«Che fa, dorme a quest'ora?»

È la voce di Adele Sòfia, leggermente rallentata e impedita dalla macchinetta.

«Non ho niente da fare, dormo.»

«Sa che non riusciamo a trovare il suo Marco Calò? È stato visto a Luanda, ma negli alberghi della città non risulta. È stato segnalato a Cuanza Sul, ma neanche lì le autorità ne sanno niente. L'ultimo albergo dove ha lasciato i suoi dati si trova a Matanje, ma è andato via da qualche giorno senza lasciare recapito. Le ha telefonato?»

Dico sì anche se vorrei dire di no.

«E perché non ci ha avvertito subito?»

«Non mi ha detto dov'era, non mi ha lasciato il numero, ha detto solo che sono una cretina ed una egoista a sospettare di lui.»

«Avrei dovuto continuare a tenere il suo telefono sotto controllo.»

«E Glauco Elia?»

«Appena torna gli faremo l'analisi per scoprire il suo Dna. Il giudice è d'accordo, manca l'assenso dell'interessato.»

«Non doveva essere già tornato?»

«Non ancora. Ma lui ha un alibi solido: era in ospedale la sera del parto di sua moglie: è scritto sui registri dell'ospedale e c'è la testimonianza di due infermiere.»

«Insomma, per esclusione, non può essere stato che Marco.»

«Per esclusione sì, ma la logica deve essere suffragata dalle prove scientifiche, dobbiamo analizzare il suo Dna. La prossima volta che chiama, metta la sua voce in registrazione. Comunque porrò nuovamente il suo telefono sotto controllo, sempre che il giudice Boni mi dia l'autorizzazione.»

«Che altro?»

«Ha trovato lavoro?»

«No.»

«Chi dorme non piglia pesci. Arrivederci, Michela, non si scoraggi, lo troverà un altro lavoro, lei sa fare il suo mestiere... E poi, si ricordi il mio suggerimento del libro.»

Mi alzo. Decido di andare a controllare l'alibi di Glauco Elia; c'è qualcosa che non mi convince in questa coincidenza troppo perfetta: la morte di Angela, la nascita della bambina, ma veramente tutto è successo nella stessa sera, alla stessa ora?

Prendo la Cinquecento color ciliegia e mi avvio verso l'ospedale Sant'Anselmo. Lì mi mandano da un ufficio all'altro: «Ma lei chi è? cosa vuole?». Non riescono a capire che chiedo una cosa semplicissima: sapere con precisione a che ora è nata la figlia di Glauco Elia.

Finalmente, al reparto maternità, trovo una giovane ginecologa gentile che mi porta a consultare i registri delle nascite. Si chiama Rosa, è piccola e ben fatta, porta i capelli tagliati cortissimi. Sotto il camice bianco si indovinano due seni minuscoli da atleta, mentre dalle maniche arrotolate escono due polsi robusti e due mani grandi e delicate, adatte a scrutare nei misteri del corpo femminile.

«Augusta Elia è nata il 24 giugno» mi dice.

«A che ora?»

«L'ora, aspetti... non c'è... è strano. Può darsi che... sa, qui quando sono passate le undici di sera il registro viene chiuso e le ragazze lo riempiono solo il giorno dopo.»

«Quindi, in realtà, potrebbe essere nata il 23 giugno verso mezzanotte.»

«Potrebbe essere così, in effetti. Benché, avrebbero l'obbligo di scrivere la data precisa e l'ora della nascita, voglio dire che se anche la scrivono la mattina dopo, dovrebbero mettere la data del giorno prima. E di solito lo fanno. Ma questa mancanza dell'orario preciso nel caso di Augusta Elia mi fa pensare che sia come dice lei; forse è nata tardi, a cavallo fra la mezzanotte del 23 e la mattina del 24. E così il giorno dopo hanno scritto che si trattava del 24, senza precisare l'ora.»

«Due infermiere hanno testimoniato che il padre, Glauco Elia, era presente al parto e che era notte.»

«È la verità. C'ero anch'io; ricordo benissimo che stava dietro il vetro.»

«Ed era sera tardi?»

«Sì, quasi mezzanotte.»

«Quindi la testimonianza delle infermiere è giusta, solo che riguarda il giorno 23 e non il 24.»

«Loro ricordano, come ricordo io, che lui era presente; ma non siamo andate a controllare la data sul registro. Quelle che hanno scritto la data appartengono certamente al turno del mattino e avranno pensato che, se la bambina è nata dopo mezzanotte, bisognava scrivere la data del 24.»

«Grazie, lei è stata gentilissima» dico, sentendomi la febbre addosso.

«L'ho fatto per la sua voce» mi dice inaspettatamente, «quando l'ho sentita parlare con la caposala mi sono detta: questa voce io la conosco; poi mi sono ricordata di averla sentita a radio Italia Viva, non è così?»

«Non lavoro più a radio Italia Viva.»

«Mi dispiace, l'ascoltavo volentieri, lei ha una voce curiosa, che mi ricorda le pesche nel vino.»

«Pesche nel vino? in che senso?» non so se prenderlo come un complimento o come una critica.

«Non so, qualcosa che scivola in gola con un senso di fresco e di dolce.»

Mi accompagna alla macchina che ho posteggiato sotto un enorme tiglio. Il cofano color ciliegia matura è cosparso di piccoli fiori soffici che basta un soffio perché volino via frullando.

«L'estate sta finendo» dice la ginecologa prendendo in mano un fiore schiacciato e portandoselo al naso... «il profumo di questi tigli mi raggiunge in sala parto e mi consola dei dolori a cui sono costretta ad assistere quotidianamente.»

Un'altra patita dei tigli. Le dico che anch'io vado inseguendo quel profumo e che mi dispiace soltanto che fra poco l'albero perderà i suoi ciuffi piumosi e metterà a dormire i suoi profumi fino all'anno prossimo.

Alla prima cabina che incontro scendo per chiamare Adele Sòfia e annunciarle la mia scoperta.

«Bene, perché no, ha fatto bene, abbiamo avuto troppa fiducia nei registri dell'ospedale... anche se non vedo il motivo, Canova, non vedo il motivo di questo omicidio...»

Due ore dopo ricevo una telefonata di Lipari: «È scappato».

«Ma chi?»

«Glauco Elia.»

«E dov'è andato?»

«Quando gli abbiamo notificato la convocazione, quando gli abbiamo detto che dobbiamo fargli il test del Dna, quando ha saputo che abbiamo controllato il suo alibi all'ospedale, è sparito.»

«Pensavo che l'aveste messo sotto controllo.»

«Lo stavamo facendo, ma ci ha prevenuti. Il fatto è che... quale ragione aveva per uccidere la figliastra che non vedeva da anni?»

«La signora Maimone, la macellaia, l'aveva detto di averlo visto nel cortile di via Santa Cecilia, ma voi non le avete creduto.»

«Una che ha visto la Madonna, ma siamo seri!»

«In questo caso diceva la verità.»

«Be', arrivederci.»

Cinquantaquattro

Stamattina, sul pianerottolo di casa ho trovato una busta con dentro una cassetta. C'è il mio nome scritto a mano. Qualcuno deve averla portata lì di persona, il postino non viene mai su e né Stefana né Giovanni ne sanno niente.

Appena il nastro ha cominciato a girare ho riconosciuto la voce sensuale e corposa di Glauco Elia.

«Lei si stupirà della mia sparizione, cara Michela, ma non se la prenda, sono per natura restio agli interrogatori, agli esami in genere; pensi che quando ero bambino mi nascondevo negli armadi il giorno che dovevo fare le gare in palestra, tutti mi cercavano e io me ne rimanevo lì al buio, in segreto, senza dire una parola, finché la buriana era passata, e mai che mi scoprissero: ero bravissimo nel nascondermi.

«Se mi rivolgo a lei è perché ho avuto l'impressione, conoscendola, di una curiosità accompagnata da simpatia e tolleranza, mi sono reso conto che lei voleva capire prima che giudicare e di questo le sono grato, anche se, certo, non ho fatto una bella figura con lei quel giorno... ero troppo preso dal mio lavoro e forse lei era troppo presa dalla sua tartaruga. Ma ho sentito che avremmo potuto intenderci noi due, non è vero? lei ha acutamente attribuito la mia statua al ricordo di Angela, ebbene sì, glielo confesso, quella ragazzina da me plasmata è proprio Angela e, se vogliamo, anche un poco sua sorella Ludovica, due bimbe che sono state vicine al mio cuore per anni, sebbene non fossero figlie mie nel senso biologico del termine.

«Ludovica aveva dodici anni quando ho sposato Augusta, la loro bellissima madre. Era una bambina sgraziata, impaurita di tutto e di tutti, un piccolo gatto selvatico che odiava sua madre perché tutta la bellezza se l'era presa lei, odiava la sorellina più piccola perché era convinta che si portasse via tutta l'attenzione del padre. Come non sentirsi toccati da una bambina così miserabilmente messa al bando da se stessa, come non provare tenerezza per un piccolo essere ferito, solitario e disperato? Ho preso a parlarle come ad una persona adulta e lei mi è stata grata per questo, ho preso a portarla con me in macchina quando uscivo per lavoro e lei ne era felice, si sentiva trattata come una donna, accettata per quello che era, rispettata per giunta come non lo era mai stata dal suo vero padre e da sua madre che la trascurava. Si favoleggia molto in quella famiglia sulla figura del padre morto prematuramente, ma è bene lei sappia, me l'ha confidato Augusta, che in vita sua non è mai stato fedele alla moglie: un mese dopo il matrimonio Augusta ha scoperto che lui se la filava con l'infermiera. Lei ci si è messa di punta e l'ha fatta mandare via, ma qualche tempo dopo è venuta a sapere che aveva intrecciato un'altra relazione, con una anestesista; come si sa, il materiale umano non manca mai per chi è sessualmente inquieto di natura... Quando Augusta ha deciso di amarmi, dopo mesi e mesi di corte, era talmente esasperata con suo marito che era in una continua crisi di nervi: a tavola, nel bel mezzo di un risotto ai funghi, si metteva a piangere e le lagrime le scendevano fin dentro il piatto. Io l'ho amata tanto quella donna e ho cercato di dare a lei e alle bambine una famiglia; ho ristabilito degli orari che non erano mai stati rispettati; ho creato delle precedenze, dei rituali che sono importanti in ogni famiglia che voglia chiamarsi tale. Ogni giorno, cascasse il mondo, io tornavo a pranzare con loro, non le ho mai lasciate sole e non ho mai tradito mia moglie con cassiere o segretarie come lui faceva con infermiere e anestesiste... per quanto ne avessi di bellissime, glielo posso garantire... La sera la passavo in casa, anche se avevo importanti impegni di lavoro facevo in modo di essere libero, per loro. Avevamo una cameriera somala educata in una famiglia parigina che ci preparava dei manicaretti impeccabili; a tavola le bambine potevano parlare solo se interrogate come mi ha insegnato mio padre, non potevano urlare, alzarsi, riempirsi il piatto, mangiare facendo rumore con la bocca, bere senza asciugarsi le labbra, sbriciolare il pane, eccetera.

«Ricordo ancora le prime volte che mangiavo con loro: sembravano due selvagge: ciascuna faceva quello che voleva, parlava con la bocca piena, si allungava sulla tavola per prendere il vino, ne rovesciava la metà sulla tovaglia, non chiedeva neanche scusa, mentre la povera Augusta andava e veniva dalla cucina. No, tu devi stare seduta, le ho detto, prenderemo una persona che serva a tavola, ma tu devi stare seduta accanto a me e devi dare il buon esempio alle bambine che stanno venendo su come delle bestie, spettinate, sporche, non si lavano neanche le mani per venire a tavola...

«Posso dire di essere stato un ottimo padre, di averle avviate alla buona educazione e al rispetto degli altri. Qualche volta le portavo all'Opera e all'inizio loro protestavano perché erano ignoranti come capre. Poi hanno imparato ad amare la musica e dopo... mi sembra ancora di sentire la voce di Angela che diceva: "Papà, danno il *Barbiere di Siviglia*; mi ci porti?"... e i libri, sono io che ho insegnato loro a leggere; quando sono entrato in quella casa non c'era neanche un libro negli scaffali, le ragazzine erano abituate a scorrazzare tutto il giorno per i prati, a tornare a casa stanche morte, con le gambe scorticate e imbrattate di fango, per mettersi a tavola urlando: ho fame e buttarsi sul cibo come delle cagnoline affamate.

«Prima di cena le ho abituate a fare delle letture a voce alta: abbiamo letto insieme *Oliver Twist*, *Pinocchio*, *Robinson Crusoe*. Ludovica non si dava pace, era ribelle, voleva sempre uscire e sua madre diceva: "È più forte di me, non ci posso fare niente, non la reggo". Lascia fare a me, vedrai, te la ammansisco io. Infatti, dopo mesi di piccole ribellioni, di musi, di pianti, ha finito per fare come dicevo io: usciva solo per delle ragioni che concordava con me, tornava a casa alle ore stabilite, e aveva preso dei modi più femminili, più dolci, più umili insomma, era stata addomesticata, come io avevo predetto. Anche se ogni tanto la vedevo rizzare la testa come sa fare solo lei, con la grazia furente di una serpe, per dirmi: "Tu non sei mio padre, sei solo il mio patrigno", ma io la riportavo, con l'ironia, con la convinzione, qualche volta anche con uno schiaffo, ma senza violenza, a richiamarmi papà e a ubbidire. Non creda però che fossi tanto severo o addirittura tirannico, ero capace di grandi indulgenze e tenerezze infinite quando capivo che ne avevano bisogno.

«Augusta mi era grata che ne avessi fatto due ragazze educate, "Le hai trasformate in due signorinelle" diceva e rideva contenta, come io ero contento delle loro voci educate, dei loro modi eleganti, della loro naturale assennatezza: studiavano quando dovevano studiare, non sono mai più state rimandate né bocciate da quando io sono entrato in quella casa... mentre prima, una volta su tre, erano a terra con gli esami... e le professoresse usavano dire di loro che erano "incontrollabili".

«Le cose hanno cominciato a guastarsi con la pubertà: Ludovica si è sviluppata tardi, a quattordici anni; è diventata civetta e riottosa, di nascosto si toglieva il reggipetto per fare ballare i seni che aveva particolarmente voluminosi, e le assicuro che era terribilmente provocante, ai limiti dell'intollerabile; ho provato con le buone, parlandole dei pericoli che correva; ma lei niente, non mi dava retta. Ho provato a fare il severo: quando tornava a casa con un suo compagno di scuola, la chiudevo al buio per ore e lei mi supplicava di aprire, ha sempre avuto paura del buio; e infine l'ho presa a schiaffi pubblicamente il giorno che l'ho incontrata, per caso, al cinema con un tipo orribile, un teppista: si strusciavano, doveva vedere come si strusciavano, era una cosa ignobile, disgustosa.

«Infine ho deciso che l'avrei lasciata al suo destino, sebbene sua madre mi pregasse di non abbandonarla, "Ha delle qualità, quella bambina, e tu sei tanto bravo a tirare fuori le qualità delle persone", mi diceva, ma evidentemente con Ludovica non era più possibile, mi si rivoltava contro con una tale furia che avrei fatto più danni che altro... pensi che è arrivata ad accusarmi con sua madre di averla insidiata, ma per fortuna tutti sapevano che aveva sviluppato una capacità di mentire quasi patologica, mentiva senza sforzo alcuno, senza mai arrossire né imbarazzarsi, come la più incallita delle dissimulatrici, alle volte anche solo per il piacere di farlo.

«Da quando ha preso ad odiarmi perché le impedivo di comportarsi da prostituta ha inventato le cose più ignobili sul mio conto; e insisteva perché sua madre le credesse, si rende conto a quale perfidia può arrivare una bambina corrotta nell'anima che persegue solo e soltanto il suo piacere? non voleva che nessuno si mettesse in mezzo fra lei e la sua volontà di godere sfrenatamente di ogni libertà possibile.

«A questo punto, quando si è presentato all'orizzonte un uomo, già sposato, ma innamorato di lei e di carattere forte, l'abbiamo incoraggiata a mettere su casa con lui. Si tratta di Mario Torres, che poi è risultato un essere contraddittorio, a volte molto affettuoso, a volte violento; so che la picchia; ma credo che abbia le sue buone ragioni, mi creda, Ludovica è una donna testarda, capricciosa e capace di tutto pur di ottenere quello che vuole.

«Per fortuna c'era l'altra, la sorella più piccola, Angela... lei sa che fra di loro c'erano quattro anni di differenza, eppure sembravano lontane, due diverse generazioni, il giorno e la notte; Angela così docile, semplice, così candida e festosa... mi amava moltissimo nonostante l'avessi forzata a modi che le erano estranei quando l'ho conosciuta. Ma Angela era un'altra cosa, una creatura malleabile e tenera, sensuale e vogliosa di piacere, con lei non ho avuto l'impressione di perdere tempo come con Ludovica; mi è stata fedele e complice fino all'ultimo...

«Le confesso che la vedevo, anche se ho detto il contrario, avevamo conservato un dolcissimo rapporto di affetto. Se ci incontravamo di nascosto era per via di mia moglie che era gelosissima di lei e quando sapeva che andavo a trovarla si metteva a piangere e io non posso, non potrò mai resistere ad una donna che piange, mi fa troppa pena. È una ragazza così giovane, così devota, mia moglie, che devo evitare di addolorarla, per lei sono la vita intera e sarebbe stupido deluderla. Per questo andavo da Angela senza dire niente a nessuno, e cercavo di non farmi vedere neanche dai suoi portieri. Solo una volta ho colto lo sguardo d'aquila della suocera calabrese, la macellaia, quella megera dagli occhi porcini, sempre incollata su quella sedia, mi guardava fisso, attraverso il vetro, e neanche usando le scarpe di corda sono riuscito a sfuggire alla sua attenzione. Per fortuna c'erano dei periodi in cui lei era via e io potevo sgattaiolare lungo i muri e infilarmi nell'ascensore senza essere visto. Stefana e il marito Giovanni Mario sono molto distratti, anche perché ho saputo ringraziarli della loro distrazione con regali opportuni...»

Il telefono mi strappa all'ascolto del nastro. «Ma lei non aveva un appuntamento con il nostro direttore alle sei?»

«Ah sì, mi scusi, è che...»

«Se viene entro cinque minuti lo trova, altrimenti dobbiamo rimandare alla prossima settimana.»

«No, vengo subito, gli dica che arrivo.»

Il direttore di radio Vox Populi è un signore sui settanta, dai modi lenti e cortesi. Mi fa un mucchio di domande a proposito del programma sui crimini contro le donne: «So che Cusumano è nei guai, potrei proporgli di comprarlo in blocco il programma, lei che ne dice? sarebbe disposta a lavorarci ancora?».

Mi viene voglia di abbracciarlo e invece rimango come inebetita a fissare le gallinelle bianche sulla sua cravatta azzurra.

«Se però non la interessa...»

«Come no, è il mio lavoro, sono mesi che ci sto dietro...»

«Allora, bene... ne parlerò con Cusumano, poi le farò sapere... Arrivederci, Canova, spero proprio che lavoreremo insieme, ho bisogno di professioniste come lei qui alla mia radio.»

Cinquantacinque

Mi precipito a casa per riascoltare la voce di Glauco Elia: una voce che diventa mano a mano più irsuta e ossessiva. Che altro avrà da raccontare?

«Con Angela eravamo amici... più che amici, un padre e una figlia che si tengono compagnia, che si cercano, che si capiscono al volo, bastava uno sguardo... mi faceva le confidenze sui suoi amori, come quando era bambina e io le raccontavo di mia moglie e delle mie sculture e del figlio che aspettavo... A proposito, sa che io volevo chiamarla Angela, la mia bambina, come lei, ma mia moglie ha opposto un rifiuto così deciso e testardo che non c'è stato niente da fare, l'ho chiamata Augusta, piccola consolazione.

«Angela amava sua sorella, nonostante le tirannie a cui l'ha sempre sottoposta; era strano il loro rapporto: Angela aveva una stima e una fiducia illimitata nella sorella per quanto sapesse che delirava, che era mitomane, che era stata chiusa in manicomio e aveva subìto tutti quegli elettrochoc. Per non parlare di quel marito a cui Angela era molto affezionata, e che proprio per questo, secondo me, Ludovica ha voluto portarle via, vilmente, usando la seduzione e l'inganno. Quando Angela l'ha saputo, invece di prendersela con la sorella, si è inferocita con il marito e l'ha cacciato di casa... si può essere più ingiuste?... a sua volta credo che ad un certo momento Angela abbia portato via a Ludovica il suo Torres, o per lo meno il Torres si è innamorato pazzamente di lei; ma senza per questo pensare di lasciare Ludovica, l'ha solo riempita di botte.

«La sorella maggiore, nella sua goffaggine luciferina, voleva essere come la sorella minore, capiva che era di una stoffa inimitabile e si irritava; copiava tutto quello che l'altra faceva senza metterci qualcosa di personale, niente; era quasi volgare in questa sua voglia di non esser se stessa... lo sa che è arrivata a farsi strappare tutti i denti perché erano storti e lei li voleva dritti e candidi e perfetti come quelli della sorella... se li è fatti fare uguali, ma quelli erano veri e i suoi erano di porcellana; si vedeva da un miglio di distanza.

«Da ultimo Angela era rimasta sola, molto sola, troppo sola... non so perché fosse tanto sola, aveva il dono di fare amicizia, ma quando chiedeva qualcosa di più, tutti scappavano, come se avessero paura del peso di cui lei li avrebbe gravati... era una ragazza fragilissima e forte nello stesso tempo; se voleva qualcosa la otteneva, ma senza forzare niente, non avrebbe mai usato l'arma del ricatto o dell'aggressività come la sorella... con la remissività, la mitezza, finiva per ottenere quello che desiderava... sapeva prendere tutto dandoti l'impressione di concederti quello che poi non ti concedeva... il suo corpo era lì a lusingarti, blandirti, era difficile resistere, nessuno resisteva in effetti... un corpo di bambina affamata d'amore, un corpo talmente arreso e morbido che invitava ad una sorta di cannibalismo amoroso... Chiunque di fronte al suo corpo, vestito o nudo che fosse, era preso da una voglia spasmodica di toccarlo, di carezzarlo, di penetrarlo, perfino di forzarlo, perché lei in qualche modo chiedeva proprio questo, voleva l'urto, la presa di possesso, l'invasione... per poi magari respingerti con ripulsa infantile... faceva no con la testa mentre le labbra, i seni, dicevano di sì, offrendosi e negandosi nello stesso tempo con una sensualità che metteva addosso la voglia di uccidere.

«Ecco, forse è arrivato il momento di confessarlo, io avrei potuto ucciderla, Angela, perché l'amavo, nonostante tutto, perché mi chiamava e mi respingeva, perché prometteva senza mantenere, perché voleva l'altrui distruzione, perché la sua seduzione era assoluta e mortale, ma non l'ho uccisa; qualcun altro l'ha uccisa per me... non so chi sia né voglio saperlo... immagino che sia stato spinto dalle stesse ragioni che avrebbero potuto spingere me: una disperazione profonda, rabbiosa per la sua costante, continua fuga da ogni laccio d'amore, da ogni sentimento di tenerezza, da ogni rapporto di fiducia e di fedeltà, condotta però sul filo della dolcezza, della tenerezza, della mansuetudine e della resa più assoluta... non l'ho mai scoperta ribelle, come sua sorella Ludovica, mai vista seccata, arrabbiata, di malumore, le sue disperazioni erano così profonde che nessuno le avrebbe mai potute sondare; ma prendevano la forma di una stregata, dolorosa gioia di esistere... È su quella gioia che giocava tutte le sue lusinghe; una gioia triste, se così si può dire, una gioia straziata: non l'ho mai sentita protestare, mai rifiutare, mai rispondere per le rime, mai mostrare le unghie... sapeva essere solo zuccherina... mi par di toccar giuncata e annusar rose, come dice Don Giovanni... era solo indifesa, solo tenera e premurosa... e non fingeva mai, assolutamente... era incapace di fingere, la sua mancanza di difesa era tale che ti metteva in agitazione: come farà, ti chiedevi, a cavarsela? per questo io la seguivo, anche dopo tanti anni, anche dopo il mio secondo matrimonio, anche quando stavo per avere una figlia; sentivo che dovevo starle vicino in qualche modo, tenerle compagnia, proteggerla.

«E lei mi era riconoscente, ne fa testimonianza il fatto che quando andavo da lei mi faceva trovare sempre i fiori freschi, un dolce fatto in casa e poi diceva: “Papà, racconta!” ma in realtà era lei a raccontare, storie orribili di uomini che si innamoravano di lei e poi la volevano chiudere in casa, legarla al letto, imprigionarla per sempre, rinchiuderla... uomini che volevano metterle una catena al collo, mostrarla agli amici, divorarla pezzetto per pezzetto, lasciandola più sola di prima... So che ha anche provato a prostituirsi una volta, me l'ha confessato lei, con grande candore: “Papà” mi ha detto, “sono andata con uno che mi ha dato cinquecentomila lire, tutte in una volta, capisci, solo per stare un'ora con lui e non era neanche brutto, aveva un buon odore di bucato...”. La seconda volta però l'uomo che l'ha pagata era un giovanotto sudato e lei non ne ha sopportato l'odore, “Sai, non potrò mai fare la prostituta” mi ha detto, “per via del mio naso sottile: non sopporto gli odori forti e il corpo nudo ha delle robustezze odorose che mi nauseano”; credo che non ci abbia più provato, ma aveva conservato, di quella unica esperienza, delle strane amicizie: una certa Sabrina, prostituta della zona Tiburtina e un suo amico protettore, un certo Nando che lei riteneva una persona “buona” nonostante facesse di mestiere il protettore... due tipi da galera secondo me, infatti credo che siano finiti tutti e due in gattabuia... Ma lei era fatta così, era una strana ragazza, mansueta, docile, con delle malinconie brucianti e una propensione al degrado mentale... non mi stupirei se fosse stata lei a provocare l'assassino, tanto da spingerlo al delitto... con la dolcezza naturalmente, sempre con la dolcezza più profonda e arresa, con la remissività più terribile e avvolgente... non ho mai conosciuto una dolcezza più dissolutrice, più feroce della sua... una dolcezza che ti accoglie come la notte stessa nel buio del suo grembo e poi ti lascia lì solo a meditare sulle pochezze del corpo umano...

«E ora le faccio la confessione più grave, e spero che lei mi creda... deve credermi, Michela... della polizia non mi importa, non mi crederanno mai, ma lei deve credermi, è necessario che mi creda... Dunque, la notte del 24 giugno io non ero all'ospedale perché mia figlia è nata il 23 giugno, un minuto dopo mezzanotte... perciò all'ospedale l'hanno segnata il giorno dopo, ma senza ora; per cui, quando le infermiere hanno testimoniato che io ero presente al parto, che è avvenuto di notte, hanno pensato che fosse quella notte e non la precedente. Ho benedetto questo disguido che mi ha permesso di avere un alibi, credibile e sicuro.

«La sera del 24 giugno io ero con Angela e credo che nessuno mi abbia visto arrivare... i portieri dormivano e il cancello che dà sul cortile era aperto... sono salito senza usare l'ascensore, ho grattato alla porta e lei mi ha aperto. Portava i pantaloni color avana e una camicia bianca, di seta che le scivolava come una schiuma sulle spalle e sui seni. Ho capito subito che c'era qualcosa che non andava, forse aveva litigato con qualcuno, lei che non litigava mai... e qui mi dispiace doverla deludere, cara Michela, ma credo proprio che la persona con cui aveva litigato fosse Marco Calò... doveva essere andato via da poco e forse lei aspettava che tornasse... Ho notato che si era tolte le scarpe da tennis celesti e le aveva posate nell'ingresso, forse era venuta in punta di piedi all'uscio pensando o sperando, non so, che fosse di nuovo lui, Marco.

«Io, in effetti, non avevo un appuntamento preciso con lei, le avevo detto: se posso vengo una di queste sere... non penso che fosse innamorata di Marco Calò, era una manovra di seduzione come tante altre, voleva ridurlo in suo possesso, fargli "perdere la testa", per poi magari cacciarlo... O forse voleva farselo amico per poi arrivare a lei, perché aveva molto interesse per il suo lavoro di giornalista radiofonica e voleva in qualche modo entrare nel magico mondo delle voci... Angela non sapeva, non conosceva altro modo di interessare la gente che usando il suo corpo... e certamente era più facile usarlo con lui che con lei... ma era una manovra innocente, mi creda, non c'era nessuna malvagità in lei, solo una inveterata abitudine a servirsi del suo fascino fisico per ogni cosa, anche per entrare in rapporti con lei e la radio.

«Ha detto che aveva caldo, si è tolta la camicetta... fra noi c'era una tale intimità, ma, le assicuro, non sessuale, che non ci ho trovato niente di strano in quel suo spogliarsi... è rimasta col reggipetto e i pantaloni... mi è venuta vicina e mi ha guardato in un modo che mi ha messo i brividi, non so cosa avesse per la testa, era strana... poi si è tolta i pantaloni e ha preso a piegarli sulla sedia guardandomi sorniona, "faccio come piace a te" ha detto, "come una brava ragazza ordinata, non è così che mi vuoi, papà?" e sembrava così seria e giudiziosa che mi commuoveva. "Ma che fai?" le ho detto... francamente mi sembrava esagerato... "Ho caldo" è stata la sua risposta ed è tornata sui pantaloni e sulla camicia piegandoli e ripiegandoli in quel modo preciso, maniacale, provocatorio. Io stavo a guardarla e pensavo che era proprio matta, una bambina matta e perversa... "Vuoi un caffè?" mi ha detto dirigendosi verso la cucina, così, quasi nuda, con solo le mutande e il reggipetto addosso. "Perché fai così?" le ho chiesto e lei ha alzato le spalle; era così bella e docile e non c'era niente di volgare in quel suo spogliarsi, la

Primavera di Botticelli non avrebbe potuto farlo con più grazia e leggerezza...

«Quando ha fatto per togliersi il reggiseno ho detto: "Me ne vado, capisco che vuoi stare sola", e lei si è messa a ridere, ma con molta delicatezza, senza astio. "Hai paura di me?" ha detto... mi provocava capisce, mi provocava orribilmente... è rimasta tutta nuda; si è tolta gli ultimi indumenti con una naturalezza, una freschezza infantile che escludevano ogni pensiero malizioso. Intanto il caffè gorgogliava nella napoletana... e lei me l'ha versato nella tazzina, mi ha chiesto: "Quanto zucchero?", sembrava una bambina pudica appena uscita da una conchiglia marina... Ma non ha aggiunto lo zucchero, ha lasciato ogni cosa sul tavolo e se n'è andata alla finestra voltandomi le spalle... guardava fuori dai vetri, come se aspettasse di vedere qualcuno giù in cortile... ho pensato: lo sta aspettando... le ho detto: "Copriti che ti vedono da fuori" ma lei non mi ha risposto; e così di spalle, del tutto senza vestiti, mi ha detto alcune cose velenose... Ero esterrefatto perché non l'aveva mai fatto, non era nel suo carattere, nel suo stile... Ho capito immediatamente che in lei parlava Ludovica... era come se la sorella maggiore avesse preso momentaneamente possesso di quel corpo tenero che avevo sempre conosciuto nella sua muta e zuccherina cecità... mi ha detto che le avevo rovinato la vita, che il suo corpo era morto, morto per sempre...

«"Come cadavere sei molto seducente" ho detto tanto per dire qualcosa... capivo che era incollerita, ma non con me, era fuori di sé, come non l'avevo mai vista... e questa rabbia non sua aveva preso la strada della esibizione e della provocazione, armi tipiche di Ludovica, solo lei poteva averla portata a questo punto, chissà con quali menzogneri argomenti... "Guardalo, questo corpo nudo", mi ha detto, "sei tu che l'hai reso così assolutamente estraneo e assente"... era esattamente la voce di Ludovica... sono fandonie naturalmente perché io quel corpo non l'ho mai toccato e dio sa quanto mi è costato... Ha parlato a lungo di sé e di Ludovica... era terribile vederla lì in piedi, nuda, che piangeva tranquilla, senza disperazione, senza rabbia, con la calma ragionevole di un fantasma... allora mi sono avvicinato per abbracciarla, per dirle che le volevo bene, che era ancora la mia bambina anche se...

«Proprio in quel momento lei ha sussultato, come se avesse visto qualcuno giù in cortile, come se avesse sentito un passo, non so... ha detto: "Vattene". "Aspetti qualcuno? chi è, dimmi chi è" ho chiesto... lei ha alzato le spalle, come solo lei sa fare, con una noncuranza assoluta e una tale dolcezza passiva che non è possibile non assecondarla.

«Ecco, io l'ho lasciata alle undici di sera, quasi mezzanotte, del 24 giugno scorso. Questa è la verità. Sono uscito in fretta e non l'ho più vista, non volevo che quel "qualcuno" mi trovasse lì. Non l'ho incontrato per le scale, tanto è vero che ho pensato: forse mentiva; ma poi, quando ho saputo che era stata pugnalata, ho capito che davvero aspettava qualcuno e quel qualcuno l'aveva massacrata.

«Non ho potuto dire la verità al giudice perché non mi avrebbe creduto. Se avessero trovato l'assassino avrei potuto dire quello che era successo quella sera, ma poiché non era stato scoperto, non potevo rischiare di essere scambiato per l'omicida.

«Questa è la verità, Michela, glielo giuro... la dico a lei perché mi è simpatica, perché non è né un giudice né un poliziotto: ne faccia l'uso che vuole, tanto io sto partendo per un luogo dove non mi troveranno mai; sono avvezzo a nascondermi, come le ho raccontato, lo facevo da bambino e lo rifarò adesso... spero nel frattempo che trovino l'assassino... solo allora potrò ricomparire a raccontare la verità...

«Con questo la saluto sperando che lei mi creda, perché merito di essere creduto e spero che comprenda anche la mia reticenza a farmi analizzare, interrogare, vagliare, soppesare. Mi sentirei *bétail*, del bestiame da macello... mia madre che era francese usava spesso questa parola, con disprezzo, arricciando un poco il labbro superiore... quel labbro sollevato e gonfio che ho ritrovato in Ludovica e poi in Angela, quasi un segno del destino...

«La ringrazio di cuore per avere avuto la pazienza di ascoltarmi. Sto per partire per un altro continente... non le dirò quale, per un pudore che ancora mi anima e mi sazia,

«con molta simpatia, il suo Glauco Elia.»

Cinquantasei

Una cassetta confessione, da portare subito ad Adele Sòfia. Per quanto larvata, per quanto incompleta, cosa si può rivelare di più? Anche se insinua che "qualcuno" all'ultimo momento ha ucciso per lui, anche se suggerisce che questo qualcuno sia Marco Calò, è tutto talmente visibile e chiaro. Faccio il numero della Questura ma è sempre occupato. Decido di andarci.

La macchina l'ho posteggiata in via della Lungarina. All'angolo con via Titta Scarpetta vedo la gattara nana col fazzoletto rosso in testa che cammina svelta reggendo due pesanti sacchetti di plastica.

«Buongiorno!» dico rallentando e sporgendo la testa dal finestrino.

Lei, per tutta risposta, si piazza con una mossa rapida e pericolosa davanti al cofano in modo che io sia costretta a fermarmi. Ha voglia di insultarmi, lo vedo dalla piega rabbiosa della bocca. Non mi resta che ascoltarla mentre in piedi, con i sacchetti appoggiati contro le anche, mi aggredisce burbera.

«I gatti vengono uccisi, avvelenati, strangolati e voi ve ne andate in giro comodi, seduti in macchina, puh!» e lancia uno sputo che si spiaccica contro il finestrino. «Stamattina ho trovato un sacco con dentro tre gatti morti, avvelenati, chi è stato eh? chi è stato? e non erano solo trucidati, ma li avevano torturati... Animali! dicono animali con la puzza sotto il naso, quando i veri animali siete voi... meglio, molto meglio qualsiasi animale, persino i topi, loro non passano il tempo a torturare, avvelenare e impacchettare altri animali... solo gli uomini, solo voi mefitici automobilisti con la faccia da luna piena, solo voi sapete fare certe nefandezze... Questi non sono gatti da salotto, certo, puzzano, e fanno vedere gli artigli, ma come può essere grazioso e docile un gatto di strada, costretto a cercare il suo cibo fra i rifiuti, cacciato da tutti, sempre in procinto di essere schiacciato dalle ruote di una delle vostre schifose automobili?»

Ora gesticola da sola in mezzo alla strada e sembra essersi scordata di me. La gonna nera coperta di patacche le si agita attorno alle gambe magre calzate di nero.

«Anche Maria la scema l'avete ammazzata voi automobilisti, a furia di farle respirare i vostri scappamenti mefitici... era proprio scema, non capiva niente di niente, però una cosa la sapeva fare: le melanzane alla parmigiana; come le faceva lei erano un portento, colanti, filanti, con la mozzarella che veniva giù, veniva giù, non la finiva più di venire giù... peccato che è morta, una volta al mese mi invitava a casa sua, diceva: vieni a mangiare una melanzana come piace a te... voleva farsi perdonare perché aveva una casa, delle pentole, un figlio, mentre io non ho niente altro che una panchina pubblica per dormire.»

Inaspettatamente si mette a saltellare in mezzo alla strada, mandando in alto i piedi chiusi nelle scarpe rattoppate e girando su se stessa con una agilità che non ci si aspetterebbe da una donna della sua età. La guardo sbalordita, poi divertita, ammirata: in quel saltare disperato c'è una grande elegante dignità.

Faccio per dire qualcosa, ma lei è già sparita dietro un gruppo di gatti affamati, così metto la prima e avvio la macchina verso la Questura.

Mi dicono che Adele Sòfia non c'è, mi aspetta a casa mia. A casa mia? Torno indietro di corsa, lascio la Cinquecento sul lungotevere Alberteschi, di traverso, a metà sul marciapiede e corro in via Santa Cecilia.

Eccola, Adele Sòfia, sulla soglia della mia porta aperta, la macchinetta più luccicante che mai, i capelli grigi tutti schiacciati da una parte, una gonna nera che le fascia i fianchi larghi, una giacca ben tagliata con le tasche rigonfie di carte.

«Avete forzato la porta? ma perché?»

«Abbiamo saputo che ha ricevuto una cassetta da Glauco Elia e la volevamo subito, lei non c'era.»

«Come l'avete saputo?»

«Da Stefana Mario.»

«Ma se non c'era scritto sulla busta il nome di chi la mandava.»

«L'avrà indovinato. È vero o non è vero che lei ha ricevuto questa cassetta?»

Capisco che deve essere venuto lui, Elia, a portarla e certamente la Maimone l'ha riconosciuto. Forse è perfino possibile che lui abbia lasciato la busta con la cassetta in mano a Giovanni Mario, fidando nella sua distrazione.

«Sì, ero venuta proprio da lei per consegnargliela.»

«Allora me la dia, per favore.»

Gliela consegno. Lei la infila in un registratore portatile e prende ad ascoltarla andando su e giù per l'ingresso. Intanto squilla il telefono in camera da letto, vado a rispondere; è la voce lontana e affettuosa di Marco che mi annuncia il suo arrivo per domenica.

«Ho voglia di vederti, Michela, mi vieni a prendere all'aeroporto?»

«Hai ritrovato la testa?»

«È salda sul collo come prima.»

«Guarda che ti cercano, vogliono farti l'analisi del sangue.»

«Vengo anche per questo, non voglio che pensino che sono un assassino... Tu non lo pensi, Michela? tu mi credi vero?»

«Dimmi una cosa sola: di cosa parlavi per telefono con Carmelina-Sabrina dall'Angola?»

«Di niente; era lei che chiamava, per parlarmi di Angela che era stata ammazzata e di Nando che era disperato. In tutto mi avrà chiamato tre volte, prima che mi mettessi a girare, quando stavo fermo a Luanda... Il numero l'avevo dato ad Angela prima che morisse e lei l'aveva passato a Sabrina, ecco tutto.»

«A me non hai mai voluto darlo...»

«Non sarai mica gelosa di Sabrina!» dice ridendo e questa sua malandrinaggine mi rassicura: è un bugiardo, non un assassino.

Mentre lo saluto, vedo Adele Sòfia che se ne va con la cassetta facendomi un segno da lontano. Non ha capito chi stava all'altro capo del telefono, non ha ascoltato le mie parole, troppo presa dalla ambigua confessione di Glauco Elia. Meglio così, ma sono sicura che la vedrò all'aeroporto domenica.

Cinquantasette

La voce sonora di Adele Sòfia mi sveglia nel mezzo della notte. Accendo la luce, guardo l'orologio: sono appena le quattro.

«Si è sparato un colpo di fucile in bocca» sento che dice.

«Ma chi?»

«Glauco Elia.»

«Dove?»

«In un campo vicino a casa sua. Abbiamo già preso il sangue e l'abbiamo fatto analizzare in fretta: è quello... finalmente sappiamo chi ha ucciso Angela Bari.»

«E la cassetta?»

«La mettiamo agli atti. Poi, se vuole, quando tutto sarà a posto, gliela restituiremo, dopotutto le appartiene.»

«Sembrava sincero.»

«Il suo sangue lo è stato di più.»

«Quindi ha mentito sull'ultima parte della visita notturna... mi aveva quasi commossa con la sua richiesta di essere creduto... anche se credergli avrebbe significato dare la colpa a Marco...»

«Sembrerebbe uno che parla di un altro, uno sconosciuto che senza saperlo adopera le sue stesse mani... ci sono molte verità nella cassetta e molte omissioni... la voce è bella, suadente... sembra proprio che voglia proteggere, nonostante il giudizio negativo che ne dà, l'altro inquilino della mente, il fratello vampiro... Il movente, ma che termine brutto, lei ha ragione quando mi rabbuffa perché uso un linguaggio inerte e inespressivo, non dice così? be' il movente, ma chiamiamolo motore dell'aggressione, è poco chiaro; Gadda chiamerebbe la storia un "pasticciaccio brutto": rabbia, gelosia, orgoglio, pregiudizio, delirio, paura, viltà, desiderio, frustrazione sessuale, senso di colpa, puro furore achilleo, da eroe tradito, non so, probabilmente tutte queste cose messe insieme con l'ingordigia propria degli egocentrici genialoidi... un uomo di talento, comunque, ha visto le statue? stava preparando una mostra a Parigi... peccato!... Ah, lo sa che Cusumano ha rinunciato al programma in quaranta puntate sui crimini contro le donne? ai proprietari della radio non è piaciuto. In quanto a radio Vox Populi, tentenna... sembra che l'argomento metta paura... secondo me lei dovrebbe proprio farne un libro; se vuole le posso procurare altri documenti, venga a trovarmi, ne parliamo insieme...»

«Grazie.»

«E poi, con calma, lunedì, quando si sarà riposato del viaggio, mi porti il suo Marco, dobbiamo fargli un piccolo esame.»

«Ma se l'avete trovato, l'assassino!»

«È una pura formalità... Il Calò era a Roma quella sera, non ha un alibi credibile ed è possibile che sia andato a casa di Angela Bari la notte del delitto, subito prima o subito dopo... Si potrebbe ipotizzare un concorso in colpa... è un'idea del giudice Boni e sinceramente non gli si può dare torto...»

Sembra impossibile liberarsi di questo delitto, perfino dopo una più che plateale e chiarissima soluzione. Concorso in colpa? ma se non si conoscevano nemmeno Marco ed Elia? Lo so di sicuro? ne sono certa? la logica continua a chiedere sacrifici, ma fino a quando? la sfinge sembra sorridere sorniona.

La voce di Glauco Elia insiste nell'orecchio, amabile: «Lei deve credermi, Michela, io merito di essere creduto». La voce di Marco martella al telefono: «Tu devi credermi, Michela, devi credermi»... E nell'altro orecchio sento Ludovica che incalza: «Io ho bisogno che qualcuno mi creda, la prego di credermi, lei mi crede, vero?».

Ogni voce ha il timbro della verità, che non sempre coincide con quella logica delle cause e degli effetti cara al giudice Boni e alla commissaria Adele Sòfia. Le voci sono corpi in moto e hanno ciascuna l'ambiguità e la complessità degli organismi viventi; belli o brutti, deboli o forti che siano, sono percorse da vene lunghissime di un azzurro che mette tenerezza, seminate di costellazioni di nei come un cielo notturno ed è difficile metterle à tacere come si fa con le parole cartacee di un libro.

Uscire dalla malia delle voci, come dice Adele Sòfia, ed entrare nella logica geometrica dei segni scritti? sarà un atto di saviezza o una scappatoia per eludere i corpi occhiuti e chiacchierini delle voci?

DOLCE PER SÉ
[1997]

Dolce per sé; ma con dolor sottentra
il pensier del presente, un van desio
del passato...

G. Leopardi, *Le Ricordanze*

3 ottobre 1988

Cara Flavia,

sono passati sei mesi dall'ultima volta che ci siamo viste. Da quando sei entrata, come un angelo infuriato, nella sala d'ingresso dell'Hôtel Bellevue, il cappellino rosso ciliegia in testa, la gonna scozzese che ti saltellava sulle ginocchia, le scarpe rosso pomodoro col fiocchetto da ballerina. Vedendomi, hai gettato a terra i giornali di tuo padre per correre ad abbracciarmi.

Non sapevo che ci saremmo separate per tanto tempo, non sapevo che ne avrei sofferto, non sapevo che saresti entrata nelle mie peregrinazioni mentali come la "bambina delle feste". Ma dove sono ormai quelle feste? Voltandomi indietro ho paura di fare la fine della moglie di Lot. Eppure "non è cosa / ch'io vegga o senta, onde un'immagin dentro / non torni, e un dolce rimembrar non sorga". La mia testa continua a girarsi con un movimento timido e impacciato, fra il timore e la curiosità. "Dolce per sé; ma con dolor sottentra / il pensier del presente, un van desio / del passato..."

È questa la "ricordanza"? Quel tetro ingresso dell'Hôtel Bellevue, quelle pareti marroncine, la plafoniera giallo uovo, i divani a fiori rosa su fondo grigio?... Anche se poi le camere erano luminose e avevano le finestre che si aprivano sulle rocce grigio-azzurre dello Sciliar.

Potrei trasformarmi in una statua di sale, se insistessi, lo so, come la moglie di Lot: ma come si chiamava la moglie di Lot? La Bibbia non lo dice. L'ho sfogliata in lungo e in largo. Puoi solo immaginarla come una donna senza nome, senza faccia, appartenente per diritto matrimoniale a un certo Lot.

Eppure il suo gesto ha avuto conseguenze decisive e disastrose: la curiosità, questo sentimento sensuale e dirompente, anziché renderla più mobile, più viva e generosa, la irrigidisce, la calcifica. Possibile che la memoria sia un processo di pietrificazione dello spirito? È questo che suggerisce nostro Signore?

Continuo a girare la testa all'indietro, con un gesto che è insieme timido e ardimentoso, nel timore trattenuto di trovarmi intrappolata in un processo di necrosi mentale. Dietro la città che nasce dalle luci del ricordo ci sei tu, Flavia, prigioniera di una porta girevole. Te lo ricordi? Ti piaceva spingere il pesante vetro con tutt'e due le mani, uscire e poi rientrare mentre qualche signora con la racchetta da tennis in mano aspettava pazientemente che tu avessi finito il gioco per poter a sua volta uscire.

L'Hôtel Bellevue. Anche quello proibito? Non ti voltare indietro, non senti il sale in fondo alla gola? Eppure era un albergo così pacifico, niente a che vedere con Sodoma e Gomorra, un albergo dalle solide tradizioni montanare, che ospitava soprattutto clienti anziani.

«Che voglia di rivederti!» hai detto entrando nella hall del Bellevue. Poi sei corsa da tua madre per aiutarla a portare dentro la grossa valigia a righe. Intanto, tuo padre posava il suo violoncello, dalla fodera nera, contro il bancone e domandava le chiavi delle due stanze che aveva prenotato.

«La signorina desidera una camera con vista sullo Sciliar?» ha chiesto il portiere, cerimonioso. E tu, che avevi fatto la grande fatica di aiutare tua madre nel trasporto della valigia, ti sei abbandonata con un tuffo sul divano a fiori rosa e hai detto: «In questo momento sono orribilmente stanca», una frase tipica della tua bisnonna Fiorenza che tu avevi adottata con puntiglio mimetico.

«E lo zio Edoardo?» mi hai chiesto saltando sul divano, già dimentica della tua "orribile stanchezza". Lo zio Edoardo è il nostro legame, la nostra conquistata parentela, il nodo di affetti che ha portato te a me e me a te. Come se tra una bambina di sei anni e una donna di cinquanta si possa formare un rapporto di curiosità e tenerezza. Soprattutto quando non sono parenti e si sono conosciute da poco.

«Lo zio Edoardo sta su in camera a studiare» ho detto guardandoti saltellare allegramente. «Allora andiamo su.» E mi hai preceduta verso l'ascensore. Volevi essere tu, con le tue dita corte e grassottelle a pigiare il bottone nero, per poi osservare, beata, la spia rossa che si accendeva ad ogni piano.

«Gli facciamo una sorpresa?» hai detto. E sei andata avanti per aprire la porta di botto e urlare: «Sono qui!». Ma la porta della camera numero 38 era chiusa a chiave e tu hai storto la bocca comicamente. La sorpresa non era più possibile. Si sentivano al di là della porta chiusa le note aspre e soavissime del Preludio in mi maggiore di Bach. «Bussa con più energia» ti ho detto.

Hai bussato. Ma tuo zio non ti ha sentita perché il suono del violino copriva il tuo picchiare. Hai bussato ancora, con più forza. Il Preludio si è interrotto e si è sentita la sua voce "di cornacchia", come dici tu, gridare: «Chi è?».

«Sono la cameriera, c'è una lettera per lei» hai detto soffocando le risate. Si sono sentiti dei passi, una mano che girava la chiave nella toppa. E sulla porta è apparso il tuo bellissimo zio Edoardo, in pigiama, col violino in una mano, l'archetto nell'altra e un sorriso sorpreso e felice sulla bocca minuta che una comune amica definisce "barocca".

«Sono io la lettera» hai gridato abbracciandolo.

Mentre vi stringevate ridendo, ho sollevato da terra un maglione arrotolato e ho riportato nel bagno un asciugamano umido. Il tuo dolcissimo zio non è quello che si dice "una persona ordinata". Eppure, quando suona è così preciso e sistematico. La musica, si sa, pretende una continua geometrica distribuzione degli spazi.

«Ora torno giù dalla mamma che ha bisogno di me, tu continua pure a suonare» hai detto con saggezza compunta. Mi hai presa per mano e siamo tornate insieme al piano di sotto.

Quell'albergo, con i suoi vecchi divani, i suoi tavolini da gioco, i suoi acquarii, sembrava uscito da un film di Jacques Tati. *Le vacanze di monsieur Hulot* l'hai mai visto? Il surrealismo un poco sgomento di Tati è sempre stato una fonte di allegria, per me.

Monsieur Hulot, con la lunga pipa in bocca, cerca di partecipare ai divertimenti dei suoi compatrioti ma finisce per combinare un sacco di guai; guai che scombussolano quell'aria sonnacchiosa e prevedibile delle vacanze anni Cinquanta in Provenza. Gli ospiti dell'albergo sono affezionati ai loro orari, alle loro abitudini: le lunghe partite a tennis di cui, anche da lontano, si avvertono i ritmi per quel plof plof puntuale della palla di gomma che rimbalza sul terreno spianato; le passeggiate al tramonto quando le signore raccolgono conchiglie e le porgono ai mariti che, con gesto indifferente, le gettano via; le pomeridiane partite a carte attorno ai tavolini dal ripiano di feltro verde; le cene silenziose interrotte dal fracasso "inammissibile" di una sedia rovesciata per caso da un bambino; i vol-au-vent con la besciamella al gusto di funghi porcini; le fettine di carne troppo cotta; le carote alla Vichy; il ballo in maschera al quale nessuno partecipa salvo, appunto, il buffo monsieur Hulot.

«Ma monsieur Hulot chi sarebbe?» chiederesti tu, lo so, mettendo in moto la tua logica infantile. Be', un poco il tuo candido zio Edoardo, un poco tu, Flavia, e un poco forse anch'io con le mie goffaggini e le mie comiche distrazioni.

Chissà come sei cresciuta in questi sei mesi; come l'erba cipollina che ti volti un momento ed è già diventata alta e rigogliosa. Mia madre diceva che se si fa molta attenzione si può sentire l'erba che cresce. Tu l'hai mai sentita?

La mattina venivi a bussare alla mia porta per chiedermi: «Che scarpe mi metto oggi?». Io ti dicevo: «Gli scarponcini col carro armato». E tu: «Ma non sarebbe meglio se mettessi le scarpe bianche da tennis?». «Per le passeggiate fra i boschi non vanno bene» ribattevo io. «Allora metto quelle rosse e poi, stasera, quelle bianche, eh?»

Chissà quanto si sono allungati i tuoi piedi. Ma, mi raccomando, quando arrivi al trentasette, fermati. Il trentasette è un numero buono per una donna. Se diventano troppo lunghi ti chiameranno "piedona". I vecchi saggi dicevano che i piedi grandi significano carattere incerto, generoso e pasticcione. Tu non sei né pasticciona né irruente; sei una bambina ordinata e volitiva con una leggera tendenza alla malinconia.

Quando guardavi le mie scarpe storcevi il naso. Erano troppo scure e severe per il tuo gusto. «Perché non ti metti i sandali d'oro?» mi chiedevi e, dal modo in cui ti mordevi il labbro inferiore, capivo che avresti voluto indossarli tu, i sandali d'oro. Ma sapevi che tua madre Marta non te lo avrebbe permesso, perciò volevi che li calzassi io.

Qualcuno mi ha detto una volta che portavo scarpe "da suora". Probabilmente tu saresti d'accordo. Se ti chiedessi a bruciapelo: «Ti piacciono le mie scarpe?» ti nasconderesti dietro uno di quei sorrisi d'occasione che usi quando una pietanza non è bene accetta al tuo palato, ma non osi pronunciarti ad alta voce per non ferire chi ti sta servendo.

I miei piedi, lo sai, da ultimo si sono messi a crescere nonostante abbia superato di molto l'età dello sviluppo. È buffo, no? Da qualche tempo le scarpe mi facevano male. Mi chiedevo se avevo fatto i "peri duci", come raccontava la mia balia siciliana, "i piedi dolci", troppo sensibili per qualsiasi paio di scarpe. Poi, un giorno, mi sono detta: sai che faccio? mi compro un paio di scarpe di un numero più grande per stare comoda e se proprio saranno larghe, ci infilerò una soletta. Invece ci stavo benissimo e improvvisamente non ho più sofferto di male ai piedi.

Non devono neanche essere troppo piccoli i piedi, sai, perché sennò inciampi. A meno che, crescendo d'età, tu non rimanga al di sotto del metro e mezzo di statura. Ma sono sicura che diventerai più alta. Sei già una bambina molto lunga per i tuoi sei anni. Se diventerai come tua madre, sarai della misura giusta. Ma forse crescerai ancora, supererai i tuoi genitori e diventerai una pertica. Te la immagini tu, la Flavia di vent'anni, con le gambe lunghe lunghe e i piedi enormi, il cappelletto rosso ciliegia in testa e le scarpe rosso pomodoro ai piedi?

Io, probabilmente, non ci sarò più e tu sarai una bella ragazza con gli occhi colore delle castagne mature e il sorriso fra timido e sfrontato. Perché tu sei una bambina timida, questo lo so; ti nascondi perfino a te stessa, ma non manchi, come tutti i timidi, di qualche temerarietà. I tuoi occhi, quando sei presa dalla paura, diventano piccoli, quasi avessi timore di essere invasa dalla luce. E allora metti su le persiane dello sguardo, come facevano le monache quando volevano guardare senza essere viste da dietro le grate dei conventi.

Alle volte, invece, sei decisamente sfacciata. Da muta che eri, diventi chiacchierina e nessuno ti può fermare. Sono le domande che ti fanno ardita, i tanti perché che ti saltano sulla lingua: come mai le mucche hanno la coda e io no? perché le mamme hanno la mania di far mangiare i figli? perché la montagna è verde e il cielo è blu? perché i papà partono sempre e le mamme rimangono a casa ad aspettare? perché tu hai gli occhi celesti e io marrone? perché lo zio Edoardo ti chiama "amorero"?

Non è facile rispondere alle tue interminabili domande. In questo assomigli a un mio professore di filosofia, un uomo scarmigliato e gentile che mi ha insegnato a tirare i bandoli delle matasse del pensiero: perché l'uomo muore? chiedeva sporgendosi dalla cattedra, le maniche della giacca arrotolate sulle braccia pelose; perché il cielo è azzurro e sembra vuoto? perché chiamiamo il male demonio? cosa significa credere nel futuro?

Non erano tanto le risposte a creare sconcerto ma le domande in se stesse: imparare a diffidare delle certezze, non accontentarsi mai delle risposte che tutti darebbero meccanicamente. C'è un "perché" nascosto nelle cose che conduce ad un altro "perché", il quale suggerisce un piccolissimo imprevisto "perché", da cui scaturisce probabilmente un altro, nuovissimo e appena nato "perché".

Risponderò solo all'ultima delle tue domande visto che mi riguarda da vicino: lo zio Edoardo mi chiama "amorero" perché mi vuole bene. "Amorero" è una piccola deformazione giocosa della parola "amore". Abbiamo cominciato un giorno per scherzo aggiungendo un "ero" alle parole per farle suonare spagnolesche e favolose. Poi è diventata un'abitudine. Così, per esempio, lui dice: «Andiamero al cinemero» e io rispondo: «Quale filmero vuoi vederero?».

Un gioco da bambini, tu dirai, e in effetti si tratta di un "segretero bambinero". Nel mondo dei grandi lo chiamerebbero "gergo". Ma il gergo, per essere riconosciuto come tale, deve essere usato da più persone; mentre noi siamo solo in due. Il fatto è che gli innamorati si credono una folla anche quando sono uno più uno; si arrogano il diritto di inventare dei gerghi loro che trattano con la serietà di una lingua vera dotata di una propria grammatica e di una propria sintassi. Sarebbero capaci di stampare un vocabolario delle parole in "ero" come se la cosa avesse un qualche fondamento linguistico.

La mia amica Laura, che ha un orecchio un poco distratto, credeva che io chiamassi tuo zio "torero". E così, un giorno, gli ha detto: «Senti, torero». Da allora siamo stati noi a chiamare lei "torero" e con questo l'abbiamo fatta entrare nel nostro piccolo giardino lessicale.

Per me si tratta di un gioco che coinvolge le parole di uso comune, per tuo zio di un divertimento sonoro. Anche per tuo padre i suoni vengono prima di tutto. Non a caso sono tutti e due musicisti, nati e cresciuti in una famiglia dedita alla musica. Il tuo bisnonno, non so se te l'hanno già raccontato, era un famoso violoncellista. Aveva avuto la stravaganza di sposare una principessa egiziana, figlia di un re arabo dei deserti che ogni anno riceveva una quantità d'oro pari al suo peso e perciò si portava in giro una pancia grande e grossa come una cupola.

Ma la principessa Amina, che come femmina non veniva valutata a peso d'oro, era magra e bella e portava i capelli bruni sciolti sulle spalle. Questa principessa Amina, a quanto mi racconta tuo zio Edoardo, teneva in giardino un'oca molto intelligente e di carattere che si chiamava Belo. La mattina, quando si alzava, la tua bisnonna andava alla finestra e chiamava: «Belo, Belo!». E l'oca rispondeva: «Uhé, uhé». Belo era anche molto gelosa e una volta che il tuo bisnonno si era avvicinato alla moglie in giardino per darle un bacio, Belo gli aveva beccato ferocemente il sedere.

Si dice che Amina fosse molto elegante, molto raffinata e fosse ghiotta di leccornie salate. Come te, Flavia, preferiva un cetriolino sott'aceto a una caramella al miele. Col tuo bisnonno si erano conosciuti in una circostanza romanticamente drammatica. Lui aveva fatto un atterraggio di fortuna col suo biplano sulle spiagge della costa romagnola. Tutto ammaccato e stracciato, ma non meno bello e affascinante per questo, il giovane pilota era saltato fuori dall'aereo in panne e come in un film americano degli anni Venti, aveva cercato disperatamente un telefono per farsi venire a prendere. Il caso volle che il solo telefono della zona si trovasse dentro la villa della principessa egiziana; villa sepolta in mezzo ai lentischi e ai pini nani lungo la costa, allora deserta e bellissima. La ragazza vide il giovane infortunato e lo fece entrare perché telefonasse. E da quella telefonata "galeotta", proprio come nei migliori romanzi d'amore, era nata una grande passione sfociata in un matrimonio.

Si racconta che la giovane Amina dai capelli lunghi e la voce soave, avesse la passione dei medicinali, che poi è passata a tuo nonno Pandino. E che quando si insediò la prima volta nella casa di Napoli dove ha dato alla luce il suo unico figlio, mandasse talmente spesso i servitori in farmacia da spingere il proprietario a chiedere se nel quartiere fosse stata aperta una clinica.

Piccole mitologie familiari, qualcuno potrebbe pensare, di poca importanza. Ma una famiglia senza mitologie sarebbe come un cielo senza stelle, un buco vuoto e inquietante.

La tua bisnonna egiziana, dai lunghi capelli neri, è morta giovane in un incidente aereo nei cieli del Mediterraneo. Strano, questo destino legato al volo, no? un biplano le aveva portato l'amore, un bimotore le portò la morte.

Qualche anno dopo, il tuo bisnonno Arduino si è risposato, contro il parere di tutta la famiglia, con una bellissima violinista che si chiama Teresina.

Io l'ho incontrata, sai, questa tua bisnonnastra, la vogliamo chiamare così? a New York dove tuo zio doveva dare un concerto. Abbiamo saputo per caso che Teresina avrebbe suonato in una saletta del Metropolitan Museum e lì siamo andati trepidanti di curiosità.

Dopo avere attraversato sale tappezzate di quadri antichi, ce la siamo trovata improvvisamente davanti, sopra un palchetto di frassino, fra due tende giallo uovo: portava un vestito nero dalla scollatura profonda, i capelli grigi sciolti sulle spalle ed era bellissima nonostante i suoi settant'anni.

«Diavolo di una donna, suona ancora benissimo» diceva tuo zio Edoardo ascoltando il Quintetto di Boccherini chiamato *La ritirata di Madrid*. Lui era il solo in famiglia ad averla un poco frequentata. Il fatto è che tuo nonno, il padre di tuo padre, il pigro Pandino dalle occhiaie nere e l'indolenza di un plantigrado, non l'ha mai potuta soffrire perché Teresina aveva preso il posto della madre amata, la proprietaria di Belo. E a loro volta, i figli di Pandino erano stati educati a considerarla una estranea.

Tuo zio Edoardo, che è curioso come una gazza e ama fare il bastian contrario, ha deciso che non avrebbe tenuto conto dell'ostracismo familiare nei riguardi della bella Teresina. Lui, poi, è violinista e questa donna che "suona come un serafino" lo incuriosiva moltissimo.

In camerino, dopo il concerto, mi è sembrata di una bellezza pallida e sofferente. In effetti aveva un dolore acuto alla spalla sinistra, come ci ha detto sorridendo, e nonostante questo aveva suonato con grande raffinatezza e sapienza.

D'altronde anche nella famiglia di tua nonna, la madre di tuo padre, sono musicisti. Il tuo bisnonno Edoardo è stato un apprezzato pianista. Qualche volta mi è capitato, dopo i concerti di tuo padre e di tuo zio, di vederli tutti assieme attorno a una tavola imbandita. Il nonno pianista è ancora pieno di vita e di voglie nonostante la testa pelata, i grossi occhiali da miope e la faccia solcata dalle rughe.

La nonna Fiorenza, tua bisnonna, viene chiamata in famiglia "nonnà" ed è la persona più quieta e delicata che io conosca. Il suo corpo minuto, un poco curvo, rivela l'atteggiamento di una lunga vita di dedizione. Si vede a occhio nudo che ha passato giorni e notti a curvarsi sui figli, sul marito, sui nipoti, sul pianoforte, sui cibi, sugli animali. Tanto che il suo torso ha preso quella forma che potremmo chiamare di "attenta e scrupolosa regalìa".

Strano che ai concerti di Castelrotto i tuoi nonni non ci fossero. Di solito non mancano mai alle esibizioni pubbliche dei figli, soprattutto quando suonano insieme. È curioso che in questa famiglia di musicisti il talento abbia saltato una generazione: dai tuoi bisnonni si deve arrivare a tuo padre Arduino e a tuo zio Edoardo per ritrovare la musica in casa. Tua nonna Giacinta, che è una donna dalle grandi risorse di volontà e di organizzazione, ha cominciato suonando il pianoforte come il padre, ma poi ha finito per fare solo la madre, sebbene, fattiva com'è, abbia sempre integrato il lavoro di famiglia con molteplici attività di ogni genere.

Tuo nonno Jusuf, detto Pandino, invece era forse troppo pigro per intraprendere una qualsiasi carriera artistica. Si è limitato a scavarsi una tana dove rifugiarsi e lì è rimasto a guardare di sguincio il mondo con la segreta trepidazione che hanno gli esiliati.

D'altronde gli orsi panda cosa fanno? mangiano le foglie, si ingrassano di miele e fanno collezione di oggetti raccolti nel sottobosco. Tuo nonno Pandino, infatti, raccoglie tutti i chiodi arrugginiti, tutte le viti storte, tutti i bulloni usati, tutti i fili di ferro abbandonati che trova. Conserva ogni oggetto raccattato in grandi scatole, con una targhetta sopra. E quando serve qualcosa per la casa, si può stare sicuri che lui la trova in uno dei suoi scrigni segreti.

Ti sarà capitato di aprire gli armadi della camera da letto di tuo nonno e di trovarli pieni di ganci, di catenelle spezzate, di dadi e di cacciaviti. Ti sarà capitato di aprire il frigorifero e di trovarlo farcito di medicine. Come sua madre Amina, Pandino ha una cieca fiducia nei farmaci. Tale è la sua fede nei rimedi chimici, che gli è successo varie volte di ammalarsi per avere ingerito pillole contro mali inesistenti. Nel frigorifero spesso non c'è posto neanche per il latte tanto i ripiani sono ingombri di colliri, spruzzatori nasali, pastiglie per la gola, per la schiena, per lo stomaco, per le ossa.

Ma le sue manie non finiscono qui. Pur essendo pigro e indolente, Pandino ha la passione delle armi. Tuo nonno, come tutti i nonni, ha le sue contraddizioni. È generoso, ma nello stesso tempo avaro. Famosa la sua frase: «Beppe, dammi il vino più schifoso che hai». Il fatto è che un operaio gli aveva fatto dentro casa un lavoro non richiesto e lui voleva sdebitarsi. Ma sia che il giovane muratore gli fosse antipatico, sia che volesse, in un modo sornione e indiretto, esprimere la sua avversione di classe, sia che fosse spinto semplicemente dalla voglia di scherzare, aveva voluto offrire sì del vino ma di infima qualità. Il vinaio lo aveva preso in parola. Tanto che poi l'operaio era andato a ringraziarlo e gli aveva detto: «Grazie dottó, ma quanto era cattivo quel vino; dove l'ha preso, manco fosse stato in una fogna!».

A tuo nonno Pandino piacciono i film di Zero zero sette, le ricostruzioni storiche dell'antica Roma, e pellicole per bambini come *La carica dei 101*. Lui e tuo zio Edoardo, il mio innamorato, se ne vanno al cinema quando sono soli, a godersi pellicole che nessun altro in famiglia ha voglia di vedere. E si divertono, mangiano i bruscolini e il gelato e tornano a casa contenti e felici.

Un abbraccio

tua
Vera

21 ottobre 1988

Cara Flavia,

una donna di cinquant'anni e una bambina di sei, che strana combinazione di età! generalmente si considerano estranee e lontanissime come due comete lanciate in due cieli diversi che non si conoscono e sono destinate a non incontrarsi mai.

Eppure tu mi tratti da amica e io ho per te quel sentimento di attesa trepidante che hanno le innamorate quando gli amati partono per terre lontane da cui non si sa se torneranno.

Cara Flavia che non mi sei parente, che non mi sei coetanea, che nonostante questo mi sei vicina, come è possibile che ti scelga come confidente quasi fossi una donna fatta con tanto di passato alle spalle?

Sono qui per parlarti di tuo zio Edoardo, come al solito. Ma non posso parlare di lui senza parlare di te; ti ricordi quella sera al concerto di Castelrotto? eravamo sedute vicine, tu con le tue lunghe calze bianche, la tua gonna scozzese, la tua camicetta rossa, io con la mia lunga gonna nera e la camicia da sera color chiara d'uovo. Tuo padre Arduino e tuo zio Edoardo suonavano insieme con un pianista e un violista il Quartetto in sol minore di Mozart.

I riflettori erano ancora un poco storti. Eppure li avevo raddrizzati durante le prove. Poiché ho una certa esperienza di teatro mi sono proposta di sistemarle io quelle luci che un elettricista distratto aveva puntato proprio contro gli spettatori, ti ricordi? Ma il tempo era scarso e loro avevano fretta di provare e che ci facevo io in cima a quella scala piantata come una V rovesciata in mezzo al palco?

Ho spesso notato che le luci, nei concerti, sono sballate: o illuminano il musicista dall'alto, schiacciandolo, o lo colpiscono in faccia accecandolo, oppure lo lasciano in una semioscurità altrettanto fastidiosa. Insomma, al contrario di quello che succede in teatro, si pensa che un concerto non abbia bisogno di una qualche strategia luminosa. Mentre dovunque si crea una divisione, dovunque si stabilisce un rapporto frontale fra chi esegue e chi ascolta, le luci sono essenziali nel favorire o sfavorire l'incontro.

Tu, quella sera, Flavia, avevi i capelli legati sulla nuca con un fiocco rosso cardinale e tenevi tanto a quel fiocco che non volevi schiacciarlo appoggiandovi sopra il solito cappelletto color ciliegia che pure consideri parte integrante del tuo corpo. Eri molto incerta fra l'eleganza un poco "cochetta" del tuo fiocco e quella baldanzosa del tuo cappello.

Tu sei una bambina che tiene ai vestiti, lo sanno tutti in famiglia. Mi ha raccontato tua madre che quando sei andata a Venezia con tua nonna Giacinta e tuo nonno Pandino, alzandoti la mattina, nella camera d'albergo, la prima cosa che chiedevi era: che vestito mi metto oggi? E contrattavi a lungo e cocciutamente perché avresti voluto infilarti l'abito di seta ricamata la mattina, mentre la sera saresti andata in giro con i jeans.

D'altronde anche tua madre è una donna elegante sebbene sobria. Si veste come una giovane signora, madre di una figlia di sei anni, moglie di un noto violoncellista che la sera spesso deve indossare dei completi blu notte quando non addirittura il frac. Ma nella sua eleganza cittadina tua madre mantiene un poco dei suoi ricordi di un'adolescenza ancora non troppo lontana. Perciò: pantaloni stretti, camiciole aperte sul collo, giubbotti bianchi o rosa.

Tante volte mi hai chiesto, quasi fossi un Paride che deve consegnare la mela d'oro: è più bella la mamma o quella signora laggiù? E io ti rispondevo che la bellezza non è qualcosa per cui si gareggia: ciascuno ha qualcosa di bello da scoprire; l'attenzione è la chiave della scoperta.

Tua madre Marta ha una bellezza fatta di disarmonie attraenti: gli occhi molto vicini, per esempio, le danno una espressione eternamente sorpresa e sognante; la bocca grande, il sorriso che rivela, oltre ai denti, anche le gengive, accentuano il carattere infantile della sua personalità. Quel collo lungo e snodato, quei capelli rossi di cui lei si fa bandiera, le danno un'aria puntigliosa e caparbia, ma nello stesso tempo c'è in lei un atteggiamento ritroso e impaurito come se si aspettasse da un momento all'altro un colpo sulla schiena.

Tua madre suona bene il pianoforte, avrebbe potuto fare la concertista. Te la immagini seduta al piano, vestita di nero, la vita stretta in una cintura colorata, una collana di perle al collo, davanti ad un pubblico attento e concentrato?

Nella sala non si sente un respiro, nessuno che si raschi la gola, che dia un colpo di tosse, niente. Da quando tua madre ha appoggiato le mani sulla tastiera il silenzio si è fatto corposo, compatto.

E ora quelle mani piccole e nervose si muovono sui tasti, volando, e nella loro abilità e leggerezza sono capaci di tirare fuori dal cassone nero qualcosa di stupefacente: degli sciami di farfalle che invadono frusciando la sala. Il pubblico trattiene il fiato, stregato da quelle mani. Ed ecco che la tua mamma, nel pieno del concerto, volta un poco la testa verso la sala perché tu, la sua unica figlia, sei seduta in prima fila e la guardi amorosamente. È un lampo, un brevissimo segno di intesa, ma basta per farti felice. Tua madre è già tornata alle sue note, la fronte corrugata per lo sforzo della concentrazione. La musica si srotola magnifica davanti ai tuoi, ai miei occhi, avanzando luminosamente fino alla fine del concerto quando la sala esplode in una ovazione spontanea e commossa.

È un peccato che tua madre abbia rinunciato a fare la concertista. Non lo pensi anche tu quando la senti tamburellare con le dita graziose sopra la tastiera del suo pianoforte mentre aspetta in cucina che si cuocia il riso per te e per tuo padre?

«Nessuno mi ha costretta a rinunciare» mi ha detto una volta «so che non ho abbastanza talento per farmi un nome. E poi c'è troppa concorrenza nel mondo dei pianisti, non basta essere bravi, bisogna essere geniali e avere una determinazione che io decisamente non ho. E poi chi si occuperebbe di Arduino e di Flavia?»

Certo è vero che se anche lei facesse la concertista qualcun altro dovrebbe cucinare per te. Chi ti sveglierebbe la mattina, chi ti preparerebbe la colazione, chi ti porterebbe a scuola, chi ti metterebbe a letto, chi ti racconterebbe le favole per addormentarti?

Le mamme fanno le mamme, tu dici. Quindi niente concerti, niente viaggi all'estero. Il marito, i parenti, la gente intorno avranno davvero riconoscenza per queste rinunce professionali? O non sarà che, dopo averla costretta a scegliere fra professione amata e maternità, la tratteranno con sufficienza dicendo: «In fondo le donne sono poco portate per l'arte?».

A Flavia non piace che sua madre si dedichi a qualcosa che non sia lei, anche questo può sembrare egoista. Vedo da come la guardi, tua madre, che sei abitata dall'ansia del possesso. Ma quanto è lecito per una madre acconsentire alla volontà di possesso dei figli? Non è un modo di perpetuare un'idea di irrilevanza delle professioni al femminile?

Ma torniamo a quella sera a Castelrotto quando noi due ci siamo sedute davanti al palco e abbiamo "bevuto" la musica che sgorgava da quei legni cavi come fosse acqua zuccherina. Nell'entusiasmo ti ho preso una mano e mi sono accorta che dormivi, una volta tanto avevi ceduto ai sonni della tua età. Al tocco delle mie dita, hai aperto gli occhi e mi hai sorriso. «Stavo sognando di suonare» mi hai sussurrato all'orecchio. Così il circolo si era chiuso. Tuo padre suonava sognando di essere te che lo guardavi e tu lo guardavi sognando di essere lui che suonava.

Ti mando un bacio

tua
Vera

26 ottobre 1988

Cara Flavia,

non pensavo proprio di sentirti. Perciò, quando hai contraffatto la voce e hai detto: «Pronto, sono la sua vicina di casa», ci sono cascata. Adesso protesterà per il gatto che va a nascondersi nella sua terrazza, mi sono detta. E invece: «Sono io» hai urlato nella cornetta, proprio come avevi fatto con tuo zio all'Hôtel Bellevue quando avevi finto di recitare la parte della cameriera. Sai che potresti fare l'attrice? Il talento non ti manca.

Mi hai subito chiesto del folletto: «Come sta, mangia?». No, mangia poco, proprio come te. Sta bene, anche se soffre un poco di solitudine. Quando vado in campagna si infila nei miei stivali e se ne sta rintanato finché non arriviamo al cancello. Lì salta fuori e corre a perdifiato; perché ama correre e saltare.

Quando sta a Roma invece si nasconde fra i miei libri dove si è fatto un nido cartaceo e lì dorme e sogna. Ogni tanto salta giù ed esce in terrazza a mangiare una foglia di geranio. Qualche volta gli prende l'uzzo di contare le formiche che vanno su e giù dall'albero di limone. Hanno un gran daffare quelle formiche e non c'è niente al mondo che le dissuada dal montare su quel tronco, e sai perché si affaticano tanto? perché fra i rami del limone, lì dove le foglie sono più tenere e i germogli crescono più morbidi, fanno il nido le coccinelle. Sono bestioline che, a prima vista, sembrano graziose e delicate, con quel dorso lucido smaltato di rosso e picchiettato di nero, ma conoscendole ti posso dire che sono creature avide e ingorde decise a divorarsi la pianta, pezzetto per pezzetto, corteccia e midollo, fino a distruggerla.

A loro volta le formiche non sono meno avide e ingorde: si arrampicano in fila indiana su per il tronco, si infilano dentro i nidi delle coccinelle e divorano i piccoli appena nati. Questi nidi sono straordinari: dei chioschetti candidi dalle frange che si muovono al vento: assomigliano, in piccolo, alle tende che usano montare gli inglesi nei giardini per i rinfreschi. Dopo essersi rimpinzate di larve di coccinelle, le formiche se ne stanno in panciolle leccandosi per ore le zampine sporche di sangue arancione.

D'altronde anche noi, vero Flavia, anche noi che ci preoccupiamo per un gatto dalla zampa spezzata o per un cane abbandonato, poi facciamo finta di non sapere come vengono uccisi i vitelli per fornirci di bistecche: in fila di prima mattina al mattatoio, uno dietro l'altro, aspettando il turno per sottoporsi al crudele chiodo pneumatico che spacca loro il cranio in un secondo. E la cosa più atroce è che mentre fanno la fila, vedono morire i figli, i fratelli, le madri, i padri. E quando li trasportano da un paese all'altro, da una città all'altra, li spingono dentro dei vagoni sprangati in cui sono costretti a stare in piedi per giorni interi, facendosi i bisogni l'uno addosso all'altro, senza mangiare e senza bere (tanto vanno a morire e chi se ne frega), proprio come facevano i nazisti con le loro vittime.

Ma non voglio rattristarti, Flavia. Chiediamoci invece se tu, da grande, suonerai il pianoforte come il bisnonno Edoardo e come mamma Marta che però ha smesso prima di avere compiuto trent'anni. Il bisnonno Edoardo, invece, che pure ha ottant'anni, ancora continua a suonare e ogni tanto se ne vanno tuo padre, tuo zio e lui a tenere un concerto in qualche città di provincia.

Un giorno sono andata con loro a San Leo. Peccato che tu non ci fossi. Mi pare che avessi mal di testa. Oppure era tua madre che aveva mal di testa. Si pensa sempre ad una donna nel pieno delle sue forze quando si parla di dolori alla nuca o alle tempie. Una donna che deve giustificare il suo rifiuto per qualcosa o qualcuno che le viene imposto. Il mal di testa come lo svenimento, una volta era il codice elementare del linguaggio femminile. Hai visto che le donne non svengono più? Forse hanno altri modi per dire no. A te non verrebbe in mente di svenire perché non vuoi andare a scuola.

Mia nonna a quindici anni "perdeva i sensi" quando le negavano il permesso di cantare. Ma siamo sicure di essere del tutto uscite da quell'arcaico codice linguistico che mette in moto il corpo anziché la parola, che dà grandi segnali di sé attraverso le malattie, i silenzi, le paralisi anziché il pensiero articolato? Il pensiero e la parola appartenevano così poco, per educazione storica, alle abitudini femminili che risultavano agli stessi sensi delle donne poco credibili.

Di giorno, i nostri musicisti hanno provato nella sala del Comune: tuo padre Arduino, tuo zio Edoardo, tuo bisnonno Edoardo. Ma il pianoforte era scordato e il tuo bisnonno ha rifiutato di suonare finché non fosse arrivato l'accordatore. Alla fine eccolo l'accordatore "con la piuma sul cappello", tanto era stato invocato e desiderato.

A me piace assistere alle prove: la musica, scomposta, divisa e ripetuta a frammenti, si apre davanti agli occhi come un ingranaggio di cui si scoprono i più nascosti segreti.

Quella sera a San Leo faceva molto caldo, non c'era un alito di vento, l'umidità rendeva scivolosi i tasti del pianoforte. Tuo padre e tuo zio hanno fatto merenda con pane e gelato. Poi si sono infilati il frac ed eccoci tutti nel cortile della parte più antica della rocca, quella in cui è stato imprigionato Cagliostro, un avventuriero del Settecento.

Le luci ancora una volta erano mal piazzate. Purché il palco sia illuminato, devono avere pensato, che importanza ha? Ma le facce erano al buio e i corpi tagliati a metà, resi mostruosi da gobbe e deformazioni create da due prepotenti proiettori orientati a casaccio.

Il Trio in re minore di Mendelssohn te lo ricordi? Tu non c'eri ma certamente l'avrai sentito provare chissà quante volte da tuo padre, in casa col violoncello. Quel violoncello che occupa tanto spazio nel vostro piccolo appartamento romano, quasi fosse un fratello di latte. Quel violoncello che, quando andate in giro in automobile, prende posto sul sedile anteriore, vicino al papà, mentre tu e tua madre siete costrette a sedervi dietro fra i bagagli.

L'inizio è struggente, ti ricordi? Il primo a cominciare è proprio il violoncello, seguito con una gioia trattenuta e sensuale dal pianoforte: la re, la re do re fa... È un motivo ondoso che ti porta subito in alto mare ed è lì che entra tuo zio Edoardo col suo violino, quasi una lancia dalle vele spiegate e leggere che si accinge a inseguire gli altri barchi sull'acqua. I legni si cercano, si sfiorano, si oltrepassano. Il loro dialogare liquido, scandito, è quasi un giocoso interpellarsi a vicenda: ci sei? dove sei? sono qua, ma dove sei? eccomi, mi guardi? sì, ti vedo, ci sei? ci sono; ti vedo; anch'io; e tu? anch'io, ma dove sei? sono qui, ma dove?

Gli strumenti certe volte hanno una voce così umana e quotidiana che ti sembrano degli amici, dei parenti in visita.

Il tuo bisnonno Edoardo, con gli occhiali scivolati sul naso sudato, incalzava il pianoforte con una supplica segreta: per favore non abbassare il tono, per favore tieni alti i diesis, per favore fai vibrare la tua voce, per favore non farmi slittare le dita sui tasti che sono viscidi come dorsi di pesci.

Era una faccia spaventata la sua e contrastava comicamente con la pretesa sicurezza del vecchio professionista che da cinquant'anni è abituato ad avere la meglio su quell'intrico delicato di corde, legni, feltri, tavolette, avorii, fili di metallo, martelletti che si chiama pianoforte.

Tuo padre aveva puntato il violoncello contro una fessura del palco di legni accostati in modo maldestro, sperando che la punta non finisse per incastrarsi troppo tirando giù lo strumento, ma nello stesso tempo sperando che la fessura non si slabbrasse scalzando la punta.

Non si può dire che la calvizie non lo crucci. Lo si vede da come distribuisce sul cranio i pochi capelli rimasti con un lavoro da sapiente giardiniere. Non ha che trentotto anni tuo padre ma certo fra poco gli resteranno solo le basette e i baffi. Di peli sulla faccia ne ha tanti, anche precocemente ingrigiti. E a lui piace bardarsi da cane spinone, con baffi, barba e basette cespugliosi come per compensare la nudità del cranio.

Le sue braccia si allargano a stringere il violoncello con un gesto appassionato. Si tratta di un abbraccio, più che di amico, di amante possessivo, quasi a dire: questo strumento è mio e solo io so farlo cantare come un uccello prezioso.

Così, con questo atteggiamento di dominio e nello stesso tempo sognante tuo padre Arduino prende l'archetto e lo fa frusciare contro le corde con mano delicata e decisa. Il suono che ne ricava è stranamente pacato e dolce, quasi arreso, felice.

Proprio in quel momento è successa una cosa stranissima: si è visto qualcosa di nero tagliare l'aria e andare a cadere ai piedi del violinista. Cosa sarà mai? un cencio gettato da una finestra? un cappelluccio volato dalla testa di qualcuno? ma quale cencio che intorno non ci sono case e quale cappello che non c'è un filo di vento?

Quando ormai nessuno pensava più a quello strano oggetto caduto in scena, lo si è visto sollevarsi verso l'alto battendo le ali. Era un minuscolo pipistrello stordito dalle luci. C'è stato un coro di "ah!" e di "oh!" da parte del pubblico, ma per fortuna nessuno si è mosso dalla sua sedia. Il pipistrello sembrava volersi fermare sul palco senza fare pericolose incursioni dalle parti del pubblico. Infatti ha preso a volteggiare intorno ai suonatori. Tutto stava nella capacità di autocontrollo dei musicisti: se si fossero fermati il pubblico certamente avrebbe cominciato ad agitarsi, molti sarebbero usciti contagiati dalla paura.

Ho visto gli occhi di tuo zio che seguivano allarmati il volo del pipistrello ma senza abbandonare le corde del violino e la musica di Mendelssohn. Se non fosse assurdo direi che con un occhio seguiva il pipistrello e con l'altro il suo strumento.

Tuo padre si è accorto più tardi dell'intruso e ha chinato la testa sul suo legno come per dire: passi pure la tempesta, nessuno fermerà il mio canto. In quanto al tuo bisnonno, poiché stava seduto di fianco rispetto al pubblico e poiché i riflettori lo illuminavano di spalle, non aveva visto l'animaletto in volo, ma capiva che qualcosa di strano stava succedendo e cercava di indovinare cosa fosse allungando il collo in modo tartarughesco.

Dal sudore che colava sulle tempie di tuo zio ho capito che stava facendo un grande sforzo su se stesso per non interrompersi nonostante lo svolazzare sempre più disperato del pipistrello sul palcoscenico. E se si fosse posato su uno degli strumenti? E se fosse andato ad impigliarsi nei suoi folti capelli? Il pericolo era la distrazione, l'incespicare di una nota in quella lucida e scorrevole armonia.

Infine, così come era arrivato il pipistrello se n'è andato uscendo miracolosamente dal cerchio magico delle luci. Il pubblico ha tirato un sospiro di sollievo. Tuo zio ha avuto un leggero sorriso di contentezza, il concerto è arrivato alla fine senza altri intoppi.

Tu volevi che tuo padre ti guardasse: «Il papà non mi guarda mai. A cosa pensa quando suona, lo sai?». Dovremmo chiederlo a lui. Ma tuo padre parla poco, lo dice anche tua madre. E soprattutto considera che le bambine di sei anni non devono fare domande ma stare a vedere e imparare silenziosamente. Il tuo papà è un uomo che crede fermamente nelle tradizioni anche se poi è preso da stranezze improvvise e inaspettate. Come quando ha deciso che non poteva dormire in città perché gli mancava il rumore della risacca che lo aveva aiutato a riposare durante l'estate. Così si è costruito un incredibile marchingegno per creare artificialmente il rumore che fanno le onde quando si buttano sulla rena.

Il suo talento manuale è talmente straordinario che l'illusione era perfetta. E per settimane tuo padre ha dormito accompagnando il sonno con il fruscio del mare in bonaccia. Quel frastuono della macchina imitamare impediva invece a tua madre di riposare e per questo se n'era andata a dormire sul divano del salotto.

Di fronte al "fai da te" tuo padre non si scoraggia mai. Quando tu avevi due anni si è fabbricato una radio così potente che poteva ascoltare i respiri di un indiano d'America standosene comodamente seduto nella sua poltrona a Trastevere.

Da tuo nonno Pandino invece ha ereditato l'amore per le armi. La casa dei nonni, tu lo sai, è tappezzata di sciabole, moschetti, alabarde, carabine, pistole di ogni tipo e di ogni epoca. Da ultimo si sono aggiunte anche delle armature medioevali complete di cotta e guantoni di ferro.

Questo mi ricorda che una volta, in Argentina, tuo zio ha comprato per suo padre una pistola dell'Ottocento, tutta intarsiata, e alla frontiera per poco non ci hanno cacciato in galera. Tuo zio diceva: «Tanto non si accorgono di niente». E invece se ne sono accorti e lì per lì hanno pensato ad un progetto di dirottamento. Poi, su insistenza di tuo zio, hanno dovuto riconoscere che si trattava di una pistola antica che non poteva più sparare e ci hanno fatto una multa salata per "esportazione abusiva di oggetti d'arte".

Chissà cosa cova nella testa di Pandino che in gioventù è stato fascista, ha aderito alla Repubblica di Salò e tuttora coltiva un suo sogno solitario di rivincita ideologica mentre la moglie e i figli hanno preso le strade più agevoli del buonsenso socialista.

Le novità, gli obbrobri inaccettabili del mondo moderno hanno acquisito per Pandino la forma dei gatti in amore: una sconcezza da eliminare col fuoco. Una volta sembra che abbia sparato due pistolettate ad un gatto che scendeva ignaro e altezzoso le scale di casa dopo una miagolosa partita d'amore.

E lui non sbaglia un colpo, ha una mira perfetta, anche se poi spara poco per via di quella pigrizia che gli ha guadagnato il soprannome di Pandino. Una volta all'anno però prende il figlio minore, tuo zio Edoardo, e se ne va in riserva a cacciare i cinghiali. Sono belli grossi, quasi delle bestie di allevamento. E loro, in tenuta da perfetti cacciatori, li inseguono per ore, mandando avanti i cani. Poi, quando finalmente li stanano, tirano dei colpi rapidi e precisi e le bestie giacciono per terra insanguinate. I cani continuano a latrare, gli uomini si avvicinano osservando con un poco di pietà quelle zampe che ancora corrono agitandosi e quegli occhi liquidi che si spengono con esasperante lentezza.

Tuo zio Edoardo in verità non ama la caccia, ha firmato per la sua eliminazione all'ultimo Referendum, ma quando il padre gli annuncia la partita in riserva, lui ci va. Si consola dicendo che sono animali tenuti sotto controllo: nessun attentato insomma contro specie rare, contro animali in estinzione. Anzi «si riproducono con tanta rapidità che è un bene eliminarne qualcuno».

Anche tuo padre sa sparare bene. Ha imparato da tuo nonno Pandino che ha fatto una buona scuola. Mi pare di avere sentito che tiene una pistola accanto al letto «per ogni evenienza».

Non so se te l'ha mai raccontato di quella volta che ha trovato un topo dentro la tazza del cesso; ma allora tu non eri ancora nata; tuo padre abitava con tuo zio in un appartamento a pianterreno che dava sul giardino di via Garibaldi, e io amoreggiavo con tuo zio da solo un anno.

Stavo cominciando allora ad accorgermi che non mi ero imbarcata in una storia d'amore con un uomo dal meraviglioso talento musicale ma con una intera tribù profondamente legata e solidale. Una tribù i cui legami sono così complicati e robusti e profondi che non ho potuto neanche capirli veramente.

Alla prossima volta, con affetto

tua
Vera

29 ottobre 1988

Cara Flavia,

ieri notte ti ho sognata. Eri vestita come allo Sciliar, con la gonnellina scozzese, il cappelletto color ciliegia e le scarpe rosso pomodoro. Mi dicevi: «Ma perché lo zio Edoardo ride da solo?» e io non sapevo cosa risponderti. Tu mi guardavi divertita dal mio imbarazzo. Poi vedevo che tenevi in braccio un coniglio bianco e lo carezzavi, teneramente. Subito dopo, con un gesto distratto delle dita, gli staccavi un orecchio. Io te lo strappavo di mano ma nel farlo scoprivo che era un coniglio di zucchero. Sei scoppiata a ridere e io con te.

Tuo zio Edoardo in effetti ogni tanto ride da solo. E se gli chiedi: di che ridi? ti può rispondere: di niente, perché lui è un tipo a cui piacciono i segreti ed è il maestro delle dissimulazioni. Oppure ti può rispondere: di quella volta che mio fratello sparò al topo.

È così che ho saputo la storia di tuo padre che, avendo visto una mattina il muso di una grossa pantegana sporgere dal fondo della tazza del cesso, si precipitò con i calzoni ancora calati a prendere il fucile. Lo puntò contro la tazza e fece fuoco mandando in mille pezzi sia il topo che il cesso. «Ma la cosa più buffa è stata la faccia dell'idraulico quando è venuto a riparare i danni.» E nel raccontarlo, ogni volta, ride a lungo da solo facendo gorgogliare la voce in gola.

Tuo padre è un uomo di carattere e le sue battaglie con i topi le ha sempre vinte alla grande. Anche tuo zio è un cacciatore di topi, ma lui al fucile preferisce la trappola. Una volta, in campagna da me, in un pomeriggio ne ha ammazzati diciotto. Topi minuscoli, sai, di quelli campagnoli, teneri, col codino lungo e gli occhi a spillo. La casa ne era infestata e non si sapeva come cacciarli via. Una mattina presto, scendendo in cucina avevo trovato una mamma topa col figlio topino arrampicati sulla bottiglia semivuota dell'olio. La mamma immergeva la coda nel poco olio rimasto, la tirava fuori e la dava da leccare al suo topino.

Per la sorpresa, nel vedermi a quell'ora inattesa, la mamma topa è caduta dentro la bottiglia e il piccino si è nascosto dietro il cestino del pane. Ho sdraiato la bottiglia in modo che il topino, inseguendo la madre, si infilasse anche lui dentro il vetro e poi li ho portati nel bosco dove li ho abbandonati con tutto l'olio.

Ma chissà quanti figli si era lasciata dietro quella mamma topa perché la casa puzzava dei loro escrementi. Per fare i bisogni amavano nascondersi dentro le pentole. E poi erano ghiotti di crine di cui sono imbottite poltrone e divani. Ogni volta che andavamo nella casa di Campo di Mare trovavamo i divani rosicchiati e le pentole piene di escrementi e mi toccava lavarle ad una ad una col disinfettante.

Così tuo zio Edoardo ha deciso che ci avrebbe pensato lui. Ha comprato una trappola a molla, di grande precisione: «Meglio un colpo solo che farli morire di veleno». Su questo ero d'accordo con lui: ricordo la volta che qualcuno aveva sparso sul pavimento della colla che doveva imprigionare e uccidere i topi. Due giorni dopo ci ho trovato solo una lucertola arrabbiatissima che si dimenava non riuscendo a staccare le zampine dal pavimento. Gliele ho dovute pulire una alla volta con l'alcol mentre, molto ingrata, la lucertola tentava di mordermi le dita.

In questo modo tuo zio "torero" ha messo in azione la sua strategia: dei piccoli bocconi di formaggio appesi alla trappola. I topi accorrevano. Si sentiva un colpo leggero e sicuro, uno solo e la molla si chiudeva rapida uccidendo il malcapitato. Erano diventati così impudenti questi topi, da ultimo, che ormai attraversavano la cucina in pieno giorno mentre facevamo colazione, sbucavano dai divani mentre leggevamo, si intrufolavano fra le scarpe mentre camminavamo. Una volta mi sono infilata una giacca che stava appesa da settimane nell'ingresso e due topolini sono saltati fuori contemporaneamente dalle due tasche, uno a destra e uno a sinistra.

Fra i tanti ce n'era uno che vedevamo spesso, che avevamo chiamato "orecchiacce" perché aveva due orecchie a sventola quasi più grandi della testa. Si affacciava a spiare le nostre mosse e appena distoglievamo lo sguardo si precipitava in punta di piedi verso la credenza. Era velocissimo a sparire quando si sentiva a sua volta osservato. Per riapparire dopo qualche ora dietro un armadio, sotto i fornelli, fra le scope e la pattumiera.

Quel giorno di primavera, era una domenica, la strage è stata feroce. Si sentiva scattare in continuazione la molla della trappola. A volte accompagnata da un piccolo grido rauco, a volte niente. Il topo moriva all'istante. «Hai visto come sono buone queste trappole?» diceva tuo zio e dovevo dargli ragione. In cuor mio speravo che "orecchiacce" si fosse salvato, mi era decisamente simpatico. E invece è stato uno dei primi a cadere. Anche se poi, una settimana dopo, ho visto una mattina due orecchie tonde e sporgenti che si affacciavano da sotto l'acquaio e mi sono chiesta se fosse ancora lui o un suo fratello o addirittura un figlioletto. Certo aveva le orecchie a sventola come lui.

Sai che io, nel calendario astrologico cinese, sono del segno del topo. Forse per questo mi sono simpatici. Forse un poco mi sento topo anch'io. "Carattere combattivo, ma segreto", dice il calendario cinese, "non si batte in campo aperto se non vi è costretto, in quel caso è pronto a lasciarci la pelle. Tenace, prudente, ha forti sentimenti e forte volontà, ma sta più volentieri al buio a guardare gli altri piuttosto che in piena luce a farsi guardare."

Una volta i topi portavano la peste, forse per questo molta gente ne era terrorizzata. E ancora oggi il topo fa paura. Aveva in comune con gli uomini un parassita: la pulce. Era per via di quell'animaletto succhiasangue che si trovavano fianco a fianco nella tragedia.

Eppure per molti popoli arcaici i topi avevano un valore magico. I Bambara africani, leggo nel bel libro dei simboli curato da Chevalier e Gheerbrandt, li consideravano delle divinità. "A loro venivano dati in pasto i clitoridi delle ragazze escisse". Si pensava che il sesso del primo figlio sarebbe stato determinato da quello del topo che mangiava il clitoride della madre.

In quel loro abitare nelle parti sotterranee delle case, rappresentavano il punto di contatto degli uomini con l'oltretomba, quasi dei mediatori, dei sacerdoti del confine fra vita e morte.

È un peccato avere perso questo sentimento "topale" delle cose del mondo. Oggi i topi sono visti con disgusto e apprensione. Abitano nelle fogne delle città, si nutrono di rifiuti, sono grottescamente giganteschi e dotati (per lo meno nella fantasia dei cittadini) di una forza da tigri. Si racconta che a Roma, un gruppo di giovanotti addetti alle disinfestazioni scesi nelle viscere della città per cacciare topi, si siano visti venire incontro degli orsi neri dai denti taglienti come sciabole e le unghie uncinate come grossi ganci. Si racconta che i robusti giovanotti, lasciando a terra tutti i loro attrezzi ultramoderni, se la siano data a gambe per non essere fatti a pezzi. Da allora, si sostiene, la pace cittadina è basata su un accordo tacito: gli uomini regnino pure al di sopra dell'asfalto, nelle loro case, ma i sotterranei, le cave, i budelli, le fogne, saranno dominio assoluto di eserciti di topi feroci.

Questo fa parte degli obbrobri cittadini. In campagna i topi sono piccoli e innocui, testardi e generosi, timorosi dell'uomo e ladruncoli, innamorati del formaggio e dell'olio, non farebbero male ad una mosca. Certamente il calendario cinese si riferiva a questi topi e non a quei mostri che si riproducono nelle malsane fogne delle metropoli.

Tuo zio Edoardo invece, secondo l'astrologia cinese, è una scimmia: "Rischia la vita per soddisfare la sua curiosità che è onnivora e perpetua", è scritto nel libricino, "astutissima, ama gli scherzi, si muove con leggerezza, è sensibile, intelligente, sa cosa vuole e come ottenerlo. Raggira chiunque se si propone di farlo: è ladra, acrobata, distaccata, umorista, scaltra, ma anche affettuosa e tenera, salvo quando si mette in mente di fare dispetti, in quel caso diventa anche crudele. Quando le serve, sa essere perfettamente doppia; ruba con sincerità, colpisce con innocenza. La sera non sa quello che ha fatto la mattina".

Di tuo padre non conosco l'animale simbolo, non so neanche in che mese e in che giorno sia nato, ma certamente si tratta di un segno opposto a quello di tuo zio. I due fratelli infatti si assomigliano ben poco. Anche fisicamente, tu lo vedi, Arduino non è alto, ha la tendenza a perdere i capelli, i suoi tratti sono morbidi e regolari, mentre tuo zio Edoardo è alto un poco più della norma, ha tanti capelli che gli crescono disordinatamente sulla testa, e i suoi tratti sono meno regolari: la bocca è capricciosa, il sorriso timido mette in mostra due canini molto sporgenti, gli occhi sono grandi e gentili, il mento piccolo, le mani lunghe e pelose, i piedi piatti, le gambe snelle e ben fatte, le spalle un poco scivolate.

Mi dispiace che, pur vivendo nella stessa città non ci vediamo mai, cara Flavia; avrei molte cose da raccontarti sul mio folletto che ha fatto la cuccia fra i miei libri, che ogni tanto russa così forte che mi impedisce di scrivere. Ma temo che i tuoi abbiano qualche perplessità nei miei riguardi: se poi le mette in testa qualche idea balorda? Tuo nonno Pandino ha detto una volta che scrivo "delle cose indecenti". Il tuo bisnonno Edoardo, poi, non ha ancora digerito l'idea che una donna divorziata faccia vita in comune con un giovanotto di quasi vent'anni più giovane di lei.

La parte femminile della famiglia, per fortuna, è più indulgente nei riguardi delle "stranezze" della nuova generazione e tu forse l'hai capito. La tua bisnonna chiamata nonnà mi ha detto una volta quasi di nascosto: «Da quando Edoardo sta con te suona meglio, è maturato, cresciuto, decisamente migliorato».

Anche tua nonna, la bella Giacinta, mi tratta con una sua rude simpatia cameratesca. Non perché pensi che questo rapporto abbia un futuro. Ma proprio per questo, perché sa che non ci sono matrimoni in vista, mi dimostra una qualche benevolenza.

Quando ci sono i pranzi in famiglia di solito non vengo invitata. Lo so e non me ne adonto. Conosco il pensiero segreto che, anche se non dichiarato, serpeggia nella tribù: perché un giovanotto di così grande bellezza, di così grande talento, di così grande sensibilità deve perdere la sua vita con una donna più vecchia di lui, con un mestiere così chiassoso per giunta, invece di sposarsi con una bella ragazza giovane che gli faccia subito un figlio tondo e bello che probabilmente si chiamerà Arduino come il nonno o Fiorenza come la nonna nel caso fosse una bambina?

Mi addolora che non andremo a Castelrotto questa estate. Non so per quale ragione economica (i Festival sono sempre a corto di soldi) i concerti di musica classica sono stati sostituiti da assolo di musica rock. Non potrò vederti e non potrò godermi un poco di montagna al fresco. Mi sono abituata a quell'appuntamento settembrino. Mi piaceva aspettare dietro la porta a vetri dell'Hôtel Bellevue il tuo ingresso, vederti correre verso di me nel tuo abitino scozzese, col cappelletto rosso ciliegia in testa e le scarpe rosso pomodoro ai piedi.

«È proibito voltarsi indietro, è proibito voltarsi indietro», ripete una voce petulante. «Ma perché?» «Hai sentito cosa è successo alla moglie di Lot?» «Ma alla moglie di Lot era stato proibito di voltarsi perché dietro di lei bruciava una città peccaminosa, una città sessualmente "perduta", punita col fuoco per le sue perversioni.»

Ecco che la curiosità viene in qualche modo abbinata all'Eros: guardare per guardare è "perverso", dice la voce di Dio. È per questo che è morta la moglie di Lot. Ma trasformarsi in una statua di sale non è morire. O sì? Non significa fissare per sempre il corpo di una donna dentro un calco che né il sole né i venti potranno intaccare? Una bella statua, dalle braccia tornite, bianche, i capelli bruni scivolati sulle spalle, la tunica a pieghe svolazzante, le gambe muscolose immobili nell'atto di correre. Così è stata colta dal gelo la donna curiosa il cui corpo forse potrà essere corroso solo dall'acqua che, rivolo dopo rivolo, la ridurrà ad un mucchietto di sale sporco. È questa la fine di chi si lascia tentare dalla curiosità? Gettare l'occhio sulle città perverse del passato sarà il principio della rovina? Ma lo scrittore fa di mestiere "il curioso". E sarà per questo punito?

Tua madre ti seguiva con un sorriso pentito perché lei, quando sorride, è come se nello stesso tempo si chiedesse perché lo fa e si rimproverasse della sconvenienza di quell'abbandono. Accanto a lei ecco tuo padre Arduino che a volte si lascia crescere i baffi, a volte la barba così che non sai mai se ti apparirà camuffato da D'Artagnan o da Cecco Beppe.

Prima scende lui dalla macchina col suo violoncello chiuso nell'involucro nero, poi tu con un salto dal sedile posteriore e poi tua madre. Il tuo istinto ti porterebbe a precipitarti verso l'ingresso agitando le braccia ma ti trattieni perché anche tu hai preso qualcosa di quel sentimento della dignità seriosa che accompagna i gesti misurati di tua madre Marta.

Quindi, niente salti, niente corse, niente di scomposto e di eccessivo. La vita è un precario camminare sul bordo del burrone e non bisogna muoversi troppo altrimenti si rischia di cadere di sotto, non è così?

Da dietro i vetri della porta girevole ti vedevo venire verso di me con quei tuoi passettini buffi che vogliono conciliare il desiderio di scatenarti con la grave consapevolezza dei tuoi compiti di "bambina a modo".

Finalmente entravi in quell'ingresso grande, tetro, dall'arredamento "classico". E mi raccontavi del viaggio dopo esserti tolta, con un gesto regale, il cappelletto color ciliegia e avermi dato un bacio affettuoso sulla guancia.

«Sai, la mamma ha avuto mal di mare nelle curve.» «Sai, il papà e la mamma non hanno detto una parola da Roma a qui, ho parlato solo io.»

Con dei gesti accurati liberavi la gonna dalle briciole di biscotto che avevi sgranocchiato venendo su da Bolzano. E poi mi chiedevi dello zio Edoardo. «È su in camera col suo violino.» E subito dicevi: «Andiamo a trovarlo?».

Mi prendevi per la mano e mi trascinavi verso la stanza del primo piano. Ma non avevamo fatto due passi che tua madre ti fermava ricordandoti il tuo dovere: «Prima lavati le mani, Flavia, poi saluterai lo zio».

Il nostro ospite, il direttore del Festival, ci aspettava nella sala da pranzo. Dove avremmo bevuto un caffè e gli uomini avrebbero discusso degli orari delle prove e dei concerti.

Forse avremmo trovato anche delle belle fette di strudel preparato dal cuoco siciliano. Ma a te i dolci non piacciono, tanto più lo strudel con quelle mele e quell'uvetta schiacciate insieme che ti fanno pensare alla "pappa per le galline". A te piacciono le cose salate, le paste asciutte, i salumi, i sottaceti. Però hai la tendenza a riempirti il piatto per poi lasciarlo lì quasi intoccato. Per questo la tua mamma dice che le fai venire il "mal di testa".

Per invogliarti a mangiare la carne te la taglia a pezzetti piccolissimi come se tu fossi un uccellino svogliato. Le patate te le sfarina nel piatto, riduce le carote ad una poltiglia con la forchetta. Eppure tu i denti ce li hai, sebbene siano ancora quelli di latte. Il fatto è che non ti va di mangiare anche se questo fa venire il "mal di testa" a tua madre. Ma per quanto ti addolori, non riesci a mandare giù più di due bocconi alla volta.

Eppure, anche se mangi poco, non sei affatto magra. Anzi, direi che sei piuttosto pienotta. Tua madre dice che questo è dovuto alla sua pazienza: se lei non ti sbriciolasse il cibo nel piatto tu non mangeresti proprio niente.

Il nostro ospite, il raffinatissimo Des Moulins, dice che i bambini "non devono fare i capricci e devono mangiare tutto quello che trovano nel piatto". E poi racconta con tono didascalico di quando sua madre, da piccolo, lo costringeva a mangiare gli spinaci e poiché lui rifiutava di ingoiarli, glieli lasciava nel piatto mattina e sera, finché non si decideva a mandarli giù. E se non ingollava quegli spinaci, non aveva diritto a mettere in bocca niente altro.

Il regime antibizze della madre però non gli aveva tolto l'abitudine di comportarsi in modo bizzoso anche da adulto. Come quando voleva convincerti per forza delle sue idee musicali, a costo di prenderti una mano e storcertela finché non gli avevi dato ragione.

Quando suona il clarinetto ci si dimentica però del suo carattere stizzoso e lo si ascolta rispettosi. Un uomo ancora bellissimo nonostante i suoi settant'anni compiuti. La sua litigiosità si accompagna ad una gentilezza squisita da vecchio gentiluomo.

Curiosa combinazione, non trovi? non sai mai cosa aspettarti da lui, se una cortesia raffinata o uno sguardo rabbioso. Con me è sempre stato affettuoso, qualche volta anche troppo. Mi prendeva per la vita e mi stringeva a sé con vigore sussurrandomi parole lascive. E questo davanti alla moglie, la deliziosa Marguerite dai vestiti fruscianti, i capelli ricci da angiolotto senese, ma grigi. Forse lui lo faceva apposta, per indispettire la sua donna. Il fatto è che lei non si indispettiva per niente ma anzi sorrideva indulgente, divertita.

A me quegli abbracci plateali davano soggezione; ma forse avevo torto perché una vecchia coppia recita come fosse su un palcoscenico e le cose che appaiono crudeli agli altri magari sono solo dei giochi innocenti che vogliono mantenere viva un poco di allegria.

Ti ricordi quando hanno suonato per la seconda volta, tuo padre, tuo zio, il vecchio Des Moulins e due suoi allievi nella sala del Comune, su quel palco improvvisato? Tutti e cinque vestiti di nero, tutti e cinque così presi dai loro strumenti da dimenticare il pubblico. E tu portavi un delizioso vestito bianco a righe rosse e io indossavo una gonna nera e una giacchina di seta cinese, celeste.

Era il Quintetto in la maggiore di Mozart, te lo ricordi? Avevo sentito per giorni e giorni la parte del violino perché tuo zio Edoardo la provava in continuazione nella nostra camera d'albergo che si affacciava sulle montagne. È stato curioso per me riascoltarlo in mezzo agli strumenti: quasi non riconoscevo la sua voce. Il clarinetto si alzava come un serpentello e saettava la sua lingua ma senza colpirti, come per impressionarti con la sua elegante rapidità nel fendere l'aria e poi fingere che non fosse successo niente.

Subito dopo si sentiva il violoncello dalla voce di orso malinconico, incalzato dagli acuti uccelleschi dei due violini e dalle nenie meste della viola. I cinque si parlavano con voci animalesche, trillanti, oscure, lievi. «Non ti sembra che il violino ha fame e chiede da mangiare?» hai detto tu. E poi: «Ma papà non mi guarda mai».

Ci eravamo sedute in prima fila per questo. Anch'io aspettavo che tuo zio mi lanciasse uno sguardo d'intesa in un momento di pausa. Mentre suonano, tu lo sai, non possono distogliere gli occhi dallo strumento. Anche se quello che segue le dita sulle corde è più uno sguardo interno che esterno, più un viaggio spericolato della memoria che un controllo fisico delle pupille sui polpastrelli. Quelle pupille possono anche essere coperte dalle palpebre, ma debbono stare quiete e attente nello spasmo della concentrazione.

Però ci sono dei momenti di pausa in cui il violino si riposa: tuo zio, in quei tempi morti, alza gli occhi sulla sala cercandomi. Nei primi anni del nostro amore, se non mi trovava rimaneva inquieto, agitato per tutto il resto del concerto.

Il meglio di sé lo dà nell'acrobazia, tuo zio Edoardo, quando abbracciato al suo violino ne ascolta i battiti nascosti e lo fa cantare seguendo il disegno rigoroso della musica. Quando invece aspetta, lì in piedi sul palco, col violino penzoloni, che venga il suo turno per attaccare, ha un'aria imbarazzata e persa. In quei momenti si rivela tutta la sua timidezza. Non sapendo che atteggiamento assumere, cerca di riempire i vuoti compiendo dei gesti spesso meccanici come quello di tirare fuori il fazzoletto piegato dalla tasca, asciugarsi la fronte che non è affatto sudata, aggiustarsi il bavero della giacca, infilare un dito nel colletto della camicia, pulire con l'indice un granello di pece che è rimasto incollato alle corde e altri movimenti che esprimono inesorabilmente il suo impaccio.

Ma quella sera era seduto perché il quintetto si esegue da seduti e i pantaloni che si alzavano sulle caviglie mostravano un paio di calzini dai colori leggermente differenti l'uno dall'altro.

Quello con gli abiti è uno strano rapporto per tuo zio Edoardo. A lui piace essere "ben vestito" ma non gli verrebbe mai in mente di comprarsi qualcosa di nuovo. Lui pensa che quello che ha gli basta e se ne va in giro con delle magliette che gli stanno corte e strette, dei pantaloni fuori moda, delle camicie dal collo liso. Ho dovuto portarlo quasi di forza a comprarsi dei capi nuovi. Una volta ad Atene l'ho costretto a comprarsi otto camicie. E a Città del Messico un cappotto.

«Questa giacca ti sta piccola» gli dicevo «quando l'hai comprata?» «Quando avevo diciotto anni, ci sono molto affezionato.» «Ma ti sta male, ti tira da tutte le parti.» «Ma perché, è perfetta.» «No, ti sta proprio male.» Si metteva a ridere: «Be', se lo dici tu... vuol dire che la porterò solo in casa». In questo modo non gettava mai niente.

In realtà per lui separarsi da una giacca, da una camicia vuol dire separarsi da una parte di sé. Nel suo cuore, accanto a quell'uomo che ingrigisce rapidamente convive sempre fresco quel ragazzetto dalle basette lunghe e folte il cui ritratto mi ha mostrato una volta con orgoglio: il piccolo genio del violino, miracolo della famiglia, curato e coccolato da una madre premurosa e da un padre indulgente.

Ma torniamo a quella sera del Quintetto in la maggiore di Mozart, quando tu in prima fila aspettavi uno sguardo di tuo padre Arduino e io ammiravo la perfetta sincronia di quei cinque strumenti che ricostruivano nelle nostre menti l'allegra perfezione dello spartito.

Tu sei una bambina così paziente, Flavia: certe volte mi chiedo come fai a restare ferma, immobile per un intero concerto senza mai farti travolgere da quella energia fisica che tormenta tutti i bambini del mondo.

Ti avevo sussurrato in un orecchio di quel serpentello del clarinetto e l'idea ti era piaciuta. Ogni tanto, a voce bassissima, mi dicevi: «Ma morde?». «No, gioca.» «Ma sarà una viperetta o un verdone?» Questa capacità di ricordare e saper ripetere scandendoli i nomi delle cose appartiene sia a tuo padre che a tuo zio.

Ma chi è che ti ha insegnato i nomi dei serpenti se non tuo zio Edoardo che è così stranamente affascinato dai loro corpi ondosi e freddi? Tempo fa rimuginava di comprarsi un pitone da tenere in casa. Ne aveva visto uno da un suo amico pianista e gli era piaciuto. «Sai, gira per casa come un cane, si arrotola sul divano, risponde quando lo chiamano, si fa carezzare e si mette pure a dormire sulle ginocchia.» Io l'ho scongiurato di non comprarlo: solo l'idea che ogni giorno avrebbe dovuto procurargli un coniglio o un pollo vivo da stritolare e divorare mi sembrava raccapricciante.

Una volta, a San Felice, tuo zio e il nostro amico Ninetto Carta hanno comprato una gallina per portarla ad un pitone che si esibiva in non so che fiera e guardare come se la divorava. Io non ci sono andata ma ho sentito i loro racconti la sera, a cena. Pare che il pitone, sentendo la gallina starnazzare nella gabbia, non abbia neanche girato la testa verso di lei. L'ha lasciata agitarsi per un poco come se dormisse. Poi, con una mossa rapida e decisa ha sciolto una sola delle sue spire, ha stretto il povero pennuto in una morsa violenta e l'ha strangolato in un attimo. Quindi, ancora caldo, se l'è cacciato tutto in bocca quasi fosse l'orco di Pollicino dedicandosi poi, in una specie di letargo, alla sua lenta e faticosa digestione.

Eppure tuo zio Edoardo non è una persona crudele, anzi, si preoccupa sempre del dolore altrui. Pensa che l'altro giorno, andando in cerca di funghi nel bosco dietro casa, ha raccolto un pinarolo e poi l'ha rimesso dov'era dicendo: «Mi fa pena».

Perché gli faccia pena un fungo e non una gallina non te lo saprei dire. Una volta, in casa di una amica abbiamo incontrato una ex insegnante di tuo zio: raccontando di quegli anni lontani ha detto che in uno dei suoi primi temi su "cosa vorresti fare da grande" tuo zio aveva risposto chiaro e semplice "il boia".

Tuo zio se l'era dimenticato. Lei no. «Un bambino di dieci anni che dice di volere fare il boia è abbastanza curioso» ha ripetuto ridacchiando. «Appunto, volevo stupire, fare il gradasso» ha ribattuto tuo zio. E così abbiamo finito per riderci sopra.

Ti abbraccio piccola Flavia

A presto, tua
Vera

3 novembre 1988

Cara Flavia,

tuo zio mi ha detto che sei caduta dalla bicicletta e ti sei fatta un bozzo sulla fronte e hai perso anche un poco di sangue. Mi dispiace, spero che guarirai presto. Ma ti sei messa il ghiaccio sulla ferita? Anch'io, sai, sono caduta tante volte dalla bicicletta riempiendomi di graffi e lividi. Se, tornando a casa, riuscivo a tenere un fazzoletto pieno di pezzi di ghiaccio sul bozzo prima che gonfiasse a dismisura, sapevo che sarei guarita presto.

Ho dovuto aspettare i trent'anni per possedere una bicicletta tutta mia. Quando ero ragazzina prendevo a prestito quella di mio padre: arrivavo a stento a toccare i pedali stando seduta sull'alto sellino. Ci montavo sopra con un salto e poi mi buttavo giù per le discese finendo spesso dentro i fossi perché la bicicletta quasi sempre aveva i freni rotti.

Ma il mio pensiero torna, come una vespa allo zucchero, ai nostri soggiorni a Castelrotto. Mi chiedo perché. La risposta non è chiara. Ma è probabile che quei giorni rappresentino nel mio ricordo il culmine di una perfezione sentimentale. Mai ero stata così innamorata di tuo zio e mai ero stata così vicina ad una bambina tenera e imprevedibile come te. Il mio legame con te dipendeva dal mio legame con tuo zio: non ti avrei né vista né frequentata senza di lui, ma nello stesso tempo, senza di te, il nostro volerci "benero" ne sarebbe stato molto impoverito.

Ti ricordi di quella sera del concerto, che successo hanno raccolto i nostri musicisti? Sembrava che il pubblico non volesse più smettere di applaudire. In effetti avevano suonato con molta generosità, buttando in quel geometrico incalzarsi degli strumenti tutta la loro sapienza e la loro capacità inventiva.

Tuo zio dice spesso che i Capricorno non sono "creativi". «Io sono un esecutore» ripete, come se eseguire un pezzo già scritto non richiedesse capacità di interpretare, quindi immaginare, costruire, inventare.

Per questo sto in ansia quando suona, non per la paura che sbagli, ma perché voglio che dia il meglio di sé e temo che per una qualche ragione inaspettata sia messo nell'impossibilità di farlo.

Il fatto è che un poco dell'emozione che prende chi sta sul palco, un poco di quella tensione nervosa si comunica anche a chi sta seduto ad ascoltare, soprattutto se il sentimento che lo unisce a chi agisce sul palco è più profondo di quello che unisce un qualsiasi ascoltatore all'interprete.

Tu hai avuto, infine, il sorriso di tuo padre; ma solo al termine del concerto, una volta esploso il battimani del pubblico. Anche noi battevamo le mani e con che calore!

Non so se da grande, Flavia, starai sotto o sopra il palcoscenico. Se farai, come spero, la concertista verrò ad ascoltarti e farò il tifo per te come lo faccio adesso per tuo zio.

Eppure si provano anche molte dolcezze nello stare al di qua del palco, seduti fra gli ascoltatori, con le orecchie e il cuore in apprensione. Quando senti che quel piccolo corpo di legno cavo sta dando il meglio di sé, quando ti rendi conto che la sala segue e incalza l'esecutore con ondate di entusiasmo e gratitudine, quando percepisci che migliaia di respiri si stanno adeguando allo stesso ritmo, quando ti accorgi che l'evento mondano si sta trasformando in qualcosa di sacro, ecco che esci fuori dalla tua ristrettezza individuale e piano piano ti trovi trasformata in una parte dell'insieme. Generosamente e in tutta pienezza ti trovi nel mezzo di un grande avvenimento collettivo.

Ricordo che una volta, a Buenos Aires, tuo zio Edoardo doveva eseguire un concerto di Bach con una orchestra raccogliticcia in un grande teatro al centro della città. Era mattina, c'era poca gente, la sala era gelida e il concerto è cominciato fiacco e svogliato con un'orchestra già stanca. Il pensiero dei suonatori era chiaro e visibile: perché sprecarsi per quattro gatti?

Quando è toccato a tuo zio, si è visto che non era affatto disposto a seguire il tran-tran dell'orchestra impigrita, né era d'accordo con l'idea che pochi ascoltatori vadano disprezzati e trattati con sufficienza. L'ingresso del suo violino è stato così energico e risoluto che ha dato un immediato scossone agli orchestrali. I quali, da principio l'hanno guardato con odio, come a dire "ma chi ti credi di essere per tirarci fuori dal nostro sacrosanto torpore?". Molti di loro erano anziani, portavano scarpe di vernice logore, calzini neri trasparenti e avevano capelli grigi imbrillantinati. "Noi ora rallentiamo ancora e vediamo tu che fai" sembravano pensare quegli orchestrali annoiati che erano stati buttati giù dal letto da una sveglia sgarbata la domenica mattina e avevano le braccia e la testa arrugginite.

Ma tuo zio non è il tipo che si scoraggia facilmente. Ho sentito fisicamente la fatica che faceva per tirarsi dietro quell'orchestra neghittosa. A metà del primo tempo un poco della sua energia li ha contagiati. E hanno lentamente cominciato a seguirlo.

Il giovane musicista italiano, brandendo il suo violino come fosse una bacchetta da direttore, ha finito per travolgerli trascinandoli, sbuffanti e riluttanti, nel pieno di un appassionante concerto domenicale.

Io ho assistito a questo travaglio, prima dolente, dispiaciuta, incredula che qualcosa potesse venire fuori da quell'ammasso di corpi addormentati e riluttanti. Poi, a mano a mano sempre più sorpresa e stupita, sono stata travolta anch'io dalla metamorfosi che si compiva sotto i miei occhi. E ti posso garantire che se anche eravamo in pochi quella mattina di domenica a Buenos Aires abbiamo goduto di uno straordinario commovente concerto.

Penso che anche tuo padre Arduino avrebbe fatto lo stesso. Nel lavoro sono severi ed esigenti con sé e con gli altri, i due fratelli. Anche se sono così diversi perfino nel modo di suonare. Quanto tuo padre è lirico, struggente e fa pensare ad un lupo che canti alla luna, tanto tuo zio è rigoroso, di un fervore perfettamente controllato, di una destrezza strabiliante e nevrotica. Qualche volta gli è stato rimproverato di cercare l'effetto, la brillantezza della esecuzione a scapito della profondità. Ma come molti uomini di scena, tuo zio Edoardo conosce il suo pubblico, lo sente, lo previene. E non c'è niente come la rapidità strepitosa delle mani sullo strumento che entusiasmi il pubblico, anche quello più esperto.

Non si può dire che si tratti di una emozione volgare. La sfida al tempo, le meraviglie aeree di una geometria musicale prorompente hanno tentato gli autori prima ancora che gli esecutori. Chi scrive musica sa quanto sia saporito e comunicativo quell'accavallarsi precipitoso di note, tenute rigorosamente strette dentro un perfetto codice sonoro. La lusinga del virtuosismo tocca sia i compositori che gli interpreti, e il pubblico si lascia amorosamente incantare da un pezzo di bravura.

Quando vuole, però, sa anche andare in profondità tuo zio Edoardo. Io lo preferisco nei momenti in cui, con calma intelligente, fa srotolare un discorso musicale logico e articolato anziché perdersi nell'ubriachezza di un pezzo di abilità sfolgorante. Lui conosce i miei gusti e con un sorriso sulle labbra dice: «Stasera so che non sei contenta, ho suonato per il bis il pezzo della *Carmen* anziché il Preludio di Bach che ami tanto».

Una cosa che mi piace poco sono le arie delle opere trascritte per violino o per pianoforte. Hanno qualcosa di risaputo, di prevedibile che mi indispone. Ma il pubblico ama riconoscere le arie famose e dopo magari una "seriosa serata bartokiana, ci vuole", come commenta tuo zio che non perde mai il senso dell'equilibrio nella distribuzione delle parti.

E come non approfittare di quella incredibile perizia delle dita che, senza mai perdere neanche un quarto di nota salgono e scendono per le liquide scale in un crescendo delirante, strappano l'applauso anche al più sordo degli ascoltatori?

Curioso che tuo padre Arduino, il più appassionato dei due, per lo meno quando suona, sia poi colui che teorizza il distacco dai sentimenti nella vita di tutti i giorni. Per lui ogni "impegno" affettivo è di troppo, per non parlare di quello civile o politico che è semplicemente "ridicolo".

«Non bisogna innamorarsi delle donne belle» teorizza tuo padre «perché ci si perde sempre: si credono chissà chi, sono concupite dagli amici e finiscono sempre per tradirti. Meglio dedicarsi alle donne brutte perché ti saranno sempre riconoscenti di averle scelte, perché non avrai rivali e perché non rischierai di innamorarti "veramente".»

Sua anche l'affermazione che "tutte le idee politiche sono uguali. Tanto vale farsi gli affari propri e lasciare perdere". Come appartiene a lui anche la pratica severa e concreta di suonare solo dove pagano bene. Mentre tuo zio Edoardo alle volte accetta di andare a suonare in posti irraggiungibili anche per compensi minimi: spinto dalla curiosità, dalla gioia stessa del suonare, dalla generosità verso chi glielo chiede. Come quella volta che è andato in un paesino del napoletano invitato da una fantomatica Associazione musicale per suonare in una chiesa, ma poi l'ha trovata chiusa e nessuno sapeva dove fossero le chiavi. Infine ha suonato per una decina di persone intirizzite che aspettavano sul piazzale. Ha avuto il fegato di esibirsi in quelle condizioni, davanti ad un pubblico distratto e nervoso perché privato del suo spazio e delle sue sedie. E per giunta non ha ricevuto il misero compenso che gli era stato promesso.

Tuo padre non si lascia fuorviare da certe ubbie. Per lui il professionismo significa anche rispettare alcune regole del mercato musicale e non commetterebbe mai l'idiozia di "svendersi" per fare un piacere ad uno o ad un altro sedicente "amico della musica" che glielo chiede.

Eppure, nonostante tutte le diversità, quando sono insieme tornano bambini. Te ne sarai accorta anche tu; prendono a parlare per monosillabi e si capiscono solo fra di loro: «Gasp», «Quit», «Soun-Soun», «Quil», «Ding», «Igno», «Bulb», «Quit-quit», «Ha», «Hum». È alla mimica che si intendono: una serie di piccole smorfie, di movimenti delle sopracciglia, delle labbra, delle narici, che li fanno "morire dal ridere" per cose che a tutti gli altri risultano incomprensibili.

Tuo zio chiama tuo padre "Igno". A sua volta tuo padre chiama tuo zio "Igno-Igno". Tutti e due si rivolgono ai genitori chiamandoli "Mao" e "Moue".

In realtà non si parlano molto i due fratelli, ognuno vive la sua vita. Ma in compenso quando si trovano insieme, quelle rare volte che lo fanno, senti che la forza del sentimento di appartenenza in loro è superiore a qualsiasi lealtà verso chi amano.

Anche se incontrandosi si danno solo una pacca sulla spalla, non hanno dimenticato le notti in cui hanno dormito abbracciati, da bambini, per la paura del buio e quando Igno diceva a Igno-Igno: «Hai le guance come una nuvola, lascia che te le bacio».

Come adesso io vorrei baciare le tue guance nuvolose. Il sentimento fraterno non è questo? entrare nel cielo dell'altro e trovarlo pieno di nuvole soffici e accoglienti?

A presto

tua

Vera

6 dicembre 1988

Cara Flavia,

la cosa che mi dispiace è che non ti sento neanche più al telefono. Eppure non abitiamo lontane: tu a Trastevere e io ai Prati. In linea d'aria due chilometri. Un piccione viaggiatore ci metterebbe tre minuti ad andare da me a te; gli potrei attaccare un biglietto alla zampa. Che cosa ci scriverei? qualcosa sul folletto di cui sei stata molto curiosa in passato. L'altro giorno, sai che ha fatto il mio folletto? È sceso dalla sua cuccia in mezzo ai libri ed è venuto a sedersi sulla mia macchina da scrivere. Volevo cacciarlo perché mi impediva di scrivere. Ma lui niente: mi ha fatto capire che si è stufato. Sai, il folletto non parla, emette piccoli stridi come una rondine in volo. Per fortuna ho imparato a capirlo. Dice che il mio continuo battere sui tasti gli ha fatto venire il mal di testa, proprio come succede a tua madre quando tu ti rifiuti di mandare giù il pollo a pezzetti o le patate schiacciate nel piatto.

Così gli ho detto: va bene, smetto di scrivere per un po'; ma che facciamo? E lui mi ha fatto capire che voleva giocare. Ma a cosa? Alle filastrocche. Io lo so che questo gioco gli piace molto. Ne conosco tante di filastrocche ma a lui non bastano mai.

E ne vuole sempre di nuove.

Tu ne conosci di filastrocche, Flavia? Al folletto piacciono molto quelle siciliane, come per esempio quella che dice: "Senza tuppu n't'appi, cu tuppu t'appi, come t'appi t'appi, basta che t'appi t'appi". Uno scioglilingua più che altro. Tu dirai: ma che significano tutti questi tappi? Il fatto è che in siciliano "tappi" sta per "ti ebbi". La filastrocca rivela la soddisfazione di un giovanotto che dice alla sua ragazza: "senza il tuppo (la crocchia) non ti ho avuta, con il tuppo ti ho avuta, come ti ho avuta ti ho avuta, basta che ti ho avuta". È una filastrocca antica, forse di un secolo fa. A quell'epoca le donne usavano portare i capelli raccolti sulla nuca con le forcine. Per questo era considerato un grande segno di passione la perdita delle forcine e lo scioglimento dei capelli: "Ohi che cascata!".

Un'altra filastrocca che piace molto al folletto è quella dell'acqua e del pozzo: "Tira tira l'acqua u puzzu, non vagnare sta cucuzza, vagna vagna sta cicoria ohé / Uni o babbi, uni o mammi uni o manci iu". Questa filastrocca piace anche a tuo zio Edoardo perché si può cantarla in coro, a catena: quando uno arriva alla fine della prima strofa l'altro riprende dall'inizio, come si fa con *Fra Martino, campanaro*, lo stesso gioco di incastri sonori.

E che dire di quell'altra filastrocca inventata per fare inciampare la lingua delle signorine e costringerle a pronunciare una parola proibita? "Li pene cu lu pani nun su pene, le vere pene sunnu senza pani."

Tuo zio Edoardo, come il mio folletto, ama le filastrocche perché sono ritmate, gli ricordano il ballo. Lui, in realtà non sa ballare, o per lo meno i suoi piedi non sanno ballare, sono goffi e lenti, ma le sue mani, il suo collo, i suoi occhi, la sua schiena conoscono il ritmo meglio di un ballerino spagnolo. Quando ha il violino al collo, si butta in balli antichi deliziosi quali la giga, il saltarello, la contraddanza, il minuetto, la sarabanda, la bourrée, inseguendo i pensieri musicali più gioiosi di Bach, di Vivaldi, di Paganini, di Mozart.

Il ballo gli piace come a me piacciono le storie. Qualche volta gli dico: mi racconti una storia? Ma che storia? Be', di quando eri bambino per esempio. Lo dico perché non mi stanco mai di ascoltare chi racconta della sua "bambintù" come diceva un mio amico inglese traducendo a modo suo la parola inglese *childhood*.

E tuo zio Edoardo racconta, se insisto, di quando andava in giro per la casa seduto sul pitale e non aveva neanche due anni. La madre gli chiedeva: «Com'è la pupù, Dodino?». E lui rispondeva: «Dddura» con tre D. O di quando sua madre lo lavava dentro un mastello di legno e lui schizzava l'acqua da tutte le parti urlando: «Ti sprizzo».

Io l'ho visto quel bambino dentro la tinozza. Sta al centro di una piccola fotografia in bianco e nero. Ha una faccia tonda, felice, che ride gongolando, mentre un braccetto dai rotoli di carne inanellata si sporge verso la madre vicina che però non si vede.

Oppure mi racconta di quando tutta la famiglia era in ambasce perché lui continuava ad affermare, con cocciutaggine che voleva "la bella ratta" e nessuno riusciva a capire cosa fosse questa "ratta". «Ma tu lo sapevi?» gli ho chiesto e lui mi ha risposto che no, non lo sapeva neanche lui. «Sono cose successe quando avevo appena cominciato a pronunciare le prime parole. Mia nonna sostiene che la "ratta" era il violino ma credo che siano solo mitologie nonnesche.»

A giudicare dalle fotografie tuo zio Edoardo era il bambino più pacifico, più cicciotto, più ridanciano che si possa immaginare. Poi, verso i tredici anni «sono cambiato, non so perché, sono diventato impacciato, sobrio e timidissimo».

A quindici anni ha cominciato a farsi crescere le basette, ha preso ad innamorarsi di ragazze dall'aria sfuggente, decidendo che da grande avrebbe fatto il violinista, anche se il suo primo strumento era stato il pianoforte. Che ancora oggi sa suonare con disinvoltura.

«Prima ero socievole, allegro, fiducioso, poi sono diventato solitario e orso» dice di sé tuo zio. E c'è da credergli. Basta confrontare i ritratti di quando era un bambino tondo e ridarello con quello di un adolescente con le basette che gli allungano malinconicamente la faccia. Lo sguardo è caparbio e sognante, il ciuffo seducente gli scivola sulla fronte annuvolata.

Quale sia stato dei due Edoardi a farmi innamorare è difficile dire. Forse un misto di tutti e due i caratteri che in lui continuano a convivere alternandosi di momento in momento. Diventando più maturo, si direbbe che quella allegria fiduciosa torni a prendere il sopravvento sulla ritrosia amara dell'adolescente.

Tua
Vera

14 settembre 1989

Cara Flavia,

l'ultima lettera che ti ho scritto è rimasta interrotta. Intanto sono passati nove mesi. Pensavo di non scriverti più e invece eccomi di nuovo qui con carta e penna. È curioso che fra tutte le persone che conosco io abbia voglia di parlare soprattutto con te. Siamo così lontane negli anni, Flavia, che se tu provassi a misurare coi passi lo spazio che ci separa potresti camminare tre giorni e tre notti e ancora non avresti calcolato tutta la distanza che ci separa.

Eppure mi sembra che da questa distanza, per qualche misteriosa alchimia ottica, io ti veda proprio vicina come se tu fossi a pochi centimetri dal mio naso. E il vederti accanto mi rallegra, mi dà voglia di parlarti come parlerei ad un'altra me stessa invisibile e segreta.

Quando ti ho scritto la lettera di dicembre ero un'altra persona: stavo bene con un piede dentro la vostra famiglia, tanto mi erano care le persone che la abitano. Ma ora quel piede mi è stato tagliato di netto. Anzi, a dire la verità, me lo sono amputato da sola e così cammino male, zoppicando.

"Un umor nero di natura fredda e secca" come chiamano gli antichi medici la "mestizia", mi accompagna mattina e sera. L'idea di non rivedere più tuo zio Edoardo mi fa inaridire i pensieri: sai, come quando si tengono le mele per troppo tempo nella fruttiera, che si fanno piccole e rattrappite, piene di grinze e senza succo.

Avrai probabilmente già sentito dire in famiglia che tuo zio Edoardo ed io non siamo più "amoreri". Ma questo distacco che quasi quasi mi appariva come una liberazione, una cosuccia facile e semplice, è risultato invece una esperienza devastante e amarissima.

Tu mi chiederai: ma perché? dopo nove anni, come mai? e lo sai che non so risponderti. Mi viene in mente quel guerriero "che non se n'era accorto / andava combattendo / ed era morto". Così il nostro sodalizio andava galoppando ma aveva chiuso gli occhi.

Mi sono accorta che su quella corda che teneva uniti me e lui e su cui stendevamo le nostre idee, i nostri rimuginii, le nostre bandiere d'amore, proprio su quella corda erano state attaccate altre cordicelle, spaghi, laccetti, nastri, del tutto estranei al nostro "felicero starero insiemero".

Uno pensa: ce la farò a reggere un altro peso, e un altro ancora, ho le spalle forti e poi la corda tiene, ha sempre tenuto. E invece un bel giorno, anzi un brutto giorno la corda di colpo cede, non regge più, neanche quella camiciola amorosa che avevi sempre steso ad asciugare lì sopra ed era leggera leggera.

E così tuo zio Edoardo ed io ci siamo allontanati in silenzio, come due ladri. Credendo o fingendo di credere che sia ancora una volta un gioco. Ma poi sono passati i mesi e si capisce che i tempi del gioco sono saltati. E intanto vengo a sapere che ha preso casa estiva in una conca fra le montagne, che pratica il volo con ali di plastica da angelo tecnologico e accanto a lui c'è una sposa dai capelli turchini e il vestito giallo che lo bacia sulla guancia stringendo in mano un mazzolino di miosotis.

Del nostro amore è rimasto un cassetto colmo di fotografie. Ma tante, cara Flavia, da farne non uno, ma due o tre album. Un giorno se lo vorrai te lo mostrerò. Un giorno forse; quando tu sarai una persona adulta e io una vecchina con la gobba e la cocca sotto il mento come nelle favole che ti piace ascoltare. Sai cosa mi ha detto l'altro giorno l'oculista? «Quando diventerai brutta...» Lì per lì l'ho guardato pensando "ma che sta dicendo?". Poi ho capito che aveva ragione: invecchiare vuol dire imbruttire. E tu sai che il brutto respinge, annoia, irrita.

C'è un racconto di un gentile e abile scrittore che la dice lunga sull'insofferenza verso i brutti, soprattutto se sono donne. Vi si narra di un giovanotto che uscendo da un ristorante, sulla montagna innevata, vede davanti a sé una donna anziana e brutta chiusa in una pelliccia di poco prezzo e nel cuore gli si sviluppa un tale odio, un tale disgusto che è preso da una voglia improvvisa di ucciderla. Così, lì per lì, senza conoscerla, come si ucciderebbe una zanzara con un semplice gesto infastidito.

Al giovanotto non importa niente di quella donna ma la sola vista della sua bruttezza lo manda su tutte le furie. Ed ecco che, quasi senza saperlo, è pronto a trasformarsi in un assassino, arbitrario e feroce. L'omicidio non si compirà grazie al ragionamento e alle lunghe corse sulla neve, ma com'è violento quel sentimento di rigetto!

Eppure lo scrittore non era affatto un uomo collerico e neanche malvagio. I suoi racconti che portano il titolo di *Sillabario* sono bellissimi. Mi ricordo quando veniva a pranzo da me, col suo naso a becco, gli occhi luminosi, i maglioni di lana di cashmere, profumati di citronella. Aveva una particolare sensibilità per gli odori. Entrava in una stanza, annusava l'aria e diceva: qui c'è stato un cane. Oppure: avete fatto un caffè poco fa? O anche: chi ha fumato stamattina? E quando si avvicinava a me, ogni volta pretendeva di indovinare il profumo che avevo addosso: «Questo è il *Fleurs des rocailles*, sbaglio?». Oppure: «Oggi hai messo un Dior, quello al sandalo», o anche: «Ti sei lavata le mani con un sapone al garofano».

Quest'uomo delicato e sensibile soffriva di antipatie brucianti e spietate nei riguardi di alcune donne. Era preso da veri e propri accessi di rabbia che lui giustificava con una questione di classe e di cultura. «Sai, quel genere di signore col cappellino che riempiono le platee dei concerti» diceva «non capiscono un accidente di musica e spettegolano tutto il tempo, sono ricche, brutte e insopportabili.» Ma erano le stesse signore che leggevano i suoi libri e gli scrivevano lettere di sincera ammirazione. Le donne, si sa, leggono più degli uomini e vanno più spesso ai concerti e a teatro. «Cosa c'è di strano nel fatto che mettano i cappelli?» gli dicevo. Ma lui scuoteva la testa. «Quelle signore lì sono proprio insoffribili.» «Ma se non fosse per loro lo sai che le sale da concerto rimarrebbero vuote e le librerie non venderebbero più romanzi?» «Non farti paladina di chi non ti assomiglia.»

Io, invece, cara Flavia, devo confessarti che ho molta simpatia per le "signore col cappellino". Anche tu porti il cappelletto e sei una bambina. Il cappello dà ad una testa di donna un tocco di teatralità e di allegria, come se fosse in procinto di volarsene dalla finestra, appesa ad un ombrello, alla Mary Poppins. Molti insinuano che sotto quei cappelli ci sia ben poco da apprezzare: una faccia avvizzita, un cervello stanco e polveroso. E invece qualche volta si hanno delle curiose sorprese: quelle teste, che si coprono pudicamente, conservano una voglia di capire e intendere che piacerebbe al mio professore di liceo, Giuseppe Ghera. Una capacità di riflettere e considerare che non è per niente da disprezzare. E nel loro andare ai concerti, leggere romanzi, scrivere lettere, ammucchiarsi alle conferenze le signore col cappellino dimostrano una inquietudine vitalissima.

Mi rigiro fra le mani le nostre fotografie. In una di queste ci sei anche tu. Siamo a Castelrotto e camminiamo ai bordi del bosco. Si vedono dei fiori gialli e tu porti uno dei tuoi tanti vestiti rossi. Sei molto carina, come al solito, e sembra che tu stia trattenendo una risata che ti è salita spontaneamente alle labbra. Chissà che cosa ti faceva ridere. Forse quel cane che, per acchiappare una pulce coi denti girava su se stesso come un pazzo rincorrendo la propria coda in movimento. Oppure ti divertiva tua madre Marta che era inciampata su una radice ed era andata a finire col sedere per terra.

Curioso questo nostro ridere delle persone che cadono, non ti sembra? C'è un filosofo francese, un certo Bergson il quale sostiene che noi ridiamo per ristabilire l'equilibrio messo in discussione da un gesto disordinato e meccanico. Le persone, sostiene Bergson, partecipano di un movimento continuo; tutto si muove e corre in noi: il sangue, le cellule che si rinnovano in continuazione, la pelle, le unghie, i capelli, tutto cresce e si rigenera.

Quando un corpo cade, perde per un momento la sua scioltezza, il suo moto ordinato entra in crisi, prende ad assomigliare pericolosamente ad un burattino, a qualcosa di inanimato e meccanico. Allora gli altri, i presenti alla caduta, preoccupati da questa minaccia di disordine, danno sfogo al riso per ripristinare lo stato di normalità. Il riso sarebbe insomma un atto "terapeutico" contro la minaccia del disordine mortale, in favore dell'ordine vitale.

Pirandello, poi, ci ha messo un tocco tutto suo stabilendo che fra ridere "contro" e ridere "con" c'è una grande differenza morale. Ridere "contro" fa parte della comicità: si mette in berlina qualcuno per criticarlo, o anche distruggerlo. Il cuore va "anestetizzato" per ridere su e di qualcuno e delle sue disgrazie. Invece ridere "con" fa parte dell'umorismo, che vuole il sorriso più che la risata. Si sorride senza perdere la simpatia e la comprensione per la persona che sta nei guai.

Quelle vacanze che abbiamo vissuto insieme a Castelrotto, Flavia, risultano felici anche sulla carta. Queste fotografie mostrano una allegrezza che in altre non c'è. E tu eri parte di questa letizia. Lo svegliarsi la mattina con "la rosa in bocca", come si suol dire, era una consuetudine in quei giorni. C'era un'aria frizzantina su quelle montagne nelle prime settimane di settembre. Il grosso dei turisti era andato via e noi eravamo quasi soli in albergo. Gli ultimi rimasti erano i più silenziosi, i più discreti: gitanti settembrini che uscivano la mattina presto con i loro scarponi, gli zaini appesi alle spalle per le lunghe camminate fra i boschi. Oppure qualche giovane coppia straniera che amava il tennis e andava a letto presto la sera dopo avere bevuto un bicchiere di vino cotto alle spezie.

Il cuoco siciliano era felice di preparare le torte al cioccolato e gli strudel per noi. Non ti pare strano che un cuoco siciliano fosse così bravo nel cucinare dolci austriaci e tirolesi? Ma così era: non abbiamo mai mangiato niente di siciliano in quell'albergo, solo canederli in brodo e gulash e torte di mele con l'uvetta e lo strutto.

Il giorno prima di partire ho chiesto al cuoco di prepararmi due strudel da portare via. Sono scesa nelle cucine per dirglielo e l'ho visto, col suo cappellone alto e bianco, il grembiule sporco di cioccolato, la faccia magra e spipirinzita. Sai chi la usa questa parola? tua nonna Giacinta. Di una ragazza un poco vivace dice: «Ma è proprio spipirinzita!». Mi piace questa parola che mi fa pensare al peperoncino. Peccato che non avrò più modo di ascoltarla.

Il cuoco ed io ci siamo messi a parlare della Sicilia. Lui conosceva Bagheria e la villa dei miei nonni. A Bagheria aveva un fratello che suonava il trombone nella banda del paese. Abbiamo parlato dei bagherioti che sono molto orgogliosi e come tanti altri siciliani piuttosto suscettibili: basta un niente per ferirli. Ma nello stesso tempo sono generosi fino all'eccesso e capaci di grandi amicizie. Così abbiamo parlato delle contraddizioni isolane. Perché la Sicilia è fatta così: da una parte conosci delle persone tanto sublimi, meravigliose che uno dice: ma da dove sono usciti questi uomini e queste donne dall'animo così pulito, gentile e profondo? E poi, nella stessa piazza incontri delle iene feroci che escono di notte e vanno a sbranare gli agnelli. Con i loro denti aguzzi si sono mangiati pezzo dopo pezzo tutte le bellezze della bellissima isola.

Io spero che un giorno, Flavia, tu possa andare a visitare le ville barocche di Bagheria, che sono tra le cose più belle della Sicilia dopo i templi greci. Sempre che i bagherioti, così poco amanti di se stessi e della propria storia, non le abbiano definitivamente distrutte.

Mentre parlavo col cuoco, ho sentito dei passetti alle spalle. Eri tu, Flavia, che venivi a chiamarmi. «Lo zio Edoardo ti sta cercando; ma dove eri finita?» E io ti ho detto che stavo facendo due chiacchiere col cuoco che ha un fratello che suona il trombone nella banda musicale di Bagheria e che ci raccontavamo delle cose belle che sono state distrutte: la costa dell'Aspra per esempio che era «un *bijou*» come ha commentato lui e che ora è «una schifezza tutta muri e cemento». «Il mare più pulito e limpido del mondo l'hanno ridotto ad un immondezzaio» ha detto lui. «E le rocce su cui i cestari intrecciavano le foglie di agave per farne panieri e scope, sono state trasformate in una strada su cui file e file di automobili suonano furiosamente il clacson per potere arrivare al più presto al ristorante in cima al monte che si chiama Nuovo Texas», ho aggiunto io.

Tu mi hai presa per mano, te lo ricordi? Io ho salutato il cuoco siciliano, il bel giovanotto dai baffi biondi, gli occhi azzurri e sono salita con te al primo piano per vedere cosa volesse da me tuo zio Edoardo. «Niente, volevo solo vederti» ha detto lui. Non è bello che qualcuno non voglia niente da te, solo vederti?

Da me vengono in continuazione persone che vogliono qualcosa: ascolto, consolazione, soldi, aiuti, assistenza, eccetera. Non capita mai uno che dica: volevo solo vederti.

Tuo zio lo diceva qualche volta e io andavo in brodo di giuggiole. Temo che non avrai mai sentito questa parola "giuggiole" e ti chiederai: ma che vuol dire? In effetti è una parola antiquata che non si usa più. Ma a me piace. Mi ricorda la zia Felicita, non so se te ne ho mai parlato, era una sorella di mio nonno e viveva a Bagheria. Era stata di una bellezza un poco bovina da ragazza e aveva amato un giovane che era morto in mare. Da allora non si era più voluta innamorare; aveva deciso di conservare la sua verginità per il giorno in cui si sarebbero "sposati in cielo". Io l'ho conosciuta che era già vecchia, si spostava su una lunga Studebaker nera dalla capotta apribile. La guidava con un piglio militaresco dopo essersi calcata in testa un cappellaccio floscio colore blu notte.

La zia Felicita diceva di qualcuno contento: «Eccolo in brodo di giuggiole» e a me piaceva il modo in cui succhiava l'aria spingendo la lingua contro i denti nel pronunciarla, questa parola.

Un giorno mi pare di averglielo chiesto: ma che significa giuggiola, zia? E lei mi ha risposto che era una bacca ma anche una pasticca di gomma e zucchero. Poi ho letto sul dizionario che viene dal latino *zízyphum* e ancora prima dal greco *zízyphon*. La giuggiola, capisci, è un frutto antichissimo e mediterraneo. Gli spagnoli la chiamano *jujuba*, i francesi *jujube*, i portoghesi *açofeifa*, gli italiani zezola, zizola, o anche zinzola, gli arabi *az-zofaizaf*. Secondo Plinio la giuggiola o zizola fu introdotta in Italia dalla Siria da Sesto Pampinio ai tempi di Augusto. È un frutto dal colore "giallo rossiccio" ed ha un sapore dolce asprigno ed è di "umore alquanto vischioso".

In un'altra fotografia ci siamo ancora noi cinque: tu, tua madre Marta, tuo padre Arduino, tuo zio Edoardo ed io. Siamo in un rifugio sul monte Sciliar, alle falde dei boschi neri. Era una giornata fredda, con un gran vento spifferoso, te lo ricordi? eravamo tutti affamati dopo avere camminato per due ore. E abbiamo chiesto di mangiare su un tavolo all'aperto, anche se i piatti di carta tendevano a volare via portandosi dietro forchette e coltelli di plastica.

Abbiamo ordinato le solite frittate coi mirtilli e della birra alla spina. Io no, io bevo solo acqua e limone, lo sai anche tu che ovunque io vada metto in croce i camerieri perché chiedo del limone da strizzare nel bicchiere e loro in genere mi presentano una rondellina solitaria che non si può spremere. Qualche volta me lo porto in borsa da casa, il limone, e quando dicono che non c'è lo tiro fuori e lo taglio a metà col coltellino minuscolo che mi ha regalato tuo zio.

Tuo padre Arduino beveva la buona birra del Tirolo con gusto; tuo zio Edoardo ha ordinato un *Radler*. E tu, con voce acuta hai chiesto: «Ma cos'è questo raller zio Edoardo?». E lui, con pazienza, si è chinato su di te per spiegarti che il *Radler* è una bevanda fatta di birra e limonata mescolati insieme.

«Che schifo!» hai commentato tu molto spontaneamente e tua madre, che sa molte più cose di quanto non mostri, ti ha chiarito che *Radler* vuol dire ciclista e sono stati proprio i ciclisti a inventare la birra con la limonata per dissetarsi durante le soste in montagna.

Mentre parlava, tua madre ha preso ad aprire i cestini preparati dall'albergo. E io che avevo comprato i panini in salumeria per tutti! Così abbiamo scoperto che avevamo da mangiare per venti persone.

Ti sei accinta a frugare fra i pacchetti per spilluzzicare un poco di tutto, dal prosciutto al pollo arrosto, dallo speck col cetriolo sopra all'uovo sodo. «Lo tagliano come un'aletta di passero, hai visto?» dicevi del cetriolo. Ed era vero: sullo speck spiccavano due alette verdi aperte a ventaglio.

Tuo zio Edoardo aveva ancora due scatti nella sua macchina fotografica, gli ultimi due. «E allora tiriamole» hai detto tu. Ed è buffo che tu abbia adoperato un termine che usava mia nonna Amalia: "tiriamo le foto" diceva, quasi che la macchina fotografica fosse un fucile e le fotografie si dovessero sparare come proiettili.

Mentre "tiravamo" le foto, a qualcuno di noi, forse per simpatia verso quel gran vento, su quella terrazza deserta, è scappata una "pernacchia". Tuo zio le chiama così. Nella mia famiglia, invece, si chiamavano "buffi d'aria", oppure "petini". So di una amica che le chiamava coi suoi figli piccoli "puzzette". Ma le puzzette non sempre puzzano. Se sono fatte di aria ingoiata nervosamente non fanno odore. Io ne so qualcosa, poiché soffro di colite spastica e certe volte mi riempio d'aria.

«Che vuol dire colite, Vera?» sento la tua voce petulante nell'orecchio. «Vuol dire che il colon, un budello che attraversa la pancia da una parte all'altra portando giù il cibo verso la sua ultima trasformazione, qualche volta si arrabbia perché gli fanno troppa fretta o perché è stanco o non l'hanno fatto riposare abbastanza, allora si contrae, fa i nodi e si gonfia d'aria come un Eolo indispettito. E allora sono dolori e per farli passare bisogna sdraiarsi, muniti di una borsa dell'acqua calda, sciogliere ogni laccio o cintura, e respirare lentamente pensando a cose piacevoli. Quando finalmente il signor colon ha sfogato la sua ira, si distende, smette di dolere e lascia andare fuori quell'aria crudele che ha trattenuto con un gesto di magia, come può fare un piccolo genio del vento in alto mare. Quell'aria lì non ha odore. Mentre se uno mangia qualcosa di pesante che non riesce a digerire e il cibo fermenta nelle viscere, quando l'aria viene fuori diventa una "puzzetta".»

In questo ci assomigliamo, tuo zio ed io: abbiamo l'abitudine di mangiare chili di aria, siamo due divoratori di vento. Segno di tensione psichica, dicono i medici. Ma allora Eolo cos'era? un prestigioso colitico? un divoratore d'aria pure lui? soffia, soffia, ingoia, ingoia, certi giorni avevamo la pancia come un tamburo, tuo zio ed io.

Quel pomeriggio, però, non ricordo a chi è scappata un poco d'aria. Invece di coprire la "pernacchia" con un silenzio imbarazzato, come succede di solito, ci siamo messi a parlare di quel francese, monsieur Pétomane che teneva i concerti con l'aria raccolta in pancia, concerti di scorregge modulate secondo il ritmo di una melodia. «Del resto che male c'è, anche Dante parla di un cul che si fece trombetta, no?» ha detto tuo zio. «E il Belli non parla spesso di pernacchie?»

Tu sembravi felicissima di quella conversazione. Come tutti i bambini ti divertivi un mondo a sentire parlare di cose proibite. Il signor Pétomane, qualcuno ti ha raccontato, viveva del suo sedere che trasformava in tromba e trombetta. Era diventato così bravo che uno dalla platea gli gridava: «Monsieur, *La Marsigliese!*» e lui dal palcoscenico gli suonava *La Marsigliese* a colpi d'aria compressa, senza mai togliersi i pantaloni né perdere la sua compostezza di gentiluomo.

Dopo, siamo scesi a valle di corsa perché minacciava di piovere. Io, per tenermi in equilibrio sulla costa scoscesa facevo dei passetti piccoli e rapidi, piegando bene le ginocchia e tenendomi indietro col busto. Tuo zio Edoardo diceva che scendevo la montagna come "una cinese". Ma come scendono le montagne i cinesi? «A passi minuscoli e frettolosi come te.» E così anche tu hai preso a caracollare giù per la china erbosa come una cinese. Dopo un poco, anche tua madre Marta ti ha imitata e così alla fine, se qualcuno ci avesse osservati da lontano, avrebbe visto un gruppetto di cinesi che, passin passino, correva giù per la montagna ridendo.

Ma ecco un'altra fotografia. Hanno qualcosa di menzognero e di perverso le fotografie: sono così fedeli a se stesse da risultare alla fine quasi indecenti. Fermano il tempo e ti vogliono convincere che sei una che non c'è più e che quella è altrettanto importante di questa. Cosa non vera proprio perché il tempo patrigno ha fatto piazza pulita di te com'eri e ora sei un'altra persona e se ripensi a quella che eri ti viene da piangere perché allora non conoscevi la te stessa di ora e ti chiedi: ma chi ti ha conciata così?

Tutto è fisso, immobile, cristallino nelle fotografie e mentre la memoria ricostruisce, attutisce, seleziona e oscura, quei quadratini di carta lucida sono lì come delle punizioni della carne a farsi guardare da te suggerendoti insistentemente l'idea mistificante della immortalità. Per non parlare di quella cosa stupida e bastarda che è la nostalgia, da *nóstos* e *algía* come a dire "dolore del ritorno". Ma si tratta di un dolore stucchevole che ti appiccica i pensieri e le dita. Come le giuggiole o le altrimenti dette zizole? Forse.

Eppure, Flavia, non riesco a mettere via queste fotografie che mi ricordano te, tuo zio Edoardo e quei giorni di perfetta coesione. Come e quando è cominciato il guasto, la distruzione? Non lo so. Non lo saprò mai.

Ti stringo forte

tua
Vera

20 novembre 1989

Cara Flavia,

in questo mese sono stata così occupata che non ho proprio avuto il tempo di scriverti. Il mio testo teatrale a cui lavoravo da otto mesi è finalmente andato in scena. Ma fino all'ultimo, durante le prove, ho dovuto essere presente per aggiungere e tagliare. La prima attrice era in disputa col secondo attore che non sopportava di essere trattato con supponenza dalla sua collega. Il regista mi ha chiesto come "un favore personale" di aggiungere un pezzo per il secondo attore, "perché se decide di andarsene ci butta nella merda". Ma quando la prima attrice ha visto che avevo allungato la parte del secondo attore, ha dato in escandescenze e ha minacciato di piantare tutto in asso. Il regista mi ha chiesto come un "favore personalissimo" di aggiungere un pezzetto anche per la prima attrice. Inutile spiegare che il mio è un testo corale, ma le questioni di precedenza sono ancora importantissime in teatro.

Per fortuna il pubblico ha accolto con molto calore lo spettacolo ridendo e battendo le mani. Il secondo attore ha fatto di tutto per coprire la prima attrice durante il suo monologo e lei è uscita dalle quinte furiosa, ma non credo che la gente se ne sia accorta. Sembrava di stare nell'*Impresario delle Smirne*, il testo comico di Goldoni sul teatro. Non pare proprio che tanta acqua sia passata sotto i ponti.

Due giorni dopo sono uscite quattro critiche davvero buone e una sola pessima in cui il critico dà degli asini agli attori e dell'incapace all'autrice. Salva solo il regista, ma poi ho scoperto che è un suo caro amico. E qualcuno sospetta che sia stato proprio il regista a suggerirgli le cose da scrivere sui due attori litigiosi di cui aveva piene le tasche e dell'autrice che non gli era simpatica.

Non ho più toccato le fotografie dello Sciliar. Forse le ho dimenticate. O per lo meno ho cercato di dimenticarle. E invece proprio ieri sera mentre preparavo una bella torta di mele mi sei venuta in mente tu, in una foto dalle luci radenti, scattata in un pomeriggio mite sul plateau dello Sciliar lì dove la montagna si fa terrazza per ospitare, in mezzo ad un arruffio di nuvole lilla e rosa, i parapendisti della domenica.

C'è un punto in cui la terrazza naturale si protende nel vuoto e sotto si aprono le coste seminate di pini e di abeti. Più sotto ancora si scorge il verde cilestrino della valle solcata dalla traccia luccicante, tortuosa, del fiume.

Da quella sporgenza si gettavano gli angeli, con le ali color pisello, color fragola, color uovo, color menta. Eravamo lì, tu ed io, a guardare affascinate quelle ali di plastica che si gonfiavano e tendevano i cento fili che legano il seggiolino alla struttura volante.

Li seguivamo, a naso in su, nelle loro acrobazie silenziose, appesi per aria con gli scarponi penzolanti nel vuoto, in preda ai venti che li sballottavano sofficemente di qua e di là. Qualche volta, quando il vento spingeva verso l'alto, gli angeli prendevano a salire girando sopra le nostre teste con movimenti lenti e ondulatori fino a diventare dei puntini fra le nuvole, per poi riprendere a scendere, ciondolando, sorretti da una leggera brezza amica.

Non so se tuo zio Edoardo abbia cominciato allora ad invaghirsi del volo. O forse aveva già cominciato altrove, già prima della vacanza allo Sciliar, non lo so. Fatto sta che mentre prima praticavamo tutti gli sport insieme: il nuoto, il cavallo, lo sci, il pattinaggio, ha preso poi ad assentarsi sempre più spesso per andare a volare. E siccome io soffro di vertigini non mi verrebbe proprio in mente di buttarmi nel vuoto (già mi capita di cadere nel sogno da tetti pericolanti, da montagne semoventi, da aerei barcollanti, figurarsi se vado a cercarmi il tuffo nel vuoto da sveglia), con quelle ali fragilissime poi, alla mercé dei capricci del vento.

Una volta l'ho pure accompagnato, tuo zio, dalle parti di Norcia e precisamente a Castelluccio. Un arco di montagne nude, color sabbia che si affacciano ripide su una conca di campi e di prati sempre zuppi d'acqua. Quando nevica sembra di stare sulla luna tanto sono spoglie, aride e fredde quelle cime e tanto è spelata, deserta e candida la piana sottostante.

In questo bellissimo paesaggio lunare, sopra un cocuzzolo appartato, si erge il paesino di Castelluccio, dove non arrivano neanche i giornali, dove non si cuoce il pane, dove la grande attrazione è un carretto posteggiato in mezzo alla piazza su cui sono esposti dei sacchetti di lenticchie dure come sassi e delle forme di cacio dal forte odore caprino.

Nel minuscolo albergo fabbricato apposta per i parapendisti e i deltaplanisti non esistono neanche le assi del cesso. Sono andata con tuo zio a comprarne una a Norcia e poi ci siamo inginocchiati in bagno, cercando di fissarla alla tazza ma non è stato per niente facile: le viti sgusciavano da tutte le parti e l'asse di plastica rischiava continuamente di spaccarsi. Tuo zio non ha le "mani d'oro" di tuo padre.

Mi sono portata la macchina da scrivere e sopra un tavolino traballante ho preso a battere i tasti mentre Edoardo se ne andava a volare dopo aver preso la tuta, gli scarponi, le ali da buon angelo che parte per il suo volo giornaliero.

Mentre scrivevo sono stata raggiunta dal pianto disperato di un asino. La smetterà, ho pensato, cercando di non farmi distrarre. Ma l'asino ha continuato sempre più avvilito e disperato. C'era in quel raglio qualcosa di così umano e dolorante che non ho potuto fare a meno di "andare a vedere". Era facile trovarlo, stava legato ad una balaustra nel centro del paese, sotto il sole, immobile, con la testa china e mandava degli ululati fondi e tristi. Ho chiesto in giro di chi fosse l'asino. «Di un contadino che lo lascia sempre lì, legato» mi hanno risposto.

Ho domandato dove abitasse il contadino. Mi hanno indicato una casa bassa dalle persiane chiuse. Sono andata a bussare ma non ho avuto risposta. «Non c'è nessun altro in questa casa?» «L'uomo vive solo.» «Be', tornerò più tardi.» Sono rientrata in albergo, ho ripreso a lavorare al mio testo teatrale sulla poetessa prostituta veneziana del Cinquecento.

Quella sera è nevicato. Tuo zio è tornato all'albergo con le guance rosse e tutto infreddolito. Abbiamo cenato insieme nella fumosa stanza da pranzo, sotto un enorme televisore acceso a tutto volume. La cena a base di lenticchie e pecorino era buonissima. Abbiamo chiacchierato con altri parapendisti venuti dalla Francia: due ragazzi e tre ragazze dall'aria allegra e spartana. Loro non si erano nemmeno accorti che sui cessi mancavano le assi.

In piena notte l'asino ha ripreso a ragliare. Sono andata a guardare dalla finestrella del bagno. Era sempre lì, legato alla balaustra, in piedi, senza riparo, con le zampe nella poltiglia di neve e fango. «Non posso dormire con quel povero animale sotto la neve, andiamo a vedere se si può fare qualcosa», ho proposto a tuo zio.

«Non ti immischiare nelle cose del paese. Ha un padrone, saprà ben lui cosa fare.» «Io lo slego, per lo meno se lo trova da sé un riparo.» Ma tuo zio era reticente e forse aveva ragione: con quel freddo, la stanza poco riscaldata, la neve che continuava a scendere, c'era da prendersi un malanno. «Non raglia più» ha detto lui «vedrai che l'hanno slegato.» E con questa illusione ci siamo addormentati abbracciati.

La mattina dopo sono corsa al finestrino e l'ho visto ancora lì, legato, intirizzito, inebetito dal freddo e dalla solitudine. Quindi aveva smesso di ragliare solo per stanchezza. Nessuno l'aveva slegato né sembrava volerlo fare adesso.

Ho accompagnato tuo zio al volo. Al margine della valle, proprio all'attaccatura di uno dei monti più bassi e rotondi, c'era una pattuglia di ragazzotti infagottati che andavano su e giù preparando le vele. In mezzo a loro un istruttore giovane e bello, munito di radiotrasmittente, gridava i suoi ordini verso l'alto.

Tuo zio si è arrampicato faticosamente sul monte portandosi dietro tutta l'attrezzatura. Una volta in cima, ha disteso pazientemente le ali sul terreno, facendo attenzione a districare i fili. Poi l'ho visto, ad un cenno dell'istruttore, precipitarsi di corsa giù per la china fino a sollevarsi come un goffo uccello che non ha ancora imparato a volare. E quindi, eccolo sospeso per aria, le gambe penzoloni nel vuoto, le belle ali color zafferano che fluttuavano in un unico arco che lo sovrastava.

Il volo durava un minuto, forse due. Poi il grande arco di plastica lo riportava verso il basso. Tuo zio approdava sul terreno fradicio, riprendeva in braccio il prezioso fagotto e ricominciava ad arrampicarsi verso l'alto. Per montare fino in cima, per sistemare le ali, per prepararsi alla corsa se ne vanno delle mezz'ore e chi sta a guardare si annoia.

L'ho lasciato alle sue fatiche ripetute per tornare alla mia macchina da scrivere. Attraversando la piazza sono andata a vedere l'asino. Era sempre là, legato alla balaustra, fermo sulle zampe, reso idiota dal lungo e inutile aspettare sotto la neve. Sono andata a bussare alla porta del proprietario, ma di nuovo era fuori. Stavo per slegarlo quando qualcuno mi ha fermata: «Guardi che il proprietario è un tipo collerico».

Sono tornata in albergo e ho telefonato ai carabinieri. Mi hanno detto che avevano già avuto delle denunce per quell'asino, ma non sapevano che cosa fare, loro non erano "idonei alla bisogna". «Be', venite lo stesso, facciamo un'altra denuncia.» «Appena potremo, verremo.»

Avendo capito dal tono della voce che non sarebbero venuti, ho cercato sull'elenco del telefono il numero della Protezione animali, ma da quelle parti non risultava, né fra i numeri stampati, né sul computer del centralino. Ho slegato l'animale. Ma due ore dopo l'ho ritrovato legato allo stesso punto, con lo stesso nodo crudele.

Il giorno seguente siamo tornati a Roma. Voltandomi per un ultimo sguardo ho visto l'asino sempre in piedi, legato, che sollevava i labbri bruni per un raglio ormai quasi senza suono. Da Roma ho chiamato nuovamente i carabinieri e infine ho saputo dal proprietario dell'albergo che erano andati in paese a vedere l'asino legato. «E che hanno fatto?» «Hanno cercato il proprietario che non c'era.» «E che hanno detto?» «Che ritorneranno.» Intanto l'asino rimaneva lì legato sotto la neve, di notte e di giorno. Quanto avrebbe resistito?

Cos'è che spinge un uomo ad incrudelire contro un animale inerme e alla sua mercé? la voglia di dominare e schiavizzare qualcosa o qualcuno? il pensiero geloso: questo è mio e ne faccio quello che voglio? o il lancinante desiderio di fare soffrire chi sappiamo indifeso e dipendente da noi?

Qualcuno la chiama "insensibilità culturale". I contadini, si dice, erano abituati, anche per insegnamento del loro Dio che aveva negato l'anima agli animali, a considerare le bestie solo in funzione della loro utilità. Il cane è "buono" se fa bene la guardia, se guida le pecore, se tiene lontani i ladri; la vacca è "buona" se tira l'aratro, se dà latte, se si fa squartare senza fiatare; il gatto è "buono" se caccia i topi, eccetera. Se l'animale non risponde ai nostri bisogni lo si picchia, lo si affama, lo si uccide.

Conoscevo una contadina, molto simpatica, che aveva partorito tutti e cinque i figli in casa, uno anzi nei campi dove lavorava. Sapeva fare il pane, le conserve di pomodoro, le marmellate di fichi e di uva. Veniva da me a vendermi le uova portandosi dietro una capretta timida e saltellante che la considerava come una madre. La donna le dava da mangiare, la coccolava, la spulciava, parlandole come fosse una persona.

Un giorno è venuta da me senza la capretta e io, che le avevo sempre viste insieme, ho chiesto se si fosse ammalata. «No, l'abbiamo mangiata» mi ha risposto tranquilla. «Aveva fatto le carni buone e mio marito ha invitato i cognati per l'arrosto.»

Curiosamente siamo proprio noi cittadini, come te e me, Flavia, a rivolgerci agli animali con spirito fraterno, considerando che la loro animalità non è molto dissimile dalla nostra umanità: anche loro conoscono il dolore, la paura, la gelosia, l'amore, anche loro pensano come noi, per lo meno per quanto riguarda le cose più elementari della vita.

Però san Francesco non era cittadino, potresti dire tu. E poi basta mettere il naso in un mattatoio urbano per rendersi conto che forse si tratta solo di ipocrisia. In campagna gli animali vengono uccisi personalmente da chi li mangia, in città per interposta persona. In campagna chi mangia carne si prende la responsabilità della predazione e dell'abbattimento, in città abbiamo inventato i "killer" che paghiamo per avere la bistecca pulita sul piatto.

«Anche Gesù mangiava cadaveri come noi?» chiedi tu e messa così certo suona strana. È sempre una questione di punti di vista. Nei suoi apologhi si parla di pesci, di pane, di fichi, di vino, di grano, ma non ricordo una parabola sulla carne. Sì, forse quella del figliol prodigo, al cui ritorno il padre ammazza "il vitello grasso". Tu che dici, Flavia, Cristo era un campagnolo che considerava gli animali come degli schiavi al servizio dell'uomo, o aveva la sensibilità profonda e rara di pensarli simili a noi, uguali nel diritto alla vita e alla libertà?

Non so perché ti parlo tanto di dolore animale. Forse perché in questo periodo mi sento molto simile a quell'asino di Castelluccio che raglia senza voce. Non riesco, sai, a guarire del distacco da tuo zio. Eppure sono stata io a volerlo, quel distacco. Sono stata io a imporlo, come un atto di ragionevole intelligenza. Ma l'intelligenza è così poco amica dei sentimenti.

Ti abbraccio

tua
Vera

18 dicembre 1989

Cara Flavia,

com'è che non riesco a dormire? Com'è che mi chiedo in continuazione: dove sei? Una vocetta ballerina in fondo alla memoria recita la solita filastrocca: "Amo rero, chi è rero? sono io? io chi? io rero, io amorero". Un gioco così balordo che sembra buffo persino raccontarlo. Ma sono sicura che tu capirai, Flavia, perché anche tu con tua madre adoperi una lingua inventata che capite solo voi due. Il filo del linguaggio immaginario che unisce coloro che si amano è più robusto di una corda d'acciaio nel momento del dare e dell'avere amoroso; ma diventa così fragile appena l'amore si smussa, si consuma, langue.

Alla mia domanda: dove sei? non c'è risposta ormai. Ma qualcosa irriducibilmente continua a chiamare da qualche parte delle arcate buie della mente: dove sei? dove sei? Che si tratti solo dello scherzo di una memoria legata alle abitudini? "Amo rero, chi è rero? sono io, io chi? io rero" ripete l'eco. Com'è balorda e ripetitiva la nostra emotività semantica.

Una volta tuo zio Edoardo ha sentito sua madre che diceva: «Questi sono proprio scemi, parlano tutto in ero». E un'altra volta ancora, sempre lei, la bella Giacinta, ha detto a suo marito Pandino: «No, non mi sembra che stia parlando con Vera, non sento gli ero».

Ma un certo grado di idiozia verbale rientra nella pratica degli affetti, non ti pare? Un bisogno di reinventare il linguaggio perché ci escluda dal mondo delle riconoscibilità lessicali, rendendoci invisibili e felicemente isolati.

Una volta mi hai chiesto: «Ma dove vi siete conosciuti tu e lo zio Edoardo?». E tua madre ha risposto per me: «In Brasile». «E dove sta il Brasile?» hai insistito tu. «Lascia in pace lo zio e pensa ai compiti», ha detto tua madre e tu hai obbedito come fa una bambina diligente. Ma la sera, prima di andare a dormire, mi hai sussurrato in un orecchio: «Non mi hai detto dov'è il Brasile e come vi siete conosciuti». Tua madre incalzava perché tu andassi a dormire e non ho avuto modo di risponderti. Lo faccio adesso.

Il Brasile è un grande, grandissimo Paese, oltre ventotto volte l'Italia, e sta al di là dell'oceano. Ha la forma di un triangolo coi vertici arrotondati, è fatto di magnifiche immense foreste che regolano il clima di tutto il mondo, di fiumi estesi come mari e di città popolose e disperate. Un Paese ricchissimo e poverissimo nello stesso tempo, dalle spiagge bianche e delicate come cipria, dalle pietre nere e imponenti, dai mari verdi come lo smeraldo. Molti brasiliani vivono in case lussuose, con tanto di camerieri in livrea; altri, moltissimi altri, vivono in catapecchie senza acqua né luce. In Brasile si parla il portoghese perché i portoghesi l'hanno per primi colonizzato, il che vuol dire che sono approdati su quelle belle spiagge e hanno detto: questo, in nome di Dio, da oggi in poi è mio, cacciando via coloro che ci abitavano da millenni. In Brasile ci sono città antiche dal nome struggente come Recife, Pernambuco, Belém, Rio Preto.

Tuo zio Edoardo ed io ci siamo effettivamente conosciuti a Rio de Janeiro dove io tenevo un seminario sulla scrittura teatrale all'università Alvares Penteado e lui insegnava violino alla scuola di musica municipale oltre a dare concerti in varie altre città.

Io abitavo nella dipendenza dell'Istituto italiano di cultura, ospite di Antonio De Simone e di sua moglie Monique. I De Simone erano molto gentili, amavano avere la casa sempre piena di gente: ogni volta che qualcuno arrivava dall'Italia per una conferenza, un concerto, una inchiesta giornalistica, lo ospitavano a casa loro. Per questo avevano due camere sempre pronte. Antonio è un tipo estroverso cui piace tenere banco. Generoso e collerico, ha una grande bocca piena di denti, porta i capelli grigi lunghi sulle spalle, indossa delle camicie azzurrine e rosa sempre fresche di bucato. È irruente, generoso, mordace.

Monique, sua moglie, morta da poco, era francese: piccola, muscolosa, praticava tutti gli sport e si dedicava con passione all'insegnamento. Possedeva un pappagallino verde e rosso che teneva legato ad un trespolo in cucina. In una fotografia fattami da tuo zio, io sono seduta al tavolo di cucina dei De Simone e tengo il pappagalletto su una spalla. Bisognava stare molto attenti perché se ti prendeva in antipatia ti beccava l'orecchio. «Non tenerlo vicino agli occhi» diceva Monique «potrebbe beccarti.» Ma io non avevo paura. Non ho mai temuto gli animali e loro di solito mi vogliono bene.

Un giorno ho detto a Monique: «Lo portiamo fuori il pappagallo? sta sempre chiuso qui in cucina, facciamogli prendere un poco d'aria ai giardini».

«E se poi mi vola via?» ha detto lei allarmata.

«Se sta bene qui non andrà via.»

Invece, appena in strada, il pappagallo è scappato via. Prima andando a posarsi sopra il tetto della scuola di fronte e poi verso i giardini. Monique l'ha rincorso per tutto il giorno ma non è riuscita a riprenderlo. Era colpa mia; mi dispiaceva avere provocato quel guaio, ma ero anche contenta pensando che il pappagallo forse aveva trovato la strada per le sue foreste. «Sarà andato a trovare i suoi amici nel bosco» dicevo per consolarla. Ma lei non ne era affatto convinta: «Verrà catturato da un gatto cittadino e mangiato vivo».

Vedi come possono essere diversi i punti di vista nei riguardi della protezione e della libertà. C'è chi pensa che per non correre rischi e stare lontani da ogni pericolo bisogna proteggersi con porte e lucchetti. C'è chi invece crede che la libertà, nonostante i rischi che comporta, valga sempre più di una comoda cuccia.

Monique era certamente una donna che amava la libertà e ha coerentemente speso la sua vita per difenderla. Eppure aveva delle imprevedibili affezioni per certe gabbie che si era costruita amorosamente. Ma chi può giudicare del grado di libertà che una persona può permettersi? È morta a quarantaquattro anni di un tumore allo stomaco. Mi ha telefonato una mattina dicendo: «Sto male, ho delle continue diarree». «Avrai preso una malattia tropicale» ho commentato io senza dare molta importanza al suo allarme.

Ho saputo poi dal marito che era andata a farsi operare in un ospedale di Padova dove abitava la sua unica sorella. Sono corsa a trovarla. Era allegra come al solito, anche se pallida e scheletrita. Non sospettava di dovere morire così presto. «Appena sto meglio voglio tradurre in francese la tua ultima commedia» diceva. E io non riuscivo neanche a dirle di sì tanto ero impressionata dal vederla in quello stato.

Sempre così sportiva, dinamica, era una pena vederla prigioniera di quel lettuccio di ospedale. Senza occhiali la sua faccia smunta prendeva un'aria fragile e disperata. Eppure solo qualche mese prima mi era parsa così vigorosa e vitale. La mattina si alzava presto, prendeva una "vitamina", ovvero un succo di frutti tropicali: papaya, ananas, maracuja, banana e poi, con la borsa a tracolla, se ne andava a giocare a tennis.

Mi piace ricordarla così: le gambe abbronzate e muscolose, un cappelluccio bianco da colonia in testa, gli occhiali spessi da miope, saltellava da un capo all'altro del campo senza stancarsi mai. Con la stessa agilità poteva sciare, nuotare, arrampicarsi sulle rocce: aveva un corpo di ragazzino, agile e asciutto, sempre bruciato dal sole, sempre pronto a lanciarsi in qualche impresa rischiosa.

Solo la faccia era invecchiata anzitempo: una faccia pesta, sciupata sopra un corpo snello e leggero. È morta senza saperlo, in un tristissimo ospedale di Padova dove sì, c'erano i migliori oncologi d'Italia, così dicevano, ma le camere erano strette, calde e infestate di rumori insopportabili: lunghe sirene interne, campanelli ghignanti, voci altercanti al di là delle pareti sottili come carta, radio e televisione tenuti sempre a tutto volume.

Non so nemmeno dove sia stata sepolta, se a Padova, vicino alla sorella, o a Reggio Calabria, nelle terre del marito. Era stata una nomade in vita e anche da morta, per me, continua a viaggiare fra il Brasile, la Calabria, Parigi e Caracas.

Ma torniamo ai due "reri" (tuo zio ed io) che mangiavano nella cucina dei De Simone a Rio de Janeiro. In un'altra fotografia, sempre "tirata" da tuo zio Edoardo, io scendo da una scala che era quella interna dell'Istituto e tengo in mano dei quaderni. Passavo la giornata a leggere e a prendere appunti per la lezione serale: l'università apriva solo dopo le cinque. Gli studenti a Rio hanno tutti un lavoro e perciò possono dedicarsi agli studi solo nel tardo pomeriggio. Tremila studenti, tutti lavoratori, strano no? Le sale di giorno erano deserte. Quelle sale spaziose, quelle colonne di lontana imitazione greca, volevano suggerire una idea di *gymnasium*. E di giorno, nel silenzio impolverato dei corridoi, ci si poteva anche illudere che si trattasse di un pacifico luogo di intelligenti conversazioni. Ma la sera, quando valanghe di ragazzi e ragazze si imbucavano fra quelle colonne spingendosi, urtandosi, chiamandosi a gran voce, in blue jeans e maglietta, la gomma da masticare fra i denti, la radiolina appesa alla vita, sembrava di stare sulla tolda di una nave pronta a partire per un tempestoso viaggio di mare da cui non si sapeva con certezza se si sarebbe tornati.

Lì io affrontavo ogni pomeriggio settanta pugnaci e scettici ragazzi che aspettavano una sola mia scivolata per saltarmi addosso. Ma devo dire che me la sono cavata, con un poco di ironia e tanta pazienza. Dopo una settimana di seminario, avevo un gruppetto di "fedeli" che mi veniva a prendere a casa per accompagnarmi fin dentro l'università.

Uno di quei ragazzi mi telefonava la mattina presto per parlarmi dell'Italia. Era discreto, timido e gentilissimo. Aveva una ottima conoscenza dei poeti latini e sapeva tutto sul Vaticano pur non essendo mai stato in Italia perché "*o bilhiete custa muito e meu pai é sapateiro*".

Tuo zio intanto continuava a fotografarmi, coi libri sotto il braccio mentre scendevo le scale, uscivo baldanzosamente dall'Istituto, mangiavo al tavolo di cucina dei De Simone. Ma io non avevo capito che gli piacevo. Era tanto timido tuo zio che non lo lasciava trapelare in nessun modo.

Ci vedevamo all'ora di pranzo, gustando i piatti succosi preparati da Monique, poi lui si chiudeva in una delle stanze degli ospiti ad esercitarsi col violino. Io tornavo ai miei quaderni e ai miei testi teatrali.

Una mattina ho trovato delle rose appena colte sulla maniglia della mia porta, legate con un nastrino. Ho pensato che fosse stato il giovane Juan, quello che mi telefonava la mattina per parlarmi di papa Farnese e di Gioachino Belli. Ma non gli ho detto niente.

Di solito la prima ad arrivare era Camille col borsone delle macchine fotografiche, i capelli biondi stretti in un codino da topo, la faccia triste, il corpo goffo. Camille è canadese, parla un francese arcaico, quello usato dai parigini due secoli fa e rimasto, pari pari, rinchiuso dentro quella cocciuta e orgogliosa isola linguistica che è il Québec. Dà del "voi" a tutti, anche alla sorella, capisce il portoghese ma lo parla appena e si era iscritta al corso per amore del teatro. Con me tirava fuori il suo bellissimo francese antico di cui era convinta che capissi ogni minuzia perché le rispondevo in francese, ma io, più che capirla la interpretavo.

Camille non si staccava mai dalle sue pesantissime macchine fotografiche anche se non le adoperava. Oppure le tirava fuori tutto a un tratto durante il seminario e prendeva a fotografare dei particolari insignificanti. Due giorni dopo mi metteva in mano dei cartoncini lucidi, bianchi e neri, su cui si riconoscevano a stento: un pezzo di finestra aperta, un mozzicone di capitello, una scarpa femminile, un orecchio peloso, la punta di un berretto, una bocca aperta, due dita, un dente, un occhio. La mia faccia nelle sue foto era sempre scura e bruttissima. Certo non erano fotografie convenzionali ma mi chiedevo perché mi vedesse sempre così rattrappita e deforme.

Con Camille ci scriviamo ancora, dopo anni e quando vado in Canada, lei viene sempre a cercarmi, in qualsiasi città del suo grande Paese mi trovi. È la donna più coraggiosa e più fedele a se stessa che abbia mai incontrato. Ogni tanto mi spedisce delle fotografie in cui si vedono dei gatti che scappano, dei bambini che attraversano la strada, il naso o il braccio di un attore in scena, un pezzo di automobile, una tazza vuota e così via.

Dietro, in caratteri larghi e rotondi, in quel francese antico così difficile da decifrare, mi scrive delle parole di saluto. Certamente Camille difende la sua libertà in un modo più disperato ed estremo del mio. Quando ha soldi li spende, quando non li ha, fa la fame. Non l'ho mai sentita lamentarsi. Eppure la sua famiglia è ricchissima, il padre è un chirurgo molto conosciuto, ma lei preferisce mangiare pane e patate piuttosto che chiedergli qualcosa.

La gente diffida di lei perché, a guardarla, appare sgraziata, a volte anche sporca, coi piedi infilati in due sandalacci da frate, i capelli tenuti su con l'elastico, un maglione sformato che le mortifica il corpo. Ma il suo animo è delicato come una magnolia. Dico magnolia perché l'ultima volta che ci siamo viste, in una saletta dell'università di Toronto, avevamo davanti una magnifica magnolia dai fiori tutti aperti che mandavano un profumo struggente. Era sera e l'albero appariva come un agglomerato di forme scure mentre i suoi fiori bianchi riflettevano quel poco di luce che mandava la luna precoce da dietro le nuvole.

Camille fumava e mi raccontava dell'anno trascorso viaggiando per filmare documentari sul teatro che nessuno voleva comprare, ascoltando musica e fotografando particolari. Per lei, ogni pensiero diplomatico, ogni adesione al gusto degli altri è da considerarsi un tradimento nei riguardi di se stessa. E per questa sua folle purezza suscita tante antipatie e qualche appassionata solidarietà.

Insomma, Camille e il suo borsone arrivavano in casa De Simone prima degli altri. Poi, con calma, sopraggiungeva il resto del gruppo. Una certa Ines che inventava disegni per le magliette, un certo Luís che si occupava di cinema e sapeva tutto su Pasolini, una certa Mariona che faceva teatro per le scuole, e Juan, aspirante scrittore, nipote di italiani provenienti da Avellino.

Intanto Monique preparava il caffè per tutti, sempre con il suo pappagalletto accoccolato sulla spalla. Questo, naturalmente, succedeva prima che io avessi la pessima idea di fargli prendere aria. Infine, dopo avere bevuto il caffè e sgranocchiato dei biscotti francesi, ci mettevamo in cammino verso l'università. Poi la sera, dopo le lezioni, spesso cenavamo insieme in qualche ristorante economico dei dintorni, oppure Monique ci invitava tutti da lei dove mangiavamo seduti per terra con i piatti di carta.

Tuo zio Edoardo lo vedevo solo all'ora dei pasti, quando pranzavo dai De Simone. Anche lui, come Camille, aveva la mania di fotografarmi. Solo che le sue erano foto morbide, sorridenti ed esprimevano un desiderio che io mi ostinavo a non capire. Lo consideravo troppo giovane per me, tuo zio, e troppo chiuso nel suo solitario sogno di musicista.

Quando andavo a chiamarlo perché era pronto in tavola, e mi è capitato due o tre volte, lo trovavo immerso in un'aria viziata, la camicia zuppa di sudore, i capelli scompigliati. Teneva le finestre chiuse nonostante il caldo torrido perché non voleva "rovinare il violino con l'umido". Ma anche perché non amava disturbare i vicini. Un ragazzo delicato tuo zio; sta sempre attento a non dare fastidio. Questa è una qualità che me l'ha reso molto caro quando ho imparato a conoscerlo.

Le fotografie di Camille erano misteriose e cupe, esprimevano qualcosa di me che forse io non amavo e non volevo vedere: un dolore senza rimedio, un pensiero di morte che svaluta ogni gioia. Perciò preferivo le fotografie di tuo zio che d'altronde sono ancora qui, in questo cassetto: piccole, brillanti e piene di promesse d'amore.

Ogni mattina trovavo delle roselline fresche sulla maniglia e ogni pomeriggio, quando vedevo Juan, gli sorridevo con discrezione come a dire "so che mi hai portato le rose, te ne sono grata, non posso dirti niente, sai che con i miei studenti non faccio parzialità, ma quando avremo finito il corso ne riparleremo".

Juan non era bello. Piuttosto scuro di pelle, le sopracciglia folte, nerissime, aveva la faccia di un bambino saggio e gli occhi neri di un cane da caccia. L'idea che mi lasciasse delle rose sulla maniglia mi commuoveva. Era un segreto fra docente e discente, un segreto che sarebbe rimasto tale per tutto il tempo del seminario.

Non so se tuo zio "amorero" ritenesse che io sapessi che era lui a legare le rose ogni mattina con un nastrino alla maniglia della mia porta. Vedevo che mi sorrideva in un modo sornione ma non ci badavo. Vedevo che quando andavo a chiamarlo per il pranzo aveva l'aria di aspettarmi, ma lo consideravo più distante dei miei allievi brasiliani. Allora io avevo quarantacinque anni e lui venticinque. Ma ne dimostrava qualcuno di meno. Ed era forse la timidezza che lo faceva apparire ancora più infantile e timoroso.

Eppure in quel timore c'era una determinazione che poi avrei imparato a conoscere e amare. Non era affatto un incapace in fatto di sentimenti tuo zio che è della razza delle formiche: passa la giornata a trasportare pesanti fardelli da una parte all'altra del cortile, senza mai scoraggiarsi né tornare indietro. In quel fardello porta la sua musica, ovvero la musica del suo infaticabile violino, ovvero il suo travaglio di professionista interprete. Per quella professione, per un progetto ostinato di perfezionamento è disposto a rischiare le scarpe dei passanti, come la formica facchina. Il sacco non lo posa mai, e cammina su e giù per la strada sassosa, che faccia bello o cattivo tempo, che piova o splenda il sole. Per quanto riguarda i sentimenti, invece, è più cicala che formica tuo zio. Ma questo lo avrei imparato più tardi, a mie spese.

Infine i giorni di Rio sono terminati. Ho concluso il mio seminario all'università con una festa assieme ai miei studenti. Tuo zio ha dato i suoi concerti e abbiamo dovuto dire addio a Juan, a Camille, a Luís, a Mariona, a Monique e Antonio, per tornare a Roma.

Siamo partiti con due aerei diversi, ad un giorno di distanza, lui pensando che io sapessi delle sue rose e io ritenendo che fossero un segnale del gentile Juan. Per fortuna che non l'ho mai ringraziato. Se lo fa di nascosto, pensavo, è segno che non vuole parlarne, è una persona discreta e non chiede niente in cambio, meglio così.

Tuo zio mi ha solo chiesto il numero di telefono di Roma prima di partire. E io gliel'ho dato senza pensarci tanto, con quella disinvoltura con cui fra conoscenti di viaggio o di vacanza ci si scambiano gli indirizzi e il telefono sapendo benissimo che non ci si rivedrà mai più.

Invece, dopo forse una decina di giorni, ecco la sua voce di "cornacchia", come dici tu, al telefono che mi invita a cena per la sera dopo. Mi è sembrato strano risentire quella voce metallica dilatata, fortemente ritmata, quasi senza accenti. Avrei presto imparato a conoscere le sue sonorità aspre, sgranate. Mi sarei piano piano invaghita di quel suo modo così curioso di parlare aprendo le vocali, arrotondando le consonanti, appoggiandosi pesantemente sugli accenti. "Un poco libresco" dice qualcuno. In effetti sembra sempre che legga un testo scritto tanto è scandita la sua dizione. Ma questo non è un male, suggerisce una idea di ordine, di precisione, una costante preoccupazione per le forme del discorso.

Formale, infatti, lo è parecchio tuo zio Edoardo. A cominciare dalla sua mania di cacciare le forme di legno nelle scarpe prima di andare a dormire. Dovunque vada tuo zio Edoardo si porta dietro le forme e appena arriva in un albergo, per quanto stanco possa essere, la prima cosa che fa è quella di tirare fuori le due gobbe lignee e infilarle dentro le scarpe.

Perfino la sua idea di religione obbedisce ad un sentimento di eleganza formale. A lui piace la messa in tutta la sua rituale bellezza, gli piacciono i gesti ripetuti, ieratici, i misteri solenni, i profumi avvolgenti, le formule in latino.

La prima di tutte le cerimonie, naturalmente, la cerimonia che lo appassiona di più è quella che accompagna un evento concertistico: la sala buia, il silenzio teso e attento degli ascoltatori, i riflettori che si accendono al momento giusto, l'entrata sul palco, lo svelamento di quel particolare congegno matematico che è una partitura, l'entusiasmo che matura lentamente e poi esplode nell'applauso finale e dopo il concerto la cena al ristorante con gli amici e gli ammiratori.

Quando suona, tu l'hai visto, tiene i piedi divaricati e si bilancia dall'uno all'altro appoggiandosi ed alzandosi sui calcagni. Ogni tanto prende a tambureggiare con la punta della scarpa sul pavimento mentre dalla gola emette un leggero suono che accompagna il ritmo dell'archetto sulle corde.

Quando il pezzo finisce, si lancia in un gesto liberatorio spingendo l'archetto per aria come fosse una bandiera. È un atto di gioia ma anche un segnale per chi non conosce bene i tempi di un concerto. C'è sempre qualcuno infatti che applaude al momento sbagliato, durante una pausa. E questo disturba profondamente tuo zio, come la rottura di una armonia delicata e fragile. Perciò il suo gesto è così platealmente conclusivo e svincolante, ed è come se dicesse al pubblico: prima avete sbagliato, ora invece sì, potete applaudire, il pezzo è davvero terminato.

Anche i finali hanno i loro rituali e contano tanto quanto gli inizi. Alla fine del concerto tuo zio si volta verso il primo violino per stringergli la mano. Non so se l'hai notato anche tu, ma, invece di fare mezzo giro ne compie uno intero piroettando su se stesso per trovarsi faccia a faccia con l'orchestrale e in questa giravolta si rivela tutta la contentezza per avere portato a termine la fatica del concerto, per avere saputo galvanizzare il pubblico, per avere meritato gli applausi.

Ed eccolo che si inchina, con un gesto forbito e umile, ancora e ancora, verso il pubblico che acclama. Quindi si volta verso l'orchestra e mima il gesto di battere le mani. Ma poiché le mani sono occupate, una dal violino e l'altra dall'archetto, si limita ad accostare questi due battendo l'archetto sulle corde, ma senza fare rumore. Basta il gesto per esprimere il plauso e gli orchestrali ne sono appagati.

Quindi sparisce dietro le quinte ed è allora che si rivela tutta la sua timidezza che rende un poco legnoso il suo passo, un poco rigida la sua schiena. A questo punto si pone la questione del bis. Il gioco fra pubblico e solista si fa complicato: il concertista infatti esce di scena ma aspetta di essere richiamato per il bis. Il pubblico, se è molto soddisfatto, lo applaudirà a lungo e gli chiederà di ripetere un pezzo. Ma non è considerato elegante concedere subito il bis. Così il musicista uscirà di scena due o tre volte prima di tornare a sedersi sullo sgabello fatato. Ma in realtà, quando esce non sa mai se lo richiameranno o se si stancheranno di applaudire e cominceranno ad andarsene. Dare il bis alle primissime chiamate è una cafonata. Ma può succedere che il solista esca fuori scena per la terza volta senza avere annunciato il bis e senta dietro di sé gli applausi languire e spegnersi; il che può considerarsi un disastro.

Il violinista che volta la schiena, da superbo artista, senza concedere il bis alla terza chiamata può sembrare uno che sfida l'arena: vediamo se mi acclamate ancora, vediamo se mi ammirate abbastanza, tanto da non stancarvi di spellarvi le mani, è tardi lo so, siete stanchi e avete sonno, l'ultimo autobus per alcuni sta per partire, ma chi ama veramente il mio modo di suonare rimarrà lì, inchiodato al suo posto per sentirmi ancora. Dentro di sé, però, trema, perché può sempre succedere che la distrazione, la stanchezza, l'ora tarda, una pioggia improvvisa spingano gli ascoltatori fuori dalle sale anche quando avrebbero voglia di ascoltare un prestigioso bis. Ma se i battimani continueranno, avrà avuto l'eleganza di concedere il bis dopo essersi fatto molto pregare, come succede solo ai grandi artisti.

Ci sono degli ansiosi che alla prima chiamata danno subito il bis temendo che gli applausi cessino e hanno l'aria di dire: bene, approfitto del poco tempo che ho per concedervi il bis perché domani le critiche non dicano che non avete applaudito, ma cavolo un poco più di entusiasmo, io qui me la faccio sotto a sentire i vostri applausi estenuati.

Non so come si comporti tuo padre, Flavia, l'ho visto solo poche volte in concerto. Ma tuo zio Edoardo, posso garantirtelo, non fa mai la cafonata di concedere il bis né alla prima né alla seconda chiamata. Lui aspetta, rischia, sicuro che lo richiameranno. E infatti lo richiamano.

Non so se tu puoi capire fino a che punto tuo padre Arduino e tuo zio Edoardo siano affezionati ai loro strumenti, con che materna cura li covino, con che intelligenza tecnica se li siano fatti amici. Non lo so, forse lo capirai quando sarai adulta e ti interrogherai sui misteri della musica che tanta parte ha avuto nella storia della tua famiglia.

Tuo zio ne ha diversi di violini, un Gagliano del Settecento napoletano, un Capicchioni del Novecento riminese e un legno istoriato del Seicento inglese, ma il più caro è certamente quello che gli ha regalato la sua "maestra" come la chiama lui, una violinista a cui è grato "perché mi ha voluto sempre bene, mi ha dato centinaia di lezioni quando ero piccolo, senza chiedere niente in cambio perché credeva nel mio talento".

Il violino, un Santo Serafino del Settecento, gliel'ha consegnato anni fa dicendogli: «Solo tu puoi suonarlo, te lo regalo». Ma poi questa maestra è morta, distrutta dal cancro in pochi mesi e ha lasciato tutto alla sua collaboratrice domestica. La quale si è ricordata del violino e lo rivoleva indietro. Tuo zio le ha ribattuto che lo aveva ricevuto in regalo. Ma le prove? In effetti non c'erano lettere o documenti che provassero la donazione. Tuo zio era molto affezionato a quel violino e non glielo voleva restituire. Lei insisteva che, per pagare la tassa di successione, non aveva liquidi e voleva il violino per venderlo. Così gli ha intentato una causa. La quale causa rischiava di protrarsi, come succede da noi, per una decina di anni. Perciò alla fine i loro avvocati si sono accordati e il Santo Serafino, dietro un compenso di qualche decina di milioni, è rimasto a tuo zio.

Qualche volta il violino ha bisogno del liutaio come il corpo umano ha bisogno del medico. Allora tuo zio prende il treno e se ne va a Cremona per consegnare il suo prezioso carico nelle mani di un esperto. Non gli verrebbe mai in mente di consegnarlo ad uno spedizioniere, ma neanche ad un amico che vada da quelle parti. Come ogni padre affettuoso, porta in braccio la sua creatura fino alla casa del medico per controllare di persona che venga curata a dovere e per rassicurarla con la sua amorevole presenza.

Nella custodia del violino, che è lunga e rettangolare e munita di un manico di pelle marrone, si possono trovare tante cose: ricordi, portafortuna, fotografie, lettere, minuti tesori che la fanno assomigliare ad un piccolo altare. Nel violino che tuo zio porta in viaggio c'è sempre qualche partitura preziosa con i segni a matita sui margini, un metronomo tascabile che gli ho regalato io e che si smonta e si rimonta come un giocattolo, una mentoniera di legno, una bustina con le corde di ricambio, un grande fazzoletto di cotone, bianco, una mia fotografia (che presumo sia stata sostituita), un violinetto d'argento attaccato con una spilla alla foderina di velluto, un altro violinetto di avorio regalatogli da suo nonno. Ti ricordi la canzone napoletana *'A casciaforte*? Che dice: "Vaiu tenendo 'na casciaforte [...] / ci' aggi' a mettere tutte 'e lettere / che m'ha scritto Rosina mia, [...] / la bolletta di lire dodici rilasciata dall'agenzia, / una capocchia di spillo, / un biglietto del tram, / e il becco giallo di un pappagallo / che mi ricorda la meglio età...".

Tante volte l'ho portato anch'io, quell'astuccio di tela marrone nei nostri viaggi comuni, quando lui si prendeva il carico dei pesi più robusti. «Stai attenta a non sbatterlo» mi diceva. Ma non c'era bisogno che me lo dicesse perché lo reggevo come un bene prezioso. Sapevo che per tuo zio quel violino era come un figlio e non lo avrei lasciato neanche per un attimo.

«Quando avevo dieci anni e andavo dalla mia maestra a Ostia, sapevo che mi avrebbe guardato i polpastrelli: non hai studiato abbastanza, mariuolo, mi diceva; non hai i calli. Ma io avevo i polpastrelli così gonfi che non avrei mai avuto i calli.» In effetti tuo zio non ha calli sulle dita perché quel cuscinetto di grasso che ha sotto le unghie non permette alle corde di logorare la pelle fino a renderla dura e insensibile.

In compenso ha un segno molto pronunciato sul collo. Tu lo sai, Flavia, che quello è il marchio dei violinisti. Se uno ti dice: suono il violino, tu guardagli il collo, saprai se è un professionista o un semplice dilettante. Il segno, come l'impronta rossa o bronzea lasciata da un pollice crudele, a volte si accende e duole o prude e tuo zio si porta la mano al collo meccanicamente, come per constatare i rilievi di una ferita.

«Non aveva figli la mia maestra e mi inondava di un affetto del tutto materno.» «Fino a che età hai continuato a prendere lezioni da lei?» «Fino al diploma con molta assiduità, poi meno, ma ho continuato ad andare da lei per anni. Tanto che mi diceva: cosa posso insegnarti di più? Ma aveva un orecchio straordinario e sapeva dirmi con minuta precisione quando mi allontanavo dallo spartito.»

«E com'era questa tua maestra?»

«Bionda, piccolina, con una voce un poco lagnosa, ma generosa fino all'eccesso. Quando l'ho vista in ospedale mi ha fatto paura tanto era diventata piccola e magra; ma non aveva perso il suo sguardo affettuoso. Mi voleva bene, ma forse vedeva in me l'immagine di mio nonno di cui era stata innamorata...»

Come vedi, Flavia, gli uomini della tua famiglia hanno il gran talento di suscitare amori appassionati nel seno di donne che poi li blandiscono e li vezzeggiano per tutta la vita.

Con affetto

tua
Vera

13 gennaio 1990

Cara Flavia,

ho saputo da tua madre che ti è caduto un dente e che te lo porti dietro chiuso in una scatolina che sul coperchio ha il disegno di un elefante. Improvvisamente mi sono ricordata di un mio dente tentennante di cui volevo liberarmi e non sapevo come. Avevo più o meno la tua età e ho dato ascolto ad una mia compagna di giochi che mi ha suggerito di legarlo ad una maniglia con un filo e poi dare un calcio alla porta, che il dente sarebbe "volato via come un uccellino". Ho legato il dente alla maniglia, ho sferrato un calcio alla porta e quella, anziché andare avanti è tornata indietro assestandomi un gran colpo sulla fronte. Il dente non è affatto "volato via come un uccellino", il filo si è spezzato ed ho avuto un bernoccolo in testa per giorni e giorni.

Tuo zio, che ha dei denti robustissimi si vanta di non essere mai stato dal dentista. In effetti con quei denti è capace di spezzarci le noci. I due canini, poi, sono solidi e sporgenti come due radici di quercia. Chissà se da bambino si è portato anche lui i denti di latte caduti dentro una scatolina, come una reliquia preziosa.

I denti non li perde, tuo zio, ma il violino sì. Ti ho già raccontato del suo attaccamento morboso allo strumento. Eppure, forse proprio perché tanto amore implica momenti di un altrettanto dispettoso rifiuto, tuo zio ha perso varie volte il suo violino.

Una volta sul treno per Latina, dove insegna al Conservatorio, ha lasciato il suo prezioso Santo Serafino sul sedile ed è sceso libero e sgombro senza pensarci. Fino a quando ha fatto il gesto di imbracciarlo per mostrare ai suoi studenti come si suona un pezzo di Bach.

Appena si è accorto di non averlo più al fianco si è disperato come un padre privato del figlio. Si è precipitato alla stazione, ha preso a telefonare a destra e a manca, è andato dai carabinieri, insomma, per due giorni e due notti si è agitato come un pazzo, senza mangiare e senza dormire per quella perdita il cui solo responsabile era proprio lui.

Infine un ferroviere gli ha scritto che il violino "giaceva in aspettativa" nel bagagliaio della stazione di Bari, ben chiuso nel suo astuccio. E tuo zio, per festeggiare, si è bevuta un'intera bottiglia di spumante.

Il violino certamente ha un valore di mercato, ma non si tratta solo di soldi: l'attaccamento che tuo zio ha per il suo strumento assomiglia a quello di certi popoli animisti nei riguardi di una barca sacra, di un albero divino, di un totem familiare.

Un'altra volta l'ha "abbandonato" su un taxi appena sceso dall'aereo a San Paolo in Brasile. E il giorno dopo è andato supplicando in tutte le stazioni di polizia per riavere il suo violino. Che intanto veniva contrattato fra taxisti e ricettatori. Si dà il caso che nella custodia ci fosse una lettera che io gli avevo dato da imbucare in Brasile per una mia amica attrice che stava provando un mio testo a Rio. E la polizia, che nel frattempo aveva messo le mani su un ricettatore, ha telefonato alla famosa attrice dicendole che aveva trovato una lettera per lei dentro un violino rubato.

L'attrice ha avuto la sua lettera, mi ha chiamata ed io ho avvertito tuo zio. Il quale, pensando di avere ritrovato il suo violino, si preparava a festeggiare. Ma i dolori non erano finiti. Perché la polizia dichiarava di non averlo più. Ma dove si era cacciato? Nessuno lo sapeva. Finché, dopo due mesi di lutto, è tornato nelle sue mani, dietro il pagamento, molto salato, di una "tangente" alla polizia.

Che tuo zio fosse attaccato in un modo quasi carnale al suo violino, tanto da poterlo anche detestare, l'ho capito una volta che siamo andati in Spagna insieme. Io avevo la rappresentazione di un mio testo teatrale al Festival del Greck a Barcellona e lui un concerto a Madrid. Ci eravamo organizzati in modo che lui venisse prima a Barcellona con me, per poi andare tutti e due a Madrid. E quella notte, in albergo, abbiamo creato per la prima volta quello che poi è diventato il nostro "casino cinese". Che poi era semplicemente uno chiffon celeste avvolto attorno alla lampadina da comodino, tanto da offuscarne la luce rendendola soffice e propizia all'amore.

In quella luce da acquario, quella sera a Barcellona, tuo zio ha suonato per me la *Ciaccona*. E ancora qualche tempo fa, quando voleva dirmi "ti amo" accennava col violino alla *Ciaccona* dalla stanza dove studiava il suo prossimo concerto, mentre io cucinavo al piano di sotto.

Da allora fare "casino cinese" ha voluto dire abbracciarci con desiderio. Un poco come il "fare cattleya" di Swann e Odette. Tu sei troppo piccola per avere letto il mio amico Proust, ma posso dirti fin da ora che ti piacerà molto quando avrai modo di avvicinarlo. E comincerai proprio dalla storia di Swann, che è la prima dell'intera *Recherche*. Vi si racconta di un signore molto elegante e raffinato che si innamora di una ragazza bella e anche un poco volgaruccia.

Swann è gelosissimo della sua Odette che sospetta lo tradisca. Spia di notte le sue finestre girando come un ossesso per le strade vuote, origlia alle porte quando è in casa, la segue di lontano quando esce per le sue visite. Odette, infatti, pur amando il sofisticato Swann, sembra divertirsi ad amoreggiare con l'uno e l'altro dei suoi spasimanti che riceve in una camera luminosa piena di fiori. Alta e snella, indossa in quelle occasioni delle lunghe vestaglie di *crêpe de Chine* che le fluttuano sulle pantofoline.

Quando finalmente, distraendosi dalle sue scaramucce amorose, Odette si decideva a fare l'amore con il suo Swann, si presentava con un mazzolino di cattleya appuntate sul corpetto. Da lì veniva quel "fare cattleya" a cui tanto aspirava il povero Swann. Come vedi, tutti gli innamorati del mondo, anche quello letterario, costruiscono manieristicamente i loro lessici amorosi.

Quella sera tuo zio Edoardo, dopo il "casino cinese" ha suonato nella camera d'albergo solo per me e io l'ho ascoltato non solo con le orecchie ma con la pelle, sdraiata nuda sul letto, nel silenzio di una tiepida serata spagnola. Ed è allora che ho capito quanto quel violino sia parte di lui, del suo corpo che veniva lentamente inghiottito dal buio della notte mentre il legno e la musica non si distinguevano più dalla carne.

Per me quella serata è stata il racconto del suo corpo musicale. Ma la musica e il corpo si possono raccontare? chiederai tu. No, sarebbe la risposta, ma l'amico Proust ha dimostrato che si può fare. E come? Parlando di altre cose. È sempre il diverso che ci fa capire il simile. Il corpo lontano che ci fa percepire quello vicino. E questo corpo sostitutivo noi lo chiamiamo pomposamente "metafora".

Quella notte a Barcellona ho conosciuto la metafora della musica-corpo. Non della musica di Bach che già conoscevo e amavo, ma di ciò che può fare un violino dentro la musica di Bach. Ho capito anche perché il violino viene di solito associato al demonio. C'è qualcosa di insensato e inumano in quello strofinare ossessivamente le corde di metallo da parte di un archetto fatto di crini di cavallo. Il cavallo deve essere maschio, lo sapevi? perché il getto dell'orina non bagni nemmeno per errore la coda da cui saranno strappati i peli per l'archetto. E i maschi orinano in avanti mentre le femmine orinano all'indietro.

Molti strumenti fanno il possibile per assomigliare alla voce umana.

Il violino no. Il violino sembra volere imitare lo stridio delle ali degli angeli in volo. O forse il fruscio delle code dei diavoli che sprofondano nell'inferno.

Qualcuno ha paragonato il *jouer du violon* come dicono i francesi, all'atto di una lunga masturbazione. In effetti c'è qualcosa nel gesto rapido, solitario, ripetuto e forsennato del violinista che mima la crescita del piacere, il gioco (ecco da dove viene il *jouer* francese) dei sensi presi al laccio. Fra l'altro lo denuncia lo stato fisico del violinista dopo un concerto: fradicio di sudore, esausto, sfinito, proprio come dopo un empito sessuale.

La diabolicità dello strumento consiste anche in quella rinnovata sfida alle stelle, in quella pretesa di godere da soli abbracciando anziché un altro corpo umano un pezzo di legno. La cui consistenza e sonorità stanno nell'uso strategico del vuoto. Un vuoto profumato di resina, capace di fare sortire dal nulla la bellezza e il delirio. Non si tratta di una perversione demoniaca?

Il giorno dopo, al museo, mi sono trovata faccia a faccia con un quadro di Dalí, in cui una mano femminile si sporge da una finestra stringendo un violino di pasta molle, flaccido e sformato, sul punto di sciogliersi. Era l'involucro abbandonato dal piacere, il muscolo allentato dopo un sogno solitario di sensuale furore. Proprio come il violino di tuo zio Edoardo dopo un concerto: svuotato, pronto a dissolversi. Ci volevano giorni e giorni di prove, ci voleva un atto di fiducia e di disciplina rigorosa per riportare lo strumento alla sua originaria prontezza muscolare.

In quella dolcissima serata di Barcellona, nella luce azzurrata ed equivoca del "casino cinese" ho anche capito cos'era il formalismo di tuo zio: una sincera sottomissione alle regole assolute della geometria musicale. Dentro la tela ragnosa di una forma ben congegnata e ben divisa nei suoi spazi ritmici, non ci può essere niente da aggiungere né da togliere. Il suo formalismo consiste nell'obbedire a quelle norme musicali che non sono il prodotto di una pedanteria umana ma il riflesso di una alta strategia dello spirito: l'impronta di una mano divina, invisibile e perfetta sulle cose del mondo.

Forse che possiamo mettere in discussione la struttura delle galassie? O la distanza fra i pianeti? O la velocità della luce? Essi compongono la realtà dell'universo e noi siamo dentro a questa realtà, che lo vogliamo o meno. E la nostra cura, la nostra intelligenza consisterà nel ripercorrere con razionale umiltà quel tragitto, quei tempi, quelle distanze, quella velocità.

Il formalismo di tuo zio Edoardo va interpretato come una devozione superba, da eletto sacerdote, alla religione dei grandi spazi misteriosi della musica. Altri possono accampare la pretesa di ricostruire, ex novo, delle armonie diverse da quelle già conosciute. Ma ci perderanno, se non la vita, il sonno, perché essi lavoreranno con l'arbitrio e l'arbitrio è fatale al sacerdote.

È formalista chi, appena entrato in casa la sera, si preoccupa di introdurre le forme (oggetti solidi di liscio legno dorato) nelle scarpe ammorbidite dal calore del piede? O non è semplicemente un innamorato della consonanza "scarporea"? Un curatore della vita mercuriale del piede?

Ti abbraccio, Flavia, a presto

tua
Vera

8 febbraio 1990

Cara Flavia,

lo sai che tuo zio ha dovuto abbandonare la sua lunga automobile blu, lo "squalo" come la chiamavo io. A me era antipatica, aveva una bocca enorme e un che di maligno e sgusciante. Lui, invece, la amava. «Mi ha tenuto compagnia per tanti anni» soleva dire. Quando alla fine ha dovuto abbandonarla, dopo che il motore si è incendiato per tre volte, mi ha ripetuto che gli «faceva pena, povera Checca», la chiamava così con voce affettuosa.

Quando l'ho conosciuto, tuo zio aveva il gusto per le macchine lunghe e potenti. Come tuo padre, del resto, e come tuo nonno. Se non si trattava di una Giulietta sprint o di una Mercedes non era una automobile degna di essere guidata. E io, che giravo con una vecchia Renault tutta sgangherata, dai finestrini sporchi di bava di cane, i fogli di giornale schiacciati sotto i piedi, la carrozzeria scrostata e ritoccata da me con l'antiruggine arancione, come mi avranno vista?

C'erano certamente molte cose di me che dovevano irritare tuo zio conoscendo la sua famiglia, che è anche la tua, Flavia. Per esempio che leggessi ogni giorno quattro giornali, tra cui "l'Unità", considerato da Pandino quasi un bollettino criminale; che non andassi a messa la domenica, che parlassi chiaro di sesso nei miei testi teatrali; che fossi insensibile alla potenza delle macchine da Formula uno; che considerassi lecito e normale il rapporto fra due persone dello stesso sesso; che non avessi come fine dei miei affetti il matrimonio; che non considerassi disdicevole avere amici di culture diverse, dalla pelle magari color cioccolato; che non mi piacessero le barzellette contro gli ebrei, eccetera.

Ma ecco che il formalista, di fronte ad una donna così "eccentrica" si mostra molto più duttile e indulgente di tanti altri. Sembra che sia affascinato dalla complessità delle cose senza pretendere di spiegare ogni particolare incomprensibile e strano. Sembra che voglia estrarre dal disordine una parvenza di grazia e in questo tuo zio è inarrivabile.

Non bisogna dimenticare la sua curiosità scimmiesca, la sua abilità acrobatica nel correre da un ramo all'altro, nel nascondersi dentro un folto di foglie per poi saltare fuori all'improvviso alla vista di una noce di cocco.

Le spiegazioni, i rovelli, per lui sono l'inizio della decadenza di una passione. Ricordo che una volta, in cucina a casa mia, gli ho chiesto: «Quali sono i miei difetti che più ti infastidiscono?». E lui, sai cosa mi ha risposto? «Tu non hai difetti, nemmeno uno.» E io non sapevo se contraddirlo elencandogli ad uno ad uno i miei difetti che sono tanti, oppure tenermi caro quel momento di illusione e lasciarlo nella sua innamorata cecità.

Era anche un periodo in cui mi diceva, stringendomi alla vita: «Ti amo tanto». E io quasi ne ero spaventata, perché mi sembrava un sentimento troppo assoluto, senza incertezze né ombre, senza soste né ritorni, un sentimento pericolosamente chiuso in se stesso.

Negli ultimi anni sai quanti difetti ha cominciato a trovarmi? Come prima era esagerato nel non vedere le mie debolezze, dopo è diventato quasi eccessivo nel segnalarle pignolescamente: sei troppo rapida nel fare le cose, non dai tempo di respirare, sei brusca, non hai modi, sei brutale con la tua mania della verità, sei autoritaria, sei sospettosa, eccetera.

Tu hai la fortuna, cara Flavia, che per te la vita è ancora tutta da inventare mentre io posso combinare ben poco per cambiare la mia. Se fossi in Giappone mi farei bonza. Nella letteratura giapponese ho sempre amato quegli uomini e quelle donne che, dopo una vita intensa e piena di eventi, decidevano in vecchiaia di farsi bonzi.

Ma bonzo non vuol dire prete, come crede qualcuno. Bonzo è chi va pellegrinando per il mondo, con la testa rapata, una ciotola per il riso appesa alla cintura, dei sandaletti di rafia ai piedi e può dormire sotto un ponte come sotto un albero. Per il bonzo conta più una lucertola di un re; mangia poco, vive di elemosina e cammina dove lo portano i piedi.

Purtroppo nemmeno in Giappone ci sono ormai più i bonzi, oggi. Le strade sono tutte asfaltate, chiedere l'elemosina è proibito e le campagne e i boschi sono ormai in balia della tecnologia.

Una volta tuo zio è venuto a prendermi con la sua macchina-squalo e mi ha fatto un inchino, proprio come un mandarino cinese, compìto ed elegante, severo e cerimonioso. Era la prima volta che ci vedevamo dopo il Brasile e lui mi ha regalato un libro di poesie turche. Il che era un atto di coraggio per un timido come lui.

Aveva infilato nel libro il biglietto di un tram che avevamo preso insieme a Rio de Janeiro. Ma il colmo dell'ardimento consisteva nel fatto che il biglietto del tram segnava una pagina su cui era stampata una poesia d'amore che lui mi dedicava come poi mi avrebbe dedicato la *Ciaccona*.

Qualcosa c'è fra di noi
Si vede dal tuo sguardo
Dal mio volto che brucia
Ci perdiamo ogni tanto.
Pensiamo entrambi la stessa cosa, forse.
Ridendo felici iniziamo i nostri discorsi.
C'è qualcosa fra di noi.
Nell'attimo in cui lo troviamo lo perdiamo volontariamente
Ma per quanto lo nascondiamo, è inutile,
Qualcosa c'è fra di noi
Che brilla nei tuoi occhi
E sulla punta della mia lingua.

Così diceva la poesia che poi ho scoperto essere stata scritta da un insegnante di Smirne, Nahit Ulvi Akgun. Ma la cosa più vergognosa, che testimonia la mia peccaminosa disattenzione è che io non ho visto il biglietto del tram, non ho letto la poesia e non ho capito il muto messaggio lanciatomi da tuo zio. Dopo avere scorso tre o quattro poesie scelte a caso, ho infilato il libro fra gli altri nello scaffale dei poeti stranieri.

Solo dopo mesi, forse un anno, ho saputo della poesia e del biglietto del tram di Rio, solo quando tuo zio ha avuto il coraggio di confessarmelo. E c'era un piccolo rimprovero nella sua voce amorosa. Giustissimo, del resto. Ma allora ero distratta da altre cose, non ero ancora stata presa da quell'incantamento che aveva già catturato tuo zio.

Anche la storia delle rose sulla maniglia della porta l'ho saputa dopo, quando siamo diventati abbastanza intimi da raccontarci le più segrete intenzioni. Anche se lui è rimasto un formalista che apparecchiava ogni mattina la tavola del suo amore con tutti i coperti al loro posto, aveva pensieri segreti inaspettatamente fuori misura che lo trascinavano nei labirinti del desiderio.

Durante uno dei nostri ciucciottii notturni, anni dopo, mi ha rivelato che quella sera a cena mi aveva guardato le gambe e per l'emozione gli era andato di traverso il boccone. Portavo una gonna nera, non tanto corta, tu sai che io sono anche eccessivamente pudica nel vestire. Ma nel sedermi si era un poco alzata, deve essere così perché io non mostro mai le gambe. Fra l'altro non le considero degne di attenzione: sono squilibrate, con la coscia troppo lunga rispetto al polpaccio troppo muscoloso. «Hai le gambe di un imperatore romano», mi ha detto una volta una amica, e probabilmente è vero. I muscoli si sono sviluppati per tutto lo sport che ho fatto: cavallo, nuoto, roccia, sci. Rimane da stabilire se le gambe di un imperatore romano siano l'ideale per una donna che porta le gonne.

Sapere che lui si era emozionato guardandomi le gambe mi sembrava una cosa straordinaria: lo straordinario del desiderio. Che fantasticasse eroticamente su di me non c'era dubbio, e tanto intenso è stato il suo fantasticare che ha finito per contagiarmi.

In quei giorni gloriosi, una volta tuo zio mi ha paragonata a Brahms, pensa. E questo per lui era il più regale dei complimenti. «Il musicista che preferisco» soleva dire e le labbra gli salivano sui canini mettendo in evidenza il sorriso non del tutto "innocente". C'è qualcosa di sghembo, di disarmonico in quel sorriso. E lui che ama l'armonia, preferisce tenerlo nascosto. Infatti tuo zio sorride poco, lo sai anche tu. Le gengive sono troppo tese sui denti superiori e rilevano la forza delle radici. E poi ci sono quei due imprevedibili e ardimentosi canini.

Una volta, guardandolo avvicinarsi per un bacio, di notte, con la luce che gli illuminava la testa da dietro, un piccolo sorriso che gli increspava maliziosamente le labbra ho pensato istintivamente che stavo per affidare la mia gola ad un dolcissimo e innamoratissimo vampiro.

Quella della testa di tuo zio è un'altra storia buffa. Tu sai che lui ha la testa grossa, lo sanno tutti in famiglia, pare che quando è nato pesasse cinque chili. Eppure lui si ostina a ritenerla piccola. I capelli tendono a crescergli verso l'alto, come una torre e se non se li schiaccia un poco sul cranio con dell'acqua, finiscono per formare una specie di turbante nero che gli copre le orecchie.

Da quando siamo diventati intimi ho preso a dirgli che doveva tagliarsi i capelli perché con quel testone e quei capelli a sbuffo sembrava che suonasse il violino con un berrettone di lontra in testa. Ma lui non se ne convinceva. Diceva che da lontano è brutto vedere un violinista "con la testa piccola e i capelli incollati alla cute".

Una volta, al mercato di Campo di Mare, ci siamo fermati davanti ad un venditore di cappelli di paglia. «Vorrei un cappello per me» gli dice tuo zio. «Se li provi» risponde il venditore masticando una gomma americana e tuo zio prende a calcarsene in testa uno, poi un altro, e un altro ancora: gli stavano tutti stretti. «Provi il numero 52» dice l'uomo. «Mi sta stretto.» «Allora provi il 54.» Stretto anche quello. «Provi il 56.» «Non gli calza sulla nuca.» Insomma non c'era un cappello che gli coprisse tutta la testa. Il venditore l'ha guardato e ha detto, rivolto a me: «Cià una capoccia l'amico suo che manco un cocomero...».

Così abbiamo avuto la conferma di quello che gli dicevo sempre e che lui negava: la sua testa è più grossa della norma e se vuole mantenere una certa armonia col resto del corpo deve tenere i capelli corti. Per un poco se ne è convinto. Ma la diffidenza verso il taglio dei capelli rimaneva. Tanto da far sospettare ragioni più profonde, "sansoniane". Quasi che, a reciderli, potesse perdere coi capelli anche il talento o la potenza sessuale, chi lo sa.

Non è che i capelli gli manchino, ne ha tanti e gli crescono con grande impeto. Ha preso da tua nonna, la bella Giacinta, quei capelli neri e robusti che tendono a rizzarsi sul cranio, ribelli. Naturalmente i nuovi capelli, nel crescere così rapidi e furiosi cacciano via quelli vecchi che cadono come foglie inutili in ogni stagione. Tutti i capelli del mondo ci mettono più o meno una decina di giorni per crescere di soli due centimetri. I suoi ci mettono tre giorni. E così anche la barba che ha la tendenza a sbucare dalla pelle con allegria a metà mattina dopo appena due ore dalla rasatura, con peli neri e rigidi che mi graffiavano regolarmente il mento e le guance ad ogni abbraccio.

Il letto, dopo una notte di sonno, era un cimitero di capelli e peli neri. Il cuscino la mattina era scuro come se ci avesse dormito sopra un gatto nel periodo della muta. Sullo stesso mio petto, quando avevamo dormito abbracciati, rimaneva un tappeto di ricci corvini.

Ultimamente tendevano ad imbiancare, i capelli di tuo zio. E questo per lui era un affronto inaccettabile. Come potevano i capelli robusti e nerissimi della mamma farsi bianchi a sua insaputa, e contro la sua volontà? con che pretesto? mentre lui mangiava, dormiva, studiava, loro perdevano colore, lucentezza: era una offesa mai vista. E come rimediare? Non si può mica suonare il violino con la testa bianca e la faccia da ragazzino.

Un rimedio gliel'ha suggerito il suo barbiere: un liquido puzzolente che tingeva le unghie di nero e dava ai capelli, visti contro luce, uno strano scintillio rossastro. Era un "ossidante" come ho saputo poi. E solo dopo molte insistenze l'ho convinto ad usare qualcosa di meno sinistro.

Ma ancora una volta tuo zio ha trovato il modo di salvare la sua "forma". E tu sai, Flavia, quanto tenga a quelle armonie misteriose che danno respiro al tempo.

Quella della testa grande o piccola è rimasta fra di noi come una faccenda giocosa. «Io, con la mia testa minuta...» diceva lui ridendo.

«Ma se non ti sta nessun cappello!» «È piccola, ti dico, per il mio corpo è piccola.» «Grossa come un cocomero, lo dice anche il cappellaio.» Finivamo per riderne allegramente dandoci mille baci.

Il nostro è stato un amore festoso, tu l'avrai capito, Flavia. Eravamo sempre pronti a divertirci di ogni piccolo intoppo e contraddizione. Era il gioco del figlio con la madre, ma era ancora il gioco del padre con la figlia. In certe cose, infatti, tuo zio è più posato e savio di me. Così finiva per farmi da padre e qualche volta anche da nonno.

Abbiamo giocato tanto che forse abbiamo esaurito tutti i giochi. Come quei signori eleganti, con la sigaretta in bocca che vanno da un casinò all'altro, e poi un giorno, quando sono finiti i soldi, si suicidano. Ma forse il paragone è inappropriato. Si può dire che nei nostri giochi ci fosse qualcosa dell'azzardo di un tavolo verde? Debbo dire, cara Flavia, che forse sì, c'era qualcosa di arrischiato e lo sapevamo. La differenza di età? qualcuno lo pensava. In realtà per noi non contava, ma ci veniva continuamente sottolineata dagli altri. Quando viaggiavo con lui, seguendolo nei suoi concerti, mi facevo quasi invisibile per non essere guardata con riprovazione.

Il suo agente americano una volta me l'ha detto in faccia: «Quando la smetterà, quel bravo ragazzo, di avere bisogno di una madre?». E un direttore d'orchestra brasiliano mi ha apostrofato così una sera a cena: «Che ne dici, Vera, di cercare una ragazza della sua età per Edoardo?». Rideva nel dirlo ma si capiva che la disinvoltura gli serviva solo per mascherare l'asprezza.

Ero comunque una madre molto sportiva: andavamo insieme a cavallo, insieme a sciare, insieme a nuotare, insieme a pattinare. Ad alcuni di questi sport l'avevo iniziato io. Tuo zio riteneva che lo sci per un violinista fosse troppo pericoloso e quindi interdetto: «Ci si rompe un braccio e addio concerti». Ma gli ho dimostrato che se non si butta giù per i dirupi anche un violinista può benissimo divertirsi sulla neve.

La prima volta che l'ho convinto a venire con me in montagna, si è fatto prestare un paio di scarponi da un amico. Ma non si era accorto che erano rotti, spezzati a metà per il lungo. E non capiva perché, accingendosi a scendere, uno sci gli andava a destra mentre l'altro gli sgusciava a sinistra. Attribuiva la stranezza alla sua incapacità.

Anche sullo skilift era un disastro: appena cominciava a farsi trainare dal cavo, cadeva. E lui, con la cocciutaggine che lo anima, riscendeva a piedi, si risistemava gli sci ai piedi e riprovava ad attaccarsi al gancio. Per cadere dopo pochi metri, a pancia all'aria.

Soltanto la sera ci siamo accorti che lo scarpone era rotto in due, tenuto insieme solo da un gancetto che nascondeva lo spacco. Così finalmente si spiegavano le continue cadute e gli sci che andavano a sghimbescio. «Ecco perché me li aveva prestati così volentieri!»

Come abbiamo riso guardando lo scarpone che si apriva a metà e il suo piede (porta il 45 il tuo amato zio) che occhieggiava nel suo calzettone rosso prugna.

Anche il cavallo gliel'ho fatto conoscere io. Cavalco da quando ero piccola. Ho imparato bene o male, con cavalli di campagna, cavalli prestati, vecchi e malandati perché non avevo i soldi per un purosangue. D'altronde le selle ben lustre, il sottosella di bucato, gli stivali appena usciti dal calzolaio, i pantaloni a sbuffo, magari comprati da Harrod's a Londra, il cappello duro con il sottogola di elastico blu mi sono sempre stati antipatici. A me piace il cavallo che se ne sta nei prati, che non conosce la stalla, che non ha bisogno di essere accudito e strigliato, che mangia l'erba ed è abituato al sole e all'acqua. Mi piace andare in giro per la campagna cercando strade nuove, girando per i boschi come facevamo a Campo di Mare prima che un signore chiamato Ferro-Cementi comprasse tutto il circondario e piantasse una rete alta tre metri con tanti lucchetti che rendono impossibile il passaggio.

Ho qui una bella fotografia di tuo zio e me, Flavia – spero un giorno di potertela mostrare – nel bosco di Ronciglione, fra castagni selvatici, lecci irsuti, cespugli di more e sassi bianchi che sporgono dai prati come torrette bizzarre.

Tuo zio era bravissimo nell'autoscatto. Prima decideva la scenografia: i due cavalli dietro, noi due davanti, non troppo a destra né troppo a sinistra, ma al centro fra due grosse querce. Poi cercava un sasso all'altezza giusta per la macchina. La sistemava, mi inquadrava, premeva il bottone e quindi correva da me saltellando col più intimo e il più felice dei sorrisi.

Quella macchina era il nostro testimone, la guardia del futuro. Conservavamo le immagini per rivederci e confermarci nella nostra fede di innamorati. Solo che nella loro illusione di eternità, gli innamorati non pensano mai che dopo le vacche grasse verranno quelle magre e che quando guarderanno quelle fotografie saranno in uno stato d'animo inglorioso, con l'anima pesta e la memoria piena di buchi.

L'anno scorso la cavalla che montava sempre tuo zio e che anche tu hai conosciuto, la dolce Stella, è morta per un tumore alla mammella. E io ho regalato a tuo zio "amorero" un altro cavallo. Sulla carta si chiamava Honey. Ma io l'ho subito ribattezzato Miele. Trovo ridicolo questo continuo uso di nomi e parole straniere che infarciscono la nostra lingua di tutti i giorni.

Miele è biondo ed ha la criniera quasi bianca. È alto, grosso e prepotente. Tende a ficcare il grosso naso pezzato di rosa ovunque veda del movimento. Quando arrivo a Campo di Mare portando un paniere di cibarie e di libri lui subito ci caccia il naso dentro. E poi prende a spingere, con dei colpetti del capo come se fosse un capretto che chiede il latte alla madre. Quando fa così vuol dire che ha voglia di un frutto fresco o di un ciuffo di insalata o di una zolletta di zucchero. E bisogna accontentarlo altrimenti ti segue fin dentro casa come se fosse un cane.

Lui, tuo zio, l'ha montato una volta sola questo nuovo cavallo ed ha deciso che non gli piaceva. In effetti Miele, quando va al galoppo, tende a sgroppare. La prima volta che ha avuto tuo zio sulla schiena, l'ha buttato di sotto. Da allora tuo zio ha preteso che lo montassi io mentre lui si prendeva il più dolce e remissivo Romano. Solo che Miele per me era troppo alto e per montarci sopra dovevo fare delle acrobazie.

Negli ultimi mesi però, dopo tanto insistere, tuo zio era tornato a montare il suo cavallo scoprendo che se gli parlava come ad un amico e gli dava gli zuccherini, il cavallo non sgroppava.

Poi un giorno Romano è morto e di questo dolore non mi sono ancora consolata. Romano quando era puledro viveva al circo Americano e lo curava una mia amica neozelandese che si chiama Marion.

Era stato un cavallo bellissimo, lungo lungo, bianco bianco, e faceva dei numeri di alta acrobazia. Invecchiando aveva smesso di alzarsi sulle zampe di dietro a tempo di musica. Un ginocchio gli cedeva e due o tre volte era caduto ignominiosamente in piena pista. Così veniva trascinato da una città all'altra, sempre legato ad un paletto, chiuso in un vagone-stalla, con poco fieno e poca acqua. Solo il ricordo dei suoi trionfi aveva impedito al padrone del circo di liberarsene, come si fa di solito con le bestie che "non lavorano più bene".

La mia amica Marion, che prima aveva fatto la trapezista e poi la domatrice di elefanti, dopo essere stata quasi schiacciata da un elefantino inesperto, aveva deciso di dedicarsi ai cavalli per cui aveva una passione.

Piccola e robusta, Marion, l'avevo conosciuta a Formello in casa di amici che possedevano dei cavalli. I capelli castani, gli occhi azzurri ingenui, si è sempre presa cura degli altri, facendo lavori pesanti: piantava chiodi, puliva cessi, imbiancava soffitti, tirava acqua dai pozzi, domava cavalli selvaggi, costruiva muretti, cucinava per tutti. Per queste qualità era molto richiesta al circo; ma la pagavano pochissimo né lei era capace di farsi valere. In più spendeva sempre quello che guadagnava per qualcun altro: una amica in difficoltà, una bestia malata, un prestito, un regalo, un affare sbagliato. I soldi in mano sua non duravano mai più di un giorno.

Dopo molti anni, quando si è stufata del circo e voleva tornarsene per qualche tempo in Nuova Zelanda, si è ritrovata povera e sola, con un cane e un cavallo ma senza i soldi per il biglietto. Il cavallo le era stato regalato perché "dispettoso, testone, prepotente e indomabile". Un bellissimo cavallo nero, agile come una pantera, ribelle come un gatto. Marion lo curava come fosse un figlio, lo strigliava, lo carezzava, gli parlava all'orecchio con voce dolce e lui rispondeva con un nitrito. Ma l'affetto non gli impediva, appena lei lo montava, di scaraventarla di sotto. Oppure si precipitava a testa bassa contro una staccionata, sbattendola contro i fili spinati. Per questo carattere ribelle il cavallo era stato destinato al macello dai vecchi padroni. Ma Marion si era opposta. E a furia di carezze, di parole dolci, di carote, era riuscita, non dico a renderlo docile ma per lo meno trattabile. Prima che lei lo prendesse in cura, quando qualcuno si avvicinava con la sella, lui prendeva a scalciare disperatamente e tirava la corda che lo teneva legato fino a strangolarsi. Dopo mesi di un corpo a corpo che li lasciava ambedue stremati, Marion era riuscita a mettergli la sella e a montarlo. Ma bastava un pezzo di carta all'angolo della strada, o un cane che sbucasse da un cespuglio, o una capra in lontananza per farlo tornare intrattabile: si impennava, sgroppava, scalciava e non c'erano redini che lo fermassero, neanche quando gli facevano sanguinare la bocca.

Marion è un'altra di quelle persone che tuo nonno Pandino considererebbe assolutamente "disdicevoli". Veste male, ha le mani piene di calli, si innamora sempre della donna sbagliata, parla un italiano pieno di strafalcioni, scoppia in risate che fanno voltare la gente per strada, mangia con avidità e beve vino mescolato con l'acqua, dorme in un camper, ha più confidenza con le bestie che con gli esseri umani.

Ma io le volevo bene per il suo candore. Ormai avrai capito che una delle qualità che più mi attraggono nelle persone è proprio la freschezza d'animo. Quella capacità di stupirsi, di rallegrarsi, con tutta sincerità e abbandono, di fronte alle stranezze della vita.

Tuo zio Edoardo, diffidente da principio, aveva finito anche lui per volerle bene. E quando lei veniva a trovarci a Campo di Mare lui la ascoltava cantare le vecchie canzoni contadine neozelandesi con una faccia gentile e incuriosita.

Te l'ho detto, tuo zio, nel calendario astrologico cinese, è una scimmia. E della scimmia ha la ficcanasaggine che lo porta a sbilanciarsi pericolosamente sul ramo per spiare cosa succede sotto di lui, rischiando di cadere e rompersi l'osso del collo.

Se non fosse stato curioso, d'altronde, non si sarebbe così disinvoltamente intrufolato nella mia vita già tanto ingombra di cose, di abitudini, di pensieri, di progetti.

Anche nel caso di Marion è stata la curiosità, senza remore e senza prevenzioni, a vincere sulla diffidenza familiare e io l'ho amato anche per questo, Flavia, per la curiosità scimmiesca che lo faceva capitombolare giù dai rami mentre era intento a curiosare tra le foglie.

Le sue cadute hanno qualcosa di generoso e di buffo. Noi ci trovavamo "bufferi", Flavia, l'avrai sentito anche tu qualche volta, durante un discorso, un pranzo, una passeggiata, dire: «Sei proprio buffina, non c'è niente da fare». Lui stesso quando telefonava in albergo durante i miei viaggi di lavoro e non mi trovava, lasciava detto al portiere: «Ha telefonato il signor Buffini».

Io trovavo buffa la sua mania di introdurre le forme nelle scarpe appena se le toglieva, la sua idea di avere una testa piccola quando ce l'ha grossa. E con lo scalino per giunta. Hai mai provato a toccare la nuca di tuo zio Edoardo? Proprio sopra il collo, lì dove tutti siamo lisci, lui ha un gradino, una specie di ingresso, ma per dove?

Lui, a sua volta, trovava buffo il mio modo di camminare a passi rapidi e corti, il mio modo di sciare tutta infagottata neanche fossi al polo Nord, con una giacca imbottita sopra la tuta imbottita, un berretto imbottito in testa e i guanti imbottiti, nonché un fazzoletto legato dietro la nuca che mi copriva il naso e la bocca per proteggermi dal sole.

C'è una fotografia di me a Monguelfo in Val Pusteria, lì dove siamo andati per una settimana sotto Natale ogni anno, per nove anni, in cui a stento si distinguono gli occhi e un pezzetto di bocca tanto sono infagottata. Oggi riconosco quel pezzetto di sorriso che traspare nonostante le coperture: è un sorriso carico di tenerezza ed è rivolto a lui.

Dove sei? sono qui, dove qui? qui qui, chi sei? sono ero. Come sono noiosi gli innamorati con le loro tiritere linguistiche, dirai tu Flavia e hai ragione. Ma in quelle tiritere, in quel loro giocare con le parole storpiandole, strizzandole, sparpagliandole, deformandole, c'è tutta la vitalità di un corpo amoroso ancora integro e compatto.

Nel momento in cui le loro parole diventano opache e pesanti come oggetti di gesso, quel corpo d'amore sarà ridotto a un cadavere e non ci sarà niente che potrà farlo rivivere.

Sul ponte Duca d'Aosta, tornando da Campo di Mare, trovo sempre delle scritte fatte con la vernice a spruzzo: TI AMO CERBIATTA, oppure SONO IL TUO MICIOMAO. E ancora IO AMO COLOMBOTTO, TU SEI LA MIA POLENTA, eccetera. Reinventarsi un linguaggio è come ribadire un isolamento scelto e gustato fino in fondo; siamo in un mondo a sé, siamo talmente autonomi che battiamo moneta in proprio.

Ad ascoltarli dal di fuori sono tutti un poco ridicoli, ammettiamolo, questi linguaggi amorosi infarciti di diminutivi, gonfi di manierismi, come se volessero adeguarsi all'infanzia della parola, ma prenderli sotto gamba sarebbe sbagliato, perché sono comunque il segno di una volontà semantica tesa all'accoppiamento. Sta poi agli accoppiati trovare una musica che non sia leziosa.

Ti auguro, cara Flavia, di non imbatterti, nel tuo futuro amoroso, in qualcuno che ti chiamerà Cerbiatta. Ma se, chiacchierando al buio, nel segreto di una stanza, ti capiterà di trovarti sulla lingua degli stilemi, delle forme idiomatiche un poco strampalate, non respingerle tacciandole di cretine. Sarà un segno della tua volontà linguistica di mettere su casa e non è una impresa da poco.

Un bacio da

Vera

12 gennaio 1995

Cara Flavia,

sono passati cinque anni. Non ti ho più vista né sentita. Con la perdita di tuo zio ho perduto anche te e questo mi riempie il cuore di nuvole. Pensavo che non ti avrei più scritto: cosa potevo dirti ormai? E invece proprio ieri guardando una fotografia della nostra vacanza sullo Sciliar mi è venuta voglia di scriverti ancora. È passata tanta acqua sotto i ponti, come direbbe tuo zio con la sua voce di "cornacchia". Ma sai, non mi capita più di emozionarmi quando chiama al telefono. Ho passato due anni ad aspettare una sua telefonata pur sapendo che non avrei risposto. Lui però è rimasto fedele più di me all'amicizia. Dopo due anni di silenzio ha ripreso a cercarmi e gli piace venire a trovarmi in montagna, raccontarmi di sé, dei suoi concerti, delle sue nuove conquiste. Il suo forse è anche un sentimento della equità affettiva che lo porta a dividersi con magnanima imparzialità fra le "sue donne", che siano amate in quel momento o che lo siano state nel passato più o meno remoto.

In questo non smentisce il suo senso della "forma" come aspirazione ad una armonia dei sentimenti. Chi ha avuto a che fare con lui una volta, non può non rimanere nella sua orbita come un satellite della necessità semantica ed emotiva cui non si può sfuggire come non si sfugge alla legge di gravità. E potrei farti un elenco dei suoi pianeti, come canterebbe Leporello: "In Italia seicentoquaranta / in Almagna duecentotrentuna / cento in Francia, in Turchia novantuna / ma in Ispagna son già mille e tre. / V'han tra queste contadine, cameriere, cittadine / V'han contesse, baronesse / marchesane, principesse / e v'han donne d'ogni grado / d'ogni forma, d'ogni età".

Tuo zio non ne fa mai una questione di censo e neanche di età, in questo è molto democratico: "Nella bionda egli ha l'usanza / di lodar la gentilezza / nella bruna, la costanza / nella bianca, la dolcezza"; e così via con la più grande eleganza e il più straordinario garbo del mondo.

Non so se tu, Flavia, hai mai conosciuto tutte le "belle" del tuo amato zio. Forse no, perché tua madre Marta è stata per qualche anno separata o quasi dal suo inquieto marito, quel tuo papà, grande musicista, che teorizza l'errore di innamorarsi delle donne avvenenti perché "c'è sempre da perdere". E di donne poco belle pronte a perdere la testa per un violoncellista focoso e gentile ce ne sono a bizzeffe.

Tuo zio Edoardo che continua a cercarmi con la tenacia affettiva di un vero "conservatore del museo degli affetti" mi parla spesso di te, di tuo padre, di tua madre. «Si veste sempre di rosso?» gli ho chiesto ripensando al tuo piccolo corpo di bambina; ma ormai non sei più bambina, ormai hai tredici anni. «Si è fatta più sobria» mi ha risposto tuo zio. «Suona il piano?» «No, mi pare che il suo più grande interesse siano gli animali.» «E il cappelletto color ciliegia?» «Non gliel'ho più visto.»

È difficile immaginarti avviata verso un futuro donnesco, senza quel cappelletto rosso ciliegia, senza quelle scarpe rosso pomodoro. Chissà come sarai splendente quando avrai ventiquattro anni e io ne avrò più di sessanta. Il gioco delle età è spietato. Un giorno io sarò solo un mucchietto di cenere (ho lasciato scritto nel mio testamento che voglio essere cremata) e tu compirai sessant'anni e guarderai con curiosità e tenerezza ad una bambina, un'altra Flavia col cappelletto rosso ciliegia che sbucherà dal nulla per affrontare la vita e ti sentirai preda di un sentimento di gioia e di perdita. Già sono sicura che non hai più nessuna voglia di sapere cosa fa il mio folletto, quello che si accuccia nel mio stivale quando vado in campagna, quello che dorme fra i miei libri quando sto in città.

Non vedendoti mai, stai diventando un fantasma per me. Eppure, cocciuta come una mula, l'abitudine di scriverti si ripropone al mio pensiero come una dolcezza irrinunciabile.

In questi anni sono successe tante cose, sai, dolci e amare. Dopo tanto dolore e sentimento dell'esilio, ho incontrato un nuovo amore: un attore dalla testa riccioluta e la faccia triangolare che fa pensare alla statua di uno sposo etrusco pacificamente seduto sul sarcofago di una tomba di terracotta. Ho sempre provato piacere a guardare quelle facce sornione e gentili, quei sorrisi socievoli, quelle teste pensose e affabili che gli etruschi sistemavano sulle loro tombe. Corpi seduti graziosamente in mezzo ai cuscini, sempre intenti ad un convivio affettuoso e pacifico a cui viene voglia di partecipare.

Mi piacerebbe che tu lo conoscessi, Flavia, perché è una persona che forse ti piacerebbe: un poco impacciato come tuo zio, timido e candido, ma non privo di un carattere deciso e volitivo. Chissà perché ho questa propensione per gli ingenui, i distratti, i tanti Monsieur Candide che scendono dalla luna a stupirsi di quello che succede sulla terra.

Il suo carattere però non è privo di spine. Anzi, direi che ha più spine che rose il mio etrusco dal sorriso triangolare. Le sue spine nascono da un corpo di bambino che è stato offeso e pestato. Non so nemmeno cosa gli sia successo, lui non ne parla volentieri, ma so che è stato preso a calci come un gatto randagio e di quei calci porta i segni. Diffida degli altri, è suscettibile, pensa sempre che lo vogliano umiliare, derubare. Di che cosa, forse non lo sa nemmeno lui, ma sta all'erta e la sua fronte si corruccia ad ogni parola ambigua, ad ogni sguardo poco chiaro, ad ogni gesto brusco, con dolorosa perplessità.

Ma l'incontro con l'etrusco fa parte delle cose buone dei miei ultimi anni, mentre qualcosa di atroce ha segnato i miei giorni: una tempesta, un tifone, sai come quelli che devastano le coste americane, lasciando dietro di sé alberi divelti, tetti scoperchiati, auto rovesciate, terreni allagati. Parlo della morte di mia sorella Akiko, di cui forse ti avrà parlato tuo zio Edoardo.

Così gonfia di medicinali, così deformata nelle dita dei piedi e delle mani da non potere più né vestirsi né camminare, viveva nella sua casa come una prigioniera. Ma la sua era una malattia di lunga durata, così dicevano i medici: «Ci si può convivere fino a ottant'anni». E noi puntavamo su questa "durata". Ma non facevamo i conti con il suo sentimento della dignità e dell'autonomia che venivano calpestati ogni giorno di più. Si è stancata di dipendere sempre da qualcuno per lavarsi, per infilarsi le calze, per uscire di casa e ha smesso di resistere al male.

Voleva andarsene senza disturbare, coinvolgendo il meno possibile gli altri nella sua decisione. Ma di tutto questo non parlava e ci lasciava credere che avrebbe continuato come prima, mangiando e parlando e sognando quietamente.

Tu ancora non hai visto morire nessuno, salvo la tua bisnonna, chiamata nonnà. Me l'ha detto tuo zio per telefono un anno fa, che se n'era andata. E ci sono rimasta male: nonnà era colei che più mi aveva accettata in famiglia. Era quella che mi sorrideva con più dolcezza. Piccola e curva, aveva come te una grande cura dei vestiti che portava sempre di colori tenui, chiari: lilla, rosa confetto, tabacco biondo, sale marino.

Era famosa per la sua distrazione, nonnà. Pare che una volta ad un vicino di casa che, incontrandola per la strada, non la riconosceva abbia detto: «Ma certo, lei si è tagliato i baffi, per questo non mi riconosce». E un'altra volta sembra che sia entrata con grande naturalezza dentro una macelleria su cui era scritto a caratteri cubitali *Abbacchi e polli* chiedendo un francobollo. Alla faccia esterrefatta del macellaio pare abbia risposto: «Ah, mi scusi, avevo letto *Tabacchi e bolli*».

Immagino che tua madre Marta ti abbia tenuta lontana dalle immagini della sua morte, ansiosa e vigile com'è. Ti avrà portata al funerale, questo è probabile, ma quando la cassa era già chiusa, certamente, coperta di fiori e il corpo di nonnà al sicuro fra velluti e legni lucidati.

Sembra proprio che abbiamo paura che risorgano i nostri morti da come li chiudiamo, li spranghiamo dentro le loro casse costose, foderate di seta artificiale *capitonnée*. Come se ci dovessimo rassicurare che non possano, anche se volessero, uscire di notte come il conte Dracula a succhiare il sangue dei vivi.

Come sono più umani e più pii i popoli africani che seppelliscono i loro morti avvolti in un semplice telo, sotto un leggero strato di terra, aspettandoli poi di notte per vederli tornare in forma di corvi, di volpi e di pipistrelli amici. Per questo lasciano sempre dei bocconi prelibati per loro.

Come sono più savi gli indiani che involgono i loro morti in bende profumate, li trasportano a spalla su lettighe leggere, li posano con delicatezza su una pila di legni secchi e assistono pregando al rogo che in pochi minuti riduce il corpo in cenere spargendo un vago odore di ginepro e di sandalo. Loro, i morti non li considerano dei nemici da temere, di cui disfarsi il più rapidamente possibile; non li esiliano nel mondo di là, senza una parola di tenerezza.

Cosa abbiamo fatto ai nostri morti per temere tanto la loro vendetta? Perché nella nostra immaginazione li trasformiamo in vampiri grotteschi e affamati? Saranno i tanti film sui "morti viventi", assillati dalla carne umana a farci diventare ostili oppure i film e le storie nere sono da ritenersi la proiezione di una nostra irragionevole e insensata paura dell'aldilà?

Perché una persona che amiamo ci diventa improvvisamente estranea, sconosciuta e avversaria? Eppure Cristo è risorto, dopo essere stato sepolto, per portare gioia e sicurezza. E Lazzaro? non si è levato tutto bendato come una mummia, al tocco di una mano amica, per tornare a carezzare e amare? La Bibbia ci fa conoscere i morti in un modo non molto dissimile dalle leggende africane o indiane. Ma allora da dove ci viene questa inimicizia insensata che produce fretta, scongiuri, fughe terrorizzate? Quando si è creata la rottura? in che momento abbiamo preso ad escluderli sistematicamente dai nostri pensieri più lieti?

Nell'estremo nord della Costa d'Avorio c'è una popolazione che vive in mezzo alla foresta. Fra di loro quando una persona muore viene vestita di tutto punto poi sistemata a sedere sotto un grosso albero attorno a cui si raccoglie tutto il villaggio. E lì, fra quelle ombre delicate, il sacerdote, ovvero lo stregone, interroga delicatamente il defunto: come sei morto? perché? cos'è che ti ha portato via? Il morto, secondo come china la testa da una parte o dall'altra in movimenti impercettibili provocati da un leggero scotimento, risponde alle domande incalzanti dei suoi amici, dei suoi parenti.

Un po' come succede in quella canzoncina che una volta hai voluto che ti cantassi, te lo ricordi? "Maramao perché sei morto? / Pane e vin non ti mancava / l'insalata era nell'orto e una casa avevi tu." Con la grazia dei tuoi tredici anni, Flavia, mi hai riportata oggi nel mondo dei vivi.

Così com'era viva mia sorella Akiko solo un anno fa, anche se malata, anche se deformata dal cortisone e dai sali d'oro. Tanto deformata che lei stessa non si riconosceva ed evitava accuratamente di incontrarsi allo specchio.

Eppure era stata una ragazza bella e sorridente, mite e affettuosa, con delle punte di ardimento inaspettate. Aveva il dono della musica, come tuo zio: cantava, suonava e qualche volta anche componeva. Poi, le sue dita hanno preso a deformarsi e lei ha dovuto abbandonare prima la chitarra, poi il pianoforte e infine anche l'elaboratore elettronico. Ricordo quando mi insegnava il controcanto. Aveva un orecchio di assoluta precisione, non sbagliava mai una nota, e la sua voce era limpida e fresca come una polla d'acqua. Ma dove l'aveva preso questo talento musicale in una famiglia tutta dedicata al pensiero, all'esplorazione e alla scrittura? Forse dalla nonna Amalia, una donna dalla voce potente che era arrivata dal Cile agli inizi del secolo per andare a studiare canto alla scuola della Scala di Milano.

I suoi genitori non approvavano la sua scelta: una ragazza "per bene" allora non poteva salire su un palcoscenico, nemmeno se avesse avuto il talento di una dea. Amalia però aveva la testa dura e una gran fede nella sua voce che Caruso in persona aveva definito "sublime". Così aveva frequentato di nascosto la scuola. Da cui era stata strappata a forza quando il padre aveva scoperto la verità. E lei era scappata da casa per continuare a frequentare la Scala. Probabilmente avrebbe finito per imporsi al vecchio genitore se non avesse ceduto al giovane innamorato, mio nonno, che le chiedeva, con tutto l'amore di un fidanzato, di rinunciare al canto e al palcoscenico per diventare sua moglie e occuparsi dei suoi figli. Se poi davvero ci teneva tanto, avrebbe potuto cantare nelle feste di beneficenza, che a Palermo se ne organizzavano tante, facendosi ascoltare con ammirazione dalle signore sue amiche, dai signori eleganti e dalle orfanelle protette dai suddetti signori.

Certamente Akiko aveva preso da lei. E forse aveva ereditato da quella parte della famiglia anche una certa bizzarria del carattere: una tendenza a drammatizzare la vita quotidiana piangendo e ridendo con facilità, travolta dagli umori del momento. Mentre dai nonni, quello svizzero e quello siciliano, venivano la pratica dell'autocontrollo: mai farsi preda degli eventi ma dominarli con il giudizio, la distanza e la capacità di scherzarci sopra.

Questa estate, mentre me ne stavo in montagna a scrivere un testo teatrale su Camille Claudel, ho ricevuto una telefonata dall'altra mia sorella, Giacoma: «Akiko sta male, non respira più, dobbiamo portarla al pronto soccorso». E qualche ora dopo: «I dottori dicono che ha una ostruzione alla trachea, devono operarla, vieni».

Così mi sono precipitata in automobile, passando attraverso gole solitarie, fitte di alberi e di rocce. Operarla? ma come? e perché? così all'improvviso? non c'era un modo di salvarla senza operare? Ricordavo che da mesi respirava male, ma si era parlato di una laringite, qualcosa da curare con degli sciroppi. Ragionavo fra me e me cercando il bandolo di quel groviglio di contraddizioni mentre pigiavo l'acceleratore in quella corsa mattutina verso l'ospedale di Rieti.

L'edificio si trova fuori della città, in un terreno che una volta si sarebbe chiamato "vago". Parlo di quegli spazi desolati, dove vengono scaricati i rifiuti, dove si incontrano drogati e cani randagi, che fanno parte delle cinture cittadine.

Terzo piano, stanza numero 27. Mia sorella Akiko stava lì, sparuta, il corpo ridotto a quattro ossa coperte di pelle, la testa rigida sul collo, gli occhi disperati. Le avevano tagliato la gola e respirava attraverso un piccolo foro sul collo coperto da una garza. Non poteva più parlare. Quella gola che aveva contenuto una voce così squisita, quella gola che aveva modulato le note di antiche e struggenti canzoni popolari, *L'augellin bel verde* l'hai mai sentita, Flavia? oppure *Se tu m'ami* di Pergolesi. Antiche melodie dal suono puro e giocoso che venivano cantate da Akiko con l'accompagnamento del flauto e della chitarra.

Quella gola di cristallo era stata spenta, recisa con un colpo di bisturi. E lei si portava continuamente la mano dalle dita penosamente piegate alla gola con un gesto timido e incredulo. Penso che sia stato allora che ha deciso definitivamente di andarsene. Fino a qualche mese prima l'avevo vista ancora capace di gustare i cibi, di chinarsi sulle immagini di un album con occhi sereni.

Ma ritrovarsi in un ospedale, senza voce, senza musica, alla mercé dei medici e delle medicine, le ha strappato dal petto quel poco di voglia di continuare che aveva conservato. Non l'ho compreso che dopo, quando era troppo tardi, per dirle che la capivo anche se mi addolorava.

Tu non hai sorelle, Flavia, e forse non puoi comprendere come sia straziante dire addio ad una persona che ti è stata vicina fin da quando eri bambina. Forse ti sarebbe piaciuto avere una sorella con cui chiacchierare dolcemente prima di addormentarti. Ma il tuo padre violoncellista e la tua corrucciata madre pianista non ne hanno voluto sapere. Forse per non sbilanciare il già precario equilibrio di un matrimonio sospeso nel vuoto, forse per non dividersi idealmente un altro affetto, un altro progetto di educazione familiare. O forse perché tua madre, così giovane, era già una sorella e lo diventerà sempre di più mano mano che tu crescerai e lei sarà ancora una giovane donna che, con le sue mani delicate, sa suonare il piano come cucinare cibi prelibati per la sua unica figlia.

Io ho avuto due sorelle e per quanto non le abbia frequentate molto da adulta, sono sempre state sedute sulle panchine del mio cuore. Potevo anche fingere di dimenticarle, ma erano lì a ricordarmi la consistenza profonda del trio originario. C'è Giacoma, la più piccola e la più sapiente, la più severa e la più discreta. Poi Akiko, chiamata così perché è nata in Giappone ed era la più imprevedibile, la più inquieta, la più generosa e la più disperata delle tre. Poi ci sono io che scrivo per il teatro e sono la sola a non avere avuto figli. Akiko ha una figlia, Gioia, così poco gioiosa in questi ultimi tempi da farci temere per la sua salute. Giacoma ha due figlie, molto belle, una vive in America e fa l'attrice, un'altra vive a Roma con lei e diventerà certamente una scienziata perché già mostra i segni di una personalità forte e tenace nelle sue passioni speculative.

Non è che io non volessi figli. Uno l'avevo desiderato e coltivato. Ma è morto poco prima di nascere. Di lui (perché stranamente era un maschio in una famiglia di femmine) conservo un ricordo buio e felice, di quando scalciava allegramente nella mia pancia e mi parlava in una sua lingua muta e dolcissima.

Non so cosa significhi essere figlia unica, come te, Flavia, ma per niente al mondo rinuncerei, se potessi tornare indietro e decidere per i miei genitori, alla presenza delle mie due sorelle. Anche le geometrie carnali hanno la loro profonda e necessaria perfezione, e noi ne eravamo consapevoli. Sapevamo che il nostro triangolo era essenziale, di quella essenzialità oscura delle cose naturali che avrebbe condizionato la nostra vita futura anche se il triangolo si fosse spezzato.

«Ora siamo rimaste in due» mi ha detto Giacoma tornando dal cimitero. Ma credo che sia vero solo in parte; perché i legami d'infanzia sono più robusti delle radici di una quercia e non smettono di fare circolare le loro linfe, anche quando l'albero è stato tagliato.

Non ti secca se continuerò a scriverti? Non so neanche se ti spedirò mai queste ultime lettere. Ma lo scriverti mi dà pace e di pace ho bisogno in questo momento di pena.

Con tutto l'affetto della tua

Vera

20 febbraio 1995

Cara Flavia,

è più di un mese che non ti scrivo. Sono stata inchiodata alla mia scrivania. Dovevo consegnare il testo per le prove ed ero in ritardo. Gli attori e il regista erano già pronti, mancavo solo io. Perciò mi sono chiusa in casa e ho scritto dalla mattina alla sera. Finché non ho finito e ho consegnato il manoscritto alla compagnia. Oggi stesso cominciano le prove.

Il mio è un lavoro da artigiana, lo sai, non molto dissimile da quello di un buon panettiere che mescola la farina con cura, misura il lievito, aspetta pazientemente che la pasta prenda corpo, la lavora per ore dando "olio ai gomiti" come diceva mio nonno e infine, la inforna, la fa cuocere e quando ancora il pane è caldo, lo mette in vendita sperando che sia mangiato con gusto.

A me il pane piace moltissimo. Non conosco niente di più succulento di un pezzo di pane caldo intinto nell'olio di oliva. Lo sai che quando vado a Palermo torno con la valigia piena di pane; il "rimacinato" come lo chiamano i palermitani, è un pane spugnoso e giallastro, di pasta densa e crosta dura, coperta di semi di cumino. Un pane profumato che chiede di essere mangiato.

Sono i libri e il pane che rendono pesanti le mie valigie. Qualche volta gli amici che vengono a prendermi all'aereo mi chiedono: «Ma che c'è qui dentro, pietre?». Il fatto è che ovunque io vada, compro libri e poi mi ingegno di farli entrare nella mia piccola valigia che è sempre gonfia come un otre. Se poi ci aggiungo anche il pane, puoi immaginare quanto si faccia pesante.

Tuo zio Edoardo si è fatto vivo l'altro giorno. Mi ha detto che ha saputo da te, dalla lettera che ti ho scritto, i particolari della malattia di mia sorella. Mi ha anche detto che sono rimasta a metà del racconto. E il seguito?

Mi ricordi una bambina curiosa che chiedeva continuamente a sua madre: «Mi racconti una storia?». E la madre raccontava di quel re che aveva tre figlie. Ma succedeva che si interrompesse a metà per qualche incombenza familiare e alle mie richieste facesse finta di avere dimenticato la storia già cominciata. Io protestavo. Lei diceva: «Una storia ne vale un'altra, su, Vera». Invece io (avrai capito che quella bambina ero io) volevo proprio quella storia che aveva cominciato e non finito, quella e non un'altra. Nella mia testa ogni storia aveva un arco che non poteva rimanere aperto, doveva concludersi per essere considerato un vero arco, doveva raggiungere di nuovo la terra per trovare il suo equilibrio narrativo.

Dunque, all'ospedale di Rieti, una mattina umida di un caldo agosto, mia sorella Akiko è stata operata alla gola e io percorrevo i corridoi pregni di quel bruciante odore di disinfettante e di minestrina in brodo; mi sembrava una punizione dopo l'aria dei boschi che mi ero lasciata alle spalle. Mi chiedevo come potessero guarire i malati avvolti in quell'odore malsano, testimonianza minima della massima incuria in cui versavano.

Perché gli ospedali sono tenuti così male, Flavia, sai dirmelo tu? Eppure costano moltissimo alle amministrazioni comunali e regionali, cioè a noi cittadini.

Le mie scarpe inciampavano nei buchi delle mattonelle rotte dei corridoi, i miei occhi si posavano avviliti sulle finestre scrostate, sui balconi smozzicati, sulle scale macchiate di nero, sulle tapparelle decisamente sfasciate, incapaci di scorrere sia verso l'alto che verso il basso.

I malati, mi veniva da pensare, sono trattati come "vuoti a perdere", corpi privi di necessità, lasciati a languire nello sfasciume. «Ma i medici sono ottimi, signora, e le macchine che abbiamo noi non le possiede nessuna clinica di lusso» mi dice una infermiera. E credo che abbia ragione. Ma non bastano i medici bravi e le macchine più avanzate. I malati hanno bisogno di un ambiente che non li faccia sentire sgraditi e inutili.

Salgo in fretta al terzo piano, entro nella stanza numero 27. Ci sono altri cinque letti oltre a quello di mia sorella, ciascuno col suo comodino di metallo su cui si ammucchiano bottiglie di acqua, piatti coperti da tovaglioli, segni inequivocabili di un tentativo di rimediare alla cucina dozzinale dell'ospedale-caserma.

Akiko ha sollevato gli occhi facendo un visibile sforzo per apparire serena. «Come stai?» le ho chiesto baciandola. Mi ha indicato la gola su cui palpitava un quadrato di garza. Non poteva parlare. Ma non voleva soccombere alla disperazione e con gesti lenti ma fermi ha cominciato a scrivere qualcosa su un pezzo di carta che teneva sul comodino. «Sto bene, e tu?» «Anch'io, e tu?» Sembravamo il violoncello di tuo padre e il violino di tuo zio che si cercano insistenti, petulanti. Ma qui le corde erano state tagliate e dai legni pieni di echi non venivano che soffi rauchi, dolorosi.

Le ho preso una mano fra le mie. "Devo farle coraggio", pensavo. Ma lei ne aveva più di me che tremavo. È sempre stata determinata e impetuosa mia sorella Akiko, nonostante le molte fragilità. Non so perché fosse così profondamente disperata, tanto da sprofondare in una malattia che le è rimasta addosso per oltre vent'anni. Se la ricordo ragazza, la vedo sempre in bilico sull'orlo di qualche pericolo.

A sei anni è caduta giocando sulla tolda della nave che ci riportava in Italia dal Giappone ed è rimasta in coma per dieci ore. A dodici anni ha avuto la difterite: ricordo ancora la camera isolata, in cui era stata rinchiusa, accanto alle cucine della villa dei nonni di Bagheria. Noi sorelle potevamo salutarla solo dalla finestra, mentre mia madre andava e veniva con le siringhe, le pappine, le borse col ghiaccio.

Ogni volta però si era ripresa, era tornata rotondetta e impetuosa come prima. Ogni volta aveva ripreso a cantare con la sua liquida e purissima voce che tanto mi incantava. Una voce che aveva fatto innamorare di sé un giovanotto dall'aria meditabonda e gentile che poi l'aveva sposata e da cui aveva avuto una figlia.

Eravamo rimaste gravide nello stesso periodo. «Ti ho superato in curva» mi aveva detto usando una terminologia automobilistica che risentiva delle passioni del giovane marito. La vedo ancora, seduta accanto alla finestra di casa sua, la bambina appena nata in braccio, il seno scoperto, il sorriso soddisfatto di una ragazzina che l'ha fatta grossa. Era la prima di una nuova generazione che lei aveva voluto regalare alla famiglia. Mio figlio invece non era mai nato, e coi suoi piccoli piedi nudi era passato dai pavimenti tondi e soffici della mia pancia a quelli tondi e soffici delle nuvole.

Una madonna soffusa di azzurro e beata di sé non avrebbe potuto apparire ai miei occhi più sacra e perfetta di mia sorella Akiko in quella lontana estate in cui aveva allattato davanti a me la sua bionda e bianca bambina.

Trentasei estati sono trascorse da quella mattina di pienezza e ora era lì, in quel triste ospedale a respirare da un buco in gola. Perché una punizione così crudele? E per quale colpa, lei che era sempre stata generosa, onesta, seria e umile? Le ho appoggiato una mano sulla spalla e l'ho sentita sotto le dita, aspra e ossuta come una aletta di passero.

Ma lei non voleva suscitare pietà e per questo sorrideva orgogliosamente, mangiava con lentezza, portandosi metodicamente alla bocca il cucchiaio troppo pesante per le sue dita indebolite. Si sforzava di mandare giù lenta lenta quella minestrina in cui galleggiavano degli occhi di grasso. «Gioia dov'è?» ho scritto sul quadernetto. «In viaggio» ha ribattuto lei scrivendo con caratteri storti e sbilenchi. «Non vuoi che la chiamiamo?» «No, lasciala stare, che sia felice!» Ma come poteva esser felice una figlia unica che sta per perdere la madre?

Aveva un cuore indomito la mia Akiko, un cuore che gli indiani chiamerebbero Brahmaputra, ovvero la città del dio Brahma, capace di estreme saggezze ed estremi delirii. Peccato che non hai potuto conoscerla, Flavia, ti sarebbe piaciuta. Per te è solo un'ombra, qualcuno di cui avevi appena sentito parlare.

Sono rimasta con lei fino alle prime ore del pomeriggio, quel giorno di agosto. Poi sono rientrata nella mia casa di montagna rifacendo all'inverso i duecento chilometri che ci separavano. L'ho lasciata con mia madre, con Gino, l'uomo da lei amato quindici anni prima rimastole poi amico nel corso degli anni nonostante l'amore si fosse consumato. Ma amico è dir poco: le è restato vicino fino alla fine con una dedizione e una pazienza senza confini. Forse questo è il vero amore, non più guidato dal desiderio sessuale ma profondamente radicato nel corpo, brutto o bello che sia, dell'altro.

Ho ripreso il mio lavoro da panettiera. Ogni sera telefonavo per sapere se Akiko migliorava. «Si sta riprendendo» diceva Giacoma. E io lavoravo coltivando speranze, in mezzo ai miei boschi abruzzesi.

Sono tornata due giorni dopo a vederla. Nel ripercorrere i corridoi dell'ospedale mi sembrava ogni volta di scoprire nuovi guasti, nuove trappole, nuovi segni di trascuratezza. Guardavo dalle finestre della camera 27, al terzo piano, la campagna intorno all'ospedale, così desolata, così brutalmente segnata dalla mano dell'uomo che aveva tagliato, bruciato, spianato, scavato, livellato e cementificato.

Ho imparato a conoscere le donne che giacevano nei letti vicini: una madre di otto figli sfigurata da un guasto al polmone, una donna di ottant'anni curvata in due dall'artrosi che divorava come un lupo le abbondanti e grossolane pietanze dell'ospedale; una ragazza dagli occhi pesti e brillanti di febbre che gesticolava con le braccia nude e bianchissime. Ciascuna aveva il suo grappolo di parenti incollati al letto: chi appoggiato all'intelaiatura di metallo, chi seduto sul materasso, chi accucciato accanto al corpo della malata. Per terra avevano posato i sacchi di plastica carichi di cibo e di bevande per le loro care.

Pensavo davvero che la tenacia di Akiko avrebbe avuto la meglio sulla violenza della malattia. Intanto cercavo di darmi forza per proteggerla. Ogni malato diventa un poco un figlio o una figlia da accudire e difendere contro il male. Non a caso le infermiere parlano ai malati dando loro del tu e trattandoli come bambini. Solo che mentre coloro che li amano lo fanno con tenerezza e trepidazione, le infermiere lo fanno a freddo e finiscono per risultare manierate e stucchevoli.

Quel corpo bambino, prigioniero di un letto, diventa così fragile e leggero. Bisogna perfino stare attenti a toccare loro il cranio, come succede coi neonati, altrimenti si rischia di ferirli.

Assistevo a quei pasti distribuiti frettolosamente, senza garbo: quelle minestrine che avanzavano traballando sui carrelli, dentro i piatti pesanti da ristorante, quei pasticci di pollo che mandavano un odore di pelle bruciacchiata, quelle puree di patate troppo bianche e lucide per non dare il sospetto che fossero fatte con polveri rinvenute nell'acqua calda; quelle paste asciutte dal sugo violaceo e rappreso che aveva tutta l'aria di essere stato cotto il giorno prima e poi riscaldato all'ultimo momento.

I parenti aprivano i loro fagottelli e ne sortivano delle torte di uova e verdure, dei tortelloni ripieni di funghi e ricotta, dei dolci fatti in casa con le fettine di mele caramellate disposte a fiore, dei fichi appena colti dall'albero avvolti nella carta argentata.

Anch'io portavo frutta fresca e biscotti ma la trovavo sempre più magra, più pallida la mia malata, faticosamente intenta a tenere insieme il suo minuscolo corpo umiliato.

«Sta guarendo» cercavo di convincermi «altre volte ce l'ha fatta, anche questa volta supererà l'offesa, ha tante risorse.» Ma mi illudevo, volevo ingannarmi. Lei sapeva di essere ai confini e si preparava a passare di là con passo sereno.

Un pomeriggio che ero alle prese con le asperità di un dialogo fra creature di un mondo lontano nel tempo è arrivata una telefonata di mia sorella Giacoma: «L'hanno portata alla rianimazione, corri». Non sapevo nemmeno cosa fosse la "rianimazione", ma capivo che era grave. Mi sono precipitata pigiando sull'acceleratore, il cuore come una trottola.

La gola di aceri e faggi che divide l'Abruzzo dal Lazio mi stava diventando familiare. Gli occhi erano fissi sulla strada asfaltata, ma sentivo i boschi fitti e misteriosi che sfilavano al di là del vetro. Sembravano dirmi qualcosa di poco rassicurante quegli alberi, ma cosa?

Alla rianimazione ci sono altri parenti in attesa. Ci si guarda con pena, come sapendo che i nostri cari stanno attraversando un terreno minato. Basta un passo falso perché saltino per aria e vengano inghiottiti.

Al di là della grande porta a vetri, nella penombra di un vasto salone, dei corpi vivi stanno faticosamente procedendo, a tentoni, su quel terreno infido.

Per entrare nella sala di rianimazione bisogna indossare una specie di camice verde, bisogna coprirsi la bocca con una garza munita di lacci, quindi si può superare la soglia, ma uno per volta e in assoluto silenzio. È proibito avvicinarsi troppo, toccare il malato, baciarlo, o anche solo sederglisi accanto.

Ce ne stiamo nell'ingresso, impauriti e avviliti ad aspettare il nostro turno leggendo il regolamento affisso sul muro. Tocca per prima a mia madre. Che si infila il camice verde, la mascherina di garza, e si incammina in punta di piedi verso l'antro buio. Sparisce al di là dei vetri, ma per un tempo brevissimo; la vediamo tornare poco dopo piangendo. «Che pena, che pena» dice e la sua voce la riconosco appena, ha perso ogni colore, ogni slancio.

Ora tocca a me. Indosso anch'io il camice, mi avvio verso la grande porta trasparente che si apre soffice su una sala in penombra. La temperatura è stabile, la luce tenuta al minimo, si sentono solo i sibili delle macchine per l'ossigeno. I letti sono molti ma lì per lì mi sembrano vuoti tanto sono immobili e silenziosi i corpi che li abitano. Sono corpi tenuti legati alla vita da tubicini, bombole, aghi, siringhe. Si capisce che basterebbe un solo soffio per farli precipitare nel nulla. Questa, ora lo so, è la "rianimazione".

Mi hanno detto che il letto di Akiko si trova in fondo alla sala, a sinistra, ma il cammino che faccio in mezzo a quei corpi chiusi nei lenzuoli come dentro dei bozzoli mi sembra lunghissimo. Cammino, cammino, cercando di non guardare con troppa insistenza verso i letti per non apparire indiscreta. Sento che anche solo uno sguardo potrebbe ferirli.

"Sette paia di scarpe ho consumato, / sette fiaschi di lagrime ho versato / per venire da te." Mi rendo conto che sto camminando in mezzo ad una foresta come quella che ho attraversato prima in macchina e che sembrava volermi dire qualcosa.

Non ho mai sentito gli alberi come nemici, ma in questo caso non si trattava più di alberi fronzuti ma di severe sentinelle che comandavano una zona di passaggio fra l'esserci e il non esserci, fra la coscienza e il buio. Da un momento all'altro avrebbero potuto appoggiarmi una mano guantata sulla spalla per fermarmi in quel lungo cammino doloroso e dirmi: alt, qui non si passa. Avevo orrore di quel divieto perché avrebbe significato la separazione definitiva da mia sorella. Ma nello stesso tempo sapevo che senza quelle guardie notturne il passaggio sarebbe stato più ambiguo e crudele.

Stremata dalla lunga fatica di quel viaggio che nella mia coscienza è durato anni, arrivo al letto di Akiko e sono talmente sollevata nel vederla sorridere che ricomincio a sperare. "Ecco che si riprende" penso "se la caverà, ha l'aria di volerlo veramente." Ma capirò dopo che desiderava solo rassicurarmi. Anche lei, in quelle foreste minacciose, teneva a rincuorarmi e il luccichio dei suoi occhi esprimeva la sua volontà di mostrarsi coraggiosa e tenera, fino in fondo.

Le sorrido, cerco di prenderle la mano ma i cerotti che le tengono gli aghi incollati al braccio me lo impediscono. Mi chino per baciarla, ma poi ricordo che è proibito. Cerco di parlarle con gli occhi. So che, anche volendo, non può rispondermi. La garza bianca palpita come un'ala di farfalla sopra la ferita aperta nella gola.

Mi fanno cenno da lontano che il mio tempo si è consumato; devo lasciare il posto a qualcun altro. Le mando un bacio con le dita e torno verso il gruppetto rattrappito dei parenti stretti nella sala d'attesa. Le uniche due panche di fòrmica sono occupate. Gino sposta penosamente il suo peso da una gamba all'altra. Mia madre è così priva di colori da sembrare un fantasma.

Mi tremano le gambe. Devo uscire. Aspirare qualche goccia di aria fresca è come bere acqua di fonte dopo una ubriacatura di liquori pesanti. E adesso? «I medici dicono che può tornare alla normalità, purché lo voglia.» Ma lo vuole davvero? Ripensandoci, era come se stesse prendendo le misure per scappare dallo stretto finestrino della prigione in barba a tutte le sbarre, a tutti i guardiani, a tutti i lacci, le siringhe che volevano tenerla relegata alla mercé di bisturi, medicine, camici: lontana dalla sensualità e dall'intelligenza della vita quotidiana.

Un bacio, Flavia, a presto

tua
Vera

5 marzo 1995

Cara Flavia,

chissà se ti interessi ancora ai folletti, cresciuta come sei. D'altronde anch'io, da quando ti ho persa di vista, non mi occupo più di lui. Non l'ho neanche più sentito fischiettare. Forse se n'è tornato al paese dei folletti, dove si è messo a fare un mestiere da adulto, uscendo da quello stato di infantilità balorda in cui lo teneva il suo nome. Farà il falegname, come Geppetto. O come il mio amico Sebastian che costruisce mobili senza l'uso dei chiodi, con la sola arte dell'incastro e sa riconoscere al tatto e all'odore i legni più misteriosi: dall'obeke africano all'astro nero del Brasile, dal patuk delle foreste amazzoniche all'acero bianco canadese.

Un giorno mi hai chiesto: «Ma cos'è davvero un folletto?». E io mi sono ricordata che è una parola di origine provenzale e forse per questo mi è sempre piaciuta. Folletto, piccolo folle, dal latino *follis* che vuol dire "cosa gonfiata d'aria", ovvero oggetto leggero.

I poeti provenzali usavano spesso la parola *foll*, *follet*, *follette* e hanno passato il gusto ai poeti catalani. Anche i francesi l'hanno amata, questa parola. Mi viene in mente un bel libro tenebroso di Drieu La Rochelle che si chiama *Feu follet*.

"Fiamma erratica prodotta da emanazioni gassose che, alzandosi da zone acquitrinose, s'infiamma spontaneamente", spiega il Littré. Curioso che non citi i fuochi fatui che si vedono qualche volta nei cimiteri.

Poil follet invece è il "pelo folletto", quel "pelo leggero e rado che nasce prima della barba" continua la voce del vecchio Littré. Che tuo zio Edoardo sia abitato dal *poil follet*?

"Tutti siamo costretti, per rendere sopportabile la realtà, a tenere viva in noi una qualche piccola follia" dice Proust. Forse per questo ho coltivato a lungo il mio folletto, come un segno vivo di quel *follere* che in latino significa muoversi rapidamente, con inquietudine di qua e di là, senza una vera ragione.

So che sei cresciuta ancora, lo dice tuo zio, ma nella mia mente non riesco, Flavia, a vederti diversa da come ti ho conosciuta lassù sullo Sciliar, col tuo cappelletto rosso ciliegia e le tue scarpe rosso pomodoro, le tue guance rotonde, i tuoi grandi occhi inquisitivi, le tue mani cicciottelle, il tuo ciuffo castano. Forse il tempo si è improvvisamente impietrito dalle tue parti. O dalle mie, chissà, e io continuo a saggiare la sua materia calcarea per sentire quanta resistenza ha.

Ti ricordi quando non volevi andare a letto e tua madre, con un occhio all'orologio, ti diceva calma e decisa: «Ora, Flavia, devi salire a coricarti». E tu ti torcevi come un'anguilla perché non volevi sparire sotto le coperte, non volevi chiudere gli occhi. Un istinto molto diffuso fra i bambini. Che forse, proprio perché hanno lasciato da poco la lunga notte della non esistenza, sono restii a sprofondare nel sonno. Non è stato detto che dormire è un poco morire? Il sonno non è forse un modo per allenarci al definitivo abbandono e alla perdita di sé? "Grato m'è il sonno / e più l'esser di sasso" dice Michelangelo.

Una volta tua madre è venuta giù scoraggiata dicendo che non volevi proprio saperne di prendere sonno. E io mi sono offerta di raccontarti una favola. Lei ha acconsentito un poco riluttante perché non amava che qualcuno invadesse quello spazio sacro che univa la sua persona alla tua.

Siamo salite da te. Lei poi pudicamente si è accinta ad ordinare le tue cose sparse intorno mentre io mi sono accoccolata accanto al letto, ti ho stretto una mano e ho preso a raccontarti una storia che cominciava fatidicamente con "C'era una volta un re", te la ricordi?

Tutte le favole cominciano pressappoco così. È un modo per entrare, lessicalmente, nell'incanto di una avventura. «Mi racconti una storia, mamma?» chiedevo da bambina e lei si accingeva a sbrogliare pazientemente, davanti ai miei occhi, la matassa intricata delle vicende di quel re che aveva tre figlie e in giardino un albero che faceva le mele d'oro. Sento ancora sulla lingua il sapore dell'attesa: cosa sarebbe successo quando un uccello enorme, dalle ali d'oro, avesse rubato tutte le mele d'oro del re? Sarebbe stata la maggiore o la minore a sbagliare strada, finendo in un vicolo tutto rovi e serpenti, per andare a cercare le mele d'oro del padre re? Il piacere era profondo e diramava le sue radici nel sottosuolo dell'immaginazione come una pianta che cerchi l'acqua nelle oscurità della terra. Quella terra è la memoria, una memoria che abbiamo in comune con la specie e che ci rende tutti dipendenti dalla sublime arte del narrare.

Invece di addormentarti quella sera tu hai preso a sorbire la mia storia sgranando sempre di più i grandi occhi sorpresi. Ti aggrappavi ai personaggi come a delle rocce sporgenti dall'acqua marina per non affondare nel liquido sonno. E quando io rallentavo mi incoraggiavi a proseguire: allora?, e poi? Così sono andata avanti per non so quanto, forse mezz'ora. Anche tua madre si era acquietata, forse dormiva o ascoltava anche lei la lunga storia di quel re e delle sue tre figlie che andavano in cerca delle mele d'oro, si perdevano nei boschi, per poi ritrovarsi in città incantate e giardini fatati in cui gli orsi e le formiche parlavano con voce umana.

Solo quando la storia è terminata, tu hai chiuso le palpebre con un sospiro. E io non sapevo se essere contenta per averti tenuta sveglia con la mia favola o scontenta per avere ritardato di tanto il tuo sonno.

Ma oggi, se tu mi chiedessi una storia, cara Flavia, non saprei raccontarti altro che una storia vera, la storia del mio incontro con la morte. A tu per tu col suo muso secco, cercando di capire, senza veramente riuscirci, chi sia.

Torno all'agosto dell'anno scorso, mentre me ne stavo nella piccola casa di montagna a scrivere i miei testi teatrali. Le mie giornate lassù sono scandite da tempi certosini: la mattina mi alzo alle sette, do da mangiare al cane, al gatto, e mi seggo alla macchina da scrivere. A mezzogiorno infilo gli scarponcini e me ne vado in paese a comprare i giornali e il pane fresco. Poi pranzo, faccio un breve riposo e quindi torno alla macchina da scrivere. Fino alle sei, ora in cui mi infilo nuovamente gli scarponcini e me ne vado a spasso per i boschi.

Gli ospiti, se ci sono, possono fare quello che vogliono. Io chiudo la porta del mio studio che dà sulle cime incappucciate del monte Caprino e mi concentro su quel difficile e dolcissimo enigma che è la scrittura.

Solo la sera mi scrollo di dosso le parole scritte e mi dedico alla cucina. Mi piace preparare piatti complicati da offrire agli amici. Mi dedico anche alle marmellate, ai sottaceti, e sai che qualche volta mi sembra di sentire in mezzo alle pentole lo squittio del provenzale *follet*.

"Spiriti leggieri, volubili e mattarelli che un dì si credevano popolare le regioni dell'aria e che si insinuavano spesso per le case dei mortali a molestare, senza essere veduti, le fantesche e le altre persone povere di spirito" spiega Ottorino Pianigiani nel suo un poco antiquato *Voca-*

bolario della lingua italiana che ho comprato su una bancarella qui in montagna. Che io prenda, mentre cucino, qualcosa della fantesca povera di spirito?

Ma in quei giorni, cara Flavia, non riuscivo neanche a cucinare. Mia sorella era uscita dalla sala di rianimazione ma non si riprendeva come avremmo voluto. «Mangia?» «Sì, mangia, ma di malavoglia» diceva Giacoma al telefono. «Ha ricominciato a scrivere sui foglietti?» «Sì, qualcosa.» «Allora possiamo riportarla a casa?» «I medici dicono di aspettare ancora qualche giorno.» «Vengo sabato a trovarla.»

Invece, la notte del giovedì, sono stata svegliata da uno squillo inquietante. Corro a rispondere. È Giacoma che grida nella cornetta: «Non ce la fa, non ce la fa, vieni subito».

Per la ennesima volta mi sono gettata nel viaggio precipitoso fra le montagne scoscese e solitarie, verso l'odioso ospedale che teneva prigioniera Akiko. Con me c'era anche Giovanni, il mio sposo etrusco, a cui sarò sempre grata per la premura, la pazienza e l'affetto con cui mi è stato vicino in quei giorni di pena.

Arriviamo all'ospedale alle sei di mattina. Il terreno intorno è ancora bagnato dalla guazza notturna. Due corvi si levano in volo gracchiando dal posteggio vuoto. Le porte dell'ospedale sono state appena aperte e delle donne con la cuffia verde in testa stanno lavando i pavimenti.

Mi precipito al terzo piano, stanza numero 27. Mia sorella non è nel suo letto. E nessuno sa dirmi dove possa trovarla. Giriamo per i corridoi, in mezzo ai malati in pigiama che vanno e vengono dai bagni. L'aria è pregna di un odore aspro di caffè di cattiva qualità.

Finalmente qualcuno mostra pietà per questo nostro lungo peregrinare in cerca di Akiko e ci guida all'ultimo piano, davanti ad una porta chiusa. «La deceduta si trova lì, entri pure.»

Come "deceduta"? adesso chiamano le malate "decedute"? Mi intestardivo a pensare che si trattasse di un errore lessicale. «Sono veramente stupidi» ho detto a Giovanni «non sanno nemmeno usare le parole giuste.»

Piuttosto era l'assenza di Giacoma che mi inquietava. E Gino dov'era? e mia madre? Possibile che se ne fossero andati lasciando sola l'ammalata? «Sono tornati a casa per riposare un poco dopo una notte in bianco» ha detto l'infermiera prima di lasciarci soli. E questo mi ha fatto capire che la parola "deceduta" era quella giusta. Giacoma, mia madre e Gino non sarebbero mai andati via se Akiko fosse stata ancora viva.

Volevo aprire quella porta ma i miei piedi si impuntavano sulla soglia, ostinati. Finché non l'avessi vista, la parola "deceduta" sarebbe stata solo un guscio vuoto. Ho trascinato Giovanni verso una panchina in fondo al corridoio e lì siamo rimasti per non so quanto, sgomenti, in silenzio, a fissare la porta su cui un raggio di sole si allargava timido e insistente. Dovevo prendere quella verità fra le mani, annusarla, capirla, accettarla. Ma per il momento non ci riuscivo, semplicemente non ci riuscivo.

Mentre combattevo una battaglia persa in partenza contro la verità, è arrivato un infermiere, zoppo, vestito di verde, con qualcosa di morbido e di goffo insieme. Ha aperto la porta trascinando dentro una barella con le ruote. Ne è uscito poco dopo con il corpo morto di Akiko coperto da un lenzuolo.

Piccolo, storto, sorridente, l'uomo ci ha fatto segno con la testa di seguirlo. L'impacciato e rosso Caronte dal piede offeso ci chiamava perché lo accompagnassimo al di là del fiume.

Insieme siamo scesi nei sotterranei dell'ospedale, insieme abbiamo percorso lunghi corridoi ingombri di oggetti abbandonati: letti scassati, materassi strappati e macchiati, sedie senza zampe, carrelli privi di ruote. In un angolo si ammucchiavano degli enormi sacchi neri pieni di rifiuti. Io seguivo la nostra guida come un automa, capace solo di fare attenzione ai particolari più insignificanti.

Un'altra porta, un altro corridoio, una stanza minuscola e scura. Di fronte, uno scaffale rovesciato su cui brillava un pettine di plastica, bianco. Il Caronte zoppo, nel suo camice verde erba, è scomparso con la barella, chiudendosi la porta alle spalle. Non prima di averci rivelato la prossima mossa: «Ora la vestiamo e poi la esponiamo». Parlava scandendo le parole come se dovesse farsi capire da qualcuno che ha difficoltà di udito. Intanto erano arrivati anche mia madre, Giacoma e Gino.

Mentre l'infermiere la vestiva al di là della porta chiusa, il mio sguardo si è soffermato, assente, su quel pettine bianco abbandonato sopra lo scaffale. «La vestirà» mi ripetevo, sarà una "vestizione". E la parola "vestizione" dagli echi rituali mi distraeva dallo strazio. Si "vestono" le Madonne per l'esposizione nei giorni di festa a loro dedicati, si "vestono" gli attori prima di mandarli sulla scena, si "vestono" le bambole prima di intraprendere quel tenero o temibile gioco della finzione materna. Akiko in quel momento era una Madonna pronta per la processione, era l'attrice pronta per la recita, era la bambola pronta per il gioco, l'ultimo della sua vita.

Infine la porta si è aperta ed è apparsa lei, la "vestita", chiusa in una camicia coi pizzi sul collo, una lunga gonna lilla, le mani incrociate sul petto. Sapevo che, per piegarle a quel modo, il Caronte aveva dovuto forzare e tirarle quelle dita paralizzate. Un immediato dolore alle giunture si è irradiato fra le mie dita.

Ma la cerimonia dell'esposizione richiede una geometria stabilita: la morta deve avere le palpebre calate, la bocca chiusa, il corpo composto, le mani intrecciate sul petto, i piedi uniti con le punte rivolte verso l'alto.

Avrei voluto abbracciarla, baciarla, la mia sfortunata sorella, ma non riuscivo a muovermi: il mio corpo era chiuso dentro la trappola di una ottusità silenziosa. Poteva solo guardare e lo sguardo si fermava, insistente, inebetito su quel pettine bianco, da bambina, che continuava a scintillare sullo scaffale rovesciato. E se, con un atto di volontà, distoglievo lo sguardo dal pettine, esso si posava, tormentoso sulle dita intrecciate dalle nocche troppo bianche, sulle unghie corte e pulite, private del loro rosa; sulla garza che chiudeva la ferita del collo, che non palpitava più al ritmo del respiro ma posava lì inerte e opaca; sulla scarpa ortopedica dal tacco alto dell'infermiere; sulla collanina d'oro che ciondolava contro il suo petto peloso; sulla lampadina penzolante dal centro del soffitto coperta di polvere e di mosche morte; sul pavimento di mattonelle rossicce e dissestate; sulle gobbe dei sacchi di immondizia appoggiati contro la parete di fondo.

Ora la barella veniva spinta da un'altra parte e noi tutti l'abbiamo seguita silenziosi e istupiditi. Ovunque allungassi lo sguardo trovavo oggetti abbandonati, come a confermarmi che la vestizione dei morti è considerata una cosa necessaria, ma "indecente", da compiere nel buio delle cantine, fra povere cose gettate, gettati anche essi, come un sacco di rifiuti in mezzo ad altri rifiuti.

Una stanzuccia senza finestre in fondo ad altri infiniti corridoi. Ecco dove ci ha guidati il nostro Caronte. Adesso è lì che zoppica, suda, ma continua a sorridere rassicurante mentre si rivolge a noi per dare ordini brevi e precisi: di qui, attenti al gradino, posate i fiori, la porta deve restare aperta, le candele, se volete, si pagano a parte.

Ora Akiko è sdraiata, composta, in mezzo ai fiori, in quella misera stanza buia e noi ci avviciniamo per guardarla da vicino. Mi affaccio anch'io su quel baratro e mi sembra improvvisamente di affacciarmi al di là della balaustra del piroscafo che ci riportava in Italia. Sono stata colta da una vertigine crudele. In fondo, lontanissimo, ho distinto la faccia distesa di mia sorella Akiko. Ma come raggiungerla, come fermarla, come parlarle? Le grandi acque dell'oceano non aspettano: la nave continua la sua corsa mentre al di là della fatata balaustra la massa delle onde non cessa nemmeno per un momento il suo estenuante terribile lavorìo naturale. Certo, se uno vuole, può buttarsi di sotto e lasciarsi inghiottire dai marosi, ma sarà un salto solitario, come solitario è lo sguardo che precipita nel vuoto. La morte non prevede incontri.

Ti saluto, cara Flavia e perdonami se ti ho rattristata, ma la storia che cattura la mia fantasia in questo momento è proprio questa.

Con affetto

tua
Vera

18 marzo 1995

Cara Flavia,

ieri ho avuto a colazione tuo zio Edoardo assieme alla sua nuova fiamma, la bella Margherita dagli occhi neri liquidi. Sono contenta di vederlo contento. «Perché non ti sposi, mi sembra la moglie giusta per te.»

«Io vorrei sposarmi, ma lo sai, è come se avessi un angelo custode che difende strenuamente il diritto al celibato.»

«Non ti piacerebbe fare un figlio, hai quasi quarant'anni.» Ha sollevato su di me i grandi occhi nocciola, sorridenti ed elusivi e non ha risposto.

Abbiamo mangiato melanzane ai ferri, mozzarella di bufala e insalata di arance, con capperi e olive nere. Avevo preparato anche una torta al cioccolato, morbida e non troppo dolce, come piace anche a te. Tuo zio l'ha mangiata di gusto. La bella Margherita l'ha appena assaggiata.

«E Flavia?» ho chiesto. «Pensa solo agli animali. Si addolora quando vede un cane abbandonato, un uccello ferito. Se continua così avrà un avvenire pieno di pene.»

L'ha detto come se per una ragazza anche bella, l'eccessivo amore per gli animali potesse costituire un impaccio nei rapporti con gli uomini.

«Ho paura che caschi nel buonismo» ha detto bevendo del vino rosso.

«Ma cos'è il buonismo?»

«Fingere una bontà che non si prova.»

«Ti sembra che finga?»

«No, che soccomba a una moda.»

«La bontà può essere una moda?»

«Sì, se è un vestito che si indossa per infatuazione estetica.»

Dopo pranzo ci siamo seduti intorno al tavolo, davanti al grande mosaico di cartone, il cosiddetto *puzzle* che noi pensiamo sia il nome inglese del gioco e invece in Inghilterra lo chiamano *jigsaw*.

È una passione che mi accompagna da quando ero bambina. Ho una fotografia, fattami da mio padre, in cui sto con una mano sospesa per aria, gli occhi attenti e puntati sul tavolo, i capelli quasi bianchi tanto erano biondi, ricadenti sulle guance. Avrò avuto sei anni. A quell'epoca casa nostra era stata appena rallegrata dalla nascita di mia sorella Giacoma. C'è un'altra fotografia di noi tre sorelle in riva al fiume, forse solo due anni più tardi, in cui si vede Akiko, rotondetta e sorridente, gli occhi socchiusi per il sole, accanto a lei Giacoma in braccio ad una amica giapponese e dietro di loro, in piedi, il nostro bellissimo padre, pronto ad immergersi come un tritone felice nelle acque fredde del fiume in piena.

Le fotografie ci ricordano che il tempo è multiforme e che noi siamo parte di una catastrofe metamorfica. Le fotografie io le odio, Flavia, per quel potere illusorio che ti danno, di tenere saldo in mano qualcosa di te che è inequivocabilmente esistito, ma il presente nel momento che smetti di guardarle, ti precipita addosso come un cane affamato. Eppure le fotografie io le amo, cara Flavia, perché sono le sole testimonianze della struggente meravigliosa continuità familiare. Non a caso, quando non esisteva la fotografia, i nostri antenati affidavano ai ritratti il ricordo di sé.

Una volta, sai, ho fatto uno studio sulle donne fatali nei romanzi classici e ho scoperto che quasi sempre la donna fatale viene annunciata da un ritratto che, per strane combinazioni, si trova fra le mani del futuro innamorato come per una magica premonizione. Insomma il ritratto è lo specchio del futuro e sta lì a raccontarci una storia che ci accenderà fra poco ma di cui adesso scorgiamo solo i riflessi sulfurei?

Nastasja Filippovna per esempio non appare subito nel racconto del ritorno in patria del principe Myškin. Ma un giorno l'Idiota (così chiamato per il suo candore che lo fa apparire quasi demente) trova per terra il ritratto di lei e lo guarda con tenerezza come se indovinasse che presto si perderà in lei, ubriacandosi dei suoi profumi. Eppure la prima volta che si incontrano Nastasja lo prenderà per un cameriere e gli getterà fra le braccia la pelliccia con fare noncurante.

Ma tu non hai ancora letto Dostoevskij e non puoi sapere di cosa sto parlando. Quando Nastasja Filippovna muore uccisa da Rogožin, il principe Myškin e lo stesso Rogožin si trovano insieme a vegliarla, seduti accanto al letto. Il corpo di Nastasja è coperto da un lenzuolo da cui sporge, come per un caso bizzarro, un solo piccolo piede bianco molto tenero e grazioso.

I corpi morti delle donne, nei romanzi, suscitano sempre allarme: con loro muore un progetto di riproduzione, un corpo toccato dalla grazia della maternità. Per questo piangevano le Furie di fronte al corpo trucidato di Clitennestra: per quanto assassina, era una madre e in quanto tale, sacra. Ma questo avveniva prima della salita al trono dei cieli di Apollo, il nuovo dio della bellezza e del potere maschile, splendido nella sua arroganza misogina.

Anche di fronte al corpo morto di mia sorella Akiko ho sentito il fruscio delle vesti delle Furie. Esse calano dal cielo, per quanto stanche siano le loro ali, per vegliare un corpo materno che lascia la presa e rinuncia alla vita.

Eppure noi non abbiamo potuto vegliarlo quel corpo materno perché l'ospedale chiudeva le sue porte dalle otto di sera alle sei di mattina. E la nostra Akiko è rimasta prigioniera di quel Caronte dalla medaglietta d'oro appesa al collo e il piede caprino. Non è arrivato nessun principe che la prendesse in braccio e la portasse nelle sue stanze innamorate.

Pioveva quella mattina di fine agosto e noi aprivamo i nostri ombrelli mentre degli energumeni bloccavano il coperchio della bara con chiodi lunghi e acuminati.

Ha continuato a piovere mentre un prete gioviale diceva messa inondando la chiesa di una voce sonora e pastosa. Non ha smesso di piovere mentre ci dirigevamo verso il cimitero.

Il corpo di mia madre sembrava essersi improvvisamente coperto di cenere. Proprio come facevano gli antichi guerrieri quando perdevano una battaglia e assistevano impotenti alla morte dei propri parenti e amici. Era grigia, polverosa e lontana, fattasi di colpo scheletrica come se avesse lasciato a casa la carne viva e avesse indossato una pelle svuotata e sgualcita.

Intanto è arrivato anche mio padre con la sua affettuosa moglie giapponese. Stupito di questa morte improvvisa, sembrava chiedersi come sia possibile che una figlia muoia prima del proprio genitore.

Il cimitero di Castel Priora è un fazzoletto di terra chiuso da un alto muro di pietra. Doveva essere bello anni fa quando ancora non avevano costruito quelle cellette di cemento tutte allineate in cui adesso avrebbero rinchiuso la nostra Akiko.

Continuava a piovere, insistentemente, e noi, con i nostri ombrelli colorati, i nostri vestiti estivi, stavamo in piedi, intirizziti, a osservare i due becchini che stendevano la malta fra mattone e mattone. Ancora una chiusura, una separazione, ancora un esilio. Ma perché tanto accanimento?

Cara Flavia, scusa se continuo a parlarti della morte di mia sorella, ma non riesco ad accettarne la proclamata "normalità". Il mio pensiero che ama andare a spasso, gironzola, si avvia per nuovi sentieri e poi paf, si trova davanti quel muro di cemento. Un corpo che si pietrifica, che smette di emanare calore, morbidezza, ma che orribile scherzo è? Un occhio che non vede, un orecchio che non sente, e tutti quei pensieri tumultuosi e quelle fantasie leggere e quei desideri delicati e quei piccoli sentimenti quotidiani che distinguono la vita di una persona, dove sono andati a finire?

Proviamo a parlare un poco di te, Flavia. Chissà se tuo padre Arduino è ancora lì a costruire macchine che imitano la risacca del mare per dormire tranquillo. So che è stato in Giappone per una decina di concerti. So che non ha molto amato i pranzi a base di pesce crudo e l'uso, nei ristoranti, di sedersi per terra con le gambe allungate sotto il tavolo.

E tu? Ti immagino seduta al tavolino a fare i compiti su un quaderno a quadretti. I quaderni ti sono sempre piaciuti, non è vero? In questo ci assomigliamo: anch'io amo i quaderni e ne compro sempre di nuovi. Ci piacciono larghi, con la costa dura e la copertina sobria, nera e rossa o carta da zucchero, non è così?

Non so davvero, cara Flavia, perché continuo a scriverti: il sodalizio con tuo zio Edoardo è finito, morto e tu stai crescendo lontana da me, invisibile e occultata ai miei occhi. Ti ho dedicato un libro di racconti sui cani, lo sapevi? Si chiama *Storie di cani per una bambina*. Quella bambina sei tu. Ma è una bambina magicamente imprigionata nel suo passato, assieme con un'altra bambina misteriosa che conosco soprattutto attraverso le fotografie.

In ogni donna fa capolino una bambina che cocciutamente vuole rimanere tale. Succederà anche a te, Flavia, se non ti è già successo: nella tredicenne che sei non ti capita di incontrare, faccia a faccia, quella bambina di sei anni che anch'io ho conosciuto, quella bambina che entrava trionfante nell'ingresso dell'Hôtel Bellevue col cappelletto rosso ciliegia in testa e le scarpe rosso pomodoro ai piedi?

La pelle può anche mettere su le grinze, può diventare tanto sgualcita da "dare la voglia di stirarla" come hai detto tu una volta parlando della tua bisnonna. Ma la bambina continuerà ad occhieggiare sotto maglie, camicie, sottovesti, collane di vetro. Quella bambina che si stupisce, che sorride timida, che spia preoccupata, che si meraviglia dolcemente di quello che vede.

Il principe Myškin non si era mai staccato da quel bambino sorpreso di cui ti sto parlando, Flavia. Per questo lo chiamavano "idiota". Per quella candida goffa capacità di stupirsi che è un regalo della prima infanzia. Dopo, crescendo, di solito si perde. Salvo qualcuno che la mantiene e viene considerato un "inetto".

Una che assomiglia al principe Myškin è la giovane Shen Te, quell'"anima buona" che si arrabatta per sopravvivere nella lontana provincia di Sezuan. Era giovane, candida, senza una lira.

Un giorno, nella regione arsa dalla sete e dalla fame, arrivano tre Dei travestiti da mendicanti. Tre uomini abituati agli sfarzi celesti che assumono l'aria dimessa di chi pellegrina per strade polverose vivendo di elemosina. Essi vagano per la piccola poverissima cittadina cercando alloggio. Bussano alle porte di molte case chiedendo asilo per la notte, una sola notte. Ma nessuno li vuole ospitare, chi perché ha un malato in casa, chi perché non ha letti liberi, chi perché deve fare asciugare il riso in cortile, insomma, con una scusa o l'altra gli abitanti di Sezuan chiudono la porta in faccia ai sacri ospiti.

Solo Shen Te, che pure dispone di una unica stanza, invita i tre mendicanti ad entrare. Offre loro del cibo e un giaciglio per la notte. Le tre divinità mangiano il suo riso, dormono sotto il suo tetto e l'indomani, prima di partire, si palesano in tutto il loro splendore: Shen Te non ha ospitato dei mendicanti ma degli Dei e ora loro, per ringraziarla, le regaleranno delle monete d'oro perché possa realizzare il suo antico sogno: aprire una tabaccheria.

Shen Te è felice: compra la tabaccheria e si mette al lavoro trasportando sacchi di tabacco, biondo e bruno. In poco tempo i suoi guadagni si fanno consistenti e i parenti cominciano a gravitare intorno al negozio. Alcuni chiedono prestiti, altri ospitalità. E Shen Te, che è generosa e ingenua, proprio come il principe Myškin, dà ospitalità, prima ad un parente, poi ad un amico del parente, poi ad un amico dell'amico, finché si trova sopraffatta da una folla di profittatori intenzionati a portarle via fino all'ultimo soldo.

Quando sta per tornare in miseria, Shen Te capisce che, se vuole proteggersi ed onorare gli Dei, deve in qualche modo difendersi. E allora cosa fa? inventa l'arrivo di un cugino, il severo e giusto Shui Ta, che rimette un poco di ordine nella vita troppo esposta e dissipata di Shen Te.

Il cugino Shui Ta è fermo nel pretendere rispetto e attenzione da parte dei parenti e degli amici dei parenti. E la cosa più curiosa è che i profittatori si piegano subito al suo volere. Shui Ta, infatti, è un uomo e in Cina, si sa, gli uomini sono più ascoltati delle donne. Ma l'ordine che fa Shui Ta è privo di meschinità: i parenti e gli amici vengono trattati con gentilezza e prodigalità, pur venendo trattenuti dallo sperperare l'intero patrimonio della giovane e candida cugina.

In realtà è la stessa Shen Te che recita la parte del cugino severo e solo lei e il pubblico conoscono questa doppia identità, i parenti e gli amici no. Shen Te la mattina lava, pulisce, cucina per tutti; nel pomeriggio, trasformata nell'elegante Shui Ta, aggiorna il libro dei conti, distribuisce il denaro dividendolo scrupolosamente, decide cosa investire e cosa spendere, interviene con giudizi posati ma rigorosi nelle risse fra parenti, istiga a lavorare per la comunità.

Brecht probabilmente voleva dimostrare quanto fosse necessaria la razionalità rivoluzionaria al posto dell'irrazionale euforia anarchica. Ma le implicazioni sono complesse e multiple. Si può interpretare il dramma come una parabola sulla doppiezza sessuale e la intercambiabilità dei ruoli. Oppure come una favola crudele sulla divisione tragica fra dovere e amore, fra le ragioni del cuore e quelle dell'intelligenza.

L'effetto che se ne ricava è comunque una travolgente "simpatia" per la forza dell'"idiozia", alla Myškin, di Shen Te. "Il saggio non è che un fanciullo / che si duole di essere cresciuto", scrive Cardarelli in una sua bella poesia.

Tu certo ancora non ti duoli di essere cresciuta e di continuare a crescere, cara Flavia. Sarai più saggia di chi invece se ne duole? Ma "il saggio è colui che si stupisce di tutto" dice Goethe. Come l'idiota Myškin e come Shen Te. Ma quali sono i limiti fra lo stupore e la dissipazione? fra lo stupore e il farsi mangiare dagli altri? fra la meraviglia e la perdita di sé?

un bacio

da Vera

8 aprile 1995

Cara Flavia,

avevo deciso di non scriverti più. E invece eccomi di nuovo qui. Il fatto è che tuo zio Edoardo mi ha raccontato che hai imparato a "fare l'orto" e questo mi ha dato voglia di rivolgermi ancora a te.

La tenacia di tuo zio nel mantenere in piedi questa amicizia post-amorosa è commovente. Viene a trovarmi qui in montagna portandosi dietro il suo arco (lo sapevi che adesso gli è presa la mania di tirare le frecce al vento?), il suo parapendio, il suo violino e mi parla di te come se fossi dietro l'angolo e dovessi apparire da un momento all'altro col tuo cappelletto rosso ciliegia in testa.

Mi ha detto che hai piantato dei fagioli in un orticello circondato da ciottoli di mare. «Perché fagioli?» ho chiesto incuriosita. «Pare che una volta tu le abbia raccontato la storia di Fagiolino.»

Lì per lì non ricordavo affatto la storia di Fagiolino. Poi, mentre cucinavo ho sentito tuo zio dire: «Ma lo sai che ogni giorno corre a guardare se il fagiolo è cresciuto», e mi sono ricordata la vicenda del bambino che pianta un fagiolo nel giardino di casa e dopo pochi giorni vede sbucare un germoglio grosso e robusto che comincia a crescere, a crescere: prima una piantina, poi un alberello, infine un tronco che in poche settimane arriva al tetto di casa, quindi lo supera, giunge all'altezza del campanile, supera anche quello e piano piano riesce a lambire le nuvole per poi sparire fra le stelle.

Fagiolino, affascinato da quella prorompente manifestazione di vitalità vegetale, decide di arrampicarsi sull'albero del fagiolo per andare a vedere dove arrivano le foglie dei rami più alti. E cosa vede?

Ma tu la conosci bene la storia di Fagiolino che io trasformavo in Fagiolina: era una fonte di succulente sorprese quando ero bambina. Era mia madre che me le raccontava, con la sua bella bocca di geranio, le avventure dell'intrepido Fagiolino. E sulle nuvole "a pecorelle" si trovavano ogni volta cose diverse: un bosco di fagioli giganti in cui vivevano dei bambini tutti verdi, oppure una casa di cioccolato con le porte di biscotto e le finestre di zucchero, oppure un grosso orco che mangiava i bambini dopo averli arrostiti.

«Lo zio Edoardo non mi racconta mai una storia» dicevi tu risentita. Ma forse è assurdo pretenderlo. Lui ti parla, come fa tuo padre, prima di tutto con la musica e tu hai imparato a intendere quel linguaggio che ti è più familiare di ogni altro.

Tuo zio mi guarda in questi giorni con un poco di rimprovero. Forse mi considera troppo "guarita" dell'amore per lui. Ma si può guarire dall'amore come da una malattia? e prendendo quali medicine? Certe volte, sai, l'amore diventa una malattia crudelissima proprio nel momento in cui senti la sua fine. Nel momento in cui sai che incombe la separazione. Allora puoi essere preso da una furia disperata, per cui ti aggrappi al corpo conosciuto e saresti capace di distruggerlo pur di non perderlo. Sono quelli i momenti in cui la gelosia si fa più rabbiosa e il dolore rimbomba sotto le volte della mente.

Se pensi che per un anno intero ho sognato di incontrarlo per caso, tuo zio, essendomi proibita di vederlo. «Ah, sei tu, ciao», come se niente fosse. «Ciao, che ci fai da queste parti?» «Così, passavo.» «Ah, e stai bene?» «Io sì, e tu?» Questa stupida conversazione me la ripetevo tante volte, di nuovo e di nuovo come sperando che, a furia di ripeterla, si potesse avverare.

Eppure sono stata io a decidere per il no quando i sensi dicevano ancora di sì. Ma quel ramo su cui avevamo amoreggiato, si era improvvisamente popolato e io sentivo che non avrebbe retto. C'erano stati degli scricchiolii sinistri che né lui né io avevamo voluto ascoltare. Ma soprattutto erano le dolcissime menzogne del magico pifferaio che mi inquietavano.

Si possono amare due persone contemporaneamente? E tre? Se lo chiedono in tanti. E qualcuno risponde che sì, è possibile, anzi auspicabile in un vero regime di libertà dei sensi e dei sentimenti. C'è qualcosa di leggero, dicono, di sacro, di felice, di imprevedibile in un amore ramificato e in quanto tale veramente "umano". Mentre amare una persona sola porterebbe dolori, rischi, perdite e dipendenze devastanti. Che ne dici?

Ma questo discorso mi sembra di averlo già sentito. Forse da tuo padre, l'uomo delle eterne disalleanze, l'uomo dalle incertezze sentimentali fatte istituzione. Oppure l'ho sentito da quel bel giovanotto dalle piume sul cappello che quando canta mi fa andare in brodo di giuggiole. Sto parlando di Don Giovanni, quello messo in scena da Mozart, con le parole di Da Ponte e la voce di Fischer Dieskau.

Dopo avere fatto pace con Leporello in seguito ad una rissa in cui il servo le ha prese per conto del padrone, Don Giovanni cerca di convincere il giovanotto a seguirlo in altre spedizioni amorose. Sì, risponde Leporello "purché lasciam le donne".

"Lasciar le donne?" ribatte inviperito Don Giovanni, "pazzo / sai ch'elle per me / son necessarie più del pan che mangio / più dell'aria che spiro?"

"E avete core d'ingannarle tutte" replica con saviezza il giovane servo. Al che Don Giovanni risponde con un'aria bellissima: "È tutto amore" e la sua voce si fa dolce e inquieta e assolutamente amabile. "Chi a una sola è fedele / verso l'altre è crudele" dice con logica indiscutibile. "Io, che in me sento / sì esteso sentimento / vo' bene a tutte quante. / Le donne poi, che calcolar non sanno, / il mio buon natural / chiamano inganno."

Leporello, che non rinuncia, per bocca dell'autore, a ironizzare sulle "donnesche imprese" del suo padrone, commenta sarcastico: "Non ho veduto mai / naturale più vasto e più benigno".

L'altro giorno, rimasta sola in casa, sai che ho fatto? una cosa che sognavo da tempo: ho inserito nel lettore compatto il disco di *Don Giovanni* e, con il libretto in mano, ho cantato sulle voci registrate, tutta l'opera. Alla fine ero senza voce ma piena di allegria: l'italiano di Da Ponte mi dà una gran gioia.

La stessa sera mi è capitato di ascoltare alla radio il *Rigoletto*, che pure è un'opera che amo molto. Ma che pena quella lingua artefatta e involuta! Come è potuto succedere, mi chiedevo, che un italiano così bello e rotondo, chiaro e gioioso, si sia trasformato, in poco più di un secolo, in una lingua opaca, inespressiva, pomposa?

"Odio a voi cortigiani schernitori! Quanta in mordervi ho gioia! / Se iniquo son, per cagion vostra e solo. / Ma in altr'uomo qui mi cangio! / Quel vecchio maledivami. Tal pensiero / perché conturba ognor la mente mia?"... Se non fosse per la meravigliosa musica che accompagna queste parole, tanto da farle dimenticare, sembrerebbero solo grottesche.

E ancora: "Voi sospirate. Che v'ange tanto? / Lo dite a questa povera figlia / Se v'ha mistero, per lei sia franto / Ch'ella conosca la sua famiglia"... E così via con l'enfasi, l'artificio e la pesantezza di una lingua priva di sensualità e di grazia. Cosa è successo in meno di cento anni per trasformare una lingua razionale e ironica in un groviglio di manierismi? E la lingua nazionale che parliamo oggi quanto è influenzata dalle affettazioni care a Piave?

"Alfin siam liberati, / Zerlinetta gentil, / da quel scioccone" dice

Don Giovanni alla bella giovane sposa che è intento a conquistare, "Che ne dite, ben mio, so far pulito?" E in quel "so far pulito" c'è tutta la disinvoltura, la semplicità di un italiano senza fronzoli e senza pretese, letterario e quotidiano nello stesso tempo. È una frase del Settecento che suona svelta e moderna. Mentre l'Ottocento suona datato, vecchio, roboante.

Ma siccome una scelta linguistica rivela anche una disposizione critica della psicologia, basta analizzare un breve pezzo dell'opera per rendersi conto del realismo (nel senso di capire le ragioni del qui e dell'oggi, dei sensi e della natura, dell'intelligenza e dei rapporti umani) di Da Ponte e di Mozart.

Zerlina infatti risponde, sorpresa da quell'ardimento che ha qualche parentela con l'arroganza: "Signore, è mio marito!".

"Chi? colui?" ribatte Don Giovanni e la sua ipocrisia è vistosamente messa in evidenza. Il bel signore sa benissimo di essere capitato in mezzo ad un matrimonio: ha visto lo sposo ed è perfettamente consapevole che chi gli sta di fronte è la giovane sposa. Ma, con ribalderia di aristocratico abituato a ottenere quello che vuole, insiste subdolo: "Vi par che un onest'uomo, / un nobil cavalier com'io mi vanto, / possa soffrir che quel visetto d'oro, / quel viso inzuccherato / da un bifolcaccio vil sia strapazzato?".

È raro trovare un uso dei diminutivi più gioioso e incantevole: "que' labretti sì belli", "quelle ditucce candide e odorose", "quel visetto inzuccherato" vogliono legare la smania d'amore a un gioco infantile; quel tipo di gioco malandrino e bambinesco a cui Mozart stesso si affidava realmente nella vita di tutti i giorni, con la moglie ragazzina.

Il diminutivo nella lingua di Da Ponte-Mozart, non è mai manierato ma introduce nel regno delle minuzie senza affettazioni. Come mai, viene da chiedersi, è così difficile oggi adoperare i diminutivi senza cadere nella leziosaggine? Probabilmente perché allora, paradossalmente, il regno delle minuzie bambinesche non era considerato diverso e quindi inaccessibile se non per mimesi passiva. Il mondo dell'infanzia non era visto come un pianeta a sé, con la sua psicologia "straniera" e la sua cultura da interpretare. I bambini erano ritenuti semplicemente dei grandi "piccoli" e non si pensava che per accedere al loro linguaggio si dovesse "recitare una parte" come si fa adesso.

Le donne potevano inserirsi in questo universo delle minuzie, come potevano starne fuori, dipendeva dalla loro voglia di partecipare al gioco erotico.

Ma torniamo a Don Giovanni che sta cercando di sedurre la giovane sposa Zerlina. Egli sa che nella società piramidale in cui vive, chiunque stia in basso aspira a salire verso la zona privilegiata in cui si trovano i nobili. Ha capito che Zerlina è inquieta e perciò punterà sulla sua ambizione sociale più che su un bisogno di denaro come avrebbe fatto con un'altra popolana. Varie volte le ripete: "Io cangerò tua sorte".

"Ma, signore, io gli diedi / parola di sposarlo" ribatte Zerlina con la logica candida di una contadina che conosce il valore dei patti sociali.

"Tal parola / non vale uno zero. Voi non siete fatta / per essere paesana: un'altra sorte / vi procuran quegli occhi bricconcelli / que' labretti sì belli [...] parmi toccar giuncata e fiutar rose."

"Giuncata" e "rose" introducono nel mondo delle delizie dei sensi. Zerlina comincia a pensare che a volte la bellezza può vincere sui pregiudizi di classe. Ma pure è incerta, perché non si fida. "Non vorrei" dice. "Che non vorresti?" la incalza Don Giovanni che ha fretta. "Alfine / ingannata restar" precisa onestamente Zerlina: "Io so che raro / colle donne voi altri cavalieri / siete onesti e sinceri".

Fra le ragazze che si curvano sulle zolle è passata la novella che i cavalieri sono spesso ingannatori. Ma Don Giovanni sa che ogni lusinga appare nuova e diversa e che una giovane ragazza ama illudersi di potere superare tutti gli ostacoli con la sua avvenenza che è certamente diversa e speciale, perché non credergli? Perciò Don Giovanni insiste, spudorato: "È un'impostura / della gente plebea. La nobiltà / ha dipinta negli occhi l'onestà". E qui si sente tutto il peso dell'ironia di un uomo "illuminato", Da Ponte (accanto a lui, complice e fratello Mozart) che sapeva riconoscere la ribalderia padronale senza per questo farsi illusioni sulle "innate virtù" del popolo, perfettamente consapevole di quanto gli uni e gli altri fossero spinti da interessi e passioni spesso cieche e feroci.

Se dobbiamo fingere, facciamolo fino in fondo, sembra dirsi Don Giovanni mettendo a tacere qualsiasi scrupolo da galantuomo. E la recita continua: "Orsù, non perdiam tempo; in questo istante / io ti voglio sposar".

"Voi!" grida Zerlina incredula. "Certo, io" risponde lui sicuro e immediatamente appoggia su quel verbo "sposar" tutto il peso della sua magnificenza padronale: "Quel casinetto è mio: soli saremo, / e là, gioiello mio, ci sposeremo".

Zerlina, come si sa, tentenna ancora, "vuole e disvuole" come direbbe Benedetto Croce. Ma infine acconsente. E proprio in quel momento, con una inopportunità che Don Giovanni commenterà così: "Mi par ch'oggi il demonio si diverta / d'opporsi ai miei piacevoli progressi", entra Donna Elvira.

"Fermati scellerato! / Il ciel mi fece / udir le tue perfidie. Io sono a tempo / di salvar questa misera innocente."

Da Ponte osserva con occhio divertito tutta la scena. Donna Elvira si muove con il furore di un amore oltraggiato ma è presa in giro, seppure blandamente, per la sua irruenza emotiva. Non ha la luttuosa maestà di Donna Anna, di fronte al cui dolore non c'è disprezzo o dileggio ma delicato rispetto.

Donna Elvira è passionale, roboante e un poco ridicola. "Salvar questa misera innocente / dal tuo barbaro / artiglio" suona francamente eccessivo e retorico.

Al che Don Giovanni, con poco tatto ma molta voglia di riportarla alla ragione, le chiede di farsi complice: "Idol mio, non vedete / ch'io voglio divertirmi?". Come a dire: lascia che io mi prenda questa soddisfazione, poi tornerò da te. Ma sbaglia perché Donna Elvira non è donna da strizzate d'occhio complici. Infatti subito insorge, più rabbiosa di prima: "Divertirti, / è vero divertirti... Io so, crudele / come tu ti diverti" e qui nel dolore diventa più umana, più semplice anche nel linguaggio.

In tutto questo tempo Zerlina è rimasta ad ascoltare, sorpresa e perplessa. Capisce l'essenziale: che un'altra donna aspira all'amore di quel "cavaliero" e che lo accusa di averla tradita. "Ma, signor cavaliere / è vero quel ch'ella dice?"

Cosa può fare il povero Don Giovanni se non inventarsi un altro trucco? "La povera infelice" dice con tono di commiserazione "è di me innamorata, / e per pietà deggio fingere amore, / ch'io son, per mia disgrazia, uom di buon core."

Ma Don Giovanni, ci dice Da Ponte, "uom di buon core" non è, tanto è vero che si è intrufolato nella casa di Donna Anna con l'inganno, ha cercato di violentarla e quando, alle grida di lei, è sopraggiunto il padre, l'ha ucciso, sebbene fosse un uomo anziano che si difendeva a fatica. Tanto è vero che usa sistematicamente l'inganno, la menzogna per ottenere quello che vuole. Ma cosa vuole Don Giovanni? Divertirsi dando la caccia alle donne.

Ma come tutti i cacciatori non dà nessuna importanza a quello che pensano e soffrono le prede da impallinare.

Insomma perché tanta passione per il *Don Giovanni*? mi chiederai tu che molte volte mi hai sentito canticchiare le arie di Mozart a mezza voce. È probabile che il segreto di questa predilezione stia nel mio amore infantile per mio padre: il primo delizioso amabile Don Giovanni che si sia affacciato alla mia immaginazione aurorale.

Entrava dalla porta con le sue lunghe gambe calzate di rosso e usciva dalla finestra dopo essersi calzato in testa un cappello di feltro morbido sormontato da una splendida e fluttuante piuma bianca. E da bambina rimanevo lì, basita, a guardarlo. Soffrivo dei suoi tumultuosi e molteplici amori, ma nello stesso tempo ne ero orgogliosa perché erano il segno della sua evidente amabilità.

Tuo zio ha qualcosa di mio padre? Forse. I primi segni tracciati da un padre nel cuore tenero di una figlia bambina tornano a farsi vivi ad ogni svolta della sua vita.

Eppure è così dolce di natura tuo zio e la dolcezza, non c'è dubbio, è il carattere che più m'incanta in un uomo. Qualcuno pensa che la dolcezza sia una qualità tipica delle donne e quindi non augurabile per un uomo. Nella testa di costoro la dolcezza è sinonimo di debolezza, quindi desiderare un uomo "dolce" significherebbe volerlo debole, fiacco, passivo. Ma sono idiozie. Perché la forza si accompagna sempre ad una forma di serenità e dolcezza. Solo gli uomini fragili, impauriti, sono aggressivi, violenti, prepotenti e assertivi. Un uomo non nevrotico né infelice sarà aperto agli altri, disponibile, gentile, e se vorrà affermarsi lo farà attraverso la conquista del prestigio e non attraverso l'imposizione e la brutalità.

L'altro giorno, sai, tuo zio Edoardo e io siamo andati a funghi. Piovigginava e abbiamo gironzolato fra boschi e prati con gli ombrelli aperti. «È buono questo?» mi chiedeva lui dolcemente chinandosi a staccare dal terreno bagnato un curioso cappello vegetale dalla tesa lucida e vischiosa. Si fida di me tuo zio, perché sono anni che vado a funghi, perché consulto continuamente i miei libri di micologia.

La mia è una passione che riguarda tutte le attività di ricerca e raccolta, la *cueillette* come viene chiamata nei libri di antropologia. Le donne sono sempre state addette alla raccolta dei cibi, è una esperienza che sta nella nostra memoria storica. Se chiudi gli occhi puoi vederle le tante donne delle lontane epoche passate, vestite di un solo straccetto legato alla vita, con i figli a cavalcioni sul fianco o sulla schiena, che camminano e camminano scalze con gli occhi fissi al suolo cercando funghi, erbe medicinali, bacche, lombrichi, licheni.

La ricerca non è soltanto funzionale a ciò che si sta cercando; la ricerca contiene in se stessa la ricompensa della sua fatica. La ricerca è infatti un atto di sensuale intelligenza che spinge la fantasia a concentrarsi sul linguaggio complesso della natura, discernendo un'erba da un'altra, un terreno da un altro, un sasso da un altro, ripercorrendo gli itinerari di una logica ferrea anche se continuamente in mutazione.

«E se fosse velenoso?» mi chiede tuo zio sollevando gli occhi allargati dal dubbio. «L'unico modo per non rimanere vittima del veleno è conoscerli, i funghi.» «Ma sono così simili gli uni agli altri.» «Infatti, bisogna saperli distinguere.»

La dolcezza di tuo zio si può appannare, ma il suo "buon core" traspare da ogni gesto che fa. Anche quello di chinarsi paterno su un fungo dal gambo tozzo e il cappello di un giallo stellato, splendente.

Per quanto si conoscano i funghi si possono sempre avere dei dubbi. L'inganno è continuamente ripetuto. Un gioco che non potrebbe mostrarsi più crudele e lusinghiero: ogni fungo ha il suo doppio mortale che si distingue da quello mangereccio per un particolare a volte insignificante, ingannevole. Il prataiolo, per esempio, che è il più umile e il più comune dei funghi, così innocente e candido, col suo cappelletto bianco, tondo, le sue delicate lamelle rosa, può essere scambiato per un suo cugino del tutto simile, solo che ha la tendenza a tingersi di giallo sul gambo. Un boccone della *Psalliota Xanthoderma* può provocare una intossicazione da cui si guarirà a fatica.

Eppure il pericolo non tiene lontani i golosi, gli innamorati di quella carne profumata. I libri parlano degli odori più strani: di fenolo, di alga, di inchiostro, di farina, di acido fenico, di terriccio, di anice, di miele, di acqua, di gesso; c'è persino un fungo che ha odore di sangue mestruale: quando lo si tocca, il *Lactarius sanguifluus*, questo è il suo nome, emette delle gocce rosse che macchiano le dita.

Ma cosa spinge le persone a mangiare un frutto della terra così ambiguo e pericoloso per cui ogni anno si registrano centinaia di avvelenamenti e intossicazioni?

Forse la promessa di viaggi enigmatici in mondi sconosciuti. Molti allucinogeni sono di origine fungina. E in letteratura tante avventure cominciano col morso di un fungo. Alice, fra le molte, non entra nel mondo della metamorfosi mangiando un fungo?

Per me la ricerca dei funghi fa parte di quella memoria femminile che è entrata nel mio bagaglio sapienziale come un talento innato: cercare, studiare, cogliere, mettere da parte, cucinare, trasformare, accudire, cibare.

Mi chiedo se la passione per la caccia non sia in qualche modo il parente maschile dell'amore per la *cueillette*. Solo che la caccia non acquista consistenza se non è accompagnata dal rito del sangue e del dolore inflitto. Si tratta solo di una differenza storica o anche naturale?

Ma quante domande, mi dirai, sei peggio di Flavia che quando aveva sei anni tempestava la conversazione di interrogativi: perché questo e perché quello.

Tu stai crescendo con una tale rapidità, Flavia, che io non so più a chi sto parlando. Non so nemmeno se quella bambina sia semplicemente una parte di me che si affaccia timidamente ai bordi della memoria di un corpo che invecchia.

Noi appariamo agli altri con una sola immagine, limitativa e parziale. Mentre nel nostro corpo le varie età convivono senza ordine, la bambina con l'anziana, il giovinetto con l'uomo maturo. Siamo una folla, come diceva Pessoa, e un solo nome ci sta stretto.

C'è un quadro, nel museo del Prado, se ricordo bene, che si chiama *La fontana della eterna giovinezza*. Un quadro ampio, dai colori liquidi, in cui tanti corpi, in un brulichio di bianchi e di rosa, si immergono dentro le acque di una fontana miracolosa e ne escono ringiovaniti.

La memoria ha le virtù di quella fontana. Chi vi si immerge ne esce rivitalizzato. E certamente le storie, i romanzi sono fatti di quell'acqua miracolosa che ci permette di ringiovanire. Scriverli, ma anche leggerli. Io sono una lettrice appassionata. E mi sembra che solo attraverso la lettura riesco a "vedere" al di là delle immagini che si vendono a giornata. Quando riusciamo ad andare oltre lo stereotipo scopriamo che le pupille della persona osservata sono gremite di storie non raccontate, che la sua pelle conserva l'odore del latte materno, che le sue mani, per quanto vizze, sono percorse dallo spirito del rinnovamento.

Ricordati ogni tanto, cara Flavia, che siamo state amiche, anche se di età così diverse e abbiamo appartenuto, per un tempo breve ma intenso, alla stessa stravagante famiglia.

Con tenerezza

tua
Vera

COLOMBA

[2004]

Se questo è sogno,
sospendimi la memoria;
come possono in un sogno
accadere tante cose?

Calderón de la Barca
La vita è sogno

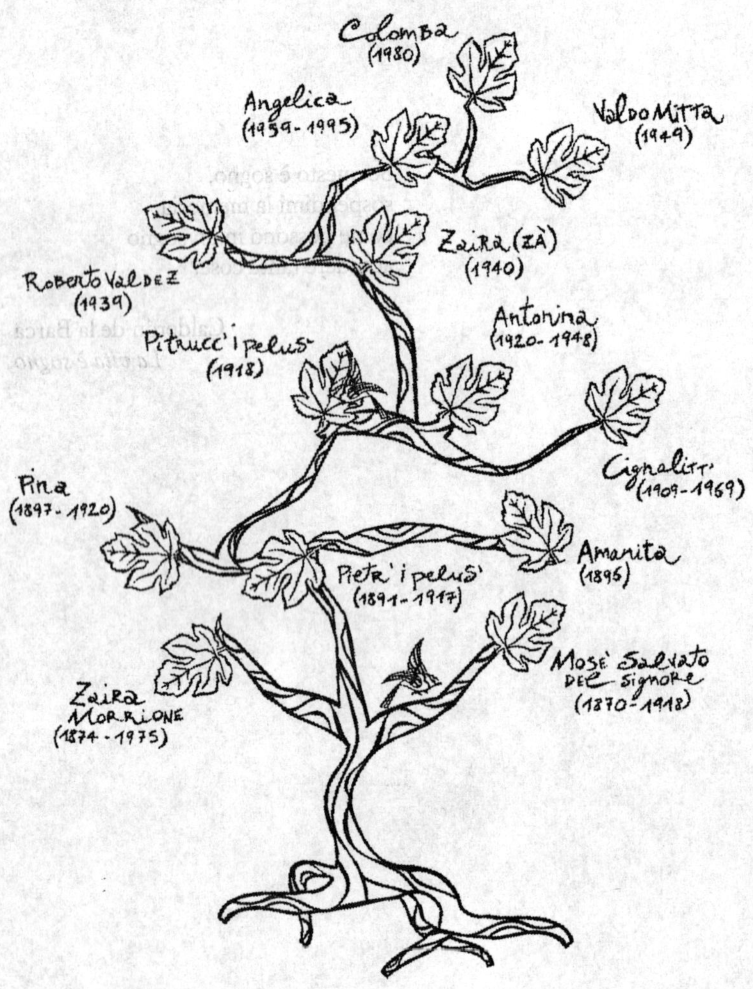

Disegno di Gianluca Costantini

Quando le chiedono come nasce un suo romanzo, la donna dai capelli corti risponde che tutto comincia con un personaggio che bussa alla sua porta. Lei apre. Il personaggio entra, si siede. Lei prepara un caffè; qualche volta ci saranno pure dei biscotti appena fatti o del pane e burro con un poco di sale spruzzato sopra, per chi preferisce il salato al dolce. Il personaggio berrà il caffè che gli viene offerto. Sgranocchierà un biscotto o due. Alcuni fra di loro timidamente dicono di preferire un tè a quell'ora del pomeriggio e vorrebbero assaggiare quella marmellata di albicocche per cui è conosciuta fra gli amici. L'autrice preparerà un tè che potrà essere alla menta, o al gelsomino, con il limone o col latte, secondo i gusti. Aprirà il barattolo della marmellata di albicocche e ci infilerà dentro un cucchiaio perché il visitatore si serva a suo piacere. Il personaggio sorbirà il tè, guardandosi intorno e poi racconterà la sua storia. Qualcuno pretenderà di accendersi una sigaretta. E la donna dai capelli corti, per non essere sgarbata con l'ospite, si limiterà ad allontanare la sedia o ad aprire un poco la finestra.

Dopo avere bevuto, mangiato e raccontato le sue vicende, il personaggio di solito saluta e se ne va. La donna dai capelli corti lo contempla mentre si dilegua, con una precoce nostalgia per la sua lontananza. Ma qualcosa non ha quagliato in quell'incontro e lei si limiterà a pensare: peccato, avrei potuto conoscerlo meglio! Non ne farà una malattia.

Se invece il personaggio in visita, finito di bere il suo tè, di mangiare il suo pane e burro e la sua marmellata di albicocche, la pregherà di poter restare ancora un poco; se, essendosi sgranchito le gambe camminando per la stanza, le chiederà un divano su cui distendersi; e se, avendo riposato una mezz'ora, pretenderà un bicchiere d'acqua fresca e poi riprenderà a narrarle i dettagli della sua storia; e se verso le nove di sera troverà naturale cenare al suo tavolo, e quindi, dopo avere diviso con lei un piatto di spaghetti all'olio e parmigiano, avere bevuto un bicchiere di vino rosso e avere sbucciato e rosicchiato una mela, le chiederà anche un letto per dormire, be', vuol dire che quel personaggio si è accampato stabilmente nella casa della sua immaginazione e non intende andare via. La mattina dopo infatti reclamerà una tazza di latte e caffè, del pane spalmato di quella marmellata che piace tanto agli amici, forse perché non è troppo dolce e ha un sapore delicato di albicocche e ginepro. Continuerà a narrarle i particolari di una storia che diventerà man mano più complicata e dettagliata. A questo punto sarà chiaro che è venuto il momento di scrivere un nuovo romanzo.

Un personaggio ha bussato alla porta della donna dai capelli corti. Ha battuto le nocche timidamente, è entrato senza fare rumore. È una montanara vestita modestamente. Ai piedi porta scarponcini robusti. Si è seduta sulla punta della sedia ed è rimasta in silenzio, lasciando raffreddare il caffè davanti a sé. Sembrava imbarazzata e vergognosa ma determinata a restare. Poi lentamente, verso sera, dopo avere mandato giù una minestra e bevuto un bicchiere di vino, si è decisa a parlare. È impacciata perché pensa che la sua storia non sia interessante, che nessuno abbia voglia di ascoltarla.

Zaira, detta Zà, questo è il suo nome, si ritiene una persona anonima, comune e poi ha superato l'età delle eroine da romanzo. Ma allora cos'è che la spinge a infrangere lunghe abitudini di discrezione e silenzio per andare a battere alla porta di una romanziera? Da timida e impacciata qual è, diventa decisa e intraprendente quando si tratta di sua nipote Colomba, detta 'Mbina. L'ha tirata su come una figlia, spiega precipitosa e ora è sparita. La faccia le si contrae come quella di una bertuccia quando pronuncia la parola sparita. Come sparita? Sparita, sparita, non sa dove sia andata e con chi e perché, o se sia morta o viva. Ma l'espressione poco rassegnata suggerisce che spera di ritrovarla viva. E dopo avere provato tante strade, le è venuto in mente di chiedere aiuto a una romanziera per rinvenire le tracce della nipote perduta. Tutti pensano che sia morta nelle vicinanze del suo paese, fra le montagne abruzzesi. Ma lei no. Ed è certa che l'autrice le darà una mano nella sua ricerca.

La narratrice le spiega con garbo che non se la sente di raccontare la vicenda, molto comune a dire il vero, di questa Colomba che è scomparsa di casa. Altre storie stanno srotolandosi nella sua immaginazione. Per esempio quella di una madre che cerca di rendere appetibile la memoria adulta raccontando a una figlia bambina di donne e di uomini vissuti in altri tempi. Può una madre nascondersi dietro le favole, per trattare dei grandi temi del vivere con una figlia curiosa e appassionata di trame, anche le più sconclusionate?

Che se ne torni a casa, Zaira, e si tenga la storia di Colomba detta 'Mbina, a lei non interessa, dice la donna dai capelli corti un poco bruscamente, spingendo il personaggio fuori dalla porta.

Quella stessa notte la scrittrice sogna di infilarsi gli scarponi che ha visto addosso alla visitatrice e di inoltrarsi nel bosco dell'Ermellina per cercare una ragazza scomparsa, lasciando una bicicletta bianca e blu sul margine della foresta. Nel sogno stesso si sorprende: non l'aveva cacciato quel personaggio un poco scialbo, impacciato e prevedibile? Eppure ora quella donna si trova lì nel suo sogno e si muove con una sicurezza che non le compete. Chi le ha dato questo ardimento?

È curioso che il corpo, senza curarsi della volontà che lo abita, stia immaginando di prendere le sembianze di un personaggio da lei giudicato poco interessante. Che bel garbuglio! Sigismondo non si era trovato in condizioni più difficili. Quante volte l'aveva portato con sé quel libro sdrucito di Calderón de la Barca, in treno, in autobus, in tram, negli anni dell'adolescenza? Seduta in mezzo alla gente, si dimenticava di non essere sola. Quel processo di dissolvimento apparente, lo sapeva, significava essere "presa d'incantamento". Ma era Sigismondo, il principe dalla doppia vita, quel pallido cavernicolo prigioniero di una volontà non sua, a incuriosirla? Ed era un vago senso di identificazione che la avvicinava al giovanotto polacco, chiuso dentro un tugurio, a vagheggiare platonicamente un palazzo luminoso, un giardino tutto fiori e acque correnti? Il sogno che Sigismondo fa ripercorrendo le grandi sale accoglienti del palazzo paterno, cos'è, esperienza o desiderio? I sensi del ragazzo sono lacerati dalla consapevolezza di una perdita irrimediabile. Una perdita legata al ricordo di una proprietà mai sicuramente posseduta. Eppure quella proprietà esiste, ed è il mondo intero, qualcosa di solare e di inebriante che gli spetta di diritto. Tutto sembra tornare su se stesso come lo strazio di un tempo che non sa andare né avanti né indietro. Ma le passioni di un principe pallido e tormentato, che scambia continuamente la realtà della prigionia con un ricordo non troppo certo di un giardino sorridente e carezzevole, non sono molto simili alla sorte dello scrittore?

"Colomba Mitta è scomparsa da casa la mattina del 2 giugno" è scritto su un ritaglio dell'*Eco della Marsica* che Zaira le fa trovare sul tavolo. "La ragazza che vive a Touta con la nonna, ha ventidue anni. La sua camera è stata trovata in ordine: il letto rifatto, le pantofole allineate sul tappetino davanti alla porta, gli asciugamani umidi stesi sul davanzale, un libro di micologia posato sul comodino. In cucina, una tazzina di caffè ancora piena. Il barattolo dello zucchero dal coperchio appena svitato e il cucchiaino colmo, come se stesse per addolcire il caffè. Ma quel cucchiaino non è mai arrivato alla tazza. La borsa, con i soldi, i documenti, il cellulare e la patente, è rimasta sul comò dell'ingresso. Aveva indosso un paio di pantaloni marrone e una maglia rosa. Allacciato alla vita un K-way color turchino, così è stata vista da G'vanitt' il pastore che l'ha osservata mentre montava di corsa sulla bicicletta e correva pedalando verso la montagna.

"La nonna, Zaira Bigoncia, ha raccontato di essersi alzata alle otto, di essere entrata in cucina e di avere trovato il caffè ancora caldo nella tazzina, la sedia smossa e due biscotti sbriciolati sul tavolo. Ha pensato che la nipote fosse tornata in camera e istintivamente ha posato il piattino sulla tazza, per tenere in caldo il caffè. Poi è andata in bagno. Quando è uscita, un quarto d'ora più tardi, ha notato che la tazzina del caffè era sempre allo stesso posto, con il piattino posato sopra. Allora si è precipitata nella camera della ragazza, ma l'ha trovata vuota. Ha pensato che si fosse allontanata in fretta senza prendere il caffè. Capitava a volte che fosse in ritardo per il lavoro e corresse via in bicicletta senza neanche salutarla. Aveva subito telefonato all'ufficio delle Poste, per sentirsi dire che lì non era arrivata. Aveva aspettato ancora un'altra mezz'ora e poi aveva ritelefonato. Ma di Colomba non c'era traccia. Eppure ci vogliono solo dieci minuti di bicicletta per andare da casa all'ufficio delle Poste."

Le mani sulla tastiera. I piedi appoggiati su uno sgabelletto, la donna dai capelli corti si chiede se scrivere sia un modo di indagare, come le suggerisce Zaira. Oppure una medicina, come le ha spiegato una volta una ragazzina, porgendole una busta di poesie: «Io scrivendo mi guarisco». Una adolescente sui quindici, sedici anni. Da cosa vorrà guarire? da un male d'amore? da una scontentezza familiare? da un cattivo rapporto col sonno? Le è sembrato che la guardasse con curiosità vogliosa: come se desiderasse aprirle il cervello fatto a noce, per capire che tipo di gheriglio vi si nasconda.

Un pensionato invece, una volta le ha annunciato – sempre mettendole in mano un manoscritto sgualcito perché gli desse uno sguardo da esperta – che si scrive solo quando si è appagati, «come chiusi dentro un giardino delle delizie», aveva concluso contento.

La parola giardino la sorprende, come una voglia di evasione di fronte alle foreste austere che le stanno davanti agli occhi: boschi che si sovrappongono ad altri boschi in una sequenza di cime azzurre e verdi che suggeriscono l'indecifrabilità di un paesaggio montano.

Il giardino come rassicurazione? La letteratura ne ha fatto un luogo di sensualità e mistero. Ci sono tanti giardini chiusi fra mura impenetrabili nelle *Mille e una notte* e in quei giardini si compiono le più straordinarie avventure: scambi di persona, amori capovolti, presentimenti, rivelazioni, incontri attesi, incontri inaspettati, amori infelici, amori ricambiati.

Eppure, per la cronaca, oggi la parola giardino ha preso un significato più sinistro: fantasticando di una oasi felice in cui i fiumi sono di latte e i frutti crescono spontanei e profumati, in cui settantasette vergini danzano al suono di un flauto sublime, alcuni ragazzi musulmani vanno a farsi saltare in aria con la cintura imbottita di esplosivo, nascosta sotto una normale camicia di cotone appena lavata e stirata. Non si curano che il loro corpo venga straziato e fatto a pezzi, pur di potere straziare e fare a pezzi altri corpi, nemici della loro religione.

Negli ultimi tempi sono aumentate le ragazze che vanno a farsi saltare per aria. Due mani di madre amorosa legano attorno alla vita di una figlia prescelta da Dio la cintura carica di tritolo e così bardata, con un velo nero che le copre i capelli e una parte della fronte, la ragazza andrà sicura e decisa, ottimista e solenne, a uccidere tanti innocenti, immolando se stessa sull'altare del fanatismo religioso.

Ma come saranno compensate una volta entrate nei giardini delle delizie queste donne eroiche? cosa succederà delle settantasette vergini? volteranno loro la schiena? o dal fondo di un boschetto sbucheranno seducenti settantasette giovanotti dai fianchi stretti, le braccia lunghe e gli occhi dolci e sognanti? oppure ancora una volta scopriranno, anche da morte, che il loro è un destino di silenzi e di desideri destinati a marcire nel cuore?

Quando meno se lo aspetta, il personaggio Zaira le fa trovare sul tavolo da lavoro, fra le carte, una fotografia, una lettera. Questa volta si tratta di un ritratto in bianco e nero che rappresenta una coppia. Lui vestito da sposo con un incongruo berretto da ferroviere ben calcato in testa, i baffi folti, un ombrello chiuso, puntato contro il pavimento. Lei, il braccio infilato in quello dello sposo, indossa un vestito lungo, scuro, porta due orecchini d'oro che ciondolano, un colletto ricamato le si apre discreto e modesto su un collo largo e corto. I capelli sono tirati all'indietro. Nella mano destra tiene una rosa, sollevata goffamente all'altezza del seno. Dietro di loro si intravede una tenda scura drappeggiata ad arte. Si capisce che sono in posa presso un fotografo e non sono usi a essere ritratti. Lui ha una faccia larga, severa, lei sembra sbalordita. Tiene lo sguardo fisso sulla macchina, la bocca appena imbronciata. Avrà sì e no sedici anni. Lui sembra di poco più vecchio, ma non supererà i venticinque anni.

«Questo è il pastore abruzzese che ha dato origine alla nostra famiglia» spiega il personaggio Zaira con voce suadente, «ho raccolto carte, lettere, fotografie: per lo meno a questo mi è servita la scomparsa di Colomba, a conoscere meglio la mia famiglia di cui mi ero poco curata fino a ora. Dove cominciano le radici e quando? e come si rivelano quelle caratteristiche ripetitive che distinguono una famiglia dall'altra? Solo dopo avere perso 'Mbina ho preso a frugare tra le carte di casa che giacevano dimenticate in cantina. Non sono riuscita ad andare più lontano di questa fotografia. Il resto si perde nel nulla.»

Un personaggio diligente, commenta fra sé la donna dai capelli corti, un personaggio solerte che si è già guardato indietro con attenzione, senza aspettare che lo facesse l'autrice per lei. Nella voce ha qualcosa di morbido e ingenuo, nello stesso tempo di preciso e scrupoloso che le suscita qualche curiosità. Continua a dirsi: la vicenda di Zaira e la scomparsa di Colomba non mi interessano. Ma poi il suo orecchio, quasi istintivamente, si mette all'ascolto di quella voce, di quella storia, anche se i suoi pensieri girano in tondo riottosi.

«L'uomo col berretto da ferroviere è Mosè Del Signore, è stato abbandonato appena nato, nel 1870, sui gradini di una chiesa, come c'è scritto nelle carte. Per questo le suore salesiane di Avezzano l'hanno chiamato Mosè Salvato Del Signore. Era avvolto in un lenzuolino bianco e rideva da solo agitando i piedi sopra un cartone. Loro l'hanno raccolto amorevolmente e cresciuto nel convento. Lui ha sempre mostrato gratitudine per quelle sorelle ospitali e generose – salvo qualcuna che menava le mani, "i schiaffatone se sprecavene" – le chiamava le mie mamme; ne aveva cinque o sei, e quando sono morte gli hanno lasciato chi un ovetto d'argento, chi un rosario di madreperla, chi una madonnina di ceramica.

«Questa è sua moglie, Zaira Morrione. Di famiglia contadina, siciliana, è cresciuta sui monti delle Madonie. Aveva una bella voce, anche se era ignorante come una capra. Bravissima a mungere le pecore: le stringeva fra le ginocchia e le svuotava del loro latte cantando a squarciagola delle canzoni che capiva solo lei. Era abituata a svegliarsi alle quattro fin da piccola, nel minuscolo paese sulle montagne siciliane, quando ancora era buio. Il padre carabiniere era sempre in giro per lavoro. Il nonno, i cui figli maschi erano lontani, la caricava sul mulo e la portava con sé a pulire le fave dall'erba, a gettare il verderame sui quattro olivi che in tutto fornivano alla famiglia dieci bottiglie di olio all'anno. Il podere di San Giovanni Cuoruzzu, sulle pendici del monte Catuso, nel palermitano, era vasto ma pietroso e soprattutto molto lontano da casa: ci volevano tre ore di mulo per arrivarci. Il figlio grande del nonno, lo zio Calogero, era emigrato in Canada, l'altro figlio, Sasà, era partito militare e presto sarebbe tornato vestito da carabiniere; il penultimo, Antonino, era morto a dodici anni di tifo petecchiale, una figlia, Maria Carmela, si era sposata a quindici anni ed era andata ad abitare a Messina. In casa era rimasta solo questa nipotina di otto anni e così il vecchio se la portava dietro, facendola lavorare come un uomo.

«Zaira gli si era tanto affezionata che quando lui le diceva: Oggi te ne resti cu nonna c'haju a cchi fari in campagna, si offendeva. Le piaceva quel viaggio sull'asino, stare accanto al nonno anche se parlava poco e malvolentieri. *Avia nu sceccarieddu / ma veru saporitu / a mia me l'arrubaru / poveru sceccu meu*, cantava sottovoce lei per provocarlo e lui proseguiva: *Quannu cantava facia / hi ha hi ha hi ha / sceccarieddu de lu me core / comme iu t'aju a scurdà*. Così andavano di prima mattina cantando e respirando l'aria pungente delle montagne siciliane. Il nonno le insegnava a fare i nodi per legare il mulo all'albero in modo che non scappasse, le suggeriva di scavare per trovare l'acqua in torrentelli mezzo secchi, la istruiva a tirare con la fionda per ammazzare un piccione e poi spennarlo, pulirlo delle sue interiora e mangiarselo cotto sulle pietre. Era diventata brava a strappare le erbacce, a seminare le zucchine, i pomodori, a cogliere l'uva matura, a innestare i mandorli e gli ulivi. Andava a piedi nudi perché non c'erano i soldi per le scarpe. A mezzogiorno il nonno le dava da succhiare delle carrube e da bere un poco di acqua della bummula che aveva tenuta al fresco in una buca scavata nella terra umida. La sera rientravano sporchi, stanchi e affamati. Si sedevano alla tavola dove la nonna aveva preparato una focaccia fatta con acqua e farina. Ancora bollente, la copriva con una grossa fetta di lardo e quando c'erano le arance, mangiavano insalata di arance e cipolle, condite con un goccio d'olio.»

Come fa il suo personaggio a sapere tutte queste cose accadute fra la fine dell'Ottocento e i primi del Novecento, essendo nata nel 1940, come le ha detto più volte? Vorrebbe chiederglielo, ma Zaira la precede spiegandole che in quella famiglia povera e analfabeta, la sola cosa che funziona è la memoria. La vecchia Zaira, a cui l'affidava sua madre Antonina nei giorni di malattia e che lei credeva fosse solo un'amica di casa, non sapeva leggere ma ricordava ogni dettaglio della sua infanzia sulle Madonie e del proprio nonno Tanino Morrione, e della breve vita del figlio Pietr' i pelus', morto nella guerra del '15-'18 e della quasi nuora Amanita e del nipotino Pitrucc' i pelus'. Aveva raccontato ogni cosa alla piccola Zà e Zà aveva conservato in testa quelle storie che, come saprà più tardi, le appartenevano per diritto di famiglia.

Dopo cena, una volta che i piatti erano stati lavati e la cenere raccolta e il pavimento pulito e le bestie messe a dormire, il nonno e la nonna si ritiravano dietro la spessa tenda di lana grezza che divideva a metà l'unica stanza della casa. Recitavano a voce alta una preghiera alla Vergine e quindi si arrampicavano sul letto altissimo che scricchiolava a ogni movimento. Di solito si addormentavano immediatamente, tanto erano stanchi e sfiniti. Ma qualche volta il nonno stringeva a sé la moglie, nel buio più completo, e sbuffando e ansimando la montava come fosse una mula, incurante del materasso tutto bozze, gonfio di foglie di granturco che crocchiavano e scoppiettavano come un fuoco notturno. La bambina si tappava le orecchie. Per distrarsi tirava giù da sotto la trave del soffitto un sacchetto di bottoni e, seduta per terra, li spargeva sulla gonna tesa fra le gambe. Alla debole luce che penetrava dalla finestra osservava quei bottoni preziosi e si meravigliava: davanti ai suoi occhi sgranati rotolavano stelline di strass, cuori di madreperla, palline d'argento, piccoli cubi di cuoio, dischetti di velluto tempestati di lamelle argentate. Attorno al 1840, la nonna aveva fatto per un periodo la sarta da matrimonio e quelli erano i resti degli abiti delle spose. Con quei bottoni Zaira ci parlava, ci giocava fino a estenuarsi. Solo quando gli occhi le si chiudevano da soli, si alzava di malavoglia e raggiungeva i nonni dietro la tenda. Lì si stendeva sopra un materassino appoggiato per terra, contro il muro e si addormentava subito, per mettersi a sognare del cavallo Vizir, munito di grandi ali brune, che avrebbe portato lei e i suoi bottoni magici, per boschi e per gole, in paesi lontani e bellissimi, dove avrebbe conosciuto gente strana, che parlava una lingua incomprensibile e dove avrebbe fatto fortuna vendendo i suoi bottoni-gioiello e coi soldi avrebbe costruito una grande casa piena di archi e di terrazze per sé e per i nonni.

«Quel sacchetto di bottoni l'ha ereditato mio nonno Pietr' i pelus' e da lui è passato a mio padre Pitrucc' i pelus' che l'ha regalato ad Antonina prima di partire per l'Australia e Antonina l'ha dato a me. Anch'io ci ho giocato. Da qualche parte ce lo devo avere. Lo volete vedere?»

La narratrice scuote la testa. La storia dei bottoni le sembra stucchevole. Non riesce a provare vero interesse per questa donna dai denti forti e le guance rosate che la guarda fisso negli occhi con fare imperioso e umile nello stesso tempo. Una donna non più giovane, dai grandi occhi nocciola, i capelli castani, un poco ingrigiti che le scivolano morbidi sulla fronte. Ha un sorriso franco, infantile e orgoglioso. No, decisamente non è un personaggio che le interessa approfondire. Troppo lontana da lei e dalle sue esperienze. Cosa ha da spartire con questa montanara dai polpacci robusti e il sorriso ingenuo che cerca per i boschi la nipote Colomba, detta 'Mbina?

Eppure sente il riso salirle alle labbra. Forse questo succede per essersi caricata di un bottino di energie che poi non ha speso. Quelle energie dovevano essere consumate nel racconto di una sparizione in un campo di concentramento nazista. Ma la storia si è arenata e lei si è trovata sospesa nel vuoto, con un gravame eccessivo per ogni possibile storia di oggi. Come quando ci si prepara a buttare giù una porta: si trattiene il respiro, ci si pianta bene sulle gambe, si scaglia in avanti la spalla che dovrà colpire l'uscio di legno e si parte all'assalto. Ma ecco la sorpresa: la porta che noi credevamo chiusa è aperta e il nostro corpo che si era fatto ariete, si trova sbilanciato, proiettato in avanti, perso in una traiettoria non compiuta che suscita ilarità e stupore. L'origine dell'umorismo, come racconta divertito Bergson, starebbe proprio in questo sopravanzo di vigore di cui non sappiamo che fare e ci suscita un riso medicamentoso che tende a riportare le forze vitali nel loro alveo naturale. Riso come terapia sociale? In effetti, commenta Bergson, nessuno ride da solo. Si ride in compagnia, per riparare a una pericolosa invasione della rigidità mortuaria nel frettoloso fluire della vita.

C'è di che ridacchiare in effetti. A guardare la sua spalla sbucciata per una fatica non compiuta, per un urto della memoria che non c'è stato. Come quando si prova dolore a un arto che è stato tagliato via.

Il romanzo nella memoria elettronica si intitolava *Auschwitz*. Un nome troppo impegnativo e carico di sangue. Che la donna dai capelli corti intendeva cambiare. I titoli per lei sono sempre una fatica, comportano dubbi e ripensamenti, li sostituisce di solito all'ultimo momento, due o tre volte. E la scelta finale arriva per disperazione più che per convinzione.

Il romanzo raccontava la storia di una donna che si mette alla ricerca di un amico di infanzia, ebreo, scomparso nel '44 quando aveva appena otto anni, probabilmente ucciso in un campo di concentramento nazista. Ma era Auschwitz o Dachau? Il racconto è rimasto fermo ai primi capitoli. Intanto suo padre le aveva consegnato i diari di sua madre e lei, che voleva solo presentarli, si era invece messa a scrivere e scrivere, senza riuscire a trattenersi. Alla fine erano diventati un libro.

E poi il lungo dialogo con una grande attrice che era venuta a trovarla in Abruzzo, da cui era nato un volume. C'era stato il teatro che per lei è come le sirene di Ulisse. Deve legarsi all'albero maestro per non farsi trascinare in mare.

In tutto questo la sua forza narrativa si era un poco addormentata, come se fosse rimasta impigliata in una rete di ragno da cui non sapeva districarsi. Il romanzo, ripreso in mano, la guardava ostile, come fanno i gatti se li lasci soli per un mese e quando infine torni dal viaggio, ti voltano la schiena. Musi che durano settimane. Possono arrivare perfino a orinarti sul letto per dimostrarti la loro profonda disapprovazione, nel ricordo della paura avuta per un abbandono che appariva loro incomprensibile e odioso.

Ma ora c'è questo nuovo personaggio, inatteso e imprevisto che si fa avanti con una sfacciataggine e una insistenza che la inquietano. Zaira, detta Zà, le sta facendo notare che anche la sua storia tratta di sparizione. Ma come osa paragonare Colomba alle vittime del nazismo? Non mi interessa la vicenda di sua nipote, le dice decisa, una storia irraccontabile, oltremodo comune. E poi si porta dietro troppi personaggi e di epoche remote, contadine: chi sono questi Mosè e Zaira effigiati in una fotografia da baraccone? chi è Pietr' i pelus'? perché la storia di famiglia comincia nel 1890 e non prima o dopo? Siamo nel 2002, e il mondo contadino che le prospetta è morto, sepolto, perso nel tempo e lei non intende raccontarlo.

La donna dai capelli corti sta tornando continuamente sui suoi passi, con la sensazione sgradevole di avere perso il bandolo che la porterebbe fuori dal labirinto. Il camminare, che è il corrispettivo dello scrivere, ha preso un andamento ondoso: ci sono dei bivi davanti a cui rimane ferma, incerta, sembrano tutti portare verso la vitalità narrativa, ma poi scompaiono nel nulla. Quando ci si perde, si tende a tornare sempre nel punto da cui si è partiti. L'ha provato sulla sua pelle. Pur disponendo di un buon senso dell'orientamento, in un pomeriggio di nebbia, le è capitato di smarrirsi nelle fitte selve dell'Abruzzo, alle falde dei monti della Meta. Dopo ore di cammino all'interno dei boschi, avendo abbandonato tutti i sentieri, convinta di dirigersi verso nord, si era accorta invece che tornava cocciutamente al punto di partenza. Anche nel deserto succede così, dicono. Chi si perde fra le dune, segue il sole di giorno e le stelle di notte, pensando di procedere dritto e invece non fa che girare in tondo. Ed è quello che sta facendo lei in questo agosto piovoso.

Spargere pietruzze bianche sul cammino? fermarsi e concentrarsi sul luogo dove si trova, per capire veramente dove sta il nord e dove si trova il sud? Il cielo si capovolge e prende un colore verde acido. Gli alberi, rovesciati, la guardano dal basso, le cinciallegre guizzano tra le foglie, rasoterra. Le montagne abruzzesi le dicono qualcosa che non capisce. Sembrano rammentarle che la montagna è un destino di famiglia. Sua nonna descriveva foreste e giogaie persiane, suo padre si era arruolato fra gli alpini per potere stare vicino alle rocce boscose. *Non ti ricordi quel mese d'aprile / quel lungo treno che andava al confine / e trasportava migliaia degli alpin...!* Era il canto ritmato e dolce. Di un uomo che, nonostante i tanti amori e la famiglia numerosa, è sempre rimasto un solitario.

Come sono vivi quei ricordi di rifugi sepolti nella neve a cui si arrivava stanchi quando le cime si tingevano di rosso. Una stufa spenta, della legna bagnata, un pentolino in cui sciogliere un pugno di neve per gettarci dentro una minestra in polvere. Di notte il vento tirava fuori gli artigli e graffiava le finestre ghiacciate, la stufa fumava e lei tremava di freddo dentro il sacco a pelo. Ma suo padre era irremovibile: «Domani si raggiunge la cima più alta. Lì c'è un altro rifugio, chiamato della Madonna bambina. Dobbiamo arrivarci prima del tramonto. Basta partire alle sei». «Ma alle sei è buio papà.» «E con questo? c'è ancora mezza luna, il riflesso della neve farà il resto.»

E infatti alle cinque erano già alzati a scaldarsi un poco di caffè in polvere dentro il pentolino pieno di neve. Un caffè che sapeva di minestra. Da mangiare c'erano solo biscotti duri come sassi. E per pranzo un pezzullo di formaggio e una mela.

Un uomo austero suo padre, ardimentoso, munito di un sorriso enigmatico. Aveva mai capito l'amore di quella figlia che, pur di stargli appresso affrontava i geli notturni, le scalate di ore e ore, la fame, le dormite sul pavimento di terra? Non era per niente sentimentale quel padre giovane e vigoroso. «Forza Cina, cammina più svelta sennò facciamo tardi e se il buio ci coglie stasera che non c'è la luna, finiamo dritti dentro un crepaccio.» E lei, con gli occhi pieni di vento, il naso gelato, i piedi indolenziti, gli correva appresso maledicendo la neve e i sentieri coperti di sassi.

«Ora che siamo al riparo, scaldati, asciuga quegli scarponi fradici, bevi un poco di vino caldo e canta con me, per scongelarti un poco! *Era una notte che pioveva / e che tirava un forte vento / immaginate che grande tormento / per un alpino che sta a vegliar!*» Era intonato quel padre sempre all'erta, quel padre che affrontava la vita come un abitante di Sparta di sei secoli avanti Cristo. Quando lei ancora non era nata, il giovane laureando in antropologia si era arruolato fra gli alpini e la giovanissima moglie siciliana l'aveva seguito per non separarsi da lui neanche un giorno, neanche un'ora. La chiamavano la madamin del siur tenent. Era bella, sorridente, coraggiosa e rinunciò con generosità sorprendente alla sua pittura per fare una figlia e poi un'altra. La prima guerra era appena terminata con infiniti morti, e ora se ne preparava un'altra. Ma quando lui aveva litigato col padre e aveva accettato una borsa di studio internazionale per un viaggio di ricerca in un paese lontanissimo, lei l'aveva seguito senza indugio, portandosi in braccio la figlia appena nata.

Questo padre che lei riteneva, dentro di sé, dotato di una eternità amorosa, questo padre rimasto biondo fino a novant'anni, questo padre che le sorrideva tenero, forse solo un poco distratto, è morto all'improvviso lasciandola ammutolita. *Dopo tre giorni di strada ferrata / e altri due di lungo cammino / siamo arrivati al monte Canino...* Ha sdegnato la tomba di famiglia, dove giacciono un padre poco amato, e una madre amatissima, lontano anche da un fratello minore cui era stato molto affezionato. Ha voluto essere sepolto, una volta cremato, fra le montagne della Garfagnana. Solo anche da morto, come quando partiva per le sue peregrinazioni montanare: da solo, sempre da solo, con lo zaino sulle spalle, un sacco a pelo arrotolato e legato sopra il bagaglio, un libro e un'arancia. È partito leggero, senza gli scarponi, senza il cioccolato, senza il quadernetto dalla copertina nera che lo seguiva ovunque, per essere sepolto, spogliato di tutto, persino del suo corpo terreno, in una nudità orribile fatta solo di cenere d'ossa, in un cimitero grande quanto un fazzoletto, in mezzo ai fiori e agli alberi austeri delle Alpi Apuane.

«Racconta, ma'.»

Sembra che il filo si sia spezzato. La giovane madre osserva la figlia con un leggero fastidio. Ha sonno e vorrebbe andare a dormire. Fra l'altro di là, nel letto matrimoniale, l'aspetta l'uomo che ha scelto fra tutti, l'uomo che ama. Si guarda allo specchio e si vede come Flaubert ha guardato il suo personaggio nel libro che sta leggendo proprio in questi giorni. Emma la bella siede composta sul bordo del letto della figlia Berthe, dopo averla fatta cadere mentre le correva incontro, dopo averla fatta sbattere contro uno spigolo che le ha procurato una ferita, dopo che il marito dottor Charles Bovary è salito richiamato dagli urli della bambina per medicarla, dopo che la piccola si è addormentata con un cerotto che le tira la tempia ferita, e trova il coraggio di pensare: Ma quanto è brutta questa figlia!

«Racconta, ma'.»

La giovane madre dai capelli biondi raccolti dietro la nuca osserva la figlia semiaddormentata, la cui guancia graziosa non porta tracce di cerotti, pensa a Emma che Flaubert descrive sempre impietosa, sciocca, crudele, al di sopra delle righe e si chiede quale somiglianza possa esserci fra lei e l'infelice adultera del XIX secolo oltre a questo momentaneo rifiuto del ruolo di madre narratrice. Quello che non capisce è il perché di un rapporto così rabbioso e crudele di un autore con il suo personaggio che pur sostiene di amare. Si direbbe che Flaubert nutrisse verso la sua eroina un rancore senza fondo. Come se volesse arginare una protagonista troppo forte, troppo ingombrante, che tendeva a sopraffarlo. Possono diventare così invadenti i personaggi dei romanzi, da rendersi insoffribili? Alla donna dai capelli corti questa famiglia Morrione Del Signore che le si è piantata in casa senza essere invitata, suscita sconcerto e fastidio. Come fermarli?

Ma Zaira, detta Zà, è animata da una determinazione che la sorprende e la scombussola. Eccola lì ora che pedala sul sentiero in salita, verso i boschi alti. È una donna matura eppure ha una forza nelle gambe che denota una vera montanara. Indossa un giacchettino leggero di cotone azzurro chiaro, i pantaloni rivoltati per pedalare più libera lasciano intravedere due caviglie abbronzate, agili e magre. Ai piedi porta scarpe da ginnastica bianche. La testa è ben piantata sul collo lungo, i capelli castani sono stretti in un nodo dietro la nuca. La coda di cavallo saltella sulla schiena asciutta.

Ehi! la chiama, ehi tu, personaggio presuntuoso e insistente, dove vai? Ha la vaga impressione che la stia conducendo là dove non vorrebbe andare. In quei faggeti selvatici dove non succede niente se non piccoli incontri con volpi, lepri, cinghialetti spaventati. Ma dove la fantasia si gonfia come un pavone in amore e costruisce case stregate, sentieri bugiardi, visioni notturne e grotte segrete. È l'universo dei sogni a occhi aperti e delle visioni che scantonano, che non ha mai amato. L'universo di Sigismondo, il prigioniero dei sotterranei in cui il corpo umano non conosce il proprio nome e il proprio potere.

Fedele ai progetti iniziali, la donna dai capelli corti si concentra su Sandra, la protagonista di *Auschwitz* ed ecco che con la coda dell'occhio vede apparire Zaira: si nasconde dietro l'angolo di una parete, accanto a una porta socchiusa, tenendo d'occhio la scrittrice che traffica col computer. Il suo scopo è di indurla a scrivere di lei e della nipote Colomba, detta 'Mbina, ma non osa insistere.

Voglio, devo dimenticarla, si dice la donna dai capelli corti e inchioda lo sguardo sullo schermo. Ma appena solleva gli occhi alla finestra scopre che ogni particolare di quei boschi le parla di Zaira e della nipote Colomba: il monte Marsicano che sta di fronte e si solleva come il dorso di un dinosauro. Da lì scendono i lupi d'inverno quando la neve è tanta e i piccoli roditori si sono acquattati nelle tane. In quel fitto di faggi centenari i cervi d'estate lanciano i loro rauchi richiami d'amore. Di fianco, più defilato, il monte della Capra Morta, straziato dagli impianti di risalita. In lontananza le Malesi, dalle punte di ghiaccio che penetrano silenziosamente in un cielo acquoso. A sinistra il picco della Rocca, il monte dell'Acqua Passa, il monte Pietra Gentile e poi il monte Tranquillo con la sua Madonna nera, nata dalle viscere della memoria. Dall'altra parte i monti della Sibilla, il monte Amaro che ha assistito alle battaglie feroci fra i sanniti e i romani. È fra questi monti grondanti di reperti e storie antiche che si svolge la ricerca di Zaira, detta Zà. E per la prima volta le pare di intuire che qualcosa di questi paesaggi le è diventato caro.

Avrebbe preferito raccontare dei deserti polverosi che ha conosciuto in tempi non troppo distanti, di cavalli magri e piccoli che portano sulla groppa giovani dal lungo caftano e la testa piena di passioni violente. Ma il paesaggio abruzzese cade a valanga su quelle immagini al rallentatore e le offusca.

Per mantenere una razionalità pellegrina del pensiero, dirige la curiosità verso la parola "foresta": da dove viene? perché porta con sé immagini di segretezza e terrore? In latino *foras*, significa fuori, *forasticus*, forastico, ovvero forestiero. E forestare sta per mettere fuori, bandire. Quindi la foresta, che lei pensava, anche verbalmente, legata al buio, al segreto di una zona ombrosa e carica di misteri, indica solo un al di là dell'abitato, del focolare, della città. Un vuoto anziché un pieno. Sarà dovuto al senso pratico e razionalistico dei romani o alla necessaria semplicità verbale che accompagna la nascita dei termini, che poi, con la creazione dei miti, delle leggende, si carica di altri significati più complessi e impensabili?

Eccola lì, in piedi che aspetta. È Zaira. Ormai ne riconosce perfino l'ombra sul pavimento. Vorrebbe evitarla. Ma si scontra con la sua determinazione. Fra l'altro è dotata di una pazienza da certosina. Senza neanche parlare emette un leggero sospiro che riversa su di lei un piccolo rivolo di pensieri e le racconta di quando sua nipote Colomba detta 'Mbina è nata, nel letto dove ora dorme lei, dal corpo di sua figlia Angelica. Come era potuta sortire una creatura piena e carnosa da una madre così ossuta e trasparente? Maria Menica, la levatrice, gliel'aveva cacciata fra le braccia quando ancora era sporca di grasso e di sangue. La neonata apriva la bocca che aveva enorme ma non si decideva a sputare fuori la voce e lei, preoccupata la stringeva sul petto imbrattandosi il vestito, mentre Menica le gridava: «R'voltale! r'voltale! prennela pì piè i r'voltale!». Ma come fare? Quella carne tenera le sdrucciolava fra le dita, aveva paura, maneggiandola, di farla precipitare a testa in giù. Ma poi aveva capito che se non l'avesse capovolta e subito, i polmoni non si sarebbero liberati del muco che contenevano e sarebbe morta soffocata. «Mitt' la a testa abball', lest' i prest'!» la esortava Menica e lei si era fatta forza, aveva stretto le due minuscole caviglie fra le dita, e tenendola appesa per aria l'aveva scossa, col terrore di perdere la presa. Aveva retto, e la bambina, paonazza, mezza soffocata, aveva cominciato a tossire e poi a strillare.

«Brave, ce la sì ffatte!» Menica esultava mentre medicava la madre e rideva felice di quel grido di trionfo. Era gioia di vivere quell'urlo di neonata? o era una resa precoce e intelligente alle ragioni della sopravvivenza? Quegli occhi ciechi e bellissimi, di un blu così profondo da parere nero, quei capelli leggeri e bianchi, come se segnalassero la fine di una vita e non un inizio, fitti intorno alle orecchie e radi sul cranio molle; quelle labbruzze perfettamente disegnate, di un rosa pallido color ciliegia che comincia a maturare, quelle minuscole mani dalle unghie ben disegnate, ciascuna con la sua lunetta bianca. Ma se sono già cresciute mentre era nella pancia materna, si era chiesta Zaira, come hanno potuto non graffiare il ventre di sua figlia? Come sanno le unghie, dentro il buio rassicurante del liquido amniotico, che devono crescere, ma solo fino a quel punto e non di più? Gli adulti le unghie devono tagliarle, per i neonati ci pensa l'armonia del ventre materno, il miracolo della gravidanza.

Tutto questo le racconta il personaggio Zaira detta Zà, senza neanche aprire le labbra, tentando di convincerla a lasciare perdere le altre storie per ascoltare solo la sua: la vicenda di Colomba detta 'Mbina, la nipote inquieta cresciuta fra queste montagne e poi sparita una mattina lasciando il caffè sulla tavola.

«Racconta, ma'.»

Qualche volta si sorprende a guardarla quella madre giovane e bella, quegli occhi pazienti e chiari. Da dove è sbucata? e quando?

«Mi racconti di tuo marito, l'alpino?»

La madre corruga un poco la fronte. Quell'alpino ora è lontano e sposato a un'altra donna. Lei non ama rammentare i giorni in Cadore quando si alzavano alle cinque per conquistare una parete del Lavaredo, quando si arrampicavano sulle rocce come capretti, quando si ritrovavano con gli altri alpini, la sera, in una baita a bere vino e cantare: *Sul ponte di Bassano, / là ci darem la mano / là ci darem la mano / e un bacin d'amor / e un bacin d'amor / e un bacin d'amor...* Si amavano così tanto che tutto sembrava facile e lontano, anche la guerra che incombeva. La seconda parte della canzone, infatti, molto più cupa: *sul ponte di Bassano / bandiera nera / è il lutto degli alpini / che vanno alla gue... e... rra*, la cantavano raramente.

Ha visto delle fotografie di quella felicità che ora le sembra tanta, troppa, quasi indecente: il giovanissimo padre con un sorriso giubilante stringe a sé la ragazza appena sposata. Il giovanottino dai calzoni alla zuava e un berretto sbarazzino in testa, bacia il collo della sposa bambina dagli occhi cerulei con una espressione che dice: non mi scocciate perché chiunque in questo momento sarebbe solo d'ingombro. Ognuna di quelle fotografie è la testimonianza di un amore soprattutto carnale, un amore che li ha resi innocenti, talmente presi da se stessi da dimenticare gli amici, i parenti e i figli. Un amore che prorompe da quelle immagini e le secca il cuore come un fico che è stato appeso al sole. Troppo dolce, troppo profumato, troppo zuccherino e seducente. *Se avete fame, guardate lontano / se avete sete, la tazza alla mano / se avete sete, la tazza alla mano / che a rinfrescarsi la neve ci sarà...* Le canzoni alpine sono rimaste nella memoria di famiglia, e risuonano due volte, tre volte, in un pensiero che si sta facendo logoro ma ancora dispone di archi sospesi, come le logge della casa paterna abitata dai venti fiorentini. Senza neanche volerlo, solo cantando quelle note, anche dentro una cucina di città, si ripete ogni volta il rito della rimembranza.

«Ti ricordi, una mattina eri così stanca di salire con le pelli di foca sulla neve fresca che hai detto: non ce la faccio più e tuo padre, per paura dei lupi, ti ha fatto arrampicare sopra un albero e da lì ci hai guardati riprendere la salita con gli sci verso la cima del monte dell'Asino Nero.»

Sì, ricorda bene. Quando si era vista sola, in mezzo ai boschi selvaggi della Sila immersa nella neve e il silenzio aveva preso a graffiarle le orecchie, si era messa a cantare da sola, per tenersi compagnia: *Il capitano l'è feriiito / l'è ferito e sta per morir / e manda a dire ai suoi alpini / che lo vengano a ritrovar... / I suoi alpin gli mandan dire / che senza corda non si può passar. / O con la corda o senza corda / i miei alpini li voglio qua.* E quando gli alpini con la piuma sul cappello e le povere gambe abituate a marciare per ore e ore, coperte solo da una fascia di cotone verde avvolta e riavvolta attorno ai polpacci, arrivano da lui, il capitano morente dice: *Io comando che il mio cuore / in sette pezzi sia taglia'!* Segue un elenco rassicurante, che ricorda la patria, l'esercito, la mamma e perfino il primo amore. *Il sesto pezzo alle montagne / che lo fioriscano di rose e fior*. Ma c'è un ultimo pezzo, il settimo. A chi lo regala il capitano morente? *Il settimo pezzo alle frontiere / che si ricordino dei bravi alpin*. Davvero strano questo regalo alle frontiere. Come se uno morendo, donasse un pezzo del suo cuore ai dazi, alle dogane.

Quel capitano della Prima guerra mondiale veniva spesso fuori nelle canzoni del padre. E lei ora lo vede e lo riconosce in una fotografia che le sta porgendo il personaggio Zaira, detta Zà. «Questo è mio nonno Pietr' i pelus' da giovane» dice con un sorriso orgoglioso. Un giovanotto alto, dal sorriso sarcastico, i baffetti sottili, i capelli tagliati corti, gli occhi candidi e un poco arroganti. Nella foto vicina sta sdraiato dentro un sacco a pelo e qualcuno lo illumina con una torcia in una notte di insonnia. Il giovanotto leggeva molto: Pascal, sant'Agostino, Mallarmé, D'Annunzio. Eppure era figlio di una contadina siciliana analfabeta salita in Abruzzo al seguito di un padre carabiniere nel 1889, sposatasi con il giovane pastore abruzzese Mosè Salvato Del Signore. Non Dal Signore, come ci si sarebbe aspettato, ma Del Signore, con una incongruenza linguistica che aveva sempre inquietato il futuro capitano che di linguaggio se ne intendeva.

Mosè era stato un padre mite, e talmente intimidito dalla sapienza del figlio da rinunciare in partenza a ogni forma di autorità. Lui che sapeva a stento vergare la propria firma su un foglio di carta, ammirava la grafia scorrevole ed elegante del suo Pietro, chiamato Pietr' i pelus', chiedendosi con stupore da dove avesse preso tanta abilità. Si rendeva conto che il ragazzo si vergognava delle sue bassissime origini, di quel cognome che rivelava il suo stato di trovatello. Candido come un cherubino dicevano di lui in famiglia, ma testardo come un mulo. Era per allontanarsi sempre di più da quel padre, da quel nome grottesco che il tenente Pietr' detto i pelus' leggeva tanto? Per mostrare che lui era nato direttamente dalla testa di Giove, come Minerva?

Era voluto partire giovanissimo da Touta per andare a studiare a Torino dai frati che, in cambio di lavori nell'archivio e in biblioteca, gli pagavano gli studi, prima nella scuola del convento e poi all'università cattolica, dove si era fatto valere per la sua straordinaria capacità di apprendimento, la sua curiosità onnivora, il suo amore per i libri. Gli avevano anche offerto di farsi prete, ma lui aveva rifiutato. Non si sentiva portato alla mortificazione dei sensi. E onestamente l'aveva dichiarato, pur sapendo di perdere molti dei privilegi di cui godeva.

Aveva affrontato con coraggio una vita di solitudine in una città difficile come Torino, chiuso in una pensione di poco prezzo, mangiando pane e acqua, passando le notti a leggere e studiare. I libri erano il suo solo lusso. Li prendeva in prestito alla biblioteca e li divorava, calandosi con la fantasia ora nella persona del capitano di una nave che si dirige verso i mari del sud, ora in un gran castellano, ora in un guerriero greco, ora in un cacciatore inglese. Si era sorbito con delizia la storia del giovane dandy innamorato di due donne: Andrea Sperelli. La sua immaginazione esaltata era uscita prosciugata e febbricitante dalla continua dettagliata esibizione degli abiti di lusso, dei fiori dai nomi sofisticati, delle ambrate carni femminili che riempivano la vita del giovane esteta. Le giornate dello studente Pietr' i pelus' erano talmente misere che la sua mente aveva fame di immagini succulente. E di quelle si nutriva mattina e sera, mentre saliva i gradini sbreccati di una casa vecchia e cadente nel centro del Borgo San Paolo, mentre si sedeva a un tavolo macchiato e tarlato coi suoi libri e i suoi quaderni, mentre si preparava un povero caffè di cicoria, mentre centellinava un quartino di vino, dividendo un pezzo di rognone in tanti piccoli bocconi da cucinare sera per sera, sgranocchiando come un topo una pagnotta dura e priva di sale che doveva durare una settimana.

Si era laureato in legge e con l'aiuto dei frati aveva trovato un posto come apprendista in uno studio nel centro di Torino. Nell'ufficio dell'avvocato Orefice dai mobili massicci finto Rinascimento, le sedie rigide di legno scuro, i tavoli coperti da drappi di damasco rosso, aleggiava un odore di tabacco stantio, di tende non lavate, di inchiostro e di polvere che lo assaliva appena entrava la mattina e gli chiudeva la gola. Avrebbe voluto subito spalancare la finestra, ma l'avvocato Orefice soffriva di reumi e se sentiva uno spiffero cominciava a inveire. Pietro si era rassegnato: appena in ufficio si infilava le sopramaniche di cotone nero, si sedeva alla scrivania e intingeva il pennino nell'inchiostro verde, una originalità dello studio Orefice. Ogni due ore si alzava, usciva a prendere una boccata d'aria e poi ricominciava.

Sotto il comando del vecchio Achille Orefice c'era il figlio Giacinto che mostrava chiaramente di disprezzare il padre considerandolo un vecchio bacucco ormai incapace, e mordeva il freno per prendere il suo posto e «rivoluzionare ogni cosa in questo studio che puzza di muffa». C'era anche una giovane segretaria dal volto segaligno e i modi di una vecchina. Chissà perché si è ridotta così? si chiedeva Pietr' i pelus' nascondendo nei polsini i tanti peli ricci e folti che tendevano a sgusciargli dalle maniche e dal colletto. Eppure non aveva una faccia sgraziata la signorina Emilia ed era giovane, più di lui. Ma sembrava fare di tutto per imbruttirsi e rendersi goffa. Nonostante questo, il nuovo impiegato Pietro Del Signore si era quasi innamorato di lei. Sentiva in quella ragazza scialba un tenue calore femminile, come una brace coperta e soffocata dalla cenere che a soffiarci sopra avrebbe potuto tornare a ravvivarsi e si chiedeva se lui avrebbe avuto il fiato necessario per rianimare quel fuoco. Intanto si dedicava ai lavori più ingrati: la copiatura di noiosissime arringhe infarcite di frasi a effetto, il mantenimento dei faldoni con le pratiche in corso, lo smistamento delle lettere ai clienti. La signorina Emilia non lo degnava di uno sguardo perché in segreto era innamorata del giovane principale, quel Giacinto Orefice che voleva rivoluzionare lo studio e spalancare le finestre al mondo nuovo.

Presto il vecchio Orefice scoprì che il nuovo apprendista avvocato, Pietro Del Signore, non solo scriveva in buona grafia ma conosceva bene il codice, aveva la mente agile e pronta, suggeriva, quasi senza farsene accorgere, delle soluzioni a cui né lui né il figlio avevano pensato. E così, dalla copiatura dei fascicoli era passato ad assegnargli compiti di responsabilità, suscitando la gelosia di Giacinto.

Perfino la signorina Emilia, dopo mesi di occhi bassi e sguardi sospettosi, aveva cominciato a trattarlo con simpatia, anche se continuava a considerarlo come un inferiore. Perché veniva dagli Abruzzi, perché era povero in canna, perché era stato educato dai preti? chi lo sa. Il giovane avvocato Orefice che alla morte del padre sarebbe diventato il capo di quello studio bene avviato, preferiva scambiare qualche sguardo di maliziosa intesa con la signorina Emilia, sbirciando le scarpe rattoppate e la giacca lisa del nuovo praticante, piuttosto che rivolgergli direttamente la parola.

Per un anno intero l'apprendista Pietro era andato avanti così, senza trovare il tempo di fare amicizie, lavorando dodici ore al giorno per una paga molto bassa. La signorina Emilia era arrivata al punto di confidargli il suo amore per il giovane principale, il quale non la guardava nemmeno, considerandola poco attraente perfino per una avventura passeggera. Pietr' le aveva cantato quella canzone antica che parla di una rondine che si innamora di Cecchino il cacciatore. Quando usciva per andare a caccia, la rondine innamorata gli girava intorno, sperando di ottenere da lui anche un solo sguardo d'amore. Ma il cacciatore non la vedeva. La rondine si disperava e trascurava il rondone nero che da un ramo le cantava canzoni appassionate. Una mattina presto che il cacciatore era uscito nei boschi, la rondine lo seguì innamorata, e poiché lui non la guardava, gli si posò proprio sulla bocca del fucile cantando felice. Il cacciatore finalmente la vide: *pum sparò e l'ammazzò... Oh belle belle belle / ragazzine venite qua, / a sentire la storiella / della rondine del Canadà...* La signorina Emilia non volle capire e finì come la rondine, impallinata da un giovane sicuro di sé che per noia la possedette su un divano dello studio in una domenica piovosa, non volle riconoscere il figlio che lei concepì, la costrinse a un aborto tardivo che la lasciò sola, senza figlio e storpiata nei suoi organi riproduttivi.

I giorni di festa Pietr' i pelus' li trascorreva a letto con un libro davanti. Praticamente non si muoveva dalla stanza e leggeva fino allo sfinimento. Una domenica però qualcuno aveva bussato alla sua porta: era un abruzzese amico di amici di Touta che viveva a Torino come lui, e lo invitava a una festa da ballo in casa di una ragazza di Chieti. Ballo? veramente Pietr' non era mai stato a una festa da ballo e si sentiva fuori luogo. Non conosceva i passi della mazurka né della polka né del valzer che andavano di moda in quegli anni. Per questo aveva rifiutato. Ma Carlo Alberto Di Pirro, detto Penzaperté aveva insistito tanto che alla fine lo aveva convinto. E così, verso le sette del pomeriggio, aveva cominciato a prepararsi sforbiciandosi i peli del naso e delle orecchie, stirando con un ferro da stiro prestato, la sola camicia bianca che possedeva, con due rammendi sui gomiti e cercando desolato di pulire con la spazzola intinta nell'acqua la giacca scura dai risvolti lisi e lucidi.

Penzaperté era venuto a prenderlo alle otto, l'aveva chiamato dal portone e lui era sceso emozionato, saltando a piè pari i gradini spezzati, dimentico per una volta dell'odore aspro e mortificante di cavolo che stagnava nell'androne. Erano saltati su un tram e poi su un altro e finalmente erano arrivati al centro della città. Lì avevano camminato sotto gli archi di viale del Re. Ed eccoli nel salone della ragazza di Chieti, che era la figlia di un direttore di banca e aveva una bella casa rivestita di tappeti pregiati. «Io sono Filomena e tu?» «Carlo Alberto Di Pirro e questo è Pietro, Pietr' per gli amici abruzzesi.» La ragazza aveva subito voltato loro le spalle per andare a occuparsi del buffet. Carlo Alberto si era messo a danzare con una ragazza dal petto prominente mentre Pietr' era rimasto seduto, impacciato, con un bicchiere di aranciata in mano, terrorizzato di dovere ballare. A un certo punto si era accorto che sulla sedia accanto a lui sedeva una ragazza molto alta, dalle belle braccia lunghe e bianche, che guardava gli altri piroettare senza mai alzarsi.

«Mi chiamo Pietro.»
«E io Amanita.»
«Non l'ho mai sentito.»
«È il nome di un fungo.»
«Ah!»
«Sei abruzzese anche tu?»
«Di Touta!»
«Vuoi ballare?»
«Non so ballare.»
«Nemmeno io.»

Erano scoppiati a ridere con sollievo. Da lì era nata l'amicizia che poi, in pochi mesi si era trasformata in amore, o per lo meno in qualcosa che si avvicinava molto all'amore. Penzaperté lo aveva avvertito che Amanita era figlia di un insigne professore, Michele Sbarra, micologo di fama internazionale. Il professore, sosteneva lui, si sarebbe molto arrabbiato venendo a sapere che la figlia amoreggiava con un giovane squattrinato. Ma si sbagliava, perché il grande micologo era anche un uomo gentile d'animo, amava molto la sua unica figlia Amanita e l'accudiva teneramente da quando la moglie era morta di parto. Quello che cercava per lei era un marito intelligente e capace più che ricco. Di soldi ne aveva abbastanza per aiutarli a mettere su casa. E quando Amanita aveva invitato il giovane abruzzese a conoscere il padre, Sbarra lo aveva ricevuto con molta cordialità. Aveva lunghi baffi a manubrio, con qualcosa di tremulo e di triste nei grandi occhi miopi. Pietr' aveva capito che il micologo si aspettava una richiesta di matrimonio. E lui, da uomo d'onore, l'aveva fatta per quanto pensasse che era prematuro. Gli aveva confessato con molta sincerità di essere figlio di un trovatello senza una lira e che non avrebbe potuto sposarsi prima di qualche anno. Il professore gli aveva fatto mille domande e poi aveva dato il consenso al matrimonio. In quella specie di interrogatorio capzioso, aveva intuito che il giovane Pietro Del Signore, pur non disponendo di proprietà o di censo, aveva ambizione, volontà e metodo. L'orgoglio e la sincerità che aveva dimostrato nel rispondere alle domande lo avevano bene impressionato. Il professore si piccava di capire le persone ed era certo che il giovane avvocato abruzzese avrebbe rispettato sua figlia Amanita, l'avrebbe amata e accudita per tutta la vita. E non aveva sbagliato giudizio, anche se la sorte stava apparecchiando un'altra tavola per il futuro di entrambi.

La festa di fidanzamento era durata tre giorni. Pietr' aveva preso dei soldi in prestito da Penzaperté per comprare un minuscolo anello d'argento con un brillantino montato in modo che apparisse più lucente e grosso di quanto era. Il professore Sbarra aveva accompagnato i futuri sposi a visitare la casa comprata proprio in vista del matrimonio della figlia. Era un appartamento tradizionale, al primo piano di via Principi d'Acaja, con alte finestre di pietra lavorata, soffitti affrescati in stile floreale. Disponeva di un salotto ampio in cui volendo si sarebbero potuti anche dare dei concerti, di una camera da letto spaziosa con un letto a baldacchino nuovo di zecca appena montato. Pietr', che era un giovane di coscienza, si era vergognato di tutto quel lusso. Qualcuno avrebbe potuto pensare che si trattava di un matrimonio di interesse. Ma il professore, che aveva capito il suo disagio, lo aveva rassicurato con parole affettuose: «L'inizio è sempre duro, caro Pietro, e bisogna farsi aiutare. Io conto su di te, so che farai strada nella vita e che sarai retto nelle tue scelte. Ne sono certo. Perciò mettiti l'animo in pace e lavora tranquillo. I pettegolezzi non ci devono toccare. Io voglio che vi sposiate presto e che facciate un figlio. Il resto non conta. Col tempo, lo so già, guadagnerai tanto da ripagarmi la casa e forse chissà, arriverai anche a mantenermi quando sarò troppo vecchio per lavorare».

Aveva un modo di ridere che sconcertava un poco il giovane futuro genero: a bocca chiusa, senza mostrare i denti, facendo tremare i baffi dallo strano colore fra il rosso e il grigio.

La chiamata alle armi li aveva colti di sorpresa. L'Italia era in guerra dal maggio dell'anno prima, ma nessuno pensava che avrebbero richiamato anche i figli unici. Per di più il giovane avvocato Del Signore era stato convocato mentre preparava le carte per un processo che lo affascinava. Si trattava di difendere un renitente alla leva che dichiarava di non volere uccidere per ragioni religiose. Da poco era passato l'ottobre dell'anno 1916. Pietr', chiamato i pelus' per l'abbondanza dei peli bruni che gli si arricciavano sul petto, sulle spalle, nelle orecchie e perfino nel naso, era andato alla visita militare riflettendo sulle parole del suo assistito. Non aveva mai pensato che la guerra si potesse non combattere. Per lui era un dovere del cittadino e i doveri vanno compiuti fino in fondo. Eppure, eppure, qualcosa nella riflessione di quel ragazzo, che non era un prete ma si richiamava alla legge del Non uccidere cristiano, lo tormentava.

Nudo in mezzo a decine di giovani senza vestiti, si era sentito fragile, perso, per una volta contento del vello riccioluto che lo nascondeva un poco agli sguardi di tanta gente. Dopo un colloquio approfondito e il controllo delle carte, era stato promosso tenente. E questo lo aveva riempito di orgoglio. Si era chinato paziente su un foglio per scrivere ai genitori, con caratteri larghi e chiari, una lettera che sapeva sarebbe stata decifrata dallo scrivano del paese. E aveva incluso nella busta una fotografia un poco sfocata di se stesso in divisa, con le mostrine sulle spalle. Poi si era vestito di scuro per andare in casa Sbarra, dove era stato festeggiato con una bottiglia di champagne francese.

In tanti mesi di fidanzamento Pietr' i pelus' e Amanita non avevano mai fatto l'amore. La loro più che una passione, era soprattutto il bisogno urgente di riempire una solitudine che li aveva fatti troppo soffrire: lui per essere rimasto anni e anni chiuso in una stanza misera a studiare, lei per essersi trovata prigioniera di un padre ansioso e possessivo.

Trascorrevano le serate a parlare dei mobili che avrebbero comprato per la loro casa nuova. Passeggiavano senza neanche tenersi per mano, guardinghi e timorosi. Era un amore casto, come si conveniva a due futuri sposi in quegli anni magri. Il corpo della donna che si è scelta per la vita non andava svelato prima del matrimonio. Questo aveva appreso Pietr' in collegio dai frati dove aveva fatto le medie e il liceo, stretto in una divisa di panno ruvida e pesante. E Amanita la pensava esattamente allo stesso modo. Anche lei era stata in collegio, dalle suore del Sacro Cuore di Gesù, dove le avevano insegnato che la verginità, a imitazione della Madonna, era la cosa più sacra e preziosa per una ragazza. La si poteva donare solo al legittimo sposo, con l'intenzione di sacrificarla per mettere al mondo dei figli, non certo per il piacere dell'amore carnale. Il corpo stesso della donna era considerato impuro e pericoloso. I bagni del sabato in collegio si facevano con la camicia addosso.

Per soddisfare le esigenze della carne, come si soleva dire allora, il futuro capitano frequentava un bordello nel quartiere Barriera di Lanzo, assieme al suo amico Penzaperté. Amanita non lo sapeva ma lo indovinava. E non si adontava perché quelli erano puri sfoghi del corpo maschile, più focoso, più bestiale di quello femminile, come le spiegava la zia Vittoria. Era abitudine dei giovanotti perbene, che non facevano l'amore con le proprie fidanzate, frequentare le case di piacere. Perfino il famoso micologo Michele Sbarra, così trepido per le sorti della figlia, non avrebbe avuto niente da ridire. In realtà i casini erano frequentati anche da giovani mariti e padri di famiglia che non avevano il problema dello sfogo della carne. Ma era una consuetudine talmente radicata che tutti l'accettavano come il modo più razionale per regolare l'"eccessiva tempestosità della sessualità maschile".

Il bordello che frequentavano i due amici portava il poetico nome di Casa di piacere Fiori ombrosi. Pietr' i pelus' era stato subito conquistato da quell'odore struggente di muschio e di violetta che la patronne spargeva sui divani delle attese. Lì amava sprofondare in una poltrona e sognare una carriera di successo. Lì chiacchierava con il suo amico Penzaperté di politica e del futuro. Lì chiudeva gli occhi aspettando che la prostituta chiamata Liù fosse libera. Era molto richiesta la ragazza, per i suoi modi timidi e cortesi, per quello scontroso riserbo, assolutamente inaspettato in una casa chiusa. Niente della sfacciataggine, della sboccatezza che avevano la maggioranza delle ragazze, chiamate quindicine perché cambiavano ogni quindici giorni. Al futuro capitano non garbavano neanche i giochi collettivi: tirare a sorte la ragazza da portarsi in camera, eleggere la più bella della casa, fare il trenino cantando a squarciagola dopo avere bevuto bicchieri su bicchieri di cattivo champagne. Penzaperté aveva gusti più comuni e lo prendeva in giro per quella specie di innamoramento. «Chi sse fisse, s'intisse» gli diceva nell'orecchio, ridendo, «qui si viene per ridere e godere. Ogni volta una nuova, è questo il divertimento... l'hai vista quella bruna con gli occhi chiari che ci guarda laggiù? ha un corpo da baci. Io vado, e tu che fai?»

«Aspetto che si liberi la Liù.»

«Che t' pòzzan vàtt'!»

A tutte lui preferiva quella ragazza scontrosa dal nome cinese, che invece era siciliana, e si chiamava Pina, glielo aveva detto lei. Era piccola, bruna e poco formosa. Non indossava vestiti trasparenti, non mostrava i seni, che d'altronde erano quasi inesistenti. Portava delle gonne alle caviglie e sotto, occhieggianti maliziosamente, un paio di calzettoni bianchi arrotolati sopra i sandali dal tacco basso. Sembrava una bambina. Era questo che lo seduceva? Il fatto che quando la penetrava pensava di essere il primo? Non lo sapeva né voleva approfondire l'analisi. Lo irritava ma anche lo deliziava l'odore appena percepibile di borotalco che aveva sempre addosso quella minuscola ragazza. Le altre si cospargevano di acqua di colonia Coty alle rose o alla vaniglia, lei no, usava solo quel borotalco di poco prezzo che sapeva di anice e di erbe amare. Il barattolo era rimasto sempre nei suoi occhi: piccolo, panciuto, celeste, con un rametto di felce bianca disegnato di traverso. Le dita infantili di lei si aggrappavano a quel barattolo quasi fosse la sua salvezza; lo scuoteva rapida spargendosi la polvere opaca dappertutto: sotto le ascelle, sul collo, fra le gambe, fra i seni, sui piedi.

Quello era l'odore dell'amore senza amore, si diceva il futuro capitano. Il suo cuore, per impegno matrimoniale, si trovava aggrappato come una cozza al corpo giunonico della fidanzata. Nessuno l'avrebbe mai staccato dalla futura sposa e futura madre dei suoi figli. Ne andava del suo onore. I sensi invece, come cavallette salterine, correvano lungo i prati dell'avventura, si nascondevano tra le foglie dell'erba nuova, cantavano per la felicità di esistere.

Eppure quei sensi, per quanto sembrassero indipendenti e guidati solo dall'istinto, in realtà erano ben diretti e mai sarebbero andati a pascolare lì dove era proibito. Era diventato bravissimo il tenente Del Signore nell'amministrare i suoi affetti: rosei e tradizionali, come le tappezzerie preziose, tutte fiori e fiocchetti della casa di Amanita, che venivano dedicati alla futura sposa; molli, burrosi, pigri, quelli dedicati al bordello, ma soprattutto alla sua Pina. Anche se sapeva benissimo che non era affatto sua. Ma quella idea la cancellava scrupolosamente. Faceva parte delle complicazioni della sorte e lui non amava le complicazioni. La sua forza, lo sapeva bene, stava nella capacità di adeguarsi, di costruire intorno ai dubbi un fortino inespugnabile, in modo da trasformarli in saldezze virili.

Amanita – ma perché poi un nome di fungo velenoso? – sarebbe stata sua moglie per la vita, di questo non dubitava affatto. Anche se quel nome gli sembrava fuori luogo. Il fatto che il padre fosse un micologo famoso non spiegava le cose. Allora perché non Agarica o Boleta? La ragazza non aveva niente di velenoso, si trattava di una bellezza ieratica, quasi scostante, ma non suggeriva nulla di insidioso e maligno. Era la moglie che qualsiasi uomo avrebbe desiderato: sorridente, gentile, disponibile, ma anche altera e dignitosa, ricca, colta quanto basta per non fare sfigurare un marito intelligente; silenziosa, desiderosa di mettere al mondo molti bambini e di allevarli nella pace coniugale. Cosa si può desiderare di più? Ogni tanto si baciavano, discretamente, mentre la zia, che presiedeva ai loro incontri, cuciva seduta su una sedia. Era un poco sorda la zia Vittoria e loro ne approfittavano. Ma mai si erano abbracciati in modo meno che lecito. I loro corpi non si toccavano, sebbene le labbra si sfiorassero. Erano baci castissimi, in punta di labbra, accompagnavano desideri repressi, promesse rassicuranti.

Il futuro capitano non si era mai chiesto se questa divisione non fosse un poco artificiale e malsana. Era talmente comune presso i suoi amici, anche sposati. «Il piacere lecito, anzi doveroso sta da una parte, Pietr', il piacere segreto, avventuroso, dall'altra» gli diceva Penzaperté portandolo a braccetto per le vie più eleganti di Torino. «I due piaceri non si incontrano mai. D'altronde i bordelli che ci stanno a fare? Ti proteggono dalle malattie, ti impediscono di violentare le ragazze per bene. Non si può farne a meno, sono una istituzione, ci sono sempre stati e sempre ci saranno. Lì dentro non puoi amare, devi solo godere. L'amore lo lasci attaccato al gancio dell'ingresso, col cappotto e il cappello.»

Il tenente Pietr' Del Signore era considerato un bravo ragazzo dalla famiglia della futura sposa. Il micologo, che era un uomo alto e sempre vestito di scuro, lo osservava come avrebbe studiato un fungo: c'era da fidarsi di quel giovanotto senza quattrini, sceso dalle montagne abruzzesi, con molte ambizioni e molte ingenuità? E se si fosse sbagliato? Ma se pure lui lo avesse giudicato erroneamente, sua figlia non avrebbe preso una cantonata, ne era certo, non era il tipo da volersi sposare per forza, ed era dotata di intelligenza e giudizio. Perfino la zia Vittoria che in qualche modo sostituiva la madre morta, era d'accordo: del giovanotto ci si poteva fidare. La sola cosa che la infastidiva erano tutti quei peli che gli sgusciavano dalle maniche della giacca e dal colletto. Ma Pietr' era uno che si faceva stimare perché lavorava senza risparmiarsi, preparava scrupolosamente le carte per il suo datore di lavoro e osava pure suggerire qualche argomento moderno che l'avvocato, fingendo di sdegnare, poi faceva suo. Tutto questo lo aveva riferito di persona l'avvocato Achille Orefice al micologo di fama quando costui era andato a trovarlo, di nascosto da Pietro, per sapere qualcosa di più sul futuro genero.

Pietr' i pelus' era arrivato presto a guadagnarsi da vivere senza chiedere niente ai genitori. Era diligente, pulito, curava il proprio vestire ma senza civetteria. Metteva forse più tempo del dovuto nel radersi la mattina: aveva la mania di togliersi ogni pelo inutile, per lo meno dal viso e per questo lavorava di punta con le tre o quattro paia di forbici dalla forma diversa che teneva sulla mensola del bagno. Prima di uscire doveva assolutamente liberarsi delle setole che avevano la tendenza maligna a sbucargli dal naso. E che dire di quei peletti lividi che gli sgusciavano fuori, arricciati come cavatappi, dalle orecchie? Per non parlare delle basette, che lui teneva sotto controllo, ma che avevano la malaugurata disposizione a sfuggire, mettendosi di sbieco alla lama del rasoio.

Appena ricevuta la chiamata, il tenente Del Signore, non ancora capitano, aveva preso a radersi con maggiore attenzione e cura. Gli sembrava che i peli del corpo esprimessero disordinatamente quella paura che lui voleva assolutamente dominare e controllare. Nello studio Orefice, appena entrato, si infilava con noncuranza le sopramaniche di cotone nero e faceva il disinvolto. Fischiettava come se nella sua testa albergassero solo pensieri lieti. Rideva e scherzava sia con la signorina Emilia che con il giovane Orefice. La sera usciva con Penzaperté e andavano a bere del vino di pessima qualità in qualche bettola, per poi finire al bordello. Con lui parlava di donne, in maniera complice e leggermente eccitata, passeggiando sotto i portici nelle serate in cui una nebbia sporca e appiccicosa invadeva le strade torinesi. Non nominava la sua Pina, vergognandosi un poco di quella cocciuta preferenza e ascoltava rapito le descrizioni che l'amico gli faceva delle nuove che arrivavano ogni quindici giorni: la rossa di Bologna che era tutta "un latt' i vine", la bionda di Milano che "n'ha fatt' cchiù essa ch' Pezzèlle", o di quella piccolina napoletana tutta "pép' i zafaran" con cui aveva passato dei momenti "de sogne".

Quando era con Amanita, Pietr' lasciava che gli piangesse sulla spalla, consolandola con qualche parola savia. «L'Italia ha bisogno di me» diceva, «non posso recalcitrare, tornerò presto.» Fumava accanitamente. Si lavava e si sforbiciava almeno tre volte al giorno. E mangiava principalmente cotolette fritte. Il resto lo nauseava.

Solo con Pina si lasciava un poco andare. Per una notte avevano dormito insieme, abbracciati, e lui le aveva detto che se fosse morto, sarebbe venuto a trovarla per fare l'amore con lei da spirito. La ragazza lo aveva guardato con gli occhi grandi, senza espressione. Lui le aveva preso tra le labbra un capezzolo. Sapeva che quella notte gli sarebbe costata dodici lire. Avrebbe dovuto chiedere un prestito a suo padre che per l'occasione era venuto a Torino con la moglie per qualche giorno. Ma ora che stava per partire per il fronte, tutti si mostravano generosi e indulgenti verso di lui. Non avrebbe dovuto faticare per avere quei soldi.

Pina gli aveva accarezzato i capelli e lui l'aveva baciata sul ventre, ma con tenera delicatezza, come se ascoltasse il battito del cuore di un bambino. Era premonizione o solo un incauto desiderio? Appoggiandole la guancia sull'ombelico, disegnandole con la lingua dei piccoli cerchi concentrici, si era avvicinato sempre di più al cuore del piacere. Lei gli aveva sorriso, sorpresa: nessun cliente avrebbe mai baciato il ventre di una prostituta, ancora memore di altre penetrazioni e altri semi maschili, per quanto lavato e disinfettato. Ma lui aveva continuato. Lei si era arresa, a occhi chiusi, con un sorriso lieve e timido sulla bocca infantile. Non era un sorriso felice, come si sarebbe aspettato lui. E neanche un sorriso triste. C'era nella bocca di quella ragazza qualcosa di doloroso e di enigmatico. Non avrebbe mai saputo cosa avesse nella mente. Forse niente, si era detto mentre la stringeva a sé. Ma proprio in quel momento aveva sentito una voce fanciullesca che diceva: «Quando ti piacerà di uccidere, non avrai più voglia di fare l'amore».

«E perché?»

«Comandare è cchiù megghiu ca futtere.»

«Allora non è vero che non pensi niente» aveva detto lui quasi a se stesso.

«I pensieri mi vengono senza che li chiamo.»

«Con me non hai mai detto una parola.»

«Forse che mi chiedesti qualcosa?»

E così, in una notte che gli era costata ben dodici lire, il futuro capitano aveva scoperto che la sua Pina aveva dei pensieri, che non necessariamente collimavano coi suoi, ma non erano privi di criterio. Una prostituta che ragiona! sembrava un controsenso. E come faceva ad accettare tanti corpi estranei se era dotata di giudizio e quindi di un potere di scelta? Ma a questo punto la riflessione si faceva troppo sottile. Non aveva sempre raccomandato a se stesso di stare alla larga dalle sottigliezze? L'istinto gli diceva che le complicazioni portano dolore e il dolore porta incertezza, dubbi. Può un soldato ospitare nell'animo inquietudini e perplessità prima ancora di andare a combattere? Se avesse cominciato a chiedersi chi era questa donna che lui abbracciava due volte alla settimana con perfetta ignoranza; se si fosse domandato perché una ragazza così graziosa e intelligente fosse finita lì, e perché facesse l'amore a pagamento, il suo piacere sarebbe stato immediatamente gravato da preoccupazioni etiche e guastato da responsabilità vincolanti. Perciò anche quella volta le aveva chiuso la bocca con un lungo bacio commosso. «Anche se ucciderò, non perderò il gusto dei baci» aveva detto scendendo dall'alto letto matrimoniale. E aveva preso a vestirsi. Doveva andare a casa a radersi per bene prima di partire. La sua impressione era che durante la notte di veglia i peli fossero cresciuti a loro capriccio, con un vigore che di solito non conoscevano. Sentiva pungere il naso e solleticare le orecchie. Doveva al più presto prendere in mano le forbicine da bagno.

Era partito la mattina presto con un treno sgangherato che sbuffava e si fermava a ogni chilometro. L'amico Penzaperté era andato ad accompagnarlo alla stazione raccontandogli di una nuova quindicina di Arezzo che secondo lui era "i fin' du munne". Quando il capotreno aveva già fischiato, era arrivata pure Amanita, elegante come sempre, in un vestito di organza a quadretti rossi e bianchi, tenendo con la mano un cappello enorme coperto di ciliegie. Aveva pianto stringendogli le mani che lui sporgeva dal finestrino, mentre la zia Vittoria le tendeva dei minuscoli fazzolettini ricamati. Per la prima volta Pietr' aveva pensato che il loro fidanzamento era basato sul nulla e che quel saluto era semplicemente ridicolo. Solo le ciliegie sul cappello di Amanita gli erano apparse di buon augurio, rosse e lucide e splendenti di vita, per quanto fossero di cartapesta. Aveva salutato più loro che la fidanzata mentre il treno lentamente si allontanava soffiando un fumo nero e puzzolente. I sedili erano di legno e durissimi, nella reticella ballonzolava il suo povero bagaglio: un sacco in cui aveva cacciato dei calzettoni, una camicia pulita, un set di forbicine, due rasoi da barba con pennello in pelo di tasso, *Il trionfo della morte* di D'Annunzio, il *Canzoniere* di Petrarca, un maglione lilla lavorato a mano, apposta per lui, dalla fedele Amanita.

In trincea il futuro capitano aveva affrontato la sorte con un coraggio che aveva stupito prima lui che gli altri. Le pallottole gli sfioravano l'elmetto senza mettergli paura. Vedere le nuche malrasate di tanti ragazzi della sua età che si chinavano ubbidienti di fronte a un suo ordine, lo esaltava. Lo faceva sentire leggero. Che avesse ragione Pina? Non sentiva neanche la mancanza dell'amore. Le lettere di Amanita gli giungevano puntuali e preziose. Raccontavano minuziosamente le giornate nella casa paterna: le cene coi parenti, le camicie che cuciva gratuitamente per l'esercito, i libri che leggeva, il cartone nero che applicava alle finestre per l'oscuramento, le corse in bicicletta in una Torino deserta per cercare due uova. Aveva una grafia minuta, intelligente e sapeva descrivere con plasticità degna di uno scrittore naturalista, i dettagli di ogni scena e questo lo rallegrava. Si convinceva sempre di più che aveva scelto giusto, che Amanita sarebbe stata una buona moglie, intelligente e devota. Di Pina non sapeva niente. Ogni tanto tirava fuori dalla tasca una fotografia di lei, sfocata, dove appariva come un fantasma: la testa bruna, la faccia pallida chinata sul petto magro, gli occhi grandi e opachi. Chissà perché quella donna lo attirava tanto. Non era neanche bella.

Una mattina di un buio ottobre del 1917, il tenente aveva avuto l'ordine di prendere col suo plotone il colle dell'Asino Morto: un ammasso di rocce, con in cima le macerie di una casa. A cosa servisse impossessarsi di quel colle era un mistero. Nessuno l'aveva spiegato al tenente Del Signore. Arrampicandosi in mezzo agli alberi e ai sassi, Pietr' aveva dovuto affrontare, assieme con i suoi soldati, una inaspettata raffica di mitragliatrici. Non immaginava che gli austriaci fossero così vicini. Avevano sparato anche loro, nascondendosi in mezzo ai sassi, continuando ad arrampicarsi verso la cima. Quattro soldati erano morti.

Altri due erano stati feriti, ma verso sera erano riusciti a raggiungere la vetta, che il suo superiore al telefono da campo aveva definito strategicamente importantissima. E aveva aggiunto, con voce stentorea: «Tenente, sei stato bravissimo. Il generale ha deciso di promuoverti. Coraggio capitano! Ora tenete d'occhio l'altro versante, vedete se arrivano carri armati sulla strada del nord».

In quella casa diroccata avevano disinfettato e fasciato i feriti, avevano pregato per i morti. Si erano accampati per la notte fra le mattonelle sconnesse e le erbe che sbucavano dalle fenditure delle pareti. Un sommacco cresceva proprio in mezzo a quella che doveva essere stata la stanza da pranzo: si scorgeva sulla parete annerita un resto di camino. Il vento si era alzato rabbioso strappando dalle loro teste i berretti da alpini. Non era possibile neanche accendersi una sigaretta. Intanto dalla collina di fronte continuavano a sparare. Bisognava camminare carponi e correre riparandosi dietro i monconi di parete della casa diroccata.

Da mangiare c'erano solo gallette molli e sbriciolate e l'acqua delle borracce sapeva di ruggine e di cloro. Il capitano si era rattrappito dentro il cappotto che lo proteggeva a malapena dal freddo intenso. Si era calato il berretto sugli occhi e aveva tentato di dormire cercando di non ascoltare il lamento dei feriti ora che gli spari erano cessati. Ma verso le tre era stato svegliato da un altro ordine arrivato attraverso il telefono da campo: dovevano scendere a valle e lasciare quella postazione entro un'ora. E perché? Non c'erano risposte. «Ditemi qualcosa, porca l'oca!» Il telefono taceva, come fosse diventato di pietra. E lui si era messo a urlare nella notte: «Sono morti in quattro per prendere questo maledetto cocuzzolo e ora ci dite di lasciarlo. Spiegatemi almeno perché, maledizione!». La voce gli si era spezzata in gola. «E cosa ne faccio dei feriti, cosa ne faccio che non abbiamo barelle?» aveva detto quasi a se stesso, disperato. Ma nessuno gli aveva risposto. L'ordine era quello e basta.

Si era seduto, con la scatola di legno del telefono portatile fra le braccia e si era messo a sputare. Aveva la bocca piena di saliva e più ne sputava e più gli gorgogliava dalla gola. Forse doveva vomitare, ma il vomito non arrivava. Sarà stato anche per lo scarsissimo cibo che avevano messo in corpo dal giorno prima: una galletta e un pezzetto di lardo. Pensò ai peli che ormai crescevano copiosi lungo tutto il corpo, fuori da ogni controllo. Quelli del naso se li tirava con le dita, quelli delle orecchie erano diventati come dei cespugli inestricabili. Non osava pensare al collo e al petto, che immaginava come intrichi di rovi in cui si nascondevano vipere sibilanti.

Lanciò uno sguardo ai suoi soldati che dormivano rannicchiati sotto pezzi di tela cerata. La cosa che più lo inteneriva erano quelle nuche. Le nuche parlano a volte più delle facce. Quelle collottole nude raccontavano di case contadine abbandonate in fretta, di cucine affumicate dal cui soffitto pendono prosciutti e caciocavalli, di madri manesche, di padri che russano nel letto accanto, di fidanzate possedute dietro i covoni, di pasti a base di polenta e aringhe. Ma il tempo scorreva e lui non si decideva a svegliarli. Fra due ore avrebbero dovuto essere giù, dietro il fiume, proprio in mezzo a quei campi di riso da cui erano partiti il giorno prima.

«Sveglia, porco mondo, sveglia, dobbiamo scendere, tornare a valle, avanti, avanti, su, pecoroni, prendete i fucili, tirate su gli zaini, arrotolate le coperte, raccogliete le carabattole, che dobbiamo scendere!»

Li vide aprire gli occhi, increduli, alzarsi in piedi goffi e stanchi. Non rabbiosi, non irati, come avrebbe pensato, ma arresi, privi di curiosità e di ragionamento, pronti a qualsiasi stupido ordine che venisse dall'alto. Quasi che la resa fosse la migliore amica della quiete. E di quiete avevano tutti bisogno.

Così, prima delle quattro si erano messi in marcia, il neocapitano e i suoi soldati, carichi come somari, giù per quei monti rocciosi, strapazzati dal vento, intorpiditi dal freddo e dal sonno. I feriti li avevano dovuti lasciare fra i ruderi, sperando di poterli recuperare più tardi.

All'inizio nessuno li aveva sentiti scendere, sebbene il fracasso degli scarponi chiodati, dei fucili che sbattevano contro le borracce e le pentole appese agli zaini risuonasse nella notte silenziosa. Poi, improvvisamente erano stati abbagliati da un faro potente che non li aveva più mollati. E subito dopo erano cominciati gli spari. Si erano precipitati al riparo delle rocce, ma in quel punto erano basse e perfino standosene sdraiati non riuscivano a evitare quello stupido e spietato occhio di luce. Due erano stati feriti subito e si lamentavano piano con voce di gatto abbandonato.

«Capitano, mi spari!» Le parole arrivarono smozzicate dal vento. Il capitano si voltò a guardare il soldato ferito: si torceva dietro un arbusto che non arrivava a nasconderlo. Era Peppino, il più giovane di tutti, aveva i capelli che gli coprivano la testa da bambino come la lanugine di un capretto. Era robusto e allegro, la sera tirava fuori lo zufolo e suonava stonando ma con tanta allegria che tutti ne erano contagiati. Pur essendo il più giovane era già sposato e ogni occasione era buona per mostrare alla compagnia la fotografia di un bambino grasso e grosso immerso in un mastello, con un sorriso senza denti che gli arrivava da un orecchio all'altro. «Si chiama Peppino, com' a me» diceva contento, «u viristi quanto è grosso, tiene sulu otto misi, ti piace ah? ti piace?» e tutti lo mandavano bonariamente a "cagare". Ora era lì con una spalla spappolata, una pallottola gli aveva spezzato a metà la fronte e un occhio gli pendeva sulla guancia. La luce del riflettore austriaco lo illuminava impietosamente. Che fare? Il neocapitano Del Signore non ricordava più cosa prevedesse il regolamento. Non aveva mai ucciso un uomo. Che il primo dovesse proprio essere un suo soldato, il più giovane e il più allegro dei suoi militi? Inghiottì a fatica. Non aveva più saliva in bocca ora. «Mi spari, capitano!» Vide un braccio nudo che premeva contro la faccia devastata, due dita che cercavano di afferrare qualcosa, forse l'occhio scivolato sulla bocca. La mano del capitano andò alla pistola. Ma non fece in tempo a estrarla dalla guaina che fu sbattuto all'indietro da una forte spinta e cadde riverso. L'avevano colpito al petto.

Il capitano l'è ferito / l'è ferito e sta per morir / e manda a dire ai suoi alpini / che lo vengano a ritrovar. / Il primo pezzo al re d'Italia / che si ricordi dei suoi figli alpin / il secondo pezzo al reggimento / che si ricordi di un suo soldà / il terzo pezzo al battaglione / che si ricordi del suo capitan / il quarto pezzo alla mia mamma / che si ricordi del suo figlio alpin.

La mamma, Zaira Morrione Del Signore, in quel momento stava alzandosi dal letto nel piccolo paese di Touta in Abruzzo per andare a mungere la vacca che già muggiva nella stalla. Guardò per un momento il marito Mosè Salvato che dormiva a bocca aperta, i folti baffi grigi imperlati di saliva. Avrebbe aspettato ancora qualche minuto per svegliarlo, dormiva così bene. Mentre apriva le persiane su un paesaggio ancora grigio, umido, aveva sentito una fitta al petto, come una coltellata. Il respiro le era mancato, si era piegata sul davanzale col fiato spezzato. Ma era durato un attimo. Subito dopo, il cuore aveva ripreso a battere regolarmente e il sangue era rifluito nelle vene con l'energia di sempre. Solo dieci giorni dopo avrebbe saputo che proprio quella mattina all'alba, quando aveva sentito la coltellata nella carne, suo figlio Pietr' i pelus' era morto con un colpo di fucile in pieno petto.

Il quarto pezzo alla mia mamma / che si ricordi del suo figlio alpin... queste precise parole erano venute alle labbra del soldato Niccodemi quando aveva visto il suo capitano cadere all'indietro con la pistola in pugno, su quelle rocce viscide di pioggia in un'alba infida del 1917. E siccome il soldato Peppino Calò continuava a chiedere che qualcuno gli sparasse, lo aveva preso di mira e colpito in testa con il suo fucile modello 91. Le stesse parole salgono alla mente del personaggio Zaira detta Zà, che racconta alla scrittrice di quel capitano che era stato suo nonno ed era morto stupidamente per difendere un cocuzzolo assolutamente inutile.

«E Pina?» chiede la donna dai capelli corti, curiosa.

«Non ha mai saputo della morte del suo Pietr', anche se l'ha indovinato. Una notte, mentre dormiva, ha sentito qualcosa di freddo e di morbido che sfiorava il suo corpo: Sono venuto a fare l'amore con te, come ti avevo promesso...

«Nove mesi dopo, nel gennaio del 1918, Pina ha fatto un bambino e tutta la Casa di piacere Fiori ombrosi se n'è rallegrata. La patronne ha stappato una bottiglia di champagne francese e ha bagnato il piccolo membro del neonato con la spuma dicendo che gli avrebbe portato fortuna. Una settimana più tardi però ha costretto la giovane madre a portare la creatura in campagna, depositandola presso Corradina, una contadina che aveva appena perso un figlio e si pensava disponesse di buon latte sano da donare dietro magro pagamento.»

«E che nome gli hanno messo al bambino?»

«Come il padre capitano, Pietro, anzi Pietrino, detto poi Pitrucc' i pelus'.»

«E che ha fatto Pitrucc' i pelus'?»

«È rimasto qualche mese con Corradina, in un paesello vicino Torino, insieme alle pecore e alle vacche. A Corradina, la giovane contadina che aveva appena perso il figlio, il latte era diventato aceto, come dicevano le comari; allora appendeva il piccolo direttamente al capezzolo della vacca, mentre lo teneva in grembo e gli cantava: *Il capitano l'è ferito / e manda a dire ai suoi soldà... Il primo pezzo al re d'Italia, / che si ricordi del suo figlio alpin...*»

La donna dai capelli corti tiene in mano delle fotografie in cui giovanissimi, i suoi ineffabili genitori, con indosso i knickerbockers, in testa il cappelletto per proteggersi dal sole, fra le mani le piccozze, un'aria spavalda e ardimentosa, si avviano verso le cinque cime del Lavaredo per scoprire sulle pareti lisce una nuova strada, più ardua e pericolosa delle altre. Una sfida all'altezza, al pericolo, al futuro.

«A me piace il mare, mi ci porti al mare, ma'?»

«Il mare, quando ero piccola io, era pulito, trasparente, si vedevano banchi di minuscoli pesci blu elettrico che correvano sul fondo. Ora si è fatto sporco, infido, chiassoso oltre ogni sopportabilità. Il fondale è foderato di carte sporche e pezzi di plastica. Se nuoti al largo, come facevo io, rischi di essere investita da un motoscafo lanciato a velocità. Oppure vieni assalita da un nugolo di meduse brucianti. Il mare è morto, amore mio. Ammazzato dai pesticidi, dalla pesca indiscriminata, dalle bombe, dai veleni, soffocato dal cemento e dall'asfalto.»

«E la montagna, ma'?»

«È rimasto qualche boccone di bosco. Lì dove andremo appena avrò finito il mio lavoro.»

Ombre inattese, piccole fughe di luce. La donna dai capelli corti si trova immersa dentro un bosco marsicano e rimugina sui significati delle parole come bosco, foresta, selva, che sono diventate da ultimo così importanti per lei. Pare siano stati i tedeschi a inventare per primi la parola *buwish* che significa legno e che in seguito si è trasformata in *busk*, bosco. E da lì la parola si sarebbe sparsa per l'Europa. Ma c'è chi dissente, come spesso accade nelle indagini etimologiche. Per costoro l'origine è greca, *boschos*, che vuol dire pascolo. Ma i pascoli non sono per loro definizione erbosi, fuori dalle selve? Altri ancora ritengono che la parola derivi dal latino *buxus* che vuol dire bosso. Eppure lei sapeva che i romani lo chiamavano *lucus* il bosco. Da qui la famosa *Lucus a non lucendo*: ha nome luce pur non facendo luce. Perché uno spazio scuro, ombroso viene chiamato lucente? Misteri del linguaggio. Che però pedina sempre una logica, magari tortuosa, ma conseguente. Il bosco dà legna da ardere, l'accensione della legna produce calore e luce. Da qui il *Lucus a non lucendo*. Ma nei boschi di oggi, che si cerca di rendere il più possibile domestici, affidabili e quindi non più insidiosi, ci si può ancora perdere, smarrire? *Nel mezzo del cammin di nostra vita, / mi ritrovai per una selva oscura.*

Nelle selve abitano ancora gli spiriti? e cosa raccontano? come si comportano? In foresta si è soli ma mai veramente soli, dice un poeta giapponese, c'è ovunque un occhio che spia. Ma l'occhio di chi? di un lupo, di una lince, di un gufo, di un demone, di un fantasma, di un dio senza nome? Le foreste hanno una strana propensione per le metamorfosi: i boschi di Shakespeare camminano.

È una delle sorprese enigmatiche più intense dei suoi ricordi di ragazzina appassionata di letture notturne: il messaggero arriva trafelato di fronte a Macbeth – ma anche di fronte a lei ragazzina che legge stupita – e dice: *Ero di guardia sul colle, rivolto verso Birnam quando ad un tratto ho visto che la selva si muoveva verso di noi.* Macbeth lo guarda torvo, dà del bugiardo al messaggero. Ma lui gli tiene testa: *Schiacciatemi con la vostra collera, se non è vero. Potete vederla a tre miglia: una selva in marcia.* Macbeth si piazza sul più alto degli spalti e scrutando l'orizzonte vede in lontananza gli alberi della foresta di Birnam che si muovono compatti verso di lui. La profezia si sta avverando...

La piccola lettrice trattiene il respiro ritta in piedi sullo spalto alle spalle di Macbeth. Anche lei, come il re guerriero, vede con trepidazione, con sorpresa, con meraviglia, la foresta, alta, oscura e indecifrabile di Birnam che si sta dirigendo, frondosa e verdeggiante, verso il castello di Dunsinane. Non è una allucinazione, non è un delirio. È la realtà di una guerra che lo vedrà sconfitto. Macbeth stranamente non si oppone alla profezia, non si prepara a combattere, ma quasi accetta stancamente la sua fine: *Soffia, vento, soffia, vieni naufragio!*

Stamattina la donna dai capelli corti ha trovato fra le carte una lettera: Caro figlie ca sì luntane, nui ecch' faceme la fame, Pietr' mè, nun ce só mangh' i faciule ch' ce stevene gli anne passate e ce magnamo l'erva delle mundagne com' i crape... Non avevano neanche i quattrini per comprare il sale, le pecore erano morte di fame, continuava la lettera, quando la neve era salita fino alla finestra. Tu, figghiuzzu miu, comme sta' ca Turine sta accuscì grand' mangh' te riesche a immaginà. Sì propriu nu signorinu e a mmia me piacette assaie la fotograffia ca me mannaste cu cappedduzzu e u gillè, te manne tante bbace, mammeta... Vergata con la mano incerta di uno scrivano semianalfabeta che si faceva pure pagare per mandare le lettere ai militari lontani. Da ultimo, in tempi di guerra, chiedeva compensi in natura: un uovo, un poco di pane, un sacchetto di lenticchie.

Nella busta una fotografia di Pietr' i pelus' dai baffetti insolenti, una giacchina lisa ma ben stretta in vita che mette in mostra il figurino da rubacuori, un basco da studente in testa, i pantaloni alle ginocchia, i calzettoni, le scarpe da passeggio, una cravatta tutta di traverso come se il vento gliela volesse strappare dal collo.

Zaira osserva la scrittrice mentre rovescia la fotografia per cercare la data. Ma questa volta non c'è. Devono essere gli anni che precedono la Prima guerra mondiale, forse il 1914. Zaira sorride notando l'attenzione della romanziera. Allora, c'è posto per lei e Colomba nel suo raccontare?

La donna dai capelli corti le chiede di questo nome strano, Colomba. Un nome inusuale. E Zaira le spiega che è stato voluto da Cignalitt'. Quando sua figlia Angelica si è sposata con Valdo il professore sessantottino e ha dato alla luce una vagliolella, proprio lei, Zà, aveva insistito per metterle il nome di Colomba. «Cignalitt' ci teneva tanto, aveva una venerazione per santa Colomba e pare le avesse promesso di mettere il suo nome alla figlia quando aveva ottenuto da lei la grazia di un voto. Ogni anno, buono o cattivo tempo, andava in pellegrinaggio dalla santa, che nel lontano 1110 abbandonò i palazzi della grande famiglia dei conti di Pagliara a cui apparteneva, per ritirarsi sui monti più alti. Si racconta che dormisse in una grotta sul Gran Sasso, nei pressi di Pretara e si nutrisse di erbe e di bacche. La gente andava a chiederle consigli, guarigioni, perché "capiva ogni cosa", era savia e profonda e sapeva "leggere nel cuore di chi le stava di fronte". Aveva guarito non so quanti storpi e ridato la vista a due ciechi, aveva addomesticato un lupo feroce e fatto uscire l'acqua da una roccia in tempo di siccità. Per questo il papa volle farla santa e ancora oggi è venerata soprattutto in Abruzzo.» Ma perché non l'ascolta?

I boschi delle montagne abruzzesi sono abitati da giganteschi faggi mostruosamente contorti e bitorzoluti. La donna dai capelli corti li osserva ammaliata. Si fanno casa di spiriti e di scoiattoli, si appoggiano a volte stancamente a grossi massi color grigio cielo, e da lì riprendono a lanciare verso l'alto i loro rami frastagliati, verdissimi.

L'uomo dalla faccia etrusca viene a trovarla una volta alla settimana. Ha gli occhi azzurri e i capelli ricci, bruni. Soffre di paure dolorose. Ha paura di tutto, anche dei sogni tempestosi che fa. Ma soprattutto ha paura degli avvelenamenti, delle malattie, del sangue che scorre, delle ferite. Per questo è così tenero coi fiori che interra delicatamente, come seppellisse un tesoro, lasciando che le foglie nuove crescano libere intorno a un gambo bene innaffiato e ripulito. Per questo lava e rilava i bicchieri sporchi. Per questo il suo cuore assomiglia all'interno della sua casa, in cui ogni mobile è pulito e sgombro di oggetti inutili, in cui i vestiti stanno chiusi negli armadi e mai ciondoloni abbandonati sulle sedie come succede da lei. Per questo le sue camicie sono stipate sulla mensola e sanno sempre di sapone. Per questo nel suo bagno il tubetto del dentifricio sbuca dal bicchiere di grosso vetro opaco come fosse un fiore e la boccetta dell'acqua di Colonia se ne rimane quieta e pulita accanto al sapone dal profumo di mughetto e al pettine candido che giace senza un capello attaccato ai denti, davanti al colluttorio di un bel colore malva.

«Non parliamo più d'amore... mi sa che ti sei stancata.»

«Di che?»

«Di noi.»

«Per me l'amore è anche questo: stare vicini senza dirsi niente.»

Impastano il pane del tempo. Stanno seduti sulle foglie cadute che hanno costruito un tappeto morbido dal profumo asprigno e gentile.

Bisogna evitare i cardi che sbucano sbilenchi da ogni dove e le ortiche insidiose. Lo vede stendere la giacchetta impermeabile. Poi sdraiarsi e appoggiare la testa sopra il braccio piegato.

Eppure è proprio a lei che appartengono le parole. Ha una ipertrofica fiducia nei dialoghi. Ma ci sono dei momenti in cui le parole fanno cilecca, sembrano senza vita in un rapporto d'amore. Dice molto più quel braccio piegato morbidamente contro l'erba e l'arrivo inaspettato di una coccinella che va a posarsi proprio sul gomito nudo di lui. Gli occhi dell'uomo amato si voltano verso di lei e sorridono liquidi. Un asino raglia con voce dolente, lei allunga lo sguardo, ma non lo vede perché è nascosto dagli alberi. C'è qualcosa di straziante nel raglio prolungato di un asino. Lo strazio di stare al mondo? *Oh terribile dolore di essere uomini!* fa dire Marlowe a un suo personaggio. Anche l'asino, forse più dell'uomo, sembra conoscere questo dolore.

Un bacio è un bacio è un bacio è un bacio, niente di più ipnotico di una frase ripetuta tante volte, come sapeva bene la grande giocatrice del linguaggio che era Gertrude Stein. La donna dai capelli corti conosce il sapore della saliva di lui, ma ogni volta qualcosa di nuovo la sorprende: un pizzicore gentile, un fondo di menta amara, un respiro pietroso. L'amore fatto sotto gli alberi ha qualcosa di sacro. I due corpi diventano foglie tra le foglie, terra sulla terra. Non si accorgono nemmeno delle formiche e dei grilli che si arrampicano su per le gambe nude. Non si accorgono dell'insistente richiamo dell'upupa che stride nelle loro orecchie. Non si accorgono del sole che prende a ballare delicatamente sulla pelle nuda di lui mentre le scarpe sporche di fango pigiano contro la coltre di foglie, scivolano, cercano appiglio addosso a una pietra che, a furia di spinte, finirà rotoloni verso valle. L'odore sottile delle erbe appena nate, dei funghi, della corteccia di faggio, dei ciclamini che sbucano pallidi fra gli strati di foglie morte penetra nelle narici di lei assieme al sapore acerbo del sudore di lui. Una nuova vita può cominciare così, nella casualità di un abbraccio rapido e impaurito, le orecchie tese ad ascoltare un possibile rumore di passi, nell'intelligenza strategica di due corpi che si cercano per amore.

Zaira stamattina le ha lasciato sul tavolo una fotografia in bianco e nero davvero curiosa. Un carretto pieno all'inverosimile di mobili, tirato da un povero mulo dalle costole in rilievo. Alla guida un bambino che dimostra sì e no dieci anni, in pantaloncini corti e un cappello a larghe falde in testa. A terra, accanto al carro, tre donne vestite di nero. Eleganti, ben pettinate, con tanto di collana di vetro al collo. Eppure ai loro piedi ci sono, posati sul suolo, fagotti enormi chiusi con lacci improvvisati come se fino al momento di accogliere il fotografo, avessero faticato a caricare bagagli che racchiudono le povere cose rimaste illese da un disastro. Una delle donne tiene per mano una bambina in bianco, con un grande fiocco in testa. Un poco defilata, una madamina dal cappello a ruota, la gonna lunga, i riccioli sulla fronte. Le donne sorridono. Sotto c'è scritto a penna, con una grafia stentata: Touta. Terremoto 1915. A guardare bene, sul fondo sabbioso della foto si distinguono le macerie di una casa. Ma perché sorridono quelle donne? Zaira si è allontanata lasciandole quella curiosità.

«'Ntisi zeffelà accuscì com'a unu ca sciuscia supra u focu, frrr, frrrr, pecciò susii a cape e vitti lu tettu ca si movìa.»

La testimonianza della bisnonna Zaira è difficile da decifrare in quel miscuglio di siciliano e abruzzese che la distingueva, si giustifica Zaira, guardandola con un sorrisetto furbo. Sa che l'autrice si interessa alle questioni linguistiche e le pone il bocconcino bene in vista nella trappola. La donna dai capelli corti capisce che si tratta di un'esca ma ha voglia di abboccare. I trabocchetti linguistici sono pane per i suoi denti. E anche se poi rimarrà inchiodata a quella sbarra, poco importa. «Vai avanti» dice al personaggio e Zà prosegue: «Sugnu 'mbriaca, me só ditte, sugnu 'mbriaca, ma quale 'mbriaca ca vinu nun aju bivutu da quattru jórne...».

La donna dai capelli corti trascrive diligentemente, ma poi si ferma dubbiosa: il lettore non capirà un accidente. Sarà giusto trascinarlo in una fatica linguistica che lo porterà a saltare d'un solo balzo la testimonianza di Zaira Morrione che in vita sua non ha mai imparato l'italiano e ha sempre mescolato lo spigoloso dialetto abruzzese con le cantilene siciliane?

Zà la guarda ironica. Non aveva detto che le piaceva quel miscuglio di siciliano e di abruzzese che caratterizzava la parlata della bisnonna Zaira Morrione Del Signore? La donna dai capelli corti allarga le braccia, arresa: si rischia il buio. E allora? Dobbiamo ricorrere al discorso indiretto e lasciare, come vestigia e testimoni di quell'antica parlata siculo-abruzzese solo qualche scorcio, qualche mozzicone. Non è così? Zà annuisce maliziosa come a dire: lo sapevo.

La bisnonna che allora era giovane, aveva sollevato il capo e aveva visto una sedia che correva verso la parete, «mò i spirti ch' fannu? s'arricriane mientre ca nui patiame?». Ma proprio in quel momento era cascato un pezzo di soffitto, bianco e pastoso, sbriciolandosi e sollevando una gran polvere che era schizzata tutta intorno alla stanza. «I tarramùt! Lu tirrimotu, Madonne mie, aiutaci!»

Con un balzo Zaira si precipita nella stanza del figlio, a casa per una visita, e lo tira per i piedi assieme alla coperta. «Che stai a fà? Che stai a fà?» Non capiva il ragazzo che dormiva profondamente. Ma Zaira riesce a tirarlo giù dal letto e lo trascina per un braccio fuori della stanza, giusto in tempo prima che anche lì caschi il soffitto. Le è bastato sollevare gli occhi per capire: la parete si sta riempiendo di crepe come saette in un cielo in tempesta. Intanto si accorge che accanto a lei Mosè non c'è: «Addó sta' Mosè, unni sìi?».

Mosè non poteva sentire perché in mezzo al pavimento si era aperto "nu pertuso granne accuscì" e lui era sprofondato là dentro. Ma loro non lo sapevano che lui era là sotto e lo cercavano intorno intorno. «Andiamo, ma', qui stanno cadendo tutte cose!»

Il tempo di dire una preghiera e la casa si torse su se stessa e precipitò in briciole dietro di loro seppellendo i mobili, il letto, la cucina e pure il pozzo nero con il suo carico, sollevando una gran polvere e un puzzo insopportabile. Fuori era tutto bianco che pareva nevicasse e invece erano pezzi di intonaco che frullavano per l'aria e loro furono colpiti sul capo, negli occhi, sulle spalle. Erano come i chicchi di grandine dei temporali di primavera. La strada davanti a loro si era aperta "come nu mellune".

Questa volta fu il figlio Pietr' che prese a tirare la madre verso il fiume, dove si dirigevano tutti quanti gridando e spingendosi. C'era chi chiamava un figlio, chi il nonno, chi la mamma scomparsa nella confusione. I cani abbaiavano contro tutti e le vacche chiuse dentro le stalle muggivano disperate. Molte case già bruciavano e il fumo prendeva alla gola. Zaira chiamava il marito, pensando che fosse in mezzo alla folla che correva. Mosè Salvato non rispondeva. Dove poteva essere finito? «Madonnuzza mia, Signuruzzu miu, fammele retruvà» mormorava Zaira fra le labbra tremanti. In quella vengono investiti da un getto d'acqua sporca che sgorga da sotto terra e si rovescia sulla gente come se volesse cacciarla da lì. Si misero a correre anche loro, Zaira e il figlio, incespicando nei rottami, avvolti in una nuvola di polvere e di fumo, lacrimando e tossendo.

Tutto questo era durato qualche minuto, poi era venuta la pace. La terra aveva smesso di tremare, mugghiare e scricchiolare. Le macerie fumavano tranquille, i fuochi più grandi erano stati spenti. Il cielo si era aperto e il sole stava spuntando pallido a illuminare le facce stravolte della gente. Molti tornarono alle case distrutte per cercare i familiari scomparsi. «Jamoncinne» dice Zaira al figlio, «jamoncinne a cercà a Mosè pàtrete.»

Tornarono verso le macerie della casa. La polvere era ancora molto densa e non faceva respirare, ma Mosè doveva essere ritrovato. A quel punto «s'intise la cambana d'lla cchiesa e tutte se capirono che idda per lo meno, la chiesa, era salva». Questo fu un gran sollievo che non fosse crollata pure la chiesa e la gente si fece il segno della croce. «Jemmen' llòch!» gridavano «jamme allà...» Zaira non voleva muoversi dalle macerie della sua casa prima di avere trovato il marito, vivo o morto. Per questo tirava il figlio per il braccio e lo incitava a cercare. «S'è morto, oh mà, s'è morto!» diceva lui e sembrava tanto stanco che faticava a parlare. Zaira, come indovinando che il marito era ancora vivo sotto la casa, lo chiamava insistentemente: «Mosè, Mosè mariteme, addó sta'?». Ma non arrivavano risposte. Pietr' insisteva per andare alla chiesa dove si stavano radunando i superstiti e qualcuno aveva già messo sul fuoco del caffè. Zaira non ne voleva sapere. «Si vo' annà va', ie stengh' ecch', sto qua.» Ma il figlio non voleva lasciare sola la madre e così rimasero tutti e due chiamando e chiamando il nome di Mosè. Finché verso le undici sentirono una voce lontana che diceva: «Songh' ecch', Zà, accà». «Addó, addó?» «Cà, cà.» Non si capiva da dove venisse quella voce di fantasma. «Sutt' a cà, non pozz' escì!» diceva la voce sotterranea. E Zaira capì che il marito era prigioniero proprio sotto la casa crollata. E subito prese a scavare.

«Va' a piglià na zappa» ordinò al figlio ma lui la guardava esasperato: «Ma dove la piglio che non c'è rimasto manco un mattone intero?». Zaira, non sapendo che fare, tirò con tutta la forza rimasta un ferro che sporgeva da un pezzo di muro miracolosamente restato in piedi e cominciò a scavare. Intanto chiamava a sé il figlio perché la aiutasse «ca sul' nun ce la facc'». Il figlio, in preda a una specie di torpore, si era seduto su una pietra e fumava, fumava e si guardava intorno come un grande filosofo. «Mò che fa', dorme?» Zaira gli andò vicino e gli diede una gran spinta, tanto che la sigaretta gli volò per aria. E finalmente Pietr' sembrò svegliarsi. Afferrò il ferro che gli porgeva la madre e prese a scavare rabbiosamente fra le macerie. Ogni tanto si sentiva la voce di Mosè che pregava. «In prescie, in prescie, ca nun respire cchiù.» «Aspett' ca mò venem'» lo rassicurava Zaira.

Dopo tre ore di scavo, mentre il sole si faceva più caldo e caritatevole verso quella gente senza casa e senza focolare, finalmente videro sgusciare fuori la mano di Mosè che sembrava quella di un burattino di legno tanto era nera e rigida, con tutte le dita gonfie. «Oh ma', non ci arriveremo mai, tra un po' saremo tutti sepolti.» La stanchezza era tanta e a Pietr' sembrava di svenire. Ma Zaira non intendeva lasciar perdere. Anche se si avvertivano degli scricchiolii sinistri, dei boati sotterranei che non promettevano niente di buono, era intenzionata a salvare suo marito. Per fortuna il fuoco non li toccava, sebbene la casa vicina bruciasse ancora. Vide Ginett' C' puzzan' i baff' che andava barcollando mezzo accecato dalla polvere e dal fumo e lo tirò per una manica, «Vié ecch' Ginett', aiutace a scavà!». E Ginett' che aveva perso la madre e la moglie dentro la casa in fiamme, si mise a scavare in silenzio, senza protestare. Zaira vedeva che il pertuso si faceva sempre più grosso, sempre più grosso e ora, oltre alla mano si poteva scorgere tutto il braccio di Mosè, coperto di calcinacci e un pezzo della spalla sinistra.

Prima di mezzogiorno riuscirono a tirare fuori Mosè da sotto le travi contorte. Il braccio era spezzato e la mano diventava sempre più nera e gonfia, ma per il resto era sano. Quando uscì dal buco, tutto bianco di polvere, gli scavatori lo guardarono sbalorditi. Ai loro occhi era apparsa una statua di sale. «Nun sì Mosè salvat' dall'acque, sì Mosè salvat' dai polvere» gli disse Ginett' C' puzzan' i baff' e tutti si misero a ridere. Zaira non si era accorta di avere una ferita al piede che poi l'avrebbe tormentata per mesi: sanguinava e lasciava a ogni passo una impronta rossa, ma non sentiva niente. L'importante era avere ritrovato Mosè.

Il personaggio Zaira, detta Zà, continua le sue manovre di seduzione. La testimonianza che ha trascritto in bella grafia su un quadernetto con la copertina nera, rispettando le contrazioni e le distorsioni di un dialetto siciliano condizionato dall'abruzzese dopo anni di lontananza dall'isola, è di sua nonna Zaira Morrione, sopravvissuta al micidiale terremoto marsicano del 1915. Come resistere?

La donna dai capelli corti beve una tazza di tè riflettendo sui suoi personaggi: perché Sandra, la protagonista del romanzo lasciato a metà, ora la guarda ostile e lontana? perché non vuole ricominciare a raccontare? Eppure era venuta lei alla sua porta. Si era seduta sulla poltrona più comoda della casa, aveva bevuto il tè al gelsomino che profuma la tazza, senza latte e senza zucchero; aveva preteso che l'ascoltasse mentre raccontava la sua storia. Anche quella girava attorno all'idea di una scomparsa. Le domande erano seguite con naturalezza: perché tanti spariscono? dove se ne vanno? e se ne vanno veramente o qualcuno li costringe ad allontanarsi? Se è vero che migliaia di persone svaniscono ogni giorno senza lasciare tracce, e se soltanto una su tre viene ritrovata, cosa significherà per tutti la parola scomparire? Nascondersi o essere costretti ad ammucciarsi come dicono i siciliani?

Sandra è ossessionata dalla scomparsa di un suo giovanissimo amico ebreo con cui giocava da bambina e che è svanito, con la famiglia, prelevata dalle SS, nel lontano 1944. Oggi Sandra vuole sapere se è morto come le sembra probabile, ma se c'è una possibilità che sia vivo, vorrebbe ritrovarlo perché da bambina l'ha amato come non ha più amato e ogni tanto ancora lo sogna vicino a sé. C'è una possibilità su mille che quel bambino con cui si è confidata, con cui si è arrampicata sugli alberi, con cui è andata in cerca di girini dopo aver fatto il bagno nei fiumi, si sia salvato. Vorrebbe sapere se per un caso benigno si trovi fra i pochissimi sopravvissuti ai campi di concentramento.

Per saperlo prende un treno per Vienna e poi per Cracovia. Ma qualcosa la paralizza al suo arrivo ad Auschwitz. Troppo grande, troppo intenso, troppo lontano quel campo, anche se lei un campo l'ha vissuto, l'ha conosciuto, l'ha patito. Non le sarebbe difficile immaginarlo, ricostruirlo. Ma Sandra, una volta arrivata, una volta passata attraverso le porte della dannazione, una volta esaminate tutte le facce degli internati nelle fotografie appese lungo i corridoi, una volta osservate da vicino le valigie ammonticchiate e coperte di polvere coi nomi dei morti incollati sopra, le scarpe strappate ai piedi dei prigionieri, i capelli tagliati e accumulati in mezzo a una stanza vuota; una volta attraversati gli archi della disperazione, dell'orrore e del silenzio, non trova di meglio che sedersi su un sasso e rinunciare a qualsiasi parola, qualsiasi gesto.

Sandra è ancora lì che aspetta. E nessuno né niente riesce a smuoverla. Aspetta il suo piccolo innamorato perduto tanti anni fa. Sarà diventato un uomo? o sarà stato spedito nella camera a gas come tanti bambini della sua età in quegli anni orrendi e privi di pietà? Sandra non lo sa. E nemmeno l'autrice.

Bussano ancora alla porta, e non si tratta di Sandra. Aprendo uno spiraglio la donna dai capelli corti si accorge che chi vuole entrare a tutti i costi è sempre lei, Zaira. Di nuovo tu, ma che vuoi? E l'altra sorride imbarazzata. Vuole prendere posto e raccontare. Di sé, della sua famiglia, di Mosè Salvato Del Signore che da giovane aveva una bella testa ricciuta come una pecora e si strofinava i denti con il basilico per mantenere sempre un buon odore in bocca. Una sola volta aveva tradito la moglie e lo seppe tutto il paese.

Un racconto curioso, che ha saputo dopo tanti anni, da Maria Menica. In famiglia glielo avevano nascosto. Il giovane Mosè Salvato, dopo qualche anno che si era sposato con la giovanissima Zaira Morrione venuta dalla Sicilia col padre nel 1889, si era incapricciato della figlia di un pastore: una ragazzina di quindici anni che portava le pecore al pascolo. Andava a piedi nudi tanta era la povertà di quei tempi, un fazzoletto in testa per proteggersi dal sole e dall'acqua, la gonna lunga rattoppata mille volte che le saltellava intorno alle caviglie abbronzate. Era una ragazzina forastica e lui la incontrava ogni mattina andando agli stazzi, con un bastone in mano e un'aria così imbronciata, ma così imbronciata che gli veniva voglia di farle il solletico. Una mattina presto, trovandosela davanti, le aveva offerto un fico appena colto dall'albero. Lei lo guardava diffidente. Lui aveva insistito: «Putess' esse tu patre, nun te fà ombra!». Ma lei si scornava. E lui si era avvicinato piano piano, tendendo il fico maturo posato nel mezzo del palmo disteso, come si fa coi cani che hanno fame ma temono la mano dell'uomo.

Infine aveva afferrato al volo il fico e se l'era cacciato tutto in bocca. Allora lui aveva estratto dalla tasca un sacchetto di ceci zuccherati e glieli aveva offerti. Lei lo aveva guardato torva, sapendo che se avesse accettato, poi avrebbe dovuto pagarlo e, siccome non aveva soldi da dargli, avrebbe dovuto rendere in natura. Perciò teneva la bocca chiusa e l'aria diffidente. Ma Mosè era un bel giovanotto, coi riccioli castani sulla fronte, una bocca tornita e due braccia abbronzate da lavoratore, gli occhi azzurri limpidi. Lei lo guardava rabbiosa e poi fissava rapace quel sacchetto di ceci zuccherati che le facevano gola: non mangiava qualcosa di dolce da almeno un anno intero. Infine, in un impeto infantile, aveva allungato le dita. E dopo, come previsto, aveva dovuto rendere la gentilezza, secondo quel patto silenzioso che ognuno conosce, dandogli quello che voleva lui.

Ma in paese i segreti non si possono tenere e questo episodio, dopo avere fatto il giro delle comari e dei compari, era arrivato alle orecchie della moglie. E lei, senza pensarci un attimo, aveva afferrato il bastone per condurre le vacche al pascolo, si era precipitata dove sapeva che pascolavano le pecore di Nicola detto Can' sicch' e aveva assestato delle bastonate sulla schiena della figlia di lui. La ragazza non si era neppure difesa. Si era limitata ad arrotolarsi su se stessa cercando di evitare i colpi più duri. «Sì la figlia de Can' sicch' e sì na cana sicca pure tì e nun te po' marità ca Mosè t'ha 'nguaiata.»

La sera poi aveva rovesciato sulla testa del marito una pentola d'acqua bollente. Ma neanche lui aveva reagito. In cuor suo le dava ragione. Si era solo precipitato in cortile per immergersi nell'acqua fredda dell'abbeveratoio. Gli erano rimaste delle cicatrici sul collo e su una delle guance.

La figlia di Nicola Can' sicch' in effetti non aveva trovato marito. Nessuno in paese poteva sposarla senza rendersi ridicolo: si era data a Mosè per un sacchetto di ceci zuccherati. Dopo qualche anno di umiliazioni, era partita per Roma a fare la prostituta. Per lo meno guadagnava e viveva con un uomo che la proteggeva, anche se le portava via quasi tutti i soldi. Ogni tanto Zaira glielo rimproverava al marito: «La colpa è tutta la tè, se quela s'è 'nguaiata». E lui rispondeva che era «na cana sicca», e non c'era niente da fare.

L'immaginazione della donna dai capelli corti "ronza" intorno all'atto dello "sparire". Cos'è che la turba in questo processo di dileguamento senza motivi e senza parole? Una persona che c'è ma nello stesso tempo non c'è. Potrebbe essere ovunque, potrebbe distinguere tutto, capire tutto. Ma nessuno può vederla. È un corpo inesistente seppure esistente, come il *Lucus a non lucendo* dei latini. Un corpo attorno a cui frullano come moscerini le domande di chi è rimasto ad aspettare. È voluto andare via? o è stato costretto? trascinato? impedito? sarà vivo o morto? Domande terribili che sconvolgono le giornate, le notti di chi è restato ad attendere.

Scrivere della ragazza scomparsa sembra essere il suo prossimo destino. È diventata una sfida? Saprà rintracciare il seme dolce in mezzo a tutto l'amaro? saprà capire se la sparizione è soltanto una perdita? saprà affrontare attraverso la pratica della scrittura un tema dimesso e drammatico ma non nuovo come questo? Sono domande lunghe e dolenti che si attorcigliano come serpenti. Sono parecchi anni che nella sua immaginazione cova la parola arcana che indica l'eclisse di un corpo. Come quando è andata in Argentina per conoscere le madri della Plaza de Mayo ed è rimasta sconvolta dalle fotografie, migliaia di fotografie di desaparecidos, che le hanno mostrato. Della maggior parte di costoro si sa che sono morti, ma i loro corpi non sono mai stati trovati. A volte quei corpi quasi sempre giovani – i militari coltivavano l'ovvio sospetto che coloro che hanno imparato attraverso la pratica del dubbio e della ragione, coloro che sono per la libertà di critica e di giudizio, fossero soprattutto giovani e in gran parte frequentassero le università – davano vita ad altri corpi. Quanti figli sono nati nelle prigioni argentine mentre le madri venivano torturate, seviziate, durante il regime militare negli anni Settanta? Quei bambini sparivano anch'essi, ma non venivano uccisi, bensì assegnati alle coppie sterili di militari. Ancora oggi sono considerati desaparecidos, bambini svaniti nelle occhiute e segrete famiglie dei torturatori, dopo che era stato cambiato il nome e anche il cognome. Come ritrovarli? ed è lecito strapparli a quelli che considerano genitori naturali? è giusto dire una verità che sconvolgerà la loro vita futura?

Qualcuno di questi bambini ormai cresciuti, è stato rintracciato dopo ricerche difficili e costose. Ed è stato straziante raccontargli che il padre che avevano imparato ad amare non era il vero padre bensì colui che aveva torturato e messo a morte il genitore. Terribile dovere rivelare che la madre che lo aveva nutrito, accarezzato, imboccato, pulito e abbracciato in tanti anni, non era la vera madre ma la complice silenziosa di quel generale, di quel tenente, di quel capitano aguzzino e torturatore. Quegli assassini fra l'altro sono tutti ancora lì, nelle loro belle case, circondati dai loro cari. Nessuno è riuscito a fare loro un processo, a metterli in galera.

Zaira ricomincia cocciutamente ogni volta da capo, dal pastore Mosè Salvato Del Signore e da Zaira la siciliana che credeva nella legge del dente per dente, come è scritto nella *Bibbia*. Per questo aveva picchiato la piccola figlia di Can' sicch'. Ma poi aveva provato pietà per quella ragazza rovinata.

Dopo quasi un anno dal fatto, aveva deciso di «annà 'n città» e aveva preso un autobus che dopo cinque ore di curve e saliscendi l'aveva lasciata nel mezzo della capitale: Roma. Teneva l'indirizzo bene in mente perché era analfabeta e non sapeva leggere. Aveva girato per ore chiedendo di una strada che nessuno sembrava conoscere, dalle parti di Ponte Sant'Angelo. Infine, verso sera l'aveva trovata la figlia di Can' sicch' in un appartamentino sudicio e malmesso. Era tutta elegante e pettinata alla moda e stava uscendo per andare in strada. «Come te sì ffatte bbone!» le aveva detto e poi, senza tanti preamboli, le aveva chiesto se avesse bisogno di soldi. Ma quella aveva alzato le spalle guardandola storta. «Quatrine nun me manghe.» E aveva fatto per scansarla. Proprio allora si era sentito il pianto di un bambino e la ragazza era tornata indietro, aveva scostato una tenda e aveva preso in braccio un vagliolello di pochi mesi. A quel gesto qualcosa si era sciolto fra di loro. Zaira aveva posato la borsa in terra e si era proposta di tenere il bambino mentre l'altra andava a «lavurà». E la ragazza aveva acconsentito. La sera, quando la giovane mamma era rientrata, Zaira le aveva fatto trovare la tavola apparecchiata. Aveva cucinato la pasta con gli orapi, le patate maritate, e una insalata di cavolo bianco.

Le due donne avevano mangiato insieme allegramente. La ragazza le aveva confessato che per lavorare aveva preso il nome di Enza. La chiamavano 'Nzina di Touta. Aveva avuto la gran fortuna, secondo lei, di trovare un bravo giovane, un certo Sergio, che era pure lui di Touta e la trattava bene, nel senso che non la costringeva a uscire anche di notte, ma solo nel pomeriggio, le permetteva di tenere il figlio con sé, non la picchiava, le lasciava un buon quinto del denaro che guadagnava. Zaira aveva stretto fra le mani la fotografia di questo Sergio che 'Nzina conservava sul comò: era un giovanotto dai folti basettoni e gli occhi sbrilluccicanti. «A cu è figghiu?» aveva chiesto. Ma lei non l'aveva voluto rivelare. E Zaira dovette ammettere che non le ricordava nessuna faccia nota di Touta. Ma era vero che molti giovani partivano per le città lontane quando erano ragazzini e non tornavano nemmeno quando si arricchivano.

Le due donne avevano finito per fare amicizia e ogni tanto Zaira riempiva una sporta di lenticchie, patate, orapi che raccoglieva d'estate sul monte Marsicano e le portava a 'Nzina che cresceva il figlio da sola, nonostante questo Sergio che la proteggeva ma non voleva impicci e responsabilità.

E che è successo di Enza? chiede la donna dai capelli corti a Zà. Ma lei risponde che non lo sa. Si è persa nelle nebbie di una città tanto grande che basta cambiare quartiere per non vedersi mai più. Le pareva di avere sentito che il figlio, da grande, era diventato carabiniere, aveva preso in casa la madre e se la coccolava come fosse una figlia.

«In Italia scompaiono ogni giorno decine di persone e solo una parte di queste vengono ritrovate» dice il suo compagno, «ma non mi sembra un argomento particolarmente interessante.»

«A me invece mi inquieta, mi incuriosisce, mi fa venire voglia di saperne di più.»

«Sono persone che non ne possono più delle loro famiglie, te lo dico io, dei loro legami e se ne vanno volontariamente. Perché non lasciarle in pace?»

«Alcuni sì, come Mattia Pascal, ma altri no, altri vengono rapiti, uccisi, trascinati dove non vogliono, costretti a fare cose che non appartengono alla loro natura.»

«Lascia perdere, Cina. Chi sparisce non vuole essere trovato, punto e basta.»

«Forse qualcuno non vuole essere trovato, ma altri sì, vogliono, addirittura pretendono di essere scovati, anche se morti, se non altro per fare sapere come sono morti.»

«La signora delle cause perse! Questa storia di Colomba mi sembra improbabile. Secondo me se n'è andata in città, vive benissimo da qualche parte e non vuole essere scocciata.»

Il suo compagno che sta invecchiando accanto a lei, ha gli occhi di un bambino infelice. È sempre sincero, di una sincerità faticosa per un uomo timido e impaurito. Ma non riesce, proprio non riesce a mentire. E lei lo ama per quella capacità di essere candido come Monsieur Candide sceso dalla luna a imparare il mondo, e nello stesso tempo pratico come un meccanico abituato ad aggiustare spinterogeni e candele.

Sui giornali appaiono le immagini sfocate di uomini e donne, ragazzi e ragazze che sorridono da una fotografia casalinga. Dove sei, bambino mio, moglie mia, sorella, madre, padre, fratello? dove sei andato e perché? dimmi una parola, una sola, dimmi che sei vivo, mi basta, ma non mi lasciare nel dubbio, ti prego, ti prego! La risposta però non arriva. Il silenzio è pieno di echi sinistri, tracce di richiami falliti, di grida soffocate, di segnali di fumo che il vento ha disperso.

È un mistero che la stordisce! Non da ora, sono anni e anni, da quando era ragazzina e andava a cercare sui giornali i casi di persone che improvvisamente non davano più notizie di sé. Era quell'esile confine fra la morte e la vita che la allarmava. L'orizzonte misterioso che divide il sonno dal coma. Non è una piccola morte anche il sonno ristoratore, in una notte che non conosci, fra lenzuola che ti pesano, il corpo abbandonato e non più tuo, i pensieri inconsapevoli e l'estraneità che diventa saliva, lacrima involontaria?

Chi era Colomba? Se lo chiede la polizia. Se lo chiede il giornale locale, l'*Eco della Marsica*, commentando la scomparsa della giovane ragazza: Colomba Mitta lavorava da pochi mesi all'ufficio delle Poste del comune di Touta. Ventidue anni, alta, magra, castana, è uscita di casa in fretta, la mattina alle otto senza sorbire il caffè che aveva preparato. Non ha indossato il giacchino impermeabile, anche se dove abita lei, a mille e trecento metri, perfino in giugno fa freddo, ma si è allontanata con solo un K-way leggerissimo allacciato alla vita. Il termometro quella mattina segnava sei gradi. La ragazza ha inforcato la bicicletta, marca Bianchi, tipo mountain bike, e si è avviata verso l'ufficio ma in ufficio non è mai arrivata. Dove si dirigeva con tanta fretta la bella Colomba? Accludiamo la fotografia per chiunque avesse qualche notizia da dare su di lei. La nonna che sembra la madre per il suo aspetto giovanile, signora Zaira Bigoncia, è venuta alla nostra redazione supplicandoci di aiutarla a rintracciare la nipote, ma noi non siamo la polizia. Le abbiamo fatto qualche domanda.

«Colomba aveva un fidanzato?»

«No, che io sappia.»

«Colomba aveva delle amiche?»

«Non molte, era un tipo riservato e silenzioso. Non amava il chiasso. Le piaceva passeggiare nei boschi, da sola.»

«E che faceva nei boschi da sola?»

«Cercava funghi. Ha una vera passione per i funghi, li conosce bene. Glielo ha insegnato il padre. Li coglie e li vende al mercato per arrotondare il suo stipendio che non è certo alto.»

«Lei ne parla al presente come se sapesse che è viva. Non pensa che possa essere morta?»

«Io penso che sia viva.»

«Che lei sappia, aveva avuto dei brutti incontri recentemente?»

«Non mi ha detto niente.»

«Ci racconti una sua giornata tipo.»

«La mattina si alza alle sette. Si lava, si veste, si prepara un caffè con dei biscotti e poi esce. Prende la bicicletta che tiene nel fienile e va alle Poste. Anche la mattina del 2 giugno ha inforcato la bicicletta ma non si è più vista.»

«La madre e il padre di Colomba dove sono?»

«Il padre, Valdo Mitta, professore di liceo, è esule in Francia.»

«Un terrorista?»

«Ma no, aveva solo ospitato in casa degli amici che facevano politica; in realtà non amava l'Italia. Tutti i suoi amici erano a Parigi, perciò se n'è andato.»

«E ora dove abita?»

«Sempre in Francia, a Lione mi pare. Si è risposato, ha due figli.»

«E di che vive?»

«Fa lo scultore, guadagna pure bene, ma non è più tornato in Italia. Ogni tanto manda una cartolina alla figlia, è tutto.»

«E lo sa che la figlia è scomparsa?»

«Sì, lo sa. Gli ho spedito un telegramma. Lui ha telefonato due volte ma poi non si è fatto più sentire. Anche lui pensa che sia morta.»

«E la madre?»

«Mia figlia Angelica è morta in un incidente nel '95.»

«Ci può descrivere un poco il carattere di Colomba?»

«Una ragazza solitaria, poco portata alla chiacchiera. Le piace il suo lavoro, è contenta di avere vinto il concorso alle Poste, pensi che erano più di ottanta e hanno scelto lei. È giudiziosa, calma. Lavora tanto, a volte mi telefona: nonna, non torno a cena, faccio straordinari fino alle nove. Alle nove e cinque arriva. Mi suona il campanellino della bicicletta dall'angolo della strada perché scaldi il piatto.»

Il giornale termina l'intervista con un invito ai lettori: Chiunque abbia notizie di Colomba Mitta, detta 'Mbina, di cui pubblichiamo la fotografia, si faccia vivo alla redazione del nostro giornale.

Nei giorni seguenti arriva all'*Eco della Marsica* una valanga di segnalazioni. La polizia, che è in rapporti stretti con la redazione del giornale, segue le varie piste, ma alla fine risultano tutte inconcludenti. Qualcuno dice di avere visto 'Mbina in una stazione balneare, a ottanta chilometri di distanza, sulla costa Adriatica. Altri sostengono di averla riconosciuta mentre mangiava in un ristorante sul passo del Lupo a Gioia Vecchio, con un uomo più anziano di lei. Ma né alla stazione balneare né al ristorante di Gioia Vecchio ricordano di averla notata.

Infine, dopo tre settimane di ricerche, una mattina un pastore rintraccia la bicicletta di Colomba gettata in mezzo ai rovi, in località Poggio del Bove. Il mezzo viene analizzato dalla scientifica, ma si trova un solo tipo di impronte, presumibilmente appartenenti alla proprietaria del veicolo. La bicicletta non pare ammaccata né la sua vernice scorticata. Insomma è in perfette condizioni. Dal punto in cui è stata recuperata, parte uno stradino tutto sassi che porta verso i boschi dell'Ermellina, in località Marsicana.

Il giornale torna ogni tanto sul caso non risolto. Sotto grossi titoli in neretto FORSE SVELATO IL MISTERO DELLA SCOMPARSA DI COLOMBA MITTA, riferisce di strane profezie e segni divinatori che porterebbero al ritrovamento del corpo, vivo o morto, di Colomba Mitta.

Un giorno Zaira è andata a trovare una giovane donna grassa e malvestita che sosteneva di avere visto Colomba vicino a un allevamento di trote nel pescarese.

«Come fa a esserne sicura?»

«Io non sbaglio mai. Ho visto la foto e dopo ho visto lei. Era proprio la stessa.»

«Com'era vestita?»

«Di bianco, con una sciarpa color cielo.»

«Manco fosse la Madonna!»

«Aveva i capelli neri lunghi e le unghie tinte di viola.»

«Ma Colomba aveva i capelli castani, sul rosso!»

«Se li sarà tinti.»

«E poi non si laccava le unghie.»

«Signora, se non mi crede, se ne vada pure, io le ho detto la verità e non sbaglio mai.»

«Come fa a essere così sicura che fosse lei?»

«Glielo confesso: sono un poco veggente. Quando l'ho vista, ho sentito un pulsare più veloce del cuore. Se vuole che le riveli anche dove si trova, glielo posso dire, mi basta una bacinella d'acqua e un poco di olio. Ce li ha cinquanta euro?»

Finiva sempre con una richiesta di soldi e Zaira, per pietà, dava loro qualcosa. Ma dalla gioia con cui si accontentavano di un decimo di quello che chiedevano, capiva che erano solo dei millantatori.

Le segnalazioni, col tempo, si sono ridotte fino quasi a cessare del tutto. La stessa polizia, dopo avere setacciato i boschi dell'Ermellina e scandagliato il fondo del fiume Sangro, abbandona le indagini. Il caso è archiviato.

Una cinciallegra ha fatto il nido tra la finestra e la persiana della camera dove la donna dai capelli corti scrive. Si sono accampati mentre era in città e quando ha aperto gli sportelli, dopo mesi di assenza, la cinciallegra madre è volata via terrorizzata lasciando i piccoli affamati. Ha richiuso gli scuri cercando di non disturbare quella nidiata, ma la madre non sembrava volere tornare a nutrire i suoi piccoli. Intanto le cinque minuscole creature urlavano di fame dalla mattina alla sera. Così aveva preso a nutrirli con delle mollichelle di carne intrise d'acqua, dei brandelli di frutta infilzati in uno stecchino. Era una gioia vedere come ingollavano il cibo quei neonati piccolissimi, incuranti che non fosse il becco della madre ma le mani un poco incerte e goffe di una persona tanto più grande di loro. Dopo una decina di giorni la cinciallegra madre, comprendendo che nessuno voleva farle del male, che i suoi piccoli stavano crescendo sani, aveva preso ad accostarsi alla finestra portando nel becco minuscoli grilletti. Ma non osando fermarsi a lungo sul davanzale per imboccare le sue creature, li posava accanto ai piccoli e ripartiva facendo delle acrobazie davvero sorprendenti. La donna dai capelli corti rimaneva a guardarla per lunghi minuti incantata. Come si reggeva ferma in aria facendo frullare velocissimamente le ali, e come, quando non ne poteva più, si gettava a testa in giù, e sembrava dovere andare a sbattere sul suolo mentre all'ultimo momento si rovesciava e riprendeva a volare più veloce di una freccia.

Sono passati mesi. La gente ha quasi dimenticato la scomparsa di Colomba Mitta. Se non fosse per Zaira Bigoncia, che ogni tanto piomba in redazione, pretende e ottiene che si torni a parlare della nipote, nessuno se ne occuperebbe più.

"Il cadavere di Colomba Mitta non è mai stato trovato" scrive stancamente l'*Eco della Marsica*, "la polizia ha attuato tutte le ricerche possibili e immaginabili senza nessun risultato. Eppure la signora Zaira Bigoncia ritiene di avere delle buone ragioni per pensarla ancora viva. Se qualcuno avesse notizie precise e circostanziate della ragazza scomparsa – escludiamo in partenza i perditempo – preghiamo di rivolgersi a codesta redazione, in via Garibaldi 13, Pescara."

Qualche giornalista pettegolo la prende pure in giro: "Ogni mattina la signora Zaira, che pure non è una ragazzina, si infila gli scarponi da montagna, inforca la bicicletta della nipote e si inerpica su per i sentieri sassosi. Bisogna vedere come pedala, roba da fare invidia al più esperto dei ciclisti! Si può dire che ha setacciato tutte le montagne dei dintorni. Ma la nipote non è stata trovata".

Zaira è diventata una specie di tormentone nei paesi intorno dove si sono abituati a vederla arrivare con la bicicletta bianca e blu, gli scarponi da montagna, il berretto da ciclista, i guantoni e la giacca imbottita d'inverno, la casacca cinese e la coda di cavallo d'estate. «Qualche notizia di Colomba?» C'è chi prova pena per lei e le offre da bere al bar, facendosi raccontare per l'ennesima volta la storia della tazzina di caffè ancora piena, del piattino posato sopra, della bicicletta lasciata all'inizio della straducola che porta nei boschi dell'Ermellina. La chiamano "e pazzarelle" perché ancora è convinta che la nipote sia viva. Zaira non si fa pregare. Per lei è un modo di tenere desta l'attenzione sulla scomparsa della nipote.

«Sono stata a Monteacido. Ho incontrato le suore del convento di Maria Addolorata. Mi hanno offerto la panna montata e degli sgonfiotti al burro. Sono molto gentili. Hanno detto che pregheranno per me!»

Una giornalista del *Messaggero* che le è capitata in casa senza annunciarsi, le chiede della madre di Colomba.

«Che età aveva la bambina quando la madre ha avuto l'incidente?»

«Quindici. È andata a sbattere con la macchina. Siamo rimaste in due, Colomba e io.»

«E il padre?»

«Valdo? non sta in Italia. Ho saputo che ha fatto un figlio, anzi due figli, ma sono cose sentite, lui non ha mai detto niente, nemmeno una parola. Per Natale spedisce dei soldi e una cartolina alla figlia. È tutto.»

«Finiranno per trovarla, glielo auguro» dice la giornalista che ha un animo gentile, ma Zaira sa che pensa il contrario. Lo vede dalla faccia di lei che prende l'aria mesta e solerte di chi va a trovare un moribondo e cerca di consolare i parenti, sapendo benissimo che non c'è più niente da fare.

«Racconta, ma'.»

La giovane madre ha smesso di parlare e ha gli occhi fissi nel vuoto. Si chiede perché le favole si svolgano quasi sempre nei boschi. «Nei boschi non si è mai soli» ripete e sembra proprio vero: entrando in quell'intrico di alberi, si considera una fatalità l'incontro con un animale o una persona, non si sa, qualcosa ci sorprenderà, ci pizzicherà il cuore, o ci riempirà l'anima di un liquido nero e misterioso. Il bosco è una città, con i suoi milioni di abitanti, che però sono invisibili e sotterranei. Perciò ci inquieta.

Gli alberi poi non sono mai veramente quello che pensiamo che siano, con un nome e una referenza botanica. Gli alberi sono spesso anche altro, come dicono le leggende. Possono avere avuto una storia umana ed essere nati da una maledizione o da un desiderio di salvamento. Gli alberi hanno radici che si inoltrano nel terreno della memoria e sono dotati di un pensiero leggero e puntuto che non coincide col nostro, ma possiede una sua maestosa potenza.

La figlia, che indovina le divagazioni della madre, le chiede di raccontarle una storia di trasformazione, da uomini ad alberi e viceversa. Le metamorfosi le mettono l'acquolina in bocca.

«Racconta, ma'.»

«Credevo che dormissi.»

Come addormentarsi nel silenzio della stanza? Solo dentro quella voce, dentro quel morbido nido sonoro prenderà sonno la bambina.

Ma per svegliarsi poco dopo e chiedere ancora parole, ancora racconti.

«Per il matrimonio di Era con Zeus, Gaia, la dea della Terra aveva offerto loro come regalo di nozze un albero che faceva i pomi d'oro. Era l'aveva fatto piantare nel giardino degli dèi, vicino al monte Atlante, dove faceva bella mostra di sé. Ma molti guardavano con ingordigia quell'albero dalle mele d'oro e più di una volta, appena si ingrossavano, venivano rubate. Allora Era mise a sorvegliare l'albero prezioso tre Ninfe della sera, le Esperidi che si chiamavano Egle, Egizia e Aretusa e per il giorno un drago dalle sette teste. Per molti anni le cose andarono bene, non ci furono più furti, perché di giorno il drago dalle sette teste girava con le bocche aperte intorno all'albero spaventando i possibili ladri, e di notte le Esperidi fluttuavano per il giardino suscitando tali venti glaciali che nessuno osava avvicinarsi. Dopo molti anni, un giorno successe che Eracle si trovò a passare di lì, vide quei pomi che luccicavano sui rami e li trovò così belli, così desiderabili che decise di impossessarsene. Gli dissero che un drago sorvegliava di giorno l'albero miracoloso e le Esperidi di notte soffiavano venti glaciali. Ma Eracle voleva quei pomi e giocò di astuzia: entrò di notte nel giardino e raccontando una bella favola, addormentò le Esperidi. Poi quando venne l'alba, con addosso i loro veli finse di scherzare col drago, cercando di allontanarlo dall'albero. Ma poiché quello non si muoveva, con la spada che aveva al fianco tagliò a una a una le sette teste. Quindi strappò le mele lustre dall'albero e se le portò a casa.

«Quando le Esperidi si svegliarono la mattina dopo e videro il drago morto e i pomi d'oro spariti, temettero il castigo di Zeus, che puntualmente arrivò e le trasformò, per la loro disattenzione, in tre alberi: un olmo, un pioppo e un salice. Si dice che sotto quegli alberi gli Argonauti si riposassero dopo le loro grandi imprese, poiché da quelle fronde spira un venticello fresco e carezzevole. Il drago dalle sette teste invece, poiché aveva resistito a Eracle ed era morto combattendo coraggiosamente, fu trasportato in cielo dove venne trasformato nella bellissima costellazione del Serpente.»

Una mattina, mentre Zaira pedala sulla statale, un ragazzo la ferma alzando una mano pallida e ossuta. «Io so qualcosa di 'Mbina» dice a mezza bocca senza guardarla.

Zaira frena bruscamente rischiando di andare per terra; scende dalla bicicletta. Lo guarda incredula. L'altro si allontana lentamente. Lei lo segue.

«Cosa sa?»

«Se viene al Rombo domani alle sei del pomeriggio, glielo dico.»

Zaira lo osserva mentre si allontana: il ragazzo tiene la testa curva fra le spalle come se avesse paura di essere preso per la collottola. Le gambe, dentro i pantaloni sbattuti dal vento, si disegnano magrissime e incerte. In testa i capelli gli fanno una cresta lucida con tante punte azzurre. Qualcosa è cambiato fra i ragazzi della sua cittadina, si dice Zaira pensosa. Quelli dell'età di sua figlia Angelica erano più inquieti, più autonomi, ma non facevano continuamente la commedia. I coetanei di Colomba, non tutti, ma molti, animati da una inquietudine cupa, hanno un gran senso della teatralità, fanno del loro corpo un palcoscenico, dei loro gesti una pantomima. Cercano elogi e battimani. Non si interessano della stima, hanno bisogno di un consenso immediato e plateale. Amano stupire e truccare: truccare la realtà, truccare i sensi, truccare il proprio corpo, truccare la memoria. Sono impagabili nel loro sconcertante istrionismo. Questo, pensa Zaira osservando quel bel ragazzo così portato ai travestimenti e alle mascherate.

Zaira non è mai entrata al Rombo, sebbene ci passi davanti frequentemente. È a due passi dal salumiere Vito Pacere e dall'orologiaio Gesuino Tolle che conosce da una vita. Si trova sulla strada per la casa di Bernardin' i baffitt', il proprietario del cinema. Le porte del caffè sono di legno, a molla e si aprono come quelle dei saloon che si vedono nei film western. Dentro è buio e c'è puzza di fumo. Nella sala scura, illuminata da mozziconi di candele, stanno seduti dei giovani a bere birra. L'altoparlante trasmette in continuazione musiche americane: dal folk agli spiritual, dal rock al punk duro. Sono i dischi che ascoltava anche 'Mbina qualche volta, chiusa nella sua stanza. Frugando tra le cose Zaira ne ha trovati tanti. Li ha anche ascoltati, seduta sul letto della nipote, sperando che le note o le parole di quelle canzoni potessero dirle qualcosa di più sulla sua scomparsa.

Per non continuare ad aggirarsi nel buio della sala, Zaira prende posto su una sedia di plastica color vinaccia, davanti a un tavolino di finto marmo. Si guarda intorno. Alcuni di quei ragazzi li conosce: sono nati in paese. C'è il figlio del falegname che ha fama di dongiovanni, viene chiamato in paese Scipp'femm', che sta per sciupafemmine e pare abbia ingravidato pure una donna sposata nel paese di Montefreddo. Tutti lo sanno, salvo il marito di lei. C'è il figlio di Maria Menica, l'ostetrica, detta Saponett' perché ha la mania di pulire casa e gettare secchi d'acqua saponata sulla strada. Il figlio pure viene chiamato Saponett'. La povera Menica, pur avendo fatto partorire tante donne del paese, anche tre, quattro volte ciascuna, non è riuscita a mettere al mondo che un solo figlio e per giunta mezzo scemo: a trent'anni non ha ancora trovato un lavoro fisso; ora fa il barista, ora l'aiuto macellaio, ora l'elettricista senza sapere niente di elettricità, non riesce a trovare una ragazza, fa sempre tardi la notte e quando rientra a casa si porta dietro tutti i cani senza padrone del paese.

Un cameriere dai capelli a treccioline le si avvicina chiedendole cosa desidera ordinare. Zaira, che si sente fuori posto e nell'oscurità non distingue se si tratti di Saponett' o di Scipp'femm', cerca di darsi un contegno, ma di fronte a quella faccia sardonica non sa che rispondere. Cosa può bere una donna avanti negli anni in un bar per ragazzi? Se chiede un bicchiere d'acqua la prenderanno per tirchia. Se chiede un latte con menta le rideranno dietro oppure le diranno che non vendono latte in un posto come quello. Forse la sola cosa dignitosa è ordinare un caffè, si dice Zaira, per quanto non abbia una gran voglia di caffè.

Il cameriere, sulla cui faccia all'ombra spicca un pallino scintillante incastrato nella narice destra, si allontana sorridendo. Certamente si sta chiedendo cosa fa una come lei in quel bar per soli giovani. Le sembra perfino che sia andato ad alzare il volume della musica, come per farle capire quanto sia fuori posto. Forse è il figlio di Carmela la giornalaia, riflette Zaira osservandolo da lontano. Le sembra di sì, ma in quel buio non ne è sicura. Forse invece è il figlio più piccolo di Tiburzio il calzolaio, Scarpune.

Passano i minuti. Il caffè caldo è stato bevuto, ma del ragazzo che l'ha interpellata per strada non c'è traccia. Perché allora darle appuntamento a quell'ora in quel posto buio e fumoso? Zaira fa per andarsene ma poi ripensa alla faccia pallida ed enigmatica della sua 'Mbina scomparsa e decide di aspettare ancora. Riflettendoci le viene in mente che negli ultimi tempi qualcosa in sua nipote era cambiata. Come aveva fatto a non accorgersene? Solo ora si rende conto, a posteriori, che i silenzi di 'Mbina si erano fatti più acerbi e dilaganti, che a volte restava ferma a fissare il vuoto, quasi dormisse a occhi aperti. Questo farebbe pensare che la sparizione non è stata provocata da un incidente, bensì da qualcosa che andava maturando in quella testa di ragazza bella e taciturna. Ma cosa?

Cercando di rammentare i gesti di Colomba prima della scomparsa, le viene in mente l'abitudine che aveva di portarsi un pugno chiuso alla tempia come se fosse trafitta da un improvviso dolore al capo.

«Cosa posso ordinare per lei?» Una voce gentile le entra improvvisa nell'orecchio e lei si scuote dai pensieri profondi, sollevando la testa verso il giovane che sembra sbucato dal nulla, amabile e insinuante.

I capelli con le punte rivolte verso l'alto hanno cambiato colore, oggi sono di un rosso carota. Quando gli dà la mano, si accorge che porta un anello d'oro al lobo dell'orecchio destro.

«Io prendo un bianco secco. E lei?»

Zaira fa per chiamare il cameriere ma se lo trova di fianco, in piedi, avverte un forte odore di mandorle amare.

«Un bianco secco per me e un caffè per la signora» dice il ragazzo con aria disinvolta.

Il cameriere si china, mettendogli quasi il naso in bocca e domanda: «Che?».

«Un caffè e un bianco secco» ripete lui solenne. Che sia sordo il ragazzo? si chiede Zaira osservando la forma perfetta del naso ingentilito da quel tondino di luce. Ha letto che, passando molte ore in un ambiente chiuso con la musica a tutto volume, si perde gran parte dell'udito. Sollevando lo sguardo si accorge che i due si fanno dei segni, come fossero d'accordo.

«Che mi doveva dire su Colomba?» chiede lei appena il cameriere si è allontanato.

«La conoscevo.»

«Tanti la conoscevano qui in paese. Per lo meno sa dirmi se sia ancora viva?»

«Non so niente. Ma posso dirle che Colomba non era come lei credeva.»

«Sono venuta per sapere qualcosa della sua scomparsa, non del suo carattere.»

«Ma forse è scomparsa per via delle cose che lei non sa.»

«E quali sarebbero?»

«So poco, ma posso dirle che Colomba...»

«Colomba che?»

«Colomba nei boschi...»

«Colomba nei boschi prendeva funghi.»

«Funghi sì, lo so, ma c'è dell'altro.»

«Se sai qualcosa, dimmela.» Il passaggio al tu le è venuto spontaneo. In mezzo alla tempesta di pensieri c'è una domanda insistente: ma di chi è figlio questo ragazzo dalla faccia mesta e arrogante? Bene o male li conosce tutti i giovani del paese. Da quale famiglia è sortito e cosa fa?

«Non so niente» dice lui ma con l'aria di saperla lunga.

Intanto Scarpune – ora è sicura che sia lui perché ha sentito Saponett' chiamarlo così – porta il vino bianco e una vaschetta di patatine fritte che puzzano di stantio.

«Puoi dirmi come ti chiami?» chiede al ragazzo seduto davanti.

«Sal.»

«Da Salvo?»

«No, Sal e basta.» E ride sgangheratamente.

«Ma che nome è? non l'ho mai sentito dalle nostre parti.»

«È il mio nome, ti deve bastare» dice con tono perentorio.

Zaira osserva quella bocca tornita, bellissima, a cui mancano però due denti di lato. Esamina le mani del ragazzo che sono lunghe e delicate, con le nocche leggermente arrossate. Quelle mani diafane ed eleganti, quasi femminili, si immergono con brutalità nella vaschetta, sbriciolano alcuni riccioli di patatine fritte portandole alla bocca con noncuranza. Quindi, con le dita unte, solleva il bicchiere alle labbra e manda giù in pochi sorsi il bianco secco. Subito dopo fa cenno a Scarpune di portargli un altro bianco.

«Se non hai altro da dirmi, me ne vado.» Zaira cerca di mantenere un'aria dignitosa, ma si sente tremare. L'istinto le dice che questo ragazzo sa qualcosa che le porterà dolore.

«Se vuoi sapere di più, qui ci vogliono un altro po' di bianchi secchi» ride lui come se avesse detto la cosa più comica del mondo.

«Un altro bicchiere? Be', certo, pago io, ordini pure.»

«No, qualche cassa di bottiglie.»

«Come qualche cassa?»

«Mille euro, vanno bene?»

«Due milioni di lire?»

Intanto è tornato Scarpune con l'altro bicchiere di bianco e una seconda vaschetta di patatine fritte. Il ragazzo che dice di chiamarsi Sal si alza, e senza dire una parola si dirige verso la porta. Lei fa per richiamarlo ma quello è già uscito, facendo sventagliare le due porte che continuano per forza di inerzia ad andare una verso l'interno e l'altra verso l'esterno, con una serie di sbuffi e tonfi sordi.

Zaira si alza, paga ed esce. Giusto in tempo per vederlo svoltare l'angolo della strada facendo un gesto con le dita verso di lei. Due dita alzate, come a ribadire i due milioni necessari per l'informazione. O i soldi o niente.

C'è qualcosa di inconoscibile e insidioso nei boschi, osserva la donna dai capelli corti, sollevando gli occhi dal computer alla finestra che inquadra una fitta selva di faggi centenari. Non a caso le favole spesso conducono l'immaginario viaggiatore a perdersi in mezzo agli alberi, lì dove sono più folti. Quante volte da bambina ha ascoltato con sgomento la storia di un viandante che viene raggiunto dal buio in mezzo a un bosco e cammina fra gli alberi, sperduto, sempre più nervoso e inquieto. Gli scricchiolii si fanno frequenti e sinistri, passi lenti prendono a seguirlo, prima lontani e poi sempre più vicini, proprio dietro alle spalle, ogni ramo sembra un braccio teso a ghermirlo. Il giovane cammina cammina, sempre più affannato, più spaventato. Finché, di lontano, oltre una cortina di piante, al di là di un piccolo prato, proprio all'ingresso di un'altra foresta oscura e temibile, scorge una minuscola luce azzurrina. La gioia gli riempie gli occhi di lacrime. Se c'è una luce vuol dire che c'è una casa, se c'è una casa vuol dire che qualcuno, un essere umano, è lì dentro al caldo e sta vegliando. Quella luce già ingrandita la vede aprirsi come una porta accogliente dandogli rifugio dal freddo della notte, dalla paura delle ombre, dalla fame, dal sonno che incombe. Ma chi abiterà in quella casa nel bosco? se busserà sarà bene accolto? e se invece venisse rapinato e ucciso? La paura gli fa rallentare il passo, ma non lo fermerà dal dirigersi lentamente e inesorabilmente verso quella luce, verso quella casa. Potrebbe trovarsi davanti un uomo lupo che aspetta i viandanti persi come lui per farli a pezzi. Oppure potrebbe essere accolto da una donna enigmatica e gentile che lo nutrirà e gli darà un letto, ma appena si sarà addormentato, lo trasformerà in scarafaggio, come quel povero Gregor Samsa che, nella sorpresa del mutamento, cade dal materasso, capovolto e, non riuscendo a rigirarsi, rimane lì per terra ad agitare le zampine.

«Pensa a quando tutta l'Italia era una foresta impenetrabile. Per viaggiare si andava lungo le coste, via mare.»

Le piace ascoltare la voce dell'amico Berretta, botanico ed ecologista. È un uomo dolce, colto, con una testa giudiziosa e sorridente, un corpo massiccio che, come una divinità arcaica dell'abbondanza, termina in un sedere mastodontico che non entra in nessun pantalone. Ma lui non sembra curarsene. Si muove con grazia, agile come un furetto, sempre pronto ad accorrere lì dove le piante sono minacciate, lì dove è richiesto un parere su una potatura, su una malattia dei tronchi.

«Mi racconti qualcosa dei boschi come erano una volta?»

«Sei tu la scrittrice. Io non so raccontare.»

«Sai raccontare benissimo se qualcosa ti appassiona. E gli alberi sono la tua tribolazione e la tua voluttà.»

Quando ride le labbra si sollevano su una fila di denti piccoli e candidi, da bambino.

«Dimmi dei boschi romani.»

«I romani non li amavano i boschi. E poi avevano una gran fregola di costruire ponti, barche. Hanno segato mezza Italia.»

«I boschi dei greci?»

«Li conoscevano poco. Il Parnaso era pelato.»

«I boschi più fitti dove si sono conservati?»

«In Germania. È lì che hanno inventato l'albero di Natale, e Hänsel e Gretel, e tutte le più belle storie sui boschi.»

«E che mi dici delle foreste medievali?»

«Erano i luoghi degli incontri. I maghi, le streghe, gli spiriti, i nani, non si conoscevano in città o per le strade, ma dentro le foreste.»

«C'erano molti viandanti che attraversavano le foreste?»

«Gente di preghiera, ma anche ladri, assassini. Ricordati la storia della vergine Melinda, che viene mandata dal padre al santuario di Maria Pellegrina per chiedere una grazia. L'uomo consegna alla figlia un bellissimo mantello da regalare alla Madonna Pellegrina, di velluto cilestrino, filettato d'oro. Poi le assegna un asino e un servo fidato che l'accompagneranno fino alla chiesa di Maria Pellegrina al di là della foresta. La giovanissima Melinda attraversa il bosco accompagnata dal vecchio servitore. Si ferma a un ruscello a bere, e lì mostra al servo il magnifico mantello da regalare alla Madonna Pellegrina. Purtroppo proprio in quel momento incrociano due giovani a cavallo che dicono di andare anche loro dalla Madonna Pellegrina. I due ammirano estasiati il mantello che Melinda sta per regalare al santuario e si offrono di fare un tratto di cammino insieme. Melinda, che è ingenua e innocente, accetta di buona grazia, sebbene il servo le dica che sarebbe meglio rifiutare. I due scherzano, ridono e fanno i galletti. Ma poco prima di arrivare al santuario, a un cenno che il più grande fa al più piccolo, questi salta addosso al servo e lo uccide con una stilettata. L'altro intanto stupra la giovanissima Melinda, poi la uccide, ruba il mantello filettato d'oro con cui si pulisce le mani sporche di sangue quindi i due si rimettono in cammino verso il sud.

«Quella stessa sera i due giovani arrivano con i loro cavalli nella fattoria del padre di Melinda e chiedono ospitalità per la notte. L'uomo, generoso, mette a loro disposizione un giaciglio nella stalla, dopo avere offerto una cena alla sua tavola. Ma proprio mentre mangiano, uno dei due giovinastri apre il sacco del suo bagaglio da cui sbuca un pezzo del mantello destinato a Maria Pellegrina di velluto cilestrino filettato d'oro, tutto macchiato di sangue. Il padre riconosce il mantello e capisce al volo quello che è successo. Ma non dice una parola. Li lascia andare a riposare. Poi si spoglia dei suoi vestiti, immerge il proprio corpo nell'acqua bollente come per depurarlo di ogni lordura giornaliera. Quindi si inginocchia per dire una preghiera alla Vergine Pellegrina. In quella posizione rimane assorto per un'ora, pregando e piangendo. Solo verso l'alba, si munisce di una spada tagliente, irrompe nella stalla e taglia la testa ai due giovani assassini, senza pietà.»

«Che storia truculenta!»

«Le foreste qualche volta sono truculente. Mi pare che un famoso regista nordico ci abbia fatto un film. Niente altro che la storia di una spietata vendetta paterna.»

«Io preferisco pensare alle foreste di Ariosto. Dove cavalieri e guerrieri si inseguono, si trovano, si perdono. Come nel bosco *dell'umil ginepre*, dove compaiono draghi volanti e bellissime guerriere dal polso fermo.»

«Purtroppo mi chiamano solo quando gli alberi sono malati, per le piogge acide, per la diossina che sta inquinando i fiumi, per i gas della città.»

«E tu li guarisci quasi sempre.»

«Ci provo. Non sempre ci riesco, soprattutto quando lascio l'incarico a qualcun altro. Nessuno ha tempo e pazienza per guarire una pianta. Preferiscono tagliarla e buonanotte!»

Zaira pranza da sola seduta al tavolo della cucina, davanti alla finestra aperta. Un raggio filtra di striscio e le scalda un piede che sporge da sotto la tavola. Fuori il cielo è terso, senza una nuvola. Il sole accende le cime scoperte delle montagne che fanno corona intorno all'altipiano con i loro boschi ombrosi. Ripensa a Sal e alle sue mezze rivelazioni. Perché a lui ha dato credito mentre a quegli altri che promettevano mari e monti, non ha mai creduto?

Ci riflette con tanta intensità che si accorge di avere portato il cucchiaio con la minestra alla guancia anziché alla bocca aperta. Sto proprio diventando scema! si dice ridendo e pulendosi la faccia. Eppure c'è qualcosa in quel Sal che le sembra di conoscere già. Ma quando l'avrebbe incontrato, e dove prima d'ora? Non è nemmeno del paese. Il gesto di portarsi il pugno chiuso alla tempia, ma sì, è proprio quello che faceva da ultimo la sua Colomba. E la risatina mesta e timida, strana in un ragazzo spavaldo e sicuro di sé come vorrebbe apparire? Non fa pensare anche quella a Colomba? Perfino la leggera screziatura pietrosa della voce, d'altro canto fluida e melodiosa, le ricorda le timidezze vocali della nipote. Sono solo coincidenze casuali? Per saperlo dovrà rivederlo e studiarlo meglio.

«Racconta, ma'!»

La madre la guarda ma non la vede. Ha gli occhi di uno strano colore verde limaccioso. Fissi nel vuoto. Le due pieghe attorno alle labbra sono incise nella carne pallida. La figlia si china per darle un bacio. Il tocco della pelle gelata la convince che è morta. Sua madre è morta raccontando storie e lei non se ne è accorta! Così, immobile, con la testa rialzata su due cuscini candidi, assomiglia al busto del nonno che sta nell'ingresso dell'appartamento della vecchia casa di famiglia. Lo stesso naso generoso e severo. Le stesse labbra carnose e sensuali contornate di piccole rughe profonde. Come può morire una madre? come può essere sepolta una creatura dotata della meravigliosa capacità di raccontare storie?

«Racconta, ma'!» le grida con disperazione.

L'incantesimo, miracolosamente, funziona: è bastato un piccolo pensiero furioso e scintillante come una saetta in moto per riportarla in vita. Ma forse no, forse ha trascorso un anno, due, anzi tre anni a scuoterla su quel letto di morte ed ecco che il terzo giorno del terzo mese del terzo anno, il corpo morto della madre si solleva, acquista colore, mobilità. La giovane bella donna è resuscitata e la sua voce si scioglie affettuosa, tenerissima, senza un intoppo.

«Cosa vuoi che ti racconti? Non ho più storie e non ho più voce» dice ansante. È invecchiata tanto negli ultimi tempi e manda un leggero odore di mele cotogne.

La vede prendersi una mano con l'altra e tirare piano le dita, come per allungarle. Una a una le dita materne scrocchiano. È la prova che è ancora lì, accanto a lei, viva.

Zaira non ha dormito la notte ripensando a quel ragazzo che si fa chiamare Sal. Già il nome le sembra una presa in giro: quale sarà il suo cognome? e di chi sarà figlio? Di qualcuno del paese non può essere, lei li conosce tutti i ragazzi nati lì. Forse viene da Avezzano o da Sulmona o da Lecce dei Marsi o addirittura da Pescara. Ma perché lo chiamano Sal? Sarà giusto dargli dei soldi in cambio di informazioni tutt'altro che sicure? e se poi fosse solo un raggiro per spillarle dei quattrini? se non avesse niente da raccontarle su Colomba? e se invece sapesse qualcosa che l'aiuti a ritrovarla? Sarebbe savio parlarne a qualcuno prima di dargli il compenso. Ma a chi? Gli dovrà chiedere una ricevuta dopo avergli consegnato la somma? e se contrattasse su quei mille euro spiegandogli che vive sola, di una piccola pensione e di traduzioni pagate male? ma si può chiedere una ricevuta a chi ti fa un ricatto?

Tre giorni dopo, mentre monta sulla bicicletta per andare verso i boschi, lo scorge di lontano: porta i pantaloni di sempre, sgualciti e scoloriti, una camicia bianca pulita, i capelli non più a punte ma incollati al cranio e hanno di nuovo cambiato colore, sono paglierini. Al lobo il solito cerchietto d'oro che luccica quando ci batte sopra il sole.

«Ci ha pensato?» le chiede lui fermandola con un gesto.

«Perché mi chiedi soldi? perché non ne hai parlato con la polizia?»

Il ragazzo ridacchia. Non sembra affatto turbato. Si bilancia su una gamba e poi sull'altra. Ha l'aria affamata. Gli occhi sono dolci, di una luminosità sorprendente e rivelano un candore assolutamente inaspettato in un ricattatore.

«Mille euro o niente.»

«Mille euro, va bene. Ma solo dopo che mi avrai detto tutto e solo dopo che mi renderò conto che sono cose importanti, non chiacchiere.»

«Sal non mente.»

«Come faccio a sapere?»

«Lo saprai.»

Adesso il suo sguardo si è fatto avido, minaccioso.

«Quando?»

«Lunedì» propone lei.

«Va bene, lunedì. Al Rombo.»

«No, il Rombo non mi piace. Facciamo al bar del Cervo. Per lo meno c'è luce.»

«Decido io. Al Rombo. E in contanti. Da cento.»

«Va bene.»

Zaira si dilunga in un ampio giro prima di entrare nella piccola banca del paese per ritirare i suoi risparmi. Il cassiere, che la conosce, le sorride premuroso.

«Facciamo spese?»

«Si sposa una mia nipote» balbetta lei.

«Un gran bel regalo di nozze!» Il ragazzo, che ha una minuscola pietra luminosa incastrata in una narice, come Scarpune, si fa serio nel contare le banconote.

Di che s'impiccia questo maleducato! Ma no, ma no, dice il pennuto alle sue spalle, quell'angelo che ogni tanto si fa sentire soffiandole la sua disapprovazione nell'orecchio: è bene che per lo meno qualcuno ricordi che hai ritirato mille euro questa mattina, nel caso Sal dovesse scomparire col denaro.

Il cassiere le ammucchia i biglietti sotto il naso. Mentre allunga le mani per ritirarli, sente che il ragazzo fa schioccare la lingua contro il palato. I biglietti sono nuovi. La carta è ancora dura, lucida, con la striscetta d'argento ben visibile. Zaira infila le banconote in tasca ed esce. Ha lasciato la bicicletta incustodita. Ma qui in paese nessuno ruba niente. Non perché siano particolarmente onesti, ma perché ci sono occhi curiosi dappertutto. Niente sfugge a nessuno. Il controllo è casuale, infastidito, insistente e quotidiano. Un automatismo da piccola comunità, come una famiglia che non si ama ma si conosce fino alla nausea. C'è da chiedersi come mai proprio la scomparsa di Colomba sembri essere sfuggita a tanti occhi vigili e accorti.

Tornata a casa Zaira cerca un posto dove mettere i soldi. Non ha mai avuto fra le mani tanti biglietti in una sola volta. Il suo sguardo incontra lo specchio. Si ferma interdetta. La faccia ha cambiato espressione: una maschera spaventata, degli occhi fugaci, i capelli disordinati e scomposti. Perché ha ceduto al ricatto del ragazzo sconosciuto? perché si ostina a cercare di dipanare una matassa che non vuole essere dipanata? I morti bisogna lasciarli in pace, glielo dice il suo angelo custode, che poi è la coscienza, come lei l'ha sempre immaginata. È dotato di due ali pesanti, ingombranti, come un vestito da sposa troppo ampio e ricoperto di trine e falpalà. Sua madre Antonina quando si è sposata indossava un abito simile, dentro cui certamente si è sentita prigioniera. Troppo gonfio, troppo bianco, troppo ricamato, appesantito da sciami di perle finte che le mani amorose di zia Gerarda avevano cucito per lei. Quel vestito, se lo ricorda ancora, era rimasto, avvolto nel cellophane, dentro l'armadio della vecchia casa di famiglia per anni. Ogni tanto andava ad ammirarlo, ma non osava toccarlo. Fra sé lo chiamava Annapurna, il nome di una montagna sempre coperta di neve che aveva visto su un libro di geografia. Poi in un momento di indigenza, era stato venduto da sua figlia Angelica. La coscienza deve sentirsi prigioniera dentro quelle ali avvolgenti e frastagliate, proprio come probabilmente si è sentita sua madre Antonina, incinta di cinque mesi, nella bellissima e rigidissima Annapurna. Le ali troppo lunghe, quando l'angelo sta in piedi, strisciano per terra, sono ali adatte solo per volare nei cieli freddi, lontano dagli esseri umani. Lo immagina imbronciato, stanco, poco interessato alle complicate questioni etiche dei corpi terrestri, ma costretto a fare il suo lavoro, come un poliziotto figlio di poliziotti e nipote di poliziotti.

Cosa le diceva la coscienza-angelo ora? Qualcosa di savio, come sempre, di ragionevole, ma assolutamente in contrasto con il suo bisogno di conoscere la sorte di Colomba. Le domande sono troppe e la ossessionano. Tutto il corpo, con i muscoli tesi, si allunga e punta verso quella verità che ancora, a parecchio tempo dalla scomparsa, non è riuscita ad afferrare.

Sa di avere deluso quell'angelo dalle ali a brandelli che aspetta dietro le sue spalle, senza molto credere nella capacità di convincimento delle sue parole di saggezza. Sarebbe andata comunque al Rombo per saziare una sete che le asciugava la gola? Il bisogno di sapere può nutrirsi solo di curiosità? No, curiosità è una parola troppo povera per lei. L'urgenza di conoscere la sorte di Colomba è anche la necessità di sciogliere un nodo che le paralizza il sonno, le affretta il respiro. Ma una ostinazione incalzante contro ogni logica e ogni presentimento, la spinge a proseguire la ricerca.

Quante giustificazioni! si dice, come se fossi io a fare il ricatto. Io lo subisco! E questo è il male. È sempre la voce del pennuto dietro le spalle. Si volta per zittirlo e si trova davanti una faccia segnata da rughe profonde. È sua madre. Che sorride complice. Dove mai si è cacciata quella volontà che la rende autonoma da tutti, certa nei suoi movimenti, come fossero dettati dalla stessa divinità del tempo?

Zaira è ferma davanti alle porte mobili del Rombo. All'ultimo istante i piedi si rifiutano di entrare in quell'antro buio. E se tornasse indietro? I soldi sono chiusi dentro una busta, allungata in fondo alla borsa. Sopra ci ha lasciato cadere due pacchetti di fazzoletti di carta, un pettine di finta tartaruga, un laccetto per i capelli, un burro di cacao color petalo di rosa, un borsellino con dentro poche monete.

Se fosse andata alla polizia come le suggeriva la voce della coscienza dalle ali frangiate, qualcuno l'avrebbe vista. In paese si sa tutto. Cosa conduceva Zaira alla polizia? Certamente la prima a scorgerla dalla finestrella della cucina sarebbe stata la sorella del proprietario del Rombo, Adelina, che abita proprio di fronte alla palazzina della forza pubblica. E in poco tempo, forse meno di due ore, l'avrebbe raccontato al fratello Marione, senza cattive intenzioni ma tanto per tenere viva quella rete di informazioni che rappresentano la vita quotidiana di un piccolo paese. L'uomo l'avrebbe riferito poi magari casualmente al giovane Scarpune, il figlio di Elena la calzolaia che sicuramente l'avrebbe raccontato al marito Tiburzio che lavora con lei al negozio.

«Che fa qui in piedi? Vuole farsi notare?»

È arrivato. È lui, Sal. Ma che nome balordo. Non siamo in America, avrebbe voluto dirgli, ma in Abruzzo dove la gente si chiama Mario, Antonio, Gerardo, non Sal.

Il ragazzo la spinge delicatamente verso l'interno tenendo aperta la porta a molla del bar. Zaira entra di malavoglia, e si inoltra nel buio della sala, incalzata dal giovane che oggi per la prima volta porta i capelli del loro colore naturale: castano, e gli scivolano leggeri sulla fronte mentre sulla nuca sono tagliati cortissimi.

Il ragazzo le porge una sedia di plastica. Lei lo guarda tenendo la borsa stretta sotto il braccio. Le fanno male i piedi, come se avesse camminato per ore. Invece ha solo fatto duecento metri, dalla sua casa al Rombo.

«Ha i soldi?»

Certo che sì, ma dovrebbe saperlo il ragazzo. Di sicuro il cassiere della banca l'ha detto a qualcuno, la voce si sarà sparsa che lei ha ritirato mille euro per comprare un regalo di nozze. Ma chi potrebbe sposarsi in paese senza che si sappia? «Si sposa una mia amica a Pescara» dice a fior di labbra Zaira. Il ragazzo non può sentirla, la musica è messa a tutto volume.

La sala è quasi vuota. C'è Marione, il proprietario che si muove con delicatezza, nonostante la mole, in mezzo alle bottiglie e ai bicchieri. Nella semioscurità scorge Scarpune, la testa coperta di treccioline scure. È piccolo, ha le gambe storte, porta una giacca a vento troppo grande che gli scende fino a metà coscia e gli scivola sulle spalle.

C'è anche il figlio di Menica l'ostetrica, Saponett', l'amico di tutti i cani randagi del paese. Ogni anno, verso marzo qualcuno fa il ripulisti in paese. Non si sa chi lo decida, chi lo compia. Fatto sta che in poche ore i cani senza padrone vengono uccisi con centinaia di polpette avvelenate. I cadaveri non rimangono mai in vista. Qualcuno li fa scomparire rapidamente. E il paese tira un sospiro di sollievo. I cani randagi, quando diventano tanti, fanno branco e buttano per aria i cassonetti dell'immondizia, litigano rumorosamente disturbando la pace del paese. Ma che orrore quando muoiono torcendosi per terra! Lei ne ha visto qualcuno e ha provato una pietà profonda mista a rabbia per quegli animali che nessuno protegge dall'egoismo del paese.

Saponett' è il solo che si preoccupi per loro, lasciando lungo le strade delle vecchie pentole piene d'acqua quando fa caldo e svuotando sacchi di pane secco in giro per le periferie. Li chiama con un fischio e loro accorrono. Quando arriva la mattanza, diventa pazzo dal dolore. Gira forsennato per il paese come un padre a cui hanno ucciso i figli, urlando improperi. Nessuno lo ascolta, nemmeno sua madre l'ostetrica. I compaesani fanno addirittura finta di non vederlo e non sentirlo.

Zaira si siede, continuando a tenere stretta la borsa di vimini sotto il braccio. Il ragazzo prende posto di fronte a lei. Sorride. La primavera stessa sembra illuminargli il viso. Lei lo osserva con stupore. C'è in quel sorriso un candore che sarebbe difficile fingere. Le sembra che tremi un poco, anche se fa il disinvolto. Forse le sorride per conquistare la sua fiducia, forse indovina i dubbi di lei. Fatto sta che stira le labbra bellissime sui denti rotti e macchiati.

«La conoscevi Colomba?»
«Sì e no.»
«Come sarebbe sì e no?»
«La conosco ma non la conosco.»
«Ne parli al presente, quindi è viva?»
«Prima i soldi, come era nei patti.»
«Mi dai una ricevuta però.»

Il ragazzo scoppia a ridere. Gli occhi ora si sono fatti duri, crudeli. Quanti cambiamenti in un paio di occhi tondi e di un normalissimo color ossidiana! Dentro quell'ossidiana ci sono ora delle briciole di metallo lucente che si aggrumano verso il centro. E non si tratta solo del riflesso di una candela corta e rossa che qualcuno ha posato nel mezzo del tavolino appena lei si è seduta. Deve essere stato Scarpune che si muove leggero e senza fare rumore. Zaira si guarda intorno ma non vede che Marione dietro la cassa, intento a contare i soldi dell'incasso. La faccia è cupa, le dita grasse si muovono con lentezza dentro e fuori dal cassetto.

Si sentono i soffi della porta a molla. Qualcuno deve essere entrato, ma lei gira le spalle all'ingresso. Fa per voltarsi quando avverte la mano leggera di Sal che tocca con delicatezza la sua.

«I soldi?»
«Ce li ho qui. Ma non posso rischiare, è tutto quello che posseggo.»

Il ragazzo ritira la mano. Se la passa sulla faccia cosparsa di una peluria rossiccia. La chiude a pugno contro la tempia.

«Sua nipote è brava coi funghi. Tutti quei gallinacci... solo lei sa dove prenderli. Qui tra i faggi, i porcini non si trovano. Molti lattarini, anche qualche sanguinella. Ha mai provato a tagliare una sanguinella? Ti tinge le dita di rosso, come fosse sangue vero.»
«Perché mi parli di funghi?»
«'Mbina se ne intende. Li coglieva nei boschi, li vendeva al mercato. Conosce i posti segreti, non lo dice a nessuno dove stanno i funghi migliori. Lei è capace di trovare pure i porcini. E le mazze di tamburo, dopo la pioggia vengono fuori a tre a tre, lì dove è concimato dal passaggio delle vacche, io lo so, ma non lo dico, anche lei tiene l'acqua in bocca. I porcini li pagano bene al mercato...»
«Anche tu vai per boschi?»
«E chi non lo fa qui in montagna! D'estate ci sono le fragole, i lamponi, la cicoria, le melette selvatiche, dolci come il miele, quando non le hanno fatte fuori i cavalli o gli orsi o i cervi. In autunno puoi trovare i funghi, bisogna essere bravi però, perché il fungo ha sempre un doppio velenoso che gli assomiglia come un fratello siamese. Tale lui,

tale il gemello, solo che uno è mangereccio e l'altro invece mortale. Strano, no?»

Zaira lo guarda un poco sorpresa: ritrova nella bocca del ragazzo più o meno le stesse parole che Valdo usava per spiegare alla figlia la maligna doppiezza dei funghi. Ancora qualcosa in comune con Colomba.

«Mi togli una curiosità? come si chiama tua madre?» Le pare che una transazione economica li porti dentro una intimità nuova e grave.

«Non sono del paese, se vuoi saperlo. Vengo da fuori. Anche se ti dicessi il mio nome non capiresti niente. Io sono Sal e basta, non ho madre e non ho padre.»

«E com'è che bazzichi da queste parti?»

«Tengh' da fà cert'affare.»

«Dimmi qualcosa su Colomba, ma sul serio.»

«Colomba è viva.»

«E come lo sai?»

Zaira sente il cuore che salta, come un ranocchio che vorrebbe balzarle fuori dallo stagno del petto.

Lui deve essersi accorto della sua agitazione perché le afferra una mano con le dita morbide e le ingiunge di tirare fuori i soldi. Il resto lo saprà subito dopo.

Zaira apre la borsa e fruga fra le povere cose cercando la busta. Ma non la trova. Le dita tastano il fondo di vimini scaldato dal grembo. La faccia si svuota del suo sangue. La bocca si apre in una smorfia di paura. Lo vede ridere.

«Eccola lì la busta» dice lui. Zaira riesamina il contenuto della borsa e la busta è proprio lì, scivolata a fianco dei fazzolettini di carta, del pettine, dei documenti, anziché sotto come ricordava.

Il ragazzo aspetta paziente che lei estragga la busta e gliela consegni con un gesto timido, impacciato. Lo vede cacciarsi in tasca il tutto, disinvolto.

«Ora dimmi dove sta Colomba?»

«Io non lo so dove sta. So che è viva, sta nei boschi ed è prigioniera.»

«E tu mi hai preso mille euro solo per dirmi che è viva?»

«Non è una notizia da poco. Avrei potuto chiedergliene altri mille. È una notizia importante, che neanche la polizia sa.»

«Ma che garanzia ho io... se non mi dici dove sta, vado a raccontare ogni cosa al tenente Geraci, lo conosco.»

«Anch'io se è per questo. Ma dove sono le prove che ho preso dei soldi da lei? forse che ci ha visti qualcuno? forse che le ho dato una ricevuta?»

«Ma io li ho ritirati ieri in banca e tutti lo sanno che ho preso questi soldi.»

«Da chi? da Massimo, i Cucuzelle? quello è un altro amico mio. Lui non dice niente. Ti conviene tenere la bocca chiusa, altrimenti finirai male.»

«Ma un'altra cosa, una sola: come faccio a trovarla? Ti ho dato mille euro, dclinquente!»

Il ragazzo la guarda come se non la vedesse. Spalanca la bocca in un enorme sbadiglio. Quindi si alza ed esce lentamente, senza affrettare il passo, contando sulla sorpresa, la viltà, la paura di lei.

Difatti Zaira rimane congelata sulla sedia di plastica color vinaccia a guardare le porte del Rombo che si aprono e si chiudono soffiando. Che fare? Certo Marione avrà visto ogni cosa! Si gira verso il banco ma Marione non c'è. Sono spariti anche i due avventori che aveva scorto entrando e perfino il cameriere con il tondino di pietra incastrato nella narice e le treccioline non si vede più. Che siano tutti d'accordo?

Zaira si alza, richiude la borsa, lascia i soldi del caffè e se ne torna a casa camminando lentamente, soprappensiero. Dunque Colomba è viva. Ma dove cercarla? E perché Sal ha parlato di prigionia? Prigioniera nei boschi ha detto. Cosa vuol dire? Forse bisognerà interrogare gli avventori del bar Rombo. Ma sapranno qualcosa? Per lo meno qualche notizia in più su quel Sal che le sembra un tipo assolutamente inaffidabile.

Una romanziera dai capelli biondi, tagliati corti, seduta di fronte alla finestra, medita sui suoi personaggi che hanno la tendenza a sfuggirle dalle mani. Pinocchio, appena Geppetto ebbe finito di scolpirgli i piedi, diede un calcio al suo inventore e lo mandò a gambe per aria. L'ingratitudine appartiene alla categoria dei figli di carta e di legno? Carta e legno hanno la stessa matrice: alberi, boschi. Il cerchio si chiude. I personaggi sono creature dei boschi. E hanno come cielo lo schermo annuvolato di un computer.

Pinocchio fa quello che vuole lui, non quello che gli suggerisce il suo inventore. Geppetto vende la giubba per comprare alla sua amata creatura l'abbecedario e la sua amata creatura vende l'abbecedario per comprarsi un biglietto per il circo. Questa è la psicologia dei personaggi: si fanno trasportare dal venticello delle gioie e non certo dalla voce savia dei doveri. Proprio come Pinocchio.

Zaira si comporta come una sciocca ma, come tutti i personaggi, vuole fare a modo suo. È inutile che la sua Geppetta le gridi: fai attenzione, è pericoloso tenersi tutto per sé, parlane con qualcuno, confidati! Già sa che sarà fiato sprecato.

Eccola che esce di casa presto, tenendo per il manubrio la bicicletta bianca e blu. Ha i capelli raccolti in un nodo dietro la nuca, a coda di cavallo. Ha gli occhi stretti in uno sforzo di determinazione. Dove andrà? Nessuno lo sa, neanche chi racconta la storia.

La scrittrice segue con occhi apprensivi il suo personaggio che pedala su uno stradino di montagna. Zaira fino a qualche anno fa sapeva pedalare solo in piano, sulle strade asfaltate. Dopo la scomparsa della nipote, ha preso possesso della bicicletta bianca e blu abbandonata, ha imparato a regolare le marce. Ora va in salita come un vero ciclista, senza mai perdere l'equilibrio. I muscoli delle gambe si sono fatti robusti. Il fiato regge alle più impervie salite. E lei va curvando le spalle sul manubrio, lo sguardo fisso sullo stradino pieno di buche, la coda di cavallo castana che le ballonzola sul collo.

In tasca tiene una carta piegata in quattro. Dentro, con l'inchiostro ha segnato, sui tracciati dell'esercito, le zone di esplorazione. Ha deciso di condurre una ricerca sistematica: prima uno spicchio poi un altro poi un altro ancora, numerando ogni spicchio di bosco e segnando quelli già esplorati. Se Colomba è veramente prigioniera lo sarà in qualche grotta, si dice. Se sono vere le parole di Sal, è nascosta su questi monti, riflette aggrappandosi alle parole di lui come alla sola speranza possibile. Inutile che la coscienza, ovvero l'angelo gibboso con le ali frangiate e l'aria stanca, le contrapponga altri argomenti: perché poi prigioniera? non certo per chiedere un riscatto a lei che non ha soldi. E se invece non fosse vero niente, e Sal avesse inventato tutto solo per spillarle quattrini?

Quei due milioni di vecchie lire sono troppi per una menzogna. In cuor suo Zaira vuole credere che Sal abbia detto la verità e che si sia guadagnato quel denaro. Ma cosa glielo garantisce? non ha visto con che sfacciataggine le ha tolto di mano la busta con le carte da cento euro? insiste l'angelo gibboso, ma Zaira è cocciuta, non vuole dimenticare di avere visto negli occhi del ragazzo un grumo di verità. Anzi, è sicura che lui ne sappia molto di più, ma non glielo voglia o possa dire. O forse ne farà occasione per chiederle altri soldi. È una estorsione e tu, idiota ti fai ricattare! Zaira può udire il fruscio di quelle ali sfrangiate e sporche di terra. Può sentire lo scalpiccio di quei piedi nudi coperti di calli per il troppo camminare appresso a lei, per i sentieri di montagna. Potresti anche metterti le scarpe, se vuoi te ne presto un paio, ma lui scuote la testa. Quando mai si è visto un angelo con le scarpe?

Comunque oggi tocca allo spicchio numero due, segnato bene in rosso sulla carta uno a mille. Lo spicchio comprende i prati che scendono verso la valle del Vecchio Mulino, i boschi a est dell'Ermellina e finisce a punta sulle pendici della Camosciara. Finché vive il sentiero sassoso, lo seguirà in bicicletta, poi proseguirà a piedi. Sulla schiena porta uno zaino con dentro due fette di pane, un tocco di pecorino dolce, due mele e una bottiglietta d'acqua. Più una lampadina tascabile, un temperino e la carta.

Mentre pedala in mezzo ai prati, incontra un gregge di pecore. Il pastore, seduto sopra una roccia la guarda avvicinarsi. Due cani bianchi, lanosi e giganteschi le vanno incontro abbaiando. Ma lei non rallenta la sua corsa. «Shhh, zitti, zitti cagnacci!» Sa come trattarli i cani pastore, li incontra in continuazione. Guai a mostrare paura o indecisione. Bisogna zittirli e proseguire come se niente fosse. Il pastore, che non ha detto una parola per fermare i suoi cani, le si rivolge quando è a dieci metri di distanza.

«Ite a spasse, madame?»

«Conosci delle grotte da queste parti?»

«Grotte, none. Ma forse che sì, c'è molti grotte. Tu cerca tartuffi?»

Zaira ha messo un piede a terra e osserva sorridendo il pastore, chiedendosi se sia marocchino o tunisino. Avrà sì e no quindici anni. Ha i denti anneriti, i capelli ricci sporchi gli cadono sulle spalle, gli occhi bellissimi sono vivaci e profondi, un telefono portatile gli sporge ben visibile dalla tasca dei blue jeans.

«Cerco una ragazza. Mia nipote» dice e sente gli sbuffi della coscienza che trascina le ali, esasperata. Che vai a dire a uno sconosciuto? e se fosse lui il guardiano di quella grotta? e se avesse delle cattive intenzioni? Sempre meglio dire la verità, obietta Zaira cercando di allontanare con un calcio gentile quella voce noiosa, e poi io non sono una ragazza, l'unico privilegio dell'età è che non suscito più desideri sessuali inopinati e selvaggi.

Il pastore sorride. Quindi prende a raccontarle la storia amara di una borsa rubata mentre dormiva. «Io poco lire, tutto dentro mi borsa e puff, andato via per malamente, ca era siguro un napoletano che conosco, se chiame Tanine, voi lo canuscete?»

«Mi dispiace per la borsa rubata, ma devo andare. Arrivederci.»

«Aspitte! Io accompagna te, poco soldi, poco soldi.»

Ma Zaira non lo lascia finire. Rimette il piede sul pedale e riprende a correre. Il ragazzo le grida qualcosa che si perde nel vento. Avrebbe potuto lasciargli qualche moneta, si rimprovera, la storia della borsa ha l'aria di essere vera, ha già sentito di vigliacchi che rubano ai lavoratori stranieri contando sulla loro paura di avere a che fare con la polizia, soprattutto se sono senza permesso di soggiorno. Il ragazzo è uno dei tanti nuovi arrivati su questa terra che per secoli è stata chiusa in se stessa, isolata, accettando e incoraggiando matrimoni fra cugini, fra vicini di casa. E ora guardano sorpresi questi stranieri dai pensieri misteriosi, che lavorano tanto e senza protestare, dormono in dodici in una stanza, mangiano in cerchio seduti per terra, pregano cinque volte al giorno e quando si fanno raggiungere dalle mogli, le tengono relegate in casa, coperte col velo. In paese molti li detestano: altri invece sono gentili, li accolgono come fratelli disgraziati, cercano di aiutarli. Le maestre si sorprendono quando scoprono che ogni anno nelle loro classi i figli di questi stranieri sono sempre più numerosi. Ma il buffo è che presto non li distingui più perché parlano il dialetto come i locali, ridono come loro, si comprano le scarpe alla moda come loro e si mettono a sognare di diventare divi della televisione come loro. Ma «ecch' sta i future nostre, commà». Fra qualche anno diventeranno parte della comunità.

La scrittrice dai capelli corti una volta in quegli stessi boschi ha incontrato un pastore di Foggia, un ragazzo alto, robusto e intelligente che leggeva libri – aveva letto perfino un suo romanzo – mentre portava a spasso le pecore. Era laureato e aveva rinunciato a insegnare perché il padre era morto giovane lasciandogli qualche centinaio di pecore. «Mi sono fatto i calcoli: ho scoperto che guadagno di più con la lana e col latte. Così ho deciso di riprendere la professione di mio padre. Le pecore sono già in famiglia.»

Qualche volta lei si spingeva fino alle foreste più fitte dell'Ermellina per incontrare quel pastore dalla voce educata, gli occhi grandi e sorridenti, capaci di fermarsi sulle parole dei libri. Anche lui aveva il cellulare in una tasca, per quanto in mezzo ai boschi dell'Ermellina non ci sia copertura sufficiente per telefonare. Possedeva pure una grande automobile azzurra con l'aria condizionata, posteggiata vicino allo stabbio. Ora è un poco che non lo vede, chissà dove sarà andato a finire. Scomparso anche lui? Ma perché il pastore che incontra Zaira è diverso da quello incontrato per davvero nei boschi dell'Ermellina? un espediente letterario? la voglia di farne un personaggio più credibile? quando mai si è visto un pastore che legge libri e ha frequentato l'università? Il fatto è che il foggiano in cui si imbatteva lei, era il padrone del suo gregge, mentre quello che si para davanti a Zaira nel racconto è solo un salariato straniero, uno che viene pagato per accudire le bestie di qualcun altro. Come tutti i personaggi del romanzo, il ragazzo marocchino dai denti anneriti, è saltato fuori dai prati marsicani senza che lei l'avesse previsto, accompagnato dai suoi cani e dalle sue pecore, con addosso quell'indolenza, quella curiosità e quell'astuzia che hanno i pastori di tutto il mondo, abituati a stare ore e ore all'aria aperta, da soli, accudendo alle bestie.

Di lontano scorgiamo Zaira che pedala determinata su per la stradina in salita. Ed ecco che le si affianca un cane. Zaira gli lancia uno sguardo: è un cane dal pelo arruffato di un grigio striato di giallo e corre alla sua stessa velocità. Non è uno dei cani del pastore. E nemmeno un cane randagio che bazzica per il paese, li conosce uno per uno. Questo sembra un incrocio fra un lupo e una pecora. Ha qualcosa di ottuso nel lungo muso arrotondato, le orecchie gli ciondolano sulle guance, ha il sedere più alto delle spalle e trotterella a fianco della bicicletta come se fosse la cosa più naturale del mondo. Ma da dove è sbucato? Zaira ferma la bicicletta. Prova ad avvicinare il cane parlandogli con fare rassicurante. Il cane la guarda sospettoso. Non si accosta né si allontana. Solleva su di lei uno sguardo curioso, affamato, mentre il respiro affrettato rallenta il suo ritmo e la lingua che nella corsa pendeva fuori delle labbra, ora torna al suo posto.

Zaira riprende a pedalare faticosamente. All'ingresso dei boschi dell'Ermellina, è costretta ad abbandonare la bicicletta. Lo stradino che l'ha portata fin lì muore per lasciare posto ad una ramificazione di percorsi fra gli alberi, segnati dagli zoccoli delle vacche nel fango o dagli escrementi delle pecore. Il suolo è coperto di foglie morte. L'estate sta per finire. Il cane è sparito. Meglio così. Ora, forza e coraggio, cominciamo la ricerca delle grotte!

Nasconde la bicicletta in mezzo a un intrico di ginepri bassi e fitti. Ormai conosce il sistema: sdraiata per lungo, e spinta con delicatezza, finisce ingoiata dai mille rametti verdi, polverosi, e non si vede proprio più. Così potrebbe essere scomparso il corpo di Colomba, le viene in mente con orrore. Ma deve essere la solita voce petulante della coscienza dalle ali stracciate che la importuna nella sua decisione di perlustrare sistematicamente tutti i boschi della zona. No, Colomba è viva, l'ha detto Sal, m'è costato mille euro, ora so che è viva, prigioniera in questi boschi, come ha detto lui e devo trovarla.

Dopo i primi cento metri di marcia forzata, sente un ansare dietro di sé. Si volta spaventata. È il cane grigio che l'ha raggiunta e ora la segue pensieroso e muto. Non le fa paura. Le sembra anzi una compagnia rassicurante. O per lo meno lo spera. La giornata si è fatta calda, le viene spontaneo arrotolarsi le maniche sulle braccia e assestarsi lo zaino sulla schiena. Camminando non sente che il rumore dei propri passi sulle foglie che fanno tappeto: un ciaf ciaf scivoloso e leggero. Se si ferma, mille altri suoni raggiungono le sue orecchie: il ciucciottìo indaffarato delle cinciallegre sopra i rami, il fruscio del vento fra i tronchi che col suo andare e venire, sembra volere imitare il respiro del mare. A ogni passo le scarpe suscitano uno scompiglio fra centinaia di minuscoli grilli che saltellano in mezzo alle erbe selvatiche. Quando aprono le piccole ali corte, rivelano un corpicino gracile, di un rosso ruggine acceso. Appena si posano per terra, riprendono il colore della zolla smossa, fra il grigio e il marrone. Un picchio batte il becco contro un tronco non lontano. Nel sottofondo lo sgocciolio di un torrente semiasciutto da cui ogni tanto sgorga un filo d'acqua che, cadendo sulle pietre, forma una pozza in cui corrono i girini.

Improvvisamente a Zaira pare di udire dei passi cadenzati alle spalle. Si volta. Ascolta in silenzio. Il rumore scompare. Riprende a camminare, i passi ricominciano. Si siede su una roccia coperta di muschio e aspetta. Vuole vedere chi la sta seguendo. Ma, per quanto frughi con lo sguardo in mezzo ai tronchi, non vede nessuno. Il cane, quando lei si ferma, si accuccia per terra e la spia come aspettando qualche parola, un ordine. È tranquillo e silenzioso. Sembrerebbe che la conosca da anni.

I passi sono scomparsi. Zaira cammina stando attenta a segnare i tronchi con un pezzetto di gesso bianco. La paura di perdersi in certi momenti l'afferra alla gola. Come ritrovare la bicicletta? Su alcuni tronchi il gesso non lascia traccia, e lei prova sopra un tronco più robusto, dalla corteccia asciutta. Ma ecco di nuovo il rumore di passi. Si blocca. Si bloccano anche loro. Riprende, riprendono anche loro. C'è qualcosa di troppo automatico per sospettare di una persona. E in effetti, a pensarci bene, deve essere l'eco dei suoi stessi passi. Il fatto è che sta camminando a ridosso di una parete rocciosa che rimanda i suoni con perfetta simmetria. Il particolare le fa capire che non è più tranquilla come quando è uscita di casa. La paura sta allagando la sua mente, tanto da cancellare la serenità del ragionamento. Il bosco sgomenta, non c'è niente da fare. Il bosco anche di giorno, col sole, è abitato da ombre incomprensibili e deformi, mosso da un respiro che non si sa da dove provenga e ha qualcosa di rauco e allarmante.

«Racconta, ma'!»

La bambina allunga il collo esile verso il braccio della madre, ricoperto da una manica di velluto rosso. Vorrebbe toccarlo quel velluto, passarci le dita sopra, ma il sonno si è già impadronito dei muscoli e ogni gesto le appare impossibile, estraneo. Eppure ha ancora la forza di pronunciare delle parole di esortazione. Si può dormire senza la continuità di un racconto materno? e si può stare svegli quando l'aria sembra essersi fermata sulle palpebre chiuse, come una meravigliosa coltre di velluto rosso?

«C'era un re che viveva nel bosco di Nemi. Era un grande re, ma il suo popolo gli permetteva di esserlo finché riusciva a sottrarsi alla mannaia dei suoi nemici, che poi erano anche i suoi amici, vai a capire le complicazioni della politica! Lo racconta Fraser, sai, nel *Ramo d'oro*, te ne ho parlato qualche altra volta, ti ricordi? te l'ho detto che lo leggevo di nascosto in collegio, sotto il banco. Questo re ogni notte era costretto a cambiare due o tre nascondigli, per la paura di essere assalito e ucciso. Spesso si rifugiava dentro il tronco cavo delle querce centenarie. La foresta lo proteggeva, era il suo rifugio, la conosceva bene e ne era padrone. Ma era anche la sua più pericolosa nemica perché ospitava quegli avversari che volevano accopparlo. Gli alberi lo nascondevano ma nascondevano anche i suoi nemici. Si dice che dormisse con un occhio chiuso e uno aperto e che a ogni caduta di ramo il suo respiro si fermasse.»

La bambina ora si è proprio addormentata e la madre si allontana dopo averle rimboccato la coperta a scacchi rossi e blu. I piedi della donna salgono leggeri le scale che portano verso la camera da letto dove l'aspetta il suo uomo, ma le storie la inseguono: scampoli di trame, progetti per il giorno dopo. Quando smetterò di raccontare sarò morta, si dice togliendo il trucco davanti a uno specchio poco illuminato che le riempie la faccia di ombre.

Per fortuna c'è il cane, si dice Zaira, provando ad allungare una mano sulla testa dell'animale. Ma lui, appena si sente toccato, si scosta intimidito e forse spaventato. «Come ti chiami, eh?» Il cane scodinzola pigramente, le zampe allungate al suolo, in una posizione che le rammenta i cani imbalsamati delle tombe egizie. «Sei proprio brutto sai!» Zaira ride e il cane solleva un poco il labbro da una parte. Pare che voglia farle il verso. «Se rimani con me ti chiamerò Fungo. Perché sei spuntato dal nulla come i funghi in autunno.» Il cane scodinzola. Lei riprende a camminare, ormai liberata dalla paura dell'inseguitore che la scorta passo passo.

Una volta penetrati nel ventre delle foreste dell'Ermellina, sulla destra si scorgono dei massi alti, verticali, coperti di muschio e di rami spezzati, come fossero le pareti di un immenso castello diroccato. Fra le rocce scoscese crescono imperturbabili centinaia di faggi dal fusto lungo e scivoloso. In mezzo ai faggi si alzano i bassi cespugli di pino mugo, si allungano i rami spinosi dell'acerola. Fra gli interstizi delle rocce sono sparsi centinaia di funghi bianchi dall'ombrellino lucido, appena un poco piegato da una parte. Sono i bovin' vomitus' come li chiamano in paese. Basta mandarne giù un pezzetto per rimettere tutto quello che si ha in pancia. Viene usato come emetico dalle mamme impaurite quando un figlio ha ingoiato qualcosa di pericoloso.

Al suo arrivo un fuggi fuggi di scoiattoli e lepri. Zaira, seguita dal cane, si arrampica su quegli alti massi puntellandosi con un bastone che ha raccolto per terra. Non è facile trovare un appiglio su quelle pietre coperte di un muschio che appena lo tocchi ti rimane incollato alle dita come un vecchio tappeto zuppo d'acqua. Il cane corre e salta veloce di fronte a lei. Ma quando ha raggiunto la distanza di una decina di metri si ferma ad aspettarla, seduto comicamente sulla coda arricciolata come fosse un cuscino.

«Stai lì che arrivo, su questi sassi si scivola, hai visto come si stacca questo muschio che sembra nato dentro la roccia?» Zaira sorride di sé e di quel parlottare al cane. Lui solleva il muso verso di lei piegando la testa sul collo, come se cercasse di interpretare il senso del discorso. «Sei un cane intelligente, Fungo, chissà da dove vieni, il collare non ce l'hai. Sarai stato abbandonato o sei nato così per strada, da una mamma stradaiola e da un padre bastardo come te?» Il cane scodinzola contento.

«Sono due ore che marciamo, ti va di fare una merenda?» Il cane sembra capire benissimo e agita la coda con più energia. Ma il solito pennuto le parla nell'orecchio, sapiente e indispettito: Hai fatto poco o nulla finora. Continua a cercare in mezzo alle rocce. Poi si farà buio e non potrai più andare a caccia di orme. Almeno avessi scoperto una grotta! Non è una passeggiata questa, è una indagine. Non ti occupare tanto del cane, ma dedicati alle perlustrazioni con più attenzione e concentrazione, mi sembri distratta e allegra come se andassi a fare una gita.

Zaira questa volta pensa che il petulante abbia ragione e si rimette in spalla lo zaino per proseguire la ricerca. Il cane la osserva, deluso. Ma pronto anche lui a tallonare la voce del dovere.

Continua l'arrampicata fra i sassi immensi che sembrano eruttati da un vulcano infuriato e caduti su quel bosco a casaccio, accatastandosi gli uni sugli altri, sbandando, spaccandosi, buttando giù alberi e cespugli. Poi c'è stato il sonno delle cose: il lento fluire dei giorni e delle notti, il susseguirsi della pioggia e del vento che hanno assestato il disordinato tramestio di quei massi, ricoprendoli di licheni, di muschio. E i faggi, con le loro radici prensili e lunghissime hanno aggirato, contornato quei massi facendoli diventare carne della loro carne. Un groviglio di radici e sassi in mezzo a cui la donna e il cane si muovono agili e veloci. Il solo rumore che li accompagna è il battere del bastone contro le rocce – per cacciare le vipere – si dice Zaira, ma forse anche per sentirsi viva e mobile in un ambiente cupo che mescola le cose morte alle vive con indifferenza arcana. L'ansito del cane, appena percettibile, si alterna al ticchettio secco del bastone.

A guardarli da lontano, un osservatore incuriosito avrebbe visto un corpo di donna non più giovane, esile, muscoloso, che si issa agilmente sui giganteschi massi sparsi fra gli alberi, sprofonda nelle fosse invase dalle foglie, si arrampica, corre, seguita da un buffo cane che assomiglia a una iena. Ogni tanto la donna si volta e rivolge la parola al suo accompagnatore che solleva la testa, come se ormai si fosse adeguato al ritmo del ragionamento di lei. Quindi riprendono la salita, in mezzo ai faggi centenari, agli aceri nani, ai noccioli e ai tassi barbassi che stanno perdendo i bei fiori gialli.

Ed ecco che improvvisamente il piede scivola, Zaira perde l'equilibrio, sta per cadere. Lo spunzone su cui si è appoggiata ha ceduto e il piede destro si trova sospeso per aria mentre l'altro se ne sta in bilico su uno sperone viscido. Per fortuna c'è un ramo che sporge e lei vi si aggrappa spaventata, rimanendo protesa nel vuoto. Il cane la raggiunge preoccupato, come a dire io sono qua e le indica, percorrendola, la strada più facile per uscire dal dirupo. Zaira si chiede come abbia fatto a sdrucciolare così grossolanamente e poi si accorge che quello sperone nasconde una stretta apertura e il suo piede ha glissato sul bordo di questa crepa. «Una grotta, Fungo, andiamo a vedere!»

Zaira riesce a tirarsi su con fatica facendo leva sul ramo elastico. Segue il cane in un percorso più lungo ma più facile e finalmente, aggirando quel masso scivoloso, capitano davanti all'apertura della grotta.

«Per fortuna ho portato la pila» sussurra Zaira facendo segno al cane di avvicinarsi. «Che dici, entriamo?»

Il cane annusa l'aria movendo la punta del naso, quel cappuccio nero e lucido che assomiglia veramente ad un fungo cresciuto fresco nella notte.

«Senti niente?»

Il cane scodinzola e ad un gesto di incoraggiamento, la precede dentro la grotta infilandosi attraverso la fessura, stretta quanto basta per lasciare passare una persona magra di fianchi e di spalle. Non le rimane che seguirlo dopo avere estratto la pila dallo zainetto. Appena dentro, l'accende e fa qualche passo nel cono della pallida luce artificiale. Si trova circondata da pareti chiare stillanti di gocce. Il cane va avanti e lei, a piccoli passi, lo segue. Se ci fosse qualcuno, abbaierebbe. O no? Non lo conosce abbastanza per prevedere i suoi movimenti. Un cane può avvertire il pericolo quando non sa di cosa si tratti?

Un'altra decina di passi. Il piede tocca qualcosa di molle. Dirige la luce sul pavimento. C'è un cencio sporco e, vicino, i segni di un fuoco. Sotto la parete annerita alcuni sassi bruniti testimoniano di un falò acceso non molto tempo fa, magari per fare bollire un poco d'acqua per il caffè. Zaira tenta di tirare su il cencio con la punta del bastone. Ne sente il puzzo forte di capra. Dall'interno dello straccio ruzzola qualcosa che forma una macchia chiara sul pavimento. Si china a guardare: è un pezzo di cacio bianchissimo, con qualche rotella di muffa verdognola. Appartenuto a un pastore, forse lo stesso che ha incontrato per strada. A volte si riposano nelle grotte mentre le pecore pascolano. O vi si riparano quando piove. Accendono il fuoco, mangiano una fetta di cacio, si allungano per riposare.

Zaira prova a dirigere il raggio della pila in fondo alla grotta, ma le pareti si stringono fino a sparire in un cono nero. Segno che la cavità si rattrappisce ma continua chissà per quanto. Avanza a piccoli passi maldestri. Il piede di nuovo urta contro qualcosa che rotola per terra. È un barattolo pieno d'acqua. Una di quelle lattine di pomodori pelati che una volta liberata del coperchio e pulita, diventa un rudimentale bicchiere di metallo.

A questo punto la grotta sembra chiudersi. Il soffitto si fa sempre più basso e anche carponi un uomo non potrebbe entrarvi. Zaira si ferma ad annusare il forte odore di capre. Non c'è dubbio: questo è un rifugio per pastori quando fuori c'è il temporale. Anche se umido, fangoso, ci si può mettere a sedere davanti a un mucchietto di brace e mangiarsi un pezzo di pane. Da una parte, vicino al barattolo pieno d'acqua ci sono ancora dei rametti secchi pronti per accendere un altro falò.

«Andiamo, Fungo? qui non mi pare che ci sia nessuno. Ma prima proviamo a bussare sulle pareti, che ne dici?» Si avvicina al punto in cui ha trovato le tracce del fuoco e batte con le nocche contro la roccia. Sembra piena. Non nasconde altri spazi, buchi, corridoi, segrete. Zaira insiste con le nocche, più a lungo e più forte. Il cane la guarda perplesso come se si chiedesse che cosa stia facendo.

La donna si volta verso la fenditura e vede che fuori si è messo improvvisamente a piovere. «Ma come, poco fa c'era il sole, Fungo mio, e non abbiamo nemmeno l'ombrello, vogliamo aspettare che spiova?» Il cane scodinzola contento.

Zaira si siede per terra a gambe incrociate, usando lo zaino semivuoto come cuscino. Fra le mani tiene le due fette di pane e il pecorino. Il cane le si avvicina e in un balzo le strappa dalle mani sia il pane che il pecorino. Quindi scappa via con la coda tra le gambe. «Dove vai, delinquente? vieni qui, torna qui, te lo do il pane, te ne do la metà, ma tutto tu mi sembra ingiusto!»

È inutile, sta parlando da sola. Quel cane certamente non lo rivedrà più. «Per questo mi hai seguito eh, maiale d'un cane! e io credevo che mi volessi tenere compagnia.»

E ora, che fare? Ha fame, è infreddolita, nella grotta le sembra che manchi l'aria. Sarà meglio sloggiare e affrontare il viaggio di ritorno sotto la pioggia. Tanto più che la sua pila sembra perdere energia minuto dopo minuto.

Esce dalla fenditura mettendosi di traverso. Uno più grasso di lei non ci passerebbe. Certo, come nascondiglio è perfetto. Dovrà tornarci con più calma. E con una pila più potente. Ora è venuta l'ora di rientrare a casa prima che faccia buio.

La donna dai capelli corti osserva apprensiva il suo personaggio mentre cammina rapida sui sentieri tracciati dalle capre: l'acqua le inzuppa i capelli, le incolla la giacchetta di cotone sulla schiena. Corre Zaira, a testa bassa, scansando le buche più grosse, affondando le scarpe nella mota. Quando ha quasi raggiunto i cespugli di ginepro dove ha nascosto la bicicletta, sente una presenza alle spalle. Si volta di scatto, impaurita. E si trova davanti Fungo, la lingua penzoloni, il pelo fradicio di pioggia, gli occhi mortificati, la coda fra le zampe, immota.

«Fungo! sei di nuovo qui? dopo quello che hai fatto, che t' pòzzan vàtt'! Dovrei darti un calcio e mandarti via. Ma guarda che carogna, non mi hai lasciato neanche un briciolo di pane e io ora ho fame, una fame da morire. Ma tu forse avevi più fame di me, vero, Fungo?»

Il cane la ascolta rizzando comicamente le orecchie e piegando al solito il capo da una parte. Le parole di lei suonano affettuose. Ha capito di essere stato perdonato. La coda prende a muoversi lentamente, poi sempre più veloce, fino a diventare una bandiera al vento che sventola allegra e contenta.

Zaira solleva la bicicletta stillante d'acqua. Vi monta sopra e si precipita giù per la montagna schizzando fango, sdrucciolando nella mota. Due o tre volte ha rischiato di cadere, la ruota davanti ha scartato pericolosamente sui sassi aguzzi ma ogni volta è riuscita a riprendersi. Le gambe robuste hanno dato una spinta più energica sui pedali, le mani si sono strette sul manubrio con tutta l'energia di cui è capace ed è andata avanti.

Di lontano, se qualcuno oltre la romanziera fosse stato a spiare, avrebbe visto una donna dai capelli fradici stretti e saltellanti sulla nuca, scendere in bicicletta per un viottolo da capre, i pantaloni neri incollati alle gambe, le maniche della giacchetta che gocciolano sotto i gomiti, le scarpe zuppe, seguita da un cane bastardo dal colore incerto e le forme bizzarre, una gran coda pelosa ritta in aria come uno stendardo.

È la memoria che coglie le scaglie del tempo e le rimescola capricciosamente? o sono le scaglie del tempo che si insinuano nelle pieghe di una memoria ignara per costruire e resuscitare ricordi che vanno al di là dei limiti di una vita?

Ora la donna dai capelli corti appoggia il mento sul palmo aperto. Allunga lo sguardo sui faggi che cambiano delicatamente colore presagendo l'autunno. Ma c'è qualcosa che si muove in lontananza: delle figure che non sa da quale memoria nascosta saltino fuori improvvise e fuggevoli. Fra quei faggi gonfi che stanno per passare dal verde turchino al giallo uovo, le appare un brulichio di ombre striscianti. Prima una, poi tre, cinque, otto, dodici: sono tanti e si muovono con circospezione. Hanno una andatura scimmiesca, sono agili e goffi nello stesso tempo. Chi sono?

La foresta ha anche questa capacità: forzare le età, rimescolare le generazioni, fare sgusciare fuori da una terra addormentata, mai coltivata, che sembra arresa sotto le foglie morte, qualcosa di vivo e fresco come un fungo appena nato che appare improvviso dalla notte al mattino. È il frutto dei ricordi sepolti le cui radici si ramificano in lontananza, nel sottosuolo della memoria. Si nutrono di sostanze organiche, crescono nei sotterranei del tempo, hanno vita filiforme e silenziosa. E diventano visibili solo per un giorno, per un'ora, provocando sorpresa e ingordigia. Funghi di una mente saprofita. Molti di essi sono velenosi, portano nei loro colori seducenti, nelle loro cappelle profumate, la tentazione del delirio e della fine. È solo la conoscenza che preserva dall'orrore. Ma nessuno può dirsi veramente conoscitore di quella micologia del pensiero che è la memoria.

Le dita si posano rapide sui tasti del computer. La macchina fa sentire in sordina la sua presenza elettrica con uno sfrigolio fastidioso. Gli occhi, solo gli occhi, hanno le ali e al contrario del corpo che rimane inerte, quasi cucito alla sedia anatomica, gli occhi volano attraversano i vetri e vanno incontro alla foresta che respira inquietante. Faggi, gli eterni faggi di questo paesaggio abruzzese, il paesaggio della sua maturità e del suo pensiero profondo. Il paesaggio delle suggestioni potenti e arcane che penetrano nella mente con movimenti subdoli.

Ma chi sono quegli esseri scimmieschi che sfilano in lontananza fra gli alberi? Sono venti, trenta e poi altri venti, e altri ancora. Hanno le gambe e stanno ritti: quindi sono uomini. Eppure camminano col dorso chinato in avanti, alla maniera degli orsi. Il loro capo è coperto da un cappuccio di tela grezza che li difende dall'acquerugiola autunnale. Le dita di lei vanno al binocolo poggiato sul tavolo, lo punta su quella massa brulicante e vede che portano curiose calzature che si avvolgono sui polpacci con stringhe di pelle scura. I loro corpi sono coperti da pelli di pecora cucite insieme. Le gambe nude sono riparate in parte da stracci avvolti in forma di bende, e da ginocchiere metalliche legate dietro le cosce. In pugno stringono una lunga lancia dalla punta di ferro rozzamente incisa. Sul petto tengono, legato, uno scudo di bronzo, tondo e scuro. Ora li vede bene, sono tantissimi, un migliaio si direbbe, e si dirigono silenziosi verso Fresilia. Il sole sgusciando tra le nuvole illumina le loro schiene coperte dai ricci di lana bianca e la punta di metallo delle lance.

Sono soldati marsi o peligni? Sulle loro facce segnate dal sole c'è determinazione, ma anche paura. Di fronte, fra poco, si troveranno le file ordinate dell'esercito romano, condotto dal famosissimo Valerio Massimo. Sanno di essere in tanti, per una volta riuniti insieme, giovani di Milonia, di Visinio, di Plestina, di Fresilia, di Yoje, ma dall'altra parte si troveranno un esercito organizzato alla perfezione, con armi mille volte superiori alle loro rozze lance. Si favoleggia di gigantesche catapulte, di immensi massi che arrivano fra capo e collo scompigliando gli eserciti nemici, distruggendo tutto quello che trovano sul loro cammino. Si dice che i soldati romani, con addosso vesti calde e scarpe comode, dispongano di scudi di una lega di ferro così robusta da resistere a qualsiasi punta di lancia, di stiletto, di spada sannita. I loro cavalli poi sono talmente ben allenati, ben nutriti e ben addestrati che con pochi ordini appena pronunciati, si allineano verso destra e poi verso sinistra, in modo da costruire un quadrato perfetto in cui rinchiudono gli avversari come dentro una morsa fatale.

Per questo i loro piedi di montanari sanniti si muovono con tanta precauzione. Per questo le dita che impugnano le lance sono diventate bianche a furia di stringere il legno. Per questo le fronti si sono bagnate di sudore. Per questo le bocche si sono asciugate e gli stomaci si sono contratti in uno spasmo doloroso. I capi lo sanno e percorrono in su e in giù le file dei loro uomini incitandoli con parole ora suadenti, ora minacciose: «I romani non valgono un laccio dei vostri calzari. I romani vengono da lontano, sono stanchi, non conoscono queste terre, queste foreste, non lasciatevi spaventare! Voi siete più forti, anche se le vostre armi non scintillano come le loro. I romani sono abituati a tante comodità, non resisteranno ai primi freddi. Teniamoli in scacco. Non c'è bisogno di rimandarli a Roma adesso. Basta che non arrivino su queste montagne. Teniamoli fermi nella valle, addosso al lago. Li attaccheremo quando comincerà la neve. E sarà la rotta per loro, uomini molli abituati al vino, ai bagni caldi, noi li stermineremo. Qui ci sono le vostre case, le vostre famiglie, non possiamo lasciarci trucidare da questi soldati impennacchiati. Noi siamo fratelli dei lupi, degli orsi, delle linci. Loro hanno paura. Noi siamo amici della notte, delle grotte, degli anfratti. Tenetevi stretti, non fiatate, andate avanti. Li attaccheremo alle spalle e li vinceremo».

La donna dai capelli corti chiude gli occhi. Non vorrebbe assistere a un combattimento feroce, un corpo a corpo irrimediabile, ma la battaglia prende vita lì davanti ai suoi occhi, tra quei faggeti misteriosi che evidentemente hanno conservato una memoria più lunga e audace della sua. Presto viene raggiunta dal suono metallico delle lance che si abbattono sugli scudi, degli elmi che cadono, dei cavalli che nitriscono colpiti a morte, dei feriti che si trascinano per terra e vengono finiti al volo da un uomo a gambe nude, dei rantoli dei moribondi, del ragliare disperato dei muli della salmeria. Dove la sta trascinando l'immaginazione febbricitante? dove la sta conducendo la smania di entrare nei libri di storia e non saperne più uscire?

Quando riapre gli occhi è tutto finito: l'esercito safin è stato sbaragliato. In lontananza vede salire il fumo dei roghi, vede i corpi abbandonati dei soldati morti, il sangue e i lamenti di quelli ancora vivi che si torcono per terra e sa che quello è l'anno 295 avanti Cristo.

«Nonostante le parole incoraggianti dei capi marrucini, l'esercito sannita è stato sbaragliato dai dominatori del mondo di allora» puntualizza il compagno di passeggiate, mentre si tira su il cappuccio per ripararsi da una pioggia improvvisa. A lei è caro perché è stato il marito di una sorella che se ne è andata presto, troppo presto, lasciandole una ferita aperta. Le è caro perché è rimasto affezionato a lei e a sua madre, perché legge molto e soprattutto di storia, perché ha un modo silenzioso e ironico di capire e aiutare chi è più debole, senza farlo pesare. Le piace ascoltarlo raccontare dei sanniti mentre passeggiano tra i faggi antichi.

«Gli umbri si erano uniti agli etruschi, ai sanniti e ai galli per sconfiggere quelle "maledette" schiere venute da Roma, la città della confusione e della corruzione dove, secondo le voci correnti in provincia, le madri si accoppiavano coi figli maschi e i padri con le figlie femmine, dove il timore degli dèi era morto e la gente pisciava sugli altari tanto per divertirsi. Quegli uomini che tutti dicevano molli e amanti dei bagni caldi e dei buoni cibi, incutevano però paura. Quando affrontavano gli avversari, tutti disposti in righe ordinate, con il ginocchio piegato e gli scudi alzati a ricevere le frecce nemiche, non si poteva non ammirarli. Quei romani che le antiche popolazioni italiche detestavano e temevano, dettavano legge sul modo di vestire, sul modo di combattere, sul modo di pregare, di declamare versi, di mangiare, di giocare a dadi, di coniare denaro, di formare una famiglia, di usare gli schiavi, di lavorare la terra. Erano i signori del tempo, i signori del grano, i signori delle città, i signori del mare.

«Durante la tregua che era durata qualche settimana i piccoli e coraggiosi guerrieri marrucini scendevano dalle montagne come scoiattoli a fare azioni di guerriglia, uccidendo cavalli e cavalieri romani nelle notti senza luna; togliendo le ruote ai carri mentre tutti dormivano; razziando polli e maiali che erano tenuti chiusi nei recinti per la truppa. Erano bravissimi in queste incursioni rapide e silenziose. I romani si infuriavano, giuravano vendetta ma non riuscivano mai a prenderli. Salvo una volta che tre giovanissimi ragazzi di Yoje dei Marsi, scesi di notte strisciando fra le erbe alte, scivolati senza farsi notare fra le masserizie dell'esercito romano, furono tanto audaci da infilarsi nella tenda delle prostitute, in mezzo a cui sapevano di trovare, fatte schiave, alcune ragazze del loro paese.

«Le giovani dormivano infagottate in spesse coperte di lana grezza, le teste avvolte in stracci colorati. All'ingresso dei tre giovanotti un gatto era saltato via soffiando spaventato. Ma le ragazze, che avevano bevuto molto vino mescolato col miele, non si erano svegliate. I tre di Yoje si erano fermati, tremando, sui bordi di quei letti improvvisati e avevano perso tempo nel contemplare i visi addormentati di quelle adolescenti già segnati dalla violenza dei soldati. Avevano riconosciuto fra queste una delle loro compagne di giochi, l'avevano sollevata così com'era, avvolta nella coperta e stavano per portarsela via, quando furono sorpresi da due guardie romane preposte al controllo notturno del campo.

«Portati davanti al capocenturione, furono interrogati. E poiché erano muti dal terrore e anche ignoranti della lingua latina, fu chiamato un vecchio romano di origine marrucina che pose loro delle domande. I ragazzi non risposero neanche a lui ma rimasero immobili a bocca aperta, mentre un romano dalle braccia pelose strappava la coperta dal corpo infreddolito della loro compagna e le puntava il coltello alla gola: se parlate la risparmio. Da dove venite? volevate fare un agguato? chi vi manda? dove sono gli altri? quanti sono?

«E poiché i ragazzi tacevano, fu chiamato un altro romano dai muscoli massicci che, come fa un venditore di polli, li afferrò per il collo e non li lasciò finché non li ebbe mezzo strangolati. La ragazza inorridita guardava senza vedere. I suoi occhi erano spenti e opachi. I tre yojesi non parlarono neanche questa volta. Forse solo perché le loro gole erano state schiacciate e non riuscivano a tirare fuori un filo di voce. Il venditore di polli chiese al militare cosa dovesse fare. Il militare accennò un gesto col capo e l'uomo con poche mosse rapide finì di strangolare i due. Il terzo cadde svenuto. Il venditore di polli provò a rimetterlo in piedi a furia di calci e pugni, ma il giovane non reagì. Il militare gli si avvicinò, gli conficcò il coltello nel petto.

«I tre corpi furono sepolti prima dell'alba da due schiavi africani. La ragazza invece fu risparmiata perché servivano donne giovani e graziose per la truppa e fu riportata fra le altre dopo che ebbe ricevuto dieci scudisciate sulla schiena.»

«Racconta, ma'.»

La giovane madre stamattina indossa un paio di calzettoni a righe bianche e rosse che sporgono da sotto la gonna di lana che le scende fino ai polpacci. Per quanto invecchi non riesce a perdere quell'aria di bambina indaffarata che l'ha sempre accompagnata. Puntando gli occhi su quei calzettoni a righe rosse la bambina si domanda se sua madre fosse così anche da piccola. Non smetterà mai di essere una ragazzina, si dice, sebbene sia dotata di una voce sapiente, adulta e profondamente consapevole della propria potenza narrativa.

«Racconta, ma'.»

«In famiglia il nome di Zaira si ripeteva di generazione in generazione» prende a raccontare la giovane madre e la donna dai capelli corti ha un sussulto di stupore. Come è successo che due personaggi così diversi si siano incrociati? come fa quella madre dai calzettoni a righe bianche e rosse a conoscere la storia di Zaira? Non sarà che proprio Zaira ha fatto il salto del canguro? È stata certamente lei, con la sua invadenza a raggiungere furbescamente l'altra storia, a insinuarsi nei pensieri di una madre perché li comunichi alla figlia bambina.

La ragazza senza collo della fotografia del 1889 se ne sta ora voltata di spalle. Le spose non si devono guardare in faccia altrimenti avranno parti travagliati, così dice la tradizione. Ma quando la comare le tocca con la mano gelata il collo, Zaira si gira di scatto e le donne la guardano spaventate. Non c'è dubbio, avrà delle gravidanze tormentate, l'ha voluto lei. Ma che ne sa Zaira delle usanze di Touta? A casa sua nelle Madonie la sposa può scrutare la faccia di tutti, compreso il marito, anche prima che sia diventato tale.

La comare le afferra la testa con le due mani e gliela raddrizza in modo che stia con la nuca rivolta alla stanza. Le donne alle sue spalle approvano chinando il capo mentre preparano i ceci bagnati nello zucchero fuso per la festa delle nozze. Saranno il solo dolce di quella cerimonia. Una pecora verrà sacrificata per l'occasione, cucinata all'aperto con rosmarino e sale e poi divisa meticolosamente fra gli invitati. In tutto saranno una quindicina. Ai suonatori venuti da Cocullo coi loro serpenti e che si esibiranno durante la festa, saranno destinate la testa della bestia e le zampe. Col sangue si faranno i sanguinacci, con la pelliccia un giubbetto. Niente andrà buttato, nemmeno le interiora, che pulite e lavate, verranno poi farcite di grasso, frattaglie e lupinella.

Il parroco li ha benedetti, lo sposo ha infilato l'anello d'oro al dito della sposa, il chierichetto Trott'l ha sparso l'incenso con gesti rapidi e cerimoniosi. L'aria si è riempita di un odore forte e pungente. La sposa lo respira e chiude un momento gli occhi. I ricordi di un'altra chiesa vengono a galla nella sua mente vuota: una chiesa siciliana, le mani grassocce e calde di una madre apprensiva, una Madonna dal manto turchino disseminato di stelle. In quella chiesa si erano innamorati, occhi negli occhi, lei e Minuccio, di un anno più giovane. L'aspettava fuori dalla chiesa, le faceva un piccolo cenno col capo. Non era permesso alle ragazze da marito parlare con i coetanei. Tutto avveniva attraverso gli sguardi. Interi discorsi muti, domande, raccomandazioni, promesse, esclusivamente con la forza degli occhi che da soli sapevano superare le proibizioni, le regole, i divieti. Si erano parlati d'amore da lontano e si erano promessi il matrimonio. Così credeva Zaira che aveva allora quindici anni ed era bella come una pesca appena spiccata dal ramo.

Una mattina il padre carabiniere aveva annunciato alla figlia sbalordita che dalla settimana successiva sarebbero stati trasferiti, lui e tutta la famiglia, negli Abruzzi lontani. Ma dove? dove? Zaira che non era mai andata a scuola aveva un'idea molto vaga della geografia. Sapeva che l'Italia era fatta in forma di stivale, al cui fondo si trovava la Sicilia che era una trinacria tenuta a galla, anzi sorretta da un mitico nuotatore chiamato Colapesce. Il resto era molto confuso. Al centro dello stivale ci sta il papa, diceva il carabiniere suo padre, ma lei faticava a immaginare il centro di un paese fatto a stivale: era all'altezza del ginocchio? o all'altezza del polpaccio? È un paese di montagna, aveva spiegato il padre con pazienza, come il nostro, chiuso negli Appennini, le montagne più alte dopo le Alpi e lì ci mandano e non possiamo rifiutare, «'u capisti?». Lei non aveva fiatato. Aveva subito pensato a Minuccio. Come fare senza di lui?

Aveva aspettato impaziente la domenica per poterlo vedere di lontano alla messa delle nove. Gli aveva parlato con gli occhi e lui sembrava avere capito. La faccia gli si era svuotata di sangue. Ma poi quella sera stessa, le aveva fatto recapitare da una comare amica di sua madre, un foglietto in cui c'era scritto che sarebbe passato a prenderla il sabato notte, alle tre. Sarebbe stata "na fujiutina" come si diceva laggiù e una volta consumato l'accoppiamento nessuno si sarebbe opposto al matrimonio.

Zaira non sapeva leggere. Perciò tormentava quel foglietto correndo dalla camera da letto alla cucina, dalla cucina alla stalla. Farlo leggere a qualcuno? ma a chi? sua madre era analfabeta come lei. Suo padre certamente si sarebbe arrabbiato solo per il fatto che aveva accettato il biglietto scritto da un uomo. La comare ignorava la scrittura, e poi se n'era andata in fretta dopo averle messo in mano il pizzinello, come a dire che non voleva guai. Ma come faceva Minuccio a essere così sicuro che lei sapesse leggere? Era bello che la pensasse sapiente, ma poteva pure immaginare, si diceva indispettita, che come tutte le altre ragazze campagnole, non le era stato permesso di andare a scuola. Anche suo padre lo diceva: «A che ci serve la scola alle picciottedde, forse a farci fari cchiù figghi?».

La notte di sabato era venuta. Zaira, come intuendo il contenuto del biglietto, si era affacciata più volte alla finestra. Ma l'appuntamento era alla porta della stalla e lei come faceva a saperlo? Non sentì il fischio prolungato del ragazzo che la chiamava, né il rumore delle ruote del carretto sulla terra gelata della stradicola che portava verso il porcile. La stanza da letto dove dormiva con la zia Agatina e la nonna centenaria dava sull'altro lato della casa e d'altronde non avrebbe potuto uscire senza passare sul letto della zia e quindi svegliarla.

Finì per addormentarsi verso le cinque, disfatta, tenendo stretto fra le dita il pizzino maledetto. Sognò di essere in chiesa con Minuccio e di essere avvolta in una nuvola di incenso. L'odore era così intenso che la svegliò. Era mattina e la madre stava preparando il caffè che aveva uno strano profumo di incenso. I bagagli furono confezionati in poco tempo. Presero prima un autobus per Palermo, dove dormirono una notte in una pensione vicino alla stazione e si trovarono la mattina con le pulci addosso. Nel pomeriggio si imbarcarono su una nave per Napoli e da lì in carrozza raggiunsero Frosinone da dove un carretto tirato da due asini li portò fino a Touta.

Il pizzino di Minuccio era rimasto fra le sue cose più preziose e l'aveva dato da leggere dopo un anno, a un ragazzino che era venuto ad aiutare il padre carabiniere e aveva frequentato le elementari. Da lui aveva saputo che quella notte Minuccio l'aveva aspettata fuori dalla porta della stalla per fare la fujiuta. Chissà dove sarebbe adesso se avesse saputo leggere!

Il matrimonio con Mosè Salvato era stato solo un contratto. Il padre carabiniere l'aveva conosciuto, l'aveva giudicato adatto per la figlia e gliela aveva data in cambio di una stanza senza gabinetto che affacciava sul cortiletto della casa. A Touta non c'era una caserma e i militi dovevano arrangiarsi per conto loro. Mosè Salvato d'altronde aveva bisogno di una ragazza robusta che lo aiutasse con le bestie e le faccende. L'aveva vista due volte in chiesa e gli era sembrata adatta. Così si erano sposati ed erano andati a vivere nella casa di Mosè che era anche un ricovero per gli animali. Dormivano in un letto grande, separato da una tenda, nella stanza dove si riparavano le pecore e la vacca, d'inverno anche le galline. Il gabinetto era fuori, nel cortiletto e consisteva in un baracchino di legno puzzolente, occupato da un grande cesso di pietra col buco. Serviva per tutte le case dei dintorni. Quando si riempiva il pozzo nero, veniva un giovanotto chiamato Puzzacchie, e a mani nude, con un secchio, riversava il liquame dentro un barile che poi issava su un carretto e lo portava a vendere come concime nei campi della valle.

La madre osserva la figlia che dorme, una mano chiusa a pugno contro la tempia sinistra. Fa per alzarsi lentamente. Ma la vede agitarsi.

«Raccontami un'altra volta della famiglia di Zaira, ma', ti prego!»

La giovane madre non è scontenta di riprendere il racconto. La fotografia di Zaira e Mosè ce l'ha davanti agli occhi e le sembra di averli sempre conosciuti.

«Zaira e Mosè hanno imparato ad amarsi vivendo insieme, come succede qualche volta alle coppie nate per volere altrui. Segno che il padre carabiniere non aveva visto male. Mosè Salvato apprezzava la silenziosa laboriosità della moglie e Zaira gradiva la tenacia e la cieca dedizione di lui. Per anni erano vissuti nell'indigenza: ogni giorno lei si alzava al buio: mungeva le pecore, preparava il pentolone in cui bollire il latte per la ricotta, dava un po' di mangime alle due galline che teneva in cucina. E lui andava per i prati a pascolare le pecore. Con l'aiuto di due cani pastore, le conduceva oltre i faggeti, nei praticelli più nascosti. A volte si distribuivano in modo da scomparire come inghiottite dagli alberi e dalle rocce. Ma bastava che lui lanciasse un verso con la bocca, brrr faceva, brrr, tè, tè! e loro venivano saltando giù dalle cime, superando sassi e dirupi.

«D'inverno Mosè Salvato partiva per le Puglie a portare le pecore: le sue, poche e quelle numerose di due toutani che gliele affidavano fino alla primavera. La transumanza, la chiamavano così, te ne ho già parlato, partivano tutti gli uomini validi del paese e rimanevano assenti per cinque, sei mesi. Imparavano il pugliese, si accoppiavano con donne del luogo, qualche volta facevano un figlio. Ma ai primi caldi tornavano, tornavano sempre. Dovevano riportare le pecore al fresco. Nei lunghi inverni, sulle montagne restavano le donne, spesso prigioniere della neve e del ghiaccio per mesi. I soli uomini che si vedevano in giro erano il parroco, lo speziale, qualche cavallaro, il maniscalco, il fabbro e due o tre signorotti che possedevano le pecore ma le facevano curare da altri. Erano anni di grande povertà: si viveva con due patate, un mucchietto di ceci, l'erba colta nei boschi, fra cui i deliziosi orapi che si possono trovare solo al di sopra dei millecinquecento metri, funghi secchi, pane fatto in casa con farina di granturco e di patate. Fragole selvatiche e lamponi ce n'erano tanti e li contendevano agli orsi. Ma solo d'estate. Con le fragoline e con il ginepro ci facevano il liquore. D'inverno niente verdura e niente frutta. Per questo si vedevano in paese tanti ragazzini con il gozzo. Zaira che, come siciliana, era abituata alla frutta, faceva seccare i fichi che andava a cogliere d'estate verso Pescina: li appendeva in fila sotto l'alto letto matrimoniale. Venivano fuori dei buonissimi fichi secchi, pallidi, morbidi e con un leggero sentore di lana vecchia.

«I cavalli non si uccidevano, servivano per andare in città quando mancava il sale o il sapone, servivano per portare un bambino dal dottore quando aveva la febbre alta o per trasportare la legna dai boschi in paese. I cavalli venivano calcolati fra le ricchezze di una famiglia: un capofamiglia con dieci cavalli si considerava benestante, un capofamiglia con cinque cavalli era quasi povero, chi non ne aveva affatto era un miserabile, come Mosè Salvato Del Signore, che possedeva solo un asino e una decina di pecore che gli davano latte e lana. Con quelle bestie doveva sostenere una famiglia di cinque persone: la moglie Zaira, la nonna cieca di lei, due zie ottantenni che erano venute dalle Madonie in occasione del matrimonio e non se n'erano più andate, e il figlio Pietr' i pelus'. Le due zie cucivano e lavoravano la lana per tutta la parentela. La nonna curava le galline che facevano preziose e sostanziose uova per la famiglia, ma d'inverno diventavano sterili e se ne stavano rintanate, infreddolite, in un angolo della cucina scaldata a legna dove c'era sempre una pentola con l'acqua che bolliva.»

Alla fine dell'anno 1890 Zaira, nonostante l'epidemia di vaiolo avesse devastato il paese di Touta, uccidendo soprattutto vecchi e bambini, nonostante il morbo della lingua blu avesse contagiato e sterminato gran parte delle pecore che costituivano la ricchezza della comunità, era rimasta incinta e in primavera aveva dato alla luce un bambino che battezzarono col nome di Pietro, soprannominato Pietr' i pelus' perché era coperto di peli come una pecorella. Sua madre li chiamava riccett', il padre setule. La nonna diceva di lui: «È pelus' quante 'n orse». Era un bambino fragile e molto intelligente. Due volte stette per morire, e la madre, un po' col calore del suo corpo a cui lo teneva sempre stretto, un po' somministrandogli ogni mezz'ora una pozione di corteccia di salice, l'aveva salvato. Crebbe inquieto, desideroso di apprendere. Tanto che il padre, contro il parere dei parenti di sua moglie e degli amici toutani, lo mandò a scuola dai preti ad Avezzano. Da Avezzano, dopo anni di apprendistato in cui si era mostrato sempre il primo della classe, era stato mandato a Torino a continuare le scuole superiori. Zaira quasi ne era morta di dispiacere. Ma poi si era abituata e aveva riversato il suo affetto su un capretto chiamato Pelusinuzzu che quando era cresciuto, aveva messo su due corna robuste con cui prendeva a cornate le porte di casa. Ma era tanto affezionato a Zaira che la seguiva passo passo e quando poteva, le appoggiava la testa, con tutte le corna, sul grembo, come fosse un bambino.

Ma un giorno il capretto diventato ormai un caprone, mentre gironzolava nei boschi dietro il cimitero, fu attaccato dai lupi e tornato a casa ferito, era morto dissanguato. Zaira lo pianse fino a rimanere senza lacrime. Ormai Mosè Salvato si era fatto anziano, non andava più d'inverno in Puglia, aveva preso a trascorrere le giornate con amici anziani come lui in una bettola fumosa che si chiamava Z' Marì, dove si beveva un vino forte e asprigno che proveniva dalle vigne intorno al lago del Fucino. Versato in botticelle di rovere arrivava a Touta appeso ai fianchi di due cavalli.

Intanto Pietro scriveva da Torino che aveva superato gli esami, era entrato all'università dove studiava per diventare avvocato. Non si sarebbe fatto prete nonostante le molte proposte vantaggiose. Anzi pensava di sposarsi con una certa Amanita, figlia di un illustre botanico, specialista in micologia che aveva conosciuto attraverso un amico abruzzese. Che vorrà dire micologia? si chiese Zaira preoccupata ma non c'erano spiegazioni. Pietr' spedì per lettera una fotografia di questa Amanita: una donna alta, formosa, dai capelli neri raccolti dietro la nuca ed ebbe l'approvazione della madre, «quasi quasi na siciliana», disse ed era per lei il più alto dei complimenti.

Passarono i mesi, in paese si parlava della quinta battaglia sull'Isonzo, delle spedizioni punitive ordinate dall'Arciduca Carlo contro gli italiani, di un certo generale Cadorna che teneva testa alle truppe austriache. Un ragazzo del paese, un tale P'gnatelle, nel dicembre del 1916 era tornato ferito dal fronte e tutti gli facevano domande. Ma lui sembrava sordo e muto. Girava per il paese con una larga benda bianca che gli fasciava la testa e aveva preso a frequentare anche lui la bettola Z' Marì, dove si beveva quel vino rosso che sembrava sangue di capretto tanto era spesso e colorito.

Qualche volta però, quando aveva bevuto più del solito, si metteva a chiacchierare confusamente: raccontava di un obice austriaco che lo seguiva dovunque andasse, raccontava di Cecco Beppe, l'imperatore di tutte le Austrie che era morto mentre lui era in guerra e fra commilitoni avevano inscenato un funerale pomposo, con una bara fatta di escrementi secchi di vacca, e avevano sfilato lungo le strade di Asiago e poi avevano bevuto tutta la notte fino a rotolare per terra senza conoscenza. Raccontava di un certo Cesare Battisti impiccato dagli austriaci in un castello di Trento e diceva che questo Battisti era suddito austriaco ma lo stesso era stato giustiziato perché si era arruolato nell'esercito italiano e prima di essere appeso andava in giro con una fascia bianca sul capo, proprio come lui e recitava a voce alta una poesia di Pascoli: *Che nera notte, piena di dolore / pianti e singulti e risa pazze e tetri / urli portava dai deserti il vento.*

In paese dissero che P'gnatelle era diventato matto. Però lo ascoltavano quando raccontava della trincea dove stavano rintanati e se uno moriva, le pulci si allontanavano dal cadavere formando una lunga striscia nera che si seguiva a occhio nudo e tutti si scansavano bestemmiando; del fango che nei mesi invernali entrava nelle scarpe, nei pantaloni, perfino nelle orecchie. E di un tenente che si era innamorato di un bellissimo granatiere e quando questi fu raggiunto dalla giovane moglie che aveva fatto sistemare in un paese vicino, lo mandò da solo a sminare un campo e quello saltò in aria verso sera un giovedì di maggio. Raccontava anche della visita di un principe Savoia che era passato sopra un cavallo altissimo, impennacchiato, senza guardare né a destra né a sinistra. In occasione di questa visita avevano ordinato a tutti i soldati il bagno nell'acqua calda e avevano distribuito delle bende nuove per le gambe e delle giacche di lana ruvida che poi tutti si grattavano, non si sapeva se più per le pulci cacciate fuori dai loro rifugi o per la lana spinosa.

Un giorno arrivò una lettera a Zaira in cui il figlio Pietr' i pelus' le annunciava che stava per partire per la guerra pure lui. Era il luglio del 1917. Zaira impastò per tutto il giorno farina e acqua, tanto da formare un grosso pane come una palla schiacciata, sopra ci incise una croce profonda e lo portò al forno. La sera stessa ritirò il pane e vide subito la croce crepata e da questo intuì che la sorte del figlio era segnata. Pregò la Madonna di proteggerlo, ma fu inutile. Il 3 novembre dello stesso anno, il postino le consegnò solennemente una lettera del Ministero della Guerra in cui le si annunciava che il capitano Pietro Del Signore si era immolato per la Patria e che all'ultimo, proprio per il suo comportamento generoso ed eroico era stato nominato capitano, da tenente che era. L'esercito ora lo proponeva per una medaglia d'argento al valor militare. Si mandavano le congratulazioni al padre e alla madre e si annunciava loro che il corpo del capitano era stato sepolto in un cimitero militare in quel di Arsiero.

Mosè Salvato l'aveva presa così male che in capo a qualche mese era diventato uno stecco. Non mangiava, beveva soltanto e quando rientrava a casa maledicendo l'esercito, gli alpini e tutto il mondo, insultava pure la moglie gridandole che non era stata buona di dargli altri figli e guarda un po' il solo che avevano era morto in guerra e faceva per picchiarla. Ma Zaira era più forte di lui e gli teneva le mani finché non gli passava. Quando ridiventava sobrio si mangiava un tozzo di pane con l'aglio e piangeva la morte del figlio. Da ultimo se la faceva pure addosso e Zaira lo puliva senza dire niente. Fingeva che fosse un bambino e lo lavava con l'acqua tiepida, gli metteva il borotalco e poi lo aiutava a sdraiarsi fra le lenzuola sempre fresche.

Una mattina tornando dalla stalla dove aveva munto la vacca che non era ancora l'alba, lo aveva trovato morto nel letto. Lì per lì aveva pensato che fosse ancora ubriaco e non riuscisse a svegliarsi. Lo aveva scosso e da come gli ciondolava la testa aveva capito che era proprio andato via per sempre.

Aveva chiamato le vicine, il prete e tutti insieme lo avevano vegliato nella camera da letto piena di candele accese. «Nun ce s'è fatt' a regge la morte d' figlie» dicevano i vicini, intingendo i biscotti alla finocchiella che Zaira aveva appena sfornato, dentro grandi tazze di latte fresco cremoso.

Così era rimasta sola, la vecchia Zaira e si incolpava di non avere avuto altri figli. Ma due erano morti appena nati e altri due erano abortiti spontaneamente al terzo mese. Non ci poteva fare niente. Il Signore aveva voluto così.

Qualche mese dopo, mentre stendeva i panni dietro casa e il sole le scaldava la schiena e gli uccelli erano tornati a cantare dopo un inverno gelido e i due cani che Mosè Salvato aveva lasciato morendo si stavano leccando le ferite di una rissa canina, sentì qualcuno che bussava alla porta. Si stupì perché ormai, dopo la morte della nonna cieca, delle due zie ottantenni e del marito alcolizzato quasi nessuno veniva a trovarla e certamente non a quell'ora della mattina. Si asciugò le mani bagnate e andò ad aprire. Si trovò davanti una ragazza mingherlina, piccola e bruna, pallidissima, che teneva fra le braccia un bambino avvolto in un vestitino bianco tutto nastri e pizzi.

«E tu che vo'?» l'aveva apostrofata con una certa bruschezza. Pensava che fosse una zingara.

Ma la ragazza non si fece intimidire. Prima la guardò ben bene come a riconoscere in lei i tratti dell'uomo amato e poi disse lenta, a voce bassa: «Chistu è figghiu a Pietruzzu, so' figghiu» e sollevò in alto il bambino che era bianco, paffuto e sorridente come un Gesù dipinto dentro una chiesa.

Zaira, pur essendo sospettosa e diffidente, le credette. C'era qualcosa in quel quatranelle, che la fece pensare subito a Pietr' i pelus'. Peli delicati come virgolette bionde gli sgusciavano fuori dalle trine del colletto, dalla cuffietta che copriva le orecchie. Gli occhi poi erano proprio quelli di suo figlio e prima ancora di suo marito Mosè Salvato. Erano occhi supplici e impauriti ma anche dolci e fiduciosi. Allungò le braccia senza dire niente e strinse al petto quel bambino robusto che non assomigliava per niente alla madre.

Ora questa vorrà dei soldi, si era detta Zaira e come farò che non ho niente? Invece no, la ragazza le spiegò che aveva preso la sifilide e non essendosi curata, ormai le rimaneva poco da vivere. Doveva lasciare il bambino a qualcuno e siccome Pietr' le aveva parlato di lei e della casa in montagna negli Abruzzi, era venuta a lasciarle il figlio e addio.

Non aveva voluto né mangiare né bere e se n'era andata arrampicandosi sopra un carretto tirato da un ciuco che lei guidava con due redini logore.

Di Pina non si è saputo più niente. Il bambino che veniva chiamato Pitrucc' i pelus' cresceva robusto e sano con la nonna Zaira. Era forse un poco lento nel capire le cose. A scuola si era fatto bocciare diverse volte. Le maestre dicevano che era apatico, per non confessare che lo trovavano tardo. E questo doveva tormentare il piccolo, perché un giorno decise che a scuola non sarebbe più andato e Zaira non riuscì a fargli cambiare idea. Più avanti dimostrò di avere cervello e tanta voglia di apprendere, ma ebbe maestri diversi da quelli che gli assegnava la scuola.

Intanto imparò a scremare e lavorare il latte delle pecore per farne cacio. Vendendo il formaggio ne ricavò abbastanza per comprarsi due muli. Con quelli si mise a trasportare la legna su e giù dai boschi e poi la rivendeva ai paesani che non avevano il tempo di raccattare fascine per le loro stufe. Coi soldi comprò un paio di scarpe nuove per la nonna Zaira, quelle che indossava erano state rattoppate mille volte e non reggevano più i chiodi e la colla. Nelle ore di ozio accanto al fuoco leggeva, anche se la luce era poca. Sprofondava nella *Bibbia* come fosse un romanzo, imparava a memoria la *Divina Commedia* e poi sorbiva con grande interesse certi librucoli che parlavano di libertà e di uguaglianza.

Non assomiglia molto al padre, si diceva Zaira, salvo per i peli che gli uscivano rigogliosi dalle orecchie e il collo. Da biondi che erano quando non sapeva ancora camminare, si erano fatti scuri e folti. Ma mentre il figlio Pietr' se li tagliava coscienziosamente ogni mattina, il nipote Pitrucc' li lasciava crescere e da adulto sembrava davvero un uomo delle caverne. La barba gli scuriva il viso, i capelli inanellati gli cascavano sul collo e sulla fronte dandogli un'aria tenebrosa. Ma di carattere non era affatto tenebroso, solo taciturno.

Chissà che gli passa per la testa, si diceva Zaira, ansiosa. Vedeva quel bambino scuro e peloso, che aveva rifiutato caparbiamente ogni scuola, chinarsi sui libri la sera dopo avere lavorato tutto il giorno e si chiedeva che futuro avrebbe apparecchiato il destino per lui. Cresceva in altezza, aveva due occhi azzurri limpidi e innocenti, una bocca ben tornita e le mani callose del lavoratore precoce, due spalle che sembravano pronte per reggere il mondo intero, come un Atlante vigoroso. Era bello, sembrava un antico profeta con quel barbone scuro e i capelli ricci e folti che gli incorniciavano la faccia abbronzata. Le ragazze lo guardavano, ma lui sembrava disinteressato. Fin da piccolo si era legato a una vagliola che si chiamava Antonina ed era la figlia del macellaio del paese. Avevano giocato insieme quando avevano cinque o sei anni, prima che "i quatrane" venissero divisi secondo i sessi e le mansioni: da una parte le femmine in casa ad aiutare le madri, dall'altra i maschi dietro i padri in montagna, appresso alle pecore. Ma mentre gli altri vagliole scendevano con gli armenti in Puglia ogni autunno, Pitrucc' i pelus' che era orfano, rimaneva con la nonna a occuparsi dei muli, della legna, dei formaggi da stagionare. Con Antonina si vedevano poco ma non avevano mai smesso di cercarsi con gli occhi, sia in chiesa la domenica che nelle occasioni delle feste di paese, alla processione, alla Via Crucis. Si lanciavano lunghi sguardi d'amore e si promettevano un futuro insieme.

Una sera Pitrucc' i pelus' si era seduto davanti al focolare acceso e aveva guardato in faccia la nonna Zaira, cosa che faceva raramente.

«Ch'è success'?» gli chiese lei impaurita.

«Aggie messe incinda na vagliola.»

«E cu è?»

«La figlie d'Evelina, la moglie d'i macellare.»

«Antonina? E mò te l'ha da sposà, se no i patr' t'accide.»

«Me só fatte le carte pe arrivà all'Australia, nonna. M'hanno date l'autorizzazione. Te voleve dì ca me tengh' de vende i mule pe piglià i quatrine.»

«Accuscì te ne va'? Nun ce penze a quela poverella?»

«Me la porterei appresse nonna, ma co quale solde? I padr' non vole sendì, e mangh'essa.»

«Prima te mariti e po' va' addó te pare.»

«Se metto i quatrine pe i spusalizie, no me remane nend pe i bigliette d' la nave.»

Zaira aveva guardato il nipote con profonda delusione. Possibile che quel ragazzo gentile e taciturno con cui aveva diviso tante cene e tanti sonni, quel ragazzo per cui aveva patito e lavorato, che era rimasto il suo solo parente al mondo, volesse andare via senza una parola di dispiacere per lei che rimaneva sola, per la ragazza che aveva messo incinta, per il figlio che sarebbe nato?

Ma Pitrucc' i pelus' era determinato a partire. Aveva già il biglietto per la traversata. E si era messo d'accordo con un amico che sarebbe venuto a prenderlo all'Aquila per portarlo a Napoli da dove salpava la nave. I muli erano stati venduti e coi soldi aveva comprato un vestito nuovo di panno scuro, una camicia di cotone dal colletto ricambiabile, una valigia di seconda mano, di cartone robusto, già piena e già tutta legata con il cordello che usava per attaccare le pecore al palo mentre le mungeva.

Zaira aveva pensato che doveva fare qualcosa, non poteva lasciarlo partire come un ladro. Così la sera stessa era andata da Evelina la moglie del macellaio e le aveva proposto di mettere insieme i soldi per fare partire i due innamorati dopo averli fatti sposare. Ma aveva trovato una donna brusca e ostile che le aveva quasi chiuso la porta in faccia appena visto chi era. Il fatto è che avevano già trovato a chi maritarla la vagliola prena, ed era uno più ricco di Pitrucc'. Uno che le stava dietro da anni e possedeva una decina di cavalli, un centinaio di pecore e almeno trenta galline.

«Ma le sa isse ca figlieta sta incinta?» aveva insistito Zaira.

«Le sa, le sa. Só gli altre che non l'hanno a sapè.»

«E non se l'addunano?»

«Hanne fatte i guaie. Penzaranno ch'i quatrane è d'isse. Quante vagliole se maritano, i doppe quattro, cinque mese fanne i figlie.»

«Se só acquecchiate mentre stava co figlieme? Bella zocc'la!»

«Ma no, che sta' a dì, gl'hanne fatte doppe ch'ha sapute ca se ne java all'Australia.»

«Ma i figlie è de Pitrucc'.»

«Embe'? Isse se ne vò annà all'Australia, essa non vò. Cignalitt' se la piglia pure co i figlie. Nui seme cuntente.»

«Ai paese se resà tutte cose...»

«I da chi? Pitrucc' se ne sta a partì, Antonina no rifiata manche se ciàpre la bocca con 'n ferr'. De tì me fide comme de mì. Tu nun va' a spubblicà. I va bbone pe tutte quant'.»

Alla fine le aveva pure impresso un bel bacio sulla guancia e le aveva chiuso la porta alle spalle, non prima di avere ordinato il silenzio pigiandosi il dito ritto sulle labbra.

E così era stato. Pitrucc' i pelus' era partito. La bella Antonina si era fidanzata in casa con Cignalitt', un uomo stimato in paese per la sua laboriosità e il suo buon umore. Per lei aveva comprato una casa dai muri antichi, tutta rammodernata all'interno, tappezzata di quadri rappresentanti fatti della *Bibbia*, un letto gigante, degli armadi pieni di biancheria ricamata, una cucina stipata di pentole di rame e di prosciutti appesi.

Zaira aveva dovuto accettare il fatto compiuto. Ma di nascosto, si era messa a spiare la figlia della macellaia Evelina, la piccola Antonina. Era corta ma ben fatta e aveva un capino nero e dolce come una Madonna. Ora capiva perché il ricco Giovannantonio Bigoncia, detto Cignalitt', la sposava. Era basso e grasso, aveva una testa che sembrava direttamente avvitata sulle spalle, le sopracciglia scure gli tagliavano la fronte con una striscia nera e ispida, le orecchie sporgevano sotto i capelli irsuti e i denti erano forti, bianchi e appuntiti proprio come quelli di un cinghiale. Brutto e sgraziato, dicevano che avesse un cuore come il burro e da innamorato era proprio un allocco. Antonina l'aveva conosciuta ai tempi del pellegrinaggio alla grotta di santa Colomba sul Gran Sasso e da allora l'aveva sempre tampinata, anche quando lei si mostrava innamorata di Pitrucc' i pelus'.

Per sposarla aveva chiesto aiuto alla santa Colomba che venerava da quando era piccolo. Era andato più volte alla grotta dove la giovanissima Colomba Pagliara si era ritirata a meditare e l'aveva pregata con le lacrime agli occhi di dargli questa grazia. Santa Colomba, prima gli aveva sorriso e poi lo aveva accontentato. In compenso gli aveva chiesto un cuore d'argento puro, grande come una pagnotta. E lui non si era tirato indietro. Era talmente contento di avere avuto la sua Antonina che era salito alla grotta a piedi nudi, col pesante fardello del cuore d'argento in braccio. «Tu che sì lassate i casteglie piene d' serve i servitori, i vestite de broccate ricamate d'ore, tu che sì lassate pure le collane de perle grosse comm' vellane e le scarpucc' de rase pe irtene a ffà l'eremite, a vivere dentra na grotta fridda i umida, 'n mezz' ai pipistreglie i ai lupe» aveva pregato a voce alta il robusto cinghialetto, continuando: «tu che hai lasciato i letti di legno di rosa per un poco di paglia fradicia, tu che hai abbandonato i piatti di porcellana pieni di ogni grazia di Dio per mangiarti l'erba amara delle montagne. Tu che oggi hai voluto ascoltare la voce di un uomo piccolo, senza collo e senza importanza, sei veramente una santa di parola e per questo sono venuto a ringraziarti portandoti il cuore di argento che ti avevo promesso, non perché tu abbia interesse a qualche ricchezza, ma per fare vedere al mondo intero che pure da morta sai fare i miracoli. Ti ringrazio, santissima Colomba e ti prometto che quando avrò una figlia, la chiamerò come te, Colomba».

Invece la figlia, che d'altronde non era sua, fu chiamata Zaira, come la nonna che era venuta su dalla Sicilia nel lontano 1889. Ma era rimasta la promessa, e fu onorata due generazioni dopo, chiamando Colomba la figlia di Angelica, nipote di Cignalitt'.

Finché fu in vita, tutti gli anni Cignalitt' andò a venerare santa Colomba, assieme a tanti devoti che prendevano la bicuccia tirata dal mulo, il cavallo e si dirigevano di notte verso la grotta che sorge sul monte Infornica della catena del Gran Sasso. Lì, a 1230 metri si apre la caverna bassa e profonda dove visse la santa fino alla morte. Dicono avesse i capelli così lunghi che per pettinarli doveva salire su una roccia. Questa venne chiamata la roccia del pettine di santa Colomba. Dicono che in pieno inverno la santa eremita fece fiorire i ciliegi e ancora oggi si possono vedere gli alberi di ciliegio a una altezza alla quale di solito non crescono. Lì convenivano i fedeli da tutto l'Abruzzo per chiedere guarigioni e miracoli. La leggenda vuole che santa Colomba, diventata tutta verde perché mangiava solo erbe e fogliame, appoggiasse una delle piccole mani color smeraldo sulla parte malata e dopo due giorni la ferita era rimarginata.

Nella famiglia Pagliara però ci fu un altro santo: il fratello Berardo che, al contrario di Colomba, andò per il mondo, conobbe i dolori e i piaceri della politica e divenne vescovo di Teramo. Dicono che san Berardo, quando seppe che la sorella eremita stava per morire, si recò nella grotta sul Gran Sasso con i suoi scudieri e le sue vesti preziose. Ma appena vide Colomba ridotta uno scheletro e toccò quelle mani verdi e grinzose, ebbe vergogna, si spogliò del suo cappello, dei suoi anelli, del suo mantello, delle sue scarpe di seta e si fermò seminudo a piedi scalzi, a pregare presso di lei.

Antonina e Cignalitt' si sono sposati nella chiesa Madre, il 6 luglio del 1940 con la benedizione del papa Pio XII arrivata in un rotolo di cartone, per concessione del vescovo della diocesi a cui Giovannantonio Bigoncia detto Cignalitt' aveva appena rifatto gratuitamente tutte le vetrate della cattedrale. Quattro mesi dopo era nata una bambina, piccola, robusta, allegra e cicciotta che era stata chiamata Maria Beatrice Zaira.

In seguito alla partenza di Pitrucc' i pelus' per l'Australia, erano venuti i militi nazifascisti a rovistare e mettere a soqquadro tutta la casa. Così Zaira aveva scoperto che suo nipote era diventato comunista e i fascisti lo cercavano per farce na mazziature. C'era chi voleva metterlo sotto processo per attività antitaliane e farlo fucilare in quattro e quattr'otto.

In casa non avevano trovato niente, salvo i libri di Marx ed Engels che lui leggeva da ragazzo, ma le camicie nere avevano sfasciato lo stesso tutti i poveri mobili che aveva costruito Mosè Salvato con il legno di faggio stagionato in casa. La vecchia Zaira non l'avevano toccata. «Sule perché sì viecchia i puzze come na crapa!» le aveva detto un tipino elegante in divisa, sparando un calcio al povero gatto che si era messo in mezzo. E pensare che la nonna Zaira era la persona più pulita del mondo: si lavava in continuazione, anche quando faceva freddo e l'acqua scaldata sui carboni si raffreddava subito; metteva sotto lisciva gli indumenti intimi ogni giorno che Dio mandava in terra. Dietro casa sua era un continuo sventolio di panni stesi: lenzuola, sottovesti, mutande, maglie a pelle, tutto pulito e profumato di lavanda.

Ma per quei barbari ogni donna anziana non poteva che puzzare. «Sapisse come puzzane le cervella vostre!» si era messo a gridare Pitrucc' i pelus' quando aveva saputo da una lettera della nonna quello che avevano fatto e detto le camicie nere sconquassando la sua casa. Prima di andare via avevano legato le pecore con la corda, avevano infilato in un sacco tutte le forme di cacio che stavano a stagionare su uno scaffale della cucina, e si erano portati pure le sedie di legno, impagliate da Mosè Salvato.

La vecchia Zaira non si era mai ripresa da quelle brutalità. Era rimasta sconvolta e impaurita fino alla morte che l'aveva colta molti anni dopo sola e senza un soldo. L'aveva trovata il postino che era andato a cercarla per consegnarle una lettera del nipote Pitrucc' i pelus' dall'Australia. Stava seduta su una sedia a dondolo, col gatto in braccio che piagnucolava per la fame.

La donna dai capelli corti deve ammettere, a questo punto della storia, che si è affezionata alla famiglia Bigoncia Del Signore, che aspetta con trepidazione le parole di Zaira per saperne di più, di più ancora, come faceva con sua madre da bambina, quando la subissava di domande su storie vere e inventate raccontate prima che si addormentasse. E cosa è successo di Pitrucc' i pelus' in Australia? e come ha vissuto la piccola Zaira, nata da Antonina la figlia del macellaio?

Zaira sapeva poco di quello che era successo a Pitrucc' i pelus' in Australia. Era troppo lontano e non arrivavano lettere da quelle parti. Mentre sapeva della piccola Zaira detta Zà e di sua madre Antonina la bella che aveva la faccia da Madonna e si era sposata con Cignalitt', incinta di cinque mesi. La pancia non si vedeva perché lei la schiacciava con bende e pezzuole, ma tutti in paese erano a conoscenza dell'inguacchio e fingevano di non sapere, ma ne chiacchieravano dentro i letti a notte fonda, oppure al lavatoio o in chiesa mentre aspettavano la benedizione del parroco. Cignalitt' però se ne infischiava. Lui l'amava quella madonna dagli occhi di velluto e tirava dritto per la sua strada pensando alle sue pecore, ai suoi cavalli, al suo commercio di legna e di farina di ceci.

Maria Beatrice Zaira, detta Zà, era cresciuta nell'agiatezza e nell'amore del patrigno che stravedeva per lei. Nessuno le aveva spiegato che non era il vero padre e lei lo chiamava papà. La madre Antonina, che da ragazza pareva una rosa bellissima e profumata e tutti in paese la volevano, dopo il parto si era fatta secca e striminzita. Dimagriva dimagriva e diventava sempre più piccola, come se tornasse bambina. A trent'anni anni aveva perso una metà dei denti, due spallucce tutte ossa bucavano i vestiti e per la vergogna di quella magrezza non usciva quasi più di casa. Il marito però le voleva bene e la trattava con affetto, cosa che lei non apprezzava come avrebbe dovuto. In cuor suo forse pensava a Pitrucc' i pelus' partito per l'Australia nel 1940. Era diventato comunista e portava i fazzoletti rossi nascosti nelle tasche, teneva il ritratto di Stalin sotto il materasso. Chissà chi gli aveva insegnato la politica, lui che non frequentava affatto la bettola Z' Marì, né la piazza del paese. Dissero che era stato il nuovo parroco, don Pasqualino, ancora imberbe, venuto da Napoli nel '38, a sostituire il vecchio parroco morto da poco. Don Pasqualino era piccolo, aveva la faccia rossa, il naso a becco e gli occhi acuti e sorridenti. Al contrario dell'altro prete che stava ogni momento a benedire le parate e i raduni dei fascisti, si era messo in mente di aprire una scuola per i figli dei pastori, conosceva a memoria Bakunin, Stuart Mill e Malatesta, era sempre in giro nelle case dei più poveri a portare quando un sacchetto di fagioli, quando una forma di pecorino. I parrocchiani lo guardavano con un misto di ammirazione e timore. Che ire avrebbe attirato questo originale parroco napoletano, pensavano i paesani che si appiattivano contro le montagne per non farsi notare dai grandi censori cittadini! Alcuni dicevano che era un santo, altri che era 'n anarchiche periculuse e come poteva succedere che un prete fosse anarchico? Inutile ripetesse che lui era solo un cristiano. I vecchi paesani chiusi nei loro mantelli a ruota, il cappello calato in testa, facevano mille congetture mentre chiacchieravano in piazza nelle ore serali. Anche alla bettola Z' Marì si parlava di lui, si diceva che era un sovversivo perché non si curava delle parate, sul pulpito poi non accennava mai alla guerra "vittoriosa delle Afriche Italiane!" ma anzi, con grande coraggio dichiarava che tutti gli uomini sono uguali davanti a Dio, che africani, cinesi, ebrei, vanno rispettati come diceva Cristo: ama il prossimo tuo come te stesso!

Alcuni ragazzetti che avevano appreso la dottrina politica a scuola, gli ribattevano che gli africani non erano proprio uomini ma qualcosa di molto vicino agli animali: andavano con il cerchio al naso e invece di parlare, ballavano a piedi nudi sollevando una gran polvere, come venivano rappresentati nei tanti giornali di regime. In quanto agli ebrei, erano comunisti e volevano portare via le pecore ai pecorai, mettere Cristo in croce per la seconda volta, per carità, facevano bene i tedeschi a cacciarli tutti dentro il pollaio. Don Pasqualino non perdeva la pazienza. Sorridendo ripeteva che Cristo, anche sulla croce, aveva perdonato. Per lui quel *Manifesto della razza* che espelleva gli ebrei dalle scuole, andava contro la parola di Cristo. Se non lo avevano picchiato fino a quel momento era per rispetto al suo abito che per loro significava ancora qualcosa di sacro.

Al centro del paese sorgeva una villetta dalle finestre a ogiva, gli archi traforati, le colonnine ai balconi, le guglie sul tetto e un immenso giardino pieno di fiori, chiuso da un alto muro di recinzione. Di quella villa si erano impadroniti i tedeschi durante la guerra. Il giardino era stato spianato e dal cancello entravano e uscivano camionette militari che portavano gente da tutti i dintorni: Villetta Barrea, Opi, Castel di Sangro, Civitella Alfedena, Roccaraso. Le camionette erano chiuse con teli marrone e verdi, ma la gente in paese sapeva che dietro quelle tende c'erano prigionieri che poi sarebbero stati fatti scendere davanti all'elegante costruzione liberty, condotti ai piani inferiori dove si trovava una stanza per gli interrogatori e, dicevano, anche per la tortura nel caso non volessero parlare.

I toutani passavano alla larga dalla villa ma anche da lontano si potevano sentire i lamenti dei prigionieri. Una volta si erano uditi anche degli spari e poi una camionetta era partita a razzo per la valle. Gli abitanti del paese non dovevano sapere cosa succedeva in quella palazzina che nel dopoguerra sarebbe diventata un elegante albergo a quattro stelle dal nome poetico: Hotel delle Gardenie.

Una mattina, mentre andava a dare l'estrema unzione a un pastore che viveva ai margini del paese, don Pasqualino era stato avvicinato da un gruppo di ragazzi venuti dalla valle che gli avevano dato del comunista prendendolo a calci e a pugni, poi lo avevano costretto a ingurgitare una bottiglia intera di olio di ricino e quindi si erano dileguati su un sidecar color oliva. Nessuno aveva capito se fossero militi che eseguivano un ordine o semplicemente dei ragazzi in vena di punizioni politiche. Don Pasqualino aveva vomitato per un giorno intero. Poi erano cominciate le corse al gabinetto e i ragazzacci che ciondolavano attorno alla sacrestia, si tenevano la pancia dal ridere. Era stato punito come comunista e ben gli stava! tutti i comunisti dovevano finire come lui, prima purgati e poi appesi. Questo era il pensiero dei fanatici. Gli altri, i più savi, i più sensibili, chinavano la testa impensieriti e tiravano dritto. La paura tratteneva da qualsiasi commento.

Erano anni dolorosi, spiega Zaira alla donna dai capelli corti, in cui l'Abruzzo era diviso, affamato e i tedeschi, innervositi dalle sconfitte e dall'avanzata degli alleati, perdevano la testa e colpivano con ferocia chiunque gli capitasse a tiro. Fra il '40 e il '44 avevano costruito ben 16 campi e 59 località di internamento. Dentro si trovavano ebrei, antifascisti italiani, prigionieri inglesi e francesi.

I magnapatate si erano innervositi soprattutto per l'improvvisa crescita di una resistenza abruzzese che non si aspettavano e che invece si faceva sentire di qua e di là, ogni giorno più organizzata. Gli eleganti giovanotti nazisti che frequentavano la villetta fiorita erano imbufaliti contro quelli che loro chiamavano traditori altamente infidi. E facevano di tutto, pagando spie, pedinandoli, precipitandosi nelle case sospette, per sorprenderli e quando riuscivano ad acciuffarli, li impiccavano senza tante storie. Oppure, se li vedevano giovani e robusti, li mandavano nei campi di concentramento oltre frontiera. E lì venivano inghiottiti da strani nomi che allora si conoscevano appena come Buchenwald, Dachau, Auschwitz.

Tutte queste cose gliele ha raccontate tata Raffaele che pure lui odiava i tedeschi e cercava di cacciarli dal paese. Il gruppo più popolare si chiamava Brigata Maiella ed era comandato da un certo Ettore Troilo, e poi c'era la formazione Bosco Matese in memoria dello scontro sanguinoso che c'era stato appunto a Bosco Matese nel '43 fra i soldati della Wehrmacht e un manipolo di antifascisti abruzzesi che erano riusciti, dopo molto sparare, a farli ritirare e di questo andavano orgogliosi. In paese se ne parlava, anche se di nascosto.

Il 21 novembre del '43 don Pasqualino era stato chiamato d'urgenza a Pietransieri vicino Roccaraso perché «è success' 'n grannissime casine!». Lui era subito partito prendendo a prestito l'auto di Cignalitt', il padre di Zà.

«Ch'è success'? ch'è success'?» gli chiesero i parrocchiani quando ritornò la sera pallido, stanco e sporco di sangue. Don Pasqualino sembrava troppo sconvolto per parlare, ma poi raccontò, a pezzi e bocconi, che in contrada Limmari, accanto a Pietransieri, aveva trovato i corpi trucidati di un centinaio di persone, fra cui bambini e anziani, donne e uomini, colpiti dalla Wehrmacht con bombe a mano e mitragliatrici. E questo perché non avevano ubbidito agli ordini di sgombrare il paese entro un'ora. Sotto i fucili puntati erano usciti sui campi vicini, ma poi erano rimasti lì, per non allontanarsi troppo dalle loro bestie, dalle loro case. E per questa disobbedienza erano stati trucidati tutti, l'intero paese. Raccontava di cani che guaivano disperati accanto ai corpi straziati dei loro padroni, raccontava di pezzi di braccia e di gambe che erano volati nei campi vicini e del muggito delle vacche chiuse nelle stalle mentre un silenzio irreale circondava quei corpi morti ammucchiati gli uni sugli altri. C'erano madri che stringevano ancora al petto il loro figlioletto di pochi mesi, c'erano uomini che avevano cercato di proteggere le loro donne mettendosi davanti e avevano il petto tutto forato di colpi col sangue raggrumato sulle camicie. I nazisti non avevano avuto pietà: chi era ancora in vita dopo il lancio delle bombe a mano e la sventagliata delle mitragliatrici veniva finito con un colpo di pistola in testa. Molti bambini, forse perché più bassi e quindi sfuggiti ai primi colpi delle mitragliatrici, erano stati uccisi con una pistolettata sparata a bruciapelo. Una immagine in particolare aveva colpito il prete: quella di una vagliolella aggrappata al collo della madre che giaceva riversa per terra, con il sangue che le usciva dalla bocca. La bambina doveva essere rimasta a lungo addosso alla madre morta perché aveva le mani impiastricciate di sangue e la donna portava sul viso e sul collo le impronte perfettamente riconoscibili delle manine insanguinate della figlia. Segno che aveva avuto il tempo di carezzarla e invocarla prima di venire zittita con un colpo in piena schiena. I capelli fini, di un biondo carico, erano mossi dal vento, e davano l'impressione che il capo della bimba si muovesse.

Don Pasqualino non ha mai dimenticato quell'eccidio e ancora dopo molti anni, anziano, secco come un piolo, se qualcuno gli chiedeva dei tedeschi e della guerra, si offriva di accompagnarli a Pietransieri dove c'è una lapide con i nomi dei 128 trucidati, con tanto di data di nascita e di morte. Il suo dito bitorzoluto si soffermava sui nomi di 34 bambini che erano all'epoca sotto i dieci anni.

Dal giorno della purga, don Pasqualino era diventato più prudente ma non per questo aveva cambiato idea. Le sue prediche la domenica si erano trasformate in un groviglio di citazioni dal *Vangelo* e dalla *Bibbia*, da cui si ricavavano insegnamenti contraddittori. Chi poteva protestare contro le dichiarazioni di Cristo? Non pronunciava più la parola ebrei, ma non mancava l'occasione per ribadire che gli uomini hanno tutti un'anima, buona o cattiva che sia, e non va disprezzata, perfino gli animali, continuava facendosi rosso, perfino loro sono dotati di un'anima e perciò vanno trattati con considerazione. Su questa ultima affermazione molti paesani erano assolutamente contrari, gli davano del pazzo idealista. «Mangh' fusse san Francische!» dicevano, e lo prendevano in giro perché teneva un passero libero in casa e gli parlava come fosse un amico. Gli animali sono fatti per essere cacciati, tagliati a pezzi, mangiati, sostenevano gli uomini e le donne acconsentivano un poco intimorite, indecise se dare retta al parroco napoletano che sconvolgeva tutte le tradizioni, oppure ai loro mariti e figli che avevano l'abitudine di andare a caccia, si prendevano cura dei cani solo se mostravano un buon fiuto e quando davano prova di non sapere tenere a bada le pecore, li ammazzavano con un colpo di fucile. «Criste non disse pigliate e magnate?» replicavano timidamente al prete. Era inutile che don Pasqualino si accalorasse a sostenere che Gesù aveva dato sì da mangiare il suo stesso corpo fatto a pezzi, ma era solo un atto simbolico. Loro scuotevano la testa e per quanto lo rispettassero per la sua generosità e la sua onestà, lo consideravano un poco tocco. Don Pasqualino, a ottant'anni, ancora correva in bicicletta, ancora si arrampicava sulle rocce, ancora tirava fuori una voce potente quando predicava la domenica il bisogno di giustizia, di rispetto per il prossimo. Qualcuno metteva un dito sulla tempia e lo girava come a dire: non bisogna dargli retta, gli manca qualche rotella, ma è innocuo, non fa male a nessuno, è solo un poco tocco.

Don Pasqualino aveva battezzato la piccola Maria Beatrice Zaira detta Zà, le aveva dato la prima comunione e, quando l'aveva avuta in chiesa per la preparazione alla cresima, aveva scoperto che era una bambina intelligente e pronta. Aveva chiesto alla madre Antonina di farla entrare nel coro delle voci bianche. Ma lei lo aveva guardato spaventata. Non poteva prendere decisioni senza chiedere al marito. «E domandatelo a Cignalitt'!» aveva ribattuto lui sorridendo. Quella donna gli faceva pena, sembrava attaccata alla vita da un filo e neanche tanto robusto. Dicevano che avesse un cruccio d'amore, ma con lui non ne aveva mai parlato, neanche in confessione. Sapeva, per via di chiacchiere di sagrestia, che aveva sposato Cignalitt' già incinta di cinque mesi, sapeva che era stata fidanzata con uno che aveva fama di sovversivo ed era partito per l'Australia vendendo i muli e le pecore per comprarsi un biglietto di terza sul piroscafo per Sydney.

Ma i pettegolezzi non lo interessavano. A lui bastava che quella madre tremebonda gli lasciasse in affidamento la figlioletta a cui insegnava la musica, la geografia e anche la letteratura italiana. Le faceva leggere a voce alta Ludovico Ariosto: *Timida pastorella mai sì presta / non volse piede inanzi a serpe crudo / come Angelica tosto il freno torse / che del guerrier, ch'a piè venia s'accorse*. Le raccontava di questa Angelica che, innamorata di Rinaldo, lo inseguiva per tutta Europa, attraversando a cavallo, da sola, boschi abitati da draghi volanti e maghe infide, battendosi contro cavalieri armati, rendendosi invisibile con un anello fatato, dormendo *fra oscuri sassi e spaventose grotte*. Le raccontava di Napoli e del mare che lei non aveva mai visto.

«E com'è il mare?» chiedeva Zà alzando la faccia dai pomelli rossi verso don Pasqualino. Lui allargava le braccia e diceva: «È grosso accuscì».

«Più grande della piazza San Giovanni decollato?» chiedeva lei.

«Molto più grande.»

«Più della valle del Fucino?»

«Di più.»

«E come si fa a non affogare?»

«Si piglia una barca e ci si mette sopra.»

Giovannantonio Bigoncia, detto Cignalitt' aveva permesso alla figlia di andare a scuola dal nuovo parroco, aveva acconsentito che entrasse nel coro della chiesa, sapendo che la moglie Antonina la controllava, nascondendosi dietro una colonna per ascoltarla, estasiata. Don Pasqualino le aveva inculcato l'idea che gli uomini sono tutti uguali, che ogni discriminazione è stoltezza e peccato, che più che obbedire bisogna imparare a ragionare con la propria testa. Anche se, non lo nascondeva, il ragionare con la propria testa può comportare qualche pericolo di tipo sociale. Non era stato picchiato lui da quei facinorosi venuti su dalla valle col sidecar color oliva? non gli avevano fatto ingollare l'olio di ricino che poi per una settimana era stato male con la pancia? Ma l'amore per Dio è più forte dell'odio politico, le diceva e le dava da leggere il Vangelo di Matteo: "Beati gli operatori di pace perché saranno chiamati figli di Dio".

Maria Beatrice Zaira, detta Zà, era ancora una vagliolella quando la guerra era finita. In paese si erano sentiti i bott' che di solito si fanno per la fine dell'anno. Era la conclusione di una dittatura come dicevano in molti, usando per la prima volta apertamente questa parola che fino a pochi mesi prima era stata pronunciata solo nel segreto delle camere da letto. Si era sempre saputo ben poco di quello che succedeva fuori dal paese: i giornali scrivevano le stesse cose e raccontavano che tutto andava bene e la guerra sarebbe stata vinta dal fascismo, assieme con la Germania, contro «le canaglie del mondo». Contro la vile Albione e gli imbelli seguaci di Giovanna D'Arco, una eroina a dir poco ambigua: quando mai si è vista una donna a cavallo che guida un esercito? Intanto i comunisti, questa mala erba che sbucava fuori come la gramigna anche dal terreno protetto del proprio giardino, si davano da fare in tutto il mondo per «distruggere ogni chiesa, portare via i poderi ai contadini e le bestie ai pastori, chiudere le figlie nei bordelli e mettere in comune le mogli», roba che solo a sentirla veniva il voltastomaco.

Ma, nonostante la gran retorica sull'impero e le nuove colonie, la gente pativa la fame e molti partivano per l'estero. A Touta era apparso un manifesto grande quanto un lenzuolo che prometteva paghe favolose per chi raggiungesse le miniere belghe. Erano quelli della Federazione Carbonifera Belga che invitavano gli abruzzesi, "gente forte e di buona volontà", a trasferirsi nelle miniere di Dreslera. Avrebbero ricevuto 20 franchi al giorno, più la casa e il cibo gratuito.

Molti erano partiti lasciando le mogli, le fidanzate. Alcuni erano tornati, altri no. Ogni tanto arrivavano delle cartoline con i saluti. Giungevano lettere giganti, con dentro i soldi e qualche volta una fotografia. Come quella che aveva mandato a Zà il cugino della madre, Gerardo, seduto su un sasso con una gamella in mano, la faccia sporca di carbone, in testa un cappello a elmetto munito di lampadina e una piccozza infilzata nel terreno davanti a sé. Sorrideva lo zio Gerardo, come se avesse conquistato il mondo. Ma si capiva dalla sua magrezza che non se la passava tanto bene. Comunque ogni mese spediva per posta quei pochi franchi che servivano per la moglie incinta del quinto figlio e per tutti gli altri piccoli che venivano su rachitici e gozzuti.

Don Pasqualino intanto, per la gran fame e il freddo si era ammalato di tisi, ma non se ne curava. Tossiva talmente che durante la messa la gente provava pietà. Ma tutti dicevano: «Guarirà, Criste glie segue co gl'occhie», il Signore lo tiene d'occhio. Senza pensare che proprio coloro che sono nelle pupille del Signore spesso finiscono male, forse perché, azzarda qualcuno, amandoli troppo, li vuole accanto a sé in paradiso anzitempo.

Eppure don Pasqualino non mancava mai la sua predica della domenica e i parrocchiani lo ascoltavano con grande rispetto, anche coloro che non condividevano le sue idee, perché era un uomo che conosceva la dignità e perché si sapeva che regalava tutto quello che gli veniva dato e si occupava dei poveri come nessun parroco aveva fatto fino ad allora. Scoraggiava i giovani dal partire per le miniere belghe o francesi. Diceva che avrebbero mangiato solo bocconi amari e sarebbero tornati coi polmoni rovinati e pochi soldi in tasca. Ma la fame era tanta e i giovani partivano lo stesso, non ce la facevano a sopravvivere in famiglie di otto, dieci figli, con solo poche pecore da cui ricavare lana e latte.

Quando, dopo le cure in un sanatorio di Sondrio, don Pasqualino tornò nel 1955 guarito, i parrocchiani dissero che era un miracolo e gli regalarono un sacco con trenta chili di patate, quelle patate della piana del Fucino che hanno la pasta gialla e sono dolci e nutrienti come castagne.

Per un periodo fu trasferito a Lecce dei Marsi. Dove trovò altri amici ed estimatori. Ma anche lì dicevano che era un poco picchiato: non si era messo contro i cacciatori rifiutandosi di benedire i fucili nel giorno dedicato a sant'Antonio Abate?

Poi, in seguito a una petizione degli abitanti di Touta, tornò da loro e riprese le sue appassionate prediche domenicali. Ora se la prendeva con le ingiustizie sociali, con le guerre di tutto il mondo e con gli abusi edilizi. Il sindaco qualche volta lo andava a trovare in sacrestia e lo rimproverava bonariamente: «Lei, don Pasqualino, mi infiamma gli animi contro l'ordine democristiano».

«Lei pensi all'ordine democristiano, io penserò all'ordine cristiano.» Tutti avevano saputo in paese di questa sua risposta e se l'erano ripetuta mille volte. Anche se poi avevano continuato a votare per la DC.

Zaira, a diciotto anni era una ragazza alta, robusta, mortificata dalla timidezza. Eppure, con la baldanza dei timidi aveva dichiarato al padre che non sarebbe rimasta in paese. Voleva andare in città a studiare. Cignalitt', che non era capace di negarle niente, soprattutto dopo la morte di Antonina, l'aveva mandata a Firenze e lei gli aveva dato delle soddisfazioni. Prendeva tutti buoni voti, era modesta e prudente. Non beveva, come facevano molti suoi compagni, non passava le notti a ballare e amoreggiare. Aveva conservato una riservatezza montanara che la rendeva poco amabile presso i compagni festaioli, ma altri le erano diventati amici proprio per quella sua ritrosia un poco selvatica.

A Firenze abitava nel quartiere popolare di San Frediano, in una pensione dal nome romantico Rêverie, che in francese vuol dire sogno. Ma le regole della casa erano tutt'altro che sognanti. La padrona, signora Buccini, aveva la mania del risparmio: dopo le undici tutte le luci dovevano essere spente, altrimenti aggiungeva il costo del consumo sul conto alla fine del mese. L'acqua calda si poteva usare solo una volta alla settimana e la doccia non poteva durare più di tre minuti, pena la chiusura del gas. Zaira non ne parlava con Cignalitt' per non inquietarlo, ma certo non si trovava a suo agio. Per risparmiare la carta igienica la padrona di casa tagliava i vecchi giornali in tanti piccoli quadrati e li ammucchiava vicino al cesso. Nel ballatoio aveva appeso un congegno per misurare la luce, che rimaneva accesa solo pochi secondi e ogni volta si rischiava di ruzzolare giù per i gradini. Da mangiare preparava minestre di fagioli più o meno tutti i giorni, mai carne o pesce, e le zuppe della sera erano lente lente, quasi fatte di sola acqua, col "pesce a mare", come commentavano i pigionanti pescando nel piatto una lisca. Erano soprattutto studenti quelli che affittavano le stanze e tutti si lamentavano della fame che faceva loro patire. «Non c'è una lira, non c'è una lira e voi pagate pochissimo» ripeteva la signora Buccini stropicciandosi le mani e se gli inquilini non si attenevano alle sue regole, faceva trovare il letto disfatto col materasso arrotolato e la valigia posata sopra.

Per questo le salsicce montanare, le forme di pecorino e i biscotti col mosto che Cignalitt' portava a Firenze almeno una volta al mese, erano molto attesi. Zaira spartiva quel ben di Dio con gli studenti che per ringraziarla le regalavano romanzi e libri di poesia. Poi un giorno la padrona della pensione è morta in modo grottesco: cercando di acchiappare un ragno che aveva fatto una ragnatela sul soffitto. Montata in cima a una scaletta sgangherata che teneva nel ripostiglio, si era sbracciata. La scala, priva di alcune viti che lei non aveva sostituito per risparmiare, si era aperta come un quaderno mandandola a sbattere la testa contro uno spigolo del battiscopa. Si può dire che sia morta di avarizia. Se solo avesse sostituito quelle viti mancanti sarebbe ancora viva. Qualche giorno dopo venne Cignalitt' da Touta e trasferì la figlia in una casa di Santa Croce, da una sua parente che si chiamava Cesidia.

In casa di questa Cesidia che viveva rammendando lenzuola e vestiti per il vicinato, Zaira studiava dalla mattina alla sera chiusa nella sua minuscola stanza con una finestra che dava sui tetti. La padrona di casa la vedeva solo all'ora dei pasti sempre rapidi perché sia l'una che l'altra avevano premura di tornare al lavoro. La camera sui tetti era silenziosa e accogliente anche se molto piccola. Non disponeva neanche di un armadio e Zaira era costretta ad affastellare la sua roba sotto il letto. Il tavolino di legno tarlato accanto alla finestra era la sua gioia: lì si immergeva nei libri. Lì, quando sollevava la testa, poteva scorgere le tortore che se ne stavano appollaiate sul tetto di fronte e andavano su e giù indaffarate, tubando.

Ogni tanto veniva distratta dalle note di un pianoforte che qualcuno suonava in un appartamento nelle vicinanze. Da principio non ci aveva fatto granché attenzione, ma poi, con l'andare dei giorni, aveva avuto modo di ammirare la destrezza di quelle dita che correvano sui tasti chissà in quale stanza non lontana da lei. La curiosità per il proprietario di quelle mani, così delicate e sicure, la ossessionava. Chi poteva essere? Se lo chiedeva alzando gli occhi dal libro e ascoltando con sempre maggiore rapimento quelle note limpide e corpose che la strappavano allo studio.

Talvolta era costretta a tapparsi le orecchie per non essere distratta dalle sue letture, ma la curiosità la tormentava. E così si mise a sbirciare fuori dalla finestra allungando il collo, le orecchie tese verso tutte le finestre. Finché non aveva scoperto che quelle note leggere e nello stesso tempo potenti, provenivano da un appartamento del quarto piano.

La stessa sera era salita al piano di sopra e si era fermata davanti alla porta su cui c'era scritto a stampatello in oro Pensione Paffudi. Ma non aveva trovato il coraggio di bussare. Voleva vedere chi era il pianista o la pianista che ascoltava dal suo studiolo. Sembrava che quella porta non dovesse aprirsi mai. Solo la mattina presto, mentre ancora dormiva, sentiva lo scalpiccio di passi frettolosi giù per le scale e la porta della Pensione Paffudi che sbatteva. Ma chi suonava il pianoforte non usciva a quell'ora. Poco dopo le nove, puntualmente, udiva le sonatine di Czerny con cui il pianista si esercitava. Poi, quando si era scaldato, affrontava i pezzi più impegnativi.

Un giorno, dopo avere ascoltato una sonata di Brahms, aveva sentito dei passi sulle scale ed era corsa, sperando che fosse la persona che cercava. Superò un ragazzo quasi urtandolo con la spalla. Chiese scusa. Lui la guardò stupito. Lei prese il coraggio a due mani e gli chiese se era lui che suonava nell'appartamento al quarto piano.

«Sono io, perché?»

«Ah!» sussurrò contenta Zaira, ma la timidezza le impedì di continuare. Non sapeva più che dire. Intanto lui aveva finito di scendere gli scalini e usciva sbattendo il portone a molla.

Il ragazzo le era piaciuto quanto la musica che suonava. Era alto, magro, con una testa bionda, luminosa e gli occhi grandi, distratti, un modo di muoversi fra lo sbadato e l'irruento.

Una mattina felice l'aveva incrociato mentre saliva lentamente le scale leggendo uno spartito. Si era fermata per dirgli quanto le piacesse la sua musica. Aveva preparato una frase che era anche un poco cerimoniosa. Ma lui l'aveva preceduta e con un gesto rapido le aveva cinto le spalle, l'aveva stretta a sé e l'aveva baciata. Così, senza una parola. Lei si era liberata, indispettita da quella fretta: non le aveva nemmeno permesso di dire le cose che si era preparata. Ma lui era sparito anche questa volta senza una parola.

Da quel giorno Zà fece in modo di scendere le scale nell'ora in cui lui le saliva e se non c'era gente, si scambiavano un rapido bacio, altrimenti si salutavano e correvano via. A casa, mentre studiava lo ascoltava suonare e si innamorava ogni giorno di più, sia di lui che della musica di Bach, di Scarlatti, di Chopin.

Una sera si incontrarono davvero per caso, sul portone, lui le chiese se volesse accompagnarlo alla latteria d'angolo a prendere una tazzina di panna fresca coi cialdoni. Lei acconsentì e lì, seduti su due sedie di ferro, circondati da pareti ricoperte di mattonelle bianche, Roberto le raccontò che veniva dalle montagne del Veneto, che studiava al Conservatorio di Firenze perché era fra i più rinomati in Italia. Le confessò che i suoi gli mandavano un tanto al mese, giusto per pagare la stanza e qualche libro. Era lì ospite della Pensione Paffudi ormai da un anno e la signora lo trattava molto bene riempiendolo di dolci perché a lei piaceva cucinare torte e lo faceva anche a pagamento, per le sue amiche e per gli inquilini del palazzo che bussavano alla pensione per chiedere una torta alle mele, un babà al rum, uno spumone alla cioccolata. A casa Paffudi infatti c'era sempre un buon odore di burro fuso, cannella e pasta cotta al forno con lo zucchero.

Zaira gli aveva confidato di venire dalle montagne abruzzesi, e precisamente da Touta, un piccolo paese fra le cime più alte degli Appennini, di avere perso la madre, morta di una malattia misteriosa e di avere un padre che faceva commercio di pecore e di lana.

Da allora si erano visti spesso, ma sempre castamente, o in latteria dove una tazzina di panna con i cialdoni costava sette lire, oppure ai giardinetti, sotto un pino centenario, talmente carico di uccelli che sembrava di stare al mercatino della domenica. Ogni tanto cascava pure un piccolo escremento bianchiccio sui cappotti, ma loro ne ridevano e continuavano a baciarsi.

Un giorno Cesidia, che lei credeva fosse appena una conoscente, le confessò di essere l'amante di Cignalitt'. Bevendo un caffè bollente e guardandola negli occhi, le aveva detto senza pudore che suo padre era propria na meraviglia a letto. Zà si era alzata di scatto e se ne era andata in camera. Ma perché quella donna era così indiscreta? «Cignalitt', sai, è sempre stato brutto anche da quatrane» aveva proseguito la sera stessa, a cena, Cesidia, «ma ha il corpo di un toro e il cuore di burro.» E poi aveva finito per svelarle che in realtà lei e Cignalitt' non si erano mai lasciati, neanche dopo il matrimonio di lui con Antonina. Ogni tanto Cignalitt' prendeva il treno da Touta ad Avezzano e da lì a Roma e da Roma a Firenze, con la scusa del lavoro, la vendita della lana o l'acquisto di un nuovo macchinario. Si incontravano in quella casa, dove c'era sempre il ricambio pronto: camicie pulite, scarpe lustrate a puntino, pigiami profumati di spigo chiusi nei cassetti ad aspettarlo.

Le aveva esibito ogni cosa con impudenza, non si capiva se per stupirla o per conquistare la sua confidenza, o semplicemente per mostrarle che, nonostante l'amore per Antonina e per Zà, la vera compagna d'amore di Cignalitt' era proprio lei, Cesidia.

In seguito Cignalitt' era venuto a trovare Cesidia mentre Zà era da lei. Aveva preso posto con naturalezza nella camera della donna e la sera aveva indossato quel pigiama che le aveva mostrato Cesidia, pulito e piegato in quattro dentro l'armadio. Insieme i due si erano chiusi nella stanza grande dopo avere ingollato un piatto di spaghetti ai funghi porcini, accompagnato da un Chianti denso e quasi nero.

La mattina dopo Zà era uscita presto e non era tornata a casa per tutto il giorno. Cignalitt' si era preoccupato, l'aveva cercata prima a scuola e poi perfino negli ospedali della città. In realtà Zà se ne stava seduta su una panchina delle Cascine con gli occhi fissi nel vuoto, pensando all'inganno che sua madre Antonina aveva subìto per anni. Forse per quello era così pallida e poco vogliosa di vivere. Tanto che era morta giovane. E se invece l'avesse saputo e tollerato? Si diceva in famiglia che Antonina era stata fidanzata con uno che era partito per l'Australia e che non aveva mai perdonato ai suoi di averle impedito di andare via con lui, forzandola a sposare questo Cignalitt' dalle gambe corte, il collo taurino e le braccia da lottatore, anche se poi si era dimostrato un buon marito e un buon padre.

Pensava tutte queste cose, quando si sentì chiamare. Alzò gli occhi e lo vide venire verso di sé: piccolo, corpulento, chiuso in un impermeabile bianco che gli svolazzava fra le gambe arcuate. Senza volerlo aveva pensato, con sorpresa ma anche con un certo senso di sollievo, che quello non poteva essere il suo vero padre: probabilmente lei era figlia di quell'altro che era partito per l'Australia.

Più tardi, seduti attorno al tavolo, nella cucina di Cesidia, Cignalitt' le aveva chiesto perché fosse scappata e lei aveva risposto che si sentiva offesa per sua madre Antonina che sempre gli era rimasta fedele ed era morta infelice. E allora per la prima volta Cignalitt' le aveva parlato a cuore aperto. Le aveva detto che sua madre Antonina, quando l'aveva sposata, era incinta di un altro e precisamente di quel fidanzato che si chiamava Pitrucc' i pelus', partito per l'Australia. Lui lo sapeva che Antonina e Pitrucc' si erano amati, ma l'aveva sposata lo stesso, perché ne era innamorato, perché l'aveva sempre desiderata, da quando si erano trovati insieme sulla bicuccia che li portava alla grotta di santa Colomba sul Gran Sasso. Erano stati i tre giorni più belli della sua vita, sempre vicino alla bella Antonina che non parlava ma lo guardava con gli occhi di una Madonna. Di quei tre giorni perfetti ricordava i fuochi che avevano acceso la sera in montagna, le mangiate di salsicce cotte sui carboni ardenti, le bruschette col pomodoro fresco, le grandi fette di cocomero divorate in onore della santa eremita, le preghiere a voce alta, le cantate in suo onore, tutti insieme, giovani e vecchi accompagnati dalla fisarmonica suonata da un certo Gn'cchitt' che commuoveva pure le cornacchie tanto suonava bene. Lì lui l'aveva amata e desiderata e aveva promesso a se stesso di aspettarla, fosse anche una vita intera.

«È stata na bbona moglie mammeta Antonina, te lo posso dì, Zà, era sottomessa, faticava tanto, non se sparagnava mai.» Però l'amore lo faceva a occhi chiusi, come se pigliasse una purga, senza mai una parola, uno sguardo, un gesto «che me facesse capì quarcosarella de bbone.» Per questo si era rivolto a Cesidia, che conosceva da quand'era una vagliolella. La prima femmina che aveva abbracciato era stata proprio lei, Cesidia. A lei piaceva fare l'amore «è na femina vere, Zà mentre mammeta era na scopa e io per questo so ite co n'altra». Ma non l'aveva mai trascurata e le aveva sempre voluto bene.

Questo aveva detto Cignalitt' e Zaira alla fine si era sentita così leggera che le veniva da piangere. Per la prima volta aveva ascoltato un adulto che le parlava sinceramente e questo adulto era Cignalitt', uno che tutti consideravano un bruto, goffo, basso e ignorante come un caprone. Uno che tutti pensavano le donne lo schifassero e invece guarda qui, aveva avuto una moglie di cui era innamorato e nello stesso tempo una amante che lo accudiva da lontano e da cui lui accorreva ogni volta che poteva. Era la verità, ma era anche una stranezza. Strano che non fosse suo padre e lei lo avesse intuito quella mattina guardandolo venire verso di sé alle Cascine, prima che lui glielo confessasse, strano che sua madre, nemmeno quando stava per morire le avesse detto niente, strano che l'altro padre, quello scappato in Australia, non si fosse mai fatto vivo, neanche con una parola.

Zaira aveva deciso che prima o poi sarebbe andata a trovare questo padre sconosciuto. Doveva vedere che faccia aveva, doveva sentire la sua voce. Per questo cominciò a mettere da parte i soldi per il viaggio. Poi gli scrisse una lettera "Caro padre che non ti conosco...", raccontandogli della madre che era morta, di Cignalitt' che l'aveva cresciuta con generosità, e della sua voglia di incontrarlo, perché lei, Maria Beatrice Zaira detta Zà aveva preso il nome della nonna di lui che era salita dalla Sicilia alla fine dell'Ottocento. E appena avesse racimolato i soldi sarebbe andata a trovarlo perché troppa era la voglia di vederlo e parlargli. Ma per raggiungere Sydney, si era informata, occorrevano centomila lire sane sane e dove li trovava quei soldi?

La lettera non aveva avuto risposta. Salvo poi scoprire anni e anni dopo che Pitrucc' i pelus' l'aveva ricevuta, l'aveva letta con commozione e l'aveva conservata senza mai perderla, fino a farla diventare uno straccetto trasparente.

Cignalitt' era tornato in Abruzzo lasciandole una busta con dentro dei soldi. Con quel denaro Zà si era comprata un paio di scarpe dal tacco alto e delle calze con la riga. Da quando frequentava il giovane pianista aveva cominciato a vestire in maniera più cochetta, con maglioncini aderenti, gonnelle scampanate e nastri fra i capelli. Non si era mai sentita bella, anzi si considerava insignificante, con quelle lentiggini che sembravano tante cacatine di mosche sulla faccia tonda, quei capelli castani che non stavano mai a posto, quegli occhi di cui non si riusciva a indovinare il colore: di can che fugge, come diceva don Pasqualino ridendo, o di foglie de fagge quande revé ottobre, come diceva Cignalitt'? Ora per la prima volta, dopo gli abbracci di Roberto, si era un poco ricreduta: forse non era così goffa come si pensava, forse qualcosa c'era di piacevole in lei e Roberto lo apprezzava.

L'amore lo fecero una domenica mattina quando tutti erano fuori: la signora Paffudi era andata a messa e Cesidia a visitare un'amica. Incontrandosi per le scale, lui l'aveva tirata per il polso fin dentro la sua stanza, lì avevano preso a baciarsi con tanto impeto che erano scivolati per terra quasi senza volere e proprio sul tappeto della signora Paffudi, con la paura che tornasse da un momento all'altro, senza neanche togliersi i vestiti, si erano accoppiati in silenzio: lui aveva trafficato con mani inesperte sui ganci del reggiseno e lei aveva cercato di tirare giù la cerniera dei pantaloni.

Non era sembrato un granché a nessuno dei due. Ma si erano ripromessi di farlo bene, con calma, sopra un letto, quando ne avessero avuto l'occasione. Però l'occasione non si era presentata e avevano dovuto accontentarsi dei baci rubati sulle scale, dietro le porte, mentre la signora Paffudi preparava le sue torte in cucina, o sulle panchine ai giardinetti quando faceva bel tempo.

Dopo un mese, però, Zà si accorse di non avere le mestruazioni. Non ci badò perché era spesso irregolare. Al terzo mese si allarmò. Andò da una ostetrica che le chiese centoventimila lire per l'operazione. E dove li avrebbe mai trovati tutti quei soldi? Nemmeno sacrificando la somma che aveva messo da parte per il biglietto andata e ritorno dall'Australia ce l'avrebbe fatta. Prese a racimolare qualche lira risparmiando su tutto, ma intanto era passato un altro mese. Allo scadere del quarto, Roberto le procurò un appuntamento con un medico amico di amici che faceva aborti a buon prezzo. Ma quello, dopo averla visitata, aveva sentenziato che era troppo tardi ormai: era pericoloso per lui e per lei.

Roberto, quando lo seppe, le strinse le mani, le diede un centinaio di baci, le disse che l'amava pazzamente, ma insistette che doveva assolutamente abortire perché lui non aveva i soldi per mantenere un figlio. I suoi, che erano contadini, gli spedivano un tanto al mese perché si diplomasse in pianoforte e mai avrebbe potuto dire loro che si sposava e faceva un figlio. Voleva forse che rinunciasse alla sua carriera di pianista per cui tutta la sua famiglia aveva fatto tanti sacrifici? Certo che no, Zà si sentiva caricata di una grande responsabilità. Per questo, quando lui le ordinò, secondo le indicazioni di una sedicente ostetrica, di ingollare novanta grammi di sale inglese che avrebbe abortito da sola, li mandò giù, sebbene le venisse da vomitare.

Per tre giorni credette di morire. Aveva la dissenteria e le sembrava di perdere pezzi di intestino insieme con le feci. Vomitava, aveva crampi allo stomaco e non si reggeva in piedi. Ma il bambino non uscì. Roberto si torceva le mani. La baciava, le garantiva che avrebbero trovato un rimedio. Lei pianse, ricambiò teneramente i suoi baci. Andò, per accontentarlo, da un altro medico, ma anche quello si rifiutò di operarla. Intanto era arrivata al quinto mese.

Così Zà decise di tenere il figlio, e Roberto, dopo avere concluso in fretta e bene gli esami al Conservatorio, dopo averle dato altri baci e averle dichiarato eterno amore, partì lasciandole una busta con dentro del denaro. "È tutto quello che ho. Abortisci Zà, ne va del tuo futuro. Ti cercherò." Questo aveva lasciato scritto su un foglietto che lei conserva tutt'ora.

Ancora debole per tutto il sale inglese che aveva ingurgitato, Zà si era messa a cercarlo dappertutto e solo allora si accorse che lui non le aveva mai detto come si chiamasse il paesino delle montagne venete in cui abitava. Provò a cercare sull'elenco telefonico, ma il nome di Roberto Valdez non compariva da nessuna parte. Andò al Conservatorio per avere notizie, ma forse perché capirono subito come stavano le cose o perché volevano proteggerlo, le dissero che non sapevano né dove fosse andato né avevano conservato alcun indirizzo. Si umiliò perfino con la signora Paffudi aiutandola a pulire i gabinetti e il ripiano dei fornelli incrostati mentre cercava di convincerla a trovare l'indirizzo di Roberto, cliente della pensione fino a una settimana prima. Ma anche lei fu irriducibile e Zaira capì: Roberto aveva chiesto a tutti di tacere. Segno che non voleva saperne di quel figlio né di quella ragazza troppo goffa e impacciata che non era stata capace di abortire, che non aveva una lira e non sapeva neanche vestire elegante.

Si fece coraggio, Zà, tornò a Touta per parlare col patrigno, Cignalitt'. Lui si mostrò generoso e comprensivo anche se lì per lì aveva inveito in dialetto stretto, minacciandola con una delle sue mani robuste e grassocce. Ma la mano non era scesa a picchiarla. «Mannagg' a san St'ppin! Mannagg' a sant Nend! Mannagg' a chi t'ha cotta!» gridava. Ma alla fine, dopo avere camminato su e giù per la cucina bestemmiando, la fece sedere davanti a sé, le parlò con voce calma e savia: le consigliò di non dire niente in paese, di tornare a Firenze e lì partorire il figlio per poi rientrare a Touta a cose fatte. Intanto lui avrebbe propagato la notizia che si era sposata e che il marito doveva rimanere a Firenze per lavoro. Poi, col tempo la gente avrebbe fatto l'abitudine e la cosa era fatta. «Propria come mammeta Antonina, vagliolell' mè, propria comm'a issa» aveva aggiunto sconsolato, «pover' a mmì, s'è ripetuta la sorte, me l'aveva 'mmaginà.» Ma Cesidia non si era accorta di niente? «È successo una volta sola, papà.» «Tu sì na vagliola sfortunata, Zà!» aveva concluso abbracciandola. «Sfortunata no, pa', fortunata semmai che ho un padre come te!» In paese nessuno si sarebbe comportato come lui. Gli aveva cinto il collo con le braccia e l'aveva baciato su tutte e due le guance: «Sei l'uomo più generoso che conosco, Cignalitt'» gli aveva detto e lui si era scostato burbero, ma in cuor suo gongolante.

Quando lei partorì quattro mesi dopo una bambina asciuttella e magrolina che chiamò Angelica, ricordando le storie di Ariosto lette a voce alta con don Pasqualino nel cortile della chiesa di Santa Severa, Cignalitt' arrivò a Firenze con un paniere colmo di prosciutti, uova e ricotta fresca. La guardò allattare con le lacrime agli occhi. Quindi la riportò con sé a Touta dove aveva preparato una camera tranquilla per la neonata. La quatranella fu subito adagiata in una culla di salice intrecciato, sopra un materassino di piume d'oca ricoperto di lino tessuto a mano, con tanto di nome ricamato sopra: Angelica Bigoncia. *Angelica in quel mezzo ad una fonte / giunta era, ombrosa e di giocondo sito / ch'ogniun che passa, alle fresche ombre invita, / né, senza ber, mai lascia far partita*. Era così serena quella bambina che non sembrava nata senza padre, in una città estranea. Le bastava sapere che il corpo morbido della madre fosse nelle vicinanze per giocare ore e ore con i piedini per aria. Le bastava succhiare cinque volte al giorno il capezzolo bruno che Zaira tirava fuori dalla veste con gesti vergognosi e pudichi, per dormire tranquilla senza mai mettersi a piangere.

Con Angelica in braccio Zaira tornò a Firenze per prendere la laurea in Lettere. Cesidia la aiutava come poteva, pur sbuffando e imprecando contro il trambusto che faceva la notte svegliandosi ogni due ore per allattare la piccola. «Il padre dov'è?» chiedevano in tanti. «Se n'è andato» rispondeva lei a voce bassa, quasi a se stessa. Poi sollevava la testa sorridendo. Non voleva che la bambina si sentisse un'orfana. «Ha una mamma e un nonno» rispondeva con orgoglio.

Di lavorare purtroppo non se ne parlava. Nessuno la voleva con quella figlia appresso. Provò a fare i servizi in un ufficio legale che la pagava a ore, ma non sapeva dove lasciare la bambina quando Cesidia non era in casa. E così se la portava dietro, dentro una cesta e la lasciava sul pavimento nell'ingresso mentre puliva per terra e spolverava. Ma un giorno che la bambina piangeva per i denti che spuntavano il direttore le disse che così non si poteva continuare: o trovava dove lasciare la figlia o se ne andava. E una settimana dopo le mandò la lettera di licenziamento. Zaira si mise alla ricerca e ne rintracciò un altro di lavoro: come telefonista in un albergo. E poiché i centralini stavano nel sotterraneo, nessuno si accorse che si portava la bambina in una cesta e anche se piangeva non la sentivano. Ma dopo qualche mese, con la scusa che perdeva tempo ad allattarla, la cacciarono via.

Fu così che decise di tornare al paese. Si preparò le risposte da dare agli amici, ai parenti. Radunò le sue cose, mise in valigia anche la laurea incorniciata, e rientrò a Touta in autobus, con la bambina in braccio. Nessuno le chiese niente. Cignalitt' aveva preparato il terreno raccontando del matrimonio di Zaira con il grande pianista Roberto Valdez, veneto di nascita ma residente a Firenze. Il giovane padre pianista avrebbe presto raggiunto moglie e figlia, intanto scriveva loro ogni giorno lunghe lettere affettuose e mandava anche dei soldi. Ma quelle lettere nessuno le aveva viste: il postino Calzaroscia rispose ai curiosi che in effetti, lettere in casa Bigoncia non ne arrivavano affatto da Firenze. I paesani intuirono presto la verità, ma non mostrarono disprezzo. Dopotutto erano i primi anni Sessanta e i pregiudizi contro le madri nubili erano considerati cosa del passato. Con tanti giovani che partivano per le miniere francesi e belghe, o più lontano, per Nuova-Iuorche o Baltimore o anche per Sidni, era abituale vedere per il paese donne sole con uno o due bambini attaccati alle gonne. Le chiamavano vedove bbianche e don Pasqualino le trattava con particolare rispetto e affettuosità. Qualche volta i mariti tornavano con un gruzzolo messo da parte per comprarsi una casa, due o tre cavalli, un centinaio di pecore. Spesso non tornavano affatto e dopo anni si veniva a sapere che avevano preso un'altra moglie e messo al mondo altri figli. Non fecero nemmeno particolari ricerche per scoprire se Zaira Bigoncia si fosse davvero sposata a Firenze col padre di Angelicucc' o fosse stata abbandonata incinta, come succedeva alle "svruvegnate". In altri tempi l'avrebbero fatto.

Zaira crebbe con affetto e dedizione la sua bambina, in casa di Cignalitt' finché lui fu in vita, poi quando morì di cuore, una mattina mentre caricava due secchi di latte fresco, si trasferì in una casa più piccola e periferica, avendo venduto quella grande nel centro del paese.

Aveva pianto tanto la morte di Cignalitt' che era sempre stato così generoso e sollecito con lei, come fosse proprio sua figlia. Da ultimo lui si era pure molto affezionato alla nipotina Angelica, per lei si era messo a intrecciare i rami del salice per farne panierini che riempiva di ricotta fresca. Con lei per mano andava nei boschi a cogliere fragoline, con lei sulle spalle scendeva al mercato per comprare le arance preziosissime che venivano dalla Sicilia e costavano un occhio della testa, quando tutto il paese era sepolto dalla neve.

Un anno prima Cesidia era venuta da Firenze a stare con loro e Cignalitt' l'aveva voluta sposare, con tanto di velo bianco e confetti, nella chiesa grande del paese. Nessuno ci aveva trovato da ridire: lui era vedovo da tanti anni e lei aveva visto la luce in una casa del paese. Anche se era andata via, poi era tornata e questo bastava a dimostrare che una vera toutana non può vivere che a Touta, l'ombelico del mondo. La piccola Angelica li chiamava nonno e nonna.

Solo pochi mesi dopo la scomparsa di Cignalitt' era morta anche Cesidia e don Pasqualino aveva offerto una messa cantata, con tanto di coro di voci bianche. Un organista amico suo, un tipo segaligno con una pagnotta di capelli in testa e gli occhiali come due fondi di bottiglia, era venuto apposta da Gioia dei Marsi. Suonava lento lento perché stentava a leggere la musica, ma era bravo, così per lo meno parve a tutti coloro che erano in chiesa e si commossero per quella musica che sembrava scendere dal cielo. Anche Zaira si era commossa e aveva stretto la mano della piccola Angelica trovandola diaccia. Le devo comprare i guanti, si era detta, ma poi se n'era dimenticata e Angelica era andata in giro nei mesi invernali con le mani coperte di geloni. Non diceva niente per non mortificare la madre, nascondendo le dita sotto i maglioni. Finché un giorno Zaira l'aveva vista che si asciugava il sangue con lo straccio della cucina e si era presa paura.

«Che ti sei fatta?»

«Nend...»

«Fai vedere!» e aveva scorto i geloni. La sera stessa si era messa a lavorare a maglia dei guanti per la figlia che ormai aveva dieci anni e si faceva sempre più alta e più bella. Gliene aveva regalati cinque paia: rossi, verdi, neri, viola e celesti, rubando le ore al sonno, per il senso di colpa che le avevano suscitato quei geloni. Le aveva confezionato anche un cappuccio di lana d'angora bianca che quando se lo infilava sembrava un coniglio appena nato e una sciarpa larga, azzurra che metteva in evidenza gli occhi chiari, per cui tutti l'ammiravano.

Angelica aveva preso i colori del padre, il pianista: oltre i capelli di un castano chiaro dai riflessi fulvi, aveva la faccia cosparsa di lentiggini che le coprivano le gote e il naso. Le lentiggini erano appartenute pure a Zaira, che le aveva sempre trovate brutte, mentre quelle di Angelica erano gioiose e sembravano tanti puntini di matita colorata. Così pareva alla madre che vedeva nella figlia la grazia e l'eleganza noncurante del padre. Gli occhi poi non erano color can che fugge come i suoi, ma di un bellissimo azzurro, come il nonno Pitrucc' i pelus' e come il nonno del nonno, Mosè Salvato Del Signore. Aveva una camminata disinvolta, leggera, che metteva in evidenza le lunghe gambe slanciate. Possedeva un buon orecchio per la musica e per questo don Pasqualino l'aveva scelta per il coro della chiesa, come aveva fatto con Zaira quando era piccola.

«È una bambina socievole, affettuosa e intelligente» diceva di lei don Pasqualino. «Na criature latt' i mel' i tutte ce vonno bbene.»

Ma verso gli undici anni, la criature latt' i mel' aveva cambiato carattere. Si era ammutolita. Era diventata scontrosa e cupa. Quando la madre le domandava qualcosa, si sentiva rispondere «Nun me stà a scuccià!». Si infilava le calze rosse, gli stivaletti bianchi di plastica e usciva a trovare le amiche. «Con loro ci parli, con me no» la rimproverava Zaira e per tutta risposta riceveva un'alzata di spalle. Cercava di riconquistarla con l'affetto e la buona cucina, come tutte le mamme. Per il dodicesimo compleanno della figlia, Zaira aveva cucinato tutta la notte tirando la pasta con il matterello, mescolando il latte con le uova e il burro per la crema pasticciera. Aveva invitato le amiche della figlia, le compagne di scuola, ma all'ultimo momento Angelica le aveva detto che non aveva voglia di feste e si era chiusa in camera sbattendo la porta. E lei aveva dovuto ricevere gli invitati, dire che la figlia si era ammalata improvvisamente, servire la torta e lo sciroppo di lamponi che preparava ogni anno con tanta cura.

«Angè che hai? che c'è? non vuoi prendere un poco di torta, l'ho cucinata per te, ti piaceva tanto!» le disse da dietro la porta quando le visite erano finite. Ma non erano arrivate risposte da quell'uscio chiuso. La sola cosa che si sentiva era la musica sincopata, tun tun tun, turuntuntun a tutto volume.

Erano passati gli anni. Con la velocità delle lepri in corsa. Zaira pensava di stringere ancora la piccola mano della figlia che si avviava verso scuola di prima mattina e si trovava accanto una ragazza da marito, dalle dita lunghe, irrequiete che accendevano una sigaretta dietro l'altra, la camicetta aperta sul collo, tanto da mostrare l'attaccatura dei seni che aveva bianchi e minuti.

Con la madre parlava poco, anzi quasi per niente. Solo per dire: me l'ha' cucite l'orlo dei pantaloni? me l'ha' stirate la camis' bluette? Zaira non la rimproverava. Sapeva che sarebbe stato inutile. Le passerà, pensava. Nel frattempo dedicava sempre più tempo alle traduzioni e ai libri che ormai non entravano più negli scaffali di casa. Aveva un contratto con un piccolo editore di Pescara che le spediva manoscritti su manoscritti, soprattutto di scienza e di astronomia, pubblicazioni in cui si era specializzata la Casa e che comprava dalle università. Aveva un suo pubblico di studenti e di appassionati l'editore pescarese, che acquistavano quel tanto di volumi da permettergli di resistere sul mercato. Ma aveva sempre fretta e la tempestava di telefonate. Mentre quando si trattava di pagare, tirava in lungo e dichiarava disperato di essere al verde.

Una sera che prometteva pioggia e non l'aveva vista tornare, Zaira era uscita con l'ombrello per cercare la figlia. Dalle amiche non c'era. I bar del paese erano già chiusi. Il Rombo a quell'epoca ancora non esisteva. Preoccupata, si era incamminata sulla provinciale per raggiungere, a qualche chilometro da Touta, un albergo nuovo dove la sera ballavano. Lì si era diretta al buio, stringendosi nel cappotto col bavero di velluto. E lì l'aveva trovata, ubriaca, che ballava con uno sconosciuto. Quando si era avvicinata per portarla a casa, Angelica si era innervosita e le aveva svuotato il bicchiere in faccia con un gesto di rabbia quasi selvaggia. Zaira era uscita e si era seduta sui gradini dell'ingresso ad aspettare. Era talmente avvilita che piangeva senza neanche accorgersene. Si chiedeva perché Angelica, la bella figlia dai capelli ramati, ce l'avesse tanto con lei. Era solo una antipatia di crescenza come diceva Maria Menica o qualcos'altro che non capiva?

Forse era stato un atto di arroganza pensare di crescerla da sola, senza un padre. Se Roberto l'avesse presa con sé, per lo meno qualche giorno al mese, non sarebbe stato meglio? Se l'avesse portata qualche volta ai concerti che teneva in giro per il mondo, se l'avesse contagiata col gusto della musica, chissà!

Mentre se ne stava lì seduta con la faccia rigata di lacrime, qualcuno le si era seduto accanto. Non le aveva rivolto la parola, le aveva solo allungato un bicchiere pieno. Lei l'aveva trangugiato. Era qualcosa di dolce e di forte.

Si era voltata per guardarlo. D'istinto, vivendo in un paese, la prima cosa che viene in mente è di chiedersi: di chi sarà figlio questo giovane? Ma poi si era accorta che non era affatto giovane. Era un uomo della sua età, con un sorriso gentile sul volto segnato, due occhi dolci e rispettosi.

«Ha bisogno di qualcosa?»

«No, grazie, sto bene.»

«Non si direbbe.»

Di Touta non era, l'avrebbe riconosciuto e il suo accento non era abruzzese. Lombardo? No, veneto, ora si accorgeva che scivolava sulle vocali come faceva Roberto Valdez. Dentro di sé sorrise.

«È sua figlia quella là dentro che dà spettacolo, vero?»

Zaira annuì.

«Balla bene.»

«Lo so.»

«Che ne dice di passeggiare un po'?»

«Per andare dove?»

«Così, a spasso.»

Avevano fatto quattro passi per il giardino dell'albergo. Era da tanto che un uomo non le camminava al fianco. Mandava un buon odore di sapone al bergamotto, aveva una camminata un poco impacciata, di un timido che tenta di fare il disinvolto.

«Ma lei zoppica?»

«Se n'è accorta? Ho un'anca malconcia. Dovrei operarmi. Ma non mi decido mai.»

«Un'anca malconcia?» Chissà perché le era venuto da ridere. Ma lui non si era offeso, anzi, aveva riso con lei. E così, ridendo, si erano presi a braccetto. Dopo un quarto d'ora le sembrava di conoscerlo da anni. Le aveva raccontato con voce divertita che anche lui, come lei, aspettava una figlia che ballava in quel carnaio, per riportarla a casa. «Gli incidenti più gravi accadono quando rientrano verso le tre. Per questo sono qui. Che faccia quello che vuole là dentro, ma deve tornare a casa con uno che guidi da sobrio, non in preda a chissà quale eccitante del cavolo.»

«Sei di Touta?» gli aveva chiesto lei, dopo che avevano deciso di darsi del tu, ben sapendo che non poteva esserlo.

«Mia madre era di Touta, emigrata a Belluno. Io vivo a Venezia. Lei non è più tornata, ma io sì, per lo meno ci vengo quando posso, mi sento legato per via familiare a questo paese anche se non ci ho mai vissuto. Mia figlia non ci sta volentieri, infatti domani riparte. Io rimango. Ho una stanza in un residence.»

«Non mi hai detto che mestiere fai.»

«Suono il pianoforte.»

Zaira aveva sentito un bussare precipitoso al cuore. Proprio come Roberto Valdez. Chissà quale perverso destino la spingeva verso i pianisti. Non ne era bastato uno?

«Tu té 'n amante!» l'aveva apostrofata Angelica una mattina in cucina con aria accusatrice.

«Be'? che male c'è? sono sola, a chi ho da rendere conto?»

«A me per esempio. Nun me piace che l'amiche mie se denn' intesa dicenn': guarda l'amante de mammeta!»

«Che te ne importa, lasciale dire!»

«All'età che tiene nun aviste da penzà a ste ccose.»

«Non sono ancora decrepita, Angelica. Ci siamo piaciuti, ci siamo presi, tutto qui.»

«Te lo vo' sposà?»

«Ma no, ha già una moglie, stai tranquilla.»

«I che ce fa ecch' a Touta, se po' sapè?»

«Sua madre è di qui. Viene da Venezia. È musicista.»

«'N altre?»

«Che male c'è?»

«Sona i piane pur'isse?»

«Sì, come tuo padre Roberto.»

«Ih, che lagna!»

«Ma che ne sai? l'hai forse sentito suonare?»

«L' sacce come sona, se vede dalla faccia: è musce, mà, è false, sente la puzza da mille metre. Nun è pe tì, lassa perde.»

«Cos'è, un ordine?»

Era proprio un ordine. E poiché Zaira disobbediva, la figlia le rendeva impossibili le giornate. La mattina usciva senza una parola tutta impettita, facendo ballare i capelli che aveva lunghi e risplendenti sulle spalle magre. «Addó è scita na figlia accuscì strampalat'?» le diceva qualcuno. «E chi lo sa.» «Me sa ch'ha ripigliàte tutte dal pianista» diceva ridendo la vicina di casa.

Rientrava quando voleva, lasciava tutto in giro divertendosi a vedere la madre che raccattava, puliva, metteva a posto. Perché non le tiri un bel ceffone? le suggeriva il pennuto nell'orecchio. Ma lei non voleva la guerra con sua figlia. Sperava che le passasse. E si chinava mille volte a raccogliere mutande, calzini, scarpe gettate una di qua e una di là, pantaloni, gonne macchiate e sgualcite. Stirava fino a notte perché trovasse ogni cosa al suo posto, ordinata e pulita. «Ai figli s'ha a ddà il bon esempie» diceva Cignalitt' e lei pensava che avesse ragione.

Intanto continuava a incontrarsi con Vanni in un residence alle pendici del monte Palumbo. Era dolce l'amore con lui, fatto di tenerezze e di baci lenti, giocosi. Dopo essere rimasti a letto per ore, lui si metteva al suo pianoforte e mentre la luce dietro la finestra si faceva prima azzurra chiara, poi violetta, le dita agili correvano sui tasti suonando solo per lei un preludio di Bach.

«Quando parti?» gli chiedeva sapendo che non poteva durare.

«Voglio stare qui con te.»

«Ho una figlia gelosa.»

«Lo so, quando la incontro, sputa per terra con disprezzo.»

«Mi rende la vita difficile.»

«Mandala a studiare a Firenze, come hai fatto tu da ragazza.»

«È ancora piccola.»

«Si comporta da grande.»

«Anche tua figlia fa così?»

«Peggio. Prende delle porcherie che di notte l'esaltano. Di giorno dorme in piedi come una morta vivente. Fa pena. Per fortuna in questi giorni sta a Belluno da mia madre che non la lascia uscire di notte. Ha più autorità di me.»

«Che si può fare?»

«Niente. Ho capito che a lei piace che io stia male per lei. Le piace.»

«E la madre?»

«La madre se n'è andata col mio migliore amico. Hanno fatto altri figli e vivono felicemente in Messico.»

«Forse non dovremmo cercare di proteggerle a tutti i costi. Hanno bisogno di sentirsi libere. Mi sa che le soffochiamo con le nostre attenzioni.»

«Non posso rischiare che si schianti contro un muretto alle cinque di mattina solo perché ha voglia di essere libera. Libera di morire?»

«Anche quella è una libertà.»

«Sarà, ma proprio questa libertà da me non l'avrà.»

Eppure a scuola ci andava Angelica e bene o male alla fine dell'anno era sempre promossa. La mattina si alzava alle sei per prendere l'autobus per Avezzano, dove frequentava il liceo. Tornava nel pomeriggio, stanca morta, e si metteva sul letto, la radio a tutto volume sul comodino. Non c'era verso di farle fare qualcosa in casa. La sua stanza era un caos: vestiti sparsi dappertutto, quattro libri buttati sotto il letto, lenzuola aggrovigliate, il cuscino sempre schiacciato contro la parete, una tazzina di caffè vuota col segno del rossetto, abbandonata sul davanzale.

Quando con i compagni occupavano la scuola, si portava il sacco a pelo e di ritorno a casa puzzava di sudore e di sporco, aveva i vestiti macchiati di cera «oh mà, nun ce stave la luce, facievame co i cerogge». Sembrava provasse gusto a usare il dialetto sapendo parlare un ottimo italiano. Ma era anche quello un modo di opporsi a lei, come quei capelli arruffati che non lavava mai, le scarpe infangate «mò pulisce, mò...» rispondeva sgarbata e non c'era verso di sapere cosa era successo. Una volta era perfino tornata con la faccia insanguinata. E di fronte alla costernazione della madre si era messa a ridere: «Só venute ’nanzi ch’ i manganigli, ma nun è nend».

Un giorno Zaira era andata con la figlia ad Avezzano, per parlare con il preside. In autobus Angelica aveva fatto finta di non conoscerla. Arrivate davanti alla scuola, era scappata via per entrare da sola e non l’aveva più vista.

Si era messa alla ricerca del preside: ma in presidenza non c’era. La sala sporca, coperta di scritte sui muri, era stata occupata da un gruppo di ragazzi che, seduti per terra discutevano animatamente. Girando per le aule finalmente lo aveva scovato, barricato dentro una stanzuccia, terrorizzato.

«Mi vogliono fare il processo cara signora, mi vogliono fare il processo.»

«Ma chi?»

«Chi, chi... loro, gli studenti.»

Zà era trasecolata. Gli studenti, il processo al preside?

«Non lo sa che quelli qui dentro vogliono scaravoltare il mondo? La chiamano rivoluzione, ha capito, rivoluzione, e hanno cominciato col cacciarmi dalla mia stanza. Sua figlia è una delle più scatenate. Hanno espulso i professori dalle aule, hanno messo uno di loro a leggere e commentare i quotidiani. Nelle classi ci mangiano, ci dormono. È tutto sporco, appiccicoso di Cocacola, di gomme da masticare. Ma io dico: se ce l’hanno tanto con l’America per via del Vietnam perché poi bevono la Cocacola che è la quintessenza del prodotto americano?»

Zaira non sapeva che fare: rimanere? andare? Il preside sembrava talmente terrorizzato che aveva occhi solo per la porta. Parlava senza guardarla, pronto a difendere la sua stanzetta dalle intrusioni degli studenti.

«L’altro giorno sa cosa si sono inventati? Hanno preso tutti i registri della scuola e li hanno bruciati, lì in mezzo al cortile, guardi, guardi, ci sono ancora i segni del fuoco.»

Zaira si era accostata alla finestra, gettando uno sguardo giù verso il cortile e aveva visto al centro le pietre annerite. Lì accanto alcuni studenti mangiavano seduti per terra, passandosi dei piattini di plastica pieni di pasta al pomodoro. Si tiravano i cucchiai in testa, ridevano, lanciavano per aria i piatti vuoti e levavano i pugni chiusi scandendo slogan incomprensibili. Capiva lo sgomento del preside, ma capiva anche la loro gioia. Per un momento le venne in mente che si sarebbe volentieri mescolata a quegli studenti laggiù in cortile. La loro allegria era contagiosa. Ma poi si lasciò riacciuffare dalle preoccupazioni materne e chiese al preside che cosa pensasse di fare.

«Cosa vuole che faccia? Niente suppongo. Se chiamassi i carabinieri, farei peggio perché si sentirebbero provocati e andrebbero incontro alle guardie con le pietre, i bastoni, per poi prenderle di santa ragione e magari finire in prigione. Ho provato a parlare con loro, ho convocato una riunione nell'aula magna, sa cos'è successo? Hanno trasformato l'incontro in una assemblea in cui alcuni hanno fatto delle lezioni tecniche sulla guerriglia urbana, citando Che Guevara, e Ho Chi Minh. Mi hanno strappato il microfono dalle mani, mi hanno cacciato dal palco. Ho avuto paura che mi picchiassero. Mi sono fatto piccolo, sono sparito. Ora me ne sto asserragliato qui dentro. Questa non è la mia stanza che è stata occupata dal Consiglio di Agitazione, questo è lo stanzino delle scope, il magazzino degli stracci. È già un miracolo che mi facciano entrare a scuola. Ci vuole coraggio per venire qui alle otto ogni mattina, sa! Potrei non farlo, ma voglio che sappiano che io non fuggo. Rinuncio a parlare, rinuncio a tenere l'ordine, ma da qui non mi muovo, è anche mia questa scuola.»

Zaira si avvicina di nuovo ai vetri e guarda in basso verso il cortile. Sua figlia Angelica è lì, sotto uno degli archi di pietra e si sta baciando con un ragazzo tutto ossa e una massa di capelli bruni che gli coprono la faccia e le spalle. Si baciano davanti a tutti e nessuno ci bada. Angelica ora lo prende per mano e se ne scappano verso la porta che dà alla mensa.

Il preside, asserragliato nello sgabuzzino delle scope, le fa pena. Ma nello stesso tempo le viene da ridere. L'idea di non chiamare la polizia per non peggiorare le cose, le pare da persona assennata, ma quel suo fare da topo in gabbia lo caccia direttamente dentro una farsa.

«E gli altri professori?» chiede, curiosa.

«Alcuni hanno fatto comunella con gli studenti. Si sono fatti prendere dall'entusiasmo, hanno cominciato a salutare col pugno alzato e i ragazzi li hanno accolti nelle loro assemblee. Ma non riescono a fare lezione, solo si adeguano. Altri, più rigidi, vengono, timbrano e se ne vanno. Le aule sono occupate, e l'elenco delle lezioni eccolo là, guardi, mi hanno dato la puntina per attaccarlo alla porta.»

Zaira si avvicina e legge. Lunedì ore 10: Lezioni di guerriglia urbana. Da Cuba alla Cambogia, come devastare l'ordine capitalista. Ore 13: Eros e libertà. Ore 15: Il grande imbroglio delle multinazionali. Lotta armata e orgoglio operaio. Ore 17: Assemblea generale. Ore 20: Nuova ecologia: come riconoscere i cibi truccati. Ore 22: Lezioni di flamenco. Ore 23: Lezioni di chitarra. Ore 24: Spaghettata e ballo libero.

Zaira sorride pensando alle scuole che ha frequentato lei, dove appena entravi dovevi infilarti il grembiule nero dal collettino bianco, e se non era pulito ti prendevi un bel tre in condotta. Nel momento in cui appariva il professore sulla porta tutti si alzavano in piedi in silenzio. Durante il temuto appello, il massimo che si poteva sentire era un sospiro di sollievo al passaggio del proprio nome non accompagnato da un Vieni alla cattedra! Seguiva l'interrogazione e i quattro, i cinque fioccavano sul registro di classe e alla fine dell'anno erano dolori. Una scuola come quella che vedeva oggi non l'avrebbero nemmeno osata immaginare. Troppa grazia, sant'Antonio! Sembrava di stare in un mondo rovesciato, in cui i ragazzi avevano tutti i diritti e gli adulti niente. Un mondo in cui gli studenti decidevano cosa studiare, cosa leggere, cosa imparare, e i professori dovevano adattarsi. Un mondo in cui ognuno si vestiva come voleva, mangiava quando gli pareva, rideva quando gli scappava, faceva l'amore quando ne aveva il desiderio e i presidi che una volta stavano nei corridoi con l'occhio appizzato, ora si trovavano asserragliati nello sgabuzzino delle scope aspettando di venire processati.

Eppure non riusciva a provare antipatia per quei ragazzi che gettavano i piatti sporchi per aria, si vestivano come barboni e facevano della scuola un luogo di incontro e di scontro. Ma un leggero senso di allarme, sì. Come se sentisse in lontananza i tuoni di una tempesta che avrebbe travolto tutti. Si potevano capovolgere le regole senza sostituirle con altre? Si poteva buttare per aria così una scuola senza ferire a morte l'istituzione stessa dell'insegnamento? E cosa sarebbe accaduto di questi ragazzi che avevano assaggiato la libertà in un mondo che non tollera le libertà?

Un giorno, mettendo in ordine la stanza di Angelica, Zaira aveva trovato una bottiglia di liquore mezza vuota nel cassetto della biancheria, nascosta sotto le magliette. «Tu bevi!» le aveva detto a brutto muso la sera, pronta a tirarle uno schiaffo. Ma di fronte all'alzata di spalle menefreghista e strafottente della figlia, aveva capito che non sarebbe servito a niente. Sembrava che la odiasse, ma senza nemmeno sapere perché. Passava ore a spazzolarsi i capelli e non sopportava nessuna limitazione. Usciva e rientrava quando voleva, gettava via le scarpe appena varcava la soglia di casa, apriva col piede nudo la porta del frigorifero per vedere se c'era qualcosa di pronto da mangiare, mentre con le mani si accendeva una sigaretta. Alzava la musica a tutto volume mentre studiava e non mangiava più seduta a tavola con lei, neanche la sera. Se Zaira le diceva una parola si sentiva rispondere: «M'è arrivat' fin' al midollo d'll'ossa» che voleva dire che era stufa marcia di lei e di tutto.

Zaira non sapeva come comportarsi. Avrebbe voluto usare le maniere forti, ma non l'aveva mai fatto, d'altronde non rientrava nel suo carattere. Andò a confidarsi con don Pasqualino che le promise di parlare con la ragazza, la quale, però, l'avvertì lui, non veniva più in chiesa da mesi, aveva piantato in asso il coro e se lo incontrava per strada, cambiava direzione.

«Che debbo fare, don Pasqualino, che debbo fare?»

«Lasciala stare, le passerà.»

«Credo che ce l'abbia a morte con me perché ho un uomo.»

«Lo so, lo sanno tutti in paese. Ma che ci fa? Se c'è l'amore» aveva sorriso paterno. «È na persona seria, Zà?»

«Mi sembra di sì.»

«Quando vi sposate?»

«È già sposato.»

«Lo sai che dicono dei cuculi? Che vanno a mettere le uova nel nido altrui. Ma, per sistemare le proprie uova, bisogna rompere quelle che già stanno nel nido in questione. Vuoi proprio fare come il cuculo, Zà?»

«Ma sono separati da anni.»

«Dicono tutti così. Magari ti ha raccontato che la moglie è fuggita in Messico col suo migliore amico.»

«E come lo sa?»

«È un classico.»

«Ma no, le dico che è persona seria e rispettosa.»

«Non è una persona seria, Zà, lascialo perdere.»

«Ci penserò, don Pasqualino.»

Non aveva avuto bisogno di pensarci. Alla scadenza dell'anno, Vanni il dolcissimo pianista era partito per Venezia da dove le aveva scritto qualche lettera, ma poi non era più tornato a Touta. Che avesse ragione don Pasqualino?

Era stata male per mesi. Il dolore era sopportabile, ma il senso di vuoto le toglieva il sonno e anche la voglia di alzarsi, di lavorare. Le traduzioni erano ferme e non riusciva ad andare avanti. La cucina era piena di piatti unti. Le camicie sporche giacevano nel ripostiglio, senza che nessuna mano si allungasse ad afferrarle e gettarle nell'acqua saponata. Possibile che gli affetti non durino? possibile che anche i più dolci amori si riducano a "na squagliarella" che ti lascia le mani vuote e appiccicose? Sarà che i corpi si stancano di annusarsi, di baciarsi, di carezzarsi, "abbiamo allungato i tempi dell'accoppiamento, l'amplesso riproduttivo l'abbiamo proprio eliminato, separandolo dai tempi dell'amore, abbiamo sfidato la natura, Zà" era la voce morbida di Roberto che tornava dalle memorie lontane. Ma perché i corpi si stancano prima dei sentimenti? «Gli amori se consumano, peggio d'lle sole delle scarpe in mundagne» diceva Maria Menica. Da ultimo, mentre si abbracciavano, lei e Vanni, lo aveva sentito distratto. «Ti è piaciuto Zà, ti è piaciuto?» domandava alla fine, ansioso, ma sembrava che lo chiedesse a se stesso più che a lei. E la risposta era incerta.

Angelica invece era contenta. «Te sì liberata de quiglie strunze, mà?»

«Se n'è andato.»

«Mò se sta meglie.»

Se l'era perfino trovata accanto una sera in cucina a pulire i piatti.

«E che succede?»

«Sì bbella, mà.»

«Ma se non mi vuole più nessuno?»

«Sì bbella uguale, cchiù bella ch' mai.»

L'aveva abbracciata. Contro le guance aveva sentito le gote di lei bagnate.

«Che figlia balorda che ho. Mò stai meglio?»

«Mò sì.»

Ma era durata poco. Dopo una settimana era tornata a comportarsi come prima: usciva senza dire niente, rientrava quando voleva, sbatteva le porte come se dovesse rinfacciarle qualcosa, la trattava con disprezzo e si rifiutava di mangiare quello che le cucinava.

La tattica nuova che aveva adottato lei era di ignorarla: la sera non la aspettava, anche se era difficilissimo addormentarsi senza avere sentito la chiave girare nella toppa, ma si forzava. E per questo era tornata a tradurre con passione.

L'editore questa volta l'aveva sorpresa con una richiesta imprevista. Poteva tradurre *La vida es sueño* di Calderón de la Barca per una compagnia di attori molisani che avevano già garantito l'acquisto di un migliaio di copie durante la tournée dello spettacolo? Lo spagnolo l'aveva quasi dimenticato, sebbene l'avesse studiato per anni assieme all'inglese. Ma l'idea di tradurre un grande drammaturgo, anziché i soliti noiosi studi sull'astronomia, le piaceva. Aveva accettato, non discutendo nemmeno del compenso, che sapeva in partenza sarebbe stato magrissimo.

Le era subito piaciuto quell'inizio nella tempesta, quando Rosaura col buffone Clarino arriva alla bicocca di Sigismondo, cercando riparo dai fulmini che scuotono la foresta: *Violento ippogrifo che corresti a gara col vento, fulmine senza fiamma, uccello senza colore, pesce senza squame e bruto senza istinto naturale, dove ti sfreni, dove ti trascini, dove ti precipiti nel confuso labirinto di queste rocce nude?*

Le era sembrato che parlasse di lei, dei suoi boschi e delle sue rocce abruzzesi. Aveva lavorato tanto che in capo a un mese la traduzione era pronta. Aveva telefonato all'editore il quale, contento, era venuto a trovarla, si era mangiato due piatti di spaghetti al tonno e pomodoro, una bistecca di maiale, una enorme fetta di torta alle mele. Poi, seduto sotto la loggia, sulla sedia a sdraio, sorbendo un caffè, si era letto la traduzione del Calderón facendo sì con la testa a ogni pagina.

«Ottimo lavoro, Zà.»

«Davvero, sei contento?»

«Ti manderò le bozze. Sono sicuro che piacerà molto anche al regista, Egidio Giorgini, lo conosci?»

«No.»

«Lo conoscerai e ti piacerà. È un genio. Adesso corro ché ho da fare. Ciao, cara, stammi bene.»

L'editore mingherlino, la testa irta di capelli grigi a spazzola, i baffi sale e pepe, gli occhi color topo, se n'era andato dopo avere ingoiato un altro caffè e avere messo in tasca una manciata di biscotti al cioccolato fatti da lei. «Questi me li mangio in viaggio.» E via.

«E i soldi?» bisbiglia Zaira, ma non osa chiederli a voce alta. Eppure le aveva promesso un anticipo: «Quando mi consegni la traduzione ti do un anticipo, il resto ti arriverà appena il libro sarà pubblicato, va bene?» aveva detto serio e determinato, ma evidentemente se n'era dimenticato.

Dopo dieci giorni eccolo di ritorno, accompagnato dal regista Giorgini, un tipo massiccio, calvo e barbuto che stringeva sotto il braccio la sua traduzione coperta di segnacci a matita e a penna.

«C'è qualcosa che non va?»

«La traduzione va benissimo, Zà, ma qui dobbiamo accontentare gli attori, in teatro comandano loro. La parte di Rosaura va ampliata. Le deve mettere in bocca delle battute che spieghino il suo amore per la vita, non risulta dal testo, capisce, non è chiaro il carattere solare di questa donna... qui, poi, nel secondo atto Sigismondo deve dire qualcosa sulla paura, quest'uomo sembra senza paura, non va bene.»

«Ma non posso manomettere il testo di Calderón, Giorgini, io traduco, non invento.»

«C'è la prima attrice che mi rompe le scatole. Fammi il piacere, Zà!» La voce gli è diventata dolce, suadente e improvvisamente è passato al tu. «In quanto al re, anche per lui devi aggiungere un breve monologo, si lamenta che la sua parte è troppo corta.»

«Le dico che non posso.»

«Ma lo fanno tutti, Zà.»

«Non è serio, Giorgini, non posso cambiare il testo di Calderón de la Barca.»

«Mi fai la sindacalista?»

«Ma no, è una questione di... di...» non riusciva a trovare la parola giusta.

«Di terrorismo ideologico, te lo dico io, non posso che chiamarlo così: non si può lavorare in questo modo, proprio non si può... traduci bene ma poi fai l'inflessibile, non c'è collaborazione. Il teatro è cooperazione cara, non l'hai ancora imparato?»

«Sta a lei, regista, fare in modo che le parole di Calderón, quelle scritte sul testo, prendano in bocca agli attori significati diversi, quelli che vuole lei, ma senza cambiare il testo.»

«Il testo è sacro, questa l'ho già sentita e mi pare pura retorica. Non essere noiosa, Zà, fai quello che ti chiedo.» E a lui si erano aggiunte le esortazioni o forse meglio le ingiunzioni dell'editore che aveva finito sorridendo: «Sai che quei biscotti al cioccolato erano la fine del mondo, me ne prendo un altro po' da sgranocchiare in macchina».

Se n'erano andati via lasciandole il manoscritto coperto di frecce, tagli, sbreghi, con tracce di ditate unte, e frasi perentorie tracciate lungo la cornice della pagina: "Senso della vita di Rosaura!", "Allungare il principe!", "Tagliare il suddito inutile, tanto non abbiamo l'attore!", "Mescolare le due scene!".

Zaira si mette malinconicamente al lavoro, sapendo che alla fine l'avrà vinta lui, perché ormai si lavora così, sull'arbitrio e la prepotenza. E se vuole guadagnare quei soldi deve acconsentire ai dispotismi del regista. Anche lui, andandosene e schioccandole un bacio sulla guancia, si è messo in tasca una manciata di biscotti al cioccolato. Sono montati in macchina e hanno strombazzato giù per la strada, come per darle un saluto di approvazione e incoraggiamento.

Una sera, mentre si accinge a mangiare da sola, come al solito, ecco che inaspettatamente Angelica rientra sorridente, si siede al tavolo, prende a girare la forchetta nel piatto, ma senza mangiare.

«Che c'è Angelica?»

«Te tengh' da dì na cosa.»

«Dimmi?»

«Só incinta.»

Il boccone le va di traverso, tossisce con le lacrime agli occhi mentre la figlia le batte una mano sulla schiena.

«È success' pur' a te, che ce sta de strane?»

«Proprio perché è successo a me, mi fa paura. E cosa intendi fare, tenerlo?»

«Sicure.»

«Chi è il padre?»

«Nun le conusce, è 'n professore. Forse l'ha viste quelle volte ch' sì venute ad Avezzane. Ma nun è quello che stavo a bacià. È 'n altre. Só innamorate, oh mà, ce spuseme.»

«Sei sicura che non sia già sposato?»

«È libere come a 'n cardelline.»

«E quando lo sposeresti questo cardellino?»

«Chenne sacce mà, doveme dà ne cognome ai quatrane.»

«Cignalitt', sai, direbbe che è una maledizione di famiglia, come Antonina tua nonna, come me, una tradizione di ragazze madri...»

«Quant'era brutte, oh mà.»

«Chi?»

«Chi, chi: pàtrete adorate.»

«Però ti voleva bene.»

«Tu sì figlia de 'n altre, è le vere? Le só sapute sempre. Nonno Cignalitt' nun me piaceva. I po' m'ha messe pure le mane addoss'.»

«Ma cosa dici? ma quando?»

Zaira si sente cadere. Afferra la spalliera di una sedia con le due mani, ma continua a cadere, a cadere. Non avrebbe mai toccato il suolo, come nei sogni?

«Quando è successo, Angelica, dimmelo, ti prego, ho bisogno di sapere» riesce a spiccicare quelle parole ma non governa la voce, le sembra di parlare con la voce di qualcun altro.

«Quann'era quatrane. Na volta che tu stave fore casa.»

«E ti ha... ti ha?» le parole sono diventate improvvisamente pesanti come secchi pieni di acqua sporca.

«Mamma, nun ne parlem' cchiù. Acqua passata.»

«Ma io devo sapere, Angelica. Cosa ti ha fatto?»

«Tutt' mamma, tutt'. Nun ne voglie parlà. Lassame perde.»

«Cignalitt', che è stato così buono con Antonina, tua nonna incinta di un altro, con me che non ero sua figlia.»

«Cignalitt' era brave sci, ma era pure ne porch'. Ecco, mò le sa'. Basta, nun ne parleme cchiù.»

Non ne avevano più parlato. Ma il pensiero di Zaira si era coperto di nuvole. Quel pensiero che era sempre stato pregno di gratitudine per il vecchio Cignalitt', ora si rivoltava contro di lui, lo malediva. Eppure non riusciva a liberarsi dell'affetto e della riconoscenza che l'avevano legata a lui. Lo vedeva venirle incontro ai giardinetti, l'impermeabile bianco che volteggiava attorno alle gambe arcuate. Lo vedeva intrecciare panierini per la nipotina appena nata. Lo vedeva ridere silenzioso come se avesse paura di disturbare. Era un uomo sicuro di sé, brutale qualche volta, ma capace anche di mostrare dedizione e tenerezza. L'aveva amato per quell'impetuoso buttarsi a testa bassa contro le avversità, senza pregiudizi e senza diffidenze. Di questo amore ora si rimproverava. Doveva rimproverarsi. Era la sua cecità che la sorprendeva, come un Edipo sciocco e petulante che cerca le colpe fuori dalla città mentre era lì dentro, nella sua città, nella sua casa che cominciavano tutte le responsabilità. Eppure, malgrado tutto non riusciva a vederlo come un nemico, non riusciva a spostarlo come si fa con i pezzi degli scacchi sulla scacchiera: il re è assediato, i cavalli scalpitano, gli alfieri hanno accerchiato la regina, a morte il re! Si può odiare e amare nello stesso tempo una persona che ci ha fatto del bene e del male?

Quando vedeva Angelica indossare con tono di sfida gonne cortissime, camicette sgargianti che mettevano in mostra i seni, e uscire sbattendo la porta, pensava che ora sapeva il perché di quei modi eccessivi. Ma la colpa, la colpa di chi era? Quanto di quel peso spettava a lei, al suo buio mentale: non aveva saputo vedere, non aveva saputo intuire né capire. Possibile che non avesse sospettato niente? Ora, ripensandoci, ricordava improvvisamente che la piccola Angelica, poco prima della morte del nonno, rifiutava di rimanere sola con lui. L'aveva rimproverata di essere ingrata, maleducata e viziata. Ma perché le madri non vedono mai quello che succede nelle proprie case, sotto i propri occhi? Miracolati e ciechi occhi di madre innamorata, che credono più nei contorni abituali della famiglia che nelle sorprese, più nelle consuetudini amorose che negli agguati dentro le ombre di una abitazione troppo nota e conosciuta.

Una mattina che l'aveva trovata addormentata, tornando dalla spesa, le aveva chiesto a bruciapelo: «È successo una volta sola, Angelica, me lo giuri?».

«Na volta, cinq volte, che differenz' fa?» aveva risposto ambiguamente la figlia «vo' sapé se ne porch' è porch' una volte o cinq volte?»

«No, vorrei capire Angelica, capire chi avevo accanto. Perché io l'ho stimato Cignalitt', era gentile e generoso, gli ho voluto bene come a un padre.»

«I padre só accuscì: vonne tutte cose e se credene ca le fimmene dela casa só tutte pe ssé.»

«Perché non me ne hai mai parlato?»

«Na volta só cominciate, ma tu me sì fatte stà zitte.»

«Ma quando? io non ricordo...»

«Nun te sì stupite ca nun voleva remanè sula co isse?»

«Non mi è mai venuto in mente che potesse farti del male... era così affettuoso con te.»

«Propria!»

«Ti ha mantenuto agli studi, non dimenticarlo, ti ha lasciato una casa.»

«Quante se sentiva colpevole, oh mà.»

«Raccontami per favore fin dal principio quando ha cominciato?»

«La frittata è stata fatta, nun te racconte propria nend. No ne vogli' parlà cchiù, chiaro?»

Era uscita sbattendo la porta.

È il 2 novembre, giornata dei morti. Zaira ha tagliato alcuni rami di acerola per portarli al cimitero. Esce di casa e si dirige verso il monte Santa Brigida. Le è sempre piaciuto quel cimitero, con la scala che si arrampica verso la montagna. Sua madre Antonina diceva: «Na scala pe arrevà 'n ciele» e lei da bambina immaginava che i morti, di notte si affollassero su quella scala per cercare di salire nel paese della eterna primavera. Ma «il Padraterne li ferma sti morti e ci dice: tu scì, tu no... e i morti baccagliavane». Li vedeva questi morti, anche giovani: se ne stavano seduti per ore su quelle scale di pietra e cantavano piano piano, quasi senza voce, per fare capire che «no té fandasia». Così diceva sua madre Antonina quando la portava per mano a trovare i morti. E questo succedeva puntualmente due volte l'anno, il 2 novembre, con le braccia cariche di fiori secchi e il primo di agosto, che era il giorno della morte della nonna Zaira. Quel giorno i fiori erano freschi e profumavano.

Oggi ci va da sola e ha la testa annuvolata. Per tanti anni ha portato margherite dei campi, rami di biancospino, fiori di lino, fiori di coriandolo, viole del pensiero, erba Luigia, fiori di borragine, a bracciate, salendo quelle scale del cimitero. Li offriva a sua madre Antonina, morta giovane di una malattia misteriosa e accanto a lei, da ultimo, li offriva pure a Cignalitt'. Erano stati sepolti vicini, anche se in seconde nozze Cignalitt' aveva sposato Cesidia che poi gli era pure cugina di secondo grado. Le tombe non tengono conto delle complicazioni della vita. Ogni famiglia pagante aveva la sua e contavano le precedenze: Cignalitt' con la prima moglie, Cesidia con i genitori cavallari che in paese chiamavano i Matt'. Antonina e il marito si erano ritrovati dopo la morte in quel pezzullo di terra sotto la montagna, dentro una casa di pietra in miniatura, con tanto di tettuccio aguzzo e una lampada di ferro storta e affumicata appesa alla grondaia.

A fior di labbra Zaira recita un requiem poi una Avemaria.

«I fiori li porto a mia madre Antonina che mi dispiace l'hanno messa accanto a te, Cignalitt', sei un bastardo malnato, perché hai assalito Angelica? una vaglioluccia che non capiva niente di niente, tu l'hai fatta adulta per forza, l'hai fatta violenta, l'hai fatta nemica di tutti. Con me sei stato un padre affettuoso: ti ricordi quando mi insegnavi la tabellina?: "Du' pe du', quante fa?" e con le dita mi mostravi il quattro, "Com'è il quattro? Vedi Zà, è come la zampa dell'orse 'n salita". Te lo ricordi? Avevi le dita cicciotte, le mani pesanti che però con me sono sempre state leggere, mai uno schiaffo, un pugno... eppure le amiche mie da piccole le prendevano dai padri, ma tu no, con quelle mani tanto abili nel riempire le salsicce, nel tagliare i rami secchi del salice, nel raccogliere la lupinella e le prugne selvatiche per farle seccare al sole, quelle mani che aggiustavano i coppi sul tetto quando il gelo li spaccava, mettevano la colla alle scarpe, mungevano le capre a ritmo di tarantella, accendevano il fuoco anche con la legna bagnata, con quelle mani ci rendevi la vita più facile. Eri bravo in tutto e io mi fidavo, mi fidavo di te, Cignalitt', ti consideravo più che un padre, un vero miracolo della natura. E anche se vedevo che Antonina ti schifava, pensavo: la colpa è sua. In cuor mio ti compativo, ero convinta che ti trattava con troppa durezza la madre mia e tra me ritenevo che avesse torto, venivo ad abbracciarti per rimediare al male fatto da lei. Mi fidavo, Cignalitt', mi fidavo completamente. Perché proprio Angelicucc', perché la bambina che è nata sola, senza padre, perché hai tradito la sua fiducia? Io non lo capisco, non lo posso capire. Non c'erano altre donne? non c'era Cesidia che andavi a trovare ogni mese a Firenze? non c'erano le ragazze in paese da toccare, amare? Io mi fidavo, Cignalitt', perché con me eri stato un padre tenero, mi fidavo ciecamente. E guarda qua, cosa ho dovuto sapere ora che sei morto e non posso neanche riempirti di botte. Ma pure, Cignalitt', non riesco a fare a meno di vederti gentile, che ti chini su di me mentre studio coi libri davanti. Scoprivo l'ombra della tua testa sulla pagina. Non parlavi, guardavi soltanto, ti compiacevi di come studiavo, di come imparavo... io da quell'ombra capivo che stavi sorridendo di piacere. Avrei voluto voltarmi e abbracciarti ma tu non intendevi disturbare, ti tiravi indietro come un cinghiale premuroso che vuole proteggere i suoi cignaletti. Mi tenevi sempre d'occhio per paura che mi facessi male. Non ho mai sentito una stretta di troppo da te, un gesto accozzato, un bacio lumacoso, mai. Per questo mi fidavo. Mi fidavo ciecamente, carogna, e tu perché con Angelica ti sei comportato diversamente che con me? perché l'hai presa di mira, Cignalitt', perché? Lo so che da ultimo ti eri messo a bere, ma non tanto da perdere il controllo. So anche perché bevevi: non sopportavi di avere perduto quella forza che ti aveva fatto vincere sempre, da ragazzo e da adulto, come un torello cresciuto nei prati: non ti vantavi di uccidere una pecora con un solo colpo fra le orecchie? non sollevavi con un dito una pignatta piena di fagioli? Eri diventato più povero e più solo. Perciò avevi preso la strada dello Z' Marì. Ma pure tornavi a casa ritto sulle gambe, non sbraitavi a voce alta come facevano gli altri padri, non spaccavi questo e quello, ti limitavi a rimanere seduto senza fare niente, davanti alla porta di casa. Avevi i dolori alla schiena e nemmeno l'asino ti stava più a sentire. Qualcuno ti aveva avvelenato i cani, non riuscivi più a chiudere le fascine con lo spago, non eri capace di spaccare la legna. È per questo che te la sei presa con la più piccola, la più debole? per questo, Cignalitt'? Non so se ti posso perdonare, non credo che potrò farlo, mai.»

Gli occhi di Zaira si sollevano verso la pietra funeraria. Nel mezzo, incastrata, spicca una fotografia incorniciata. È lui, Cignalitt', quando aveva una quarantina d'anni e ancora il vigore lo rendeva solido sulle gambe, sicuro e luminoso. Nonostante la testa irsuta, da cinghiale, nonostante le braccia corte e massicce, nonostante le gambe storte e il grugno animalesco, mostra una leggerezza e una grazia davvero sorprendenti.

«Mi hai aiutata quando avevo bisogno, lo so, non ti sei scandalizzato quando ho portato a casa una bambina nata fuori dal matrimonio, e appena ha cominciato a stare in piedi la mia Angelica, te ne sei innamorato teneramente; ma da padre, Cignalitt', da padre, così io credevo, pensavo, ritenevo: le portavi i girini dentro il fiasco, perché lei ci giocasse gettandoli dentro la pozza d'acqua che tu pomposamente avevi chiamato i laghe d'Angelicucc'. L'avevi scavato tu il terreno dietro casa, avevi messo tu le pietre per trattenere l'acqua, avevi piantato le petunie bianche, lilla e blu sul bordo del laghe, mio amato papà, patrigno, come ho fatto a crederti sincero? Avevi comprato pure delle piccole carpe color rosso e oro e passavate le ore a guardarle muovere dentro i laghe d'Angelicucc'. Io vi osservavo dalla cucina e ringraziavo il cielo che aveva messo te accanto a me e accanto a lei. Un padre più tenero non l'avrei potuto trovare. E quando fantasticavo su quell'altro, il mio vero padre, Pitrucc' i pelus' che era scappato in Australia per non farsi fucilare, mi chiedevo che padre sarebbe stato e ancora oggi me lo domando. Però, mi dicevo, intanto ho questo di padre e sono contenta, perché sempre mi ha capita e sempre mi ha aiutata. Avrei tanto voluto conoscerlo quell'altro padre, ma non ho mai trovato i soldi per andare al di là dei mari, troppo lontano e troppo caro. Forse ora potrei, ma mi devo occupare di Colomba che è sparita. Colomba, Colombina, 'Mbina come la chiamavano gli amici, le abbiamo messo il nome per ricordare la tua santa, Cignalitt', per onorare il voto che avevi fatto da giovane, sono stata io a insistere per quel nome: Colomba, come volevi tu, perché santa Colomba era la tua preferita, la tua adorata dei cieli lontani. Ma perché non mi dici una parola, perché non ti giustifichi? Ci sarà stata una ragione che io non capisco! Ma che ragione vuoi che ci sia Cignalitt', che ce sta da capì? come dice Angelica, la vagliola: i padre se credeno ca mogli, amante, figlie, sore, só tutte cicorie degl'orte de casa.»

«Oh mà, quest'è Valdo.»

«Ah sì, buon giorno» aveva detto prendendo la mano che le porgeva. Era un uomo alto, abbronzato, con i capelli chiari, paglierini. Portava una sciarpa rossa che gli illuminava la faccia. Indossava un paio di blue jeans tutti sfilacciati, un eskimo unto e macchiato, un filo di barba chiara elegantissima gli contornava la faccia. Zaira era rimasta lì ad ammirare sorpresa quel capolavoro, ma come faceva? Le basette che nascevano larghe dalle tempie, si stringevano in una fettuccia lucida che gli contornava le guance, si allargavano all'altezza del mento, componevano un cerchio a filo delle labbra e ripartivano verso l'alto, in modo da formare un cespuglietto orgoglioso proprio sotto le orecchie che aveva piccole e appuntite.

«Di chi sei figlio?»

«Nun è figlie a nisciun', è de Mantova, oh mà» aveva risposto Angelica sonnacchiosa. Erano usciti ridendo a voce alta e baciandosi.

Zaira si era messa a preparare le patate maritate per questo Valdo che le sembrava una brava persona, anche se un poco la inquietava quel filo di barba che a tenerla così ben liscia e ordinata chissà che acrobazie doveva fare 'sto giovanotto ogni mattina!

«Che mestiere fa?» aveva chiesto alla figlia quando era tornata la sera tardi.

«Professore, mà.»

«E dove insegna?»

«Stava ad Avezzane, mò sta a Bologna.»

«E che ci fa qui con te?»

«M'è venut' a piglià.»

«E come si chiama di cognome?»

«Mitta, se chiama Mitta.»

«Sei ancora troppo giovane Angè, aspetta un poco.»

«Faccio come me pare, oh mà» era stata la risposta pronta. Poi si era chiusa in camera e l'aveva lasciata sola a tavola. «Non vuoi un poco di pesce fresco? L'ho preso al mercato, oggi è venerdì.» La risposta era stata un calcio contro la porta.

Zaira aveva constatato che il giovanotto con quel filo di barba che la inquietava, non aveva detto una parola. Non capiva nemmeno che età avesse. La faccia era segnata ma il corpo era snello e agile. Dimostrava meno di quarant'anni. Cosa insegnava? Avrebbe voluto chiederglielo, ma quando era tornata dalla spesa aveva trovato la casa vuota.

Si erano voluti sposare a Touta, nel municipio davanti al sindaco, disdegnando la funzione religiosa. Lei in rosa confetto, con un cappellino da fantino in testa e lui in jeans con una giacchettiella blu notte che gli stava stretta in vita, una camicia bianca, senza cravatta e un fiore rosso all'occhiello. Non avevano rinunciato però al lancio dei confetti, alla festa con la torta a due piani, sormontata da una coppia di sposini di marzapane.

Col matrimonio si era un poco addolcita quella figlia strampalat'. Avevano messo su casa a Touta, con tanto di camino istoriato e mobili comprati a rate. Le avevano persino chiesto il parere sulle tende da appendere in camera da letto: «Ch' dici, rigate vanne bbone, mà?».

Sembrava innamorata e per la gioia era diventata più bella. Lui aveva preso un anno sabbatico. Lei lavorava mezza giornata alla biblioteca, con uno stipendio miserabile, ma stava volentieri in mezzo ai libri. Ogni tanto venivano a cena portandole una bottiglia di vino cerasuolo. Lo faceva il padre di Valdo e glielo spediva da Mantova dentro dei fiaschi impagliati, sigillati a cera. Valdo aveva scoperto di amare la scultura: lavorava a certe figurine minuscole intagliate nel legno di faggio.

Poi era arrivata Colomba. Nata prematura, delicata, aveva i capelli ramati come la madre, eredità lontana del pianista Roberto Valdez, perso nelle nebbie venete. Sarebbe diventata col tempo alta e dinoccolata, le braccia lunghe, il naso appuntito, ma grazioso, gli occhi grandi e sognanti. Era diversa dalla madre, per quanto le assomigliasse fisicamente. Sembrava che la sua piccola vita fosse segnata fin dalla nascita da un sentimento di sorpresa: sorpresa di vivere, sorpresa di avere una voce, sorpresa di vedersi circondata dalle montagne che contemplava per ore e ore in silenzio. I genitori la lasciavano sempre più spesso dalla nonna perché "Valdo nun riesce a dormì tanto piagne la nott' sta vagliola". Ma la bambina con la nonna non piangeva affatto, anzi dormiva con la testolina fra le braccia, come se avesse paura di essere assalita da rumori spiacevoli. Che avessero cominciato a litigare?

«Racconta, ma'.»

«Credevo che ti fossi addormentata.»

«Cosa fa Zaira, la cerca ancora sua nipote Colomba?»

«Devo andare in cucina, mi aspetta una montagna di piatti da lavare.»

«Voglio sapere come va a finire, l'hai lasciata in mezzo al bosco, sotto la pioggia.»

La voce della bambina si fa petulante. È affamata di storie. Mai sazia, mai stucca, capace di ingoiare trame come fossero caramelle da succhiare lentamente, da sciogliere contro il palato e attingervi con la lingua ogni tre secondi.

«Non devi fare i compiti?»

«Li ho già fatti.»

«Ti ho dato un libro da leggere.»

«L'ho finito.»

La madre giovane, coi calzettoni a righe sui polpacci robusti, la guarda un momento perplessa, cercando di ricordare la storia di Colomba che si è persa nei boschi dell'Ermellina e della nonna Zaira che la cerca in lungo e in largo senza mai perdere la pazienza e la speranza. C'è qualcosa in quella storia che la inquieta, ma come andava a finire? Bisogna che interroghi con più insistenza i personaggi, che li faccia parlare e agire. Saranno loro a risolvere l'enigma di quella scomparsa, non lei. La voce riprende quasi da sola, salendo dalle profondità del passato narrativo.

Zaira torna a casa, zuppa, posa la bicicletta nel fienile e fa per entrare. Ma dove ha messo le chiavi? Nelle tasche fradice della giacca a vento non ci sono. Prova a frugare nel taschino della camicia, ma neanche lì stanno le chiavi. L'acqua continua a cadere, mista a un vento freddo e rabbioso che le sferza la faccia e le gambe. Il gelo la fa tremare. Ora che è arrivata, trova la casa buia e sprangata, inaccessibile. Dove può avere messo le chiavi? Nel tentare di ricordare, solleva gli occhi verso l'orizzonte che si sta facendo scuro. Le montagne appaiono vicinissime, incombenti, e il loro verde livido volge velocemente verso un blu striato di nero. Il buio sta divorando il paesaggio montano intorno a lei. Forse le chiavi le ha perse quando si è sfilata la giacchina impermeabile e se l'è legata intorno alla vita per il caldo della salita in bicicletta. Farà il giro della casa per vedere se ha lasciato aperta una finestra. Spesso succede che un battente rimanga socchiuso. Anche se fosse la finestra della camera da letto al primo piano saprebbe come arrivarci, arrampicandosi sulla grondaia e reggendosi ai rami dell'ippocastano che si appoggiano al balcone. Ma le finestre sembrano tutte ben chiuse. Prova a forzare la porta della cantina che dà sul retro ma la trova ben serrata dall'interno. Non si vede né una luce lasciata accesa per sbaglio, né una fessura da cui potere scivolare dentro.

Zaira si siede sconsolata sotto la tettoia del fienile, mentre Fungo le scodinzola intorno silenzioso. Ora come farò? si dice avvilita, tremante di freddo. Intanto ha cominciato a lampeggiare. Il cielo nero viene squarciato da fulmini che esplodono nel bosco vicino. L'eco del tuono si ripercuote per tutta la valle. Alla luce di un lampo, le pare di scorgere un'ombra dentro la cucina. Una persona, possibile? Trattenendo il fiato si avvicina alla finestra e guarda dentro facendosi scudo con le mani aperte, ma non riesce a vedere proprio niente. Certamente è stata una impressione. Fa per tornare sotto la tettoia quando una saetta potente torna a illuminare la casa. Dentro, seduta al tavolo della cucina, vede chiaramente una figura di donna intenta a parlare con qualcuno che volta le spalle alla finestra. Fa per urlare ma si trattiene. Cosa fanno quei due al buio nella sua casa?

In silenzio, sotto l'acqua sferzante, ormai dimentica del freddo e della fame, Zaira aspetta che un altro fulmine le rischiari per un momento la cucina. E in effetti, dopo pochi minuti ecco un baleno sciabolante che lacera il buio, penetra fin dentro la casa facendola brillare. Ora vede chiaramente che si tratta di Colomba, la sua 'Mbina. Ma con chi sta parlando? Un altro fulmine, un'altra accensione ed ecco che ai suoi occhi appare l'immagine di Sal, il ragazzo dai capelli a cresta. Così controluce sembra un enorme caimano con le punte del dorso ritte e lucenti.

Cosa fare? bussare o non bussare? perché se ne stanno al buio in cucina? forse la luce è andata via per il temporale. Sembra che abbiano delle cose importanti da dirsi. Sono talmente accalorati da non accorgersi di lei che li guarda dalla finestra chiusa. Certo potrebbero spaventarsi a vedere una testa illividita dal freddo su cui corrono rivoli d'acqua, che li spia nella notte burrascosa. Ma se sono a casa mia vuol dire che mi aspettano, si dice, infine dandosi coraggio. Se sono nella mia cucina, vuol dire che non pensano di nascondersi. E con un gesto festoso prende a bussare rapida alla finestra aspettando che le aprano.

Ma i fulmini scompaiono come per incanto. La casa rimane al buio e nessuno viene ad aprirle. Prova a battere ancora con le nocche indolenzite, ripetutamente. Niente. Adesso prendo un sasso e spacco il vetro, si dice. Ma proprio quando si china a raccogliere una grossa pietra che giace nell'aiuola accanto all'ingresso, si accorge di qualcosa che luccica vicino alle sue scarpe. Osserva meglio. Sono le sue chiavi. Possibile che le abbia lasciate nell'aiuola e non si ricordi? Lei le avrebbe cacciate sotto lo stuoino, come fa qualche volta quando aspetta una amica o un fornitore di cui si fida. E invece eccole lì per terra e ben visibili: la chiave grande della cantina, quella piccola di casa e quella lunga del fienile che però rimane sempre aperto. Un fatto davvero curioso. Con un gesto lento e titubante si china a raccoglierle e stringendole fra le dita, si avvia verso la porta. Ma quando le infila nella serratura viene presa da una improvvisa paura. Cosa troverà dentro? perché i due non hanno aperto? perché si nascondono?

Facendosi coraggio e trattenendo il fiato, Zaira gira la chiave che scivola nella toppa senza rumore. Quindi spinge la porta che, con un leggero sbuffo e qualche scricchiolio da cerniera che deve essere oliata, si apre davanti a lei. Buio e silenzio. Solo un tonfo, in lontananza, come se qualcuno avesse sbattuto il portoncino della cantina. Per prima cosa Zaira accende le luci. La casa prende subito un aspetto più accogliente e familiare. Senza neanche sfilarsi le scarpe, si avvia verso la cucina, schiacciando tutti gli interruttori che trova sulle pareti. La cucina però è vuota. Il tavolo è pulito, solo le sedie sono smosse, come se fossero state spostate in fretta. Ma per il resto tutto è rimasto come lei l'ha lasciato nel primo pomeriggio per andare verso i boschi.

Si guarda intorno frastornata. Dove possono essere andati? La paura le chiude la gola. Vorrebbe chiamare ma non ce la fa. E se si fossero nascosti? ma perché nascosti? Come un automa, prende a girare per la casa accendendo le luci e spiando dietro le porte. Ma non trova traccia né di Colomba né del ragazzo. Che siano usciti dalla cantina? Corre a controllare e in effetti trova la porta socchiusa. Proprio quella porta che aveva tentato di forzare poco fa mentre cercava di entrare in casa. E Colomba sarebbe andata via così, senza dirle nulla? Richiude accuratamente col catenaccio e torna di sopra.

Rivedendo le sue impronte di acqua e fango, si rende conto che ancora non si è liberata delle scarpe. Fa per togliersene una, ma è incollata al piede. Prima bisognerà scaldarle. Sfrega un fiammifero contro la scatola umida, accende il gas sotto la pentola dell'acqua. Poi getta uno spruzzo di alcol sulla legna accumulata nel camino e lancia il fiammifero giusto prima che si spenga e la piccola pira prende fuoco in un attimo. Si siede e allunga i piedi verso le fiamme. Gli scarponcini cominciano a fumare e lei ride da sola considerando lo stato di quelle suole incrostate di fango e di spini. Gli starnuti intanto si susseguono. Che abbia la febbre? I calzini sono appiccicati alle scarpe e incollati ai piedi stanchi. Agguanta uno straccio pulito e si strofina i capelli. Il freddo le è entrato nelle ossa. E Fungo? Possibile che l'abbia lasciato fuori sotto l'acqua? Ma no, è entrato con lei e ora se ne sta accucciato sotto l'acquaio. Anche lui ha sparso sul pavimento impronte fangose. Ancora uno sforzo, Zaira, prendi un vecchio giornale e asciugagli le zampe e il pelo che gocciola. Lui la lascia fare, gongolante e soddisfatto, come se veramente fossero una padrona e il suo cane affezionato, appena tornati da una passeggiata sotto l'acqua. Lei lo stropiccia parlandogli dolcemente e lui ogni tanto le dà una piccola leccata sul dorso della mano, per ringraziarla.

Mezz'ora dopo, mentre sorseggia un tè bollente col miele, seduta in vestaglia e si scalda i piedi gelati davanti al camino acceso, il suo sguardo è attirato dalla finestra. Il respiro le si ghiaccia in gola. Proprio lì dove prima lei aveva appiccicato il naso per guardare dentro la cucina buia, c'è ora una faccia di uomo che la fissa incuriosito. Un secondo e poi sparisce. Le pare proprio che sia la faccia di Sal, bagnata come era la sua poco fa, e sogghignante. Ma il cane, com'è che il cane non dà segni di allarme?

Possibile che, per la stanchezza, veda ciò che non c'è? che sia cascata in preda ai fantasmi? Bisognerà smettere di sognare e affrontare le cose per quelle che sono. Hanno ragione i suoi amici quando l'accusano di essere una che lavora troppo con l'immaginazione. Si alza decisa e si dirige verso la finestra. Spalanca i vetri con un gesto risoluto e teatrale. In effetti lì fuori non c'è nessuno, per lo meno nel raggio del suo sguardo, fin dove arriva il riflesso della stanza illuminata. Chiude i vetri con un sospiro di sollievo. Poi spranga le imposte, non solo di quella ma di tutte le finestre della casa e finalmente se ne va a dormire, dopo avere divorato delle uova cotte in padella con un poco di pomodoro fresco e del basilico, dividendo il pane con Fungo ormai asciutto anche lui.

«Racconta, ma'!»

Non sa più se si tratta della propria voce bambina o della voce della madre che a sua volta, da piccola, si rivolgeva alla propria madre quando la metteva a letto, le rimboccava le coperte, le prendeva una mano e le carezzava le dita distrattamente cercando di trovare le parole per incantare la fantasia della figlia.

«Racconta, ma'!»

La bambina vorrebbe ricordare l'acciottolio delle parole, quella cascata di pietre che insieme componevano il muro della casa delle storie. Ma per entrare dentro quella casa è necessario possedere una chiave fatata. Solo la voce profonda, quasi delirante della giovane madre può restituire quella chiave, mettendola poi a sua disposizione. Le labbra color ciclamino si aprono dolci, le sopracciglia si alzano nello sforzo di concentrarsi, di ricordare un nome, una vicenda.

Saranno le tre. Zaira si sveglia al rumore di una porta che cigola. Trattiene il respiro, ma non ha paura. Sa con certezza che si tratta di Colomba. Eccola infatti, sagoma cara e riconoscibile, contro la luce incerta del corridoio, oltrepassare la soglia della sua camera da letto, avvicinarsi e poi con delicatezza sedersi sulle coperte.

«Sei tu, Colomba?»

«Sono venuta a vedere come stai.»

«Sto bene.»

«Hai la febbre alta, Zà. Ma non ti spaventare. Ti passerà.»

«Perché ti sei nascosta prima?»

«Sono venuta a vedere come stai.»

«Dammi la mano, voglio essere sicura che sei qui. Ora rimani con me?»

«Non posso. Devo andare.»

«Dimmi solo una cosa: avevi preso tu le mie chiavi?»

«Sì, nonna.»

«E perché non mi hai aperto quando bussavo?»

«È troppo complicato. Non ci pensare.»

«Ma tornerai?»

«Non mi aspettare, Zà. E non mi cercare. Non è bello che tu vada sola per i boschi.»

«Non mi sembra la tua voce, Colomba. Che hai fatto?»

«Non mi cercare, capito?»

«Ma come faccio?»

«Io sto bene. Non mi cercare, ciao.»

Zaira fa per alzarsi ma non riesce a muovere il corpo. Qualcosa la tiene inchiodata al letto. È la febbre, pensa, che mi indebolisce. Non è in grado neanche di aprire gli occhi. Ascolta la porta chiudersi con delicatezza e i passi della nipote che si allontanano per il corridoio. Nemmeno questa volta il cane si è mosso o ha abbaiato. Si direbbe che la conosca. Ma dove, quando l'ha conosciuta?

Questa mattina sembra che i boschi brucino. Un vapore bianco azzurro si solleva dai faggi e si addensa sulle alture, lì dove ieri sera il cervo lanciava i suoi gridi d'amore. C'è silenzio. Anche gli uccelli tacciono, dopo una notte di tempesta. L'aria è umida e fresca e porta dentro di sé il ricordo di una oscurità violenta. Ora, il vapore si scioglie bianco sporco e sale verso un cielo grigio e turbinoso. Le montagne, come quinte di teatro si aprono sgranando le diverse varietà del verde, del giallo e del rosso: verde fango, verde lichene, verde rana, verde muffa, giallo polenta, giallo uovo, giallo mais, rosso vinaccia, rosso ciclamino, rosso testa di iguana. Fino a scontrarsi con una decisa linea di terre azzurrine che segnano il cielo annuvolato con i loro contorni aguzzi.

È venerdì e una televisione privata dal nome pomposo Tele-Verità, trasmette un programma sulle persone scomparse. Zaira, da poco sfebbrata, siede sulla poltrona, pensando di confrontare la sua storia con quelle raccontate sullo schermo. «Ogni anno arrivano alla polizia ventimila segnalazioni di sparizioni di adulti e duemila di bambini» dice con voce suadente la presentatrice. «Negli ultimi anni l'allarme sui minori che svaniscono nel nulla, si è ingigantito. Se poi esaminiamo nel dettaglio queste denunce, dividendole per sesso, ci accorgiamo che il numero di bambine che non vengono trovate è di molto superiore a quello dei bambini.»

Una madre si distrae un attimo mentre la figlia gioca in cortile e quando va a cercarla non la trova più. Giovanotti dai baffetti seducenti che guardano con occhi languidi verso l'obiettivo, pluff, anche loro inghiottiti dal buio. Sì, l'ho visto alla fine dell'estate, che scendeva da una barca con due amici. E quel vecchio che prendeva tante medicine e una mattina è uscito di casa in canottiera? Sì, l'ho riconosciuto che entrava in un negozio di occhiali, sì, l'ho visto che saliva su un tram a Mergellina. Ma ora? ora dove sono finiti quel giovanotto, quella bambina, quel vecchio? Nessuno ne sa niente.

Tante famiglie piangono qualcuno che c'è ma non c'è, esiste e non esiste, dà segni di sé ma non si fa trovare. Provocano disperazione, qualche volta anche ilarità: si può ridere di qualcosa che non si capisce? Tutto è possibile in una sparizione, anche il caso di una persona che finalmente ha conquistato l'indipendenza e la felicità. Ma come? A che prezzo?

Dal momento della scomparsa comincia lo strazio della ricerca. La polizia, i vicini, le telefonate agli ospedali, ai pronto soccorso, e quando sembra non esserci niente da fare, anche la richiesta di aiuto al potente mezzo televisivo. Il programma *Persone Scomparse* di Tele-Verità li accoglie volentieri. E loro si presentano nei salottini degli studi con pacchi di fotografie, di lettere, di indumenti, sperando che possano servire al ritrovamento. La macchina da presa però quasi sempre preferisce andare a casa loro. Quegli appartamentini chiusi a occhi stranieri, improvvisamente vengono invasi dalle luci indiscrete dei riflettori che inquadrano senza pietà divanetti logori e sfondati, mobili fatti in serie e comprati a rate, tappeti sintetici finto persiano, mensole di truciolato su cui troneggia un immenso schermo televisivo.

I parenti seggono davanti all'obiettivo con l'aria affranta e raccontano goffamente dei loro scomparsi. Hanno indossato il vestito buono per l'occasione. Appariranno di fronte a centinaia di migliaia di persone e non vogliono fare brutta figura. Nello stesso tempo si danno un contegno di circostanza: devono mostrarsi afflitti per la sparizione della madre malata di mente, del figlio cocainomane, della figlia insofferente di ogni restrizione, del bambino che ha creduto ad una offerta di caramelle da parte di un signore vestito di scuro.

Una giornalista gentile e premurosa raccoglie le notizie, mostra le fotografie dei dispersi, rassicura, blandisce, aiuta, consola, fa quello che può di fronte al mistero rabbioso e insolvibile di quei corpi che non stanno al loro posto, non stanno al loro tempo, non stanno alle regole della logica, non stanno ai patti, non stanno alle consuetudini. Ma dove sono? Hanno voluto spontaneamente fare sparire le loro tracce, o sono stati sequestrati? Sono spariti perché stufi della vita che facevano o perché la disgrazia, il fato cieco, o il vizio sadico di qualcuno li hanno sottratti con la forza al loro quieto tran tran quotidiano?

Zaira sente gli occhi che le bruciano. Probabilmente ha ancora un poco di febbre. Vorrebbe spegnere il televisore e tornare a dormire, ma qualcosa la trattiene davanti a quelle fotografie di dispersi, a quelle storie di famiglia che vengono sciorinate come poveri panni rattoppati sul filo teso della storia nazionale. E se inviasse anche lei la foto di Colomba? Molti vengono ritrovati, grazie anche al programma e agli spettatori che chiamano da ogni parte dell'Abruzzo dichiarando di avere visto quello o quell'altro scomparso. E ci azzeccano spesso. Ma una specie di puntiglio orgoglioso le dice che il suo è un caso che deve risolvere da sola.

Si caccia pigramente il termometro sotto l'ascella. Si porta alla bocca il tè ormai freddo, si aggiusta i cuscini dietro la schiena e riprende ad ascoltare la giornalista che con disinvoltura snocciola storie su storie.

«Carmela S. è sparita il 22 agosto del 1998 dalla sua abitazione alla periferia di Cuneo. La sera, il figlio Giacomo rientra dal lavoro trovando la porta di casa chiusa dall'interno. Cerca la madre per tutte le stanze, perfino in cantina, senza trovarla. Da dove può essere uscita la donna? Il ferro da stiro posato sull'asse è ancora caldo e un caffè non bevuto giace nella tazzina, sul tavolo. La borsa con i documenti della donna e il borsellino pieno di soldi spicci vengono rinvenuti sul comò dell'ingresso. Il marito di Carmela S., Angelo S. e Giacomo il loro figlio unico, sono le ultime persone ad averla vista nel pomeriggio del 22. Partono le ricerche della polizia, vengono interpellati tutti i parenti, i vicini. Carmela S. aveva 48 anni al momento della sparizione. Statura: 1,68. Occhi: marrone. Capelli: castani. Data della scomparsa: 22 agosto 1998. Se qualcuno l'ha vista, per favore telefoni.»

La giornalista, bellissima, le braccia e il petto scoperti nonostante sia ormai inverno, mostra una fotografia dai colori sbiaditi in cui Carmela S. sorride. Un sorriso senza convinzione, spento, che si rivolge al marito, chissà, o al figlio che la sta fotografando mentre cammina su un sentiero di montagna. Ha degli enormi scarponi ai piedi, un bastone in mano e un sacchetto appeso alla cintura. Che andasse a funghi pure lei?

Il particolare del caffè abbandonato sul tavolo colpisce Zaira. Anche Colomba ha lasciato la sua bevanda appena filtrata sul tavolo ed è scomparsa. Anche lei ha dimenticato appesa la giacca imbottita e la borsa con i soldi. Cosa spinge delle donne con una casa e una famiglia apparentemente amorevoli a dissolversi nel nulla, come questa Carmela S.?

«Era brava, cucinava bene, lavava, stirava tutto alla perfezione» sta dicendo ora il marito mentre si asciuga una lacrima. Ne parla come se fosse una domestica attenta e capace nel compiere il suo dovere.

«Cosa ha provato quando è tornato a casa, e ha trovato il ferro ancora caldo sull'asse e il caffè nella tazzina, pronto per essere bevuto?»

«Mia madre non usciva quasi mai» interviene il figlio. «Quando c'era afa si metteva sul balcone a prendere una boccata d'aria. Oppure se ne andava al supermercato sotto casa. Ma tornava subito. Mia madre non voleva vedere nessuno. Era contenta di stare in casa.»

«Avrebbe voluto degli altri figli ma non sono venuti. Ha fatto cinque aborti.»

«Aborti spontanei si intende, al terzo mese si interrompeva la gravidanza.»

Padre e figlio sembrano recitare una commedia imparata a memoria. Sono così solidali che la voce dell'uno fa fatica a districarsi da quella dell'altro e mentre parlano si intrecciano, si accavallano, si sdoppiano e si raddoppiano, dicendo però le stesse identiche cose. Fra l'altro si assomigliano in maniera quasi oscena: stessa fronte corta e irsuta, stessi occhi celesti imbambolati, stessa bocca dalle labbra carnose, rosse come fossero tinte, stesso mento con la fossetta in mezzo, stesso collo largo e gonfio. Sarà per questo che Carmela S. è voluta scappare da casa? Ma possibile che abbia deciso così all'improvviso, e si sia allontanata in pantofole e senza soldi? Un raptus, come dicono i giornali? o il richiamo improvviso di una voce inquietante e seducente, la voce della libertà da ogni vincolo, da ogni costrizione, da ogni umiliazione quotidiana?

Zaira accarezza con una mano la testa di Fungo che se ne sta seduto con compostezza e dignità ai piedi della poltrona. Gli è grata perché non l'ha abbandonata durante i quattro giorni di malattia. Si è alzata giusto per metterlo fuori perché facesse i bisogni; gli ha aperto un paio di scatole di carne che lui ha ingollato con avidità. Ma poi è rimasto fermo immobile, con la testa appoggiata sulle zampe anteriori allungate in una posa da rana stanca che a guardarlo fa sorridere.

Maria Menica è venuta a portarle del latte che non ha bevuto e l'amico cavallaro Cesidio le ha fatto una visita di prima mattina, lasciandole un fagottino con del pane fresco e della ricotta. Ma la malattia le ha tolto l'appetito. È andata avanti bevendo solo tè scuro con del miele di acacia.

Quando si alza per versarsi un bicchiere d'acqua, Fungo la segue passo passo, con fare protettivo. «Mi fai da padre tu, vero?» gli dice sorridendo, mentre torna ad accomodarsi davanti al televisore. Anche lui si siede e con la testa ritta sul collo, serio e curioso, fissa le figure in movimento.

Sullo schermo ora appare un personaggio che impersona misteriosamente tutta la genia degli scomparsi. Un personaggio su cui tanti hanno scritto e su cui molto si è detto e discusso. Zaira l'ha già sentita la sua storia, ma ogni volta ne rimane catturata. «Federico Caffè, economista, esce dalla sua casa la mattina del 15 aprile 1987» racconta la conduttrice con voce flautata, invitante, «lascia sul comodino i documenti, gli occhiali che usa per leggere. Esce per andare all'università ma da quel momento nessuno l'ha più visto. Il professore Caffè era nato a Pescara nel 1914 e si era trasferito a Roma da trent'anni per insegnare Politica economica e finanziaria alla Sapienza di Roma.

«Negli ultimi anni era stato incalzato da una serie di lutti: la morte della madre e quella della tata che lo aveva cresciuto, la scomparsa dei colleghi Ezio Tarantelli, assassinato dalle Brigate Rosse nell'85, di Fausto Vicarelli morto in un incidente stradale e di uno dei suoi più promettenti studenti, Franco Franciosi, stroncato da un tumore. Caffè resiste abbastanza bene a questi dolori finché continua l'insegnamento e la vicinanza con i suoi allievi. Ma quando arriva l'età della pensione ed è costretto a lasciare l'università, cade in un profondo sconforto. Agli amici confessa di non riuscire a scrivere e di avere amnesie sempre più frequenti. Io non sono un uomo, dice, sono una testa. Se quella arrugginisce, di me non resta niente.»

«Apparire viene dal latino ad parere, composto da ad (presso) e parere (apparire), ovvero presentarsi alla vita, essere evidente» sta spiegando ora un esperto sullo schermo. «La parola sparire ha la stessa origine di apparire, con l'aggiunta di una esse privativa. Così come qualcosa può apparire all'improvviso: una visione, un fulmine, un sogno, un colpo, un ricordo, nello stesso modo rapido qualcosa o qualcuno può sparire dalla nostra vista, dal nostro udito, dalla nostra memoria, dai nostri sensi.»

Zaira scuote la testa. Quelle parole dell'esperto le appaiono una offesa alla fedeltà degli affetti. Non è decifrando le parole che si spiegano le ragioni profonde di una scomparsa. Del professor Caffè ora vengono mostrate alcune fotografie che lo ritraggono sereno e sorridente, con indosso un impermeabile bianco alla Humphrey Bogart, un cappello elegante anni Quaranta, molto cinematografico, molto sognante e misterioso. C'è qualcosa di straziante e nello stesso tempo poetico in un uomo che scompare, non si sa se di propria volontà o per volontà d'altri. Nel ricordo della vita di quell'uomo manca l'anello grave e cruciale che segnala il passaggio dal di qua al di là. Il suo corpo, nelle immagini della memoria, rimane in sospeso come un angelo senza carne e senza requie. Per questo pensiamo sempre a loro come a esseri originali, non toccati dalla morte e dalla trasformazione, quasi arresi a una eternità nuvolosa. Sono destini senza trapasso, senza conclusione, come una porta che non è stata mai sprangata e potrebbe aprirsi in ogni momento per farli riapparire in piedi e vitali come prima.

«Racconta, ma'.»

La bambina punta gli occhi sulla vera sottile che circonda l'anulare della madre. È logora, di povero oro contadino. Quanti anelli ci vogliono per fare una catena? quante vere d'oro ci vogliono per fare due, tre generazioni di madri?

«Racconta, ma'» supplica la bambina e la giovane madre prende a tormentare con due dita il cerchietto d'oro reso opaco dal continuo entrare e uscire dall'acqua pregna di detersivo. La voce si avvia a narrare, prima flebile, sottotono, poi più sicura, decisa, musicale.

Le porte del Rombo continuano a risuonare, con i loro sbuffi e i loro soffi, nella testa di Zaira. Lo detesta quel posto buio e fumoso ma ne è anche attirata. Ed eccola un pomeriggio appoggiare la bicicletta al muro della scuola e spingere con precauzione le due porte a molla del caffè. Per un momento non riesce a vedere proprio niente. Il buio sembra totale e irrimediabile. Zaira rimane ferma, addossata alla parete, cercando di distinguere qualcosa. I rumori le giungono chiari all'orecchio: l'acqua che scorre dal rubinetto dietro il bancone, il tonfo del tampone pieno di polvere di caffè pigiato contro il disco a vite che sbuffa vapore bollente. Si sentono delle risatine, ma non saprebbe dire se sono maschili o femminili. E poi ecco il canto di una voce straziata che uscendo metallica dall'altoparlante, parla di sesso e di dolore.

Finalmente i suoi occhi si abituano al buio e cominciano a distinguere qualcosa: la sagoma di Marione dietro il banco che alza la testa e dice: «Siedi pure Zaira, vuoi un caffè?». Il figlio di Elena la calzolaia, Scarpune, non c'è stamattina. La sala sembra vuota di clienti. E nemmeno Saponett' si vede in giro. Il pavimento è bagnato come se fosse stato lavato solo da qualche minuto.

Marione si avvicina col caffè. Lo posa sul tavolino di finto marmo davanti a lei. Apre con le dita una bustina di zucchero e lo lascia frullare nel liquido bollente. Prende a girare il cucchiaino nella bevanda, quasi lei fosse senza mani.

«Grazie, Marione» mormora automaticamente.

«Posso sedermi?»

Zaira fa cenno di sì. Lui si siede esalando un enorme sospiro. Solleva per aria il cucchiaino e guardandola come non l'avesse mai vista dice, a voce bassa e stanca: «Lo conosci quel ragazzo che chiamano Sal?».

«Che ha fatto?»

«È andato a denunciarmi alla polizia per abuso edilizio. Sai che dietro qui alla cucina ho costruito un magazzino, senza permesso. Ma nessuno se n'era curato fino a ora. Lui mi ha denunciato e ieri sono venuti quelli del Comune, e poi la polizia.»

«Ci sarà presto un condono, stai tranquillo.»

«Ma intanto mi hanno appioppato una multa salatissima.»

«Quindi non ci viene più qui al Rombo?»

«Non l'ho più visto.»

«Ma perché ti ha denunciato?»

«Forse perché aveva una pendenza con la polizia, voleva farsi bello con loro, guadagnare fiducia. O solo fare uno scambio di favori.»

«A me ha portato via mille euro con la promessa di notizie su Colomba.»

Ma Marione non l'ascolta, come se pensasse ad altro. Poi si alza, agguanta tazzina e cucchiaino e se ne torna al banco. Non le ha chiesto cosa le abbia rivelato Sal in cambio di quei soldi. Forse sa già tutto. Eppure è sicura che l'ha sentita quando gli ha detto del denaro preso da Sal.

«Quanto ti devo Marione per il caffè?»

«Non ti preoccupare, offro io.»

«Grazie, ma perché?»

«Di persone perbene in questo paese ce ne sono poche e quelle poche vanno onorate.»

Le due porte del bar Rombo sbuffano dietro di lei mentre si incammina sotto il tiepido sole di un mite novembre, verso casa. Devo ricominciare a cercare Colomba, si dice. Le minacce della nipote, le apparizioni sinistre di Sal, la malattia, l'hanno tenuta lontana dai boschi. Anche quell'angelo stanco che la segue a piedi nudi, inzaccherandosi le ali sul fango fresco, le suggerisce la stessa cosa: Cammina, vai, torna a cercare, può darsi che abbia bisogno di te. E se anche non ha bisogno di te, sei tu che hai bisogno della verità, perché senza la verità si patisce.

La verità è gioia, è piacere? o è patimento? quel patimento che, come dice l'angelo pidocchioso, deriva dalla sua assenza? la verità è un dovere sociale, quando riguarda la collettività? la verità va detta comunque o va taciuta per riguardo alla sensibilità di chi potrebbe esserne danneggiato?

Seduta davanti allo schermo del computer, la donna dai capelli corti si accorge che i pensieri del personaggio stanno insinuandosi nei suoi. Eppure giudica Zaira ingenua, infantile. Animata da troppe domande che la rendono tormentosa come una bambina invadente. Non è da ingenui interrogarsi sul vero in un mondo che ha diviso, spezzettato, mescolato le cose rendendo indistinguibile ciò che è attendibile da ciò che non lo è? cosa ha significato per la sua vita questa famosa, tanto cercata e tanto vituperata verità? quante volte l'ha tradita, per paura, per educazione, per pietà, per vergogna? Le sembra che Zaira stia diventando un poco troppo candida. Eppure, alcune delle domande che circolano in quella testa di montanara cocciuta, appartengono pure a lei: la pratica del vero, magari solo interiore, è davvero una prassi inutile? la libertà di critica non andrebbe esercitata tutti i giorni? e se abituandosi a mentire al prossimo si finirà per mentire anche a se stessi? non dire ai propri pensieri le cose come stanno, non è il principio dell'involgarimento? e di quanto si è involgarita, lei, portando sulla faccia i segni del tradimento inevitabile?

Pensa a quel lungo tirocinio alla menzogna che è stato l'amore per il magnifico pittore, l'uomo sfinge, l'uomo scimmia, l'uomo capace di costruire la menzogna come un meraviglioso dono regale, confezionato con dita abili e raffinate. L'uomo bello ed elegante che ha saputo, con alchimie miracolose, trasformare la mistificazione in autenticità, la verità in futilità. Tanto da creare dei seri dubbi nella mente forse troppo severa di lei.

«Che bisogno c'è della verità? non lo vedi che provoca disagi, malesseri, dolori? La verità è brutale e indiscreta. Prova ad addolcire, inventare, trasformare, creare. È molto più suggestiva e credibile l'invenzione che provoca intorno a sé elettricità, consenso, dolcezza, fiducia. E poi, che cos'è la verità? un pio desiderio, bambina mia, una illusione. A te in questo momento la verità appare così, ma sappi che domani potrebbe apparirti rovesciata e altrettanto sicura e sorridente.»

La bambina che non è più, ora ripensa a quell'uomo che ha amato con tanta fiducia e abbandono, che ha accompagnato in varie parti del mondo, partecipando alle sue mostre, felice di stargli accanto, bevendo le sue bugie che erano così aggraziate, così morbide e seducenti.

Forse il segreto delle bugie sta nella loro verità interna, sta nella grazia che emanano, nella perfetta sincerità della loro finzione. Se pensa alla delicatezza con cui mentiva il bellissimo P., non solo con lei ma con sua madre, sua sorella, coi compagni di lavoro. Quale dolcezza e sincerità metteva nell'inganno! Tanto che, anche quando sapevi con certezza che si trattava di una frottola, la accettavi come l'espressione più felice di una gioia di vivere e di trovarsi in buoni rapporti col mondo. Le sue erano bugie aggraziate che nascevano dalla volontà di compiacere chi gli stava davanti, sgorgavano spontanee dalla voglia di essere come lo desideravano gli altri, consenziente e malleabile, sempre disponibile e sempre sfuggente. Non è così il personaggio pirandelliano di *Come tu mi vuoi*, nel suo doloroso e generosissimo adeguarsi all'altro?

L'ingegno, la creatività di P. consistevano nel raccontare falsità assolutamente inutili, fini a se stesse, per la gioia della sorpresa altrui. Spiritose invenzioni, come le chiama Goldoni, gioiosi bocconcini che scivolavano sulla lingua diffondendo dolcezze soffuse sul palato e in gola. Come quella volta che si era vestito da donna, con tanto di gonna, cappello e veletta e guanti di trine, per non farsi riconoscere, a suo dire, dal portiere entrando nella casa di lei. In realtà non gliene importava niente che il portiere lo vedesse, lo vedeva sempre. Ma si divertiva a pensare di non essere riconosciuto. E voleva osservare la faccia che avrebbe fatto lei aprendogli la porta.

C'erano anche menzogne più gravi, che riguardavano la fiducia amorosa, le promesse fatte. Per un anno si era diviso con scrupolosa generosità fra due donne: una che faceva la grafica a Lisbona e lei che se ne stava a Roma a scrivere. Ma era talmente bravo a sdoppiarsi che ogni volta riprendeva con gloriosa partecipazione la sua parte di amante innamorato. Nessuna delle due poteva indovinare dell'altra, visto che lui era affettuoso come sempre, desideroso di fare l'amore come sempre, allegro e tenero come sempre. Sia con l'una che con l'altra.

Una volta scoperta, per caso, la doppiezza amorosa – perché anche la perfezione può avere una minuscola smagliatura, una fessura da cui passa inavvertitamente la luce – lei non ne aveva sofferto come aveva creduto. Forse perché lui, caritatevole e premuroso come sempre, aveva coperto le vecchie bugie con nuove e scintillanti invenzioni, che lo rendevano più sincero, più caro, più vicino e disponibile.

«Dove sta l'inganno, amore mio? non sono affettuoso, premuroso, innamorato come prima? non ti do quello che ti ho sempre dato? e allora?» Come non credergli? non era lì accanto a lei? non le si stringeva addosso sotto le coperte raccontandole a voce bassa di come avesse sofferto la sua mancanza e di come fosse felice di essere tornato?

Solo anni dopo, nella quiete della lontananza, aveva capito quanto quelle menzogne avessero scalfito e minato la sua fiducia nella verità, come avessero alla fine pietrificato il loro rapporto fino a renderlo cimiteriale. Eppure, poteva giurarlo, lui era stato sincero nella sua sontuosa insincerità. Due volte se stesso, due volte integro nella più infida doppiezza, due volte desideroso di dare felicità, offrendo un se stesso scrupolosamente diviso ma mai dimezzato.

Lo aveva amato tanto, perdonandogli ogni volta le "spiritose invenzioni", le partenze protratte, i ritorni entusiasti, ignara della chirurgica freddezza con cui si staccava dal cuore un amore per abbracciarne un altro. Povero innamorato, che fatica! Gli era grata per la meravigliosa recita che ogni volta intraprendeva in suo favore, per la generosità con cui si regalava, uccidendo in sé la verità, come fosse una febbriciattola da controllare con qualche aspirina.

Verità e menzogna, menzogna e verità: che duetto amoroso! Zaira, l'ultimo suo personaggio dalla mente limpida e ingenua, non riuscirebbe a seguire queste dialettiche contorte. O forse sì, perché Zaira, pur venendo da una famiglia di contadini, ha studiato, ha letto, ha coltivato la mente come fosse un orticello, piantandovi erbe medicinali, spezie e fiori profumati. Non a caso ha scelto di vivere traducendo, pur sapendo che dalle traduzioni non ricaverà mai abbastanza per comprarsi un'automobile o per fare un viaggio in Australia. Forse anche lei ha scoperto che l'autenticità è complicata e si mescola pericolosamente alla falsità.

Ma eccola lì, commovente nella sua determinazione a rintracciare la nipote, servendosi di strategie da esploratrice commissaria, pronta a partire per le sue ricerche, di prima mattina, in pieno novembre, infagottata nei vestiti invernali: pantaloni di panno, scarponi con la suola di gomma a carro armato, giaccone imbottito, cappelletto da ciclista, una sciarpa rossa arrotolata attorno al collo, i capelli raccolti con un elastico dietro la nuca. Si accinge a montare sulla bicicletta blu e bianca per percorrere ancora una volta i sentieri di montagna, in una sciocca, disperata caccia alla verità. Proprio come faceva l'*Orlando* ariostesco, di cui leggeva con don Pasqualino nel retro della sacrestia: *inseguir Angelica che appar e dispar come baleno... Per lei tutta cercò l'alta foresta.*

Gli alberi hanno perduto le foglie e ora i sentieri sono gonfi e scivolosi, si cammina su tappeti cangianti che coprendo le insidie del terreno, lo rendono più infido.

Zaira non se ne cura. Pedala impetuosa per sentieri sassosi, col lieve peso dello zaino sulle spalle, mentre Fungo le trotterella accanto. Ormai hanno fatto amicizia, non si perdono di vista, e lui si lascia perfino spazzolare il pelo irto e aggrovigliato dalle mani decise di lei. Segno che l'amicizia è ben salda e il futuro sarà comune.

A un certo punto il sentiero diventa impraticabile per via di certe pietre aguzze che sbucano dal terreno come denti pronti a mordere. Zaira deve abbandonare la bicicletta e arrampicarsi a piedi. Usa il solito sistema di adagiare la bici dentro un groviglio di ginepri che finiscono per ingoiarla. Nessuno può accorgersi che è lì, salvo che non la urti per caso con un piede, ma è difficile che ciò accada perché il cespuglio sta fuori dal sentiero. Sono precauzioni fra l'altro inutili perché su quei viottoli in novembre non si incontra mai nessuno. I boschi sono disertati perfino dai pastori scesi ormai a valle con le loro pecore e le loro mucche. Si possono incontrare solo cavalli tenuti bradi, cani randagi, cinghiali, volpi, lepri.

Zaira si arrampica lungo qualcosa che non si può più chiamare sentiero: una traccia che porta l'impronta di qualche zoccolo di capra. Pietre e poi pietre, una infinità di sassi bianchi. Ogni tanto un enorme masso si materializza davanti a lei ostruendole il passaggio. Zaira si ferma a misurare con gli occhi quel macigno striato di nero e l'enorme faggio che, cresciuto addosso alla pietra, non ha trovato di meglio, per allungare le radici, che inglobarla. Le spesse braccia di legno si tendono e si avvolgono attorno al masso con un gesto possessivo e strategico, commovente da osservare. Ora il macigno dalle lunghe scanalature brune in cui scorre l'acqua piovana, è completamente racchiuso fra le volute del faggio che non vuole stritolarlo, ma solo farsene un appoggio contro le continue slavine. A guardare da un lato, pare che l'albero nasca dall'interno del blocco di roccia che, da solido e granitico, si fa midollo tenero e corteccia odorosa.

Zaira decide di aggirare il macigno infilando un piede in mezzo all'intrico di rami e rametti spinosi: un cespuglio di roselline selvatiche se ne sta appoggiato contro il tronco bitorzoluto del faggio. Appena allunga il passo, un lungo serpentello vegetale le si attorciglia attorno alla gamba, le strappa i lacci delle scarpe, le tira i calzerotti come per fermarla nel suo cammino verso l'ignoto. Ma non si fa scoraggiare. Si arresta in mezzo agli spini, si china a liberare il piede preso prigioniero, si riallaccia la stringa pungendosi le dita a sangue.

L'angelo, che più volte ha protestato e minacciato di andarsene a casa da solo, è lì che arranca brontolando. Le sue ali troppo lunghe e frangiate stanno soffrendo di quel percorso nei boschi. Gli aculei si infilano fra le ali, bucandole, stracciandole. Sul loro cammino rimangono delle piumette sbrindellate, come se il passo della donna fosse accompagnato da un grosso pollo goffo e maldestro. Fungo, che non ha nessuna voglia di farsi pungere, con una corsa scende una trentina di metri verso valle e poi risale trafelato dall'altra parte, fino a presentarsi davanti a Zaira, con la lingua ciondoloni e la bella coda festante.

Oggi la strada è particolarmente ripida e scivolosa. Da una parte si apre un dirupo scosceso: rocce che si ergono come menhir coperti di licheni trattengono una valanga di sassolini grigi che slittano verso la valle portandosi dietro tronchi d'alberi morti e rami strappati. In mezzo Zaira intravede delle ossa bianche e luccicanti. Sono pezzi di uno scheletro di cavallo che probabilmente è stato sbranato dai lupi. Hanno una tecnica infallibile questi predatori: mandano avanti un giovane esploratore che si fa anche cinquanta chilometri a notte per scovare la preda possibile. Solo quando ha individuato un animale indebolito e lasciato indietro dalla mandria, corre ad avvertire il branco. Verso l'alba, ma prima che spunti la luce, il gruppo parte, compatto e deciso, silenzioso e attento, seguendo l'intrepido esploratore. Raggiungono il cavallo malato o il piccolo vitello distrattamente lasciato solo dalla madre e lo spaventano, costringendolo a correre. La preda si precipita in avanti, spaventata, sfiatata, e loro dietro, tranquilli, sicuri di sé. Possono correre anche per due ore di seguito, finché la bestia non ce la fa più, ha il cuore imbizzarrito e le manca il fiato. A questo punto la spingono verso un punto chiuso: una slavina, un burrone, una parete di roccia. Lì l'animale si ferma in preda al terrore e il branco finisce il suo lavoro. Lo prendono alla gola, lo dissanguano e mentre è ancora fumante, lo divorano pezzo a pezzo, ingordamente, facendo partecipare anche i piccoli a quella festa di sangue. Quando il sole salirà all'orizzonte non sarà rimasto del povero animale che una carcassa sanguinolenta. Solo allora i lupi torneranno alle tane e arriveranno i falchi, che nell'attesa hanno girato in alto stridendo, arriveranno i corvi e i gheppi voraci, arriveranno i cani randagi, arriveranno le formiche, arriveranno le volpi. Sarà un banchetto per tutti.

Zaira si siede su una roccia sporgente coperta di muschio e annusa l'aria che sa di foglie fradicie, di funghi, di radici scoperte, di terra smossa, di erbe amare. Non si sente che il gracchiare sgraziato dei corvi, il martellare dei picchi, il lontano richiamo delle cinciallegre, e l'acqua che scorre da qualche parte fra le rocce.

Possibile che la sua Colomba sia sparita dentro queste foreste inospitali? possibile che con questo umido, questo freddo crescente, ci sia ancora un nascondiglio dove ripararsi? e chi la tiene prigioniera, come ha insinuato il giovane Sal? Eppure è sicura che fra le tante chiacchiere e supposizioni, la sola cosa vera l'abbia detta proprio lui: Colomba è viva. Le sue parole suonavano vere, forse non sincere, ma vere. È uno che farebbe qualsiasi cosa per denaro. E certamente userà quello che sa per spillarle ancora soldi. Senza magari mai raccontarle la verità intera. Ma quella notizia, quella sola notizia, intuisce che è vera. Sa che lui la tiene fra le dita come un gioiello, non solo da barattare a caro prezzo, ma anche da ammirare con piacere, perché, da quanto ha percepito, anche lui desidera che Colomba sia viva.

Ancora qualche passo, forza Zaira, raggiungiamo la cima di questo monte che non a caso si chiama Amaro! Le scarpe sembrano più sicure e agili di lei. Dove gli occhi si fermano dubbiosi, le suole avanzano decise, posandosi sulle punte rocciose senza scivolare, infilandosi in mezzo ai rovi senza esserne lacerate, scavalcando fossi e buche insidiose, saltando con agilità da un masso all'altro.

Ed ecco che improvvisamente, dopo essersi issata sopra un ultimo gradone di pietra dietro a cui non vede che il cielo rosato, si trova in mezzo a una piccola radura fitta di erbe. Ancora una volta la mente va alle parole volanti di Ariosto: *Così correndo l'uno e seguitando / l'altro per un sentier ombroso e fosco / che sempre si venia più dilatando / in un gran prato uscir fuor di quel bosco.* Lì, tra fontane magiche e draghi alati Orlando sta cercando la sua Angelica.

Questo ricordo appartiene al personaggio Zaira, cresciuto nelle ombre di una sacrestia, vicino al fantasioso don Pasqualino che le leggeva per ore l'*Orlando furioso*, oppure alla scrittrice dai capelli corti che si beve un tè verde affondando lo sguardo nei boschi che circondano la sua casa abruzzese? Anche lei ha avuto qualcuno che le leggeva a voce alta l'*Orlando furioso* ed era sua madre, la bella vivandiera dai capelli lunghi dorati. È stata lei a contagiarle, come una malattia, il piacere profondo della lettura, il godimento delle parole composte secondo un ritmo musicale che tocca i sensi e la mente: *Le donne, i cavalier, l'arme, gli amori / le cortesie, l'audaci imprese io canto*. Cosa può esserci di più succulento e delicato, di più promettente e arioso di questo inizio fra i più belli al mondo, di uno scrittore il cui suono narrativo è rimasto nel cavo del suo orecchio come una impronta felice e segreta, mai dimenticata?

La perfetta quiete di quella valletta amena viene interrotta da un improvviso fruscio di corpi che si muovono tra le fronde. Chi può passeggiare in quei luoghi così inaccessibili e lontani da ogni abitato? A Zaira vengono in mente tutte le leggende sui boschi in cui si aggirano assassini senza volto. Si nasconde dietro un masso trattenendo il respiro. Ma i passi sono tanti e dopo qualche secondo si rende conto con gioia che non sono passi umani. Fra i cespugli dei cornioli e del ginepro intravede tante paia di zampe sottili e poi le code brevi che sembrano mozzate con le forbici e quindi i dorsi biondi e le teste dalle corna lunghe curve in punta, due strisce nere che tagliano per lungo il muso gentile, gli occhi mobili e attenti, le orecchie a punta. Una famiglia di camosci le passa accanto senza vederla. Il vento soffia verso la parte opposta e l'odore umano non arriva alle loro narici sensibili. Zaira sorride fra sé della paura che ha avuto. E quando i camosci si sono allontanati, riprende il cammino in discesa verso le pendici del monte Amaro, passando in mezzo ai grandi tronchi contorti dei faggi centenari, affondando nel folto strato di foglie morte, frantumando con le scarpe spezzoni di rami caduti.

Dopo un'altra ora di cammino, improvvisamente si trova davanti a una radura dal terreno scomposto. Un cartello vieta l'accesso: NECROPOLI PREROMANA, c'è scritto a mo' di spiegazione e Zaira, dopo essersi guardata intorno si avvia fra le tombe coperte da teli di plastica.

La donna dai capelli corti è stata lì alle falde del monte Amaro a visitare le tombe, appena scoperte, dei sanniti. «Popolo antichissimo che risale al millennio avanti Cristo» ha spiegato l'antropologo che conduce le ricerche. «È stato perseguitato e sterminato dai romani dopo molte guerre sanguinose che furono chiamate guerre sannite. La vittoria completa avvenne nel 290 avanti Cristo. Le tombe sono state scoperte già nel 1711 dai contadini, arando il terreno e dentro vi hanno trovato spade, corazze a disco, gladi, lance, bracciali e fibbie di bronzo che adesso stanno nei musei.»

Piove. Le suole delle scarpe si sono appesantite di uno zoccolo di fango e lei procede a passi lenti, attenta a non scivolare fra le sepolture aperte e abbandonate dagli archeologi per l'arrivo improvviso di una pioggia rabbiosa e gelata.

Sono in quattro, con gli ombrelli aperti e avanzano prudentemente fra quelle tombe preziose, protette solo da un telo di plastica. Si avvicinano, si fermano attorno a uno di questi scavi. Suo cognato solleva il telo spesso, di materiale impermeabile, lattiginoso e la tomba si apre davanti ai loro occhi, piccola e perfetta: un parallelepipedo scavato nella terra, le pareti ricoperte di lastre di pietra calcarea – ma come avranno fatto a tagliarla così precisa e sottile? – sul pavimento di terra esposto ai loro sguardi sorpresi appare uno scheletro perfettamente conservato. È lì da duemila anni e sembra tremi al contatto con la luce, dopo tanto silenzio e buio, in un settembre arido del 2002, sotto una pioggia che è venuta a dissetare la terra arsa di una estate torrida e asciutta.

L'uomo fa per ricoprire la tomba col telo, ma lei lo ferma: «Un momento, aspetta!». «Prenderanno l'acqua.» «Fammi guardare!» L'archeologo ha spiegato loro che in quella tomba si trova lo scheletro di una donna: «Avrà avuto all'incirca trenta anni, era alta 1,39, soffriva di una grave artrite alla spalla e al gomito e aveva partorito almeno tre figli. Accanto a lei sono state trovate una bacinella bronzea, tre fibule in ferro e un pendaglio a doppia spirale, una collana d'ambra e una piccola anfora per profumi. Una donna ricca, di una delle famiglie nobili del villaggio».

Zaira si curva su una piccola tomba ricoperta da un telo impermeabile color carta da zucchero. Dentro, per lungo, lo scheletro di un bambino dal cranio minuscolo, ben conservato, le costole allineate che sporgono dal fango fresco, le braccine distese lungo il corpo.

È talmente forte l'impressione che gli occhi si chiudono da soli e vedono attraverso l'acquerugiola colante un villaggio ancora vivo, con le sue capanne di paglia e di fango, i cortili recintati da muretti di pietre irregolari, le galline che razzolano indisturbate, qualche cane magro e mangiato dalle mosche, un orcio pieno di grani – sarà stato grano, sarà stato orzo? – un'ascia, un focolare di pietre su cui poggia una pentola dal fondo nero. Una donna soffia su quel fuoco, alza la testa a spiare le grosse nuvole grigie che si stanno ammassando sopra le case, un bambino cammina a quattro zampe, seguito da un gatto scheletrico e lancia un grido quando viene raggiunto da uno scroscio d'acqua. Il gatto prudentemente corre a nascondersi dentro la capanna. Arriva un uomo dalla pancia rotonda e i capelli impiastricciati di fango che s'introduce in una delle capanne dove giace un moribondo. Si china sul malato, gli solleva le palpebre con due dita sporche. Gli ausculta il cuore appoggiandogli l'orecchio sul petto, gli bagna i piedi con acqua di salice e ginepro. Lo osserva rantolare. Accanto a lui una giovane donna – sarà la moglie? – accovacciata sul pavimento di terra, cerca di tenere vivo un fuoco misero fatto di pochi rametti ed erbe secche. Vicino alla porta un cane si spulcia spudoratamente. Una donna anziana piange silenziosa nella parte più buia della capanna. Verso sera, il morto sarà sepolto in quel cimitero dalle tombe così accuratamente scavate e ricoperto da una lastra di pietra.

La testa di Zaira, tanto carica di visioni da pesare come un cocomero zuccherino, si solleva a fatica e d'improvviso quelle forme, quelle immagini in moto scompaiono d'incanto. Il suo sguardo ritrova la terra smossa, le tombe coperte da teli azzurri, la pioggia che cade lenta.

Su quella minuscola tomba di bambino, in una giornata di pioggia anche la donna dai capelli corti si è chinata commossa. Gli ombrelli, coi loro colori sgargianti, hanno fatto ressa attorno alla visione inaspettata. Quegli ombrelli sono la testimonianza di un oggi pomposamente vivo di fronte a un passato che ha perso i colori assieme alle sue linfe e alle sue voglie. Il tempo ingrigisce e rattrappisce le cose. Suo cognato è fermo sotto la pioggia, incurante delle gocce che gli scivolano sulla testa e lungo le guance. La donna dai capelli corti sa a cosa pensa quell'uomo non più giovane che ama scherzare, ama mostrarsi cinico e sferzante, ma poi non riesce a nascondere un animo morbido e fragrante come una brioscetta appena uscita dal forno. Sta lì fermo sotto l'acqua, in mezzo alle tombe sannite, con i pantalonacci da lavoro, le scarpe robuste e goffe, la camicia a quadri da montanaro e la giacchetta impermeabile, il non più giovane uomo che dopo un infarto ha ricominciato a fumare con l'aria di chi dice: io sfido il futuro e peggio per me se sbaglio! Oggi, lei lo sa, ha in mente un'altra tomba che giace nel piccolo cimitero di Rocca Regina, dove ha deposto con gesti amorosi il corpo senza peso della sorella di lei, morta tre anni prima. Sa che un legame più forte di quello carnale li lega ancora, nonostante lei sia muta e sorda, sepolta nella terra reatina e lui parli, mangi, rida. Una fedeltà che continua oltre la morte, un dialogo silenzioso che prosegue, nonostante l'assenza fisica di quella ragazza impetuosa e savia e malinconica che era sua sorella. Continuano a parlarsi, lui tenendosi sveglio con tanti caffè e lei, che non ha più il naso per annusare il profumo di quel caffè, attraverso pensieri profondi e ricordi che affollano il cuore rattoppato dell'uomo.

Zaira è seduta in cucina e tiene gli occhi fissi su una piccola tazza di ceramica dai disegni azzurri, colma di caffè bollente. Ci soffia sopra aspettando che si raffreddi un poco e intanto osserva quell'uomo dipinto sulla ceramica, blu su bianco, che porta un fardello sulla schiena. In testa tiene un cappellaccio floscio, è vestito come un pastore del Settecento: calzoni al ginocchio, calze lunghe e scarpe a ciabatta. Accanto a lui un cane dalla coda azzurra sventolante si dirige, assieme col suo padrone, verso una foresta blu e bianca.

Quella tazza ha davvero una lunga vita. È appartenuta alla nonna di Zaira, quella Pina che dicono abbia frequentato un bordello per qualche anno, la Pina siciliana che ha avuto un figlio, Pitrucc' i pelus', ed è morta di sifilide nel lontano 1920. Pitrucc' l'ha regalata ad Antonina che a sua volta l'ha lasciata a lei. Da piccola trascorreva ore alla finestra, seguendo affascinata il percorso dei pastori che si dirigevano a piedi o a dorso di mulo verso le foreste. Si chiedeva dove andassero, sebbene lo sapesse benissimo, era il loro modo di procedere, di affrontare il futuro che la inquietava. La tazza non dice dove si indirizzassero i passi di quell'uomo, non dice cosa portasse nel sacco che gli pesava sul dorso.

Un meleto dai rami neri e secchi per via del freddo, un campo di cicorie ancora coperto dalla neve. Tutti aspettavano lo sciogliersi dei ghiacci invernali, ma la primavera non arrivava e le mucche muggivano disperate chiuse dentro le stalle, le pecore raspavano la terra indurita coi denti in cerca di erbe che non riuscivano a crescere. Ma cosa teneva quel pastore nel sacco? delle noci rubate in un giardino lontano da casa? una lepre presa al laccio dopo lunghi appostamenti? delle patate comprate con i soldi di un lenzuolo ricamato dalla moglie? La casa non si vede sulla tazza e nemmeno il villaggio da dove presumibilmente proviene il contadino. Si scorge soltanto l'uomo la cui faccia è quasi nascosta dal cappello ampio e scuro. Il fagotto tenuto con le mani gli ciondola sulla schiena, un ramo dalle fronde graziose, color celestino, si protende verso l'orlo della tazza. Non c'è altro. Dove va quell'uomo e da dove viene? cosa tiene in quella bisaccia che gli fa curvare la schiena? Quanto aveva fantasticato da bambina su quel breve tragitto tutto segnato in azzurro sulla superficie bianca e porosa della tazzina!

Miracolo che non si sia mai rotta, sebbene sia ruzzolata tante volte sul pavimento. Non era mai stata Colomba a farla cadere. Sin da piccola si era mostrata attenta e ordinata. Più ordinata di lei. Succedeva spesso che, tornando dalla spesa quando Colomba era già rientrata da scuola, Zaira trovasse il tavolo della cucina ripulito, le tazze lavate, le posate gocciolanti infilate nello scolapiatti. La bambina aveva una disposizione spontanea e innata alla pulizia e all'ordine. Le piaceva trovarsi sempre intorno spazi liberi e sgombri, pavimenti lucidi, tovaglie immacolate, piatti puliti e fiori che sbucavano allegri dai vasi. Che fossero fiori di carta o di stoffa non le importava, purché rallegrassero coi loro colori le ampie stanze disadorne. La sua camera da letto faceva pensare a una *Annunciazione* del Beato Angelico, in cui ogni oggetto sembra alludere a un'attesa, a un'assenza che sarebbe stata colmata da lì a poco, con trepidazione e timore. Il letto piccolo e rifatto alla perfezione sta addossato al muro. Sul comodino c'era sempre un libro, l'ultimo che stava leggendo, una sveglia di plastica verde, una lampada sobria, dall'asta di metallo, un bicchiere d'acqua e un mazzolino di fiori secchi infilati dentro un vasetto cinese. Niente altro. Mentre i libri sul comodino di Zaira si accumulano, si nascondono l'un l'altro, pencolano e finiscono spesso per cadere. Colomba, quando aveva finito un romanzo, lo rimetteva a posto nello scaffale. Il suo armadio di legno bianco si apriva con un soffio gentile e mostrava pochi abiti appesi, lavati e stirati di fresco: un cappotto marrone, un impermeabile bianco crema, un giaccone color castagna. Le scarpe stavano allineate nella scarpiera, sempre lucide e pulite. Ohi Colomba, che nostalgia di quelle mani gentili, sempre ben curate, che non cessavano mai di ordinare, mondare, aggiustare!

Una ragazza così diligente e disciplinata, non si sarebbe sentita in dovere di avvertire, se avesse voluto sparire per un certo tempo? Zaira continua a fissare l'uomo misterioso dal fardello sulla schiena che si affaccia sui bordi della tazzina e si chiede se anche Colomba non portasse un fardello troppo pesante. Un fardello misterioso e insospettato. Le pesava la perdita del padre e della madre? le pesava la vicinanza un poco troppo occhiuta e pettegola del paese? le pesava la compagnia di una nonna che parlava poco e stentava a guadagnare i soldi per terminare il mese? Impossibile svelare l'arcano di una ragazza resa sfinge dal silenzio e dall'assenza. Dove sei 'Mbina? perché non rispondi?

Nessuna consolazione le viene dal sapere che ogni anno in Italia scompaiono migliaia di persone. Che spesso vengono ritrovate dopo un periodo di sbandamento e di fuga. E se invece fosse stata uccisa? La faccia di Sal le torna davanti, rassicurante. Lui ha preso i soldi per farle sapere che Colomba è viva. Non l'avrebbe fatto se fosse morta, cerca di rassicurarsi, il ragazzo è avido e privo di scrupoli, ma una notizia, una sola, deve averla, altrimenti non sarebbe andato a cercarla. Questo si dice per incoraggiarsi, con la voce rotta e silenziosa dei pensieri parlati. O sta dialogando con la coscienza dalle ali stracciate che la tallona come il cane Fungo? Un cane è un cane, parla un altro linguaggio. Un angelo è un angelo, ha tutt'altra mentalità e tutt'altri pensieri per la testa.

Sono giorni e giorni che andando in paese Zaira passa davanti al bar Rombo per vedere se riesce a incontrare Sal. Ma non l'ha più visto. Non le aveva detto lui stesso che veniva da un altro paese? Zaira aveva chiesto sue notizie al padre di Scarpune, che sapeva tutto del figlio e dei suoi amici, ma la risposta era stata evasiva e insoddisfacente: «I vagliole va sempr' girenn' pe i paes' ma nun sacc' ch' fa». Il dialetto per i paesani è come una scarpa vecchia e comoda a cui il piede è abituato. Ma appena sentono che il terreno si fa omogeneo, infilano diligenti un paio di scarpe da città e camminano rapidi, decisi.

«Per me è infido» continua il calzolaio. «La polizia non lo ferma mai: si presentano a verificare nei negozi se i permessi sono a posto, ma non controllano uno come lui che se ne va in giro coi capelli che sembra un porcospino, sempre di colore diverso, e non si sa di che vive e dove vive.» Ma non aveva aspettato una risposta da lei. Si era messo a parlare di galline, che lui ne ha cinque e le tiene in un cortiletto dietro casa e le nutre con i resti della verdura scartata e loro fanno le uova, ma non quante lui vorrebbe perché spesso sono nervose e uova non ne sfornano, oppure piove, o fa molto freddo e di uova neanche a parlarne. Ogni tanto ne ammazza una e le altre svolazzano e strillano per tre giorni di seguito; tanto che per farle stare zitte le piglia e le porta da sua suocera che ha uno stazzo in montagna e lì stanno buone, anche perché fa tanto freddo, e loro passano il tempo appollaiate dentro la vaschetta del mangiare, tutte pigiate l'una all'altra, con gli occhi chiusi.

Zaira alza lo sguardo sulla finestra rigata. Piove. Gli alberi colano acqua. I prati sono zuppi. Non è proprio il caso di uscire. Rimarrà a impastare la farina e l'acqua col lievito fresco. Il pane fatto in casa ha una fragranza che non si trova in nessun altro pane. Maria Menica, non avendo mai tempo per cucinare, le chiede spesso una delle sue pagnotte. E lei gliela porta volentieri. Le piace sentirsi ringraziare con uno di quei sorrisi dolcissimi che regala a pochi, per voltarle subito le spalle e andare a preparare i pannolini, il permanganato, il cotone per un nuovo parto. È talmente rinomata per la sua bravura di levatrice che tutti la chiamano, anche dai paesi vicini. Prima di lei, molte donne scendevano a partorire in città, per prudenza, ma poiché quasi tutte tornavano con la pancia tagliata da un brutale cesareo, avevano deciso che era meglio affidarsi ai vecchi metodi. Tanto 'n paese ce sta na bbona levatrice, che ha le braccia ancora robuste e abili. In trenta anni solo un bambino è nato morto fra le sue mani. Te poi fidà. Se poi si presenta qualche complicazione, si può sempre correre in città con l'automobile, si tratta di un'oretta di macchina. Maria Menica comunque è la prima ad avvertire quando si presenta un parto pericoloso ed è lei stessa a suggerire alla giovane mamma di precipitarsi all'ospedale prima che arrivi l'emorragia. Di donne morte mentre partorivano con lei, se ne contano solo due: una perché soffriva di diabete e non glielo aveva detto e l'altra perché aveva una grave insufficienza cardiaca e non lo sapeva.

La più grande soddisfazione di Maria Menica è quella di andare in giro per Touta sentendosi salutare da tutte le mamme che ha aiutato a partorire. Le si avvicinano, le afferrano le mani, e le raccontano dei progressi dei loro figli che crescono tanto in fretta che «i tempe de dì n'Avemaria se só già ite militare».

La levatrice è la sola che le chieda di Colomba come se sapesse che tornerà. Non le dice: scordatelo, penz' a qualcos'altr'! oppure: tante, ormai... intendendo che deve essere morta e stramorta. Ma anzi la incoraggia a continuare la ricerca. «Che nova ce sta?» le chiede appena la vede e si capisce che le aspetta per davvero.

Mentre Maria Menica traffica con i disinfettanti, i panni puliti, i rotoli di cotone, Zaira le racconta degli ultimi avvenimenti. È la sola in paese che sappia di Sal e dei soldi carpiti, sempre ammesso che lui stesso non ne abbia parlato ad altri. A Marione l'ha pur detto, ma lui ha fatto finta di non sentirla. Ogni volta Zaira si sorprende della rapidità con cui si propagano le voci in paese. Non sempre corrispondono alla verità, ma di ciascuno si sa quando si innamora, quando si incontra di nascosto con l'innamorato o l'innamorata, quando parte, quando torna, che amici frequenta, che cosa mangia, se fuma, se beve, se tradisce il marito o la moglie, se si ammala, se perde un dente, se riceve una lettera importante, se guadagna molti soldi e come. Impossibile tenere un segreto. Per fortuna la sua casa è un poco defilata rispetto al centro abitato, con la porta girata verso la montagna e questo la mette al riparo dagli sguardi curiosi. Ma che lei continui a cercare sua nipote Colomba lo sanno tutti e scuotono la testa come a dire che è un poco matta, «la pover' Zà, ch'appura i schmbùnn, cerca cerca e non trova».

Anche oggi sono lì nella casa ingombra di asciugamani e mastelli affastellati, che parlano a voce bassa, quasi in segreto, Zaira e Maria Menica.

«Che s'è sapute de Colomba?»

«Sal assicura che è viva ma non sa dove sta.»

«E come fa isse a saperlo?»

«È quello che mi chiedo anch'io, ma pure mi pare che qualcosa di vero c'è.»

«Ti sì ripigliate a fà le ricerche ai bosche?»

«Sì.»

«I canusce bbone tu ste bosche.»

«I canusce.»

«E no te sì perduta mai?»

«None.»

«Io una volta sì.» E prende a raccontare con quel fare teatrale e spiccio, come una volta "ne marocchine" fosse venuto a chiamarla dalla montagna, perché la moglie doveva partorire. Il pastore viveva in una capanna che si era costruito da solo, nella zona dove teneva le pecore per conto di un paesano. «Pe fortuna era estate. Me só tirate i maniche» continua Menica confessandole che era «ne poche 'mpavurite perché il quatrane se presentava de piede e ciaveva pure 'l cordune giravutate attorno al collo» ovvero il bambino si presentava di piedi e aveva il cordone girato attorno al collo. «Perché nun me sete chiamate prima?» le aveva detto Menica, ma la marocchina non parlava italiano e se ne stava lì spaventata col sangue che le usciva fra le gambe. Menica si era messa al lavoro con impegno, pensando che ne andava della sua reputazione. Tanto aveva fatto, con quelle mani delicate e ferme, tanto aveva trafficato con le gambette del bambino, intrecciandole come fossero due salsicce, per farlo uscire senza strapazzarla, che alla fine era riuscita a tirarlo fuori e a fermare l'emorragia. A quel punto bisognava tagliare il cordone che lo strangolava e per questo si era rivolta al marito che era lì in piedi senza sapere che fare. «Mò taja» gli disse e lo vide prendere un coltello grande come una spada e bbone bbone recidere il cordone al figlio neonato. «C'era abituato co le pecure so» era stato il commento di Menica, felice di avere concluso con successo quel difficile parto, lontana da ogni ospedale e da ogni luogo sterile. Per fortuna aveva portato con sé una borsa carica di disinfettanti, bende, garze sterili di ogni forma. «I quatrane è nate bbone, la madre non perdette tropp' sang'.» Insomma era proprio fiera di sé. A quel punto il pastore marocchino le si era avvicinato con gli occhi scintillanti di felicità, porgendole una tazza di tè alla menta. Parlava da solo in arabo, forse mormorava una preghiera di ringraziamento. I due si erano guardati e per un momento erano sparite tutte le differenze di lingua, di religione, di cultura: avevano bevuto il tè guardandosi negli occhi. La puerpera già allattava il suo quatrane e non pensava ad altro. Maria Menica le aveva dato un bacio sulla fronte e lei aveva sollevato due occhi fondi, tristi, bellissimi e l'aveva ringraziata con un cenno del capo. L'uomo l'accompagnò fuori dalla porta e percorse con lei un pezzo di foresta, indicandole come proseguire, ma poi dovette tornare indietro. Maria Menica si trovò sola in mezzo agli alberi, con la pila in mano. Il buio era fittissimo. Con quella debole luce riusciva a illuminare solo un cerchietto attorno alle scarpe. Camminava attenta a non inciampare, pensando di dirigersi verso il villaggio, mentre si stava avviando senza rendersene conto verso la parte più folta e oscura della foresta. Eppure le conosceva le sue montagne. Ma era buio e gli alberi sembravano tutti uguali. Per fortuna era estate e non faceva molto freddo. Dopo un'ora di cammino dovette rendersi conto che si era persa.

«E come hai fatto per tornare a casa?»

«Me só addunate ca stava a girà 'n tonde.»

«E allora?»

«Me só accucciata sott' a 'n albero e só fatte matina.»

Zaira si fida di Maria Menica, eppure non le ha mai raccontato di quella notte di tempesta quando aveva perso le chiavi di casa e aveva visto Colomba seduta in cucina con un uomo. Ancora ha dei dubbi, pensa che potrebbe essere stata la visione di una mente stanca e febbricitante. Tanto più che tutto è scomparso così in fretta. Ma la porta posteriore era aperta, mentre lei l'aveva chiusa e aveva trovato delle orme. Solo sogni?

«Racconta, ma'» prega la bambina richiamandola all'ordine, mentre i pensieri vagano, scivolano, inciampano, mutilati e persi. Quella bambina le assomiglia tanto da portare come segni di un destino di famiglia gli stessi suoi caratteri fisici: un neo nel centro della fronte, come un minuscolo terzo occhio scuro e penetrante, un dente accavallato sul davanti.

«Racconta, ma'!»

«Non hai sonno?»

«Forse sì ma voglio sentire la storia.»

La madre dalle grandi mani morbide prende fra le sue una delle mani piccole e bianche della figlia e si accinge a raccontare: «Una mattina una bambina si avventura nella foresta. Porta un paniere appeso al braccio, indossa una mantellina rossa con un cappuccio pendente sulla schiena».

Dove va quella bambina? si chiede la donna dai capelli corti. A trovare la nonna, dice la favola. Ma lei non ha più nonne da nutrire. Solo una mamma che è diventata piccola e fragile. Il suo sguardo di figlia che invecchia si posa sulla nuca gracile, infantile della madre. È vero che invecchiando si torna ragazzini? Quando osserva sua madre, può scoprire nei suoi occhi interrogativi lo sguardo della bambina che è stata. Una espressione incerta che pure ha conservato qualcosa di indomito. Uno sguardo ancora voglioso di apprendere, ma anche intimorito da quello che potrebbe capire e vedere. Ora è lei a farle da madre e a raccontarle delle storie, ora è lei a sorprenderla, a trascinarla nel mondo burlesco dei racconti di famiglia, nei dolori amari delle creature che soffrono in sogno, fra pareti spugnose e letti disfatti, fra sentieri spinosi e cime burrascose.

«Racconta, ma'!»

La bambina insiste con voce assonnata ma tenace.

La madre la guarda quasi senza riconoscerla. Ci sono dei momenti in cui le due vite, quella materna e quella filiale si incontrano, si attorcigliano e sembrano una cosa sola. Altre volte si dividono e si allontanano come quelle di due estranee.

«Allora, ma'?»

«Cosa porta la bambina nella sporta apprestandosi ad attraversare il bosco? Una forma di cacio, del pane giallo fatto con la farina di granoturco, due aringhe salate, una bottiglietta di vino. Sono i doni tradizionali, povere cose da recapitare a chi se ne sta malato a letto.»

«Non sarebbe meglio riempire il canestro di funghi?»

«Funghi, amore mio?»

«Funghi, sì.»

«"Sono belli a vedersi e promettono tante gioie per il palato" così dice il libro sui funghi che ti ho regalato. Vuoi che legga? "Spuntano da sotto le foglie secche incollate le une alle altre, si mimetizzano col colore del sottobosco. Hanno toni leggiadri e gentili: marrone castagna, bruno caffellatte, rosa carnicino, rossiccio terra di Siena, bianco perla, bianco sale marino, bianco uovo, bianco neve, giallo sabbia, giallo zafferano, giallo canarino, giallo buccia d'arancia." Nella nostra famiglia tutti sono stati un poco micologi. Passeggiando per i boschi hanno finito per diventare esperti di funghi. "Portano addosso un leggero sentore di radici, di farina, di inchiostro, di patate appena tirate fuori dalla terra, di nocciole tostate." Continuo a leggere?»

«Recare doni è una ventura che appartiene a un carattere nel profondo» dice suo cognato, lo storico. «Si recano doni per acquietare divinità feroci, per ammorbidire la loro ingordigia di dolore umano. Forse non è nemmeno tanto per ottenere in cambio indulgenza, ma per rabbonirli nelle loro rabbie celesti.»

«Gli dèi sono sempre collerici, secondo te?»

«Direi di sì, vanitosi e crudeli, basta leggere l'*Iliade*. Godono solo quando gli uomini penano. Uno spettacolo delizioso per loro, vedere piangere gli umani: cosa può esaltare di più la loro possanza che quella rimestata e ripetuta sofferenza? Non ne hanno mai abbastanza. Le lacrime umane sono per loro come le gocce di una pioggia tanto attesa su un terreno arso e screpolato. Lacrime salate come è salato il mare, morbide e scivolose, più grate a chi ci guarda dall'alto, di una secca e stupida risata. Una persona che piange ha bisogno di qualcuno che la ascolti, ha bisogno di protezione, di consolazione, di amore. Una persona che piange è cara ai giudici vestiti d'oro perché quegli occhi lavati saliranno verso le nuvole e cercheranno conferme, agogneranno riparo. Quelle lacrime detergono ogni presunzione, ogni alterigia. Gli dèi amano appassionatamente chi piange e si raccomanda. È dolce consolare, forse più dolce che essere consolati.»

Zaira rovescia la farina a cono sulla tavola, con le dita scava un buco nel mezzo e vi versa lentamente il lievito fresco sciolto nell'acqua tiepida. Poi mescola il tutto, e lavora con le dita, premendo, sprimacciando, tirando, finché la pasta sotto le mani diventa liscia ed elastica. Allora la posa sul davanzale, coprendola con un panno. Dopo due ore la troverà raddoppiata. A questo punto riprenderà a impastarla. A volte ci aggiunge un cucchiaio di olio di oliva, oppure delle uvette secche, o dei gherigli di noce spezzettati, un poco di sale e anche un mezzo cucchiaino di zucchero che aiuterà la seconda lievitazione.

Alle sette la pasta sarà pronta per essere infilata nel forno. Quando non ha il tempo di accendere il suo, che con la legna ci mette tanto a scaldarsi, si dirige a piedi verso quello pubblico, vicino alla chiesa, per farselo abbrustolire assieme agli altri pani. Con quella pagnotta croccante ancora calda e un poco di pomodoro crudo e olio di oliva ci fa un pasto. Se le sembra di essersi indebolita, ci aggiunge un uovo sodo tagliato a fettine, oppure un pescetto di fiume fritto in padella e condito con la cicoria trovata nei campi. Al mercato ci va il meno possibile. L'olio lo compra una volta l'anno da un pugliese che lo porta in damigiane, col camion. È un olio denso e verde, dal sapore piccante. Il vino lo acquista da un lontano cugino che abita sulla costa ed è fatto con l'uva delle sue vigne. È un vino rozzo, poco trattato, ma ha un buon sapore di uva schiacciata e non fa male allo stomaco. Costa pure poco. D'altronde lei ne beve solo mezzo bicchiere a pasto. Da quando non c'è Colomba poi ancora di meno. La verdura la raccoglie nei campi: cicoria, cotecacchia, polloni, ortiche per l'insalata; asparagi selvatici, funghi, radicette, cipolline di campo che fa bollire e poi conserva sott'olio per l'inverno; marroni, more, susine selvatiche di cui fa la marmellata, lamponi e fragoline che conserva sotto spirito.

In cantina tiene dei sacchi di ceci e di fagioli che, messi a bagno e cotti lentamente, possono dare cibo per un anno intero. La carne non la mangia. Il pesce lo compra da Aidano, l'autista dell'Atac che nei giorni di festa va a pescare nel Sangro o nel lago di Scanno. Sono pesci piccoli e viscidi, ma saporiti e carnosi.

Fuori dalla finestra la pioggia si sta trasformando in nevischio, i viottoli che portano ai boschi sono diventati pantani ruscellanti. Come farsi venire voglia di uscire con quel tempaccio? Ma pure la decisione è presa e non si torna indietro. Zaira si infila un paio di stivali, indossa due maglioni, uno sull'altro, e al di sopra di tutto un giubbotto impermeabile imbottito, col cappuccio che le cala fino agli occhi. Seguono: i guanti, uno zainetto con dentro una pila, la carta militare, una mela e un pezzetto di cioccolato. Andiamo! Lo dice a se stessa respirando a fondo. E lo annuncia a Fungo che malvolentieri sguscia fuori dalla sua tana sotto la stufa. Apre la porta e una folata di vento misto a nevischio si rovescia addosso al cane e alla padrona. Il freddo morde la faccia. Ma Zaira non si lascia scoraggiare. Tira giù la bicicletta dal fienile, pulisce il sellino, controlla le gomme, si infila i guanti, monta e prende a pedalare controvento su verso i boschi fradici di acqua e di fango.

L'editore le ha telefonato ieri furibondo: «Ancora non è pronta la traduzione, Zà, ma che fai?». «Non è pronta no, ho troppo da fare.» «Ma cosa?» insiste lui, «che non capita proprio niente lassù fra quelle montagne.» Per quello che la paga, può anche aspettare qualche giorno! Stamattina riprenderà le ricerche di Colomba. Nel pomeriggio, quando farà buio, si dedicherà alla traduzione del *Burlador de Sevilla* per il solito Giorgini che pretenderà da lei mari e monti. Intanto eccola pedalare sicura in salita. I suoi pensieri avanzano al ritmo dei pedali: sono pensieri strategici, che potrebbero albergare nella testa di un capitano alle prese con le asperità e gli accidenti del terreno su cui sta trascinando i suoi soldati. Ma dov'è il nemico? quello è il punto debole. Il nemico non si vede e non si conosce. Come una malattia agguerrita, fatta di eserciti di batteri indistinguibili, sta dentro quei boschi, dentro quei sentieri che salgono incomprensibili verso chissà dove. Non si lascerà scoraggiare. Andrà avanti pedalando furiosamente. Poi, quando il viottolo si trasforma in un pantano scivoloso irto di punte pietrose e di buche piene d'acqua, scenderà dalla bicicletta, la nasconderà in un intrico di ginepri bassi e ricciuti e procederà a piedi.

Si arrampicherà sui pendii scoscesi, entrerà nei boschi del Lupo Grande, passerà al guado, saltando sui sassi, il torrente del Gambero Nero. Anche se di gamberi neri non ne ha mai visti. Chissà se ci sono mai stati! Si infilerà in mezzo ai massi caduti dalla montagna, cercando un pertugio, una grotta nascosta. Tornerà a casa al buio, munita della torcia, traballando con la bicicletta sulle radici che sporgono.

Un altro giorno di ricerca andato a vuoto. Quanti ne dovrà trascorrere ancora su quel trabiccolo alla ricerca della nipote? E tu smetti, scema, sono tutte giornate perse, sussurra la voce petulante dalle ali pesanti e inzaccherate. Cosa stai a fare? sei cocciuta come un mulo! se è morta è morta, non puoi riportarla in vita. Lasciala perdere, non ci pensare più. Quel Sal del demonio ti ha presa in giro. Tutto perché non vuoi ammettere che ti ha truffata portandoti via i soldi come a una povera scema. Ti ha mentito, lo vuoi capire, ti ha mentito. Ora pensa un poco a te, alla tua casa, riprendi il tuo lavoro di traduzione. Fra poco avrai finito tutti i soldi e chi ti manterrà?

Zaira, per la rabbia, tira un calcio all'indietro, come per cacciare un gatto che vuole graffiarle i polpacci. Ahi! si sente una voce chioccia e

Zaira sorride fra sé, soddisfatta. La coscienza dalle ali troppo lunghe è stata colpita sugli stinchi.

La donna dai capelli corti si scopre a fare domande, proprio come il suo personaggio Zà. Perché questo continuo bisogno di uscire dal seminato? perché un laccio narrativo che dovrebbe tirare sempre, invece si allenta per inseguire altre storie, altri incontri? Non sta addentrandosi in un romanzo che invece di puntare come un tronco, dritto verso le nuvole, si dirama in tante direzioni facendo allungare il collo al lettore? perché il piacere di divagare la fa ballare di gioia, le mette addosso una allegria sensuale? Essere determinati e interrogativi come Zaira, non è una incongruenza? sembra quasi impossibile mettere d'accordo i due stati d'animo. Eppure convivono come fratello e sorella.

Nel frattempo una parola viene a turbarla: coincidenza. Proprio ieri mattina ha ricevuto una lettera da una donna di Palermo che quando era bambina ha conosciuto sua nonna. Una lunga lettera affettuosa che rammenta particolari comici di una nonna poco amata. Ma la busta contiene anche qualcos'altro: due bottoni di metallo in forma di stella, tempestati di strass. "Questi bottoni me li ha regalati sua nonna quando io ero una picciridda. Mia madre sarta mi portava con lei dalle clienti e una di queste era la bella palermitana che tutti ammiravano per i lunghi capelli neri e gli occhi languidi. Mentre prendeva l'orlo alle lunghe gonne di velluto, mentre appuntava le maniche e faceva i cugni alla vita, mia madre mi lasciava seduta per terra come una bambola. Ma io mi annoiavo, scalpitavo e allora una volta sua nonna tirò fuori da un cassetto questi due bottoni e me li diede perché ci giocassi. Sono trascorsi tanti anni, sua nonna è morta, mia madre pure, e io sto invecchiando, ma non ho mai perso questi due bottoni che mi ricordano un periodo felice della mia vita siciliana. Glieli mando con gioia. Perché anche lei toccandoli, ripensi alla sua Palermo lontana."

Ora i due bottoni di strass sono qui davanti a lei, resi un poco opachi dal tempo, ma eleganti nella loro semplicità. Le sembra una coincidenza talmente brutale da parere una beffa degli dèi. Proprio mentre sta scrivendo di Zaira Morrione, salita dalla Sicilia nel 1889 con il suo sacchetto di bottoni preziosi, proprio mentre ascolta Zà che le racconta di come quel sacchetto si sia conservato negli anni e sia passato dalle mani della bisnonna a quelle della nonna e poi a quelle della madre e quindi della nipote, proprio in quel momento riceve la lettera della sconosciuta siciliana: come interpretare questo sincronismo?

Zaira ha un altro amico in paese oltre a Maria Menica, ed è il cavallaro Cesidio: tutte le mattine passa sotto casa sua per portare i cavalli al pascolo sulle montagne. Li lascia liberi di brucare sui prati, fra i boschi e torna la sera a prenderli. Ciascun cavallo ha un campanaccio legato sotto la gola e quando si muovono tutti insieme, danno vita a un concertino ogni volta diverso.

Cesidio, appena dispone di un poco di tempo, si dedica alla lettura dei documenti che parlano del paese. Fa il conto dei morti e dei vivi. Sa tutto sulla storia del territorio in cui è nato e cresciuto. Ha una testa voltata all'indietro come se il presente lo annoiasse. Qualsiasi piccolo particolare della vita di Touta lo eccita, gli fa brillare gli occhi. La sua curiosità verso il passato non si placa mai.

Quando Cesidio passa davanti alla casa, fra le cinque e le sei di mattina, Zaira sente nel sonno i suoi passi tranquilli, accompagnati dagli zoccoli allegri dei cavalli e si rassicura. Nel ritornare, verso le otto, qualche volta si ferma a prendere un caffè. Le racconta delle sue scoperte, oppure dei suoi cavalli. Non le ha mai chiesto niente di Colomba. Probabilmente pensa, come molti altri, che sia morta. Le sue ossessioni sono i cavalli, che incappano sempre in qualche guaio: i vermi, una piaga, la tosse, la rogna, la cataratta e lui non crede nelle capacità dei veterinari, perciò si è fatto medico dei propri animali, studiando sui libri, praticando e pasticciando con i rimedi campagnoli. Le sue cure hanno in genere buon effetto, non tanto per sapienza medica, ma perché le applica con amore e perseveranza. Finché una ferita non è guarita, lui continua a curarla; finché la cavalla non ha partorito, le sta vicino, anche di notte, anche sotto la tempesta. Non si è mai sposato, Cesidio. Ha due nipoti cicciottelle, allegre e vigorose che lavorano con lui nel portare avanti il galoppatoio dove assieme a cani, pecore, gatti, si trovano impazienti signori e signore di città che vogliono provare l'ebbrezza di una cavalcata. A volte arrivano con i sandali dal tacco alto, le gambe nude, ma Cesidio non li redarguisce. Impareranno da soli che la sella gratta contro le gambe nude, che le staffe sono dure e dolorose contro i piedi scalzi.

Cesidio, nella sua timidezza, si nasconde dietro due grandi baffi da tricheco. Forse anche per via dei denti che sono neri e rovinati. In vita sua non è mai andato da un dentista. Non si fida, come non si fida dei veterinari. Eppure Cesidio è un bell'uomo e molte vagliole del paese sono attratte da lui. Non ultima Donata la bella, che ha fatto il servizio militare, prima donna nel paese a entrare nell'esercito e oggi fa la vigilessa con tanto di divisa, cappello rigido e sorriso orgoglioso sulle labbra di corallo.

Cesidio conosce molte favole, storie buffe o assurde e quando si siede al tavolo della cucina di Zaira, gliene racconta sempre qualcuna. Fa raccolta di cronache popolari abruzzesi, storie di pastori del secolo scorso che per lui, e per molti del paese, non erano solo proprietari di pecore, ma antichi spiriti liberi e fantasiosi che avevano la capacità di narrare il passato tenendo d'occhio il futuro, conoscevano a memoria i grandi libri come *La Gerusalemme liberata*, la *Divina Commedia*, la *Bibbia*, le *Storie dei Cavalieri della Tavola rotonda*, le fiabe di Giufà, di Bertoldo, Bertoldino e Cacasenno.

«Io tante volte mi chiedo chi erano i nostri veri antenati: sì i romani, sì gli etruschi, sì i greci, ma prima? Qui a Touta ci stavano all'origine i marsi. Ma prima ancora? Comunque sui marsi qualcosa sappiamo: erano dei guerrieri matricolati, bravi, meticolosi, indomiti e dividevano tutto fra di loro, erano più democratici di oggi. La capitale dei marsi a me piace immaginarla tutta bianca di calce, si chiamava Marrubio o Marruvio e si trovava sul bordo del lago del Fucino che ora non c'è più, da quando il principe Torlonia ha fatto prosciugare le sue acque, alla fine dell'Ottocento, siamo all'asciutto, abbiamo perso gli ulivi e i pesci di acqua dolce.»

«E com'erano questi marsi secondo te, simili ai montanari di oggi?»

«Si dice che erano figli di Marte e sapevano combattere come leoni, venivano pagati per fare la guerra: li volevano gli etruschi, li volevano i greci, li pretendevano i romani. Ma loro esistevano prima dei romani e avevano altri dèi che erano nati prima di Giove. Qualcuno invece sostiene che non c'entravano niente con Marte, ma erano figli di Marso che a sua volta era figlio di Circe. Per questo i marsicani erano considerati maghi e guaritori: conoscevano le piante di montagna che leniscono le ferite da taglio, sapevano trattare il veleno dei serpenti. A Cocullo ancora oggi le acchiappano le serpi, se le avvolgono attorno al collo, le attaccano sulla statua di san Domenico, che però prima era la statua della dea Angizia, antica come il lago del Fucino, e forse ancora più antica.»

«Devo uscire, Cesidio, è tardi.»

Ma Cesidio non sembra darle retta. Il suo piacere di raccontare è tale per cui alla fine chi ascolta ne rimane contagiato. E lui ci conta.

«Te l'ho mai raccontata la storia del monaco benedettino che si chiamava come me, Cesidio?»

«No, non me l'hai raccontata.» Vorrebbe uscire, ma la voglia di ascoltare la storia del monaco Cesidio la trattiene. Che fare? Intanto, pur avendo infilato gli scarponi da neve, si siede.

«Nel IX secolo qui dominavano i franchi di Carlo Magno, gente alta, ardita. Parlavano un francese tutto spigoli che ormai non esiste più ma la gente dabbene di allora, i preti e i gran signori conversavano anche loro così, con gli spigoli. I baroni chiesero a Carlo Magno di costituire una contea in questa zona della Marsica e l'antica provincia Valeria divenne Contea.»

«E da dove veniva fuori questo nome?»

«Dalla via Valeria, credo, da Valerio Massimo il gran generale romano che si acchiappò queste montagne e anche le valli. La Contea di Valeria era talmente potente che tendeva a invadere coi suoi armigeri tutte le terre che c'erano intorno. Bumburubum loro scendevano a valle, occupavano le proprietà, le recintavano, dicevano: questo è mio e questo pure è mio e buonanotte ai santi, cacciavano via tutti quelli che stavano lì da secoli. Perfino i benedettini del convento di Gioia dei Marsi a passo del Diavolo avevano paura.»

«E dov'era questo convento dei benedettini, io non l'ho mai visto.»

«Stava sul valico, lì dove al tempo dei marsi c'era un tempio antichissimo e la zona si chiama ancora Temple. Il valico era conteso fra tanti, era un punto importante, di confine e di passaggio fra il sud e il centro, fra il Ducato di Spoleto e quello di Benevento, fra l'Abruzzo e il Marchesato del Molise.»

Cesidio parla tormentandosi i baffi con le mani coperte di calli e di tagli. Zaira intanto ha dimenticato che stava per uscire, e rimane lì a guardarlo rapita.

«Vuoi un altro caffè, Cesidio?»

Lui neanche risponde, è teso verso il racconto che non è affatto terminato ma anzi prospetta molte vicende da sviluppare. «In quel convento viveva un monaco che si chiamava Cesidio, come me. Era magro e asciutto, si occupava delle galline nel pollaio, le conosceva una a una per nome. Raccoglieva le uova calde calde per distribuirle fra i monaci. Ma una volta compiuti i suoi doveri nel pollaio, si dedicava alla lettura e alla trascrizione dei testi sacri: era bravissimo a dipingere su carta pergamena con minuscoli pennelli intinti nell'oro e nel blu lapislazuli.

«Questo monaco, vedendo che ogni giorno il convento veniva derubato e minacciato, decise di andare a parlare col papa in persona perché quello stato di cose non era più tollerabile. Come continuare ad assistere passivamente al quotidiano furto delle capre e degli agnelli, all'invasione giorno dopo giorno dei loro giardini? A furia di aggressioni ed espansioni, infatti la Contea era arrivata a nord fino all'Aquila che allora si chiamava Forcona e a sud raggiungeva la città di Sulmona; ma non sopportava nemmeno che qualcun altro controllasse un valico così importante come il passo del Diavolo. Così il monaco benedettino chiamato Cesidio si mise in spalle un sacco pieno di noci e prese la strada verso Roma. Allora la via per la capitale era un tumulto di boschi e foreste inestricabili. C'erano i lupi che assalivano i viandanti e le iene che aspettavano per ripulirsi i cadaveri...»

«Le iene da queste parti? Cesidio, che dici?»

«Nel racconto del monaco c'erano le iene. Fatto sta che attraversare questi boschi era proprio pericoloso. Ma il monaco Cesidio decise di andare lo stesso dal papa col suo sacco di noci sulle spalle.»

«Solo noci? che se ne faceva?»

«Erano pregiate le noci delle montagne marsicane, tutti le volevano. Erano piccole e saporitissime, profumate e nutrienti, ottime per fare i dolci ma anche accompagnate col solo pane, potevano sostituire la carne. E lui con un pugno di noci si faceva dare in cambio un pezzullo di cacio e qualche volta anche un pesciolino di lago. E andava, andava. Di giorno camminava, beveva alle fonti che conosceva molto bene essendo nato da queste parti, e di notte si accucciava sotto un albero, anzi dentro un albero, sai quei grandi faggi corpulenti che abbiamo dalle nostre parti, ci stava giusto giusto perché era piccolino, e senza un grammo di grasso.»

«E quanto ci mise ad andare a Roma?»

«Ci mise tanto, Zaira, tanto. I piedi gli si erano gonfiati a furia di camminare, incontrava continuamente vipere e branchi di lupi affamati, incontrava linci e cinghiali, ma lui sapeva come trattarli. Si metteva fermo fermo come fosse di pietra e quelli tiravano via. Un giorno incontrò pure due orsi, un maschio e una femmina che cercavano favi di miele. Lo guardarono storto chiedendosi se era il caso di farsene un boccone, ma il monaco Cesidio che era molto furbo emise dal sedere un piccolo soffio puzzolente e i due orsi, infastiditi, se ne andarono scambiandolo per una puzzola poco buona da mangiare. D'altronde anche un orco avrebbe schifato quel monacello secco come un baccalà e bruno come un saraceno. Ma la sua risolutezza era più grande di ogni pericolo. Un pescatore sul lago del Fucino lo ospitò nella stalla, dove dormì assieme alle vacche, per due pugni di noci. Un altro invece gli diede una ricotta intera in cambio di quattro pugni di noci. Ma una notte, una notte che dormiva come un ghiro sotto un albero di mele, qualcuno si avvicinò senza che lui se ne accorgesse e gli portò via l'intero sacco ancora quasi pieno. Cesidio, quando si accorse della cosa, si mise a piangere per la disperazione. Quelle noci erano tutta la sua ricchezza. E come sarebbe arrivato a Roma senza un soldo in tasca?»

Zaira, che intanto spezzava le punte dei fagiolini con le dita, poi li gettava nella pentola piena di acqua bollente, lo seguiva, ammaliata. Le parole di Cesidio avevano il potere di rendere reali le figure del passato: lei lo vedeva quel monaco viandante che nell'anno 980 aveva deciso di andare a piedi fino a Roma per protestare col papa Benedetto VII contro le ingiustizie degli armigeri della Contea di Valeria. Lo poteva osservare attraverso la finestra, lì ritto sul sentiero del bosco, con il sacco sulla spalla, ai piedi le scarpe messe insieme da lui con pelle di daino, lana e budella di agnello.

«Ma ci arrivò a Roma?»

Cesidio aveva le pupille dilatate per lo sforzo di vedere il monaco e condurlo in salvo fino a Roma. Doveva farlo camminare giù per la montagna, lungo viottoli scoscesi, fra fiumi in piena, foreste insidiose e laghi senza fondo. Come fece a raggiungere Roma senza le sue noci?

«Dovette mettersi a lavorare, Zà. Per questo perse tanto tempo. Un giorno cardava la lana per una famiglia di contadini dalle parti di Celano, un altro giorno mungeva le vacche per un pastore che aveva le pecore a Lecce dei Marsi, un'altra volta ancora aiutava la perpetua di un prete a lavare i panni nelle acque del Sangro. In cambio gli davano un uovo, una tazza di latte, una zampa di gallina bollita, un po' di pane secco.

«Infine arrivò a Roma, ma si era fatto autunno e le sue scarpe tenute su con le budella di agnello si erano consumate e rotte. Ora andava scalzo e aveva i piedi coperti di ferite. I capelli gli erano cresciuti tanto che sembrava un eremita delle grotte e aveva perduto pure qualche dente. Ma nessuno né niente poteva farlo desistere dalla sua decisione di recarsi a parlare col papa, anche se si rendeva conto che era conciato proprio male.»

«È una storia vera, Cesidio? dove l'hai trovata?»

«Nelle carte della chiesa.» Ma lo dice abbassando gli occhi come quando intreccia golosamente la fantasia coi documenti.

«E che fecero al Vaticano, lo lasciarono passare?» In fondo non le importava se fosse vera o inventata di sana pianta la storia del monaco.

Era piccolo magro e coraggioso il monaco Cesidio di Pescasseroli, ma quando bussò alle porte del Vaticano fu preso per un pezzente e cacciato via. Ne ebbero paura tanto era nero, sporco e irsuto. Però lui aveva la lettera del padre superiore del convento di Gioia dei Marsi, Giovanbattista Armidio Ratafià Peletti, che aveva conosciuto il papa da piccolo: erano stati in collegio insieme. Il padre superiore, prima che partisse, l'aveva chiamato in sacrestia e lo aveva benedetto: "Vai, Cesidio, sii prudente" gli aveva raccomandato, "la tua è una iniziativa coraggiosa. Vai dal papa, e digli che se continuano così, finiranno per cacciarci dal convento. Hanno già preso le nostre vigne, si sono già impossessati dei nostri ulivi e delle nostre capre. Vai, Cesidio, prega Iddio e vai. Se poi al Vaticano non ti fanno entrare, mostra questa lettera, ma solo nel caso che non ti facciano entrare”. E gli consegnò un foglio di carta tutto bianco in cui era scritto, con inchiostro azzurro chiaro, che lui, Giovanbattista Armidio Ratafià Peletti, monaco benedettino sui monti della Marsica, si rivolgeva al vecchio compagno di scuola diventato papa Benedetto VII, per scongiurarlo di fermare la prepotenza della Contea di Valeria.

«Il monaco Cesidio ripose quel foglio dentro una tasca della camicia a pelle e quando fece per tirarla fuori e mostrarla alle guardie si accorse che l’inchiostro si era del tutto cancellato, lavato dal sudore e macerato dal lungo contatto col corpo. Fece per porgerla ai picchetti del papa, ma si trovò fra le dita dei brandelli di carta ormai illeggibili.

«Le guardie lo misurarono con gli occhi, ridendo: non credevano a una parola di quello che andava dichiarando. “Come faccio a tornare indietro a mani vuote dopo quasi due anni di viaggio?” ripeteva Cesidio di Pescasseroli disperato. Le guardie presero a punzecchiarlo con la spada e lui, nello smarrimento, si mise a urlare: “Mi manda il monaco benedettino Giovanbattista Armidio Ratafià Peletti, dal convento di Gioia sui monti della Marsica, fatemi entrare, devo parlare col papa!”. Una delle guardie gli dette una tale botta con il piatto della spada che lo mandò tramortito per terra.

«Ma ci voleva altro per scoraggiare il monaco benedettino Cesidio di Pescasseroli. Difatti, ammaccato e tremante com’era, si alzò in piedi traballando e urlò ancora una volta che lo mandava il monaco benedettino Giovanbattista Armidio Ratafià Peletti del convento di Gioia dei Marsi e che aveva una lettera per il papa che era stato suo compagno di scuola.

«Le guardie stavano per cacciargli la spada in petto quando si aprì una finestrella in alto, sopra il portico e si vide una mano bianca che si muoveva come una farfalla. Poi si udì una vocetta di bambino che gridava: “Lasciatelo, lasciatelo!”. Era il papa in persona, Benedetto VII. Gli armigeri guardarono sorpresi verso l’alto. Videro che si trattava proprio del papa e si accinsero a ubbidire, sebbene di malavoglia. Prima però insistettero che non era prudente introdurre in Vaticano un simile attrezzo umano, sporco e puzzolente che non aveva neanche le scarpe ai piedi. Ma il papa continuò a muovere le mani piccole e bianche, che sfarfallavano rabbiose e finalmente i due dovettero cedere. Aprirono i cancelli e lasciarono passare il monaco scalzo con la lunga barba nera e il saio ridotto a brandelli.

«Il papa, che aveva sentito il nome del suo amico d'infanzia, lo voleva presso di sé. Prima però due camerlenghi lo agguantarono per la collottola, lo trascinarono per un lungo corridoio, con mosse rapide gli strapparono i vestiti, lo cacciarono dentro una tinozza piena di acqua calda, lo strofinarono con spugne ruvide e intrise di sale, lo asciugarono con teli di cotone, gli rasero in malo modo sia i capelli che la barba, gli misero addosso un saio nuovo che sapeva di spigo, un paio di babbucce di pelle rossa e lo portarono davanti al papa.

«Il sommo pontefice lo fece accomodare su una sedia di paglia, gli offrì del vin santo e degli sgonfiotti ripieni di marmellata di pere, e gli chiese del suo amico d'infanzia che non vedeva ormai da cinquant'anni. Cesidio da principio era talmente emozionato che non riusciva a spiccicare parola. Ma poi piano piano si riprese e disse che gli portava i saluti del padre superiore Giovanbattista Armidio Ratafià Peletti e ogni volta che pronunciava il suo nome si inchinava, come davanti a una immagine di Cristo. Il pontefice gli fece una carezza con quelle sue mani delicate e leggere e bianche come la neve. Poi gli chiese ancora molte cose sulla famiglia del suo amico, di cui Cesidio non sapeva niente. Ma frugò nella memoria, disperatamente, cercando un ricordo, qualche frase carpita in convento tra i frati e infine inventò qualcosa per accontentare quel papa così gentile che lo riceveva in casa propria. Intanto andava mangiando quegli sgonfiotti che erano la fine del mondo per bontà e dolcezza. Il papa lo osservava divertito. Ma al sesto sgonfiotto si stizzì e glieli fece togliere da un servitore perché continuasse a raccontare del suo compagno di collegio.

«Chiedendo perdono in cuor suo alla Madonna per quelle frottole, il monaco Cesidio raccontò che la vecchissima madre del padre superiore Giovanbattista Armidio Ratafià Peletti, veniva sempre al convento a portare pagnotte profumate di cannella e dolci di fichi secchi e mandorle, che il padre era morto in guerra.

«"Quale guerra?" aveva chiesto il papa spalancando gli occhi che aveva azzurri come due laghi di montagna. Cesidio non sapeva cosa rispondere, ma poi pensò che c'erano tante guerre in giro per l'Italia e si inventò che era morto a Valva in una guerra fra i conti di Alba e quelli di Celano di cui aveva sentito parlare in convento. E il papa gli credette.

«A questo punto il pontefice gli offrì un altro poco di vin santo, e fu lui stesso a versarlo nel bicchiere del monaco, cosa di cui Cesidio fu tanto commosso che poi, tornando al convento di Gioia sulle montagne marsicane, lo raccontò mille volte. Alla fine i fratelli monaci si stufarono e presero a beffeggiarlo chiamandolo 'l vinsantin' del papa.

«Improvvisamente il pontefice gli chiese di una certa Berta. E qui Cesidio si sentì perduto perché non aveva mai sentito parlare di questa Berta. Il papa gli disse che era la sorella piccola di Giovanni Ratafià, una bambina talmente bella e gentile che lui ancora se la ricordava. Allora Cesidio lavorò di fino: raccontò che Berta si era sposata con un grande barone, il barone dei monti Tiburtini. Che però, essendo rimasta incinta quattro volte e avendo abortito per altrettante volte, il marito si era spazientito e l'aveva cacciata dal castello. Lei era andata pellegrina per i boschi, con un sacco di noci sulle spalle. Di simili pellegrinaggi se ne intendeva Cesidio e raccontò nei particolari dell'incontro coi lupi, coi serpenti, con le iene, raccontò pure del furto del sacco di noci. "Povera creatura!" sospirava il papa e Cesidio gongolava. Aveva ottenuto tutta l'attenzione di quel vecchio evanescente dagli occhi di bambino.

«"E poi, e poi?" continuava, agitando le mani farfalline il papa. E Cesidio aveva ricamato ancora, narrando della povera fanciulla raminga per i boschi, che dormiva dentro i faggi giganti e stava per morire di fame e di freddo.

«"Ma alla fine si è salvata?" chiese ansioso il papa quasi cadendo dalla sedia per la trepidazione che lo attanagliava.

«"Mentre camminava nella neve che le aveva quasi congelato i piedi, incontrò un lupo che la guardava con occhi savi. E se mi mangia? pensava la fanciulla spaventata. Ma il lupo la guardava con qualcosa di umano, e lei gli parlò come se fosse una persona, gli chiese la strada, e il lupo, zitto zitto, la precedette fino alle porte di un convento di monache di clausura che stava in alto sulla cima del monte Palumbo."

«"Ah, ne sono molto contento" sospirò il papa congiungendo le manine irrequiete. Chissà se gli credeva veramente o stava al gioco. Nei suoi occhi si accendeva una luce astuta e ridente. "E vive ancora?" aggiunse titubante. Che dire? sì o no? e se poi mi chiede di rivederla? Cesidio si tenne sul vago: Una donna ben voluta da tutti per la sua generosità e la sua umiltà.

«Il papa assentì contento e disse che l'avrebbe fatta cercare. La voleva rivedere. Gli chiese il nome del convento ma qui Cesidio si rese conto di avere troppo fantasticato. Disse che non ricordava affatto il nome del convento, che anzi forse da ultimo si era sparsa la voce che era stato distrutto dai soldati di Valeria e che Berta era morta, forse sì, forse no... insomma non ne sapeva più niente. Proprio a questo proposito, disse, era venuto, perché il convento dei benedettini guidato da Giovanbattista Armidio Ratafià Peletti, amico di infanzia di Sua Santità, era minacciato in continuazione dagli armigeri della Contea. Per questo chiedeva una bolla papale che li fermasse per il futuro.»

«Il papa gliela concesse?» chiese Zaira, anche lei preoccupata per le sorti del monaco Cesidio.

«Sì, il papa, divertito dai racconti del monacello, e anche memore della piccola Berta, gli scrisse una bella bolla in cui si imponeva ai signori della Contea di Valeria di non toccare i benedettini di Gioia dei Marsi, pena la spedizione di un esercito papale per fare valere le regole della convivenza.

«Il nostro monaco Cesidio fu veramente contento. Il papa lo invitò a fermarsi in Vaticano per qualche tempo, ma lui volle partire subito. Avvolse la bolla dentro un sacchetto di iuta, chiuso a sua volta all'interno di un tascapane di pelle che si legò al collo. Poi, dopo avere ricevuto la benedizione del papa, avere avuto in dono tre monete d'argento, con le babbucce rosse ai piedi e il saio nuovo addosso, tutto rasato e pulito che sembrava un giovinetto appena uscito dai bagni, si avviò verso gli Abruzzi. Dove arrivò dopo solo dieci giorni di cammino e fu accolto con tante feste dai benedettini del convento e dal superiore Giovanbattista Armidio Ratafià Peletti che si fece raccontare cento volte di seguito le parole del papa. L'editto papale divenne famoso e riuscì a fermare i prepotenti fino a un nuovo cambio di Signorie.»

La donna dai capelli corti ama ascoltare storie, favole, leggende, apologhi, vicende vere e inventate. È una buona uditrice e mentre presta orecchio alle peripezie di un personaggio finisce per entrare dentro la vicenda e poi fa fatica a uscirne fuori. Dove ha letto che in una storia ben raccontata ci si "impaesa e poi si fa fatica a spaesarsi?". Ma sì, quel "pazzo dal sorriso angelico" di Ortega y Gasset. Il grande letterato spagnolo scrive che si esce da un libro amato con "le pupille dilatate" e il calduccio addosso come quando si indossa un paltò in un giorno di vento. Un paesaggio "cappotto" in cui ci si ripara e che si fa proprio adattandolo alle forme del nostro corpo. La vita che ci è toccata in sorte la conosciamo troppo bene, non dà sorprese. E poi, che gusto c'è a rimanere sempre se stessi? La noia ci mina il piacere di stare al mondo. Ed ecco che si presenta un altro, qualcuno che potresti essere tu anche se non sei tu: uno sconosciuto che diventerà presto conosciutissimo, fino a farsi fratello, amante. Un corpo che ti trascinerà in una vita mai vista né sperimentata, ma che stranamente diventerà sempre più familiare, fino a farsi tua e ti coinvolgerà in avventure sorprendenti, in piaceri che non avresti mai immaginato. Non è una pacchia?

«Racconta, ma'.»

La giovane madre è appena tornata da una festa. Indossa un abito attillato che rimarrà per la bambina il sogno di tutti i sogni. Un abito di velluto color notte, con dei rami di strass luccicanti che partendo dai piedi si attorcigliano lungo tutto il corpo, come fossero tralci di un rampicante fosforescente: bracciate di stelle cadute, appoggiate su un albero ad asciugare.

Ha l'alito che sa di alcol la giovane bellissima madre. Avrà bevuto dello champagne. È passata la mezzanotte e le sue braccia bianche sono due colli di cigno che si sporgono a curiosare: le mani e i polsi chiusi da lunghi guanti candidi. Un essere curioso sua madre, un poco cigno, un poco capra, pronta ad arrampicarsi sulle rocce più scoscese. Si siede sul bordo del letto vedendo che la figlia non dorme, e le sorride con un'aria assonnata.

«Ancora sveglia la mia bambina?»

«Mi racconti la storia di quella ragazzina che si chiamava Miseria e nessuno la voleva?»

«No, amore, è troppo tardi. E tuo padre mi aspetta in camera. Ha sonno, domattina si deve svegliare presto. Buonanotte.»

Lo sente infatti che chiama, suo padre il bello, il seducente. L'uomo di cui tutte le amiche della mamma si innamorano. E lui? Lui si fa corteggiare, ma «mi è fedele nel fondo» dice sua madre. La bambina non ne sarebbe poi tanto sicura. Ma la madre ha bisogno di quella sicurezza. Non vuole controllarlo. Lo segue di lontano con occhi innamorati e lui scappa, vola, se ne va dalla finestra per tornare quando e come gli pare. Un Peter Pan dal fare ciondolante, il sorriso irresistibile, il piede pronto a saltare: dentro la vita, dentro i pericoli, dentro le imprese più difficili, dentro la rappresentazione dell'amore paterno. Quanto ha giocato con le maschere quel suo bellissimo padre! Forse è per questo che lei ama tanto il teatro. Il luogo misterioso in cui ogni parola, anche la più falsa, diventa realtà, la realtà che più ci piace, che sta fuori di noi, ci appassiona, ma non ci prende per il collo. Per questo si struggeva quando, appena tornato da un lungo viaggio, la chiamava. «Piccina, dove sei?» E lei correva ad abbracciarlo. Lo stringeva a sé chiedendosi con apprensione come avrebbe fatto quando fosse ripartito quel papà amato, l'uomo che fuggiva sempre. Quanto sarebbe rimasto con lei prima di prendere il prossimo treno?

«Dove sei?»

«Sono qua, papà.»

«Dove?»

«Qui.»

«Che ti hanno fatto? sei così sciupata!»

«Il fatto è, papà, che tu sei morto e rimani fermo, mentre io invecchio e mi trasformo.»

«Dov'è andata la mia bambina?»

«Ma sono io, sono qui.»

«Non ti riconosco più, mi sa che un'altra misteriosamente si è intrufolata nel tuo corpo e si spaccia per te.»

«No, papà, sono sempre io, tua figlia.» Ma lui scuote la testa e strizza gli occhi come quando guarda l'orizzonte e lo scopre ermetico, lontano.

«Mia figlia è morta» dice a se stesso e si incammina con aria delusa verso il futuro. O verso il passato. Chi sa dove si dirigono i morti! Visto da dietro sembra ancora un giovanotto. Ha i capelli tagliati corti, la schiena ritta e le gambe agili.

Zaira osserva Cesidio che si allontana coi suoi cavalli. Gli fa un saluto con la mano alzata. Lei è ferma sulla soglia a scrutare il cielo: si è rimesso al bello, pare. Le nuvole, leggere scaglie di burro, si allontanano all'orizzonte. Due falchi volano in tondo sopra il monte Marsicano. Ci deve essere un animale morto da quelle parti. Mentre volano alti, stridono. Hanno una voce i falchi che non corrisponde al loro silenzioso volare. I piccoli gridi queruli fanno pensare ad altri uccelli, più pettegoli, più volubili. Il falco plana, ha l'occhio tanto acuto che può scorgere un verme alla distanza di cento metri. Come mai, invece di starsene in silenzio ad avvistare la preda, grida a quel modo?

Zaira chiude la porta, si infila la chiave in tasca. Tira fuori la bicicletta dal fienile e si avvia, seguita da Fungo, verso le montagne. Conosce tutte le strade dei trattori che vanno a ritirare la legna una volta l'anno, tutte le mulattiere, i sentieri percorsi dai cavalli e dalle capre per raggiungere le zone più impervie delle foreste.

Ma la bicicletta la porterà solo fino a metà montagna, lì dove le strade di terra si trasformano in tracciati pietrosi che perfino a piedi risultano scoscesi e difficili da seguire. Sono sentieri che appaiono e scompaiono, non hanno una meta, sono costruiti dal salire e scendere delle bestie che cercano cibo. Ieri è nevicato. Bisogna stare attenti al ghiaccio che magari non vedi sotto la leggera coltre bianca e ti butta a terra quando meno te lo aspetti.

Zaira pedala rapida, approfittando di quel poco sole che attraverso l'aria gelata le scalda la fronte, le mani. Quando la montagna si fa troppo ripida e la mulattiera finisce in un groviglio di buche e radici in rilievo, fa scivolare la bicicletta nel fitto di una macchia di bassi arbusti Ci posa accanto una pietra bianca in una posizione che solo lei potrà riconoscere. La sua camminata è decisa, robusta. Il cane la segue silenzioso. Tiene sempre con sé il bastone anche se ormai le vipere sono an date in letargo e dormono della grossa in qualche grotticella scavata nella pietra.

Una volta la donna dai capelli corti ne ha scorte due di vipere ed erano allacciate in uno spasimo d'amore. Più che allacciate, erano intrecciate strettamente e rotolavano beate giù per una pendenza, senza curarsi di lei, né del cane, né di niente. Erano evidentemente così prese dall'abbraccio che non vedevano il pericolo. Si era affrettata a tenere il cane per il collare perché non si avvicinasse a curiosare. Le aveva viste girarsi e rigirarsi su se stesse, sempre intrecciate, con un movimento di grande potenza amorosa. Un amore che le incollava, le eccitava, le saziava, e le rendeva sorde e cieche. Era durato qualche minuto quell'abbraccio e lei era rimasta lì incantata a fissarle, senza riuscire a distogliere lo sguardo. Infine, sempre intrecciate e rotolanti, si erano infilate dentro un buco e non erano più uscite fuori.

È mezzogiorno. Il sole a picco le scalda la schiena. Zaira decide di sedersi un momento. È approdata, dopo una immersione nel folto del bosco umido, in uno di quei praticelli asciutti e rotondi che si aprono come un giardinetto in mezzo a un mare di alberi. Ha preso posto su un cucuzzolo terroso coperto di erbe morbide, circondato da un minuto esercito di funghetti invernali, color legno. Hanno la tendenza a comporsi in formazioni circolari, disegnando l'immagine grafica di una segreta O.

Dallo zainetto estrae un sacchetto di carta in cui ha infilato una grossa fetta di pane e un pezzo di pecorino, un pomodoro di serra e un poco di sale chiuso dentro un fazzolettino di carta piegato in quattro. Subito il muso di Fungo si accosta, si allunga, fino a toccare le sue mani. Ma questa volta non si farà strappare via il pane. «No, Fungo, ho portato qualcosa anche per te, aspetta.» E gli porge un misto di carne e di riso che ha cacciato dentro un barattolo di vetro. Fungo ingolla tutto in pochi secondi e poi è di nuovo da lei a premere col muso contro il suo braccio per avere qualcos'altro.

«Sei ingordo» gli dice e gli porge un pezzetto di formaggio.

Ma proprio in quel momento il cane rizza le orecchie allarmato e prende a guardarsi intorno inquieto. «Cosa c'è, Fungo?» Forse una volpe, o una lepre. Ma Fungo abbaia rabbioso, coi denti di fuori e il pelo ritto sulla schiena. Chi può essere? Zaira fissa lo sguardo nella direzione verso cui punta il cane ma non vede proprio niente. Poi, ecco un rumore di passi. Zaira si irrigidisce. Richiama il cane che non vuole obbedire.

Dal buio della selva sbuca un ragazzo con un fucile in mano. Non ha la faccia amichevole. E più che a caccia di animali selvatici, sembra che stia andando a caccia di persone curiose.

«Che fa lei qui?»

«Perché, è proibito?»

«Non lo sa che è pericoloso andare da soli per le montagne?»

«E lei non è solo?»

«Ma io ho il fucile.»

«E io ho il cane.»

«Meglio che se ne torni a casa.»

«Lo farò quando mi parrà.»

Ma poi gli sorride pensando che probabilmente è un innocuo cacciatore e non deve trattarlo così sgarbatamente.

Lui non restituisce il sorriso. La guarda torvo con il fucile stretto fra le mani.

«Forse non si è accorto che è entrato nella zona del Parco Nazionale. Qui la caccia è proibita» dice lei, un poco pedante.

«Le consiglio di occuparsi dei fatti suoi.»

«Sono anche fatti miei, visto che in questo parco io ci abito.»

«Una donna sola non dovrebbe andare per boschi.»

«È un consiglio o una minaccia?»

«Lo dico per il suo bene.»

«E quale sarebbe il mio bene?»

«Starsene tranquilla a casa, nei boschi girano animali pericolosi.»

«A me sembrano più pericolosi gli uomini con il fucile.»

«Se io le sparassi in questo momento, nessuno lo verrebbe a sapere, mai. Non è un pericolo questo?»

«Guardi che è finito il tempo dei briganti. Perché mi dovrebbe sparare?»

«Così, tanto per fare...»

Zaira vede il giovane alzare il fucile verso di lei. La paura la prende alla gola. Possibile che le spari per davvero? Possibile che si sia imbattuta in un pazzo?

«Senta, lei non ha nessuna ragione per spararmi. E poi guardi che c'è un pastore qui vicino che può vedere tutto. L'ho incontrato poco fa, e stava entrando nel bosco con le sue pecore» dice Zaira frettolosa, sperando non le risponda che nessun pastore andrebbe in giro con le pecore su un terreno coperto dalla neve. O sono chiuse in stalla o sono partite per le pianure più calde.

Il giovane non sembra dare molto peso alle sue parole. Ridacchia con una smorfia che gli arriccia gli angoli delle labbra verso il basso.

«Stavo scherzando, perché dovrei ucciderla?» dice cambiando voce: «Ma ora vada a casa. Non è prudente girare sole per i boschi, non ha mai sentito parlare di Cappuccetto rosso?».

Zaira lo guarda con attenzione, chiedendosi se ha davanti un pazzo oppure un burlone. Con pazienza e senza fretta, raccoglie la carta, la bottiglietta dell'acqua, il coltellino con cui ha tagliato il pomodoro e ficca tutto dentro lo zaino. Si alza e si avvia verso il bosco, dalla parte opposta a quella dove si trova il cacciatore. Quando si volta per controllare, l'uomo è già sparito tra i faggi. *Che orecchie grandi hai, nonna! È per ascoltarti meglio, bambina.* Ora Zaira segue i passi di lui che si allontanano nel bosco schiacciando foglie morte e rami caduti.

Ma perché era così infastidito che lei stesse lì? Più ci pensa e meno crede alla pazzia dell'uomo. Il suo atteggiamento, a rifletterci, le pare più quello di uno che difende un territorio. Ma quale territorio, che quei boschi sono tutti demaniali? Come se lei avesse oltrepassato un confine pericoloso, oltre il quale si nasconde un segreto irrivelabile. Quell'uomo fa la guardia a qualcosa di nascosto, ecco cos'è. Forse un cacciatore di frodo che si è sentito scoperto mentre inseguiva una preda proibita. Un orso? un cervo? Non è certamente uno che ha sconfinato nel Parco senza saperlo.

Una volta a casa, Zaira si accorge che qualcuno ha frugato fra le sue cose. Trova i cassetti in disordine, le carte sottosopra. Ma cosa cercavano? e chi? e come hanno fatto a entrare? La porta non è stata forzata. Una chiave ha aperto e la stessa ha richiuso tranquillamente. Che ci sia un collegamento con l'incontro nel bosco? ma le sembra improbabile visto che qualcuno è entrato in casa mentre lei era fuori, proprio quando si imbatteva nel giovane cacciatore. E se fosse Colomba? Non era in cucina quella notte di tempesta assieme con Sal?

La mattina dopo, quando sente passare Cesidio, si precipita giù dal letto per parlargli.

«Un caffè?»

«Come mai così presto? Pensavo di passare dopo.»

«Ho dormito male.»

Cesidio dà la voce ai cavalli per fermarli ed entra in casa per sorbirsi il caffè.

«Sai, ieri ho incontrato un cacciatore, credo di frodo. Mi ha consigliato in modo minaccioso di non girare per i boschi. Cosa devo fare?»

«Strano. I cacciatori di frodo di solito scantonano. Non minacciano i testimoni, non si fanno vedere in faccia. A meno che non volesse fare fuori il testimone, ma non è mai successo.»

«E poi sono anche entrati in casa mia e hanno frugato nei miei cassetti.»

«Chi?»

«Lo sapessi!»

«Ladri non ne ho mai visti dalle nostre parti.»

«Non sono ladri, avevano le chiavi.»

«Allora è qualcuno di famiglia.» Un sorriso ironico. Nel suo sguardo limpido si affaccia qualche nuvola. Che pensi a Colomba anche lui?

«Che devo fare?»

«Niente. Non siamo più ai tempi dei briganti. Mio nonno mi raccontava che quando suo nonno era giovane, arrivavano dei bigliettini nelle case di campagna: consegne vendi pecure, oppure: consegne diece ducate se no te abbruciamo la casa. E la gente pagava, per paura. C'era Genco Venco che imperversava da queste parti, c'era Domenico Cannone, Marco Sciarpa, c'era la compagnia Scenna, ma non era teatro era una banda, c'era Ferdinando Cola Marini, c'era Antonio Mancino, tutti bravi ragazzi abruzzesi che hanno creduto più nel coltello che nel cucchiaio e sono finiti male, malissimo. Li fotografavano seduti, una volta morti, col fucile in braccio, la testa ciondolante, i fori delle pallottole sul petto. Credevano nei Borboni questi ragazzi, erano delle teste calde, dei disgraziati senza pazienza. Bravissimi a scannare carabinieri e poveri giovanotti dell'esercito sabaudo. I quali in realtà non erano simpatici a nessuno perché combattevano in nome dell'Italia unita. Ma che se ne facevano dell'Italia unita i nostri pastori che non avevano di che compicciare il pranzo con la cena? Gli avevano pure tolto il diritto di fare legna nei boschi, gli avevano dato la leva obbligatoria, e la fame era tanta che moltissimi erano costretti a partire per lavorare all'estero. Altri, per disperazione, per orgoglio, per paura, per fame, si sono dati alla macchia. Vogliamo davvero chiamarli briganti?»

«Lo so, i briganti. Ma oggi, ora, Cesidio che devo fare io?»

«Niente. Tutto s'aggiusta. Un cacciatore di frodo scappa. Non lo rincontrerai più.»

«E le minacce?»

«Scherzi. Nessuno spara più così a buon mercato. Lo prenderebbero subito e si farebbe trent'anni di galera.»

«E chi pensi che possa essere entrato a frugare nei miei cassetti?»

«Non lo so. Ma non è grave. Avevi soldi in casa?»

«Tengo qualche cosa in un barattolo in cucina ma non hanno toccato nulla.»

«Strano. Ma vedrai, non è grave.»

"Siete precato di mantarci quaranta ducate perché nui siamo venti bricanti, altrimenti o di notte o di giorne sarete acciso e fatto a pezze, firmato Genco Venco."

La donna dai capelli corti ripensa alle parole di Cesidio stringendo in mano uno dei tanti libri sul brigantaggio in Italia nei primi anni dopo l'unificazione. Facile immaginare la faccia del contadino agiato che ha risparmiato per una vita e ora si trova con la masseria che funziona, due mucche al pascolo, trenta pecore da cui ricavare latte e lana, una figlia che sta per sposarsi, una casa da costruire, e il tetto della vecchia abitazione da rifare. Il foglio trema fra le dita contratte. Che fare? pagare in silenzio o andare dai carabinieri a denunciare l'estorsione? I carabinieri verrebbero, metterebbero a soqquadro la masseria, interrogherebbero pure i maiali nel porcile, ma non caverebbero un ragno dal buco. I briganti invece, silenziosi e lesti, gli brucerebbero la casa, taglierebbero la gola prima ai suoi animali e poi a lui.

"Il guardaboschi Giovanni Marcucci, trovandosi il 20 marzo 1866 nel bosco di Tornareccio, venne catturato dalla banda Cannone e dopo essere stato barbaramente ucciso, gli furono asportate le viscere, come nel caso precedente di Pescocostanzo e attaccate sulla fronte a mo' di ornamento."

La donna dai capelli corti legge le carte raccolte da Orsognese B. Costantini che cita 139 procedimenti giudiziari riguardanti briganti abruzzesi. Domenico Valerio di Casoli detto Cannone, passava per uno dei più crudeli.

"Il motivo preminente dello sviluppo e della persistenza del brigantaggio in Abruzzo" spiega Luigi Torres nel libricino intitolato *Tre carabinieri a caccia di briganti*, edito dal piccolo e coraggioso editore abruzzese Adelmo Polla, "è stato in primo luogo l'aspetto topografico e poi quello non meno importante delle risorse di sostentamento delle bande, provenienti dalla ricca industria armentizia dei luoghi iscritti nel territorio con particolare riguardo ai comprensori Sulmonese, Fucense, Altosangrino e Lancianese..."

"Con natura topografica si intende la sua conformazione aspra e frastagliata, le sue alture inaccessibili, la presenza di vaste aree boscose, rade, folte, macchiose, arboree, attraversate da rovinosi sentieri e tratturi, certamente la più idonea a nascondere nelle sue grotte naturali e nella fittissima vegetazione le turbe brigantesche."

"Vi aviso la terze volte: voi li volete morte e noi glie daremo lammorte, voi vulete la orecchia e noi ve la mandereme vi diche da vere bricanti e ve giuro ca chesta sarà la ultime notizie ca vi facce avere se per chuesta sera non mandati la somme, cominso a mandarve le orecchie e le punte delle dite de mani... vostro amico capo banda Felice Taddeo."

Luigi Torres giustamente si scandalizza di questi metodi, ma i carabinieri sabaudi non sono meno crudeli, quando qualcuno di loro viene aggredito. Mettono a ferro e fuoco interi paesi, torturano i prigionieri, uccidono a sangue freddo anche ragazzi giovanissimi quando li sospettano di essere manutengoli dei banditi, imprigionano madri e figlie per affamare gli uomini nelle foreste.

«Racconta, ma'!»

La bambina è appassionata di storie di briganti.

«Io non so niente dei briganti, cosa posso raccontarti?»

Le mani robuste della madre impastano la farina sopra il tavolo di marmo della cucina. L'ha sempre pensato "occhiuto" quel tavolo perché porta i segni rotondi dei bicchieri di vino. Occhi orlati di rosso che guardano verso il soffitto. Ma qualche volta si rivolgono pure dalla sua parte e appaiono ciechi e nello stesso tempo attenti, come gli occhi di chi non ha pupille ma protende il bianco bulbo oculare per scrutare meglio. Da quella palla lattiginosa parte uno sguardo sottile, nascosto e insidiosamente acuto.

«Racconta, ma'.»

La bambina se ne sta seduta su una seggiolina di paglia intrecciata e tiene le gambe unite, i gomiti appoggiati sulle ginocchia e le mani rovesciate come fiori che sostengono il mento pensoso. Può essere pensoso un mento? si sta chiedendo mentre osserva le dita morbide e decise della madre che impastano la farina con l'acqua e l'uovo.

«Racconta, ma'.»

E la madre racconta, mentre la pasta lievita sotto le sue mani vigorose.

Ieri è nevicato e anche l'altro ieri. La neve ha coperto i dintorni. Gli stivali sprofondano fino al polpaccio. Ma oggi c'è il sole e la neve luccica e accieca. Genco Venco è intento a tagliare una patata bruciacchiata con un coltellino dal manico di osso. Per fare questo ha dovuto liberare le braccia dall'ampio mantello coperto di patacche e di buchi che lo avvolge dalla testa ai piedi. Il freddo gli morde i polsi e le mani nude. Ha un dolore insistente al piede sinistro: segno che la ferita sul tallone non è guarita. E oggi ci dovrà camminare sopra chissà per quanti chilometri. Gli altri uomini dormono ancora. Cosa darebbe per una tazza di caffè caldo! ma sono giorni che non possono accendere il fuoco per non farsi scoprire. Troppe guardie nei dintorni e tutti con gli occhi appizzati verso la montagna. Il fumo è il primo a rivelare la presenza di un accampamento. La patata è fredda e sa di bruciato. Ma se la caccia in bocca per smorzare la fame.

La donna dai capelli corti osserva quella bambina testarda e curiosa che forse le assomiglia un poco troppo. Cosa avrà imparato da tutto quel raccontare materno? si chiede e sorride della piccola smorfia di onnipotenza che piega la bocca loquace della giovane madre. L'amore a volte prende le forme più impreviste, quasi presaghe di un futuro che non sarà felice e dilata il presente con la sua immaginazione fruttifera.

"Il brigantaggio diventa la protesta selvaggia e brutale delle miserie contro le antiche secolari ingiustizie. La sola miseria non sortirebbe forse effetti cotanto perniciosi se non fosse congiunta ad altri mali che la infausta signoria dei Borboni creò ed ha lasciati nelle province napoletane. Questi mali sono l'ignoranza gelosamente conservata e ampliata, la superstizione diffusa ed accreditata e segnatamente la mancanza assoluta di fede nelle leggi e nella giustizia". Parole di Giuseppe Massati, membro di una delle commissioni parlamentari d'inchiesta istituita nel 1863.

Genco Venco, mangiando la patata bruciacchiata pensa a Maria Lucia, uccisa dai soldati nei boschi sopra Sora. Aveva partecipato come un bravo soldato allo scontro, sparando da dietro le rocce del Pigneto di Macchiarvana, finché le si era inceppato il fucile e nella foga di aggiustarlo, si era esposta. Un carabiniere l'aveva puntata ed erano partiti tre colpi ben segnati. Lucia era caduta all'indietro come se una mano burlona durante un gioco l'avesse spinta facendole saltare per aria il cappello. Anche il fucile era volato in alto e ora giaceva a due metri da lei, in una pozzanghera di ghiaccio e fango. Genco aveva tremato, nascosto a cinquanta metri, ma non osava muoversi per non farsi notare. Aveva aspettato che se ne andassero i militari e poi si era avvicinato per aiutarla. Ma dopo avere toccato la sua mano diaccia, era scappato velocemente. A che serve rischiare la vita per un cadavere?

Si era fermato a un centinaio di metri, sull'altura e col binocolo aveva sorvegliato come l'avevano sollevata, senza seviziarla o infierire sul suo corpo, ma anzi, avrebbe detto con una certa delicatezza pudica. Era sbucato un fotografo, non si sa da dove, aveva armeggiato con una macchina gigantesca irta di manovelle. In due avevano trascinato il corpo di Maria Lucia fin sotto un olmo e lì l'avevano messa seduta, appoggiata contro il tronco. La donna teneva la bocca aperta e un filo di sangue le colava sul mento. L'avevano fotografata così, seduta e con le labbra dischiuse. I capelli, ancora ricci e vivi, le circondavano allegramente il viso esangue.

Da lontano aveva visto un soldato avvicinarsi e chiuderle pietosamente la bocca, quindi pulirle il sangue che colava dalle labbra con un pugno di neve fresca. Una mano pulita e infantile di soldato diciannovenne. Ma era pietà o esigenza del fotografo? Il cappello di feltro nero che era volato quando era stata colpita, ora giaceva contro un cespuglio di more. La camisella bianca di cui andava fiera – anche nei boschi riusciva a tenerla pulita, lavandola con acqua e sapone, acqua e cenere e la faceva asciugare al sole tutti i giorni – era forata dai proiettili e il sangue la stava arrossando.

La bella Maria Lucia dagli occhi severi e la bocca sensuale. Era scappata di casa per amor suo. Non l'aveva violentata o forzata, come facevano molti altri briganti, per avere una donna accanto. Sebbene lui avesse minacciato il padre di lei col fucile perché non pagava il dovuto, sebbene gli avesse bruciato la stalla con tutte le vacche dentro, lei lo aveva scelto, al primo sguardo. Gli aveva detto semplicemente: «Stengh' ecch'» e l'aveva seguito. Non era brava a cucinare, lasciava fare a Menichella che era la donna di Nicola, uno degli ultimi arrivati, appena diciottenne. A Maria Lucia piaceva lavare. Appena trovava un filo d'acqua, che fosse un torrentello o una pozza in cui si raccoglieva la pioggia, si toglieva le grandi scarpe da uomo, si sfilava i calzettoni di lana grezza e si lavava i piedi. Se vedeva che non c'era nessuno nei dintorni, si toglieva i mutandoni di cotone che le arrivavano al ginocchio e si lavava i satanass', come chiamavano gli uomini il sesso delle donne. Muovendo con eleganza le due piccole mani robuste sempre abbronzate dal sole, estate e inverno, non rinunciava mai a lavarsi, la faccia, il collo, le braccia, a costo di rompere il ghiaccio per raggiungere un poco d'acqua pulita. Per questo sapeva sempre di bucato mentre gli uomini e le donne che andavano nomadi per le montagne, puzzavano di pecora, di fumo e di sudore vecchio.

Era difficile fare l'amore all'aperto, c'era sempre qualcuno che poteva spiarli. Una volta Genco l'aveva trascinata in un intrico di rovi e si erano allacciati con tanta foga che non si erano accorti degli spini durissimi che avevano stracciato assieme ai vestiti anche la carne. Quando erano usciti tutti graffiati, i suldate de Sua Maestà, come amavano chiamarsi, li avevano presi in giro avendo capito che quelle escoriazioni venivano dalla voglia di nascondersi alla maniera dei gatti. Come dimenticare la stretta delle braccia di lei, corte ma robuste e quelle mani che gli avevano accarezzato il collo, la parte del corpo più sensibile per lui? Gli è sempre piaciuto farsi toccare il collo. Di solito lo nasconde come un segno di debolezza virile. Quando era ragazzo, rubava i soldi per andare dal barbiere. Chiudeva gli occhi e si lasciava andare al tocco di quelle dita leggere, alla schiuma del sapone, alla spazzola di setola. Rabbrividiva un poco al contatto col rasoio di metallo, ma sospirava quando il barbiere, coscienzioso, gli spruzzava l'acqua di verbena fra le orecchie, e gli soffiava del borotalco sotto l'attaccatura dei capelli.

A lei, solo a lei, aveva confidato questa sua debolezza e Maria Lucia, appena poteva, gli poggiava una mano calda alla radice del collo, gli allargava con un dito il colletto della camicia e gli carezzava lentamente la nuca. Lui si scostava, perché c'era sempre la possibilità che arrivasse qualcuno e non voleva farsi vedere debole nelle mani di una donna. Ma quando erano soli, al buio, nella capanna improvvisata per la notte, si avvicinava a lei perché lo accarezzasse così, sulla collottola, come un gatto che fa le fusa e lei non si stancava mai.

La notte, quella terribile notte, appena i soldati se n'erano andati, era sceso da solo al praticello della fucilazione e aveva scavato e scavato fino all'alba per seppellire la sua Maria Lucia. Quando l'aveva presa in braccio gli era sembrata così pesante, dieci volte più pesante che da viva, come se portasse addosso tutti i peccati della banda.

Aveva rischiato di essere preso, quando un cane si era messo ad abbaiare vicino alle tende dei soldati. Una voce l'aveva raggiunto: Chi va là? E lui si era nascosto fra le frasche, trattenendo il fiato. I suoi compagni non erano scesi con lui temendo una imboscata e, nel vederlo scendere a valle solo, gli avevano dato del pazzo. Ma i soldati non erano andati a controllare, non pensavano che i briganti avrebbero osato tornare lì dove dieci della banda erano stati giustiziati, poi fotografati, quindi abbandonati senza sepoltura.

"Per distruggere il brigantaggio abbiamo fatto scorrere il sangue a fiumi... L'urgenza dei mezzi repressivi ci ha fatto mettere da parte i mezzi preventivi i quali solo possono impedire la riproduzione di un male che certo non è spento. In politica siamo stati buoni chirurghi e pessimi medici. Molte amputazioni abbiamo fatto col ferro, di rado abbiamo pensato a purificare il sangue. Chi può mettere in dubbio che il governo abbia aperto gran numero di scuole, costruito molte strade e fatto opere pubbliche? Ma le condizioni sociali del contadino non furono oggetto di alcuno studio né di alcun provvedimento che valesse direttamente a migliorare le sue condizioni. Uno solo dei provvedimenti iniziali tendeva direttamente a questo scopo ed era la vendita dei beni ecclesiastici in piccoli lotti, e la divisione di alcuni beni demaniali. Ciò poteva ed era inteso a creare una classe di contadini proprietari, il che sarebbe stato gran beneficio in quelle terre. Invece le terre sono andate ad accrescere i vasti latifondi dei grandi proprietari e la nuova classe dei contadini non si è formata." (Pasquale Villari, *Lettere meridionali*, 1875)

Zaira, con i capelli appena lavati avvolti in un asciugamano rosso, i piedi nudi nelle pantofole imbottite, la vestaglia di flanella a righe celesti stretta in vita dalla cintura di un'altra vestaglia, color verde bottiglia, si siede al tavolo della cucina e scrive in cima alla pagina: TESTAMENTO. Comincia con un "Io, sana di mente, decido..." ma poi si ferma, cancella. Torna a scrivere. Si arresta di nuovo. Come si redige un testamento? Non l'ha mai fatto. Scosta la sedia, si alza. Riempie di acqua il pentolino, accende uno dei fornelli e lo mette a scaldare. Intanto sfila una bustina di tè dalla scatola, la lascia cadere dentro la teiera dal becco rotto, arrotola la cordicella del cartellino con la marca attorno al manico della teiera e aspetta che l'acqua bolla. Il suo pensiero va ai briganti che una volta infestavano, come scrivono i libri, questi boschi.

«Non sono stati i fucili o le manette a fermarli, ma il benessere, il turismo, le strade asfaltate, gli spazzaneve, i primi alberghi, la moda dello sci, i distributori di benzina, i negozi di frutta e verdura, le camere a pensione, la scuola nel centro del paese, l'autobus che collega la montagna alla valle.» È la voce saggia del suo amico dei boschi.

Ma oggi chi sono i nuovi briganti? chi può avere interesse a frugare fra le sue povere carte? chi può pensare di minacciarla perché non vada in giro per faggeti a cercare la sua Colomba? Con la tazza piena di un tè scuro e profumato, a cui ha aggiunto una fettina di limone e un cucchiaino di miele, si siede di nuovo davanti al foglio e prende a scrivere lentamente.

"Alla mia morte, che avvenga per malattia o per mano di qualcuno che mi vuole male, dispongo che la casa che posseggo vada a mia nipote Colomba e, nel caso lei sia morta (ma questo deve essere provato con il ritrovamento del cadavere), desidero che venga donata alla scuola del paese perché possa avere qualche aula in più, visto che ancora si insegna in stanze strette e piccole, trenta per classe (io ci ho studiato da piccola e ci ha studiato pure Colomba), dove non ci sono né laboratori né scaffali per i libri.

"In fede

"Zaira Bigoncia Del Signore."

Quando si porta alle labbra la tazza ancora piena, il tè è diventato freddo e fuori ha cominciato a nevicare. Sebbene non abbia alzato lo sguardo che tiene fermo sul foglio, si è accorta del cambiamento dalla luce che da grigia si è tramutata in bianca. Una luce diffusa che sta accendendo la finestra e la cucina. E poi il silenzio, quel silenzio che rende l'aria sospesa e morbida ed è tipico della neve.

Non si sentono neanche le galline di Vinicio che abita a trecento metri da lei, neanche i cani del macellaio che abbaiano a ogni gatto che passa, neanche le tritasassi della ditta abusiva dei Malanfama che, nonostante le leggi proibiscano la presenza di una fabbrica in pieno centro abitato, all'interno di un parco nazionale, continuano imperterriti a costruire mattoni sollevando tonnellate di polvere e assordando tutte le case dei dintorni.

Zaira rilegge il suo testamento e piega il foglio in quattro, lo infila dentro una busta quadrata che chiude accuratamente inumidendo la colla con la lingua. Ma dove nasconderla perché sia trovata dalle persone giuste? Prima la mette nel cassetto dove tiene le chiavi di casa, ma poi ci ripensa e la caccia nell'armadietto dei medicinali, dopo averci scritto sopra in grande la parola TESTAMENTO.

Ora si sente più tranquilla. Può ricominciare le ricerche senza pensare al dopo. Se le succedesse qualcosa, sapranno come disporre dei suoi pochi averi. Negli ultimi giorni ha avvertito il pericolo come qualcosa con cui dovrà imparare a convivere. Il perché non lo sa. Indovina che abbia a che fare con la sparizione di Colomba.

Intanto ha deciso di non lasciarsi spaventare. Continuerà le ricerche, nonostante sia stata minacciata, battendo pezzo per pezzo le montagne intorno. Ma ora i capelli che sono ancora bagnati, cominciano a pesarle sul collo, infagottati nell'asciugamano umido. Sfila dal gancio l'asciugacapelli e lo accende al massimo. L'aria calda sul collo le dà un senso di allegria. Si punta la bocca dell'asciugacapelli contro le orecchie, contro il naso e la nuca, prima di dirigerlo decisamente sui capelli appena lavati.

«Racconta, ma'!»

La bambina è ancora dentro il letto. Solo il naso sbuca dal piumone ed è rosso. Ieri ha trascorso la mattinata sulla neve e il sole le ha tempestato la faccia di lentiggini e le ha sbucciato la punta del naso.

La donna che sta in piedi accanto al letto è davvero sua madre? si chiede. Non l'ha mai vista così giovane e seducente. Ma che età ha? possibile che le sia consentito di tornare indietro nel tempo come gli abitanti fantastici dei libri di Urania? È vestita da rocciatrice, con gli scarponi chiodati, i calzettoni ai ginocchi, i pantaloni alla zuava, una maglia rossa che le si apre sul collo asciutto e abbronzato.

«Sei troppo bella, quasi mi fai paura.»

«Perché paura?»

«Non lo so.»

«Paura di che?»

La bambina ripete che non sa. Nella sua testa confusa la paura spicca come un fiorellino di campo nato con la guazza. Paura forse che quella perfezione venga in qualche modo incrinata da una parola sbagliata, da una luce inattesa, da un movimento inconsulto. La compiutezza di quelle forme armoniose le arresta il respiro in gola, le gonfia gli occhi di lacrime. In ogni perfezione c'è la minaccia e il presentimento della fine: ci sarà una decadenza, un guasto che incrinerà quella gioia di essere al mondo e lei non può sopportarlo. Vorrebbe, come nelle fiabe, fermare il tempo con una parola magica, fissare quella perfezione: una madre giovane e bella, profumata di pino e di fresia, che si china su una figlia fragile e incantata. È tutto lì il mondo? perché permettere che quei corpi si corrompano? perché lasciare che il tempo scorra come un fiume insensato, di cui non si conosce la meta? La sola cosa che la consoli di questo scorrere violento e incomprensibile sono i porti: danno una idea di ordine, di stabilità. Dove ci sono dei porti c'è un arrivo e dove c'è un arrivo c'è una sistemazione, un incontro, un abbraccio, una riconciliazione. I porti, in questo passare idiota del tempo, sono i racconti di sua madre. Le chiede infatti insistentemente: «Racconta, ma'». Risponderà anche questa volta? non lo sa ancora. Ma già pregusta l'attimo in cui la giovane donna, splendente di felicità e di grazia, si siederà sul bordo del letto, le toccherà con una mano leggera la fronte e poi comincerà, con la voce fluente, giocosa: c'era una volta una bambina che aveva i capelli biondi, ma così biondi che sembravano bianchi.

«Una bambina vecchina?»

«Una bambina con la faccia tutta rugosa, come una scimmiotta piena di pulci.»

«Si chiamava Colomba quella bambina?»

Zaira oggi vuole parlare alla romanziera del padre di Colomba, Valdo Mitta, mantovano di nascita, sceso a fare il professore di latino e greco al liceo Benedetto Croce di Avezzano nel 1975. «Se non si conoscono tutti i personaggi di questa numerosa famiglia non si possono capire gli eventi, e soprattutto quello principale: la scomparsa di Colomba.» Questo le sussurra Zaira in un orecchio, appena alzata.

«Venivano a trovarci qui a Touta e andavano insieme per i boschi lui e la figlia. Che gran bell'uomo era! Le studentesse se lo mangiavano con gli occhi. Lui lo sapeva, era un esperto giocatore di sguardi. Non avrebbe mai sedotto una alunna, ma le incantava, le lusingava. Erano tutte matte per lui. Solo quando andava per i boschi con la figlia sembrava dimenticarle. Conosceva bene i funghi. Bisognava vederlo quando, con i jeans ciancicati, una camicia celeste e un fazzolettino rosso al collo, si inoltrava tra i faggeti cercando porcini. Angelica, che era innamoratissima di suo marito avrebbe voluto stargli sempre vicina. Ma lui preferiva andare a passeggio con la figlia Colombina. A ogni fungo che incontravano, si inginocchiavano sulle foglie del sottobosco, esaminando per filo e per segno le sue caratteristiche. "Vedi" diceva il giovane padre, "il porcino che nel linguaggio scientifico si chiama Boletus, prende tante forme, anche pericolose. Questo è un Boletus purpureus, è mangiabile anche se non è dei migliori. Comunque va cotto perché crudo è tossico. La sua carne diventa violacea appena la tocchi, vedi, come se uno ti facesse un livido."

«"Allora non vuole essere toccato?"

«"A nessuno fa piacere essere strappato dal suolo e mangiato, non credi? Però, se fai attenzione a lasciare integra la radice, se non lo strappi brutalmente e lo tratti come un fiore, be' sarà come tagliare i capelli che poi ricrescono. Il Boletus regius, che è il porcino più buono, ha la testa massiccia, bruna anche un poco picchiettata di rosso, il suo gambo è corto e tendente al chiaro, fra il giallo e il bianco. Sotto la cappella non ci sono lamelle ma una carne compatta, spugnosa, color paglia."

«Camminavano tutto il giorno, portandosi dietro un paniere foderato di carta da pacchi. Su quella carta dal tenue color avana, appoggiavano delicatamente i funghi che coglievano. Alla bambina piaceva vagare fra i pini e i noccioli, affondando le scarpe nel tappeto soffice delle foglie e degli aghi secchi. Da quel tappeto saliva un profumo forte di resina. "I pini non sono originari di queste zone" spiegava il giovane padre, "ma ormai sono qua e vanno rispettati." Sotto i pini crescevano dei funghi tondi, di un nocciola talmente lustro che sembrava laccato.

«"Ho trovato una mazza da tamburo, papà!"

«"No, ti sbagli, questa è una Lepiota nana, è velenosa, non toccarla. Vedi, il tipo alto della Lepiota, la Procera, che si chiama volgarmente mazza da tamburo è buonissima; panata e fritta, per esempio o ai ferri, ma questo tipo nano che gli assomiglia come una goccia d'acqua, è velenoso, si chiama Lepiota helveola e la sua intossicazione può farsi sentire anche dopo quindici giorni dall'ingestione ed è mortale."

«"E tu non hai paura di sbagliare papà?"

«"Dove credi che abbia imparato l'attenzione e la pazienza? Ce ne vuole tanta per stare appresso ai funghi. È mio nonno Pino Mitta, il tuo bisnonno, che sapeva tutto sui funghi, pur non essendo un micologo; io quando ero piccolo mi scocciavo ad ascoltare i suoi racconti, li trovavo noiosi; ora che è morto mi tornano in mente le sue parole e me le ricordo tutte, con precisione: ogni fungo ha il suo doppio, capito testona? Hanno tutti un gemello traditore e che appena lo metti in bocca ti uccide. Saperli distinguere non solo è una scienza ma un'arte. La Lepiota procera, quella mangereccia, ecco guarda, è sempre munita di un collarino leggero, frangiato, scorrevole sul gambo, ricordatelo, la Lepiota piccola invece, la Helveola, non ce l'ha e la sua carne è letale."

«Padre e figlia trascorrevano ore a parlare di funghi osservando e ragionando, inginocchiati sulle foglie, o seduti ai piedi di un albero o in mezzo a un prato. La bambina pensava che la conoscenza stessa avesse le forme di quel corpo di giovane uomo dai muscoli tesi e mobili, dal fiato che sapeva di anice e di fichi secchi. Di lui si fidava ciecamente. Sapeva che l'avrebbe introdotta con passo leggero nel mondo della conoscenza e lo seguiva da vicino, lo incalzava, ansiosa di saperne sempre di più. Era orgogliosa quando quel giovane padre professore, di cui tutte le studentesse si invaghivano, si dedicava solo a lei. Era stato lui a chiamarla Colombina, nome che i piccoli amici di lei avevano storpiato in 'Mbina. Ma per Valdo, Colombina non era solo il diminutivo della più grande Colomba, la santa del Gran Sasso, bensì portava con sé altri ricordi: di quando da ragazzo aveva fatto il teatro con le maschere della Commedia dell'Arte. "È per l'insistenza di tua nonna Zaira che ti abbiamo messo questo nome, che per me suonava troppo programmatico: non volevo un progetto di pace come figlia, ma una bambina vivace che sapesse giocare e studiare. Invece il ricordo di Cignalitt' e della sua devozione per santa Colomba, ci ha forzati a chiamarti così. Per me comunque sei Colombina, quella con la gonna rotonda e il cappellino bianco in testa, quella che sa saltare e ridere, che è amica di Pulcinella e Arlecchino."

«Così diceva il giovane professore, con quella voce morbida che alla bambina piaceva moltissimo, la voce che in classe ammaliava le studentesse. Tanto che lo venivano a cercare perfino a casa. Sua madre Angelica apriva la porta con fare sgraziato e chiedeva "Che volete?". "C'è il professor Mitta?" Ma lei si accorgeva subito che era una visita d'amore prima che di studio. Lo capiva da come erano pettinate, con i fermagli colorati in mezzo ai capelli lunghi e arricciati, gli occhi scintillanti, le labbra che scoprivano i denti infantili. La guardavano come se fosse un ingombro sulla strada della seduzione. "E quando torna?" insistevano. "Il professore non c'è, è andato a spasso con la figlia Colomba" tagliava corto lei. E richiudeva loro la porta in faccia, la orgogliosa Angelica, prima che finisse fuori strada sulla Roma-Pescara con la sua automobile rosso fiamma.»

«Racconta, ma'!»

«Anche tuo padre mi portava per i boschi.»

«Ma non sapeva niente di funghi.»

«Non ci capiva niente e infatti neanche li mangiava. Mi parlava di matematica e di astronomia. Mi diceva che i numeri esprimono l'infinito, che bisogna lasciarli parlare. I numeri sanno già tutto sull'universo, capisci, sulla congiunzione degli astri, sui rapporti fra le stelle, sui buchi neri, sul tempo delle glaciazioni e su quello delle meteoriti. Ma noi non siamo capaci di interpretarli, questo diceva tuo nonno.» I padri, insomma, trasmettevano la conoscenza scientifica. E le madri?

L'esperienza profonda e misteriosa del raccontare storie le veniva da sua madre, la bellezza della notte. Quella voce che sapeva trasformarsi secondo le esigenze della favola, in grave e spaventosa da orco affamato, oppure esile e dolce da formichina che accumula i grani per l'inverno, ovvero opaca e gentile come quella di una vecchiuzza che pratica l'arte di indovinare il futuro. Ma volentieri prendeva anche il tono burroso e tenero di una fata che esce dai boschi con la testa fasciata e il piede nudo.

Era stata sua madre a introdurla per sempre nel mondo fantasmagorico del racconto verbale. A farle fissare l'attenzione lì, fra la bocca e il naso, dove la voce fa le capriole spargendo fiati leggeri e pause segrete. Lì dove la forza delle parole si fa carne, lì dove si scopre il terribile dolore della solitudine e la gioia della conquista dell'attenzione dell'altro.

«Racconta, ma'!»

Zaira è ferma davanti al comò della camera da letto della sua casa di Touta. Sta ascoltando Radio Vaticana che trasmette una delle *Quattro Stagioni* di Vivaldi e precisamente l'*Inverno*. Mai musica le è apparsa più descrittiva, quasi una narrazione. Vivaldi chiede all'orecchio di farsi occhio e seguire lo svelamento di un paesaggio spoglio, dagli alberi nudi, il cielo corrusco carico di nuvole aggrovigliate, le erbe che rabbrividiscono presagendo una pioggia battente. In lontananza si avvertono già i tuoni che scateneranno presto la tempesta sulla campagna.

Lo sguardo si posa sulla fotografia di una coppia: un uomo e una donna che camminano fianco a fianco in un sentiero boscoso. Le ombre dei rami costituiscono un disegno più scuro sulla carta chiara, illuminata dal sole. I due sono giovani, hanno la faccia serena e sembrano sinceramente innamorati.

«Ecco, questi sono Valdo e Angelica appena sposati. Ancora non avevano avuto Colomba» spiega con voce dolce Zaira. «Mia figlia Angelica, più che stringere la mano del marito, sembra aggrapparsi a quelle dita in un impeto di tenerezza e paura. Ma paura di che? Le donne della nostra famiglia sono sempre state indomite. Eppure Angelica aveva paura, lo si legge perfino negli occhi che sono ridenti ma mantengono nella loro felicità un fondo di oscuro sospetto. Come se tenesse sulle spalle un sacco pieno di pietre dure e pesanti. Ecco, il sacco dell'uomo della tazza, ereditata dal nonno Pitrucc' i pelus'. Angelica era nata bene, con un parto naturale ben riuscito. Non aveva il cordone ombelicale allacciato attorno al collo come era successo a me quando ero nata da mia madre Antonina. Non si era presentata podalica, né era mezza asfissiata e cianotica come era successo a Valdo suo marito, secondo i racconti della suocera, Giorgia Mitta.

«Era nata facile facile comm'a l'acqua d' la fonte... Era stata una bambina placida e silenziosa. Aveva la passione dei bottoni. Scovava il sacchetto di velluto rosso dovunque lo nascondessi, si sedeva per terra, ne rovesciava il contenuto sul vestitino colorato e ci giocava per ore. Stelle di strass, palline trasparenti, cilindretti di osso, dischi di plastica rosa e violetta, tondini di madreperla dal colore cangiante. Proprio come faceva la sua ava Zaira Morrione, salita dalla Sicilia in Abruzzo col padre carabiniere in quel lontano 1889.»

«Ma quando è cominciato il guasto?» chiede Zaira, parlando a se stessa più che alla romanziera. Quando è iniziata quella malattia che le appannava lo sguardo? Difficile dirlo. Verso i dieci anni Angelica aveva cominciato a rifiutare il cibo. Perché non mangi? ma lei non rispondeva, scuoteva la testa di fronte a qualsiasi cibo. E se la forzava, come aveva fatto una volta in preda alla disperazione, sputava tutto per terra con rabbia. Era andata a scuola a parlare con l'insegnante, per sentirsi dire che in effetti da qualche mese la vagliola si comportava in modo strano. Ma il rapporto con i compagni era buono anche se non partecipava ai loro giochi. Era diventata magra che le si vedevano le costole. A parlare non ci pensava nemmeno. E Zaira non osava insistere, perché la vedeva chiudersi in se stessa come un riccio. Ci doveva essere qualcosa, un intoppo che non riusciva a dire, ma cos'era?

Dopo anni di malumori e silenzi, verso i diciassette anni, Angelica aveva ripreso a sorridere. Sembrava che il dolore fosse stato sepolto con l'infanzia, che il suo corpo avesse riacquistato fiducia e gioia di stare al mondo. Si era innamorata di quel dinoccolato professore contestatore che insegnava ad Avezzano. Dal suo corpo rappacificato era nata una bambina: Colomba, così diversa da lei anche se fisicamente si assomigliavano. Colomba era gracile, delicata, sensibilissima, come la madre. Ma non conosceva l'irrequietezza, era taciturna e seria, meticolosa, dolce e arrendevole. Parlava poco, giocava da sola, amava i bottoni. Zaira ne aveva raccolti altri: di smalto, di ceramica, di vetro, bianchi, rossi, azzurri, dorati, trasparenti, opalescenti, e 'Mbina passava ore a sistemarli come fossero gioielli, o forse cibi fatati, oggetti magici che le ispiravano storie infinite di signori di un mondo passato.

Ma proprio quando sembrava che tutto fosse tornato alla normalità di una famiglia appagata, Valdo si era innamorato di una ragazza di diciotto anni. Nemmeno tanto bella, nemmeno tanto intelligente, ma piena di appetiti e di allegria. Una ragazza di Castel di Sangro che «se l'ha pigliate pe i capelli senz' ne penziere» come diceva Angelica. Che il professore fosse sposato e avesse una figlia bambina non le sembrava importante, o forse sì, le rendeva il compito più difficile, la sfida più ardua e quindi più attraente.

Valdo era caduto in quella trappola di seduzione, ne era stato sconvolto. E poi, onesto com'era, l'aveva pure detto alla moglie e le aveva proposto il divorzio. Pensando di andare a vivere con la ragazza, che aveva un nome alla moda, si chiamava Debora. Non pensava nemmeno che la "sua" Debora potesse rifiutare di mettere su casa con lui dopo avere fatto l'amore negli alberghetti a ore, in automobile e dovunque capitasse. Sembrava innamoratissima. E lo era stata, probabilmente, per qualche mese. Ma poi le era passata. E così, senza nemmeno una parola o una lettera, se ne era partita con un altro, anche lui professore, per le isole Galapagos. Questo, Valdo l'aveva saputo dopo. Lì per lì aveva scoperto semplicemente che era sparita. E aveva cominciato a cercarla, esacerbato, per tutto l'Abruzzo. Ma in casa della madre a Castel di Sangro non c'era, in casa della zia a Villetta Barrea, dove spesso si rifugiava, nemmeno. In casa dei nonni a Pescara non l'avevano proprio vista. E lui aveva passato le notti in macchina ad aspettarla, sperando di vederla tornare. «Voglio solo che mi dica: non ti voglio più» confessava alla moglie a cui telefonava ogni sera, soffermandosi crudelmente sulle sue sofferenze d'amore.

«Non c'è bisogno che te lo dica, te l'ha dichiarato coi fatti» rispondeva lei. Ma lui insisteva che voleva vederla, fosse pure per un attimo, voleva vederla e basta. «Deve essere lei a dirmi che non mi ama.»

Angelica aveva recitato bene la parte della confidente. A occhi chiusi, amava immaginarsi come una conchiglia gigante che appoggiata all'orecchio manda un fruscio di mare. Ecco, lei si era fatta conchiglia ricettiva per le confessioni del marito, voleva che in risposta lui ascoltasse quel fruscio di onde che carezza l'udito. Nell'esaltazione delle nuove idee di libertà, nell'orrore tante volte teorizzato per ogni forma di gelosia, considerata «una volgarità borghese», ascoltava stoicamente tutte le confidenze che il marito le riversava addosso, come se fosse un diritto. Soffriva silenziosamente vergognandosi di quella sofferenza che la riportava ai «sentimenti prevedibili di un mondo vecchio e stantio». Nel fondo più oscuro dei pensieri sperava che Valdo, dopo la "sbandata" – parola borghesissima che teneva per sé – tornasse a lei, forse più umile e ben disposto di prima. L'avrebbe ripagata della sua comprensione e delle sue generosità. E così era stato. Anche se i cocc' rutte nun se reparane.

Valdo era tornato a casa con le pupille abbuiate. Aveva sbagliato, continuava a dire, aveva sbagliato tutto: quella ragazzina l'aveva ingannato brutalmente, l'aveva trattato come un oggetto di conquista e niente più. Era stato un trofeo, un trofeo, ripeteva mortificato, da allineare sull'armadio assieme alle coppe delle gare di nuoto in cui arrivava sempre prima. Fra l'altro lo feriva che fosse andata in vacanza con un collega più vecchio e meno avvenente di lui. Alzava le spalle, fingeva di ridere, ma non riusciva a vincere un senso di mortificazione che lo rendeva rancoroso e malinconico.

La questione inquietante era che, una volta tornato in famiglia e riaccostatosi alla moglie, questa non riusciva più a fare l'amore con lui.

Mentre nell'anno in cui erano stati separati e Angelica gli faceva da confidente, si erano ritrovati a letto con piacere di nascosto da Debora, appena lo ebbe di nuovo presso di sé, divenne brusca e litigiosa. Non si fidava più di lui e lo controllava, cosa che mandava in bestia il marito. Avevano cominciato a bisticciare, come non avevano mai fatto prima. E all'aggressività di lei rispondeva un'aggressività di lui, più dura e tagliente.

La sola che sembrava contenta di quei litigi era Colomba, che aveva una adorazione per il suo papà, cercava ogni occasione per uscire sola con lui, non si saziava mai di baciarlo, gli dava sempre ragione. Questo esasperava ancora di più Angelica che l'aveva curata mentre lui non c'era, l'aveva consolata, amata, protetta e coccolata e ora si vedeva trattata come una nemica.

Zaira aveva assistito al deterioramento di quella famigliola che da compiuta e felice, era diventata infelicissima e tempestosa. Come aiutarli? non sembrava che ci fosse niente da fare, salvo ascoltarli quando venivano a sfogarsi da lei, con molto affetto e molta pazienza. Sembravano bisognosi l'uno dell'altra ma incapaci di incontrarsi.

Valdo poi, in capo a qualche mese, non trovando un corpo che lo accogliesse con tenerezza, aveva ricominciato a guardarsi intorno. Il suo occhio segreto era sempre in moto. È probabile che il mitico Don Giovanni avesse quel tipo di sguardo: umido, seduttivo e sempre in cerca di guai. Angelica, per quanto non tollerasse di sentirsi sfiorare da lui, intuiva l'irrequietezza di quegli occhi e ne era gelosa. Senza neanche volerlo, si trovava a spiare ogni sua telefonata, si scopriva ad ascoltare dietro le porte.

Zaira le aveva detto che così avrebbe finito per disgustarlo definitivamente. Ma lei non voleva ascoltare i suggerimenti della madre: era prigioniera di sospetti angosciosi che in fondo al cuore riteneva stupidi e ossessivi, le ispiravano disprezzo di sé e astio, ma a cui non sapeva sottrarsi. Nello stesso tempo era trascinata da un amore possessivo che la legava sempre più ciecamente a lui. Era arrivata a umiliarsi dolorosamente accettando di essere trattata con sufficienza e scarsa considerazione. Zaira se n'era accorta e aveva scosso la testa: «Se ti degradi così davanti a lui, perdi la stima di te stessa, e se perdi la stima di te, la perde pure lui».

Così era avvenuto. Valdo aveva deciso che se non era più una moglie, non poteva che essere una madre, per giunta noiosa e ingombrante. Tornava quando gli pareva, mangiava se aveva voglia, spariva senza salutare. Pretendeva che le sue camicie fossero ben stirate e brontolava se non facevano bella mostra di sé nei cassetti del comò. Giocava volentieri con la figlia, ma quando gli pareva, non mangiava mai con loro a tavola, perché aveva sempre fretta, si era fatto il letto nel tinello e lì si chiudeva a chiave con i suoi libri e la sua musica. Angelica, sebbene offesa, non osava ribellarsi per paura di perderlo.

Era venuto poi il giorno in cui le pupille di Valdo erano tornate a riempirsi di lamelle d'oro. Angelica non poteva non accorgersene: lo vedeva fermarsi davanti a tutti gli specchi per controllare il colletto della camicia, il taglio dei capelli. Fischiettava facendosi la barba di prima mattina. Passava delle mezz'ore a scegliere quali pantaloni, quali scarpe infilarsi. Si chiudeva in bagno per parlare al telefono. Tornava tardi e raccontava un sacco di balle. Era chiaro che aveva trovato un'altra donna con cui fare l'amore, ma chi? Non si trattava di una allieva questa volta, Angelica l'aveva capito dal fatto che non andava più volentieri a scuola e alle ragazzine che telefonavano rispondeva secco.

Una mattina mentre stava preparando il pranzo aveva sentito bussare alla porta. Angelica aveva aperto e si era trovata davanti Laura, la moglie di Giulio, un amico di Valdo che insegnava nella stessa scuola. L'aveva salutata con noncuranza, chiedendosi in cuor suo cosa venisse a fare Laura a quell'ora della mattina mentre lei stava cucinando. La visitatrice l'aveva riempita di complimenti: «Che bella casa! com'è tenuta bene! e poi i fiori e il profumo della torta nel forno, ma l'hai fatta con le tue mani?».

Angelica si stava spazientendo. Non capiva cosa cercasse quella donna che le rallentava i ritmi dei lavori di casa. E poi improvvisamente aveva intuito che c'era qualcosa che riguardava Valdo, ma non riusciva a capire cosa. Perciò si fece più attenta. Sentì l'altra che diceva con molta serietà, aiutandola ad apparecchiare la tavola: «Se non fai l'amore con tuo marito, Angelica, non puoi pretendere che Valdo ti sia fedele».

Era rimasta immobile, con il piatto in mano. Possibile che Laura fosse lì per giustificare il suo amoreggiare con Valdo e le chiedesse il permesso? Continuava a dirsi che no, non era possibile. Dovevano essere le parole di un'amica, solo un poco pettegola e ficcanaso. Ma come aveva saputo che non faceva più l'amore con Valdo?

«Me doveva aspettà, Laura, ma Valdo no tè mai temp'» le era venuto fuori dalle labbra, come a giustificarsi mentre tornava alla pentola piena di sugo.

«Non si lascia da solo un marito attraente come il tuo, negandogli il suo diritto al sesso.»

«Nu poch' de temp', maledizzione!» era stata la risposta rabbiosa, ma dentro di sé si detestava per la sottomissione vile che dimostrava: avrebbe voluto gridarle che ficcasse il naso negli affari propri. Ma non ci riusciva, era intimidita e in soggezione di fronte alla bella amica dalla parlantina facile e festosa. Mai come in quel momento si era sentita inferiore come casalinga rispetto a una donna che lavorava e guadagnava. Lei, per comprarsi anche un solo paio di calze, doveva chiedere i soldi al marito.

«Gli uomini non hanno tempo Angelica, vogliono tutto e subito.»

A questo punto le era sembrato di cadere. Si era seduta su una seggiola con il mestolo che sgocciolava sulla gonna. Allora era vero quello che aveva sospettato!

«Me vorresti dì ch' te ne sì approfittate ch'ie nun ce stave pe entrà dentre il lett' de Valdo al post' mì?»

«Più o meno.»

«E me lo vié pure a dì?»

«Perché non dovrei? mi sembra un atto di onestà verso un'amica.»

«Nun le sapeve ch'eravame accuscì amiche.»

«Forse non te lo ricordi, ma più volte mi hai parlato di Valdo con rabbia. Me l'hai detto tu che non facevate più l'amore.»

«Nun me le ricord' Laura, ma me pare ca me sta' a 'mbroglià.»

«Non ti sto imbrogliando. Altrimenti non sarei venuta qui a parlarti.»

«Ma inzomm' ch' vo' de mì, vo' esse ringrazziata?»

«Vorrei un poco di attenzione, Angelica. Stai diventando sempre più distratta. E poi perché non parli l'italiano invece di questo brutto dialetto tutto rattrappito? Sei stata a scuola anche tu, hai fatto l'università. Anche questo fa parte della tua sciatteria, Angelica, un poco di ambizione, di eleganza!»

«Ie parlo com' me piace. E che penz' de fà co mariteme? Tenerle pe tti co permess' mì?»

«Ti sembrerà strano ma io ho la sensazione che lui sia ancora molto innamorato di te. Perché non provi a farci l'amore?»

«Che vo' dì? ca sì stracca e me lo vo' redà?»

«Perché parti dal presupposto che uno sia sempre in malafede? Io sono sincera con te. Non amo tuo marito anche se ci faccio l'amore e penso che lo farebbe meglio con te. Ma forse, e qui voglio essere proprio sincera, forse quella che mi interessa fra voi due, sei tu, Angelica.»

Inaspettatamente le due donne erano diventate amiche. Grazie alla saggezza forse un poco perversa di Laura, e all'ingenuità generosa di

Angelica. Laura, che era la più intraprendente, aveva cominciato a organizzare delle cene in comune. Uscivano tutti e quattro insieme, Valdo e Angelica, Laura e Giulio. Andavano al cinema, in trattoria, si scambiavano le idee, ridevano gli uni degli altri, sembravano perfettamente a loro agio. Valdo faceva l'amore con Laura che raccontava tutto ad Angelica. Giulio fingeva di non sapere ma certamente aveva indovinato come stavano le cose. Però non sembrava adombrarsi. Forse segretamente era innamorato di Valdo? Non c'era niente di esplicito. Fatto sta che i quattro non si lasciavano mai.

Andavano in vacanza insieme: in Marocco, in Turchia, in Irlanda. Tornavano con pacchi di fotografie che li ritraevano in tutte le pose: in bicicletta lungo i viottoli erbosi di Galway, seduti per terra a fare un picnic sulla spiaggia di Agadir, o in mezzo alle rovine di un antico villaggio turco. Angelica credeva di possedere il marito attraverso Laura che anteponeva la loro intimità a quella con l'amante. Ogni giorno le raccontava che Valdo parlava di lei mentre stavano a letto insieme e insisteva nel dirle che se non lo avesse rifiutato, sarebbe tornato da lei. Ma lo voleva veramente? I quattro sembravano crogiolarsi in una simmetria affettiva ed erotica dalle ramificazioni sottili e quasi invisibili che li legavano l'uno all'altro dentro una rete di parole non dette, pensieri visibili e invisibili, sorrisi ingannevoli, tenerezze nascoste e palesi, piaceri rubati e donati con altrettanta allegria.

Ma quanto poteva durare un simile equilibrio instabile e precario? un simile intreccio di affetti sospesi e ingannevoli? Laura sembrava innamorata sia di Angelica che di Valdo. Ed era sincera nel fare l'amore con lui, come nel mettersi dalla parte di lei, riferendole in continuazione ciò che si dicevano in segreto con Valdo, facendole credere che in fondo la persona al centro di tutto questo intrigo fosse lei, Angelica, e solo lei. Giulio pareva nutrirsi della gioia di vivere di sua moglie e della bellezza di Valdo. Angelica a sua volta era appagata da quel legame con Laura, fatto di sguardi di intesa, di sorrisi affettuosi, di confidenze notturne. Si fidava dell'amica quando sosteneva di amare più lei che suo marito, quando le confessava che abbracciando lui pensava solo a lei. Anche Angelica, come Giulio, aveva una preferenza per la parola e per lo sguardo, provando difficoltà ad abbandonarsi alle gioie del sesso. Una tela leggera e invisibile, ubriacante, deliziosa, li aveva afferrati e chiusi tutti e quattro, impedendo loro di provare sentimenti meschini o aggressivi. Senza neanche dirselo, si cercavano, si piacevano, si stimavano, si raccontavano, si coccolavano.

Zaira li aveva visti tante volte insieme. Erano venuti a casa, avevano dormito nelle due stanze di sopra: la sua l'aveva ceduta a Valdo e Angelica, in quella degli ospiti avevano riposato Laura e Giulio. La notte aveva finto di non sentire il tramestio che aveva fatto scricchiolare i gradini di legno: passi di piedi nudi si inseguivano sugli scalini che portano verso il tetto. Aveva indovinato che Laura era salita sul terrazzino assieme con Valdo, mentre gli altri due dormivano. La prima volta ne era stata turbata. Aveva pensato al dolore di sua figlia tradita dal marito. Ma la cosa si era ripetuta e dal volto di Angelica aveva capito che se proprio non assecondava quell'amore, ne era consapevole e lo tollerava. Buon per loro! si era detta, pensando che forse era troppo vecchia per intendere queste nuove acrobazie amorose: i giovani di oggi sono diversi, più liberi, più sperimentali nelle loro faccende sentimentali ed erotiche. Non voleva neanche fare la parte della madre moralista. Perciò, quando venivano a trovarla, si chiudeva nella stanza da lavoro e si dedicava con impegno alle traduzioni. Aveva represso le sue ansie materne e aveva perfino lasciato che Angelica prendesse il suo posto in cucina e le mettesse sottosopra le pentole, le provviste.

Una mattina li aveva sentiti scendere insieme in cucina verso le undici. La sera precedente avevano fatto tardi e probabilmente avevano anche bevuto più del solito. Ridevano mentre si preparavano il caffè col latte. Rasserenata, si era concentrata sulle pagine da tradurre e non li aveva più ascoltati. Dopo mezz'ora si era avviata verso la cucina per prendere un bicchiere d'acqua, ma davanti alla porta socchiusa era rimasta inchiodata per l'imbarazzo e lo stupore: dentro, i quattro erano ancora lì attorno al tavolo, chi in pigiama, chi in camicia da notte, le facce segnate dal sonno, le spalle nude, i piedi scalzi, le guance gonfie di cibo. Si imboccavano a vicenda ridendo festosi: un cucchiaio di marmellata finiva sulla lingua di Valdo, mentre Laura faceva sciogliere un dado di burro di frigorifero fra i due seni, per poi lasciarlo scivolare carezzevole sul collo di Angelica, che a sua volta cacciava un grissino intinto nel miele fra le labbra di Giulio, il quale per conto suo pelava una arancia e con la buccia costruiva un ricciolo da aggiungere ai capelli sciolti di Laura.

Zaira non aveva osato entrare e si era riportata indietro il bicchiere vuoto. Non avrebbe saputo spiegare quello che aveva visto: un gioco di bambini scapestrati? un raffinato sollazzo erotico? Una cosa era certa: sembravano felici e questa felicità non andava turbata.

Era così contenta di scoprire la figlia allegra e paga, che si rifiutava di analizzare la consistenza di quella gioia. La vedeva sorridere come non faceva da anni, la osservava muoversi con agilità, le sembrava che si chinasse su Colomba con un affetto nuovo, fatto di allegria oltre che di protezione e possesso. Per questo non aveva indagato. Era rimasta in disparte, discreta, godendo della loro pienezza vitale.

Colomba però non era contenta di quel rapporto a quattro. Si sentiva esiliata, tenuta fuori dalla porta, dimenticata. Per quanto la coccolassero e le dimostrassero affetto, lei sapeva e lo sapevano anche loro, che da quel gioco così intenso ed esclusivo era stata estromessa. E forse in questa estromissione c'era anche una profonda dimenticanza. Come quei cani amatissimi che non si sa perché un giorno si scordano dentro un'automobile parcheggiata, senza curarsi che il sole trasformi la macchina in un forno letale.

Per non vivere da vicino quel rifiuto, 'Mbina si rifugiava sempre più spesso dalla nonna Zaira a Touta e con lei trascorreva ormai intere giornate e anche spesso delle settimane. Zaira rammentava il modo che aveva di andarle appresso, comm'a na paperella diceva, imitando ogni suo gesto e ogni sua voce. Aveva perfino improvvisato un tavolino sistemando un vassoio su due cavalletti e aveva preso anche lei a "tradurre libri", diceva seriosa sfogliando un quaderno pieno di parole.

«E cosa traduci?» le aveva chiesto Zaira.

«*Il principe delle grotte.*»

«Chi l'ha scritto?»

«Io.»

«Che cosa racconta?»

«È la storia di un principe figlio di re che viene mandato a vivere dentro una grotta e sogna quelle belle camere lasciate al castello, ma non sa più se le ha sognate o se esistono veramente e aspettano lui.»

«Ma questa è la storia già raccontata da Calderón de la Barca, non puoi riscriverla tu.»

«Perché no?»

«Perché no? Hai ragione, divertiti, scrivi, poi lo leggeremo insieme.»

La notte mentre dormiva, Zaira sentiva i piedi freddi della bambina che si posavano per scaldarsi sulle sue caviglie.

«Dove sei stata che hai i piedi gelati?»

«A guardare dalla finestra. Non riuscivo a dormire.»

«E che hai visto?»

«Niente.»

Era durato più o meno due anni l'equilibrio instabile ed effimero di quel rapporto a quattro che aveva portato tanta allegria e tanto amoroso disordine. Solido nella sua precarietà, assolutamente concreto nella sua irrealtà. Poi tutto era crollato miseramente quando la natura aveva messo il suo zampino imprevisto in quel nido di felicità a quattro.

Un giorno Laura aveva confessato, candida candida, di essere rimasta incinta. Ma di chi? Non lo sapeva. L'aveva detto prima di tutto a Valdo che però si era tirato indietro: non voleva altri figli lui, soprattutto in una situazione così ambigua. Giulio invece ne era stato felice e questo aveva pesato sul piatto della bilancia, indirizzandoli verso il ritorno alla famiglia e all'esclusivismo maritale. Laura aveva dichiarato anche agli altri, con molta onestà, che non sapeva di chi fosse il figlio, se di Giulio o di Valdo. Ma Giulio aveva ribattuto che non gli importava un fico secco: voleva quel figlio, l'avrebbe cresciuto come suo anche se non lo era, lo avrebbe mantenuto e curato per tutta la vita.

Angelica si era sentita ferita. Il tradimento di Valdo e di Laura, mai patito come tale, con l'arrivo annunciato del figlio, improvvisamente si era fatto corposo e reale. La generosità che aveva coperto i sentimenti di possesso come una neve soffice e purificante, era crollata sotto il peso di un bambino non ancora nato. Un fantasma che riempiva il futuro di sé e lo rendeva opaco, grave, pieno di impegni e di responsabilità da rispettare. Un nuovo bisogno di regole, di proprietà, di contratti era venuto a inquietare le coscienze dei quattro amici per la pelle.

Con quella gravidanza inattesa era svanita la leggerezza di un rapporto tenuto su con grazia e determinazione. Laura si era chiusa nella contemplazione della pancia che ingrossava, rivelando ogni giorno di più il suo contenuto: con che velocità si stavano formando le strutture ossee di quel figlio che non riusciva ancora a immaginare ma già amava teneramente! Con che prontezza si stavano sviluppando quelle due braccine, quella testa a pera, quelle gambette ancora incapaci di allungarsi dentro il liquido nutritivo del sacco amniotico! Passava ore a immaginarlo curvo e trasparente come un gamberetto nelle acque del suo ventre. Giulio sembrava talmente contento da dimenticare l'arte del guardare e ammirare corpi desiderabili e sognati. Ora si trattava di un figlio e la concretezza stava rimpiazzando la propensione per i sogni. Si sarebbe rimboccato le maniche per dargli il meglio di sé, per insegnargli a stare al mondo, per farne un amico e un compagno di vita. Così diceva ed era sincero. Fra l'altro il figlio appena nato si era rivelato molto simile a lui nei tratti e nei colori: gli assomigliava come una goccia d'acqua e questo non poteva che sancire la bontà della sua decisione.

A Valdo e Angelica non era rimasto che tornarsene alla vita di famiglia, stringendosi a Colomba che finalmente si sentiva tenuta nella giusta considerazione. Si erano trasferiti a Roma dove avevano comprato un appartamento al Gianicolo, dotato di una magnifica terrazza da cui si vedeva tutta la città. Valdo aveva lasciato il suo lavoro di insegnante brontolando che tutto era cambiato in peggio, la scuola faceva schifo e si era messo a scolpire. Aveva scoperto di possedere un talento per intagliare il legno. Scolpiva delle scene collettive in miniatura: una stazione con i treni e la gente che aspetta seduta sulle valigie; un cinema in cui gli spettatori se ne stanno affondati nelle poltroncine a fissare lo schermo, un mercato con i banchi del pesce, della verdura e la gente che gira per gli scranni con la sporta della spesa, tutto in legno di ulivo o di cirmolo, con intarsi in noce o rovere.

Inaspettatamente aveva trovato dei compratori ed erano piovute richieste per mostre, anche importanti. Presto aveva cominciato a guadagnare bene, a viaggiare per il mondo. A casa ci stava poco, frequentava il mondo dei pittori e dei galleristi, ma sempre solo, quasi si vergognasse di quella moglie invecchiata prima del tempo, che era soggetta a crisi di nervi e non sapeva cosa fare di se stessa. Con la scusa che nella confusione non riusciva a scolpire e certamente senza le sue sculture in famiglia non sarebbe entrato un soldo, aveva affittato un grande studio alla periferia di Roma. Angelica si era trovata sola a casa, con la figlia da accudire e tutto da ricominciare. Era chiaro che Valdo, sebbene le garantisse che sarebbe rimasto con lei "fino alla morte", aveva altri pensieri per la testa. Ogni tanto se lo vedeva arrivare, elegante nella sua trasandatezza, con un cappellaccio da pastore calcato in testa, un impermeabile bianco che si apriva su un maglione di cachemire rosso, le scarpe di camoscio, i calzini di lana bianca scivolati sulle caviglie e si rendeva conto che lo amava più dolorosamente, con la disperazione di chi sente che sta perdendo l'uomo su cui ha puntato tutto. Andandogli incontro spettinata, con un vecchio maglione slabbrato addosso, le mani che puzzavano di aglio e detersivo, aveva improvvisamente capito che le parti si erano invertite. Il professore che si travestiva da scolaro per mimetizzarsi, che aveva fatto suo il gergo studentesco per eliminare ogni differenza anche linguistica, che trattava le allieve con deferenza per fare loro credere di essere un vero rivoluzionario, ora, con i capelli brizzolati e il sorriso del vecchio seduttore, trattava i giovani con paterna condiscendenza, dava consigli a destra e a manca, si faceva giudice magnanimo di ogni controversia. Mentre lei, che allora, snella e bellissima, si rendeva desiderabile per le sue mattane inaspettate e i suoi capricci da ragazzina inafferrabile, si era trasformata in una casalinga sciatta e gelosa, scontenta di sé, e in quanto tale assolutamente priva di interesse per un uomo come lui.

Dopo due anni di questa vita, aveva dovuto ammettere che, per quanto avessero lo stesso domicilio, vivevano come due estranei, lei inchiodata in quella casa con la bambina, e lui in giro, non si sapeva mai dove. Perfino lo studio al Tiburtino veniva disertato per misteriosi viaggi all'estero da cui tornava sempre più abbronzato e sempre più ricco. Lei invece si era lasciata andare: giorno e notte in tuta e ciabatte, combatteva contro le ristrettezze di una vita da ragazza madre, anche perché l'orgoglio le impediva di chiedere più soldi di quanti lui gliene desse.

Valdo, nel vederla così malridotta, si inquietava sinceramente: «Hai bisogno di qualcosa, Angelica? dimmelo, io sono qui per questo». L'abbracciava con calore ma senza nessun desiderio, come si abbraccia una sorella disgraziata. Lì per lì le firmava un assegno: «Mi raccomando, comprati un vestito e un letto nuovo per Colomba». Ma poi spariva e per mesi non si faceva vedere né mandava altri soldi. La bambina mangia tutti i giorni e non solo quando ci sei tu, Valdo avrebbe voluto gridargli: La bambina va a scuola, ha bisogno di libri, ha bisogno di scarpe nuove, di maglioni nuovi, ormai tutto costa così tanto e come faccio? Ma la paura di perdere anche quelle misere attenzioni, la paura che lui scomparisse del tutto, che si portasse via i libri, le carte, la trattenevano dall'insistere.

«Racconta, ma'.»

Questa bambina non crescerà mai, pensa la madre che ormai ha superato i cinquanta e comincia a conoscere la persistenza dei dolori che, subdoli, si insinuano fra le articolazioni, premono sui nervi, accorciano il fiato, rallentano i movimenti. Può una madre fermare lo sguardo su una figlia che si trasforma ma non vuole accettare la metamorfosi? Sarà lo sguardo della madre che si è fossilizzato o veramente questa figlia si rifiuta di crescere e rischia di rimanere una eterna infante, follemente immobile nel tempo, saggissima come una vecchia scimmia, eppure incantevolmente ingenua e ignara di ogni cosa del mondo?

Gli occhi limpidi sono coperti dalle palpebre delicate come ali di farfalla. Forse dorme. Ma no, la voce salta fuori dalla bocca quasi chiusa, come un ranocchietto festoso: «Racconta, ma'!».

La madre allunga una mano sulla mano abbandonata della figlia. La stringe. «Il dito mignolo, ti ricordi, quando ti dicevo che hai un mignolo tanto piccolo rispetto alle altre dita che sembra appartenere a un'altra famiglia?»

La bambina sorride senza aprire gli occhi. «E ti ricordi quando dicevo che questo mignolo ti porterà fortuna come una nanetta nel giardino dei giganti? Il dito più piccolo si accolla i pesi più grandi, come fanno le ragazze in Africa sorreggendo ceste e vasi e fascine di legna in bilico sulla testa. Ma cosa regge il dito piccolo? Un sacco pieno di... un sacco pieno di... sonno. E se sollevi il mignolo sul naso e rovesci il sacco sugli occhi, il sonno ti ruzzolerà sulle palpebre, ti farà addormentare, ti ricordi?»

In quale momento era avvenuta la catastrofe? Zaira non ha un ricordo preciso. Angelica aveva ripreso a non mangiare, come faceva da piccola. Valdo mostrava una faccia amareggiata quando andava a trovarle. Abbracciava la moglie e la figlia, ma con l'aria di concedere una beneficenza e poi spariva. Angelica non lo rimproverava, ma il suo sconforto diventava sempre più corposo. Si dimenticava di cucinare per la figlia. Fumava una sigaretta dietro l'altra e spesso abbandonava i mozziconi accesi sui bordi dei tavoli o sui braccioli delle sedie, perfino sul letto. Una volta la coperta aveva preso fuoco ed era stata proprio Colomba ad accorrere avvertendo puzza di fumo. Per fortuna il letto era vuoto e con qualche secchiata d'acqua il fuoco era stato spento. Ma il tanfo della stoffa bruciata era rimasto nell'aria per giorni e giorni. Quella volta Angelica aveva riso e abbracciato la figlia come se si fossero salvate da uno spaventoso incendio. «Ne sem' salvate, figlia mè, tu sì la quatrane mè, la cchiù bbona quatrane d' munne» le gridava nell'orecchio mentre la radio a tutto volume trasmetteva una tarantella. E poi si era messa a ballare trascinandola lungo il pavimento fradicio, a piedi nudi, come una invasata. Colomba l'aveva guardata con un poco di apprensione ma anche con pietà. E se sua madre fosse diventata matta? A una sua compagna di scuola era successo. Un giorno la donna aveva cominciato a gridare, aveva scaraventato fuori dalla finestra mobili e suppellettili e poi si era gettata lei stessa. Ma era caduta sopra dei rovi e si era salvata. I parenti l'avevano chiusa in una clinica dove la riempivano di psicofarmaci per cui si muoveva come una morta vivente.

«Mamma, ti prego, non fare così!» aveva supplicato Colomba cercando di fermarla. Ma Angelica si era divincolata e aveva continuato da sola, agitando le braccia che aveva lunghe e delicate. Com'era bella sua madre quando si muoveva a quel modo, i capelli le cascavano morbidi e luminosi sugli occhi, sul collo, sulle spalle! La faccia però, segnata da rughe precoci, esprimeva qualcosa di rabbioso e di insensato. Come fare per riconquistarla? Alle allegrie improvvise, seguivano spesso lunghe malinconiche giornate di silenzio in cui Angelica sembrava non vedere nemmeno la figlia, che doveva pensare da sola a cucinarsi pranzo e cena, a rifarsi il letto, a preparare i compiti. In cuor suo Colomba la chiamava: malatina d'amore. Immaginava che fosse sempre lì ad aspettare il bel Valdo in fuga. Ma evidentemente c'era un guasto più profondo che non dipendeva solo da Valdo: era una scontentezza di sé irrimediabile e assoluta.

Ormai lui si faceva vedere ben poco. Dei soldi si scordava, né Angelica pensava di rivolgersi a un avvocato. Per disperazione aveva venduto la casa del Gianicolo ed erano andate a vivere in un appartamentino di periferia, senza terrazza e senza ascensore. Colomba era diventata nervosa e irritabile. Evitava gli amici di quando era bambina. Passava le notti a leggere. Studiava male e poco.

Una mattina Zaira era stata chiamata al telefono dalla nipote, che accorresse perché «la mamma sta male». «Vengo subito, ma che ha?» «Non lo so, Zà, sta sul letto e vomita.» Era corsa a casa loro e aveva trovato Angelica livida, priva di sensi, in un lago di vomito. Si era spaventata, aveva chiamato il medico e lui le aveva detto che era semplicemente ubriaca.

«Ma se non beve mai?»

E invece beveva, ma di nascosto e beveva roba forte: grappa, cognac. Le bottiglie le teneva nascoste dentro l'armadio della camera da letto, sotto i vestiti appesi.

Valdo fingeva di non saperlo. Ormai andava a trovarle sempre più di rado e di malavoglia. Si tratteneva il tempo di un saluto e scappava via. Sempre più spesso Angelica affidava la figlia alla madre Zaira, che aveva dovuto chiudere la casa di Touta e prendere una stanza a Roma, vicino a loro. Angelica dormiva la mattina fino a mezzogiorno, spilluzzicava quello che trovava nel frigorifero, non cucinava più. Il pomeriggio lo passava in giro, non si sapeva dove: usciva in macchina e spariva fino a sera. Quando Zaira andava a riportarle la nipote, trovava la casa in disordine, la camera da letto che puzzava di alcol, le cicche sparse per terra. Cercava di parlare con la figlia ma lei, dopo avere tirato dentro la ragazzina, le sbatteva la porta in faccia. Poteva durare una simile vita?

Il 13 maggio Valdo era andato a visitarle, guidando un'auto nuova di zecca, con un mazzo di fiori e un filo di perle per la sua Colombina. Quando aveva alzato la mano al campanello si era accorto che la porta era aperta, la casa in subbuglio: Angelica non c'era, la figlia si era infilata le scarpe coi tacchi della madre, girava per casa seminuda con la bocca sporca di rossetto, ubriaca. Pur essendo mite e tollerante, aveva improvvisamente perso la pazienza e si era messo a spaccare i mobili faticosamente comprati a rate quando avevano messo su casa insieme. Aveva fatto a pezzi il prezioso specchio della moglie che troneggiava sul comò, sbattendo per terra bottiglie e barattoli del trucco. Aveva preso a schiaffi la figlia, poi si era chiuso in bagno piangendo. Colomba aveva avuto il buon senso di telefonare a Zaira che era corsa a prenderla.

A notte inoltrata, quando Angelica era rientrata, aveva trovato la casa sottosopra e nessuna traccia della figlia. Si era aggirata come una sonnambula e poi si era precipitata con la macchina, ubriaca, verso Pescara. Ma all'altezza di Avezzano era andata fuori strada. L'avevano trovata la mattina dopo, morta, incastrata fra le lamiere della Millecento schiacciata. Nella borsa avevano scovato, accanto a un'ingiunzione di sfratto, una mezza bottiglia di cognac, e un libricino di poesie tutto segnato in rosso. *Sono stata via settecento anni / ma nulla è cambiato / ...* era una riga sottolineata quattro volte. Zaira aveva tenuto il libretto e ogni tanto lo apriva per leggere quelle righe.

«Racconta, ma'.»

La bocca è chiusa ma quella esortazione è lì a ghermire la fantasia materna per tirarla a sé e farla prigioniera.

«Tutte le storie sono già state narrate, bambina mia, non c'è più niente da dire.»

Ma la bambina non si arrende. Lo sa la figlia, ma lo sa anche la madre che il racconto è un modo per fare saltare i desideri sul ritmo dei pensieri. Non c'è fine al desiderio, non c'è fine al racconto.

«Allora, ma'?»

La madre la osserva, innamorata. Chissà perché quella sera le parole le escono scandite come un ritornello musicale, prigioniere di un corpo verbale conosciuto in altri tempi: *Sono stata via settecento anni / ma nulla è cambiato / sempre la misericordia di Dio / scende da vette incontestabili. / Sempre gli stessi cori di stelle e acque / sempre così nera è la volta del cielo / e lo stesso vento sparpaglia i semi / e lo stesso canto canta la madre.* «È Anna Achmatova, ti ricordi che te ne ho parlato? ti ho anche fatto vedere una fotografia. Con quegli occhi grandi, bruni e i capelli leggeri intorno alla faccia aguzza, il naso aquilino, te la ricordi?»

La bambina sembra davvero dormire. Ha il respiro grosso. La madre cerca di sfilare la mano, ma sente immediatamente le dita stringerle il polso. Non potrà squagliarsela tanto facilmente: anche se dorme, la vuole accanto a sé. E non smetterà di ascoltare le sue parole.

«La foto del ritratto che Nathan Altman fece ad Anna Achmatova in giallo e azzurro, ti piaceva tanto. Portava i capelli neri legati dietro la nuca, il vestito blu notte si apriva sul petto magro mettendo in mostra le clavicole tese, una mano lunga e bianca si appoggiava sul grembo, lo scialle giallo le si attorcigliava attorno alle braccia.» Dove sarà finito quel bel ritratto? In qualche cassetto, sepolto sotto altre carte, o si sarà perso per sempre in uno dei tanti traslochi? Perché l'aveva conservato? Solo perché da quella fotografia emanava un profumo di eleganza russa? una eleganza che aveva resistito agli orrori dello stalinismo, che era rimasta fragranza, anche se solo verbale, durante le pesanti ristrettezze della guerra, nonostante il terrore della persecuzione del comunismo di Stato?

Ora che ci pensa erano due i ritratti, quello di Anna Achmatova e quello di Marina Cvetaeva, una più anziana, l'altra più giovane, una bruna e l'altra castana, una severa, regale, l'altra sciamannata e giocosa. La vita amara delle due donne le aveva insegnato qualcosa sulla storia recente che i libri non le avevano saputo dire. Proprio quando il pensiero di un mondo nuovo e giusto si era affacciato nella sua mente come la promessa esaltante di un futuro uguale per tutti, le tragedie private delle due poetesse russe l'avevano risvegliata precocemente da un sonno che abitava nella mente di tanti suoi amici e conoscenti. Era la Russia dei remoti miti politici di redenzione: *Andremo, andremo verso la terra fertile, / dove persino i chiodi mettono radici e foglie / lì il futuro ci accoglierà con le sue bandiere di uguaglianza e libertà!* Ricorda ancora la gioia con cui i suoi giovani amici alzavano il braccio col pugno chiuso negli anni in cui Stalin era considerato un salvatore e la religione una misera illusione.

«L'uomo è buono di natura, cara compagna, l'uomo, una volta uscito dall'ingranaggio odioso dello sfruttamento capitalistico, diventerà generoso e sapiente. Non ci saranno più guerre, né assassinii. È la miseria che trasforma l'individuo in bestia. È la proprietà dei mezzi di produzione che separa i cittadini in classi, rende gli uni padroni sempre più ricchi e potenti, gli altri sempre più poveri e schiavi. Credimi, il mondo nuovo non è lontano, ci aspetta dietro l'angolo, ed è fatto di doni profondi. A ciascuno secondo i suoi bisogni, non senti la generosità di questo pensiero? L'uomo, fuori dalla logica dello sfruttamento, è pulito, innocente. Perfino la scienza lo dice: il plusvalore tende ad arricchirsi di sé, è un mostro in crescita che si mangia i suoi stessi figli. Dobbiamo riportare l'eguaglianza fra gli uomini.»

«Ma come?»

«La prima cosa da fare sarà togliere i mezzi di produzione dalle mani dei privati. Poi stabilire la dittatura del proletariato, perché gli operai sono la parte sana della società, sono i soli che possano imporre una regola alle classi ricche e sfruttatrici. Solo più tardi, una volta raggiunta l'uguaglianza economica, si troverà anche l'uguaglianza sociale e politica, quella culturale seguirà.»

«E quella fra i sessi, fra uomo e donna?»

«Verrà appresso anche quella, una volta sancita l'uguaglianza fra le classi. Fìdati, vedrai, l'essere umano è malleabile, incorrotto, integro, sono le circostanze che lo corrompono, lo deformano, lo trasformano in mostro.»

Come erano seducenti quei progetti per un futuro di grandi cambiamenti! La fratellanza si sarebbe impadronita dei pensieri umani e li avrebbe forgiati con mano sapiente e generosa: avrebbe portato la fine degli inganni, delle ipocrisie sociali, dello sfruttamento: casa e cibo per tutti, cure mediche gratuite, solidarietà verso gli oppressi di tutto il mondo.

Una questione inquietava la donna allora giovane giovane: ma quali strumenti è lecito adoperare per scaravoltare il mondo, senza schiacciare chi non la pensa allo stesso modo? E, ancora più importante: si può imporre il bene? Su questi temi spesso discuteva coi compagni. Qualcuno, più machiavellico, sosteneva che il fine giustifica i mezzi e quindi dittatura, prigionia, spionaggio potevano anche essere strumenti buoni per ottenere un mondo nuovo. Altri non la pensavano affatto così. Se accettiamo che il fine giustifica i mezzi, dicevano, facciamo esattamente come i nostri nemici.

«Ma i nostri fini sono buoni, generosi, sani.»

«Non ci credo. Nessun fine, né buono né cattivo, può giustificare la violenza e il sopruso.»

Erano discussioni accanite che si protraevano nel cuore della notte, mentre se ne stavano chiusi dentro i sacchi a pelo, stesi su un pavimento macchiato, fra centinaia di cicche puzzolenti e bicchieri colmi di birra a poco prezzo.

La cosa che la ragazza non riusciva proprio a mandare giù era l'idea della dittatura del proletariato. «Non abbiamo sempre detto che le dittature sono fasciste, diseducano alla democrazia, mettono il potere in mano a pochi o nel peggiore dei casi, di uno solo? Anche se solo provvisoria, l'idea della dittatura non mi piace.»

«Non ti fidi della classe operaia? Gli operai sono i soli che conoscano l'etica del lavoro, i soli a non essere traviati dal pietismo religioso, i soli che hanno il senso della responsabilità civile di un popolo. Essi sono all'avanguardia del secolo. Non sono servi che si facciano corrompere dalle sirene dei padroni, sono lavoratori che conoscono i propri diritti e i propri doveri. Le fabbriche, le fabbriche, compagna, sono le chiese della nuova religione, la religione della razionalità.»

«È questo che mi convince poco: perché combattere una religione per formarne un'altra?»

«A ciascuno secondo i suoi bisogni» ripeteva l'uomo dai baffi lunghi, stregati, anche se non era chiaro come ciò sarebbe potuto avvenire. Ma c'era tanta generosità e passione in quello slancio verso un mondo nuovo, in cui le prepotenze, le meschinità, gli orrori delle guerre, le sopraffazioni del più forte sul più debole sarebbero stati cancellati, che era difficile non innamorarsene.

Innamorarsi di una idea tonda come la luna, morbida come una pesca matura, succosa come un chicco d'uva, potente come la radice di una quercia. Era di questo che si invaghivano i ragazzi di allora, e si rimboccavano le maniche per entrare a fare parte di quella grande onda di volontari che avrebbero rovesciato con la loro forza appassionata tutte le convenzioni, avrebbero stretto per il collo l'ingiustizia, avrebbero dato carezze e fiori all'onestà e alla solidarietà.

L'esempio veniva dalle terre fredde e lontane che avevano conosciuto i rigori di una rivoluzione riuscita. O che per lo meno si dava per riuscita, prima che fossero noti gli orrori dello stalinismo. Era la Leningrado della resistenza accanita contro l'invasione dei tedeschi, la città generosa che aveva sacrificato migliaia di uomini, donne, bambini, per fermare sulle soglie della città gli assassini nazisti. Era la Mosca remota e arcana in cui si sarebbero compiuti i miracoli sociali che poi tutto il mondo avrebbe dovuto emulare. Era la Russia del giovane Trotzkij che montava sui treni, di corsa, per andare a parlare ai contadini di tutto il mondo: in piedi sul predellino salutava col pugno chiuso, lui, il coraggioso rivoluzionario dal faccino impacciato di un impiegato gogoliano: un berretto blu posato sul ciuffo chiaro, gli occhialetti da miope, i mustacchi da soldato che non conosce paura. Le sue parole, che i giovani di tutto il mondo si ripetevano, dichiaravano che non si può istituzionalizzare la rivoluzione: niente gerarchia, niente sentenze emesse dall'alto, la società deve bollire in continuazione e trovare sempre il meglio, seguendo la coscienza civile e non le regole di una ideologia prestabilita.

Qualche anno dopo si parlò di tradimento e il giovanotto dai mustacchi generosi dovette scappare nelle Americhe. Poi qualcuno – si sussurrava fossero gli emissari di Stalin – lo aveva assassinato con un colpo di ascia in testa. Questo obbrobrio che non turbava i duri e puri del cambiamento radicale, alla ragazza scandalizzata era parso inconciliabile con l'idea della loro rivoluzione e l'aveva detto chiaro e tondo. Ma i compagni preferivano credere alle parole di Stalin: se il Grande Padre aveva accusato il piccolo Trotzkij di tradimento, voleva dire che qualcosa di vero c'era. Non aveva applaudito alla morte dell'agitatore sovietico quasi fosse la giusta punizione di quel Dio severo e onnisciente che poi si identificava proprio col baffuto dittatore?

«Dimmi un'altra poesia di Anna Achmatova, ma'!»

«*Luminoso e lieto / domani sarà il mattino. / Questa vita è bella, / sii dunque saggio, cuore. / Tu sei prostrato, batti / sordo, a rilento... / Sai, ho letto / che le anime sono immortali.*»

La madre muove le labbra che sono lucide e color di corallo. La bambina la osserva attenta fra le palpebre socchiuse.

«Continua, ma'!»

«*Oggi ho da fare molte cose: / devo uccidere fino in fondo la memoria / devo impietrire l'anima / devo imparare di nuovo a vivere.*»

«Impietrire l'anima? perché?»

«Era un momento terribile, bambina mia, erano gli anni Trenta, anzi la fine degli anni Trenta, era il '39 e c'era la guerra, c'era Stalin col suo terrore.»

La madre è lì seduta sul bordo del letto e riflette pensosa. O sogna? La mano della figlia sta ferma nella sua. Forse adesso potrà alzarsi quieta, in silenzio, e uscire, ma appena accenna ad andarsene, sente le corte dita della bambina che si stringono a quelle più lunghe di lei.

Zaira si alza dal letto, va ad aprire le persiane ma le trova incollate dal ghiaccio. Deve battere più volte col pugno chiuso per spingerle verso l'esterno. La neve è caduta tutta la notte. E ancora dei fiocchi leggeri svolazzano per l'aria nebbiosa, incalzati dal vento. I due abeti davanti alla sua finestra sono bianchi, e i rami più alti sono gravati da gonfie sacche di neve. Una gazza le sfreccia davanti al naso. Bisogna che si ricordi di mettere sul davanzale qualche granello di pane. Le vede durante il giorno: vengono a cercare il cibo sapendo che lei lascia sempre qualcosa sul bordo della finestra, anche quando è tutto coperto di neve. Arrivano volando, e senza nemmeno posarsi, con un solo colpo di becco, si appropriano della crosticina di pane o di un chicco di grano o di un pezzetto di mela e se ne scappano via rapide.

Chissà se potrà uscire. Davanti alla casa c'è un metro di neve. Bisognerà spalarla. La bicicletta certo non potrà muoverla. Ma da qualche parte deve avere gli stivaloni di gomma che salgono fino alle ginocchia e con quelli potrà camminare.

Accende la radio mentre si fa una doccia e poi, giù in cucina, si prepara un cappuccino. Un uomo dalla voce squillante racconta della epidemia di virus che sta colpendo i polli in Oriente. I pennuti hanno contagiato bambini, uomini e donne che stanno morendo nella lontana Thailandia. Da noi «non c'è pericolo» sta rassicurando l'uomo «a meno che il virus non si trasformi e passi da uomo a uomo e allora avremo milioni di morti». Con tono eccitato descrive come migliaia di galline ovaiole e di polli spaventati vengono cacciati dentro grandi sacchi dell'immondizia, ancora vivi e poi vengono sepolti sotto quintali di calce. Il cappuccino le va di traverso: come, vivi? sepolti vivi, senza nemmeno darsi la pena di ammazzarli? Si alza tossendo e prende a trafficare in cucina, continuando suo malgrado ad ascoltare la radio. Sono polli di allevamento, spiega la voce, che si contagiano a vicenda, perciò devono essere sterminati. Li vede ora, con gli occhi dell'immaginazione, gli enormi polli nati in cattività, chiusi dentro gabbie minuscole in cui non possono nemmeno muovere un passo, costretti a nutrirsi di carcasse di altri animali morti, imbottiti di ormoni e di antibiotici perché in quelle condizioni malsane sviluppano quasi tutti la tisi, la polmonite. La pena le chiude la gola.

Dopo avere dato a Fungo una tazza di pane e latte, Zaira, tutta imbacuccata, con indosso gli stivali di gomma, due paia di calzettoni di lana, due maglie, un giaccone imbottito che le arriva fino alle ginocchia, un cappelletto da aviatore russo calcato in testa, apre la porta di casa. Viene investita da una folata di aria fredda e umida in cui turbinano chicchi minuscoli di grandine. Ma non si scoraggia. Chiude la porta dietro di sé. Si calca bene in testa il berretto dai paraorecchi di pelliccia sintetica e si avvia verso il bosco, seguita da Fungo.

Non ci sono tracce di passi umani lungo il sentiero che porta verso le selve dell'Ermellina. Gli stivali di caucciù affondano nella neve fresca. Dopo un centinaio di metri però è costretta a fermarsi perché la neve è troppo alta: in certi punti ci precipita dentro fino alla vita. Da anni non ricordava un febbraio così rigido. E se andasse a prendere un paio di racchette da Paparozz'?

Sempre affondando, seguita da un Fungo di pessimo umore perché costretto a saltare come un canguro per non essere inghiottito dalla neve fresca, torna a casa, tira fuori gli sci di fondo e scende verso il paese. Paparozz' le offre un paio di racchette usate con qualche stringa spezzata, ma «funzionano a meraviglia, te li dongh' a tre eure il giorno» dice guardandola sornione.

Zaira accetta. Rientra con gli sci. Li posa dentro il fienile, accanto alla bicicletta bianca e blu. Si allaccia le racchette ai piedi e si avvia a passi lenti verso il bosco. È sempre faticoso, ma per lo meno non sprofonda. Le sue impronte sembrano quelle di un enorme plantigrado, dal contorno rotondo e rialzato. Fungo, a furia di saltare fuori e dentro la neve, ha delle palle di ghiaccio incollate ai peli che ballonzolano a ogni passo. Zaira si ferma, lo chiama a sé, gli toglie le escrescenze ghiacciate cercando di non strappargli anche i peli e ricominciano ad arrampicarsi tra i faggi innevati. Ma dove andate, incoscienti, con questo freddo, questa neve, non lo vedi che affondo? è la voce di quell'accompagnatore che lei chiama fra sé coscienza o angelo rompiscatole e ogni tanto le alita un fiato gelido sul collo. Lasciami in pace! sbraita sbuffando. Ora il caldo le appanna gli occhiali da sole, è costretta a sciogliersi una delle sciarpe che ha allacciato attorno al collo. Dagli alberi precipitano fagotti di neve che si sfasciano al suolo con un rumore soffice, un plaf morbido e gentile. Ogni tanto qualcuno di questi fagotti diacci le crolla proprio sul cappello da aviatore russo frangendosi in mille piccoli frammenti che le schizzano sulle spalle e sulla faccia.

Arrivata in cima al monte Triollo, si ferma per riprendere fiato. Il cielo nel frattempo si è aperto. Il panorama si allarga attorno a lei come un grande teatro: davanti, il telo dipinto del monte Marsicano, coi suoi dorsi ampi e misteriosi, bianco argento sull'azzurro dell'orizzonte. A sinistra, la quinta del monte Palombo che nasconde in parte la cima di Pietra Gentile. A fianco, sulla destra, il monte delle Vitelle, lì dove l'impianto da sci porta i ragazzi dalle tute sgargianti che corrono su e giù per le piste. Dietro il primo piano di cime boscose altre quinte che fanno intravedere le punte splendenti del monte della Gatta, il picco della Rocca, il monte Pietroso e più defilato, di sguincio, il monte Tranquillo. Un anello sfavillante contorna un palcoscenico dal pavimento candido su cui adesso si muoveranno gli attori. Ma chi? L'attesa le secca la saliva in bocca. Forse Hänsel e Gretel verranno condotti per mano dalla madre, nel fitto di quei faggi, di quegli aceri, di quelle querce per essere abbandonati.

Sotto un gigantesco faggio dai tanti rami spogli, Zaira incontra un gruppo di asini. La guardano muti allungando il collo, gli zoccoli immersi nel pantano acquoso della neve sciolta. Si avvicina, allunga la mano per carezzare uno di quei musi morbidi, ma la ritrae quando si accorge che il povero asino ha un occhio gonfio e pieno di pus. Sulla guancia rigata le lacrime continuano a colare lente sotto la palpebra arrossata. «Vedi questo asino» dice a Fungo che non abbaia nemmeno tanto è stanco di saltare nella neve, «ha un occhio malato e nessuno glielo curerà. O guarirà da solo o piano piano diventerà cieco.» Ma gli asini hanno smesso di osservarli con stupore e ora raschiano il suolo per raccogliere con il muso sporco di terra e di neve alcune bacche cadute dalla pianta spoglia della rosa canina.

Zaira dovrà ridiscendere verso la valle del Capro Giallo e poi risalire verso il picco della Rocca. È già mezzogiorno, il momento più caldo della giornata. La tempesta di neve si è acquietata con la stessa velocità con cui era montata e aveva frustato alberi e cose. L'orizzonte è limpido, chiaro e la neve riflette la luce rendendola cristallina, accecante.

Zaira riprende il cammino, seguita da Fungo. I passi vanno lenti ma decisi. Non è l'andatura di una turista ma quella di un investigatore che cerca le spiegazioni di un enigma. Il senso di libertà si intreccia indelebilmente a quello di sgomento: troppa aria intorno a sé, troppa solitudine, troppo silenzio. Anche se, a stare immoti, si è raggiunti da tanti piccoli rumori che appartengono alla foresta: la neve che cade con tonfi sordi dai rami alti, il volo frenetico di qualche corvo, o di qualche gazza che cerca cibo, il battere regolare del picchio che si costruisce una tana dentro un albero in lontananza, il ragliare struggente di un asino, il cinguettio delle cinciallegre che approfittano di questa ora di calma e di luce per trovare un vermetto, una larva, una bacca fra gli alberi e i cespugli sepolti nel bianco.

Verso le due decide di riposare e mangiare qualcosa. Fungo le struscia il muso sulla gamba. Ha fame, lo sa. Ma dove sostare in questo mare di neve? Eppure ora c'è il sole e non fa neanche freddo. Zaira cerca con gli occhi una roccia dove potersi appoggiare. Pulisce con i guanti la sommità piatta di un masso e ci si siede sopra, allenta le cinghie dello zaino dalle spalle, lo appoggia sulla neve. Fungo saltella contento. Ha già capito che si mangerà qualcosa e si prepara a prendere dalle mani di lei un poco di pane e formaggio, un pezzetto di uovo bollito, un boccone di banana.

Il pensiero di Colomba sembra quasi accantonato in quella sospensione meravigliosa. La bellezza può consolare di ogni perdita, si dice, dimenticando di masticare il pezzo di pane che ha in bocca. Quelle montagne di un azzurro misterioso e grave, quelle rocce che scintillano al sole nuovo appena uscito dalle nuvole, quegli alberi dai rami nudi e anneriti dall'acqua, ricoperti di una neve morbida e gentile, le fanno ballare il cuore. Ma la coscienza brontolona è sempre lì, alle sue spalle e la sprona: che fai, ti fermi? che fai, ti dimentichi di Colomba? che fai, ti perdi nella bellezza di un paesaggio montano? Quelle cime se ne infischiano di te, e sono pronte a coprirti con una valanga appena la temperatura si alza di un grado. Riprendi a camminare, cerca, non stare col naso per aria, guarda se vedi delle tracce nella neve.

Zaira termina rapida il suo pasto frugale, presa dai sensi di colpa. Ingolla qualche sorso di caffè caldo dal thermos. Si sistema lo zaino sulle spalle e si alza per riprendere il cammino. Proprio come quel monaco che nel 980 partì dal convento di Gioia dei Marsi verso Roma, per andare a chiedere protezione al papa Benedetto VII. Chissà che non fosse un suo lontanissimo antenato. Niente di improbabile visto che sono tutti imparentati in modo vicino o lontano, qui nei dintorni.

Dopo avere vagato per i boschi di Sant'Antonio senza trovare una traccia, un pertugio che rivelasse una grotta nascosta, Zaira deve arrendersi: per oggi la sua ricerca è fallita, ancora una volta ha fatto un buco nell'acqua e ora deve rientrare altrimenti si troverà intrappolata nel buio. Fungo è più stanco di lei, ha la coda appesantita da bocce e boccette di neve ghiacciata che gli rallentano il passo. Lei per lo meno ha le racchette che le permettono di camminare sulla neve alta senza sprofondare. Nonostante il fallimento, però la gita le ha messo appetito e si sente bene, le viene voglia di cantare. Ma si può cantare da soli? Le gambe sono stanche, i passi si sono fatti meno rapidi e sicuri. Ormai è vicina, le mancano pochi chilometri.

Proprio quando sta per raggiungere il sentiero che la porta a casa, si ferma improvvisamente davanti a qualcosa di scuro che ciondola dal ramo di un grosso olmo. Cos'è, un sacco, una bisaccia? Si avvicina un poco e rimane inorridita. Davanti a lei, agganciato a un ramo non tanto alto da terra, pende un cane nero, impiccato. È grosso e si vede che pesa perché il ramo si è piegato e il cane quasi tocca il suolo con la coda irrigidita. La corda gli sega il collo. La bocca è spalancata e la lingua sporge sul mento, rigida e violacea. La neve non lo ha ancora coperto; dal che si desume che è stato appeso lì appena lei è partita per la ricerca quella mattina. Uscendo infatti non l'aveva visto. Ora eccolo là, lugubre come un avvertimento minaccioso. Appena se l'è trovato davanti ha cacciato un grido. Ma nessuno l'ha sentita, solo Fungo ha preso ad abbaiare allarmato.

Chi può avere impiccato un cane? Ora poi, guardandolo bene, le sembra di riconoscerlo: è uno di quei randagi che girano per il paese e si affezionano a Saponett'. Un cane senza padrone, su cui è stato facile infierire. Ma perché?

Appena entrata in casa, Zaira chiude tutte le porte a chiave. Si barrica in cucina e prende a scaldare l'acqua per il brodo mentre Fungo si pulisce con la lingua i peli ancora intrisi di ghiaccio. Possibile che vogliano dissuaderla dal continuare la ricerca? Ma questo starebbe a indicare che lei sta disturbando qualcuno o qualcosa, e quindi che è sulla buona strada. Sal forse le ha detto la verità, anche se solo una piccola parte di quello che sa. Ora più che mai deve continuare l'indagine. Ma il cane impiccato? sarà il caso di denunciare l'intimidazione o no? Vai alla polizia! la esorta l'angelo dalle piume che penzolano irrigidite e coperte di peduncoli di ghiaccio come i peli della coda di Fungo. Ora vado a dormire, domattina si vedrà, risponde lei, così stanca che non riesce neanche a cenare. Manda giù il brodo caldo, prepara il pappone per Fungo, mastica un pezzo di cioccolato amaro col pane e se ne va a letto. Non mi lascerò scoraggiare, si dice Zaira, con determinazione mentre la paura le fa tremare le labbra.

La sala d'aspetto della polizia locale è piccola e illuminata al neon, anche di mattina. È fornita di quattro sedie di legno e due poltroncine ricoperte di plastica marrone. Al tavolo il brigadiere la guarda incredulo.

«Un cane, ha detto un cane impiccato?»

«Sì, proprio davanti a casa mia.»

«E chi pensa che...»

«Non lo so. Voglio solo denunciare il fatto.»

«Sarà una cosa fra pastori, piccole vendette senza importanza, mi è già capitato.»

«Le è capitato di vedere un cane impiccato?»

«Un cane impiccato no, ma altri piccoli dispetti sì.»

«Ma perché proprio vicino a casa mia?»

«Lei non abita sulla via che porta agli stazzi?»

«Be', sì. L'albero però è quello accanto a cui passo tutti i giorni per andare ai boschi.»

«E che ci va a fare nei boschi?»

«Vado a cercare mia nipote Colomba, lo sanno tutti.»

«Ancora? Ma ormai è passato quasi un anno. Perché non si mette l'anima in pace, signora Zaira.»

Il brigadiere è giovane, ha i capelli tagliati corti, una bella faccia pulita, gli occhi gentili. Non le è ostile, ma solo un poco insofferente per l'ostinazione con cui pretende di continuare a cercare la nipote in mezzo ai boschi, in pieno inverno, col freddo, la neve che copre ogni cosa.

«Lei rischia sa, ad andare da sola per i boschi. Non ha paura dei lupi?»

«No, francamente ho paura solo degli uomini col fucile.»

Il brigadiere le rivolge un sorriso sincero. È proprio un bel ragazzo, pensa Zaira, inseguendo le luci nascoste di quegli occhi azzurri e limpidi. Ma capisce che è stato inutile venire: il suo interlocutore non crede all'intimidazione. Per lui la ricerca di Colomba è solo una follia inutile e il cane impiccato non ha niente a che vedere con lei. Il caso non è stato dichiarato chiuso?

«Potrebbe farsi male, rimanere intrappolata nella neve, cadere in un crepaccio» insiste il brigadiere movendo meccanicamente con due dita una grande fotografia incorniciata d'argento. Zaira allunga il collo per vedere l'immagine. E, durante uno dei movimenti che lui fa con le dita distratte, scorge la faccia di una bella ragazza dai capelli lunghi, castani che sorride beata tenendo in braccio un bambino grasso e pacifico.

«È sua moglie?»

«Sì e questo è mio figlio.»

«E come si chiama?»

«Mio figlio? Massimo.»

«Come il generale romano che ha vinto i sanniti» dice Zaira fra sé ripensando ai racconti di Cesidio il cavallaro. «Gli hanno dedicato una via, lo sapeva? la via Valeria che poi è diventata la Tiburtina. E c'era pure una città che si chiamava Valeria che poi è stata distrutta e non si sa nemmeno dove fosse precisamente.»

Ma evidentemente la storia romana di queste montagne non interessa al brigadiere. Il suo sguardo è rivolto altrove, fuori dalla finestra, dove due uomini con giacconi imbottiti e occhiali scuri stanno discutendo animatamente. Le sue dita sono diventate impazienti, anche se, per gentilezza, non osa mandarla via.

«Quindi secondo lei non mi devo preoccupare.»

«Assolutamente no. Chi vuole che ce l'abbia con lei che non ha fatto male a una mosca, che vive tranquillamente nella sua casa, che ha una certa età, che non è coinvolta in beghe legali o risse di paese?»

«Sono contenta che lei lo dica. Ma certo quel cane impiccato mi ha fatto molta impressione. Forse era rivolto a qualcun altro, ma proprio davanti a casa mia, lei capisce che...»

«Sa che facciamo, vengo con lei a vedere, così mi faccio un'idea più precisa.»

Zaira si alza veloce dalla sedia non credendo alle proprie orecchie. Quindi non era fretta di cacciarla via quel movimento nervoso attorno alla fotografia: il brigadiere è disposto a regalarle mezz'ora del suo tempo prezioso, nonostante pensi che sia "una cosa da nulla". Lo segue scusandosi in cuor suo della sfiducia che aveva nutrito nei suoi riguardi: questo brigadiere forse è veramente un uomo scrupoloso e attento al suo dovere.

Appena fuori, il militare si intestardisce a prendere la camionetta di servizio, anche se lei insiste che a piedi sono solo dieci minuti. Corre sulla strada coperta di neve affrontando le curve con mano abile ed esperta. Zaira si tiene alla maniglia rammaricandosi di non essere andata a piedi. Il brigadiere ha fretta e pensa ad altro, ma si dirige, accelerando e slittando, verso la sua casa fuori del paese, al margine dei grandi boschi.

La camionetta si arresta proprio sotto la rampa che sale verso casa sua. Il brigadiere sbatte la porta, neanche si preoccupa di chiudere a chiave, tanto si sa in paese tutti lasciano le auto aperte e con le chiavi inserite, non è mai successo niente. Si arrampica agile precedendola e si ferma a gambe larghe sulla soglia di casa, davanti alla porta chiusa.

«Vuole entrare? le preparo un caffè?»

«No, vorrei tornare in ufficio al più presto, ho da fare.»

Zaira va avanti lungo il sentiero che porta verso i boschi. In pochi minuti sono davanti all'olmo coperto di neve. Ma il cane non c'è più. Zaira alza il braccio per indicare il ramo, e la voce le viene meno.

«Be', questo cane dov'è?»

«L'hanno tolto. Stava qui.»

«E chi l'avrebbe tolto?»

«Che ne so, qualcuno.»

Il brigadiere la guarda dubbioso. È chiaro quello che pensa: questa donna ha le visioni. Come trattarla? come una poveretta un poco tocca, assecondandola nelle sue fantasie o dirle chiaro in faccia che l'ha fatto scomodare per niente? Si bilancia su una gamba e poi sull'altra, incerto.

Zaira intanto si è avvicinata all'albero, e lo esamina da vicino. «Guardi qui, il ramo è spezzato e c'è un pezzo di corda che pende. Venga a vedere.»

Il brigadiere si avvicina. Osserva la corda tagliata di netto, il nodo che la lega al ramo spezzato ma non ancora staccato dal tronco. Ora forse le crede. Comunque non dà importanza alla cosa, glielo si legge in faccia. Quel bel viso fatto di certezze, di cortesie, di fede, manca totalmente di immaginazione.

La mattina dopo, quando passa Cesidio, Zaira salta dal letto e apre la finestra per fermarlo. «Cesidio!»

«Che c'è Zaira, a quest'ora sei già alzata?»

«Quando torni indietro ti fermi da me?»

«Certo, fra un'ora. Mi prepari il più buono dei tuoi caffè?»

«Sì, e anche i più buoni dei miei biscotti.»

Lo vede allontanarsi tutto imbacuccato, seguito dai cavalli che col freddo si sono ricoperti di peli lunghi e fitti, quasi degli orsi.

Oggi c'è il sole e la neve ferisce gli occhi con il suo luccichio metallico. Zaira si fa una doccia, prepara la pappa per Fungo, si veste in fretta davanti alla stufetta elettrica, mette il caffè sul fuoco. Cesidio arriva puntualmente dopo un'ora, gli scarponi incrostati di neve che si scioglie al calore della cucina.

«Scusa se sporco per terra.»

«Ora pulisco, non ti preoccupare.»

Cesidio si siede al tavolo dal ripiano di marmo. Zaira gli mette davanti il caffè bollente, un piattino di legno con sopra allineati i biscotti ripieni di una marmellata di more fatta da lei.

«Sono le more della valle?»

«No, di Gioia Vecchio. Ce ne sono poche e sono striminzite, ma io conosco le zone segrete, i prati fra un bosco e l'altro dove crescono quasi nascoste.»

«Buonissima la marmellata... volevi dirmi qualcosa?»

«Sì, Cesidio, ieri tornando dalla montagna ho trovato un cane impiccato qui vicino sul sentiero che porta a casa mia.»

«Un cane impiccato? che cane?»

«Nero, con la coda lunga e le orecchie mozze, un bastardo ma della famiglia degli alani, credo.»

«Mannagg' a sant Nend e dov'è?»

«L'hanno portato via. È rimasto un pezzo di corda sul ramo, vuoi vederlo?»

«È uno dei cani bastardi che girano per il paese, senza padrone. Se non lo impiccavano, finiva avvelenato. Ogni tanto qualcuno fa il repulisti, con gran disperazione di Saponett'.»

«Una polpetta avvelenata, lo so, ma che si impicchi un cane, non capisco, che vuol dire?»

«Non ce l'hanno con te, ma col cane stesso. Avrà disturbato le pecore di qualcheduno o avrà rotto la schiena a un gatto di proprietà. Sai come fanno i cani quando prendono un gatto, lo scuotono finché non gli rompono la spina dorsale, soprattutto se so' cuccioli.»

«Tu l'hai già vista una cosa simile?»

«Mi dai un altro biscotto? Zà, come fai a essere abbronzata anche d'inverno? Lo sai che quelle lentiggini ti fanno ragazzina?»

«È perché sono sempre fuori e il sole con la neve brucia.»

«Stanotte, pensa, mi sono sognato che mi trovavo al tempo dei normanni. Erano i primi anni del millennio e qui a Touta regnavano i Borrello. I normanni avevano appena occupato Benevento e il papa Leone IX, per mandarli via, si era rivolto ai castellani della zona. Ecco, io mi trovavo fatto soldato in quel piccolo esercito privato che avevano messo su i Borrello con gente del luogo. Proprio quel giorno avevano chiamato i giovani a radunarsi nel cortile del castello di Mancina. E io mi accingevo a presentarmi. Nel sogno mi dicevo: sì, ma il castello è tutto rotto, sembra un dente cariato. Guarda! mi fa uno. Alzo gli occhi e vedo il castello intero, bellissimo con tutte le sue pietre grigie, i bastioni arrampicati sulle rocce, le torri con i mattoni al loro posto, le terrazze merlate. Mò che faccio? E manco m'accorgevo che stavo salendo a piedi su per il sentiero che va al castello. Mi guardo e mi vedo con un paio di brache larghe, di lana ruvida, delle calze rosse lunghe, avevo un giustacuore e una mantellina che mi avvolgevo intorno alle spalle e mi lasciava fuori solo la punta del naso. Faceva freddo anche se era primavera. Ancora non era suonata la campana delle sette. Camminavo ed ero felice di andare lassù al castello. Non ero il Cesidio di oggi, ero un Cesidio molto più giovane e la guerra contro i normanni non mi metteva paura, anzi mi eccitava. I Borrello mi avrebbero dato un cavallo e un'armatura tutta in maglia di ferro e un elmo di quelli che trac, si chiudono davanti sul collo e da fuori non si vede niente, mentre tu da dentro guardi attraverso le fessure il nemico che hai davanti. Salivo a passo rapido e pensavo che forse ci avrebbero dato pure del vino e una pagnotta fresca di forno. C'era un fornaio lassù al castello che sapeva fare un pane proprio bbono.»

«Ma tu in sogno sapevi tutte queste cose?»

«Era un sogno lungo lungo e pieno pieno... ma ero così felice, così felice, di andare al castello tutto nuovo, intero... ero felice di andare in guerra contro i normanni, felice di mettermi addosso una armatura tutta mia, felice di mangiare quel pane fresco del fornaio di Mancina. E andavo, andavo mentre che il paese si cominciava a vedere sotto di me, chiuso a riccio attorno alla chiesa, i tetti di pietra grigia, il fumo che usciva dai comignoli. Ero proprio felice...»

Zaira lo guarda mentre, con occhi sognanti, si scola l'ultima stilla di caffè ormai freddo, si caccia in bocca un altro biscotto farcito di more.

«E poi?»

«E poi, e poi, Zaira mia, me só svegliato ed era tutto svanito. Il castello, l'ho guardato un momento venendo qua, è un rudere che fa pena, fra un anno o due sarà completamente sbriciolato, gli alberi non sono più gli stessi, il paese è diventato enorme, brutto, pieno di turisti maleducati e tutti pensano ai soldi, ai soldi...»

«Hai una fantasia galoppante, Cesidio, mi metti di buon umore. Il tempo per te non esiste. La storia è roba di casa tua, ci sguazzi e mi ci fai sguazzare pure a me.»

«Io mi considero, come toutano, un discendente dei pelasgi. Erano gente di fantasia, sai. Solo quella c'avevano perché erano poveri e si sono fatti vincere da tutti, dai greci, dagli etruschi, dai latini, però era gente di fantasia. I romani ci chiamavano safin, i safin, quei safin della malora! quei safin del cavolo! ma avevano paura, perché sapevamo combattere. Secondo me anche la nostra lingua, così bucata, senza vocali, viene da loro, dai pelasgi.»

«I pelasgi? ma non erano quelli che abitavano in Grecia prima degli ateniesi e degli spartani?»

«Proprio così. Lo sai per i pelasgi come nasce il mondo? All'inizio, proprio all'inizio c'era un grande uovo, e c'era Eurinome, la dea nata dall'oceano che era mezzo donna e mezzo pesce. Eurinome covava l'uovo per fare nascere il mondo, ma venne Ofione, suo marito e le disse: questo è mio, ci penso io a farlo aprire, sono più bravo di te. Eurinome, che aveva fatto l'uovo e ci teneva, cacciò via il marito e mise tanta passione e tanta pazienza nel covarlo che si aprì prima del previsto e dai suoi cocci vennero fuori la terra, i fiumi e tutte le creature viventi. Ofione tutto contento andava in giro raccontando che era stato lui a mettere al mondo tutto quel bene. I due si misero a litigare. Ma dalla lite non venne niente di buono, perché intanto arrivarono Crono e Rea, il dio del tempo e la dea della Terra, che si impadronirono di tutto il creato e cacciarono sia Ofione che Eurinome nel Tartaro.»

«Coi tuoi racconti mi hai tolto tutti i pensieri neri, Cesidio. Il cane impiccato lo butto fuori dalla mia testa. Avrà aggredito una pecora, come dici tu e perciò è stato punito.»

«Stai ancora a cercà tua nipote Colomba?»

«Credi anche tu che io sia matta?»

«Credo che sei na capatosta. Ma qualche volta gli dèi aiutano le cocce dure come la tua. Bbona fortuna, Zà.»

Zaira lo guarda andare via, oltre i vetri della finestra, le lunghe gambe arcuate per il tanto cavalcare, i capelli castani lisci e sempre freschi che gli scivolano sulla fronte ampia, il passo del sognatore.

Rimette a posto la cucina. Si infila gli stivaloni di gomma e si prepara a un'altra giornata di ricerca.

«Racconta, ma'.»

Questa bambina non se ne andrà mai per il mondo, pensa la madre mentre le osserva i piedi che ormai sono diventati grandi e pronti per scalare le montagne. Ma la testa è rimasta quella di una bimba trasognata che chiede storie, sempre storie.

«Non ne so più. Ora dormi.»

«Non dormo se prima non mi racconti come va a finire la storia di Zaira e di sua nipote Colomba.»

La madre sorride. Allunga le gambe intorpidite. Aggiusta la voce in gola e si prepara a continuare il racconto. I capelli, come serpentelli argentati, scappano dai fermagli. La figlia la osserva desolata: ma quando ha fatto i capelli grigi? Fino a ieri erano biondi. Mamma, ti prego, svegliami, sto sognando che sto crescendo e che tu stai diventando sempre più vecchia. Ti prego, raccontami una storia! Solo le storie fermano il tempo.

Zaira ha difficoltà con le racchette, perché alcune stringhe si sono spezzate. Ogni passo che fa, è costretta a sollevare due chili di neve. Oggi poi si cammina male perché la temperatura è salita e la neve si è fatta grassa, pesante e tende ad aggrumarsi. Fungo sprofonda con le zampe davanti e per liberarsi è costretto a zompare come un acrobata. Lei lo guarda e ride. Fungo sbuffa offeso. Non ama che lo prendano in giro.

«Non procediamo bene oggi Fungo, la neve è una pappa e non regge né il tuo peso né il mio.»

Così, dopo avere fatto un giro più breve del solito nella zona posteriore del Marsicano, lì dove nascono le foreste del monte Ninna, Zaira torna a casa, seguita da Fungo.

Dentro casa fa freddo. La stufa è spenta, e non ha comprato niente da mangiare. Si sfila il giaccone imbottito carico di neve, si toglie le scarpe bagnate e si accinge ad accendere il fuoco. Si prepara un latte caldo, ci mette dentro un poco di cognac e del miele. Fuori intanto è diventato buio. Ora tocca a Fungo che non mangia dalla sera prima: gli prepara il pappone con la carne e il riso, poi prende i libri, i vocabolari e si appresta a lavorare alla traduzione del *Burlador de Sevilla*.

Iuro, ojos bellos / que mirando me matáis scrive diligentemente e si accinge a tradurre: *Giuro, occhi belli / che guardando mi uccidi...* sono le parole dolci di don Juan che si rivolge alla innamorata di turno, ma la sua testa è altrove. Non riesce a togliersi dagli occhi l'immagine di quel cane appeso all'albero, la lingua penzoloni, gli occhi strabuzzanti, la bava colante. Le parole serene di Cesidio sono svaporate ed è rimasto il cane nero appeso al ramo. Chi può essere così crudele da impiccare un povero cane innocente? E se c'è qualcuno capace di una simile gratuita efferatezza nei dintorni, anche se non si tratta di un avvertimento rivolto a lei, certamente non c'è da stare tranquilli. Un uomo che riesce a impiccare un cane, riuscirà anche a uccidere una persona o a rapinare una casa. Nonostante le parole rassicuranti di Cesidio, non si sente serena. Così si alza e decide di andare a trovare Maria Menica, un'altra persona che le ispira fiducia.

Maria Menica a casa non c'è. «Dov'è andata?» chiede al figlio Saponett' che gira per l'appartamento a torso nudo con una lattina di birra in mano, il naso forato da un tondino di ferro. Su un braccio bianco spiccano le ali di un falco dal becco aperto, l'occhio feroce.

«Guarda, Zà!» dice e le mostra come movendo i muscoli del braccio, il falco alzi e abbassi le ali.

«Ti ho chiesto dov'è andata tua madre.»

«A fare nascere un altro infelice. Come i cani questi vagliolelli, tutti li accarezzano, ci fanno le feste e poi una volta cresciuti, gli danno le polpette avvelenate, hai capito, sono troppi dicono, sono troppi e disturbano... merda che schifo di paese! Statte accorta col tuo cane, perché non guardano in faccia nessuno.»

«Lo conosci Sal?»

«Chi?»

«Sal, quello che viene spesso al Rombo, dove lavori tu.»

«Al Rombo non ci vado più. Da quando ho portato dentro un gattino schiacciato da un camion e l'ho pulito con i tovaglioli del bar, Marione mi ha cacciato via.»

«Ma lo conoscevi?»

«Il gatto?»

«No, Sal.»

«È na coccia de cazz'.»

«Allora lo conosci?»

«No. Ma dove sta lui spuntano fuori i guai.»

«Quali guai?»

«Non mi hai detto se la mia aquila ti piace.»

«Mi sembrava un falco. Dove te la sei fatta fare?»

«A Pescara. C'è uno molto bravo. Mi sa che conosce pure Sal.»

«Sal è di Pescara?»

«Non lo so. Ma una volta l'ho visto in città, da Ci'batt.»

«E chi è Ci'batt?»

«Uno di Touta che si è stufato di stare qui a rompersi le palle, è andato giù a Pescara, ha fatto un corso di tatuaggio e ha aperto un laboratorio. Ma vende pure un sacco di roba, è uno tutto matto, nel suo lavoro però è bravo.»

«Viene mai qui a Touta?»

«Sì, ogni tanto la domenica va da sua madre.»

«E Maria Menica dove la posso trovare?»

«Dopo il parto mi ha detto che andava a messa.»

Zaira si avvia verso la chiesa. Sono quasi le sette, l'ora della messa pomeridiana. La chiesa è popolata quasi solo da donne. Alcune vestite di nero, con la gonna e gli stivaletti da neve, sono sedute nelle prime file e aspettano l'arrivo di don Paolo, che da poco ha sostituito l'amatissimo don Pasqualino, morto di polmonite a novant'anni suonati. La messa comincerà tra poco. Vicino all'altare c'è Capp'litt', il figlio del pescivendolo, che traffica attorno all'altare portando piattini, accendendo candele. Ogni volta che passa davanti alla Madonna nera, fa un piccolo inchino e poi riparte. Si muove frettoloso, senza abbassare le spalle, girandosi e rigirandosi sulle piccole gambe robuste.

Zaira si siede in una delle file vuote, verso il fondo della chiesa e si guarda intorno. L'altare è sovrastato dalla gigantesca statua della Madonna nera provvisoriamente trasferita qui dal santuario. È strana: pur avendo la pelle dei neri d'Africa, ha i tratti somatici di una italiana ritratta da Giotto: occhi ovali, languidi, modesti, una boccuccia da bambina, la testa piegata umilmente sul collo, in braccio un vagliolello bianco come il latte. Una amica americana di Angelica, che faceva uno studio sulle Madonne nere, sostiene che la Chiesa ha sostituito il culto della dea Terra, adorata anticamente attraverso l'immagine di statuette color carbone, con quella della Madonna cristiana che ne ha preso così i colori e ha mantenuto il luogo del culto. È una bella statua lignea, della stessa epoca del frate benedettino Cesidio che andò a chiedere protezione a papa Benedetto VII nel 980.

Da tanto tempo non entrava in chiesa. Dopo la morte di Angelica, forse. In quella notte insonne, al suo capezzale nell'ospedale di Pescina, guardando le fattezze di quel viso che si distendevano nel gelo della morte, aveva sentito sgusciarle via la fede. Le riusciva difficile credere a un Dio amoroso che si occupa del mondo e si china affettuosamente su ogni creatura. L'universo le era apparso improvvisamente in preda al caos, alla crudeltà e all'indifferenza. Non era riuscita a piangere. La gola era asciutta, gli occhi secchi. Le lacrime erano state tutte versate all'annuncio della sua morte. Che aveva trovato registrata, fredda e burocratica, sulla segreteria telefonica: «La signora Angelica Mitta ha avuto un incidente al chilometro 15 della statale per Pescara ed è stata portata all'ospedale di Pescina dove è deceduta nonostante le cure apprestate. Si pregano i parenti di venire a riconoscere la salma».

Ma cosa ci faceva, da sola, alle dieci di sera, su quella strada deserta? Forse voleva venire a Touta, probabilmente era ubriaca, la strada era ghiacciata. All'ospedale erano stati molto gentili. Un medico giovane, dalla voce paziente, l'aveva accompagnata nella stanza dove avevano cercato di rianimare la sua Angelica. E lì l'aveva vista, fra le lacrime e aveva notato che era fradicia come se fosse stata presa a secchiate. I capelli bagnati, la faccia pesta, le braccia livide, su cui spiccavano delle lunghe ferite pallide. L'avranno lavata, si diceva, l'avranno lavata, ma perché lavata? L'acqua scorreva a ruscelli dai capelli ramati, l'acqua la ricopriva, l'acqua usciva dalle orecchie candide, l'acqua le imperlava la gola, ma perché, perché si chiedeva sapendo che nessuno le avrebbe risposto. Il pensiero era fermo come un mulo che punta i piedi e resta lì sulla soglia di ogni parola, come incantato e perso. Le mani le tremavano tanto che non era riuscita neanche a togliersi il cappotto. Devo andare, devo andare, questa vista mi è insopportabile, non riesco a guardarla, non riuscirò mai a guardarla, ripeteva meccanicamente. Non voleva vedere sua figlia ridotta in quello stato. Nello stesso tempo le riusciva impossibile fare un passo verso la porta. Era rimasta in piedi, inchiodata accanto al letto mentre le infermiere finivano di vestirla, di pettinarla. Il giovane medico le aveva portato un caffè. «Vuole?» aveva detto gentile, chinandosi su di lei. Ma un gesto violento aveva mandato per aria la tazzina e il piatto che si erano rotti in mille pezzi. Il medico non si era spaventato. Si era limitato a schioccare la lingua contro il palato, come a tacitare un gatto infuriato e poi l'aveva lasciata sola con sua figlia.

Pensava che non ce l'avrebbe mai fatta a restare ferma davanti al cadavere di Angelica, in quella anonima stanza di ospedale. Ma le parole di Calderón l'avevano soccorsa: *Credo che i miei occhi siano idropici, perché anche se il bere significa morte, i miei occhi bevono sempre di più e così vedendo che il guardarti mi uccide, muoio dal desiderio di vederti*. Infatti era rimasta, e le aveva parlato come non le era mai successo in vita. Parole o forse solo pensieri di una notte dell'orrore da cui sarebbe uscita sfigurata, avendo accettato un dolore che non era accettabile.

L'aveva guardata tanto e con tanto amore questa difficile figlia morta, che le era sembrato di vederla sorridere. Perfino le ciglia si erano un poco mosse, come per uno sforzo estremo di aprire gli occhi. Ma questo non le aveva messo paura, anzi, si era inginocchiata vicino al letto e aveva preso fra le sue una mano del cadavere cercando di scaldarla. Come sono diventate grandi e dure le tue mani, Angelica, c'è dentro tutto il tuo tormento in queste mani, c'è dentro la massaia che sei diventata dopo essere stata una girovaga, una ribelle, una rivoluzionaria. Anche se sei lì gelata, vagliolella mia, io so che le tue orecchie, benché fatte di marmo, mi ascoltano. Hanno il colore grigio del marmo dei cimiteri le tue orecchie. Il colore della morte è il grigio, vero, lo sai anche tu, non è il bianco della pelle del Bambin Gesù, non è il nero della Madonna del monte Tranquillo, è il grigio sfumato di bianco di un marmo riottoso, rigido, elegante ma privo di pensiero. Chissà perché la tua morte è stata accompagnata da tanta acqua, come se fossi annegata in mare. Hai ancora i capelli bagnati, non hai freddo? Ti ricordi quando con Cignalitt' andavamo al mare a San Vito Chietino e montavamo sulla barca di Musc'tt e io remavo e tu mi raccontavi la storia del pescatore che trova un pesce con dentro un anello d'oro, te lo ricordi? ti buttavi a capofitto nell'acqua fonda e non ricomparivi più. Io mi affacciavo dalla barca terrorizzata e tu sbucavi da tutt'altra parte, come un tonnetto volante, i lunghi capelli fradici che ti rigavano la faccia, il collo. Ah mà, damme la cioccolata! era la tua frase preferita quando la pelle cominciava a fare i puntini per il freddo. Non ho mai conosciuto una bambina che mangiasse tanta cioccolata come te. Avresti vissuto solo di quello. Io te lo volevo negare, ma poi, il fatto che eri senza padre, senza casa, sempre sola... forse ti ho viziata, avrei voluto essere più severa con te, ma tu mi guardavi con gli occhi di una vittima e io cedevo, cedevo sempre. Ho sbagliato, credo proprio di avere sbagliato tutto con te, dal principio alla fine.

Forse non mi perdonavi di non avere capito di Cignalitt'. È questo che non mi hai mai perdonato, vero? Ma Cignalitt' era una persona generosa, ci ha sempre aiutate anche se non era mio padre. Cignalitt' ti voleva bene, adorava tua nonna Antonina, le faceva avere tutto quello che voleva, aveva accettato una figlia non sua. Ricordo ancora quando mi portava a cavalcioni e io dicevo «corri, corri Cignalitt'», e pretendevo che con me sulle spalle filasse giù per la discesa, con tutto il ghiaccio che c'era in giro e lui ubbidiva, per farmi contenta. E non è mai caduto, perché nonostante tutto era prudente e sapeva come ci si muove sul terreno gelato senza scivolare, non era nato anche lui qui, fra queste montagne? Mi ricordo ancora quando Antonina è morta e lui l'ha vegliata per due notti piangendo sempre, sempre, Angelica, non aveva più lacrime e continuava a piangere, con la faccia dentro quelle mani grosse che aveva, e la chiamava Antonina mia, Antonina mia! Io cercavo di consolarlo dicendo che ora stava meglio, era in paradiso la povera Antonina dopo avere tanto sofferto, era stata buona con tutti, certamente si trovava in un bel bosco celeste, dentro una bella casa, certamente aveva ritrovato sua madre, la macellaia che vestiva sempre elegante e suo padre Geremia col grembiule ancora sporco di sangue che preparava le salsicce. Ma lui continuava a piangere, il povero Cignalitt'.

La storia di famiglia ti appassionava. E io raccontavo, magari andando avanti e indietro come un gatto inquieto, ma tu non eri mai sazia. Com'era nonno Pitrucc' i pelus'? mi chiedevi. Era timido, robusto, sapeva fare tutti i lavori dei boschi, ma si era invaghito del comunismo. E nel suo cuore aveva coltivato un giardino fiorito dove gli uomini andavano nudi come in paradiso e si parlavano con amore e nessuno faceva del male a nessuno e tutti filavano in armonia. Per questo sogno rischiò di essere ucciso dai fascisti. Lo cercavano sia i tedeschi che volevano mandarlo in Germania, sia i compatrioti che volevano accopparlo, così non avrebbe diffuso l'idea del comunismo che per loro era un pericolo da evitare a tutti i costi. Ce li vedi i cavalli cosacchi che si abbeverano nella fontana di piazza San Pietro? La Chiesa, dicevano, con l'arrivo dei sovietici sarebbe stata distrutta, e i preti mandati in prigione, la gente che voleva dire una preghiera, avrebbe avuto la lingua mozzata. Se questo era il comunismo, sostenevano, bisognava fare di tutto per debellarlo, a costo di spiare, denunciare, calunniare, uccidere, ogni mezzo era lecito. Solo alcuni, fra cui Pitrucc' i pelus' e altri suoi giovani compagni che avevano letto libri, che avevano sentito parlare i vecchi saggi socialisti, solo loro sapevano quante menzogne propagassero gli ehia ehia alalà! Solo loro avevano coscienza che dentro quel programma egualitarista dall'apparenza drastica c'era un pensiero gentile e solerte, un moto di rispetto per tutte le diversità, una considerazione accorata per gli umili, per i miseri del mondo, per coloro che subiscono ingiustizie, per coloro che lavorano dodici ore al giorno guadagnando poche lire. Solo loro sapevano distinguere la forza che esplodeva nel segreto di questa utopia. Per questo Pitrucc' i pelus' fu costretto a partire per l'Australia, lasciando mia madre incinta.

Ora ci sarà da pensare a Colomba, la bambina che mi hai affidato, Angelica mia. Se tu l'avessi amata un poco di più, forse non saresti uscita ubriaca con la macchina. Ma non voglio rimproverarti, perdonami, voglio solo dirti di stare tranquilla, perché a Colomba ci penserò io. Le farò da madre e da padre, poiché Valdo non si fa più vedere.

Zaira si china sulla bella faccia ancora umida della figlia e le preme le labbra sulla fronte. Sembra di baciare una bacinella piena, ma da dove viene tutta quell'acqua? Non fare domande, continua a raccontare, ma', dimmi qualcosa di più sul nonno Pitrucc' i pelus'! le pareva che dicesse una voce senza voce e lei continuò.

Tuo nonno non sopportava l'ingiustizia, non sopportava il razzismo, non sopportava le angherie di quei prepotenti che gli dicevano come doveva vivere, cosa doveva leggere, come doveva pregare. E per questo si era iscritto al Partito Comunista abruzzese clandestino. Di nascosto andava alle riunioni che si tenevano a Ortona dei Marsi, per capire meglio la storia. Qualche volta arrivava fino all'Aquila, magari facendosi una giornata a dorso di mulo, con la scusa di vendere la lana delle sue pecore, in realtà per ascoltare Romolo di Giovannantonio. Ero bambina e sentivo spesso parlare di lui, era di Chieti ma presto era dovuto scappare in America, dove aveva partecipato alla formazione del Partito Comunista americano e poi era tornato in Italia per ricomporre quello abruzzese dissolto dal fascismo. Fu arrestato a Genova nel 1936. Io non ero ancora nata, ma, anni dopo, ricordo che ne parlavano in paese come di uno che aveva fegato, si faceva il carcere duro del Tribunale Speciale senza vendersi, senza tradire nessuno dei suoi. È morto di tisi nel 1942, ancora chiuso dentro il carcere di Pianosa.

Le riunioni del Partito si svolgevano in una cantina ingombra di sacchi di lenticchie e cataste di legna da ardere. Lì alcuni giovanotti asciutti e febbricitanti che venivano da Opi, da Pescasseroli, da Barrea, studiavano il comunismo sui testi di Marx, di Lenin, analizzavano le strutture economiche e le loro conseguenze sul destino dei popoli. Un insegnante, militante politico, raccontava la storia del loro paese fuori dagli schemi approssimativi e grossolani della scuola fascista. Raccontava cose che non stavano sui giornali. Cose che era proibito descrivere e perfino pensare. Per esempio come era nato il fascismo: Mussolini aveva cominciato a fondare i fasci di combattimento al tempo in cui amoreggiava con i socialisti e chiedeva il suffragio universale, la nazionalizzazione delle fabbriche e la confisca delle proprietà religiose. I suoi programmi avevano infiammato gli animi di molti che lo credevano un innovatore. Ma in capo a qualche anno si era rimangiato tutto, aveva fatto alleanza con gli industriali, con la Chiesa e col re Vittorio Emanuele III. Siccome intanto si avvicinavano le elezioni e gli industriali avevano paura di quello che stava succedendo in Russia, dove le terre venivano confiscate e i ricchi diventavano uguali agli altri, cioè poveri, gli promisero il loro appoggio se avesse abbandonato le sue idee socialistoidi e si fosse messo a capo delle loro fazioni anticomuniste. Così lui aveva creato i manipoli fascisti, le squadre di picchiatori che irrompevano nelle case del popolo e mazzolavano gli operai, randellavano i contadini, andavano per le strade, di notte a inseguire chi aveva fama di essere socialista o anarchico e lo costringevano a mandare giù una bottiglia di olio di ricino.

Questo aveva imparato tuo nonno sulla propria pelle. Da principio aveva sperato che gli operai ce la facessero a rispondere per le rime. Ma non fu così. Sembrava che la gente non vedesse, non capisse. C'era una febbre in giro, una febbre inarrestabile che contagiava ricchi e poveri, intelligenti e stupidi; era la febbre dell'esaltazione nazionalista, era la febbre del delirio di onnipotenza, «tenemm' pure nui i colonie!», era la febbre della guerra di aggressione, era la febbre dell'odio contro i diversi. Quella febbre aiutava il regime a consolidarsi. Infatti diventò man mano più arrogante e sicuro di sé: emanò le leggi antisemite, decise la chiusura forzata di tutti i giornali che non fossero asserviti, vietò la libertà di parola, la libertà di sciopero. Il paese si trovò in trappola senza neanche saperlo, bambina mia, e mi dispiace che nessuno te l'abbia mai raccontata questa storia, nemmeno tuo marito Valdo che pure era un sessantottino con le bandiere in testa. O forse eri tu che assieme alla lingua italiana, rifiutavi la storia del nostro paese, quasi ti fosse nemico. In trappola, ti dicevo, ci siamo trovati in trappola, nell'euforia delle nuove colonie, dei cerchi di fuoco e dei discorsi adulatori del Padre della Patria. Il momento più critico fu il delitto Matteotti, di cui Mussolini, con una sicurezza che rasentava l'incoscienza, si prese la responsabilità pubblica. Cosa che scandalizzò il Parlamento e la gente comune. Ma non abbastanza da ribellarsi alla dittatura montante. Bene o male gli italiani si adeguarono, per paura, per viltà, per pigrizia. C'era anche chi era entusiasta e marciava per le strade credendosi un romano redivivo dei tempi dell'impero, pronto ad assoggettare e dominare il mondo intero. Ma era una pura velleità perché dietro non c'erano né il denaro né la potenza militare, né la cultura, né la capacità politica del grande popolo antico che aveva saputo a suo tempo conquistare il mondo.

Una prima volta gli hanno spezzato un braccio a mio padre Pitrucc' perché non aveva fatto il saluto romano al passaggio della pattuglia col gagliardetto. L'avevano preso di mira e quando potevano, lo insultavano. Lui girava alla larga, non rispondeva. Ma continuava ad andare a vendere la lana all'Aquila, e tornava due giorni dopo col cappotto pieno di manifestini che distribuiva di nascosto al mercato. Poi un giorno qualcuno gli fece la spia. La polizia per fortuna non lo arrestò subito perché sperava che sorvegliandolo, li avrebbe portati ai capi della resistenza. Lui capì e vendette in prescia in prescia, sottocosto, le sue pecore, per comprarsi un biglietto per l'Australia. Intanto fingeva di continuare ad andare a vendere la lana all'Aquila col mulo.

Zaira tirò un sospiro e si rese conto che il peggio era passato: se riusciva a continuare col filo della memoria, la morte di sua figlia non l'avrebbe uccisa ma sarebbe diventata parte di una storia da ricordare, da raccontare. Perciò andò avanti, cercando di rammentare tutti i particolari di quel passato che apparteneva a lei come ad Angelica.

Ti ricordi di Cignalitt' che veniva a casa nostra portando i confetti di Sulmona dai colori dell'arcobaleno per farti contenta e si metteva pure a quattro zampe per terra e tu gli salivi in groppa pretendendo che facesse il cavalluccio? Proprio come avevo fatto io da bambina. Lo spingevi a correre per tutta la casa gridando Brr, brr, va' va'! Una volta lui sbatté la testa contro lo spigolo di un tavolo, te lo ricordi? e si fece uno spacco sul sopracciglio. E tu eri così spaventata da tutto quel sangue che non sapevi cosa fare. Io sono corsa a prendere il ghiaccio e quando sono tornata ti ho trovata vicino a lui che lo baciavi sulle guance: «Cignalitt' Cignalitt', no' te morì!» gridavi e piangevi pure, te lo ricordi?

Ogni anno ti comprava i libri per la scuola, e quante volte, quando non avevo i soldi per pagare l'affitto, interveniva lui. Con quelle ditacce a salsiccia contava le carte da diecimila e faceva la faccia seria seria. «Ecco qua Zà, mò state tranquille pe ne poch' tu e Angelica...» Era sempre pulito, aveva un buon odore di spigo. Salvo negli ultimi anni, dopo quella malattia agli occhi che lo aveva fatto diventare scorbutico e trasandato. Poi aveva preso la strada dello Z' Marì e qualche volta lo portavano a casa che non si reggeva in piedi. Chi poteva pensare che ti avrebbe messo le mani addosso! Ma non parliamo più di lui, Angelica mia, hai ragione, ti si sta rattrappendo il sorriso. Parliamo di noi due, di quando abbiamo raccattato tre gattini per strada che la madre gatta era stata messa sotto da una macchina e ce li siamo portati a casa, ti ricordi? e tu passavi ore a dare loro il latte tiepido con un contagocce. Uno è morto ma gli altri due sono vissuti, te lo ricordi?... Come sei bella! Sapessi come sei bella, Angelica, non ti ho mai visto così splendente dal tempo in cui ti eri innamorata di Valdo ed entravi in casa spalancando la porta con un calcio, gridando: «Oh mà, addó sì?». Hai sempre avuto un rifiuto testardo e maniacale per la lingua italiana. «Parla pulito!» ti dicevano a scuola, e tu rispondevi che per te il dialetto non è sporco. E non hai mai rinunciato, pur prendendo sempre otto in italiano, pur frequentando fattivamente l'università. Perfino quando ti sei innamorata di un professore di filosofia che si esprimeva con un italiano libresco, non hai smesso. Ma forse Valdo, nella sua esaltazione sessantottesca, si era invaghito proprio di quel tuo modo di parlare popolaresco: non eri una operaia della casa? La tua fabbrica non era la cucina piena di pentole? Eppure a me piace pensare che la tua non fosse solo una impuntatura ideologica. Mi piace pensare che dentro alle tue infelicità senza rimedio covasse una imprevedibile e disordinata allegria linguistica a cui non hai mai voluto rinunciare.

È il momento in cui mi hai parlato di più, quando ti sei innamorata di quel professore scanzonato e intelligente che facendo l'amore ti raccontava dello Zar Pietro il Grande. La storia non ti aveva mai interessata fino al momento in cui ti sei imbattuta in un uomo colto che mescolava la storia alla vita quotidiana. «Le sa'» mi dicevi entusiasta, «Valdo m'ha ditte ch' 'l Zar Pietro di tutte le Russie, tant' odiava la capitale Mosca ca s'è miss' a costruì de sana pianta na città gnove gnove all' parte cchiù paludosa de' la Russia.» E mi raccontavi affascinata di come Pietro il Grande avesse costretto migliaia di schiavi a scavare, ripulire, drenare quel terreno paludoso, fra le zanzare e le sanguisughe, la mota e la malaria, per fare sorgere dal nulla la più bella città del mondo: Pietroburgo. «M'ha ditte ca me ce porta, sì capite mà, me ce porta.» A Pietroburgo sareste andati insieme a visitare la casa di quella poetessa che a lui, a Valdino piaceva moltissimo. Tanto che ne avevi imparato a memoria decine di rime, in russo e in italiano: *Portami un sorso della nostra pura / fredda acqua della Nevà / e dalla tua testolina color d'oro / laverò i segni del sangue...* L'ho imparata pure io a furia di sentirla ripetere.

Mi hai chiesto tante volte di Roberto Valdez, tuo padre. Non so perché te ne ho parlato sempre poco, forse speravo che non ci pensassi, che l'avessi dimenticato. A che serve vagheggiare un padre che non c'è? Un altro scomparso della mia vita. Come si ripetono le cose attraverso le generazioni, quasi un destino, una fatalità che si tramanda da padre in figlio, da madre in figlia. Da noi è successo più volte che le ragazze siano rimaste gravide senza volerlo, è una storia di famiglia, Angelicucc', che si ripete di generazione in generazione. Non so nemmeno se sia una maledizione o una benedizione. Neanche io, che pure ti ho avuta con tanta gioia, sono riuscita a trattenere tuo padre e a sposarlo. Quando sei nata tu, Roberto Valdez era già sparito. Era un bravo musicista sai, mi pare anche di avere letto sul giornale una volta negli anni Sessanta che un suo concerto a Tunisi aveva riscosso un grande successo. Le mani lunghe e bianche, gli occhi tondi e seri, da uccello che, quando era innamorato, si facevano ridenti e affettuosi.

Pietr' i pelus' è stato forse il solo a conoscere i due genitori. Ma se n'è andato giovane! Pitrucc' i pelus' suo figlio è stato sfortunato, è cresciuto senza madre né padre, due persone sparite in una giovane vita solitaria. Perché prendono il volo gli affetti? perché se ne vanno le madri, i padri, i mariti? Anche Colomba ha visto fuggire suo padre Valdo, ha visto morire sua madre. Ora è scomparsa pure lei e io sono qui come una mula testarda a cercarla per tutte le montagne dell'Abruzzo. Forse con lei, attraverso di lei, cerco tutte le persone amate che sono scomparse dalla mia vita senza lasciare una traccia, un indirizzo. Dove sarà andata tua figlia, Angelica?

La giovane madre ha messo le rughe. Si è incurvata. Cammina a piccoli passi appoggiandosi a un bastone. Mamma, che ti è successo? Lei mette una mano all'orecchio. Eppure la sua voce è cristallina, suona squillante e decisa all'orecchio della figlia.

«Racconta, ma', ti prego.»

La madre risponde che è stanca, che deve andare a dormire. Ma la figlia insiste. Lo so che hai ancora delle storie da raccontare. Colomba? dov'è finita Colomba? La madre sorride sorniona. Ha gli occhi rotondi turchini e una grande allegria che le scoppia sotto la pelle.

«Racconta, ma'.»

La madre dice che sono secoli che stanno lì in quella stanza, una sdraiata sul letto e l'altra seduta a raccontare storie. Nel frattempo sono spuntate le radici sotto le scarpe. La bambina gongola perché sa che quelle radici la terranno ancorata alla stanza per altri secoli, chissà quanti, ascoltando storie sempre più corpose e articolate.

«Racconta, ma'.» Il lenzuolo ha fatto delle pieghe difficili da spianare. La coperta scivola dal letto coi suoi colori tenui, gentili. Sulle piccole foglie gialle stampate nella stoffa, sono nati dei funghi dalla cappella perlacea. Come saziare la mente assetata di una bambina che non si decide a spiccare il volo?

Quando Zaira apre le persiane alle sette di mattina, scorge un uomo che sta dirigendosi lentamente verso casa sua. È magro, anziano, in mano ha una valigia. Cammina a passi insicuri, cercando di non scivolare sul ghiaccio che ha messo su delle croste dure e spesse lungo lo stradino che conduce al fienile. Chi può essere a quest'ora della mattina? Prende a vestirsi in fretta, continuando a spiare dai vetri. Cesidio è già passato, lo vede dalle tracce degli zoccoli sulla neve. Lo sconosciuto avanza con precauzione. Ogni tanto si ferma, posa la valigia e tira un gran respiro, poi riparte, attento a non scivolare. Ai piedi porta scarpe da viaggio di pelle nera, leggere leggere. Ora lo vede in faccia, ha qualcosa di familiare, ma non saprebbe cosa. Comunque non è uno del paese.

Poco dopo eccolo che suona alla sua porta. Zaira scende le scale a precipizio. Dovrebbe forse chiedere chi sia, prima di aprire. Ma curiosamente non ha nessuna paura. Per istinto quell'uomo le pare affidabile. Spalanca la porta e si trova davanti un signore anziano, stanco, con due occhi cerulei, bellissimi.

«Só Pitrucc' i pelus', tu sì Zà?»

«Vieni dall'Australia?»

«Vengh' dall'Australia.»

Zaira si fa da parte trasognata lasciandolo entrare. Poi, vedendo che lui ha posato la valigia sulla soglia, la prende e la porta dentro.

«È pesante, che ci hai messo le pietre?»

«La sì ricevuta la lettera?»

«Quale lettera?»

«Te deceve ca reveneva.»

«Non l'ho ricevuta.»

«Magar' arrive doppe de mì.»

«Siediti, Pitrucc', vuoi un caffè?»

«Un caffè, thank you.»

Mentre prepara il caffè Zaira lo guarda di sottecchi. Quell'uomo dunque è suo padre, il famoso Pitrucc' i pelus' di cui le hanno tanto parlato, di cui sua madre Antonina è stata sempre innamorata, che è scappato nel 1940 in Australia, prevenendo i nazifascisti che volevano fucilarlo.

«E perché sei tornato?» La voce le esce dalla bocca inquisitoria, poco amichevole. Vorrebbe essere affettuosa, vorrebbe abbracciarlo, ma c'è qualcosa che glielo impedisce. Da dove sbuca quest'uomo sconosciuto? perché non ha avvisato? perché si presenta a casa di una figlia mai vista, abbandonata prima di nascere, senza dire niente? non è una prepotenza?

«I want to die at home, Zà, me voglie morì a ccasa mè.»

«Sei malato?»

«No, ma só old assai.»

Zaira lo guarda mentre con le mani che tremano solleva la tazzina del caffè e se la porta alla bocca. Un uomo che deve essere stato bellissimo, asciutto, elegante, ora le sorride dolcemente strizzando un poco i limpidi occhi azzurri.

«E intendi stare qui da me?»

«Where else? addó se no?»

«In tutti questi anni non hai mai scritto una lettera, una cartolina. Dicono che ti sei fatto un'altra moglie e dei figli. Antonina è morta di dolore. Manco ti sei informato se era maschio o femmina il figlio che le hai lasciato in pancia.»

«Nonsense, Zà... ora só qua, stengh' ecch'. Non conta cchiù nend. Abbracciame figlia mé!»

Pitrucc' i pelus' si alza, si avvicina alla figlia e l'avvolge in un abbraccio commosso. Zaira lo lascia fare, ma non prova niente per quell'uomo venuto fuori dal nulla. Quando si scosta da lui, vede che piange.

«Assettati, Pitrucc', vuoi qualcosa da mangiare?»

«Raccontame, Zà.»

«Non sai niente di niente?»

«No news, Zà, quande s'è morta Antonina?»

«Nel dopoguerra.»

«Ma prima s'è sposat' co Cignalitt', queste le sacce.»

«Si sposò con Cignalitt' che pure lui morì pochi anni fa.»

«E tu te maritaste, Zà, my child?»

«Io no. Ho fatto una figlia che si chiama Angelica. È morta nel '95.»

«Tanti morti, tanti morti, all dead. Mogliema s'è morta gl'anne passate. Figlieme s'è morte co 'n incidente. Figliema s'è partita pe i Canada. Angelica nun s'è maritate?»

«Angelica sì, con un professore, Valdo Mitta, hanno avuto una figlia che si chiama Colomba.»

«Comm'a la santa degl' Gran Sassi ch' ce facievame i pellegrinagg' quann'eravame cichi?»

«Sì, come la santa del Gran Sasso.»

«We use to go ch'i carrette, we called them i bichi, na jernate d' viagge pe arrevà a le grotte. Sopra la bica cantavame, pregavame... era na festa grossa. Addó sta i marite?»

«In Francia.»

«E addó sta Colomba?»

«Colomba è sparita, Pitrucc'.»

«Come sparita? addó sta?»

«Non lo so, la sto cercando. È sparita. Una mattina sono scesa, ho trovato il caffè sul tavolo, la giacca appesa nell'ingresso, non l'ho più vista.»

«Bad, bad news. Ma perché?»

«Non lo so Pitrucc', no l' sacce.»

«E nonna Zaira?»

«Morì vecchissima, nel '75. Parlava sempre di te, che ti aveva cresciuto dopo la morte di Pietr' i pelus' tuo padre in guerra e quella di Pina tua madre.»

«Só patita la separazione Zà, perciò nun ce voleve penzà.»

«Perché non sei tornato dopo la guerra?»

«E lo jobbo? e la casa? e i debbiti? e i figlie?»

«Sarai stanco. Vuoi metterti un poco disteso? Puoi stare nella stanza di Colomba. Ma se lei torna ti devi trovare un altro posto.»

«Mò m'addorme, po' ne parleme, Zà, you go away? Sta' a scì?»

«Vado a cercare Colomba.»

«I addó?»

«In montagna.»

«Vengh' co ttì.»

«No, dormi. Io devo continuare con gli spicchi, qui, lo vedi sulla carta. Tutti questi spicchi li ho già ispezionati. Senza risultato. Devo ancora fare palmo a palmo queste zone qui, oltre il monte Ninna e dentro la foresta del Gran Lupo.»

«All right, I wait. Addó sta i toilette?»

«Vieni, ti faccio vedere la stanza. Il bagno sta nel corridoio.»

Sono mesi che Zaira non entra nella camera di Colomba. Aprendo la porta viene raggiunta dall'odore di lei, quel misto di olio di mandorle dolci e acqua di colonia alla verbena che ha sempre portato addosso. I suoi vestiti ne sono impregnati. Si avvicina al tavolino accanto alla finestra e solleva una foto di Colomba sorridente, gli occhi socchiusi per il sole, una maglietta bianca con su scritto Snoopy. «Ti assomiglia un poco» dice guardando il padre, «gli stessi occhi.» Intanto, osservando meglio la fotografia si accorge che sul fondo, quasi invisibile, c'è una figura di uomo, di spalle, che non aveva mai notato. Avvicina la foto alla luce. Ha la testa rasata l'uomo della foto e un orecchino al lobo destro. Che sia Sal? Ma che ci fa in quella foto che è stata scattata a Firenze negli anni dell'università?

Intanto Pitrucc' si è allungato sul letto, vestito e calzato. Ha chiuso gli occhi e sembra dormire. Zaira gli si avvicina in punta di piedi, gli sfila le scarpe bagnate, gli stende una coperta addosso e si chiude la porta alle spalle.

È mio padre, il mio vero padre, continua a ripetersi ma non prova emozioni. È l'uomo per cui da adolescente ha raccolto i soldi, anno dopo anno, centesimo su centesimo, per poterlo raggiungere, conoscere. È l'uomo che ha sognato nelle sue notti di vagliolella, l'uomo per cui era pronta a lasciare tutto pur di potergli parlare un momento. Ora è qui, stanco, arreso e non le suscita nessuna commozione. Anzi, pensa con un certo fastidio che adesso dovrà occuparsi di lui, sarà ostacolata nella ricerca di Colomba, dovrà fare la spesa per due, dovrà consolarlo, accudirlo.

I piedi la portano quasi automaticamente da Maria Menica. Spera di incontrare Saponett' che conosce Sal. Cosa aveva detto a proposito di un paesano che fa i tatuaggi a Pescara?

Maria Menica non c'è, come era da aspettarsi. Saponett' sta ascoltando un disco a volume altissimo e intanto intaglia un piffero. Ha l'alito che puzza di vino.

«Tua madre dov'è?»

«Stavolta non è un parto ma 'n aborte. È uno che prima d'escì ci ha ripensato.»

«Dove sta Menica?»

«Da Aidano il falegname. La moglie ha avuto una moraggia d'aborte.»

«Se fosse per te, non lo faresti nascere, eh?»

«Meglio che se ne rivà da dove è venute. Che ce vié a ffà a ste paese de merda?»

«Perché ce l'hai tanto con questo paese? Ci sei nato, ci sei cresciuto e poi è così bello.»

«Nessuno si occupa dei fatti suoi a Touta, Zà, tutti stanno a spià tutti. Nun sei libero de fiatà! E poi qua odieno gl'animali. Se potessero gl'accidesse tutte. I cinghiali li sparano ogni momento, gl'orse só protetti ma che ce fà, ogni tanto ne accideno a une, i cervi li pigliano a pallettoni per rivendere la carne, i cani l'avvelenano perché disturbano. Pure de me si sarebbero disfatte, che ce vuole: una polpetta avvelenata e via. Ma tengheno paura de mamma mè, che po' chi glieli tira più fuori le quatrane alle moglie sé?»

«L'hai rivisto Sal?»

«No.»

«Mi hai detto che va spesso in un laboratorio di tatuaggi a Pescara.»

«Da Ci'batt', sì.»

«E mi hai anche detto che lui viene qualche volta a Touta.»

«Viene di tanto in tanto a trovà su' madre.»

«E dove sta sua madre?»

«Di lato al mattatoio. Addó ce só le case nuove.»

«Ci vado.»

«Zà, viene un momento in cucina, te voglie fà vedè 'n gufo che ho raccolto mezzo morto nel giardino de casa; gli hanne tagliate le ali. L'ho curato, mò sta meglie. Lo vo' vedé?»

«Ma sì, fammelo vedere.»

Saponett' la precede in cucina dove stagna un odore forte di cavolo. Lo vede subito, il gufo, appollaiato su un trespolo traballante che gli ha costruito Saponett'.

Ha le piume di un bel grigio dorato e la testa tonda con due strisce bianche che la attraversano per il lungo, un beccuccio minuscolo, due occhi di forma circolare, di un marrone rossiccio, due orecchiette a virgola dritte sulla testa.

«È bello, dove l'hai trovato?»

«Era caduto dal nido, gl'hanne tagliate le ali, ma poi se só stufati de tenerlo e l'hanne jettate nel giardino di don Filippo. Vedi un po' tu, questo se more, me fa il prete. E invece nun s'è morte. Gli ho dato i vermi, devi vedé come magna!»

«Appena cresce, lascialo libero.»

«E che lo tengo prigioniero a ste poste schifuse? Tempo di farglie ricresce l'ali. Per lo meno isse pò volà libbero!»

«Sei strano tu Saponett', lo sai. Ami tanto gli animali e te ne stai sempre chiuso in casa a sentire musica. Ami tanto i cani, ma li lasci morire avvelenati.»

«Non pozz' farci niente Zà, per i paesani mé un cane è meno che un verme. I gufi poi li hanno uccisi tutti con gl'incendi de' boschi. Io, ch' só amico degli animali, só meno che un verme.»

«Sal ti ha mai detto qualcosa di Colomba?»

«Sal non parla mai de nend.»

«Ma sai qualcosa di lei?»

«Per me s'è morta, è inutile continuare a cercarla. Tutti dicono che sei ne poch' pazzariella, Zà, che stai a cercà na cosa ca nun gè.»

«Intanto non è una cosa ma una persona e poi chi lo dice che è morta? hanno forse trovato il cadavere?»

«Se me paghi vengo con te pe i bosche a cercalla.»

«No, lascia stare. Vado da sola.»

«Ma è le vere ca s'è revenute patrete dall'Australia?»

«Come lo sai?»

«Lo sanno tutti in paese. Pare che è arrevato al Rombo, ha posato la valigia e ha detto: Addó sta figlieme Zaira Del Signore? Uno gli ha gridato: ma guarda ca quella è figlia di Cignalitt'. Nun me emporta, songh' i patre in spirite, ha risposte accuscì, na bella mossa eh?... ma tanto in paese lo sapevane tutti ca Cignalitt' s'era maritate a Antonina ch'era incinta de Pitrucc' i pelus'.»

«Lascialo libero quel gufo, mi raccomando!»

Zaira si allontana inseguita dalla tosse nervosa di Saponett'.

I piedi la portano verso il vecchio macello. Di fronte stanno costruendo delle case nuove. In una di quelle casette a schiera ci abita una cugina di sua madre. Suona. La vede affacciarsi alla finestra, coi bigodini in testa.

«Ah, Zà, quant' temp' che nun te vedeme. Saglie, saglie, i portone è apert'.»

Zaira sale la rampa di scale che la conduce al primo piano. La porta è spalancata. Dentro, fra le mattonelle appena lavate, ecco la magra e spipirinzita Niculì: piccola, gioviale, i capelli tinti di un rosso improbabile, le pantofole ai piedi. Purtroppo sarà difficile sfuggire alle chiacchiere della donna, lo sa già.

«Comm'è che te sì ammattata a venì. Non te vedem' mai.»

«Qua accanto ci abita la madre di Ci'batt', quello che ha messo su un laboratorio di tatuaggi a Pescara?»

«Sì, Jolanda Ci'batt'. Sta propria ecch' vecine. Te la chiame?»

«No, ci vado da me.»

«Ma è le vere ch' revenne Pitrucc' i pelus' dall'Australia?»

«Anche tu lo sai?»

«S'è fatte vecchie, ma è ne begl'ome. Te lo vo' tené a casa tè?»

«Non lo so, Niculì, come stanno i tuoi figli?»

«Bene. La cchiù grossa se n'è ita a Londra a 'mpararse l'inglese. I seconde lavora agli imbiante come maestre de sci. I cchiù cich' studia architettura a Pescara.»

Solo dopo avere preso un altro caffè e avere assaggiato una torta fatta con la farina di ceci, Zaira riesce ad andare via con molti saluti e raccomandazioni.

«Chi è?» urla nel citofono Jolanda Ci'batt'.

«Só io, Zaira. Mi ci fate parlare un attimo?»

«Sali, sali.»

Zaira si arrampica sugli alti scalini di pietra. Si trova in un tinello tirato a lucido, ingombrato da un enorme televisore che gravita sopra la tavola da pranzo apparecchiata per due. Quindi il figlio è a casa. O si tratta di un altro familiare?

«Volevo parlare con suo figlio.»

«Sei fortunata, sta qui, si lava le mani. Non ci viene mai da su' madre, ma oggi m'ha fatto la grazia.»

Proprio in quel momento eccolo che entra nel tinello scaldato dalla stufa a legna: è un giovane massiccio, il collo taurino, i capelli a spazzola, la bocca larga, gli occhi corruschi.

«Volevo sapere se conosci Sal.»

«Sal? Sal chi?»

«Perché, ce n'è più di uno di Sal?»

«Sine, lo conosco, ma che vol' d'isse?»

«Vorrei parlargli.»

«Ma quello va e viene, non se sta mai fermo. È da un pezzo che non lo vedo.»

«Se capita da te, digli che lo sto cercando.»

«Tu sì Zà, la mamma d'Angelica, quella che s'è morta d'incidente co la machina?»

«La conoscevi?»

«Era proprio una bella vagliola. Si dice ca s'è accisa. Sarà vero?»

«Ora devo proprio andare. Grazie dell'informazione. Arrivederci.»

Zaira si avvia verso casa, pensosa. Come al solito non ha cavato un ragno dal buco. Qui nessuno parla. Sembra che le parole perdano qualcosa di essenziale se, uscendo dalla bocca, si trasformano in suono intelligibile.

A casa trova Pitrucc' seduto a tavola che mangia pane intinto nell'olio. Capisce dai suoi gesti che non ha nessuna intenzione di andarsene. Rimarrà lì da lei, ormai fino alla morte. Per lo meno la aiutasse a ritrovare Colomba!

«Sì ita a caminà?»

«Sì, a passeggiare, Pitrucc', per dare aria alla testa.»

«Me sento at home, Zà, come se te canoscesse da sempre.»

«Quanti anni só, Pitrucc', sessanta? Manco ti ricordi più l'italiano.»

«Sessant'anni, too much, my girl»; con gesti lenti tira fuori da una tasca un portafoglio logoro e slabbrato, ne estrae una piccola fotografia in bianco e nero e gliela porge. «Have a look, Zà.»

Zaira prende in mano la foto. È Antonina dalla faccia ancora infantile, gli occhi a mandorla, dolci e color della notte, i capelli raccolti in una lunga treccia che le scende sulla spalla, la bocca perfettamente disegnata. Una Madonna medievale che poi si era prosciugata, ingrigita, aveva fatto una pelle di cartapesta. Meglio che non l'abbia vista quando era malata, sembrava un fantasma.

«Mia madre Antonina.»

«She was beautiful Antonina, na bbelle femmina.»

«Pitrucc', cosa hai fatto in Australia?»

«Oh nend... wood wood, sempre tagliato legni. Po' só ite a Mosca, pe vedé gl'idole mì, Lenìn. Ma invece d'isse só viste ch' le mura d'lla galera. M'hanno arrestate pe spia, na vera carognata!»

«E come hai fatto a tornare?»

«Du' anni de gulag e poi puff, via, go away!... Só caminate caminate pe mese e mese, só faticate nelle railroads, só piantate cavole, i po' na ship grandissima m'ha portate a Melbourne.»

«Ora riposati. Vuoi che ti porti su la valigia?»

«Só reportate ne poch' de sold', Zà, diecimila dollare. Li deng' a ttì.»

«No, tienili tu. Se poi li perdo?»

«Perché? a daughter is a daughter, sì figlieme o no?»

«Intanto co sto mezzo inglese Pitrucc' mi dai proprio fastidio. Cerca di imparare l'italiano. E voglio sapere: quanto ti fermi qui? e poi: sei malato? Io non posso fare l'infermiera, capito?»

«Ti só portate le quatrine pe te.»

«Dei soldi non me ne faccio niente, Pitrucc', ho da fare, non posso passare il tempo a curarti.»

«I stengh' bbone Zà. Solo 'n poch' the heart, il cuore, ma nend de grave, nun voglie nend, sule na casa i a ttì.»

«Va bene, Pitrucc', ma devi aiutarmi a trovare Colomba.»

«T'aiute, I'll do it. Promisse!»

Che era malato di cuore l'ha capito quando, dopo avere fatto due passi sullo stradino fuori casa, aveva cominciato a respirare come un bisonte portandosi una mano al petto.

«Sei stato da un medico Pitrucc'?»

«Só state.»

«E che ti ha detto?»

«Magna poch' i non fumà.»

«Vuoi che andiamo all'ospedale di Pescina? Conosco un medico molto bravo e molto paziente, si chiama Angelo.»

«Nend ospetale, nun me piace gl'ospetale. Me voglie morì 'n pace.»

«Allora riposati che io vado a fare le mie ricerche. Stasera ti cucino una buona cena, va bene? Ti lascio le chiavi di casa.»

«Zà! voglio dì ca só contente de sta ecch' co ttì.»

«Anch'io, Pitrucc', sono contenta. Ti ho tanto aspettato. Ora sei arrivato. Forse è un po' tardi ma va bene lo stesso. Adesso dormi. Ci vediamo nel pomeriggio!»

La giornata è bellissima. La temperatura è scesa parecchio al di sotto dello zero. L'aria è tersa, pulita e si cammina bene sulla neve solida, senza bisogno di racchette. Fungo la precede col muso per aria, anche lui contento di non dovere saltare come un canguro per non sprofondare. Il pericolo è di scivolare. Ci sono delle lastre di ghiaccio in discesa che, coperte di ghiaia o di un leggero strato di terra trasportata dal vento, sono insidiose sotto i piedi. Si rischia di arrivare in fondo a ruzzoloni.

Il suo pensiero va al vecchio padre che è tornato per morì at home come dice lui. Non ha affatto l'aria del moribondo. Ma cosa hanno da dirsi due persone che, pur essendo padre e figlia, non si sono mai conosciute né frequentate?

I piedi procedono decisi, arrampicandosi sulle rocce scoscese, attraversando gli improvvisi praticelli innevati, inoltrandosi dentro boschi abbandonati il cui suolo è fatto di neve appallottolata e di rami secchi che si spezzano sotto le scarpe. Il cielo è turchino, pulito, senza una nuvola. È un piacere camminare su per i fianchi di una montagna che suggerisce l'idea dell'immortalità. L'immortalità della pietra, non certo la sua che, anzi sente insidiata continuamente da venti rabbiosi e ostili. Sono i venti della memoria.

La donna dai capelli corti insegue con un poco di apprensione l'intrepido suo personaggio che si inerpica su per i pendii ghiacciati delle montagne abruzzesi. Non sembra che ci sia molta differenza fra lei e un viaggiatore del XVIII secolo, come il barone svizzero Carlo Ulisse De Salis Marschlins, per dirne uno. Il barone parla di "terre impervie, misteriose e inaccessibili". Solo per andare da Roma al lago del Fucino ci si metteva cinque giorni di cavallo. E ce ne volevano altri cinque per conquistare le alture, dove adesso Zaira cammina munita di scarponcini dalla suola di caucciù a carro armato. Una volta abbandonate le strade e i tratturi, oggi come allora, per chi viaggia a piedi le difficoltà sono le medesime.

L'autrice osserva da lontano il suo personaggio che si arrampica con decisione, munita di un bastone che le fa da appoggio e da apripista. La vede fermarsi a cogliere le bacche rosse dell'acerola, succhiarne una e poi sputare la buccia che forma una piccola macchia rossa sulla neve immacolata. Ma le soste non durano mai più di qualche minuto. Poi riprende, più decisa di prima, un passo dopo l'altro, un passo dopo l'altro. Una determinazione così ferma non l'ha mai incontrata. Se fosse stato per lei, avrebbe già abbandonato la ricerca. Fra quei boschi inospitali, sempre sola, col rischio di cadere e farsi male o di incontrare qualche animale selvatico. Giorni fa all'alba ha visto di lontano ai margini del bosco vicino casa un gruppo di lupi azzannare e sbranare una povera vitellina che era ancora malferma sulle zampe. Ha incontrato branchi di cinghiali affamati. Ma Zaira non sembra avere paura e procede rapida, decisa.

La donna dai capelli corti sorveglia da lontano quella figurina azzurra che procede tra i faggi centenari, sotto il fianco sporgente del monte. Ma i suoi occhi presto la perdono di vista. Dove si sarà inoltrata? A questo punto è quasi convinta anche lei che Zaira sia una mitomane, una che pesta l'acqua nel mortaio dell'immaginazione con l'idea presuntuosa di sfidare il mondo intero. Se la nipote stessa l'ha pregata di non cercarla più, perché insiste? perché caparbiamente persevera in quella sua ricerca fra i boschi innevati?

Fungo saltella intorno a Zaira agitando la coda. Ma poi improvvisamente si accuccia per terra annusando accanito qualcosa: l'impronta di un piede? Zaira si china cercando di scostare il cane e si trova davanti una macchia di sangue ormai trasformatasi in un piccolo punto rosso contornato da un alone rosa. Accanto, l'orma di uno zoccolo.

Zaira si guarda intorno. Poco più avanti, sulla destra scopre un'altra macchia di sangue. Diventano più numerose le tracce di zoccoli nella neve. Quindi è da quella parte che è andato l'animale ferito.

Prende a camminare adagio, cercando di non fare rumore, seguendo le chiazze di sangue che mano mano diventano più numerose. Poi ecco, la neve si arruffa, ci sono schizzi rossi da ogni parte, orme di scarponi che vanno su e giù e poi segni di un corpo trascinato sulla neve fresca. Chiaramente dei bracconieri hanno ucciso un cervo e l'hanno trascinato a fatica per metri e metri. Ma dove l'hanno nascosto? Lì sembrano finire le orme e non c'è strada su cui possano essere saliti con i fuoripista. Fungo intanto continua ad annusare, in silenzio, ma ora gira intorno, anche lui stupito che quelle tracce si dissolvano nel nulla.

Zaira prende a osservare il terreno compatto, i faggi che si infittiscono. Il bosco è denso di tronchi massicci da quelle parti, ma ad un certo punto il terreno si alza come un'onda breve e le pietre tondeggianti sbucano dalla neve quasi a costituire un muretto. Si avvicina al gradone naturale e camminandovi a lato improvvisamente scorge una apertura angusta munita di ripidissimi scalini di pietra che spariscono sottoterra. È chiaro che la bestia uccisa è stata trascinata là dentro.

Scendere così senza sapere cosa troverà, le sembra una imprudenza eccessiva anche per una incosciente come lei. E difatti, mentre se ne sta ferma sul buio dell'apertura, sente nell'orecchio la voce rabbiosa del pennuto che la ammonisce: Non scendere, non fare la scema, quelli hanno i fucili! Ma sebbene con prudenza, intende andare a vedere. Perciò si mette in ascolto davanti alle scalette, cercando di captare un suono, una voce. Il silenzio è assoluto. Allunga una mano per toccare una macchia di sangue raggrumato sul primo gradino. Al tatto si direbbe che la mattanza è avvenuta uno o due giorni fa. Non è sangue fresco.

Dopo una buona attesa con l'orecchio teso, Zaira si accinge a scendere le scale. Ma prima di calarsi in quello stretto pertugio prova a dare una voce: «C'è nessuno?». Dal buio non sale risposta. D'altronde, se ci fosse qualcuno, Fungo abbaierebbe. E invece il cane è assolutamente silenzioso e incuriosito quanto lei da quella fessura nel terreno.

Col cuore che le esce dal petto per il gran battere e torcersi, Zaira cala un piede dietro l'altro sui gradini scoscesi. La luce presto l'abbandona e gli scalini si fanno più scivolosi. Nello zaino ha una pila. L'accende. La scala continua ad inabissarsi. Le pareti sono strette e scavate nella roccia. Avanza un passo dietro l'altro, lentamente, attenta ai minimi rumori. Ed ecco che improvvisamente la discesa ha termine e si trova in piedi dentro una grotta dal pavimento viscido dove viene raggiunta da un lezzo insopportabile.

Prova ad alzare la pila e vede davanti a sé, ammucchiati l'uno sull'altro, i corpi di quattro cervi morti, ancora intatti e bellissimi, coi musi e il collo insanguinati. Hanno tracce di pallottole sui fianchi, sul ventre. Le teste non sono state toccate, evidentemente con l'idea di ricavarne trofei da appendere ai muri. Il pavimento è intriso di sangue.

Una riserva, un magazzino, usato dai bracconieri per la vendita della carne? Le gambe le si sono fatte deboli. Ha bisogno di sedersi. Si appoggia alla parete che ha delle asperità, degli spunzoni sporgenti. Da quella posizione vede gli occhi di un cervo, quello che sta in cima alla pila, e sembra la guardi fissamente. Sono occhi vivi, anche se la posa abbandonata e l'immobilità della carne danno la certezza della morte. Occhi luminosi che raccontano la sorpresa di quell'agguato, il dolore di una morte precoce, l'allontanamento straziato dalla compagna.

Esci, torna fuori, qui rimarrai in trappola, stupida, incosciente! la rimprovera l'angelo petulante da dietro le spalle e finalmente, coprendosi il naso con un fazzoletto, Zaira si decide a sloggiare. Risale faticosamente gli scalini di pietra. Torna alla luce che la avvolge con tiepidi raggi gentili. Sono quasi le tre di un giorno di sole nei boschi dell'Ermellina.

Per fortuna ha con sé un pezzo di carta e una matita. Appoggiandosi contro un tronco, disegna in maniera approssimativa la mappa del luogo. Ma mentre prende le misure e cerca di capire quanto disti quel bosco dalle cime del Capo Randagio, vede in lontananza fra gli alberi una forma che le sembra irreale in quel posto: una roulotte dai finestrini sprangati. Verniciata di bianco, si mimetizza perfettamente contro il bianco della neve. Per questo non l'aveva vista prima. Ma come ci è arrivata fin lì? Evidentemente è stata trainata da un fuoristrada quest'estate. E ora serve da casa a qualcuno.

Fa per dirigersi verso la roulotte ma questa volta si trattiene. L'imprudenza sarebbe troppa, anche se quella casa-automobile sembra abbandonata. Per oggi basta con le mattane, la rimprovera il pennuto, fra un po' sarà del tutto buio. Domani ricomincerai a cercare.

Rientrando trova il vecchio Pitrucc' che ha preparato un bel fuoco nel camino, ha cotto della pasta e fagioli e ora aspetta lei con un bicchiere di vino in mano.

Zaira gli racconta della scoperta. Lui ingolla il vino guardandola con apprensione.

«Che penz' de fà mò?»

«Non lo so.»

«You ought to denounce them. Gliè da denuncià.»

«E a chi?»

«We are in a national park, Zà. Non è proibite ammazzà gli animale? gliè da denuncià!»

«Lo farò.»

Il resto della serata trascorre discorrendo di Antonina, di quanto fosse bella da ragazza. «Accuscì bella ch' tutte la vulevane.»

«Lo so, Pitrucc'.»

«Ma le sa' de quela volta che la vitte 'n signure ch' passava a cavalle?» e le racconta, in quel dialetto abruzzese mescolato all'inglese, faticoso da interpretare, che Antonina stava a prendere acqua alla fonte, quando passò un signore a cavallo, un uomo importante. Il signore le disse: «Sì accuscì bella ch' me te voglie spusà». Ma lei gli rispose che non si fidava perché i signori dicono dicono ma non si maritano mai con una del popolo. E lui le aveva detto che se non gli credeva si offendeva, perché la voleva veramente maritare. E intanto era sceso da cavallo e provava subito a baciarla, tanto poi ti sposo, le andava dicendo. E lei, per difendersi gli mise davanti un'espressione magica, "i fidanzate mè". Ma quello non sembrava dare importanza al fatto che fosse già promessa. «Te porte a Roma a fà la signora» sembra le abbia sussurrato, «te copre d' gioie» e intanto le smucinava la gonna, poi con una spinta l'aveva mandata per terra e le era saltato addosso. Antonina, che di solito era timida e impacciata, diventò una leonessa: gli diede un calcio così potente nella pancia che quello cominciò a vomitare, bianco come uno straccio. Lei ne approfittò per scappare. Ma qualche giorno dopo, mentre usciva dalla chiesa, si trovò due guardie che l'arrestarono per "violenza aggravata e minacce a pubblico ufficiale". Pare infatti che quell'uomo a cavallo fosse podestà in un piccolo paese dei dintorni. Nella denuncia si parlava pure di un coltello che la ragazza teneva nascosto fra le gonne, ma doveva essere un coltello di carta perché non aveva lasciato né ferite né sangue. Nessuno poteva credere che una ragazza delicata e bella come la figlia del macellaio Geremia potesse avere messo sottosopra un omaccione grande e grosso come quello con un calcio in pancia.

Insomma, la portarono in prigione, dove la tennero per tre giorni senza mangiare e senza neanche interrogarla, giusto così per spaventarla. Intanto la madre andava dal Questore supplicando di lasciare libera la figlia. Ma quello faceva orecchie da mercante. Allora lei si presentò alla villa più bella della città una mattina presto con un carretto pieno di roba da mangiare: un cosciotto di maiale salato e ben pepato, una pecora appena scannata, delle salsicce fresche fresche, due sacchi di lenticchie, una decina di bottiglie di vino vecchio, due barattoli di miele di acacia, nonché due trecce di aglio e una pianta di peperoncino rosso come il fuoco. Di fronte a tanti doni il Questore si arrese e dette ordine di lasciare libera la ragazza.

Il macellaio venne poi a sapere che quell'uomo era maritato: abitava a Napoli con moglie e cinque figli; aveva questa brutta abitudine di andare in giro a cavallo e quando incontrava una bella ragazza fuori dal paese, prometteva di sposarla.

«Questa storia non la sapevo Pitrucc', chi te l'ha raccontata, la mamma?»

«Mammeta era de poch' parole. Me l'ha ditte the butcher, i macellare.»

«E come avete fatto a fà l'amore tu e mamma col controllo che c'era allora?»

«Ne semo date appuntament' ai bosch' vicine al monastere de Sant'Anna, addó essa steva a portà i cerogge pe i morte.» Tempo di accendere due candele, di dire una Avemaria ed era scappata da lui. «Ere coraggiusa, mammeta, cchiù de mì.» L'aveva stretto a sé e baciato con passione. Lui tremava, gli sembrava di fare un delitto, ma Antonina non si preoccupava. Era stata proprio lei a stendere lo scialle per terra, nascondendosi dietro un groviglio di rovi. «I ricorde cchiù begl' de la vita mè. Tu sì nata de sta contentezza, Zà. Perciò sì sana i forte. Sì nata 'n mezza all'allegria.»

«E lei non si vergognava, Antonina, di fare l'amore?»

«Mammeta aveve na coccia comme na cocuzza. Nun teneva paur' de nend. Me voleva i m'ha avute. Quelle ch' venive appresse chi se 'mportave!»

«Lo sapeva che saresti partito?»

«None. Ma crede ca non saria cagnata la decisione.»

«Perché pensi che non abbia voluto partire con te per l'Australia?»

«Me voleva bbene, Zà, ma sapeve ca non resisteve a 'n paese straniere, senza sapè na parola de quela lingua.»

«Le lingue si imparano.»

«No ne magnava issa de lingue. Nun era ita mai alla scola, tenel' a mente.»

«Dalle suore sì. Cignalitt' mi diceva che era stata dalle suore. Non aveva imparato a leggere e scrivere?»

«Forse s'era 'mparate a fà la firma, ma gnente cchiù. Era na crapa, Zà, a beautiful goat e ie ere innamorate perse. Tu sì studiate, sì ite all'università, te sì 'mbarate le lingue. È com' si fussero passate secule fra ttì i essa, mamma i figlia de du' secule differente.»

Zaira ha cucinato le patate maritate come le faceva sua madre Antonina, in onore di Pitrucc' i pelus', coi suoi peletti ormai bianchi che sbucano dalle maniche della camicia, dal colletto aperto sul collo.

«Che ci sì misse doppe i patane? È 'n sapore ch' nun sendeva da tant'anne.»

«Uno strato di patate, uno strato di scamorzelle, uno strato di pan grattato, dell'olio appena uscito dal frantoio, e ricomincio, patate a fette sottili, olio, scamorza e pan grattato... ti piace?»

«Sembra propria le patane maritate de nonna Zaira. In quale anno s'è morta?»

«È morta nel 1975. L'hanno trovata seduta sulla sedia, davanti casa, col gatto in braccio.»

«Quann'era cich' giocava co i buttune de nonna. Teneva ne sacchette piene, ma quante ce godeva!»

«Ce l'ho ancora quel sacchetto di bottoni. Lo vuoi vedere?»

Se un curioso avesse guardato dalla finestra illuminata nella notte buia, avrebbe visto due teste: una maschile dai capelli corti bianchi e una femminile, castana striata di qualche filo grigio, che si accostavano per osservare insieme il contenuto di un sacchetto di velluto che veniva rovesciato sul tavolo della cucina. I due visi, incantati, fissavano quelle stelle di strass, quelle palline d'oro, quei dischetti di madreperla, quelle sfere di osso, quelle gocce di vetro, quei triangoli di metallo che scintillavano davanti ai loro occhi e riportavano alla memoria anni lontani in cui i bottoni erano stati compagni di gioco.

«Che happiness! Zà, ste buttune me fanno penzà a quann'era cich' i me sunnava i tesore delle montagne.»

Zaira si accorge che, alla fin fine, quel dialetto stentato e approssimativo, mescolato con l'inglese non le dà poi tanto fastidio. Anzi la diverte e le fa tenerezza, come un mondo linguistico che è stato in esilio anche lui e oggi torna e si trova fuori posto con le sue vocali rattrappite, le ellissi rapide e inanellate. I compaesani ormai hanno l'italiano per riserva e passano con disinvoltura da una parlata all'altra. Lui no. E questo lo rende fragile e buffo.

Mentre le mani coperte di rughe di Pitrucc' giocano con i bottoni dell'infanzia, Zaira appoggia la testa sulle braccia conserte e si addormenta. Nel sonno, le appare la figura di un cacciatore dagli occhi vivaci e gentili. A lei sembra di riconoscerlo, si chiede chi sia ma non trova una risposta. Lui pare non essersi accorto di lei. Porta i pantaloni di un verde che si confonde con l'erba, degli scarponcini alti sulle caviglie, una camicia giallina e un gilè di cotone con tante tasche gonfie. Si avvia su per la montagna tra i faggi e lei si mette a seguirlo.

«Racconta, ma'.»

Oggi indossa uno strano vestito la signora madre: una gonna ampia e lunga, una camicia dalle maniche sbuffanti, un collettino ricamato che le si apre sul collo corto. Ha i capelli tirati all'indietro, due orecchini che le pendono dai lobi. Gli occhi guardano sbalorditi verso l'obiettivo. Stretta contro il petto tiene una rosa.

«Mamma, che hai fatto?»

La giovane madre si raschia la gola, allunga le gambe facendo trasparire sotto l'ampia gonna due scarponcini di pelle nera. Forse sta pensando al suo innamorato Minuccio.

«Racconta, ma'» insiste la bambina quasi non dando importanza al travestimento. Una madre che abbia centotrenta anni le sembra un gioco bellissimo. Ma appena comincia a raccontare, scopre con sollievo che è sempre lei, la sua unica amorosissima mamma che sa raccontare così bene.

«Un cacciatore uscì di buon mattino dalla sua baracca in mezzo ai campi e si diresse verso i boschi di monte Amaro. Gli straccetti di nebbia impigliati fra gli alberi si stavano disperdendo. I passi affondavano nella terra molle di pioggia. I cardi gli graffiavano gli stivali. Il fucile ciondolava appeso alla spalla. L'uomo sollevò la testa e scoprì che la mattina gli sorrideva. E per prima cosa si accese un sigaro.»

La voce della donna si fa profonda, temeraria e ironica. «Proprio una bellissima giornata di sole. Il cacciatore si sentiva in pace con se stesso e il mondo. I passi si susseguivano lenti schiacciando margherite e fili d'erba. Avrebbe continuato così per tutta la giornata, col solicello che gli scaldava la schiena, il bel cacciatore. Ma sapeva che la vera caccia si faceva dentro la foresta, lì dove le ombre lo avrebbero avvolto in un abbraccio soffocante, dove la vista non è mai del tutto limpida, dove l'orizzonte è continuamente nascosto da massi, tronchi e dorsi di montagna. Con una certa riluttanza lasciò il sentiero assolato per immergersi nella foresta ancora umida e oscura. Gli animali che lui cercava si scavano le tane in mezzo ai tronchi più vecchi e capienti, in mezzo alle rocce dai buchi profondi.»

«Perché ti fermi, ma'?»

«Credevo ti fossi addormentata.»

«Continua!»

«Cammina, cammina, cammina, il cacciatore non si accorse che si erano fatte le dieci e poi le dodici e poi le due. Aspettando la grande preda aveva già colpito a morte una lepre, una folaga e le portava appese alla cintura. Il sangue che usciva dalla bocca delle bestie uccise gli macchiava il fondo dei pantaloni. Ma lui non ci badava. Sentiva l'odore del grande cervo, sulle cui corna immense e dorate aveva scommesso una cena.»

Ora la voce si affievolisce e la bambina si sente risucchiare dal sonno verso laghi lontani. Ma appena le parole si fermano, torna ad aprire gli occhi.

«Racconta, ma'!»

La madre fa i soliti gesti affettuosi: rimbocca il lenzuolo, le carezza la fronte liberandola dalla frangia bionda, e poi riprende a raccontare. Anche lei, da bambina, aveva imparato ad ascoltare storie fantastiche da una madre straniera che parlava un italiano stentato. Non era chiaro quanto inventasse e quanto ricordasse di racconti letti o ascoltati. Ma la sua narrazione era piena e concentrata, attentissima ai particolari della storia.

«Nessuno era riuscito a prenderlo quel cervo e il cacciatore voleva che fosse suo. Non si riteneva un tiratore più bravo degli altri, ma conosceva la pazienza, la determinazione e l'astuzia di cui era dotato.

«Alle quattro aveva aggiunto uno scoiattolo al suo carniere. Gli scoiattoli non si mangiano, ma quel corpicino molle, dalla testina rovesciata possedeva una coda magnifica e lui aveva pensato di regalarla a sua moglie per farne una frangia, un bordo o forse per adornare uno dei suoi cappelli, come un trofeo di guerra.

«Alle quattro e mezzo sollevò gli occhi verso il sole e vide che stava perdendo le forze. Gli alberi avevano preso ad allungare le loro ombre sul terreno coperto di foglie cadute. Le scarpe dalla suola di gomma si muovevano silenziose come sopra un tappeto.

«Alle "cinco de la tarde", come dice García Lorca, finalmente lo vide. Si muoveva guardingo in mezzo agli alberi, con le orecchie tese. Ma quello che colpì il cacciatore fu il palco delle corna, immenso. Aveva ragione il suo amico Pietro, che lo aveva incrociato una mattina presto vicino al lago: È il più bel cervo che abbia mai visto. Le corna saranno alte due metri, il collo è ampio e possente, il petto è macchiato da una stella bianca, le zampe agili sono capaci di raggiungere la velocità di una lepre. Nessuno finora è riuscito a catturarlo.»

La voce della madre a questo punto rallenta, si prosciuga. La bocca si svuota della saliva, diventa secca e la gola è capace solo di mandare fuori dei rauchi mozziconi di parole.

«Racconta, ma'!» incalza la figlia che non vuole perdere il racconto, a costo di straziare la gola stanca della madre. Una volta cominciato non si può tornare indietro, bisogna concludere. Queste sono le regole ferree della narrazione.

La madre ingolla qualche sorso d'acqua, si schiarisce la voce e continua.

«Il cacciatore si fermò, interdetto. La bellissima bestia era a pochi metri da lui ma non sembrava essersi accorta della sua presenza. Procedeva, cieca e magnifica verso chissà quale pascolo sulle alture. L'uomo rimase rigido in una posizione di attesa. Aveva paura che anche da una sola mossa, il cervo percepisse la sua presenza e scappasse veloce. Voleva godersi la vista di quella bestia meravigliosa prima di ucciderla. Voleva seguirla e compiacersi di quell'incedere, di quel portamento, di quelle corna, di quella testa dorata e solenne che alla fine sarebbe giaciuta immobile ai suoi piedi.

«Il cervo ebbe un attimo di incertezza, arricciò le narici e poi riprese a camminare, con una grazia e una eleganza che il cacciatore non smetteva di contemplare. Solo quando la bestia fu a una distanza di una ventina di metri, l'uomo mosse i primi passi, cercando di non fare il minimo rumore.

«Il cervo, come sicuro della propria immunità, procedeva tranquillo, arrampicandosi sulle rocce, attraversando prati, cacciandosi dentro il fitto dei boschi e poi uscendo sulle rive di un torrente, per riprendere a salire, a salire.

«L'uomo, sudato, i piedi dolenti, lo tallonava, senza perderlo mai di vista, pur restando a una distanza che gli permettesse di non farsi notare. Gli occhi si erano ridotti a due fessure doloranti. Ora il fucile non stava più appeso sulla schiena ma stretto fra le mani, e si era scaldato al contatto con le dita febbricitanti. Dove andava quella maledetta bestia, che non accennava a fermarsi?

«E se alzassi il fucile e l'uccidessi sul colpo? si diceva. Sarebbe facile: il corpo dell'animale era così visibile, quasi avrebbe potuto toccarlo allungando una mano. Il suo passo era veloce ma non correva. Perché non ucciderlo adesso?

«Ma qualcosa lo tratteneva. Forse l'idea che il cervo lo stesse portando senza volere, alla sua tana. Se lì avesse trovato anche la cerva e i cerbiatti? Avrebbe potuto uccidere i due adulti e lasciare i piccoli perché crescessero. Questi erano i suoi pensieri silenziosi, da cacciatore innamorato della preda, nello stesso momento in cui è determinato a ucciderla. Misteri dell'animo umano.»

Possedere vuol dire distruggere? si chiese la bambina mordendosi un dito. Un filo le teneva unite, madre e figlia: il filo del racconto e lei sapeva che sua madre sapeva che mai si sarebbe addormentata prima della fine. Eppure l'aveva già sentita questa storia ma a ogni giro di boa c'erano delle digressioni, delle novità, delle piccole invenzioni che eccitavano l'immaginazione della madre come quella della bambina.

«Racconta, ma'.»

«Così andarono avanti per ore, il cervo dalle corna d'oro davanti e l'uomo dalla cintura appesantita di corpicini sanguinanti, dietro. Il cacciatore non si chiedeva più dove fosse: si rendeva conto che stavano salendo, ma verso dove? non avrebbe saputo dirlo. Gli alberi intorno si facevano più fitti, e ormai erano passati dalle zone a lui note, a coste scoscese e dirupi sconosciuti. Le ombre si erano fatte scure. La vista non riusciva più a distinguere bene. Il cacciatore, nell'ansia di perdere la sua bestia, le si era accostato spericolatamente. Solo una volta l'aveva visto voltare la testa sul lungo collo ma senza paura, quasi volesse assicurarsi che l'uomo lo stesse seguendo.

«Ormai era notte fonda. Per fortuna una mezzaluna azzurrina, affacciatasi improvvisamente sopra le cime degli alberi, spandeva una luce leggera e fosforescente. Quella luce sfarfalleggiante si insinuava fra i tronchi, lì dove non erano troppo fitti, lambiva i praticelli nudi, scopriva la carne bianca delle rocce.

«Il cacciatore stava addosso al cervo cercando di non fare il minimo rumore, ma ogni tanto un ramo rotto, una pietra scartata, rivelavano la sua esistenza. Il cervo non sembrava accorgersene. Eppure dovrebbe sentire il mio odore, si diceva l'uomo, perplesso. Forse ha perso il senso dell'odorato, o forse è sordo, succede alle bestie che invecchiano, come succede agli uomini. Il cervo non si voltava, andava avanti sicuro, senza forzare la velocità, quasi temesse che il suo inseguitore si stancasse. E in effetti il cacciatore ora aveva il fiatone, era esausto, affamato, le prede appese alla cintura gli gravavano, ma non osava fermarsi per liberarsene.

«Infine, dopo essere passato per una gola fra le rocce, strettissima, dopo essersi graffiato facendosi largo tra due ali di rovi che protendevano i loro rami come tentacoli di un polipo, il cacciatore vide il cervo che si infilava in una grotta. Arrivò fino all'ingresso e si fermò senza fiato, non sapendo cosa fare. La notte lo aveva raggiunto e ora lo teneva stretto. Avrebbe mai saputo tornare a casa?»

Questo era davvero un momento delizioso. Gli occhi della bambina forse erano chiusi, ma tutti i suoi muscoli erano tesi. Non sentiva più il sonno, solo una voglia bruciante di andare avanti. Cosa avrebbe fatto il cacciatore? sarebbe entrato o sarebbe tornato indietro? avrebbe ucciso il cervo o l'avrebbe risparmiato? e chi c'era nella caverna e dove andava a finire? Nel corpo morbido, bianco e biondo della giovane madre stava la risposta fatta carne. Le sue parole dal forte odore di boschi creavano un desiderio e un'abitudine all'ascolto che sarebbero durati per tutta la vita. Il piacere di prestare attenzione alle storie e di seguire a occhi chiusi lo snodarsi oscuro e misterioso della vicenda prima della resa al sonno.

«Allora, ma'?»

«Ancora non ti sei addormentata?»

«Che ha fatto il cacciatore?»

La madre sorride della curiosità della figlia che riconosce molto simile alla sua.

«Il cacciatore si ricordò che in una delle tasche teneva, assieme a un coltello a serramanico, una minuscola torcia tascabile. La tirò fuori con circospezione. La accese e diresse il raggio di luce verso la grotta. Non vide altro che una apertura grande quanto una porta, tutta tappezzata di muschio. Non gli rimaneva che entrare. Ed entrò brandendo in una mano la pila, nell'altra il fucile.»

Una madre e una figlia, entrano chine nella grotta dei misteri, pronte ad avanzare verso l'ignoto.

«Ma dove si è cacciato il cervo?»

«La volta della grotta era alta come l'interno di una chiesa. Il cacciatore sollevò lo sguardo e rimase sorpreso dalla vastità dell'ambiente: le cupole si susseguivano alle cupole, ed erano scavate nella roccia. Qualcosa formicolava sotto quegli archi spaziosi. Guardando meglio, si accorse che c'erano migliaia di pipistrelli addormentati appesi a testa in giù. Si sentiva un tanfo acre e dolciastro. Diede uno sguardo rapido alle bestiole che portava alla cintura. Anche loro stavano a testa in giù e sembravano dormire. Per un attimo il cacciatore pensò che avrebbe preferito che fossero vive anche quelle appese alla vita. Ma chiuse gli occhi e andò avanti.

«Vieni!» disse una voce grave e gentile.

«Chi è che parla?» chiese il cacciatore, sconcertato.

«Vieni avanti!»

«Chi sei?»

«Ora gira a sinistra, prendi quel corridoio che stai illuminando con la torcia e vieni avanti.»

Sono davvero pronte a proseguire, madre e figlia, di fronte a un pericolo così concreto, così certo come la voce di uno sconosciuto che le invita ad andare avanti per un corridoio oscuro scavato nella roccia? La bambina pensa di sì.

La madre ha qualche attimo di esitazione. Solleva con le dita un ciuffo che le è scivolato sugli occhi. Rivolge lo sguardo alla finestra aperta da cui entra la notte color inchiostro. Si sentono dei grilli fra i cespugli dietro casa. Forse anche un cuculo che chiama fra i rami. Il profumo dei tigli si fa strada dolcissimo e melodioso fino alle narici della donna assonnata. La bambina, vedendola distratta, le dà un piccolo colpo sul braccio con le nocche, come se bussasse a una porta che stenta ad aprirsi. Subito la madre imposta la voce, come farebbe un grande attore prima di entrare in scena.

«Il cacciatore avanzò cautamente lungo il corridoio di pietra. Vide che proseguiva a zig zag dentro la roccia viva. Ma da qualche parte filtrava una luce fioca, traballante. Continuò ad avanzare in silenzio, chinando istintivamente la testa, come si fa nelle grotte, anche se quella aveva le arcate altissime. I piedi scivolavano sulla pietra fredda, lungo un corridoio che si allargava lentamente. La luce si faceva più evidente man mano che avanzava e sovrastava il piccolo raggio della pila tascabile.

«Ecco, ci sei quasi. Attento ai gradini, continuò la voce premurosa.

«Il cacciatore guardò in basso e vide che il terreno era cosparso di paglia. Superò i tre gradini, svoltò un angolo e sollevò la testa. La bocca si aprì da sola per la sorpresa. Davanti a lui, in un bel vano scavato nella roccia viva, sopra un pavimento cosparso di fieno morbido, illuminato dalla luce della luna che scendeva da un buco nel soffitto, stava in piedi il bellissimo cervo dalle corna dorate e la stella bianca sul petto, intento a mangiare un frutto.

«Benvenuto nella mia casa! gli disse cortesemente. Vuoi una mela?

«Veramente ho tanta sete, rispose a bassa voce l'uomo, pensando fra sé: sto sognando, sto sognando, perché non riesco a svegliarmi?

«Eccoti dell'acqua di fonte, rispose il cervo spingendo con lo zoccolo un boccale di coccio. Siediti pure, continuò, lì c'è uno sgabello. Oppure vuoi della paglia per stenderti?

«No... be'... grazie. Ma dove mi trovo?

«Il cervo lo guardò a lungo con gli occhi morbidi, grandi e poi sorrise come solo i cani qualche volta sanno fare, tirando un poco le labbra sopra i denti candidi.

«Sei a casa mia. E credo che ormai dovrai passare la notte qui perché fuori è buio e non ritroveresti la via del ritorno. Domattina ti indicherò la strada.

«Ma tu... come mai parli la mia lingua?

«Poiché tu non parli la mia, ho dovuto apprendere la tua. Ti stupisce?

«Il cacciatore bevve l'acqua che gli parve fresca e buonissima. Si pulì la bocca con la manica e poi prese a darsi degli schiaffetti sulle guance, nell'intento di svegliarsi.

«Non stai dormendo, sei sveglio.

«E invece io credo proprio di stare dormendo.

«Se stai dormendo, stai sognando e io sono il tuo sogno.

«Forse è proprio vero, sto sognando. Tu sei il mio sogno.

«Ma anch'io sogno, bel cacciatore e mi piace pensare che tu uomo, sei il mio sogno più perverso.

«Io non posso essere il tuo sogno.

«Solo perché hai un fucile?

«Mi doveva capitare pure un cervo filosofo! Io sono un cacciatore e sparo. Se mi fermassi a filosofare ogni volta che vado a caccia, non farei più un passo.

«Non si tratta di filosofare, ma di ragionare. Hai un cervello e ragioni.

«Tu non hai un cervello. Sono io che ragiono attraverso di te, questo lo so. Tu sei muto e non puoi pensare, perché il pensiero è degli uomini.

«Forse hai ragione. Il sogno è tuo, il pensiero è tuo. Il fucile è tuo. La notte è tua. Sarebbe interessante stabilire fino a che punto la proprietà dà diritto ai sogni. Ma vieni di là, ti voglio mostrare qualcosa di veramente mio e solo mio, vieni.

«Odio i filosofi, sappilo.

«Io odio gli ignoranti.»

La voce della madre si trasforma quando rifà il cervo filosofo. Mette su un tono grave, pensoso e profondo, ma anche sornione e giocoso. Mentre per il cacciatore usa i toni più alti. Anche la sua faccia si trasforma. Se apre un occhio, la figlia può vedere il morbido viso della madre stravolto dall'emozione del racconto: la fronte si corruga, le labbra si stirano, la voce si incupisce nel rifare il cacciatore intrappolato. Ma torna sorridente e lieve quando recita il cervo saggio e paziente.

«Continua, ma'!»

«Il cervo si mosse e fece cenno all'uomo di seguirlo. Il cacciatore gli andò dietro. Ripresero a percorrere lunghi corridoi di pietra, il cervo davanti a passo veloce e sicuro, il cacciatore dietro, le prede penzolanti sul fianco, la piccola pila accesa, il fucile stretto sotto il braccio.

«Entrarono infine in un altro spiazzo illuminato da una piccola fessura che tagliava di sbieco la roccia. Per terra, su un mucchio di paglia, giacevano quattro piccoli cervi appena nati. Il padre si avvicinò al più piccolo dei figli, che prese ad agitare la coda, mentre gli altri si sollevarono maldestri sulle zampe ancora molli e cominciarono a dare testate contro la pancia paterna, nell'intenzione di trovare un capezzolo da succhiare.

«La madre di questi piccoli è morta per mano di un bracconiere, disse il cervo leccando la testa di uno dei suoi figli. Io li nutro con mele selvatiche e miele, per questo mi hai visto scendere così in basso verso il paese. I frutti più buoni li trovo a bassa quota.

«Perché mi hai portato qui, maledetto cervo? la pietà è la nemica più feroce dei cacciatori.

«Io non voglio la tua pietà.

«Cosa vuoi allora?

«Voglio che tu veda. Gli occhi a volte sono più intelligenti del cervello.

«Ci manca proprio che mi metta a capire gli animali. Io li devo ammazzare, non capire. Non sono mica un fottuto animalista, o un cretinissimo vegetariano.

«Guarda davanti a te. Cosa vedi?

«Vedo dei cuccioli di cervo che per il momento non mi interessa cacciare, ma che domani stanerò andando su e giù per le montagne.

«Questo è quello che vede il tuo fucile. Non sei capace di guardare con i tuoi occhi di carne?

«Ti ho detto che la pietà mi è nemica e neanche mi interessa, per me è una vecchia dalla faccia piena di rughe, gli occhi che spurgano e puzza pure di cimitero. Ecco cos'è la pietà per un cacciatore. L'ho imparato da mio padre che non sbagliava mai un tiro.

«Tu quella vecchia l'abbraccerai, la bacerai e piangerai d'amore.

«Non succederà mai, carogna!

«Quando tornerai a casa e troverai tuo figlio... ma non ti dico altro. Ora vai. Ti indicherò la strada. Corri perché c'è un pericolo che sovrasta la tua casa.

«Il cacciatore, di nascosto, si pizzicò forte una coscia. Doveva svegliarsi, doveva proprio svegliarsi da questo stupido sogno.

«È inutile che ti pizzichi, non stai dormendo.

«Come lo sai? se fai parte del mio sogno non puoi saperlo. Anche tu credi di essere un cervo che parla e invece stai sognando.

«Allora, siamo nel tuo sogno o nel mio?

«Sono io che sogno e tu mi rispondi dall'interno del mio sogno, è chiaro.

«Se sei tu che sogni, allora perché parli di un pericolo che grava sulla tua casa? Da dove ti viene questa premonizione?

«Il cacciatore imbracciò il fucile per mostrare a se stesso di essere il padrone della situazione. Nessuno stupido animale parlante poteva infinocchiarlo! Alzò la bocca dell'arma contro il cervo e fece per sparare. Ma proprio in quel momento uno dei piccoli cerbiatti gli si avvicinò e gli diede un colpetto col muso sul petto, come se volesse anche da lui quel latte che non trovava nel padre. E il cacciatore lasciò che l'arma gli scivolasse giù verso il suolo.»

«Continua, ma'!»

Ma la madre non continuò. La bambina, proprio dopo avere pronunciato quelle parole si era addormentata.

«A domani, amore mio» disse la madre rimboccandole le coperte.

Eppure ci doveva essere un seguito a quella storia. Sarebbe cambiata il giorno dopo? e che voce si sarebbe inventata la madre per raccontare come il cacciatore, tornando a casa, avesse trovato la moglie uccisa a fucilate, il figlio moribondo e la casa messa sottosopra da una banda di assassini? avrebbe cominciato a ripensare alle parole del cervo filosofo? sarebbe tornato in montagna col fucile carico e tanta voglia di vendetta? o avrebbe sentito il bisogno di parlargli di nuovo, per chiedergli il perché di tanto male? avrebbe mai ritrovato la grotta in quella foresta così fitta e insidiosa? avrebbe mai più incontrato il cervo? e di chi era il sogno se ciascuno pretendeva di possedere l'altro attraverso il proprio delirio? e chi si sarebbe svegliato per primo?

Con gli stivali di gomma puliti, la giacca imbottita da cui sono stati spazzolati via i peli di Fungo, una bella sciarpa nuova attorno al collo, Zaira suona al campanello delle guardie forestali.

Viene ad aprire un giovanotto appena sbarbato che emana odore di un dopobarba al mentolo. La saluta con cortesia. La conduce alla porta del superiore a cui lei ha telefonato e che l'aspetta.

«Buongiorno, signora Zaira, si accomodi.»

Un uomo sui cinquant'anni, in divisa, l'aria cordiale e alla mano la riceve seduto a una scrivania dal ripiano di vetro.

«Allora, cosa vuole denunciare? eh, mi dica! qui siamo diventati tutti poliziotti.»

«Be', volevo denunciare un caso di bracconaggio. Ho scoperto, durante uno dei miei giri, una grotta dove ci sono dei cervi uccisi a pallettoni. Se vuole le faccio la mappa.»

«Purtroppo succede anche questo. E noi, se fossimo più numerosi e bene equipaggiati, potremmo farvi fronte, ma come si fa a controllare un terreno protetto così immenso con pochi uomini, pochi soldi, poche macchine?»

«Ma questo è un caso grave. Ci sono per lo meno quattro cervi ammazzati a fucilate. Non sono protetti i cervi nel Parco?»

«Certo che lo sono e noi facciamo di tutto perché niente accada loro. Comunque guardi è gente che viene da fuori. Nessuno nel Parco ucciderebbe le bestie protette.»

«Mi pare che il veterinario del Parco abbia più volte denunciato casi di bracconaggio anche sugli orsi. Se continuano così però fra qualche anno non ci saranno più nemmeno cervi in questi boschi.»

«Il veterinario esagera: il bracconaggio da noi è minimo, sono episodi trascurabili. E avvengono fuori dal territorio del Parco.»

«Be', questo che dico io è dentro il Parco.»

«Li avranno uccisi fuori, perché, vede, i cervi girano, vanno a mangiare le mele selvatiche, si avvicinano alle coltivazioni e disturbano gli animali domestici. Così qualche contadino ignorante li uccide e poi, per fare vedere che non è stato lui, li porta da qualche altra parte, magari anche dentro il Parco.»

«Insomma secondo lei non c'è da preoccuparsi.»

«È tutto sotto controllo, signora.»

«Ma quei cervi che ho visto...»

«Lasci fare a noi il nostro mestiere, signora. E mi scusi se glielo chiedo, ma cos'è che la spinge a curiosare intorno per questi boschi?»

«Cerco tracce di mia nipote Colomba, lo sanno tutti.»

«Mi permetta di consigliarle di smettere, cara signora. Lo sa che è passato quasi un anno? Ormai si deve mettere l'animo in pace e riprendere la vita solita, senza vagare per i boschi come una bestia selvatica. A me sinceramente dispiace che una donna sensibile come lei faccia di questi incontri spiacevoli. I bracconieri hanno i fucili, bisogna stare attenti.»

«Ma...»

«Si fidi, signora. Qui ci siamo noi incaricati di tenere a bada i bracconieri. E lo facciamo. Certo, può succedere che ci sfugga qualcosa, perché i bracconieri sono furbi, sa, sono molto furbi, ma quello in cui si è imbattuto lei è un caso isolato, un caso increscioso, glielo assicuro, che non riguarda la gente del luogo. Sono quei cervi maledetti, troppo curiosi, che si avventurano fuori dai confini protetti, e finiscono per incappare nella rabbia dei coltivatori, ma certamente avrà visto male, sarà stato uno, non quattro.»

«Be', io ne ho visti quattro e non ero ubriaca.»

«Va bene, appena trovo una guardia libera, gliela mando, insieme andrete con un fuoristrada a controllare. Glielo metto a disposizione. Ma vedrà che si è trattato di un errore. Arrivederla signora e tantissimi auguri.»

L'uomo fa un inchino compito, portandosi alle labbra la mano di lei come a ribadire che verso le signore bisogna essere cortesi, anche se sono delle rompiballe come lei.

«Ho denunciato la mattanza, Pitrucc'.»

«Brava. That's good. E che t'hanne ditte?»

«Che non mi devo preoccupare. Ci pensano loro.»

«I sì portate lloch'?»

«Non hanno voluto neanche vedere il disegno.»

«That's not good. Mò addò va', Zà?»

«Ricomincio a cercare.»

«Oggi no, aspetta. Fore è brutte, e iced, tutte ghiacciate, statte ecch' dentre co mi.»

«Non posso, Pitrucc'.»

«Revè pe cenà?»

«Non lo so. Non mi aspettare.»

«Ti só preparate ne poch' d' pane i formaggie.»

«Grazie, papà... sai mi riesce difficile pensarti come padre.»

Lui gioisce. Il sorriso è quello di un vecchio che ha conservato integro il bambino dentro di sé. Poi lo vede torcersi in una tosse profonda che gli devasta la faccia magra.

«Fumi, Pitrucc'?»

«Sò fumate troppe. I polmoni se n'enn'iti.»

«Non ti ammalare per favore, ho troppo da fare.»

Ora che Pitrucc' i pelus' è tornato a casa, Cesidio non si ferma più a prendere il caffè la mattina da Zaira. E Menica non passa a chiederle una pagnottella fresca. Anche Saponett' sta alla larga e Sal poi non si è fatto più vedere per niente.

Piano piano Pitrucc' si è abituato alla casa. Come ospite è discreto, partecipa ai lavori casalinghi, cucina, gli piace soprattutto trafficare coi fornelli, rifà i letti, va a fare la spesa. Si è pure comprato una macchina di seconda mano per non portare i pesi e quando lei deve andare lontano, carica la bicicletta sul tetto e l'accompagna dove vuole.

«Insomma fai di tutto per farti amare, Pitrucc'.»

«Só state sule per tant'anni, Zà. Me só 'mparate ad arrangiarme. Ma nun me piace stà sule.»

«Anche a me non piace stare sola.»

«*My woods, my beloved and light woods, miei boschi, miei amati e leggeri boschi*, quanne va' pe bosche pense a ste parole. *The exquisite smell of the earth at day break...*»

«*Lo squisito profumo della terra all'alba...* c'è anche buio nei boschi, Pitrucc'.»

«Che te vo' magnà, today? ti va una turtle-soup without turtle?»

«E che sarebbe?»

«Na zuppa de tartaruga senza tartaruga.»

«Non vorrai mettere in pentola una tartaruga!»

«È tutte finte. È na ratatuglie de noce i melanzane cotte ai brode. Te va?»

«Sarebbe come la zuppa col pesce a mare.»

«Yes, my girl.»

«Nun tengh' a fantasia, Pitrucc'.»

«Sci'mbise, coccia de monton!»

Zaira solleva lo sguardo al cielo: è percorso da nubi estese, frangiate e livide che si aprono e si chiudono, alternando momenti di sole intenso a momenti di oscurità e freddo. Il vento soffia di traverso scompigliando i rami, sollevando le foglie. La neve è solida, gelata, non c'è pericolo di sprofondare. Vi si può camminare sopra con leggerezza, anche se ogni tanto si sente un crac sinistro sotto le scarpe. Lo zaino non le pesa sulle spalle.

La sua intenzione è tornare lì dove è stata due giorni fa, lì dove ha scoperto il magazzino dei bracconieri, lì dove ha lasciato una roulotte bianca da esplorare. Se le guardie non vogliono aiutarla, farà da sola. Oscuramente è attratta da quel sotterraneo, da quella roulotte. Come se ci fosse un nesso con la scomparsa di Colomba. Ma perché? Non lo sa, ha dei presentimenti che gravano lividi come piccole nuvole scure e minacciose dentro un cielo terso. Oggi ha deciso di lasciare Fungo a casa. L'ha affidato a Pitrucc' e si è messa in cammino presto la mattina.

Le gambe robuste pedalano sulla nazionale ormai pulita dalla neve, per lo meno nella striscia centrale. Incontra una volpe affamata che si nasconde dentro un cespuglio appena la vede. Si imbatte nel venditore di cipolle, con un Ape dalla gomma a terra. «Vuoi aiuto, Scignapett'?» «No, grazie mò me sbrigo lest' i prest'.» E lei riprende a pedalare. Più avanti si deve fermare perché una intera mandria di vacche sta attraversando la strada. Sono magre, docili e la guardano con occhi gentili.

Quando comincia a intravvedere il lago in lontananza, nasconde la bicicletta in un cespuglio di ginepro sul pendio del monte Ninna. E poi si inerpica seguendo i sentieri delle capre. Sotto gli alberi la neve si è sciolta lasciando una corona di croste di ghiaccio che appena la tocchi con la scarpa si sbriciola.

Arrivando vicino al luogo della mattanza, fa un lungo giro per poterlo osservare dall'alto. Si arrampica in cima al monte della Pecora Morta, e prende a scendere piano, attenta a non fare rumore lungo i boschi dell'Ermellina. Appena giunge in vista della roulotte si ferma a una distanza che, pur permettendole di osservare l'intera zona, la rende invisibile, nascosta dietro un groviglio di rami bassi e cespugli fitti. Lì si accoccola sopra un sasso coperto di muschio e aspetta. È un buon punto di osservazione. Fra i rami può scorgere e tenere sott'occhio sia l'ingresso del sotterraneo che la roulotte bianca dalle finestre sprangate.

Le prime ore sembrano non passare mai. Le ossa le dolgono. La posizione le sembra infelice. Si sposta un poco, allunga e stira le gambe, si massaggia un ginocchio, ma attentissima a non rivelare la sua presenza. I pensieri fanno fatica a rimanere lì fissi su quella roulotte assolutamente immobile e sprangata. Tendono a sparpagliarsi e volare via, come uno stormo di uccelli spaventati. Vanno dietro alla faccia rugosa di Pitrucc' i pelus' che ha attraversato i mari per venire a farle da padre, dopo sessant'anni di lontananza. Si è subito abituato ai suoi orari, alle sue abitudini e si muove in punta di piedi come se non volesse disturbare. È venuto a morire a casa, come fanno i salmoni nei fiumi del nord? Eppure non ha affatto l'aria di volere morire. Nonostante il cuore «ch' tretteche ne poco», le sembra abbia energia e lucidità. Non tossisce più e cammina con maggior sicurezza. Le torna alla memoria sua madre Antonina, sempre così impacciata, timida e scorbutica. In vita sua non le ha sentito dire che poche parole. Eppure sapeva essere tenera come nessuno. In compenso Cignalitt' parlava per due. E si chinava su di lei, col fiato sospeso, come un vero padre, attento a proteggerla, a nutrirla, a crescerla. Ancora non riesce a credere che abbia insidiato la piccola Angelica. Potrà mai perdonarlo? Sa di amarlo anche senza volerlo e di conservare un ricordo affettuoso di lui. Pensa a quella volta che, scappata dalla casa di Cesidia, si era rifugiata alle Cascine: l'aveva visto venire verso di lei con l'impermeabile che gli sventolava intorno alle gambe, la faccia preoccupata, gli occhi felici di averla rintracciata, un sorriso amoroso. Era quello il Cignalitt' della sua vita o quell'altro, già anziano, con i denti guasti, gli occhi malati, che se ne andava la sera da Z' Marì a bere il vino nuovo della valle? l'uno poteva contenere l'altro? l'uno era il prolungamento inevitabile dell'altro? l'uno era più innocente dell'altro? Ricordava come una volta aveva fatto cinque chilometri a piedi di corsa sotto la pioggia per andare a cercare una medicina per la moglie Antonina. E quell'altra volta che era rimasto una notte intera seduto su una sedia al capezzale della moglie, curvandosi ogni momento a bagnarle con il fazzolettino zuppo la bocca arsa. E quando correva a quattro zampe per casa con Angelica bambina a cavalcioni sulla schiena. Quanto c'era di affetto puro e quanta segreta voglia di accostarsi a quelle carni tenere per scaldarsi i sensi? Dove si distinguono e si separano la sensualità dalla tenerezza, l'affetto dalla concupiscenza? E senza neanche rendersene conto riprende come al cimitero il silenzioso dialogo con Cignalitt': "Un adulto che approfitta della fragilità di una bambina è orribilmente colpevole, pà". "Quarche volt' le quatrane só accuscì sciroppelle ch' te mettono la tentazione addosso..." "Lo fanno con innocenza, senza capire, pà. Sono come dei regalucci che offrono ai grandi per tenerseli buoni, non sono delle provocazioni vere e proprie." "Só accuscì sciroppelle..." "Ma che vuol dire sciroppelle, pà?" "Vó dì sceroppose, fatte de sciroppe de cerase, ceraselle va'." "Ma la persona grande conosce la sua forza, sa che una carezza adulta diventa una rapina sul corpo delicato di una bambina... se ha una coscienza non se ne approfitta, pà, fosse pure che la vagliolella gli si jettasse addosso con tutto il corpo." "Na cerasa fresca fresca" insiste lui e non sa dire altro. "Se te 'mporta de sta quatrane, tu te trattiene, pà" gli grida lei piangendo.

Zaira chiude gli occhi stanca di quel continuo discutere con il fantasma del patrigno. Deve solo dimenticarlo, si dice, cacciarlo via dalla testa. E invece, come un giovane cinghiale impetuoso, continua a venirle incontro nel giardino della sua mente, mentre lei se ne sta straziata su una panchina. L'impermeabile bianco continua a volteggiargli attorno alle gambe arcuate, un sorriso di gioia incontenibile gli si stampa sulla faccia sgraziata, e le mette addosso una tenera compassione. Tuttavia è proprio quello il momento in cui aveva indovinato che il cinghiale generoso e impetuoso, che si gettava a testa bassa contro i mali del mondo, non poteva essere suo padre. L'aveva considerato con sollievo, sapendo che il proprio corpo era diverso, più longilineo e felice, più armonioso e amabile, forse anche meno avido di piaceri e più controllato. Aveva intuito che il padre vero era l'altro, quel Pitrucc' i pelus' di cui si favoleggiava in famiglia, quel giovanotto dai ricci neri che era partito per l'Australia perché sognava un mondo in cui tutti fossero fratelli e solidali. Ma quel padre lì era sparito e non aveva più dato notizie di sé, mentre Cignalitt' l'aveva allevata con amore, senza mai risparmiarsi. «Cignalitt', Cignalitt', dove sei finito, povero padre mio?»

Verso le tre Zaira viene assalita da una fame sconsiderata. Con mano leggera e silenziosa apre lo zaino, ne tira fuori il panino che Pitrucc' le ha preparato e se lo mangia piano piano senza mai staccare gli occhi dal sotterraneo e dalla roulotte. Beve un sorso di caffè dolce dal thermos. E ricomincia l'attesa. Prima o poi qualcuno deve venire. Quella carne, ormai al secondo o terzo giorno dalla mattanza, finirà per andare a male.

Alle quattro il sole comincia a calare. Il freddo le è entrato nelle ossa. Il gelo le ghiaccia i piedi. Li muove piano piano per non farsi sentire, come usano i mimi quando fingono di camminare stando fermi. Le sembra di avere le braccia paralizzate. Le tremano le labbra. Che fare? Aspetterai ancora un'ora, solo un'ora, poi tornerai a casa, dice una vocetta alle sue spalle. Strano che il pennuto si mostri così ardimentoso. Di solito le consiglia di darsela a gambe quando incombe un pericolo. Oggi sembra che la curiosità l'abbia avuta vinta sulla paura. Si alza in piedi, cerca di scaldarsi dandosi dei pugni sulle cosce, ballando leggera su se stessa.

Sta calando la luce e Zaira non si decide a ripartire. Qualcosa la trattiene lì, su quel sasso scomodo, intirizzita dal freddo. Ma proprio qualche attimo prima ha avuto l'impressione che la roulotte si muovesse, come se qualcuno la scuotesse dall'interno. Potrebbe essere stata una impressione. A furia di fissare quelle pareti bianche, immote, quelle finestrelle sprangate, quelle ruote affondate nella neve, forse gli occhi la tradiscono.

Ormai è quasi buio. Zaira sa che è da sciocchi rimanere lì a morire di freddo scrutando una roulotte chiusa e apparentemente vuota. Ora mi alzo, ora mi alzo, si dice e proprio nel momento in cui sta per mettersi in piedi, rimane sbalordita vedendo che una luce si è accesa dentro il veicolo e filtra dalle fessure delle finestre malchiuse. Allora era vero: c'era qualcuno là dentro! La sua impressione di avere visto muovere il vagone era esatta. Quasi caccerebbe un urlo per la gioia di non avere atteso quelle ore invano. Ma che urlo e urlo, cosa credi di avere scoperto? e ora come torni a casa al buio? e se ti perdi? rientra subito e non sprecare un minuto! Il pennuto sbraita e protesta. Ha freddo e fame. Ha paura di perdersi assieme a lei. Ma un angelo che non ha il senso dell'orientamento che angelo è?

I piedi vorrebbero muoversi verso valle, ma lo sguardo è fisso spasmodicamente su quelle listerelle di luce che testimoniano di una presenza dentro la roulotte. Non puoi più restare, la temperatura sta scendendo, ti troveranno domani congelata su questo sasso, è ciò che vuoi?

Anche se a malincuore, Zaira si accinge a lasciare il suo posto di osservazione. Una parte di lei rimarrebbe volentieri tutta la notte su quella pietra per vedere chi c'è là dentro ma sa che non ce la farebbe. Conosce i trucchi della montagna. Il freddo a un certo momento smetti di sentirlo, hai solo sonno e se ti addormenti sei finito. Non ti svegli più.

Lentamente, senza fare rumore, dirigendo il piccolo cono di luce della pila solo dove mette i piedi, Zaira si incammina verso casa. Lasciando l'enigma non svelato.

«Racconta, ma'.»

«Sono stanca... E tu domattina non devi andare a scuola?»

«Voglio sapere come va a finire con Zaira e la roulotte.»

«Le storie hanno dei tempi. Non puoi ingoiare tutto subito. Faresti indigestione. Domani te lo dico.»

La bambina socchiude gli occhi delusa. Perché le storie non possono essere raccontate tutte subito? È come con il panettone. Lei, una volta cominciato, se lo mangerebbe intero, ma sua madre glielo impedisce. La tua pancia scoppierebbe, devi aspettare! Ci vuole un tempo per digerire il panettone come ci vuole un tempo per digerire una storia.

Certe volte è presa da una furia che non trova sfogo, la bambina. Le sembra di odiarla quella madre che le centellina le storie, come le centellina i panettoni, le barrette di cioccolato.

Tornando a casa Zaira trova Pitrucc' agitatissimo che cammina su e giù per la cucina con la mano sul petto.

«Stave pe chiamà the police station Zà, addó sì state?»

«Sono qua.»

«Nolle fà cchiù. Me credeva ca me t'era perduta.»

«Mi ero dimenticata di te, Pitrucc'. Sono così abituata a stare sola.»

«At least, you are sincere!»

«Ho scoperto che la roulotte è abitata, Pitrucc', hai capito? È abitata.»

«E co queste? Ce stanne milione de roulotte con la gente dentre, non è na bbona ragione per revenì a casa de nott' facendome stà 'n penziere.»

«Scusa, mi dispiace. Ma ho aspettato e aspettato. Mi era sembrato che la roulotte si muovesse, credevo di avere visto male e invece, quando è venuto il buio la luce all'interno si è accesa, anche se le finestre rimangono sprangate.»

«Il tuo dovere ti sì fatte. Mò basta, lassa perde. Perché t'ostini a spiaglie?»

«Sento che lì c'è qualcosa che mi aiuterà a trovare Colomba.»

«Sento, sento... it's all so stupid, Zà. Pe 'n anne non sì rescita a sentì na cosa giusta, perché quelle ca sente mò avria da esse la verità? e che ce dici da po' ai giudece ca sì sentite quest' i quelle? Ce vonno le prove, i fatte.»

«Li sto cercando... Fungo dov'è?»

«Nun s'ha volute magnà. Te java trovanne pe tutta casa, i mene male ca glie só tenute, perché isse the dog, stave pe venirte a retrevà.»

Difatti Fungo, che è rimasto chiuso in cucina, guaisce dietro la porta e quando lei apre, le salta addosso con una gioia esplosiva.

Il giorno dopo, molto prima che si sia alzato il sole, Zaira si fa accompagnare da Pitrucc' in macchina, la bicicletta legata sul tetto, verso il lago. Una volta raggiunte le pendici del monte Ninna, prende a pedalare in salita sul sentiero di capre che porta alle grandi foreste dell'Ermellina. La giornata si annuncia pulita anche se fredda. Pitrucc' la saluta dalla strada. Lei fa un cenno col capo. «Non ti preoccupare se tardo» gli grida, «e non chiamare la polizia se non sono passate le due di notte.» Sa che oltre quell'ora non potrebbe restare in osservazione al freddo.

Stamattina le gambe hanno muscoli di ferro e pedalano con rabbia, con determinazione, ansiose di arrivare al solito posto. Quando la salita si fa troppo ripida e pietrosa, Zaira abbandona la bicicletta e va avanti a piedi. Anche oggi ha lasciato Fungo in macchina con Pitrucc'. Non vuole che si metta ad abbaiare mentre se ne sta nascosta dietro i cespugli.

Ma non ha ancora raggiunto il posto di osservazione, in alto sopra il piccolo ripiano su cui giace la roulotte, che viene investita da un disordinato vocìo maschile e da un gran tramestio di passi sulla neve ghiacciata. Si fa piccola per non essere vista. Il sole sta sbucando fra un mare di nuvole grigie e gonfie. Guardando verso il muretto Zaira scorge tre uomini che trascinano i corpi dei cervi morti tirandoli fuori dal buco sotto terra e cacciandoli dentro la barca di una motoslitta. I loro movimenti sono rapidi e affrettati. Non sospettano minimamente che qualcuno li stia spiando, ma hanno fretta. Le voci sono sbrigative e gutturali: Piglia accà, Che t' pòzzan vàtt', Lassa stà, Cchiù a sinistra, a sinistra te dich'.

Zaira cerca di isolare le tre voci e capire se ne riconosce qualcuna ma le sembrano estranee. Inoltre i tre portano cappucci di lana calcati fino al naso, occhiali e sciarpe che coprono loro il mento e la bocca. È difficile distinguerli. Uno però le sembra familiare. Che si tratti di Sal? Cerca il brillio dell'orecchino ma sotto il copricapo non si riesce a distinguere.

I ragazzi non riescono a caricare tutti e quattro i cervi morti sulla motoslitta. Due sono costretti a lasciarli per terra. Coprono con un telo di plastica nero le carcasse issate sulla motoslitta, fissano la tela con dei ganci e quindi, pulendosi i guanti sporchi di sangue contro la neve, si avviano verso la roulotte. Bussano alla porta, che si apre dall'interno spinta da un lungo braccio bianco. Zaira ha appena il tempo di scorgere un tavolino con delle tazzine di caffè fumante. E in piedi, di spalle, il corpo di una donna che potrebbe essere, le pare sia, ma non osa pensarlo, proprio la sua Colomba. Di schiena le assomiglia, anche se le sembra molto più magra. Ma cosa ci fa lì dentro? Uno dei ragazzi si infila rapido nella roulotte e richiude la porta dietro di sé con un piccolo tonfo. Gli altri due salgono sulla motoslitta e partono verso valle. La voglia di precipitarsi giù e bussare pure lei a quell'uscio è fortissima. Ma si trattiene. Bisogna prima capire. E quindi si accinge, con pazienza, a continuare la sorveglianza dal suo osservatorio nascosto.

La roulotte torna buia e immota, come se dentro non ci fosse nessuno. Zaira si accinge ad aspettare, mentre le supposizioni fanno ridda nella sua testa piena di dubbi e di domande a cui non trova risposta. Non ha visto la faccia della donna, come fa a dire che si tratta di Colomba? e se fosse semplicemente la moglie di uno di quei tre? una che sta lì a scaldare il caffè mentre gli uomini lavorano? Scollati da questo posto pericoloso, torna a casa, denunciali e basta! Ci penserà la polizia a riportare a casa Colomba, sempre ammesso che sia lei, insiste la voce del pennuto. Saranno contenti i poliziotti se gli farai fare la figura di quelli che l'hanno scoperta, avevano già chiuso il caso. Ma Zaira non accenna a muoversi. Cerca di fare tacere il petulante alle sue spalle e quello per un po' ammutolisce, ma poi riprende: Se sta lì dentro, in quella roulotte, tua nipote, se si tratta proprio di lei, vorrà dire che ha deciso così. Perché devi guastarle tutto? Zaira cerca di farlo tacere con un calcio.

Dopo circa venti minuti si sente di nuovo il rumore della motoslitta che ritorna. Ora caricheranno gli altri cervi, forse si faranno preparare un altro caffè, apriranno quella porta e io devo poterla vedere, devo essere sicura prima di andare via.

I due con la motoslitta vuota arrivano rapidi, la posteggiano vicino alla roulotte. Tirano su faticosamente i cervi che a occhio e croce peseranno un quintale l'uno, sono adulti, forse uno è femmina, le pare che abbia le mammelle gonfie. Sistemati gli animali sotto il telo, i due si seggono sul gradino più basso della roulotte e si accendono una sigaretta. Chiacchierano a bassa voce.

Finalmente la porta si socchiude. Ma ora dentro è buio. Zaira, per quanto allunghi il collo, non vede niente. Il ragazzo che era entrato prima, esce infilandosi il maglione. È magro e ha spalle scivolate. Non le sembra Sal.

Uno dei tre, che le pare diverso da quello di prima, sale a sua volta i gradini, si chiude la porta alle spalle. Gli altri due si alzano, gettano le cicche e si mettono a giocare a palle di neve, come se fossero in vacanza. Dopo una decina di minuti si riapre la porta della roulotte. Il ragazzo alto scende abbottonandosi i pantaloni. Si mette alla guida della motoslitta, mentre quello che la conduceva per il primo viaggio, ora salta sui gradini a sua volta. Prima di entrare fa un gesto eloquente come se attirasse a sé una donna e la schiacciasse contro il pube. Gli altri ridono. Lui, sbottonandosi i pantaloni con aria spavalda, si infila nella roulotte e si chiude la porta alle spalle.

I due partono dopo avere assicurato il telo con lunghi lacci di gomma. Si sente la moto che si allontana rumorosa. Dalla roulotte, sempre tutta chiusa, non trapela un suono. Zaira aspetta. I pensieri si fanno via via più neri e lugubri. Il corpo è rattrappito dai dolori. Ora è chiaro che lì dentro tengono nascosta una donna con cui fanno l'amore. Prega in cuor suo che non sia Colomba.

Trascorrono pochi minuti ed ecco di nuovo il rumore sordo della motoslitta che si approssima. I due arrivano fin sotto la roulotte. Spengono il motore. Piegano in quattro il telo di plastica ancora sporco di sangue. Si accendono un'altra sigaretta. Uno le sembra proprio Sal, si muove come lui. Ma forse no, è più massiccio e ha le braccia corte. Zaira rischia di farsi notare allungando il collo in mezzo alle fronde, spezzando dei rametti con una spalla.

Sputa per terra, disgustata. Gli occhi li tiene sempre fissi su quella porta che si apre raramente e con tanta reticenza. Infine uno dei due bussa con discrezione. La porta si schiude. Ne esce un braccio nudo bianco che con le dita fa segno di aspettare due minuti.

Gli amici si allontanano, guardandosi i piedi. Poi prendono a lanciarsi falsi pugni, come in un immaginario match. Sono bravi a schivarsi, ad allungare colpi su colpi saltellando sulle gambe, come fanno i veri pugili sul ring. Da lontano sembrano due guerrieri agili e festosi che si allenano per un duello all'ultimo sangue.

Dopo poco più di due minuti la porta della roulotte si apre. Ne esce il terzo giovane, in canottiera. Ha un orecchino che gli brilla al lobo. Sembra allegro. È Sal. Adesso lo sa con certezza. Dalla sua bocca infantile escono nuvole di vapore. Si infila il maglione, la giacca imbottita e raggiunge gli altri due che gli mettono in mano dei soldi. Quindi lo stanno pagando per l'uso della donna. E lui è stato l'ultimo. Ora visibilmente soddisfatto, intasca i quattrini guadagnati con quel commercio. Batte tre volte la mano sulla tasca e poi si avvia incitando gli altri a montare sulla motoslitta; quindi partono veloci zigzagando in mezzo agli alberi.

Che fare? andare? tornare a casa e denunciare il fatto? aspettare che altri tirino fuori da lì la giovane donna che forse è Colomba? ma come fidarsi? e poi, perché aspettare? L'occasione è questa. Coraggio Zaira, tocca a te!

Mettersi in piedi è una impresa, le gambe le si sono paralizzate per il gelo, i piedi non li sente quasi più. Speriamo di esserne capace, speriamo di esserne capace, prega fra sé Zaira, rimettendosi in spalla lo zaino e scendendo a passi incerti e traballanti verso la roulotte. Prima di ripensarci, allunga una mano e bussa. La porta si apre con delicatezza, una mano si sporge magra e bianca. «I soldi» dice una voce opaca dall'interno.

Zaira spinge la porta ed entra decisa. Viene investita da un forte odore di chiuso, di gas, di corpi umani, di caffè, di cesso. Allunga la mano sulla parete e trova subito l'interruttore. Il suo sguardo si posa nauseato sui resti di cibo, sui vestiti sporchi gettati alla rinfusa, sui piatti di plastica, sulle tazzine da caffè. Sa che steso lì accanto c'è un corpo di donna, ne sente la presenza ma non osa guardare da quella parte, terrorizzata all'idea di riconoscerla. Fa un caldo soffocante. Sente un mugolio. Si volta e la vede: sdraiata su un lettino striminzito ricoperto da una pelliccia di finto leopardo. Il corpo magro e bianco sporge da una vestaglietta di finta seta giapponese tutta tempestata di farfalle viola. Zaira stenta a riconoscere sua nipote in quella ragazza dalla faccia pesta, gli occhi spenti, le braccia senza carne.

«Colomba, sono io.»

Fa per abbracciarla ma viene ricacciata lontano con una spinta. La ragazza si copre con una coperta lurida e la guarda furiosa.

«Perché non mi lasci in pace?»

«Che t'hanno fatto Colomba, che t'hanno fatto?»

«Sto benissimo.»

«Sei pallida come una morta e magra come una salacca. Tremi. Fai pena.»

«Mangio e dormo, Zà, vattene!»

Ma è evidente che non dorme per un sonno naturale, ma perché ha ingurgitato chissà quali intrugli chimici, che la rendono simile a un fantasma.

«Ora tu vieni con me.»

«Guadagno pure, lassame sta'.»

«Ma se non te li ha nemmeno dati i soldi quel bastardo!»

Colomba la guarda come se stesse ascoltando una verità terribile. Si osserva le mani bianchissime su cui lo sporco ha lasciato delle croste rossicce. Le pupille si allargano penosamente. La bocca si apre in una espressione ebete.

«Ora ti porto via 'Mbina, che tu lo voglia oppure no. Sei sporca, vaneggi, sei magra da fare pietà. Non ti lascerò qui.»

La ragazza sorride orgogliosa. «Mi piace la sporcizia, Zà, mi piace, hai capito, vattene, stronza!» le grida. «Io sto bene qui.»

«Uno dei tre era Sal vero? L'ho riconosciuto.»

«Sal mi ama e io amo lui.»

«Ti ama e ti offre ai suoi amici a pagamento, è così che ti ama?»

«Che t' pòzzan vàtt'!» Si alza dal lettino per darle una spinta, ma cade per terra e scoppia a piangere.

«Non ti reggi nemmeno in piedi, 'Mbina mia. Dài, appoggiati a me, mettiti le scarpe e andiamo. Sulla strada c'è Pitrucc' che ti aspetta con la macchina.»

«Pitrucc' chi?»

«Pitrucc' che è scappato in Australia, Pitrucc' mio padre, andiamo.»

Il nome di Pitrucc' l'ha distratta. E, come una bambina senza volontà, si lascia infilare i pantaloni, le scarpe, il giaccone senza protestare, mentre la testa ciondola pensosa, gli occhi vitrei e smorti guardano lontano.

Solo quando Zaira la trascina fuori all'aperto, viene presa dal panico. Si aggrappa alla porta della roulotte e punta i piedi contro la neve, scuotendo la testa disperata.

«Io sto bene qui» ripete senza convincimento, con testardaggine infantile. «Questa è la mia casa, la mia casa!»

«Non è la tua casa, è la tua prigione, andiamo.»

«Sal, voglio Sal, Sal, nonna non resisto senza la roba. Lasciami qui, ti prego, solo lui sa di cosa ho bisogno.»

«Coraggio Colomba, prova a stare in piedi, ce la fai, dài, andiamo!»

La ragazza si tiene aggrappata alla porta ma non riesce a opporsi alle braccia robuste di Zaira che la trascinano verso la foresta. Dovranno camminare e Zaira non sa se la nipote ce la farà. Le afferra un braccio e se lo appoggia attorno al collo. E così la conduce a forza verso valle, fermandosi ogni tanto a tirare il fiato. Il corpo inerte addossato contro il suo pesa, le gambe si muovono meccanicamente, ma più che altro si fa trascinare come un sacco.

«Non dormire Colomba, cammina, muovi quelle gambe, non ti fare tirare altrimenti non arriveremo mai. Non voglio che ci peschino nel bosco. Una volta in strada, sono più forte io, ma qui fra gli alberi, potrebbero ammazzarci tutte e due. Dài, reggiti e cammina, cammina ti dico, cammina!»

Incespicando, tremando, zoppicando, le due donne arrivano alla strada asfaltata. Lì il telefono finalmente ha la copertura necessaria. Zaira chiama Pitrucc' che venga a prenderle con l'automobile. Alla bicicletta penserà domani. Per fortuna è ancora presto. Non si vedono curiosi in giro.

La madre guarda la figlia sperando che si sia davvero addormentata. È un finale troppo duro per una bambina. Meglio che le sue orecchie si siano chiuse in una dolce sordità protettiva. Si china per darle un bacio e sente la fronte bollente. Che abbia la febbre? Deve svegliarla per metterle il termometro sotto l'ascella o lasciarla riposare in pace? E se la febbre crescesse durante la notte? non sarebbe meglio chiamare subito un medico? Le domande si affollano nella sua mente. Le risposte sono diverse e tutte contengono in sé qualcosa di savio e qualcosa di folle.

Dopo un'ora è ancora lì che si interroga. La sua tendenza a non intervenire, lasciando che le cose accadano, prevale. Si limita a tirare su le coperte, a scoprire la fronte della figlia invasa da ciocche di capelli fradici di sudore. Esce chiudendosi la porta dietro, in punta di piedi. Sicuramente domani starà meglio.

La donna dai capelli corti osserva quella madre e quella figlia che forse si sono saziate di storie, ne hanno fatto una scorpacciata, fino ad ammalarsi. Adesso cosa rimane? Il suo sguardo fa fatica a separarsi dai due corpi, quello materno e quello filiale che scoprono insieme l'arte del racconto, mentre la curiosità insegue su un altro sentiero narrativo, una nonna e una nipote che apprendono insieme la difficile arte della convivenza.

La mattina dopo la bambina si sveglia con la tosse, il naso chiuso e la febbre alta. La madre chiama il medico. Ci saranno degli sciroppi da prendere, delle iniezioni da fare. La bambina non le chiede nemmeno di raccontarle una storia. Segno che sta proprio male. La madre non si muove dal suo capezzale, e tiene fra le sue le manine bollenti della figlia. Anche sotto quattro coperte, continua a tremare. Una influenza, dice il medico. Ma perché la febbre non cala? Ci vuole pazienza, insiste il dottore. La bambina non sembra rispondere alle medicine: giace in fondo al letto, pallida e afona, gli occhi resi lucidi dalla temperatura.

La donna dai capelli corti si chiede se non ci sia una coincidenza che va al di là della logica, fra la malattia della bambina che vuole sempre ascoltare storie e quella di Colomba detta 'Mbina che giace dentro un letto di ospedale con la febbre alta, le vene martoriate da aghi. Come se tutte e due avessero voluto conoscere più di quanto è concesso di conoscere. Come se avessero varcato i limiti dell'amore e della autopunizione.

Zaira sta vicina a Colomba notte e giorno. Gli infermieri ogni tanto la mandano via, ma lei si ferma dietro la porta e appena hanno smesso di pulire per terra o di lavare le pazienti, si intrufola di nuovo per trattenersi accanto alla sua Colomba. Quando può, stringe una mano della nipote nella sua e cerca di infonderle coraggio. Ma la ragazza è muta e assente. Ha gli occhi cerchiati di nero, la faccia priva di sangue, le braccia magrissime che vengono tenute aperte e trafitte come quelle di Cristo in croce. «Le diamo dei sedativi perché è in crisi di astinenza» dice paterno il medico.

«Quanto tempo ci vorrà perché guarisca?»

«Non lo so. È intossicata fino al midollo delle ossa. È anemica. Ha avuto un principio di congelamento ai piedi. E c'è anche una polmonite in atto. Speriamo di farcela.»

Ma come, dopo averla salvata da quei bruti, vorrebbero portargliela via di nuovo? Zaira inveisce contro il medico che le parla paziente, senza alterarsi, come a dire: lo so, capisco il suo dolore, la sua indignazione, ma più di così non possiamo fare. In piedi davanti a lei, chiuso nel camice bianco, l'uomo si stringe nelle spalle con un gesto di fatalità. Zaira sa che quelle sono tattiche di difesa, di chi vive accanto alla sofferenza e alla morte. Lacrime brucianti, involontarie, le scivolano lungo le guance. Un'altra notte di veglia senza sapere se Colomba ce la farà a sopravvivere. Quel respiro rauco, quasi un rantolo, le fa accapponare la pelle.

Aspettare è una virtù che ha imparato a praticare. Se non avesse saputo aspettare forse Colomba non sarebbe mai tornata a casa. Aspettare che vinca la vita, aspettare che i sogni riprendano a girovagare umidi e leggeri in una testa secca e vuota. Aspettare che il sangue riprenda a circolare con allegria. Aspettare che la parola ricominci a fiorire.

Dopo dieci giorni di silenzi e di dubbi, il corpo dolorante e insonne sempre immobile su una sedia, Zaira una mattina presto si addormenta con la testa appoggiata alla testiera di ferro del lettino d'ospedale. È talmente stanca che non avverte la pressione del tubo di ferro contro la fronte, non sente il sibilo dell'ossigeno che giorno e notte soffia e stride, non è disturbata dal lamento di una malata che è stata operata quella mattina, non si accorge dei carrelli dalle ruote cigolanti che vengono spinti dalle infermiere dentro e fuori i reparti. La sua testa avida di sonno è caduta dentro un sogno buio. In quell'abbandono delirante vede se stessa camminare in mezzo a un bosco umido chiazzato di neve. I passi avanzano lenti e sicuri, come sempre, tra i faggi centenari, gibbosi e coperti di licheni, senza avvertire la fatica della salita. Alberi su alberi la guardano misericordiosi, "assonnati e liquidi" come dice Walt Whitman. Improvvisamente le pare di vedere qualcosa di inusuale, una buca tra le foglie, in mezzo a un praticello gelato. Si accosta piano piano e scorge una tomba, molto simile a quelle che ha visto sotto il monte Amaro, perfettamente tagliata e composta, dove giace un corpo morto. Si avvicina ancora trattenendo il fiato. In quella tomba è stesa Colomba: bianca come la neve, i bei capelli ramati che le incorniciano la faccia esangue, le labbra serrate, gli occhi chiusi. Quindi è proprio morta. Non c'è niente da fare. Fa per chinarsi a toccarla quando la vede aprire gli occhi sorpresi.

«Allora sei viva!»

«Non lo so.»

«Non hai voglia di vivere, Colombina mia?»

«Non lo so.»

In quel momento si accorge che Fungo è accanto a lei e guaisce penosamente. Gli fa una carezza distratta. E vede che Colomba sorride.

«Lo conosci?»

«Te l'ho messo io alle costole.»

«E perché?»

«Non lo so.»

«Quella sera del temporale eri in cucina con Sal, vero?»

«Ero tornata a casa, Zà, ma Sal m'ha convinta a rientrare nella roulotte. Lui dice che ci sto come la lumaca nella sua chiocciola.»

«Ti ha tenuta un anno in quella topaia. Ti ha venduta ai suoi amici.»

«Non dire così. È un ragazzo dolce. Mi vuole bene, mi porta sempre i cucciolotti.»

«Che sono i cucciolotti?»

«Quelli che mi fanno stare bene, vanno dritti nelle vene, hai capito

Zà, i cucciolotti di polvere, è una tale delizia, una tale pace, quando li prendo in braccio.»

Pronunciando queste parole la vede chiudere di nuovo gli occhi ed esalare un respiro di morte.

«Non te ne andare, Colomba!» Con sorpresa la vede alzarsi dalla tomba, cacciarsi in testa un cappelletto bianco e avviarsi verso il bosco tenendosi vicina a un grosso orso bruno. Ha ripreso l'aspetto di una bambina felice.

Due mani sollecite la scuotono. Zaira si sveglia con un sussulto.

«Non singhiozzi così. Sua nipote sta meglio. Il dottore dice che ce la farà.»

«Davvero?»

«Stamattina sembrava morta ma insperatamente ha ripreso a respirare. Ora il polso si è fatto più regolare. Guarirà.»

Zaira entra in bagno. Nello specchio vede una faccia devastata dalla mancanza di sonno e dal dolore. Sulla fronte una lunga striscia rossa: il segno del tubo del letto di Colomba. Sorride di sé. Che sogno balordo! Prima morta, poi viva, poi morta e infine viva per davvero. Le piacerebbe sapere cosa ne pensa l'angelo pennuto. Ma per una volta tace e lei si sente persa, come se le mancasse l'ombra del corpo in cammino.

Il vecchio Pitrucc' sembra ringiovanito da quando è tornato al suo paese. Ora taglia i ciocchi di legna come fosse un giovanotto. Prepara il mangiare per le galline, porta a spasso Fungo aspettando che Zaira rientri. Va in giro con assi e chiodi, sempre indaffarato e Zaira che lo vede fra una corsa e l'altra all'ospedale, non ha il tempo di chiedergli cosa abbia in mente.

Una sera tornando a casa lo trova che batte e sega nella stalla cantando a squarciagola: «Volare oh oh, Volare oh oh oh oh!».

«Pitrucc', che fai?»

«'Mbina come sta, better?»

«Un poco meglio. Quando tornerà a casa, dovrai sgombrare la sua camera.»

«I thought about it. Stengh' a preparà ne vane dentre alla stalla.»

«Per questo sei sempre con le assi e i chiodi in mano. Hai bisogno di aiuto?»

«Facc' da sule. Só già ordinate na finestra i na stufa a legna. Lloch' stengh' bbone. It will be all right.»

«E quando sarà pronta?»

«Quando 'Mbina esce dagl'ospetale.»

«Vuoi che ti prepari il pranzo?»

«Già fatte.»

In cucina la tavola è apparecchiata per due, ci sono patate bollite al burro e frittata con le zucchine. Pane fresco tagliato a fette, vino e acqua.

«Dove hai imparato a cucinare?»

«Só state tanto sule, Zà, quande só arrivate all'Australia, faceve i manovale, steve a na baracca, ogni jurne m'aveva aggiustà i lette ch'era fatte co du' assi in croce e tritticava, eccom' tritticava!»

Ride. E lei ride con lui. È la prima volta da mesi che sente la risata salirle in gola, come una cascatella di allegria.

«Sei stato anche in Russia, Pitrucc'. Mi racconti qualcosa?»

«Thrown in a gulag, Zà, jettate là dentra. Pe ste fatte, me só volute scordà, ma certe cose revenneno alla mente come i corve. Quel che me recorde de cchiù è la fame: ce davane ne sardine i jorne, mezza la matine e mezza la sere. I brode sapeve de rancide, i cucchiare sapevane d'ova, ma l'ova non le seme viste mai.»

Quando si scalda, la voce di Pitrucc' diventa corposa e giovane. È un piacere ascoltarlo raccontare di come mettevano su un mercatino all'interno del campo di concentramento... «Te dongh' ne quartucc' de pane se me dà 'n lapis.» Tutti volevano scrivere a casa anche se mancavano le buste e i francobolli, chi gliele avrebbe mai spedite quelle lettere? «Te dongh' 'n mezz' sigarette si me dà i fond' d'la minestre...» Erano sigarette tutte carta, le papirosche, ma non si sa come, circolavano. Ogni tanto qualcuno spariva. I guardiani sostenevano che l'avevano mandato a casa, ma non era vero. «Li mannavane to the madhouse, ai manicomi e da lloche no escivane cchiù.» Potevano dire quello che volevano: erano pazzi e non contava.

Pitrucc' aveva un vicino di letto che si dichiarava trotzkista, si chiamava Micha. «Che cape ca teneve!» Sapeva leggere il giornale alla rovescia, ogni tante «resciva a scoprì na nova». Ma di notizie sopra ai giornali di Stalin non ce ne stavano. Era tutta propaganda. Per questo li davano ai prigionieri. Micha era bravo a fare ridere pure chi stava morendo di fame. Faceva sganasciare anche le guardie che si voltavano dall'altra parte per non mostrare che erano tutte orecchi. Ogni tanto, per le sue buffonate Micha riceveva qualche scorza di formaggio, una crosta di pane ma «isse li divideve co mì. Stavame sempr'insieme».

«Ma perché ti hanno arrestato Pitrucc'?»

«Nun le sacce, Zà. Forse perché ere ne stupite che credeve ai comunisme com'a na fratellanza e libertà.» Micha diceva che Stalin, per volere bene ai fratelli, faceva uccidere soprattutto i fratelli. Li fucilavano a decine. Dicevano che erano "fratelli che sbagliano". Il problema era capire dove era lo sbaglio. Nessuno lo sapeva. Bisognava affidarsi alla polizia segreta che scriveva quello che voleva e «tu doveve sule firmà».

Micha era innamorato di Trotzkij, pensava che solo le sue idee avrebbero potuto salvare il comunismo da Stalin, e proprio per quel pensiero, condiviso da molti, il povero Trotzkij con quella barbetta e gli occhialetti da miope, era stato ammazzato con una accettata in testa. E da chi? Da un fratello stalinista. Non da un nemico fascista o nazista, no, da «ne frate stalinista, ha capit'?». Per quell'amore che aveva per Trotzkij, Micha era stato processato come traditore e cacciato in galera.

Zaira lo ascolta rapita. La voce del vecchio padre è ancora fresca e rotonda quando riferisce di come l'hanno preso una mattina che stava uscendo di casa all'alba. Andava a lavorare in bicicletta, proprio come Colomba. Allora non c'erano automobili a Mosca, ma solo biciclette, e possederne una era già una gran ricchezza. Infatti toccava legarla con quattro catene e quattro lucchetti «si no se le rubbavene d' sigure». Mentre pedalava di prima mattina aveva sentito una macchina fermargliisi accanto. Era rimasto stupito perché di macchine nere e lucide come quelle coi vetri affumicati, non se ne vedevano in giro. Ne scendono due tipi vestiti di nero, uno dice: «Sei tu Pietro Del Signore, italiano?». «Mi só ditte scì, songh'ie.» E quelli l'avevano fatto montare in macchina con modi bruschi ed erano partiti senza un parola.

«Ma perché, che avevi fatto, Pitrucc'?»

«Nun sacce, Zà.» Avevano preso a interrogarlo, per un giorno, due, tre. Gli chiedevano chi fossero i suoi amici, chi vedeva di nascosto, cosa tramavano. Ma lui non aveva niente da dire. La sua vita era un libro aperto, solo lavoro e poi lavoro, era un taglialegna, la sua passione erano i libri, ma non pensava di fare male leggendo Lenin in russo. «Songh' comuniste i só venute a Mosca per ajutà la rivoluzzione, songh' ne comuniste italiane, scappate da i fascisme perché me volevane fucilà.» Ma loro non capivano o fingevano di non capire.

Siccome non rispondeva come volevano, l'avevano messo sotto tortura: lo costringevano a restare in piedi notte e giorno e doveva camminare sempre, in tondo in tondo. Se si fermava, gli arrivava una randellata sulle gambe. Questo per ventiquattro ore su ventiquattro. A un certo punto si addormentava così in piedi mentre correva e andava a sbattere contro le pareti. Ma più si addormentava e più loro lo randellavano. «Ma lo sa' ca quanne nun se dorme pe quattre notte piglie a delirà?» Non capiva più dov'era, non capiva chi era, vedeva degli uomini che si allungavano sempre più e diventavano bastoni, vedeva le pareti che si aprivano e ne uscivano serpenti e pipistrelli con la testa di uomo, sentiva cantare i gufi, «vedeve na tomba aperta i me ce volevo jettà». Quando era proprio cotto, gli avevano messo davanti un foglio dicendo: «Metti la firma Pitrucc' se vuoi vivere». «Che tengh' da firmà?» «Tu firma e zitto!» «I só firmate, non m'emportava cchiù nend de nend, me voleva sule addormì.» Così aveva firmato un foglio in cui dichiarava che era un traditore, una spia che manteneva contatti clandestini con i trotzkisti italiani e australiani, che voleva abbattere il comunismo di Stalin in nome della rivoluzione permanente e un sacco di cose che non aveva mai né pensato né detto. Ma aveva firmato e con quella firma si era condannato da solo. «Só fatte 'n anne de galera co ne gruppe de delinquente colcosiane.» Poi l'avevano messo su un camion e l'avevano trasportato in un gulag siberiano. Faceva tanto freddo, soprattutto quando soffiava il vento che la neve la consideravano quasi una coperta per tenersi caldi. «Scave 'n buche mezz'alla neve e te jette lloch' sotte.» Una tana quasi calda. Non avevano guanti, calzettoni di lana, niente. Solo un abito di cotone e un cappotto militare pieno di buchi. Si imbottivano di carta di giornale per sopportare il freddo. Micha diceva che i giornali staliniani danno tanto calore e rideva sgangherato! «Io amo il calore staliniano» gridava dandogli una pacca sul petto. «Le regalavano ste giornale. Nessune i leggeve pure se le dovevano fà pe forza.» E loro li ammucchiavano da una parte per accendere il fuoco.

Zaira lo guarda mentre si riempie la bocca di frittata. C'è nei gesti del padre qualcosa di avido e disperato, come se la memoria della fame lo facesse covare gelosamente i bocconi. Ha ancora quasi tutti i suoi denti Pitrucc' i pelus' per quanto corrosi, anneriti. Gli occhi chiari luminosi guardano oltre la finestra, come se rivedesse le distese innevate della campagna siberiana.

«Quanto ti hanno tenuto là dentro, Pitrucc'?»

«Fin'alla morte de Stalìn, nel '53, quanne m'hanne liberate.» Una mattina hanno aperto le porte e hanno gridato: «Scagnate che ste pezze de lard'!». Ma dove andare? I piedi erano coperti di piaghe, le scarpe erano tenute su con fasce di iuta. Come avrebbe fatto a camminare? I guardiani intanto se ne erano scappati e «me só dormite pe quattr' jurne». Si era steso, beato lì su quelle brande, non gli importava più niente della sporcizia, delle pulci, del puzzo, niente. Aveva solo voglia di dormire. L'aveva svegliato Micha che aveva cotto due chili di patate e «se le magnamme accuscì, senza nend». Poi erano andati in giro cercando un treno, ma treni non ce n'erano per loro. Per guadagnare qualcosa avevano lavorato a rimettere le traversine dei binari, avevano piantato cavoli e patate. La gente era generosa: offriva birra, vodka fatta in casa, l'alcol era la sola cosa che circolava, ma da mangiare niente. Era talmente poco il pane che non bastava né per loro né per nessun altro. Erano sempre ubriachi fradici. Ma contenti, questo sì, contenti, «the happiest days of my life, Zà».

Poi erano arrivati quelli della Croce Rossa e avevano chiesto chi era australiano e lui aveva alzato la mano e loro lo avevano schiaffato su una nave e via per l'Australia. «Micha, me só gridate, Micha!... Nun l'aggie cchiù viste. Nun sacce mangh' s'è vive o morte.»

«Perché sei tornato in Australia e non sei venuto qui?»

«Che teneve ecch' all'Italia? Antonina s'era sposata, de ti non sapeve nend. M'ere maritate co n'emigrata comm'a mì e c'era date du' figlie.»

«Tua moglie è morta. Tuo figlio è morto. E tua figlia?»

«Me scrive dal Canada, me manda quarch' photos de' i quatrane.»

«Credi che ce la faremo a vivere qui insieme, tu io e Colomba?»

«Só sicure ca scì. Gli hanne trovate i delinquente?»

«No.»

«Sal, isse has to go to jail, Zà.»

La donna dai capelli corti osserva i suoi personaggi che stanno dimostrando una saggezza inaspettata. Non avrebbe mai pensato che Pitrucc' i pelus' volesse tornare in Abruzzo dopo tanti anni di emigrazione. E invece eccolo là, le lunghe gambe agili, ancora vogliose di camminare, i calzoni penzoloni sui fianchi magri, un maglione slabbrato e corto che lascia scoperti i polsi pelosi, le grandi mani robuste e capaci di tagliare la legna, segarla e inchiodarla per costruirsi un rifugio per la notte.

Zaira sta cucinando le patate maritate con la pancetta, lo strutto, il pan grattato, per lui e per Colomba che oggi torna dall'ospedale. Si regge appena in piedi, è così magra che le si possono contare le costole a una a una. Zaira ha comprato un mazzo di rose gialle e le ha infilate dentro un vaso di vetro azzurro. Ora canta, in sordina: «*E vola vola vola / e vola lu cardillo / nu vase a pizzichille / nun me lo po' negà*».

È il primo giorno tiepido dell'anno. Le cinciallegre sono indaffarate a preparare i nidi per deporre le uova. Gli orsi scampati alla carneficina di un cacciatore di frodo che ne ha impallinati tre, si svegliano dai loro sonni invernali. Fra le felci arricciolate, d'un verde tenerissimo e i rivoli di acqua che scendono saltellando dalle rocce, una cerva viene giù verso i prati bassi con movimenti leggeri e timidi, tallonata da un cerbiatto che segue la madre passo passo.

Un lieto fine? È una sorpresa inaspettata. Anche per lei che ha una visione tendenzialmente drammatica delle cose. Ma sono loro, i suoi personaggi, che hanno scelto così. Soprattutto Zaira, detta Zà, che l'ha condotta nei boschi a cercare la nipote, e dopo averla trovata, averla vegliata per settimane all'ospedale, dopo averla riportata a casa sana, per quanto patita, ora le mostra appagata, con garbo che non ha più bisogno di una romanziera. Le volta la schiena mentre canta, con quell'ingratitudine tipica dei personaggi che hanno attraversato un racconto e si accingono a chiudersi nel loro nido felice. Stretta la foglia, larga la via, dite la vostra che ho detto la mia.

La madre dai calzettoni a righe rosse si sveglia da un breve sonno affannato. È ancora lì seduta sul bordo del letto, con la mano della figlia stretta fra le sue. Lo sguardo si dirige verso la bambina che dorme pacifica. Sembra sfebbrata. Il rossore innaturale ha lasciato posto a un pallore di sfinimento. Ma il peggio è passato. E ora sta guarendo.

La donna si alza, va alla finestra, la spalanca su un paesaggio completamente mutato. Ma quanto tempo è passato dall'ultima volta che ha aperto quei vetri? La neve è scomparsa. L'erba nuova sta sbucando in mezzo alle pietre, gli alberi sono coperti di gemme. Una gazza ladra fa sentire la sua voce sgraziata e impertinente. Che ore saranno?

Alle spalle sente la voce fresca della figlia che dice: «Raccontami una storia, ma'». E la madre, ravviandosi i capelli, si accinge a ricominciare.

Glossarietto

Le forme dialettali di questo romanzo non sono trascritte secondo criteri filologici ma rispecchiano la sensibilità linguistica dell'autrice rispetto ai suoi personaggi.

DIALETTO SICILIANO

Bummula	borraccia
Cappedduzzu	berrettino
Cchiù	più (anche in abruzzese)
Faciule/Fasciule	fagiolo
Fujiuta/Fujiutina	fuga d'amore
Iddo/a	quello/a
Iorne	giorno
Megghiu	meglio
Sceccu/Sceccarieddu	asino/asinello
Tirrimotu	terremoto
Unni	dove

DIALETTO ABRUZZESE

Abball'	in basso
Accuscì	così
Addó	dove
Bica	carro, carretto
Casteglie	castello
Cerasa/e	ciliegia/e
Cerogge	candela/e, cero/i
Cich'/Cichi	piccolo/i
Cinq	cinque
Coccia	testa
Crapa	capra
Dongh'	io do
Ecch'	qui
Gnove	nuovo
I	e
In prescia	presto (anche *Lest' i prest'*, presto e veloce)
Isse/essa	egli/ella
Jamme	andiamo
Jamoncinne	andiamocene
Jurne	giorno (anche *Jernate*)
Lloch'	lì
Mangh'	neanche
Moraggia	emorragia
'Mpaurite	impaurito
Munn'	mondo
Musce	moscio
Nend	niente
Nisciun'	nessuno
Nova/e	notizia/e

Orapo	orobo, erba perenne delle montagne
Patana	patata
Pelus'	peloso
Penziere	pensiero
Quatrane	bambino/a
Quatrine	quattrini
Rutte	rotto
Schiaffatone	schiaffo
Secule	secoli
Songh'	io sono
Stengh'	io sto
Sule	solo
Svruvegnate	svergognate
Tarramùt	terremoto
Temp'	tempo
Tengh'	io ho
Vagliole/a	ragazzo/a
Vagliolello/a	ragazzino/a
Vellana	nocciola, nocchia

ESPRESSIONI

Accuscì te ne va'?
Così, te ne vai?

Appura i sch-mbùnn
Appura e scomponi (gira e rigira per sapere una notizia)

Che ci sì misse doppe i patane?
Che hai aggiunto oltre alle patate?

Che t' pòzzan vàtt'!
Che ti possano battere!

Chi sse fisse, s'intisse
Chi si fissa s'inchioda

Coccia de monton!
Testa di montone!

Come te sì ffatte bbone!
Come sei diventata bella!

Comm'è che te sì ammattata a venì?
Come ti è venuto in mente di venire?

Criste glie segue co gl'occhie
Il Signore lo tiene d'occhio

Eccom' tritticava!
E come traballava!

E non se l'addunano?
E non se ne accorgono?

I cocc' rutte nun se reparane
I cocci rotti non si riparano

I va bbone pe tutte quant'
E va bene per tutti quanti

Lloch' stengh' bbone
Sto bene lì

Mannagg' a chi t'ha cotta!
Accidenti a chi ti ha messa al mondo!

Mannagg' a san St'ppin!
Mannaggia a san Stoppino!

Mannagg' a sant Nend!
Mannaggia a san Niente!

Me l'aveva 'mmaginà
Lo dovevo immaginare

Me só addunate
Mi sono accorto

Mitt' la a teste abball'
Mettila a testa in giù

N'ha fatt' cchiù essa ch' Pezzèlle
Ne ha fatte più lei di Pezzella (corrispettivo del "Ne ha fatte più di Bertoldo")

Nolle fà cchiù
Non farlo più

No ne magnava issa de lingue
Di lingue non ne masticava

Non se sparagnava mai
Non si risparmiava

No' rifiate manche se ciàpre la bocca co 'n ferr'
Non parla nemmeno se le aprono la bocca con un ferro

'Ntisi zeffelà accuscì com'a unu ca sciuscia supra u focu, frrr, frrr, pecciò susii a cape e vitti lu tettu ca si movìa
Ho sentito soffiare così come uno che soffia sopra il fuoco, frrr, frrr, perciò alzai la testa e vidi il tetto che si muoveva

Nun me stà a scuccià!
Non mi scocciare!

Nun te fà ombra!
Non ti adombrare!

Nun tengh' a fantasia
Non ne ho voglia

Nun te po' maritá
Non ti puoi sposare

Nun voglie nend
Non voglio niente

Piglia accà
Prendi qua

Prima te mariti e po' va' addó te pare
Prima ti sposi e poi vai dove ti pare

Putess esse tu patre
Potrei essere tuo padre

Scagnate che ste pezze de lard'!
Cambiate con questo pezzo di lardo! (Fate un cambio buono!)

Sci'mbise!
Che tu sia impiccato!

Se ne java
Se ne andava

Se só acquecchiate
Si sono accoppiati

Songh' ecch'
Sono qui

Tengh' de vende i mule pe piglià i quatrine
Devo vendere i muli per prendere i soldi

Tretteche ne poco
Traballa un po'

Tu nun va' a spubblicà
Tu non lo vai a dire a tutti

Per la consulenza dialettale ringrazio:

Cesira Sinibaldi, autrice di *Parole di Gioia*, edizioni Centro Studi Marsicani;
Quirino Lucarelli, autore di *Biabbà*, edizioni Centro Studi Marsicani;
Teresa Sabatini imprenditrice di Gioia dei Marsi;
Giordano Meacci.

INDICE

Finito di stampare nel mese di settembre 2006
presso il Nuovo Istituto Italiano d'Arti Grafiche - Bergamo
Printed in Italy

ROMANZI
MARAINI
DACIA